花开满城 (上)

小城的 24 个故事

青禾 著

中国华侨出版社

图书在版编目（CIP）数据

花开满城：小城的 24 个故事：全 3 册 / 青禾著 .—北京：中国华侨出版社，2017.3
ISBN 978-7-5113-6704-4

Ⅰ . ①花… Ⅱ . ①青… Ⅲ . ①小说集 – 中国 – 当代 Ⅳ . ① I247

中国版本图书馆 CIP 数据核字（2017）第 042624 号

花开满城：小城的 24 个故事（全 3 册）

著　　者 / 青　禾
责任编辑 / 林　炎
责任校对 / 王京燕
经　　销 / 新华书店
开　　本 / 787 毫米 ×1092 毫米　1/16　印张 /64　字数 /930 千字
印　　刷 / 三河市华润印刷有限公司
版　　次 / 2017 年 5 月第 1 版　2017 年 5 月第 1 次印刷
书　　号 / ISBN 978-7-5113-6704-4
定　　价 / 128.00 元

中国华侨出版社　北京市朝阳区静安里 26 号通成达大厦 3 层　邮编：100028
法律顾问：陈鹰律师事务所
编辑部：（010）64443056　　64443979
发行部：（010）64443051　　传真：（010）64439708
网　　址：www.oveaschin.com
E-mail：oveaschin@sina.com

代 序

我们的风俗画

杨少衡

冬日的清晨,北京很冷。躲在暂住的宾馆里读青禾的小说,津津有味。读着读着忽然笑了,难以克制。

这小说里有一个人,名字叫马超,是闽南一座小城最高学府的老师。20世纪80年代初期,这位有故事的外来者在小城引领风骚,以其激情,以其在思想、文学、人生包括性方面的解放性言论与行为,成为小城众多文学青年的精神导师。当年马老师身边围绕着大批美丽、热情、满怀憧憬与理想的文学女性,如小说所描绘:"其时正是盛夏,马超每天下午都带着他的那些女弟子们到南门溪去游泳。那些女弟子全都如花似玉。他们一路说说笑笑,嘻嘻哈哈,吸引了众多眼球。马超这种超常之举在这座小城市开风气之先,很有轰动效应。"

我想象那个画面,其实我是在回想那个画面。我曾经在近侧欣赏过那个画面,怀着一个当年小城文学青年丰富多样的情感,有如作品中的刘宁。在我眼中刘宁就是青禾的化身,他既是讲述者,又是故事中人,描述了一段我们共同的记忆。

我认识青禾于此还要稍早几年,记得是在我们一位共同的朋友家中。当时青禾已经在《福建文艺》发表小说,而我则刚刚拿到该刊的一份小说用稿通知,因之兴奋不已。有缘相会,言谈投机,所谓相见恨晚。从那时起我就管他叫青禾兄,因为他年长,且有一种大哥风范。这个称谓一直叫到现在,历时已近四十载。这么一段时光可称漫长,足以让我们从人生的春天走到秋日,有无数东西已经消失,却有两件始终没有改变,一是我们依然在写作,二是彼此相处依然那般愉快,有如初识的那个晚间。作为小说家,我们都很清醒,知道我们命定地属于一座南方小城,她于我们有如莫言的高密东北乡,我们对她有一种使命感。多年来我们似乎都在努力,但是直到这一次把青禾的《花开满城:小城的24个故事》集中读完,我才异常真切地意识到自己在这方面的步履蹒跚,还有青禾的探求与成功。

《花开满城:小城的24个故事》分上中下三册,汇集了青禾近年来发表的24部中篇小说,其中多部发表后为各种选刊选本转载、选用,获得过福建省百花文艺奖在内的各种奖项。这24部小说让我读来无不感觉亲切,因为我总能从中找到自己的记忆,它们基本属于我和青禾共同的家乡漳州,在小说里她以"A州"、"龙州"等别称出现。这些小说的时间跨度从20世纪50年代到当下,内容涵盖了政治、经济、文化诸多方面,以文学形象展现了我们的城市,有如这个历史时段漳州的一幅幅风俗画,小城因这些图景风光明媚、栩栩如生。当这些小说分别发表时,读者或能欣赏带有独特地方元素的有趣故事,或能感觉青禾创作的某种偏好,待到汇集起来,集中展现,读来就不能不感叹他在自己创作方向上的执着与努力,并在脑子里留下了一座城市独特而深刻的印象。

在青禾描绘的小城风俗画中,位于核心部位的无疑是众多的当地人物形象。上至政府官员、高校教授博士,下至下岗人员、外来打工妹,生活在此间的各阶层人物活跃在青禾的小说画面里,其中多来自底层。《向东风》里的主人公"前途本来一片光明,可是世事难料,那么大的一个厂子说倒就倒,突然有一天早上,哗啦啦就破产了。他成了下岗工人。屋漏偏逢透夜雨,老婆和他离婚,带着儿子走了"。《落叶》里36岁的女子叶彩萍在街上踽踽独行,她是一家豪华酒店停车场的一名洗车工,遇到了一个喜欢她的老华侨。《野渡无人舟自横》里的国企老总罗旭因大刀阔斧却不近人情的改革成为阶下囚,终又被无罪释放。《大隐隐于市》里记者邹芳追踪名为《吓你一跳》的问题小说作者,竟然追到了市长杨涛处。《博士们》里的高校精英多为外来人,他们如外来打工仔一样成为小城的一道新景,熙来攘往中一个个悲欢离合演绎当下小城的一种希冀与无奈。青禾笔下人物的命运故事具有缠绵的情感内容,独具感染力,是他的小城风俗画中最明丽、鲜活、动人的图景。

而最具独特性的,可能要数这些小说图景中的地方文化色彩。青禾小说无疑就是"这一个",独一无二。他告诉我们的就是漳州,绝对不可能被读成另外的城市,哪怕同为闽南近在咫尺的泉州与厦门。这是因为小说中弥漫着浓厚的漳州地方文化氛围,尽显漳州的风土人情,所以我把它们称为风俗画。《虚拟世界》里有一位让小吃店年轻老板娘心动的少年家,他三餐都要到店吃饭,早餐为稀饭、臭头粿和咸菜,中晚为9元套餐,包括干饭、青菜、荷包蛋和一条龙州五香。龙州五香"香脆其外,柔实其内,肉、葱、豆皮,外加五香粉。简单,就是好吃。怎么做?人家保密,谁也说不出来"。《番薯升官记》里,方曙夫妇来到竹下巷口,看到一对盲人坐在树下石头上唱闽南歌仔,用一把月琴,男弹女唱,女的一边唱,一边用竹板打节奏,唱的是芗剧《卢梦仙》的段子。"有一个扫街的女工站在另一树下听得入迷,手不动了。长长的竹扫帚很安静地在她的脚下趴开。一个乞丐在垃圾箱边打瞌睡。午后的阳光懒洋洋地照着石板路面。"这幅小城街巷图景堪称经典。除了漳州小吃与芗剧,漳州方言更是青禾笔下最突出的一种地方文化元素,他在这一方面下功夫之多,研究之深,表达之精到,在我们这些同出于小城的作者中可称首屈一指。《无影妈》中有一句俚语"搦着火罐了"在土话中非常传神,用书面语如何表达?难得青禾找出了这个似乎早不见于常用动词的"搦"字,既表达土语之韵,也显示出闽南话这一保留着许多中原古音的所谓"语言活化石"的特点。

我觉得,这些小说之所以可以成为小城的风俗画,除了其表现的地域独特性,更与作家本身的独特性密切相关。青禾无疑是独一无二的。他出生于芗剧名家家庭,读到高三,因"文革"失去升学机会,成为下乡知青。

后到国企工作，从政工干部到企业领导，再转行高校，从老师到人事领导。同时他还参与地方文学艺术组织工作。在忙碌于事务并团结起漳州作家之际，他读书、写作，把自己的经历、见闻与感触写在小说里。他的阅读面宽阔，读他的小说，常为他不经意间表现出来的学养而感叹，其古文功底深厚，历史知识、地方掌故、方言词汇无不丰富。中外古籍名著章节、过往与当下政治经济语言，当年与现时的段子、流行歌词等等信手拈来，或点缀，或调侃，都活在他的小说里。小说行文之流畅、思维之活跃，显现他的出众才华。其小说多重光彩中，有一点让我很注意，那就是一种本真的，生活化的，可以说是来自《红楼梦》那样的中华民族传统经典小说的表达方式。青禾不太用戏剧化笔法，他笔下的情节与人物多显温和。《姐妹仔群》里小城街巷三位闺密相伴人生，其中一女与女友之夫有染，别人或将写得鸡飞狗跳，青禾笔下则半隐半现，温和、无奈，期待而不乏自责。主人公的心理状态似乎很符合小城人物的特质。《这事不怪我》里一个大学女生与舍友发生口角后跳楼，事后该女生的日记本无处寻觅，末了才知竟早被她藏进舍友的柜子中。其中的怪异与人性追问被青禾融于波澜不惊的叙述里，或亦为其标志性处理方式。

描述青禾的小城风俗画，莫如去读这些小说。我相信读者在这里读出的不仅是我们的小城，也将读出自己的生活。青禾笔下的小城是我们国家的一个组成部分、我们时代的一个缩影。此间人物的命运故事是我们身边共同的故事，这里的风俗画显然也是我们共有的图景。

2016 年 11 月 30 日，于北京

前　言

这是我近 12 年来发表的 24 篇中篇小说的合集。我是个业余作者，原先写短篇小说，年纪大了，说话啰唆，写短篇短不了，写长篇又怕写了后面忘了前面，只好写中篇——3 万字左右，正合适。

这些中篇写的是我生于斯、长于斯，又将终老于斯的这座闽南小城，大都是我熟悉的人物。24 篇小说，24 个小城的故事，24 种人生。小说的主人公有政府机关的公务员，有国有企事业单位的小职员，有学校的教师、学生，有退休和下岗人员，还有个体经营者和外来打工妹，等等。

自入伍以来，我在两个单位工作过，先在一家国企工作了 20 年，后到一所高校工作，直至退休，又是 20 多年；而我的亲戚朋友，大都是生活在底层的小市民。我熟悉他们，也喜欢他们，他们的生活，他们的喜怒哀乐，他们的家长里短，他们的梦想与苦恼，他们的纠结与奋进，他们的亲情、友情和爱情，无时无刻不牵扯着我的神经。往往一个偶然的机会，我便会产生书写他们的冲动，也许，这就是人们常说的"灵感"。"灵感"来了，我就调动以前的生活素材积累，把他们请进我的小说中，让他们走进"故事"里。这样，他们就脱离现实生活，在"故事"中"表演"自己的角色。我没有创作天分，只会把生活中、记忆中的一些细节，东拼西凑，放到这些人身上，尽量让他们像个"人"，想把自己的日子过好的活人。他们有梦想，他们很平凡，希望吃好睡好，健康快乐；希望家庭平安，儿孙孝顺；希望亲朋好友和和顺顺。当然，他们不可避免地有各自的困惑、苦恼、徘徊、纠结与失落，他们的四周弥漫着街头巷尾的生活气象……总之，我的小说，我的故事，我的人物应该和这座闽南小城一样平常而亲切。

这个合集，写校园生活，或者说以教师、学生为主要人物的有《博士们》、《这事不怪我》、《纳米博》、《时代先锋》、《时代风流》、《步辇》等6篇；写有关国家机关、国企和事业单位工作人员的有《厅长》、《我不干了》、《大隐隐于市》、《番薯升官记》、《他们都属马》、《尴尬年华》等6篇；写退休生活的有《在劫难逃》、《野渡无人舟自横》、《无影妈》、《阿惠》等4篇；写下岗人员、外来打工人员和其他小市民生活的有《向东风》、《同是天涯沦落人》、《姐妹仔群》、《虚拟世界》、《时代英雄》、《春姑浪漫曲》、《古厝沉浮录》、《落叶》等8篇。当然，这只是个大概的分类，生活中的人都是相互交错的，"故事"中的"人"也一样。这些小说大都没有跌宕起伏的情节，更没有惊天动地的事件。我的小说就像一条平庸的小河，缓缓地无声地流动，我祈望在不动声色之中悄悄地流进人们的心中，给人们留下一点感觉，一点美好，一点奋发，或者一声叹息，哪怕是一丝淡淡的忧伤。

生活是小说创作的源泉。但生活不能直接变成小说，必须通过一个中间环节——记忆，从生活到记忆再到小说。现实生活不但丰富多彩而且是不间断地接连发生和发展着的，而我们的记忆却是零碎的，是一些特殊的储藏在大脑里的碎片。这些记忆碎片的艺术组合才是小说。把记忆碎片拿来，镶在一个镜框里。根据我对生活的理解，以及我的理想和情感，把记忆碎片重新黏合起来，创造出一个属于我的小说世界。

小城生活留给我的记忆，由于时间的过滤和我不自觉的想象，在我的心底发酵，越来越生动，越来越鲜活，越来越美好。法国女作家玛格丽特·杜拉斯说得好："只是在通过想象回忆过去时，生活才被注入了生的气息。"另一位大作家，哥伦比亚的加西尔·马尔克斯在他的自传《活着为了讲述》一书的扉页上如是说:"生活不是我们活过的日子,而是我们记住的日子,我们为了讲述而在记忆中重现的日子。"

当我借助于偶然的"灵感",把这种活的记忆碎片重新黏合起来,并为了"讲述"而重现在读者面前时,这已经不是记忆,而是"小说"了。

我私下想,活动在我小说中的"人"更像人,因为他们的身上倾注着我的理想和感情。他们大都做关注心灵的事,更具内心化,更能帮助我们透视自己的灵魂。

24篇小说曾于不同的时间发表在不同的地方,拥有不同的读者,现在集中起来,同时面对同一个读者,也许会有不同的效果。就像24个镜框一起挂在一个房间的墙上,让人有点眼花缭乱。我只希望人们能在这里看到一幅闽南小城的生活图景。

感谢中国华侨出版社的热情支持。

我怀着忐忑不安的心情,等待着读者的评判。

作者

2016年12月于漳州

博士们	001
在劫难逃	043
厅长	082
我不干了	124
向东风	170
大隐隐于市	211
纳米博	246
落叶	294

博士们

/ 1 /

A州大学是A州地面上的最高学府,不是说A州地面没有大学,电大、业大、职大、医专、建专什么的还是有的,但A州大学是正牌的省属本科大学。假如有人不服气,A大人就说,我们A大有60个博士,你们有吗?不服气的人便伸了伸舌头,不再说话。大家都知道,教授其他学校还是有几个的,但博士就不同了,A州包括所辖10个县区3万平方公里,500万人口当中,只有3个博士:市立医院1个,市园林局1个,市城建局1个。

所以,博士是A大一道靓丽的风景线,魅力四射。你在A大的校园走,不小心,就会遇到一位博士。现在,公元2005年4月的某一天上午,在通往学生处的校道上,匆匆走来的,就是一位历史学博士,还是个女的,别不服气,别以貌以取人,她长得是不怎么样,但她是一个货真价实的历史学博士,毕业于北京一所非常知名的大学,师从一位在国内很有名气,出席过好几次国际会议的美国史专家。她在校道上走,遇到几个外籍教师,就站在那里和他们聊天,全用英语,说说笑笑,到最后,那几个皮肤白白、个子高高、鼻子勾勾、眼睛蓝蓝的外国人还伸出大拇指对她说了好几个OK。她只报以一个很随意的手势,意思是拜拜。她真的貌不出众,一米五的个子,在那几个洋人教师的面前,简直就像是个还没有发育完全的小学女生。她的眼睛也不大,单眼皮,笑起来就眯成一条线;皮肤也不行，太黑，脸上还长了许多青春痘；只有身材还过得去，有一点苗条，有一点小巧玲珑，跑起来也快，听说当初在上海读硕士时得过研究生院100米短跑冠军。她叫肖红，正好和一个在近代文学史上很出名的女作家的名字同音。她不是东北人，也不是故意想沾人家大作家的光，她正好姓肖，这也是没有办法的事，祖上就姓肖，名字是父亲请人起的。她的家在江西于都的一个小山村，听说那是红军长征的起点。那里人要说起作家，不要说名字，就连作家是干什么的都不大清楚，也不大关心。她是她们家乡第一个女大学生，第一个女硕士，第一个女博士，所以在她的家乡，肖红就是博士的代名词。

肖博士是8年前来到A州大学的，那个时候她还不是博士，只是硕士，当然那个时候硕士的含金量要比现在高一些，可以带家属，所以和她一起来的还有她的爱人。她爱人是本科生，是她从小学到中学到大学的同学，这也是爱情力量的证明。她爱人如今在A大学生处学生科当副科长，上面没有科长，领导说了，也不会再派科长，所以科长迟早就是他，只是目前校内岗位津贴少一点，这点钱对于他们来说可以忽略不计。肖红来的时候才25岁，上课很认真，人缘又好，学校想用她，正好学校要开团代会，团代会就是中国共产主义青年团A州大学代表大会，领导就找她谈话，让她来当校团委副书记候选人。她说不行不行，她不会。领导说，天下没有生下来就会的事情，不会就在工作中学习。她说有些事可以学，有些事学不来，比如当干部，她怎么也学不会，学外语，她一学就会。同是学外语，刘军很努力，却怎么努力都不行，所以没能考上研究生。而当干部，他一学就会，所以从小学到大学他都是她的领导，先是她的班长，后来是她的团支部书记，到了大学又是她的党小组组长。刘军是她爱人的名字。领导想想，也就没有再勉强。这事传出去，有人说她很鬼，她不是不想干，是想让她的爱人干。后来，她的爱人果然就提了副科长。

肖博士今天没课，她来学校是想找刘军商量一件事情。什么事情不能回家商量？这是一件大事，她又是个藏不住事情的人，在她家，所有的事都由刘军做主，尽管她的工资加岗位津贴是他的两倍，习惯了。凡事都有个习惯，习惯了有时就不讲究为什么。今早她没课，就想接着写她的专著，她的专著是由她的博士论文扩充而成的，已经写了十几万字，再有那么五六万字也就可以了。这是她导师出的点子，有了专著以后评职称时好用，专著的书名叫《女权主义在美国——由来与困境》，这书名有点历史，有点学术，将来出版起来就容易得多，这也是导师指导有方。肖红坐到电脑前突然想看一下电子信箱，看看有没有信，她一下就看到一封导师发来的"伊妹儿"，导师在信中说的是以前提起过的那件事，也就是他的那位安州大学的同学，如今是安大人文学院副院长兼历史系主任，他们已经有了硕士点，想让她过去，条件是，一过去就让她上副教授，当硕导，硕导就是硕士生导师，还有，给她一套100平方米的房子。她看到信有些心跳，不是因为100平方米的房子，她对物质享受历来看得很淡，她看中的是副教授和硕导。在A州大学，她还要两年才能上副教授，硕导更是遥遥无期，因为A州大学刚刚在申报硕士学位授予权，能不能上谁也说不准，就是上了，历史系能不能布上点也是一个问题。这事导师以前提过，但没有这么迫切，这么肯定，看来安州大学是真当回事了，不能不给导师一个明确的答复。所以她急匆匆地关了电脑，跑到学校来。

　　她在路上走，很多人和她打招呼，有学生也有老师，她对所有人都"嗨"一声，摇摇手，很纯真很热情。她来到学生处，刘军正在开会，他看到她站在门口，就走了出来，她简单地说了导师的信，他微微皱了一下眉头，说回去再说吧。她说导师的信怎么回？他说，等商量好了再回。她想想，也是，反正导师也不知道她是什么时候开的信箱。

　　她回去的时候，心情显得很轻松，一边走一边还哼着歌，美国情歌，《来吧，跟我生活在一起》。歌词很纯情很浪漫，"好姑娘哟，你跟我好，分享我一切，跟我结婚。……我们俩永远在一起，做梦也在一起。做我的伴侣。"她这人就这样，好像把事情和爱人说了，就没她的事了。她回到家里就能专心于她的专著写作了。她写书，也没什么负担，轻轻松松的样子，她天生喜欢读书，喜欢把书里的东西挪过来挪过去。她认为，把书里的东西挪来挪去就能挪出新意，更何况，她从导师那里带来了许多英文图书资料，全是最新的信息。把古代的（当然，美国没什么历史，再怎么讲古代也只有两三百年）和现在的，把美国的、英国的、法国的、德国的，所有关于女权主义的东西，按照一条她所设计的线索挪来挪去，一会儿西蒙·波娃，一会儿艾尔曼，一会儿米莱，一会儿柯罗德尼，一会儿顾巴。在挪动过程中，她的思想在飞翔、在闪光、在升华、在陶醉。她的手指在键盘上飞快地跳荡着。她已经看到一部很有新意、很有分量、很有特色的专著的辉煌前景。在美国，在这个号称最强大最自由最人权的帝国中，女人是什么？是子宫，是微笑，是平等，是自由，是独立，还是随风而去的无可奈何的残花败絮？永恒的女性化。因为你是女人，所以你是女人。女人是什么？

她被突然响起的电话铃声吓一跳，按一下存盘，去接电话，电话是爱人刘军打来的，他说他中午不回家吃饭了，因为来客人了，处长要他去陪。她说我怎么办？他说我不是已经把菜准备好了吗？她说你等一下，她放下话筒，跑到厨房看了一下，洗好了切好了的菜一盘一盘地摆在厨台上，一盘是西红柿炒蛋，一盘是青菜炒三层肉（她叫不出那种青菜的名字），一盘是虾仁姜丝。排骨汤已经焖在电锅里了。她跑出来拿起话筒说，我不会做。刘军说，那你就到食堂吃吧，那些东西放冰箱里，等我晚上做。她说好，就放下话筒。她在电话边站了好一会儿，想起电脑还开着，进书房一看，屏幕上已是一片灿放的礼花。这是屏幕自动保护，证明她离开电脑已经超过 10 分钟了。她按了一下回车键，跳进她眼帘的是一个标题"女权与自立"，她笑了一下，笑得很妩媚，好像刘军就站在她的面前。

/2/

肖红在第三食堂吃饭的时候碰到另一个博士，男的，他叫吴杰，是生物学博士，毕业于中国科学院某省植物研究所，专业是园林设计，很吃香。他是湖南人，单身。吴博士长得一表人才，很受女硕士们的青睐。听说也有两三个长得特别优秀的本科毕业的女教师在暗中努力，但始终没有得到接近他的机会。吴博看到肖博,从另一张饭桌挪过来,笑嘻嘻地说,今天怎么单飞啊?肖红说,他们处来客人了。怎么,习惯吗?吴杰到A大不到一年,每次见面肖红总是这样问,有点大姐的味道。还是不习惯,吴杰说,有个地方想要我,你说去不去?什么地方?肖红问。海州。海州什么地方?园林局。好啊。肖红脱口而出。她对自己如此说话感到吃惊。要是在以前,她会说,好啊你个吴杰,你把A大当跳板啊刚来就想走。她的声音有点大,惹得几个人朝他们看,分不清是教师还是学生,有男的也有女的,其中一个女的好像是认识的,还朝他们笑了笑。肖红觉她笑得很生动很妩媚,显然不是冲着她来的。吴杰小声说,还没定哩,小声点。肖红说,那边那位是你们系的吗?冲你笑,很甜。吴杰把头转了一下又转回来,说,是我们系,东北农大的硕士,去年来的,姓叶。这边这么说着,那边叶硕士便端着盘子走过来,坐在肖博士的身边。她说,你们说什么呢?我们吴博士想远走高飞哩。肖红脱口而出。吴杰连忙说,搞植物的人飞不起来,根在地里了。叶硕士说,就是嘛,A州的土壤很适合植物生长的。叶硕士是A州人,她很热爱自己的家乡。肖红听他们这么说,才觉得自己好像说错了话,她本来不会这么说的,可不知为什么就这么说了,也许真想远走高飞的是她自己吧。这就叫言为心声。她便埋头吃饭,不敢再说一句多余的话,怕把自己心里想的或潜意识里的东西都说出来。她还不知道刘军是个什么态度,要是刘军不愿意走,她也就走不了,她似乎有一种感觉,刘军不大想走。她的心里有些发慌,心一发慌喉咙口便堵得难受,想吐,吃了几口就吃不下去了,说了声你们吃吧,我先走。吴杰说怎么不吃了?叶硕士小声说,看样子有点像怀孕了,病孩子。病孩子是闽南话,意思是妊娠反应。

吴杰看着肖红远去的背影说,你怎么知道?你又不是她。叶硕士便红了脸。叶硕士的脸略显清秀,一红脸便在清秀中生出许多妩媚,很可爱很迷人。吴杰的心动了一下。叶硕士姓叶名楚楚,就是楚楚动人的那个楚楚。楚楚小声说,你真的想走?吴杰的心又动了一下。半年来,这个楚楚总是主动向他靠拢,连系里的老师都看出来了,他原想他迟早要走的,不想在这里恋爱、结婚、安家、生小孩，也就对她的主动示爱视若不见，但现在他突然来了灵感，她是硕士，长得又不错，何不带她一起走？吴杰便嘻嘻地笑着说，走不走关你什么事？你想跟我走？楚楚说，我不让你走。说着朝他一笑，端起盘子走了。吴杰想，糟了，她要真把他想走的消息传出去，那他就走不成了，或者说走得不那么顺当了。吴杰再拿眼睛去寻找时，楚楚已经在餐厅门口消失了。

叶楚楚的心里很难受，她知道这些博士们大都不安心，这山望着那山高。但别人都走光了她无所谓，就是这个吴杰不能走，因为她看上了他。她认为学校太软弱了，博士们说来就来说走就走，没有一点约束。她要去人事处找苏处长，反映一下这个情况，无论如何也不能让博士们走得那么容易，那么干脆。

叶楚楚和苏处长有点关系。说白了，苏处长是她叔叔的同学。不是大学的同学，是高中的同学，苏处长没上过大学，也没有什么职称，但他的处长当得好好的，这在一个知识分子成堆的地方，有点不可思议。你看A大的处长们，哪个不是教授副教授，单博士兼教授就有3个，最次的一个财务处长，也是名牌大学的本科毕业生，还有一个会计师的职称。高校嘛就讲究这个，叫专家治校。和别的地方一样还能叫高校？唯有苏处长是个例外。总之，苏处长在A大是个神秘人物。苏处长和叶楚楚的叔叔关系也非同一般，她能进来完全是苏处长全力帮忙。虽说前几年硕士还有点吃香，但对于生物专业就不乐观了，不知为什么会一下子冒出许多生物学的硕士来，再加上中考没了生物，中学生物老师大减，生物学硕士的就业就有了一点危机。当然也可以租块地搞花卉挣钱，可她不愿意，她从小就想当老师，高贵优雅，尤其是高校教师这些年行情看好，经济收入高，再找个好丈夫，这一辈子无忧无虑、轻轻松松。于是她的叔叔找到了苏处长，她就成了那一年唯一一位进A大的生物学硕士。不是没人议论，但苏处长做得不动声色、天衣无缝，有学校的计划，有系里的报告，有考核的全过程，有领导的签名，要有的都有。她也就名正言顺了。

叶楚楚向苏处长透露了吴博士想走的消息。没想到苏处长淡淡一笑，说，天要下雨娘要嫁，这是没有办法的事。这一句话很出名，原话是"天要下雨娘要嫁人，随他去吧"。叶楚楚听苏处长如此说，十分震惊，一个人事处长怎么能对即将流失的人才如此冷漠？后来叶楚楚才体会到这其中无可奈何的味道。

可是人事处长可以不管，她叶楚楚不能不管，不能坐视自己的幸福白白流失，在她的心中，吴杰就是她后半生的幸福。为什么？很简单，她看上了他。不说爱情，单就生活的角度说，一个二十七八岁的女孩子，如果还赶时髦把自己说成是女孩子的话，要找到一位合适的对象实在不是一件容易的事。报上网上都说，如今男女比例失调，男多女少，还说性别比例失调已经偏离了正常值，并发出许多忠告，但就城里的女孩子来说，找对象实在是一件难事，听说有人公开提出拿一套两居室做嫁妆，应者寥寥。这当然有些夸张，但高学历的女孩子找对象的确不容易，听说不少女博士女硕士们已经主动把择偶条件降低到本科和专科，惨不惨？她要的是博士，硕士嫁给博士，这才是最好的搭配。爱情如刚才的那位肖博士夫妇另当别论。

/ 3 /

A大人事处苏处长对叶楚楚说了那句"天要下雨娘要嫁"之后，心里慌慌的，他最近一遇到不顺心的事，总是心里慌慌的。苏处长大名苏晗，就是明史专家吴晗的那个晗，查康熙字典，晗的意思是天将明。意思很好，很有希望。但名字好不一定命运好，吴晗就是一个例子，全家都惨死于"文革"。苏晗有一次看到一篇有关"文革"的回忆录，讲述吴晗的悲剧，动了改名的念头，可最终没改成，一是年龄太大，与这个名字联系的人太多，要做许多说明；二是公安局那边手续很麻烦，也就作罢。前不久学校例行的体检中，医生说他的心电图有点问题，从那以后，他就有点心慌慌的。有一天中午，他被一阵电话铃声惊醒，心跳得厉害。他问学校医院的李医生，李医生再次把他的心电图拿出来认真看了一次，说，看来你有点冠心病，因为遇事心慌，听声音心跳，易发脾气，这是典型的冠心病的症状，还是到大医院检查一下比较保险。苏处长对自己的身体一向不重视，因为他很少生病，连感冒都很少。但他最近老觉得心跳得厉害，想必是出了点毛病。他不想上医院，他不喜欢医院，一想到医院心就烦。他记得小时候，母亲常给他吃一样东西，猪心炖朱砂。母亲说，人最重要的就是心，什么都可以不补，唯独心是一定要补的。闽南人习惯，吃什么补什么。同是心，猪心比鸡心、鸭心、鹅心要大要有力气。他原来不当回事，后来，读的书多了，知道母亲是有道理的。古人云，动物心脏乃"血肉有情之品"，"以脏补脏"能生出"同气相求"的效果。他于是就来吃猪的心，依药膳秘方上的办法：用猪心一枚，人参十八钱，当归十八钱，调味煮熟，食之。此方适应于心气虚弱，心血不足引起的心脏衰弱、气短、贫血、失眠、汗多不止等症。吃了十几粒猪心之后，不见好转，便去看医生拿西药。但苏处长还是对猪心情有独钟。苏处长心慌慌地就在办公室给老婆余丽打电话，交代给他焖一个猪心。老婆说，做了，就等你回来吃。他便觉得很幸福。当初这个老婆找对了。这样好的老婆还差一点失之交臂，介绍人约见面的那天，他推说有事不想去，是母亲硬逼着才去的。那天下雨，母亲把一把福州雨伞硬塞在他的手上，把他连伞带人推出大门。他微微地笑了一下。

　　苏处长放下电话时便看到科研处周处长走进来。周处长是双料，双料的叫法是苏处长的发明，双料者，博士兼教授之谓也。周处长属猪，今年36岁，整整少他20岁。周处长是文学博士，毕业于南京某知名大学中文系。周博士和肖博士一样，当初来的时候是硕士，后来读了在职博士，再后来就成了博士。周博士当初来的时候，苏处长正好在中文系当书记，说起来是老同事，两个人关系一直很不错。周处长一进来就说，怎么，心脏不好？苏晗这才发现，自己的手正在抚摸胸口。这是一种下意识的动作，这种下意识的动作不知道从什么时候开始的。他笑了笑说，有点心慌，坐吧明轩。有事？明轩是周处长的大名。人熟了，就直来直去。周处长笑了笑，没事就不能来坐坐。苏晗说，你周明轩什么时候没事乱坐，你的时间金贵得很。专著进展如何？他知道周明轩正应某国家级出版社之邀，写苏东坡评传，这是他的导师主编的"中国文学十大名家评传丛书"之一，年内交稿。周明轩说，写得还顺手，就是出不了新意。苏晗说，你的角度不错，按理是能出新意的。周明轩苦笑了一下，写了一半才发现，那个角度其实并不新。苏晗说，你今天不会是来找角度的吧。周明轩说，算了，你的心情不好就不说了。苏晗说，是不是也想走？周明轩吃了一惊，你怎么知道的，我还没说哩。苏晗又下意识地摸了一下自己的胸口。心里想，连周明轩都想走，要走的都走吧。周明轩看了一下苏晗的胸口，说，还没定哩，不是找你来商量的吗？你说不走就不走。苏晗叹了一口气说，去哪？周明轩说了一所知名大学的名字。那是一所进入"211"工程的重点工科大学。那里组建文学院，上博士点，想让我去。他还没说完，苏晗说，当博士生导师，是吗？周明轩点点头。苏晗说，那我就没有不同意的道理了。两个人一时无话。过了好一会儿，周明轩说，学校待我不薄。苏晗心里说，是啊，从学校的角度来说，已经尽力了，有些事是没办法的事，财力不足啊，要走的，还是都走了。什么事业心啊，什么责任感啊，什么职业道德啊，什么感情留人啊，一切的一切在经济利益面前都显得那么苍白无力。苏晗说，他们给你开的是什么价？周明轩尴尬地笑了一下，说，160平方米的房子，年薪10万。主要不是钱的事，你是了解我的。产权呢？苏晗说，我说的是房子。周明轩说，工作5年，产权归个人。苏晗说，我们学校目前做不到这一点，这你是知道的。周明轩点点头，显得很沉重。苏晗说还没那么快吧？周明轩说那边当然是越快越好。苏晗又下意识地摸了一下胸口。周明轩说，算了，就算我没说，我不走了。苏晗说，别这样，这学校不是我的。周明轩说，我理解你的心情。在其位谋其政嘛。我的事，你忘了吧。

/ 4 /

在一个美好的夜晚，叶楚楚敲开了吴杰博士宿舍的门。吴杰开门时看到她，意外地愣了一下，但立即愉快地说，进来，请进来。

这几天，吴杰的脑子里一直轮转出现两张女孩子的脸，一张是海州市园林局人事处林科员林小姐的脸,她妩媚动人,总是带着微笑,轻声细语:来吧,我们广东是个好地方,在先生你的手上,会越来越好的。你是博士,博士在我们这里是大有可为的,我们局长说了,你一到位就是科长,你知道吗?我在这里已经做了三年,连个副科长都没捞上。另一张脸就是她,这位站在眼前的叶楚楚,说,我不让你走。她与我有什么关系?什么关系也没有。可是她对他说出这样的话,显然在她的心目中,已经把他当自己人了。这让他有些心动。那个林小姐的微笑,是职业性的,这在他与她的告别握手时,表现得十分明显。她的手轻轻地碰了他一下就迅速离去,可以说她不是在与他握手,她是在用她的手指,蜻蜓点水般地点了一下他的手掌,他一捏紧,捏到的只是一瞬间细嫩的感觉。而眼前的这位女硕士,她的话,具有很强的穿透力,一下子说到你的心里。他想了很久,也许,她对于他就是那种人们常常提到的一见钟情吧。他回忆起他们认识以来的许多细节。第一次碰面,是在校道上,他对迎面走来的第一个人发问,请问这位女同学,生物系往哪里走。他问的就是她。她说,我不是学生,是老师,你找生物系?新来的?他说,来看看,我再过几个月才毕业。她问,博士?他点了点头。她笑了起来,说我带你去,我也是生物系的。老实说,她长得并不出色,出色的女孩子一见面就能吸引男人的目光,而他直到向她发问的时候,才分出她是男是女,迎面走来的,只是一个人。漂亮的女孩子就不一样了,不管有多远的距离,你一下子可以感觉到她的存在。在大学期间,他就遇见过这样的一位女孩子,可惜,她给他留下太多伤心的记忆。还有那个海州园林局的林小姐,他一走进园林局就感觉到她的存在,她只是在那个朝南的窗口一闪而过,他就断言,她是一个靓妹。是的,她的长相虽说有一点清秀,但总体上说比较一般,也许正是因为这个原因,他对她一直热不起来。

但她今晚显得不一般,她笑起来很生动,他有些手足无措地站在那里,他基本上属于那种只会认真读书而不大会与女孩子相处的男生,从小学到中学、大学、硕士、博士,他一共读了22年书,没有间断,他博士毕业不到一年,他还没有完全完成角色转换,特别是在也是一脸书生气的她的面前，虽然他们之间都互称老师。

他发现他们实际上还面对面地站在门口，连忙后退，用手势再次表现欢迎欢迎热烈欢迎和请坐。她笑了一下，这一笑很阳光很妩媚，他的心跳了一下。任何女孩子从心底溢出的笑容都是十分动人的，何况她本来就不难看。他们都坐下来，他说喝什么？她说，你这里有什么？茶、咖啡，还是啤酒？他打开冰箱，他的冰箱里应有尽有。他是博士，学校不但给他一套两居室的房子，给他校内讲师的待遇，还给他每月1000元的博士津贴。他的生活在A州已属小康。她笑了一下，走过去把他的冰箱关起来，她从她的坤包里拿出一包茶叶，这是上好的铁观音。如今A州人上朋友家坐，都有自带一包好茶的习惯，表示友好和亲切。她的这一招是从叔叔那里学来的，叔叔找苏处长就是其他什么都没带，只带一小包茶叶，这一小包茶叶一泡，两个人的亲密关系立即就从茶香中飘溢出来。今天她是第一次运用，但她做得很好很娴熟。她说，我们喝茶吧，你有电热水壶吗？他拿出一只电热水壶，这是他平时烧开水用的。她笑着摇了摇头，说太大了，转身把放在门边的一个袋子拿过来。他居然没有发现她在门边放着一个袋子，这是她进门换鞋子时顺手放下的，其时他正在发愣。她变戏法似的从袋子里子拿出一只小巧的电茶壶和一套精致的茶具，把它们摆在茶几上。她到厨房里装水，提壶出来朝他微笑，他还没来得及反应，她的眼睛扫过，已经找到沙发边的插座，插上去。然后，她又朝他微笑了一下，端着茶盘到厨房里洗，洗完之后端回来，再一次向他微笑了一下。这其间，他竟傻傻地坐着，什么也没说，什么也没做，看着她像主人一样地走来走去。她在他的身边坐下来，电茶壶里的水已经开始发出响声，如轻歌如细语。她又朝他微微一笑，拿起桌上的遥控器，打开电视。电视里正播放一部外国电影，两位男女主人公正在草地上热烈接吻。她向他微笑了一下，放下遥控器。水已经开了，她拿起电茶壶，烫茶壶、茶杯，然后扯开茶叶袋子，泡茶。他第一次看到闽南人泡茶。水高高地冲下去，他很担心水溢出来烫着，下意识地挪一下脚。一切都恰到好处。这也许就是所谓的工夫茶吧。她把茶端到他的面前，说，你闻一闻，香吗？他接过杯子，凑到鼻子下，果然有一阵清香扑鼻。她把茶含在嘴里，漱口一样地，微微地鼓动着腮帮子，然后慢慢地咽下去。怎么样？她说，再吧吧嘴。他学着她的样子做，果然有阵阵清香与甘甜，回味无穷。屋子里荡漾着一种从未有过的温馨的气息。他的心又动了一下，情不自禁地向她挪了挪自己的屁股。她没有动，只是向他微微一笑，第二杯茶送到他的手上。

他想，这就是A州人的生活吗？茶对于他来说，一直只是一种植物学的概念：山茶科，常绿灌木。叶革制，长椭圆状披针形或倒卵状披针形，边缘有锯齿。秋末开花，花1—3朵腋生，白色，有花梗。蒴果扁球形，有三钝棱。产于中国、印度等。性喜温润气候和微酸性土壤，而阴性强，有用种子、扦插或压条繁殖。叶含咖啡碱、茶碱、鞣酸、发挥油等，有兴奋大脑和心脏作用。他的导师也讲过"神农尝百草，日遇七十二毒，得茶而解之"。也讲过中国文人与茶，导师还摇头摆脑地吟了许多诗，可他一句也没记住。茶从来没有今天晚上这么温馨，这么美好，这么优雅，这么安静。"从来佳茗似佳人"，他以为导师讲的所有诗他都忘得一干二净，而这一句诗却在这个时候跳了出来，也不知道是谁的诗，绝。

吴杰看着她，突然闻到一种异样的香气。他下意识地吸了一下鼻子。好像又没了。他看她的脸红了一下，他的脸也热了一下。同时，他意识到这香气与茶无关，这香气来自于她的身体。他不敢看她。但他希望那不是错觉，他渴望那种奇异的气味。随着他欲望的张扬，那香气又悄然而起，而且越来越浓，弥漫着整个空间，压迫着他，让他喘不过气来。这不仅仅是女人的体香，它混杂着渗合着从女人最隐秘处分泌出来的致命的诱惑。他发现他身体的某一部位发生了变化。他情不自禁地提起手，放在她的肩上，她顺势把头靠在他的肩上。她豁出去了，决心把自己交给他，把他留住，永远留在自己的身边。她又看了他一眼。他的身子抖了一下。

读大学时他好像有过这样的一次经历，可是那个女生很快就离他而去。电视屏幕上的那对外国男女还在接吻，只是换了一个地方，那地方更具危险性。他看到一件件衣服被扔到地毯上，还听到一种急不可耐的呻吟声，而这些她不可能没有看见没有听见，因为他们面对着同一个屏幕。

他知道危险正在向他逼近。四周静得出奇。他突然想起那个离他而去的女生，她的眼睛是那么迷人，她甚至在离他而去时还对他微笑，她离他而去的原因很简单，她不同意他报考研究生，她希望他报考公务员。她说，硕士怎么样，博士又怎么样，不如一个科长，大学教授都不如一个科长。是的，这也是他家人的观点，科长在县里就是局长，局长是什么？是一套大房子，一辆小汽车，是一种在一局之内说了算的感觉。海州园林局说好了一去就给科长的。他又颤了一下，身体的那一部分一下子软了下来。他把自己的手从她的肩上收回来。她抬起头，他趁势站了起来说，不早了。她说，还早，晚了也不走。他说，这对你不公平。你不怕我把你扔了走人？她说，不怕，我知道你不是那种人。他说，就算我不是那种人，你就不怕我把你带走。她说你带不走我，我要让你留下。我属于这片土地，你也是，你不能走。她说得很自信。他笑了起来，在哪里不是生活？你要真爱我的话，就跟我一起走。她说，你不能走，我属于这里，你也属于这里。他有些恼火，她凭什么这么霸道？凭什么？

她站起来，说，我现在可以走，你要好好想想，你的生活在哪里，你的幸福在哪里？她向他微笑。她的微笑很动人。他的身子又抖了一下。他硬撑着说，你把那东西也拿走，我不需要。她笑了，这回不是微笑，而是大声地笑，她说买卖不成仁义在，干吗要带走？说着，她又从袋子里拿出一大包茶叶，放在桌上。他看着桌上的东西。透明的玻璃桌面，放着茶具和茶叶，比平时好多了，果然有了许多生气。她指着茶具说，那可是紫砂壶。他问，什么紫砂壶？连紫砂壶都不懂，还博士？

她扔下这句话，走了。

/5/

刘军回家时，肖红已经睡下了。太阳照在窗台上，窗台上的蔷薇红得很灿烂。有一条小虫在阳光下鬼鬼祟祟地爬行。他有点喝高了，走路不太稳当，把椅子碰得很响。她在读博士时养成了一个坏毛病，就是午睡，要是中午不睡一会儿，整个下午就无精打采的，什么事也干不成。她很不情愿地睁开眼睛，天啊，你喝醉了。她掀开被子，同时闻到一阵酒气。我没醉，他粗声粗气地说。她平时很娇气，可这种时候她会表现得很贤慧，很体贴。她跑去给他泡茶，到A州几年，他们学会喝茶，她还知道茶能解酒。他看她没有穿外衣，顺手拿起她的外衣想给她披上，可想想又放下，不能太娇惯了她，就是因为平时太娇惯了她，她才会那么自私，凡事总是想着她自己。但他真的心疼她，他粗声粗气地朝她喊道，我说我没醉，你给我回床上去。她不回去，她知道他心疼她没披外衣，她就是要让自己冷一回，感冒好了，谁让你喝酒，活该。她把茶泡好，端到他的面前。回去，他说。她这才乖乖地回到床上，毕竟是初春，她真的有些冷，在床上便不由自主地发抖。他喝着她泡的茶，看她发抖。她从被窝伸出她的头，可怜兮兮地看着他，把他看软了，他放下杯子，迅速地脱了衣服，钻到被窝将她抱住，她顺势缩了进去，小猫一样地依偎在他的怀里。

　　她的头发懒洋洋地散在雪白的枕巾上，像一把随意打开的黑色的扇。他的胸怀是那样地有力，那样地温暖，她不抖了。她扬起脸闻了闻他嘴上的酒气，说，你生气了？他说，不生气，我有什么好生气的？她说，你是生气了，你不想让我去安州，不想让我当副教授，当硕导。他不说话。她总是用这种逻辑说话。自从他无可救药地爱上她之后，他就容忍了她的逻辑。这话听起来他是个很自私的人，很不为她着想。而实际上，这十几年，他无时无刻不为她着想，他们的生活都以她为中心，她说考研就考研，她说到A州就到A州，她说不生小孩就不生小孩，她说考博就考博，如今她又要到安州，他要是不同意，就是他的自私。他想，他是不是真的有点自私？可他也应该有他的生活，他的价值啊。她难道不为他想想？

　　她在他的怀里伤心地哭。好了好了，别哭了。他抚摸着她的头，顺手把她的头发拢进被窝里，并在她的头上亲了一下，别哭了。她说，我知道我很自私，我想再自私这一回，以后，就都听你的，哪儿也不去。再说吧。他说着就去脱她的裤子。他总是在她娇滴滴地做自我检讨时亢奋起来。她侧起身子，把手伸到床头屉。他知道她又要去拿那该死的安全套，一下子就没了情绪，仰面躺在床上。她枕在他的胸上，要给他套上安全套，发现已经软了，她有些意外，怎么啦？他不说话。她把身子一缩就缩到被窝里，说，就让我再自私一回嘛。他粗暴地把她推开，说，你什么时候才想要孩子？她一时没了主意，不知说什么好。

好一会儿，刘军说，我们就在这里，把孩子生下来再说，好吗？总是这样，没有一个安定感，你不累吗？我有点累了。再说，我在这里干得也很顺当，再换一个地方，怕没有我的位子。她没有说话，关于刘军，导师没说什么，可能是安州大学那边也没有明确的说法。但是，她现在不想要孩子，要了孩子，最少要耽搁几年，这样学术上就会落伍，导师说了，学术上的竞争并不亚于商场，你不上别人上，上与不上，天渊之别，残酷无情。他说没有孩子不像个家。她说，我就是你的孩子。说着，她又偎进他的怀里。他抱着她，光滑细嫩。他又无可救药地亢奋起来了。她在被窝里翻了个身，把安全套套上。他无可奈何地叹了一口气。

/ 6 /

人们常说春天像后母的脸，说变就变。一会儿热，一会儿冷，一会儿阳光灿烂，一会儿阴云密布。天气一反常，苏晗的心脏便有了一点反应，整天空空落落，虚虚慌慌的，总觉得心就吊在空中，一点风声它都会发颤。他便请假在家里待着。在家里待着就看书，他从小养成读书的习惯。他读书没有计划没有目的，随手拿来，拿到什么读什么。读书对他是一种消遣、一种乐趣。他读书，还有一个习惯，喜欢顺着读，他说，顺着读越读越快乐。什么叫顺着读呢？比如，有一次他随手拿起 A 大学报，读到中文系一位博士的一篇论白居易的文章，便找白居易的诗来读，读过白居易的诗，便读他的传记，从传记中看到许多注解都来自《旧唐书》和《新唐书》，便又看新旧唐书，从白居易，又读到他的诗友刘禹锡、元稹、李绅，又到中唐名相裴度。由此，对他们晚年的悠闲生活产生了很大的兴趣，有一次，还梦见与这些诗人一起唱和，那是在裴度洛阳的午桥别墅里。茂竹盈里。湖水清清。一轮明月。一只画舫。丝竹之声，佳人之舞，美妙极了。他现在对白居士那些带着禅味的诗有点入迷，有事没事就拿起来看看，有时也想自己写一写，当然写出来都很臭。读了自己很臭的诗之后，他更感到古人们的伟大。有一次他对周明轩说，白居易这家伙，诗也写了，官也当了，人民也关心了，生活也享受了，居士也做了，是一个独特的完整的立体的活生生的人啊，说白居易强调哪个方面都不合适。周明轩说，你的观点很新鲜，写出来一定是一篇很好的论文。他说，我又不当教授，吃饱了撑着？有了自己的感受之后，他回过头再来读博士的文章，便觉得这博士的文章做得十分浅薄，根本就没有体会到白诗的真正意味。他笑了笑。这位博士现在正在北京一所响当当的大学里做博士后，听说要对文学史进行重写。这位博士算是 A 大自己培养的，也就是说，是 A 大原来的老师，本地人，不是近年来从外省引进的。他虽然身体有一点小毛病（他有一点羊角疯，有一次发作起来，躺在教室里，口吐白沫，把女生们吓得哇哇叫），但他很有志气。这从他的改名可以看出来，他原来姓陈名一夫，这其实是个很好的名字，是他的父亲让他们村小学的老师起的，上大学时，他改成了陈栋梁，到北京后用"朝野"发表文章，指点江山，寓意十分了得。有一次来电话，他叫他小陈，他说，处长，你就叫我朝野吧，现在全国都叫我朝野。朝野，也就是几年前的陈栋梁看到外来的博士们一个个走路生风，说，我也考给你们看看。他没有硕士学位，但经过几年的不懈努力，果然考上了，不是一般的博士，是名校名师的博士生。有人说，那几年，他实际上并没有准备专业，都在拼英语。如今只要英语过关，考什么都行。他考的是中国古代文学，以后专攻白居易。这也不奇怪，还有到美利坚合众国拿中国文学博士学位的。再说了，我们要和世界接轨不是。毕业后，又进入博士后流动站。他到北京之后，口气变得很大，动不动就我们北京高校，我们北京。好像他原来就是北京人。他还说，到了北京才知道什么叫学术。他是研究白居易的，有时也对当代文坛发表一些看法，因为他的导师是近乎泰斗级的名人，名师出高徒，所以有一家杂志就请他对话，这种对话现在很时髦。不是对话古代文学，而是就当代文学发表若干看法。他直言他喜欢美女作家，他说美女作家的作品让人刮目相看，他说身体写作是对传统的颠覆，是心灵的另一个层面的回归，是感性美学的一次成功的探索。因为那家杂志在全国很有知名度，他又是 A 大人，所以 A 大学报便把他的对话转载了，在学校引起轰动。听说几位女生写信到北京，向他示爱。又听说有几个中文系的男生联名给他写信，称他是当代文学的知音。他把那些信复印寄回学校，要求登在学报上，主编没有同意。一是没有先例，二是因为中文系的几位德高望重的教授有点义愤填膺。

电话铃突然响起来。苏晗一阵心跳。这种心跳闽南话叫"扑扑抢"，也就是不规则地狂跳。苏晗不由自主地把手放在胸口，仿佛要按住那颗狂跳的心。接还是不接？看来电显示，是一组陌生的数字。不接。铃声顽强不息。再看，是长途，他又有些不忍，犹犹豫豫地拿起来，说了声你好。对方说，真是难找啊，大处长。苏晗听出是陈博士。人们常说说曹操曹操到，怎么想曹操也曹操到，怪哉。苏晗说，是朝野啊，大博士有何见教？是博士后。我是无事不登三宝殿啊。对方并不客气。苏晗说，有事就说。博士后说，有件小事想请处长帮个忙，听说我们的档案都在人事处，我想留在北京，你能不能把我的档案寄过来。邮编和地址是，你有没有笔，拿来记一下。苏晗的心跳一下子加剧起来，他甚至能听到"怦怦怦"的声音，有如古战场上的鼓点，一阵紧似一阵。他的嘴唇干干的，说不出话来。你记好了，博士后说，邮编是，你在听吗？苏晗镇定一下，说，你和学校是有协议的，你是在职进站，出站后回学校工作，服务期是 5 年。朝野说，这么说你是不肯帮忙了？苏晗说，不是不肯帮忙，是帮不了这个忙。我无权把你的档案寄到任何地方去。朝野说，你们不是天天讲为教师服务吗？说起来那么动听，服务什么？说到底还是权力啊。好吧，谁有这个权力，你告诉我，我去找他。苏晗说，我想任何个人都没有这个权力。按程序，你必须先给系里打报告，同意不同意系里要有一个意见，然后是教务处，也要有一个意见，再给我们，我们再报分管领导，领导如果同意，再上报，也就是校长办公会，同意之后，我才能给你寄档案。朝野在那头说道，官僚体制。一点小事都这么烦琐，步步为营，层层设卡，难怪中国不会进步。

这种事要是在外国，连说都不用说。苏晗说，可惜我们都在中国。朝野说，人才是允许流动的，国家有《劳动法》，我并没有把自己卖给你们，为什么扣我的档案？苏晗说，不是扣你的档案，你的档案原来就在这里放着，放了十几年，我没有权力把它寄出去。档案管理有它的一套制度，我想你应该明白。我们是办事部门，要按规章制度办事。在北京的博士后好一会儿不说话，苏晗以为他放下电话了，正想放下话筒，朝野又说话了，这一下口气变了，说，我对学校是有感情的，但我在北京更有发展，你也知道A州是个什么地方。我发展了对学校对国家更有贡献，再说了我在A州大学已经服务了近20年，你们没有道理卡我。我不想搞得大家都伤和气。苏晗说，朝野，你是老A大了，我相信你对A大的感情。朝野打断他的话，苏处长你这话我爱听，大家都说你是个好人，我也觉得你是很忠厚的。现在好人不多了。你能不能通融一下，我会在我的文章中体现你的为人的。你知道，我在《光明日报》上一篇小文章还是可以办到的。苏晗说，写文章就免了，况且《光明日报》那么高档次的报纸我一般看不到，也看不懂，我只看一些地方小报，比如《A州晚报》之类，消消遣而已。朝野说，苏处长你太谦虚了，到时候我给你寄报纸。你应该理解我的心情，水往低处流，人往高处走。我还是热爱A大的，我给你介绍几个硕士生，挂我导师的名，实际上是我带的，怎么样。苏晗说，很好嘛。谢谢你还想着学校。朝野说，就这样，我们说好了，我这就把他们的材料寄去。苏处长，你能不能尽快把我的档案寄来，我这里不能等太久。苏晗说，我说了，这事不好办。朝野的口气一下子又变了，说，我听说现在地方人事部门很腐败很黑暗，我想高校应该会好一些吧。苏晗说，这一点请你放心。说着，苏晗就把电话挂了。挂了电话，他就到床头拿救心丹，放两粒在嘴里含着。嘴里立即有一阵辣辣麻麻的风，一阵麻辣之风过后，心跳也就平缓了许多。

　　他端详着手上的小瓶子。透明的小玻璃瓶里还有几十粒的样子，金灿灿的。瓶上红底金字写着：日本的心丹，双喜牌，近畿医药品制造。这是小姨子送来的。家里人听说他得了冠心病，个个十分紧张。大家都说，算了别干了，你这个人，人家搞人事挣大钱，你不但一分外快也没捞到，倒挣了个冠心病，趁早拉倒吧。得病之初，他也有一点紧张。有次到医院看病，在医院门口碰到一位老朋友，这位朋友是省内很知名的剧作家，如今退休在家，时不时有人请他去当评委，时不时拿一点稿费什么的。他问苏晗到医院来干什么？他说看病，他说什么病，他说冠心病。他哈哈一笑，冠心病算什么病，我得了二十几年，不是活得好好的。他拍了拍他的肚子。他人很胖，肚子很大，笑起来有点弥勒。拍完肚子之后他又说，吃什么药？他看了他的药说，就这药，阿司匹林肠溶片、硝酸异山梨酯片，药一定要天天吃，按时吃，得了这病不吃药是不行的。注意适当锻炼，散散步。还要把救心丹放在身上，以备不测。有备无患啊。于是他便有了各种各样的救心丹，国产的，进口的。他看了看电话，把插头拔下来。现在就是政治局的电话也不接。

苏晗的老婆余丽说，今天猪心还焖吗？苏处长说，不焖了，听说动物内脏胆固醇高，是吃不得的。余丽说，要知道以前就不吃。苏晗说，也不知该听谁的，中西医总爱打架。老婆说，早上还买了一颗，是昨天交代的，是家养的猪，不吃饲料，没有激素。不焖就炒着当菜吃吧。他笑了，吃进肚子里还不是一样。她说，你吃我吃两个人吃，我多吃一点，你少吃一点，再说和饭一起吃，作用不会那么大。苏晗想想，也有道理。照医生的说法，什么都不能吃，怎么活？

余丽看他又把电话拔下来，说，要是女儿来电话怎么办？他们的女儿在北京读书，喜欢打电话回来和母亲聊天。他说，不是有来电显示吗？她说，都拔了还显示什么？她拿起插头要插回去，他说我现在不想听到电话声。老婆只好把插头放下。老婆放下插头，便有些来气，说，这个狗屁处长，当得家里不得安宁，连电话都要拔下来，不当也罢。她这个处长夫人的确当得有些窝囊，连听到门铃声都提心吊胆的，每次听到门铃声，他都说，看看是谁，不认识的，就说我不在，有事到办公室说。她便悄悄地从窗门往下看，果然是不认识的，手里还提了一大堆东西。她于是就心跳起来，仿佛自己做了什么亏心事。她不会说谎，就干脆不理那个门铃声。可门铃声响过一阵又一阵，很顽强，很执着，很有不达目的誓不休的气势。

两口子便像小偷一样，不敢出声。丈夫怕人家往家里提东西，她也怕。如今家里什么没有？有一次他不在，她一时大意，开了门，一个人硬把东西留下来，回来后，她挨了他的一顿臭骂，好像她很想要似的。她实在是没有办法，那女人力气大，扔了就跑，拉都拉不住，看着她跑下楼梯，也不好大声嚷嚷，就这么眼睁睁地看着她把东西搁着，人却跑了。她也是个五十多岁的老太婆了，不要说他冠心病，弄不好她也冠心病。还有一次，人家在茶叶里放了一个红包，发现后，两个人好几天吃不好睡不好，一直到把红包送回去，才得以安宁，那几天，他多吃了好几粒救心丹。她急了，说，把它交到纪检会去算了。他说，社会风气如此，也怪不得人家。我们清白了，高尚了，人家怎么办？送红包回去时，他们还带了一些进口水果。他说，留下茶叶送水果，这叫礼尚往来，不能太伤人家的面子。

　　这么想着，余丽又说，还是辞了吧，这个狗屁处长。余丽原来是一个工厂的工人，下岗在家里已经七八年了，前年才办了退休，社保，钱是少了一点，心静。她说，以前那么艰难的日子都过来了，如今有得吃有得穿，还图什么？就图个清静。苏晗想想，坐下来，下决心给学校党委打辞职报告。

/7/

　　报告刚开了个头，就听到铃声响，他的心又跳了起来，同时下意识地看了一下电话，电话还挂着，没插上。原来是门铃声。老婆便习惯性地走到窗前往下看，动作有点滑稽。她回过头来说，是小王。他松了一口气，她也松了一口气。小王是处里的干部，管人事调配。

　　小王一进来就说，处长，我知道您身体不好，您需要安静，本来不想打扰您，可电话打不进来，事情又有点重大。您不是说，小事可以不说，大事不能不说吗。苏晗说，说吧说吧。小王说，是这样的，英语系牛主任刚刚给处里来电话，说他们系的白博士失踪了。听说是昨天半夜里走的，一部大车，连人带行李带家私一起消失了。胜利大逃亡啊。

苏晗再一次下意识地把手放在胸口。严格地说白博士还不是博士，是在读博士，学校出钱的委培博士生，在上海一所很知名的大学就读。快毕业了。因为读的是英语，很吃香，前一阵子就风闻他想走。没想到这么快，更没想到是这样的走法。

余丽说，哪个博士又走了？小王说，白博士。余丽说，哪个白博士？苏晗白了老婆一眼，就是那个白博士，学校除了他没有第二个姓白的博士。小王说，不是博士也没有第二个姓白的。老婆自言自语地说，是他啊，怎么就走了呢，人怎么能这样？苏晗又白了她一眼，怎么就不能这样，脚长在他身上，要走什么时候不能走？余丽便不再说什么了。

苏处长对小王说，走，我们去看看。小王说看什么？苏晗说看他的房子。小王说人都走了，还看什么房子，房子又不归我们管。苏晗不说话，只管走，小王只好跟着。出门时，余丽对苏晗说，早点回来。

白博士的家里一片狼藉。苏晗这里走走，那里看看。几年前，他也是这样，这里走走那里看看，那时跟着他的不是小王，而是白纯香白硕士，这人有意思，个子小小的，声音细细的，连名字都跟女人似的。那时，白纯香刚刚拿到房子的钥匙，一定要让他来参谋参谋，怎么装修。他说，房子小了点，以后学校发展了，有了大房子，咱们再换个更大的，更新的。白纯香说，不小不小，已经很满意了。那虽是座旧房子，装修之后却也有点样子，他记得白纯香对着新装修的房子叽里咕噜地说了一句什么，他没听清，顺嘴问，你说什么？他有些羞涩地说，是英文，大概是中文"明窗静几"的意思吧。他说那就好好读书备课教书，他说一定一定。当时装修的钱是学校出的，是苏晗找领导特批的。正式搬家时，苏晗买了一套木沙发送给他，作为贺礼。如今这套木沙发不知哪里去了，搬走了，送人了，扔了？

那时的白纯香对他充满感激之情。不但因为房子，还因为他老婆的工作。他刚从东北一所大学毕业，老婆没有工作，是一个从农村来的临时工，他大专毕业回乡教中学，就在中学里结婚生孩子。后来经过努力，考上研究生。他很欣赏他的刻苦学习和艰苦奋斗精神。为了让他安心工作，苏晗跑省里，找熟人，拉关系，给他妻子弄了一个指标，招进学校工作。那其中的一些费用，至今还在那里挂着，成了他的一块心病。

老婆正式到学校上班时，白纯香要请他吃饭，他说不用了，同事之间还客气什么。他说一定要一定要，连阿姨一起来。阿姨就是苏晗的老婆，自从第一次见面，他就这样叫，叫得余丽心里热乎乎的，说这个人实在。他说一定要赏脸，就在家里，咱们随便整几个菜，主要是表表我们的心意。他想想，这也是人之常情，不去显得见外，不利于工作，党委不是提出要"感情留人"吗？他于是就带着余丽和一瓶茅台，到他家里赴宴。这是一个实实在在的家宴，一盘白斩鸭，一盘炒鸡蛋，一盘炒青菜，一盘清蒸虾，一碗排骨汤，还有一盘炒米粉。白纯香说，听说你们这里炒米粉很好吃，她特意去买，不知道做得好不好。吃饭时，苏晗发现，他们的小孩总是盯着放在他面前的那盘虾，他便把虾端到小孩的前面，说喜欢吗，给你。说着便给他搛了一只。那孩子看了一下父母亲，不敢动。苏晗便有些心酸，说，吃吧，伯伯常吃的。余丽便接着说吃吧，说着便给孩子剥虾壳。那是个很可爱的小男孩。那盘虾看样子半斤多一点，也就是十来只的样子，正好把盘底铺满，给孩子搛了一只，便有一个地方见了底。白纯香连忙给苏晗夫妇每人搛了一只。余丽也给他们夫妇搛了，又搛了一只在小孩的碗里。到最后，他们都没吃，余丽全剥给孩子吃。

那天他和白纯香把那瓶茅台喝了，两个人都喝得脸红红的。白纯香开头说了许多感激的话，到后来就剩下反反复复的一句话，茅台、炒米粉，也不过如此。在回家的路上，苏晗第一次发现自己心跳有点反常，第一次用手按了一下自己的胸口，余丽说怎么啦？他说没事。余丽说，你喝得太多了。他说，高兴。余丽说，这些研究生，说起来也挺可怜的。他说，是啊，不容易啊，难得啊。余丽以后便常常去看那个可爱的小男孩，给他带点玩具和水果点心。

小王看苏处长站在那里发愣，说，这种没良心的家伙，走就走了，没什么可惜的。苏晗叹了一口气，说，人各有志，不能勉强。

/ 8 /

周明轩给学生上课时讲到王国维的三个境界。他说,"昨夜西风凋碧树,独上高楼,望尽天涯路。"这是晏殊《蝶恋花》词;"衣带渐宽终不悔,为伊消得人憔悴。"这是柳永的《凤栖梧》词;"众里寻他千百度,蓦然回首,那人却在,灯火阑珊处。"这是辛弃疾的《青玉案》词。在中国古典文学的宝库中,有许多脍炙人口的讴歌爱情的名篇,这三段可以说是佼佼者。但是近代学者王国维却用这些佳句来比喻做学问的三种境界。我想这是一个很好很生动的比喻。做学问,这是必由之路。"昨夜西风凋碧树,独上高楼,望尽天涯路。"是说做学问要虚怀若谷,甘于寂寞;"衣带渐宽终不悔,为伊消得人憔悴。"说的是做学问要勤奋刻苦,坚忍不拔;"众里寻他千百度,蓦然回首,那人却在,灯火阑珊处。"说做学问当博览群书,推陈出新。要达到这三种境界的前提是不能浮躁。认准一个目标,几年、十几年、几十年一辈子做下去。做学问如此,做其他事情也大体如此,同学们,要成就一翻事业,没有沉下来的勇气是不行的。曹雪芹写《红楼梦》用了 10 年,孔尚任写《桃花扇》用了 15 年,司马迁写《史记》用了 18 年,司马光写《资治通鉴》用了 19 年,谈迁写《国榷》用了 27 年,徐霞客写《徐霞客游记》用了 34 年。这是中国的例子,外国的,弥尔顿写《失乐园》用了 37 年,达尔文写《物种起源》用了 28 年,哥白尼写《天体运行论》用了 30 年,摩尔根写《古代社会》用了 40 年,马克思写《资本论》也用了 40 年,歌德写《浮士德》用了 60 年。他一口气罗列了这些名人名著的成书时间之后说,现在的年轻人,到一个地方屁股没有坐热,就想换地方,看看哪里条件好待遇高就往哪里跑,这山望着那山高,静不下心来做学问,不要说三种境界,就是一种境界也达不到。他正说得起劲,突然就打住了,不说了,愣愣地站了好一会儿,弄得学生们很吃惊,很困惑。周老师是不是吃了晕车药?

他想,这不正是在说我自己吗?我什么时候也变得如此浮躁?他妈的，他把手一挥，下课。他听到哄的一声，教室里男男女女便都散开来。他仿佛看到许多人头晃动，没有一张清晰的脸孔。他又仿佛听到有人说，周老师今天反常了。又有人说，反常才是正常，如今太正常没戏。他笑了笑，也不对谁，拿起讲义夹走人。

周明轩回到家里，妻子正在厨房里炒菜。妻子名叫李燕，是市政府机关的一名科长，平时很忙，她下厨是一个信号：她今天高兴，心情好。她平时不下厨，只有高兴时才下。她为什么高兴？用她的话说，就是你有出息我就高兴。这种时候很难得，比如，儿子上幼儿园（她认为这也是他有出息的一种体现，没有他，她就生不出一个既聪明又漂亮能上幼儿园的儿子），比如他考上博士，博士毕业，评上副教授，晋升教授，当上科研处长。他知道，今天她下厨不为别的，就为他即将到"211"重点大学当博士生导师。那天，当他把导师的意向告诉她时，她像他们的儿子一样，在他的面前跳了起来，拍手道，出头了出头了，真正出头了。是的，对于他来说，上博导就意味着上一个新台阶。这是事业有成的一个重要标志，是大学教授们梦寐以求的目标。当然，也是一种时髦。教授不带博，放屁也不香。他站在厨房门口，静静地看她炒菜。她炒菜的动作不那么专业，但她炒出来的菜绝对色香味俱全。他想，她是一个能干的女人，要是走专业的道路，现在最少也是副教授。

她感觉到他的存在，抛来一个微笑，又专心炒她的菜。

李燕这一阵子正在为组织的考核而烦恼。听说她要上副处，考核组马上就到。她不是一个不想进步的人，她不想进步，就不会在几年间从一个一般的科员到正科级。不要小看这正科级，在县里可是个局长镇长，屁股是冒烟的。有一次下乡，一位镇长对她说，不是吹牛，在这个地面上，我的脚跺一下，都会摇三摇。再说了，这副处是那么好上的吗？就她所在的机关，正科就有十几个，列入这次考核的只有3个，有的人一辈子都轮不到这样的机会。但她决定放弃，她的烦恼不是考核，她知道对她的考核一定能通过，她是在为升了副处级之后的责任与工作烦恼，她并不想付出那么多。她认为，要是当官后就腐败，迟早是要出事的，一旦出事，付出和收入是不对等的。有一天，她在听市纪委书记的报告时，不知怎么的突然悟到了这一点，再一想，便大彻大悟。她想过一个正常女人的生活，一个女人应有的舒适、平静、幸福的生活。回到家庭，相夫教子，当一个传统的贤妻良母。但她已经是科长了，人家已经对她有了很好的印象，提拔是迟早的事，如箭在弦上不得不发。当她听说丈夫有这个机会，丈夫一走她就得跟着走，她于是有一种解脱感。她的新生活就要开始了。

她抬起头，看他愣愣地看着她，笑了，说，从今往后，我做我的专职太太，你做你的博士生导师，开饭。说着，便把菜端到餐厅的桌上。桌上已经有三样菜。她一高兴就是四菜一汤，菜是二素二荤，汤的花样也不少，闻味道，今天是鸡烂仔枸杞汤。鸡烂仔是闽南话，意为鸡姑娘。他想去拿电焖锅里的汤，她说，你坐你坐，我来。周明轩坐下来，看着妻子忙来忙去，有些于心不忍，想，等吃了饭再说吧。吃饭的时候，妻子说，跟苏处长说了吗？周明轩说，还没有。李燕说，得抓紧，机会说来就来说走就走。周明轩说，再说吧。李燕说，要是你不好说我去说。李燕是余丽同学的妹妹，当初他们的结合就是余丽牵的线做的媒。周明轩说，我看过一段时间再说吧，苏处长最近身体不大好。李燕说，这有什么关系？学校又不是他的，他操什么心？再说了，人才流动再正常不过了，你又没有卖给 A 大。周明轩说，我们能不能不走？什么？李燕放下筷子，眼睛睁得大大的。周明轩说，我总觉得不大好。李燕说，又是那该死的知遇之恩，士为知己，你酸不酸啊，都什么年代了？

李燕扔下这一句话，起身走进卧室。

周明轩愣了一下，是啊，如今是什么年代了，21 世纪已经过去了好几年，现代，当代已经不够用了，青年理论家们早就用后现代、后后现代了。现在离他写的苏东坡已经 1000 多年了。2000 多年前，那位执着的哲学家不是说过这样的话，"道不行，乘桴浮于海"吗？虽然还希望有人跟着，那失落的样子已经够可怜的了。这事发生在圣人身上，而且已经过了 2000 多年。2000 多年，1000000 天啊。他是有一点过时了。

周明轩把剩下的饭吃了，看看妻子的碗，还有一点没有吃完，也不叫她,他知道叫也叫不出来,便顺手把它也吃了。随随便便地又喝了一点汤,开始收拾碗筷。

/ 9 /

刘军坐在任月红家的沙发上喝茶。任月红是团市委副书记,A大校友。去年,刘军主持一个列系活动,请有所作为的校友回校给学生做报告,担任团市委副书记的任月红在被邀请之列,他们就是在那个时候认识的。他们谈得来,经常来往,成了朋友,开始他叫她任书记,以后叫月红,再以后就叫红姐,叫红姐的时候,她说,你真可以的啊,家里有个红妹,这里有个红姐,革命江山一片红啊。他说,别人是家里红旗不倒,外面彩旗飘飘,我是家里家外全不倒。她便笑骂道,美得你啊,不许你给我胡来。她说这话时用纤纤细指在他的鼻子上点了一下,他便抓住她的手,红姐红姐地叫个不停。他在妻子面前是个很能干、很有主张、很坚强的男人,他是妻子的靠山。但是男人都有十分脆弱的一面,这一面他没地方表现,或者说他的妻子没有给他机会让他表现。在弱者面前他是一个强者。但他不是一个24小时的永远的强者,他的灵魂也需要歇息。任月红正是他心灵的歇息处,她比他年长三岁,不管是工作经历还是人生经验都比他丰富,更重要的一点是,她还没有结婚,她需要一个男人,一个让她疼的男人。她坐在他的身边说,又喝酒了?给我少喝点,酒没好处。她一边说着一边又给他倒了一杯茶,这是上好的春茶,有一个很好听的名字,叫白芽奇兰。他说,她不想生,她到现在还不想要孩子,你说她想干什么?她笑了,说这种事你要问她,肚子在她身上。他说我就问你。她说,她是博士是事业型的女人,这你是了解的,你跟她结婚时就应该想到,有思想准备。她想走,她想到安州大学去当副教授,当硕士生导师。你说到了那里我还是我吗?说着他便哭了起来。她把他揽进怀里。抚摸着他的头。他说,红姐我不走,我要和你在一起,你给我生一个好吗?她说,又说傻话了不是?你不走她能走得了吗?她没有你能行吗?你能离开她吗?再说了,红姐永远只是你的红姐，懂吗？好了，回去吧。他说，让她吃不上饭，看她走不走。她笑了，要是她吃不上饭，习惯上食堂，说不定她就真走了。走了就走了，我就到这里来。他说着，便把手伸进她的怀里。她抓住他的手说，别胡来，姐下午还有个会。他说什么会？她说计生委要和我们联合搞一个宣传周。他说，我们就不用宣传了，来真的。说着就又把手伸进来。她让他的手在里面游动着，等他的手想往深处去时，她再一次抓住他的手，说，回去吧，听话。说着，便在他的头发上亲了一下。他也就乖乖地站了起来。她又给他倒了一杯茶，让他喝了。又到卫生间拧了一条热毛巾，让他擦脸。她说，要不你就在这里躺一会儿，以后别再喝了，不要以为年轻就可以不注意身体。现在不提倡超前消费，身体更不能搞预支。他说，我不躺，要躺你陪我躺。她看了看墙上的钟，说，你个鬼东西，说好了，不许动手动脚的。他们很快就躺到了她的床上。他把手放在她柔软的胸上，说，红姐，你为什么不结婚？她说，都问了多少回了，找不到合适的。他说，我呢？你更不合适，我是你姐，更何况我还有个弟妹。好了，闭上眼睛。她把他揽进怀里，像哄孩子一样地说，睡吧，睡半个小时也好。我什么时候去找她，劝劝她，女人嘛，生活还是第一的，当什么导师！

　　肖红坐在电脑前，一个字也写不出来，心里慌慌的，像有什么事要发生。刘军中午又没有回家吃饭，又把她扔到食堂。在食堂，她又遇到了生物系的吴杰，她问吴杰，海州园林局的事定了没有？吴杰说，定了。她脱口说，太好了，我也想走。吴杰问她，走哪里？她知道自己又说漏了嘴，赶快说，还没定呢，说不准上哪儿。吴杰说，上哪儿都比这里好。她便愣愣地，想吐。这时，那个姓叶的硕士又来了。她便又匆匆地把剩下的饭扒进嘴里，站了起来。她听到叶硕士说，那个肖博士怎么见我就走？吴博士说，谁见了你都得走。她想回头看一下叶硕士的表情，不敢，怕伤人家的自尊心。没想到这时却传来叶硕士清清爽爽的笑声，她听她说，谁要让我看上了，想走也走不成。肖红看了一下电脑里的时间，13点56分，刘军还不回来。她觉得自己有点饿，她没吃饱，他明明知道她到食堂总是吃不饱，却让她常常到食堂去，这个没良心的家伙。她站起来找牛奶，牛奶没有了，找饼干，饼干盒里也空空的。这是从来没有过的事。以前，她想吃牛奶就能拿到牛奶，不是伊利就是蒙牛，她不知道为什么他有时买伊利，有时买蒙牛，她也不问。但她知道一定是她在无意中说过什么，也许说过伊利香，也许还说过蒙牛浓。而饼干盒里永远都有她喜欢吃的苏打饼干。她隐隐约约感到有什么东西在变，但她说不清楚，她只是觉得心里慌慌的。

一个中午刘军都没有回来，只是到上班之后才给她打了一个电话，说他不回来了，直接去上班。她便感到有点失落，直到这时她才意识到，她其实坐在电脑前不是在写东西，而是在等他回来，实际上整个中午她都在等他，想让他像每一天中午一样，抱着她在床上躺一会儿，她只有在他的怀里才睡得安稳、睡得踏实。她无意中叹了一口气。她信手打开导师的电子信箱，这是她的安慰。导师又来了一封信，导师说，再不给他一个明确的答复，他就要把这个机会给她的师姐了。她知道她的师姐如今在一个边远省份的一所师范专科学校，丈夫在中学教书，改变命运的想法比她更迫切，只要导师给她发信，她会在最短的时间内跑到安州大学。导师之所以把这个机会给她，是因为她的业务比师姐好，更能给导师挣面子。她不能再拖下去了。她失去了这次机会就意味着导师不会再给她第二次机会，她对导师是了解的。她不能辜负导师对她的期望。导师说过，她是他众多的学生中最有希望继承他的事业的人。她以最快的速度给导师回了一封信，她说，已经决定了，走，到安大去。

当她按下"立即发送"键时，她哭了，在一刹那间，她多么希望电脑出现故障。可是，她已经看到黄黄的页面上跳出几个平时总是让她欣喜，而此时却让她心慌的字：发送成功。她从来没有在刘军不同意的情况之下做出过任何决定。她也知道，一旦她这样做了，她将面临着失去他的危险。但她已经这样做了，她没有退路了。她放声大哭。哭过之后，她慢慢平静下来。一切都不可挽回，但一切都可以重新开始。最软弱的她变得最坚定。

/ 10 /

吴博士在叶硕士走后,特地查了字典,终于知道了什么是紫砂壶,他把叶楚楚的紫砂壶拿在手上反复地看了好久,并不觉得有什么与众不同,在他看来,用什么东西泡茶都一样。当然这东西放在茶几上,看起来有点雅。叶楚楚还是常常来,每次来都带一点小东西,洗发精、皮鞋油、领带、衣架子,等等,说小很小,却都是生活上必不可少的。这女孩心细,善解人意。她给你带东西,都是小东西,不收反而显得小气,收了也不会有什么心理负担,自自然然。她把东西放在该放的地方,放了就再不提起,不当一回事,让你觉得这不是她带来的,是你原来就有的。现在吴博士拿着一张小报,认认真真地看。这小报也是叶楚楚拿来的。前天闲聊中,他无意中提到他喜欢韩国的金喜善。昨天她就把这张报纸送来,她说,就像是专为你出的报纸。这小报上有12幅韩国明星照,标题叫"妙评韩国'十二钗'"。金喜善放在第一个,报上把金喜善与贾迎春对应起来,说,迎春是小妾所生,只知退让,任人欺侮,而金喜善也经常是悲剧故事的女主角,任人宰割。她在《天涯海角》里扮演的晓希,从小在孤儿院长大,与院长的儿子世君相爱,却遭到院长的阻挠,被迫分手,本已伤透心的她,又遭到世君好朋友的欺辱,最后还患上绝症,整个一个迎春翻版。看完金喜善看孙艺珍,孙艺珍与林黛玉,看得津津有味。看照片,孙艺珍比金喜善好看得多,怎么会说金喜善是韩国的第一美女,不懂。也许是照得不好吧,也许韩国人的审美观和我们不一样吧。昨天,叶楚楚临走前扔下一句话,说你看看我像谁?他把12幅照片一幅幅看过去,有点像河智苑,又有点像金南珠。报上说,长着一双丹凤眼,两弯柳叶吊梢眉,身量苗条,体格风骚。一个都市女强人的形象。他笑了笑,一点也不是那回事。等她来了,当面问问她,你像谁?你喜欢像谁?

正胡思乱想,门铃响,来的正是叶楚楚。他开门说,早上没课?她说没课。他说你怎么知道我在家,她说查了课程表你也没课,你没课不在家在哪？他们走到沙发前,她看到那张小报,说,你看了？他说我正在研究你像谁。她笑了笑。这笑很有意思,他已经在乎她了。他说,你自己说你像谁。她说你觉得我像谁,他说我说不准。她便站起来,站到离他一定的距离,说,你看看,像谁？他发现她今天的穿着和发型与过去不大一样,一头长发自由自在地披在肩上,头微微地向一边歪去,眼睛却有点调皮地看着他。他拿起报纸来对,一对便对上了宋慧乔。不会吧,他说,报上说,她可是大家手心上的宝啊。她说,有了这样的宝,你还天天想着走,没心没肺。他说不走了,有你,我还真想不走了。真的,她有些意外,把他认真地看了一下。这不是一个容易改变主意的人。要是真那么容易改变主意,她也不会爱上他。说真的,开头,她看上他只是因为他的条件好,这些日子,与他接触多了,她还真的有点喜欢上他了。她说不上为什么。喜欢是一种感觉,是一种综合性的体验,而在这些综合性的因素中,也许他的固执是其中的一种,他不是那种容易改变主意的人。在她看来,这种人在感情上比较专一。她说有个作家说过,女人会爱上经常见面的男人。我想男人也会爱上经常见面的女人。你得搞搞清楚,好好想想,省得以后后悔。他便笑了,说我开始喜欢上你了,但确实还没有到改变主意的地步,更大的可能是,你跟我走。她的心颤了一下。她想,要是她真的爱上了他,她还真有可能跟他走。她说,咱们今天不说走还是不走,反正你跟那边已经挂上了钩,说走什么时候不可以走？用不着讨论。那咱们谈什么？就谈这个,她指着那张小报,你得说说清楚,我为什么像那个宋慧乔。他说我要是说不清呢？她说那我就不走。他说那我非认真看看不可。

/ 11 /

李燕带着儿子周涛到苏晗家的时候,苏晗不在家。她就是专找他不在家时才去的。一进门,李燕冲着余丽叫大姐,而周涛却冲着余丽叫奶奶。从年龄上说,李燕应该叫余丽阿姨,但当初她给她介绍周明轩时,就叫大姐,改不了口,再说,她是余丽同学的妹妹,虽说是最小的妹妹,也是妹妹。论辈分也只能叫姐。李燕和她姐姐相差16岁。而余丽又比她的姐姐大2岁。这样她们就相差18岁。余丽抱起周涛亲了一下,说,什么时候上小学啊?李燕说,夏天。余丽愣了一下,说,时间过得真快啊,都七八年了。坐吧坐吧。李燕说苏处长不在?余丽说,本来说在家里歇着,一个电话,又走了。听说东北来了个博士教授,去见面。李燕把带来的一盒美国花旗洋参丸放到房里。余丽说,这么贵的东西,你不留着给明轩吃,他一个老头子,还能吃这种东西?李燕说,大姐,你可不能这样叫苏处长,什么老头子,要是在北京,他还不知道要再升几次官哩。听说联合国把青年的年龄定到45岁。我们苏处长才50多,离老还远着哩。余丽说,你们这些有文化的人,说起来一套一套的,我说不过你们,他这几年的确老多了。还有点冠心病。李燕说,这倒是要注意点。说实在的,苏处长为了这个学校,没少操心。别的不说,要是没有他,明轩不会有今天,我们家也不会有今天。余丽说,我们谁跟谁啊,还说这些做什么。余丽一边说着,一边泡茶,同时从橱里拿出一盒巧克力。周涛见了巧克力,眼睛睁得大大的。李燕对余丽说,火气大,不让他吃。周涛说,妈妈,奶奶给的,就吃一个。余丽说,那就别吃,奶奶给你削苹果。李燕说,我来吧。说着便从桌上挑一个小的,一边削一边问,苏珊最近常来电话吗?苏珊是余丽的女儿。常打,有时两三天一次,有时一天一次。李燕说,女孩子就是好,跟妈妈亲。我们这儿子,将来说不准,还没出门就把爹妈给忘了。正说着,电话铃就响了,正好是苏珊。也没什么事,说了几句北京的天气啊,发了芽的、抽了青的柳树啊什么的,余丽说,李燕阿姨在家里,你要不要和她说几句?李燕便接过来,问了好之后,苏珊说,李阿姨,没事儿常到家里坐坐,陪我妈聊聊天,她一个人没动静。李燕说,好啊。好好读书,将来上硕上博留学出国。苏珊便在那头笑,笑得很开心。笑过之后,说了声拜拜,就把电话挂了。余丽说,挂了?李燕说挂了,还说吗还说就挂过去。余丽说不说了,这孩子,没心没肺的。李燕说苏珊将来一定有出息,你听她刚才笑得多自信。

  两个人聊了一会儿,李燕便进入主题。她说,大姐,有件事我一直拿不定主意，想让你参谋参谋，帮我出出点子。余丽说，什么事说吧。李燕说，我们家明轩的导师说有一所重点大学想让明轩去，他们那里申报博士点，想请他去当博士生导师。听说周明轩要当博士生导师，余丽很为他高兴，说，当博士生导师好啊，这可是件大好事。余丽是个下岗工人，本来没有什么文化，这几年下岗在家当全职太太，到家里来的大都是一些高级知识分子，不是博士硕士就是教授副教授，近朱者赤，听多了也就多少懂一点高校里的事，知道博士生导师在学校里是很了得的人物。李燕说是啊，我也是这么想，再说了，我在机关那边，最近一直不大顺当，主要是一些人事上的事，磕磕碰碰的，我也不想待了，这正是一个解脱的机会。很难说那边就好到哪里去。不过树挪死，人挪活，换个地方也未尝不可。周涛呢，幼儿园正好也毕业了，到那边去接小学。余丽越听越为他们高兴，连说好啊好啊，这有什么难的？李燕说，就是我们家明轩，觉得有点过意不去，对不起苏处长。你看你们对我们这么好，为我们做了那么多事，我们却说走就想走。余丽这才想起事情果然有些严重，周明轩不是在A大当博导是要离开A州到别的地方去当博导。这不好办，连周明轩都走了，其他人不都走光了吗？可人家有那么好的去处不让人家去也不好，再说了，学校又不是我们的。人家要走，捆也捆不住。

余丽说，老苏这个人重感情，大家处得这么好，你们要走，他一定舍不得。李燕说，我们也舍不得走，可是想来想去，这是人生的又一个转折，到了那边，明轩的事业就上了一个新台阶，我也能摆脱自己不想干的事情。余丽说，我不是说他不让走，我是说，你们走了他会很难受。李燕说，其实我们也觉得很难受，我姐也舍不得不是，亲戚朋友也都在这里。余丽说，不能不走？李燕说，那边都说好了。

李燕拿出一份打印好了的申请书，说，这是我们明轩的请调报告。那边说，那边不需要任何手续，只要人去就行，一切都安排好了。明轩一去就上博导，我上他们学校的图书馆，他们还给安排科长。我说我不要那个科长，我只要当一般的工作人员，管管书报。涛涛的学校他们也安排好了。余丽拿着她递过来的报告。心想，这哪里是报告，这是给老苏下最后通谍。

她想到丈夫的病，觉得很心酸，是的，丈夫完全没有必要为他们的去留而伤神，要走的都走，学校不是苏家的。但她又十分清楚，丈夫接到这份报告一定要再吃几个救心丸。她既不能把这份报告退回给李燕，又不能把这份报告扣下来，不给丈夫知道。她唯一的选择就是把它交给丈夫。同时让他多吃几个救心丸。当然，她还有一个选择，就是在丈夫心情好的时候，再给他。李燕看她看着报告出神，说，时间也不早了，我们先走。涛涛，跟奶奶说再见。周涛吃完了苹果，这里摸摸那里看看已经坐不住了，听妈妈说要走，立即欢呼，回家了回家了，奶奶再见。余丽回过神来，说，要走了？不等老苏回来？李燕说，不等了，不影响你们休息了。余丽想，走了也好，省得老苏回来生气。便站起来送客。

李燕牵着周涛走出楼道，远远看到苏晗走进宿舍区，便拉着孩子朝后门走去，她不想与他正面接触。

/ 12 /

这是周日，阳光很好。苏晗沐浴在明媚的阳光中，心情却阳光不起来。刚才和那个东北来的博士教授谈得并不顺当，不是没谈成，是谈成了想来，而且可以马上签约。本来他可以马上与他签约，还可以请他吃一餐，他以前就是这样做的，可他今天没有，他只是说，今天是周日，管印子的人不在，等明天再签。

学校需要经济学教授，该同志也符合学校的引进条件，50岁以下的正高。再说又兼博士，双料，求之不得。这位教授是某省党校的经济学教研室主任，本科学的是马克思主义政治经济学，在中学教过书，在某市委宣传部讲师团当过讲师，在某县挂职当过副县长，主持该县经济工作2年，创办该县的经济开发区，以后到省委党校当副教授，去年晋升正教授。这其间，他在北京某知名大学拿了一个博士学位。他很郑重地把博士学位证书和教授资格证书递到他的手上。苏晗看了一下，这两份证书都是真的，在这方面他内行。这位博士教授很有学问，出版了好几本经济学专著，最具影响力的专著是由某国家级出版社出版的40万字的《计划的尴尬与市场的腾飞》，他还主持过一个某省省级科研课题，某某经济区域经济发展战略研究，得过省级奖。这位教授学识渊博，兴趣广泛，经济学之外，还有2本散文随笔集面世，题目分别是：《秋水来入梦》和《历史回眸应放歌》。说实在的，这种跨学科的人才目前Ａ大尚无先例。他知道学校需要经济学教授和博士，这是他们在网上开公说的，也怪不得谁。只是这位博士教授提出的条件有点那个，不但要照顾老婆儿子，还要照顾未来的儿媳妇。老婆是下岗工人，这学校可以安排；儿子是个专科生，这也可以将就，就放在教辅岗位吧。就是那个未来的儿媳让人心里有些别扭。虽说是个本科，却是思想政治教育专业的一般本科生，这种专业，Ａ大在职的处级干部子女有六七个，一个也没有照顾。这位未来的儿媳明年毕业，但要先在双方协议中写明。在谈判中，他就觉得自己有点像李鸿章，当然这种感觉很不对头，很没水准，很可笑。但就这种感觉，也许是因为他的心胸不够宽广，也许是因为他读书不求甚解，也许就跟他的冠心病有点关系。苏晗抬头看天，果然风和日丽，蔚蓝的天空上明媚的太阳光芒四射。空气中充溢着凉爽的气息。对面花圃里，粉红的蔷薇花在风中轻轻地摇曳着。树上有小鸟在叫，叽叽喳喳。好久没有听到树上的鸟叫了。他家对面三楼的凉台上挂着一个鸟笼子，倒是每天早上起来可以听到鸟叫的，可那叫声怎么听怎么别扭，没有在树上的悦耳。他下意识地按了一下胸口，想，没必要为这事烦恼。不管怎么说，学校又多了一位教授兼博士，是件大好事。最少统计报表时可以两边挂，两边都风光。更何况，世界这么美好，风和日丽，鸟语花香。

苏晗到家里的第一句话是，刚才李燕是不是来过？余丽有点慌乱地说，来过。他说，拿来。余丽问，什么拿来？苏晗说，报告，周明轩的请调报告。余丽说，你在楼下碰到她了？他说没有。余丽说没有你怎么知道她来送请调报告？她一边说一边犹犹豫豫地拿出李燕留下来的报告。苏晗说，果然。他看了一眼，随手把它放进公文包里。老婆给他倒了一杯开水，同时拿了两粒救心丹，怯生生地说，人家想走，捆也捆不住。苏晗笑了，说，谁说我要吃药？我好得很。老婆也笑了，说，你怎么知道她来了？他说，我一进宿舍区就看她拉着周涛往后门走去。我就猜到她是上我们家送报告来了。这是迟早的事。但这不是明轩的主意，是她自作主张。余丽吃了一惊，这话怎么说？他说，这报告是打印的，没有明轩的签名。是她以明轩的名义写的。余丽说，也许是他们商量好了的，先让李燕来试试。如果是这样，那就更可悲了。苏晗想，没有说出口。

苏晗又想，是不是找明轩谈谈，不是劝他留下来，只是谈谈，像平时聊天一样地谈谈。脑子里却又突然冒出不知什么时候什么地方看到的余光中的一句话：当你的女友已经改名叫玛丽，你怎么能送她一首《菩萨蛮》。他不知不觉地笑了一下，他对自己说，太悲观了，你对朋友太不信任了。余丽一直在注视着他，手里还捏着两粒救心丹，捏久了，那东西在手心发黏，放不回去。她说，真的不吃吗？他说，不吃。同时又下意识地摸了一下胸口。她说还是吃了吧，反正拿出来了。再说这种东西，吃总是比没吃要保险。他只好把它吃了。这心也真怪，不吃还好好的，吃了反而觉得发慌发闷。

明明是脑子在想，却说是用心在想，东西明明在脑子里，却要说挂心，如今好了，有东西挂在心上，所以你就不轻松。这不是活该吗，谁让你把事情挂在心上？苏晗这么想着又笑了，笑得很难看。老婆说，难受就上医院，别硬撑着。他说，没事。做饭去吧，做点好吃的。她说，你什么好东西都不能吃，还有什么好吃的。他说，吃，从今以后不听医生瞎说，什么都吃。俗话说，吃到死，也不要死未吃。老婆便有些悲戚，黯然神伤。他说，好了好了，我这样子死得了吗，就想吃些好吃的。她知道，他所谓好吃的无非是炒腰花、炒鸡蛋、油炸花菜、红烧猪蹄、红糖芋泥之类，一点也不保健。她说，要吃也得明天。刚才李燕来了，我没来得及上菜市场。他说，那就不吃了。

/ 13 /

刘军与妻子冷战了几天，天天把她扔在家里，让她上食堂吃饭，回家也不给她好脸色。一天夜里，肖红从床上坐起来，流着泪说，我知道我对不起你，如果你真的不想走，我们只好分开，我已经和导师说好了，不能不去。说着，她便投到他的怀里大哭。边哭边说，我到下辈子还当你的老婆。刘军抱着她无声地落泪。他知道事情不可挽回。她外表柔弱，内心刚强，她一旦下了走的决心，就是火车也拉不回来。有一刹那间，他甚至动摇了，想再迁就她一回，十几年都过来了。但是，他已经不年轻了，再换一个新环境新岗位，他的确已经没有任何优势了，他只能当一个所谓的"博士后"了。这十几年，他的确有一种累的感觉，他发现他自己正在一点点地消逝。近几年，他刚刚找到一点自己的东西，她却又要走了。他一个男子汉，不能永远当她的陪衬，当她的家属。他不是不能干，他的副科长当得很好，他还可以当得更好，上科长上副处长。他为什么要把自己捆在她的裤带上呢？他又想到任月红，是的，他累了，他现在更需要的是一个能让他休息的女人，而不是一个永远需要他服务，为她做出牺牲的女人。他不是不爱她，不是，这个女人，这个现在在他的怀里哭泣的女人，不要说平时有多可爱，就是现在这无依无靠、无着无落的可怜相，也足以让一个有血性的男人为她去做任何事。可惜他累了，真的累了。十几年了，能不累吗？他不敢去想象他们如何在一个新地方重新开始，他已经没有重新开始的勇气了。好在没有孩子，现在他要感谢她了。他们本来就不一样，她要的是事业，他要的是生活。他们是两种完全不同的人。他说，好了，别哭了。我明天就把你的报告送上去。你先去看看，不行再回来。她又开始撒娇起来，不，你得跟我去。她在他的面前任性惯了。他冷冷地说，看来我是去不了了。真的？她说，你真的这么狠心地把我扔出去不管了。他说不是我把你扔出去是你把我扔下来。她说我不是让你一起去的吗？他说这不一样。她说我自私，我认错还不行吗？刘军冷笑了一下，说，好了，别再说了，我累了，我们睡吧，我明天就把你的报告送上去。

第二天，刘军拿着肖红的请调报告来到人事处找苏晗。苏晗正在办公室看一封信。这是刚刚收到的，白博士的信：老苏，实在对不起，我没有面对你的勇气，之所以悄悄地走掉，是因为没脸见你。这几十年，我是穷怕了，你从小在城里，很难想象我们的穷是什么样的滋味。你没有看到当我的老婆听说年薪10万元，她高兴成什么样子。说来羞愧，她是又笑又哭，又哭又笑，在梦里都笑出声来。人生在世，图个什么？不就是图个活得舒坦吗？一个男人不就是为了让老婆孩子过上好日子吗？我已经40岁了，我再也不可能有这样的机会了老苏，请你理解我，谅解我。我知道，有许多具体事，你也做不了主，我不想为难你。我的不辞而别，也许会减少你的为难。这不是你工作没做好。是我没心没肺。让他们都认为我是一个忘恩负义的人吧，反正我已经走了，说什么都无所谓了。衷心地祝你全家幸福，问余丽阿姨好，我们在A大的日子里没少让她操心。我们家小孩永远记住奶奶送的小汽车。我把你送我的沙发也带走了。我想，我今后不管有多发达，我都会在我的客厅里摆上这套沙发。

读完信，苏晗的脑子糊糊的。他把信放进抽屉，抬起头，有些茫然地看着刘军，说，找我？刘军说，找你有点事。苏晗看看窗外，窗外太阳光明晃晃的。他更有些昏头昏脑的感觉。顺嘴说，是不是也想走？刘军愣了一下，尴尬地笑了笑，把肖红的报告递上去。

苏晗接过报告说，真的要走？刘军说，她是非走不可，那边已经答应了她的导师，那边让她上副高当硕导。苏晗说，我看领导不会同意你们走的。刘军说，她走我不走。苏晗看了他一下，说，她走你留下？刘军点了点头。苏晗说，要走就一起走，要留就一起留。你是作为家属安排的，她走你就得跟着走。什么？刘军跳了起来。我是一个独立的人，我还是学校的一个副科长，怎么把我跟她捆在一块？我也有我自己独立的人格对吧？我是一个自由人对吧？我也是为A州大学做了工作的对吧？苏晗说，你说的都对，没有不对的。但是，当初你是作为肖红的家属才进来的，按我们学校的规定，她走了，你得一起走。刘军大声说，那我就和她离婚。苏晗说，离不离婚是你们的事，但是，她走你也必须走。刘军说，岂有此理。苏晗说，你不要激动，你想想，如果每一个博士都跟肖红一样，把家属甩给学校自己远走高飞，学校还办得下去吗？他本来要说学校不成了收容所吗，临到出口时就变了。他怕伤他的自尊心。刘军想再说什么，却忍住了，没有再开口。他是一个通情达理的人，他知道，再说什么也没有用。他默默地从苏晗的手中拿回肖红的请调报告，说，对不起，苏处长。苏晗说，没什么，这是学校的政策，我也改变不了。你们肖红就不能不走吗？学校现在在发展，需要，很需要博士们和学校一起奋斗。她的副高问题我们可以向领导提出。我们学校上硕士点也是迟早的事。有什么具体困难你们可以提出来，我们商量着来解决。刘军说，对不起，真的对不起，这不是学校的问题，是肖红自己的问题。我走了。看着刘军走出办公室，苏晗悄悄地拿出几粒救心丹含在嘴里。

　　几天后，肖红悄悄地离开学校离开家，她到安州大学去了。那里催着她报到，她的导师说，她再不去，人家就要另请别人了。她对丈夫说，她先去，在那里等他。她让他不用为她担心，安州大学一切都为她准备好了，房子、家具、家用电器、生活用品，一切的一切。刘军在肖红离开的那天晚上就住到任月红家里，任月红不让他住，他说就睡在客厅里，睡一个晚上也好。他实在不想在没有她的时候睡在那张床上。任月红抚摸着他的头说，我可怜的小弟弟啊，这就叫爱情。你睡吧，想睡多久就睡多久。但不许乱来。他就在她的怀里放声地哭了，哭得有点惊天动地。

　　苏晗是在肖红走了半个月之后才知道她已经走了。系里也不知道，因为这段时间系里为了让她专心把专著写完，没有安排她的课。是处里的小王在网上发现的，他无意中打开安州大学的网页，安大在十分显著的地方登载了肖红的照片和她加盟安大的消息。苏晗打电话给刘军问他肖红是不是已经走了，不辞而别了。刘军说，是的，我拦不住她。苏晗说，你怎么办？刘军说，既然学校有政策，你就看着办吧。苏晗对小王说，通知工资科，把肖红下个月的工资停下来。小王说，刘军怎么办？苏晗说，先放一放吧，说不定肖红还会回来。

/ 14 /

就在肖红走的那天晚上，叶楚楚的叔叔来找苏晗。叶楚楚的叔叔一见面就说，真对不起，有件事想来麻烦你。他说什么事尽管说，老同学还客气什么。叶楚楚的叔叔说，还是楚楚的事，这孩子，想到广东去。苏晗说，广东好啊，工资高，什么单位？老同学说，也不是什么好单位，是一所中专学校。苏晗说，那就得慎重，这里毕竟是省属本科院校，又在申报硕士点，今后比较有发展。老同学说，我也这么说，可她执意要去。苏晗说，小孩子嘛。如今小孩的事我们管不了。老同学说，爱情高于一切啊。苏晗说，对象在广东？说来也不小了，也该谈了。既然这样，更应该去。你让她打个报告，我向领导汇报。要是你想快一点，你就再找他说说。苏晗说的那个他是学校的一位领导，这位领导原来在地方工作，与叶楚楚的叔叔是老同事。上次楚楚来找的就是他。老同学说，我把她的报告带来了，你看这样写行不行。苏晗说，还有什么不行的。说着，他就把报告收了起来。说完了正事，他们就聊天，天南地北，没有主题。聊得很愉快。

天气很好。有风从窗外来，带来一阵幽香。苏晗做了一个深呼吸，想，这是什么香？想不起来。不管什么香，让人感到很清爽。心仿佛在这清爽中平躺了下来，很安静。依稀听到鸟叫，很好听，是树上的，不是对面凉台上鸟笼子里的，只有自由的鸟才能发出这么动听的鸣唱。不知不觉中，晚间新闻已经结束了，老同学也要走了。

临走，老同学似乎犹豫了一下，说，这事楚楚不让说，我想我还是说了，不说对不起老同学。楚楚找的对象在你们学校，是她们系的一个博士，叫吴杰。苏晗"哦"了一声，一下子没反应过来。他到广东应聘，听说可以不要任何手续，想走就走。那里房子车子都为他准备好了，年薪十几万。唉，如今啊，我们工作几十年，还不如人家一年的劳动所得。苏晗回过神来问，什么单位？老同学说，什么单位我也没记清，好像是个什么局，对了是园林局。苏晗苦笑了一下，什么也没说。

老同学刚走，门铃就响了。余丽说这么晚了还来，让不让人休息？说着很不情愿地开了门。没想到来的是周明轩。苏晗说，刚才是你打的电话吧？怎么响了一下就不响了。周明轩说，我看到有人上来，就在楼下散散步。苏晗说，本来想找你谈谈，一忙，就搁下了。明轩说，也没什么事。余丽说，听说李燕和你闹离婚，是真的吗？苏晗吃了一惊，说，别瞎说。余丽说，我没瞎说，我听说了，没敢告诉你。苏晗看着周明轩，明轩点了点头。苏晗说，就为走的事？不至于吧。周明轩说，女人一偏起来，真没办法。不过你放心，我不会走。余丽说，她要真想走就走吧，建一个家不容易。苏晗说，要真那样，就走吧，我帮你去说。苏晗意思是帮他在领导面前说情，周明轩是处级干部，领导更不会放行。周明轩古怪地笑了一下，说，君子固穷。哈哈，老苏，我还不如鲁迅笔下的孔乙己。苏晗说，快别这么说明轩，我理解你。余丽说得对，建个家不容易。周明轩说，我对不起啊，对不起你们，更对不起自己的良心啊！苏晗说，没那么严重没那么严重。有些事，看开一些吧。我想，有许多事情问题都不在事情本身，而是我们的观念出了问题。看来我们真的过时了。

周明轩走后，苏晗便觉得心跳得难受，连吃几个救心丹都没有什么作用。余丽说，要不上医院看看。苏晗想想，还是去看看，就去拿医疗卡，拿了医疗卡，却又觉得心里好受了许多，大概心也和他一样害怕上医院吧。这么想着，不自觉地笑了一下。余丽说，怎么样？他说好像好多了。不去吧。老婆也拿不定主意。说，要不就到床上躺躺。他就到床上躺躺。躺一会儿就睡着了。第二天醒来，看到老婆坐在床头打瞌睡，摇摇她的手，说，你一夜都没睡吗？她点了点头。他说不至于吧，我不是还活着。她笑了一下，便躺到床上去，一躺上去就睡着了。

以后的几天苏晗一直心跳心慌，吃不好睡不好，余丽很紧张，他自己也有点紧张起来，想，看来是要看看医生了。又想，既然看医生，还不如找个大医院名医生。他就给他的老同学打电话，他的这位老同学在省里当副厅长。副厅长就是副厅长，很快就在省协和医院找了一位心血管专家。苏晗也就和老婆一起上了省城。

协和医院现在虽说是省医科大学的附属医院，却是一所有100年历史的老医院，心血管专科在医院的老院区，红砖大楼上还留着几个白色的大字：协和医院。石铺的台阶，沉甸甸的木大门，一条长长的，空荡荡的走廊。一切都很有历史感。历史往往让人很放心，很平静。他觉得奇怪，在路上心还慌慌的，怎么现在就平静下来了呢？是的，一点都没错，一走进大院，那莫名其妙地一阵一阵地发慌发酸的心，就慢慢地平静下来了。他悟到了，有时，环境也能治病。既然一切都在心上，心又是那样没着没落无缘无由地在空中悬着。找一个地方，把心放平了，让它安安静静地躺着，这就叫平静。因为是周日，又是清晨，没有什么人。

医生是博士是省医科大学的教授，还是享受国务院津贴的专家，看起来还不到40岁，白白胖胖的手指轻轻地捏着他的病历卡。他说他听，听得很仔细。然后认真地看了他的心电图，24小时心电图，心脏彩超报告单。说，你是有一点冠心病，不过，还不是很严重，一般地说，到了一定的年龄，多多少少会有一点毛病。建议住院治疗。不要紧张，不是非住不可，是想让医院给你提供一个比较安静的环境，休息一下，再配合一定的治疗。有病得及时治，不管什么病，拖久了都不利于康复。

苏晗觉得有道理，就在医院里给学校领导打了一个手机，说想在省城住几天院，把心脏的病治一下。领导很开明，说，身体是第一位的，一切工作都要让位，你把处里的工作安排好了，想住多久就住多久。他于是就住进了协和医院。

/ 15 /

等苏晗从省城回来，已经是一个月以后的事了。他一回到家就接到处里小王的电话，说已经走了几个博士，听说还有要走的。他的心一下子就又狂跳起来。余丽看他的脸色有点不对头，赶紧把带回来的药给他吃了。在省城，那位博士教授私下里对她说，老苏的冠心病虽然不是很重，但不能掉以轻心，药必须随身带，及时吃。吃了药，余丽说，这个处长不要当了，命要紧啊。说着眼眶便有一点红。苏晗点了点头。第二天，他就把上省城前写好了的辞职报告呈上去。

几天后，校长找他，把报告扔还给他，说，你引什么咎辞什么职，人才流动再正常不过了，我们挖别人别人挖我们，别人挖我们我们再挖别人。我再给你500万元，作为博士专用资金，你给我制定一个使用办法。我马上就要盖100套博士专用房，每套150平米。给我上网上报，中国教育网，《光明日报》、《中国教育报》，不要怕花钱，全都给我挂上去登出去。三年内搞他100个博士。你有没有这个信心？他还来不及回答，校长便接下去说，我有，你也应该有。

校长是20世纪80年代的海归，洋博士，某知名大学兼职博士生导师，兼职实带，他带出来的博士有的现在也已经是博士生导师了。他历来很自信。他说这话时，口气不大像是在说100个博士，而是在说100套仪器设备。

校长对苏处长很器重也很信任，听说他对人说过，不要看苏晗什么都没有，他可什么都明白。明白是他对人的最高评价。有人不服，说，那姓苏的明白什么？要不是有后台，校长不会说这个话。

苏晗理解校长说三年100个博士不是说三年引进100个博士，而是三年A大拥有100个博士。苏晗不是不信，他信。苏晗只是觉得怪怪的。他提不起劲来，好几天做不出500万元的使用办法。苏晗知道他改变不了什么。他还是决定辞去处长职务。他对老婆说，眼不见为净。

在劫难逃

/ 1 /

牛汉在一个风雨交加的夜晚捡到一个包。

好像是命里注定,他一定要在这样一个风雨交加的夜晚捡到一个这样的包。

那天吃过晚饭,他无端地想要到溪边去走一走。虽说现在饭后散步是一种时髦,但他从不赶这种时髦,他是想骑车去转一下,看看溪边的风景。要说理由也有一点,就是他吃饭时想起小时候在南门头吃"鼎边垂"的情形,鼎边垂是闽南话,就是锅边糊。他闻到蒜丁与油条特有的浓香。这种香气通常从鼻孔一下子蹿到胃里,很刺激食欲,那个时候一碗鼎边垂三分钱,多给一分就可以加一根油条,多给两分可以加一段卤大肠。他放下碗对老伴说,我到南门头去走走。老伴说,老柴头,老疯颠,也不看看,风那么大,眼看雨就要下来了,这种时候打狗都不出门的。他说,我得去我不是狗。他把嘴一抹,就往外走。老伴从后面扔给他一件雨衣,说老不死的,淋死你才好。

就这样,三个小时后,牛汉在路上捡到一个黑色的包。

牛汉骑着他的那辆破自行车朝南门头走去。南门头就是南门的码头,原来是本州最热闹繁华的地方之一。本州自古有东门金、南门银、西门马屎、北门苍蝇之说。东门是商业区;南门是码头,有旅店也有歌楼,说歌楼是好听话,实际上就是青楼,就是烟花地;县衙在西门,当官的骑马,所以马屎多；北门外种甘蔗，土法做糖，惹来许多苍蝇。当然这是很久以前的事了。中华人民共和国成立后城市格局发生了很大变化，特别是歌楼早就成了历史。更不用说现在改革开放，城市改建，码头没有了，旧桥也拆了，沿江盖起了许多高楼大厦。

牛汉从家里出来，沿着南京路往南走。南京路是一条百年老街，一色二层楼，两边都是骑楼，闽南人叫五骹距，人在骑楼下走，日晒不到，雨也淋不着。现在拆得一塌糊涂，北段盖了一些高楼，中段拆了一半，有不少拆了一半的房子没了屋顶，残墙里长出一人多高的草，样子有点像茅草。原来城里也能长茅草。茅草在风中摇来摇去，把荒凉带进城市。南段还没拆，显得很破败，路也坎坷不平，自行车跳得厉害。突然从骑楼下跳出一个黄头发的女郎对他说，洗头，先生。他吓了一跳，紧急刹车，两脚顶地。什么？他说。那女郎冲他一笑，抓住他的车把说，洗头。女孩子说的是北方话，听不出是四川、湖南还是江西。他说洗头？她说是的。他说不洗，刚吃过饭洗什么头？再看那女郎的打扮，立即明白这洗头的意思，说，走走，不洗不洗。蹬车就走。前面还有几个女郎冲他笑，他想这就是人们所说的"小姐"吧。听说这里现在成了红灯区，果然。其实也用不着害怕，不用慌张，洗不洗是我们的事，问问洗一次多少钱也不是不可以的。她一个外地人，还怕她把你抓进去吃了不成？

到了溪边，找不到小时候吃鼎边垂的地方。那时候溪边有许多柳树，有一座通往南边的桥，桥对着南京路，南京路是接着桥往北走的。离桥不远的路上有一座庙，鼎边垂的摊子就摆在庙对面的骑楼下。以后发大水，筑长堤，柳树全砍了，现在搞江滨路，连庙也找不着了。转了半天，看到一座大楼的门口插着许多彩色的旗幡，进去一看，庙居然在大楼的中间。庙后面的那棵榕树居然也在。以前感觉庙很高大雄伟，现在在大楼的包围下，显得很矮小。风越来越大，把旗幡吹得呼啦啦地响。这庙叫威惠庙，据说是为了纪念1000多年前奉命到本地平叛设州的一位将军，这位将军是河南人。庙门口还挂了一块牌子，白底红字写着，某某社区老年活动中心。

牛汉锁了车子拿了雨衣进去。有人在庙里烧香，供桌上摆着香蕉和面包。风大，把屋顶上的树叶吹到院子里，院子里有几只乌龟。看庙的老头很古意，对他说，来了，喝茶。他也就坐下来喝茶。他说，变化真大，都快找不着、认不出了。他说，是啊，一转眼几十年了。说话间，天黑下来，雨也跟着下来，一下来就很大，噼里啪啦地响。他有点担心地从天井看了一下天空，看庙的老头说，暗雨着夜，不会停。要是没事，就上去博麻雀。闽南话博麻雀就是打麻将。

牛汉想也好，就上楼来。庙的下面是庙，楼上的厅才是老年活动中心。那里摆五六张麻将桌子，只有一张桌子有人在打。灯不怎么亮。有人说，来了，让你打，我有事，先回去。那人站起来，其他人都看着他，他只好坐下来。牛汉坐下时下意识地摸了一下口袋，坐在他对面的那个人说，我们不赌钱，赌着玩。他便放下心来洗牌。

牛汉不知道在他打牌的时候，有一个黑色的包落在路上，等着他去捡。这个包其实就掉在路中间，要是在平时，早就让人捡走了。可是这个晚上，风很大，雨也很大，路很黑，路上的行人很少，有一辆自行车从那个包的边上擦过，但骑车的人没有发现那个包。

牛汉离开威惠庙的时候天更黑，人更少，雨更大，风也更大。风雨交加。牛汉有雨衣，不怕淋雨。他穿上雨衣骑上车，嘴里骂道，老查某，想得倒周到。老查某就是老女人，当然这里专指他的老伴。

牛汉终于和那个包相遇了，他的车轮子碰到那个包，压不过去，跳了一下，人摔到地上。他爬起来，骂了一句干你老母，就看到了那个包，他开头并没有把它当成是一个包，他以为是一块石头，他用脚踢了一下，想把它踢到路边，省得让别人再遭殃。那东西动了一下，他感觉不对，不是一块石头，他于是蹲下去。他终于看清这不是一块石头，是一个包得方方正正严严实实的塑料包，四周用尼龙带捆得死死的，里面硬硬的。他把它提上来，夹在车后座上。同时看了一下四周。

牛汉认出，这里离刚才小姐拦住他要他洗头的地方不远。前面是拆了一半的旧房子，茅草带着雨水在黑暗中闪光。后面也有些许的亮光，那是小姐们洗头店的灯光。前后两边的亮光反而使他所处的地方显得更黑暗更荒凉。雨打在他的脸上,冷冷清清,凄凄凉凉,他不由得打了个寒噤。

他再一次环视一下四周,没人。他摸了摸夹在后架上的那个包,犹豫了一下,还是跨上车子,朝前骑去。

一路上都没有什么人。到了南京北路,街灯亮了许多。他摸了摸车后的那个包,还在。雨还是那么大,风还是那么大,风雨交加。那个包在雨衣掩盖下,没人看得见。

他对自己说,这包是路上捡的,不是偷的也不是抢的,但他终于还是有一点心虚。进小区时他又偷偷地摸了一下后面的包。他冲小区门卫笑了笑,小区的门卫也对他笑了笑。他平时每次进出都对他们笑,他们也就习惯了,回他一个笑。

放车的时候他没有把雨衣脱下来,下车,锁车,雨衣的后摆始终盖住那个包。锁了车他直起身,顺手把那个包提在手上。这个时候,他的全身都裹在雨衣里,只露出一张脸。他对看车的老头笑一笑,看车的老头也对他笑一笑,一切都和平时没有两样。

/2/

牛汉按响他家的遥控门,雨还在下,风还在刮,风声雨声很大。好一会儿,才听到老伴说谁呀,他说除了我还会有谁,废话。老伴"哦"了一声按开了楼下的防盗门。他知道她正在看韩国电视连续剧,没心思搭理他。牛汉提着包进门上楼。雨水顺着雨衣落在楼梯上。他家住在9楼,是顶层。他们在8楼到9楼的转台上用铁栏杆围起来,在那里做了一个鞋柜,又在通往屋顶的楼梯拐弯处占了一块约一平方米半的地方用橱子隔一个储藏间。铁栏杆的门开着,老伴是开了门之后又去看电视的,她舍不得落下那些恩恩爱爱坎坎坷坷生生死死婆婆妈妈的细节。牛汉直接走到最上面,把那个包塞到一个橱子底下,然后再下来脱了雨衣换了拖鞋。

进门时,老伴一脸激动,说,你看,知道吗,分了几十年,又找到了,又回到他老婆身边了。她说的是剧情,他对此不感兴趣。他瞥了一下电视,正在出字幕。是个好结局。老伴又说,太让人感动了,几十年不变的那份感情。不像现在的青年人,玩,全是玩,玩一玩就什么都不要了,什么都不要了也就什么都没有了。老伴戏看多了,说起话来还带一点哲理。牛汉心里惦记着那个包,想告诉老伴又觉得没什么好说的,不知道里面是什么东西,等明天看个明白再说也不迟。

　　晚上睡觉时,老伴似乎还沉浸在剧情之中,一直往他的怀里钻。被老伴热烘烘的身子一贴,牛汉便想起拦路要他洗头的北方小姐,那底下的家私突然就坚硬起来。老伴伸手抓住,说,老家私,要来就来吧,在那里逗什么能。

　　牛汉也就爬了上去。老伴大概把当前的情境与剧中的某一个细节做了链接,很动情,很投入,居然还像年轻人一样地扭屁股,搞得他很来劲,也很卖力,气喘吁吁。

　　正当两人难分难解之际,床头柜上的电话铃突然响起,惊天动地。这个时候还会有谁来电话?老伴推开他,说一定是儿子来的,让我们去。她拿起电话,果然是儿子从省城打来的电话。儿子在电话里喊道,老妈,提早了,生了,男的。老伴问,几斤?儿子说,7斤半。好小子,真能干。大人小孩都平安?都平安。我们明天就去,明天一早就走。老伴兴奋地放下电话。她看了看自己的裸体,又用手指动了一下他的老家私,说,老不死的,孙子都出来了,还这般老不正经。牛汉的老家私还很坚挺,爬上去继续工作。一边工作一边说,当初要没这老家私,你哪来的儿子,当初没有儿子,现在还想抱孙子?这么说倒是有功之臣了?当然,有了功不慰问慰问怎么行?老伴更乐了,在底下很是配合。

　　这一夜他们睡得很香。第二天一早,他们就乘车到省城。

/ 3 /

牛汉的儿子大学毕业那年考了公务员，如今在省公安厅当秘书。儿媳也是大学生，学的是金融，在一家外企工作，听说挣的钱比儿子还多。媳妇是北方人，家在农村，亲家母来过，是个很朴实的农村妇女。媳妇说，坐月子时谁来帮忙都一样，不想她嫂子也快生了，她母亲比较传统，正守着嫂子的肚子，抽不出身。媳妇就让他们去，一个主内一个主外，也好有个照应。儿子在省城有一套房子，150平方米，属经济适用房，比较便宜，首付之后，按揭15年，一个月交1000元。小区里住的都是省直机关的公务员，上至省长下到小秘书。小区有一个很好听的名字，叫黄金海岸，尽管谁也不知道那里离海有多远。

在汽车里接到儿子的电话，老伴一下长途车就打的到医院里去。牛汉把东西带到儿子家。黄金海岸的管理很正规，门卫的服装也比他们小区有派头得多，他进门时习惯地朝门卫笑了笑，门卫却不笑，绷着一张脸。他知道省城是大地方，大地方的人都比较冷漠。儿子的家在18栋901，他有钥匙。

18栋一共19层，听说原来设计的是18层，后来说18层让人想到十八层地狱，就加了一层。有电梯。牛汉很快就进了儿子的家门，儿子的家还是老样子，只是有点凌乱，沙发上有几本书，茶几上有一杯喝一半的水和两块桔子皮。房间里的被子没有折，洗衣机里还放着没有洗的衣服。牛汉收拾了一下房子，把床上的被单也换了，一起放到洗衣机里洗。洗衣机是全自动的，声音也很小。他想想没有其他事，就坐在厅里看电视。刚看了一会儿，电话就响了，儿子说，他中午也要到医院去，让他自己随便做点什么吃，上街吃也行。他说你忙你的，不用管我。他于是就有了自由感。这时，他想起昨晚捡的那个包。

他本来想找个机会，背着老伴看看到底是什么东西，老伴却一睁眼就催，快快，要乘早班车，最早的那一班。他们几乎是穿了衣服就走人，要带的东西早就准备好了，老伴的应急措施很到位。早饭就在车站吃，热奶茶、汉堡包。紧急时刻，老伴喜欢赶时髦。所以他一直没有机会去打开那个包。出发前，趁着老伴锁门的时候，他跑上去，用脚把那个包再踢进去一点。他们那个所谓的储藏间，并不是全封闭的，对门的那一家也可以进去。当然，在那里放的都是些过时的没用的东西，谁也不会在意。那个包里会是什么东西呢？会不会是钱，要是钱，百元的票子，一万元就那么一小叠，那一包最少也有几十万。牛汉的心跳了一下，又跳了一下，接下去便跳个不停。他从来没有这么心跳过。也难怪，几十万，他一辈子到现在还没有挣几十万。他把手按在胸口。不会，他想，有谁会把那么多钱丢在路上？有了几十万元，谁不是命一样地紧紧抱着，能随随便便地扔在路上？难说，世界上什么事都可能发生。要真是钱，几十万块放在那里，让人知道了怎么办？

牛汉正神经兮兮地想着，他的手机响了。他有点手忙脚乱地从口袋里掏出手机，想打开，却不知怎么的打了一半又让那盖子跳了回去，这等于是扣死了，扣死了手机就不叫了。他不放心，又打开来看，好像是他们家的卫生工。他的心一下子又疯狂地跳荡起来。她是不是发现了什么？要不要再打过去？正在犹豫着，手机又响了，一看是家里的，心更慌了，连手都有点抖了。他对手机说是我，他知道他的声音有点不对头，颤颤的。手机里响起一个女人的声音，那声音很大，三姨丈，我是阿英，你怎么啦？病了？你在哪里？我用我的手机打不通，就用家里的电话。你不在，三姨也不在。

阿英就是他们家的卫生工，和牛汉的老伴有一点沾亲带故，是老伴的一个很远的亲戚，细细算起来算是牛汉老伴远房表姐的女儿，下岗了，给人家做卫生工。去年夏天老伴打扫卫生时扭了腰，躺了好几天。牛汉说，你何苦呢，又不是雇不起卫生工。这样的话平时他就说过几回，老伴就是听不进去。这次躺在床上，听进去了。就把表姐的女儿雇来了，每星期打扫一次，一次30元，一个月120元。表姐的女儿叫吴英，或者叫吴茵，没有细问，平时就叫阿英。阿英来做了几次卫生，老伴很满意，不但做得干净,人也显得实在,老伴说,做别人的事像做自家的事一样认真。加上是亲戚,很放心,就把家里的钥匙交给她。不管在不在,她定期来打扫,自己来自己走。因为他们有时会到省城住一阵子,这样方便一些,走时家里干干净净,回来时家里也清清爽爽。

牛汉镇静一下自己,说,我在省城,我没事。阿英说,我说哩,家里就像没人的样子。他说,我和你三姨到阿明这里,丽思生了,男的。牛汉的儿子叫牛明,儿媳叫艾丽思。阿英便在电话里大声说,太好了,三姨丈就是有福气。恭喜恭喜,要不要我上去帮忙。

牛汉说不用不用。你搞好了,就回家吧,不必搞得太认真,我们可能要在省城多住一阵子,外面的楼梯什么的就不要洗了。阿英做事很认真,里里外外,连门外的楼梯和储藏间都不漏掉,他怕她发现那个包,所以这么说。

阿英说,洗了洗了都洗了。对了,三姨丈,三姨放在橱子底下的那个包,我把它放到橱子里了,反正橱子是空的。哪个包?牛汉紧张地问。就是那个黑色的包。牛汉觉得自己的呼吸快停止了,说不出话来,只对着话筒喘大气。阿英说,三姨丈,你没事吧?牛汉说,没事,那包放了就放了,反正也没什么用。阿英说,还挺沉的。书,几本没用的书,你三姨什么都宝贝似的。阿英说,要是没有用的书,卖了算了,一斤好几毛钱哩。牛汉连忙说,先放着先放着,我们回去再说。牛汉恨不得插上翅膀,立即飞到她身边,看看她是不是已经把那个包打开了。阿英说,我不会卖,要卖也得等你们回来卖,我只是随便说说。牛汉说,好好,你早点回去。那我就挂了。说着,阿英就把电话挂了。

放下电话,牛汉的心还嘣嘣嘣地跳个不停。阿英也许已经把那个包打开了,她也许看到了那里面的几十万元了。她也许现在已经到公安局报案了,她也许就把那个包拿走了。不可能,她不是那种人,她打电话,只是为了提醒你,让你小心那个包。不,不对。也许什么事也没有,那个包里根本就没什么,就像他说的只是几本无关紧要的书或者杂志什么的。也许她根本就没有打开,什么事也没有。她打电话,很正常,她来打扫卫生,主人不在，她打个电话问问，再正常不过了。

但是，牛汉的心里还是不踏实，忐忑不安，就像小说里所描写的那样，十五只吊桶，七上八下，闹得慌。他又打电话回去，家里已经没人了。他打阿英的手机，阿英没接。他更是坐立不安。他用手按在胸口，压住心跳，到沙发上，闭上眼睛靠一靠。眼睛一闭上，就看到阿英提着那个包，走进公安局。完了，一切都完了。随之而来的是一阵警车声，一阵紧似一阵。他跳起来，想跑，一个念头闪过去，跑什么，这是捡的，不是偷的也不是抢的。睁开眼睛，人还在儿子的房子里。响的不是警笛是电话铃声。一看，是阿英打过来的。牛汉说，阿英吗？阿英说，三姨丈是我。你在哪里？我已经回家了，刚才在自行车上，路上很挤，没敢接。牛汉说，家里的门窗都关好了吧。阿英说，都关好了，三姨丈放心，我还特地巡了一遍，不会出错的，家里没人，窗不关死可不行，万一起风下雨。是的是的，关好就好。牛汉放下电话。

牛汉提心吊胆地过了几天，没什么意外的事情发生，看来阿英没有打开那个包，那个包还安安稳稳平平静静地躺在储藏间的橱子里，什么事都没有发生。谢天谢地。

他想象着那天，阿英洗储藏间时，一拖把过去，碰到那个包，蹲下去，把它拖出来，拖把扫过，想把那个包再推进去，又想这包老在这里碍事，顺手打开橱子，放了进去。那包提起来有些分量，出于好奇，她又拿出来，拍一拍，掂一掂，想打开来看看，觉得不妥，再一次把它放到橱子里。整个过程很平常，却有点惊心动魄。

下个星期三，她会不会出于好奇，重新把那个包拿出来，打开来看看，难说。或许不用等到下星期三，她随时都可能出于好奇，回去打开来看看。

我得回去，牛汉对自己说，但他找不到回去的理由。

他每天的事情不少，主要是上街当采购。几十年前妻子坐月子时就是他当的采购员。那个时候，他身兼数职，采购员、炊事员、护理员和保育员。苦是苦一点，但乐在其中。四员之中，最难的是采购员，一是因为没钱，二是因为东西不好买，什么都得凭票，有了票还得排队。票的事好说，他在单位人缘好，听说他老婆生孩子，同事们都把自家的肉票送给他，一人三五两，凑起来就不少。有了票还不定能吃到肉，特别是猪腰猪心，就得早早去排队。现在好了，只要有钱，上超市什么没有？他每天的工作就是上一趟超市，按老伴开的单子把东西买回来，洗净切好，等老伴回来煮，煮好了再提到医院去。他一天要上五次医院，正餐三次，点心两次。这几天，他几乎就在公共汽车上来回转，忙得很。

每次他来，儿媳艾丽思都很幸福很甜蜜地叫一声爸爸，然后很幸福也很骄傲地吃着他带来的东西。孙子红红胖胖的，很可爱。和儿子一个模子印出来似的，像得不能再像。牛汉说这小子有福相，将来说不准当市长。艾丽思说当市长有什么用，累死累活，弄不好还遗臭万年，当个总经理就行，活得滋滋润润、自自在在。听说艾丽思那家外企的老总年薪80万，一年挣的比你一辈子还多。牛汉说，话是这么说，但市长就是市长，在以前就是五品官，能入史。以前的家谱，连七品官都写进去，我们家祖上就出过七品官，可惜那本家谱在"文革"中让阿明的爷爷烧了。正说着儿子牛明来了，接下去说，入史顶屁用，历史都是人写的，爱怎么说就怎么说。我们当秘书的，什么不知道。牛汉便笑，说，不当市长当总经理也行，反正我孙子将来有出息。儿媳便冲着儿子笑，说，怎么，比你行吧，一个臭秘书，整天还看不见人影。要不是爸爸妈妈来，我得饿死在医院里。儿子说，没那么夸张吧。牛汉看着小两口斗嘴，心里乐。儿媳会说话，这话他听了舒服。难怪老查某总是说儿媳的好话，说有这么乖的媳妇死了也心甘。

牛汉的生活到目前为止还可以，不是很好也不是很糟。他的同学当中，有一位在省里当厅长，有一位在美国当教授，有一位在国内一所很有名的大学里当博士生导师，听说还差一点上院士，还有一位在本市开发房地产，财大气粗。和他们比起来，他不怎么样。但除了他们几个，全班40位同学，他算是好的，当了十几年科长，退休前还带了个括弧，以副处的级别退下来，一个月七补八补也有两千来元，在本州属于小康。带括弧是中国特色，也体现了以人为本，你辛辛苦苦干了几十年，由于种种原因上不去，人也快退休了，就在括弧里给你一个待遇。其他同学就不行了，最惨的还有下岗的，当初到企业，有什么办法？有的还是工程师，心理不平衡，甚至有得肝癌的，心里郁闷，能不得病？他真得算是幸运的。风风雨雨几十年，没出大事，身体健康，家庭生活也差强人意，老婆比他小10岁，当初是她们纺织厂的一枝花，去年退休虽说领的是社保，也有几百元，正如她说的，不用他养。老伴最大的好处还不是长得好看显年轻，是能持家，几十年下来，买了房子娶了儿媳，还偷偷地存下了几万块。他想有这几万块和没有这几万元是不一样的，这几万块目前用不着，说不定永远也用不着，但它的存在就像一粒定心丸，换来一个心安，换来一份平静。

　　如今，那个包成了他的一块心病。他现在才体会到平静的重要，平静的幸福含量。他那天不该出去，不该捡回那个包。那个黑色的包像是藏在心里的贼，把平静的心房搅乱了。不行，他得早点回去，把它处理了，扔了，不管包的是什么，扔了。

/ 4 /

　　牛汉终于找到回去的理由。那是在儿媳和孙子从医院回来之后。他睡不着。连续几个晚上，在床上翻来覆去，就是睡不着。他知道都是那个包搅的。但他说是孙子闹的。孙子在医院里好好的，回来后白天也好好的，吃了奶就睡，却喜欢在夜里哭，孩子一哭，老伴就起来抱，老伴舍不得儿子媳妇，说儿子白天得上班，媳妇在养身子，就把孙子抱过来睡。老伴起来他也起来，反正睡不着。老伴和孙子睡了他还是睡不着。他的睡眠历来好，倒床就睡，几台戏一起唱，也吵不醒他。老伴说他是猪。那几天老伴被他翻得烦了，说，怎么回事，煎白带鱼似的，要不，把门关了，给你来一下。他就依了老伴的话，关起门来做那事。可是做了那事还是睡不着。一个星期下来，他便有些累，有些虚，明显地消瘦了下去，连儿子媳妇都看出来了。说，老爸怎么回事，是不是太累了。媳妇说，一定是孩子闹的，晚上就不让婆婆把孩子带过去。孙子不在，他还是睡不着。他想吃安眠药，儿子不让，媳妇也不同意，那种东西对身体不好。老伴心疼了，说，要不你回去算了。他说，就怕你忙不过来。她说有什么办法，让阿明辛苦一点，把采购的任务交给他，其他的我行。儿子媳妇也说，老爸回去，我们能行。回去好好睡几天，好了再来。

这样，他就回来了。

牛汉乘早班车回来，到车站一下车就叫的士，一分钟也不耽误，到他们住的小区和门卫打招呼时看了一下挂在门卫墙上的钟，还不到11点半。上楼开铁门时，遇见对门的林老师，林老师说回来了，他说回来了，上课？她说上课。他进门，她出门，换鞋子时她说，铁门我来锁。他点了点头，就上来开自家的门。

牛汉本来是要直接到储藏间去拿那个包的，现在只好先进自己的家门，等林老师走了再说。对门的林老师是本州大学的老师，她的丈夫好像在下面的县里工作，一周回来一次。他们两家和睦相处，客客气气，但说话不多，互相之间也没什么了解。他们对话最多的是刚搬来的时候，商量做转台的铁栏杆和铁门。他对林老师说，我们把这里围起来，一是安全，二是可以做一个鞋柜，就在这里换鞋，省地方又卫生。她说好。他又说，你叫人做还是我叫人做？她说，你做吧，做什么样的都行，做完了，该多少钱说一声。他就让人做了。做完之后，她很高兴，说，做得很好，太好了，真让你费心了，多少钱？他说多少钱，并把一张写好的清单递过去，她说不用看他说还是看一下，她拿过去象征性扫了一眼，过一下形式就从坤包里拿出钱来，如数付清，并说了声谢谢。拿钱时他说，我想在最上面拐弯的地方用橱子围一个储藏间。他指了指最上面的地方，其时他们都站在转台上。她说，你围吧，反正那里是死角。他说，你没意见我就围了。她说，围吧，我没意见。在他的记忆中，除此之外，他们就没有更多的交流。也很少遇见，只是常常听到她家的门响，知道回来了，走了。她家还有一个女儿，读中学，也很少遇见，遇见了，也只是笑一笑，叫一声伯伯好。退休之后，有几次遇见，说完回来了，或上课啊之后，想多和她交流几句，比如，了解一下她教几年级什么专业。她却没有再说下去的意思，他也就不好开口了。后来他想,这样也好。儿子牛明对这种状况有一个很生动的说法,叫熟悉的陌生人。这就是现代人。

牛汉走到窗前,看林老师走出小区,才开门上楼,到储藏间拿了那个包,放进事先准备好的一只红色塑料袋里。他已经下决心把它扔了,不管里面是什么东西。

那个包果然放在橱子里,阿英没有说谎,她是把它从橱子底下拿出来放进去了。再看包的样子,的确没有打开过,还是包得那么方方正正严严实实。他不想再看了,他怕管不住自己的好奇心,把它打开。他把它放进红色的塑料袋里,就下楼了。

下了楼,牛明反而有点彷徨了,这包扔到哪里?显然不能扔在小区的垃圾箱里,太惹人眼。得找个没人的地方扔。他到自行车棚,看自行车的和他打招呼,好久不见了。他说,到省城儿子那里去了。

牛汉骑自行车在市里转了一圈,找不到适合的地方,只好往郊区走,郊区人也不少。好不容易找到一片清静的树林,正想扔包,却听到有人在呻吟,定睛一看,就在离他不远的地方,一对男女正在做那事,做得很投入。牛汉便逃了出来。又转到市内,想,还是晚上吧,一想到晚上,便又想到捡包的地方,对,扔到那些拆了一半的房子里,扔到那些长得很高的茅草丛当中,鬼也不知道。

打定主意他就回家。进了小区门,他还是和门卫打招呼,放自行车时他也和看车的打招呼,和平常一样,只是心里有点虚,拿那个包的手有些不自在,下意识地往后挪。那看自行车的看了他手中的那个包一眼,笑着说,买东西?他就再笑一笑,算是回答。上了楼,把那个包还放到储藏间的橱子里。进了门,打开电视,看了好久,不知道在演什么,心晃来晃去,痒痒的,总是惦记着那个包,很想拿来看看,里面到底是什么东西。关了电视,一个人在厅中央傻站了许久。心和心吵成一锅粥,一个说,看一看看一看。一个说,不看不看。他怕管不住自己,决定出门。

牛汉在外面逛,逛商店,逛公园,又到澡堂里洗了一回澡,洗了澡又在躺椅上睡了一觉,晚饭也在外面吃,一直到天黑下来,才匆匆忙忙地赶回家。直接到储藏间拿了包就下来，不让自己有打开包的机会。一直到街上，才松了一口气。那个包就放在车把前的篮子里，还是用红塑料袋装着。他记不起刚才进门出门时有没有和门卫、看车的打招呼，似乎打过，也笑过，管不了那么多了，把包一扔，一切就都恢复到以前，从从容容地进出，从从容容地打招呼，从从容容，平平静静地生活。

　　牛汉来到那天晚上捡包的地方，那个地方出乎意料地亮。街灯亮着，一丛丛茅草探出高高的头，摇晃着绿色白色的光，让人眼花缭乱。他刚把车停下来，便看到一个男人从那残余的半墙内走出来，一边整理着自己的裤裆，看样子是把那里当了一回临时卫生间。那个男人看了他一眼，还十分友善地朝他笑一笑，那意思大概是，你也想方便吗，里面可以的。他只好再上车朝前走。前面就是红灯区，小姐们的洗头店都亮着灯，而且亮得十分刺人眼。他想往回走，稍一踌躇，便有人朝他看，仿佛他想洗头。他赶紧又往前走，前面的小姐站在路边的骑楼下，向他招手，还是那句话，先生洗头。他不看，更不敢停留，往前冲过去。

　　牛汉绕了一圈，还是没有把那个包扔出去，时间也晚了，只好往回走，路过一家超市，看到有人在门口的橱子里放包，灵机一动，这倒是个好办法。这是一家连锁店，满意都，以价廉物美、管理规范闻名于市。他在路边停了车，把包放进那个分了许多格子的橱子里，锁上，然后走进超市。

　　牛汉在超市逛了很久，买了一袋面包，一箱牛奶，交了钱走出来，径直向自行车走去，开了锁，把面包放在篮子里，把牛奶提在手上，跨上车。正想开溜时，站在门口的一个保安走过来，很有礼貌地说，先生，您忘了您的包。牛汉神经质说，包，什么包？保安说，就是您放在橱子里的那个包。牛汉心里骂，狗咬耗子多管闲事，嘴上却说，是的是的，我有一个包差点忘了，谢谢，真的很谢谢。牛汉只好把那个包从橱子里取来，和面包放在一起。

　　牛汉回到家，想，这包看来是扔不掉了。那么巧就遇上了，又扔不掉，那就是缘分，这世上，凡事讲个缘分，要不是缘分，那么多人那么多包，进进出出，那个保安怎么就记得你，非得让你把这个包拿回来不可？

既然是缘分，那就打开来看看吧。这样想着，牛汉突然激动得手发抖。他明白，他从捡到那个包的那一刻起，就很想打开来看看，他真不应该拖到现在。他有一些迫不及待了。

/ 5 /

牛汉把所有的窗帘都拉上，把包放在桌上。灯太亮了，有些刺眼。他关掉了其中的几盏灯。他在那个包的面前又站了一会儿，才动手打开它。先解开上面的尼龙带子，再剥去外面的塑料袋，这黑色的塑料袋有两层，去掉一层里面又一层，里面的那一层显得新一些，袋口打了折，用透明胶纸封住。牛汉把包拿起来，掂一掂，这样的包法，不进水。钱，一定是钱。牛汉迅速地扯去袋子，里面是牛皮纸，牛皮纸也有两层，撕开，果然是钱！

当一叠叠百元人民币展现在牛汉眼前时，尽管有了许多心理准备，他还是惊呆了。有半世纪的时间，他一动不动，连眼皮都没有眨一下。乖乖，他打了一下自己的嘴吧，捏了捏自己的手臂，一切都还正常。他这才动手点钱，一共20捆，一捆100张，全是旧钞。20万，20万，20万。整整20万元。他自言自语地说，他妈的，老子这一辈子还没有看过这么多钱。真是他妈的，真真他妈的发了。

但他立即就把手缩了回来，这钱不能要。得上交。交哪里？公安局。他的经历，他所受的教育背景，决定了他的这一个闪念。交上去现在就交，刻不容缓，马上走。牛汉把钱重新包起来。包起来之后他问自己，如何向公安局的同志说，自然是捡来的。某月某日在某个地方捡的，那是一个风雨交加的夜晚。那么，为什么当时不交现在交，其间隔了近半个月，如何解释？

他又把钱放下去。他没有办法解释，他说不圆，说圆了别人也不相信。

这个时候，他听到一声门响，凭空吓了一跳，下意识地把那个包抱在怀里，仿佛准备逃走。定神再听，是隔壁，好像不是林老师，林老师平时动作很轻，进进出出没有什么声音，今天怎么啦？搞出这么大的响声，想吓死人啊。但不是林老师会是谁？这个时候除了林老师不会有别人。明明就是林老师。不是她声音重了，是他自己太敏感了。他自嘲地笑了笑，刚要把包放下，电话铃响起来，声音也比平时大得多，凶得多，简直不是电话铃，比公安局的警笛还响。他放下包，拿起电话，是儿子。儿子从省城来电话。听到他的声音，儿子在那边大叫起来，老爸，你一整天跑哪里去了，手机也不开，你想把老妈急死是不是，这可是关键时刻，你孙子一天也离不开她。真是的，说好了一到就打电话的。牛汉突然就觉得好笑，也就笑了起来，说，我能到哪里去，在街上转一转，散散心，说不准还能在街上捡个包，弄他几十万。这么说着，牛汉自己吓了一跳，他本来没想这么说的，怎么就把包说出去了？儿子也笑起来，说，美得你，天上掉馅饼了？还是掉下一个林妹妹？想在街上捡几十万，白日做梦。牛汉说，要是真捡了呢？儿子说，捡了就捡了，就当捡了大馅饼，捡了个林妹妹。牛汉说，要不要报公安局。他想，这种事儿子内行，他不是在省公安厅当秘书吗？儿子说，要有人捡了几十万送到公安局，早成雷锋了。牛汉想，现在谁还当雷锋呢？但一转念，不当雷锋不要紧，可别犯了法关监狱。就说，要是捡了几十万不报公安局会不会犯法。儿子说，犯什么法，捡了白捡，这叫不当得利。利得了就得了，只是方法不当。刑法有一条，法不明令禁止不为罪。好了，老爸，儿子说，别说梦话了，老妈问你吃了吗？肯定早吃了，这么晚了还有不吃饭的道理。牛汉说，你问我？是的，我好像还没有吃饭，我不记得了。儿子便有些担心，说，老爸，你没事吧？没事，我能有什么事呢？好好的，我现在就去吃饭，吃了饭好好地睡一觉。牛汉终于想起来了，他是吃过饭的，在南京北路吃的饭，吃的是水饺。儿子说，你等着，老妈要说话。老伴接过电话说，老柴头，到现在还没吃饭，你不要命了？牛汉说，我吃过了，早就吃过的，在南京北路吃的水饺，就是我们上次一起去吃的那种，我们吃完了还买了一斤生的，你忘了。老柴头，吃了就说吃了，害我空着急。老伴骂了一句。他说，我不是忘了吗？她说，连吃饭的事都忘了？是不是患了老年痴呆症。老柴头，说话越来越没谱了。好好睡吧。老伴说着就把电话挂了。

牛汉看了一下话筒，有一种很荒诞的感觉。他从省城回来，不就是为了好好睡觉吗？这是他的理由，可他怎么睡得着呢？他看了一下那个包。他现在的问题是把它怎么办？这个问题不解决他就睡不着。

显然。这包不能再放在门外的储藏间，因为那不是真正的储藏间，没门没锁，20万元放在那边不保险。那么放在哪里？放在家里也不安全。万一被贼偷了，还报不了案。一报案人家问，丢了多少钱？20万。哪来这么多钱？捡的？不能说。亲戚寄存的？海外寄来的？儿子挣的？媳妇陪嫁的？炒股炒的？现在还有一种生意，叫"抱狗仔过门坎"，就是买空卖空，很能挣点钱，可他不会。说不清。来路不明。是不是退休前利用职权弄来的？也就是贪污受贿来的？问题往这里延伸，这一世清名也就毁了。

所以首先得把这包藏好，不能让贼偷了。牛汉在家里走来走去这里看看那里瞧瞧这里摸摸那里敲敲，没有一处安全可靠。当时装修缺乏战略眼光。听说，现在装修，有许多人在家里设了暗道机关，夹墙、暗箱、空穴，等等，你想都想不出来。当然，还有人往家里买保险柜，原来银行和单位财务部门有的保险柜现在已进入寻常百姓家。社会的进步是惊人的。可是保险柜就保险吗？不见得。现在的贼啊，要多现代化有多现代化，现代化的贼装备了电钻、切割机，还有消声器。别以为那是美国好莱坞电影里的故事，就在省城，就在去年，就发生过这样的事。当然，电视不播这种新闻，这种新闻扰乱民心，不利于稳定。这是儿子说的，儿子不是在省公安厅当秘书吗。听说这件事在省里的会议上说了，在公安厅的简报里也说了。当然，那不是一般的贼，是一个盗窃团伙。谁又能保证这样的团伙不会流窜到本州，不会光顾牛家？我们不是到儿子那里去了吗？家里不是常常没人吗？现在小偷作案不怕出声，就是电钻切割机叫，人家也不理不睬，还以为是你们家在装修哩。林老师听到了会管吗？不会。她从来不管别人的事情。

这样想着，牛汉危机四伏，草木皆兵。把门窗巡了一遍又一遍，睡觉前，又把那个包放在床头柜里，这才安心地躺下来。

牛汉躺在床上，睡不着，各种想象和猜测搅得他头疼。

半夜里，牛汉突然来了灵感。他找到一个藏包的地方。什么地方？卫生间的吊顶。吊顶是密封的,他有办法,他先拆下排气扇,把那个包从洞里塞进去,再把排气扇安装好。前后不到半个小时。

他站在卫生间,抬头看了又看,看不出一点破绽,打开排气扇的开关,一切正常,运转正常,声音正常,感觉也正常。他对自己很满意。原来他还比较聪明。参加工作几十年,在单位,人家都说他老实,老老实实,勤勤恳恳,任劳任怨,党叫干啥就干啥。优点很多,缺点只有一个,就是没有点子。没有点子就是没有创意,没有创造性。谁说我没有创意?没到那个时候!

牛汉重新躺到床上,这一下,他很快就睡着了。只是天快亮的时候,做了一个梦,梦见家里着火了。烈火熊熊,火光冲天。他大声喊,救火啊,救火啊,快来救火啊。他在自己的喊声中醒过来。

牛汉揉了揉眼睛,拍了拍脸颊,看了看吸灯,一切正常。他到卫生间,一边撒尿一边抬头看排气扇,顺手按一下开关,一切正常。

/ 6 /

第二天,牛汉心里虚虚的,想,这钱毕竟不是自己的,放在自己的家里有点不对。这一辈子,他没有把别人的东西拿到家里来放过。当科长的时候,也有人送点东西,比如水果香烟、酒,还有雀巢咖啡、脑白金什么的,那不是他自己拿进来的,是别人送进来的。而且这种东西也不是白拿,人家总是求你办事,才送东西,当然不是什么大事,他也办不了大事。他听说如今办大事都得送钱,从来没有人给他送钱送金卡,可见他办不了大事,这他十分明白,也从来没有这么想过。有一次,那是很久以前的事了,他去出席一个什么开幕式,送的是一个十分别致的电子钟,拿回去,老婆说,什么东西不好送送钟,歹彩头。也就是说,送钟与送终同音,不是好兆头。他想也是,就把它拿到单位。一直到他退休,那个电子钟还挂在他的办公室墙上。现在,把别人的20万元放在家里,实在放心不下。着火了,梦里着火了意味着什么?他再次打开排气扇的开关,还是一切正常。

这时，他接了一个电话，电话是儿子打来的，问他睡得好不好？他说，睡得很好。放下电话，他想得出去走走，不能老在家里待着，在家里，整天想着那个包也不是个事。他就走了出来，把门锁得特别认真。

牛汉在威惠庙后面的榕树下看到一个瞎子相命先生，想起昨晚做的梦，就蹲下去，问他会不会解梦。他说会，要钱。他说多少，那瞎子伸出一只手掌，要5元。他说行。就把昨晚的梦告诉他，一边说一边问自己，我怎么也相信起这种东西，这辈子学"马列"、学"毛选"、学"邓论"，还学了"三个代表"，到头来还搞唯心主义，搞迷信，要是给领导知道了多不好。又一转念，什么领导，我已经退休了，便有些逆反心理，就相信一回怎么样，过去几十年，全都听领导的，这回也听一次自己的。于是动了动身子，把姿势调整一下，让自己蹲得更舒服一些。那瞎子听了他的梦，问，是大火吗？他说是大火。又说是火光冲天？他回忆了一下，十分肯定地点了点头。那瞎子一拍大腿说，好，好事。你要发财了。大吉大利啊！牛汉睁大眼睛，真的？我们吃这碗饭的，能骗人吗？要是以前，牛汉准会说，你们吃这碗的不就是骗人吗？而现在他却说，不是这个意思，你能详细说说吗？瞎子说，没什么好说的，自古梦见火燃者，主大吉。当然大吉也有各种吉法，一是发财，二是升官，大富大贵。看你的样子。他把身子往后靠，眯着眼睛再把牛汉从上到下看了一遍。他想你不是瞎子吗，你能看出什么。瞎子仿佛猜出他的心思，微微一笑，说，不是我从你的脸上看见什么，是你的脸，它能告诉我什么。牛汉便感到脸上有什么东西痒痒的。说，告诉你什么？瞎子说，你不是大富大贵的命。而从你梦见的火势看，也不是大富大贵之兆。梦火烧山野，大显赫。而你说的，火是从房子里烧起来，烈火熊熊，火光冲天。牛汉说，是的是的。梦火焰炎炎，见大财。这是古书上说的。古早人说的，会是假的吗？不会。几千年几百年，经过时间的考验，能是假的吗？假得了吗？牛汉站起来，对他说了声谢谢。那瞎子抬起头，朝他微微一笑，说，没说错吧？你发财了，不是小财，是一笔横财，不小的横财。牛汉紧张地看了一下四周，没人。你瞎说什么？瞎子说，要是我说对了，你就多给几个钱买茶喝。牛汉就又给了他一张"工农兵"。然后匆匆离去。

牛汉自语自言地说，瞎说，瞎说。但他的内心是相信的。他相过命。小时候，在城内府埕边的凤凰树下，有一个瞎子算命先生，算得很准。母亲曾带他去算过。那算命先生先把关在竹笼里的一只青碧鸟放出来，放几粒米在桌上，青碧鸟跳过去，啄完了米，就跳到他的手掌上，从一排签书中啄出一支，瞎子接过签书，那只鸟完成了自己的使命，便自己跳回笼子里。瞎子关了鸟笼，慢慢地用手摸着那支签书，然后对母亲讲他的命。讲得母亲十分高兴，多给了他一块钱。他说他将来可以吃政府的头路，还能当科长。吃政府的头路就是在政府里工作，也就是现在所说的当公务员。那个时候科长在老百姓的眼中，已经是一个很大的干部了。因为再大的官就都是北方来的南下干部。本地人最高的就是科长。他们家的斜对面就住着一位房管处的科长，姓赵，可平时人们只叫他科长。那个时候，赵科长家，可真是门庭若市啊。所以母亲听说他能当科长，就多给了瞎子一块钱。一块钱啊，买30碗锅边糊，还可以找回一角钱。可是，凭良心说，那个瞎子算得很准，他是当了科长，虽然有个括弧，实际职务还是科长。那个瞎子好久没见了，一定已经死了，没地方找了。这样想着，牛汉"啊"的一声，拍了一下自己的大腿，骑上车往回走。他又回到榕树下，把那个瞎子看了又看，越看越像。他说，先生，你是不是以前在府埕边凤凰树下的那位先生的后人？那瞎子笑了笑。牛汉说，我以前，那是很久很久以前了，找你父亲算过命，很准。那瞎子又笑了笑。牛汉再给他一张"工农兵"。瞎子说，谢谢。

牛汉站起来，牵着车子绕出来。

这么说，这20万是我的了，我可以用了。这是命中注定了的，我发财了。我不偷不抢不贪污不受贿。这是天上掉下来的，就像戏文里唱的儿子说的，天上掉下个林妹妹。说来也是，你说怎么没事我就往外跑，怎么就下雨了，就没人了，就碰上了，就捡到了。这不是命里注定要发财是什么？

先生洗头。他吓了一跳，抬起头来。又是那个地方。我怎么又转到这里来了？这不奇怪，我要回家，我往北走，就经过这里了。他笑了笑。不洗。他走过去，是的，那个地方就是他捡到包的地方。白天这里没什么特别的。就在这里，我发财了。先生，洗头吗？他又吓了一跳，不是说不洗了吗。抬头一看，这是另一个。这一个跟上一个不一样，这一个长得很清纯很顺眼，声音也甜。他又笑了笑，洗头？我从来没有在外面洗过头。那小姐说，从来没有就洗一次看看嘛，很便宜的，5元钱，试试。她的笑很好看。这种笑法他很少见过，这也许就是那种所谓的妩媚的笑吧。在以往的经历中，他只看过女性的其他种笑，他没有看过这种笑法，很新鲜。那就洗洗吧，就一次。他对自己说，脚还是没有动。那小姐说，先生，很舒服的，真的。人活在世上，各种享受都要试试，又花不了你多少钱。说着她又对他笑了一下。他也就跟着她走了。他发现，她的洗头店与别人不一样，亮一些，也清爽一些。他在门口犹豫了一下，她返身，轻轻地拉了一下他的手，他也就跟了进去。

她给他洗头的时候，他说，小姐哪里人啊。她说，你猜。他说我猜不出来。她说，看先生的样子是一个见多识广的人，一定能猜出来。他想起一些接触过的外地人。想他们说话的口音。他见过的外地人也不算少，在政府机关工作嘛。他到过的地方也不少，出差办事嘛，虽然比不上别人，但比起老百姓还是比较多的，她说得没错，他不是一般人，有点见多识广，他不能在这小姐面前露怯。他说，我说不准，是江西人吧。那小姐说，我说先生就是不一般，一猜就准。江西哪里？那我就猜不出来了。于都。哦。去过？没有。听老人们说，那是当年中央红军开始长征的地方。你们这样一天能挣多少钱？糊口吧。单是洗头挣不了什么钱。要是先生想要别的服务，钱就能多一些，她说着，头便伸过来，朝他笑。他便看到她胸前一片雪白的肉，她的两个奶子高高地耸在他的眼前。他还闻到一阵幽香。他的老家伙便有了反应。什么是别的服务？他明知故问。那女孩子便把手放在他的裤裆上，他的身子抖了一下。她便拉着他进了里面的那个房间。

他们很快就把事情做完了。他说，多少钱？她伸出一个手指。他拿了100元钱给她。她向他甜甜地笑了一下。他突然想，这么容易就挣了100元，她一天要挣多少，一个月，一年呢？她说，先生常来啊。他说，你这样一年能挣多少钱？她笑了笑。他想，他捡的那包钱是不是她的？说不准，她想寄回家，就在那天晚上，丢了。他说，你没丢过钱吗？她摇了摇头。别人，你的那些姐妹们，也没丢过钱吗？她笑了起来，谁会呢，这可是我们的辛苦钱啊。他想，要是那个包是她丢的，他会还给她的。挣这种钱也不容易。她说，先生，看来你是个好人，谁也不关心我们会不会丢钱。他笑了笑，我也是随便说说。这时，他们已经走出里间。他还坐在那张洗头的椅子上。她说，还洗吗？他说，擦干就好，说一会儿话。那女孩子便坐到他的大腿上。他便摸她的奶子。那女孩子说，能再多给一点钱吗？他又拿100元给她。他们就这样说话。东一句，西一句，没有主题，很轻松。他说你叫什么？她说干我们这一行的，没有名字，你就叫我于都吧，他说于都是地名，又拗口，就叫都都吧。都都小姐。说着，他突然用力捏了一下她的奶子，她便有些夸张地叫了起来，他觉得很快乐，从来没有这么快乐过。

　　在回家的路上，牛汉想，这一个早上他花了200元，这是他这一生中一个早上花钱最多的一次，也是他一生中最出格、最放松、最堕落的一个早上。没想到生活还会是这个样子，真没想到，而这种生活其实就在你的身边，只要你花一点，就行了。花钱，花吧，不是有20万元吗？

/7/

　　开门时，牛汉觉得有点异常，里面有人，有人在卫生间。这还了得！他冲了过去。卫生间果然有人，那人大叫一声，把牛汉吓了一跳。牛汉退出卫生间，说，你怎么在这里。阿英提着裤子站起来说，是三姨丈啊，吓死我了。人吓人吓死人。你看，心都快跳出来了。说话间阿英很快就把裤子理好了。牛汉看着她红扑扑的脸，再看看她丰满的一起一伏的胸脯，脑子里闪过都都小姐的奶子，仿佛手里还留着那种细腻的感觉，有些尴尬，有些慌乱地说，你怎么在这里？今天是周三，我来打扫卫生啊。牛汉走进卫生间，抬头看了一下排风扇。说，卫生间洗好了？她说，还没哩。我看卫生间还干净，地板洗一下，其他的就算了。以前，她总是里里外外上上下下，所有的地方都擦一遍。她说，三姨丈，你怎么回来了？我开门时就觉得不对头。三姨呢？他说，她不回来。孩子晚上哭，我睡不好，就回来了。她说回来也好，家里有个人，安全。听说现在贼很多很猖狂，专挑没人在家的时候偷。他连忙说，家里也没什么好偷的。

她说，听说丽景山庄有一家两口子去旅游，贼撬开了他们家的门，把他们家所有值钱的东西都搬光了，用大汽车载。邻居们不管？现在谁还管，再说了，互不认识，还以为是搬家哩。对了，上次那个包，我放在橱子里，你看看还在不在。哪个包？牛汉明知故问。就是那个黑色的塑料包啊，放在储藏间里的那个。那是什么包你知道吗？牛汉看着她问。她说，不知道。你没打开来看看？她摇了摇头。是什么包？三姨丈不是说是旧书吗？她问。是的，我在电话里说了，就是一些旧书，你表弟牛明以前的课本，你三姨宝贝似的，包了又包，藏在里屋的大柜里，我嫌占地方，就扔到储藏间去了，你三姨还不放心。这一次问牛明，他说没用，过了时的课本能有什么用？我就把它卖了。

是啊，没用的书早就该卖了。她说。他觉得她说话的语调有些不对头，认真地看了她一下，她也在看他，眼光中似乎藏着话。他的心跳了一下，她不会已经看了吧。她也许真的看了，她什么都知道。她在装糊涂。她又说，还有一些旧报纸和旧书，也一起卖了算了。他说在哪里，她说不是和那个包放在一起吗。他说是的是的，一起卖了。于是她就出去，把放在储藏间里的那些旧书旧报纸拿出来。说，三姨丈你看，还有这么多。他说，是啊，你看我这么粗心，你就都卖了吧。她说下次吧，那个买鸡毛肉骨的刚走。闽南话买鸡毛肉骨的就是收破烂的。随你什么时候都行，卖了钱归你。她便笑了笑。她的笑让他心里有些发毛。她似乎在笑里说，这能卖几块钱？小钱归我，那几十万呢？哪来的？又哪里去了？她刚才在卫生间怕是侦察到什么了吧。当然她不把话挑明，他也不能说破，谅她也没那个胆量。她要是有那个胆量，她就不会在电话里提到那个包。

阿英又把那些旧书旧报纸拿回储藏间，说，还是等三姨回来再说吧，说不准她又舍不得卖。牛汉没有再说什么。看来，她也只是在做一个试探。他不想就这事再扯下去，说，你做好了就回去做饭吧，省得孩子饿着。阿英拍了拍手说，这一次不怎么脏，都是一些灰尘。她说着，没有要走的样子。他看着她，她脸红了一下，说，三姨丈，有点事，不好意思开口。他说，有事尽管说，你看你，跟三姨丈还客气什么？她说，我跟我们家那位说，三姨三姨丈就跟自己的父母亲似的。他说，说吧说吧。她说，就是我们家小菲，想让她读实验小学。小孩书读好了，将来才不会像我们一样下岗。他说，那是自然的，上重点小学中学将来上重点大学，出来就好找工作，说不准还能出国。她有点羞涩地笑了笑，那还早哩。现在上实验小学，人家要赞助费。多少？5000元。想向三姨丈先借一下，我们慢慢还，就从我的工钱里扣，不知行不行。牛汉心里想来了不是，这只是个开头，嘴里说还有什么不行的，也不要说从工钱里扣，自家人这样说就见外了，你先拿去，什么时候有钱就什么时候还。培养孩子要紧，钱的事是小事。三姨丈不是没钱，和你三姨两个人的退休金加起来一个月有两三千，我们能吃得了那么多吗？好东西不能吃，不是怕胆固醇就是担心高脂肪，只能吃青菜和豆腐。你表弟牛明那里也不要我们帮什么，他们小夫妻俩挣的钱比我们还多。他带笑说这些话，但他知道自己说得很不自然，笑得也很不自然。既矫揉造作又过于张扬。目的自然是为自己找出一点有钱的理由。阿英的眼睛一亮，说，我就知道三姨丈是好人。好人有好报。我都不知道怎么来谢你。她两只手掌在胸前不停地搓着，很激动的样子。见外了不是？他说，现在就要吗？她说不急，还没让缴哩。他说下午来拿吧，我去银行取。她说不急不急，下礼拜来也行，没这么快。三姨丈不上省城了吧。他说不去了。

阿英走了之后，牛汉想了好久，越想越觉得她已经知道了底里，这钱是不给不行的。但一下子从银行里拿出5000元，老伴一定会发现，也不一定会同意。虽说是她娘家的亲戚，毕竟是远亲，走得来是亲戚，走得不好就什么也不是。只好从那里去拿了。这样想着便把门关死，从里面反锁。然后拿了梯子和螺丝刀，到卫生间拆了排气扇，把那个包拿下来。打开包，拿出一叠，在手上掂了掂，放到洗脸台上。其他的重新包好，又放了回去。这一叠是10000万，给阿英5000，剩下5000，就当额外开支算了。

/ 8 /

　　以后几天，牛汉又去洗了几次头，每次都找都都小姐，花上几百元，度过快快乐乐的一个上午。这个早上，他们正玩着，突然就来了两个男人，一胖一瘦，胖的满脸横肉，瘦的眼珠突出。牛汉吓得不敢动。胖子说，起来，把衣服穿上。瘦子说，看你样子还像个干部，就不知道嫖娼是非法行为？都都小姐先爬起来，当着那两个男人的面，从从容容地穿衣服。都都小姐爬起来时，牛汉下意识地拉了一下被子。胖子一下子把被子掀掉，瘦子从背后拿出一台数码相机，就要拍照。牛汉说别照别照。他跳起来，以最快的速度穿好衣服。站在那里发抖。胖子对都都小姐说，你出去，我们审他。都都小姐幽幽地看了他一眼，掀帘出去。胖子对牛汉说，坐吧。牛汉坐在床沿。瘦子收了相机，拿出本子和笔。胖子问，哪个单位的？牛汉说，没单位。胖子"哼"了一声。牛汉说，是没单位，退休了。老不死的，还行啊你。身份证。牛汉不想拿。胖子说，不拿也行，我们文明执法。按《治安处罚条例》，罚款8000元。没等牛汉反应，瘦子就说，不拿也行，我们走一趟派出所，让你原单位来领人。说着，两个人便站起来。牛汉说，你们是派出所的？那两人对看了一下，不信是不是。那就走吧。牛汉说，能不能少一点，我这是第一次。胖子说，一分也不能少。瘦子说，还是拿钱吧，我们也不想在我们分管的片区出这种丑事，最近上面查得紧，过几天就要统一行动了，听说省里要来人检查精神文明建设。省里要到各地检查精神文明的消息电视上播过，牛汉在省城也听儿子说过。他动了动身子，说，我身上没有这么多钱。胖子说，你可以回去拿，拿到派出所去交，我姓黄，他姓刘。牛汉说不能在这里交吗？那两个男人又对看了一下，点了点头。牛汉站起来要走。瘦子拉住他，把身份证拿出来。我们登记一下。牛汉无奈，只好把身份证拿出来。那瘦子也不记他的名字，只写了他的号码，就还给他。说，快点，半个小时内不来，你就直接到派出所去交。牛汉以最快的速度回家拿钱，到都都小姐那里交了钱，说，能不能把号码给我？胖子向瘦子递了一个眼色，瘦子便把写着他的身份证号码的那一页撕下来，递给他。胖子说，要不要开罚款单？牛汉说，不要不要。说着两个人便起身走了。那两个男人走了之后，牛汉说，他们真是派出所的？都都小姐说，我也不知道。

从都都小姐那里出来，阳光明晃晃的，路上冷冷清清，那两个男人已不知去向。他记得，这里是属于解放派出所，派出所就在威惠庙附近，过去看看。一下子被拿了8000元，心里有点不甘。他骑上车，往南走，找到派出所，在门外转了一圈，又在门口探了探头，里面有个女警察，笑容可掬地说，有事吗？他想问你们这里有没有一胖一瘦，胖的姓黄、瘦的姓刘的男警察，却没有开口。他摆摆手，缩了回来。万一那两个真是警察，那就麻烦了。往回走又想，说不定这两个男人和都都小姐是一伙的。一想到他们是一伙，就想到黑社会，一想到黑社会，不禁浑身抖擞了一下。他看过美国大片，《教父》，可怕、可怕。不敢想。他仓皇四顾，没人。不是没人，是人们自顾自地走着自己的路，做着自己的事，根本就没有注意他。他定神一看，人不少，街上来来往往的人真是不少啊，再看路边，有卖豆花的，有卖香蕉的，还有一摊卖鼎边垂的，啊原来在这里。他的肚子咕噜地叫了一声。刚才太紧张了，消耗太大了。他走过去，对卖鼎边垂的女人说，来一碗，来根油条再加一块卤大肠。他在旁边的竹长椅坐下来，坐下来之后脑子里突然冒出四个字：破财消灾。

是的，破财消灾。管他是警察还是黑社会，既然他们都要钱，既然我给了钱，那么，就是破财消灾。他居然微微地笑了一下。上胡椒粉吗？那女人问。上，他说。他闻到了蒜丁和胡椒的香味。大口大口地吃起来。小时候也是这么吃的。来点盐酸，他用筷子指了指自己的碗。闽南话盐酸就是香菜。女人抓了一把盐酸撒在他的碗里，又舀了一勺汤，浇上。

这时，很久以前母亲常说的那句破财消灾，非常清晰地在他的耳边响起。丢了东西，母亲说破财消灾，生病花了钱，母亲说破财消灾。家里摔破了支汤匙，母亲还是说，破财消灾。母亲总是用破财消灾来安慰自己，祈求平安。他清清楚楚地记得母亲第一次说破财消灾的情形。那个时候，母亲在门口晒羊毛线，那是父亲的旧羊毛衣拆散了，洗过之后准备给他打一件衣服和一条裤子。母亲是打毛衣的高手，平时没事，她就给人打毛衣，一件毛衣打5天，能挣3块钱。她给人打毛衣的时候，总是偷偷地省下一点毛线，有红的有蓝的也有黄的，母亲说，用父亲的旧毛线再掺一些新毛线，可以织成一套很好看的毛衣裤。母亲用竹竿把毛线穿起来，放在门口晒太阳，让他看着。他当时头有点昏，看着看着就迷迷糊糊地睡着了。毛线丢了，母亲骂他无路使，也就是没用的东西。饭白吃了，还不如拿去喂狗，狗还会看门，把门看得牢牢的。母亲生气的时候骂人，心疼的时候也骂人，骂得口沫四溅。他有点伤心，知道毛线丢了，他的毛衣毛裤也就没了。但他头晕，他只想睡。母亲看他不吭声，头直往下勾。说你哑了聋了还是死了。一摸他的头，哎呀一声，你发烧了，怎么不说。那个贼，那个天寿鬼，那个挨枪货，乘人之危，不得好死。拿了我们家的毛线去换药吃。母亲骂了一个晚上，早上起来摸他的头，高兴地说，不烧了，好了。破财消灾。

　　破财消灾。看来这钱要花出去，不花不平安。他想。回到家里，他就拿了梯子，拆了排气扇，从那个包里再取出10000元，准备把它花出去。他还没想好怎么花。当然，东西是不能买的，多了东西老伴要查，比纪委还严。一查就说不清楚了。说不清楚不利于家庭的安定团结，不利于稳定，不是说稳定压倒一切吗？

　　晚上儿子来电话，问他这几天睡得如何，想不想到省城看孙子，他说孙子这几天很乖，很配合，不哭不闹，一过10点就睡，一觉睡到天亮。他说他还没睡够，过几天再说，要是他去了，孙子不和他配合怎么办？老伴便在省城抢过儿子的电话说，老柴头，孙子又不是别人的，怎么会专门和你作对。你是不是家里养了相好的？快过来。孙子想你了。他说，他哪会想，要现在会想事，那不把人吓死？她说你怎么就知道他不会想，他只是不会说而已。他说是当奶奶的想了吧？老伴便在电话里骂道，去死吧，你这个老不死的老柴头。骂完就很开心地笑。儿子接过电话说，老爸要的是自由。生命诚可贵，爱情价更高，若为自由故，二者皆可抛。老爸我理解。他说理解万岁。

他知道他不能离开家。他一走，那20万怎么办？万一被偷了，可是大事故。听说某局长家里失窃，被偷了几十万，不敢报案，怕人家查他的腐败。后来，那个小偷贼星败了，被抓了，把那个局长供出来，一查查出个大贪官，局长也关进去了，判的刑比那个小偷还重几倍。就是没有小偷，也要防着阿英。一想到阿英他心里就不舒服，一开口就是5000，有点敲诈的味道。但又想，她也许真的不知道那是钱，她只是真的有困难，走投无路才向他开的口，不能把人想得太坏。人心隔肚皮。是好是坏说不准，只有天晓得。

/ 9 /

那天一早，牛汉就觉得心里怪怪的，没着没落。住了几年的房子一下就变得有些空空荡荡的，大得出奇。环视四周，家具还是那些家具，一点也没变化。自己一个人自由倒是自由了，清闲倒也清闲了，就是无聊，有一种叫孤独的情绪像小偷一样，不经意间就溜进心房里，潜伏着，窥探着，蠢蠢欲动。他得出去走走。当然不能再到都都小姐那里去，要到公园里走，或到威惠庙去看看，到楼上打打麻将。

牛汉刚想走，门响了，开了。他吓了一跳，以为是小偷，这么猖狂，下意识地把靠在墙边的扫把抓在手上，要给来犯者以迎头痛击。进来的是阿英，她看到他手里拿着扫帚，笑着说，三姨丈，我来吧。牛汉松了一口气，说，又到打扫卫生的时间了，这么快。她说三姨丈是好命人，时间自然过得快。我们的时间可不好过，天一亮睁开眼睛就得花钱，掰着人民币过日子，一天挨一天，难啊。牛汉点了点头，以为她是在提醒借钱的事，便说，你要的钱我已经取回来了，你做完卫生就拿走。不过，这钱你三姨那边我没说，你也不用说。说着便去拿5000元给她。她说谢谢三姨丈，三姨那里我不会说的。这钱我先拿到医院里救命。他感到不对，说，这钱不是赞助实验小学的吗？她说，我本来不敢说。人衰，什么事情都来。他爸爸，我公公住院了。他说什么病。她说本来不是什么大病，就是前列腺炎，那东西掉了下来。他问什么东西？她说就是男人的那个东西，她脸了红，他明白了是睾丸，好像不是前列腺炎是小疝气。这病很常见。他说没那么严重吧。她说本来是不严重，没钱看，就拖着，一天拖一天，那天实在痛得不行，坐着痛，躺着也痛，脸一阵比一阵白，出冷汗。邻居们都说，不看医生不行，要死人的。他还不想看，怕花不起钱。是我硬把他送到医院去的，一进去医生就说要住院要开刀，说是肾出了大毛病，要做什么穿透，要很多钱。小菲的赞助就不要了，读什么学校都行。三姨丈如果有钱的话，我想再借5000元，凑10000。我以后每天来，给你做饭洗衣当保姆，用工钱抵。牛汉说，救人要紧，救人要紧，别的话都不说。再5000够吗？她不好意思地笑了笑。他说，要不再拿5000吧，说着就把另外的5000元也给了她。她接过钱，手有点抖，说，三姨丈要怎么报答你啊，说着就哭。他说救人要紧。她说这钱我会还的，做牛做马也要还。他说走吧走吧先到医院交钱，今天就不要做卫生了，反正也不脏。她说那我就走了。

　　临走，牛汉问她住哪个医院，她说市立医院第八病区。她走后，牛汉想，看样子不像是假的，又想，管它真假，去看一看。便反锁了门，又从卫生间排气扇的包里拿了10000元，到医院去。

　　阿英的公公果然住在那里。牛汉在病房里第一次看到阿英的丈夫。那是个很木讷的汉子，说是下岗工人，更像个刚进城的农民工，粗，里里外外、上上下下，给人的感觉就是一个"土"字，又土又戆。他不禁看了一下站在旁边的阿英，脑子里冒出一句人们常说的话，"好花插在牛粪上"。他说，医院里有没有熟人？阿英说，他能有什么熟人，平时从不与人来往。我有一个小学的同学，在医院当护士，可是找不到，不知道她在哪个科，平时不知道医院这么大，人这么多，一进来才知道，没地方找人。他说，怎么没吊针？她说护士早上说没钱了，不给挂瓶，我交了钱，他们又说单子还没来，等来了再挂。牛汉便去护士工作室说，某号病床，怎么到现在还不吊瓶，钱不是交了吗？护士说，单子刚到，我们就去挂。牛汉想，看来没有熟人不行，便对她说，我去看看有没有熟人。说着就往外走。

　　其实牛汉心里也没底，他在这里也没有什么熟人，只记得他们局长的同学在这里当主治医师，姓宋。前几年，他们局长住院时，他来看他时认识的。宋医生有一个什么事要办，局长让他给办了，不知道人家还记不记得他，也不知道还领不领那个情。没想到宋医生还很好找，而且已经当主任了。宋主任还认得他，说，牛科长好久不见了，怎么有空到医院来。他说有个亲戚住院，他便跟着他来病房。看到三姨丈居然把主任带来，阿英一家十分感动。

宋主任说，我和牛科长是老朋友，有事尽管说。阿英看了一下丈夫，意思是让他说话，他反而把眼光躲开了。阿英说，我公公这病要花多少钱？说着便脸红。宋主任说，难说，要看病情的发展。病人在床上叹气，阿英便不敢再说什么。怕老人家误会她怕花钱，不给他治病。牛汉说，我亲戚全家都下岗了，经济上比较拮据。阿英接着说，昨天一天就花3454元，今天一早又让交钱，不交不给药不给挂瓶。她的手里拿着一张医院的单子。现在改革了，进步了，收费公开了，医院每天给病人打一张表格，列了开支清单。宋主任拿过去看了一下，说，我会交代他们，尽量不用进口药。正好有一位护士进来，看到宋主任，有些意外。宋主任就当着护士的面，摸了一下病人的额头，说，不要紧的，安心治病，听医生护士的话，配合治疗，很快就会好起来的。护士便对病人和家属笑，笑得很甜蜜。这是笑给主任看的。

宋主任走后，阿英的公公拉着牛汉的手，激动得说不出话来。牛汉说，刚才宋主任说了，不要紧的，好好治病，不要想钱的事。让阿英多给你做点好吃的。我那里就不用去了。阿英的公公紧紧地捏着他的手，说不出话。牛汉走时，他让阿英把三姨丈送到楼下。

从医院出来，牛汉觉得很有成就感，走起路来也很自信，那地上的影子一顿一顿的，很有节奏感，甚至有点像他们的局长。他笑了一下，他的自我感觉从来没有这么好过。街上很热闹，空气很新鲜，很清爽。他骑车在市里转，看公景。公景是闽南话语特有的词汇，公景不同风景，风景是自然景观，公景是自然景观与人文景观的结合，并凸显风俗民情和社会新闻。看公景是一种人生享受。中午就在外面吃。他从前很少在外面吃饭，那时过的是紧日子，领的是死工资，要买房，要供孩子上学，小学中学大学，容易吗？那么中午吃什么？对了，肯德基。肯德基已经时兴许多年了，他居然没有去吃过。

牛汉来到肯德基店,那店面很气派,一面大玻璃,把里面全罩住。可以看到里面已经有不少人,有大人,也有小孩子。有一对情侣正朝着他看。看什么看,我也进去,就坐在你们对面。他走进去,坐在那对年轻人的对面,还对他们笑了一下。在里面的感觉果然不一般。仿佛自己一下子就透亮起来,高雅起来,也自信起来。他要了一份55元的,坐在玻璃边慢慢地吃。平时从街上走过,看到里面一对对年轻人,面对面坐着,一边聊天,一边吃,很时尚很浪漫。现在自己也坐进来了,很新鲜,与时俱进了。可惜对面没有人,要是老伴在就好了,老伴说过几次,说要去啃一次"德鸡",都没去成,两个人100多元,有点贵,不是消费不起,是舍不得消费。100多元能买半个月的菜。以后带她来啃一次。但一转念,不行。到这里来的人全都穿着时髦,老查某太土,而且出口就是老柴头长老柴头短的,不文明,上不了台面。突然就想到都都小姐,也不行,她和别人套好了,来敲他的钱,可恨。又想到阿英,心里动了一下。阿英可以,给她换一套衣服,带得出来。

这样想着,牛汉便有些心猿意马,老家私也有一点反应,他吓了一跳,这里可是透明的,他把身子转了过去。对面的年轻人正做电影,你拿一块放在我的嘴里,我拿一块放在你的嘴里,四目传情,很投入。

吃完了一份,觉得好吃,他再要了一份,带回去晚上吃。站在门口的小姐看他吃完一桶又抱一桶,很高兴,说,先生走好,欢迎下次再来,笑容可掬。这小姐长得很入时。他对她点了点头,显得很讲礼貌,很有风度,很合潮流。

/ 10 /

晚上再吃肯德基,牛汉觉得有点腻,想,吃这东西得讲究文明,得有伴,有气氛。店里的那对小年轻喂来喂去的镜头再次在他的脑子里出现,那才叫情趣。男男女女,边吃边聊,海阔天空,打情骂俏,所以越吃越好吃。所谓津津有味,不是吃出来,是体会出来的。一个人吃实在没劲。

为了给自己增加一点气氛,来一点动静,他打开电视。电视正在播广告。现代科技,纳米隆胸。牛汉觉得,这广告里的女人有点像阿英,哪里像?说不出来。细想,哪里都不像,也许就是那对奶子吧。阿英是个成熟的妇人,不像都都小姐,小巧玲珑,甚至有点清纯。想到成熟,他的思路又滑到那对奶子上去。有一次,她站在椅子上擦窗户,他无意中看到她白白的腰肌。她的双臂上下左右活动,她的粉红色的衣襟就跟着她晃动,把那段雪白的肌肤展示得十分灵活、十分性感、十分挑逗。他顺势一睃,想做进一步的搜索,她却跳下来,冲他笑。她跳下来时,那对奶子便在他的眼前跳了一下,又颤了颤。他不敢再看,扭头走开。那天晚上他把老伴翻来覆去,这里看看,那里摸摸,弄得老伴很动情。老伴抓住老家私说,老不休,要来就来,又不是没有见过。与年龄相比,老伴虽然总体上还显年轻,但那对奶子已经不行了,松松垮垮,没有一点弹性,没有一点张力。

电视跳来跳去,广告之后是新闻评论。女主持人在评说时势,旁边坐两位专家,说萨达姆,说伊拉克。牛汉觉得没滋没味,就不吃了。正想收拾,门响了一下,开门进来的居然是阿英。牛汉张嘴说不出话。阿英说,我公公一定让我来,他说今天的卫生不做不行,他还说,今后三姨丈家里的杂活让我都包了,我每天来给三姨丈做饭、洗衣、当保姆。牛汉说,不行不行。你公公病在医院,小孩又小,家里需要人手。我自己能照顾自己。她说,小菲就放到我妈那里。医院里有他就行了,他不是下岗了吗?闲着也闲着。牛汉说,你爱人好像不喜欢说话。她说,他不会说话,三个棍子也打不出一声屁来。他便笑了,她也笑,笑的时候那对奶子便有些发颤。他便有些发傻,发呆,发闷。她看着桌子说,三姨丈你也喜欢吃肯德基,这是小孩子吃的。他说,人老了就反相。反相就是脾气性格、习惯爱好古怪反常。她说,三姨丈不老,一点也不老,看起来像四十来岁。牛汉很高兴,说,你要不要来一点,便拿了一块让她尝尝。她接过来,一边吃一边说,真香。他说,吃,吃,都吃了。她说,又香又脆,从来没吃过做得这么好吃的鸡肉,外国人就是会享受,难怪孩子们都喜欢吃。我们家小菲,从上幼儿园就吵着要吃肯德基，吵到现在也没让她吃一回。她看了一下桌上剩下的几块。牛汉说，你吃你吃，我再去买几桶，等一下你带回去给她吃。她说，不用不用，那几块留着，给她尝个鲜就行了，反正我是吃饱了的，吃不下。他说，你吃你吃，跟三姨丈还客气什么。吃完收拾一下，等我回来。说着就走了。

此时牛汉不走不行。

牛汉不走不行，他怕管不住自己，做出不轨之事。他的眼睛一直盯着她的胸脯，想象着里面的形态，他甚至把都都小姐的乳头安在她的身上。那天都都小姐坐在他的大腿上，用奶子磨他的脸。牛汉感到自己的老家私有点活动了，就说，你吃你吃都吃了，和三姨丈还客气什么。然后就往外走。不是走是逃，他怕自己坠入深渊。

牛汉在街上转了一圈，又在公园里坐了一会儿，当他提着两桶肯德基回来时，阿英已经走了。他顿时松了一口气，要是她还在的话，他说不准会做出蠢事。松了一口气之后又有点惆怅，她居然不等他回来就走了。正在又是庆幸又是失落之际，他的手机响了，一摸，不在身上，寻声望去，手机躺在沙发上。打开来，是儿子的。儿子说，老爸跑哪里去了，家里没人，手机也不接。都快把老妈急死了，以为出了什么事。没事吧？他说没事，能有什么事呢？吃过饭出去走走，手机忘了带，就这么回事。儿子说，我想也是这样。可老妈不相信，硬是想出许多可能性，自己吓自己。老伴接过电话说，老柴头，手机要随身带，有什么事也好叫人。你以为你是年轻人？我当然是年轻人。牛汉意味深长地说。老伴意会到了他的意思，笑骂了一句，老不死的，睡觉去吧。便放下电话。牛汉便冲着手机笑。此时此刻要是老查某在身边，绝不放过她。

过了一会儿，电话铃又响起，牛汉想，一定是阿英的，一接，果然。阿英说，三姨丈你回来了。他说回来了。回来就好。他说你怎么跑了，我买了两桶肯德基。她说不好意思，我不能要。他说给小孩吃又不是给你吃。我给你送过去，你住在哪里？她说三姨丈你千万别过来，你不知道路，知道了也不好走。他说你怎么走了呢，不是让你等我吗？她说，刚才家里电话响了好几回，你的手机也响了好几回，我不敢接。牛汉正想说你就接了怕什么？转而一想，这么晚了，她还在家里做什么？儿子也许不会说什么，老伴可就难说了，一定会有什么想法。他"哦"的一声，不再说什么。就这样，大家都沉默着，似乎可以听到对方的喘息声。

好一会儿，她说，三姨丈，不早了，你睡吧。热水器我已经给你打开了。

牛汉便去开热水器洗澡。一边洗一边就想，她不敢接电话，什么意思？她担心什么？难道他们干了什么？他们什么都没干。可她说她不敢接电话，显然她是不想让三姨知道这么晚了她还在家里。他的心动了一下。他和她之间无意中有了一个约定，共守着一个秘密。他们瞒着别人什么，他们也许并没有想清楚要干什么，可他们一定会有什么事情要发生。

牛汉抬头，透过水气看排气扇，那里放着一个包，这一切的变化都与那个包有关系。男人有钱就变坏。这是几年前在一次宴席上听人说的。那时他还没有退休，似乎还有晋升的一线希望，所谓七上八下，他还不到57，也有传闻说要提他的副处。他是在他们局长宴请省厅领导时听到这句话的。那时，大都喝得脸红红的，厅领导显得特别平易近人，他的秘书说了好几个黄段子，他也不阻止，还跟着笑，很人性化。那时他想，他永远也不会变坏，因为他没有钱。而且他还想，就是有钱了，他也不会变坏，因为他不想变坏。

人啊。牛汉很深沉地叹了一口气，仿佛他是一个哲学家。

牛汉终于抵挡不住自己变坏的欲望，他在第二天上午就把阿英按倒在沙发上。她开门的时候他的心就开始跳，压制不住。她开了门，冲他叫了声三姨丈，自己便红了脸。他说来了，这么早。他很紧张，不敢看她。她也很紧张。他们的紧张互相传染，便有一点一触即发的味道。她不敢看他，低头说，我去给你做早饭，说着便逃进厨房里。他发现她的声音变得很厉害，忍不住就跟了进去。她背着他发抖，说，三姨丈，你别来，来了我做不成饭。他说饭就别做了。她说不做饭做什么。他就发疯似的把她拉出来，一直拉到沙发上。

后来他们就到了床上。她说三姨丈，你真行，你比他还行。她说的他是她的丈夫。他说他还年轻，怎么就不行了呢？她说他原来很行的，自从下岗以后，就不行了。牛汉想，都是钱害的。一个男人有了钱就什么都行，没了钱，就什么都不行了。过了一会儿，她说，三姨丈，我是一个坏女人，歹查某，臭贱货。他说你快别这么说，要说坏，我比你更坏。我不是人。她说，不，你是好人，你给了我们那么多钱。她越这么说他越觉得自己不是好东西。他说我不是人我不是人。她便用手去堵他的嘴，不让他说。他们就抱着哭了一回，哭得很伤心。哭了之后，又做了一回，做得很疯狂。他想他完了，不可救药了，他以前还像个人，可是自从捡了那个包，他就变了，变成现在这个样子了。

他说，我得起来，出去走走。说着便起来穿衣服。她说我也得起来，到医院去看看，他说我们就一起去吧。

他们便一起去医院。路上，她给丈夫买了一个盒饭，他为她付了钱。看了病人，他让她留在医院里替她丈夫，让他回去睡一会儿。她丈夫说不用，他已经趴在床边睡过了。她说她得到她妈那边去看看小菲。他们就一起出来。他们先去吃肯德基，坐在玻璃前一边吃一边聊天一边看街上的公景，吃得很愉快。吃过之后，他又买了两桶，让她带去给小菲吃。他们在店门口分手，她高高兴兴地提着肯德基走了。

/ 11 /

牛汉往前走，不知不觉又到了威惠庙。今天这里特别热闹。许多人进香，一问，是威惠将军的生日。有人在那里捐钱，说是庙要修缮，他想都没想就掏出3000元，说，我也捐一点。收钱登记的人有些吃惊，说这么多？叫什么名字，他说白银来。那人看了他一眼，他也愣了一下，怎么出口就说出这几个字，这不像是人名，最少不像是男人的名字。他灵机一动，说，这是老查某的名字，她很久以前就有这个心愿了。那人便收了钱，在红纸上写下，弟子白银来，3000元整。他的毛笔字写正楷，不像如今的书法家，写出来的字人家都看不懂。

从威惠庙出来，牛汉想，我不能太坏。

不久，牛汉又给希望小学捐了10000元，说不用记名字。人家一定要记他的名字，他便报了一个假名，江希望。那人笑了，说你这是假名。有一个记者跑过来，后面还跟了一架摄影机。他吓了一跳，转身就往人堆里钻。可是他还是被拍了进去，还有逃跑的镜头。当天的本地新闻就播了。阿英看到了，说，三姨丈你真伟大，捐钱不记名，都上电视了。他说那不是我，你看错了。她说怎么会看错，就是你。

有一次，他们躺在床上，牛汉试探地说，那天那个包哪里去了。阿英说什么包？他说就是那个黑色的包啊。她说是那个旧书包啊。对对，就是那个包着你表弟旧课本的包。你不是卖了吗？是的卖了，你看我这记性。老了。阿英捏着他的老家私，笑道，什么都老了，就是这家私不服老。

/ 12 /

几天后的一个晚上，牛汉接到一个电话，电话的声音怪怪的。电话里说，牛先生，你好啊，谢谢你替我保管那个包。他说什么包？电话里说，牛先生真是贵人多忘事啊，就是某月某日，那天晚上下着雨，刮着风，我在南京路放了一个包，不是你拿走的吗？牛汉惊叫，你是什么人？对方笑道，谢谢你啦。我现在不方便去取，那个包就寄在你那里，方便的时候再去取。拜托啦。

不知道从什么时候起，外面下雨了，刮风了，风雨交加，和那个晚上一样。

牛汉看了一下来电显示，把号码记下来。

牛汉给儿子打了个电话，让他查一查这个号码。儿子在公安厅，可以查到。儿子笑道，老爸搞什么秘密活动，有小姐的手机号了。笑归笑，老爸要查他就查。

一查不得了，这是一个在逃贪官的手机号码。听说，这个贪官还有一点黑社会的背景。

牛汉从此提心吊胆，日子过得神经兮兮，紧紧张张，昏昏沉沉。

他变得对声音特别敏感，害怕声音，有一点小小的声响就心跳。电话铃响，心跳；对面的门响，心跳；街上的汽车喇叭声响，心跳；甚至阿英开门的声响，他也心跳。不是一般地跳，是抢着跳，一阵紧似一阵地跳，扑通扑通跳个不停。心跳之后是心慌，没着没落，仿佛那颗心跳出了原来的位置，回不去，又找不到新的安歇的地方。那天阿英在打扫卫生时不小心打破一只瓶子，他就心跳，就发脾气就骂人。阿英吓得不敢说话。他知道自己有些反常，说，对不起阿英，我不是故意的。那瓶子算不了什么，真的算不了什么。阿英说，三姨丈，你的脸色不好看，还出汗，说着便去拿毛巾，帮他擦汗。擦过之后说，三姨丈，要不要到医院看一下，还是去看一下吧。他想，看来得看一看医生，因为他从来没有这样心跳过。到医院一查，说是冠心病，得吃药。

儿子媳妇听说老爸得了冠心病，很紧张，就雇了个保姆，把老妈赶回来。老伴回来，骂道，老柴头，好好的怎么就得了心脏病，是不是不老实，找不三不四的女人，累出病来了。他说，人都快死了还能找女人。老伴就查老家私，果然软绵绵的，就像如今的股市，怎么拨弄都牛不起来。

老伴便有些慌，说，怎么办，没了身体就没有生活。他说慌什么，有了病就治嘛。他嘴里这么说，心里却想，治病要多花钱，那个包里的钱怕是永远也补不齐了。小时候算命，只说他能当科长，没说他过60岁还会有一劫。

那天晚上，他做了一个梦，梦里有人朝他开枪，他大叫一声坐起来，出了一身冷汗。老伴惊醒，说，没事吧，他说没事，你睡吧。老伴说，你这个样子我怎么睡得着。好好的一个人怎么说病就病，病成这个样子。我们又没做什么亏心事，会遭受这种报应，老天没眼。说着便哭，哭得很伤心。老伴本来是个乐天派，整天骂骂咧咧的，什么事也没往心里去。他觉得很对不起老伴，就来安慰她。她说，睡吧，别再说话了，人得冠心病，睡眠最要紧。

他也就不再说话。

夜深人静，他就想起了母亲的那四个字，破财消灾。怎么会这样，他是破了财的，反而遭了灾。想，这破的财得是你自己的，才能消灾，破别人的财，消什么灾？不义之财虽说只是不当得利不违法，可违德，亏心啊。古人早有教训，不义之财不可得。亏了心，天知地知，老天有眼啊。

但这钱本来就不干净。那个贪官贪的也是别人家的钱，我只是替他花了，他也是不义之财，我是以毒攻毒啊。

既然大家都不干不净，干吗专门和我过不去？牛汉想到这里就有一点愤愤不平。

可再一想，不是人家和你过不去，是你自己和自己过不去。就像报上说的，面对突发事件，心理承受能力不够，应对措施不得力。那钱就是一块石头，压在你的心上，把心压出病来，所以叫心脏病。把那石头扔了。

当初扔了就没事了。

现在扔掉还来得及。和钱相比，生命更重要。

这是一个明净的夜晚。月亮从窗外射进来，如水一样柔和，一样清白，牛汉终于想通了。

他摸了一下老伴的脸，老伴睡得很沉。一缕月光洒在她的脸上。这些日子她太累了。人也显老了。他的心里酸溜溜的，他突然很怀念以前的日子。他决心把以前的日子要回来。

第二天，牛汉趁老伴上街买菜的时候，把那个包拿出来，下楼乘车，一路来到千年古刹西山寺。西山寺古木森森，清风习习。他进山门上台阶时听到一声悠远的钟声，奇怪的是这声响没有让他心跳。他找到主事的和尚，把那包里剩下的钱都捐了。这种随缘捐本地有个说法，叫添油香。主事的和尚让人点了钱，问，施主尊姓大名。他说，唐观一。这是他在路上想好了的名字，就是一个贪官的意思。他是以那个贪官的名誉来捐钱的。和尚微微一笑，合掌面佛，小声唱道，弟子唐观一添油香若干元。唱完还让人给他打了一张收据。那和尚有些年纪，阅历很深，遇事不惊，一切都显得十分平淡。

捐了钱，牛汉的病果然就好了许多，日子也过得很平静，有时来了兴致，还和以前一样，把老伴稍稍折腾一下，老伴心满意足，骂，老柴头，老家私，老不休。他们还是过一段日子，就到省城儿子那里住一阵。孙子变得和他很亲，见了他就笑，笑得很帅气，很可爱。

牛汉在等那个神秘的电话，等了几年，那个电话一直没来。他问儿子，儿子说，那贪官一直在逃。也许逃到国外去了，也许已经死了。说不清。

厅长

/ 1 /

时近黄昏，阳光清亮而柔和。

H省建设厅总工程师刘立本站在自家阳台上欣赏夕阳。他对西面墙的设计情有独钟，别出心裁。西面墙别人不开窗，他开窗。他出架，开窗，架上还设计了一个小小的花台，夕阳把花贴到墙上，花便借风的爱抚，在墙上做出许多媚态，把阳光软化了，也把人们心中的柔情牵扯出来了。这叫化腐朽为神奇。

刘总深深地吸了一口气，他闻到了一阵芳香。这芳香似有似无，也许是来自于那花台上的茉莉花，也许是来自于他心中的某一个角落。所谓暗香浮动，很有诗意。他微微一笑。他刚下班，接下去的时间安排是，浇花、散步、吃饭。

这时，电话铃响起来，刘总以为是厅长的电话，便去接。他说，你好。他接电话对谁都说你好，这是礼貌，也是习惯，他是高级知识分子，尊重人、对人讲礼貌是基本的涵养，不是对厅长有什么特别。对方说，你好。他听出，不是厅长。对方说，刘总，是刘总吗？他说我是刘立本。对方说，听出我是谁了吧？他说你好你好。他没听出来，他说你好的同时在极力搜索。对方说，她明天穿粉红的上衣，深绿的裙子，当今流行的那种款式。眼睛不大，双眼皮。笑起来，脸颊上有一对浅浅的酒窝。拜托啦。以后一定登门拜访，一定一定。说完，就把电话挂了。

刘立本一头雾水。这电话打得有点当年上海地下党的味道。

但刘总很快就明白是怎么回事。刘总是个聪明人。建设厅公开招聘工作人员，笔试之后是面试，他是这次面试的评委主任，也就是主考官。可是，这评委的名单是保密的。上面三申五令，不准作弊，不准违规操作，谁敢如此冒天下之大不韪？听声音好像是省府办公厅的王处长。这个王处长，一脸哈哈哈。他是怎么认识王处长的？好像在一次宴席上，厅长带他来敬酒，还说，他们是老同学。那么是厅长告诉他的，不，刘总坚决地摇了摇头。厅长不是这种人，更不会干这种蠢事。

刘总是省建设厅的一面旗帜。正高职称，业务上没得说，为人又正派，厅里有什么不好办的事，都让他出面。什么事有了他，无形中就提高了这件事的知识含量，也就意味着与时代同步，与世界接轨，其中包括公正与公平这样一些新概念。这次招聘，厅党组还是决定，让他出任厅公开招聘领导小组组长。

只要知道他是领导小组组长就不难推测出他也就是这次面试的主考。这事是发了文件的，几乎是公开的，所以刘总摇头，对刚才一闪而过的念头表示彻底否定，并对自己居然闪过这样的念头感到些许内疚。

他的内疚是为厅长，厅长对他有知遇之恩。他是同济大学的博士，但博士并不意味着就能当上一个省建设厅的总工程师，更不意味着还不到40岁就能当上。刚到建设厅，人们对他有些怪怪的，说不上好，也说不上坏，他琢磨了好久，悟出了一句成语，叫"敬而远之"。是厅长的一次电话，改变了这种让他多少有点尴尬的处境。说起来也有点偶然，不是厅长特意给人打电话，而是厅长在他家接了一次电话。厅长平易近人，和蔼可亲，见面时总是脸带微笑，关切地问一些与工作无关的事情，小事，小孩啊、爱人啊、衣服啊、天气啊等等，甚至还会在说话间顺手弹掉落在你肩上凤凰木细碎的树叶，让你很亲切很温暖。有一次，厅长到他家，刚刚坐定，电话铃响起，厅长正好坐在电话机边，顺手拿起来，说，你好。对方愣了好一阵子，说，是厅长啊，对不起，我打错了，我想找小刘。厅长呵呵一笑，说没错，是小刘家。说着便把话筒递给刘总，也就是当时的小刘。电话是当时的处长打来的。从此刘总，也就是小刘在厅里的地位发生了微妙的变化。人们不再对他敬而远之了，他的人缘变得很好，每年考核，从领导到群众都说他的好话，十年后，他便有了现在的地位。总工程师，享受副厅待遇，而且比一般的副厅长更牛，许多事，是他说了算。他是厅里知识分子的代表嘛，不是说尊重知识、尊重人才吗？

当然，刘总从来没有真正自己说了算，他总是事先征求厅长的意见，再做最后决定。每当这种时候，厅长总是说，这种事不用问我，你定了就行。可刘总还是把事情说了，厅长也就听了，听了之后也就顺便说说自己的一点看法，并且反复强调，这是个人的看法，只供参考。厅长有水平、有能力、有经验、有创见，他的个人意见刘总是不会不慎重参考的，在慎重参考之后，厅长的个人意见往往就是最后的决定。不是说刘总没有自己的个人意见，而是刘总在前思后想之后，觉得厅长的意见很有道理，也就在不知不觉当中采纳了。局外人并不知道这其实是厅长的意见，以为这就是刘总的决策。而厅长也常常在大会小会上表扬刘总，说他有全局观念，政策性强，处事果断，能独当一面。在人们的感觉中，厅长是把他作为厅里第一把手的接班人来培养的。而且，有心计有战略眼光的人还会再往深处想，一个具有博士学位和正高级专业技术职称的年轻的正厅级干部，在我们如今如此重视知识、重视人才的时代，他的前程是无可限量的。所以在私下里，他的行情比厅长还看好，因为厅长毕竟快到退休年龄了。

厅长是个正派人，绝对不会在这个问题上做这种不光彩的手脚。那是王处长王哈哈自作主张的了。他仗着自己是厅长的老同学，就敢这么明目张胆搞猫腻，而且搞到他头上。那女孩子是他什么人？女儿？不对，他还太年轻。亲戚？什么亲戚值得这么隆重推出？堂妹，表妹？还是……刘立本的脑子里突然跳出"情妇"两个字，吓了一跳。赶紧摇头，使劲地摇头再摇头，力争把这两个字甩掉。他想自己的思想有点问题，不能把人家想得太那个，王哈哈再怎么哈，毕竟是处级干部，而且是省府办公厅的处长。听说很多关于情妇和二奶的故事，故事归故事，尽管这种故事说得有名有姓、有头有脸、有鼻子有眼睛，但理智告诉他，这纯属酒桌上的谈资，所谓段子，助酒兴而已，可听不可信。为什么这个时候冒出这两个字眼儿呢？可见自己还是信了，没有真凭实据的东西自己居然也信了，可悲。可悲的是自己的科学精神正在丧失。他再一次习惯地摇了摇头，这是他对自己的一种挽救，也想借此将"情妇"二字彻底甩掉。

也许不是王哈哈王处长，是自己听错了。与王哈哈毕竟才见过几次面，只是他的声音有点特色。搞建筑的人喜欢特色、风格和传统。他对建筑的特色能一下子抓住，上次到北京，突然发现风沙弥漫的京城居然出现许多地中海风格的建筑，不禁哑然失笑，这是钱烧的。但对声音就不一定，虽然他的声音的确有特色，沙哑中略带一点黏性。第一次听到他的声音，也就是那次宴会上，他的第一个感觉是像搅拌中的水泥浆，从声到人从人到声都像。水泥浆不能沾上，沾了就洗不清。是的，很可能不是王哈哈。那么是谁呢？卫生厅的阮副厅长？有点像。不对。听他的口气，是和我很熟悉的人，阮副厅长不怎么熟悉，不会说"听出我是谁了吧"这样的话。可能是建设厅内部的人。那么是谁呢？厅人事处的张静，那个刚刚提拔的女人？可能。她是一个面面俱到、滴水不漏的女人。她的声音有点黏，男人似的，沙哑呢？会不会刚刚得了感冒？打个电话过去试试。

刘立本拿起电话又放下。不行。要真是她，把事情挑明了，不好。

这时电话铃再次响起，坐在电话机边的刘立本无缘无故地吓了一跳，这是从来没有过的。他自嘲地笑了笑，拿起话筒说了声你好。你好，小刘。是厅长。厅长先问吃过吗？他说还没哩，正准备浇花。厅长有什么吩咐。厅长说，也没什么紧要的事，就是公开招聘，现在不正之风，跑官的，跑人的，多得要命，特别是面试在即，要注意把好关，面试规则要细，定了就按规则办。刘立本说，厅长，我办事你放心。厅长便笑了，说，没人给你打电话吧？这种时候电话多。刘立本愣了一下，说，没有，没人知道谁是考官，遵照你的指示，考官是严格保密的。厅长说，没有就好。其实，打也没有用，白打，到时候抽签对号，谁也不认得谁，这人情分记给谁？这在商业上叫盲目投资。厅长说话有点幽默。刘立本笑了，说，厅长说得是，盲目投资是没有效益的。厅长也笑了，再说一些关于花和浇花的话，就挂了。

从落地窗望去，几只麻雀飞来飞去。刘立本心里突然有一种从来未有的慌乱的感觉。

/ 2 /

第二天一早，在上班的路上，刘立本遇见了建设厅人事处的艾美丽，小艾的衣着打扮让他吓了一跳。

平时衣着朴素的小艾今天一身新装，而这一身新装正好与昨天电话中所提示的一模一样，"粉红的上衣，深绿的裙子"，尽管拿不准是不是"当今流行的那种款式"，也足以让他魂飞魄散。再看小艾，"眼睛不大，双眼皮"。他愣了一下，以前居然没有注意到这一点。艾美丽笑了起来，说，刘总今天怎么啦，不认识我了？"笑起来，脸颊上有一对浅浅的酒窝"。刘立本说，你，你是小艾，人事处的小艾？艾美丽笑得更欢，说，刘总真有幽默感啊。

说着，艾美丽便跳上一步，和刘总同行。她说，刘总平时那么严肃，好吓人啊。刘立本说，是吗？小艾说，你看人家厅长，多平易近人啊。刘立本说，我一点也不觉得自己有多严肃，我只是不怎么习惯和人打招呼。小艾说，那不行，你这样以后怎么当厅长啊？小艾的声音很大，大得让刘立本吓了一跳，他看了一下四周，好在没人。小艾看着他笑，说放心，没人，要有人我能这么说吗？他说，这种话不敢乱说。她说，我说得这么小声谁听得见？刘立本便有些恍惚，也许她声音真的不大，只是自己太敏感了。

他们边走边聊，快到机关时，便有许多人和他们打招呼，而所有打招呼的人都用一种很不光明正大，很暧昧的眼光匆匆忙忙、躲躲闪闪地看了他们一下。

刘立本第一次后悔没有坐车上班。

作为副厅级干部的刘立本有专车，上下班可以坐车，但他从来不坐，一是路不远，二是他认为吃过饭走走有好处，第三是，他本来对领导干部上下班小车接送就有一点看法，现在轮到自己，他不想让别人说东道西。

进了机关大门，艾美丽朝他眨眨眼，同时把手放在腰间，向他摆摆手，再说声拜拜，走了。那神态动作做得有点鬼鬼祟祟，偷偷摸摸，不明不白，好像他们之间有什么约定似的。刘立本苦笑了一下。苦笑之后便又有些心跳，这毕竟是一个妙龄少女向你展示的亲昵。

心跳之后他又感到一种危险向他袭来。他想到了她的父亲。是的，昨天的那个神秘的电话，会不会是她父亲打来的，声音有点像。

艾美丽的父亲艾征夫，是建设厅乃至省内外建筑界的名人，一位很有声望的建筑师，特别是在建筑声学方面，很有造诣。艾征夫是名人也是怪人。大凡名人都有天才，天才都有怪癖。他刚到建设厅就听到他的许多传说，其中一则印象很深。那是很久以前的事了，那时他在下面一个县的建设局，生活懒散又爱提领导的意见，中级职称评了几年就是上不去。这一年评职称的时间又到了，正好县里出了一件事，这事说大不大，说小也不小，因为同时评职称的还有他们建设局的局长，偏偏在这个时候，局长为某工厂设计的一栋职工宿舍出了点小毛病。这毛病不大却很怪。住在这栋楼里的职工走路、说话、放东西都格外小心，为什么？怕人听见。事情的发生是在大家搬进新楼的第三天，有人新婚，结果，当天晚上，所有人都听到新婚夫妇做爱的声响。开头大家还很有新鲜感很得意，嘻嘻哈哈说了几天之后便觉得问题有点严重，因为声音是自由的，爱上哪儿就上哪儿。你听得见我的，我自然也听得见你的。当人们悟到这个道理时，都变得十分小心了，谁没有不想让人听到的声音，谁没有不想让人知道的秘密？问题终于浮出水面。作为设计者的局长束手无策，悄悄找艾征夫，请求帮忙。艾征夫到那座楼上上下下走一圈，说，难啊，你一个工程师都没办法，我一个助理工程师会有什么办法？局长说，这是组织对你的考验，只要你解决这个问题，上工程师，包在我身上。艾征夫便带着局长重新上楼，悄悄地对他说，在这个地方，还有那个地方，开一个窗。并说清了窗的形状和大小。局长心领神会，一切照办。果然，一切不必要的声音都消失了，而且消失得十分彻底。局长上了高级工程师,艾征夫仍然还是助理工程师,没有上。倒不是局长说话不算数,而是他包不了。局长私下里对他说,老艾,你是一个人才,可这地方太小了,用不上。上省里吧。这一次局长说话算数。因为他有一个同学在省建设厅当人事处长。这位人事处长就是现在的厅长。

这传说故事性太强,有编造嫌疑,不可信,但人们都这么说,厅长听了,也只是笑一笑,摇了摇头。

艾征夫现在已经退休了,听说为一家私营建筑公司搞设计,赚了不少钱。刘立本只是在每年春节慰问时才见到他,说几句话,没多少印象,只是他的声音,现在想来有点像。

但是,为什么小艾也是这么穿着打扮?是不是小艾还有一个妹妹?有可能。但他的确不知道她是否还有个妹妹,艾征夫到底有几个孩子,男的几个,女的几个,都在哪里工作或读书?这一点,他确实不如厅长,厅长对厅里干部的情况了如指掌。有一次,厅长对他说,什么时候请你们家小路露一手,我弄瓶茅台,我们来个一醉方休。虽然是一句很随意很平常的话,却让他在吃惊之余感到亲切与温暖。因为厅长不但知道他爱人的名字,还知道她的业余爱好,烹调。因为她父亲是一家大酒店的一级厨师。

也许是一种巧合,那电话根本就不是艾征夫打的。

刘立本陷在沙发上,脑子里像正在搅拌的水泥,糊糊的。人事处长张静推门进来,说,刘总,一切都准备好了,可以开始了吗?他说,开始吧。她的声音十分正常,没有丝毫因重感冒对声带造成影响的迹象。

这是H省建设厅公开招聘工作人员的面试。一切都严格按规定、按程序办。考官依次入席。本次考官计11人,除刘立本和4名由考试中心特聘的人员外,其余是建设厅有关处的处长和设计院的研究员和高工。考官席上刘立本居中,其余考官分两边排开。考官席的左边是监督席,右边是计分席。监督席上,建设厅纪检组长程世清正襟危坐,一脸严肃。刘立本瞥了一眼程组长,本来很随意的身子不由自主地僵硬起来,同时把脸上的表情也调整了一下,尽量表现出庄严。做庄严状的刘立本又无端地想起灵山上千年古刹灵山寺大雄宝殿上的妙相庄严，差一点笑了出来。从建筑学的角度来看，灵山寺是很有特色的。它充分体现了唐代的建筑风格，而那妙相庄严的三世佛，却是清代重塑，少了些平民色彩，多了点官僚气派，很像监督席上的程世清。

听说程世清的原名叫程四清，出生在本省一个山高水冷的小村庄，他父亲在20世纪60年代的那场四清运动中当上了大队的党支部书记，而他正好在父亲当官后的第二天出生，双喜临门，父亲便给他起了这个很有纪念意义也很政治的名字。上大学时，他给自己改了现在的名字，可见学养不浅、志气不凡。程世清毕业于本省师范大学中文系，原是省委办公厅的一支笔，到建设厅之前是省委办公厅某处处长。又听说，他到建设厅只是过渡，很快就要回省委办公厅委予重任。

工作人员郑重其事地打开面试题。面试题半个小时前才派专车专人从省考试中心拿过来，封条上盖着几个大印。一时间，装着面试题的袋子在工作人员的手上晃来晃去，这袋子外表很像人事处那些神秘的档案袋，是用黄色的牛皮纸制作的，听说这种袋子能放几十年不变质。有一次刘立本想了解艾征夫的基本情况，因为关于艾征夫的传闻太多，他是一个具有科学精神的人，不想人云亦云。张静给他送来了艾征夫的档案，那袋子好好的，里面的材料却已经发黄发脆，轻轻一动就裂开。当然，在艾征夫的档案里是看不出任何与传闻有关的东西的。而他居然也没有记住艾征夫的家庭情况，可见他以人为本的思想很不到位。工作人员先把袋子拿到程世清面前，让他检查封口，程世清摸摸封口，示意开封，脸上依然没有一点表情。工作人员才把袋子撕开，把考题放在刘立本和其他考官的桌上。

考场上静悄悄的。

刘立本莫名其妙地想，我的档案袋也是这个样子，将来，那些考进来的新人的档案袋也是这个样子。人，不管你如何努力，留下来的，也许就是这样的档案袋子了。这样想着，刘立本便在荒诞与无奈的情绪中，苦笑了一下，同时翻开试题。

刘立本看到题目有三个，一是说，如今有人把英雄人物如刘胡兰、董存瑞、黄继光、雷锋、焦裕禄卡通化，你对此有何看法？二是说，在市场经济、人才竞争的新形势下，你如何看待"谦虚使人进步，骄傲使人落后"？第三是一则古文，让考生谈谈看法。回答的时间规定15分钟，可以准备5分钟。

看考题时，刘立本隐约看到厅长从门前走过，人事处长张静很快就跟了出去。一会儿进来，走到刘立本身边，伏在他的耳边说，厅长说他不进来了，我们按规定、按程序进行。刘立本点了点头，心里有点别扭。实在是多此一举。这个女人，谁让她出去了？谁让她再去请示了？要是厅长临时来个指示，怎么处理？好在厅长不是那种人。

这时，刘立本感觉到一阵异样的目光。张静的一出一进显然是违规的，而她伏在他的耳边小声说话更让人不可理解。好在大家也都看到厅长走过，也都看到她是跟着厅长出去的，而她在他的耳边说的话大家实际上也都听到了。她要的也许就是这个效果。刘立本无可奈何地抬头看了一下程世清。程世清的脸上依然没有任何表情。他不需要看题目，他对眼前的一切视若不见，闻如不闻。他像一尊如来佛一样地端坐在那里。

考生也是临时抽签，按序号进场的。第1号进场，是个女的。不是粉红的上衣，也不是深绿的裙子，而且眼睛很大，大得有点傻。第2号也是个女的，很清纯的样子，显然也不是电话里说的那个，衣服不对，脸颊上也没有酒窝。第三个，还是女的，如今真有点阴盛阳衰。听说笔试前10名当中，只有两个男的。

第7号进来时，刘立本的眼皮跳了一下。果然是，粉红的上衣，深绿的裙子，只是裙子是不是当今流行的那种款式，他还是拿不准，和小艾的似乎也不完全一样，在深绿当中有蓝黑暗格，显得不那么单调。她向考官们点头微笑，有一点潇洒，也有一点文雅。果然是一对很迷人的酒窝。不是想象中的那种。刘立本情不自禁地点了点头，但点头之后就后悔，仿佛和她对上了暗号。

现在看来，小艾的衣着与她的吻合，纯属偶然。这个小艾，还真吓了他一跳。

三个问题7号都按规定的时间很快就回答完了。还行。

给不给高分？

刘立本再看一下第三道题的那则古文是：

陶公（陶侃）少时作鱼梁吏，尝以坩鲊饷母。母封鲊付使，反书责侃曰："汝为吏，以官物见饷，非唯不益，乃增吾忧也。"

接下来的问题是：你喜欢陶侃的母亲吗？为什么？7号的回答很简单，愿天下为官者都有这样一位母亲。她不说为什么，只是对着考官们微微一笑，露出那对十分可爱的酒窝。刘立本想，此处无声胜有声，因为道理很浅显，有了这样的母亲，想腐败就会有点心理障碍。有了这样的母亲，就可能减少官员腐败。进而一想，又感到有点悲哀，反腐反到这份儿上，够累的。

是应该给她高分。电话是一回事，她本人的素质是一回事。

坐在旁边的张静此时转过头来，向他微微一笑，又转过去，用很夸张的动作打分。他斜眼一瞥，她打的是满分。刘立本的笔在评分卷上顿了一下，又收回来。这是不是一个圈套？要不，她处里的小艾怎么会跟7号穿同样衣服？是不是在向他暗示着什么，提醒着什么。

第8号入场，是个男的。

张静转过头来，用手掌掩嘴小声说，终于来了个男的。刘立本笑了笑。当她转过头来时，他以为她要提醒他评分的事，她却说了一句无关紧要的话。他便有些莫名其妙的失落感。他趁她不注意，迅速在7号的评分卷上打上自己的分数，同时把它塞到下面。他在做完这一切之后，自己又觉得好笑，这有什么见不得人的，这样鬼鬼祟祟的作派，仿佛自己已经跟什么人串通起来了似的。

那男生的回答不怎么样，刘立本却给他很高的分数。

从面试考场出来，刘立本第一次感到这个总工程师当得很无聊。他想找厅长聊聊，吐吐心里的烦恼，厅长不在。回到自己的办公室，把文件夹拿过来，翻了一下，在该签的地方签上已阅和他的名字。那名字写得有点龙飞凤舞，他想起医生在处方单上的签名，老百姓说是鬼画符。

他又随便翻了翻当天的报纸，看到一则题为"奇怪的巧合"的文摘：

公元前 3000 年左右，埃及金字塔王朝建立与《史记》中炎帝、黄帝同时，古巴比伦创建太阳历与中国夏朝所使用的阴历不仅同时，而且都是每隔 2—3 年置一个闰月，古罗马与我国春秋战国时期同时出现大哲学家，苏格拉底、柏拉图、亚里士多德，孔子、老子、庄子。还有，儒教与佛教同时，莎士比亚与汤显祖同时，《荷马史诗》与《诗经》同时等等。看得刘立本神秘兮兮的，突然响起电话铃，竟把他吓了一跳。电话是厅长打来的，厅长在去海州的路上。

厅长说，去看看海州大厦。刘立本知道，海州大厦是省里的重点工程，号称 H 省第一楼，明天封顶。厅长说，面试怎么样？刘立本说，还行，一切顺利。厅长说，顺利就好。有没有发现什么好苗子？刘立本说，有一个男孩子，不错。女孩子呢？厅长说，可不能重男轻女，搞性别歧视啊。刘立本说，男女比例 2 比 8，想歧视也歧视不了啊。厅长在电话里哈哈大笑，说是啊是啊，阴盛阳衰。实事求是吧，哪个好就收哪个，不分男女。刘立本说，还是等厅长回来再定吧，我们把前期的工作都做好，等厅长回来定。厅长说，不用吧，领导小组定，然后给党组报一下就行了，还是要相信考官们，严格按分数来，从高分到低分，按顺序按名额录取。刘总说，好，我们一定按厅长的指示办。厅长说，小刘，你又来了，什么指示啊，无非是我个人的一点想法罢了，既然是公开招聘，既然有了规则，就按规则办。这也是反腐的需要，反腐败有各种反法，我想一是公开化，二是制度化，这才是长效的。怎么还不回家？刘立本说，马上就走。厅长说，一定要注意休息，劳逸结合嘛。先打个电话，让我们小路给做点好吃的。说完便挂了。刘立本的妻子小路姓崔，不知道厅长为什么总是不按习惯叫她小崔而是小路。但此时此刻，小路这两个字从厅长的口中说出来，让刘立本觉得颇具亲和力。

不知为什么，刘立本的心情突然轻松起来，哼着歌，起身回家。

走到楼梯头，给司机打了手机。司机说，刘总，去哪儿？刘立本说，回家。司机愣了一下说，我马上就来，5 分钟。刘立本关上手机，看到人事处的艾美丽从那边办公室出来，吓了一跳，转身蹑进自己的办公室。

/ 3 /

下午上班,到办公室刘立本才发现来早了。他是准时午休准时起床准时出发的,怎么就早了呢?原来他今天是坐车上的班,看来,坐车还是有好处的,起码是节省时间。一次15分钟,一天4次60分钟,也就是1小时,一星期5天5小时,一个月20小时,天啊,真是不算不知道,一算吓一跳,20小时能看多少书,能做多少事!现代社会时间就是效益时间就是金钱,他却白白地把时间浪费在路上。是不是观念出了点问题。他自嘲地笑了笑,很随意地翻翻报纸。报纸是一叠,下面放着一些印得很精美的广告。有一张家具广告,写着"品味健康生活","以真诚的姿态,构筑爱的新家园"。一张大床上坐着一个性感女郎。同是这位女郎,还坐在一套沙发上看书,靠在窗台边喝咖啡。站在窗边的女郎显得很飘逸,房间的设计看来也不错,结构好,光线也好。坐在床上的女郎有点懒散,有点迷离,配上"我的世界,我做主"的广告词,让人想入非非。同一个女人做出不同的姿态,具有不同的魅力。这一点他还是第一次很强烈地意识到。奇怪,他的妻子没有让他产生过这种感觉。是的,建筑是艺术,有不同的魅力,女人也是艺术,也有不同的魅力。

恍惚间,刘立本觉得这床上的女郎有点像艾美丽,只是穿着属于节约型,除了三个必须的点,其余皆省略。

艾美丽在刘总的办公室前犹豫了一下,还是决定不敲门。她拧开门猫进去,悄无声息地站在他的桌前。

刘立本吓了一跳,下意识地把床上的那位性感女郎翻过去,压在报纸底下。小艾还是穿着早上的那套衣服。他不禁愣愣地看了她一下。她无声地笑着,也不说话。刘立本立即调整好自己的情绪,说,早上的分数排出来了?他问的是早上面试的评分结果。小艾却不回答他的问题,而是说,刘总今天怎么啦,老盯着人家看个没完。刘立本显得有点尴尬,从没人这么直接地向他提问过,也没人让他这么难堪过。小艾看着自己说,我有什么不对吗？这是个聪明的女孩，给他台阶下。刘立本说，你今天穿得有点特别。他不说漂亮，因为他认为这样的穿着并不漂亮。她说是吗？他说是的，你穿的和来面试的一个女孩子一样，长得也像。我还以为是你妹妹哩。刘立本说完很得意地看了她一下，他对自己突然冒出来的试探方式很满意。

小艾说，是吗？我们处长也这么说。可惜我没有妹妹。刘立本有点意外，张静也注意到这一点？是的，她让我们统计分数的时候就这么说，还有点兴奋的样子。刘立本"哦"了一声，说你认识这个女孩吗？小艾说，刘总是说7号？刘立本说，是的，是7号。小艾摇了摇头，说，我们处长也这么问我。你们都关心7号？刘立本说什么叫关心？无非是有点好奇罢了，谁叫她和你穿同样的衣服，又长得有点像，姐妹似的。小艾说，这衣服很一般，街上很多人穿。是吗？我没注意。小艾笑着说，刘总就关心你的规划设计图。刘立本说，没那么严重吧。小艾说，你知道人家背后叫你什么吗？刘立本摇头，还有这事？小艾说，不说了。说着便拿眼睛看他。刘立本避过她的眼光说，说吧。小艾说，图纸。刘立本说，什么？叫我图纸！小艾说，是的，说你整个儿就像图纸一样的呆板。冤枉啊。刘立本有点夸张地说。不过，从今天早上起，我给你平反了，摘掉图纸的帽子。说着，小艾便格格地笑。刘立本也跟着笑，觉得这女孩子平时不怎么惹眼，笑起来却有点楚楚动人，属欢乐可人型。于是又想到广告里坐在床上的性感女郎，心里居然爬过一阵蚂蚁。

这时，有人敲门，刘立本说请进。

进来的是人事处长张静。张静说，刘总，早上的名单您看过了吗？厅长想了解一下面试的情况。刘立本说，没来得及细看，厅长想了解你就把情况向他汇报一下。张静说，您还没过目，我不好汇报。这时，小艾把名单和分数放在刘立本的桌上，同时看了他一眼。这一眼有点意味、有点暧昧。他们刚才说了老半天，无关紧要，却很开心。她把进来的主要任务给忘了。张静看了艾美丽一下，眼光中写着许多不满。

刘立本扫了一下名单。

原来7号的大名叫郑丽清，复旦大学中文系应届毕业生。她面试平均得分是101分，排名第3。这一次录用名额是2名，也就是说，这位叫郑丽清的考生名落孙山。

刘总看了一下第2名，正是第8号的那个男孩子，仅比她多1分。也就是说，如果他刘立本不胡乱给他加分的话，上的就是郑丽清而不是这个叫林南飞的男孩子。刘立本再细看一下，这个林南飞居然是他的校友，同济大学建筑系，不是应届，已经毕业2年了，江苏镇江人，和著名桥梁专家茅以升是老乡。刘立本想，看来我是歪打正着。从另一个角度说，不是我刘立本乱打分，是这面试题出得荒唐。

刘立本说，就这样向厅长汇报吧。张静说，这结果不理想。刘立本说，怎见得？我认为还是很正常的，男女比例也得当，一男一女。第1名是女的，北大历史系。张静说，林南飞得高分有些不正常，他的回答并不好。刘总，会不会有人在背后搞小动作？刘立本说，张处长，这种话不能乱说。每个人的得分都是按考号当场评写的。考官们都有自己的标准，你的看法并不能代表别人。再说，我们的规则定得那么细，程序执行得那么严格，不致于出什么差错。我们也要相信我们的考官不是。张静说，当然当然。我是说，厅长那里不一定会通得过。刘立本说，这个你放心，厅长反复交代，一切按规则办，按程序办。其实，这名单让不让他看都一样，他是相信我们的。张静说，还是向厅长汇报一下吧，您说呢。刘立本说，当然，这是起码的尊重嘛，厅长理应知道招聘工作的进展情况。

张处长拿着名单走了，走之前还看了一下艾美丽，那意思是，你还不走？刘立本说，小艾再留一下。张静说，那我就先走了。

张静走到门口时，刘立本大声说，小艾，你父亲最近身体怎么样了。艾美丽看了一下跨出门的张静，说，还好，他常常念叨你呢。说完便朝他微微一笑，走到门边，把门关上。刘立本的心咯噔了一下。艾美丽却若无其事地说，这个张静，只听厅长的。刘立本说背后议论领导不好。艾美丽看了他一下，这一眼很有陌生感。刘立本笑了笑说，我没有别的意思，谢谢你对我的信任。艾美丽雀跃，跳到他的身边小声说，以后没人的时候，我就不叫刘总了。叫什么？刘立本有点吃惊，他没想到他们这么快就亲密到这种程度。但他还是有些得意，心里有一股荔枝蜜在流淌，酸酸甜甜的。这种感觉很阳光很亮丽，让他想起一句广告词，酸酸甜甜就是我。艾美丽说，叫什么我还没想好，想好了再告诉你。反正不是刘总，叫刘总让人生分。我再告诉你一个秘密，我父亲，你知道是个怪老头，从不说人好，包括厅长，在他的眼中都是一堆狗粪，唯独说你好，全厅上上下下，就说你好。我好什么呀？刘立本更得意了。专业好，人品好。他还说，你应该当厅长、当省长。

刘立本看了一下门，门关着。他笑着说，好在你父亲不是组织部长。要是组织部长，全乱套了。小艾嘻嘻笑，他是民意派，代表民意，真的，全厅上下，最你看好。刘立本说，不说这些不说这些。小艾，你说我们今天面试结果怎么样？你们处长好像不怎么高兴。艾美丽说让我说真话吗？刘立本说当然是真话。

现实让人很无奈，说真话还得特别声明，仿佛平时说的都是假话。这也难怪，市面上到处是假货假牌子，真货真牌子得特别说明，正宗什么的，不写正宗就有点心虚。有时有了正宗还不放心，又在前面加上"真正"二字，可见正宗也未必不掺假。

艾美丽说，麻烦。刘立体说，有什么麻烦？艾美丽说，我不知道会有什么麻烦，但一定会有麻烦。刘立本说，何以见得？艾美丽说，张静一看到统计结果就皱眉头，叫我们再统一次，第二次还是皱眉头，你知道吗？这几个简单的数据我们统了三次，最后她自己又复查了一遍。刘立本说慎重是对的，这毕竟关系到考生的前途命运。

说这话刘立本有点心虚，他不知道自己为什么会给那个男孩子打高分，那纯粹是一种逆反心理，一种不负责任的态度。在这个时候，他失去了一个建筑设计师应有的科学精神，他应该感到羞愧。

小艾看着刘总笑。刘立本脸部的温度聚然上升，仿佛被她看穿了自己的内心。他说怎么啦？她说，你对张静不了解，她关心的不是考生的命运，而是厅长的意图能不能落实。刘立本说，厅长的意图已经说得很明确，按规则办，没有其他的什么意图。艾美丽说，你不了解厅长。

刘立本想起那个神秘的电话，心里虚虚恍恍。

他说，会不会是张静自己有什么意图？小艾说，这一点你可以放心，张静是无私的。刘立本便有一些云里雾里的感觉，包括眼前的这位对他表示亲昵、自称说真话的艾美丽，都有些神秘，不可理解。他这才感到，他其实不是一块当领导的料，他是建筑学博士，是一个合格的工程技术人员。但他不适合当领导。

艾美丽走到他身边，小声说，我走了，厅长。

刘立本还没回过神，小艾已经开门出去了。

原来她想私下里叫我的是这个。他还以为是立本，刘哥，本兄或其他的什么让人心跳的称呼。他有些失落，从这种失落中他意识到自己的潜意识里还是有一点色迷迷的，用港台剧的话说，就是想泡人家。刘立本坐在宽大的办公桌前，有点心跳，有点脸红，他摸了摸自己的脸颊，温度偏高。在人前，他还是个堂堂正正的副厅级干部，一个高级知识分子，而内心却如此肮脏、如此堕落，有辱斯文。历来很自信的他，此时也有一点自卑了。

那么她叫你厅长是什么意思？是不是她有什么内部消息？不要小看这小女子，也许她是一个通天人物。说不定省里哪个领导的秘书是她的同学，说不定，对了，还有她的父亲，那个性情古怪的老头，可是桃李满天下的角色。回想起来，小艾叫他厅长的时候有一种特殊的韵味，是一种暗示，也可以理解是一种挑逗，因为她的眼色是迷离的，飘忽的，这种迷离和飘忽是一个陷阱。

如果有朝一日，我真是厅长的话，会不会落进她的陷阱里？

刘立本走出办公室时，已经有点想入非非了。他摇了摇头，坚定地要把脑子里的杂念甩掉。可怎么也甩不掉。这些杂念很顽强很执着，一直跟着他进了小轿车，并在车里演变成一个美丽的梦，他在梦里陶醉，居然由此而导致身体的某个部位的变化。

刘立本对自己说，我是不可救药的了。

/ 4 /

司机问，刘总，我们上哪儿？刘立本说，不是回家吗？司机笑了，还早哩，我以为您要到设计院。刘立本说，就到设计院走走吧。设计院是他的根据地，在那里，还留有他的一间办公室，有事没事他总是喜欢到那里走一走。车很快就到了设计院，一走进设计院的大门，刘立本立即变了个人似的，脑子里的那些污七八糟的东西一下子就消失得无影无踪了。

设计院的工程师们见到他，都说，刘总来了。他说来了。有个年纪大的说，刘总最近可来得少了，他的心咯噔一下，脸上还是笑着，说，最近忙得一塌糊涂。对方说，是招聘的事吧。刘立本说，这种事最烦人。那人说，可不是。回来净净心。刘立本的心又是咯噔一下，他真是想回来净净心啊。他回到自己的办公室。办公室明窗静几，不管他有没有来，每天都有人来做卫生。他的心情更加清爽起来了。

他拿起一本最近的国外建筑杂志，刚刚翻了几页，桌上的电话铃便响了起来，他无由地吓了一跳，所有的好心情都吓跑了。他有点陌生地看着那部红色的电话机。现代化有时很可怕，鬼影一样地跟着你，不给你一点自由。你不给我自由，我也不让你得逞。你响去吧，爱怎么叫就怎么叫。毛泽东有诗云，"黄洋界上炮声隆"，"我自岿然不动"。当领导的就要有这样的气魄。那电话铃不屈不挠地响了一阵之后，十分不情愿地停住了，最后一声是响了一半的，卡住了，仿佛是打电话的那个人生气了，啪地一下扔下话筒。刘立本冷笑了一声。

然而，刘立本高兴得太早了，桌上的电话铃刚停，他口袋里的手机就响起来。他忘了关机。他一时兴起，伸手把手机按掉。按掉手机时他有一种快感。

刘立本把脚跷起来，放在桌上，把那本外文杂志举得高高的。可是，他还没有读进去司机便推门进来，手里拿着手机说，刘总，张处长电话，打到我的手机上。刘立本做了个手势表示不接，司机用手掩住手机小声说，她知道你在这里。

刘立本只好拿过他的手机。

张静说，刘总忙啊，真对不起。刘立本说，我正在审查一张设计图。张静说，我知道刘总很忙，不该打扰您，只是厅长他看了那个名单之后，很不满意。他愣了一下，说，厅长回来了？他不是到海州去了吗？海州大厦封顶。那可是一件大事啊。这事不用急，等他回来再说也来得及。张静说，其实厅长还是很关心招聘的事，厅长常对我们人事处的同志说，人的因素第一，有了好人才才会有好房子。刘立本说，那当然。厅长赶回来了，专门为了这几个人？张静说，那倒没有，是我电传过去，请海州建设局代转一下。哦，刘立本说，厅长有什么具体的指示吗？张静说没有，我只是感觉到厅长很不满意。刘立本想，他在海州，你在省城，你怎么感觉得到这种不满，你有特异功能？还是你们有心灵感应？张静说，刘总，厅长看名单之后给我打了电话，他说，从表格上看，你们做得很好，很完整也很规范。我一听就感觉到不对头，厅长从不做这种空洞的肯定，也就是说，这种空洞的肯定就意味着否定。我说厅长，我们一定有什么地方做得不好，请厅长指示，我们一定改正。厅长说，有什么好改正啊？按规则办吧，我早就对刘总和你们反复强调过了，按规则办。既达到选人的目的又不让人有什么闲话。刘立本说，这不就对了，按厅长指示按规则办事，我们明天就开领导小组会，定下来。不不，刘总，张静说，千万别定，先别定，好吗？等厅长回来再定。张静说得很急切。刘立本觉得好笑，说，那就依你的，等厅长回来再说。

刘立本放下电话，有一种情绪在心间游动，如夏日山间的雾霭，似有似无，虚虚杳杳，捉摸不定。大概是受了张静的影响吧，他似乎也隐隐约约感觉到厅长的某种不满。他突然冒出一个奇特的设想，他喜欢设想，设想实际上就是想象，是所有建筑工程设计的前提，设想是他的思维习惯，只是过去他的设想往往是以人想物，现在是以人想人，有点累。他的设想是这样的：那个无名的电话是受厅长的委托，或者说是在厅长的授意下打来的，也就是说，那个穿着和小艾一样服装的女孩子，也就是那个芳名郑丽清的复旦大学的女毕业生是厅长想要的人选,而由于他的一时意气用事,使那个叫林南飞的男孩子得分出乎意料地飚升,以至于越过本来应该是第二名的郑丽清,造成了现在这种不可收拾的局面。而这一切,事先张静实际上是心知肚明的。

一切本来是安排好了的。

那么艾美丽的穿着又是怎么回事?是遇合,还是事先安排好了的,如果是事先安排好了的,艾美丽扮演什么样的角色?

设计院同事敲门进来,他们拿来了一叠图纸。刘立本拿过图纸展开,一股清新之气随着设计图迎面扑来,刘立本深深地吸了一口气,这口气从鼻孔进入脑门,把刚才那幅怪模怪样的人事图景吹得一干二净。

/ 5 /

刘立本等了一天,厅长没有回来。

听说厅长拐到华林去了,华林市建设局请他去做一个关于城市规划的报告。厅长前一阵子到美国和欧洲考察,回国后便有许多感想和新思路,这些感想和新思路多次在厅里各种场合讲过,不知怎么的就传到了下面,下面便纷纷请他去讲演,华林市并不是第一个。听说他的讲演在下面引起了强烈的反响,有人说厅长的讲演是本省城建史上思想解放又一个新的里程碑。厅长讲演的题目叫"当代生态文明视野中的城市规划"。有点意思。

刘立本在办公室犹豫了好一阵子,最终还是没有给厅长打电话。严格地说,他不知道这电话要如何打。厅长明明对他说,严格按程序办事,不用等他回来。而张静却坚持一定要等厅长回来。虽然他的设想没有任何根据,对厅长很不公平很不尊敬,但直觉也告诉他,应该等厅长回来。那就等吧。

厅长到华林的消息是张静告诉他的。听说张静与厅长的关系非同一般。

这非同一般是什么意思?毫无疑问,张静是属于那种年愈不惑,风韵犹存的女人。她芳龄41,看样子则比实际年龄要小得多。厅长喜欢和她说话,厅长平易近人,喜欢和许多人说话,只是和小张说的次数多一些,时间长一些，这没什么值得大惊小怪的，哪个男人不喜欢和年轻漂亮的女人多说话？有一次，听说有人看到张静在厅长办公室待了一两个小时，出来时眼睛红红的，头发还有点乱。经分析，刘立本认为，这纯属无稽之谈，因为那天在厅长办公室门口遇见张静的不是别人，正是刘总刘立本本人。更确切地说，他不是在办公室门口碰到张静的，是他刚到门口，张静正好开门出来，她的眼睛是有点红，头发有没有乱他倒没注意到，因为在他看来，女人的头发乱与不乱是没有标准的，既然没有标准，就不能以乱的程度来衡量，只能以好看不好看来衡量，比如长发披肩，是乱还是不乱？只能说，有的人显得飘逸，有的人显随意，有的人显得懒散。总之，长发披肩使长得好看的女人更好看，如此而已。那天下午，当他在厅长办公室门口遇见张静时，她的头发似乎没有什么特别之处，总体上与她的脸部头部处于协调状态，所以没有给他留下特别的印象。倒是张静遇到他似乎有点意外，先是一愣，后是一笑，那一愣一笑显得很美。他进去向厅长汇报工作，谈到如何贯彻落实省里关于全方位促进和谐社会的具体方案时，厅长着重谈了干部家庭和谐的重要性，指出家庭是社会的细胞，社会的和谐首先建立在每个家庭和谐的基础上。厅里每个干部家庭都和谐了，心情舒畅了，也就更加有利于营造建设厅机关祥和的气氛。你看小张，厅长指了指门口。张静刚刚离开，刘立本正好坐在她刚才坐过的地方，依稀感觉到她留下来的幽香。刘立本本能地吸了一口气，感受着似有似无的女人的气息。他说小张怎么啦？厅长叹了口气说，嫁了一个不讲理不争气的丈夫，不求上进，不学无术，一天到晚怀疑她外面有人，十几年了，你说烦不烦人？刘立本点了点头。他不便说什么，厅里的精神文明不归他分管，再说，清官难断家务事，你能说什么？当然，厅长不一样，他是厅长，又是长辈，他要多操一点心。听说，张静的父亲，是厅长在部队时的老战友。好在厅长把手一摆，好了，不说她了，这小张，什么事都来问我。刘立本说，厅长平易近人，和蔼可亲，厅里上上下下都把你当长辈，你看那些个年轻人，开口闭口我们厅长，好像厅长不是政府的倒是他们家的了。厅长呵呵一笑，说，说起来也是，我的孙子都3岁了。

刘立本想，如果这也叫非同一般，那么他与厅长的关系也非同一般，不是吗，厅长在你家里接别人的电话，关系能是一般吗？荒唐。

刘立本等了一个上午没有厅长的任何指示和电话，百无聊赖地翻了半天报纸，喝了半天茶，上了几趟厕所（如今不叫厕所，办公室已经让人在厕所的门上换了块不锈钢的牌子，叫洗手间），终于到了下班时间。

刘立本坐车回家，从而节省了15分钟时间，想到厨房好好表现一下，不想刚打开家门就闻到一阵酒香。妻子回来了，大概今天又变什么新花样了。

妻子在一家外资公司当会计。说是外资，老板其实是我们的同胞，属出口转内销，假洋鬼子。中国人借外国人的牌子管中国人管起来特别狠。但妻子总能找出理由，时不时地提早回家，给他做一些意想不到的好吃的东西。

崔小路听到门声，从厨房走出来，有些夸张地把双臂绕到他的脖子上，说，你闻闻，闻出什么来了？刘立本一边把皮包扔到沙发上，一边亲了一下她的脸颊，他知道她需要的就是这个。她说过，她就喜欢有点西方式的浪漫。于是她心满意足地放开他，说洗手吧。然后从厨房里端出一个盘子，知道吧，她说，这是红鲟炖黄酒，色香味俱全，而且营养一点不忽悠。说着自己便开心地笑了。她喜欢在日常生活中运用一两句小品台词和广告词。

刘立本坐下来吃，果然味道好极了。她坐在对面看，很幸福很甜蜜的样子。他说，你也吃。她说你知道这只红鲟多少钱吗？他摇摇头，她伸出一个食指，他说10元，她说你以为人家知道你是副厅长啊，100元。他笑了笑。他已经习惯她的思维方式，也原谅她的一些小毛病，比如总是喜欢把他这个总工程师说成是副厅长。她说，副厅长比总工程师派头得多，好听得多。她说，享受副厅长待遇就是副厅长。看她那么幸福的样子，他便有些感动，伸出手来摸摸她的脸，她用手在自己的脸上一抹，然后伸到他的鼻子前，娇声道，你闻闻，都是什么味。他站起来，把嘴凑到她的耳边悄声道，就是那个味。她红着脸叫道，要死哟，青天白日的。

刘立本便有些邪门，有些流氓地笑了起来。她跳到一边，指着他说，看看看看，拿镜子照照，哪点像个高级干部，嗜猫。

他们可以说是青梅竹马，邻居，从小学到中学的同学，后来，她没有考上大学，考上一所中专学校学会计。他读大学时和别的女孩有过一次恋爱，后来吹了。他硕士毕业时，他们结了婚，婚后他考上博士。读博时，她跑到上海一家外企当会计，在校附近租了间房子，就为了照顾他。毕业后，一起回省城。唯一不足的是，他们到现在还没有孩子。到医院检查了几次，两个人都没问题。她也不着急，因为两个人的世界，他们过得很精彩。

刘立本正想扑过去，电话铃响起。

崔小路拍手道，阴谋不能得逞了吧。说着便去接电话，喂，你好，刘立本家。你好你好他刚到家，我叫他。她把话筒朝他递过来。她喜欢接电话，在接电话的过程中，她体味到一种当副厅长夫人的乐趣。

他很不愿意接这个电话。不接又不行。他走过来，她在他的耳边小声说，程书记的。程书记就是程世清，他显然不是厅党组书记，书记只是人们的习惯叫法，他是厅纪检组长，党组成员，和他一样，享受副厅长待遇。刘立本的心咯噔一下，这种时候纪检组长来电话，不是个好兆头。

果然出事了，有人告到厅纪检组，说这次面试有猫腻，有人给考官打电话，透露考生的个人特征。程世清说话的一贯风格是单刀直入，没有过渡。他说，刘总，事先有没有人给你打电话？刘立本愣了一下，说，不管有没有人给我打这种无聊的电话，就是有，我也不会为电话所左右。刘立本对自己的回答有点吃惊，出口就来，既回避了有没有人打电话，又理直气壮地表明了自己的态度。看来这几年他这个副厅级干部还是没有白当。程世清说，刘总不要误会，我只是核实一下，到底有没有这回事，我是每个考官都打了电话的。有就有，没有就没有。最好是没有。我们就当没这回事。就是有，我们也相信考官们一定会排除电话的干扰，秉公评分。你说呢刘总？刘立本说当然。

崔小路一直在看丈夫打电话，她喜欢看丈夫打电话，因为打电话的丈夫无意中已实现了角色转换，更像个领导干部。她说，有事？刘立本说没事。她说没事就吃饭吧。说着她就从厨房里端出其他饭菜。她的动作很轻盈很敏捷，而且身材有些魔鬼，不像40岁的女人。

　　吃过饭，小路一边洗碗一边对他说，洗洗脸睡觉去吧。午睡是刘立本雷打不动的生活习惯。她知道他的生活充满科学精神，一点也忽悠不得。

　　他说过，人除了晚上睡觉外，中午的睡眠是不可少的。科学家发现，人白天有三个睡眠峰点，上午9点、中午1点和下午5点。上午9点和下午5点的睡眠点很快就过去了，因为那时人们忙于工作，很容易转移睡眠注意力，可是中午那个睡眠点就很难被转移，因为中午人们会停下工作，休息一下。所以说，中午一小觉，神仙也不要。有资料表明，在一些有午睡习惯的国家和地区，冠心病的发病率要比不午睡的低得多，这与午睡使心脏系统舒缓并使人体紧张度降低有关。在人第二个睡眠点，即中午1点左右，这时候肝脏需要休息，大脑反应迟钝，人会感到疲劳。所以许多人一到中午就昏昏沉沉，毫无精神，如果这时候睡上一小觉，让大脑和身体其他器官休息一下，对提高下午的工作效率和身体健康都有好处。他说过的话，她都记住了。

　　他洗了脸，顺手把皮包里的报纸掏出来，他有个习惯，躺在床上看一会儿报纸就睡着了。这时看报有眼无心，等于调节神经，以实现从清醒到昏睡的过渡。他掏出报纸，却带出了那张"我的世界我做主"的广告，他又看到那个坐在床上的性感女郎，便和报纸一起拿到床上，放到枕头边。他看了一会儿床上的女郎，又看了一会儿报纸，脑子却怎么也完成不了从清醒到昏睡的过渡。眼前总是晃动着那床上女郎的媚态，由这媚态又无端地想到小艾，由小艾再到那个叫郑清丽排名第三的女孩子。耳边更是电话的交响曲，一会儿是程世清的，一会儿是厅长的，一会儿是张静的，一会儿是那个黏乎乎又有点沙哑的声音。粉红色的上衣，深绿色的裙子，当今流行的那种款式。

　　事情有点复杂，有点严重了。要不要给厅长打个电话请示一下，面对这种复杂的情况如何处理。厅长一定已经知道了这里的情况，程书记不可能不向他汇报。但是这种事还是当面说好，在电话里说不清楚，再说了，一切都等厅长回来再定，厅长最迟明后天就回来了。看来，张静的慎重不无道理。

　　崔小路站在床头说，怎么还没睡？他说，睡不着。她说，这个鬼。说着便脱了衣服钻进来。她抱着他说，让你来一下，你就睡着了。他受到如此明确的鼓励，一下子来了精神，在她的身上龙腾虎跃起来。她在他的身下喘气，边喘边说，好了，睡吧。他果然很快就睡着了。

　　他睁开眼睛，崔小路正拿着那张广告看。他说那床不错吧。她红着脸说你喜欢，我们就买，反正不是没钱。他说旧床呢？放到那边去，她指的是另一个房间。他们的房子很大，四房两厅三卫，南北还有三个大凉台，建筑面积180平方米。他把她按倒，说再来一下，要个孩子，要不然房子太空了。她说，来个鬼，上班了。说着就想溜。哪里还溜得掉。她快乐地叫了起来，手上还拿着那张广告。他看到那床上节约型女人，无端地想到小艾，动作更加勇猛有力。广告纸在她的手上摇晃着，像一面彩旗。他想到酒桌上的一个段子，说是家里红旗不倒，外面彩旗飘飘。这种联想让人特别堕落，特别刺激，所以他在加大动作力度的同时，情不自禁地笑了起来。这一笑，也就把所有的烦恼笑跑了。

/ 6 /

　　刘立本再度入睡，这一睡睡过了上班时间。

　　过了时间，刘立本不便到厅机关，只好到设计院来，心想也好，看看业务书，把那烦心的行政事务搁到一边去。

　　刘立本的案头放着一本日本人写的《西方造园变迁史》，这本书有点意思，从《圣经》伊甸园开始讲西方园林建造，想从古以色列所罗门王的庭园中寻找西方造园之源。关于西方园林的流派也有自己的见解，可惜没有提及中国园林艺术对欧洲的影响，也忽视了欧洲园林中不少中国树木，比如侧柏和桂花。但是书中插图丰富，美不胜收。刘立本是读大学时在一个旧书摊上偶然发现这本书的，那时他正在热恋中，女孩子是华东师大艺术系的一位女生，是她先注意到这本书的，她随手翻开其中的一幅插图，指给他看。那是凡尔赛宫的小翠雅农爱神殿,有点中国凉亭的味道。她冲着他莞尔一笑,他接过书,再一翻,看到"在所罗门时代,古代东方的庭园爱好者则重视芳香美,庭园多栽种芳香植物。由于芳香庭园能给人以最大的愉悦"。他的心动了一下,决定买下这本书。她说喜欢?他说喜欢。她于是去交钱。这书一直放在她那里,她说他喜欢的东西她也要学会喜欢。可是他们终于还是分手了,分手的事发生在毕业的那个夏天,她决定回东北,而他决定南下回乡。她回东北之后把书寄给他,她说她努力了,但没能喜欢上这些一成不变的东西,她喜欢活动的艺术,凝固的艺术再艺术也让人感到沉闷,也许她说得有些道理。当这本书回到他身边时,他总是闻到书上散发出来的芳香,一种幽幽然似有似无的芳香。他不知道这芳香是从哪里来的,更不知道这芳香何以十几年不散。也许这只是他的一种错觉。但他由此而决定把芳香引进他的设计之中,于是有了他对于西面墙的独特设计,于是有了夕阳下的花影和芳香。

刘立本拿起那本精装的书,仿佛又有一阵幽香袭来。他的脑海里闪过当年买书的情境,这情境让人心动。可是他已经记不清那个女孩子的容貌了。他本来有她的一帧玉照,结婚之后就不知道藏到哪里去了。现在想来,所谓爱情留下的无非也是一种淡淡的怅惘与忧伤,还能怎样?遥远的热恋所能激起的热情竟不如那广告上性感的女郎,这就是他?听说现代人都不留恋过去,都向前看,因为生命是短暂的,前面的生活更精彩。人们没有时间向后看。他也是现代人?刘立本不想太现代,他还是想尽力回忆一下她的容颜,似乎有一点希望,从她的眼睛开始,从她把书递给他时那莞尔一笑的眼神开始,慢慢地把她的小嘴拢聚起来,她不是说喜欢吗?是的她的嘴唇有点厚,用现在的话说,有点性感,有点像那个叫舒淇的香港影星。来了,她慢慢地向他走来了。

就在这时,电话铃不合时宜地响了起来。遥远的倩影与芳香一起被吓散了。

刘立本提起话筒。他提得很及时。是厅长。

厅长说,我猜你一定躲到这里来了。刘立本说,什么都躲不过厅长。

我中午睡过头了，到厅里不好意思，怕影响不好，便躲到这里来，顺便看看书。刘立本说。这样说的时候他感到与厅长很贴近，他迟到，他偷懒，但他不避厅长，不在厅长面前说谎做假，一切都老实交代。这样做会让领导对你产生亲切感。因为你向他泄露秘密，把他当知己，他自然也把你当自己人。果然厅长哈哈一笑，说，我们博士怎么睡过头了？有情况。刘立本便十分暧昧地笑，厅长那边也笑，这笑把他们笑得更亲近更贴心。

笑过之后，厅长说，听程世清讲，面试出了点小情况？刘立本不知道厅长为什么会把那么严重的事情说成是小情况。也许是为了安慰他，于是他很感动，说，厅长，我也没想到会出这种事。听程书记说是有人给考官们打电话。什么事都可能发生，厅长说，程世清要查就让他去查。上网的时间是什么时候？厅长问的是录用名单上网公布的时间。他说，还有4天。厅长说，不着急，就是来不及也可以上网说明一下，再约个时间嘛。我关心的是我们能选上什么样的人。小刘，你看前面的那两个，一个女孩一个男孩，对吧？刘立本说，是的。厅长说，这两个，你的印象如何？我说的是举止仪表和风度，外在的一些东西有时也能反应一点问题，你说呢？内在的东西已经在分数当中体现了，我们就不去说它了。

刘立本一时竟想不起前两名考生的外表，外貌衣着，都一片模糊。那女孩子好像有点清纯，那男的个子不高，但说不清，的确说不出来。刘立本说，厅长实在不好意思，我现在真想不起他们的样子，应该是很一般的，没什么特别的地方，不特别帅特别漂亮，也不特别丑特别刺眼，所以记不住。厅长哈哈一笑，记不住就算了，我也是随便问问，反正我们不是搞选美，你说呢。刘立本笑着说，厅长以后我一定注意，选个好看的女孩子，给您当秘书。厅长又哈哈一笑，你想害我啊。刘立本说，哪害得了啊，厅长意志坚定，审美而已。厅长说，天天看，再美的东西也疲劳啊。

刘立本心情轻松地放下电话。

可是不到几分钟，他便感到事情有些不对头。厅长嘻笑之中实际上是在试探他，他不是说事先没有接过电话吗？好在他说了对前两名印象不深，记不起他们的样子，要是他能说出他们的样子，那么好，正是你接电话的证明,最少是侧面的证明。就像7号郑丽清,你能说对她印象不清吗?你不是能说出她的相貌特征,眼睛不大,双眼皮,笑起来脸颊上有一对浅浅的酒窝。还有她的衣着,粉红的上衣,深绿色的裙子,当今流行的那种款式。厅长啊,我的厅长!

是不是也人有给其他的考官打电话,暗号打的不是郑丽清,而是那个第一名的女孩子,或者是那个叫林南飞的男孩子?

可能。厅长说,什么情况都可能发生。

刘立本感到他的一时意气用事,可能在无形当中帮了什么人的忙,又在无形当中给某些人立起了不可逾越的障碍。

张静说了,厅长很不满意,也许,他在无意中给厅长惹了大麻烦。

但是程世清那里的告发又是怎么回事呢?

刘立本合上书。这个时候是什么书也看不下去了。他必须让自己冷静一下。他是不是把事情想得太复杂了,是不是把别人,特别是把厅长想得太那个了,有一句古话叫"以小人之心,度君子之腹",他刘立本什么时候变成这样的小人了?当他从学校走到这间办公室,当他从这间办公室走出去的时候,他是这样的吗?那个时候他很单纯,很崇高,他一心只想当个好工程师,想设计一座大厦,或一座园林,当然他也有野心,想让他设计的大厦和园林成为名楼名园,想得个"梁思成建筑奖"什么的,想在中国的建筑史上留下一点痕迹。这是知识分子的通病,谁不想留名?但他变了,变复杂了,变圆滑了,他不想变,可他变了。有一种悲哀在心底升起。但他很快就原谅自己,他没有错,他只是身不由己,在不知不觉当中,就变成这个样子。他知道自己变不回去了。刘立本使劲地摇头,想把这些乱七八糟的东西从脑子里甩掉。他是地球人,他不在太空也不在月球。

他再次翻开书本,他不读,只想看看其中的插图。他没想到张静会出现在他的面前。

张静笑容可掬地说,刘总果然在这里。厅长说,对知识分子要有对知识分子的思路,要理解他们的思路,他们的情感,他们的习惯,他们的爱好,他们的选择。厅长就是厅长。我在厅里找不到刘总,也没人知道你在哪里，我就想，刘总能到哪里去呢？他不可能不来上班，他不是那种人，他是博士，他是总工，他最大的可能就是在设计院。

说实在的，张静是个很有魅力的女人，她在说这些话的时候，显得很清纯，很可爱，所以她的话让你听起来很舒服。这些话要是出自另一个人的口，一定让你起鸡皮疙瘩，但从她的嘴里说出来就那么顺当，那么动听。

刘立本说张处长找我有事？她说也没什么事，刚才厅长给我打了个电话，他说程书记说的那件事其实也没什么大不了的，无非是有人打电话嘛，不说是不是真有人给考官打电话，就是有，给考官打电话是人家的自由，听不听是考官的自由，要相信考官的觉悟。不要听了风就是雨，一说有人打电话就是出了什么大问题。你说呢，刘总。

刘立本连连点头。厅长就是厅长，有水准有气量，沉得住坐得稳。他刘立本就不行，一听程世清说有人给考官打电话，心里就发毛，就心虚，就跌宕。可不是，人家要打电话是人家的自由，你听不听是你的自由，你不是没听吗？你不是按自己的标准在打分吗？其实你大可不必把那个电话当回事，更不能因为那个电话而意气用事给那个叫林南飞的男孩子打高分。这显得自己幼稚，不成熟不稳重。

你专门来告诉我这个？刘立本说。张静说，是啊。我告诉你这个就是让你不用担心不用着急。刘立本说你怎么知道我着急了？张静笑了笑，你当然要着急，这事是你负的总责，有人告到纪检组，从原则上来说，这是一件大事，要是有人告到上面，让省人事厅那班人知道了，非抓我们的典型不可，我们的面试就得告吹，就得重来，这影响多不好？你没想过？

刘立本真没想到这一层，现在听起来，确实具有相当的严重性。真那样怎么办？他脱口而出。问题的实质是一场面试作弊。这是不允许的，是要负领导责任的。轻则通报，重则处分，这种事不是没有先例。水电厅去年就出过这样的事故，一个分管的副厅长因此而丢了乌纱帽。丢了乌纱帽的那位副厅长很不服气，一直给上面写信，官司到现在还没打完。

刘立本说，程世清书记那里查得怎么样了？张静说，纪检组把评分表全都拿走了，听说还要请公安厅的人做笔迹鉴定。有这么严重？刘立本说。

所以，我才来让你不用担心，查归查，事情到了纪检组那里，不查是不行的。刘立本说，对笔迹能查出什么呢，这与电话有什么联系呢？张静说，我想他们一定有什么线索，不是一般的举报，一定是提供了线索的，比如什么人给什么人打电话要给什么人多记分。你怎么知道得这么详细？张静笑了笑，说，我也是猜想的。总之，厅长的意思是，他们查他们的，你不用担心。

刘立本想，刚才厅长给他打电话，那么轻松的口气是不是也透露出对他的这种关怀？而他刚才对厅长的意图做了那么下作的推想，真不应该。在厅长如此博大的胸襟下，更显出自己的小鸡肚肠。

但是，厅长既然有了这样的关怀，他为什么不直说？当然，直说了就不是厅长。这种事能直说吗？拐个弯就不一样了，由张静来说，厅长的关心到了，却又不露出任何痕迹。刘立本说，你不是说厅长对面试的结果很不满意吗？刘立本突然说。张静笑了笑，说，厅长是个很豁达的人。

张静这一笑一说，让刘立本如坠五里云雾，又不便再说什么。

张静走到刘立本的办公桌边，说，刘总看的是什么书呀，这么漂亮的插图。刘立本闻到一阵从她身上散发出来的幽香，他有些慌乱地说，这是一本西方园林史。随便翻翻。张静把书拿到手上翻了一下，说，刘总，这书能不能借我看看，我十几年没看专业书了，原来大学读的东西全都还给老师了。

刘立本说，张处长原来读的是什么专业？张静说，我是省农学院毕业，读的就是园林专业。刘立本把嘴巴张得大大的。她说，刘总不信？这书我以前看过，是日本的针各谷钟吉教授写的，没错吧？她说着就把书合起来，看一下封面，并举起来向他展示了一下，动作有点调皮，不像是个年逾不惑的女人。刘立本说，看不出，真看不出啊张处长。她莞尔一笑，这一笑竟然让他产生一种遥远而亲切的感觉，那个华东师大女生的容貌一下子跳到眼前。张静说，我是不务正业，不学无术啊。哪里就像刘总你，是个有成就有名望的专家。刘立本摇了摇头说，藏龙卧虎，藏龙卧虎啊我们建设厅。张静说，刘总你可别鼓励我，龙啊虎的，让人睡不着。

/ 7 /

刘立本回家时，心情有些轻松，他说不清是什么原因。崔小路说，看你高兴的样子，不累？说着便脸红。他摸了摸她的脸颊，说，要不要再试试。去你的，她拨开他的手，想不想吃饭啊，青天白日的。去浇你的花吧。

刘立本说了声遵命，便去凉台浇花。崔小路却又跟到凉台，说晚上吃什么？他说随便，有什么就吃什么。她有些过意不去地说，我下午有点事，没上菜市场，要不，我给你做牛肉枸杞汤、鸡蛋炒西红柿，再炒点青菜，对了，还有一条桂花鱼，差一点忘了，清蒸行吗？他将她揽进怀里，在她的脸颊上亲了一下，随你，你爱怎么煮就怎么煮。她推了他一把，要死哟，让人看见了，又不是在房间里。

吃饭时她有些心神不定的样子。他说怎么啦？她说吃过了再告诉你。洗碗时还是她忍不住，说，你知道我下午上哪儿了，为什么没上菜市场？他说不知道，你上哪儿了，不上班了？她擦了一下手把他拉到卧室。他的眼睛一亮，天啊，换了新床铺，正是"我的世界我做主"的那种款式。崔小路到床头柜拿起中午的那张广告，向他摇了摇，怎么样，我们的厅长，满意吗？刘立本扑过去，把妻子按倒在床上。崔小路在他的身下叫着，要死哟，还没有洗澡呢。

他们大汗淋漓地躺在新床上，他说，我最近是不是有点发疯，有点色情，有点荒唐。崔小路的脸在他的肩头温柔地摩挲着，只要你喜欢，我愿意。我要让你在家里吃得好休息得好也玩得好。哎哟，我妈等会儿要来看新床。她一跃而起，迅速地穿着衣服。刘立本看着她，她的身材的确还很魔鬼，皮肤洁白光滑细腻，也许是因为没有生育的缘故吧。她被他看得有点不自然，说，还看呀，让不让人家穿衣服呀。说着伏下去在他的下身亲了一下，又用手指头点了一下，老实点，你丈母娘等会儿就来了。他想拉住她，她却蛇一样地从他的手上滑出来，朝他调皮一笑，快起来吧，我的厅长。

刘立本不知为什么就睡着了。

但他不知道自己已经睡着了，他看到自己坐在一个地方，那地方有点阴暗，却让人肃然起敬，因为他的对面是坐着一排人，全是平时在电视新闻中常见的大人物，这些大人物相互对看了一下，居中的那位便说，对于做好厅长你有什么打算。他终于在一片昏暗中认出，那开口发话的就是本省省长。他说，对于做好工作我是有相当信心的，因为我是在上级和上级的上级，也就是省委省府的领导下进行工作的。我个人没有什么打算，我的打算就是按省委省府的指示办事，就是坚决执行省委省府的工作方针，就是坚决落实省委省府的沿海经济发展战略，就是让我们省所有的城市都靓起来。我个人只有一个小小的愿望，就是在省城建造一座具有中国特色的现代园林，当然，要结合总体规划，要体现省委省府的人口、生态、可持续发展战略……

他的话还没说完，就听到崔小路说，要死哟，怎么还睡着，快穿衣服，快，妈在楼下按铃了。他揉了揉眼睛，大人物一个也不见了，站在他面前的是妻子崔小路。她提着他的衣服，快点快点，来不及了。他看了一下自己的裸体，故意慢吞吞地穿。此时，门铃叮当响，丈母娘已经上楼，来到门口了。崔小路顿了一下脚跳出去，顺手把房门带上。

他听到她一边开门一边对母亲说，妈，你说还让不让人家活呀，一天到晚地忙，一回家就喊累，吃过饭就在床上挺尸。当母亲的说，这孩子怎么这样说话，当个厅长容易吗？别人想忙还忙不了哩。

刘立本突然意识到有点不对头，从什么时候起，人们都把他当厅长看了？八字还没一撇呢，不用说厅长再过一年半才退休，就是厅长退休了，自己能不能上还是个未知数。当然，他能理解，在人们的习惯用语中，厅长是不分正副的。他们建设厅的几位副厅长，只要厅长不在，人们不都是叫他们厅长吗？

他突然又想到艾美丽。他把床头柜上的广告拿起来，那床上坐着的那个妙龄女郎，越看越像小艾。这样想着，他便觉得他的下身又有点感觉。他对自己说，这厅长当不得，哪一天不幸当上了，难免腐败分子一个。

/ 8 /

这天早上刘立本刚在办公室坐定，程世清便推门进来。

所有人进刘立本的办公室都得事先敲门，包括厅长在内，唯有程世清事先不敲门直接推门进来，仿佛在这座办公楼里的所有秘密都应该向他开放。他第一次推门进来是到建设厅上任的第一天下午，其时刘立本正把双脚跷得高高的，一边看文件一边还哼着一首以前的流行歌，妹妹坐船头，哥哥我岸上走，恩恩爱爱，纤绳荡悠悠。他哼这首歌不是他特别喜欢这首歌，而是因为这首歌流行时他正与华东师大艺术系的女生谈恋爱，还因为，他的妻子崔小路也常在做饭时哼这首歌，所以特别熟悉特别顺溜，有事没事出声就来。程世清说，刘总，很浪漫嘛。程世清嘴里说浪漫脸上却不配合，依然没有一丝表情，这种反差构成很强的讽刺效果。刘立本迅速地站起来，说程书记请坐。他们已经开过见面会了，他无非是想来看看他的办公室。程世清说，这办公室不错嘛，光线不错，方向也不错，墙上那位是什么人。刘立本说，梁思成。程世清"哦"了一声说，梁启超的儿子，林徽音的丈夫。出名，很出名，不管从哪个角度讲，都很出名。听说他对北京的城建提过很好的建议，可惜没有被采纳。这相哪来的，也给我来一张。刘立本说，网上下载的。程世清说，哦，那我自己来。有风采，风采照人啊。出身名门就是不一样啊。搞专业好，什么时候搞专业都好。

难得程世清说了这许多话，只可惜他说话时脸上永远没有表情。没有表情的脸让程世清显得有点老气横秋。刘立本一边点头一边想，这位仁兄是当了纪检组长才没有表情还是因为没有表情才当上纪检组长？

两年来程世清到他办公室的次数不上10次，但刘立本已经习惯他的不敲门。刘立本站起来，走到对面的沙发上，做了一个请坐的手势，程世清也就在他的对面坐了下来。厅办工作人员送来了两杯水，走时悄悄地把门带上。

还没等刘立本开口，程世清就说，刘总，那件事，和你通个气。我给你打过电话，主要是落实一下有没有人事先给你打电话，有人反应，有人事先给考官们打电话，说明考生的相貌特征，包括应试时的衣着款式颜色，这显然是明目张胆的作弊行为。我们请示了厅长，厅长的意见是查一下，所以我才给你打电话，也给其他考官打了电话，做了些面上的了解。具体的我就不细说了，我们初步调查的结果是这样：一，没有一个考官承认接过这类电话；二，面试评分卷上有3张非正常分，也就是满分或接近满分；三，举报人举报最少有两人给考官打过电话。

刘立本说，程书记能不能透露一下，他们打电话要的是什么人？程世清说，问题的实质和要害就在这里，他们要的是林南飞。刘立本情不自禁地"哦"了一声。此时，程世清的两只眼睛正对着他的脸。刘立本尴尬地笑了笑，他还没有修炼成内心忐忑外表坦然的工夫。程世清已经查过笔迹，知道那3张非正常分评卷当中有一张是他刘立本的。但刘立本应该坦然面对的，因为他的确没有接到过关照林南飞的电话。问题是他没办法解释为什么凭白无故地给他高分。

怎么办？刘立本脱口而出。程世清说，如果严格按规则，这次面试应当作废，推倒重来。程世清看着他说。刘立本抽了一口冷气，事情果然十分严重，显然问题不是简单地重来就能解决的，这里有影响问题，领导责任问题，违规问题，腐败问题，等等等等，没完没了。而这领导责任显然要由他这个领导小组组长来承担。

他叹了一口气，说，程书记，也只能这样了。出了这样的事，我这个领导小组组长有不可推卸的责任，重新面试还是另请高明吧。

程世清说，刘总多心了。厅长的意见是，查归查，做到心中有数就行了。这种事实际上是没法查清楚的。我刚才说的，只是一种近似推理的东西，没有确切的证据。你说呢？

刘立本的脑子一转，的确如此。他立即有些后悔，他刚才的表现，无异于当面承认自己在面试中有猫腻，做了手脚。他太不成熟了。

程世清说，问题是，不管有没有证据，客观上的结果是，该上的上不了，不该上的反而上了。

刘立本明白，程世清所说的该上的是指郑丽清，不该上的就是林南飞。是的，分数要公开要上网，只能林南飞上。

厅长的意见是，我们要主持公正，不能让该上的上不了。程世清说。

这一下，刘立本感到为难了。当然，如果郑丽清一定要上，林南飞又拉不下来，唯一的出路是增加一个录用的名额。刘立本说，如果能增加一个名额就好了。

程世清说，看来也只好这样了。你是不是以领导小组的名誉，给厅党组打个报告。刘立本说，能行吗？程世清说，这是没有办法的办法。还有，这是厅纪检组关于举报的调查报告，你也看一下，如果可以的话，我们一起报给厅党组。

程世清一直到走出刘立本的办公室，脸上的表情都是一成不变的。这不能不让刘立本从心底里佩服。他的这一脸的硬工夫，是怎么炼就的呢？也许，有的人的脸部天生就不需要表情，这是他父母当初设计的问题，与他的后天努力无关。

程世清走后，刘立本细细地看了一下他留下来的纪检组给厅党组的报告，报告很短，可字字玑珠：

厅党组：厅纪检组于某月某日接匿名举报电话，称有人给本次面试考官（没有举报考官姓名）打电话，通报考生林南飞的相貌特征及应试时的衣着款式颜色，要求给予关照。经查，11名考官均无接到此类电话。面试情况正常，面试成绩亦无明显作弊痕迹。事出有因，查无实据。特此报告。厅纪检组某年某月某日。

刘立本看着这个报告，回味程世清刚才说的话。明白了不少道理。

/9/

事情的解决比意料的还要简单，干脆，利落。林南飞考上硕士研究生，自动放弃录用机会。更让刘立本没有想到的是，林南飞考的正是刘立本导师的研究生。林南飞给他写了一封信，意思是感谢他在这次面试中的关照，虽然他放弃了这次机会，但他对他的恩情他是不会忘记的。最后还表示，他一定以他为榜样，好好学习，将来也像他一样，当一个出色的建筑设计师云云。

刘立本读完信，有点不知所措。他打开抽屉，迅速地把信藏进去。并下意识地看了一下门口。这是怎么回事，要是让人知道了这信的内容，再加上他无端地给他高分，那么，面试作弊，他绝对难逃其咎。这到底是怎么回事？也许，关于面试作弊的事，已经传说纷纷，沸沸扬扬，连考生都知道了，大家都在猜测，是谁给谁加分，而作为同济校友，他给他加分的可能性最大，所以他也就给他写了这封感谢信。退一步说，就是传闻属虚，他考上了他导师的研究生，这顺水人情送上去，对他也没有坏处不是？现在的大学生，没一个是单纯的，他们的世故与成熟程度，不可低估。更何况他已经在社会上混过了。

刘立本使劲地摇头，他真没想到事情会变得如此复杂，如此扑朔迷离，如此让人心惊胆战。他把林南飞的信重新拿出来看了一遍。程世清毫无表情的脸孔从信面浮起来。这信无论如何不能落入他人之手，这是证据，程世清不是没有证据吗？这就是现成的证据。刘立本迅速把信撕碎，动作有点夸张，近乎歇斯底里。他刚把碎片扔进废纸篓，就听到敲门声，他说请进，他发现自己的声音有点颤抖。他在销毁证据，能不紧张吗？

进来的是人事处长张静，她笑容可掬地说，这次招聘工作在刘总的直接领导下取得圆满成功，我们作为具体经办部门的同志也很有成就感，大家想聚一聚，乐一乐，想请刘总与民同乐一下，不知刘总有没有时间。

完成一件比较重大的工作，有关部门做一个工作总结，做法与体会，成绩与不足，好人好事，等等。会后大家聚一下，搓一顿，有犒劳之意，这在建设厅已成惯例，刘立本当然不好拒绝。

刘立本拍了一下手，他的手上还沾着几片没有散落的碎纸片，那几片碎纸在空中摇摇晃晃好一阵子，十分不情愿地落到废纸篓外边。张静无意中看了一下放在一边的碎纸机。是的，有废纸机，根本不用他亲自动手去撕。一瞬间，没有做过贼的刘立本体验了做贼心虚的全部心理过程：忐忑、慌乱和沮丧。

　　刘立本意识到自己的失态，尴尬地笑了笑。笑过之后，他有些夸张地说，好啊好啊，应该庆祝一下。在哪里？张静说，老地方，鲁班大厦西湖厅。

　　鲁班大厦是艾征夫的作品，原是建设厅的招待所，其设计品位和风格当时在省内很有名气，特别是在声音的处理上，很到位，临街的房间，把门窗一关，竟然一点噪音也没有。以后让人承包，重新装修，改名鲁班大厦，准三星，对外营业，但作为建设厅内部接待宾馆的地位并没有变，厅领导可以在这里签单。刘立本说，西湖厅太小了，换一下，干脆在香格里拉。晚上的单我来签。

　　张静笑着说，那就谢谢刘总了。这种时候张静的笑带着几分天真，很清爽很迷人。

　　香格里拉不是世界最美好的地方，是个大包间，分上下两厅，上厅摆一大圆桌，可坐24个人；下厅靠墙是一圈沙发，沙发对面是一台48寸的大彩电和一套最新的音响设备，可以唱歌。

　　晚上的酒喝得很尽兴，招聘工作圆满成功，皆大喜欢。刘立本喝高了，他记不清自己喝了多少杯，他给每人敬一杯，每人给他敬一杯，张静和艾美丽还单独和他干了三杯。人们留下来唱歌时，他说你们唱，我得先走一步。艾美丽扶着他说，我送送刘总。张静手里拿着麦克风，她喜欢唱歌，已点了《好人一生平安》。听说刘总要走，把刘总送下楼，送到小车边，拉开车门对小艾说，刘总就交给你了，你得完完整整地把他交给他的夫人。说着便咯咯咯地笑了起来。她笑得很放肆很开心，那丰满的胸脯随着她的笑声很阳光很青春地颤动着。刘立本想，她也有些喝高了，难得她这么放开。酒真是个好东西。

　　车驶出宾馆，刘立本说，小艾，这座大楼是你父亲设计的，你知道吗？哇噻，刘总，你没醉？艾美丽说，语气有一点夸张。刘立本说，我没醉，只是不喜欢唱歌，想清静。这座楼当时是很有名气的，特别是在建筑声学的运用上，有独到之处，你不觉得吗，我们二十来个人，二十来个的声音，跌宕起伏，交错往来，清晰可认，没有回声，没有噪音，整个空间就像一个无形的海绵，把一切多余的没有必要声音全吸收进去。我读研究生的时候，我们导师讲到建筑声学时还专门提到这座楼，可见当时名气之大，影响之广。

艾美丽说，刘总果然没醉，说起话来还那么专业。我可有点醉了。说着，她的头就软绵绵地往他的肩上靠。刘立本不自然地挪了挪屁股，整个身子变得有点僵硬起来。小艾的头仿佛一颗断了藤的瓜，随时可能掉到他的胸前，落到他的大腿上。他只好伸手将她扶住。小艾抓住他的手说，我是有点不行了。刘立本说，还说送我回家哩，还是我送你吧。说着便朝司机说，先到艾工家吧。艾工是厅里对艾征夫的称呼，厅里许多退休的高级工程师，可对别人人们当面称某工，而背后大都直呼其名，只有艾征夫，人们习惯叫艾工。

刘立本想，也好，顺便去看看艾征夫，很久没有拜访他老人家了。一路上，艾美丽的手一直没有松开，她好像真的有些醉了。车进了她家的小区，她突然坐了起来，说，真送我回家呀。刘立本说，你不是醉了吗，还知道到家了。艾美丽说，这就叫心灵感应。刘立本说，你和房子心灵感应？艾美丽说，你们不是说，设计是有灵魂的吗？不是以人为本吗？再说了，我爸不是在家里等着吗？怎么，不上去坐坐？刘立本说，也好，去看看你爸。

下车时，刘立本对司机说，你先走吧，这里离家也不远，我自己走回去。

上楼时，艾美丽拉着他的手小声说，厅长，你真够朋友。他闻到从她的口中喷出来的酒香。黑暗中，她的眼睛很亮，亮得让人心跳，他不由自主地加快了脚步。开门时，小艾朝里喊道，爸，刘总看你来了。屋里黑黑的，没人应。艾美丽顺手开了灯关了门，对刘立本小声说，厅长你坐。说完又对他挤挤眼。她打开父亲的房门，里面也是暗暗的，没人。她打开桌上的台灯，发现一张纸条，上面写道：我下海州，那里有座房子闹鬼。

艾美丽把纸条抓出来，递给刘立本。刘立本说，艾工总是这样吗？她说，还能哪样。他说怪。她说，越老越怪。这还算好，留了字条，有时来去无踪,让你找啊找啊,到处找,你急得要报警了,他又冒出来,还说你大惊小怪。问他上哪儿了,他说随便转转。刘立本笑了起来,人家都说老人像小孩,更何况艾工是那样一个喜欢自由的人,加上你母亲过世早,他自由惯了。

艾美丽说,好了,不说我爸了,厅长。哇噻,终于可以大声叫了,我喜欢叫你厅长。刘立本说,反正没人,爱叫就叫,乱称呼不比乱发钱,不用上税。其实职务与人名一样,本来就是一个符号,我们在学校时,还叫导师老板哩。我们导师是那么一个严谨的科学家,也只是一笑了之。对了,还有叫号码的哩。以前有部小说,叫《林海雪原》,男主人公少剑波,因为他在团里是参谋长,第3号人物,人们都叫他203。

艾美丽说,我知道那小说,女主人公叫白雪。

刘立本感到惊讶,说,你怎么也知道这部小说?她说,怎么,这小说就许你读不许我读呀,厅长。刘立本怕她扯上白雪和少剑波,连忙说,厅长就厅长,我无所谓。

艾美丽说你无所谓,我可是当真的。你知道吗?省里已经把你列进去了。刘立本说什么列进去了?就是厅长的接班人啊。你怎么知道?不告诉你。说了你也不信。不说就算了,反正无所谓,刘立本说,叫归叫,闹着玩,我是当不了那个厅长,真的,我有自知之明,厅长的确不是那么好当的。

艾美丽说,你怎么当不了,厅长能当,你更能当,你比厅长强。刘立本说,你太高看我了。本来嘛,人家就是高看你嘛,我喜欢。艾美丽一脸酒气,斜送秋波,含烟笼雾。

刘立本明显感到一种危险,这危险不仅来自艾美丽明目张胆的挑逗,而且来自他身体上的某个部位的变化。他说,小艾你有点醉了,你还是早点休息吧,我走了,我得走了。艾美丽说,坐,厅长,坐,你怕什么?我都不怕了,你还怕什么?我给你煮一杯浓咖啡。刘立本说,我还是走吧。语气像是在哀求什么,可怜兮兮的。艾美丽幽幽怨怨地看了他一眼,把他按在沙发上。

艾美丽到厨房煮咖啡时,刘立本接了一个手机,是妻子崔小路打来的，说是有人来电话，声音怪怪的。问他在哪里，什么时候回家。他说他在艾工家，很快就回家。妻子说，喝多了吧，要不要我去接你？他说没有，不用。

艾美丽把咖啡放在茶几上说，刚才谁的电话，刘立本说，老婆的。查岗来了？刘立本说，是的。艾美丽笑了笑，家有贤妻啊。她在他的对面坐下来，有些伤感地说，喝吧，喝完就让你走，我不是不讲道理的坏女孩。他不好意思地笑了笑。

沉默了一会儿，艾美丽说，你知道张静今天为什么这么高兴吗？他摇了摇头。她说厅长要的人进来了。你是说那个那天和你穿同样衣服的考生？艾美丽笑了笑。张静不是自己高兴是在为厅长高兴。刘立本说，她的事想在她心里，她高兴也许是因为我们这次招聘工作顺利完成。别老是把她和厅长扯在一起。艾美丽调皮地看着他，看了好一会儿，说，你知道她刚才点的是什么歌吗？刘立本说，好像是《好人一生平安》。你知道她为什么点这首歌吗？知道这是她的传统节目吗？刘立本说是吗？每次都唱这首歌？看来她这人还是很传统的。艾美丽说什么传统呀，这是厅长最喜欢的歌。有一次，也是喝酒，喝完酒唱歌，她一边点这歌一边告诉我，这是厅长最喜欢的歌。她说厅长当她的面唱过这首歌，唱得满脸是泪，从此她就喜欢上这首歌了。

刘立本"哦"了一声，不说话。厅长喜欢这首歌有道理，因为这歌唱的是他们那一代人，那代人的生活，那代人的坎坷，那代人的情感，那代人的伤痛，那代人的失落与追求。突然间他好像对厅长有了更深的理解。是的，一个中年人流泪满面地唱着一首凄凉而忧伤的歌，这情境很能打动一个女孩子的心。

又是沉默了一阵子，艾美丽说，她是厅长的小情人。刘立本笑了起来，都41岁了还小情人，别胡扯。艾美丽说，厅长几岁？快60了吧，60减40等于多少？还不小？再说了，当初他们好上的时候，张静才几岁？

刘立本说，厅长的事不管是真是假，我们都不说了吧。

那就说说我们。艾美丽放肆地看着他，在肆无忌惮的目光中掺杂着许多调皮和挑衅。刘立本不敢看她，说，我们有什么好说的。艾美丽咯咯地笑了起来。说，看来你真的当不了厅长。你缺乏厅长那种一往无前的气质。你没有勇气。人家厅长可是什么都敢想，什么都敢干的啊。

刘立本站起来说，也许你说得对，我永远也当不了厅长。

艾美丽把他送到门口，说，真的走了？他说，以后再来吧。她说，这话我喜欢，厅长。

她迅速地在他的脸上亲了一下，关上门。

这一切来得太突然，闪电一般地发生，又闪电一般地消失。刘立本摸了摸被亲过的脸颊，热烘烘的。他按一下楼道灯，把手掌伸到灯下看看，没有什么痕迹，再擦，再看，还是没有，她没有抹口红。

不过为了保险起见，刘立本还是掏出卫生纸在脸上认认真真地擦拭了一下。

/ 10 /

有一部电视剧，剧情有些蹩脚，但其中一个镜头给刘立本留下很深的印象。一群日本鬼子哇啦啦围上来，一位八路军指挥员看了一下怀表，坚决地说了声，撤。于是哇啦啦的日本鬼子扑了个空。镜头一转，绿树蓝天白云。流水潺潺。我们的八路军战士互相打闹，喜笑颜开。

这个镜头很经典。

刘立本看了一下手表，还不到12点，撤得很及时。

是的，他不是不想留下来，他是不能留下来，不敢留下来。她说对了，他没有那个胆量，不管做什么事，他都缺乏胆量。他是怎么来的，他难道一开始就没有意识到这种危险性？他真的想去看看她的父亲？借口，只是这种借口让自己的行为显得很合情合理，很心安理得。他潜在的真实的意图只有一个，想和她多待一会儿，多听听她说话，多看看她那有点妖艳、有点妩媚、有点邪气、有点逼人的小酒窝。她说张静是厅长的小情人，真真假假，而她是不是也想当他的小情人，是的，他们之间的年龄差距正好与厅长和张静的相当。难道他不想？她不是很像广告上的那个性感女郎吗？他不是在与妻子做爱时闪过她的倩影吗？

下了楼，他又抬头望了一下楼上的灯光。不行，他得挺住，坚决挺住，兔子不吃窝边草。这是千年来颠扑不破的真理。

一辆小车无声地停在他的身边，刘立本吃了一惊。定睛一看，是自己的车。司机打开车门，朝他无声地笑着。他说不是让你回去吗？我能行，没事。司机说，我想想，还是得把你送回去，要不，张处长那里不好交代。刘立本想起刚才上车时张静讲的话，不禁有些后怕，人家张静是怎么说的，要小艾把自己完完整整地送到老婆手上！玄机四伏啊，别小看这些女人。他暗自庆幸自己撤得及时，要不司机在这里等上一个晚上，他会做何联想，事后又如何向张静张处长交代？

刘立本尴尬地笑了笑，说，一聊起来就没个完。他故意省略主语和宾语，谁和谁聊？可做他和艾工聊解，也可做其他解，既有暗示又给自己留有退路，不至于当领导的当面说谎。所幸司机做前解。司机说，艾工那个人就是怪，只和他看得起的人说话，而且说起来就没个完。刘立本笑了笑，不再就此话题说下去，以免言多有失。

不时有车灯街灯晃过。刘立本认真一看，路上车流人流，哪样都不比白天少。他说，都快成不夜城了。司机说，早就是不夜城了。时代真的变了，火树银花不夜天。换了人间。刘立本说着，听到手机响，打开来，是小艾的号码，他看了一下司机，顺手按掉。又响，又是小艾的，又按掉。车子拐弯的时候，手机又叫了一下，打开看，是小艾的短信：我真笨，你身边一定有别人。有一句话我想现在就告诉你，你是厅长的接班人，我爸说的，他的学生在省组当处长。骗你是小狗。

刘立本笑了笑，顺手把短信删了。

回到家里，崔小路还在等他。她有个习惯，不管他回来得多晚她都等他。她凑到他的脸上说，满嘴酒气，臭死人了。我看到，是司机把你送回来的。让你别喝那么多，就是不听，等哪天醉倒在路上，看哪个管你。妻子话是这么说，却听不出半点埋怨和责怪的味道。听了这样的话，当丈夫的十个有八九个下次还喝，而且喝得更来劲。

　　小路说着便去拧热毛巾。他擦了脸，果然清醒了好多。她端出一杯酸梅汤，醒醒酒。他喝了，说，还是老婆好。鬼哦，好还不早归家，喝到三更半夜。这时电话响起来，个鬼，这么晚了谁还打电话。她去接，喂，你好。他刚到家，是的他很忙，当领导没赚什么就赚个忙字。找你的，她把话筒递给他。

　　他懒洋洋地接过电话。

　　你好啊刘总。听到那个沙哑中略带一点黏性的声音，刘立本的酒一下子全醒了。他捏紧话筒，聚精会神，想辨认出那个声音。谢谢你，真的谢谢你啦。以后有什么事，尽管说，只要兄弟我能办到的，二话不说。听出我是谁了吧。刘立本说，是的是的。那就再见啦，千万记住，有事尽管找我，你的事就是我的事，咱们不分你我。对方说着，把电话挂了。

　　电话里传出嘟嘟嘟的声响，刘立本对着话筒出神，和那天一样，他还是没有听出对方到底是谁。

　　崔小路说，谁的电话，神神秘秘的？

　　上海地下党。刘立本说。

　　妻子扑哧一笑，说，我的厅长老公哟，你越来越有幽默感了。我们老板说了，幽默感是现代人的一个主要特性。

我不干了

/1/

念青山大学毕业那年，省里在大学搞选调生，就是选拔一批比较优秀的大学毕业生到党政机关工作，念青山考上了。分配的时候说要到山区锻炼，他父亲就建议他到他下乡的那个县，以后又分到他下乡的那个乡，当时叫罗坑公社，现在叫罗坑乡，在乡政府当秘书。

念青山的父亲念守一在1977年考上省师范大学历史系，毕业后留校任教，现在是教授、博士生导师。听说学校要让他当人文学院院长，他婉言谢绝。他搞的是历史，中国古代史，人也不怎么现代化，这从他给孩子起的名字就可以看出来，念青山就是要让他记住他曾经为之奉献青春的那一片青山。

念守一在山村里一边干革命一边与同是知青的李薇谈恋爱，才有了现在取名念青山的大学生。

念青山到了罗坑，才真正体会到青山的含义。从小在省城长大，看惯了高楼大厦，觉得青山不错，青山绿水，谁不喜欢？再说现在到处讲绿色，连经济文化都绿了，仿佛什么东西一旦变成绿色，就是好东西。念青山觉得父亲有先见之明，20多年前就给他起了一个很有现代意识的名字。进了大山，青是青了，心中难免有些凄凉。四目所及，除了青山，还是青山。上上下下，前后左右，都绿得十分可爱。然而，到处绿，天天绿，每时每刻绿，也就不怎么可爱了。想到要在这里待几年，十几年甚至几十年，念青山心里便有一些凄凄惶惶的，鼻子一酸，眼泪差一点掉下来，脸也就有点变绿了。他问父亲，当年到罗坑是什么感觉，父亲说，那个时候我们没有自己的感觉，只有毛主席的感觉。我给你念一段《毛主席语录》，这语录永远不过时。"世界是你们的，也是我们的，但是归根到底是你们的。你们青年人朝气蓬勃，正在兴旺时期，好像早晨八九点钟的太阳。希望寄托在你们身上。"当时还谱了曲，你要不要听？念青山说，老爸，拜托了，别唱。

念青山到罗坑不满一个月，生活还在适应期，工作还在磨合期，罗坑乡政府便出事了，出了大事。乡长、书记同时被"双规"。念青山开头不知道什么是"双规"，一问吓一跳，就是在规定的时间、规定的地点交代问题。听说事情比较重大，涉案金额令人发指。因为他刚来，与地方没有什么人事瓜葛，又是名牌大学的优秀毕业生，中共正式党员，就把他抽调到临时办案机构工作，这个临时机构对外称"1004"办公室。

为什么叫"1004"办公室？1004是一个时间的代号。听说去年10月4日，有关部门收到一封群众举报信，揭发罗坑乡一个惊心动魄的腐败问题，高层做了批示，一层一层批下来，县纪委做了初步调查之后，决定立案，成立专门的办公室进行深入调查取证。县委书记说，反腐败已经写进党章，共产党员都必须遵照党章执行。共产党员搞腐败一定要查，一查到底。听说县委书记刚从省委党校学习归来，说话理论含量比较高。因为是10月4日的信引发的案件，这个办公室就叫"1004办"。但，乡里有人说，什么1004，就是要你你死。当然，这种说法纯属扯淡，就像手机短信，尽是乱七八糟的东西，上不了台面。

乡长、书记"双规"就"规"在乡里。那时正好放暑假，就在乡初级中学罗坑中学找两间学生宿舍，把他们分别"规"起来，乡长在西头，书记在东头。念青山的工作就是守护、监督乡长。乡长住里间他住外间。乡长吃饭他吃饭，乡长如厕他如厕，乡长在里面写检查，他就在外面读笔记小说。乡长的饭是他到食堂打的，他先在食堂吃了饭，再把乡长的饭打回来。他到食堂吃饭的时候，按上面的规定，要把外面的门锁上，乡长吃饭的时候，按上面要求他要在一边看着。他感到这样做有点别扭。乡长安慰他说，没关系，上面要你怎么做你就怎么做，我听你的。

一个月前，念青山是乡长从县里带回来报到的。他们一批人，从省里到市里，一层层分下来。他到县里报到，乡长正好在县里开会，县委组织部就让乡长把他带回来了。乡长亲自安排他的住宿，把自己的床让出来，第一天晚上，还把自己的电视扛过来，说，我忙，没时间看，你看吧，刚从大地方来，这里太冷清了。听说乡长还准备给他配一台电脑。后来就出事了，没来得及买。乡长姓徐名光明，徐乡长的家就在念守一下乡的那个西洋村，还有，徐乡长的父亲就是念青山父亲的老房东。当然，这事没人知道，否则，上面就不会让念青山来做这件工作。

念青山的父亲住在乡长家时，乡长5岁，9年后，也就是念青山的父亲考上大学的第二年，念青山才出生，所以乡长比他年长15岁。今年38。不到40岁的乡镇主官，属中青骨干，前程无量，而且听说，书记很快就要到县里当副县长，他就要当书记了。还听说，乡长是县里的后备干部。乡长书记很团结很和谐，口碑很好，这在本县甚至本市都是少有的。

当然，念青山虽然感到自己的工作有点别扭，但他不会因此而对乡长心慈手软，因为他十分痛恨腐败，痛恨贪官。想想看，如此贫困的一个山区，就贪了那么多钱，心够黑的。

但是，一个小小的山区小乡，怎么会有那么多钱好贪？用乡长的话说，要是不搞开发区，就没有这事。听说乡长、书记都反对在乡里搞开发区，可上面一定让搞，不搞就没有新的经济增长点。于是他们就在乡里划了400亩地，搞招商引资。为了营造良好的投资环境，修路造桥，加上这400亩地的三通一平，就是通水、通电、通讯和土地平整，一共花了5000多万元。不但把乡里多年的积蓄花掉了，还要贷款2000多万元。

终于有人来投资了。这是一家外资企业。说是外资其实是"出口转内销"，老板就是本县的一个房地产商，开发房地产赚了大钱，到香港注册了一家公司，名为香港金莲发展股份有限公司。听说金莲是该老板已故母亲的芳名，老板从小失怙，是母亲一手拉扯大的，老板是个孝子。老板不但是个孝子，还很爱国爱乡，所以用金莲公司的名义回乡投资，享受优惠政策若干。金莲公司在罗坑建造纸厂、包装厂，一条龙，总投资1000万元。为的是就地取材。这里有满山遍野的竹子。

这是一家污染超标的企业，环保部门早有异议，但该上的还是上了。该项目是在9月举行开工典礼的，几天后，有关部门便收到了群众的举报信。说是这里面有猫腻，乡长、书记从中收受贿赂数十万元。

/2/

有一天，县纪委的同志找乡长谈话之后，乡长脸黑黑的，一根接一根地抽烟。念青山怕他想不开，说，乡长，你没事吧。乡长说，没事，我能有什么事？最多回家种田，我本来就是农民。我是怕书记顶不住压力，乱说。徐乡长对念青山说话很随便，从不把他当监管人员。正说着，就听到从东头传来的一阵歌声，我的家在东北松花江上，那里有森林煤矿，还有那满山遍野的大豆高粱……听到歌声，乡长就笑了，说，这个臭查某，两天不唱歌，害我担心。

念青山想，这乡长和书记可能是用歌声做暗号，里面有名堂，什么名堂，说不准。但他又不好对别人说，他只是一个普通的看管人员，在整个办案过程中，他和赵明秋都是打下手的，不是办案人员。赵明秋就是那个看管书记的从县委组织部下来的女干部，他报到的时候见过她，人长得很清秀，笑容也好看，不知为什么，她总是让他想起溪边的翠竹。那条溪叫西洋溪，从西洋村背后的大盖山流出来，穿过乡政府所在的罗坑，向县城流去，再由县城流过市里流向东海。不过出了罗坑就不叫西洋溪了，在县城叫龙泉溪，到市里叫龙腾江。

从罗坑到县城，两岸都是翠竹，一丛丛，一片片，连绵不断。有月亮的晚上在溪边看翠竹的倒影，很让人思念，也很让人回忆。浮想联翩。那种时候，只要往溪边一站，那翠竹便如少女一般地在水里向你点头扭腰招手微笑，安静而妩媚，你便有了一种向她诉说的欲望，于是，一些过去了的美好的东西便像流水一样地轻轻地从心里淌过。自从来了赵明秋，她便和翠竹一起向他点头扭腰招手微笑。面对溪流，他不知道和她说过多少回话，可是真正和她面对面，他却说不出很多话。而且总是她先开的口，比如，吃饭打饭的时候遇见了，她说这么巧，又遇上了。他说是啊，真巧。比如，书记唱歌的时候，她就跑出来，好像有些不安，又好像在为她放风。他也出来，想看看出了什么事。她便很快地走过来，说你那边没事吧。他就说没事。她便会对他笑一笑，仿佛是为书记唱歌向他表示歉意，又仿佛向他表示，其实唱唱歌也没什么了不起的，只要你不说我不说，谁也不当回事。

今天，他突然想和她多说一点话，听到书记唱歌，他便对乡长说我去看看，乡长说，去吧，我这里没事。第一，你不用怕我想不开干傻事，我才没那么蠢，我想活到100岁，多看一些公景，看了中国的看外国的；第二，你也不用怕我和外面有什么联系，没必要，说实话，要联系你也看不住，你人生地不熟。念青山便有点尴尬地笑了笑。乡长又说，我在这里等于休息，过不了多久他们就会让我出去。他就走出来。乡长说，把门带上。他就把门带上。

念青山看到赵明秋站在走廊里，便走过去，她见他走过去，也迎过来。他说书记又唱歌了。她说她没事就唱歌。他说好像两天不唱了，她说唱，只是小声唱。都唱什么歌？什么歌都唱。大声唱唱革命歌曲，小声唱唱……她顿了一下，好像不想说，却又说了出来，情歌。说完便把脸转过去。他的脸红了一下，说她唱歌有点好听。她是个才女。她想了想，又说，她是你父亲的学生。

他说你怎么知道？她笑了一下。他说，明白了，你利用职便偷看档案。她说，这是我的工作，我就管档案，不想看也不行。他便想，他在大学里曾受过一次处分，他还写过一次检查，她一定也看到了，便无端地红了脸。她说，你还挺优秀的。他以为她在讽刺他，看了她一下。她一脸清纯，不像在挖苦人。他便笑了笑。心想，也许那些烂东西没装进档案里。他说，你学什么专业的？她说金融。他说学金融怎么到组织部？她说考进来的，去年，和你一样，是考进来的。他说，这不公平！她吃了一惊，说，怎么就不公平了，你可以考，我也可以考，而且我比你早考，怎么就不公平了。他笑而不答。她说不至于男女有别吧。他说，不是说这个，我是说，你对我什么都了解，我却对你一无所知。她笑了，说，男孩子也这么小气，好吧，我这就告诉你，你想了解什么？他说，了解女孩子最不想告诉人的东西。她说，女孩子有什么最不想说的？他说，那我就问了。她说，问吧。他说，请问小姐芳龄？

她笑了起来，我还以为是什么大不了的事。21，属猴的。他吃了一惊，比我还小一岁，不会吧，你5岁读小学？她说，就5岁读，小学还是5年的。他说，你不是本地人？她说，不是。他说，听不出来。她说，我普通话说得好。他说，哪里人？她说，你猜。他说，猜不出来。她说，那就以后慢慢猜。

他心情很好，她比他小一岁。他不知道为什么听到她比他小一岁他就心情非常好。她说你能不能把你发表的东西给我看一下。他有些得意，原来档案里把他的优点都写进去了，而那件事却没有体现。是的，要是体现了，他就成不了优秀生，也就考不了选调生。考不了选调生就不能到这里和她在一起。也许如人们常说的，过去的档案专写问题，现在的档案专写优点，缺点都在希望中体现。比如希望某某同学加强组织纪律性，就是说，某某同学常常迟到早退，不守纪律。希望加强团结协作精神，就是常常和人吵架等等。如若不是比较严重的毛病，就连希望也不希望了。这么想着，念青山便笑了一下。赵明秋说，小气。他说我这就去拿。两人正说话，书记跑到门口说，小赵，你来一下。赵明秋便扔下他跑了回去。

念青山想，这书记也真是的，还指使人，她难道忘记自己在"双规"，接受审查。再说了，她又不归她管。他摇了摇头，一定是平时指使人惯了。明秋说她是父亲的学生，不知是哪一届的。父亲的学生很多，听说有的已经在省市一些重要的部门当领导了，也没见这般高傲的。

念青山回来时，乡长说林书记没事吧。他说没事，她不是两天没唱歌，她是天天唱，只是小声唱。她说的？是小赵说的，就是县委组织部的那个女的。这个臭查某。乡长又骂了一句本地话。念青山想，看来唱歌不一定是暗号，因为她什么歌都唱，有时大声有时小声，没有规律，凭她高兴，所以他就骂她臭查某。他只是为她担心。臭查某是本地对女人的一种骂法，其真实意义与具体语言环境有很大的关系，在这里多少有点亲切的味道。不是说他们关系很好很和谐吗？念青山说，乡长你们"双规"要"规"多久？乡长说这要问你。念青山说我也不知道。你不是说你没问题吗？他们为什么要"规"你？你要是有什么问题的话，就交代了算了，在这里也挺难受的。

乡长说其实我也不知道为什么"规"我。我问心无愧。当然，吃吃喝喝有一点，谁也免不了。我们还算好的，就吃一点土特产，最多到山里弄点野味。念青山想，要真是这么清廉，上面也不会凭白无故地把他"规"起来。但看他无忧无虑的样子，也不会有什么大事。要有事都有事，林书记也不会唱歌。

当初让他参加"1004办"工作时，县纪委的同志讲得很严肃，这个不准那个不准，一共定了十几条不准。把他吓得够呛，可过后也没人来检查。他刚参加工作，也没听说过这种事，心里没个谱。

乡长说，我们的事看来没有这么简单，上面有人要找我们的事。让他们搞去吧。吃饭，给我多弄点菜，不要为我省钱。

他去吃饭，她也去吃饭，他们便面对面坐着吃。来吃饭之前，他把一本剪报带上，里面全是他在报刊上发表的豆腐块文章，有散文、随笔、杂文，也有诗歌，最多的是随笔。他的随笔大多带点明清笔记的味道，自己很喜欢。她说，刚才书记问我跟谁说话，我说和看乡长的小念，她就问乡长怎么样，我说没听说怎么样，乡长没事吧？他说没事。他只是为书记担心。她笑着说，看来他们的关系的确非同一般。他说，你说书记是我父亲的学生？她说，是的，她是你父亲的研究生，专攻隋唐五代。听说她父亲在市里当领导，公公在省里，丈夫是省城一个有名的企业家。

他说，有背景有靠山，难怪"双规"还唱歌。她说，不能这样说，真有问题，再大的后台和靠山也不行。而且我听说，她正在与丈夫闹离婚。有这事？念青山睁大了眼睛。赵明秋说，听说她的丈夫是个花花公子，她已经忍了几年，还是忍不了。不说了，这事你可不能说。他说我知道。她又说，我看她没问题。为人不做亏心事，不怕三更鬼敲门。没有负担，能吃能睡，还能唱歌。乡长书记都说他们没问题，为什么就把他们"双规"了呢？他说，我也想不通。这么说着也就吃饱了，再各自替乡长、书记买了饭菜，一起回来。

在路上，念青山便有一点失落，因为她没有再提起他发表文章的事，他的剪报算是白拿了。人家只是随便说说而已，并不把他的才能当回事。看来我是有一点自作多情了。

分手时，她说，拿来。他说什么？她说，剪报啊。不是给我看的吗？他连忙递上去。她红着脸说，你明明带来了，人家不说你就不给，小气。说着便转身走了。

乡长吃饭的时候问小赵又说了什么？念青山愣了一下。乡长用筷子指了指窗门，我看到你们一起回来的。他尴尬地笑了一下，脱口说，她说书记正在闹离婚。乡长的那口饭扒一半，筷子停在碗边，好一会儿才把饭扒进去，说，这臭查某。

/3/

让念青山没想到的是，几天后，上面宣布解除对乡长、书记的审查，撤消"1004办"。

离开罗坑中学的时候，校长跑过来，说了许多照顾不周之类的话，一脸抱歉。乡长说，别说了，我们又不是来做客的，这是上面的事，与你无关。西边的厕所有个蹲位不通，赶快让人修一下。书记说，东边也有一个，堵死了。校长说，领导就是不一样，时时不忘以人为本，以学生为本。表示一定抓紧落实乡长、书记的指示，开学前让所有的蹲位都畅通。出了校门，乡长、书记有说有笑，他和赵明秋跟在后面。他说，你就回县里吗？她说，不回不行，你的剪报我还没看完哩。你就留着看吧。好。你什么时候到县城来，就找我拿。他点了点头，心里便有了一点惆怅。她说，怎么不说话？他说，要是乡长、书记多"规"些日子就好了。她停下脚步来看他，说，你啊，心眼儿有点坏。

乡长回头说，你们快一点，一起到我家去，我们庆祝一下。

书记说，有什么好庆祝的？乡长说，我们家乡风俗，倒了运要补运，吃一餐也算慰劳一下我们自己。书记说，我们出来，有人要进去。乡长说，不会吧。书记说，你走着瞧。乡长说，管他。又说，管也管不了。我们进去的时候谁管我们了？书记笑了笑，她知道他说的管的意思，就是在关键时刻没有为他们说话。这样想着，心里便有些凄凉，仿佛被什么人抛弃了，随口就哼起了一首叫《杜丽娘》的歌。哼出来自己吓了一跳，怎么就哼这种歌？没出息。

念青山听说要到乡长家，有些激动，因为他常常听父亲说起那个家，却从来没去过。他说现在就去吗？太好了。赵明秋说，看你高兴的样子，上北京呀。他说，你不知道，当年我父亲上山下乡，就住在乡长家。她睁大了眼睛。这年头，意外太多了。他把食指放在嘴上说，保密。

到了乡长家，乡长的母亲不让进，乡长的父亲站在门外的院子里对乡长说，还是按风俗，跳火盆吧。

乡里风俗，凡出了监狱回家的人，都要在门口跳过火盆，去掉一身秽气，才能进家门。乡长说，我又不进监狱，跳什么火盆。父亲说，不是关起来了吗，我看差不多。说着，乡长的妻子从里面端出一只盆子放在门口，看了一下丈夫，蹲下去，把盆子里的木柴点着。那木柴是浇了汽油的，一点就着，滋地一下，火势成宝塔形，又红又亮。乡长看了一下书记，便从火盆跨过去。

书记说，我也要吗？乡长说，想升官就要。书记便笑着，也从火盆跨过去。

乡长家是一座小土楼，大门上有一副对联：松报清声，宛听佳音迎甲第；竹摇翠影，如看墨汁写人丁。

念青山环视四周，觉得这对联写得很有诗意，很有内涵。父亲说，当初就是在这里读完了毛泽东与鲁迅的全部著作，还偷偷读完了《红楼梦》

和《史记》。也许，这副对联对他有一点作用吧。他对赵明秋说，这对联写得很绿色也很文化。她笑了笑，说，看来乡长家的祖先不是农民。他说，可能吧。不过也难说，中国有耕读传统，一边当农民一边读书，读得好考上了秀才举人进士什么的，就能当官，就能"劳心者治人"。明秋说，看不出你还懂的不少。

这时，乡长的母亲走过来说，你们也跳吗？说着便拿眼睛来看念青山，看得念青山不好意思地笑了一下。书记在里面笑着说，你们也跳一下，你们不是跟着我们沾了不少倒霉运吗？跳一下就好了，以后也好提拔进步当官。念青山看了一下赵明秋，就先跳了过去，赵明秋看着烧得很旺的火盆，犹豫了一下，也跟着跳过去，念青山在里面接着，两个人手拉手，欢快地笑了起来。

进了门过了天井是厅堂，厅上又有一副对联：活水有源归宿至，好山当户送青来。赵明秋对念青山说，你的名字该不会从这里来吧。念青山说，也许吧。乡长的母亲把乡长拉到一边小声说，那个年轻人越看越像当年的念守一。乡长说，他就是念教授的儿子念青山。乡长的母亲走过来，对念青山说，你就是守一的孩子，真像，一个模子印出来似的。乡长说，本来就是一个模子嘛。大家便都笑了起来。

吃饭的时候很自然地就说起了念青山的父亲念守一，乡长的母亲说，我早就知道他不是一般人，不可能在山里待一辈子，听说现在在大学当教授，一个月能挣好几千块，几千？念青山说我也不知道几千。乡长的父亲便骂老太婆，不懂规矩。乡长说，也没什么，商品社会嘛，你说呢？这话是对书记说的。林书记说，是的，钱不是事。我想念老师也不知道他到底一个月能挣多少钱，我知道，钱是师母管着的，小念你说是吗？念青山不好意思地说，我也不知道。说完看了一眼赵明秋。赵明秋正很认真地搛菜，把一筷子酸笋往嘴里送，说这个好。乡长的母亲就说，好吃你就多吃点。赵明秋便笑。她想起一个广告词，好像是推销夹心饼干的，镜头上一个靓丽的女孩，咔嚓一声，咬一口又香又脆的饼干，说的就是"好吃你就多吃点"。这时乡长、书记便开始喝酒，互相祝贺出来了。赵明秋趁大家不注意时，在念青山的耳边说，你有出息。念青山一脸茫然。她说，因为你不知道你父亲一个月能挣多少钱。

乡长请客，菜是家常菜，酒是自酿的米酒。听说这种米酒被县里的酒厂拿去包装成"状元红"。明朝万历年间，这里出了一个状元，原来村外的大路上还有一座石牌坊，上有"状元及第"几个字，可惜，牌坊没了顶，也不知道什么时候掉的，掉到哪里去了，剩下几根石柱子，有点凄凉。听说有政协委员建议，要把它重修起来，作为一个旅游点对外开放，县里没动静。这个状元后来只授翰林院修撰，没干几年就回家了。没当官，也就没有政绩留下来，也没有给家乡带来什么实际的好处，甚至连一点有关爱情的故事也没留下来，不是说金榜题名时，洞房花烛夜吗？什么也没有，人们也就把他淡忘了，只剩下一个空名。

不过酒是好酒，好就好在喝起来没感觉，醉起来没知觉。

林书记喝得脸红红的，说，乡长，我就服你一条，不作假。乡长说，我也服你一条，不怕事，喝。乡长的妻子正好端菜进来，幽幽地看了一眼自己的丈夫，说，少喝点。乡长还没有说话，乡长的母亲就说，让他喝，他心里不痛快。乡长说，谁说我不痛快？跟她合作搭班子是我这一辈最痛快的事，喝。书记站起来，拉着乡长的妻子说，嫂子，你也来喝几杯，别再忙了，菜已经多得吃不完了，不用再做了。乡长的妻子说，还有一个汤，还有一个汤。说着去了厨房。乡长说，别理她，她就是这样。

那天大家都喝醉了，念青山就睡在父亲以前住过的房间，那房间一直空着，当客房，床还是以前的床，桌子还是以前的桌子，只是多了一盏台灯。墙上还贴着当年的画，李铁梅高举红灯，准备把革命进行到底。念青山想，这画怎么就不会烂？走过去一摸，原来那上面封了一层塑料纸。显然不是因为没钱买新画，是一种怀旧情绪在起作用。那个时候，他们家来了一个知识青年，他有一种与他们不同的生活方式和习惯，他刷牙，他唱歌，他写字，他看书，他还和他们一起来的一个叫李薇的姑娘谈恋爱，他们在溪边散步，在竹下接吻，这一切，对于这座古老的房子来说，构成一种全新的文化现象，注入一种全新的气息和活力，主人喜欢。一直到现在，他们还在用他的习惯教育他们的下一代,要读书,读书才有出息,人家念守一现在是教授,大知识分子。知道吗?他不想当官,要当,比县长还大。念守一是山村的一盏灯。

念青山躺在床上,看着那黑黑的屋顶,睡不着,他听到一阵阵松涛声,他的眼前是一丛丛婆娑的竹影。他醉了,但醉得不是很厉害。他想起来和小赵谈谈自己的发现,谈谈那副对联,是的,还有一副对联:静观嘉木千章绿,坐对遥山一角青。这是父亲以前经常挂在嘴上的,听多了不觉怎么样,现在想起来,真美。念青山突然想到什么,一跃而起,走到窗前,也许就是这里,可惜,前面有一座新盖的房子挡住了视线。现在生活好了,村子里也盖了许多房子,钢筋水泥,两层,还贴了白色的瓷砖,十分耀眼。

门响了一下,乡长的母亲走进来,念青山闭上眼睛装睡。老人在床头站了好一会儿,自言自语地说,真像,人啊,真怪。她轻轻地摸了一下他的脸,叹了一口气,走了。

乡长、书记恢复工作,上面没有文件,也没人找他们谈话,只是县里开会,通知他们参加,算是给他们平反了。这种事本来是很别扭的,乡长说,上面怎么能这样不负责任,要不要找组织部讨个说法?书记说,不找,当没发生过什么事。通知我们开会就是平反的意思,官复原职了不是?也没人找念青山他们谈话。一切都不了了之。天下事了犹未了,何妨以不了了之。老百姓称之为虎头老鼠尾。人们也习惯了。

乡长还是那么忙。忙什么?还是那块地,那块被称为开发区的地如今什么都没有,跑市里跑省里,没人要来,金莲公司的项目一开头就搁了浅,哪个老板还敢来?找死?一下雨,乡里那几千万投资变成一片烂泥浆,把西洋溪变成一条小黄河。于是便有人偷偷地骂那个写举报信的人,说他"家婆",就是多管闲事,吃饱了撑着,甚至不得好死等等。发工资的时候,念青山发现卡里没钱,问,说是乡里没钱,乡长正想办法哩。他这才感到问题有点严重。他本想利用双休日上县城一趟,找赵明秋来点"小资",比如请她喝喝咖啡、唱唱歌、跳跳舞什么的,没了经济基础,计划只好取消。

有天晚上,书记到宿舍来找念青山,要他父亲的手机号码,念青山说,父亲没有手机。书记说，不会吧，这么落伍。念青山说，真的没有，不是没钱买，是用不着。书记说，怎么会用不着，出差怎么办？开会怎么办？他不是常常到外地开学术会议，前不久我才从报上看到他到西安开刘晏的讨论会。知道刘晏吗？念青山说，知道，唐朝的理财专家，现在叫经济学家。书记说，行啊少年家。不愧是念守一的儿子啊。念青山说，瞎猫碰到死老鼠。书记说，听说你还写了一些文章在报上发表，拿来我看看。念青山说，都在小赵那里了。书记便拿眼睛把他从头到脚看一遍，说，谈上了？念青山的脸红了一下说，八字还没一撇哩。只能说双方都有好感吧。书记说，要了解多了解，我不是说小赵不好。这种事非慎之又慎不可。念青山便想起书记正在闹离婚的事。想，这叫一朝被蛇咬三年怕草绳。连别人都为他担着心，从这点看，书记是个好人。书记说，他外出开会，从不打电话回来？念青山说，打，都是房间里的电话。书记您也别把我父亲想得太清高，他到处有人捧着，住宾馆不用钱吃饭喝酒不用钱，打电话也不用钱。书记便笑了，笑得很开心。说，那是因为他的学术地位高，又到处有学生。那就给你家的电话吧。念青山就把家里的电话号码给了她。

/ 4 /

说乡里工作忙，实际上是乡长、书记们忙，其他人不忙，除了上面来人，平时没什么事可做。那一天上午念青山闲得无聊，突然动了写一篇随笔的念头。题目就叫《无聊》。一有了题目，一些无聊的细节便一涌而来，打开电脑一口气写了几百个字，很顺手，正想一鼓作气、一气呵成，主任进来说，乡长、书记让你过去一下。念青山很遗憾地关了机子，再看一眼变蓝变黑的屏幕，仿佛与美人惜别。

乡长在书记的办公室里。乡长的办公室在书记的隔壁，一路过去先是副乡长、副书记的办公室，一溜五间，然后是乡长办公室，最后是书记办公室。房间的格局都一样，前面是办公室，后面是卧室，还带了个卫生间。念青山先在乡长办公室的门口探了一下头，没人，又到书记办公室，书记、乡长都在。他们正头挨着头说话。

见他来了，乡长抬起头来说，小念要成为"双规"专家了。书记笑了起来，说，小念，县里来通知，让你到县里参加"1004"办公室的工作。念青山说，不是没事了，解散了吗？书记说，我们没事了，上面有人有事，"1004办"没有撤。念青山脱口说，上面谁出事了？书记笑而不答。乡长说，到县里离家更近了，这是好事。

念青山给赵明秋发短信，问怎么回事，明秋回信说，来了就知道。

念青山到县委组织部，组织部的人让他到一个叫集贤村的地方报到，他问集贤村在哪里，组织部的同志说，打个的不就到了。他想问赵明秋，又不好意思，想，等安顿下来再找她吧，找得太急，露出迫不及待的样子，也会让她看轻了自己。他离开组织部大楼，到街上打的，一会儿出了城，过了一道山坡，又穿过一片树林，来到一个山清水秀的地方。原来这集贤村不是村，是个现代化的山庄。的士不让进，只能停在大门口。念青山下了车，正不知怎么走，就看见赵明秋从里面向他跑来。他有些意外，有些惊喜，说，你怎么也在这里？她说，我们在一起。说着便帮他提了行李往里走。

山庄很大，他们走的是一条由鹅卵石铺成的小路，小路弯弯，顺山而行，走过一片小树林，一群小别墅豁然出现在眼前，他眼睛一亮，不禁"啊"了一声。她说，怎么样，天外有天吧。他说，别有洞天，别有洞天。他们在一幢幢小别墅之间穿行。小别墅一幢一个样式，一种颜色，看得人眼花缭乱。赵明秋说，你知道这次"规"的是什么人吗？他说不知道。她说是县委的牛书记。就是那个刚刚从省委党校回来的牛书记吗？她点了点头。他想起前不久他说的话，不禁笑了起来。赵明秋看了一下自己，以为她身上有什么不对的地方。他说不笑你，不笑你。她说笑什么？他把牛书记的话说了，她也笑了起来。但她马上就不笑了，还用食指示意他也不要笑，他们已经迈上了一幢小别墅的台阶，她说，到了。

这是13号楼，现在临时用作"1004"办公室，而牛书记就住在对面14号楼楼上的一个房间，在那里交代问题。

报到时,"1004办"主任肖强肖主任对念青山说,你来,是组织上对你的信任,你要像在乡里那样,一要认真,二要保密。念青山连连点头。

念青山和赵明秋分配在材料组,一个管整理综合,一个管档案。念青山想,这一次有进步,整理材料比看管人高一个档次,责任也不那么直接。说真的,在乡里,要不是他运气好,乡长想得开,要是遇见一个难剃头的,还真不知道要发生什么事,弄不好拿一条绳子往脖子上一挂,就够你受的。想想有些后怕。

接触了牛书记的材料才知道,他被"双规"其实还是因为与罗坑乡有关的几十万元。那几十万先到罗坑,然后就转到县里一家名为隆兴的建筑公司。隆兴公司的老板不是别人,正是牛书记的亲弟弟。从材料上看,隆兴公司的问题还不只这些,涉案金额上百万。但目前隆兴公司的老板,也就是牛书记的弟弟牛力群先生已不知去向。

而香港的金莲公司打入隆兴公司的基建款是预付款,且有双方的合同为证。

牛书记交上来的材料全是学习体会,他刚从省委党校学习归来,上头的政策,讲得头头是道。他说他不知道为什么让他来,他没有什么好向组织上交代的。牛力群是牛力群,牛力夫是牛力夫。牛力夫是牛书记的大名。

案情进展很慢,就那些材料捣来捣去,没有新鲜的东西,工作枯燥无味。但念青山的心情却十分愉快,因为他和赵明秋天天见面,时时见面。他的办公桌就摆在赵明秋的后面,她时不时地扭过头来,朝他甜甜一笑。

他们办公室桌子的摆法是肖主任定的,和中医门诊部的摆法差不多,只是朝向相反。第一个脸对白墙,依次而下,我看你的背,你看他的背。走进办公室,看到的全是背。肖主任说,这种摆法互不干扰,有利工作。听说肖强肖主任是市纪委第一办公室主任,上面的机关都有一点神秘,外人不知道第一、第二、第三办公室是干什么的,只有行内的人懂得,第一办公室是专门负责大案要案的,肖主任领导过几次重大案件的查处,颇有成绩。前不久市报头版头条刊登的某局贪污受贿案就是他一手查办的,一个副局长被起诉,判了15年,一个科长判了10年。因为肖主任名气大,又因为现在腐败的案件多，专业人手不够用，"1004办"的工作人员大都是借来的，对他十分敬佩，无形当中，办公室便有几分肃穆，几分神秘。

当然，这与案情的重大和被"双规"对象的级别也有点关系。这里关的是本县最高长官。不管你在外面有说有笑，一进办公室便不再高声说话了，变得轻声细语，走路的声音也小了，猫一样的。整个办公室静悄悄的。有一次不知为什么，大家一起喝水，茶水先后通过不同的喉咙发出一阵不同频率不同分贝的咕噜声，有点滑稽，赵明秋忍不住笑了起来。肖主任重重地放下杯子，小赵的笑声戛然而止。

念青山想，好在肖主任的办公桌在他们前面，要不，赵明秋就不敢时不时地回过头来对他明送秋波。

有一天上午，整整一个上午，赵明秋没有回头对他笑过一次。念青山因此显得心神不定，肖主任让他把最近的材料综合一下，他却对着一大堆材料发愣，翻来翻去不得要领。他回顾昨天一天他们的所有接触和谈话细节，没有发现什么不对的地方，再往前想一天，也没有发现异常现象。当他要再往后想一天时，肖主任走到他的面前，说，小念，有没有新的发现。他说没有，一点也没有。肖主任说的是对材料的发现，而他说的是他的回忆，有点念守一时代经常学习的那种游击战原理，你打你的我打我的，打得赢就打，打不赢就走。这一原则在此时此刻的运用，有点幽默。念青山立即发现了这种幽默，说了声对不起肖主任，我还没吃透材料哩。肖主任说，我来吧，来不及了，下午就要汇报。念青山顿时松了一口气，同时又有些惆怅。这样的事情在他的身上第一次发生，此前，他总是很及时很圆满地完成肖主任交付的任务。

肖主任走开时，念青山看到赵明秋回头看了他一眼，幽幽的，没有笑。他的心跳了一下，不对啊。

下班时赵明秋匆匆走出办公室，念青山从后面追上她，拦住她说发生了什么事？她摇了摇头，不说话。走自己的路。念青山不让走，赵明秋说，我有事，真有事。一脸请求，眼泪都快掉出来了。念青山心软了一下，让开道，她一闪，小跑而去。同事们从后面跟上来，念青山不好再追，眼睁睁地看着她消失在前方的树林中。他记得十几天前他来报到时她带他走过那一片小树林时的情形，心中升起莫明的失落感。

是的，她不能朝那个地方去，他们的食堂和宿舍都在后面。每天早晨，他们总是在同一个时间来到同一个地方，一起散步，一起到食堂吃饭，一起到办公室上班，然后又一起走出办公室，吃完饭，一起回宿舍。虽然这些一起当中，有许多是与其他同事一起的，说说笑笑，但他总能感觉到她的独特的存在，她的气息和由这种气息构成的愉快的气氛。在与同事们一起当中，只要他看她一眼她看他一眼，同事们立即成了他们的陪衬。而现在，她扔下他跑出了那一片树林。

对于此时的念青山来说，世界变了个样子。

下午，赵明秋没有来。念青山一直在等，但他不敢问肖主任，没理由问。

晚上，还是不见赵明秋回来，念青山给她打手机，手机关机。赵明秋突然在念青山的视线里消失了。

念青山感到有些不可思议，一个朝夕相处的人，说没就没了。不是什么意外，也不是什么不可抗拒的力量，完全是人为的，不理你，不告诉你她去什么地方，干什么去了，不接你的手机，就这么简单，这么脆弱。

念青山不断地转换电视频道，而他的脑子里却不断地出现赵明秋各种各样的形象，当然最多的是她时不时地回过头来，对他无声地微微地一笑。就在赵明秋不断冲他微笑的时候，叮当一声，门铃响。念青山跳起来，冲过去拉开门。

/5/

站在门口的不是赵明秋，而是罗坑乡党委书记林芸芸。

他说，林书记，怎么是你？她说，不欢迎？他说，不是，有点意外。她笑了，把师姐忘了不是。他有点不自然地说，哪敢啊。

念青山从来就没有把她当朋友。她是领导。

林书记今天的穿着不同往常，连衣裙，高跟鞋，发型也变了，怎么说呢？青春型，学生派。林书记本来就不老，现在显得更有风采。也许她以前就是这个样子，她到罗坑之前是团县委书记，是一个县的青年头。

不让进啊？林书记说。

念青山连忙后退，请进，请。

念青山不知如何是好，倒不是因为她是书记，而是因为她是一个年轻的女子，还听说她正在闹离婚。不知为什么，他总感觉到，她身上有一种灼灼逼人的气息。他给她泡茶的时候，手有一点抖。她看在眼里，轻轻一笑，说，你还是不把我当师姐。

那天在乡长家里喝酒的时候，她对他说过，不要把我当领导，我是你父亲的学生，按辈分是你的师姐。叫师姐，叫。当时大家都喝得飘飘的，乡长和赵明秋都在一边喊，叫啊，叫，怎么不叫。他也就叫了一声师姐，她说，大声点，我没听见，他就连叫了三声师姐。过后也就不当回事，也没人再提起，因为大家都醉了，说话不算数。

她见他不说话，笑了起来，说，你以为那天我醉了是不是，我清醒得很。

念青山把泡好的茶端到她的面前，这时，他已经不慌乱了。他说，师姐，你今天真漂亮，不像书记，倒像大三的学生。

她说，你来崔永元，实话实说，我在你的印象中有几岁？念青山嗫嚅着说，30吧。她说，29。他说，对不起啊师姐。她说，你是个好师弟，老实，不说假。这几年我是老多了。我后悔到乡政府，我不适合做基层工作。我想改变一下自己。

念青山听说她父亲是市里的领导，她有这种想法再正常不过了，一个科级干部，领导一句话，调哪不行。他说你想到哪里？

林芸芸说，我想读书。再考，考你父亲的博士生。

念青山吃了一惊。

林芸芸说，走，上你家去一趟，给师姐带个路。现在？他有些意外。是的就现在。肖主任那里没问题，我替你请假。能行吗？他可是个很厉害的家伙。厉害什么，我去准行。我们办公室已经请假一个，再请一个怕不会批准。谁请假了？小赵。她上哪儿了？不知道。她看着他说，你不知道，她没告诉你？他摇了摇头。她说，我明白了。他说你明白什么？念青山的脸热了一下。你在等她。开门时的那种神态，骗不了人。我去给你问问怎么样？别，别，师姐我不等她，真的，我干吗等她。我是说肖主任不会同时批两个人的假。

我去试试。说着，林芸芸一阵风地出去了。不一会儿，又一阵风地旋了回来，说，给你请了三天假。念青山不敢相信是真的。林芸芸说，林书记从来不说假话。念青山说，肖主任这人不大好说话。林芸芸说，这要看谁去说。老实告诉你，他原来是我老爸的秘书。

在集贤山庄停车场上众多的小车中，停着一辆红色雪佛兰，在夜色中，依然显得格外醒目。林芸芸拉开车门时，念青山问，这车是你的？离婚纪念品。她果然离了婚，一切传言都是真的。她的丈夫，现在应该说是前夫，在省城开一家大公司，是省里某领导的公子。她说坐好了，系上安全带，从这里到省城180公里。念青山找不到安全带，又不好意思问。摸了好久才发现，坐在自己的屁股底下。他系上安全带的时候，她已经把车开出了山庄，一会儿就上了高速公路。进收费站的时候，念青山看到那收费的是个女的，长得有点像赵明秋。与此同时，他也发现，从侧面看过去，林芸芸比平时温柔得多，动作也很优雅，与在罗坑的林书记判若两人。

车一直在快车道跑，像一支红色的箭。念青山心里有点悬，不敢说话。怕分散了她的精力，把车开出高速公路，开到路边的沟里、坑里、田里、河里，或撞到路边的护栏、山壁。

她说，怎么不说话？他说你开得太快了。她哈哈大笑，这还算快啊，你看看表？他顺着她的手指看去，表上有一根指针稳稳当当地贴在120的地方。时速120公里还不快？他的话还没说完，车子轰地一下，指针跳过140。他的心再一次紧缩，脸都吓白了。她快乐地笑着，把车速放慢下来。念青山看到指针在100的地方抖动。她得意地调皮地朝他笑一下，又笑一下。他觉得她有点可爱。

进省城时，念青山给家里打了手机，接电话的是母亲，母亲听到他的声音说，你在哪里？他说我在省城，快到家了。母亲说，你不是不能请假吗？他说，有人替我请了假，爸在吗？他的一个学生想找他。母亲说，不在，吃饭去了。他说，吃这么久，都成领导干部了。母亲笑着说，他现在比校长还忙。电话里的声音很大，林芸芸全听见了，小声说，那就先到我家里坐坐，等你父亲回来再过去。念青山就对母亲说，我先到一个地方去，爸回来后你给我打手机。母亲说，就不想回来陪陪妈妈？念青山笑了起来，说我请了三天假，有的是时间。挂了，妈。说着就关了手机。林芸芸说，你妈有点意思。念青山笑了笑，不知道她这话是什么意思。

车子在省城转来转去，念青山还没弄清楚方位，林芸芸说，到了。车子很快驶进一个小区，进了地下停车场，从地下停车场上电梯，林芸芸按了18层。念青山无端地想到十八层地狱，笑了一下。林芸芸说，你笑什么？他说，不能说。她说，跟师姐还保密？他说，脑子里想的东西本来就很荒唐。荒唐就荒唐，我要你说。她说这话的时候已经没有以前当书记时的那种命令口气，带点亲昵，甚至撒娇的味道。念青山的脸不觉地红了一下。她说，说。他说真的说了？她说，说。他说，我没想到我们林书记住在地狱里。她用手指点了一下他的额头，说，真坏。

女书记的这个动作有点杀伤力，把他们之间的尴尬和隔膜全杀光了。

林芸芸的家给念青山的第一个感觉是空。偌大的一个客厅，除了一套皮沙发，没有什么东西，连电视机都没有。奇怪的是，这空荡荡的客厅却没有让人感到寂寞。他环视了一下客厅，立即被正面墙上的画吸引住了。这是一幅名画，法国马蒂斯的《舞》。蓝色的天，绿色的地，在天与地之间，5个土红色的女人携手绕圈而舞。强列的色彩冲击，轻松而欢快的场面，简洁清新如春风，如甘露。这幅油画使这个空荡荡的客厅显得生气盎然。

林芸芸说，怎么样，不错吧。

他觉得有点不好意思，因为那5个土红色的女人全是裸体，裸体女人跳裸舞。他像是一个被当场逮住的偷窥者一样地红了脸。

好在她并不在意他的回答，她只是随便问问，问过之后就到厨房煮咖啡。

他还在看画。他从来没有看过这样震撼心灵的画。从这幅画当中，他似乎对她有了新的了解。她一离开罗坑,离开乡政府,就整个变了一个样。她的气质风度,她的言谈举止神态风韵,全变了。也许,这才是原来的她。

他想起乡长常常挂在嘴上的"臭查某",笑了。有点幽默。在乡长徐光明的眼里,林芸芸和他所接触的农村干部并没有多大的区别。

林芸芸说,你笑什么?她已经把咖啡放在沙发前的茶几上,仰头看他。喜欢这画?他不好意思地说,有点。她说,我们有共识。离婚时,我对他说,你什么东西都可以拿走,就这画,你得给我留下。她在他的旁边坐下来,他闻到她身上溢出来的一种淡淡的香气,这也许就是人们所说的成熟女人的体香吧。他在赵明秋的身上没有闻到这种气息。这也许就是少妇与少女的区别吧。

林芸芸说,怎么样?她这次问是的咖啡。因为念青山正在喝咖啡。念青山说,不知道,我不懂咖啡,也不喜欢咖啡。林芸芸笑了一下,没想到念教授的公子这么土。喝茶吧。她说着,站起来,要去泡茶。他说,林书记,她看了他一眼,他改口说,师姐,我喝水。她给他一瓶矿泉水。他说,什么东西也没有水好。当初,我父亲说,他在西洋下乡时,就喝水,泉水。那个时候,吃干饭,配萝卜干,很香,然后就是喝泉水,很甜。林芸芸用手指点了一下他的额头,说,你,有点可爱。

他又闻到她身上的香气。同时,耳边响起乡长"臭查某"的骂声。心里乱乱的,痒痒的,恍恍惚惚,迷迷离离的。

有一种危险即将发生。

/ 6 /

这个时候,念青山的手机响起来。两个人都吓一跳。他们对看了一下,仿佛都松了一口气。电话是念青山的母亲打来的,说他父亲已经回来了,让他们过去。林芸芸手脚麻利地收拾了一下茶几,说,走。

他们很快就到了念青山家。

上楼时,念青山发现林芸芸手里提着一盒茶叶。他说,你是怎么变出来的？从她家出来时，他没看到她手里有东西，下车时也没注意到。她神秘地笑了一下，说，这就是我比你能干的地方。我还知道，念老师除了茶叶，什么东西都不收。念青山笑了一下说，这已经够腐败的了，一盒好茶叶听说也要几百元钱。林芸芸便把茶叶提到他的脸前说，你知道这盒茶叶多少钱吗？他说我不懂。她说，说出来让你吓一跳。他说，那就别说，才不会破坏我对领导干部的美好印象。她伸出另一只手指，在他的额上点了一下，说，调皮。他觉得很别扭又很舒服。

　　念青山按了自家的门铃。开门时，李薇说，又没带钥匙。念青山说，懒得拿。林芸芸说了声师母好，把茶叶递上。李薇说，又让你破费。林芸芸笑了笑，念守一在书房里说，是芸芸吗？进来。

　　念青山想，其实林芸芸不需要他带路。林芸芸看了他一眼，进了念守一的书房。念青山进自己的房间，母亲李薇跟了进来。

　　李薇说，好像胖了一点，我看看。念青山转过脸让母亲看。是胖了。念青山说，工作不累，吃得也好，全是绿色的，土鸡土鸭、山上的笋，你想上化肥也上不了。咸菜也是用盐腌的，不用石灰。萝卜干也很甜。对了妈，我还去了乡长家，在他家里吃了饭，在爸爸以前住的房间睡了一夜。母亲说，还是过去好。那个时候多好啊！苦，当然是苦了点，但人活得实在，有趣。念青山说，还是现在好，电脑、汽车、高楼大厦。母亲笑了笑，不再说什么。念青山小时候和母亲有很多话说，现在不同了，说不上几句，两人的观点就发生冲突。不过，念青山说，还是那个时候好，要是没有那个时候，哪来的我？从很小的时候起，母亲就给他讲山村生活，讲到最后，都会很幸福地带上一句，要是没有那个时候，就没有你。母亲从乡下回城，就到学校的图书馆当管理员，一直到退休。平淡的生活使她很怀念过去。

　　林芸芸走的时候抱着一大摞书。念守一在书房里说，青山，送送芸芸。林芸芸说，不用，不用，我自己来。念青山走过去，从她手上抱过书，说，还是我送你吧。十几本厚厚的书在手上，伸直双臂，从手掌几乎叠到下巴，有点沉。林芸芸从上面拿了五六本，两人分摊，也就轻松一些。李薇为他们开门，对芸芸说，以后常来。林芸芸说，好的，师母。

下楼梯时，念青山说，谈妥了？什么时候考。她说，明年1月吧。他问，考什么？她说，还是隋唐五代，重点是中唐政治与经济。念青山说，还是刘晏和杨炎？芸芸笑了一下说，念老师说，经济变革成功的前提是政治的清明，可是政治清明时，没人想要变革。而经济变革失败的根本原因往往也是政治的，政治是看不见的经济。还说，从历史的角度上，不能忽视经济，经济必然对政治产生深远的影响。念青山说，你把政治和经济都搞明白了，以后好当官，当大官。她说，调皮。本来她是想用手指头去点他的额头的，可惜手上抱着书，腾不出空。没有手指来点他的额头，他也觉得有点可惜。

他送她到车边，把书放到助手位上。她发动了车子，他的手还扶着车门。她说，把门关上。三天后我来带你。

接下来的三天，念青山过得有点恍惚。时不时会想起林芸芸家的大客厅，厅里的沙发和墙上的那幅热情奔放的画。想起那画时，念青山就给赵明秋打手机。赵明秋的手机却一直关着。每当这种时候，念青山就会对着手机狠狠地说，再不接我就不打了，永远不打了。

第三天下午3点，林芸芸给念青山打手机，说，我在你楼下。念青山已经准备好了，其实也没什么好准备的，就一个手提包，里面无非是一些日常的生活用品。父亲不在，他实在太忙，又到北京开会去了。母亲说，工作要认真，有事打电话。他说，知道了。

母亲把他送到门口，在母亲关门的一刹那间，他突然感到母亲很孤单，很寂寞。他想说什么，又说不出来。狠狠心，走了。

上车的时候，念青山的心情不大好。林芸芸说有心事？他说没有。她说你这人做不了假，什么都写在脸上。他说，我只是觉得，母亲有点可怜。她说，她应该有自己的事情。女人要有自己的事业，不能一辈子围着一个男人转。说话间，他们的车就出了城，上了高速公路。进了高速，车子便朝龙腾市方向开去。省城、龙腾市和龙泉县是一个三角形，走龙腾再到龙泉要多走几十公里。念青山心里有点不大高兴，他知道她要拐到市里，去看一下她的父母。这本来无可厚非，只是她做什么事都我行我素，从不征求别人的意见。这种近乎霸道的作风让人心里不舒服。

她看了他一下,说,又怎么啦?他说没什么。她腾出一只手,点了一下他的脸,这一次因为不是面对面,她还开着车,只能点他的脸颊。我还不知道你的小肠鸡鸡,你是不高兴我拐到市里。我去看一下父母,行吗?要不行,下一个路口我就拐回去。这一下,轮到念青山脸红了,他连忙说,没事,别跟我一般见识。她笑着说,我就喜欢你的坦诚。那就一起到我家去看看,也就一会儿,我已经很久没有见到父母亲了。有点想念。

念青山的心情一下子又变得很好。他知道她父亲是市里的主要领导,他想看看当官的家是个什么样子。但他心里又有些忐忑,说,你父亲不会在家吧。她说,不知道。

她说要不要听音乐?他说随便。她就放了张盘,是贝多芬。

前面没有什么车,路的两边都是竹子,车速每小时120公里。

她说,你知道我在罗坑两年最深的体会是什么吗?他摇了摇头。我记得很久以前看过一篇外国小说,是上大学的时候吧,女主人公有一句话深深地打动了我,她说,生命是我们唯一的财富,把我们的生命过得庸庸碌碌,浪费在一些无聊的事情和无谓的争吵上,简直愚蠢之至。后来我把她的话给忘了,被"双规"时,我突然想起这句话,简直是醍醐灌顶啊。所以你就决定去考博。他说。她说,这是我摆脱目前处境的唯一办法。谁也反对不了,包括我父亲。

念青山突然想起父亲常说的一句话,凡事一经决定,就影响久远。这个决定也许对她是一个转折。她将过另一种生活。他的心动了一下。

/ 7 /

很快就到了林芸芸家。

这是一个很大很深的院子,在一片郁郁葱葱的龙眼树的包围中,散落着几栋别墅,都很老,看样子是解放以前留下来的西式建筑。她说,这里是解放前的协和医院。

林芸芸的父母都不在，是保姆开的门。保姆四十来岁，长得清清爽爽。林芸芸叫了声阿姨，并向她介绍他，小念，我们乡政府的秘书。

客厅不小，正中挂一幅国画，画面上，一个骑牛的老翁和一个站在一旁拱手相迎的官员。题曰：紫气东来。

念青山知道这个典故，说的是老子出关，尹大夫尹喜朝服相迎，老子装糊涂说，不敢当此大礼。尹大夫说，朔风三至，紫气东来，正是圣人光临的征兆啊。坚留老子在官舍住下，拜老子为师，老子口授《道德经》五千言。三年后，尹大夫随老子冉冉升空，成了神仙。

芸芸说，知道这幅画值多少钱吗？他说不知道。她指了指画上的作者说，这个人是我市当红画家，听说有作品被巴黎的法国人和纽约的美国人收藏。他的画，在香港一幅卖到上万港币。

念青山说，我还是喜欢你家里的那一幅。

不知怎么的，念青山看到林芸芸的脸红了一下。她说，走，到楼上我的房里坐。他们上了楼，保姆在楼下喊，芸芸，要不要茶？他摇了摇头，她朝楼下说，不要，谢谢。

她说，这是我的闺房，真正的闺房，我结婚以前住的房间。于是他就闻到一阵幽香，他不知道是从她的身上飘出来的还是这房间原来就有的。

他的心颤了一下。

这是他有生以来第二次走进一个女孩的闺房。大三的时候，他爱上一个外语系的女生，这个女生的学业十分优秀，主修英语，第二外语是日语，还自修了德语、法语和西班牙语。听说她利用假期当导游，带外国旅游团，挣了不少钱。他们是在一次志愿者活动中认识的，一见钟情。她也爱他，她带他到她的家，进了她的闺房。那闺房很小很暗，没有窗。她突然抱住他亲他的嘴，他浑身发抖。无论是亲嘴还是拥抱，他都是第一次。那个女生柔软的胸部给他以巨大的冲击。他在昏昏沉沉、迷迷糊糊中做了一堆杂乱无章的动作。他只记得自己拼命地吮吸着她的乳头，只记得她快乐地呻吟。他没想到这个女生和一个外国留学生有那么多的瓜葛，更没想到她有写日记的习惯，她把他们那天的亲密接触写得栩栩如生。她以后一定能当第二个木子美。

关于那个女生，有一段时间学校里有各种传说，有说她是在与好几个外国人鬼混时被在床上当场抓获的，有说她是因为出卖情报被安全部门拘禁的，也有说她被查出艾滋病的。念青山都不信。但是，有一天系党总支书记找他谈话，说那个女生因为某种涉外的原因，受到了审查。他让他本着对党、对祖国、对人民和对自己负责的态度，协助组织澄清一些问题。他开始不承认和她有什么关系，因为男女生谈恋爱在大学里太正常不过了。总支书记拿出她的日记本，翻开某月某日。他无话可说。他于是写了一份很深刻的检查。好在那份检查没有装进他的档案。

你没事吧。林芸芸说。念青山愣了一下，说没事。她说你有事，你的脸色不好，白得可怕。他说，是吗，我不觉得。她笑了一下，摸了一下他的脸，说，你有事，你从来不会装假。她把他拉到床边坐下。

她顺手拉了一只椅子在他的对面坐下来，说，是不是这里让你想起了什么不愉快的事情？要不要给你倒一杯水？他突然很想投进她的怀里大哭一场，然后把那件事情从头到尾对她说一遍。那件事情他从来没有对任何人说过，包括他的父母亲和赵明秋。师姐，他拉住她的手。她坐过来，把他的头揽进她的怀里。她抚摸着他的头发说，没事的，什么事都会过去的。

这时，保姆在楼下喊道，芸芸，你爸回来了。

他们下了楼。林芸芸的父亲，本市最高行政长官已经坐在沙发上喝茶了。他背靠在沙发上，架着二郎腿，一只手端着杯子，另一只手的手臂伸直，平放在沙发背上。他的背后，正是那幅《紫气东来》图。市长用慈祥的目光看着女儿从楼梯走下来。

林芸芸把念青山拉到父亲的面前，说，他是我们乡政府的小念，是我的导师念教授的儿子。林市长说，小念啊，坐。他端正了自己的姿势，把一杯茶从茶盘里端出来，放在茶几的左边。于是念青山在左边的沙发上坐下来，林芸芸坐到右边的沙发上。念青山的脸有点红，仿佛被林市长看出什么秘密。林芸芸说，小念现在借调在县里的"1004办"，和肖叔叔在一起。林市长微笑地点了点头，对念青山说，我知道你父亲，是个了不起的知识分子。他在他的面前翘了一下大拇指。我听省委组织部乔部长说，我和他是中央党校的同学，学校让他当官他不干，省里让他主政文化厅，他也不干，他就是一心只想做学问。如今，不想当官的知识分子已经不多了，特别在知名学者当中，不想当官的更是凤毛麟角了。

念青山不好意思地说，其实我父亲也没有多清高，他只是想过简单的日子。

林市长说，简单，好。当人们的思想过于简单的时候，复杂成为时尚，而当人们的头脑过于复杂时，简单就是真理。林市长的话很有哲理。

正说着，林芸芸的母亲回来了。她听说念青山就是念教授的儿子，便扶着他的肩膀看了好一会儿，说，像，长得真像。她的举止让他想起徐乡长的母亲。他不好意思问她是怎么认识父亲的。芸芸的母亲说，一起吃饭，吃了饭再走吧。林芸芸看了一下念青山，念青山笑了笑，算是答应了。

晚饭吃得很愉快。林市长谈笑风生，与电视新闻里看到的，完全是两种形象。电视里，他到处视察，工厂、田间、码头，总是板着脸做指示。只有一次看到他笑，那是刮台风时，他到受灾百姓家里问寒问暖。但那笑，也是很官方，甚至很外交的。

吃过饭，林市长对女儿说，你上来一下。林芸芸看了一下念青山，跟着父亲上楼去了。芸芸的母亲便拉着念青山坐在沙发上，问长问短问寒问暖。念青山一一作答。

回龙泉的路上，念青山说，师姐，你父亲很有意思，和电视里的不一样。她说，任何人都和电视里不一样，一样还了得，一个个全是假货。停了一会儿，她又说，他喜欢你。你父亲？他有些吃惊。她说，我母亲也很喜欢你。要让他们俩同时喜欢不容易。念青山的脸红了一下。

下了龙泉高速路口，她说要不要到我宿舍坐坐。他吃一惊，你在县里还有房子。她笑了，说，我不是当过县团委书记吗？那房子还留着，两房一厅，很不错。他说，还是回去吧。她说，我忘了有人在等你。不过，我得提醒你，对她可要小心，慎之又慎。念青山说，你知道她什么？你一定知道她一点什么。她说，你问她吧。

/ 8 /

　　念青山看到赵明秋的房间里亮着灯，知道她已经回来了。不知怎么的，一看到她房间的灯光，一股无名的火就从心底冒了出来。他想冲过去问个明白，为什么一整天不理他，为什么不接他的电话，为什么？可是他忍住了，他回到自己的房间。

　　他是悄悄地回到自己房间的，尽量放轻脚步，轻轻地转动门钥匙，轻轻地关门，也不开灯。他躺在床上，看窗，看窗外的树影、天空和星星。林芸芸说，对她你可要小心，慎之又慎。让自己去问她。这是什么意思？我去问她？我为什么要问她？她关我什么事，她是我什么人？笑话。仿佛又闻到林芸芸闺房和她身上的那种奇特的幽香。他吸了吸鼻子，认真地闻，却什么也没有。

　　和赵明秋的清丽单纯相比，林芸芸热情奔放，成熟性感，对年轻的男人特别是未婚的男子更有吸引力。念青山有点后悔没有跟林芸芸到她宿舍去。是的，他不敢去，一是因为赵明秋，二是他预感到什么，他害怕了，退缩了。

　　念青山在黑暗中，一边等待清纯，一边渴望热情。他显得烦躁不安。最后，他在回忆与想象中，在那个外语系女生柔软的胸脯的冲击中，在林芸芸幽幽的体香中，在赵明秋回眸一笑中，迷迷糊糊地进入梦乡。

　　第二天，一切都正常。只是念青山与赵明秋两人变得像陌生人一样，他们和别人有说有笑，而两人之间却不打招呼。有一次，赵明秋回过头来，幽幽地看了他一下，想笑，没有笑成。念青山视而不见，埋头做出一副很认真看材料的样子。

　　念青山发现，这三天，案情有很大的发展，从材料中，可以看出，涉案的人员中，有更高一级的领导。

　　隆兴公司被查封，隆兴公司的老板牛力群依然下落不明。有传闻，他已经跑到某太平洋上的小国去了。案情是从隆兴公司会计的身上获得突破的。听说这个会计是老板情妇,很凑巧的是,这个会计,正好是市里分管城建的副市长的儿媳。至于她为什么会出来揭发问题,众说纷纭,不一而足。有说是因为老板没有带她一起走而怀恨在心;有说是她的丈夫发现了她与老板的私情,要与她离婚;有说是肖主任的政策收到成效;有说是她的公公大义灭亲劝她自首。而更多则是骂,说她是一个"魔神婆",一条疯狗。还说她本来就是破货,扫帚星,谁沾上谁倒霉。当然,她是一个长得十分标致的年轻女人。

念青山在材料中看不到种种传说。他只看到案情的重大进展。他同时感到肖主任的乐观情绪。从来不苟言笑的肖主任居然春风满面,时不时说一两句不怎么让人发笑的笑话。

念青山根据肖主任的指示,理出案情的脉络,并提出下一步调查的重点,认为牛力夫已经不是重点,他爱怎么讲学习体会就怎么讲,无碍大局,重点应放在对市里某领导的调查上。肖主任对他的看法很赞赏,但他认为提法上应有讲究,有些话不能明讲,点到为止。他在念青山整理的材料上改了几个地方,念青山反复琢磨,深有体会,深感佩服。姜还是老的辣。

念青山说,主任真是名不虚传。肖主任说,是你的基础好。巧媳妇难为无米之炊。你很有前途。你有一种天生的政治敏感性。念青山有点吃惊。肖主任轻易不夸人。也许他的确有一种什么素质,正是现在这个社会所需要的。他想起几年前,校领导找父亲谈话,动员他出任文学院长时,父亲说,我不是那块料,没有那种素质。也许,将来,我的儿子行。当时人们把这话当成是父亲的一种幽默,在学校传为美谈。现在想来,知子莫如父啊。为什么父亲让他考公务员?为什么让他到山区锻炼?也许这是有意的安排。用心良苦。

念青山有些得意地抬起头来,赵明秋正回过头来看他,那幽幽的目光让他的心颤了一下。

有人说女人的头发有千钧的拉力,而此时念青山却感到女人的眼光有巨大的震撼力。他不能不为她的眼光所动,他深深地感到内疚,他不该不理她。

下班时他故意放慢脚步，他们很快就走到一起了。以前他们都是这么做的，人们已经习以为常了。反而是前几天，他们和人们混在一起，有说有笑，人们反而不习惯，肖主任有一次高兴了，对他们说，深入群众了，好好，好啊。

他们落在后面，转进小树林。可是他们一句话都没说。谁也不先说，仿佛谁先说谁就理亏。但是，男人应该先说，否则就有失风度。念青山以进为退，说，你为什么不理我？赵明秋说，是你先不理我的。念青山说，你一整天不理人，然后就消失了。人不见了，电话不接了。你以为你是谁？念青山有点咄咄逼人的气势。赵明秋看着他，嚅动着嘴唇，却说不出话来。念青山又想起林芸芸慎之又慎的话，突然增添了一种受骗上当的感觉，更显得怒气冲冲。

赵明秋看着他的眼睛，眼泪哗啦啦地落下来。念青山一时慌了手脚，说，有事你就说有事你就说。她却转身跑出树林。

念青山愣愣地站在那里，他对自己说，我是不是做得太过分了？他正想追出去，他的手机响了起来。

是林芸芸的电话。她说，是青山吗？念青山的心跳了一下，她从来没这么叫过他，他以前一直叫他小念的。是我，他说。

她激动地说，我终于读懂了，刘晏为了解决濒于崩溃的财政危机，改革传统的官制官运官销的盐铁专卖制度，推行政府与商人合作的官制商运商销的就场专卖制度。这种改革实际上是一次产权重新划分和财富的重新分配。刘晏的改革为商人提供了分享财富的机会，但改革本身暗含着财富分配的不平等因素。到了唐朝后期，由于政府管理失控，盐商凭借政治、经济上的特权，操纵利权，最大限度地释放了刘晏盐法改革潜在的不平等基因，进入体制内的盐商凭借自身拥有的政治、经济资源优势，成为显要的商人阶层，而那些徘徊在体制外的中小商人和自耕小农则陷入贫困的境地。

念青山说，师姐，电话费很贵的。

那边林芸芸愣了一下，说了声，调皮，把电话挂了。

念青山走出树林，已不见赵明秋踪影。只好到食堂。肖主任见他走进来，用手指了指自己桌上的盘子，意思是让他过来一起吃。他犹豫一下，还是到窗口买了饭菜，端过来和肖主任坐同一张桌子。坐定之后，念青山又动了一下屁股。这些日子以来，他总是和赵明秋同桌吃饭，有时也和别的同事一起吃，大家说说笑笑，很轻松。肖主任向来是单独作战，他不用筷子只用汤匙，一手拿汤匙往嘴里送饭，一手拿报纸，看得很认真。有时饭吃完了，报纸还没看完，他就把汤匙放在盘子里，双手拿报把报看完。服务员也就不敢去收他的盘子，等到他看完报再去收。肖主任的这种吃法，很有文化内涵，听说这是他大学里养成的习惯。那个时候的大学生啊，他说。没有下文。却让人很怀旧。如今的大学生不同，他们不看报纸看电视，而且大都是球赛。今天肖主任没有带报纸，也就是说，他和肖主任一起吃饭，就要看他如何张开嘴巴，用汤匙把饭送进去，这是很别扭的事。

念青山刚坐下来，手机又响了。还是林芸芸。他看了一下肖主任，想站起来走开，又不好意思。林芸芸的声音很大，她说，刚才对不起啊师弟，实在是想找个人说说自己的读书心得，除了师弟，找不到第二个，和别人说，等于对牛弹琴。怎么不说话？念青山的脸红了一下，说，和肖主任在一起吃饭哩。林芸芸说，不和赵明秋一起？你们吃吧。说着就把电话挂断了。

肖主任说，是芸芸吧？改不了，从小到大，都是那个样子，大大咧咧，风风火火。可是，他看了念青山一下，念青山很想听他可是后面的内容，他却摇了摇头，不说了。

/ 9 /

情况的变化让所有人都想不到，连肖主任都有点吃惊。当他接到通知时，情不自禁地说了句，这么快？就这么快。上级在电话里说，快就是决心，快就是力度。我们决不能容忍腐败分子逍遥法外。还是毛主席的那句话，一万年太久，只争朝夕。肖主任对着电话无可奈何地笑了笑。他了解这位上级，对伟大领袖的话，张嘴就来。

牛书记牛力夫自由了。那天早上，是龙泉县的一辆奔驰小轿车把他接走的，走的时候还和肖主任握了手。

牛书记走后，肖主任对大家说，同志们整理一下，收拾一下，材料集中到小赵那里存档。休息几天，再回原单位报到。有人问，几天？肖主任说，5天吧。我会给你们单位打电话的。5天其实就是一个礼拜，等于一个黄金周。就看你们单位了。大家都笑了，说，原来肖主任是很有人情味的。肖主任说，是人都有人情味，难道我不是人？大家又笑，笑得很开心。

等大家走了，肖主任对念青山说，小念，看来，你的材料起了作用。念青山说，是主任改得好。肖主任笑了笑，你是一块好料子。想不想到市里来？我给上面提个建议。据我所知，市纪委，就是市委市政府办公室，都欠笔杆子，用现在的时髦话说，叫笔手短缺。念青山笑了笑。

回到办公室，大家说说笑笑，在说笑中整理收拾东西，不一会儿，就有一大堆材料放到赵明秋的桌上，大家说，走了，走了，有时间到我那里玩。拜拜，拜拜。随着最后一声拜拜，办公室一下子就变得冷清起来。

念青山磨磨蹭蹭地，等大家都走了，才把材料放到赵明秋的桌上。他在她的桌边站了一会儿，她很认真地在整理别人送来的材料，不抬头，不给他说话的机会。他有些恼火，又有些不舍。走也不是不走也不是。

赵明秋把整理好的材料，放到保险柜里，念青山帮着她把材料放进去。两个人都不说话。收了材料锁了保险柜，赵明秋就站在那里不动，像一尊受了伤的布袋木偶。

念青山想，都这么撑着，都不说话，就此分别，以后就形同路人。便有些伤感。正想说话，手机响了。是林芸芸。他说，是林书记啊，我和小赵在一起。他看了一下赵明秋，这是借机给她一个和解的信号。赵明秋朝他笑了一下。顷刻之间，两个人就和解了。人就是这么怪。

林芸芸仿佛愣了一下，说，你们什么时候走，我要回罗坑，顺路把你们带回去。念青山看了一下赵明秋，她朝他点了点头。他便说，好啊，你什么时候走。林芸芸说，随你们。赵明秋便拿过念青山的手机说，林姐，下午吧。林芸芸说，那就下午3点，我去接你们。怎么样？你那边？赵明秋的脸红了一下，说，断了。林芸芸说，5年了，说断就断？断就断吧。

旧的不断，新的不来。赵明秋又看了念青山一下，脸更红了。她还想再说什么，林芸芸已经把电话挂断了。

赵明秋把手机递给念青山的时候，说，我原来有一个男朋友，是大学的同学，在隆兴公司驻市里的办事处。前些天，他的父亲死了，在乡下，那里的风俗喜欢热闹，出殡时让我去充当一下儿媳妇，表示儿子已经成人，老人可以没有遗憾地走了。无非是穿戴一点东西，走一圈，过后什么也不是。在那个乡下，我谁也不认识，谁也不认识我。无非是圆老人的心愿。

这可不是一件小事。念青山说。

赵明秋说，我对他说，我最后帮你一次，然后我们就分手。我们其实已经没有什么来往了，很冷，冷到只剩下一段历史，一段回忆。我考公务员，他不赞成，我到龙泉，他反对。他是一个很灵活的人，我们不合适。念青山说，你说他在隆兴公司？她说，是的。他不知怎么知道我在这个办公室，曾想让我告诉他一点什么，我什么也没说，他很生气，说了一些很让人伤心的话。我对他说，我们分手吧，我们的缘分已经尽了。

念青山说，他会答应分手？他不再利用你？她很肯定地说，不会。

念青山想起那个外语系的女生，她的柔软的胸脯，她的细腻，她的呻吟。他想，赵明秋和那个男生，在她所说的那段历史的回忆当中，难道就一点亲密接触也没有？那个男生就没有拥抱过她亲吻过她，抚摸过她？一时间，诸如缠绵悱恻、温柔多情、荡气回肠、摄魂夺魄之类的词，乱七八糟、争先恐后，一起涌上心头，搅成一堆，化为一种酸溜溜的不明不白的感觉。这种感觉让一个男人很气短。那个在安静的西洋溪畔，和翠竹一样婀娜，一样清纯，一样美好的少女从此在他的心中消逝。

赵明秋说，事情就是这样，我都对你说了。我和那个男朋友的事，林书记都知道，在罗坑中学的时候，我就跟她说了。

念青山想起林芸芸说的慎之又慎的话，原来是有根据的。外表清纯的赵明秋实际上是脚踏两只船。一边和她的男同学藕断丝连，一边和他念青山卿卿我我。往好里想，是她心太软，明明决定和人家分手了，还要顾及老人的心愿，还去给人家死去的父亲当了一回"儿媳妇"。这样软心肠的人真的没有向她的男朋友透露一点这里的情况？难说。

再说，林芸芸的慎之又慎是不是还有其他的含义？她也许了解她和他的一些细节，这些少男少女之间的细节是他永远也无法了解的。

赵明秋说，你想什么呢？他说，没想什么，什么也没想。她说，我说的都是真话，不信，你可以去问林书记。这事我本来一直想告诉你的，可是每每到了嘴边，就说不出来。你能原谅我吗？

他笑了一下。她以为原谅她了，也就跟着笑了一下。

她说，在没有遇到你之前，我遇到了他。这不是我的错。她说这话的时候，已经有一点撒娇的味道了。

下午，在回罗坑的路上，念青山突然想起一个问题，说，林书记，你怎么……林芸芸掐断他的话头，说，叫师姐。念青山改口叫师姐。林芸芸说，今后不许再叫书记。赵明秋说，我可是早就改口了，叫书记多别扭。林芸芸说，不过，在公开场合，还得叫书记。说着，她自己就笑了，笑得很开心。念青山说，师姐，你怎么知道我们要回罗坑？林芸芸说，牛力夫都放了，你们不回去干什么？你知道要放他？放了他，也许，再关一个更大的。林芸芸说着又笑了，是嘻嘻哈哈的那种笑法。念青山的耳边不知怎么的，就响起乡长常常挂在嘴上的那三个字，"臭查某"。

赵明秋在龙泉下车，她要回去看一下父母。林芸芸把她送宿舍楼下。

车子出了县城，念青山的手机响了一下，一看是赵明秋发的短信：明天和我一起到我家好吗？念青山回信说，以后吧。林芸芸说，是她的短信吧，一刻不见，如隔三秋啊。念青山说，她让我一起去她家。我说以后吧。

从龙泉到罗坑没有高速。林芸芸在路边停了车，说，坐到前面来。念青山就下车，坐到助手位上。

她说，她跟你说了那个男朋友的事？他说，说了。感觉如何？怪怪的。他说，我以为很了解她，其实，一点也不解。这个世界好像有点复杂。她说，也没有你想的那么复杂。他说，不说她，就说这"双规"，我就有点看不懂。她说，你是搞材料的，应该看得懂。他说，不懂。牛书记明明是有问题的，怎么说放就放了？她说，重点的转移不是你们建议的吗？他说，可我们没说要放人啊？她说，证据不足，不放又能怎么样？我们不是向法制社会迈进吗？那我们又何必搞得那么认真那么累？还神神秘秘的，想起来有点可笑。

林芸芸看了他一下，说，肖主任说你是一块从政的料。在某些时候，越是没有用的事越要认真做。师姐，别云里雾里的，像鲁迅说的，你不说我倒还明白，你越说我越糊涂。那就糊涂一回吧。没意思。他说。她又看了他一下，用博士生导师一样的口气说，生活还是很有意思的。

/ 10 /

从县城到罗坑几十公里，一转眼就到。

车进乡政府，正是下班时候，许多人和林芸芸打招呼，林芸芸爽爽朗朗地应着。乡长听到声音，站到办公室门口的走廊朝下喊，回来啦？看到念青山，又说，小念也回来啦？那边结束了？念青山说，结束了，乡长。

上了楼进了办公室，乡长火急火燎地对林芸芸说，你一走就是十几天，急死人了。书记说，有什么大不了的事这么急？乡长说，和你商量一件事。书记看他一脸正经，说，坐下来慢慢说。林芸芸自己先坐下来，乡长给她倒了一杯水，在她的对面坐下来，说，我不想干了，这乡长。林芸芸说，不会吧，这可是正科级，人家想都想不来。

徐光明说，别嘻皮笑脸的，我和你说真的。这乡长还能干吗？下个月的工资不知道在哪里？那400亩烂泥地，找谁谁都不管。林芸芸说，难是难，可这些年不是干过来了吗？徐光明突然叹了一口气，这让林芸芸很意外，他从来不叹气，一叹气就显得有点老气横秋。他说，是干过来了，那个时候就想当官、想进步，副科正科，一级一级往上爬，希望将来弄个处级、弄个七品芝麻官，写进家谱，光宗耀祖。可是有一天早上，一觉醒来，我突然想，弄个副厅又怎么样？自古仕途多风险。还不如回家做田。自由自在，没事没忧，干多吃多干少吃少。这么想着就觉得，这官当得一点意思都没有，越想越没意思。回去种田，我说不定能做出一点名堂，将来像美国佬，当个农场主，开个小轿车什么的，也不是不可能的。

林芸芸一边听一边想，想法是个魔鬼，人不能有想法。一个想法一旦形成，人就跟着了魔，中了邪一样，想甩都甩不掉。她不也一样，突然想考博士，一想就着魔。

林芸芸说，不行。徐光明说，不干了还不行？"押鸡不成孵，押鸭不生蛋"，硬押，什么也干不成。林芸芸说，谁让你孵小鸡，生鸭蛋，我是说，现在不行。不管怎么说，你也得干到明年夏天，等我博士考上了，要走大家一起走。徐光明说，明年夏天就明年夏天，就这么说定了。你考上考不上我都走。

林芸芸站起来，你这臭乌鸦嘴。我准能考上。徐光明也站起来，在心里骂道，不知好歹，臭查某。

乡长、书记还是忙，忙什么？跑钱，找钱发工资，这是头等大事。跑县里跑市里，跑了好些天，没有一点门路。人家说全县全市有多少个乡镇，百分之多少发不出工资。数字让人很无奈。又说，银行又不是县里市里开的，钞票又不能随便印，县里市里也没钱。本来大家说，书记在市里有门路，但实践证明，关键时刻书记还是派不上用场。说来也是，虽说老爸当着市长，市长也有市长的难处。给你不给他，反起腐败来如何交代？再说了，拿钱给乡政府百来号人，给也不能常给。办法还得靠自己找。

于是乡党委开会，树立艰苦奋斗自力更生的正确思想，不能等靠要。经过学习文件和热烈讨论，大家统一思想，问题是因那片开发区而起的，还得在那片烂泥地想办法，叫解铃还须系铃人。唯一的出路还是找人来投资，把那片地真正地开发起来。用文件上的说法，叫改革遇到的问题还得靠改革来解决。

跑项目找投资，市里省里，林书记门路多，责无旁贷。

乡长在会上说，书记你就放心地跑吧，费用乡里出，这点小钱还是有的。大家说，是这个道理，总不能让书记掏腰包为乡里办事。林书记说，其他费用都不要，只有一条，我用自己的车，汽油费得公家出，如今汽油每天见涨，付不起。乡长说，这是自然。用自己的车跑公家的事情已经很不错了，我们不能让你太吃亏。

/ 11 /

林芸芸到办公室对念青山说,我回省城,你去不去?念青山说,书记说去就去,一切听从党指挥。林芸芸看办公室里没人,就故技重演,在他的额上点了一下手指,说,调皮。

听说这个月的工资没有着落,乡政府机关干部基本上跑光了,他们大都家在农村,回去有事做。念青山的电脑最终仍没有买,乡里没钱,不能买。徐乡长说,以后吧。念青山说没事,到办公室打也一样。

林芸芸来的时候念青山正在写东西。最近,他每天都到办公室写东西。越写越觉得自己像个作家,灵感不断,才思滚滚。念青山回来时,在收发室拿到两张稿费汇款单,一张100元,一张120元,都是广东那边的报纸。钱不多,却说明一个问题,他还是能写的。这两篇小东西,是随笔,当时也没寄多大希望,写了就用"伊妹尔"寄出去,寄后也没怎么当回事,没想到就有稿费拿。当然他不在乎稿费,他更想看看文章发出来是什么样子,看看那两张发表他的文章的报纸。他宁可拿报纸不拿稿费。可是人家没有寄样报。汇款单上只写某报某月某日稿费。他于是上网查,百度搜索。搜了半天没搜到,只好作罢。在这两张汇款单的鼓励下,念青山开始了新一轮的创作高潮。连写三篇,自己越看越满意,就打印出来,郑重其事地给那两家报纸寄去,并附上一封信,大意是,稿酬已经收到,谢谢,可惜尚未见到贵报的样报。再寄上拙作三篇,请予指导云云。

林芸芸走后,念青山就写不下去了。他摸了摸被她点着的额头,心里痒痒的。不由自主地,就想起她家的那幅画,脸上热烘烘的。这几天,他一直都想到她的办公室,一直不敢去。到了乡里,角色归位,她是大书记,他是小秘书,他们之间的那份亲切感像一滴小小的蜂蜜掉进了一只大水桶,化了,没了,连一点黄色都看不见。

而如今,她的手指轻轻一点,她的调皮轻轻一说,所有的一切又都回来了。甜蜜在他的四周弥漫,柔情在他的心中荡漾。他迫不及待地关了电脑，准备出发。

关门时念青山的手机响了一下，是赵明秋的短信：我回来了。他回道，知道了。她又来信，在省报看到你的《无聊》，我剪下，和原来的贴在一起。

念青山吃了一惊，真是捷报频传啊。他重新打开办公室，找当天的报纸。报纸一大叠，从《人民日报》到省报市报，都是上面规定要订的，还有《农民报经济报》、《税务报》、《纪检监察报》、《财经信息报》和《参考消息》。他翻开省报，从第一版找到第16版，没有。

他给她发短信，没找着。她回信，今天。他恍然大悟，跑到传达室。传达室的老头说，今天的报纸明天才到。念青山又多了一份到省城的急切心情。

在车上，林芸芸放了一首老歌，还跟着唱，很开心的样子。念青山这才想起林芸芸好久没唱歌了。他对她的认识，其实是从她的歌声开始的。他说，师姐，你好久不唱歌了。她说，我平时不唱，有事才唱。他问，现在有事？她说，有事。他问，什么事？她说，烦心事。她就把乡里让她到省城想办法找投资商的事说了。说着说着，就说不说了，烦死人。他说，那你就唱吧，我喜欢听你唱。林芸芸把机子关了，不唱了，还是说说我的读书体会吧。

念青山笑着说，师姐你还是跟你的导师说去吧，他喜欢听。她说，你不喜欢听？他说，不喜欢。她说，我偏跟你说，我就喜欢跟你说。念青山突然有了一点感动，下意识地伸出手，却不知道自己要干什么，最后，那手落在她的腿上。林芸芸的身子颤了一下，说，我开着车哩。安全第一。念青山红了一下脸，把手缩了回来。

林芸芸说，刘晏改革盐法的一个目的是想通过重新分配盐铁等国家经济资源的经销权给商人，以杜绝商人走私。这本来是一个很好的愿望。但是，一旦失控，便走向愿望的反面。唐德宗之后，政治上更加腐败，可以说无清明可言，直接导致盐法渐坏，积弊日深。由于盐价虚高，利润丰厚，贩盐就成了唐朝后期国家经济发展的热点和社会各阶层趋利的焦点，走私食盐成为严重的社会问题。你听没听？

念青山说,我听着哩。他真的听出了一点兴趣来了。

林芸芸放慢了车速,接着说。那个时候,走私的有三拨人,一拨是那些无法进入体制内参与财富重新分配的中小商人;一拨是破产逃亡的农民,这一拨,人数众多;还有一拨是富户大贾,包括盐商和为政府放贷的高利贷商人,他们在各种政治势力的庇护下参与走私。盐税是当时中央财政的主要支柱,占整个财政收入的半壁江山。走私泛滥严重影响了国家的财政收入,破坏了正常的经济秩序,所以,唐政府不得不采取严厉的打击措施。在严厉打击下,私盐贩子走上了武装走私的道路,并在与政府的长期对抗中发展壮大起来。王仙芝、黄巢、王建、钱镠等人本来都是私盐贩子,你知道这些人吗?

念青山说,知道,前两个是造反者,后两个是开国者,可惜开的是小国。她说,行啊师弟。念青山有点自得,历史学教授的儿子没白当吧师姐。林芸芸腾出一只手来,要点他的脸,却被他当空抓住了。安全第一,她说。他只好又放了。

她接着说,王仙芝、黄巢是游离在国家体制外的私盐贩子,他们也想进入体制内,就是在起事之后,也没有放弃进入国家体制内的梦想,王仙芝两次试图接受朝廷的招安,最终因为被朝廷戏弄而断绝了投诚朝廷的念头。黄巢,曾多次参加科举考试,却屡试不第,最终走上武装反抗的道路。起事后,他和王仙芝一样,多次产生投诚政府的意向,只是唐政府拒绝满足他的政治要求而坚决与政府决裂,并攻入长安,自己当皇帝,国号大齐,年号金统。

在他们的左边,一辆辆汽车呼啸而过。

同是盐贩子,王建和钱镠选择了另一条道路。他们通过参军进入国家体制内,依托各种政治势力来实现自己的政治抱负。王建少年时代贩卖私盐,后来参加忠武军,黄巢起义后,他投奔逃到成都的唐僖宗,被宦官田令孜收为养子,在藩镇兼并战争中壮大,成为前蜀政权的缔造者。就像你说的,开了个小国,当了个小皇帝。钱镠年轻时以贩卖私盐为业,后应募参军,在镇压黄巢起义军中名声大噪,在藩镇兼并战争中因战功担任镇海节度使，后来被朝廷封为吴王、越王，成为吴越国的建立者，也当了小皇帝。

念青山说，师姐，我看你博士就别念了，浪费时间。她说，调皮。这一下，她点着了他的太阳穴。

念青山回家看到母亲正在读当天的省报。李薇说，我正在读你的《无聊》，你爸说，写得很有才气。念青山心中得意，却说，爸呢？母亲说，刚走一会儿，到机场，说是要飞哈尔滨，开一个什么讨论会。念青山说，不是说"板凳要坐十年冷"吗？如今的学者怎么跟老板似的飞来飞去，没完没了地开会？社会变了，不开会就跟不上趟。你爸说，如今开会也是做学问，信息社会嘛。李薇说着便笑了。

念青山说，我的文章你就别看了，那全是胡扯的，闲着没事就胡扯。对别人可不能这么说。李薇放下报纸，说，你吃了吗？吃了。念青山忍不住，自己又说，最近来了运气，还有两篇发在广东的报纸上。李薇说，拿来我看看。念青山说，只收到稿费，没有样报。李薇便看着儿子笑。儿子说，妈，你别笑，你一笑我心里就发毛，好像做错了什么。李薇说，我这一辈子很满足，嫁了个好丈夫，生了个好儿子。

念青山说，妈，你是不是很有成就感？李薇笑了笑，说，你爸说，你会超过他。念青山说，不可能。我现在都生活在他的阴影里，跑不出来。不管什么人，一见面，一介绍，就说，这是小念，念教授的儿子。许多人不是喜欢我，而是喜欢我爸。李薇说，瞎说。你爸说，你可以在政治上发展。念青山说，我可不想当官，当官多累。都什么时代了。李薇说，什么时代都要有人当官。

晚上，林芸芸给念青山发了个短信，说，快来，师姐想你。念青山的心跳了一下，回道，师弟马上到。

20分钟后，他按响了她家的门铃。开门的时候，林芸芸的手里端着一只高脚玻璃酒杯，嘴里全是酒气，站都站不稳。她说，来，你也来一杯。

他把她扶到沙发上坐下。茶几上放着一瓶人头马，已经喝半瓶多了。师姐，师姐，出了什么事？他触到了她的皮肤，无意中看了一下沙发背上的那幅画。5个跳舞的女人，全是裸体的。蓝色的天，绿色的地，土红色的人。热情奔放。

林芸芸说，青山，你也来一杯。师姐，出了什么事？什么事也没有。就是想喝酒，想和你一起喝酒。喝。念青山说，我不会喝酒。林芸芸说，不会也得喝，陪师姐我喝。念青山只好接过酒杯。他知道这人头马有点厉害，不敢多喝，只在嘴边呷了一下。她笑了起来，你不是男人。

念青山羞涩地笑了笑。

林芸芸说，你很可爱。我喜欢你。我们伟大祖国地大物博人口众多，我就喜欢你一个。念青山说，我也喜欢你，师姐。林芸芸说，不值得不值得，连我自己都不喜欢。我讨厌我自己。你说，我为什么去找他？为什么去找他？谁？谁，除了他，还能有谁？

念青山明白了，为了乡里的事，她不得不去找她的前夫，也就是那个父亲在省里当着大官，自己在省城开着大公司的花花公子。

成了吗？他小心翼翼地问。她冷笑一声，没有不成的，他就等我去求他，他终于等到了。他一定在心里笑话我。这个王八蛋！喝，你不喝就不是男子汉，就不是姐的好弟弟。念青山端起杯子喝了一大口。他感到一股火辣辣的东西直冲喉咙，脸涨得通红。

林芸芸说，好，就这样，再喝一口，再喝一口。他再喝一口。这一次，感觉比较好一些，仿佛不那么刺激。脸还是热烘烘的，头有点晕。他说，师姐，你完全没有必要伤心，他算什么东西？说到底，不是他笑你，是你笑他。你利用了他，你耍了他。再说了，你的目的是崇高、伟大的，很崇高很伟大，而且很勇敢很无私，真的。

林芸芸说，说得好说得好，姐爱听。知我者，念青山也。说着，林芸芸的头一勾，就滑到他的怀里睡着了。

/ 12 /

林芸芸大功告成，凯旋而归。不久，第一期资金500万元到位，随之而来的是一片隆隆的机器声。有人开头，而且开头的不是一般人，是省里有实力，有魅力，响当当、当当响的企业家，接着便有许多人跟上来。罗坑乡成了投资热点。

一天，念青山正陪着乡长、书记看工地，他的手机响了一下，是赵明秋的，云：好消息，有通知，调你到市纪委办公室。新闻，牛书记辞职南下，去向不明。周末了，来吗？

念青山回信：看吧。

近来，念青山与赵明秋的关系，用一句土话来形容，叫剃头担子一头热。赵明秋频频出击，念青山步步为营。不是他不想，而是他不能。一是因为他每每想到她的那个前男友就恶心；二是因为林芸芸，师姐的热情几乎把他淹没，让他喘不过气，无暇他顾。

乡长在那边喊，小念，过来一下。念青山跑过去。书记比了一下自己的手机说，县委组织部刚来电话，说市里调你，星期一报到。乡长说，恭喜啊小念，和你父亲一样，这小地方留不住你，迟早会走。就是没想到这么快。你父亲待了8年，你只待8个月不到。书记说，如今是信息时代，不能以时间论长短。下午走，我送你，如何？乡长说，说走就走，不行，不管怎么说，也得给他饯行。毕竟是荣调。到市里，前途无量。念青山有点不好意思地说，其实也没什么，都是一样的写材料。乡长说，写材料和写材料不一样，在乡里是秀才，在北京就是翰林学士。现在当秘书，将来当书记，我们县牛书记就是秘书出身的。林芸芸笑了一下，说，小念将来当了官，不知是个什么样子。念青山更不好意思了，说，乡长、书记，你们就饶了我吧。徐光明便和林芸芸笑了起来，笑得很热烈，很开心。

徐乡长说，要不，还是上我家，和上次一样，来个一醉方休。林芸芸说，好，就到你家，让嫂子再忙一阵。叫上小赵。小念，给小赵挂个电话，让她来，今天周末。

念青山给赵明秋挂电话，让她过来。赵明秋说你来吧。他把手机递给林芸芸，说，我叫不动她，她只听领导的。林芸芸接过手机说，我们小念说，他叫不动你，真有那回事吗？赵明秋愣了一下，说，是林姐啊，我就来。

当晚，他们就在乡长家喝酒，喝得醉醺醺的。乡长的母亲听说念青山要走，抱住他，很动情地说，常回来看看，这房间，永远给你们父子俩留着。念青山心里很感动，想，父亲何德何能，让她老人家如此牵挂？

那天晚上，他躺在父亲曾经睡了8年的床上想了很久，也许，他们在父亲的身上找到一种对文明的向往，这种向往本来写在古老的对联上，刻在柱子上，是下乡知青念守一，还有他的儿子，如今的大学生念青山，让这些东西变活了。

林芸芸与赵明秋挤在一张床上，她们说了一夜悄悄话，谁也不知道她们说些什么。

/ 13 /

念青山到市纪委办公室报到时，才知道肖主任已经升官，现在是市纪委副书记了。但他一下子改不了口，还叫肖主任，说，谢谢你。肖副书记说，不谢我，要谢林市长，是他说了话。哪个林市长？念青山一时没反应过来。就是芸芸的父亲啊，他对你很了解，看来，我们芸芸对你印象很好。念青山想起林市长家客厅的那幅《紫气东来图》，想起林芸芸那间暗香浮动的闺房。心里怪怪的。

肖副书记说，你整理一下，我们后天就到青云山庄。看到念青山脸上惊讶的神色，他又补充说，"1004办"又开始了，这次是省纪委朱书记亲自挂的帅，我还是办公室主任。我还去？念青山指着自己的鼻子说。肖主任说，基本上是原班人马，小赵也来。

念青山想起牛书记牛力夫，说，听说牛书记下海了。肖主任说，这家伙鬼得很，市里要处理他，已经报到省里了，文件还没有下达，他抢先给市里递了一张辞职报告。听说现在在深圳的一家公司当总经理，年薪几十万。

这算什么事？念青山想起他们写材料时的认真态度，又是证据，又是政策，又是分寸，说重了不是，说轻了也不是，上下左右，方方面面，无不斟字酌句。可是，人家怎么样，先是一概不认账，然后是一张辞职报告，拍屁股走人，一切搞定。

可笑可叹可悲啊。

肖副书记仿佛看出他的心思，说，世界是很复杂的。但我相信一条，天网恢恢，疏而不漏。我们的工作绝不会白做。

这回"规"的果然是市里分管城市建设的单副市长。单副市长大名单宏伟，毕业于复旦大学建筑系，从市建设局的技术员干起，20年间，一直干到副市长。单副市长所写的材料和牛书记相似，都是学习科学发展观和"三个代表"的心得体会。其中有一句话几乎是一模一样的，我没有什么好向组织上交代的，周文颖是周文颖，单宏伟是单宏伟。周文颖就是他的儿媳妇，隆兴公司的会计。

看到这些文字，念青山几乎想吐。

案件进展缓慢，工作越来越没什么意思。整个办公室死气沉沉。只有赵明秋兴高采烈。有一次吃饭的时候，她对念青山说，高兴一点，干吗愁眉苦脸的。晚上去唱歌，好吗？念青山说，有什么好唱的，都是那些乱七八糟的东西，不是爱就是死，没劲。赵明秋说，除了爱和死，这世界还有什么？别和我玩深沉，你心里想的是什么我还不知道？不唱就不唱。说着她便掉起眼泪，也不怕饭厅里那么多人看见。念青山慌了手脚，说唱还不行吗？说着就拉着她走出饭厅。一出饭厅，赵明秋破涕为笑，说，你别想甩掉我，就像藤缠树，今生今世，我是把你缠定了。

于是，念青山便希望这案子赶快结束。案子一结，各奔东西。她想缠也缠不住。

一天早上，肖副书记对大家说，周文颖死了。是自杀。但是，她的死却使案情有了意外的突破性的进展，因为她留下了一份遗书，揭露出一个更大的腐败案件。所谓大，一是涉案金额大，二是涉案人物大。大家问，有多大？肖副书记说，到时候大家就知道了，说不定还让我们去办，到省里去。说得大家欢欣鼓舞，肖副书记自己也有点兴奋。

过后，肖副书记悄悄地对念青山说，我已经向省纪委朱书记推荐了你，到时候咱们一起到省里去。

念青山笑了笑，什么也没说。

念青山对自己的反应有点吃惊，按理是应该高兴的，到省委机关去，这是许多在基层工作的公务员做梦都不敢想的好事，更不用说自己的家就在省城了。我怎么啦？念青山自己给自己提问。另一个念青山在心里大声说，我不想干了。念青山吓了一大跳。

/ 14 /

一天晚上，林芸芸给念青山发了个短信，我考上了，到家里来，我们好好庆祝一下。他回信问，省城的家吗？答曰，省城。

念青山走出宿舍的时候，有点伤感地看了一下赵明秋的窗门。她的窗门亮着灯，黄色的，很温柔。坐落在龙腾江畔的青云山庄很安静，静得让人有点留恋。念青山走出山庄大门时，心里竟有点凄凉。

他打的到省城。林芸芸的家也很安静。

客厅没开灯，只有在饭厅的方桌上，放着一个塔形的大烛台。几十根红色的蜡烛已经点燃，星星点点的烛火化为一团黄色的温柔的光。这团光软软地向四周散开，把客厅染成暗红，朦朦胧胧，隐隐约约，昏昏沉沉，闪闪烁烁。这种烛光虽不明亮，却能注入人的内心，在人们的心房里浮动、摇曳。念青山进门时，就是这种感觉。他分不清，是他走进光中，还是光走进他的心中。

天在动，地也在动，5个女人在光中翩翩起舞。

林芸芸对走进来的念青山说，坐吧。念青山在桌边坐下来，他看到了酒和菜。酒是上次让他们醉入梦乡的那种洋酒，人头马。人头马，从名字到图案到味道，都怪怪的。

林芸芸默默地端起酒杯，对他微微一笑，那意思是，什么也别说，一切尽在酒中。念青山也端起酒杯，本来想和她一样，什么也不说，先把酒喝了，再说。但酒到唇边，却又忍不住，大声说，师姐，我不想干了。

他的语调居然有一点悲壮。

什么？林芸芸有点意外，说，什么不干了。念青山重复一句，我不想干了。

心有灵犀一点通。林芸芸立即明白了他的意思，说，你想干什么？念青山说，我想到深圳，写点东西，也就是当个自由撰稿人。我对自己有点信心。

林芸芸愣愣地看了他好久，你这样做，念老师会伤心的。

念青山说，这是没办法的事。一代人做一代人的事，一代人有一代人的想法，不能勉强。我只想过一种自由的、纯粹的、属于我自己的生活。

能不能不走，就在省城，写东西在哪里不一样，把稿子寄出去就行了。她用热辣辣的眼光来看他。他迎着她的目光说，那就听你的，谁让你是我的书记呢。

林芸芸说，那我们就喝酒吧。

向东风

/ 1 /

向东风姓向名东风，这名字在那个时候是很响亮的，东风压倒西风，我们一天天好起来，敌人一天天烂下去。可向东风没沾上什么光，10岁时，给他起这个名字的老革命的父亲就死了，死于那个特殊的年代。向东风11岁，母亲改嫁，他回到闽西老家。后来父亲的政策落实了，他回到父亲解放的、工作的、去世的闽南小城，招工进厂，娶妻生子。他很努力，在工厂期间，他考上大学，毕业后回厂，在工会当宣传干事。他们厂是个几千人的机器厂，产品一度远销非洲，支援世界革命，上过省报。

向东风的前途本来一片光明，可是世事难料，那么大的一个厂子说倒就倒，突然有一天早上，哗啦啦就破产了。他成了下岗工人。屋漏偏逢透夜雨，老婆和他离婚。老婆带着儿子走了，她是电业局的工程师，有一套大房子。

老婆走的那天晚上，他对着空荡荡的房子，想，我怎么这么倒霉，和父亲一样，讨了一个没良心的老婆。心尖上有一丝酸酸的东西在游动，淡淡的，却让人很难受，这也许就是人们所说的凄凉吧。凄凉就凄凉，日子总得过下去。和几十年前的那一次相比，这一次要好一些，他总算有一套房子，有一个属于自己的空间，还有，他还能自己养活自己，不用再回闽西老家放牛种地了。他想起老家，想起他回老家的那个晚上，祖父祖母抱着他痛哭流涕的情形。

有书上说，上帝在这里关了门，在那里开了窗。其实，上帝没有什么高明的，这不就是中国的那句老话吗，天无绝人之路。换了个说法而已。向东风有失业金，他还在一个叫"锦上花都"的小区找到一份保安工作，一个月能赚几百元钱。几百块，对于一个单身中年男人来说，够了。

向东风是一个想得开的人。一个知识分子（听说人事局把大学毕业生都列入知识分子统计了），一个中年男子，穿一身蓝色的有点滑稽的保安服，笔直地站在小区岗亭内，还要面带微笑。这是物业主任的要求，她说，业主就是我们的上帝，凡是走进我们这个小区的，不是上帝就是上帝的亲戚朋友，不微笑行吗？这位女主任说话走路都有一点水平，甚至可以说有一点风度。看样子四十来岁。正合古书上"年逾不惑，风韵犹存"的说法。于是他学会职业性的微笑，很礼貌、很温和、很文雅地皮微调而肉不动的那种。有一次上班前，他穿着保安制服，对着镜子微笑了一下，他被自己的微笑吓了一跳。他从来没这么笑过。没什么，一切为了生活。他安慰自己。

这天晚上，向东风走在街上。这是一个清爽宜人的夜晚。商店五颜六色的灯光和花枝招展的女人让人有点眼花缭乱。改革开放好。他刚刚从前妻的家里出来，这是定期看望儿子的日子。儿子小学毕业，要上中学了，上的是本市第一中学，省重点，也就是说，将来上大学有了保障，弄不好，还能捞个北大清华什么的，荣点宗，耀点祖。他给儿子5000元，儿子拿给他的母亲，前妻什么也没说，收下了。她没有数，她只是在手里掂了掂。从侧面，他似乎看到前妻嘴角上掠过一丝冷笑。她看不起他。是的，这钱，是他几年来的俭肠节肚省下来的，而对于她，只相当于一个月的奖金。不单是因为钱。从结婚的那一天起，他就熟悉她的这种挂在嘴角上似有似无的冷笑。即使在他们做爱的时候，她都没有放弃这种冷笑，她在他的身下，在他亢奋激动挺进的时候，她给他的回报就是这种不动声色的、游动于眼尾嘴角的冷冰冰的笑。

细想，这种冷笑是从他们的第一次见面就开始了。这实在是一种误会。她是他父亲老战友的女儿，都是老革命的后代，区别只是他的父亲死了,而她父亲的官却越当越大,最后,是从副军级的岗位上离休的。再后来,当然也死了,再大的官也要走这条路。用他自己的话说,从火葬场的烟囱走。他是革命的乐观主义者,愿他的灵魂安息。他们见面时,她的父亲是军分区的司令员。她的父亲和他的父亲可以说是生死之交,一起参加革命队伍,编在同一个班,后来一个是班长一个是副班长,再后来是排长,连长,营长,都在一个团。他救过他的命,他也救过他的命。有一次他们喝酒,边喝边说,说到动情处,竟相拥而泣,那场景实在动人。她的父亲让她嫁给他,她不能,也不可能说不,她只是在见面的时候,给他留下一丝似有似无的冷笑,也许她并不是故意的,也许当时只是一种暗自滋生的忧郁。他们的婚姻一直维持到她父亲去世的那一年。他的下岗也是在那一年,他知道这只是一种巧合。但谁能说这种巧合的背后不是一种冷漠?向东风想得开,古人早已说过,夫妻本是同林鸟,大限到来各自飞。只是飞得稍稍早了一点。

从前妻那里出来,他到酒吧喝了一点啤酒。啤酒是不醉人的。他只是走路的时候,脚步有一点飘浮,眼前的景色有点迷离,有点恍惚,有点美好。

他看到一个女人走过来,那女人朝他笑了一下,他有些吃惊,有些意外,他又觉得她有点脸熟,在哪里见过?是过去厂里的工友,还是大学里的同学?还是同学的妹妹,工友的姐姐?他对她微笑,这是相当职业的微笑,是一个社区保安的微笑。那女人似乎愣了一下,也对他报以微笑,而后扬长而去。他站在路边的树下,想回忆一下到底在哪里见过这个女人。这女人显然已经不年轻了,是的,在他的记忆中,似乎找不到年轻的女人。他没想到,树下还站着一个人,也是女人。一个浓妆艳抹的女人。他对她笑了笑。那是一种十分暧昧的笑。那女人很年轻,也对他笑了笑,也是那种很暧昧的笑。他摇了摇头,离开树下。他现在不想招惹这种女人。他并不高尚,他是一个正常的男人,有正常的需要。但非到万不得已,他还是能把持自己的。

他离开那棵树的时候,突然想起来了,刚才的那个女人,似乎就是那天晚上的那个女人。他加快步伐,跟上那个女人。

人很多,这座原来十分安静的古老的小城,这些年不知道从哪里冒出这么多人来。你的眼睛对着灯光时,灯光明晃晃的,而当你把眼光转向人群,你就觉得这灯光不够用,有些迷糊,有些摇曳,有些扑朔迷离。那女人在人群中穿梭,时隐时现。到了街口,那个女人回过头来,对他笑了一下。接着,就不见了。

一定是进了哪家商店。肯德基,上岛咖啡,国美家电,不会是博文书店吧?他一间一间地找,没有,或者说找不着。特别是上岛咖啡,灯光太暗。为什么这种地方总是要把灯光搞得那么暧昧?是有不少女人,年轻女人,可她们大都与男士们对坐,成双成对,卿卿我我,亲亲密密。有一个穿制服的男子朝他走来,先生,里面请。他是这里男侍,也许是领班。上岛咖啡的名字很西方、很现代、很浪漫、很小资。这种地方不属于小区保安。他是热情而友好的,他把他当顾客、当上帝。他有些不好意思地朝他摇了摇头,走了。

那女人不见了,消失了。

/2/

严格地说,向东风并不是认出那个女人,而是感觉出那个女人的。因为他根本就不记得那女人长什么样子。

是上一个月吧,也是他看完孩子回来的时候,同样是喝了啤酒,只是那天晚上喝得稍微多了一点,在街上走着,眼皮子像失了控的电动门,总是往下掉。他对自己说,他妈的,不就是喝了一点啤酒吗?你以前可不这么窝囊。睁开你的眼睛,没什么了不起的,不就是那种似有似无的冷笑吗?你不是已经看了十几二十年,已经习以为常了吗?可这次不一样,她是当着一个野男人的面,给他这种冷笑的。他的自尊心很受打击。那个野男人,哦,不,也许就是她的男朋友,新男人。斯斯文文地坐在沙发上。进门时,他看到她正对他微笑,那是一种女人的献媚的微笑,而当她转过脸来,看到他的时候,不,是孩子开门,听到孩子叫爸爸的时候,她的似有似无的冷笑就来了。没什么，你要想得开，她是迟早要再嫁人的，她早就不是你的老婆了，她的心早就不属于你了。他反反复复地对自己说，可他还是喝多了，他的眼皮子还是不自觉地往下掉。他是有点醉了。人生难得几回醉，可他醉得不是时候，不是心情。

他不记得自己是怎么回来的，他坐在一棵树下，他只是想歇一会儿，可他的眼睛终于闭上了。有个女人来搀扶他，说，回家吧。他没有睁开眼睛，但他知道是一个女人，女人的声音，女人的气息，女人温柔的手。他甚至感觉到，这是一个多情的、美丽的、年轻的少妇。不是少女，少女一般不说回家吧。他睁开眼，他对她微微地笑了一下，他告诉自己，这一次，不能是那可恶的职业性的微笑，必须来真的，发自内心的，真诚的。

他们回家了，这是他的家。是他把她带回来的。人家都说酒醉心头定，果然。他的眼睛睁不开，可他的脚却告诉那个女人，他的家在哪里，怎么走。他是在那个女人耐心地搀扶下跟跟跄跄地走回家的。他记得其间还摔了一跤。他把那女人带倒了。女人在地上笑了一声，把他扶起来，继续往前走。

那天晚上，向东风做了一个梦，一个美妙的桃花梦。梦中，他把一个女人的衣服扒得精光。啊，他从来没有把一个女人的衣服真正地脱光，他的前妻，从来不在他的面前裸露她的身体，那怕是做爱，她也要穿着她的内衣。这是一具美妙绝伦的胴体，光滑无比，柔软无比，多情无比。他在这光滑、柔软、多情的裸体上，完成了有史以来最勇敢、最野蛮、最持久的挺进，他听到了美妙无比的呻吟和喊叫。他结婚十几二十年，却不知道世界上有这种呻吟和喊叫。原来一切都是真的。这是人类最原始的歌声，这是生命最激动的赞语，这是他向东风这一辈子吹起的最响亮、最高昂、最浩荡的进行曲。这让他想起他英雄的父亲，他父亲常常把那首歌挂在嘴上，向前，向前，向前，我们的队伍向太阳。向着光明向着胜利。父亲的枪是无往而不胜的，他跟着队伍，南征北战，从胜利走向胜利。可是，他在母亲身上的挺进呢？也许，曾有过胜利。

这是一次胜利而美妙的进军。

人们常常指责被胜利冲昏头脑,这种指责其实是没有道理的。真正的胜利是一定要冲昏头脑的。向东风就是被胜利冲昏了头脑而沉沉入睡的。第二天,当他醒来的时候,他发现,他一丝不挂地躺在自家的床上。看来不是梦,一切都是真的。他记得他是穿着衣服出门也是穿着衣服回家的。他不能无缘无故地自己把自己的衣服脱光。可是,他找不到那个女人,她走了,走得那么干净,没有留下一点痕迹,像一阵吹过的风。

他深深地吸了一气,再吸一口气,依稀间空气中似乎还留着一点女人的气息。他还在床上找到几根长长的头发和不明不白的毛。

是的,他曾经进行过一场胜利的大挺进。但是,这个女人是谁?

向东风跌跌撞撞地走回来,他的酒量越来越差,连啤酒都会晕,见鬼了。人也真是的,样子好好的,说不行就不行了,脆弱得很。当初在厂工会,一下子能喝10瓶,自己喝,替工会主席喝,替厂长、副厂长喝。豪气十足,肚量也十足。当初,不提当初,好汉不提当年勇,何况又不是什么光彩的事,那不是在喝酒,那是在表现,想进步不是,总不能当一辈子干事吧。

他扶着扶手上楼,他的家在6楼。到3楼的时候,他的眼睛就闭上了,想吐,不行,他得坚持住。眯缝着眼舒服一些。到了,他终于爬到了6楼。可他家的门口站着一个人。这不是我的家吗?他对那个影子说,对不起,请让一让,这是我的家。他一个趔趄,差一点跌倒在自家的门前。那个影子及时地伸出一只手来扶他。他明白了。这是一个女人,她就是那个女人。

他说,你来了。他没有说,你怎么来了?他说你来了,好像他们是认识很久的朋友。她常常来,她应该来。那个女人什么也没说,从他的裤腰上取下钥匙,一手开门,一手搀扶着他。他说,我来,我行。"行"字还在嘴里,他的头就像断了藤的瓜,落在她的肩膀上。

躺在床上的时候,他想睁开眼来看一看她,可怎么也睁不开。他伸手摸摸她的脸,细嫩光滑。她一声不响地给他脱衣服,给他擦身子。他的身子软绵绵的,由她摆弄。他的身子从来没有被一个女人这样摆弄过。他的前妻从不主动碰他的身子,从不。更不用说在他喝醉的时候。每次他喝完酒回家，前妻给他的总是一个厌恶的表情，然后转身走进卧室，随手把门关上。这是一个告示，他必须睡在厅里，睡在沙发上。

现在，也就是在这张床上，这张前妻睡过无数个夜晚的床上，有一个女人在伺候他，给他擦身子，他感到舒服感到幸福感到胜利，哪怕这女人是一个魔鬼，一个丑八怪。他睁不开眼睛，可他能笑，他向女人展示出一个微笑，绝非小区保安职业性的微笑。女人的动作更细腻、更温柔、更体贴。他不知女人的手会有这么神奇的魔力，会把一种从来未有的感觉传递到他的心里。

向东风又做了一个梦，比前一个梦更疯狂。这不是做爱，这是欲望的骏马在奔腾，这是原始的躯体在交战。这是心的狂野，肉的博击。

向东风记得，他分明记得，他几次想睁开眼睛看一看这个使他神魂颠倒、筋疲力尽的女人。可是梦中的一切都是昏暗的，他还是看不清她的脸，他只记得她有一双喷射着欲望之火的大眼睛，只记得她体内的湿润与温暖和潮水一般的无穷无尽的激情。他放弃了记住她的念头，尽情地享受。她是谁，她从哪里来，一切的一切此时此刻都不重要，重要的是他的感受，从来未有的，出生入死的感受。

他们在梦中呻吟，在梦中大叫。让肖玲玲的冷笑见鬼去吧。去死吧，黑暗万岁。

肖玲玲是肖司令的女儿，他的前妻。尽管他不喜欢她，但从不直呼其名，这是一种下意识的尊重，不仅是对她，更是对她的父亲，他老人家重感情、重友谊，他用自己的方式，也是最传统的方式来表达对战友的怀念。他对他说过，看到他就像看到老战友一样的亲切。肖玲玲纵有千般不是万般不对，她还是和他结了婚，她用实际行动，了却父亲的心愿，她也不容易。

向东风没想到他会在和另一个女人做爱时发泄出对她的不满。他有些后悔，有些内疚，仿佛直呼其名会让肖司令的在天之灵感到不安。但他又想，这不是在做梦吗？谁能控制自己的梦境呢？

/ 3 /

向东风醒来，已是第二天上午 9 点半。他迟到了。

他来到工作岗位时，整整迟到了两个小时。他接班的时间是 8 点。他看到他们的班长正站在岗亭里等他。

班长黑着一张乌龟脸，一声不吭。这是一个他最看不起眼的"社痞仔"，闽南地区所谓的"社痞仔"就是村子里的小流氓，不太坏、不太恶的小流氓，往好里说是没有文化的游手好闲小青年。他不知道要把他归到哪一类。他有些小人得志，喜欢管人，喜欢训人。而且不看对象。有一次，一个女孩子开着辆红色的雅格进来，停错了位子，他便过去训她，她不吭声，只在他的面前亮了一下手中的一样东西，他便转而对她笑，笑得很软很媚。还跟在她的尾股后面边说边走，低声下气。在门洞口，她向他挥了挥手，他这才很礼貌地后退，脸上还挂着灿烂的笑容。他看到他，对他说，你知道她是谁吗？他说，不知道，也不想知道。他走开了。他至今不知道她是谁，她向他亮的是什么，但他对他的奴才相嗤之以鼻。可他是他真正的顶头上司，他的月工资是他的一倍。

向东风说，班长，对不起，我迟到了。班长说，知识分子嘛，迟到一点没有关系。向东风说，按规定，你扣我的钱吧。班长说，你的钱是美金啊？他不说话，和这种"社痞仔"无话可说。

别以为你当过干部读过大学就可以和别人不一样，就可以随心所欲，为所欲为，就可以不遵守制度。别以为别人不敢管你我也不敢。班长很得意地笑了一下，大概是为他顺嘴说出两个成语而高兴吧。向东风还是不说话。也不看看是什么时候什么地方，给我耍横！你爸在这里替你站了两个钟点，脚站酸了，肚子站饿了知不知道？要个个都你似的，你爸这个班长还当不当？

你爸是闽南人居高临下的口头语，你爸就是我。较起真来是很不礼貌、很伤人的。

你说完了吗？向东风很平静地说。班长意外地看了他一眼。他不知道该怎么来回答他的问题，因为他不知道自己说完了没有，还要再说些什么。他只是想在他的面前展风神，也就是耍一下班长的威风。他看不惯他的做派，早就想给他一点颜色看看了。在他的这个班里，向东风是一个另类，他是大学生，当过国家干部，他斯斯文文、彬彬有礼，他让人看起来很不顺眼很别扭。你要干什么？他退了一步。向东风说，你爸不干了。

向东风说"你爸不干了"时居然有一种快感。他解放了，自由了，他不用再做那假惺惺的职业性的微笑了，让那些上帝和上帝的亲戚朋友们统统见鬼去吧。

向东风转身走人。班长愣了一下，追上来，老向老向，怎么说走就走，我哪里去叫人呢？向东风头也不回地走了。班长在他的后面大声说，你还有一个月的工资哩。向东风想，是啊，上个月的工资还没拿哩，今天正是发工资的日子。但他还是昂首阔步地朝前走了。士可杀不可辱。

向东风在路边吃了两碗锅边糊，还在里面掺了卤蛋，这对于他来说有点破例，有点超常，甚至有点奢侈。他站起来的时候不知道自己该往哪个方向走。他除了回家，似乎无处可去。他的心里突然涌出一阵惆怅，一阵凄凉。

向东风的确无处可去，他只好回家。

床上乱七八糟。看来，他所拥有的，只有那个梦。向东风在床上细细地寻找着，他终于又找到了几根长长的发丝和不明不白的毛。不是梦，是真有过一场殊死的战斗。他的脑子里闪过伟人毛主席的一句诗，当年鏖战急，弹洞前村壁。他无可奈何地笑了下。他们这代人都有点伟人情结。挥不去抹不掉，说来就来。不是当年是昨夜，没有弹洞只余毛发。她是谁？他应该去找她，他必须去找她，他只有她，只剩下她了。

可是，除了毛发，她什么也没有留下。她像影子一样地出现，又像影子一样地消失。她甚至没有留下一句话，她只有呻吟和叫喊。他又想起她的疯狂起伏的身躯。他的下体便又有了反应。他苦笑了一下，一个人混到这种田地，什么都死了，就是本能不死。

向东风抬头看了一下床头墙上的那张照片，他不知道前妻为什么要把它留下来，他也不知道自己为什么不把它拆下来。前妻不动声色的冷笑无处不在。这个时候，这张他们的结婚照对于他来说无疑是一种讽刺，一种调侃。他爬上去把它摘下来，放到抽屉里。

床头柜上还摆着一张儿子的照片，他也收进抽屉里。他不是没有爱心，他怕这照片惹自己心烦。他的口袋现在只剩下不到 10 元钱。本来，他今天是可以拿到工资的，可是他走了。他还有什么资格把儿子的照片摆在床头柜上，假惺惺地说，我爱你，儿子。他连自己都养不活。

向东风躺在床上居然睡着了，也许是昨晚的梦把他折腾得太累了吧。

/ 4 /

向东风知道自己从老家土楼的门洞里走出来，四处都是昏暗的，隐隐约约，不清不楚。他对自己说，这该不是又在做梦吧。他抬头看了一下门上的对联，那是大红的，供销社新到的红纸，大队贫协主席让他贴上去的，现在怎么就变成暗红色呢，也许是年深日久的缘故吧。也不对啊，风吹日晒是变白了才是啊。想不明白。上联是，抓革命促生产要丰收；下联是，深挖洞广积粮不称霸。横批是，天大地大。这副对联是贴在原来的对联上的，原来的对联是刻在石头上的。听说这土楼有几百年的历史了，墙是土夯的，可门框却是大青石做成的，上面刻着字。他记得很清楚。门楣上刻着"振兴楼"，两边是：振作那有闲时，少时壮时老年时，时时须努力；成名原非易事，家事国事天下事，事事要关心。也许就是这两句话促使他后来上的大学吧。他想。他不知道此时他几岁了，他不是快 50 了吗？可他看到的是一个十六七岁的向东风，很瘦。他要上山去挑柴火，一个月前，他已经和祖母一起上山把松树的树枝清下来了，不叫砍叫清，就是用柴刀顺着松树的树干把长在树干上的枝枝丫丫清理掉。这样，松树就能长得直，长得高，长得粗壮。而清理下来的枝枝丫丫，便是最好的柴火。刚清下来的太重，等干了才挑回来。他问祖母，让人家挑走怎么办，祖母说，各人认各人的。当然，这种活，是女人和小孩子干的。

少年向东风在黑暗中上山，他有一点害怕，又有一点激动，这是他第一次单独上山。他的腰间插着一把柴刀，手上提着一根尖担，尖担上缠着绳子，绳头上系着木钩子。他的嘴里哼着山歌。日头落山心真慌，夜里无日有月光，阿哥不会辈辈苦，深山树木会退冬。他的声音有点颤，有点抖，他用歌声给自己壮胆。

向东风看到自己走进一片松树林，他找到了他和祖母清理下来的那些树枝。那些树他都做了记号，他怕自己忘记，错拿了别人清理下来的。他把树枝集中起来，他在一棵松树下犹豫了一下，记号不明显，他自己也忘了是不是他们清理下来的，这一堆树枝不少，放弃有点可惜。他正弯下腰去的时候，听到一声吆喝，哪来的贼啊，好大的胆子啊。他吓了一跳，站起来。他的对面站着一个姐姐，不是姐姐，是妹子。在他的家乡所有的少女都叫妹子。他的脸热了起来。我，我不是故意的，我认不清了。那妹子咯咯咯地笑了起来。黑暗中，他仿佛认得这个妹子，她家就住在对面的那座"长兴楼"。

"长兴楼"有一个会讲故事的老秀才，讲的都是才子佳人，花前月下，私定终身。讲到情浓处，常常会说，消魂入骨，颠鸾倒凤。他说颠鸾倒凤的时候是半闭着眼睛，像在回忆又像在想象。有时会突然睁开眼睛问你，颠鸾倒凤，懂吗？听故事的小孩们都说，不懂。现在不懂以后就懂了。说着便笑，那是一种神秘的笑，暧昧的笑。笑过之后便说，荡气回肠啊。可惜你们不懂。

"长兴楼"的妹子喜欢和"振兴楼"的小伙对山歌。就在几天前，他就看到眼前的这个妹子和他家隔壁的山旺对歌。她唱，十七十八头发多，又会梳来又会摸，又会绣花织带子，又会斜眼看哥哥。他唱，喜鹊衔权入松林，松林树下好交情，松树千年不断权，两人百岁不断情。他们不但唱，还挑战。一个说，你敢吗？一个说，谁个不敢。过来就过来。于是他们就都冲向对方，在众目睽睽之下摔跤。

向东风看得脸红耳热，想得头晕耳鸣。妹子一下跳到他的面前，说，你怎么一个人来,不怕?他看到她的胸前有什么东西软软地跳了一下,他闻到她身上有一股不同于松香的香味。他想起山旺唱的歌,松林树下好交情,又想起老秀才的颠鸾倒凤。有如雷鸣电闪,少年向东风茅塞顿开豁然开朗,对于男女之情的奥秘和本质一下子全明白了。他的脸热烘烘的,心跳得十分厉害。妹子向他靠拢,他说,你要干什么?她什么也没说就把他抱住了。他们倒向松枝,干透了的松树枝像被点着了似的在他们的身下噼噼叭叭地响个不停。

他们叫着喘着,把蓬蓬松松的一堆松枝和松针压成平平展展的一片。树上的鸟儿惊醒了,扑打着翅膀,飞走了。

他看到少年向东风还躺在松枝上喘气的时候,"长兴楼"的妹子已经迅速地爬起来,理清了自己的衣服和头发,帮他把柴捆好。说,挑得动吗?他看着那沉甸甸的一副担子,老实说,挑不动。她冲过来亲了他一下,没用的东西。她帮他把柴挑到山下,挑到写着"天大地大"的大门口。他跟在她的身后走,她不时地回过头来朝他笑,笑得他的心怦怦乱跳。一路上没有人,只有不断来回滚动的云和雾。

她走的时候笑嘻嘻地在他的脸上摸了一下,说,读书郎。

祖母看他挑着一大担柴火回家,心疼地说,少挑一点,慢慢来。

/ 5 /

向东风醒来,饥饿塞满肚子。

毕竟是二十几年前的梦,再美好、再浪漫、再有味道也不能拿来充饥。他懒洋洋地躺在床上盘算今后的日子。伟人早就教导过我们,什么问题最重要,吃饭问题最重要。这是一条颠扑不破的真理。他的口袋里只剩下不到10元钱,就是吃馒头也只够两天,两天后怎么办。他必须在两天内找到一份新的工作。他很不情愿地从床上爬起来。向东风明白,钱是不会从口袋里自己长出来的。他给一个老同学打电话,这位老兄是他们班里混得最像模像样的,如今在市里某局当局长。向东风把自己稍稍打扮一下,准备出门。

开门时他发现门内地上有个信封,是他睡觉时有人从门缝塞进来的。他捡起来,里面是钱,500元钱。显然,是那个"社痞子"班长把他上个月的工资送来了。他有些后悔自己的义气用事,不就是说得难听一点吗,人家心不坏,再说自己有错在先,他是班长,说什么也是自己的领导,领导批评几句就受不了了?不是说有则改之,无则加勉吗?他甚至想回去,去向班长认个错,道个歉,再回去上班,再怎么有意见也不能和钱过不去,也不能对这500钱无动于衷,它可以填饱你一个月的肚子。当然,这只是一刹那间闪过的念头。他不会去找他的。他有他的人格和尊严。再说了,不是还有"好马不吃回头草"的古训吗?向东风把打开的门又关上。

向东风不再出门了,有了钱,他不会再去找这位同学了,最少这一个月内不会去。不到万不已走投无路的时候他不去找他,他的这位老同学比这位班长好不了多少,几乎每次同学聚会,都由他召集,几乎每次,他都要向老同学们展示一下他的地位和财富。不在于他说些什么,在于他说的时候那种居高临下、不可一世的做派,那种小人得志、扬扬得意的神态。同学们越来越受不,参加聚会的人数越来越少,最后一次到会的不到5人,连同他的秘书和司机都凑不到一桌。以后他也就不再领头组织聚会了。

向东风把自己埋在沙发里想心事。那位老同学把电话打过来,说,怎么还不来,我要去开会了。他说,你忙你的去吧,我不去了。不是有事吗?以后再说吧。放下电话,向东风的心头突然有点阴转晴,他从老同学主动来电中找回了一点自尊。还是有人把他当一回事的。

向东风的肚子又叫了一声,这一声很大声,类似抗议。他得去吃饭,想想,还是节省一点吧,在家里泡包方便面吃得了。他的方便面不是康师傅,也不是统一,是超市里最便宜的那种,"好面天天想,好面天天享,精熬大骨面。一包不到一元钱。"他看中的是它的广告词,"3包好料,超级大面饼",也就是量多。他并不想太亏待自己,他是这样安排的,早上馒头豆奶,2元;中午快餐,4元;晚上两包方便面,2元。一天8元,10天80元,三八二十四,一个月240元,加上水电费、物业费等等,控制在450元之内，剩下50元加上失业金250元，一个月存300元，以备不时之需，比如给孩子什么的。啤酒，那是意外的奢侈。不知怎么的，每次从前妻家出来，他都有一种想把自己醉倒的欲望。但他给自己下达的计划是，一个月一次，消费不超过30元。

这样的计划安排不可谓不理智、不科学、不精到，但这样的安排实在让人有点伤感。如果把这样的安排放在20世纪80年代，是个模范。而在当下社会，就有点那个了，不是吗？向东风自己对自己说。

可是方便面没有了，吃完了。怎么这么快就完了？向东风在菜橱里翻了一下，翻出几只黄色的包装袋，这袋子印得漂亮，口号也很响亮，超级天天享。

向东风笑了笑，现在什么都是超级，还有一种女孩子叫超女，听说超女在电视里笑一笑，做一个搞笑的动作，能赚他10年的工资。

天黑的时候向东风出门。他基本上没有朋友，也不和亲戚来往。其实，自从祖父祖母去世之后，他就没有什么亲戚了。在这之前，他基本上不上街，他没有散步的习惯。他当保安，上的是三班倒，睡觉都来不及了还散什么步。散步是有钱人的事，不，是有点钱又不是很有钱的人的事。太有钱的人忙，而且消磨时光的方式也更加丰富多彩。没有钱的人为钱奔波，哪顾得上散步。

向东风在街上走着。他的目的性不是很明确，这种没有目的性的走法很像散步。他对自己笑了一下，他居然也散步了。可见世界上许多事不是一定怎样或不怎样。灯光还是那么迷乱而美好。一个女人在前面的一间叫"水当当"的服装店门口闪了一下。向东风的眼睛跟着迷糊了一下。他突然明白了，他其实不是来散步的，他是来找人的。他跟了过来。

"水当当"的名字起得很闽南，很乡土，也很有味道。闽南话的"水"就是好看，就是漂亮，就是靓丽，当当是语助词，让"水"更出彩，不是一般的"水"，是"水"出叮叮当当的声音来了。

向东风进门时才发现，这是专卖女人内衣和胸罩的。"水"得有点心跳，叫内在美。站在门口的小姐对他笑了一下，他进不是不进也不是。傻站在门口。里面有不少女人，不知道哪一个是他要找的。有个女人回头朝他笑了一下，站在门口小姐小声说，进去吧，别不好意思，帮太太挑一件合适的。他只好进去了。他走到朝他笑的女人身边。他不认识这个女人，只是有点面善。她大大方方地拿着一件红色的睡衣，这件怎么样。他说不错很不错，他想学电视里的说法，说很性感，没说。就这件了。那女人到收银处付了钱，提着袋子走了。他跟了出来。站在门口的小姐对他会心地一笑。他也对她笑了一下。上了街，他没有继续跟踪那个女人，因为他不认识她。看着她在人群中消失，他有些失落。

我要找的那个女人应该是个少妇，向东风对自己说。是个很有活力，很性感，很善解人意的多情少妇。长得如何？不知道。他只记得在梦中，她有一双燃烧的大眼睛。还有她的呻吟和叫声，很有特色，很有个性，很有煽动力。只要她一叫喊一哼哼，他准能认出来。可是有哪个女人会无缘无故地在大街上呻吟叫喊？

向东风在一棵树下站定了，在他的感觉中，这是那棵他们第一次相遇的树。这是一棵杧果树，他不知道改革开放之后这座小城为什么要种那么多杧果树，南昌路、北京路、延安路，还有新开的胜利路，两边都是。小时候，他听说杧果树是有鬼的，哪年杧果结得多，那年人就死得多。他抬头看了看树冠，灯光在树叶上闪烁，变为一种神秘不定的芒，书上总是把光芒并用，光和芒实际上是不一样的，光是芒的白天，芒是光的夜晚。芒在杧果树的树叶上，化成许多的鬼魅一样的眼睛，一眨一眨的，让人心悸。向东风不怕。说心里话，他倒希望有一个鬼的世界，一个阴间，有了魔鬼便有神仙，便有天庭。有了魔鬼和神仙，人间的一切都可能发生。他不是希望发生一点什么不可思议的事情吗？

街上熙熙攘攘，女人们从树边走来走去，她们都把自己打扮得花枝招展。改革开放受惠最多的是女人，丰富多彩的服装，琳琅满目的珠宝，神力十足的化妆品、保健品，还有长睫毛、双眼皮、隆胸肥臀术让女人青春永在，魅力四射。现代的、时髦的、美好的女人走过一个又一个，没有一个是他要找的人。傻×。他骂自己。其实，他又何尝不知道在街上找不到她？他不知道她的模样，他只凭一种感觉，他相信，只要她在街上出现，只要她在自己的眼前闪过，他立刻可以认出来。但是，感觉是什么？看不见摸不着。而且感觉是只有在对象出现时才产生的，如果对象没有出现，感觉就永远不会产生。他其实是被一种说不出的孤独和寂寞驱赶到街上来的。回去。向东风对自己说。

向东风还没挪步，就有一个女人走进树冠。一阵惊喜掠过心头，他迫不及待地说，你来了。说完立即后悔自己的冒失，因为来的是一个老女人，而且他已经认出这个老女人就是他的母亲。

他说，你来干什么？母亲说，我跟了你很久。这个世界有时很大，有时很小。自从母亲离开他，他一共只见过她两次，一次是他结婚的时候，他想这一定是岳父让她来的，还有一次是他孩子出生的时候，他想这与他的妻子也许有点关系。除此之外，她再也没有在他的面前出现过。他也不知道她在哪里，怎么样了。他不认为他还有一个母亲。她知道他吗？也许也是偶然遇上的吧。他转身走人。

母亲说，你给我站住。他站住了，他不想在大街上招来许多看热闹的人。她走过去，递给他一张名片，说，这是你妹妹的名片，有事可以去找她，她会帮你的。她说完就走了，头也不回。看来，她对他的情况了如指掌。他的自尊心受到极大的伤害。在很久以前，他被这个女人抛弃了。现在她又回来了，恩赐他一张名片。这个女人，说走就走，说来就来，我行我素。向东风把名片捏成一团，扔在路边的垃圾箱里。那小名片太轻，弹不开垃圾箱晃动的盖子，在绿色的箱盖上跳了一下，落到地上。

向东风总是被抛弃，父亲死的时候被母亲抛弃，下岗的时候被妻子抛弃。如今，他有一个好梦，他在找那个梦中的情人，他会不会再被这个影子一样的情人抛弃呢？他害怕，有一点害怕了。

向东风迈开脚步，他得回去，马上，说不定那个女人就在他家的门口等他，她不是在门口等过他吗？

/6/

向东风的家门口什么人都没有。

那天晚上,是不是真的只是一场梦。他有些怀疑。向东风是一个缺乏自信的人。这不能怪他。他从小接受的教育就是让他不要相信自己,要不断地批判否定和改造自己,他能相信的只有组织和领导的思想。当他想建立自信的时候,他下岗了,失业了。一个生活无着的人何谈自信?

三十而立,四十而不惑。40多快50岁的向东风什么都没有,他感到自己很失败。失败的向东风在寻找一个影子,这影子是他的希望。

向东风开门进去。一阵风迎面扑来,他出门时没有关窗。屋里的风比街上阴凉。他从床上的枕头下找到她的毛发。这世界上,只有这些微不足道的、轻飘飘的、不可告人的东西是属于他的。他捏住这一小撮毛,放在嘴上吹了一下,长发散开短毛抖颤。有点意思。他再吹一次,还是那个样子。他知道他不能松手,他的手指一松就什么也找不着了。向东风突然有点伤心,眼泪便落下来。书上说,男人有泪不轻弹。说的是大丈夫男子汉,他不是。在人前,他也许有点是;在家里,自己对自己,他不是。

向东风的肚子咕噜叫了一声。他又饿了。他这才想起来,他还没有吃饭。方便面也忘了买。

半夜起来,向东风翻箱倒柜,终于在一只旧樟木箱的底部,找到一样东西,这东西用红纸包着,年深月久,红纸已经发白,纸质也变脆了,一摸就破,不是破,是碎。他小心翼翼地打开,里面是一张发黄的旧借条,用毛笔写的,字不怎么样,底下的签名却很了得。这是一张内战时期,红军写给老百姓的借条。当然这位老百姓就是向东风的祖父。这借条这签名是开国功臣某老的亲笔。某老在1956年第一次授衔时是中将,得过中华人民共和国解放勋章。以后的地位就更了得了,他的名字经常出现在《人民日报》上。当然,不知道底里的人是不会看出这张借据的价值的。因为某老签的不是他现在的名字,他现在的名字几乎家喻户晓,他老人家当初签的是他的本名。他的本名只有研究党史的专家才知道。说实在的，他老人家也不会想到他的这张借据会成为很有价值的革命文物，更没有想到革命文物有朝一日也会进入市场。

　　向东风是在一个很偶然场合下得知这件革命文物的价值的。他原来那个厂的工会主席如今喜欢收藏，名贵的收不起，收一些火柴盒、香烟壳、蚊香盒之类的东西，小有名气，算是一个民间收藏家吧，他结识一个专门收集革命文物的收藏家。这位收藏家出价2000元，想收他的这张借条。如今红色旅游行情看涨，革命文物也随之升值。他不卖。这是他祖父当传家宝一样地传给他的，当时某老是团长，向他家借5斗米和一张"谷达"。这"谷达"是晒谷子用的，向东风想，红军是借去当睡铺吧。红军有纪律，叫"三大纪律六项注意"，其中一项就是借东西要还。是的，后来红军长征了，走了，没还，解放后祖父也没去向政府要，时间一过就成了珍贵的革命文物。这文物是革命的、传统的，原来的意义也是要还钱的，但把它拿来换钱就有点那个了。有时意义很庄严，有时意义有点像文字游戏。祖父给他时说，好好藏着，这是我们党的优良传统。如此而已。现在向东风在万般无奈时，要用它来换钱了。

　　向东风找到那个革命文物收藏家，他家里有许多诸如大刀、梭镖、鸟枪、马灯、棕衣、草鞋、红袖章、红军帽之类的革命文物，都有出处，都与革命名人相联系，而他的借条是级别最高、最有价值的，因为是某老的亲笔签名。讨价还价的结果，以3000元成交。

　　钱在向东风的裤袋里显得有些沉甸甸的。向东风拍了拍有点下坠的裤袋，居然在心里生出许多感慨。细说起来，这张旧字据能值这么多钱也有向东风的一份功劳。当初祖父收藏这张字据，只是一种怀旧情绪，只是对于几十年前那场轰轰烈烈的土改生活的怀念，后来，这种怀念和对儿子也就是向东风的父亲的想念揉合在一起，显得更亲切。他并不知道这签名就是声名显赫的某老。是向东风发现的。那是改革开放之后，小城第一座高层建筑建成之后，某老给大厦题名，曰：向荣大厦。向东风祖父的名字就叫向荣，这当然是一种巧合，某老不会记住几十年前一个老乡的名字，更不会以之命名。他的向荣是欣欣向荣的向荣，不是一个老乡的名字。向荣大厦在很长一段时间内成了这座小城的标志性建筑。某老题字每个字都有一人高，周边镶着霓虹灯，到夜晚，一闪一闪的，一会儿红，一会儿绿，一会儿蓝，一会儿黄，很吸引人们的眼球。可以说，这四个字在这座小城是家喻户晓的。向东风自然对这四个字也很熟悉。因为和祖父的名字相同在熟悉中更透着亲切。有一天，向东风的脑子突然闪电般地一亮，他把收藏在箱底的那张借据翻出来一对，果然如出一辙，兹向向荣同志借得……是的，就是他。向东风找到在市党史办工作的同学，一查，借据上的签名果然就是某老的本名。于是这张借据身价百倍，并在走投无路的向东风手上从意义变成金钱。

向东风用这钱在神鹰车行买了一辆电动助力车，名曰神鹰1号。又在体育商店买了一双运动鞋，专挑贵的买，耐克，名牌，名字听起来有点美国。还剩下一些钱，他决定，今后的方便面改成康师傅。不能太亏待自己。车和鞋是他在儿子上小学时对儿子的承诺，等他考上一中，就给他买这两样东西。他虽然下岗了，却不能对儿子言而无信。

把意义变成钱，向东风想得开。他只是在没人的时候，在深更半夜，反反复复地对祖父说，对不起，实在对不起。等以后有钱了，我就把它再买回来，让意义重返箱底。这当然也是一种承诺，闽南有句话，腌了的豆子有时也会发芽。万一他发了财，这件珍贵革命文物物归原主的可能性不是不存在的。

/7/

又到了探望儿子的晚上。向东风把神鹰1号骑到前妻家的楼下，然后把神鹰1号扛在肩上，上楼。前妻住8楼，有点高。向东风上了一楼又一楼，有点喘，也有点出汗。运动鞋的盒子就挂在车把上，在他的眼前晃来晃去，有点让人眼花缭乱。终于到了，他在楼道上放下车子。他听到门声，以为是儿子听到他来了，主动开的门，他等待着儿子的欢呼声，这是他等了6年的礼物。可是开门的不是前妻的家,是对门。一梯两户,挨得太近,这种误会是难免的。对面的那扇门开了一下,又关上了,门内的人影随着门声一晃就不见了。仿佛是个女人。

向东风本能地向已经关上的那扇门笑了一下,表示道歉。他依稀记得,这样的误会曾经发生过。对门的那个女人对外面的动静很敏感,似乎时时处在等待的状态。向东风笑过之后便按前妻的门铃,开门的是前妻。客厅里还有一个男人,就是上次他遇见的那一位,看来,他已经是这里的常客。说不定他就住在这里。儿子从房里出来,对车和鞋并没有表示出太大的兴趣,只说了句,我还以为你早就忘了。前妻对儿子说,把车子扛下去,放到楼下的柴草间里。儿子说,明天再说吧。口气有点大人的味道。那个男人说,我来吧。便很麻利地扛起车子,开门出去,前妻追到门口,把钥匙带上,看你急的。那关切的语气,让向东风很气短,她从来没有对他这么说过话。她的话,和她的微笑一样,总是带着一个冷字。

向东风本来想和儿子说说话,可儿子说,爸,我做作业去了。说着便进了自己的房间。向东风在客厅干坐了一会儿,想等一下那男人上来,他又在想,前妻会不会在他的面前再做出什么亲切的动作,说出什么让人恶心的语言,他怕伤了自己,只好告辞。

向东风关门出来时,下手有点重,带出了不小的声响,前妻在门内冷笑了一下。儿子开房门说,我爸走了?走了。儿子抬起脚说,他买的鞋太小,太紧,穿了难受。母亲说,脱下来,明天拿到你姨家,给弟弟穿。

也许是关门声太大吧,向东风发现对门的门又开了一下,这一下只是开了一条小缝。是看热闹的吧,向东风想。一个门里两个男人进进出出,也真够好看的。那就看吧。好戏。向东风的心里不由得升起一种恶作剧似的快感。

尽管向东风是个想得开的人,晚上还是有点受伤。他又到那个酒吧去喝酒。这一次,他喝得有点多,一是因为心情不好,二是因为他的口袋里还剩一点钱。他摸了摸口袋里的钱,这钱可是用革命文物换来的啊。真没想到啊。不用说当初某老写这字据时没想到,祖父把这借条给他的时候没想到，就是向东风自己也没想到。当然，向东风没想到的不仅仅借条的命运，向东风没想到的还有很多很多。向东风感到了空前的孤独，空前的凄清，空前的无奈，空前的悲哀。

向东风离开酒吧的时候已经很晚了。他知道很晚了，因为酒吧的人越来越多了。现在和以前不一样，以前是人越少天越晚，现在是人越多天越晚。这才叫现代生活。一阵凉风袭来，向东风不由自主地打了个寒战。有一种叫"晕"的东西在他的脑袋里转来转去。他不知道自己怎么就到了那棵杧果树下，而那个女人正在树下等他。她很温柔地把他的手从树干上挪到自己的肩上，搀扶着他的腰，没有出声，但那眼神分明在说，又喝多了不是，你啊。向东风就把头歪倒在她的怀里。

这个晚上，向东风又做梦了。

女人在梦中呻吟，在梦中大叫。向东风对自己说，这不是梦。他对她说，你是谁？你怎么不说话。女人还是不说话。女人的眼睛还是火一样地在他赤裸的身体上跳荡，跳到哪里就把哪里点燃。向东风全身噼里啪啦地响着。我认识你吗？向东风说。她笑了，翻了一个身，把他压在底下。

向东风大叫一声，晕死过去。

第二天醒来时，女人不见了。向东风找不到她留下来的任何东西。难道还是一场梦？向东风又有些迷茫，有些恍惚了。他躺在床上，慢慢地回忆梦中的一切，动作、声音、感受。他又看见了她的笑，妩媚的笑。他一跃而起，她这一下跑不掉了。以前总是梦中清晰醒来模糊的她，这一次笑得很明朗，他记住了，再也跑不掉了。

向东风在那棵杧果树下站了一天，没有任何收获。他不灰心，晚上再去。

终于，那个女人出现了，不是在梦中，是在夜晚迷离的街灯下。她悠悠闲闲、不紧不慢地从树下走过。她穿着旗袍，蓝底白花。她比梦中更优雅，更年轻。向东风跟在她的后面。他不想惊动她，他想先弄清楚，她是谁，在哪里。他和她保持一定的距离。她显然不知道有人在跟踪她，走走停停，这里看看，那里瞧瞧。她走他也走，她停他也停。她偶然回一下头，他迅速地闪到人后。他很兴奋,他居然有些专业。电影里地下党和公安便衣就是这么干的。

可是,他突然把她跟丢了。先是出现另一个穿蓝底白花旗袍的女人,她们在人群中左右穿梭,让他弄不清哪一个是他的跟踪对象。然后,在一个四岔路口,她们几乎同时回头看了一下,就在向东风迅速躲进树后的一刹那间,她们一个向东一个往西。向东风措手不及。他以最快的速度前进,先向东,再向西,东西皆落空。

向东风失魄落魄地站在路口,那形象有点傻。

此时,在东西南昌路上,的确有两个穿蓝旗袍的女人。她们一个在国美家电试电蚊拍,一个在紫金药店挑脑白金。她们的表现都十分优雅自然从容不迫。她们都是良家妇女,不知道有人在跟踪她们。一个小时后,她们回家,她们都有一个温暖而幸福的家。

向东风像一只无头苍蝇,不分白天黑夜地在街上乱窜,一无所获。有一天早上醒来,他对着屋顶出了一会儿神,对自己说,傻呀,我傻。向东风四处碰壁冷静思考恍然省悟,他所要找的女人是定期出现的。欲速而不达,先哲早有教训。书上还说,人不能急,人一急,智商就下降。

/8/

向东风是个想得开的人,什么事想开了,就有了方向和步骤。经过冷静分析,向东风决定先找工作。民以食为天。目前口袋里有点钱,但这点钱不算钱,只够他吃几个月,几个月之后怎么办?就是金山银山也不能坐吃山空。

他决定放下架子,给老同学打电话。老同学当着局长,处级干部,他是下岗工人,怎么说是放下架子呢?原来,在他的眼里,老同学不如他,人格不如他,口碑不如他,他打心眼儿里看不起同学。所以,他给老同学打电话是看起他,他让他帮忙也是看得起他。局长办公室里没人接,打手机,接电话的却是一个女人的声音。他说,对不起,打错了。对方笑了起来，说，没错，这是局长的手机。这种情况发生过多次，所以她觉得好笑，就笑了。您是找局长的吗？他说，是的。她说，我是他的秘书。局长出国考察去了，到欧洲，刚走，得半个月。您是……他说，我是他的老同学。她"哦"了一声，这一声很亲切，向东风甚至可以感受到她那甜蜜的笑容。局长临走时交代了，凡是工作的事，都找副局长，凡是同学朋友的电话，有事尽管吩咐。向东风说，你们局长真有人情味啊，在如今世态炎凉的情况下尤为难能可贵。女秘书说，我们局长真是个好人，我没见过像我们局长这么好的领导，真的。向东风笑了一下，说，没事，只想找他聊聊。真的没事？真的没事。谢谢你，你是你们局长的好秘书。哪里啊，我做得很不够，离我们局长的要求还很远。等局长回来我就告诉他，让他给你打电话。向东风不知为什么就有了一点感动，连说了三个谢谢。放下电话，向东风想，这位老兄真会做人啊。难怪人家能当局长。欧洲，同是同学，人家如今在欧洲，英国德国法兰西，伦敦柏林巴黎，还有瑞士和意大利。向东风能想到的就这些，但这些已足以让他愤愤不平。不能再想了，人比人气死人。

向东风坐在沙发上，想他的老同学，越想越不明白，他在同学会上的表现，那种居高临下的态度，那种小人得志的做派，和今天他的女秘书所传递的信息，完全是两个样子，哪个是真实的他？大学时期，他们虽然走得比较近，上下铺，也谈得来，但记忆太遥远太模糊，没办法和现在的局长联系起来，用网络的语言说，叫链接不上。人啊——人。

向东风的思维刚到人啊——，门铃响了起来。最后一个人字便像断了线的风筝，随着他吃惊的目光，落在门背后。这是少有的事，离婚后，他的门铃就很少响。他跳了起来。他想到的是她，那个梦中情人。她几次和他一起回来，当然知道他的住处。开门时向东风又吃了一惊，站在门口的是那个"社痞仔"班长，他的身后还站着小区物业的那位"风韵犹存"的女主任。

班长说，老向，主任让我带她来，上次，也是她让我把工资给你送来的，收到了吧。他点了点头，表示收到了，也表示谢谢。班长回头说，主任，我的任务完成了，我走了。我得去看看，交班的时候到了。主任朝他点了点头。他说老向我走了，说着就下楼去了。向东风说，主任，请。

坐定后，主任说，那次的事，我替班长向你道歉，他没有处理好。向东风说，不不，是我不好，我迟到了。她笑了一下说，我知道他这个人就那样，好拿大，也有一些溜溜秋秋的小毛病。人倒不坏。"溜溜秋秋"是闽南话，意思是很小的琐碎的不重要的。他说是啊是啊，人无完人嘛。她说老向，不知道你找到新工作没有，要是还没有，不知道愿不愿意回去。向东风说，工作是还没找到，也不急，回去怕不合适吧。主任笑了笑，说，是这样的，我又承包了一个小区，就是南江滨的绿洲花园。他说，那可是个大所在，有十几幢楼。她说，21幢，1200多户。这边呢，我又不想放弃。所以想请你帮我照看一下这边的事情。月薪给你2000元，怎么样？我，行吗？她笑了一下，说，行。你是老大学生，当过大厂的工会干部。要是你愿意，明天就上班。向东风说，让我想想，让我想想。

好事来得太突然，向东风反而有点不适应。有什么好想的，天上掉下一块大馅饼，拿起来往里塞就是了，难道还怕噎死？

主任笑了笑，说，也好，说不定你还有更好的去处，我也不勉强你。向东风说，不瞒你说，主任，是有一个地方想请我去，我也还没有答应。主任说，可以理解。不过，你能不能尽快给我回复，要是你不来，我好请别人。向东风说，我明天就回复，明天行吗？她说，好，就明天。

女主任走后，向东风对自己说，无中生有，张嘴就来，向东风，你长能耐了。为什么要说谎，为什么？都到这种田地了还死要面子！这是什么样的自尊啊！好马不吃回头草。你是好马吗？再说了，这草和马没关系，是主人送上门来的。傻子。明天，从现在到明天，还有十几个小时，要发生多少事，有多少个变数，几乎每一分每一秒都可能失去这个机会。现在就去，追上她，说，我决定把那边辞了，明天就上班。

向东风做不到，迈不开这个脚步。向东风啊向东风，你刚才张嘴就来无中生有的勇气哪里去了？他为自己的软弱和虚伪感到悲哀。这悲哀是空前的，深刻的。向东风甚至有点震惊，他向东风原来是这样的一个死要面子的伪君子!

　　向东风在小小的客厅走来走去,无计可施。他对自己弄不明白,对老同学弄不明白,对女主任也弄不明白了。她为什么对自己这么好,给他这么好的机会?他想起她的笑。她的笑,当时是很明朗很清楚的,是一般女人在一般场合下的正常的微笑。她第一次对他这么笑是他第一天上班的时候,她对他说,我们的工作是服务,我们服务的对象是业主,业主就是我们的上帝。现在回忆她的笑,却有一些非同寻常。她对别人也是这么笑的吗?她为什么每说一句话都要对他笑一下?本来很正常的笑此时变得有点暧昧起来。她的笑很好看很生动很诱人。是不是有点像梦中的那个笑。只是她的笑是一种无声的微笑,而梦中的笑却是有声音而放浪的。

　　难道她就是那个梦中的女人?有可能?要不,她为什么把这么好的机会让给我?向东风站在厅中央,不走了。他的脑子有些发昏。他不是已经把梦中的那个女人的脸看清了记住了吗?但是现在,那张脸居然和主任的脸混合起来,分不清了。他又看到前妻漫不经心似有似无的冷笑。他失去了自信。

　　向东风在后悔与不安中度过了一个白天。晚上,他不敢在家里待下去了,他怕自己崩溃,他得出去散散心。

　　他不知不觉地就来到了那个酒吧。这不是计划内的,少喝一点,他对自己说。但喝下去就控制不住自己了。走出酒吧时,他的脚步有点飘浮不定。很少有人喝啤酒会醉的,他是很少之一。当初不醉现在醉,啤酒和小人一样,欺软怕硬,乘人之危。

　　向东风在那棵杧果树下等了很久,那个女人没有出现。他只好自己回家。一夜无梦。第二天醒来,向东风发现自己和衣而睡,也没有在床上找到任何东西。

　　向东风洗了个澡。他已经记不清昨晚自己是怎么上的床,肯定是一到家就把自己摔到床上,衣服没脱,鞋子一只在门边一只在床下。他仿佛看到当时的狼狈相,有点同情自己。他不能再这样下去,他还不到50岁,离死还很远。他得找一份体面的工作,找一个好女人,重新建立家庭,过好自己的日子。向东风洗了澡，穿好衣服，在镜子前面对自己笑了笑，他是一个想得开的男人。先吃饭，馒头豆奶，一样都不能少。然后到锦上花都找女主任去，告诉她，他决定了，从今天起，就来上班。他不仅仅是来答复的，他是来上班的。

/9/

向东风刚走到门边，门铃响了。他愣了一下，拉开门。站在门口的是一个女人，一个比锦上花都小区物业主任更年轻更有风度的女人。显然，他不认识这个女人。你找谁？他说。那女人笑了一下。她的笑很好看，比主任更好看。她的好看是内在的，文雅的，甚至有点高贵。向东风明白，她的好看和主任不在一个档次上。她说，就找你。不欢迎？向东风说，问题是，我不认识你。当然，来的就是客，欢迎，请进。

女人大大方方地走进来。她很老练地扫了一下房子，说，还好，比母亲想象的要好。向东风明白了，她就是他的妹妹，同母异父的妹妹。母亲把她的名片给过他，他当时就揉成一团，扔了。他不想见这个妹妹，不想求她。她却找上门来了。她说，想起来了吧？他点了点头。细看，这位妹妹长得有点像当年的母亲。只是她比母亲更高雅。你是我的哥哥，她在沙发上坐下来，能叫你哥吗？向东风笑了一下，不置可否。

她说，我知道，母亲对不起你。她一直很后悔。向东风说，过去的事，就不说了吧。她笑了一下，说，你还是不肯原谅母亲吗？向东风说，我是什么人？有这个资格吗？她说，难道就不肯给母亲一个机会，让她做一点补偿。就算不是为了你，只是为了她。母亲老了，她为自己的过去感到内疚和不安。给她一个改过的机会吧，哥哥。

向东风说，你的……他想问她的父亲，可是说不出口。妹妹是一个很聪明、很善解人意的女人，她说，他吗，过世了。他仿佛松了一口气。在他的潜意识里，他是占领者，是敌人。他的存在是他心理上的一个障碍。他似乎有些自私，对于母亲和眼前的这个女人，不管从哪个角度看，他的死都是一种不幸。他并不考虑她的感受，因为死去的是她的父亲。她宽容地笑了笑。她说，他们都死了，你的父亲和我的父亲，我们能做的是为了活人，为了我们的母亲。她是我们的母亲，她伤害过你，她还是你的母亲，我们的母亲。

向东风无话可说。

哥，听我一句话，面对现实，到我那里去吧。向东风说，我已经有事做了，在锦上花都。妹妹有些意外，说，母亲说你被辞了。不是我被辞了，是我不干了。后来，主任又找上门，想请我帮她做管理工作，不是当保安。

哥，你千万不要把我的到来理解成是对你的怜悯和同情。绝没有这样的意思。你是我哥，我那里的确需要一个信得过的人帮我管理内务。有谁比自己的哥哥更值得信任呢？妹妹看着他说，说得很动情。让我想想。向东风说。妹妹说，想好了就给我打电话，好吗？

突然降临的高雅的女人走了，留下满屋幽香。

向东风不由自主地走到窗前。他看到一辆红色的小轿车停在楼下，一个陌生女人打开车门，坐了进去。这个陌生女人自称是他的妹妹。太阳光照在对面人家的凉台上，明亮而生动。一群乌鸦从小区的上空飞过。这世界一定出了问题，只是他不知道问题出在哪里。

他知道自己不会到这个女人的公司去做事，不为别的，就为了那个遥远的夜晚，那个灯光如豆，山风阵阵的寒冷的夜晚，祖父和祖母抱着他痛哭，那哭声惊天动地，揪心入骨。那哭声穿越时空，影响深远。母亲甚至没有把他送回老家，是父亲的老战友，也就是他后来的岳父的警卫员把他送回来的。母亲不但伤害了一个11岁的孩子，还伤害了一对可怜的老人。她不但在他们最需要她安慰的时候抛弃了他们，还把一个11岁的孩子扔到他们的怀里，来时时唤醒他们的失子之痛。这无疑是在老人受伤的心上再撒一把盐。也许，就在祖父祖母失声痛哭、撕心裂肺的时候，母亲已经躺在男人的怀里寻欢作乐，那个男人不是别人，就是这个陌生女人的父亲。

红色的汽车"嘟"的一声，消失在门外的楼群中。这是一辆很漂亮的小汽车，它是现代化和成功的标志。是的，从另一个角度看，坐在车内的那个女人是他的妹妹，因为她和他一样曾经在母亲的肚子里待了 10 个月。但是这能说明什么呢？就因为他们曾经在同一个母体里待了几个月，他就应该到她的公司里去打工？他就应该接受她的怜悯？

他不否认她的真诚。过去的一切与她无关。她是一个成功的女人，一个可爱而高雅的女人。这世界上有很多可爱的女人，也有很多高雅的女人，可是既可爱又高雅的女人不多。这个女人如果不是他的妹妹，他会跟她走，为她打工。也许还会爱上她，和她上床。谁不想和可爱而高雅的女人上床？

向东风想起那个梦中的女人，是的，她不如她。她没有她的高雅，她的风度，她的超凡脱俗。他相信，她也没有她的富有和成功。她没有红色的小汽车，她没有公司。她也许什么都没有。她只会在他喝醉的时候，搀扶着他，送他回家，和他上床，和他做爱。她比她更实际。他是一个凡夫俗子。他的内心向往高雅，却拒绝高雅。高雅不能当饭吃。

向东风笑了一下。楼下，车去人空。他感到自己很无耻很下流。他不应该把自己的妹妹当成一般的女人来想象。不管怎么说，她是他的妹妹。他应该为有这样一个合乎时代潮流的高雅有钱的妹妹而自豪。他想不起她开的公司叫什么名字，他只记得她是董事长兼总经理。那名片扔得太干脆、太迅速、太果断、太清高，也太无情了。他是冲着母亲来的。那个时候他还不知道他还有一个这样可爱而高雅的妹妹。母亲犯了一个错误。她不应该给他名片，她应该让妹妹自己来。这老太婆不懂心理学。

母亲是个自私的无知的任性的女人。在向东风记忆中，母亲总是无缘无故地发脾气，总是在哭，父亲总是在哄她，像哄小孩子一样。他小时不怎么哭，因为没人哄他。有时，父亲是两个人一起哄的。在父亲宽大的胸怀里，一边是母亲，一边是他。有一次，哄着哄着，母亲笑了，他笑了，父亲也笑了。父亲的笑声洪亮有力，让他联想起解放军的冲锋号。父亲笑过之后说，我来给你们包一顿北方的水饺。母亲喜笑颜开，父亲手舞足蹈。他在父亲母亲中间跑来跑去。幸福在飞翔。可是这样的幸福时刻太短暂。他记得很清楚，吃完饺子，母亲不知为什么又哭了。那个时候母亲在房里，他和父亲在厅里，他听到父亲长长地叹了一口气。父亲是个乐天派，他的脸总是带着笑容，从不叹气。父亲的这一声叹深深地植入他的心底。在一定意义上说，他是在父亲的这一声叹息中长大的。这是一个男人近乎绝望的声音。这是让她逼的。他恨他的母亲。

向东风不会到妹妹的公司，可妹妹公司的存在却让他不急于到锦上花都。人就这么怪。向东风下了楼上了街。他在路边吃了两碗卤面、两片卤三层肉和两个卤鸭蛋。花了足足6块钱。超支4块。计划在无意中打破。他在街上闲逛，在公园里听老人唱芗剧，在路边看人下象棋，还在一个网吧的门口站了好一会儿，想进去玩玩现代化，终于没有勇气，他怕自己玩不了让人笑话。中午，他也在外面吃了，肯德基。广告里说的那种。很久以前，他带孩子出来吃过一次。不错。

吃过肯德基，向东风从从容容来到锦上花都。班长站在岗亭向他问好。老向，你好，他说。你大人不记小人过，万事请多包涵。他对他笑了笑。笑得很有涵养、很有风度。看来，消息早已传开了。向东风走到物业办公室。一个男人刚好从里面出来，两个人差一点撞了个满怀。主任站起来，很热情地和他握手，说，我正想去找你。他笑了笑。我不是来了吗，我可以帮你的忙，把这个地方管起来。让上帝和上帝的亲戚朋友都满意。他还没有开口，主任接下去说，实在对不起，我等了一个早上，我以为你不来了，就在刚才，我答应了那个人，他也是大学生，也当过干部，原来还是个车间主任。

主任说完，笑了一下。当时说的是明天，没说是上午还是下午。她有权这样做。向东风也笑了一下，他说，没什么，我是来告诉你，我想到另一个公司去。那是我妹妹自己开的公司，想让我去当副总。我本来不想在自己的妹妹手下干活，一再犹豫着。可她昨天晚上又来了，说，哥，求你了。就算妹妹求你帮忙还不行吗？话说到这份儿上我这当哥的还能再拒绝吗？我本来要给你打电话的，可这种事还是当面说好一些。

主任笑了一下，说，我能理解。我哥也下岗，也不想到我这里来，他宁可远走深圳，也不想在自己妹妹手下讨饭吃。

向东风尴尬地笑了笑。看来天下男人都一样，不管混得多窝囊，都自认为是个男子汉。

主任说，你妹妹的公司一定比这里强得多，祝贺你。谢谢。其实，也是一个小公司。做哪方面的生意？他笑了笑，是个贸易公司，主要做建材。向东风发现自己在说谎方面很有天才，张嘴就来，脸不变色心不跳。

向东风就这样把一份好工作丢了。

他没有给妹妹打电话，有几次他动了打电话的念头，可他打不了，他不知道她的电话号码。他想起那个晚上，那张小小的名片在他的手心里捏成小小的一团，飞出去，在绿色的垃圾箱上跳了跳，然后落在地上。那动作多潇洒！就因为有了那个动作，他才有了现在的骄傲，才不至于在软弱的时候做蠢事。是的，他向东风不需要同情，不需要怜悯，他要做一个顶天立地的男子汉。

/ 10 /

又到探望儿子的时间了。他给孩子买了一套四大古典名著。《红楼》、《水浒》、《三国》、《西游》。听说将来高考，是要考名著的。书的盒子设计得很文化很漂亮很古典。提起来也很方便。书店里有好几种版本，他挑贵的买。几年前，他在老家看过这样的标语，再苦也不能苦孩子，再穷也不能穷教育。这个标语给他很深的印象。

这书有分量，提到楼上有点喘。他在前妻家门口停了一下，他不想让前妻看到他喘气的样子。他不能让前妻认为他什么都不行。他感到门内有点动静，直觉告诉他有人在猫眼里看他。他冷笑了一下，何至如此，把他当什么了？是不是那个男人在里面，在就在吧。没必要做贼心虚。他按了一下门铃。叮咚。里面响起脚步声。在门开的一刹那间，向东风突然悟到，在猫眼里看他的不是前妻，而是对门的那个女人。进门时，他瞥了对门一眼，他仿佛看到那扇门动了一下，现出了一条缝。前妻在门内不动声色地冷笑了一下。

儿子接过他的书说，我已经有了。他跟儿子走进他的房间，果然，在他的书架上有一套崭新的，和他的一模一样。小姨买的。儿子说。向东风一时不知道说什么好。他又看到前妻那不动声色的冷笑。

他说，你想要什么，爸爸下次给你买。儿子摇了摇头。他不明白他的意思，是什么都不需要，还是不知道需要什么？前妻在门外说，他要一台电脑。

我会买的。他冷冷地说。说完就走了。

电脑就电脑，不就是几千元吗？你也太瞧不起人了吧。向东风把门关得很响。前妻在门内冷笑。她不是没钱买电脑，她是要让他明白，培养一个孩子不那么容易。孩子不是叫花子，不是几个小钱就能随便打发得了的。

尽管向东风走得很匆忙，他还是感觉到了对门的动静。在他把门关得很响的时候，对面的门也动了一下。是她的门没关好，还是她就站在门边？这女人好管闲事，喜欢看热闹，喜欢看人家笑话。看吧看吧，我就是这个样子，一个失败的男人，爱怎么看就怎么看，爱怎么想就怎么想，爱怎么笑就怎么笑。无所谓。

一种失败主义情绪迅速占据向东风的心头。沮丧而悲观的向东风再一次来到酒吧。

向东风从酒吧出来时，夜已经很深了。街上行人很少，两边的商店大都已经关门了，只有洗头店还亮着暧昧的光。街灯显得有些昏暗而迷离。向东风的影子飘浮不定。他来到那棵杧果树下，那女人在那里等他。他抓住女人的手，说，你是人吗？你不是鬼吧，人家都说杧果树有鬼。女人凄然一笑，用另一只手抚摸着他的脸。向东风说，你不是鬼，你别走，我爱你。女人又笑了一下。

他们走出树冠。街上冷冷清清。他们的影子在冷冷清清的街面上歪歪扭扭地向前移动。向东风对着影子说，你别走啊。一对年轻的情人迎面走来，男的冲着他说，醉了醉了。女的说，管好你自己，不要说别人。向东风对自己的女人说，那个年轻人喝醉了。女人笑了一下，把他的手放在自己的肩上，更紧地搂住他。他说，我爱你，我真的很爱你，我不能没有你。

我没醉。

他们回到家里，向东风拉开灯，睁开眼，说，我要好好地看看你。女人笑着，让他上上下下仔仔细细地看了好久。向东风的眼睛迷迷糊糊，恍恍惚惚，什么也没看清。他知道自己是醉了，真的醉了。女人抚摸着他的脸，他的眼睛就闭上了。

向东风知道女人为他脱衣服，为他擦身子，他的眼睛睁不开，他晕。他们躺在床上的时候，向东风说，这一次你千万别走，我不能没有你，我什么都没有了，只有你。女人不说话，紧紧地抱住他，仿佛她也怕他跑了。向东风说，我很失败，我不是男人。女人亲吻他，把他脸上的眼泪舔去。向东风说，我真的什么都没有了，连同我的自尊也没有了。我只有你，只剩下你了。女人不说话，不断地亲他。你叫什么名字，你住在什么地方，你是谁？女人笑了一下，用柔软的嘴唇封住他的嘴。

深深的一个长吻之后，向东风说，我知道你同情我、可怜我，我是一个失败的男人。迷糊中向东风感觉到她朝他摇了摇头。我不是一个失败的男人？她点了点头。你爱我？她笑了笑。真的？她朝他笑，笑得很调皮。她的头发乱了，遮去了她的半边脸。

向东风说，我不是在做梦吧。女人又摇了摇头。他说，你咬咬我。她伏下去，在他的肩头咬了一下。他痛得大叫起来。向东风哭了。他知道他不是在做梦，一切都是真的。

向东风很快地就在女人的安慰与爱抚中睡着了。

向东风在迷迷糊糊之中听到门声，睁开惺忪的眼睛，身边的女人不见了。

向东风摸了摸自己的肩头，深深的齿痕还在。他一跃而起，跳到窗前。一个女人从楼下走过，走出小区。是她。她刚刚离去。

向东风以最快的速度穿上衣服，追到楼下，追到街上。他终于找到她的身影。这一回不能让她跑了，他跟定了她。

向东风在女人的后面，和她保持着一定的距离。女人走得很快。女人在那棵柁果树下停了一下，仿佛在寻找什么东西。她绕着树干走了一圈，还蹲下去看了看，什么也没找着。离开柁果树之后，她走得更快，简直不是走，是跑。

女人跑他也跑，反正他不能让她在他的眼皮底下再次消失。他跟着女人进了一个小区。他却在这个小区里把女人跟丢了。女人在小区门口不断地回头，他只好闪到一棵树后。这树也是杧果树。等他走进小区时，女人不见了。他在小区里转悠，居然转到前妻所住的公寓楼前。向东风吃了一惊。这女人和前妻同住一个小区。

这片小区有几十幢楼，他不知道女人消失在哪一幢。向东风是个聪明人，他一下子就明白了，这个小区有南北两个门。他平时到前妻家走的是南门，而今天，他跟着这个女人走的是北门。

角度的不同使一切变得陌生。更何况处于精神高度集中的向东风只跟女人不认路。

向东风在小区的林荫道踯躅。这里的杧果树长得比街上好，个子矮，树冠低，树阴的面积大。树下还零零星星地放置了一些长靠背椅。椅子是白色的，很安静也很休闲。他选择了一只树冠最低最隐蔽的椅子，想坐进去慢慢观察，却看到前妻和一个男人迎面走来。来不及躲避，只好面对。世界虽大，冤家路窄。

前妻和那个男人手拉着手，亲亲密密、有说有笑。看到他，前妻似乎有些意外，灿烂的笑容立即变成居高临下的冷笑。那个男人有些尴尬有些手足无措地看着他。前妻说，向东风，你想干什么？向东风说，我什么也不想干，就是随便走走。散步，这里不能散步吗？向东风对自己的随机应变能力感到吃惊也感到满意。他不但处变不惊，而且在前妻的面前显出一副玩世不恭的样子。肖玲玲脸色变得铁青，她可从来没有这个样子。肖司令的千金总是居高临下，不屑一顾，不把他当一回事。

前妻用发抖的声音说，向东风，你还嫌害人害得不够吗？你害了我的上半辈子，还想再害我下半辈子吗？

向东风哈哈大笑。

/ 11 /

向东风回家时，他的妹妹站在门口等他。他说，你的车呢，她笑了笑，没开，我怕你觉得太惹眼了。是太惹眼了。这小区老，发财的不多。妹妹说，那我就把它卖了。不，不，这是你的事，与我无关。他一边开门一边说。

进了门，妹妹说，想好了吗，哥。向东风说，想好了。不过得有条件。妹妹说什么条件尽管说。向东风说，第一，不让别人知道我是你的哥哥；第二，先拿工资后干活；第三，试用期三个月，不满意，你可以炒我，我也可以炒你的鱿鱼。妹妹笑着说，行。我也有三个条件。向东风说，说。第一，对别人不说可你就是我的哥，你必须把公司当成你自己的，尽心尽力；第二，去看一下母亲，让她老人家安心；第三，搬家。你必须走出过去的阴影。向东风说，尽心尽力这一条你放心，我就是给别人干，也会尽心尽力的，这是我做人的原则。第二条也可以，她不仁我不能不义。妹妹说，她是我们的母亲，她再不好也是我们的母亲。不是仁与义的问题。向东风说，好吧。第三条不行，我不能离开这里。妹妹笑了笑，说，你过去看看，房子就在南江滨，绿洲花园。向东风愣了一下，怎么这么巧。到时候，你会改变主意的。妹妹从坤包里拿出一个信封和一串钥匙。说，这是你第一个月的工资和房子的钥匙。明天就去公司上班。向东风说，公司在哪里？妹妹说，你不知道？向东风说，不知道，我怎么会知道，你又没说。妹妹说，母亲不是给了我的名片？向东风说，扔了。妹妹说，看都没看就扔了？向东风说，是的。

妹妹认真地把他从上到下地再看了下，说，哥，一切都会过去的。她说得很动情，几乎要把他的眼泪给勾了出来。向东风说，对不起，我不是冲着你来的。妹妹走上前，拥抱他，拍了拍他的后背。她的动作很西方，向东风不习惯。可不习惯的向东风还是再次感到妹妹的真诚，他的眼泪差一点就掉了下来。

向东风时来运转，福星高照，一步进入小康。

但凡事都想得开的向东风却变得有些不可理喻，常常和别人过不去，和自己过不去。动不动就发脾气。公司员工并不知道他是老板的哥哥，他们对新来的总经理助理很有意见，颇有微词，风言风语传到总经理的耳朵里，总经理一改过去的风格，不查不问，一笑了之。弄得大家很困惑。有好事者从他们的长相私下里推测，他们有一点血缘关系，又有好事者从他们的表现分析，他们有一点暧昧关系。

当然，这些向东风都不知道，他只知道自己过得不愉快。现在吃穿不愁，他却越来越看不起自己。

向东风中学时读过一篇课文，这是一篇伟人的著作，题为：《别了，司徒雷登》。其中说到朱自清宁可饿死，不领美国的"救济粮"，有一句话后来成为同学们互相取笑的口头语，"嗟来之食，吃下去肚子要痛的"。在食堂吃饭，看谁不顺眼了，就把他的饭碗端走，说，嗟来之食，吃下去是要肚子痛的。这篇本来是很严肃很政治的课文成了同学们玩笑的口头禅。其实那个时候他们并没有把"嗟来之食"看得很严重。互相取笑找乐而已。

不幸的是，向东风结婚的时候，想起了这篇课文，妻子的冷笑让他感到耻辱。伟人把人格融入政治之中以突出政治，当政治淡化时，原有的人格力量凸显出来。嗟来之食的玩笑和新婚妻子的冷笑遥相呼应，取得神奇的效果。向东风彻夜不眠。

中学时代的课文并没有因为时间的推移而淡忘。那段典故在向东风的脑子里，如电影一般越发生动和鲜活：齐大饥，黔敖为食于路，以待饿者而食之。有饿者，蒙袂辑屦，贸贸然来。黔敖左奉食，右执饮，曰，"嗟！来食！"扬其目而视之曰："予唯不食嗟来之食，以至于斯也！"从而谢焉，终不食而死。

妻子的冷笑让他想到黔敖。那神态和言语在妻子的冷笑中越显得逼真。和那个饿者相比，向东风感到羞愧。

一个不争的事实是，这个美丽的骄傲的冷漠的妻子是别人恩赐给他的。

这个嗟来之食，向东风吃下去了，不是肚子痛是心疼，用通常的语言说，叫痛苦。这是对他作为一个男人自尊的伤害，是几十年的精神上的折磨。

向东风苦苦地挣扎奋斗，还没有从前妻的冷笑中解放出来，却又坠入了另一个痛苦之中。这是他的不幸，但这不是他想要有，是别人强加给他的。

但是，向东风的确是一个想得开的人，他懂得也善于换位思考。他知道，老人的灵魂需要安慰，不管是他的岳父还是他的母亲，不管是过去还是现在，安慰一颗不安的灵魂是一个男人不可推卸的责任，他所做的牺牲正是对老人的拯救。是神圣的。他的牺牲正是一个男人应有的尊严。妹妹说得对，他到妹妹公司工作不但能减轻母亲的不安与内疚，而且是对妹妹的帮助，妹妹需要一个靠得住信得过的人，这个人正是作为哥哥的他。

向东风的自我拯救是有效的，他有时会在这种拯救中找回自尊，甚至有点自我陶醉。只是这种拯救和精神堕落的时间不对等，所以痛苦多于平静。

向东风去找那个革命文物收藏家，想买回那张借条，可是那个收藏家不知哪里去了。人去楼空。有的说他炒股破产了，自杀了，有的说他出国了，如今正搂着小洋妞，在美国芝加哥举办红色文物展。

向东风给儿子买了一台手提电脑，最新款惠普笔记本。这电脑买得有点悲壮。付钱的时候他做出大大咧咧的样子，但那神态和动作都显得有点夸张。提着电脑走出专卖店时，向东风突然感到很沮丧。因为他看到前妻的冷笑。前妻是站在前方居高临下地朝他冷笑的。前妻的冷笑鬼魅一般，无处不在。她的冷笑像一支利箭射穿他的心。在一刹那间，他差一点就把手中的电脑甩出去。向东风走出专卖店时有点脚步踉跄，神情也有点可笑。他打了的，在车内做了自我调整，他不能这样狼狈地出现在前妻的家里，出现在儿子的面前。

前妻的小区，夜晚与白天就是不同，灯光昏暗，树影婆娑，少一点明朗和嘈杂，多一点神秘和暧昧。他在小区转了一圈，从南门转到北门，又从北门转到南门，然后到他那天想坐下来好好观察的那张长椅上坐了很久。他希望那个女人的出现。

他对她说过，他爱她，他现在什么都没有了只有她。她就住在这个小区里。由于前妻的出现，他没有再来找，他不想再碰到前妻，让前妻再生误会，以为他是来监视她的，好像他离不开她要死死地缠住她。笑话。向东风想要的是真正属于自己的爱情，而不是别人施舍与恩赐。

从向东风的眼前走过许多女人，但没有一个是她。她是一个神秘的女人，不会轻易地出现在他的面前。向东风站了起来。今天是看望儿子的日子，也是他们见面和做爱的日子。他相信她会来。

向东风站在前妻门口按响门铃。直觉告诉他，对门的猫眼里有人在看他，他故意走近一点，好管闲事爱看热闹的女人，让你看个够。门开了，开门的是儿子。他叫了声爸爸。儿子对于他站在对门的门口似乎有点意外。向东风尴尬地笑了笑。

向东风巡视了一下房子说，你妈呢？儿子说，和刘叔出去了。向东风终于知道那个男人姓刘。那姓刘的是哪里的？向东风顺嘴问。儿子说不知道。向东风说，常来吗？儿子说，常来，天天来。向东风很生气，又很安慰，毕竟还没有住进来。向东风把惠普笔记本电脑给儿子，说，喜欢吗？儿子说，已经有了，刘叔买的。走进儿子的房间，果然在桌子上放着和他买的一模一样的电脑。向东风说，不要他的东西。儿子说，妈妈说爸爸买不起。向东风说，不是买来了吗？他的让他拿回去，别人的东西我们不要。儿子说，妈妈说刘叔不是别人。向东风说，他就是别人。儿子不再说话。这孩子！向东风怜爱地抚摸着他的头，心里有说不出的辛酸。

小时候儿子喜欢他抱，特别是晚上，只有抱在他的手上才肯入睡，弄得前妻很忌妒，说，你这人在外面不行，在家里倒挺行的啊。上幼儿园时，也是他接送。有时去晚了，儿子站在幼儿园门口等他，一看到他就不顾一切地扑进他的怀里，那情形至今记忆犹新。可后来不知怎么的，就慢慢地生分了，话越来越少了。离婚时，法院以他没有抚养能力为由，把他判给了前妻。他和妈妈搬出来后，他们之间也就越来越陌生了。

他们坐在厅里的沙发上，离得很近，他甚至还拉着儿子的手，不停地抚摸着他的手背。可他却觉得儿子离他很远，越来越远，怎么也拉不回来。

向东风的脑子里跳出一个经典镜头，那是20世纪80年代初看的一部美国电影，叫《克雷默夫妇》，被妻子抛弃的泰德·克雷默和儿子比利在一起，父亲坐在床边的藤椅上，儿子躺在床上，抱着一只玩具狗熊，父亲第一次把内心深处的话说了出来，儿子流着眼泪在倾听他的低语。

同是下岗（人家叫失业），同是被妻子抛弃，他向东风比泰德失败得多。他和儿子已经无话可说了，他问一句儿子答一句。儿子打开电视，看宋丹丹的《家有儿女》。这出戏很搞笑也很危险。把离婚说得很合理，把前夫说得很窝囊，仿佛天下的后爸都比亲爸好。向东风说，别看了，没意思。儿子却笑了起来，不是笑他，是被剧中的人物刘星的搞笑动作逗笑的。

向东风感到很失落，很孤独。面对最亲爱的儿子，却无法沟通。他陷入窘境，没滋没味地陪儿子看电视。他终于很沮丧地说，你看吧，爸爸走了。对于他的走，儿子无动于衷，应景地说，爸爸再见。向东风伤心得几乎要落泪。

他走到玄关，低头换鞋时，儿子突然说，爸爸，那个阿姨是个疯子，你得小心点。疯子？哪来的疯子？就是对门的那个，喜欢开门偷看的那个阿姨。哦，向东风说，她也许只是一个爱管闲事的喜欢窥视别人隐私的讨厌女人。儿子说，是妈妈说的。妈妈说，看一个人是不是疯子，看她的眼神就知道了。

向东风没有看过那个女人，更不用说是她的眼神了。但前妻的话未必可信，在她的眼里，正常人不多。他说，不敢乱说别人，更不敢随便说别人是疯子。儿子说，她真是疯子，她常常在半夜唱歌，很可怕的。妈妈说，这地方不能住了，她和刘叔决定买新房子。新房子？是的，我们去看过，在南江滨，绿洲花园。

向东风愣了一下。又是绿洲花园。不是冤家不聚首。

在开门的时候，向东风说，儿子，你怎么突然想告诉爸爸对门的事？儿子笑了一下，不说话。他的笑居然有一点像母亲，似笑非笑，带着淡淡的冷漠与轻蔑。向东风的心颤了一下。是不是刚才看到自己站在她门口？儿子说，刘叔说她总是在猫眼里看人。又是那个刘叔！向东风生气地说，这是她的权利。

向东风重重地拉上门，他听到儿子在门内说，爸爸再见。儿子的再见似乎是多余的，向东风却从中体会到一点亲切和牵挂。毕竟是自己的亲生儿子啊。他在门外说,再见,儿子。

向东风又感觉到对面门内的动静,那个女人在猫眼里看他。他迅速走下楼。不管是爱管闲事的女人还是疯子,他都没有必要去招惹她,他自己的事已经够麻烦的了。

/ 12 /

走出小区的时候,向东风感觉到有人在跟踪他,他回过去头,却没有发现什么。他有些心烦意乱地来到酒吧。

从酒吧出来时向东风有点醉。他希望自己醉,醉是一种无忧的境界。醉也是一种人格张扬的境界。酒让人活得更像人。街上人很少。路边大排档有年轻人在喝酒。见他走过来,嘻嘻哈哈地冲着他大声喊叫,阿叔,再来一杯。向东风说,醉了年轻人,你们喝醉了。年轻人大笑,醉的是你。向东风也跟着笑了起来,不来了,不来了,晚了,很晚了。风是那样的清爽,灯是那样地朦胧,世界是那样地美好。年轻人,"古的拜"。

那女人又在那棵杧果树下等他。商店门关了,街灯照不进树冠,看不清女人的脸。女人的眼睛很亮。他说,亲爱的,你来了,我们回家。女人点点头,不声不响地搀扶着他从树冠下走出来。

回到家里,向东风说,亲爱的,你不要走了好吗。女人笑了一下,什么也没说。她把他扶进卫生间,帮他洗澡。她把他脱得精光。他说,亲爱的,你也一起洗吧。她很听话地把自己脱光。

她把水放得满满的。他们在水里做爱。他说,亲爱的,这一次,我绝不放你走。她笑了起来,笑得很淫荡、很响亮、很妩媚。

他们从卫生间到卧室,从床上到地上,疯狂地做爱。向东风说,亲爱的,我终于找到你了,抓住你了,你再也跑不了了。她除了呻吟就是浪笑,什么也不说。

向东风终于筋疲力尽,沉沉入睡了。

向东风一入睡就做梦。

梦中的向东风看到女人像蛇一样地从自己的身下溜了出来。她从容地穿好了自己的衣服。她无声无息地走到门口，突然又折回来，俯下身，亲了一下熟睡的自己。梦中的向东风看到自己在女人关门的同时，一跃而起。

千年古城正处于黎明前的黑暗和寂静之中。女人像幽灵一样地在静悄悄的街上游荡。街道两边阴森森的杧果树在风中发出沙沙的声响，<u>蠢蠢欲动</u>。

向东风在远远的地方跟着女人。他怕被女人发现，在杧果树之间躲来躲去，他看到自己身轻如燕，动作敏捷，像一个跳来跳去的影子。

向东风看到女人从北门走进前妻的小区。向东风又看到女人在前妻的门洞里消失了。向东风在梦中对自己说，这就怪了，她怎么也住在这个门洞里？要不要跟上去，跟上去碰到肖玲玲怎么办？还是先在那边的长椅上冷静地观察一下再说吧。

向东风看到自己在杧果树下的长椅子上坐了下来。

四周都还处在不明不白的昏暗之中。向东风想，再过几天我就满50了，古人云，五十而知天命。50岁的人还做这种事，实在有点那个。回去吧。向东风对自己说。

向东风想迈开双脚，却怎么也动弹不了。他十分着急地对自己说，走啊，怎么不走。这时，从楼上传来一阵女人的歌声：

一送（里格）红军（介支个）下了山，
秋雨（里格）绵绵（介支个）秋风寒。
树树（里格）梧桐叶落尽，
愁绪（里格）万千压在心间。
问一声亲人红军啊！
几时（里格）人马（介支个）再回山？

五送（里格）红军（介支个）过了坡，
鸿雁（里格）阵阵（介支个）空中过。

鸿雁（里格）能够捎书信，
鸿雁（里格）飞到天涯海角。
嘱咐咱亲人红军啊！
捎信（里格）多把（介支个）革命说。

十送（里格）红军（介支个）望月亭，
望月（里格）亭上（介支个）搭高台。
台高（里格）十丈白玉柱，
雕龙（里格）画凤放呀放光彩。
朝也盼来晚也想红军啊！
这台（里格）名叫（介支个）望红台。

  这是一首向东风十分熟悉的老歌，在20世纪五六十年代曾经很流行。向东风听得泪流满面。时代变迁，人世沧桑。那个时候，祖父唱，祖母唱，他也唱。现在没人唱了，她为什么要唱？她是专门唱给我听的吗？是的是的，除了这歌声，我向东风还有什么呢？向东风一无所有。
  一无所有的向东风从这歌中听出无限的忧伤与凄凉。
  向东风在梦中看到悲伤而绝望的向东风坐在杧果树下的那张长椅上睡着了。他想，那地方有点凉。

/ 13 /

  向东风的儿子从睡梦中惊醒。隔壁的歌声让他感到恐怖。窗帘在黑暗中不安地晃来晃去。他光着脚走到母亲的房门口，敲着房门说，妈妈，阿姨又唱歌了。
  躺在床上的母亲说，疯子唱歌，别理她就是了。
  她身边的男人把她抱进怀里，等那边房子装修好，我们就搬走。

大隐隐于市

/1/

《东南文学》最近发表了一篇中篇小说,题为《一座城的陷落》,作者署名"吓你一跳"。"吓你一跳"显然是假名,文雅的说法叫笔名。笔名自古有之,比如詹詹外史、萤窗异草、西湖浪子、兰陵笑笑生、梦觉主人、天然痴叟,等等,现代文学大师当中,也有鲁迅、茅盾、巴金和老舍,就更不说当下的"安妮宝贝"、"呼啸山庄"、"基因突变"和"爱你没商量"了。但"吓你一跳"毕竟让A州人着实吓了一跳,因为小说所写的人与事,让人隐隐约约感觉到是在影射本地最高行政长官——A州市市长杨涛。《东南文学》是A州市文联主办的文学期刊,在本地的文学刊物上如此张狂地影射攻击本地最高行政长官,不但史无前例,而且无法无天。无怪乎本地百姓争先传阅,拍手称快,情形十分火爆。《东南文学》因此有点洛阳纸贵。

《A州日报》记者邹芳是在一个无聊的夜晚读到这篇小说的,那天晚上她顺手拿一本杂志,用来催眠。如今的杂志大都有催眠功能。但邹芳一看题目和开头就被吸引住了,一口气看完之后立即给《东南文学》杂志社主编马尔然打电话,问《一座城的陷落》的作者是什么人,马主编说"吓你一跳",她说废话,真名字。主编说不知道,是电子信箱投的稿。她说马老师,你的主编是当腻了吧。马主编说没有啊,正甜着哩。她说我看你是当腻了。马主编嘿嘿笑,说感谢邹名记的亲切关怀和热情提醒。他说刚刚有高人为他算过命，说他 50 岁之前是刘备入荆州，一边吃一边忧，而 50 岁之后，便有点吉星高照了。他刚过 50 生日，因为不想让邹名记破费，没有请她来一起热闹。邹芳说那就祝你生日快乐，吉星高照。说完就把电话挂了。

邹芳放下电话又拿起电话。这回打的是杨市长。杨市长所有的电话都打不通。她看了一下墙上的钟，不对啊，这个时候还不到 11 点，离他铁定休息时间还有一个多小时。她给他的秘书打手机，回答是，对不起，您所拨打的电话不在服务区。连秘书也消失了。

哪里去了？邹芳有点愤愤不平地扣下话筒。

杨涛没睡觉，也没出门。他正在津津有味地阅读那篇小说。他对自己说，写得好，痛快淋漓。就是有点太直太露，作为文学作品，艺术性不够，大大地不够。你小子胆大妄为，却道行不深、修炼不够。难怪有人打电话，要求加强精神文明建设，要求弘扬主旋律，还有人建议，加强对市文联的组织领导。这些人，怎么说呢，借用一句欧阳修老先生的话，叫醉翁之意不在酒。在哪里，在山水之间。不是说不显山不露水吗？有意思，有点意思。

杨涛今年 50 岁，对于一个地级地方主官，还算得上年轻，更何况，他在正厅级岗位已有 10 年的历史了。近几年，市委书记刘丰身体不好，生病住院的时间超过工作时间。刘书记为人随和，尤其难能可贵的是，对"权"字不怎么在意，不怎么计较。三天两头给省委打报告，要求辞去市委书记职务，并一再推荐杨涛同志接任书记。本州上上下下都清楚，市委工作实际上是由市委副书记兼市长杨涛同志主持着的。也就是说，杨涛是本州地面上实际上的最高长官，用老百姓的说法，他是本州 500 万人民的货真价实的父母官，用机关干部的说法，他是大老板。现在老板时髦，连大学里的博士生都叫导师老板。

本州有点历史。建州 1300 多年，市面有一些古建筑，唐宋元明清，没断过。最著名的有唐朝的寺院，宋朝的文庙，元朝的石塔，明朝的书院，清朝的戏台等等。几年前，杨涛突发奇想，把原来贯通市内的宋代濠沟加以疏浚，引龙江水入城，恢复本州水城的故态，同时把几个古建筑加以修复扩建，形成具有不同时代风格的古建筑群。游客来了，坐一条船，当然是仿古船，便可以在小城的历史当中行走，过一下历史瘾。他的想法得到刘书记的大力支持。几年下来，这一设想实现了，而且给本市带来了不小的社会与经济效益。但其间问题不少，毛病多多，世人意见如山，说法不一。小说《一座城的陷落》的出现，便是这些意见的集中反应。依小说作者"吓你一跳"之见，陷落的不但是一座现代化的城市，而且是一批现代人。看来"吓你一跳"是个行家里手，小说故事生动，引人入胜，人物鲜活，语言很有张力，许多事许多人几乎可以对号入座。当然，最成功的就是那个小说主人公，东南某市市长木易浪。查百家姓，果然有姓木的，西晋就有叫木华的人。这个木华，字玄虚，当过西晋权臣杨骏的主簿，文辞华丽，有著作《海赋》传世。但明眼人一看，就知道作者说的是哪个，而且有点明目张胆。

　　邹芳第二天上午才找到杨涛，说杨市长好难找啊，给你介绍一位朋友，不知杨市长是否有兴趣。杨涛问是哪路天神，她说是文学界人士，作家，"吓你一跳"，不知市长是否有所耳闻。杨市长哈哈大笑。说这个人我早认识了，不用劳您大驾。她说放过他？他说看你凶的，吓我一跳。她便咯咯地笑。她的笑很酷，一笑倾城二笑倾国，很危险。她说一起吃饭怎么样？他说心向往之，只是有点身不由己。他把一天的日程安排念给她听：上午8点半市长办公会。中午宴请日本国某市贸易代表团。下午3点听取市环保局关于治污情况汇报。之后，与市歌舞团共进晚餐，该团即将出访非洲某国，负有极为重要的文化使命。晚上9点，与我市著名画家南天一绝喝茶，该画家最近有一幅国画被巴黎博物馆收藏，还有一幅画在香港卖了20万港元……他还没念完，她就把电话挂了。

/2/

杨涛笑了笑，放下电话，他给她念日程安排要的就是这个效果。他对她太了解了，只有用这种办法，才能让她放弃。这个女人有点难缠。但对于她的一厢情愿和美好情感，他不想过多地伤害。对人对事把握好一定的度，是他的处世哲学。也是他的成功之处。严格说来，度是个哲学命题，可以写成一本著作，如果你在大学教书，这本著作可以评教授，可以上博导，博导，就是博士生导师，工资比市长还可观。当然，当市长的主要在于行而不在于说，把好这"度"说起来容易做起来难。从这个角度说，市长比博士生导师要难。

杨涛最近想有一个动作。地方官往往把一些事关一方百姓，事关几十万、几百万人生活的重大举措叫动作，就像一个人随随便便地站起来，伸伸胳膊、动动腿一样的随意，一样的洒脱。有点大政治家的举重若轻。这种心态来自于对权力的把握与自信，体制内的领导者特别是第一把手都有这种把握与自信。在这一点上，杨涛同志也不能免俗。他的动作其实很一般，就是想把行政中心往东移10公里，以带动刚刚起步的东区城市建设。

这个动作经过论证，得到市五套班子成员一致支持，这让杨涛很感动。

这个动作的关键一动，是建设一片行政服务区。他吸取其他城市的教训，上报时不叫政府机关办公楼，而是叫行政服务中心，很快就得到省政府的批准，如今已上报北京，估计批下来只是个时间问题。

在一次成功的宴会中，他喝了许多茅台之后，他回到自己的住处。在沙发上坐了一会儿，又漫无目标地把电视频道转来转去转了好一会儿，突然想起他的书房，他已经几天没进书房了。杨涛有一个很大的书房，收藏近万册书。看书是他的一个生活习惯。他打开书房的门，隐隐约约闻到一股发霉的气味，虽然很淡，却能盖过酒香，刺激他的嗅觉。

他在书架边站了一会儿，摸摸这本又摸摸那本，然后从中抽出一本。

书页已经发黄，出现土色的斑点。他一手抓住书脊，一手用大拇指滑动，让书页像扇子一样地散开，他发现其中有几页是打了折的，折痕与书边形成一个三角形，边上已经出现星星点点大小不一的土斑色。打折的书页中，有他以前用钢笔画下来的句子，都是一些精彩的片段。"生命的目标就是充分的诞生，而我们的悲剧则是我们大部分人直至死都没有如此诞生。活着就是每一分钟都在诞生。当诞生停止，死亡就来临。""人的存在是一个自我意识的存在。"这是日本当代禅学大师铃木大拙与西方心理学家佛罗姆合著的《禅与心理分析》，这其中还插着一张小字条，显然也是他写的："爱与意志"第126页。

他抽出罗洛·梅的《爱与意志》，翻开126页，里面有他画出的一个句子，"爱欲是一种原始生命力。""原始生命力是一切生命肯定自身、确证自身、持存自身和发展自身的内在动力。"他想起来了，这是他20年前写读书随笔时引用的句子，那篇随笔叫《生命抗争之路——关于贾宝玉与维特的随想》。那篇随笔后来发表在《东方学刊》上，还收到不少读者来信。他已经20年没动过这两本书了。难怪要生出这许多土色斑点。谁说岁月无痕，这不是一种痕吗？等他再静下心来读书，也许又要20年了。那个时候，他是很认真地读过一些书的。如今，这叫读书吗？叫翻书，说走马观花也好，说浮光掠影也好，都不能叫读书。他觉得一阵酒气上来，头有点晕，把书插入书架。到卫生间洗澡去了。

他的卫生间很大。一个有作为的市长，一个500万人的父母官的卫生间能不大吗？他躺在浴池里，闭上眼睛。"他只是如其所好的那样行动着，他的行动像风那样随意飘着。"多好啊，"他没有拘囿于片面的、有限的、受限制的、自我中心的存在之自我。他已经从这个监牢中走了出来。"也许我曾经走出来过，又自己走回去了。"唐代一位伟大的禅师说：'当一个人是他自己的主人，则不管他身居何处，他都忠实于自己的行为。'"一句话，一句话就够用一生。

可是，他一直没有找到这位禅师是谁，他的原话是怎么讲的，作为炎黄子孙，惭愧。他想起样板戏《智取威虎山》里的一句唱词，羞愧难当啊。

他在浴池里睡着了。临睡之际，他的脑海里闪过一句话，好像是哪部小说对女主人公的心理分析：她突然希望，能像辞退佣人那样地来打发自己的身体，仅仅让灵魂与心爱的人待在一起。把自己的身体送到世间去，表现得和其他女性一样，表现在男性身体旁边。

有一个意外的消息让杨市长有点惊喜，这个惊喜对于他的"动作"来说无异于锦上添花。欧洲一家名为欧西米的大公司想到本市投资市政建设，条件只有一个，将本市现有的5家国营罐头厂卖给该公司。

本市地处东南，气候温和，雨量充沛，自古有水果之乡的美名，有好几种水果曾经是皇帝喜欢吃的贡品，比如A州柚子、A州龙眼、A州芦柑、A州枇杷，都是上了名册的。还有香蕉、荔枝和菠萝，成林成片，成千上万亩，一望无际。听说有关方面正在准备申报什么世界大全。改革开放之后，又引进了美国的芦笋，也是成千上万亩，一望无际。这些都是做罐头的好原料。具有很强的市场竞争力。本市现有的这5家国有罐头厂，改革开放前是本市的支柱产业，可是近年来却在剧烈的竞争中连吃败仗，每况愈下，有的已经濒临破产。要对这些老企业进行改造必须投入巨大资金，市政府目前什么都不缺，缺的就是资金。这些罐头厂有近万名职工，是个令人头痛的问题，弄不好，影响稳定，更不利于营造祥和的气氛。如果能把这些包袱一股脑儿地甩给外国佬，也不失为一件好事。

这个项目是邹芳牵的线。

邹芳不是一般人，记者只是她的职业。她的背后有一个巨大的影子。这个影子笼罩A州几十年。这影子是她的父亲邹汉夫。邹汉夫人们私下里称之为本市的政治老人。他当过本市分管组织人事的市委副书记，本市有头有脸的领导大都与他有一点关系，不是他的老部下就是他部下的部下。如今省委一位副书记曾经当过他的秘书。这还不怎么了得，更了得的是，他的父亲，也就是邹芳的爷爷，是南洋一位很知名的企业家，号称某国钢铁巨头，据该国媒体称，其资产愈百亿美元。有这样的背景，邹芳能一般吗？

邹芳一身都是优点，不说她的出身和学识，单身材而论，要身高有身高，要曲线有曲线，腰肢还有点魔鬼，用比较传统的说法，叫盈盈一握小蛮腰。只是她的脸部有一点小小的缺点，两只眼睛摆得太开，从左到右，除了一道山梁还有一片过于宽阔的地带。这个缺点让她看人说话，都给人以漫不经心的感觉。杨涛曾经对她说过，要是你这对心灵的窗户再亲密一点，我就不当这个市长了。她说当什么？当专职的护花使者，整天整夜地守在你的身旁。她的回答更干脆，要是你不当市长，你就不可能进入我的视野。何谈护花，连走马观花的机会都没有。

邹芳说的是真话。她从复旦大学新闻系毕业，在《A州日报》当了一年的记者之后，烦了厌了，想出国遛遛，换换新鲜空气。就在她出国的前一天，她看到了杨涛。杨涛同志从省农业厅调任本市市委副书记、代理市长，接见本市媒体工作人员，她本来想不去，她要出国了，这里的一切都和她没关系了。她的父亲说，去吧，这个人比较不一般。她说，不就是市长吗？他说，就当逛一次快乐都。快乐都是本市新开张的一家超市。她也就去了。她被新市长的风度深深地吸引住了。她对自己说，本小姐要把他拿下。她还没有拿下一个男人的心，一个真正男人的心，她要来试试。她突然变卦，不出国了。她的父亲对于她的临时变卦并没有表现出过多的惊讶，因为这种事对于她来说是经常发生的。这孩子早就被惯坏了，没救了。

/3/

邹芳是在第三天晚上和杨涛共进晚餐的。他们吃饭的地方叫"在水一方"，"在水一方"建在东湖公园的湖面上，一派楼台亭阁，古香古色。这里离文庙广场不远，乘船往东拐个弯便到文庙广场码头。那是一片宋代风格的建筑群，最高的建筑物是樊楼。樊楼是大宋汴京城的名楼，1000多年前坐落在皇城东华门外，这里只是借用一下她的芳名和外型，用的全是钢筋水泥。樊楼的下面是超市，上面是酒楼，是本市最热闹繁华的去处之一。与樊楼相比，东湖是一个僻静之所。杨涛一身休闲服，也不坐公车，有点微服私访的味道。邹芳包了个单间，这房间取了一个大观园里的名字——稻香村。他们是稻香村的常客,不管春夏秋冬,南国水稻四季飘香。邹芳说,按惯例,我买单。我有钱,我不想你腐败。她还说,普天下腐败官员实在太多,留一两个相对清廉的做种子。稀罕。杨涛呵呵一笑,如今像邹小姐这样的好女孩快绝迹了。这样的女孩只要占总人口的百分之一,我们就把纪委监察部门全撤了。

她把《东南文学》带到餐桌上,进一步指出该小说的恶毒攻击性和潜在危险性,说千万不能掉以轻心。他说其实这小说并无坏处,小说对主人公无可奈何的心理状态的描写与分析很容易让人产生同情心,有利于平息公众内心的怨气,保持某些人的心理平衡。她说问题的实质不在这里,而在那些引发腐败的细节描写,很容易让人抓住把柄。政治斗争是无情的。

杨涛说,你看哪些细节会让人抓住把柄。她说,最少关于建设局长一节,人们会做出很多联想,而纪委监察部门如果感兴趣的话,也不难从中找到蛛丝马迹。杨涛说,果真如此倒不失为是一件好事。

邹芳说,他可是你的股肱之臣。杨涛说,从现代管理的理念来看,谁都不可能是不可缺少的。换一句话说,岗位是不可缺少的,岗位上的人是可以变化的。在一定意义上说,人员的定期流动更有利于机制的健全。邹小姐的股肱之说带有很浓的封建色彩,不应提倡。

邹芳一阵轻笑,以市长的意思,倒要感谢那个"吓你一跳"了。杨涛说,这说法欠妥。这也许是一个巧合。文学创作是自由的。和以前相比,如今是真正的百花齐放了,这只是其中的一朵花。既然是百花当中的一朵,就让它放吧,无碍大局。她说,这位"吓你一跳"先生可不是一般人,他对本市情况了如指掌。对于这种人即使不计较,也要有所防备。政治斗争中,害人之心不可有,防人之心不可无。杨涛说邹小姐这一点说得很在行,很有乃父之风。只是他不知道这人是谁。邹芳说如果市长大人不在意的话,可以把这个任务交给本小姐来办。杨涛说在西方特别是美国,记者是无冕之王,想干什么就干什么,不必任何人的批准。邹小姐咯咯一笑,有这样开明的市长,我就权把本市当一回美国。

有游船从前面的拱桥下穿过,船是仿宋船,显然是从樊楼那边划来的。

邹芳说，那船上坐的好像是建设局林局长，还有一位靓丽的小姐。不可能吧，难道果真是说曹操，曹操到。杨涛顺着她的手看过去，船已被垂柳遮掩。湖光水色，晚风习习，一切都在朦胧之中。邹芳笑了笑。杨涛说我们走吧。邹芳说你看不见他的时候他也看不见你，别怕。杨涛笑了笑。邹芳说，我真想去划船。杨涛说，我也想，可不能和你去。她说，假如离开本地，在一个陌生的地方，你敢吗？他说，有什么不敢的，你又不是阶级敌人恐怖分子。她咯咯一笑，机会是靠人创造的。

他们一前一后地离开"在水一方"。

邹小姐至今还没有把杨市长拿下，因为杨市长有一个妻子和一个女儿。妻子在省城教书，女儿与母亲在一起，上的是小学。听说杨夫人美丽端庄，杨小姐活泼可爱，杨市长没有对家庭进行更新或重组的打算。他一心扑在工作上，堪称时代楷模。更何况杨市长为人谨慎，凡事都有个度，邹小姐似无可乘之机。

这一次机会来了。

/4/

邹芳找到本市建设局局长林彬。林彬 20 世纪 80 年代毕业于同济大学建筑系，对艺术有点感觉，但对文学的兴趣趋于零。他很少读小说、诗歌和散文，也不怎么看电视剧，认为那种东西很无聊，很浪费时间。更何况如今文学已经边缘化。所以在邹芳找到他提起该小说的时候，他还不知道有这篇小说。邹芳只好从头说起，把小说的故事情节说了一遍，并建议他自己好好地读一下，想一想，身边有没有可能写这小说的人。

她把她带来的刊物递给他。他说这杂志办得还挺漂亮的，封面照片上的那个码头，那个宋代的码头就在文庙边上，那个码头是他到开封参观了清明上河园（据说该园是依据《清明上河图》而建的）之后设计的。如何？她还真没注意到这个封面。和如今美女照的封面相比，这个封面的确有些特别。她重新拿到手上说，果然照得不错。他说我会抽空看一看的。她以为他会谈一些关于照片和码头的事，她准备耐心听取并在适当的时候加以赞美。没想到他接下来谈的却是布什总统和伊拉克战争。有点胸怀祖国、放眼世界。他说你是记者，对这些东西应该有精到的见解。她表示很抱歉，因为她不负责国际版面。他略略显出一点遗憾。

　　林彬是那种一眼看过去让人感到很舒服的男人，很能干很精明。所以他对于文学的漠然让她很吃惊。她甚至想，他是不是在她的面前装傻？如果是，那么这样的男人就得特别加以小心提防。说不定，这小说就是在他的授意下写出来的。一转念，不可能，他再精明也不可能叫人把自己卖了。她对他笑了笑，说，林局长，你还真得把这小说看一看。他说，好，既然我们邹大记者这么看重这篇小说，这么隆重推荐，我是非看不可了。

　　分手时邹芳说，顺便说一下，那天晚上，我看到你在东湖划船，有一位美人陪着。林彬笑道，邹大记者果然体察民情，无微不至。那是我的女儿。邹芳大吃一惊，你有这么大的女儿？不会是干女儿吧？林局长笑了起来，不是干的是亲生的。刚上北大，带她出来玩玩，放松一下。恭喜啊林局长，这么年轻就有上北大的女儿，下半辈子可以翘脚了。林局长说，想不到我们邹大记者还这么传统。

　　和林彬分手之后，邹芳一直想着他的那句话，想不到这么传统。也就是说，在他的心目中，本小姐是不传统的。这似乎有点冤，我不传统在哪里？衣着？她没有什么张牙舞爪的地方，就她的年龄而言，她甚至有点保守。行为？她似乎也没有什么不检点的地方。那么他说的就是我的思想了。说话有点随意，有点出格，不对。他说的是我的出身，我有在南洋当大老板的爷爷，这就是说我不传统的根源。他这么看，杨涛也这么看。这就是杨涛对她说话比较随便的原因。而她一直把他的这种随便看成是亲切。别人不敢随便，是因为他们没有那个身份，没有那个自信，而他杨涛有身份有自信。不，不，这样的分析太理智了。她不喜欢理智而喜欢感情。再说了，你也太把你的爷爷当回事了，也许，人们根本就不知道，也没有这么想过。

　　邹芳接下来要找的人是马尔然。马尔然早年写诗，也算是个老诗人了。

他的那些诗，属民歌体，现在看来，也只能算是打油诗，可在当时有点名气，省报不但评论过他的诗，还介绍过他的生平事迹。他因此从农民直接转了干部，先在乡文化站，后来到县文化馆，再到市文联，可谓一步一个脚印。三年前，《东南文学》的老主编退休，他才提了主编。主编按惯例兼文联的副主席，是个副处级。他很满足，可文艺界很多人很有意见，他凭什么？就凭那几首打油诗？特别是那些现代派诗人，更是愤愤不平，那些青年诗人，现代派、未来派、后现代派、后后现代派和宇宙派，从来没有停止过对他的攻击。他们甚至拒绝给《东南文学》投稿，弄得马尔然有点难堪。但马尔然不生气，因为那些青年诗人越骂，宣传部的领导对他越信任，因为宣传部领导和他一样，看不懂现代派的诗，而对于他早期的那些民歌体的诗，宣传部领导们还有一些印象，有一位副部长还能背出他的一首爱情诗：爱情之花不在田野里，可以随意撷摘，爱情之花就在心灵中，只为一人绽开。有一次这位副部长在纪念"毛泽东同志'在延安文艺座谈会上的讲话'"会上朗诵了他的诗句，让他感动得热泪盈眶。

　　马主编对邹记者的到来表现出很高的热情。坐坐坐，他说。他从抽屉里拿一包珍藏的茶叶，这是一个业余作者送的，上好的铁观音，只有宣传部领导来了，我才拿出来泡。邹芳说，我可不敢当。他说，记者比领导还领导。坐坐，我来烧水，水要现开，壶要现烫，茶要现倒。泡茶，泡茶，好茶最怕的就是泡。他动作麻利，说话间就把水烧上了。

　　马尔然是那种软绵绵、黏糊糊的男人，没有一点阳刚之气。要不是为了市长，邹芳八辈子都不会上这儿来。

　　等喝了第一杯茶之后，马尔然说，邹记者光临，一定有重要指示，说吧，只要我马某能效力的。邹芳笑了笑，说，前几天我给马主编打过电话，马主编这么快就忘了？哦，还是那件事啊。我真不知道作者是谁。就没有个通讯地址什么的，稿费怎么寄？是啊，这稿费怎么寄？邹记者不提醒我还真没当回事。不过说实在的，现在办刊经费十分紧张，稿费的事总是一拖再拖，没有地址，我们偷着乐还来不及哩，谁还会主动去找地址。马尔然一脸无奈。我也知道邹记者对我们的关心，宣传部里也有人问过，可是……邹芳说，你们不会把电子信箱的信也删除了吧。马尔然说，是这样的，也不是故意去删除，那天，就在三天前，电脑中了病毒，所有的信件都找不着了。

邹芳能说什么呢？看来，这位诗界的明日黄花不但有点黏，还有点老奸巨猾。马主编把她送到大门口，一再说，邹记者慢走，慢走，以后一定常来指导，常来指导。这包上好的铁观音，就给你留着。

/ 5 /

和欧西米公司的谈判陷入僵局，问题出在近万名职工的安置上。显然，想把近万名职工的大包袱甩给人家只是一厢情愿，外国资本家并不是傻瓜。人家精明得很，要的是工厂和品牌。至于工人，他们可以重新雇用，中国有的是廉价劳动力。

欧西米公司的态度激起人们的爱国热情。A州水仙牌罐头自20世纪50年代出口欧洲以来，深受市场欢迎。只是近几年管理与技术的原因，使产品的竞争力下降。近年来随着欧洲市场对食品质量标准要求的提高，水仙牌罐头出口量大幅度下降。只要在管理设备技术上下工夫，前途是光明的。于是有人反对出卖这几家工厂。还听说有人准备上街，到市政府请愿。分管副市长有点紧张。好事没做成，反而引起事端，不利稳定和谐。杨涛微微一笑，对副市长说，这好办，人员可以分层次安排，40岁以下的人员经过培训，逐步上岗，其余人员由政府安排。他已经调查过，剩下的人员不超过3000人。于是皆大欢喜。欧西米公司的资金很快到位，企业改造顺利进行，东区建设如虎添翼。杨涛说这叫双赢。

杨涛主动约邹芳吃饭，地点还是在水一方，这一回杨涛说，我来买单。拿现金，不签单、不要发票绝不会产生腐败问题。邹芳说，于心不忍。你工资条上有几个钱？还是我来吧。杨涛说，感谢你为市里牵了一条好线，这红娘当得好。邹芳说，如果市长感兴趣，我还可以再拉一条线。杨涛说，多多益善。东区建设完成之后，A州就城市建设而言，就基本完成从小城市向中等城市的转化。到时候我在中山公园立块碑，刻上邹芳同志的芳名，以便永垂不朽。邹芳说，要真有碑，我不立在中山公园。杨涛说，立在哪里？邹芳指着他的胸口说，要立在市长大人你的心里。我不是为A州，是为你。杨涛哈哈大笑，把我的心当公园了。也行。公园里百花盛开，邹小姐是最艳丽的。最艳丽的？最艳丽的。好，邹芳说，我把你的这句话用红纸包起来，锁在保险柜里。杨涛说，邹小姐不愧为名记，对本地方言的运用得心应手。杨涛指的是用红纸把话包起来这句话。邹芳说，难道杨市长就那么官僚，不知道本小姐就是本地人？杨涛无言以对。

夜色清朗，湖光熠熠，小艇划过水面，银光四溅，无比浪漫、无比辉煌。

邹芳望着银色的水面说，听说上面想把你弄回去当副省长。杨涛说，我喜欢当市长，致力于一个城市的建设。人类所有伟大的文明都由城市产生，第二代优秀人类，是擅长建造城市的动物。邹芳笑了起来，人成动物，退化了。杨涛说，不是退化，就本质而言，人是一个悬浮在由他自己编织的意义之网中的动物。这不是我说的，是一位外国哲学家说的，外国人说话定语多。邹芳说，我们不讨论动物问题，你这人向来是有野心的，怎么听到这个消息，一点也不动心。杨涛说，谁说不动心？当副省长鬼都会动心不要说人。更何况还能回到老婆孩子身边。邹芳说，别拿老婆孩子来吓我。我是一个不达目的誓不罢休的人，别说省城，就是天涯海角我也一追到底。杨涛哈哈一笑，对邹小姐的坚强意志和执着精神没人会持怀疑态度。不过，如果让我到省城当市长，我会更高兴。当然，能到更大的城市去，就更称心如意了。邹芳很开心地笑了，果然是个大大的野心家。来，为我们的野心家干一杯。

他们喝酒。喝的是一种叫兰桥风月的酒。这不是什么名酒，是本市酿造的荔枝酒，取的是宋朝酒名，为的是放在樊楼一带的酒店，招揽顾客。A州历史文化旅游区的酒楼大都卖的是本市酿造的酒，只是品牌不同，有名唐朝的五云浆，有名元朝的马奶酒，有名明朝的万里春，有名清朝的屠苏酒。全是从本市的府志和历代名人诗文里找出来的名堂，为的是一种感觉，杨涛说，有时感觉比什么都重要，有了感觉，人们什么钱都愿意掏。

邹芳突然叹了一口气，真没意思。他说怎么风云突变？她说，总是在水一方，总是兰桥风月，没劲。他说，有一个办法可以让你每次来都感到新鲜。她说，什么办法快说。他说，说了你可不许生气。她说，我邹芳是那么小气的人吗？

杨涛说，我不记得在哪里看过一个这样的故事，说有一女人结婚20年，每天早上起来，看着丈夫的脸，都觉得像陌生人一样新鲜，丈夫给她的吻，她都像初吻一样激动。你说为什么？她说，他丈夫一定是个很有创意的人。他说，再有创意也不能一天变一个花样啊。她说，那我就想不出来了。杨涛说，问题不在丈夫而在她，她患了失忆症，每天睡一觉，就把当天的事情忘得一干二净。她说，好啊杨涛，你咒我。没想到你的心肠这么毒。他说，这是个外国故事，主人公叫露西，白皮肤蓝眼睛，与你无干。她说，你就是坏，心黑。杨涛突然很正经地说，我明白了，你有病。邹芳大吃一惊，什么病？城市综合征：总是怀疑别人有不良的居心。邹芳大笑。她突然非常想冲过去，拥抱这个男人，亲吻这个充满智慧的男人。

邹芳不是一个容易冲动的小女生。她没有冲过去，她只是莞尔一笑，说，如果我有病，你也免不了。杨涛说，是啊，大家都有病。我的病还不轻。说着，他吟了两句让她一时摸不着头脑的诗，"屈平辞赋悬日月，楚王台榭空山丘"。她说，别玩文化，玩文化又累又伤感。他哈哈大笑。

邹芳的印象中，这诗是李白的，一时找不到李白的诗集，上网，百度搜索，输入李白、屈平、楚王，果然就找到了。现代化真好。果然是李白的诗，《江上吟》，是大诗人34岁游江夏的诗作。她读诗，好诗，酣然奔放，一气呵成，感情激越，而意思却是十分明白的。"屈平词赋悬日月，楚王台榭空山丘"是明白的，"功名富贵若长在，汉水亦应西北流"也是明白的。但两个明白加起来，就让邹芳不明白，她摸不着杨涛的思路，怎么会跳得那么离谱。难道他真的有病？有病。当然这病不是城市综合征。他另有追求。突然间，熟悉的杨涛变得陌生起来了。

邹芳检讨自己。"孙子兵法"上说，知彼知己，百战不殆。不知彼而知己，一胜一负；不知彼不知己，每战必殆。她对他的了解太少了。他的业余时间，主要是晚上时间干什么？一个星期，最少有三个晚上，她没有办法找到他，手机电话全部打不通，秘书也不知道他到哪里去了。是的，和她在一起的时候，他也是把手机关起来的，他的秘书也不知道他在哪里。这么说，他还有别的红颜知己？她不愿意想象他身边有另外的女友，女人太俗。他不喜欢俗气的女人，她记得有一次他提到台湾诗人余光中的话，当你的女友已经改名为玛丽，你怎能再送她一首《菩萨蛮》。她说，如果所有的女人都改了洋名字怎么办？他哈哈大笑，说你这个问题提得好。你是不是也想改名叫安娜、丽丝、黛西什么的？她说暂时还没有这个打算。他说我给你起一个如何？她很生气，奋起反击，说，我在一本书上看到这样的一句话，说男人的心底里所渴望的，无非是红袖添香。你以为如何？他说，是指所有的男人吗？她说所有的男人。结果他说了句没着没落的话，看来得继续努力。

她要把他拿下，她必须了解他。必须搞搞清楚。邹芳对自己说。

/ 6 /

林彬是在邹芳给他《东南文学》的第三天才看小说的，他把小说放在包里，忘了。这是一个周末的晚上，难得没有应酬，说实在的，他对应酬不是特别感兴趣，很多时候只是不得已而为之。这天傍晚，他散步回来，突然想起邹芳让他看的小说，一看，还在包里，就拿起来看。从头看到尾，越看越害怕。这哪里是什么小说，简直就是本市的官场现形记，如果市纪委按小说提供的线索调查，他林彬就死定了。

小说对于他第一次接受贿赂的描写真实而生动。是的，宝林房地产开发公司（小说换了个名字，称为洛阳公司）第一次给他20万元，他是严词拒绝了的，可是第二次，当他们趁他不在，把一套三室一厅住宅的房产证放在他的办公桌上时，他悄悄地将它锁进了自己保险柜里。小说是这样描写他当时的心境的：

牛局长出差刚回来，风尘仆仆，他看到他的办公桌上放着一个邮件，蓝色的特快专递。他很少收到这种邮件，匆匆打开，居然是一本房产证和一串钥匙。递错了吧，他再看信封上的名字，没错。打开，他看到自己的名字赫然纸上，吓了一跳，红色的房产证在他的手上抖了一下。他的第一个反应是，把它送到局纪检组去。这不是住宅，这是班房。他把钥匙在眼前晃了一下，发出些许金属声响，有点动听。如果是班房，这钥匙应该在狱警的手上。他数了一下，一共6把。他知道那个凌波花园，环境很幽静很优美，非监狱可比。慢一点，别激动。你把这些东西送到纪检组，想证明什么呢？自己的清白？他摇了摇头。他并不清白，以前，他接受过许多礼物，其中不乏贵重之物，别的不说，就说挂在墙上的那幅国画，少说也值几万元。证明不了自己的清白，人家反而会提出这样的疑问，难道你当了5年的建设局长人家就只送你这一次东西吗？由此引发的麻烦，说不清。再说，把这东西送到纪检组，洛阳公司立马完蛋。而且会产生连锁反应，多米诺骨牌效应，一倒一大片，必然祸及许多领导。他即成为罪人。整个城市改造工程将因此而中断。这个中断可能就是一个永远的停止。这可是木市长的梦想，也是我的梦想。本来，就在不远的将来，在祖国的东南，将会出现一座颇具特色旅游城市。所有的一切努力都将因此而付之东流。他把房产证和钥匙重新装入信封，打开保险柜，把信封放了进去。他想，也许，这将是一个永远的秘密。愿上帝保佑我们。

这是谁写的？难道是我自己？否则，怎么会把我当时的思想活动写得那么逼真？见鬼了。想想你的身边有没有写这小说的人？他想起邹芳的话。是的，他的身边，论对他的了解和文字能力来说，只有他的秘书小李，李建设。是的，只能是他了。他平时喜欢看书，也在报上发表过东西。是他。

邹芳为什么让他看，居心何在？

林彬从心里看不起邹芳。他的家在山区，穷，从到县城上高中起，他一直和官家子弟、富家小姐保持着一定的距离。读大学时，他还拒绝过一个厅长千金的爱情。她问他为什么？他说，因为你是干部子女，我是农民的孩子。我和你，门不当户不对。弄得那位千金小姐差一点和父亲断绝父女关系。他认为他有今天的地位，完全是靠他自己的本事。在Ａ州，他只服杨涛一人，他认为，杨市长也是靠自己的本事打出自己的天下。

邹小姐是不是想通过他来搞杨市长？不像。本州，政治斗争并不激烈。在地方政坛上，政治斗争一般表现为一把手和二把手之争，而本州没有这个问题。那么她是吃饱了撑着。难道她是关心我林某人？我林彬和她没什么瓜葛。别自作多情。

不过这个小李倒是值得提防，他知道的事情太多了。

林局长把小李叫到办公室，把《东南文学》放在他的面前说，你读过里面的小说吗？小李一脸茫然。他没读过。听说过吗？小李说，没有。林彬说，那你好好读一读吧。小李走出局长办公室，有点意外，今天的任务超乎想象。

李建设读小说，读出一身冷汗。他跑过来对局长说，"吓你一跳"是谁呀？局长说，问你啊，你也不知道？不知道。真的？真的。小李突然有一种恐怖感，局长该不会认为是我写的吧？他的恐怖感立即表现在脸上。局长有点得意。心虚了吧，你也太狠了吧。还是坦白为好。小李立即坦然，因为不是他写的。这种事到编辑部一查就知道了。他的脸部表情很快就恢复自然。小李毕竟跟局长混了几年，而且底子也不差，名牌大学中文系的毕业生，在学校里当过班长。

林彬说，知人知面不知心啊。小李说，是啊。局长，要不要我到编辑部去问问，是谁写的？局长笑了笑，装得还挺像。

李建设来到《东南文学》编辑部，找到马主编。听说他是一个文学爱好者，马主编非常热情地接待了他。文学边缘化，难得有爱好者来访。他打开抽屉，拿出一包茶叶，说，这是上好的铁观音，只有文学界的同行光临时才拿出来。小李说，我够不上界，只是一个爱好者。马主编说，一样的，一样的。

喝茶的时候，小李说，我最近读了《一座城的陷落》，对"吓你一跳"老师的文学功底佩服得五体投地，想拜他为师。说这话的李建设一脸真诚，让人感动。凭良心说，小李的这一脸真诚也不全是装出来的，他的确爱好文学，也做过作家梦，也在报上写过散文随笔之类的东西，但他还不敢往文学刊物上投稿，他知道自己的东西上不了文学的大雅之堂。

马主编说，是啊，很久没有读过这样的好小说了，就是全国性的大刊物上，这样的好小说也很难看到。如今啊，人们大都浮躁得很，功利得很，很少有人会静下心来，好好地写东西。小李说，写这样的好小说，一定是一位老作家，新手是绝对写不出来的，您说呢？马主编说，按理，文笔如此老到，思想如此深刻，而且通篇小说充满机智与幽默，非中年以上莫属。小李有点意外地说，您不认识？马主编说，不认识。小李说，没见过？马主编说，没见过。小李说，不是本市的？马主编说，不知道。小李说，马老师，我真是想找到他，拜他为师。马主编说，我真的不知道他是谁，在哪里。

小李说，不可能，不会就是您吧？马老师，我这就拜您为师了。李建设站起来，双脚并拢，向马尔然恭恭敬敬地鞠躬。马主编跳了起来，说，不敢当不敢当，的确不是我。我是写诗的，不是写小说的。你看看。他走到书橱边，抽出一本他的诗集。诗集名《行吟集》，封面设计也有点古香古色。这就送给你留个纪念吧。

小李双手接过诗集，说，马老师，您这个老师是当定了。我先学写诗，再学写小说。"吓你一跳"老师您可一定帮我……小李还没说完，马主编就说，我真的不知道他是谁，在哪里。稿子是从电子信箱寄来的，也没有通信地址，到现在，稿费都不知道往哪里寄哩。马主编说得很真诚。

马尔然的真诚让李建设很迷茫，也很失望。

/ 7 /

　　邹芳听说市政府大院有人静坐请愿，火急火燎地赶到那里。果然政府门口的广场上、草坪上，坐了不少人，他们都静静地坐着。邹芳在旁边坐下来，听一个女人对另一个女人说，你知道吗，这草是进口的，这一块草坪就够我们吃一辈子。那听话的女人叹了一口气，听说市长请欧西米公司老板吃一餐饭，就花掉好几万。人家能白吃他的饭吗？两个女人看了一下邹芳，你说呢？一看就知道你不是我们的人。邹芳尴尬地笑了笑，问你们是什么人，她们说，歹命人、没钱人。邹芳说，我倒是还有一份工作，有点死工资。她们说，要是像以前，厂子没卖，我们一个月还有两三百元拿，也不在这里坐。她说你们是罐头厂的？女人说，我们都是。里面那些也有不是的。她问，坐在这里能解决问题吗？她们说，只有找市长了。说话间，已有好些人坐在邹芳的身边。邹芳站起来，看来，人有越来越多的趋势。

　　邹芳走出来。她找到一个僻静处，给杨涛打手机，打了几次，都是"对不起，您所拨打的手机正在通话中"。她又折回到市政府大门口，那里已经黑压压的一片人。还有警察在那里维持秩序。她习惯地摸摸她的坤包，里面有一架数码照相机。她知道这是不能拍的。她只是想拍下来让杨涛看一看，看看他面对的是什么。在中国，要当好一个市长不容易。

　　她想，他将如何面对这些人？她看了一下政府大院，他出得来吗？

　　突然有一个念头闪过邹芳的脑际，不如把他带走，走出国门，远走高飞。她摇摇头，他会跟她走吗？他真的跟她走了，他不是现在的他了，她还会爱他吗？

　　这时，她的手机响了。一看是杨涛的。她小声说，你在哪里？他说，我在银都。银都宾馆在东郊，离市政府十几里。她的心放了下来。她说，你知道市政府门口的事吗？他呵呵一笑，这样的大事哪能不知道？她说，黑压压的一片，少说也有几千人。怎么办？他说你又不是政府办的人你操什么心。她说不是为你担心吗？他说我在这里好好的。我要和他们谈，但那么多人没法谈。她说，这是有预谋的，背后一定有人。说不定和那篇小说的作者有关系。杨涛说，没那么恐怖吧。邹芳边接电话边往外走，说这话的时候已经到了没人的地方。她说政治斗争是残酷的。他说你能不能帮个忙，悄悄地把我在银都的消息透露出去。她说你疯了，引火烧身？他说，你帮我这个忙，我晚上请你到老地方吃夜宵。他挂了电话。

邹芳回到原来的地方，悄悄地对那两个女工说，我听说，市长不在政府大楼办公。她们问，在哪里？邹芳说，在东边的银都宾馆。说完，她就走了。

邹芳没有走远，她走到市政府对面的上岛咖啡屋，要了一杯咖啡，坐在那里，透过玻璃看广场。半个小时后，她看到，人们先是有点骚动，然后三五成群，纷纷离去。

邹芳"啊"的一声站起来。她把一张50元人民币压在杯子下，转身走人。她迅速从小巷穿到另一条街，从那里打的回家。她在书桌上抓起那本《东南文学》，找到她想看的那一节：

这一天早上，市长木易浪在家里翻看一本画册。上班的时间早过了。这有点反常。他每天都准时上班，从不迟到。今天一早，他便有点心烦意乱，仿佛有什么事情要发生。这是一本善本画册，成书于大明天启年间，自清乾隆五十二年列入"禁书总目"之后，没有再刻印，价值连城。是一个房地产开发商送给建设局牛局长，牛局长转送给他的。画很精美，配诗更有情趣，前所未见。他正看得津津有味，手机响了。是秘书小汪。木市长，出事了，出大事了。小汪的声音有些发颤。木易浪说，小汪，不要惊慌。天塌不下来，地陷不下去，你慢慢说。

原来，今天一早，有数百市民到市政府大院门前静坐，他们在冬青树上挂了一条红色的条幅，上面写着"安得广厦千万间，大庇天下寒士俱欢颜"。这是一群在旧城改造中暂时失去住房的城市居民，他们对拆迁房补贴不满意，嫌太低，要求见市长，讨回公道。他们当中有小学教师，口号显得比较温和。

小汪说，人还在增加。他们听说北方某城市也发生过类似的坐法，引起北京的重视，结果，每平方米补贴提高了好几百元。怎么办？

木市长说，你想办法让人到人群中去放风，说市长不在政府大院，到金湖宾馆去了。同时，通知开市长办公会议，让参与城市改造的几家房地产开发商一起参加。在哪里开？老地方。

半个小时后，小汪打电话过来，市政府大院门前的群众已经散去。

三个小时后，木市长经过空荡荡的市府大院，回到家中，继续看他的画册。

金湖宾馆在东郊，市政府在市区的西边，其间间隔10里路，没有直达公交车。结果，几百名静坐者真正到那里的只剩下几十个人。更重要的是，木市长在那里开了一间有空调的大会议室，桌子上摆了水果和茶水。市信访局的同志笑容可掬地为他们端茶送水，并对他们说，木市长再过一个小时就接见你们。

一个小时后，木易浪如约到达。他向请愿者宣布，拆迁补贴每平方米提高100元，并让他们回去广为宣传。静坐群众满意而归。

其实，木易浪在今天紧急的市长办公会议上做出三个决定：一是提高拆迁补贴，实际上市政府早有此意，只是开发商们有点迟疑，木易浪抓住这个机会，使政府的意图变成现实。二是抓紧施工进度，尽快使拆迁居民住进新房。第三是要求各部门通力合作，分渠道、分片区做好工作，防止类似情况再次发生。

画册果然很精美。

有一幅画，画面上，一白衣书生逾墙，一红衣丫环在墙下伸手相接。墙上有竹，风吹竹摇。墙下有石，有菊，暗香浮动。画面清新淡雅。配诗云：夜至三更你来到，静静悄悄，既要相逢，别把门敲，怕有人听着。再要来，窗户外面学猫叫，连声嗷嗷。叫一声，奴家房中就知道，是你来了。我可身披着衣服，故意的唤猫，开门瞧瞧。我一开门，你可嗷的一声往里跳，忙把门关好。呆杀才，可是你来的轻来去的妙，不知不晓。

木易浪微微一笑，翻开另一页。

还是偷情。圆窗，半横木格。窗里花盆边坐一思春小姐；窗下伏一书生，正说悄悄话。有树有蕉，树叶在上，蕉叶在下，石墙基外木栏杆，为书生提供一个恰到好处的空间。这是是一个清朗的月夜，幽会的好时光。有配诗云：哈巴狗儿汪汪叫，这事好蹊跷。忽听的外面，把门轻敲，不敢高声。奴就即速开了门，一见情人微微笑，问问根由。你这两日，却为何冷冷冰冰的把奴抛，你可说分晓。闭了双扉，把灯儿高挑，少要发号。奴家见了你，不由得人心中扑漱漱的跳，为何来迟了。想必是，另有知己将你靠，把奴抛了？

木易浪又是微微一笑，看来这哈巴狗自古有之，与帝国主义西方列强无关。

他又翻了翻其他画页，一个想法跳出来，应该开发一个新区，没有高楼，没有电梯，便于人们发幽古之思。这个住宅区就放在明代园区内，那里正好有几百亩空地。

他放下画册，给小汪打电话，让他约见洛阳公司的老总。

邹芳放下小说，愣愣地想了好久。

她见过明代园区，是有那么一片住宅小区，离明代古书院A州书院只有几步路，名为A州名仕园。高尚住宅，封闭式庭院，每座100万。原来是从这里得到的灵感。

而这对付静坐的手段又与今天的杨涛何其相似，是巧合还是故技重演？

这时，她的手机响起，是杨市长的。杨涛说，我代表市政府向你表示衷心的谢意。她说为什么？他说你为本市长排忧解难，而且效果显著。她说，怎么谢法？他说，请你吃饭，老地方。她说，那么没创意？他说，由你挑。她说，名仕园。我听说，市政府在那里留了一座院落，专门接待远方的客人。他说，什么事都瞒不住你。她说，我是记者。怎么样？市长说，换个地方，那里太惹眼。我就要那个地方。她的小姐脾气上来了。杨涛说，有一个地方更幽静更美好。

邹芳笑了起来，她知道借他三个胆他也不敢到名仕园，那是市政府接待外商的地方。虽说在园内，却是个园中之园。内外有别，配套服务。她说，免了吧，就算你欠我一次人情。市长说，也好。

/ 8 /

邹芳打电话找林彬，问他小说作者的事有没有着落，林局长说以他之见，"吓你一跳"有可能是他的秘书小李，李建设。邹芳说，谢谢。局长说，我的大记者，你可不要胡来啊。邹芳说，请局长放心，全是为你好。林彬说，这事与我何干？小说嘛，胡编乱造。她说，那局长大人你就更不用紧张了。林彬说，我一点也不紧张，我为什么要紧张。邹芳笑了，说，局长大人的确不需要紧张。你大可放心，一百个，一千个一万个放心，我邹芳没有坏心。

邹芳给李建设打电话的时候，李建设有点意外，又有点激动。过去总是他找报社找记者，没有记者主动找他的。他有许多事求记者。因为林局长不但工作很有魄力，很有政绩，而且很重视对外宣传，建设局的工作成绩经常上报，建设局在市里很有知名度。而他在写宣传报道稿子的同时，也写一点散文随笔之类的小文章，在报上的文艺副刊刊登。中文系的毕业生，多多少少做一点作家梦。他生于本市下属一个山区小县县城的一个小知识分子家庭，父母都是县实验小学的教师，父亲教语文，母亲教算术。父亲喜欢看戏，喜欢吟诗。小时候，父亲常常带他去看戏，古装戏，才子佳人，无意中受了一点影响，梦中常有红袖添香夜读书的画面，那秀才自然是他，而小丫环却是多变的，有时是邻居的女孩子，有时是小学的女同学，有时是同学的妹妹，有时是从来没有见过的女孩子。感觉上是个什么样的女孩子，而视觉上却是朦胧不清的。上大学时有一次梦到一个女孩子，让他很羞愧，一个美好的月夜，一间挂着绣帘的书房，他们一起吟诗，还一起上了床，结果，在一阵旋风般的快感中，他把自己的短裤弄得湿湿的、黏黏的。半夜起来换裤子，让同宿舍的同学取笑了近半个世纪。

邹芳把李建设约到了在水一方，不在"稻香村"，而是在"怡红院"，"稻香村"是她与杨涛独有的，她不想在"稻香村"留下别人的记忆。这是一个下着小雨的晚上，朦朦胧胧的湖面上没有什么船只，对面的长廊也有点冷清。"怡红院"内，灯昏黄，影懒散。这是邹芳所要的效果。她总是别出心裁。见面时，李建设不由得在心里叫了一声，她就是大名鼎鼎的邹芳邹大记者，我怎么好像在哪里见过。

邹芳大大方方地伸出手来，说，我们握个手，交个朋友，今天我请客。李建设在和她握手的时候，脸红了。他是见过世面的人，他不应该脸红，可他脸红了。她不是别人，正是那个在遥远的梦里和他上过床的女孩。

在一刹那间，他爱上了这个女孩。他想，这是缘分。要不是缘分，她不会在他的梦中出现，更不会在现实中出现。

坐，请坐。邹芳以主人的身份说。这是她的习惯，她在许多场合下是主人，即使不是主人，她也会很快地反客为主。她是记者，她是靓女，她有不可忽视的背景，在一些人的眼中，她是 A 州的公主。李建设说，你先坐，女士优先。他走到对面，象征性地扶了一下椅子，表示一下绅士风度。这几年的秘书没有白当，他的动作和表情都很有分寸，恰到好处。殷勤中透着儒雅。

李建设的表现让邹芳很满意。她阅人无数，本州青年男士中能让她满意的不多。

她说，你知道我为什么请你吗？他笑着，没有言语。她说，我听说你是建设局的第一支笔。他说，我是读中文的，为领导写东西，就像完成写作老师布置的作业一样。你在我们报上发表不少文章，听说上过省报，不简单啊。都是一些豆腐块的东西，不值一提。邹芳决定不再迂回，单刀直入。她说，你读过《一座城的陷落》？他说，是"吓你一跳"写的，读过，那才叫好。真正的东西。你认识"吓你一跳"？李建设摇了摇头，不认识，我到《东南文学》问过马老师，想拜他为师，可是马老师也找不到，说是电子邮箱寄来的，连稿费都不知道往哪里寄。

邹芳说，我还以为是你写的哩。

我?

李建设恍然大悟。邹芳和林彬一样,怀疑他就是"吓你一跳"。说实在的,他就是有那个水平也没那个胆量。但是他们为什么那么关心一篇小说的作者?背后有什么东西?可怕啊,谁说本州的政坛平静?但是,为人不做亏心事,不怕三更鬼敲门。

李建设说,这样的小说,构思奇特,文笔老到,思想深刻,非老作家写不出来。古人说,世事洞明皆学问,人情练达即文章。我还差得远哩。

邹芳笑了起来。她的笑很清朗,很有魅力,很有杀伤力。李建设也跟着笑了起来。她相信他说的是真话。不是他,不可能是他。

菜很快就上来了。他们边吃边聊。

邹芳说,看来你得好好学习,以后好当作家,不过我相信,你能当上。李建设说,本来当不上,现在有了你的鼓励,一定能当上。她说,我又不是领导,谈不上鼓励。他说,在我的心中,你比领导还领导。说这话时李建设自己有点吃惊,怎么这么说话。邹芳经风雨见世面,说,这话得回去和你的夫人说。李建设说,我要是有夫人,就不会对你说了。邹芳说,不会吧,李大秘书还是单身贵族?李建设说,单身,但不是贵族。邹芳笑了起来。李建设也跟着笑。这一笑就把突然变得有一点尴尬的气氛冲散了。

接下来的话题漫无边际,他们吃得很愉快,还喝了点"兰桥风月"。

分手时李建设要去买单,邹芳说说好了我请客的,你不能让我言而无信。李建设说,这次还是我来吧,你就让我绅士一回。她说,不行,要绅士,下一次吧。李建设说,一言为定,下次我买单。李建设有点手舞足蹈了。有了下一次,而且主动权在他手上。

/9/

邹芳回到家里,再把小说细细地读了一遍,掩卷静思,拍案而起,我傻呀,我找什么"吓你一跳"。瞎操心。

她给杨市长打电话,难得他在办公室里,一打就通。她开口就叫"吓你一跳"。杨市长说什么事吓我一跳？她说是你吓我一跳。他说邹芳小姐经风雨见世面，什么事都吓不着她老人家的。她说你别说，她老人家还真让杨市长给吓着了。他说是你自己吓自己吧。我听说人吓人吓死人，如果自己吓自己就更没法治了。

她笑了起来，说杨涛，我就喜欢你的机智。你欠我人情的，怎么还？他说一起去旅游怎么样？她吓一跳，不会吧，这么浪漫。怕是有这个心也没这个胆吧。杨涛笑了，说我要到苏州去考察，带上秘书和记者，不过分吧。她说不行，把秘书甩了，就带记者。他说这不合规矩。她说就不能来个创新什么的。现在不是到处提倡创新吗？他说这东西创不了新。我不能引火烧身呀。我得把这官当好，还指望再上一个台阶不是吗？她说那就算了，别提什么旅游了，我也认了，谁让我和市长交朋友呢？他说邹小姐深明大义，真是难得啊，红颜知己，千古难觅啊。她说知道就好。说完就把电话挂了。

她本来就不想把事情说破，点到为止。可是放下电话，她又有点困惑。杨市长并没有被她的突然袭击镇住，他波澜不惊，谈笑自如。天衣无缝，百分之百第三者姿态。是他会演戏还是自己搞错了？他没有必要在自己的面前演戏。如果他在她的面前演戏，无论从哪个角度说，都是她的大失败。她从来没有失败过，她更不相信杨涛会在她的面前演戏。

最合理的解释是她错了。

那么，"吓你一跳"会是谁呢？邹芳决定接触一下他的秘书。她给杨涛的秘书打电话约他出来聚一下，他说他得请示一下杨市长。她说这纯粹是一种私人聚会，没必要请示。他说他是市长秘书、她是报社记者，他们之间不可能有纯粹的私人聚会。她放下电话，想，这人恶心、变态、有病。

几天后的一个黄昏，日理万机的报社记者邹芳看了一下西天绚丽的晚霞，有点意外又有点伤感，今天晚上居然没有饭局。她随后便笑了起来，看来，她也有点变态了。回去看点书吧。她对自己说。这时，她的手机响起来。她笑了一下，打开来，是一个陌生的号码，犹豫一下，还是接了。你好，请问是哪位。对方说，我是李建设。她说，哦，大秘书。李建设说，还记得我呀，我还以为把我忘了。邹芳说，哪能啊，就是把美国总统忘了也不能忘了你啊。我请客，老地方，怎么样？邹芳说好啊。邹芳对自己回答得如此干脆有点吃惊。但君子出口，驷马难追。

夜晚的东湖，有人看到热闹，有人看到神秘。热闹的是人看人，人在岸上走，人在船上行，人在亭阁中，人在树丛下。神秘的是人看不清人，人在你的眼前，在你的心中摇晃，说不清道不尽。邹芳笑了一下。

怡红院灯光朦胧。他们已经喝了半瓶"兰桥风月"。

邹芳说，李秘书，你今天不能记账不能签单，要付现金，也不许开发票。今天的菜是邹芳点的，她想最少要500元。李建设说，邹小姐放心，李建设不搞借花献佛。一片真心。邹芳说我不是佛。你是真佛。邹芳说，说吧，你们局长让你说什么话。李建设说，邹大记者太敏感了，草木皆兵。今天我们的约会纯属个人行为，与林局长无关。我想让邹小姐看样东西。李建设一脸真诚。邹芳伸出手，拿来。李建设拿出来的是那本《东南文学》。他翻开某一页说，你看看这句话，他已经在那句话的下面画了一道线。

这是小说中洛阳房地产开发公司老板顾铭在酒后说的一句话：

说句实话，我们这套把戏当官的清楚得很，但拿人的手短，只要场面上能过得去，他们自然会睁只眼闭只眼。一个楼盘如果运作顺利，一般两年半就可能卖完，随着销售结束，那些见不得人的东西，自然烟消云散，淡出公众视野。

邹芳一眼扫过，对这句话，她印象很深。顾铭这个人物写得有点漫画化，特别是这句话，她认为是小说的败笔。这种话不应该出自顾铭之口，尽管是在酒后。也许作者是想借人物之口说事吧。当然，不能否认，这样的话，会给读者留下很深的印象。

邹芳抬头看了看李建设，不知何意。李建设拿出一张报纸复印件，说，这是两年前省报的一篇文章，你再看看这一段。

邹芳拿过复印件。那段话是用绿色的水性荧光笔画上了的,很吸引眼球:

某些房地产商短期内成为富豪,靠的是利用政府权力,是勾结政府官员对民众的财富及农民土地资源的掠夺而"一夜暴富",火爆的楼市背后有着非常深的权力阴影和腐败土壤。在房地产开发各个环节的腐败中,都不难看到官员的身影,只不过有些显露一些,有些隐蔽一些。业内人士一语道破天机:说句实话,我们这套把戏当官的清楚得很,但拿人的手短,只要场面上能过得去,他们自然会睁只眼闭只眼。一个楼盘如果运作顺利,一般两年半就可能卖完,随着销售结束,那些见不得人的东西,自然烟消云散,淡出公众视野。

最后一句话,一个字不差。

邹芳看了一下文章的作者,署名安芬。

邹芳说,这么说,安芬就是"吓你一跳"?李建设说,也可能"吓你一跳"抄了安芬。邹芳问,安芬是谁?李建设说,不知道。邹芳问,你是怎么把两者对上的?李建设说,我有剪报的习惯。那天我回去,再把小说认认真真地看一遍,觉得这话有点眼熟,便去找,几十本剪报一本一本地找。终于找到了。

为了证明自己,李建设把贴有这篇文章的剪报本子带来了。

果然是一本订得十分整齐的厚厚的剪报,大都是一些散文随笔杂文,一篇篇贴得工工整整,每篇文章下面都注明出处,报纸的名称和日期,有中央的,也有地方的。封面上写着,剪报,32。显然是第32本。她认真地看了他一下,这种男人已经不多了。

还有几本?她问,他不好意思地说,还有5本。能借我看看吗?他说,邹小姐,这是小男生的把戏,不值得一看。她说,最少这一本是借定了。他笑了笑。都是别人的东西,能看出什么呢?邹芳说,能看出你的兴奋点。李建设说,邹大记者果然厉害。

回到家里，邹芳上网，百度搜索，输入省报和安芬，居然有十几篇之多。篇篇笔锋如剑，切中时弊。好厉害的女人啊。

邹芳给省报的熟人打电话，探听安芬其人。没人知晓。都说是电子信箱来的稿，从不留地址，也从不来要稿费。邹芳想，手段如出一辙，安芬就是"吓你一跳"无疑。也许还有很多笔名，但谁也找不着她。她要干什么？吃饱了撑着？

这个女人一定和杨涛和这座城市有点关系。

这个问题一直在邹芳的脑子里绕来绕去，挥不去，理还乱，像一团陈旧的毛线，越缠越大，塞得脑子难受。有一天早晨醒来，邹芳突然来了灵感，她也许就是杨涛那个在省城教书的老婆。

/ 10 /

邹芳决定上省城。

邹芳迅速查明，杨涛的夫人叫刘素馨，是省师范大学经济系教授。了得，师大最年轻的女教授之一。素馨，安芬，有点意思。邹芳到师大图书馆，上网搜索，找到刘教授的十几篇发表在学术刊物的论文，的确是建筑经济学方面的专家。邹芳浏览了其中的几篇之后，认定安芬者，教授刘素馨也。刘教授在驰骋经济学理论之余，喜欢来点随感之类的小文章，抒发一下自己的情感，指点一下江山，粪土一下万户侯，幽默一下生活。

果然是她。

现在基本上可以肯定，"吓你一跳"就是安芬，安芬就是刘素馨。

邹芳的心动了一下。她仿佛在无意中把自己与刘教授做了一次比较。显然，杨夫人的才气在自己之上。

她继续在网上搜索，想找到有关刘教授的其他资料。结果让她很失望。在师大专家风采录上，有几十位教授的照片及介绍，唯独没有刘素馨。她浏览了那些教授们的风采，有国内名牌大学的博士，也有美国、英国、法国、德国大学的博士，一个个出身高贵、硕果累累地写在那里，阵势吓人，却给人一种浅薄的感觉。大象无形，真正有本事的人，不用介绍，风采依然。这样想着，邹芳便觉得刘素馨不简单，有点神秘，有点深不可测。这女人深藏不露，的确不可小觑。

邹芳的心又动了一下，女人太强，男人不一定喜欢。

邹芳笑了一下。她没想到自己如此无聊。但她还是想目睹一下刘教授的风采。她拨通她所认识的那位在师大教务处工作的朋友的电话，问能否创造一次与刘教授会面的机会，朋友说，难。这位女教授深居简出，性格孤僻，很少与人交往。不过，会面难，见面倒不难，听说她开的公选课，听课的人不少，你可以混在学生当中，狠狠地看她45分钟。邹芳说，混迹学生之中我行吗？朋友说，行，你整个就一个大三学生形象。邹小姐什么时候失去过自信啊？邹芳下意识地摸了一下自己的脸说，这是个好办法。朋友说，我查一下课程表。5分钟后，朋友告诉她，明天下午2点30分，师大综合教学楼103，那是间大阶梯教室，能坐200多人。

第二天下午，《A州日报》记者邹芳目睹了师大教授刘素馨的风采。她看她远远地走来，她看她缓缓地走上台阶走进教室，她看她站在讲台上优雅地看了一下自己的手表，她看她拿出U盘插入端口，她看她用无名指摁了一下电脑键，她看到投影屏幕上出现一片文字，她看到她把双手按在讲台上，朝同学们微微一笑，说，现在我们开始。

听说有人用书法喻女人，说完美女人应该是形如楷书，端庄典雅；行如行书，潇洒自如；心如草书，灵动飞扬。

邹芳悄悄地退出教室。她没有办法再看下去。因为她看到一位无论从外貌、从风度、从气质、从神韵都让她气短的女人。

邹芳跑进一片小树林，迫不及待地给杨涛挂电话。不通，再挂，还是不通。她一遍一遍地挂，一次又一次地听到那句无情无义、冷冷冰冰的话，"对不起，您所拨打的手机暂时无法接通"。邹芳冲着手机大声喊叫：杨涛，你是个大混蛋、大流氓、大骗子，彻头彻尾，不得好死！

邹芳坐在一块石头上放声大哭。

邹芳这辈子还没有受过这样大的委屈，没有。她不能容忍拥有如此完美夫人的杨涛居然还敢和她卿卿我我、情意绵绵、打情卖俏！

杨涛啊杨涛，我要让你身败名裂、碎尸万段、遗臭万年！

风在林子里穿梭鼓荡，鸟在树枝上跳跃鸣唱。树林深处，有人在读英语，有人在拥抱接吻，有人在窃窃私语。

哭过一阵之后，邹芳突然又笑了，她对自己说，这怪不得人家杨涛。她站起来，发现自己坐的这块石头上刻着：上善若水。水善利万物而不争，处众人之所恶，故几于道。她进而发现，林子里的所有石头都刻着字，全是老子的《道德经》。有意思。她沿着小路一块一块读过去，最后一块是：天之道，利而不害。圣人之道，为而不争。走出林子时，邹芳已经恢复原有的风采。

在回 A 州的路上，邹芳的手机响了一下，她一看是杨涛的，心跳了一下。昨天，她曾发誓，再也不给他打电话了，但她没有发誓不接他的电话。为什么不接？刘素馨怎么啦，气质、风度、神韵怎么啦？她温柔吗？她体贴吗？她，热情吗？刘素馨也许是个完美的女人，可她不一定是个可爱的妻子。作为妻子，刘素馨很可能中看不中用。这样的女人太多了。而本小姐，邹芳下意识地摸了一下自己的脸，年轻漂亮、青春焕发、热情奔放、温柔缱绻，较起真来，说不定鹿死谁手呢。接。

杨涛说，昨天下午邹大记者一连 12 个电话，有如 12 道金牌，让人心惊肉跳。不知有何指示？邹芳说，杨市长干什么去了？开会啊。晚上呢？还是开会。开一个晚上？开完太晚了，就不敢打扰邹小姐了。怜香惜玉啊。这话很假，却让邹芳很受用。她说，你知道我为什么找你吗？他说，不知道，邹大记者思维超常，不可捉摸。她说，我在省城。他说，当记者的在哪里都不会让人感到意外。她说，我见了一个人。他说，记者什么人不能见？她说，这人叫刘素馨，你认识吗？他说，那是贱内啊，拙荆啊。一起生活了十几年，不认识没道理。邹芳哈哈一笑，说，我跟她见面了，我们聊得很好。杨涛那边也哈哈一笑，说当记者的最怕的就是不实事求是。邹芳说你就那么自信？杨涛说别的不敢说，这点自信还是有的，她那个人，从不见生人。邹芳心里酸溜溜的，人家是一家人啊，如他所言，人家一起生活了十几年啊。你是谁？但她心有不甘。她说，既然你这么自信，我再请问，你认识安芬吗？安芬？那就不知道了。邹芳愣了一下，说，你别跟我装蒜，安芬就是刘素馨，就是你夫人你老婆！查有实据。而且我要告诉你，安芬就是"吓你一跳"。

说完，邹芳把手机关了，任它怎么响，都不接。

安芬就是"吓你一跳"，"吓你一跳"就是刘素馨，刘素馨就是你老婆。真是爆炸新闻。这邹芳有点中邪了。在市长办公室，杨涛对着电话苦笑了一下，果然是大小姐脾气。看来，本市长得和她谈谈，正儿八经地谈谈。

/ 11 /

回到A州，邹芳找到李建设，对他说，我已经找到了"吓你一跳"，也就是安芬，此人系一位大学教授。李建设说，女的？她说是的。他说，这女人为什么要与我们市长过不去？要是有人由此发难，后果不堪设想。李建设还想到另一个问题，这个女人何以对本州政坛内幕了如指掌？她的背景是什么？她的目的又是什么？

邹芳愣了一下，是啊，这女人为什么要和杨市长过不去，他们不是夫妻吗？妻子为什么要和丈夫过不去？唯一的解释是，他们貌合神离，何止是貌合神离，简直是深仇大恨。她是想置他于死地。她这一招毒啊，狠啊，绝啊，杀人不见血啊。这一招可不是随便什么人都能使得出来的啊。有心计，有水平。可怕，太可怕了。杨涛啊杨涛，你死到临头，还执迷不悟。

其时他们正在老地方，本市东湖公园，在水一方，怡红院。邹芳说，建设，我们还是以名相称吧。她把他的剪报放在桌上，剪报的做法虽然有点过时，实在是剪得好，我喜欢。李建设说，喜欢就全拿走，改天我给你送过去。她点了点头，建设，我历来很自信，这次有点糊涂了，你说这夫妻之间，有什么大不了的事，非得置之死地而后快呢？

李建设一头雾水，说，我不明白。谁和谁是夫妻？邹芳愣愣地看着李建设，一日夫妻百日恩，是不是？李建设说，那是百姓夫妻，政治人物就不一样了。邹芳说，你真那么想？李建设笑了一下，说看书看的。剪报上有？李建设说也不全是。邹芳说，我不看了。

邹芳回到家里对父亲邹汉夫说，老爸，你不是有一张护官符吗？父亲说，别胡扯，那是封建社会的东西，是《红楼梦》里的东西。邹芳当然知道那是《红楼梦》的东西，贾雨村授了应天府，本想正儿八经地断案子，为民办实事，门子却给了他一张护官符。有了这护官符，案子虽然断得乱七八糟，官运却有点亨通。邹芳说，你自己说过的，你有。老爸你可能忘了，那是很久以前的事了，那时我还在读小学，在客厅里，晚上，你和刘书记喝酒的时候说的。父亲说哪个刘书记？就是本市刘丰刘书记啊。父亲哈哈一笑，不记得了，不记得了。邹芳说，老爸，可不许赖账啊，说了就说了，还抵赖。父亲说，好好，就算有，那也是开玩笑的，不当真，不当真。共产党不讲这一套。女儿说不讲这一套，哪来那么多跑官的，买官卖官的。父亲说越讲越没谱了不是。我说你啊，你们这一代人啊，我怎么说你好呢？

不知道怎么说就别说。邹芳和父亲撒起娇来有点霸道，当父亲的也没办法。邹芳说我问你，你说这杨涛，他走的是哪条路。父亲笑了，我就知道你在打他的主意。邹芳说，他有老婆孩子，我打什么主意？他是个谜。我就想解开这个谜。他胆大妄为，却一路顺风。你真的不知道他的背景？不知道。还什么政治老人呢。

徒有虚名。父亲哈哈大笑。本来就是没有的事嘛，风气如此，人家要说，我们还能去堵人家的嘴？邹芳说，你不说，我也有办法。父亲说，我看你还是出去吧，到你爷爷那里去，不要在这里瞎胡闹。

邹芳说，我偏问。

几天后，A州市纪委书记收到一封群众来信，检举揭发本市建设局局长林彬在城市改建中的问题，言之凿凿，触目惊心。事关本市中层干部，纪委书记不敢掉以轻心，决定马上找市委书记刘丰同志汇报。刘丰还在医院里，他挂通了刘书记秘书的电话，说有重大事情要向刘书记报告。秘书请他稍等片刻。一会儿，秘书回话，说，刘书记最近心脏不太好，医生建议静养，请你向主持工作的杨涛同志汇报。

纪委书记只好来找杨涛。杨涛看了检举信，想，写得与小说一模一样啊。署名是，一个知情者。他不好提小说的事。当然也不能排除其他可能。他说，从你们纪委过去的经验出发，这种信的可靠程度有多大？纪委书记说，难说。按说不署名的信不一定查。但是，事关中层干部，我想还是先找林局长谈谈。就是不知道如何谈。杨涛说，直截了当。必要时可以把信给他看，没有署名，不用怕打击报复。让他自己说。对我们的干部，我想也要有一个基本的信任。

纪委书记找林彬谈话，地点就在他的办公室。

从接到纪委书记的电话，到走进他的办公室，林彬的心里一直忐忑不安，甚至有点大祸临头的感觉，他曾想，要不要给杨市长先打个电话，让他有个心理准备，关键时候好为他说话。但他终于没有打。因为，他知道，要是真出什么大事，他的手机早就被监控了。

进了办公室，纪委书记请他喝茶，喝茶的时候，说，最近收到一份群众检举信，想请他看一看，希望他能正确对待。说着就把信递给他。林彬接信的时候手有一点发抖，纪委书记又给他倒了一杯茶，微笑地说，这是新茶，很香。

看了信，林彬对书记说，这信我好像在哪里见过。你见过？纪委书记吃了一惊。但他经验丰富，他想到会不会检举者先投书建设局纪检组，建设局纪检组向他汇报，因为他兼任建设局党组书记。我想起来了，我在一篇小说里看过。林彬补充说。小说？纪检书记有点意外。林彬说，是的，这小说就发表在《东南文学》上，题目叫《一座城的陷落》。这信里只是把小说中建设局长的名字，换成我的名字。

纪委书记说，不会吧，谁敢和我们开这种玩笑？林彬说，要是书记允许的话，我现在就去拿来给你看，要不，让我们局里的小李送来，他也有。那就让小李送来吧，省得你跑一趟。

一会儿，李建设就把杂志送来了。

纪委书记看完小说，把信和小说一起拿到杨涛的办公室，向他做了汇报。杨涛说，先说说你们的意见。纪委书记说，很难说谁真谁假。一时也难以查清。我们的意见是，先放着，等有了进一步的线索再说。杨涛说，那就按你们的意见办。

纪委书记走后，杨涛给邹芳打电话，说我们得谈谈，认真地谈谈。她说，好啊，我早就等着这一天了。

在水一方，怡红院。他们面对面喝着"兰桥风月"。窗外阳光明媚，波光潋滟。邹芳说杨市长有话要说就说吧。她最想听的是，他们夫妻之间如何不和，刘素馨如何想置他于死地而后快，他如何痛苦，如何无奈，又如何需要她的支持和帮助。可是他直截了当地说，你说"吓你一跳"就是刘素馨？她不高兴地说，你还想赖？他说，你错了，大错而特错。"吓你一跳"不是她。她说，不是她就是你。杨涛说，正是鄙人。

你！

邹芳站起来把酒泼到他的脸上，说，我恨你。

/ 12 /

第二天，邹芳出国了。

邹芳先到南洋，然后周游列国，从埃及金字塔到尼亚加拉大瀑布，飞来飞去，晕头转向。有一天，她收到父亲寄给她的一张省报。她把报纸翻来覆去地看了好几回，看不出什么特别的东西。她给父亲挂电话，说老爸，你搞的是什么名堂。父亲说，别光看文字，你看看头版的那张照片。

这是一张国家领导人接见某著名科学家的照片。这位老科学家姓刘，誉满全球，德高望重。坐在他旁边的那个女人，长得很像杨涛的老婆刘素馨。

邹芳顺手拿了支笔，在刘素馨的仁中画了一撮胡子，让你牛。

纳米博

/ 1 /

纳米博是 A 州大学一位女博士的绰号，这位女博士姓金名小小，她得到这个绰号有两个原因，一是因为她叫小小，名字小，个子也小，小巧玲珑，很可爱；二是因为她是纳米专业的博士。

金小小毕业于北京某名牌大学，师从一位在国内很有名气的纳米专家。听说这位专家于 20 世纪 80 年代在美国留学，是美国一所十分知名的私立大学的博士，又听说，他毕业后在一个世界级的实验室工作了几年，颇有成果，于是这所大学要高薪聘他为终身教授，这薪高到让国内同行愤愤不平，但他谢绝了。他毅然回国。他的事迹曾经在一家大报刊登。那篇报告整整占据了当天报纸的一个版面，还配了几幅他的生活照。金小小正是看到这篇报告才决定报考他的博士生的。那个时候，金小小 A 大毕业，留校工作已经 10 年了，结了婚，还有一个 5 岁的女儿。有一天，她觉得应该改变一下自己的生活，她就报名，就认真地去考，就考上了，于是她从东南边远的小城来到了北京，她就成了博士。

在别人看来，她的生活并没有改变的必要，她已经很幸福了，有一份固定的收入，有一个强壮的丈夫，有一个可爱的女儿。但是她总是觉得自己站在一个岔路口，她总是在岔路口徘徊。是这里还是那里，是这样还是那样？她常常从这样的梦境中醒来：在黑色的旷野中，在沟壑四横、乌云密布的山谷里，在阴暗的、野兽乱窜的森林里，她独自行走。她这里走走，那里看看，她不知道自己要去哪儿，要往哪里走。她找不到出路。她呼喊，她哭泣，她在自己的呼喊和哭声中醒来。强壮的丈夫抱着她，说又怎么啦。她为自己的彷徨而羞愧。说，没什么，只是一个梦。她的丈夫便起来，给她拿了一粒安眠药，倒了一杯开水，说吃下去。她不想吃，可她还是乖乖地吃下去，像一个听话的小女孩。

金小小的丈夫叫刘根木，是个汽车司机，和金小小的小巧玲珑正好相反，人高马大，他抱小小就像抱一个小女孩。

那一天，她是在吃了一粒安眠药，睡了一个好觉，醒来之后决定考博的。这已经是10年前的事了。她现在是博士，是副教授，而且快要上正教授了，因为她已经在国家级学术刊物上发表了6篇很有分量的论文，其中有4篇被SCI和CI收录，还有一篇经常被引用。在圈子内，已经相当知名了。她的导师常常提到她，并用她的成绩来教育其他的博士生，也就是她的师弟师妹们。

不幸的是，她最近又常常做梦，做在旷野里，在山谷里，在森林里独自行走的梦。她问自己，难道我还想改变自己的生活？我的生活还有什么好改变的？

金小小的生活很幸福，无忧无虑。金小小在家里不管事，大事小事都让他的丈夫刘根木管着。金小小到北京读书，他说不上高兴，也说不上不高兴，反正小孩放在老家，由他的母亲带着，金小小的工资一分也没少，他开他的车，挣他的钱，自由自在。还省了他不少心，她在家里，他还得照顾她，做饭洗衣打扫卫生，全靠他。她走了，他省心。就是在有一些时候，他特别想她，想得厉害的时候，就给她打电话，问她要不要吃家乡的萝卜干炒鸡蛋。

他老家在山区，山高水冷，没有什么好，就这萝卜比别人好，一条条萝卜种出来和大拇指一般大，像一根根上好的人参，白里透绿，放在阳光下，能看出玉石一样的纹路。冬天，一层盐一层萝卜放在瓮里腌，把瓮口封死，第二年秋天打开来，清香四溢，抓一条放在嘴里咬，咔嚓一声响，口水就流了出来。那个香，那个脆，没法说。再用鸡蛋一炒，那就是神仙菜了。不过那个时候，没人拿鸡蛋来炒着吃，不是人们不懂得吃，是舍不得。一个鸡蛋能换半斤盐，两个鸡蛋能换一条印花手巾。要是有人随随便便把鸡蛋炒来吃，人们就会说他是个讨债鬼。她喜欢吃他老家的萝卜干炒鸡蛋，这个爱好是十几年前就有了的，那个时候她高中毕业，到他的老家上山下乡，插队落户，就住在他的家里，第一天中午，他的母亲就用萝卜干炒鸡蛋给她配饭。她从此喜欢上这道菜，喜欢上这个家。她还喜欢喝甜的黄花鱼汤。这道菜高级一点，奢侈一点，要在家里做着吃，他没说。

她在电话里哭了，哭得很伤心，说她不但想吃萝卜干炒鸡蛋，还想躲在他宽阔的怀里睡懒觉。于是他回家拿了一瓮萝卜干，就找了一车到北京的货，把汽车开到北京城。他再给她打电话，她不哭了，她说她在导师的家里，师母请她吃涮羊肉。他说不吃涮羊肉，吃萝卜干炒鸡蛋。她惊喜道，你在哪里，他说就在你们校门口。她对师母说，我得走了，我不吃了，我有急事。她到校门口，他果然在那里等她。

他到北京城外，他的车进不了城，他在城外租了间房，做好了萝卜干炒鸡蛋，然后打的到她们学校。她跟他回到他们临时的家。他们先在萝卜干炒鸡蛋特有的香味中做爱，迫不及待，争先恐后，热火朝天。然后才吃饭。就一盘萝卜干炒鸡蛋，她津津有味地吃了三大碗稀饭。然后就躲在他的怀里睡着了。

他们住的那间房子是农民的房子。房东很热情。他们在那里住了半个月，她才依依不舍地把他打发回去，他不回去不行，她读不了书，而且越来越懒。再住下去她的博士学位就泡汤了。于是他就回来了。过一阵子，他憋不住了，又给她打电话，问她要不要吃萝卜干炒鸡蛋，她又在电话里哭，他又带一瓮萝卜干和一车货上北京城，租一间农民的房子住半个月。这样来回几次，她也就毕业了。

在家里，金小小万事不管，不知道米一斤多少钱，菜一斤多少钱，肉一斤多少钱，鱼一斤多少钱。有一次，她穿一条新的连衣裙上课，女同事们看到，都说好看，款式新颖，布质柔软，哪里买的，多少钱。她说不知道，是我老公买的，同事们都说，哇噻，金老师哪辈子修的福啊，找这样的好老公，也帮我们找一个。她便笑，笑得很开心很满足。刘根木不止一次地说，她过的是饭来张口衣来伸手的地主资产阶级的生活。

其实，家里的事金小小不管，也管不了。因为从她挣钱的那个月开始，她就没有管过钱。她的工资全由她的丈夫刘根木管着。开头她感到有点别扭，但几个月下来就习惯了，而且乐得如此，因为，她所需要的，他全为她想到了，比她自己想得还周全。来月事了，她就到壁柜左边第三格去拿安尔乐，每个月都能拿到。要出差开会了，她提起旅行箱就走，里面应有尽有。刘根木当家。这个家好当。因为金小小是副教授，工资加岗位津贴什么的一个月好几千元，加上他自己的工资，日子就过得有点小康。他一般是这样安排生活的，他的工资管日常生活，老婆的工资管基本建设。

金小小博士毕业回来，她的工资存折多了2000元，第一个月刘根木没感觉，第二个月发现了，问她，她说听说博士们都有，叫博士补贴。于是他很高兴，一个月2000元，一年就是24000元，10年24万。这博士果然没有白读。为什么说万般皆下品，唯有读书高？高就高在这里。

她现在一个月的收入，是他的两三倍。当初她要去读大学，他还想不通，现在看来有点目光短浅，有点井底之蛙。还是母亲有眼力，说她是读书的料，就让她读吧，不读书，你只能养着她，养她一辈子，读了书，说不准她能养活你。当时他是怕她读了书，飞了。母亲说飞不了，她不是那种想飞就敢飞的人。母亲没文化，可她看问题很本质，能把人看到骨子里去。有了当时的大学，才有今天的博士。那个时候，她下乡在他家，他们都要准备结婚了，她却突然说要去考大学。她家里没钱，她的父亲早就死了，她还有两个弟弟，她下乡之后，她母亲就没办法管她了，她在乡下的生活全靠他家照顾，要考大学，靠的当然也是他家的支持。

金小小果然不是一个忘恩负义的人，在大学里没有闹过风流韵事，留校任教之后的第一件事就是和他一起去领结婚证。几年后他们有了孩子，唯一不尽如人意的是女孩，要是男孩，就十全十美了。不过，刘根木想得开，时代不同了，男女都一样，她不是女的吗，她挣的钱不是比他多吗？

/ 2 /

有一天吃饭的时候,他问她,你到底读的是什么博士,这么值钱。她说是纳米。她于是给他解释什么是纳米技术。她说纳米技术是20世纪90年代出现的一门新兴技术。它是在0.10～100纳米,也就是十亿分之一米尺度的空间内,研究电子、原子和分子运动规律和特性的崭新技术。纳米技术运用相当广泛,比如,德国科学家最近研制出一种碳纳米材料,它的硬度超过钻石。美国科学家研究出一种纳米阀门,可以控制分子的进出。将来用它向细胞输送单个药分子。什么病都好治。

他说,这纳米到底有多大?她说,很小很小,肉眼根本看不见。他说,看不见不就没有了吗?她说,不是没有,是看不见。他说,扯淡,看不见就是没有,你就喜欢那种没有的东西,无影无迹的东西,在梦里想的东西,你永远长不大。她笑了起来。说,有很多事,你不懂。想是能想出许多东西来的,做梦也不是一件坏事。他说,你说怪不怪,就你喜欢的那些无影的东西,还能挣大钱。她说,没有什么大钱,一个月几千元算不得大钱。他说,人心不能太大,这样就足够了。我母亲常常说,知足常乐。我现在很快乐。她说,我也很快乐。

她这一说,他便激动起来,把她手上的筷子碗全拿下,并将她抱起来。她说你疯了,还没吃完饭哩。说着便挣扎着要下来。他不管不顾,把她抱到卧室,扔到床上,扯下她的裤子,她一边扭着身子,一边笑着说,你真是疯了,越老越疯,把窗帘拉上。他不去拉窗帘,却抓住她的双脚,把她拉到床边,同时迅速地完成了他雄壮有力惊心动魄的挺进。她扭着身子,叫着。

她叫了一阵,不叫了,软绵绵地躺在那里,像一条死鱼。他把她抱到饭桌边,说,亲爱的小小呀,我们吃饭吧。她勾着他的脖子说,我要睡觉。他说来吧,我喂你。他把她放在大腿上,像喂三岁的小孩一样地喂她吃饭。

这时,他们家的门铃响了。他们家的门铃很好听。刘根木把她放下来,蹑手蹑脚地走到门边，从猫眼往外看。他看到一个男生的脸。他从背后朝她招手，她就跟过来，也从猫眼往外看。她在他的耳边小声说，他是来交作业的。说着就到里屋穿衣服。他冲着门外喊了声等一下，也跟着她进屋穿衣服。小男生在门口抖了抖身子，他被意外的喊声吓了一跳。

金小小穿好衣服走出来，开了门。男生在门口说，金老师好。她说进来吧。她穿着入时，动作优雅，声音柔美。还有她的脸，白里透红。此时的金小小，娇艳动人，无以伦比。那男生一时间手足无措，忸怩不前。她莞尔一笑，又说进来吧。男生机械地迈动双腿走进来，差一点被低低的门坎绊倒。他趔趄了一下，站住了。她"扑哧"一笑，说作业呢。他红了脸，双手把全班的作业呈上。刘根木接过作业。那个男生慌慌张张地说了声金老师我走了，转身而去。

关门的时候，刘根木说，这个学生不地道。你得小心点。

丈夫的这句话很危险。过后她一直在回忆那个男生的神态，这种神态，她从来没有见过。他的丈夫不可能有，她的同事也从来没有。她细细地品味这种神态，暗自得意。一个男学生，一个英俊潇洒的青年人，在她面前满脸通红，慌慌张张地跑了。丈夫称之为不地道。他不地道什么？他想干什么？她心跳起来。她从来没有过这样的心跳。她被她的丈夫娇惯了，不懂得心跳，也不知道心跳的滋味。她现在心跳了。她害怕心跳，却十分迷恋心跳。

这个男生叫什么名字？她想不起来。她很少记住学生的名字。自从她嫁给刘根木，她就对外界的东西很少关心，她不需要关心。她只记得他是学习委员，不是本地人，因为有一次，她提问，他的回答是一口很流利动听的普通话，她记得她还问，你是哪里人？这样的问题让他很意外，他说是安徽，她还问，安徽哪里？他说是安庆。最近中央电视台戏剧频道总是在播安庆黄梅戏剧团的戏，因为那首《夫妻双双把家还》，搞得每个中国人都能哼几句，树上的鸟儿成双对，夫妻双双把家还。最近播的不是这出，好像是《孟丽君》，那是一出更古老的戏，只是知名度没有《天仙配》高。孟丽君是个奇女子，她为了寻找爱情女扮男装考中状元，当了宰相，医好了太后的怪病并把皇帝搞得神魂颠倒。谁说中国文学没有想象力？她就是看了这出戏触发了一个灵感，写了一篇论文，这篇论文有一家权威刊物已经通知要发表，还不收版面费。她的灵感都是在一些十分奇特的情况下发生的，那个风流皇帝想在御花园里把孟丽君灌醉，而孟小姐却偷偷地把酒泼在地上。就是她把酒泼到地上的那一刹那间，她来了灵感。碳纳米管，50微米，40微米，30微米，不，是0.5微米。她跳了起来，写她的论文去了。她对那个男生说你的话很好听，弄得全班同学哈哈大笑。她好像问了他的名字，可她没有记住。

　　就是这个她没有记住名字的小男生，让她第一次心跳。仿佛她的心中，她的血液中有另外一个金小小在向她呼唤，这个金小小比纳米还小，可她在某一个空间里，很有能量。她的呼声十分强烈，十分震撼，来啊，快来啊，金小小。她快乐地回答着，我就来，这就来。可是她不知道她要到哪里去。她于是很苦闷很彷徨。她不时地心跳，她每天都做梦。无休止的奔跑，无休止的断裂，无休止的迷茫，无休止的黑暗。

　　她总是在半夜醒来，在黑暗与清冷的包围中把自己缩成一团，往丈夫的怀里钻。刘根木半醒不醒，忽地把她抱在身上，他把她像小孩一样地摇晃。她大叫，她颠狂，一次又一次地达到高潮。上天堂下地狱，死去活来。高潮过后是一片空虚。她依稀想起《红楼梦》里的一句话，好一片白茫茫大地，真干净。她在无边的空虚与孤独中哭泣。他还没有尽兴，翻过身把她压在身下。她说，求你了，别动。他说那就刀下留人，饶你不死。他最近看了许多武打片，学会不少台词。她就躲在丈夫的怀里睡着了。

　　金小小做爱喜欢叫。她的叫不是对快乐的反应，是对爱情空泛的呼唤。她渴望心灵相通的爱情，她的叫声实际上是对肉体快感的一种消解。她大叫之后躲在丈夫的怀里睡着了。她的潜意识告诉她，她什么也没找着。她因为害怕而把自己藏起来。

　　因为害怕，金小小躲进了刘根木的怀里睡觉成了习惯，刘根木为此感到自豪。他不知道她真正要躲避的就是他。

/ 3 /

年逾不惑的女博士金小小渴望心跳。

金小小把那个小男生留下来，单独对他进行辅导。

太阳快要落山，实验室静悄悄的。实验楼的对面是一片小树林，树林后面是篮球场。有两个班级在比赛篮球，助威声时起时落。仿佛置身于海边聆听那时起时落的潮声，梦幻一般，童话一般。

金小小的那件连衣裙的领口开得很低，她知道她低头的时候，那个安徽的小男生就能看到她深深的乳沟。她不时地在他的面前低头示范。她手把手地教他。这样，就这样。小男生在她的胸前发抖。她对自己的心说，跳啊，跳啊，快跳啊。

可她没有心跳。

那一天，不是小男生的脸红让她心跳，是丈夫的那句话，"这个学生不地道，你得小心点"让她心跳。他不地道，他要干什么，他什么也没干。他不敢。她柔柔地说，你叫什么名字啊。

刘根木早早地收车回家。

自从妻子从北京回来，他就不开货车了，开货车太累，你想人坐在前面，后面拖着一个8吨重的车厢到处跑，累不累？而且现在货车越跑越远，广州、深圳、上海、南京，一个来回七八天八九天，让人受不了。受不了的不单是累，还有那体内的需要。他身体好，一天下来，嘴里喊累啊他妈的真累，可是在澡堂里泡一下，灌几瓶啤酒，呼噜呼噜睡一觉，半夜醒来，便有了那种需要。没有女人真难受。他不想跑长途，他要守在老婆身边，为她洗衣为她做饭，每天抱着她睡觉。他现在开的是出租车，自己的车，什么时候开什么时候收，全由他自己掌握。

他上市场买了老婆喜欢吃的黄花鱼和自己喜欢吃的牛肉，顺便在楼下的小店里抱了一箱啤酒。他回到家时太阳还没落山，屋子里亮堂堂的。他喜欢黄昏，因为黄昏和他的快乐比较接近。除了萝卜干炒鸡蛋，老婆还喜欢吃甜的黄花鱼汤，这是坐月子养成的习惯。本地女人坐月子要吃甜，什么东西都放红糖。他喜欢吃牛肉当归汤，这东西滋补壮阳。他做了饭，做了菜，做了汤，老婆还没回来。

刘根木看过压在玻璃板下的课程表，知道她今天上实验课。实验课没个准，有时早有时晚，要看实验的情况而定。他做完了饭菜，就坐下来泡茶，等老婆归来。这是他一天中最清闲的时候。他喝茶，不抽烟，原来抽，后来戒了，就是老婆的一句话。那个时候她怀着他们的女儿，她说怕烟味，一闻到烟味就恶心。她的话还没说完，他就把烟头在烟灰缸里揿灭，从此结束了十几年的烟史。老婆没有让他戒茶，茶是好东西，她也喜欢喝一点。他喝茶有点讲究，有一套好茶具，紫砂壶，喝的全是云雾寻香，这是来自他的家乡的本地名茶，喝起来比安溪的铁观音还顺还香。

老婆的所有活动都在他的掌握之中。其实她除了上课，没有其他活动，她不是喜欢到处乱走的人，她没有朋友，她和同事也没什么来往，这倒不是她为人特别寡合，老师这个群体就这个德性，互不来往，各干各的，表面上客客气气，骨子里互相瞧不起。谁谁发了一篇论文，谁谁拿了一个科研项目，便私下里愤愤不平。那论文其实是东拼西凑的东西，付了多少版面费，那项目其实是走后门拿来的，花了多少钱。金小小从不说别人，别人也不说她。她靠真本事吃饭。

对A州大学校园里的情况，刘根木的了解比老婆多得多。他和门房的老头，和实验室的清洁工，和图书馆的勤杂工，甚至和花工水工电工全熟悉。当然，他最熟的还是学校车队的驾驶员。他们有共同语言，一拍即合。在这些司机当中，校党委书记的司机和他最哥们儿。他们的友谊是在骂交警、骂腐败的骂声中建立起来的，所以有点铁。有了这样的信息网，刘根木什么不知道？他甚至知道金小小的顶头上司、化学系主任白教授的一个不可告人的秘密。别看这小子是名牌大学的博士，和他一样，嫖过娼。那是几年前的一个夏天，他到武汉参加学术会议期间，被扫黄扫到了，这小子还强辩，说是他的学生。有学生学到老师的床上去的吗？不但罚了钱，还让学校保人。真他妈的丢人，他妈的斯文扫地，他妈的腐败堕落。这事学校只有几个主要头头知道。可是天下没有不透风的墙。他刘根木不是知道了吗？学校保他，因为他是博士是教授，是学校的宝贝。书记的司机说，学校的教授博士不多，所以物以稀为贵。要是学校的教授博士多了，这小子准要倒霉。这小子在学校里神气得很，走路脸朝天。有一次路上遇见，他想和他打招呼，他居然假装没看见。他妈的。他对老婆说，那个姓白的不是好东西，你不用怕他，他要是敢惹你，我让他不好看。他没有把他的丑事告诉老婆，这种事不能说，有副作用。

刘根木泡了三遍茶，还不见老婆的身影。他的心里有点乱糟糟的。他不知道这种乱糟糟的感觉意味着什么。他突然想起电视剧里的一句台词，那是一个女侠，她坐在江边看月亮，她很漂亮，在他看来，她的长相有点像他的老婆，小，巧，娇，柔，有味。她自言自语地说，心烦意乱的，无缘无故的心烦意乱，一定有什么事要发生。

这样想着，刘根木的左眼皮子跳了一下，他知道男左女右，不是好兆头。他打电话回老家，是女儿接的电话，一切正常。难道会是她。实验室里出了什么事？他挂她的手机，手机关了。他跳了起来。

刘根木在实验楼前的路上碰到那个小男生，那个到家里来送作业、慌慌张张、心怀鬼胎的学生。他叫住他，喂，看到你们金老师了吗？那个学生站在他面前发抖，满脸通红。果然有事。他的拳头捏得紧紧的，但他还是忍住了。他知道打学生要犯大错。这还得感谢那个书记的司机，那个司机告诉他，现在最怕的不是学生不读书，是学生出事，学生一出事，书记就睡不着。刘根木知道校党委书记是正厅级干部，让如此高级的领导干部睡不着，一定事关重大。他扔下这个学生跑上楼。

实验室的女工在清理实验用品。金小小背向大门站在窗前。刘根木松了一口气。从现场情况判断，案情并不严重。最少还有一个第三者。有了第三个人，就什么严重的情况都不会发生。那个清洁女工朝他笑了笑，说，接金老师来了。真是让人羡慕啊。他走到窗前对老婆说，这么晚了，还不回家。萝卜干炒鸡蛋早做好了，鱼汤也凉了。

天果然已经晚了，树林变暗了，篮球赛结束了。晚风习习，吹拂着她的刘海。面对这美好的夜色，金小小一脸忧郁。清洁女工又说，金老师，你是哪辈子修来的福分，摊到这样一个好老公啊。刘根木很优雅地挽着妻子的胳膊，很有礼貌地对女工说，那我们就先走了。

校道上熙熙攘攘。吃过晚饭的学生们三五成群，叽叽喳喳。有的夹着书，有的空着手，男生傻里傻气，女生花枝招展。其间，刘根木还注意到，有几对男生女生，搂腰搭肩，说说笑笑。刘根木说了句，成何体统。这也是他从电视剧里学来的台词，显得有点正统，有点老气横秋。

有学生和金小小打招呼，说金老师好。刘根木很高兴，替金小小说，你们好。他没有看到那个倒霉的小男生。他想，他如果出现在他们的面前，他也要说一声，你好。在这些大学生面前，他要让自己变得很有风度。谁让他是博士的老公呢？正如书记的司机所说的，在A州地面上，就那么几十个博士，而且大都集中在A州大学，你家老婆是那几十个之一，而这几十个当中，女博士不到5个，你家老婆又是这5个之一。你行啊，根木。风水好啊，根木。重视人才重视知识啊，根木。物以稀为贵啊，根木。妻荣夫贵啊，根木。他不能给老婆丢脸。

刘根木对老婆很疼爱也很崇拜。疼爱在行动上，时时表现，崇拜在心里不说，嘴里只说她傻，除了她的纳米，她懂什么？但他明白，凡是他懂的，老婆都能学会。而老婆懂的，他一辈子也学不会。这纳米就让他很纳闷，那么小，看不见。不就是没有了吗？但他悟性高。那天擦桌子的时候，他看到一只昆虫，极小的，比细细的红蚂蚁还小，却跑得很快，他按了好几次，才把它按死，它的死尸是一个看不大清楚的小黑点。它跑这么快，它有许多腿，可是他看不见。老婆说看不见的不等于没有。世界上一定有许多，许许多多看不见的东西，它们有很大的能量。老婆研究的正是这些东西。伟大啊，了不起啊。

而如此伟大了不起的女人却每天都躲在他的怀里睡觉，每天都让他弄得哇哇叫。他感到很自豪。他不能不自豪，这女人是他的，从头到脚，彻头彻尾，全属于他。如今，在本州最高学府的大道上，她小鸟依人似的依偎着他，仿佛一个不谙事故的小女生。那些所谓天之骄子的大学生，要毕恭毕敬地叫她老师。又有人叫金老师好，他大声地说，同学们好。

回到家里，金小小坐在沙发上等吃饭。她打开电视，不停地按遥控器。她心烦意乱，从来没有这么沮丧。刘根木把汤热了，把饭盛了，说，小小，吃饭吧。她说，我不吃。不吃怎么行，我想你是太饿了，饿过了头，就不想吃饭。他走过来拉她的手，她不动。他索性就弯下腰，一手上一手下，将她抱过来。吃，这是你喜欢的甜汤，黄花鱼很新鲜，你喝喝看。她还是不动汤匙。他说，不吃我可要生气了。他的脸色有点不好，她就吃了。

/ 4 /

金小小她有点怕丈夫生气。

其实刘根木也并不是一般人，他当过兵，当年是他们那个大队的民兵营长。她记得下乡几个月后的一天上午，那是一个很安静很美好的上午，阳光懒洋洋地照着院子，院子里有一棵龙眼树。她的女房东欢天喜地地在龙眼树下杀鸡，她买了肉，买了鱼，她杀鸡，她还要杀鸭。她说，儿子要回来了。她知道她有一个儿子在部队当兵，每年都评"五好战士"，还当了班长。他的照片就挂在她家大厅墙上。那墙上正中是毛主席的像，毛主席的下边就是他的照片和奖状。看照片他很神气，绿军装绿军帽，红五星下面是一张国字脸，浓眉大嘴，只是眼睛有点小。可以想象出，是一个高大威猛的军人。

他果然是一个十分强壮的男人。他一回来就当上了大队党支部委员、民兵营长。他经常到公社开会，还到县里出席过一次党代会。他对女民兵们讲话一套接一套，前面都是毛主席语录。那个时候的农村叫大队，每个大队都有一个民兵营。备战备荒为人民。他们大队民兵营下设三个连，其中一个是女民兵连。金小小是女民兵连里的一个普通战士。当民兵金小小很不怎么样，娇娇小小、文文弱弱的金小小每次训练都要拖全连的后腿，而且闹出许多笑话，严格地说，她连扛枪的动作都不合格，就更不用说摸爬滚打了。但她歌唱得好。在刘根木教大家唱《我是一个兵》的同时，金小小教会了女民兵连唱毛主席的那首七绝,为女民兵题照。"飒爽英姿五尺枪,曙光初照演兵场。中华儿女多奇志,不爱红妆爱武装。"

那个时候女民兵当中有不少偷偷地爱上营长的,可是不久她们便自动退出了,因为营长的母亲放出风声,这个娇弱可爱的城里姑娘,很快就要成为她的儿媳妇了。

在很久以前,他对她发过一次脾气,甩过她一次耳光。他的手掌印在她的脸颊上,几天不散。她不知道他为什么发那么大的火。他们新婚燕尔,他的一个叔伯兄弟来找他他不在,就留下来等他。他们说说笑笑,她也记不清说了些什么。她不知道他早回来了。叔伯兄弟走之后他就甩了她一个耳光,她的脸上热辣辣的,不知道自己犯了什么错。他骂她贱。那个时候她有一种寄人篱下的自卑感,一直到现在,她都有这种感觉。这个家从来就不是她的,是她丈夫的,她也是他的。所以他一生气她就害怕。尽管自从那次之后,他再也没有打过她。尽管那天晚上,他用无数的忏悔和抚爱来安慰她,那种肉体疼痛的感觉一直留在她的心里。

他其实没有生气。他也不知道她有点怕他,他早就把那个耳光忘得一干二净了。他是一个强者,他体格健壮,精力充沛,他能让一个女人快活。在他看来,这是最根本的。不能让女人快乐的男人不是真正的男人。他是一个真正的男人,每个女人都需要真正的男人。

吃过饭,金小小把碗筷一放,就到她的书房里去了。刘根木拿了热毛巾,让她擦嘴,又把一杯云雾寻香放到她的书桌上,然后把门关上。这个时候的金小小,神圣不可侵犯。

刘根木收拾好东西,打开电视,转到本地三套文化频道,那里正在热播《鹿鼎记》。

一个在里面折腾纳米,一个在外面欣赏金庸。美满和谐,既合时代潮流,又利于振兴中华。

金小小刚刚经历了一次可怕的失败。她渴望心跳,她没有心跳。那个安徽的小男生在她的面前发抖,她没有心跳,她柔柔地说,你叫什么名字啊,也没有心跳。她对自己很失望。

她要的不是他。他是她的上帝。不是说上帝在这里关了门，在那里开了窗。他把她现实生活的大门关了，他给她开了一个窗。她在这个窗里看到另一片天空，一个陌生的让人心跳的世界，可是这个世界里没有她。

那个小男生发疯一样地吻她，胆大妄为，色胆包天，这时她的心跳了。然而，在心跳的同时，她感到无聊，无聊极了。她知道，这不是她所渴望的那种心跳，这是肉体本能的反应不是心灵撞击的激荡。他和她的丈夫没什么两样。她推开他，平静地说，好了，到此为止。

那个安徽的小男生满脸通红地站在那里，不知所措。她说，你走吧。他便头也不回地逃出实验室，像一只受了惊吓的小老鼠。她听到一阵慌乱的跌跌撞撞的楼梯声。也许他和她丈夫的区别只是在这里。

她迅速地整理好自己的衣服。站到窗前。树林那边哗地一阵欢呼，散了。沉寂了。一群乌鸦呱呱呱地叫着，越过楼顶，飞入树林。很久没有听到乌鸦叫了。小时候母亲说，听乌鸦叫，要喊跟你去跟你去，意思是倒霉运让你一起带走。她没喊，喊不出来，她已经不是小孩了。按以前的说法，她已过了不惑之年，虽然她并不觉得自己老。她从外表到内心都不老，她知道。她在丈夫的怀里撒娇的时候，她在丈夫的眼睛里看到的，是一个千娇百媚、活泼可爱的纤纤少女的影子。她没有像小孩一样地喊，跟你去跟你去。她眼睁睁地看着乌鸦从她的面前飞过，落到林子里。她的厄运来了。

那个安徽小男生不会有什么事吧。这可怜的家伙。是她引诱了他。他没有错，没有。这事不能让任何人知道，她必须保护他。她刚才应该对他好一点，温柔一点。她太自私了，她甚至还记不住他的名字。她不是生他的气，她是生自己的气。她对自己太失望了。

金小小的书桌上摆着一本最新的美国化学杂志，这是一本在世界很有声望很有权威的化学杂志，系里花几千美金订了这本杂志。这又是一本很专业的杂志，实际上这本杂志只有她一个人在阅读。听说，在中国大陆，能看懂这本杂志的不上100人。她看得懂，不但看得懂而且很喜欢。这个杂志曾经向她约过稿。她还没有写，她必须准备好了才动笔。她不能随便写，她不能像她系里那些教授们，动不动就是一篇。几个月来，她一直都在研究这本杂志，这里有她这个方向最前沿的资信，她喜欢把信息叫资信，这是一个台湾同行的说法。在一些问题上，她的确像一个小孩，喜欢新鲜。这也是她的导师，那个在国内十分知名的纳米专家喜欢她的原因。他说，一个童稚的纯真，是一切创新的基础。她的导师写得一手好诗，不是现代诗，是古诗，他会背诵几百首唐诗。他总是对她说，你最缺少的不是化学，是文学。对于他的批评，她总是报以天真无邪的微笑。导师说过，这微笑可以抵得上100首唐诗。

在这样一个美好和谐的夜晚，面对这样一本美轮美奂的杂志，金小小一个字也没读进去。不知道过了多少时间，也许是金庸的电视剧已经演完了，刘根木轻轻地打开书房的房门，走进来。小小，累了吧，吃个苹果吧。他已经把苹果削好了，切成一块一块放在盘子里，并在上面插了几根牙签。

刘根木削苹果有独到的工夫，把水果刀放在苹果上方，用中指不停地拨动苹果，随着苹果的旋转，苹果皮便在刀上延伸。一眨眼，他的左手是削好的苹果，右手是一条长长的苹果皮。这把戏看来简单，可她怎么也学不会，断了皮不说，还会割破手指。几次失败之后，她就不学了。

金小小吃苹果的时候，刘根木开始为她收拾书桌。他十分小心地把那些书和杂志合上摆好。他对那些他称之为"豆牙钩"的外国文字有一种发自内心的敬畏。这敬畏是因为他一个字也看不懂。中国人对高不可攀的东西历来心怀敬畏。子曰，君子三畏，畏天命，畏大人，畏圣人之言。后来又加上畏洋人畏洋文。在这一点上，刘根木很文化也很传统。他又很机智很灵活，他把这种敬畏转化成对老婆发自内心的疼惜。

金小小吃了苹果，说，我要洗澡。刘根木说，水放好了，去洗吧。金小小就去洗澡。洗了澡，刘根木就把她抱到床上，她就乖乖地躺在那里。他忍不住亲了她一下，嘻嘻笑了一下，转身走进卫生间。卫生间的水哗啦啦地响着。他在洗澡。她看着自己光滑细腻洁白的裸体，突然感到很羞耻。她其实和妓女没有什么两样。她是他固定的娼妓，他是她永远的嫖客。如此而已。

他们的关系，是在那个遥远的夏天确定下来的。在遥远的山村，作为一个上山下乡的女知青,她孤苦零丁,无依无靠。他的母亲待她很好,知冷知热,无微不至。他高大强壮,威猛有力。他见过世面,能讲很多有趣的故事,全是在部队里道听途说加上他的胡编乱造,可在那个特殊的年代,这些故事很新鲜,让她很着迷。那是个夏收夏种的大忙季节,整天割稻子,把她割得腰酸背痛,吃饭时,连筷子都提不起来。他母亲对生产队长说,人家是城里姑娘,不能和本村的一般看待。队长分配她抱稻子。抱稻子就是把人们割成一堆一堆的稻子抱到谷桶边,让打谷的男人打。她正好给他当下手,她抱,他打。她发现,他打得很欢。按理他是大队干部,可以想法子不直接参加劳动而工分照记。大队其他干部就是这样干的,他们视察各生产队夏收进度,在大队部开会,到公社开会。他不,一方面,他从部队回来,还保持着人民军队官兵一致的优良传统,另一方面,他喜欢劳动,因为体力劳动能充分体现他的优势。同是打谷子,别人一般要打五六次才能使稻谷脱干净,他只用三次,最多四次。他打过的稻草经得起人们的检查,几乎到了颗粒归桶的程度。他因此得到党支书多次表扬,不愧是五好战士。他赤膊,短裤,头上戴一顶斗笠。他的肌肉很发达,结实发亮。他的身上还有一股男人的汗酸味。不知是谁说了句,你们看那小两口干得多欢!他们的对面,是一对新婚夫妇,女的打下手抱稻子,男的打谷。也不知道说的是哪一对,人们便起哄。队长说,两对比赛,看谁打得多,看谁打得快。刘根木说比就比。她也说比就比,谁怕谁呀。她说着就红了脸,这等于她在大庭广众之中承认了他们的特殊关系。那天晚上,就在她的房间里,他把她变成一个女人。他很粗暴,她流了很多血。这血让他的母亲欢呼雀跃,因为这血解除了她对这个城市姑娘最后的担忧,她是一个处女。

　　金小小从来没有认真想过他们的夫妻关系。今天的发现让她很震惊。这个晚上,丈夫要和她做爱她死活不肯。金小小的反抗让刘根木感到很新鲜很刺激很够味。他的力气很大,她根本不是他的对手。他进入她的身体时她第一次没有叫。她不但没有叫,她还哭,泪水从她的眼角流下来,把枕头都浸湿了。

　　可怜的刘根木毫无察觉,他完全沉浸在自己的快乐之中。他从来就是一个胜利者，占领者，拥有者。侵略者一般不怎么计较占领的是一片什么样的土地。刘根木带着满足的微笑进入梦乡。

表面上，他们的生活没什么变化。只是金小小夜里常做噩梦，噩梦醒来就心跳。不是她希望的那种心跳，是心慌心悸。心吊在空中摇晃，没着没落。有一天半夜，金小小的心晃得厉害，口干舌燥，大汗淋漓。她觉得自己的心快跳不起来了，就要死了，她于是就哭了出来。丈夫被她的哭声吓醒。怎么回事？她说她要死了。丈夫反倒笑了起来，说，没灾没病，哪有那么快就死。他摸了摸她的身子，果然出了一身冷汗。又做梦了吧。他起来，给她倒了一杯水，并在水里放了糖。喝了就没事。她就乖乖地把糖水喝了，果然好多了。丈夫就把她的湿衣服脱下来，拿毛巾来擦她的身子，擦着擦着就想要她，她没反抗，由他摆布。她不是不想反抗，她没力气反抗。

/5/

有一天，刘根木在《Ａ州电视报》上看到一则广告，一家公司名为环宇纳米纺织科技发展有限公司要聘请一位纳米专家当顾问，顾问费12万元／年。刘根木把广告拿给老婆看。金小小的心动了一下。她知道纳米技术运用还有一段很长的路要走，她也知道，纳米器件研制水平和应用程度是一个国家是否进入纳米时代的重要标志。她还知道学校提倡老师与企业联手搞开发，一是可以为学校创造经济效益，二是可以提高学校的知名度和影响力，有利于学校规模的扩大。她自己也想在这方面有所作为。但她不相信本地有这样的企业。她说，这种公司只能在北京、上海、深圳。刘根木说，管他真假，一年12万。顾问，顾问，有顾才问，不顾不问。不拿白不拿。她说本市没有这种能力。他说就是因为没有能力人家才登报找专家，才舍得拿钱。再说了，我们正需要钱。他们的女儿要上重点中学，他母亲来电话，学校要赞助费5万元。金小小还是拿不定主意，要不你先去找找，看看这家公司在哪里。他说，这不是写在报纸上，新华中路888

号,金穗大厦。你先去看一下嘛。他想,也是,如今骗子很多,不看看心里不踏实。

金小小去上课,刘根木把家里收拾一下,便开车出门。他是出租司机,他知道金穗大厦,但他没听说过环宇公司。金穗大厦是本市最高楼,38层。三八是本地的一句骂人的话,这句话专骂女人。三八,就是神经兮兮,疯疯颠颠的女人。所以这座大楼便有一个外号,叫三八大厦。刘根木想,冲着这个名字,本地人不会在这座大厦开公司,这家公司一定是外地人开的。他在大楼下面十几块金字大招牌里,果然看到一块写着A州环宇纳米纺织科技发展有限公司的招牌,金底红字,很惹眼。

环宇公司在第38层,占据着东边的半层楼,几十个房间。刘根木从电梯出来,就有两位靓丽的小姐同时对他说,先生你好。他点了点头,拉了拉领子,挺了挺身子。有一刹那间,他有点底气不足,可想到老婆是博士,他的腰杆子就硬了起来。他认真地看了一下站在电梯边的两个小姐,一个眼睛大一些,一个眼睛小一些,但眼睛小的那个脸上有酒窝。脸上有酒窝的小姐说,请问先生您找谁?他说环宇公司。于是她便在前面领路,拐弯进了一间房间。那房间很气派,桌子很大,桌子后面坐着的也是一位小姐。带路的小姐做了一个就是这里的手势,走了。他走进去,对坐着的小姐说,我找总经理。那小姐微笑地说,您有预约吗?他愣了一下,这小姐好像在哪里见过。什么预约?她说,就是预先约定。他说没有。她说对不起。有什么事可以先和我说。他想了想,拿出电视报,指着广告说,这是你们的广告吗?我是来应聘的。您是纳米专家?小姐站了起来。他说,不,我老婆是,我先来看看。小姐笑了起来,说,请稍候。小姐穿过长长的走廊,在另一个拐弯处消失了。

刘根木坐在沙发上,架起二郎腿。他想起来了,这位小姐长得有点像他以前找过的一个小姐。当然不可能是那个人。他环视了一下这个房间,伸手摸了摸沙发边上的发财树,真的,不是塑料做的。他又摸了摸花盆里的小石子,一块块小石子白得十分灵巧十分可爱。这家公司有实力。我老婆在这里当顾问,派头。这样想着,就更加觉得老婆的可爱。因为有了她,他也跟着派头了不少。小姐回来,对他说,我们李总有请,请跟我来。

总经理很英俊很有风度。他开门见山地说,听说您的夫人是一位纳米专家。他说是的,她是纳米博士。他说出了她毕业的大学和她导师的名字。并且说她现在是A州大学的副教授,不久就升教授。李总说,没想到没想到,A州有这样的专家。能见见她吗?他说,现在?李总说,就现在。刘根木看了一下手机上的时间,想必她已经下课回家了。那就走吧,他说。小姐说,李总,我也去吗?李总说,去。他们下楼。刘根木说,李总坐我的车。李总说,好啊,你有车。他指了一下停在路边的出租车。本地的出租车全是黄色的。小姐说李总还是坐我们自己的车吧。李总笑了笑。刘根木尴尬地说,也好,我前面带路。小姐开出来的是一辆黑色的奔驰。这更增加了刘根木对这家公司的信任。

刘根木按响了自家的门铃,开门的是金小小。她没有注意到他身后的客人,她开了门就准备转身回到她的书房。丈夫叫住她,说,我把环宇的总经理给你带来了。李总上前一步,很有礼貌地说,事先没有预约,冒昧打扰,实在对不起。同时递上自己的名片。金小小接过名片,说,对不起,我没有名片。姓金,叫小小,是A州大学化学系的老师。站在后面的小姐说,金老师您好。金小小笑了笑,说,小姐贵姓。她说,免贵姓毕,毕晓雪,您就叫我小毕,是李总的秘书。金小小的眼光扫了一下名片,知道这位李总叫李亮一。刘根木说,坐坐,都请坐。说着他就去烧水泡茶。坐定之后,李总说,金老师好脸熟啊,我们像在哪里见过。金小小这才认真地看了一下这位李总经理,也觉得好像在哪里见过,但想不起来。金小小说,李总的公司是搞纳米的?李总说,严格地说,是想搞纳米的。金小小想,果然是骗人的。

李总说,金老师一定在想,骗人,一个大骗子。是吗?不不,我没这么说。金小小有点不好意思。李总呵呵一笑,金老师是个老实人,不会撒谎。金小小脸红了一下,说,如今国内国外,有一股纳米热,大家都想搞,可以理解。李总说,我就是冲着这一点来的。要是金老师信得过我,我们一起来创业。金小小一脸困惑。

李总说，金老师，我是学中文的，毕业于20世纪80年代的北大中文系，当过报社记者，杂志编辑，写过诗。她偷偷地看了他一下，果然有点李白的风度。有一天，我看到一张图片，那实际上是一幅黑白照片，斜斜的一座高楼占据了半个画面。我突发奇想，我应该去盖房子。我于是就下海，从泥水匠包工头做起。毕小姐插话说，我们李总是一位很成功的房地产开发商，个人资产超过10亿元。李总摆了摆手，不让她说下去。最近，我在报纸上看到这样一句话："可以想象我们的电视机、电脑可以又薄又软，像纸一样地卷起来带着走吗？纳米技术的发展将使这一设想成为现实。"我又突发奇想，我应该去搞纳米。

刘根木泡了茶，一人面前放一杯。毕小姐说谢谢，李总用两只手指在自己的杯前轻轻地点了两下，表示谢谢。这是本地的习惯。他的目光锁定金小小，无暇他顾。

金小小说，为什么是纺织？李总说，我想这要简单些，而且市场更为广阔。我没想到的是，我能遇见一位女博士，那就更对味口了。试想，在淅淅沥沥的雨中，身着纳米衣服的女士们从从容容地在大街上散步，那是一道多么亮丽的风景啊。不是说，经过纳米技术处理的衣服能防水吗？

金小小说，李总真是个诗人啊。说这话的时候，金小小的心跳了一下，脸红了一下。她已经决定和他一起创业了。

李总说，就本质而言，世界就是一首诗。人生也是一首诗。金小小的心又跳了一下。她说，李总不愧是北大中文系的，出口成章。李总说，这么说，金老师同意合作了？金小小郑重地点了点头。

一切都由你来设计来指导，我来投资。李总说。金小小说，我不懂纺织。李总说，我已经把本地的一家很现代化的纺织厂买下来了。毕小姐说，金老师就负责纳米技术的处理。不管布的事，金老师做的是锦上添花。

刘根木说，如果是这样的话，那就不是简单的顾问了。李总说，刘师傅说得对，不是顾问是总工程师，年薪36万。如何？

刘根木不敢相信自己的耳朵，张嘴说不出话来。金小小说，不不，李总，你还没看看我行不行呢。从实验室到车间生产，是一个过程，而且谁也不敢保证能成功。李总说,一年不行两年,两年不行三年,你会成功的。金小小指着自己的鼻子,我会成功,你就这么肯定?李总说,肯定。我向毛主席保证,你一定行。

金小小笑了起来。李总说,不好意思,用了一句过去的流行语。金小小说,我喜欢。她的心跳得更快,脸也更红了。

送走李总和毕小姐,刘根木说年薪36万,不会是骗人的吧?金小小说不会。刘根木说这姓李的是不是个江湖骗子。金小小说,他要骗我们什么?他又没拿我们的任何东西。最多不给钱。我无所谓。刘根木想想,也对。我们什么也没少。金小小说,我还是先给导师写一封信。说着便进了她的书房,打开电脑。

36万,36万,要真一年有36万怎么花?刘根木自言自语地说,他呷了一口茶,顺手抓起压在屁股下的电视报,对,买房子。就是这份登着这则广告的电视报,第一版上就登着售房广告:一梯一户,至尊豪宅。复式结构,客厅挑高,230平方米大空间。明厨、明卫、明餐厅,动静分明,干湿分离。大客厅、大主卧、大露台、入户私家花园。法式结构,引人入胜。他妈的,这么好的去处,平时连看都不看。傻子。骂了傻子之后,他自个儿就笑了,没钱看个鸟。他用手指弹了弹站在广告上的靓妹,送钱又送房,这报纸办得好。

在回公司的路上,毕小姐对李总说,这金老师有点可爱,有点天真。李总说,你看她有几岁?毕小姐摇摇头,看不出。李总经风雨见世面,阅尽人间春色,难道也看不出?李亮一不说话。

第二天,刘根木接到一个电话,是李总的秘书毕小姐打来的,毕小姐的声音很甜,是刘先生吗?刘根木一时没有反应过来,没人叫他先生,只叫师傅。但他是个聪明人,立即就想到毕小姐。他说,是的,我是刘根木。他的回答很得体。某电视剧有一个镜头,对方说,您是刘市长吗,答,我是刘大伟。毕小姐说,刘先生,金老师有银行的户头吗?刘根木说没有,她有一个存折,学校开工资用的,工商银行。毕小姐说,是这样的,我们李总说,从这个月起,就把金老师的报酬按月打入她的存折。您能不能把她的账号给我？刘根木说你等一下。他放下电话，迅速地拿出金小小的工资存折，把号码念给她，顺带问一句，钱什么时候能打进来。毕小姐说，今天早上10点之前。

其时，刘根木正要出车，接过电话，他把车钥匙扔到沙发上，他妈的，老子还开什么出租车！他不出车了，他坐在那里泡茶，一边喝茶一边看电视。看了一集金庸，想想得上市场买菜，他把电视关了。刘根木开着自己的的士买了菜，就到市场边的一家工商银行分理处，把本子一刷，乖乖，果然进了2万多元。可他一算，不对啊，说好了一年36万，一个月3万才对啊。他立即打电话过去，毕小姐说，扣了个人所得税的，依法纳税是我们每个公民应有的义务。我们公司是依法纳税信得过单位。刘根木想，乖乖，这税一纳几千元！

金小小下课回来，刘根木把存折给她看，她说，真给啊。这个李总够意思。刘根木说，这是你的劳动报酬。金小小笑了笑。刘根木说，你说这钱怎么花？她说不知道。他说买套楼中楼怎么样？她说好啊。还有，他说，以前我们不是每个月给你妈300元吗，现在也提高一点，给1000怎么样？她说，好啊。

金小小到书房，拿出李总的名片，按上面的电子信箱地址给他发了一封信，信只有两个字，谢谢。她本来有很多话要说的，可是，打完谢谢，却一句也说不出来。就此作罢。关了机子，她又好像有很多话要说。可是说什么呢？你是一个诗人，你真是个诗人啊。除了这，她说不出更多的。她想诗人很伟大，毛主席就是一个诗人。她重新打开机子，开始了她作为环宇公司总工程师的工作，她不能白拿人家的钱。

金小小用了7天时间写出一套完整的方案，并把这方案寄给她的导师。

/ 6 /

不久，金小小接到导师的信，说北京要开全国纳米技术应用讨论会，他为她争得一个名额。正式的邀请函随后寄出。他说，这是总结和交流近年来国内纳米科技领域的研究与运用成果的盛会，将会有100多个专家学者和企业家出席，会议期间还有纳米产品展示，对于你们环宇公司可能有所帮助，如果那位李亮一想来，可以让他来旁听。

金小小激动地读着导师的来信，读到最后的文字，她的心竟怦怦地狂跳起来。她本能地回头看了一下，没人。是的，不会有人，刘根木不会在她工作的时候，不敲门就进来。她的信箱刘根木是进不去的，她设置了密码。当然，他也从来没想过要进去。她把导师的信原封不动地转发给李亮一，只在尾处加上一句话，你去吗？

她在不知不觉当中，已经把他当成老朋友了。信发出去，她又有些后悔，是不是太那个了。太孩子气，太任性了。她的心又无端地跳了起来。这种心跳让人激动，让人兴奋，而且甜丝丝的让人陶醉。她知道这就是她所渴望的那种心跳。这就是上帝为她开的那一扇窗。这就是她自己的世界。

金小小要红杏出墙了。她没有害怕，没有内疚，没有不安，她对自己说，我是一个多坏的女人啊。她的脸热烘烘的，她跑到镜子前，红扑扑的一张少女的脸。她要唱歌她要唱歌，可她唱出来的竟然是以前最流行的那首歌，大海航行靠舵手，万物生长靠太阳，雨露滋润禾苗壮……鱼儿离不开水，瓜儿离不开秧……这歌多好，多顺口，多真理啊。

刘根木从后面将她抱住，亲吻她的脖子。她说，别闹，人家现在不喜欢。刘根木说，不喜欢还唱歌，唱歌就是喜欢，心情好嘛。你知道你有多久没唱歌了吗？我们结婚以后，你就没唱了。金小小吃了一惊，我有这么久没唱歌了吗？是的，结婚前，你是经常唱歌的。啊，是的。时间过得真快啊。她梦呓一般地说。我以后要唱歌，把歌本拿出来，我以前手抄的那些歌本呢？以前的那些歌多好听啊。抬头望见北斗星，心中想念毛泽东，想念毛泽东。迷路时想你有方向,黑夜里想你心里明。多抒情啊。是的是的。刘根木把她抱到床上。

这一回,金小小配合得很好。刘根木站在床边大叫,真爽。

几天后,全国纳米技术运用讨论会的正式邀请函就收到了。大红的,烫金的,还附了一张路线指示图。

金小小说,我要到北京开会了,你看看这通知书,你要把东西给我准备好。刘根木说好的,好的,我就准备,给你再买一个旅行箱,有轮子能拖着走的那种,要红的还是黑的?金小小说,红的。得快。刘根木说,你跟小孩一样,说什么就是什么,不是还早吗?还有十几天哩。刘根木拿着路线指示图,这会议筹备组想得还很周到。他念道:会议报到地点,北京市门头沟区水闸南路大华宾馆。乘车路线,乘地铁到"苹果园",换乘789路车(票价1元)到"三家店南口"下车,回走右转即到。也可乘地铁到"苹果园"乘出租车到大华宾馆(价格约20元)。我们坐飞机去,打的去,我们有钱。刘根木说。金小小说,你也去?刘根木说,我送你去。她说,不,我自己去。我又不是孩子。还要你送,让人家笑话。你就是孩子,怕你丢了。我在北京读了几年书,怎么就没丢?刘根木笑了,再说吧。

但是,我的课怎么办。金小小想到一个十分重要的问题。外出开会,必须得到系里的同意。我去找白主任。我和你一起去,刘根木说。金小小说,不用,我又不是小孩。刘根木说也好,你先去,要是那小子不同意,我再去。她笑了,他不同意你有什么办法,你又不是校长。刘根木说,我比校长还厉害。

晚上,金小小到白主任家请假。她本来以为白主任会同意她去,因为白主任平时对她很客气。白主任是学校几年前从外省引进的教授,到学校第二年就当上主任。他当主任还上了电视,作为A州大学大引进人才、重视人才的一个典型大力宣传。听说白主任在电视里说了学校很多好话,校长、书记很高兴。她没想到白主任不同意她去开会。理由是系里没经费,她说经费我自己出,他又说课没人替。她说可以把课程集中一下,回来再补,他说这样做打乱了正常的教学秩序,教务处不会同意。她心里想,那别人是怎么开的会,但她没有说出来,她不好意思说,怕伤了别的老师。

金小小回来时眼眶红红的。刘根木说,我就知道白辉煌不是个东西。白教授的大名叫白辉煌。她本来不知道白主任的大名,是系里其他老师私下里骂人骂出来的。系里的年轻教师对他很有一点看法,说他没有真本事,说他原来所在的那个省评教授很宽松,还说,他的某篇论文是抄来的。她从来不介入这种评论,也不人云亦云。现在看来,白主任的确有些过分。所以丈夫在骂他不是东西的时候,她的心里有点解恨。刘根木说,你别担心,我去找他,他不敢不同意。金小小说,你可不能横来,如今是法制社会。刘根木说,这个你放心。金小小不放心,因为白教授又瘦又小,听说还有糖尿病。

刘根木很快就来到白教授家。他们实际上住在同一个教工宿舍区,一个住18号楼,一个住25号楼。18号是博士楼,120平方米,25号是教授楼,150平方米。中国的确已经进步了,重视知识重视人才了。刘根木按响白教授家的门铃。白教授亲自开的门。白教授不认识刘根木,第一句话是请问你找谁?刘根木说我就找你白主任。白教授迟疑之际,刘根木已经在沙发上坐定。他说白主任您坐,我是金小小的爱人。白主任松了一口气。听说你不同意我爱人去北京开会。白主任说不是不同意,是系里有困难。刘根木说别人可以去开会,我爱人也可以去开会。开会是上面通知的,又不是她自己想去。我听说,有人经常坐飞机到处开会,西安、成都、南京、上海,还有武汉,到处跑。刘根木把武汉说得重重的。我还听说,武汉那个地方的会不大好开,学校还专门派人把他接回来。白主任的脸色变得十分苍白。他说金老师一定要去开也不是不行,只是系里还要研究一下。刘根木说,那我就等白主任的好消息。刘根木走的时候对白教授笑了一下,说白主任我是个开车的粗人,有些话说得不得体,请白主任原谅。白主任是教授,是处级干部,大人不计小人过。

白教授说,我就喜欢直来直去。你走好。白主任重重地把门关上。刘根木冷笑一声,老东西,要是不识相,老子让你身败名裂。

回来时金小小担心地说,你没把他怎么样吧。刘根木伸出双手,捏了捏拳头说，我是博士家属，我不能没教养对吧。金小小以为他把人家白主任打了，说，你怎么能乱来。刘根木笑了起来，说，我是打了他，可我没打在他的身上，我打在他的心里。这狗东西。她怯生生地说，他同意了？刘根木说，他不敢不同意。

　　第二天上课的时候，白主任遇到金小小，他很客气地说，金老师，你上北京开会的事，刚才和几位副主任碰了头，大家认为，产学研三结合是我们学校一贯倡导的方向，这又是一个全国性的高级别的会议，能出席这样的会议也是我们系的光荣。系里同意你去。什么时候走啊？到了北京，请代我向你的导师问个好。这个会一定是他让你去的吧，名师出高徒啊。金小小连声说谢谢。

　　下课回家，金小小高兴地说，白主任同意了。你用的是什么法子？他说，老公有老公的办法。什么办法，他不说。她心里便有些忐忑，再三问，他还是不说。他知道这种事不能告诉她，只要他不说，她永远不明白。要让她有许多不明白。她有许多不明白，她就得依赖他，听他的。她永远不明白她就永远是他的。

/ 7 /

　　一天早上，在环宇公司总经理明亮安静的办公室里，毕小姐对李总说，你看，你去吗？多温柔亲切，多小鸟依人啊。她说的是金小小给李亮一的信。先是谢谢，然后是你去吗，言简意赅，情真意切。热烈祝贺啊李总。这可是你遇到的最高层次的淑女，女博士。窈窕淑女，君子好逑。你可以不遗憾了，不用哀声叹气，不用说知音难觅了，天上掉下个林妹妹了。比林妹妹更妹妹。林妹妹算什么？她有文凭吗？她懂纳米吗？她会外语吗？她只会作那种酸溜溜的诗，说酸溜溜的话，她只会哭鼻子，只会耍小脾气。

　　李亮一什么话也没说。一脸真诚。他的管理历来是民主的，他还特别提倡批评和自我批评。知无不言，言无不尽，言者无罪，闻者足戒。有则改之，无则加勉。这是我们的事业兴旺发达的表现。

毕小姐说，对不起啊李总，我不该说这些。李总呵呵一笑，说，没事，没事，你有权这么说。你说得好。

李总之所以说她有权这么说，是因为她和李总的关系非同一般。他们不是一般的主顾关系，她不是他一般的秘书。正像很多小说里面写的那样，她是他的小蜜。小情人。他在本地的压寨夫人。毕小姐说，真的对不起，我说得太多了，我不该管你的事。他说你说得好，你很有想象力。真的，从认识你的那一天起，我就认定你很有想象力。毕小姐笑了一下，她笑得很勉强。她有一种预感，她将要失去他的爱，她很无奈。美好的时光将要过去。

他们是在江西南昌的一家酒店认识的。那个时候，她在餐厅当服务员。她刚从老家来，她一无所有，她所有的就是她的姿色和一点小聪明，她能把别人讲过的故事一滴不漏地记下来，并在别的场合下加以发挥。她还特别喜欢记成语，并加以运用。她的工作给她提供了许多学习机会。酒桌上不乏机智幽默、出口成章的文化人，更不缺少阿谀奉承，好话连篇的公务员。他们都是她的好老师。

他们餐厅刚刚推出一道新菜，实际上就是现烫牛肉丸子。那丸子做得很小很脆，扔到桌子上能跳三跳。汤是上好的牛肉汤，特别香。汤开了，抓一把丸子放下去，现烫，现捞，现吃。这道菜起了个很土的名字，叫"好运随你捞"。别看这名字土，却很能吸引人，也合时代潮流。有专家说，越土越洋，越是有地方特色越具有全国性，越有民族特色就越具有国际性。

说来也是缘分。那天李亮一在这里请客。上这道菜的时候，他对站在一边侍候的毕晓雪说，小姐，这道菜为什么叫"好运随你捞"？毕晓雪看着这位风流倜傥潇洒俊逸的李总，突然来了灵感。她微笑地说："捞到一个，一帆风顺；捞到两个，好事成双；捞到三个，三羊开泰；捞到四个，四季常青；捞到五个，五谷丰登；捞到六个，六六大顺；捞到七个，七星照耀；捞到八个，八仙过海；捞到九个，天长地久；捞到十个，十全十美。"

在座的一片叫好声。毕晓雪对自己也很惊奇，她不知道为什么自己出口就来，把平时的成语好话全用上了，而且用得如此贴切。在别人叫好的时候，李亮一不动声色地说，要是一个也没捞到呢？她愣了一下，她没想到李总会这样问。客人们跟着起哄说，是啊，要是一个也没捞到怎么办？有了，她笑吟吟地说："要是一个也没捞到，好啊；无忧无虑！"这一下，李总带头鼓掌。

饭后，客人们走了，李总对她说，请问小姐芳名。她说毕晓雪。他说毕小姐想不想到敝公司来工作啊。毕晓雪说什么工作。他说就当我的秘书，月薪5000元，如何？她说好啊。他说一言为定。明天早上，我在敝公司恭候，不见不散。李亮一递给她一张名片，那名片上写的是神州房地产开发总公司。

第二天她去找他。两年后，他把她带到本市。

李亮一对毕晓雪的想象力是满意的，她把金小小比成天上掉下来的林妹妹，后面的几句话更精彩，她有文凭吗，她懂纳米吗，她会外语吗？他受到这想象的启发，他找到了通向金小小的秘密通道。

这一天上午金小小和刘根木都在家。金小小没课，刘根木也不出车。他说，我把服务工作做好了，比什么都重要。金小小却有点心烦意乱。她好不容易才说服了刘根木，不让他跟她上北京。但她还没有接到李总的回信，不知道他要不要一起到北京去。她不能让刘根木知道这件事。她又不能给他打电话。以前，她很少打电话，也懒得打电话，偶尔身体不舒服上不了课，她就对丈夫说，给系办打个电话，说我病了，去不了了。她一切都由丈夫代理，没觉得有什么不方便，还感到自己很幸福。现在她才感到，她就像一个囚犯，她的一切已经在不知不觉当中被丈夫控制了。她甚至连接电话的权利都被剥夺了。每次电话铃响，他都说，我来接，你专心搞你的学问，不要分心。

今天早上，电话铃响了三次，金小小的心跳了三阵子。第一次是系办打来的，通知星期四下午政治学习的内容，让带一本叫《科学发展观》的学习材料。刘根木说知道了，他把那本黄皮的学习材料放进她的讲义夹里，同时把讲义夹里的教案拿下来。说是星期四下午，其实就是今天下午。到时，他会准时把她叫起来，让她吃一个苹果，然后告诉她学习内容和所带的材料。第二次电话是老家打来的,刘根木的母亲报告他们的女儿期中考的成绩,语文99分,写错了一个字,数学100分。在全年级排名第二。第一名一个,并列第二名有两个。刘根木说知道了,让她再接再厉,争取考第一名。期末考要是考了第一,奖励1000元。这个电话刘根木准备在吃饭的时候或者她中间休息的时候才告诉她。第三个电话是他的一个客户打来的,要包车到省城。他说,对不起,没时间。包车到省城是一桩好生意,来回1000元,以前他很喜欢,现在他不挣。他是一个想得开的人,不能什么钱都要。

响了三次电话之后,金小小很想问,有没有她的电话,但她没敢问。她怕他起疑心。过去,电话来了,就是她坐在电话边上,她也懒得接。有时,要是她正在看书,她就会对他说,快接呀,烦死了,响个不停。那语气很霸道,很撒娇。过后她也不问谁来的电话,一切都与她没有关系,一切都交给他去处理。这也许叫做贼心虚吧。这么想着,她就有点心跳,有点高兴。

10点钟的时候,第四次电话响起。刘根木拿起话筒。你好,这是金小小家。我是刘根木。他是博士的丈夫,接电话讲究文明。可是话筒里传来的是一阵番仔话。番仔话就是外语。本地话大凡涉洋的名词,都在前面加一个番字。火柴叫番仔火,煤油叫番仔油,洋人使用的工具叫番仔家私。外国说的话叫番仔话。刘根木吓了一跳,他从来没接过这样的电话。但他毕竟见过世面,处变不慌。他冷静地听了好一会儿,终于听到了其中几个很生硬的中文,金小小。他依稀记得小小说过,她有一个美国同学,在北京和她同一个实验室。想必这是她的美国同学的电话。

刘根木推开金小小的书房,说,你的美国同学来电话了。金小小有点不相信,她和那个美国同学关系一般,毕业后就没有来往。她拿起电话用英文说了声你好,我是金小小。接下来的声音让她很惊喜。

那不是越洋电话,那是李亮一的鬼把戏。他告诉她为了不让别人干扰他们的谈话,他只好借助于大不列颠的语言。他这样做是不得已而为之。她说这样很好,这正是她企盼的。她说李先生果然是个诗人,这个点子很有创意,很罗曼蒂克。他说能不能找一个罗曼蒂克的地方,和她共进晚餐。她表示这种事很美好,可操作起来这有困难。正像他所看到的那样,她不是一个自由人。她说以她之见,他也不是个自由人。他说何以见得。她说李总的一切事务都要经过秘书。他说她果然非同一般,一针见血。

他们说话的时候,刘根木一直在看着她。他从来没见过她接电话这么眉飞色舞,他有点吃醋,好在那家伙远在美国。

看来他们要在电话里没完没了地聊下去,好在电话是那边打过来的,不用我们付费。刘根木有点不耐烦,他不能像傻瓜一样地站下去。他得去做饭。

接完电话,金小小不由自主地唱起歌,唱的还是以前的颂歌。在刚才的电话里,李亮一告诉她,她对那些颂歌情有独钟是有道理的,因为那些颂歌很多都是原来少数民族的情歌改编的,所以情真意切,缠绵悱恻。这让她很高兴。李亮一果然是一个博学多才的家伙。李亮一一派胡言乱语,可金小小却信以为真。

这回她唱的是《浏阳河》,唱起来果然像情歌。

吃饭的时候刘根木问那个外国番仔有什么事,没完没了地说,用掉多少电话费,他不心疼我还为他心疼。她说也没说什么,几年不见了,说说情况。他说他已经结婚了,有一个小男孩子,很可爱,他的妻子也是搞纳米的。他还告诉我一些国外纳米技术发展的动态。没有别的?能有什么别的。对了,我告诉他我要到北京去开会,他说他也很想来。可是来不了。他们公司不会让他来。他问,他们公司给他多少钱。她说她没问,问钱是不礼貌的。但不会少,她想一年最少也有五六万美金。他说,也不多,折合人民币也不过四十几万。他于是很为老婆骄傲。

金小小对自己胡说八道的能力很吃惊。原来她也不是什么好东西,说起谎来脸不变色心不跳,一切都正常。想想,她其实小时候就有说谎天赋。那个时候家里穷,母亲好不容易买一点肉,她总是装着不喜欢吃肉的样子,甚至闻到肉味就恶心,把肉让给弟弟吃。她装得很像,母亲一点也看不出来。她已经很久没有说谎了,没有这样明目张胆、肆无忌惮而又大规模地说谎了。为了什么?

她的笑依然是那么天真无邪,那么纯朴可爱。刘根木情不自禁地亲了一下自己的妻子。金小小擦了一下自己的脸颊,说,讨厌。他说刚才老家来电话,孩子期中考考了第二名。我说要是期末考考上第一名,就奖励她1000元。她说不能老用钱去刺激她。他说,为什么不能用钱?重赏之下必有勇夫。他又用了一句电视剧里的台词。他对自己很满意。

/ 8 /

李亮一做事滴水不漏,给金小小打电话的手机是专用的。但他被胜利充昏了头脑,他在一天内给金小小打了两次越洋电话,这不能不引起刘根木的严重怀疑。

当天下午,金小小从系里学习刚进门,电话铃就响了。她知道是谁来的电话,可她却冲着刘根木喊道,电话。仿佛这不是她的事情。她以为她做得天衣无缝,却在刘根木的面前露了馅,因为这有点反常,与往常相比,她过于主动了。平时,她对电话铃声几乎充耳不闻,最少到了第五六声之后他不接她才会发话,而此时,她在响第二声就迫不及待地喊他了。刘根木接电话的时候有些意外,又是越洋电话。不是说没什么事吗?他对她说,又是那个美国佬。她接电话的时候脸红了一下。刘根木不动声色地看她打电话。心里说,不对啊。

金小小很快就进入状态。他们在电话里聊得十分愉快。又说到各自的爱好,又说起了唱歌的事。他们都喜欢那个时代的歌。他说歌是心灵的诗,和诗相比,它多了一双翅膀。他又说,在那种特殊的年代,在我们的潜意识里,我们实际上把自己的许多美好的情感和对美对爱的追求与梦想都唱到颂歌里去了。实际上也把我们的青春年华唱进去了。她说是的是的,此时,有许多歌的旋律在她的心里打转,她差一点就唱出声来。她容光焕发,她看了一下站在旁边的刘根木,对他笑了一下。她在不知不觉中对他表示了她的反抗与示威,她没有觉察。

他的英语说得很流利，很美国，他可能在美国待过。他说，你很久不唱，现在唱，实际上是对青春的追忆和挽留。当然，完全可以有其他的选择。她说她不喜欢现在的流行歌，她就会唱那个时候的歌。他说，你是不是在唱歌的时候感到自己特别年轻特别青春。她说是的是的。他说这就对了。而且那些歌词总是让你做出特殊的联想。她说对极了。

他说为了帮助她进入角色，他可以推荐一首古诗词，这是伟大领袖80年前的作品。那个时候他新婚，为了革命不得不到外地，忙过一天半夜里想起新婚的妻子，就写了一叫首《虞美人·枕上》。要不要我来念一念，用中文。她看了一下在不远的地方擦桌子的刘根木说，不行，他会听见的。

他说那只好用英文把大意说一下了，开头的一句是这样的，你听好了：堆在枕头上的愁是个什么样子呢？就像在江海上翻滚的波浪。夜太长了睡不着，只好起来把衣服披上，很寂寞地坐在那里，看寒冷的星星。等到明天所有的思念都化为灰烬，剩下来的只有你——离人的倩影。残破的月亮已经向西边流落，这个时候，不流眼泪也不可能了。

他是个诗人，他真的是一个诗人，不是诗人绝不会把诗翻译得这么动人。他说怎么样？她说，我真想你啊。他说我也是。我们找个机会见见面吧。可是他们商量了半天，却找不到合适的时间和地点。

电话打了半个多小时，放下电话的时候，刘根木走过去，看了一下来电显示，说，这数字好像是国内的手机号码。金小小说，不会吧，他人在美国啊。你自己来看看。她说，我看不懂。刘根木说，要不，打过去问问，他如果到了中国，就请他到家里来坐坐，省得浪费电话费。金小小这一下有点心慌了，她看到刘根木按电话号码键，一时乱了方寸，不知如何是好。好在电话一直没人接。刘根木说，我想他一定是到中国来了，这是国内的手机，一定是。金小小说，也许吧，他没说，外国佬都是粗心大意的。再粗心也不能不说他在哪里啊。她说，是啊。她一脸茫然。女人要装起糊涂来，比谁都像。

刘根木说，他说了些什么呢？她说，也没说什么，他说他最近读了一首中国的古诗，很有意思。这就对了，他在中国。他懂中文？她说，他读的是英文版。他说，如果他懂中文，下次就让他说中国话。金小小勉强地笑了一下。

刘根木说，我去买菜，晚上没菜了。要是他再来电话，就问个清楚，如果他在中国，就请他来家里坐坐，这也是起码的礼貌。你说呢？

刘根木一走，金小小就给李亮一挂手机，可是没人接。她希望他来电话，可一直到刘根木买菜回来，做完饭，他们一起吃饭，都没电话。

刘根木今天又给她做黄花鱼汤，甜的。吃过饭，金小小把自己关在书房里几个小时，却一个字也读不下去。睡觉的时候，刘根木把她抱在怀里，她却心猿意马、提心吊胆睡不着。刘根木说，怎么不睡？她说睡不着。他说我已经把电话线拔掉了，安心睡吧。她还是睡不着。刘根木抱着她像哄孩子一样地哄她。有一会儿，她好像睡着了，却又被噩梦惊醒。她看到她掉进了一个深深的大坑里，黑洞洞的大坑没有底，她一直往下掉。她看见她的心在空中摇晃。她大叫一声，醒了。他说，怎么，又做梦了。她说我掉到大坑里，我害怕极了，我以为我要死了。他在黑暗中冷笑了一下，说，没事，有我呢。

第二天金小小去上课的时候，刘根木到电信局，要查那个号码，人家不让查。为客户保密是他们的天职。

金小小下课回来之前，到系办给李亮一挂了个电话。可是手机还是没人接。她想会不会发生什么意外。病了还是出车祸了？她的心狂跳起来。她给他的公司挂电话，接电话的不是毕小姐。她说我找李总。对方说，对不起，李总不在。她说，那就找毕小姐。对方说，毕小姐也不在。

他们几乎是同时到家的，一前一后，金小小没有机会再打电话。金小小有点后悔，她应该到他的公司去看看，他是不是出了什么事情。当然她没有按时回家刘根木会问，但用一个随便什么理由都可以搪塞过去，学生提问，老师聊天。刘根木说，离去北京开会没几天了，飞机票也该买了。她说，那就去买吧。

下午，刘根木去买飞机票的时候，金小小又给李亮一打了几次手机，还是没人接。

李亮一此时正在去南昌的路上。他的生意出了一点麻烦，他必须亲自跑一趟，加以妥善处理。坐在他身边的毕晓雪接到一个短信，说有人找李总和她，并附电话号码。她报告了李亮一。李亮一说，会不会是金小小打来的。她说应该不是，是一个陌生的号码。李亮一这才想起匆忙间把那部专用手机忘在办公室里了。他想金小小一定想到什么约会的好办法，要和他商量。毕晓雪说，离去北京开会的时间只有几天，人家还等着你回复哩。什么会？李亮一想他们的"越洋"电话太浪漫了，居然没有就一些实际问题做认真的探讨。毕晓雪说，你是真糊涂还是装糊涂？就是金小小的那个全国纳米会。李亮一说，那就给她发个"伊妹儿"，说我们从南昌直接上北京。来得及吗？李亮一说，这是一个难得的机会，不能放弃。毕晓雪当即打开手提电脑，给金小小发"伊妹儿"，说李总直接从南昌飞北京开纳米会。

金小小什么书也看不下去，她想上网随便看看，顺手打开电子信箱，意外地收到李亮一的信。喜出望外。她这才想起她犯了一个小小的错误，她应该给他打另一部手机。既然秘密通道出了故障，就应该恢复正常的联系办法。她怎么就没想到？人，有时很精，有时很傻。好，非常好，他要到北京，只要他到北京，他们就有机会见面。一想到她将要在北京和他见面，她的心就无端地跳了起来。他要从南昌走，这么说他人在南昌。他到南昌做什么？她立即给他回信，问他在南昌做什么。她知道这信瞒不过他的秘书，也只好这样了。发了"伊妹儿"，她又嫌太慢，生怕人家没开机，不如打电话快一些。这种事本来很简单，她显得有一点手忙脚乱。她对自己说，先打电话，先打电话，打他的手机，这一部手机。她怕记错号码，就把他的名片找出来。她正对着名片按号码，听到门重重地响了一下，刘根木回来了。

刘根木买了两张飞机票。他决定和她一起去。

一起去，一起去，好啊，那就一起去吧。金小小看着他拿回来的飞机票，喃喃道。刘根木说，你自己去我不放心，真的不放心。你已经很久没有出过远门了，你晚上做梦，睡不好觉，你这样子能让人放心吗？多花一点钱就多花一点钱吧，我想通了。钱是干什么的？钱是人赚的，钱就是要为人服务的。她说，房子呢？你不是想买楼中楼吗？他说，没有人，房子有什么用？他说的句句在理，体贴入微，她没有任何反对的理由。

他说，那个美国佬没有再来电话吗？她说没有。看来出了一点问题。她说什么问题？他说，我不知道是什么问题。一个一直没有来往的外国人突然来电话，你认为很正常吗？她说外国人比较随意，你不了解外国人。他们总是会做出一些让人意外的事。可是他为什么要在中国打电话呢？她说你怎么就肯定他一定在中国？他说，我到电信局查过了，这是国内的手机号。

金小小的脸顿时发白，白得像一张纸。

/9/

金小小提心吊胆、战战兢兢地过了几天。几天后，她像犯人一样地，被丈夫押到了北京大华宾馆。

金小小没有看到李亮一。

开会了。

刘根木在宾馆的标房里看电视。北京电视台正在现场直播全国纳米技术应用讨论会的盛况。刘根木在电视里看到自己的妻子。金小小坐在第三排正中，高雅端庄，美丽迷人。镜头在她那里停留了足足10秒钟。他看过各种各样的会议报道，从中央到省里到市里，主席台上的领导人都一一照过，一般以大小论时间，职务越高镜头在他的脸上停留的时间越长。妻子不在主席台上，主席台上都是一些著名到他不知道是谁的专家学者和科学院及有关方面的领导。但是，在他的印象中，镜头在他妻子的脸上停留的时间并不亚于主席台上的大人物。

全国全世界都看见他的妻子。她不但是个美人，她首先是一个博士，不是一般博士，是纳米博士。博士是稀少的，纳米是神秘的。纳米博士就更让人神往了。就是这样一个在电视里风风光光的女人，每天晚上都躺在他的怀里睡觉，在他的怀里撒娇，在他的怀里哭泣。他还可以让她大叫，让她呻吟。让她死去活来，让她神魂颠倒。刘根木突然哈哈大笑，大笑哈哈。刘根木你真了不起，太了不起了，刘根木。他打开放在桌上的啤酒，咕噜咕噜地，一下子就干一瓶。好爽啊。镜头转过来，他又看到他美丽迷人的妻子，她在电视里鼓掌，脸带微笑。哈哈，她不是在为领导的发言鼓掌，她是在为他鼓掌。她应该为他感到骄傲才是，他强壮有力，他无微不至，他是她无可争辩的保护神。

金小小不让他到会议餐厅去吃饭。他认了。他是一个通情达理的人，他不能不给她留一点面子。他不重形式，重内容。在很久之前，他就悟到一个道理，在很多时候，在主席台旁边抽烟的比在主席台上就坐的更重要更本质。他坚持一条，她必须和他一起睡觉。在报到的时候，这让她有一些难堪。好在，会议经费充足，房间宽松，负责会议报到的小姐见多识广，见怪不怪，没有怎么为难她就同意了。他过后了解到，其实与会者大都安排单间，其中也不乏携带家眷的专家。

刘根木暗自庆幸他来对了。让他娇美的妻子单独一人住在这样一个单间里，实在让人不放心。

李亮一是第三天才到会的，他被南昌的事情耽搁了。他没有带毕晓雪。他和金小小在吃饭的时候碰了头，他们利用小组讨论的时间，给自己安排了一次幽会。

精明的刘根木居然没有发现李亮一的到来。这真是应了古人的一句话：智者千虑，必有一失。

一切都经过李亮一周密的安排。他们从后门走出宾馆，一辆的士无声地开过来，在他们的身边停住，车门无声地打开，他们上车之后，的士又无声地向前滑去。一路上，李亮一一直握着金小小的手，金小小的心跳个不停。他们没有说话。仿佛一说话就会暴露目标。不一会儿，的士在一座大楼前停下来，他们下车，上楼，最后来到一个昏暗的房间。

这是一个小小包厢，他们面对面地坐下来之后，金小小扑哧一笑，说，我们成了地下党。能告诉我这是什么地方吗？李亮一说，这里叫苹果园，是这一带最好咖啡厅。真好。她说。还有更好的,他对走进来的小姐说,音乐。于是,从墙壁的某一个角落,响起了一阵优美的歌声。一听到这样的歌声,金小小就心潮澎湃。"麦苗儿青来菜花儿黄,毛主席来到了咱们村庄,千家万户齐欢笑,好像那春雷响四方"。金小小抓住他的手,说,你真好。

小姐在他们的桌子上放了两杯咖啡和几碟甜点,无声地退出去,同时把门带上。房间里显得更加幽雅,安静。有一束红色的光,在他们的头上闪烁。

《毛主席来到咱们农庄》之后,是《社员都是向阳花》、《毛主席的话儿记在心上》、《毛主席永远和我们在一起》、《革命熔炉火最红》……一首接一首。他们都不说话,静静地听着。那遥远的歌声在他们的心中流淌着,金小小激动地流出了眼泪。金小小说,我是不是有病,一听到那个时候的歌,我就热血沸腾,心潮起伏。我的血管里好像流的是那个时候的血。李亮一把另一只手放在她的手背上,微笑地说,你没病,没有,我也喜欢那个时候的歌。我们都是那个时代走过来的,我们都逃不出那个阴影。不过,我说了,那个时候很多歌,实际上都是情歌。她笑了起来。她笑得很天真很灿烂。

这个时候,唱的是一首拥军的歌,《解放军同志请你停一停》。"早上我走出了帐房,解军同志你去向何方,请你下马停一停,看看我们的牛羊……"金小小说,记得那个时候,县里来了一个文艺宣传队,演的就是这个节目,一男一女,那个演解放军的有点羞涩。

李亮一说,对了,我给你带了毛主席的那首《虞美人》。金小小说,快拿出来我看看。他说,拿不出。怎么拿不出来,你不是带来了吗?在我的心里。金小小脸红了,心也跳得很厉害。说,你坏,真坏。她说完真坏,脸更红了,她发现她像一个还在青春期的女孩。

他说,我给你把她从心里掏出来好吗?她说,你真是一个诗人。李亮一反过来把她的手抓在自己的手中。她感到很温暖。这个时候,正在唱,看见你们格外亲。

李亮一是个天才的朗诵家。他的声音低沉而富有磁性，把她紧紧地吸住："堆来枕上愁何状，江海翻波浪。夜长天色总难明，寂寞披衣起坐数寒星。晓来百念都灰尽，剩有离人影。一钩残月向西流，对此不抛眼泪也无由。"

歌还在唱，唱的是，"马儿啊，你慢些走，喂慢些走哎，我要把这壮丽的景色看个够……"

金小小说，我会死的，真的，要是没有你，我会死的。李亮一说，不会的，你没事，一点事都不会有，因为我会永远在你的身边。

金小小回到宿舍的时候，天已经黑了。她一边敲门，一边唱着歌，她唱的是《浏阳河》。"浏阳河，绕过了几道弯，几十里水路到湘江，江边有个什么县，出了一个什么人，领导人民得解放……"刘根木开门说，开完了？她说开完了。吃过了？她说吃过了。

看着容光焕发，神采飞扬的妻子，刘根木对自己说，不对啊。今天开的是什么会？大意了，大意失荆州啊。

他说，洗澡吧，开了一天的会，也累了。她说不累，开会有什么累的。她一边洗澡还是一边唱歌，唱的全是过去的歌。他知道那些歌。这一回是《珊瑚颂》。"一树红花照碧海，一团火焰出水来，珊瑚树红春常在，风波浪里把花开，哎，云来遮，雾来盖，云里雾里放光彩，风吹来浪打来，风吹浪打花常开哎……"

心情好啊，看来会开得不错。洗过澡，刘根木说。是的。她把湿漉漉的头发甩到脑后。这个动作很优雅很青春很挑逗。刘根木心中的欲火一下被她点着了。火势凶猛，锐不可当。他以迅雷不及掩耳之势，把她压在床上。不，现在不，人家不。她拼命地反抗。

任何反抗都是徒劳的。他突然笑了起来。她的歌声让他想起了那个时候人们常说的一句话：革命不是请客吃饭，不是做文章，不是绘画绣花，不能那样雅致，那样从容不迫，文质彬彬，那样温良恭俭让。革命是暴动，是一个阶级推翻一个阶级的暴烈的行动。

终于，他娇小可爱的妻子在他的革命动行中，彻底地失败了，屈服了。

哭泣了。刘根木突然来了兴致，说你怎么不唱歌，唱啊，你不唱我可要唱了。我也是过来人，我也会唱。他就唱起来："我们走在大路上，意气风发，斗志昂扬……"

　　第二天吃早饭的时候，刘根木闯进了会议餐厅。他看到金小小和李亮一同桌吃饭，有说有笑。他一下子全都明白了。他不动声色地退了出来。这个姓李的是怎么来的，什么时候来的，怎么没听她说起？她不说起，证明心中有鬼。现在清楚了，那个所谓的越洋电话，就是这位李总。他们都是名牌大学的学生，几句外国话对于他们根本就不算什么。我真他妈的混球一个，傻子一个，居然让他们在自己的眼皮底下谈情说爱！

　　接下来的几天，刘根木寸步不离，金小小难以脱身。她愁眉苦脸，不再唱歌了。金小小不唱，刘根木来劲了，你不唱，我唱。"我是一个兵，来自老百姓，打败了日本狗强盗，消灭了蒋匪军。我是一个兵，爱国爱人民……嘿嘿，枪杆握得紧，眼睛看得清，谁敢发动战争，坚决消灭不留情。"金小小说，烦死了，别唱了。

　　刘根木说，只许你唱不许我唱，只许州官放火，不许百姓点灯？就是不许。金小小蛮横地说。不唱不唱。一切听夫人的。刘根木笑嘻嘻的，再次体现了胜利者的大度与宽容。

　　会议结束时，照例要会餐。刘根木不便进去。他匆匆吃过快餐，就守在餐厅外面。这个晚宴，气氛热烈。与会代表频频举杯。平时不喝酒的金小小喝得太多了太猛了，把自己喝得酩酊大醉。刘根木在门口，在众目睽睽之中把醉醺醺、软绵绵的夫人扶回房间。与会的专家学者们很受感动，都说，金小小真幸福，有一个体贴入微的好丈夫。现在这样传统的好丈夫已经不多了。

　　会议结束后，李亮一请金小小再留一天，一起去拜访她的导师，把一些技术性的细节定下来。他的这个要求是当着刘根木的面提出来的，刘根木不等金小小出声，就很爽快地替她答应了下来。他对小小说，拿人家的钱，不为人家办事不行。

/ 10 /

环宇公司的纳米布进入试生产阶段,金小小几乎每天都到工厂,没课去,下了课也去。刘根木开车送她,鞍前马后,端茶送水,服务非常到位。

刘根木心情愉快,金小小的存折已经上升到了6位数。一切都在他的掌控之中。金小小很忧郁,白天她只干活,不说话,晚上她睡不着,做噩梦。她很想改变一下自己的生活,可她没有任何动作。她似乎希望李亮一为她做点什么,可李亮一什么也没做。李亮一总是不在。他很忙,今天飞北京,明天飞南昌。

李亮一不是没有尝试过,但他失败了。有一次,李亮一给金小小家里打电话,一听到刘根木的声音就使出他一口流利的英语。可是他听到刘根木毫不客气地说,别装神弄鬼的,中国人就是中国人,不要为了勾引良家妇女,把自己搞得中国人不像中国人,外国人不像外国人。把他羞得满脸通红。他从此断了给她打电话的念头。金小小有手机,可她的手机在刘根木的手上。他唯一能为她做的是,到影碟店里为她买了一套《红太阳》和《东方红》的老歌,让毕晓雪给她送去。

由于工作关系,刘根木和毕晓雪混得有点熟。工厂有她的临时办公室和接待室。他们有时会在金小小到车间埋头工作的时候,开一点小玩笑。有一次,毕晓雪对刘根木说,金老师喜欢唱歌?他说是的,她喜欢唱老歌。唱那些歌的时候我们都还很年轻。她说你也喜欢唱吗?他说有时也唱一点。她说唱什么?他说,《我是一个兵》。她呢?她问的是金小小。《看见你们格外亲》。

毕晓雪说这是你瞎编的吧。他说,不信等会儿让她给你唱一唱。那歌词很够味:"山想人来水想人,盼来了老八路的接班人,你是咱们的亲骨肉,你是咱们的知心人。"我是一个兵,她是老百姓,军民团结一家亲。

毕晓雪笑了起来,看不出刘先生还很有幽默感。刘根木也跟着笑了起来,他在她的面前第一次笑得这么轻松,这么放肆。他用有点色迷迷的眼光看着她。她的脸色红艳艳的，这是金小小所没有，也不可能有的。岁月不饶人。电视剧里说到美人，总是用"艳若桃花"四个字，真是传神啊。这是一个风骚的女人。他断言，很风骚。毕晓雪从他的眼光中读出了他的内心活动。这是一个贪得无厌的家伙。吃着碗里的，看着锅里的。男人都一样，李亮一比他好不到哪里去，他不是也明目张胆地在勾引他的老婆吗？她又笑了一下。

刘根木又想起那个他曾经找过的小姐，她们的确很像。他知道，她不是那个小姐，不可能是。刘根木说，毕小姐的笑很优雅很有风度很有水准。她说，哪能比得上你们家的金博士。那才叫优雅，才叫风度。风度是因人而异的。同样的笑，在博士的脸上是风度，在我们的脸上就不一样了。刘根木说，是什么？我不说。刘根木想，她不是那个小姐，可她还是小姐。她是有钱人养的固定的小姐。

有一天毕晓雪收到金小小的一封信。这信当然不是给她而是给李亮一的，因为她掌握着他的电子信箱。金小小显然知道，这信必须通过她，但她已经不管不顾了。她走投无路了。她在信中对李亮一说，能找个机会见面吗？我很难受，很想和你谈谈，哪怕是和你一起听听那些老歌。

毕晓雪看到这封信的时候心情十分复杂。她的写法让她很吃惊，他们的关系果然非同一般。她不知道在北京发生了什么，但的确发生了一些事。她知道她不可能成为李亮一的唯一。实际上李亮一已经有妻子，他的妻子就住在南昌，她每个月都要往南昌的某一个户头上汇进 5 万元。这是给他妻儿的生活费。但她毕竟是女人，她不可能看到另一个女人发给他这样真挚急切的文字而无动于衷。

毕晓雪还是把金小小的信打印出来，在李亮一不在的时候，把信放在他的办公桌上。她不想当面和他说，她怕控制不住自己，说出让他生气的话来。李亮一拿着信来找她，他说他需要她的帮忙。她说，这种事她实在无能为力，她不会替他去安慰她。不要让她做她做不到的事。他说他让她帮忙就是因为他相信她做得到，而且能做得很好。他说他已经对他们的会面做了周密的安排，但其中有一个十分重要的环节必须得到她的密切配合。她问什么环节？他说，把刘根木引开。她说，天啊，你是让我去勾引他吗，姓刘的可是一条色狼。他说，我不管你用什么手段，只要能把他引开。她说你真舍得？他说，舍不得孩子套不住狼。她哭了起来。他说，别哭，我相信你的智慧。

机会果然很快就出现在他们的面前。

环宇牌纳米布试生产出了问题，刘根木照例开车送妻子到工厂去。这工厂离市区还有一段不小的距离。把妻子送进车间之后，刘根木和往常一样，到休息室泡茶，他总是自带茶叶，他很热情地宣传这种名叫"云雾寻香"的新产品，因为这是他家乡的产品。他虽然进城了，但他曾经在那里当过民兵营长，这是他这一辈子所担任的最高职务，而且那里还有他亲爱的母亲和他的宝贝女儿。

毕小姐笑容可掬地在门口迎接他，她今天打扮得非常靓丽，这种靓丽很合他的口味。她已经很久没有这样打扮了，自从跟了李亮一，她力争使自己的穿着高雅一点，不那么俗。刘根木非常高兴，毕小姐的出现意味着他这个上午不再寂寞。他们坐下来聊天，天南地北，海阔天空。他编故事的才能再次得到淋漓尽致的发挥。毕小姐时而掩嘴巧笑，时而拍手大笑，十分天真可爱。他不时地把她和那个曾经和他有一夜之情的小姐加以对照，发现两者有许多微妙的共同之处，他突然有一个大胆的设想。把她带到某一个没人的地方，看个究竟。他记得那小姐的背上有一颗黑痣。

正在他想入非非之际，毕小姐说，不知能不能麻烦刘先生为她跑一趟，她想上街买一点女人用的东西。他问是什么东西。她红着脸，不说。刘根木被她挑逗得浑身发热。但他放心不下自己的老婆。他说，你不是有一辆奔驰吗？她说那不是她的车那是老板的车。他说老板的车就是你的车，她娇嗔地说，讨厌。他说你一走老板找你怎么办。她说老板不在，开车出去了。他问去哪里，她说不知道，老板不会向秘书汇报他的行踪。不过他已经出去两天了，估计明天才会回来。

刘根木到车间对金小小说他出去一下，如果他回来晚了，她就自己打的回去。饭和汤已经准备好了，等他回去炒菜就行了。金小小很奇怪地看了他一眼，什么也没说。

毕晓雪坐上刘根木的的士向城里驶去。她在车里给李亮一发短信，鱼已上钩。刘根木得意忘形，没有注意到这个细节。

刘根木刚走，车间里的一个技术员就把自己的手机递给金小小，说是李总的电话。李亮一讲的是英语，他让她10分钟之后到某一棵大榕树下等他。她知道那棵大榕树，那棵榕树在工厂对面的街心花园边。那里原来有一座庙，道路拓宽时，把庙拆了，当地农民很不高兴，到现在还在与政府打官司，弄得那棵榕树名气很大，没有一个本地人不知道它。

金小小走出工厂就看到那棵榕树下停着一辆黑色的奔驰车，她飞快地向那车子跑去。车门无声朝她打开。她一进车门就向他扑了过去，抱住他拼命地亲吻。他说你疯了，这是在大街上。她说我不管。

他只好由着她，让她亲个够。疯狂过后，她有点不好意思，说，我是不是让你受惊了。他说我经风雨见世面，处变不惊。她打了他一下，说你坏。她说我实在管不住自己，我都快要憋死了你知道吗。他说知道，要是不知道，他怎么会做出这样科学而周密的安排。

他把她带到一个她从来没有到过的地方。他们进了一个气派非凡的大门，但她看不到围墙。前面是一片树林。好大的一片树林啊，一眼望不到头。全是高大笔直的树。他说你知道这是什么树吗？她摇头。他说，相思树。她说骗人，相思树不是这个样子的，相思树全是矮矮弯弯的。他把车停在树林边，从后车厢里拖出一个大包。他拉着她的手，说，来吧，我们进去。

他们在树林里找到一块草地，真是绿茵茵的草地啊。她从来没有见过这么平坦细嫩翠绿的草地。他说，这些草全是从国外引进的。他从包里拿出许多东西，有一个小录音机，有一些点心和几瓶可乐。还有一样东西她没有想到，一条红色的毯子。他对她说，来，我们把它铺好。他们一人一边拉开，把毯子铺在绿茵茵的草地上。

他们躺在红色的毯子上听音乐。她透过树叶看天空，天空蓝得让人心碎。小小的录音机装着一个大世界。它把一个时代的歌声洒在树林里。那个时代用现在有些人的话语,叫激情燃烧的岁月。

金小小最先听到的是那首小时候常常挂在嘴上的《小燕子》。"小燕子穿花衣,年年春天来这里,我问燕子为啥来,燕子说,这里的春天最美丽。"她闭上眼睛。不知什么时候,才旦卓玛那甜美的歌声从空中飘来,"啊……喜马拉雅山啊,再高也有顶啊,雅鲁藏布江啊,再长也有源啊,藏族人民再苦啊,再苦也有边啊,共产党来了,苦变甜啊,共产党来了苦变甜啊……"她说,我就喜欢这个才旦卓玛。心底的情愫都让她翻出来了,酸酸甜甜,甜甜酸酸,永远说不清。他的手悄悄地伸过去一按,还是才旦卓玛。"唱支山歌给党听,我把党来比母亲,母亲只生了我的身,党的光辉照我心。旧社会,鞭子抽我身,母亲只会泪淋淋。共产党,号召我闹革命,夺过鞭子抽敌人……"换一首,换一首。她闭着眼睛说。他随便伸手一按,同时把她揽进怀里。"月儿明风儿静,树叶遮窗棂啊,蛐蛐儿叫铮铮……摇篮轻摇动啊,娘的宝宝闭上眼睛。"去你的,她在他的怀里说,不许占人家的便宜。他笑了起来,说我也是随便按的。要不你自己来。她伸手乱摸,他抓住她的手指,把它放在键盘上,她按了一下。接下来的是一阵嗞嗞声。你不行吧,还是我来。不,我来。她又按了一下。跳出来的是个男中音:"喀喇昆仑冰雪封,哨卡设在云雾中,山当书桌月当灯,盖着蓝天铺着地,哎……只要想起你……"李亮一突然一按,把歌声按掉。金小小说,别这样,别这样。不要欺侮我,不要。我只是想散散心,我只是想和你一起听听歌。快别这样。金小小乱蹬乱踢。

李亮一放开她,坐了起来。金小小也坐起来,抱着自己的双腿大哭。

李亮一说,对不起。真的十分对不起,我一时控制不住自己。她说,没什么,你得给我时间,我不是不愿意,只是,只是不是时候。他常常这样,你知道吗?他,常常这样。我受够了。我真的受够了。

李亮一说,你就没有想到离开他,重新创造新生活。金小小很伤心地摇着头,她知道,她没有勇气离开他。李亮一说,我明白。李亮一突然明白了,她被埋没了的青春的心可以在现在重新萌动,她的躯体由于惯性,回不来了。

李亮一想到很久以前读过的鲁迅的一篇文章，说有一个奴才总是抱怨屋里太暗，闷死人。可是当有人要打破那屋子的时候，他却大叫，快来人啊，有人要砸窗了。他对自己的联想感到不可思议。他对她无可奈何地笑了一下。

金小小回家时，刘根木已经回家了。他正在做饭。他给自己做了滋补壮阳的牛肉当归汤，给妻子做了她喜欢吃的萝卜干炒鸡蛋和红糖黄花鱼汤。他嘴里唱着歌，唱的是那首二十几年前他在部队里几乎每天都唱的歌，《打靶归来》。那首歌很阳光很跳跃很欢快："日落西山红霞飞，战士打靶把营归，把营归。胸前的红花映彩霞，愉快的歌声满天飞，米索拉米索，拉索米多拉，愉快的歌声满天飞。"刘根木偷着乐，打洞和打靶差不多。

金小小看着他做的一桌菜，没有一点食欲。他温柔地说，饿了吧，你先喝点汤吃点菜，我这就好。她说，你自己吃吧，我头昏。刘根木跟过来摸她的头，不热，他说没事，吃过饭我再抱你睡一会儿觉就不昏了。他现在很想把老婆抱在怀里好好地疼惜一下。玩归玩，老婆是根本的。这个道理他懂。

/ 11 /

金小小心力交瘁，终于病倒了。

金小小是在实验室里病倒的，其时她正在辅导学生做实验。那个时候的情形有点像那天下午。太阳快落山了，篮球场那边传来一阵阵哄叫声，分不清是喝彩还是喝倒彩，是鼓励还是起哄。现代学生，精力过剩，思想活跃，很难用一个是和不是来分辨。也很难做出非此即彼的判断。时代前进了，今非昔比了。实验室里很安静。大部分学生已经走了。她也想走，她一直感到不舒服。可她坚持着，她必须对剩下来的学生负责，哪怕是一个，她也不能走。

她是倒在实验台下的。第一个发现老师异常的是那个安徽小男生。他一直在观察她，他对身边的女生说，金老师好像病了，她的脸色那么苍白，她不停地擦汗,那一定是虚汗。那女生说,你做不出实验结果,倒关心起"纳米博"的脸来了。那个女生在暗暗地爱着这个安徽小男生,上实验课她主动要求和他在一个组,把实验做得很细很慢,为的是多和他待在一起。她对金小小有点忌妒,这个安徽小男生总是没完没了地在她面前提起她。她私下里不叫她金老师,只叫她"纳米博","纳米博"这个绰号让绰约多姿的金老师显得有点滑稽可笑。那个安徽小男生看金老师的时候,她的目光一直停留在他的脸上。她并不知道他们曾经发生过什么,但女人的直觉告诉她不能掉以轻心。

他们正说着,金小小就倒了下来。她倒得很缓慢很优雅,她仿佛想抓住什么,中途又放弃了,她的心里似乎还很清醒,她知道实验台上的任何东西都抓不得。她躺在地板上的样子很安静,像睡着了一般。只是她的脸色十分苍白,白得吓人。那个安徽小男生第一个冲过去,在冲过去的同时,对那个女生说,快打120。那个女生掏出手机,手却在发抖,总是按错号码。同学们围过来,手忙脚乱。有的说快把金老师扶起来,有的说,不能动,让她平躺着。说不能动的学生有点医学知识,凡是心脏病发作的病人,不能乱动。在学生们手忙脚乱的时候,那个实验室的清洁女工给刘根木打了个电话。

刘根木和120救护车一同到达。他们把金小小送进了医院。

金小小的病很奇怪,心悸心慌,头晕目眩,吃不下,睡不着,医生却查不出什么原因。医生说,可能是更年期综合症,多多注意休息,症状也许会有所缓解。她在医院里住了一个月,出院了。

在金小小住院期间,学校领导和系领导都去探望她,送了红包还说了很多安慰和勉励的话,让她很感动。世界很美好。犹为让人难忘的是白主任白辉煌,他亲自去了两趟,还和守在病床前的刘根木聊了很久,很投机。他们不但不计前嫌,好像已经成为朋友了。走时,白主任紧紧地拉着刘根木说,金老师是我们系的骨干教师,你一定要好好照顾她,让她早日康复。她不但是你的妻子,更重要的是,她是一个很有发展潜力的专业人才,是国家和人民的宝贵财富。刘根木说,一定不辜负组织上的关心,一定让她养好病，尽快出院，为学校为国家工作。他们都说得很真诚，很像那么回事。金小小听得很感动。

接下来的日子过得很平静。

谁也没想到金小小会突然去世。她是倒在讲台下面的地板上断气的，她断气的时候脸上还带着近乎天真的微笑。

金小小出院在家里休息了一个月，感觉好多了。刘根木对妻子的关心一如既往，无微不至。他细心呵护，小心翼翼，连房事也免了。凭良心说，这对于强壮如牛的刘根木来说是一件很不容易的事。也真难为了他。他对她说，我对你，真像是芋叶奉露珠啊。这是一句本地话，是对男人对女人呵护的形象比喻。她笑了笑。对于这一点，她从不表示异义。

那天刘根木太大意了。

他去看了房子，新楼盘，就是广告里说的那种一梯一户，至尊豪宅，230平方米的法式楼中楼。他们已经具备了购房能力。他是和书记的司机一起去看的，那位司机对他说，要是你真把这房子买下来，你就是A大第一，比校长、书记还牛。他们看了房子，还一起喝了酒。

他回来的时候对妻子说，我决定买房子。他把从售房部拿回来的一堆彩色的图片摆在金小小的面前。那些图片具有很强的吸引力和冲击力，谁看了都会动心。金小小说，我们的钱够吗？他说，钱的事你不用担心。她说，那就买吧。

她又说，以后咱们一人睡一间房，不许你再来烦我。刘根木说，一个礼拜一次也不行？她说不行。一个月一次。不行。刘根木笑了起来，说，听你的。不过，今天不能放过你，已经两个月了。她说我不是病了吗？他说，你的病不是好了吗？金小小没有再说话，她闻到他嘴里的酒气。今天晚上在劫难逃。

第二天早上金小小觉得有点胸闷，吃过饭脸色变得更加苍白，浑身乏力。刘根木说，早上不去了吧。她说不行，这是这个学期最后的两节课。刘根木用车子把她送到教学楼下。他没想到，她上去了就再也没有走下来。

金小小的突然去世在学校引起很大的震动。她不但是学校5个女博士之一，她还将是学校的10个博士兼教授之一。博士金贵，教授金贵，博士兼教授更金贵。再过三个月，她评教授的年限就到了，以她的硬件论，她上教授完全没问题。她是倒在讲台下的，她是人民教师的楷模。在她的追悼会上，白主任的悼词几次被全系师生的哭声打断。学校党委专门发了文件，号召全校老师向金小小同志学习。《A州大学报》上还刊登了一组文章，专门悼念这位为教育事业鞠躬尽瘁，死而后已的女博士。其中有一篇文章是那个安徽的小男生和他的女朋友写的，题目叫《我们的"纳米博"》，文章情感真挚，细节感人，文笔生动，凡是读过这篇文章的人，无不感叹吁吁。

金小小的突然辞世让环宇公司蒙受巨大的经济损失。已经接近尾声的纳米布由于失去技术支撑而被迫中断试生产。总经理李亮一不得不把眼光投向北京，去寻找新的合作伙伴。他没有表现出太大的悲伤，他这一辈子经历的事情太多了，有很强的心理承受能力。对于他来说，只有一点小小的遗憾，他的秘书毕晓雪在遵照他的吩咐，以环宇纳米纺织科技发展有限公司的名誉给金博士送完花圈之后不知去向。他得再物色一位新秘书。显然，在如此浮躁的社会中，要找到一位才色俱佳的女秘书并非易事。

刘根木在哭了七天七夜之后，突然不哭了。他想通了，这是命，哭也白哭。他要过好自己的生活，同时把女儿培养好。他决定把女儿接到城里来，由他亲自教管。他相信，金小小的女儿一定和金小小一样出色，十几二十年后，一定也是个女博士。当然这个将来的女博士不姓金，她姓刘，名金。

妻子去世后，刘根木变得不喜欢与人交往，不怎么出门。他从妻子的书房里找到两碟VCD，都是20世纪60年代的老歌，每天放，有时放得很大声，让邻居们很无奈。

据和他私交比较密切的A大书记的司机私下里对人说，刘根木不会再讨老婆，因为他不行了。

落叶

谁都知道,落叶是秋的使者,在秋天,会有许许多多的落叶像仙女一样飘落下来。但在春天,也会有许多落叶的。

——涂志摩

/1/

一个女人在街上踽踽独行。

女人姓叶,名彩萍,今年36岁。刚到本城时,经一位老乡介绍,她来到本城最高也是最豪华的酒店——华侨饭店的停车场,当一名洗车工。水枪、拖把、抹布,清洁剂、扫帚。清晨4点半起床,为到省城的早班客车清洗外观,打扫清理"内务",也就是车内的座位和地板。这是昨晚10点到达的车子,今天10点半再开省城,一天来一天去。洗完开往省城的车,吃过早饭,接下来洗开往深圳的豪华客车,这是进口车,日本丰田,高大威猛。早上9点发车,晚上到深圳,明天早上从深圳开回来,晚上到本城,第二天早上再开深圳。洗完车子,再打扫车场,抽空,她还把候车室也清理一下,这不是她的任务,不为别的,就为她自己看着舒服。做完事,她就坐在候车室休息,看车场上来往的车辆,看在那里等车的旅客,想,什么时候,自己也像他们一样,穿戴得整整齐齐,先坐在候车室里等,再提着行李排队上车,坐在干干净净的车上,开到省城开到深圳,开到哪里都行,看一路的风景,等着到车站迎接她的人,什么人呢?男的吧,最好高高大大，壮壮实实的。这样想着，她就偷偷地笑了一下。白日梦。她对自己说。

有一天早上，叶彩萍坐在候车室做白日梦，突然感到两束目光在自己的脸上和胸上扫来扫去，就像她的竹扫帚在车场上划来划去一样，她抬起头，发现坐在对面的一位老华侨正盯着自己看。这位老华侨最近经常在这里上车，目光相遇，对她笑一下。这位老华侨总是穿着深蓝色的西装，白色的衬衫，戴红底白点领带。她奇怪的是，她怎么会感觉到他的目光，难道他的目光和别人不一样，会发光发热，要不，她怎么会感觉到呢？她也朝他笑了一下。他向她点了点头，好像想说什么，却听得有人喊，到深圳的，上车了。

他对她摇摇头，站起来，走出候车室。他没行李，只有一个皮包，皮包是黑色的。她不由自主地跟着他走出候车室，跟到车前，他回头看她一眼，她的脸热了一下。低头划动手中的竹扫帚。一直到车开走了，她都没有勇气抬起头。

这位老华侨有50多60岁了吧，却不显老，不显老怎么就说他有50多60了呢？她说不清，也想不明白。他身上有一种她从来没有见过的东西。

再次见到他是一个星期之后的晚上。不知怎么的，那天晚上，她就是想在车场转悠。转着转着，他的车就到了，不是他的车，是他乘坐的那辆大巴到了。他从车上走下来。她躲在凤凰树下，她不想让他看到她，不想让他以为她是在这里专门等他。其实，当她看到他从车上走下来的那一刹那间，她已经明白了，自己不是凭白无故地在车场转悠的，她在等待他的出现。躲在凤凰树下的她，心跳不已，脸颊发烧。

他站在车下向四周环顾着，马上就要看到她了。可是，就在这时，好几辆三轮车向他围过去，他坐上其中的一辆，走了。

该死的三轮车！

叶彩萍百无聊赖地在车场上走来走去。第一次感觉到时间的漫长与难挨。有人叫她，她听到了，假装没听到，加快步伐，走出车场。

叫她的是她的河南老乡，也是介绍她到这里来打工的人。叫冬明。冬明也走出车场，紧上几步，与她并排走。上街啊？他说。随便走走，她说。你的耳朵好像有问题，每次叫你你都听不到。你叫我了？她看了他一下。是啊。哦。她的哦，意思含糊，好像是承认自己的耳朵有问题，又好像不是。他也不计较。他们走在街上，逛街不像逛街，散步不像散步，没滋没味。他说，你饿了吗？她说，刚吃过饭的。吃卤面怎么样？卤面是本地特色小吃，也是她喜欢和经常吃的早餐。我不喜欢吃卤面，她说。他说，你不是常吃吗？她说，你看见了？他说，听说的。她说，瞎说。他也就不再说什么了。她往回走，他也跟着往回走，进了车场，各自回自己的宿舍。在楼下分别的时候，他似乎想说什么，却什么也没说。

她回到宿舍还是有些心里不踏实，像田里长着荒草。睡不着，干脆起来。看时钟，还不到10点。这么早呀，时间过得真慢。同宿舍的工友们还没回来，她们都去找"朋友"，或被"朋友"找走了。这里有6张床，每张床都空着。房间空荡荡的，她的心也空荡荡的，在闽南春天的夜晚。

那个冬明怎么样？她问自己。不怎么样。她摇了摇头。他在她的脑海里浮现出来，深蓝的西装，黑色的皮鞋，大红的领带。你疯了，他可以当你爷爷了。叶彩萍再次感到脸颊发烫。她拿起桌上的小镜子，凑近灯光照，红，这个红啊，像老家的红牡丹。这个红啊，让她显得很漂亮。她从来都不认为自己是漂亮的，她很一般。可是现在，她很漂亮。她对着镜子笑了一下，又笑一下。不害臊，不要脸！

你这不要脸的东西！这是16年之后，他的第4个小姨子说的话。怕也是代表了他家小姨子们对她的评价吧。

有一个可以例外，就是那个最小的，老七，还有她丈夫，那个斯斯文文的知识分子。有一次，他们来，看到她在床边喂他吃药，他说，谢谢你对姐夫的精心照料，谢谢！

那时她什么也没说，什么也没听见似的。等他们走之后，她趴在他的身边，放声地哭了好一阵子。他拍着她的后背，摸着她的头发，什么也没说。等她哭够了，才从床头抽出几张卫生纸，递给她。她不接，撒娇。他就帮她把眼泪拭去。

她不知什么时候睡着了。她是被同宿舍工友的嘻笑声吵醒的。她们个个像打了鸡血，兴奋不已，急切地，争先恐后地说着，交流着，炫耀着，暗中比拼着自己的男友。她把睁开了的眼睛闭上，静静地听着，想，除了年轻，他们没有一个比得上他！

没得比啊。气质。这是她从工友们的话语中听到的一个词，这个词让她豁然开朗，是啊，就是气质。他就是有气质。老是老了些。可是，有气质。

/ 2 /

再次看到他，是一个月之后的那个晚上。这次，他走得太久了，她等得几乎失望了，绝望了，他却出现了。

他从深圳来的那辆大巴上走下来，后面还有一只大箱子，她连忙跑过去，帮他把箱子提下来。这是一只大红的拉杆行李箱。

他说，这箱子是给你的。

给我？她不相信自己的耳朵。他笑着说，是的，是给你的，我在香港专门为你买的，里面还有一些衣服和女孩子用的东西，你看看恰意不恰意，不喜欢，再买。

她不知道说什么好，只是傻傻地看着他。他说，你很辛苦。他看了看车场，这么大的车场，还要洗车，还要洗候车室。她很感动，感动得眼泪差一点掉下来。她对于自己的辛苦没有自觉，她原以为这是她应该做的，人生来就要劳作，有劳作才有饭吃，在她家乡，甚至有了劳作还吃不饱饭，还饿死人。

我，我不辛苦。

他叹了一口气，说，有什么难处，就来找我。

她看着他，在昏黄的灯光中，他显得格外地慈祥。此时的他，更是老人，一个对人关怀备至的老人。可是，她与他素不相识，凭什么？她的心头一热，他喜欢她。她的脸红了，烫了。红，他看不见，烫，她自己知道。

知道归知道，她还是下意识地伸手摸了一下自己的脸颊。

拿去吧，花不了多少钱的。他说着，把一样东西塞到她手里，便走了。她呆呆地看着他离去。当他消失在大门口的时候，她想冲过去，说声谢谢，却没有动脚。

叶彩萍回过神，捏了捏手中的东西，是一小纸团。她愣了愣，拉着箱子到灯下，把小纸团展开，是一组数字：54677。她急匆匆地把箱子拉回宿舍，就着数字转动密码圈，"啪"的一声细响，箱子开了。她正想看看里面的东西，却听到门外的人声，连忙关上。门开了，进来一对男女，是她的一个室友和她的男友。他们看着大红拉杆行李箱，大惊小怪，哇噻，哪来的洋箱子？

她说，天上掉下来的。

不会吧。

一个朋友寄的。

她不能说是送的。

室友们陆续回来了，她们围着这只大红拉杆行李箱，看了很久，说了很久。她们不相信她说的话，什么朋友有这么大这么洋气的行李箱啊，不会是哪个香港客落下来的吧！言外之意，是她拾的，或偷的。她很生气，却说不出话来。说是一个华侨送的，鬼信。鬼也不信。

第二天，趁没人的时候，她把宿舍的门反锁了，悄悄地把箱子打开。乖乖！衣服，夏天的连衣裙、秋天的套裙、冬天的羽绒服、风衣……全是街上流行的最时髦的款式。还有，画眉毛的笔、口红、香水。天啊，他是想把我打扮成妖精啊。还有两只女式挎包，叫坤包吧，一只红的，一只黑的，也是时髦得可以。坤包里，各装着1000元人民币！还有还有，4条红色的三角裤和4个淡黄的乳罩，这个老色鬼啊，她的心跳了，越跳越快，越跳越欢。

她快晕了，真的快晕了。

不晕不行。在商场里，在别人的身上，她见过的，羡慕的，私下里想要的，睡觉时梦见的，全在这个红色的拉杆行李箱里。她能不晕吗？

她没有时间细细欣赏，更来不及陶醉，有人回来了。她连忙把箱子关上，锁好。她看了一下手中的数字，默默地记住，然后把字条揉碎，放在掌心，从窗口吹出去。碎片飘散，这个数字却很好记，54677，我是你亲亲。这一定是他特意设置的。这个老色鬼，真是个老色鬼啊！她的心里甜丝丝的。

天下没有不透风的墙，何况，那只大红箱子那么的惹眼。一天早上，叶彩萍被叫到饭店保卫部。部长坐在一张很大的老板桌后面，说：

听说，你偷了一只旅客的行李箱？

不是偷的。她说。

部长平时总是黑着脸，现在却是微笑着，而他的笑，让她感到十分恐怖。她的声音有点颤抖。

不是偷的，那就是捡的喽。

也不是。

不会是人家送的吧？

是的，就是送的。

这么大方啊，那个人叫什么？

她说不出来。她不知道他叫什么。她是想问的，可她还来不及问，或者说，不好意思问。

里面装的是什么东西啊？

里面的东西不能说。说出去羞死人；对他也不好，会影响他的名声。她摇了摇头。

部长拍案而起，好大的胆子啊，你。刚来多久，就如此放肆！我问你，一个你不知道他名字的人，会送你一只空箱子吗？

不，不是空箱子。

既然不是空箱子，那你告诉我，里面是什么东西？

她的脑子里刹那间变得一片空白。她感到很虚，身子有点摇晃，想抓点什么，四周都是空的。

把箱子交上来。你被开除了。

她想叫声冤枉，叫不出来，她想走出去，走不动。

正在这时，她听到一声"报告"。部长说，进来。

进来的是冬明。冬明说：报告部长，叶彩萍的箱子的确是一位老华侨旅客送给她的，我看见的。

你看见了？还有谁看见了？

很多人。

谁？

旅客下车时都看见了。

部长笑出声来：旅客吗，在哪里？都走了是不是？这不等于没人看见吗？也就是说，除了你，没人能证明，是吗？

是的，他们都走了。车场上是空的，最后，那位老华侨也走了。

你也不知道他叫什么，是吧。

是的。

我记得她是你的老乡，是你介绍进来的，是吧。

是的。

那好，从现在起，你也被开除了。

箱子被拿到保卫部，她和冬明被开除。冬明很快就在一个建筑工地上找到活，而她，却什么也不做，每天都到华侨饭店的车场，等他。她不是干等，她一边干活一边等。原来干什么，现在还干什么。不拿工钱。没人赶她。

那些日子真难熬！

她不放过任何一部进出的大巴车，她明明知道，他只有在从深圳来回的车上才可能出现，而她却把她的视线拓展到广州和上海的来回大巴上。来来往往的人很多，就是没有他。那个慈祥的老华侨仿佛人间蒸发了。

就在她接近绝望的时候，他出现了。她看到他，不相信自己的眼睛，愣在那里。他走过来，说，想我了吧？

她情不自禁地点了点头，眼泪就簌簌簌地掉了下来。

那些东西还恰意吧？他说。

她知道他说的是那只大红的拉杆行李箱和箱子里的东西。被没收走了。说着，她便哭出声音来。他把她带出车场，找个安静的地方，那地方是酒店对面的街心花园，有一组石头圆桌圆凳。他让她坐下来慢慢说。她就把这些日子的委屈细细地说了。他说，没什么大不了的，我们明天去找那个部长，把东西讨回来。

第二天，他们来到酒店保卫部。部长很客气地接待他们，说，我知道您迟早会来的。部长说的"您"，不是她，是他。他说，部长，那行李箱是我送给她的。部长笑了笑，说，有人举报，我不得不公事公办。这是误会。我们也是为了饭店的安全……部长还没说完，他就带着她拉着箱子走了。

她不知道他要带她到哪里，但她知道，从此她要过另一种生活。

可惜了，她说。

什么？他停住脚步。

那些工资应该补回来的，白白扫了 23 天的车场。

没白扫，要不扫，我能找到你吗？她想，也是。

他把她带到一个叫水仙花园的小区。水仙花是本市的市花，水仙花园是本城当时最好的住宅小区。他把她带进 18 幢 6 楼，打开一个门，然后拉过她的手，把一串钥匙放在她的手心，这房子从今往后，归你了。

这是一套小套房，一房一厅一厨一卫一凉台。她到处转了转，坐在房里的新床上，什么也说不出来。这一切都太突然了，太像电视剧了。她就是女一号。

好了，你休息吧，我走了。

走？

我得回家。

你有家？

看你说的，我这么老了，能没有家？有家有老婆，儿子媳妇，女儿女婿，还有4个孙子。

他就这样地走了，把她一个人，孤零零地扔在那套房子里。

这里应有尽有，厅里有沙发，有电视，房里有床有衣柜，床头还有张梳妆台，一面大镜子，几个小抽屉，厨房里有冰箱，有各种厨具，卫生间里有毛巾、牙刷、卫生纸，也有一面大镜子，还有各种化妆品……她对着镜子站了许久，反反复复地抚摸着，拍打着自己的脸颊，不是白日梦。

不知过了多少时候，她饿了，打开冰箱，里面应有尽有，鱼、肉、青菜、香菇、木耳……她又一次哭了，哭得一塌糊涂。

她想不出他对她如此眷顾的理由。她再次到镜子前，仔仔细细地把自己审视了很久。说来惭愧，和街上见过的女孩子相比，她实在没有什么出众的地方。她想不通，她要问他，问个明白。

晚上，他没有来。

一天，两天，三天……他一直没来。开头她不敢出去，怕他来了找不到她，慢慢地，她就在房子里待不住了，毕竟还年轻，她得到外面去透透气。

/3/

有一天晚上，她在街上闲逛了一阵子，回来的时候，看到窗户亮着灯光，三步五步上得楼来，开了门，果然是他！

她扑过去，倒在他的怀里，呜呜地哭起来。

那天晚上，他们在一起了。他的勇猛，不亚于年轻人。

她出血了，十分害怕，他却哈哈大笑，说，我看人历来很准的。

你看过很多人，很多女人吗？她怯生生地问。

他说，我阅人无数。

她有些不高兴了。她的不高兴写在脸上，写在噘起的小嘴唇上。

他说，我是个花花公子。从小就是。

他告诉她，他曾经是个少爷。在一个遥远的山村，他们家拥有一大片田产、茶园和一幢小洋楼。在香港，在南洋，他们家族还有许多他说不清的产业。在本市，他们家在台湾路有一片房产。当然，他对他们家的财产不感兴趣，他感兴趣的是，家里的财产给他提供无数快乐的日子和许多他喜欢的女人。后来，解放了，他也结婚了，一切都改变了。

当不成贾宝玉了，他说。

什么宝玉，假的？她一脸茫然。

哦，你不知道《红楼梦》。他摸了摸她的脸颊，那就不说他了。

就这样，他有时来，有时不来，来与不来都不定。仿佛是想来就来，想不来就不来。他每个月给她2000块钱，说，阿叶，你想出去做工也可以，不想也可以，随你。只有一个要求，你必须住在这里。不能让我找不到你。

叶彩萍21岁生日的时候，他带她去了一趟北京。

在北京，她玩得很开心，但让她感到不爽的是，每回到旅馆，那些服务员都用一种怪怪的目光看着她。他对人们说，她是他的孙女。鬼信，鬼也不信。他无所谓。用他特有的慈祥的微笑迎接别人探寻和挑剔的目光，把那些目光中刀子一般的尖利化为不自然的有点慌乱的躲闪。这就是他的从容和老到。她却很不自然。她第一次体味到那种叫"尴尬"的处境，却不知道如何运用这个词。

以后她的每一个生日，他都和她在一起，大都带她外出旅游，泰山、华山、衡山、恒山、嵩山、黄山、峨眉山、九华山、五台山、普陀山、雁荡山……她是山里长大的，对山不感兴趣。他说，别的山不去，我们就去莫干山，莫干山可是当年蒋介石和宋美龄度蜜月的地方。她说，蒋介石，反动派！不去。他苦笑了一下，只好带她玩城市，上海、南京、西安、成都……最让她兴奋的是开封的包公祠，在众多历史人物中，她只对包公有印象。在包公祠，很虔诚地点燃了一炷香之后，她问他，为什么这里的包公和戏台上的不一样。哪里不一样？他不明白她的意思。她说，这里的包公额头上没有月亮。他哈哈大笑，说，这里是真包公，戏台上是假包公。

你胡说。她第一次反驳他。因为小时候母亲告诉过她,包公额头上的那弯月亮是照妖镜,所以他能断出别人断不了的案子。我胡说、我胡说!他说,有胡子的人就喜欢胡说。她笑了起来。那一天,他们在一家面馆吃阳春面,开封城里好东西很多,她就喜欢吃阳春面。他依了她,出门,他什么都依她。他说,你是我的主子,我都听你的。她知道他哄她,可是她十分高兴。多可爱的老头啊。

吃完阳春面的那个晚上,她突然萌发回家看看的念头。也许是街上以河南起头的单位名称,唤醒了她的某种记忆,虽然家里没人了,但童年的记忆还在,父母的坟墓还在。可是她记不清她家的地名了。

每到一个地方,他都会买一张当地的大地图。他用放大镜找了许久,最后说,找不着。

在洛阳,在龙门石窟,他在卢舍那大佛前停留了很久,她说,有什么好看的,不就是一尊石菩萨吗?他说,这尊石菩萨与众不同,他是佛不像佛,更像世间人,那么庄严,又那么慈祥,微笑地看着这个世界,看着芸芸众生,看着我们。

她于是很认真地把这尊大佛从上到下看了好几回,最后目光停留在大佛的脸部,突然说,我想回家。

说这话的时候,她自己吓一跳,怎么会冒出这么一句不着边际的话呢,是菩萨叫你这么说的,还是菩萨的慈祥让你想起了母亲?

他愣了一下,说,不是找不到吗,要是知道在哪里,我一定带你回去。

是啊,那个时候真傻,跟着老乡走,一路转了几次车,把自己转晕了。可是母亲是不希望自己回去的,母亲会说,回来做什么?回来还不是饿死,哪里有饭吃,哪里就是你的家。

她说,我不回家,你就是我的家。

他用灼热的目光看着她,要不是在这神圣的地方,他一定会把她抱起来,死命地亲。

/ 4 /

　　一个夏日的夜晚，叶彩萍独自一人坐在厅里，听电风扇的吱吱声，看对面楼房窗内的灯光，和灯下依稀闪动的人影，实在无聊。想，他不会来了。那些窗灯亮了灭了，那些闪动的人影现了没了。她坐在梳妆台前，把自己的眉毛画了，口红点了，穿上墨绿的连衣裙，挎上黑色的坤包。她毕竟是个年轻女人。

　　在街上，不知什么时候，她被一个胖男人盯上了。胖男人跟得很紧，她甚至能听到他的喘气声。这里太暗了。危险。她想。其时，他们正走在一条林荫道上，几乎所有的灯光都被茂密的树叶挡住了。

　　小姐，小姐！后面的男人说，开个价。她站住，转头说，走开，我不是那种人。胖男人在她的身边绕了一周，从头到脚把她看了一遍，笑嘻嘻地说，你是哪种人？走开！她大声喊。婊子！还装什么正经。胖男人轻蔑地说，离她而去。

　　她想追过去给他一巴掌。想想，算了。

　　回到家里，坐在梳妆台前，叶彩萍把自己仔细地看了很久。审视镜子里的自己，眉毛太细，嘴唇太红，的确有点风骚模样。她双手掩脸，不敢再看了。

　　也许，每个女人的骨子里，都有风骚的欲望。

　　那天早上，她把房子清理干净之后，打开电视，找不到好看的节目，手中的遥控器按来按去，按得烦死了。她有点气急败坏地想，还是找点事情做吧。

　　她知道延安西路新开一家家政服务公司，叫如意。她没什么技能，只能做家政，给人家打扫房子做做饭看看孩子。她到"如意"公司，找了一份工作，护理一位女病人。当天下午，"如意"公司工作人员把她领到台湾路的一户人家，单门独户，三层楼，楼下还有个小院子，很有气魄。这家的女主人病了，躺在床上，一家人忙得团团转。女主人姓石，人称石先生，原来当过教师。本地闽南话"先生"一词与姓合称，听起来就像一个单字的"姓"，比如，石先生，说起来就是"石姓"，姓石的先生的意思，不分男女。

由于病，石先生的脸色显得十分苍白，但五官依然透着清秀与文雅，她站在床边，石先生的女儿向她介绍说，这是新来的，叶彩萍，阿萍。病人微笑地说，辛苦你了。她想，还没做活，谈不上辛苦，太客气了。嘴里说，应该的。

石先生的女儿叫阿娟，已经买好了下午去深圳的车票，要回香港。她的到来很及时。阿娟一一交代注意事项之后，就把这个家交给了她。临走，给她一个电话号码，说，有什么事就打这个电话。

阿娟一走，这房子显得空荡荡的。床上的病人没有一点声息，是睡着了，还是不作声？

她轻手轻脚地走进卧室，见她的眼睛闭着，正想退回出，却听得她说，我想吃点水。声音游丝一样地飘进她的耳朵。好的，石先生。她给她倒了水，试了水温，想找吸管，没有。便说，石先生，我喂你吧。她微笑地点头。她就坐在床边，喂她，吃了几口，摇摇手，不吃了。她坐在床边不动，一会儿，就听到她微微的鼻息声，病人睡着了。她轻轻地退出卧室。坐在客厅沙发上，不知道要做什么，怕弄出声响，搅醒她，只好什么都不做。

这房子是真大。一楼有一个大厅，一间厨房，一间储藏室，一间客房，二楼也是一厅带三房，三楼只有三间房，却有个临街的大阳台。阳台边上摆着几盆花，说不出名字，由于得不到照顾，零零落落，不成样子。石先生住二楼的一间卧室，为了照顾方便，她就住在她的隔壁。

屋里安静得能听出时钟走动的声音。放在墙角的那座跟人一般高的大钟，那左右摇摆的坠子，让她想起他身上的一样东西，不禁微微地笑了一下。笑过之后，她突然感到，这屋里荡漾着一种气息，亲切而陌生，这是一种什么样的气息呢？似曾相识，又依稀缥缈。

就这样，在这种亲切而陌生的气息中，她小心翼翼侍候着躺在床上的病人，没事时，就想他，想他的同时，就希望见面时给他一个惊喜，什么惊喜？她一天能挣50块钱。每天她都会回家两次，白天是利用上街买东西的机会，晚上是在石先生睡着之后。她在家里做了许多记号，只要他一回来，她就知道。他一回来，她就立即辞去工作，陪他，哪怕只有几天。

有一天，喂过药，石先生突然叹了一口气，说，这个死鬼，也不回来看我。她脱口问谁？石先生没有回答，只是自言自语地说，恩断义绝，恩断义绝了。正说着，听到门声，石先生的眼睛亮了一下。

进来的是一群女人。她们围到床边叫大姐，七嘴八舌，好些了吗？吃药了吗？吃得下饭吗？睡得好吗？其中一个转头看她一眼，说，这是新来的保姆吗？石先生说，是的，来好几天了，叫阿萍。石先生转而对她说，这些都是我的妹妹，这是老四。老四对她说，是萍水相逢的萍吗？她点了点头，哪里人？河南。河南哪里？她摇头，说不清。能看看你的身份证吗？阿萍说，我是"如意"公司介绍来的，他们验过了的。我再看看。她只好回房间拿身份证。老四对照她的脸，认真地看了许久，掏出手机，把它拍下来。然后把身份证还给她，笑着说，现在假的太多，请你理解。还习惯吧？她说，还行。老四又说，你要尽心，做得好，我们会奖励你的。

在姐妹们围着大姐说话的时候，老四在房里四处看看，还把冰箱打开来，说，冰箱里不要放太多东西，最好都买新鲜的。吃的方面，不要省。大姐喜欢吃什么就买什么。当然，医生交代不能吃的东西不能给她吃。她频频点头答应着。知道我的电话号码吗？她想起石先生女儿阿娟临走时交给她的电话号码，便说了号码，老四说，这就是我家里的电话，有事就打这个电话。她点了点头。

老四交代之后，就到房里和大姐说话。这时从房里走出另一个妹妹，和其他人相比，同一个脸形，同一个身材，却显得清秀一些，苗条一些。她微笑地对她说，大姐精神不错，谢谢你啊。她突然有一种感动，说，没什么，我会尽心的。

姐妹们走后，叶彩萍突然想，他说过，他家有许多小姨子。

起风了。街上不明不白地传来"嘭"的一声响，吓出她一身冷汗。有

几片叶子从窗外飘过。有小孩在下面唱歌,唱的是本地闽南方言歌:

人插花,伊插草;

人抱婴,伊抱狗;

人哩笑,伊哩哭。

人未嫁,伊跟人走;

人坐轿,伊坐畚斗;

人睏红眠床,伊睏屎礐口。

  石先生说,把窗门开大一点。很久没听到这么好听的儿歌了。她把窗户全打开,下面的孩子却不唱了。她探出头去,下面没人,唱歌的孩子跑了。石先生说,可惜了。她说,石先生,什么歌那么好听,你也会唱吧。石先生说,会的,小时候唱的,很小的时候,有50多年了吧。于是石先生就躺在床上轻轻地唱,唱完之后,还把歌词的意思一句一句地给她讲解一遍。

  她听得目瞪口呆。这是在说她吗?不,不,不可能。是她自己多心了。

  她的脸红一阵,又白一阵。石先生唱完歌,似乎还处于兴奋之中,脸颊发红,不停地喘气。她说,石先生,您要不要水?石先生说,那就吃一点吧。吃了水,石先生脸上的红潮渐渐退去,恢复死白的模样。她看到石先生眼里一片模糊,而且很快就闭上了。

  主人睡着了,这房子就是她的天下。她突然想,来了这些日子,居然没有细细地看看这房子。她老实本分,坚持家政公司交代的原则:该看的看,该听的听,该说的说,不该看的,不该听的,不该说的,就不看不听不说。然而现在,她忽然恶作剧般地想,偏要仔细看看,人家不是把你的身份证看得很详细吗,还拍了照!于是,她从一楼到二楼到三楼,一个房间一个房间地走过,慢慢地看。能打开的橱子,一个个地打开,打开关上,关上打开,像顽皮的孩子。她想起电视剧里办案的警察,手里还牵着警犬。她更乐了,偷着掩嘴笑。

三楼三个房间，一间是阿娟的，一间是阿娟弟弟阿伟的，还有一间，阿娟说，这是我父亲的房间。她打开房门，那种似曾相识的气息突然浓重起来。她的心突突突地跳起来。她退出来，感到很害怕。仿佛他就在里面等她。她走到阳台，大口喘气。那几盆花当中，居然有一盆开了，三五朵，粉红的小花，这也许就是人们常说的日日红。这花什么时候开的？来的时候没开，她也没工夫去浇水。阿娟没交代，石先生更从不提起。这是被人遗忘了的摆设。她走近日日红，用两只手指从底下托起花朵，单薄的柔嫩的花瓣贴在她的手指上。一种从来未有的怜悯之情油然而生。她鼓起勇气，重新走到那个房间门前，正要推开房门，听得二楼咣当一下声响。她匆匆返身下楼。

　　她惊奇地发现，石先生坐在床头，气喘吁吁，大汗淋漓。她连忙过去扶住她，把她放躺下去，给她吃药。同时给老四打电话。

　　石先生很快被送进医院。

　　不知不觉中，病人的床前，已经围了一大堆人，从老二到老七，还有她们的丈夫。老七站在外边，指着她对身边的男人说，这位就是我给你说的那个阿萍。那男人很斯文很有礼貌地朝她点点头，说，辛苦了。弄得她不知说什么好。

　　第二天，又来了一堆人，是从香港赶回来的，石先生的儿子媳妇，女儿女婿，孙子外孙，大大小小七八个。老四问阿娟，你父亲没回来？阿娟无奈地摊摊手。石先生说，他不会来，我在，他不敢回来。他是在等我死。我偏不死，我不能让他太快活了。

　　老四说，姐夫没那么坏。他身体也不好。

　　石先生的身上插了好几根针，吊着瓶，医生说，病人还在危险期，情绪不能激动。

　　从人群中钻出一个可爱的小男孩，清清脆脆地叫了一声奶奶。石先生的脸上就有了亲切的笑容，伸出那只没有插针头的手将他的小手捏住，说，你啊，将来一准也是个小花花公子！

所有人都笑了起来。

叶彩萍有时很怕对着石先生的眼睛，怕石先生在她的脸上看出点什么，有时又很想对着石先生的眼睛，想从石先生的眼里看出一点什么。她想到"做贼心虚"这个从小就经常听说的词。可是，不是她找的他，是他找的她。她什么也没偷，是他主动送上来的。白送，还倒贴。花花公子。他自己也承认。她笑了一下，花花公子，该死的家伙。等他下次回来，一定不能饶他。

然而，她又退一步想，天下哪有这么巧的事情？想想不觉好笑。

可她还是想找个机会，到三楼的那个房间去看看，就像办案的警察，必须找到确凿的证据。

/ 5 /

叶彩萍没有取证的机会，几天后，石先生在医院猝然去世，她的看护工作就此完结。她的行李是在老四的陪同下拿出来的。老四要回了大门钥匙之后，给了她工钱和奖金，然后很客气地把她送到门口。她很想再看看老七和她的丈夫，和他们道个别，可惜他们没跟着来。

她回家的第三天晚上，他来了。他看样子很轻松愉快，不像是刚死了老婆的男人。她想法子试探他，却不得要领。

那天晚上，他勇猛异常，正是人们常说的，久别胜似新婚。

激情过后，她从抽屉里拿出一条领带，这是她专门到华侨商场为他挑选的，蓝底白星，装在一个十分洋气的盒子里。赤身裸体的她站到床前，把手放到身后说，我送你一件礼物。可是，她却听到一阵轻轻的鼾声，他睡着了。

他累了。他毕竟是60多岁的老人。她十分怜惜地坐在床边，看他沉睡的样子。不，他不是石先生的花花公子，他是我的花花公子。她情不自禁地低头亲了一下他的有着三条皱纹的额头。没想到，她被他从背后紧紧地抱住了，他的手像钳子一样，让她动弹不得。动弹不得的她在他的怀里，软软地笑了。

他躺在床上看着她。他的眼睛是那么地明亮有神，简直能穿越她的胸膛，看到她的心。

他说，亲亲，你就是我的唯一。

他们的"蜜月"持续了好多年，她有点吃惊，有点困惑。后来她才发现，这个老色鬼是做了手脚的，他偷偷地吃着一种什么药。

她说，你得自己注意，悠着点。要是没了你，我可怎么办？他说，放心，我不会扔下你不管的。

他们在一起，算起来有16个年头了。十几年来，她的每个生日，他都会给她一个惊喜。最难忘的是30岁生日，那个生日，他们是在上海浦东的东方明珠旋转餐厅里度过的。一切都十分美好，眼底的万家灯火，她穿着他为她置办的深蓝色的旗袍，外面罩了件网眼白丝线衫。在旅馆的大镜子里，她看到的不是她本人，是某个电影明星。原来，大明星都是穿出来的。那次上海之行以后，她再也没穿过这件旗袍。旗袍只能在上海穿，穿在这小城市的大街上，就成了妖精。

那个生日之后不久，他就病了。他的病来得很突然。在一次正常的体检之后，医生对他说，你的家人呢？他说，有什么事直接告诉我好了，医生说，还是请你的家人来吧。他说，我妻子死了，孩子们都在内地。医生只好如实以告，他得了肝癌。

他是在一次欢愉之后，笑着告诉她的，她一下子就吓哭了。

那时，他已年过古稀。他说不叫古稀，叫随心所欲。他微笑地抚摸着她的头发，说傻孩子，死只是个时间问题，每个人都一样。

我不让你死，她说，你死了，我怎么办？

好办，找个好人家嫁了。现在就给你找。

不找不找，她捂住他的嘴，你不会死的，只要我不让你死，你就不会死。

是的是的，你是上帝派来的，我的天使。

那天，他们又疯狂了一次。看不出他身上有病。但是，他开始吃药，一大堆西药和中成药，乱七八糟的药名，她一个也看不懂。

生活没有多大的变化，只是多了一份牵挂。他还是经常走动在香港和本市之间，偶尔会带她出去走走。

他每天都在吃药。他吃药的动作很斯文，神态很优雅，仿佛不是在吃药，而是做一件很有意思的细活。那段时间，她常常在梦中看见他安然地躺在棺材里。那是一副漆黑的，黑得发亮的棺材，盖子不知是什么时候打开的。她只看到他慢悠悠地走过去，回头朝她笑了一下，然后爬进去，缓缓地躺下。她叫着，追过去。发现他已经死了，鼻孔里没气了。此时那沉重的棺材盖自动地飞了起来，她叫着哭着推着，不让它盖上。她每次都是在自己的哭叫声中醒来的。

又做梦了吧，他躺在她的身边说。她就躲进他的怀里，在他的怀里悲泣。他安慰她，还没那么快，我会把你的事安排好的，你不用担心。她说我不担心自己，我只担心你。

/ 6 /

一年前，病魔终于张牙舞爪地将他击垮了。像座铁塔一样强壮的他，"轰"的一声倒塌了，再也爬不起来了。

她是鼓了很大勇气才按响台湾路上那座大宅的门铃的。好在，出来开门的是老七。

老七开门，一见到她，惊喜地说，怎么是你，太好了，你和我们家有缘啊，快进来。

而老四见到她，一脸的冰霜，说，要知道他说的是你，我们宁可到中介找个不熟悉的。

老七不解地看着四姐说，熟悉的不是更好吗？

老四说，你自己去问大姐夫吧，就问他，这女人和他是什么关系！

从他发病到她第二次走进这个家门，大约相距一个月。

他是在她的床上发病的，从快乐的巅峰一下子跌落到灾难的深谷。他先是不停地喘气，然后就昏迷不醒。她当即把他送进医院。然后打手机，说明他的情况和病房号，并在他的家人到达之前，悄然离去。

这一切，都是他事先安排好了的，手机号也是他给的。他说，万一我病倒了，你先把我送进医院，然后，你就离开，让他们来收拾。

她进门时，石先生的孙子小小从楼上走下来，看着她说，我认得你。

她走进他的房间，这是二楼石先生原先住的房间，不是三楼他自己的房间。她看着他，他也看着她。相对无言。老四跟进来说，大姐夫，你的人来了。我们该走了。

老四是个说一不二、干净利落的人，说走就走。她一走，其他人也跟着走。一时间，热热闹闹的房子就冷清下来。小小的母亲从楼上走下来，说，是你啊。也好。老人就交给你了。说着，就把小小牵到楼上去了。

她在他的床头坐了下来。他说，原来，你是来这里服侍过她的。她说，你没问，我也就没说。他从被子里伸出手来，抓住她的手。她动了动，看了看门口，没有把手抽出来。

老七说得好，这是我们的缘分。不单是你和我，也是你和这个家的缘分。你是这个家的一分子。她说，我算什么？他拉了一下她的手，她伏下去，他在她的耳边说，如夫人。

她摇头，不懂。

他说，就是小夫人，偏房，就像皇宫里的贵妃。

她很开心地笑了。她的笑带着泪花。她怕他的儿女下来看见，连忙拭去。

是的，她和这个家似乎有点缘分。她到过他的老家，到过他家的祖厝和他们村的祠堂，那里供着他们家族的历代祖宗。那是他发现自己患了不治之症以后的一个夏天。他说，他死后，也会在这里放一块牌位，上面写着，第几代某公讳什么。她笑了起来，笑声很清朗，与阴暗祠堂里的气氛很不协调。她连忙用手掌掩住嘴巴。他很正经地说，不能笑，我是认真的。

人死了,进不了祠堂,就成了孤魂野鬼。

他的老家在一片高山的小盆地中央,那些山看样子不比她的老家的山低,可是,就是在这样一块小小的盆地上,坐落着几十幢小洋楼。他说,这些小洋楼都不是现在盖的,老的已经有上百年,新的也有四五十个年头了,是出了洋、发了财的华侨们寄钱回来盖的。这里穷山恶水,可是,从明朝开始,这里就有人出洋谋生。在东南亚有成千上万从这里出去的华侨,他的曾祖是其中的一位,不算太富,但也说得过去。所以,他家在民国时期,就在城里买了一片房子,在香港也有产业。她惊讶地伸了伸舌头。

他说,你想不想进这个祠堂?她说不想,她不想死后的事情,只想活着的时候,在城里好好过日子。他笑了,说,想也进不来。她知道他的意思,她不是他明媒正娶的老婆。她并不忌妒他的妻子,她随遇而安,从不想得不到的东西。她有他的爱他的疼惜,已经很满足了。再说,他每个月还给她钱,她可以不工作就过着和城里人一样舒适的日子。她存折里的数字,随着时间的推移,还会不断地增加。将来,她还可以找一个好人家把自己嫁了。这不是她说的,是他说的。他说这话的时候,没有伤感。他把什么都看得很开。

现在他病了,躺在床上。

她不是通过中介来的,是他叫来的。

他的身上有一股味道,一个老人和一个病人混合起来的气味。这气味有一种天然而顽固的、无形而超强的排斥力,把人们往外推,连他的儿子女儿都不想接近他。

她喜欢这个气味,她习惯这个气味。他疼痛时,她为他抚摸缓解;他孤独时,她陪他说话;他喜欢干净,她为他擦身子,换衣服;晚上,她陪他睡觉。

她的角色,别人无法替代。

她喂他吃流质的东西,牛奶、精肉汤、鱼汤、中草药……这些东西一次次地喂进去,又一次次地从他的嘴角流出来,她一次次地擦拭,又一次次地喂，不厌其烦，还伏在他耳边鼓励他。

　　对于一个病入膏肓的人，她只想尽量地减轻他的痛苦。尽管他们的关系特殊，敏感而复杂，羞于言人，难以面世，但她无所谓。她就是一个从山里到城里来谋生活的非常平凡而又渺小的女人。她只记得他对她的好。

　　门"砰"的一声响。这门的响声，像一只无形的手，一下子揪住她的心，紧捏一下，又突然放开，酸得发麻。

　　她对突如其来的门声有一种特殊的感觉。第一次和他做爱的时候，也是这样的门响，把她吓出一身的冷汗。那时，他像年轻人一样的猴急，居然忘了把门关死，风一刮，咣当一声，把她吓出一身冷汗，刚刚到来的激情一下子就消逝得无影无踪。

　　带着又酸又麻的感觉，她动了一下身子，想起身。他却揪住她的手，捏得死死的，不让她动。他说，就这样，习惯就好，总是要让她们知道，你不是一般的保姆。

　　卧室的门开了，老四站在门口大叫，真不要脸！说着，又把门"砰"地关上。

　　她说，我还是起来吧。他说，再躺一会儿。外面不停地传来轻微的碰撞东西的声音，这是老四在拿东西出气。

　　而这个肝癌晚期的风流鬼，他的脸上居然还露出小孩子一般调皮的胜利的笑容。自从病倒以来，他很少这样笑过。当然，以前，他是常常这样对她笑过的。他总是在她意想不到时候，给她一个惊喜，一件小礼物，或者一个小动作，当他得逞的时候，他就是这样一副得胜的调皮的笑容。

　　从此，老四每次来，都要把开门和关门的声音弄得很响。老四很不情愿地习惯了他和她的"无耻"。但她还是要提醒他们，她来了，她不想让他们太舒坦，在她看来，他们的舒坦就是大姐的耻辱。

　　卧室的门关着，再也没人随意开门了，包括他偶尔回来的儿女们。这卧室就是他们的天地。这种默认是他们的胜利。但，她还是有些不自在，毕竟，在大厅里，还挂着石先生的遗像。

老四说过，要不是看在大姐的分儿上，看在阿娟和阿伟的分儿上，我才懒得理他。此时，阿娟和阿伟都在香港，他们把照顾父亲的责任委托给老家的阿姨们。他们的父亲在内地还有一份退休金，更主要的是，他们的父亲喜欢在内地。好几年前，他已经把他们的墓地买好了。有时，他会到他买的墓地去看看，仿佛是去看一幢新买的别墅。

当初，我的眼睛被狗屎黏住了。老四总是当着大姐夫的面说这样的话。而大姐夫最喜欢听的也是这句话。大姐与他恋爱的时候，老四才14岁，所有家人都反对他们的恋情，只有老四坚决支持，理由很简单，大姐喜欢的她就喜欢。在七姐妹中，老四和大姐最亲，性情最近。就凭这对"狗屎眼"，老四有了在大姐家大声说话，随便指责，甚至颐指气使的特权。

私下里，他对她说，你就当没听见，大面子还是要说得过去。得罪她就是得罪所有的小姨子，许多事还得靠她们。

病倒之初，他的儿子媳妇，女儿女婿，孙子外孙，一轰隆地都来了，围着他转，可是过不久，又都一轰隆地回香港去了。平时，也就是他的那些小姨子和同门（本地闽南话，即连襟）来探望得多。在这些小姨子当中，老四来得最勤，老大临终前对她有所交代，有点清宫戏里"顾命大臣"的味道。连他有时也得看她的眼色。

她有些吃醋，说，你是不是喜欢上老四了。他不说话，只看着她笑。她在他的额头上亲了一下，说，我还是起来吧，省得她把东西都碰坏了。

如此不久，她就是当着大家的面，也敢于把手伸进他的被窝，为他抚摸、按摩；把尿壶放进被窝里，为他接尿；甚至给他洗身子换衣服。做一个公开的"如夫人"。

这种挑战，让她很开心，让他的小姨子们很别扭。老四说，不来了，看着恶心。可是还得来。别人可以不来或少来，她必须来，还得常常来，她是"顾命大臣"，她得为大姐看住这个家，不能让她这个狐狸精把家产夺走了。

/7/

一天半夜，在睡意朦胧中，她感觉到一个硬硬的东西，她笑了，说，痒。看来，他这时好一些了，不疼了。她抓住他的手，顺着他干枯的手指摸到一张硬硬的小东西，她马上意识到，这是一张银行卡。心不禁怦怦怦地跳了起来。

他说过，他要给她一笔钱，让她下半辈子不愁吃不愁穿。

他们，知道吗？她有些忐忑不安地问。

这和他们没有关系。

她没再问，相信他的话，这不是买卖。

其实，这就是一种买卖。他感到自己很可耻。他对不起她。在他所相处的女人当中，她不是最漂亮，也不是最年轻的，但她最朴实最死心眼儿，也最让人难以忘怀。也许，是命运的牵扯，她服侍过他的妻子，而在他生命的最后日子里，她仍然在他身边。他已经对不起许多女人，包括他的妻子，但他想尽可能地对他的阿叶好一些。

他闭上眼睛，默默地为她祈祷，希望她将来找个好男人，把自己嫁了。结婚生子，过所有女人应该过的正常的生活。

她在黑暗中掉了眼泪，迷迷糊糊地睡着了。她梦见他把她的手抓过去，放在他的身上，她笑了，把自己笑醒了。

原来天已经亮了。她看他睁着眼睛，说，你没睡？他说睡不着。

她抚摸他，安慰他，会好起来的，好得和从前一样。真的？真的。他笑了，笑得很灿烂，带着孩子般的天真。笑过之后说，不行了，这是任何人也改变不了的事实，又老又病，上帝也没办法。她于是就伏在他的身上哭起来。他抚摸着她的柔软的头发，任她哭。

也不知过了多久，他们听到了门声。她直起身，拭去泪。

进来的是老四，看她的眼眶红红的，说了句，狐狸精，这是做给谁看啊？

他摸着她留在被子上的一片潮湿，他叹了一口气。

趁上街买菜的时候，叶彩萍到银行，用卡取了100块钱。她想问营业员，卡里还有多少钱，不敢开口，怕引起怀疑。

他说，没钱用的时候，你就取一点，不挨饿，有衣穿，有房住。等有好人家就把自己嫁了。但不能急，急了容易看走眼。有了钱，你就不急。不能让人家知道你有钱。好衣服不能穿，不能张扬。一个女孩子家，张扬容易出事。千万小心，这个社会到处是陷阱。这些，是他陆陆续续对她说过的话。她记住了，感动得不行。他牵挂着她。

她取钱的时候，看到那个女营业员的眼神有点阴，怕是不相信她有一张体面的金卡。也是，这年月，有谁拿着一张金卡只取100元钱呢。她笑了一下，可是那个女营业员却把头扭到一边，不理她。

他可以当你祖父了，第一次看到她在他的被窝里之后，老四把她叫到三楼阳台，很庄重地对她说，不要和我说什么感情，你还不是为了他的钱。他是有钱，可这些钱是他的儿孙们的，你一分钱也别想得到，用什么手段都没用。老四还说了许多话，她都没听进去，她在想一个问题，一个和钱没有关系的问题，一个她从来没有认真思考过的问题：

他爱过我吗？

她不知道。或者说，她弄不清楚，什么是爱情。

她这一辈子，没有像其他年轻人一样地爱过，像电影电视里那样，男才女貌，手拉着手，在田野里奔跑，在树荫下拥抱，在草地上接吻……没有。所有年轻人的浪漫情怀和激情燃烧的镜头都与她无缘。

和他在一起，她只感到安全，温暖，有依靠。她是为了寻找有饭吃的机会而来的。而他让她不用为生活奔波，让她有安全感和归宿感。他就像一棵温暖的大树，她在他的怀里，可以无忧无虑，安然入睡，不管天下发生什么事情，她都不害怕。但他们这种关系与电影电视里的爱情太不相像了，他们相差 40 岁，在她老家，40 岁的年龄差，至少可以当她的叔公了。是的，他们有过肌肤之亲，男欢女爱。但那不是爱情，不是。她固执地摇着头。是什么？本能吗，是，又不全是。她说不清楚。世间许多事情都是说不清楚的。

近来，他不怎么说话，他没力气说话，他快走到生命的尽头了。他只用哎、嗯、哦、哼、啊、哈……等短语，只有她能判断出这些词不达意的短语后面的标点符号，逗号、句号、问号、感叹号，还是省略号，同时准确地意会到他的短语所表达意思。

人是多么地脆弱啊。曾经那么强壮勇猛的他，是怎么变成现在这个样子的呢？

叶彩萍望着被风吹得渐去渐远的半黄半绿的玉兰树叶，街头的人越来越少了，她是不是也该走了？他的家，她是回不去了。然而，她的心里还是牵挂着他，已经奄奄一息的他。她突然十分后悔，当初没有生下他的孩子。

有一天，她突然感到恶心，上医院一查，结果让她发晕，又让她有一种从来未有的幸福感。她告诉他，她怀孕了。不会吧，他很吃惊。他认为自己老了，她也认为以他的年龄，他们怎么做都是安全的。他们没有任何避孕措施。他摸着她的肚子，很久没有说话。她突然感到害怕。他不会怀疑这孩子的来路吧？她浑身颤抖，如果他不相信她，她宁可去死。在一阵长长的沉默之后，他说，把孩子做了吧。我们没有权利要这个孩子。

做完人流的第二天，他把一个大信封交到她手上，说，这是这房子的所有原始材料，包括发票，你去把房产证和土地证办了，用你的名字。

她愣愣地，不知说什么好。她躺在床上，他像一个年轻丈夫一样，坐在床头，温言安慰她。他买了很多东西，为她做小月子。他说，这房子，就当是你的青春损失费吧。将来嫁人，这就是你的嫁妆。

/ 8 /

街头，满树半黄半绿的玉兰叶下，叶彩萍有些羞涩地笑了一下。她望了望被风卷走的落叶，想，该回家了。

她得回家，这个家是他给的。她已经很久没有回家了。这些日子，她把一门心思全放在他身上，希望他多活一些日子，甚至会好起来，像以前一样地带她出去旅游。

她回到自己的住处，也就是他给她买的房子，她和他的家。

她太累了，一进门就把自己摔到床上，连灯都没开。她想睡，可怎么也睡不着，一闭上眼睛，他就浮现在脑际。不是那个曾经生龙活虎的他，是现在这个病恹恹的垂死老人。

他快死了，她却不能在他身边服侍他。这样想着，她的心里酸酸的，泪水夺眶而出，顺着眼尾滚到枕头上。这是一对绣着鸳鸯的枕头，是他从香港带来的。她抱着枕头说，对不起啊对不起。我知道你希望我在你身边，可是，他们不许。

躺在病床上很久没有声息的他突然睁开眼睛，喃喃自语，阿叶阿叶。

在厅里的老四对外甥说，好像有动静。阿伟和阿娟对看了一下，弟弟说，我去吧。姐姐说，把口罩戴上。

小小要跟进去，阿娟大声喊，小小别进去，里面空气不好。小小说，我要看爷爷。阿娟上前，不由分说地把他拉回来。

阿伟进去，父亲用无神的目光看着他。他想给父亲喂水，可是父亲牙齿紧闭，水喂不进去，从他的嘴角流出来。阿伟从枕边抽出几张面巾纸，正想去擦，听到父亲的喉咙咕噜响了一下，眼皮慢慢地合上。他放下纸，用手指在他的鼻孔试了试，还有气。

阿伟退出来，轻轻地掩上房门。老四说，怎么样？阿伟摇了摇头。

老四说，好在那个女人走了。

老四说，前些日子，你们的父亲说要给那个女人一点钱。

一点是多少？当儿女的深感意外和震惊。

老四摇摇头。大姐夫有多少钱，在哪里？家人一无所知。大姐临终前说过，老头子身边有钱。可是，她也不知道到底有多少钱。

大姐夫的话让老四感到一种前所未有的危险，本来属于外甥们的钱，可能落到那个来路不明的女人手上。外甥们都远在香港，远水救不了近火。她和姐妹们商量，当机立断，决定把那个女人赶出家门。

事不宜迟，马上让她走人。多给她一个月的工钱，仁至义尽，立刻让她滚蛋。

同时打电话给外甥们，让他们回来，越快越好。钱不给那个女人，也不能让他带走，阴间花不了阳间的钱。儿孙们用钱的地方很多。现在挣钱容易吗？

叶彩萍不知道自己是什么时候睡着的，醒来的时候，天已经亮了。她在玄关看到自己的鞋子，她已经忘了昨晚是怎么进的门，怎么脱的鞋。她在鞋柜里看到他的拖鞋。他已经很久没回家了，他再也回不了他和她的这个小安乐窝了。这样想着，她的眼泪再次涌出眼眶，泉水般地落到地上。

这个家到处是他的气息。

他的气息是从那张挂在墙上的照片中散发出来的。她看着那张照片出神。这是他年轻时的照片，西装革履，英气逼人。他执意不给她近照。他说要把他最美好的时光留给她。他亲自把照片挂在墙上。说，我要每天都看着你，看你如何出门，如何进门。记住了，你要好好的，快快乐乐的，不管是进门，还是出门，都要笑嘻嘻的，我看着才放心。

这照片有点神乎，有几次，她看到他在照片里对她笑。而冬明，正是被这张照片吓跑的。

冬明死了老婆之后，找到她，想追她，还跟踪她。有一次，居然找到她的住处。她不想得罪他，毕竟，她的第一份工作是他介绍的，因为这个工作，她才有机会遇到他。当她开门看到冬明时，并不感到十分意外。对于冬明的跟踪，她实际上是知道的，只是不想让他难堪，没有说破。

她把冬明让进屋，请他在沙发上坐下来。而冬明一进屋便有些局促不安，他被屋内的摆设镇住了。冬明在她泡茶的时候站起来，走近他的照片，说，这就是那个香港客年轻时的照片吧，真帅气！

她笑了笑，什么也没说。

可怜冬明，连茶都没喝就走了。

冬明在他的照片前望而却步，在他的照片前，冬明自惭形秽。

/9/

他是在她离开之后的第7天死去的。那几天，她天天都在他家门前的街口上徘徊。那天早上，她刚到街口，就听到一阵让人揪心的"八音"。这是本地办丧事特有的乐队，那一阵阵唢呐的低鸣，叫人心碎。他家门口很热闹，亲戚多，朋友多，她想过去看看，她更想最后再见他一面，可是，她不敢。

她在路口遇到了老七，她有些吃惊，想躲，老七却迎着她走过来。她们在一棵夹竹桃树下站住。老七说，四姐知道你会来，怕你闹事，叫我在街口守着。

她摇了摇头。老七是他们家七姐妹中最善良的一位。

你很想看他最后一面，是吗？

她点点头。

老七说，按理，这个要求并不过分，可是阿娟、阿伟他们都回来了，这种情况，你能理解吗？我看就算了。你说呢？

她点点头，眼泪涌出眼眶，顺着脸颊滚落，掉到胸前。

老七递给她一张面巾纸，叹了口气说，我就知道你是一个通情达理的人……今天出山，到火葬场火化之后，骨灰盒直接送到墓地，和大姐葬在一起。明天，牌位送回大姐夫老家，进祠堂。你可以找时间，到他的坟前看看。

她没有到他的坟头，因为他与夫人葬在一起，她怕石先生看到她生气，怕他们在阴间因为她吵架，怕他的灵魂得不到安宁。

但她决定到他老家的祠堂去看看。他以前带她回去时说过，祠堂重修时，他出了5万元钱，为的就是取得把牌位放进祠堂的权利。不是什么人的牌位都能进祖宗的祠堂，特别是对于他们这些出外谋生的人，5万元是他们村宗亲会定的最低门票。她知道，他把自己的牌位能不能进祠堂看得很重。

不过她也知道，即使她的老家有祠堂，她的牌位也进不了叶氏祠堂，因为她是女人，一个在外漂泊的女人，一个没有归属的女人。

窗下，风吹落叶，沙沙响。一个遥远而亲切的声音从心底浮起：阿叶……她就是一片落叶，都说落叶归根，她已经没根了，不回去，也回不去了。再说，老家也没亲人了。无牵无挂。何处青山不埋人？

从家乡出来时，母亲说过，不要想家，哪里有饭吃，哪里就是家。我有饭吃，还有房子住，有自己的家。她对着镜子笑了一下。

她乘车来到他的老家，来到那个有许多小洋楼的山村，进了他们家族的祠堂，找到了他的牌位，把他送给她的那张银行卡压在他的牌位下。她想告诉他，她对他好，不是为了他的钱，不是老四说的那样。她对他好，只是因为，他对她好……

花开满城 (中)

小城的 24 个故事

[青禾] 著

中国华侨出版社

图书在版编目（CIP）数据

花开满城：小城的 24 个故事：全 3 册 / 青禾著 . —北京：中国华侨出版社，2017.3
ISBN 978-7-5113-6704-4

Ⅰ . ①花… Ⅱ . ①青… Ⅲ . ①小说集 – 中国 – 当代 Ⅳ . ① I247

中国版本图书馆 CIP 数据核字（2017）第 042624 号

花开满城：小城的 24 个故事（全 3 册）

著　　者 /	青　禾
责任编辑 /	林　炎
责任校对 /	王京燕
经　　销 /	新华书店
开　　本 /	787 毫米 ×1092 毫米　1/16　印张 /64　字数 /930 千字
印　　刷 /	三河市华润印刷有限公司
版　　次 /	2017 年 5 月第 1 版　2017 年 5 月第 1 次印刷
书　　号 /	ISBN 978-7-5113-6704-4
定　　价 /	128.00 元

中国华侨出版社　北京市朝阳区静安里 26 号通成达大厦 3 层　邮编：100028
法律顾问：陈鹰律师事务所
编辑部：（010）64443056　64443979
发行部：（010）64443051　传真：（010）64439708
网　　址：www.oveaschin.com
E-mail：oveaschin@sina.com

这事不怪我	001
同是天涯沦落人	050
他们都属马	099
野渡无人舟自横	146
姐妹仔群	188
番薯升官记	233
虚拟世界	283

这事不怪我

/1/

世界上有很多人,也有很多事,很多事把很多人牵扯在一起,怪谁都没用。比如20世纪初,山东某地一户人家生了个女儿,白白胖胖,很可爱,这女孩后来成了第一夫人,给中国带来灾难,在那场"文革"中害死了许多人,这能怪她的父母吗?再比如,也是20世纪,90年代,泰国发生一场金融风波,按理远在中国东南小城的居民不会有什么影响,可我姨父却因此损失了好几万元。那时,我姨父正为台湾一家出版公司写长篇历史小说,契约上说好了给新台币,金融风暴使台币一贬再贬,台币换成人民币一下子少了好几万,我姨父谁也不怪,幽默一句"算我对台湾同胞做贡献"了事。

说到我们A州大学,学生一万多,一天有多少事,有人得奖,有人入党,有人写诗,有人学雷锋,有人评三好生,有人QQ,有人发短信,有人看足球,有人亲嘴,有人失恋,有人怀孕,有人堕胎,有人丢东西,有人被车撞了,有人得了肝病,有人打架,有人给男生发安全套,有人到女生宿舍推销安尔乐,等等。可以说无奇不有,辅导员经风雨见世面,见怪不怪,没事一般。

可昨天晚上发生了一件事,大家都说,这事怪我。我们宿舍青青这么说,兰兰这么说。辅导员是个温文尔雅的绅士,平时对我总是微笑(私下里我也十分喜欢他),他也红着脸朝我大声嚷嚷,你啊你,你就不能少说一句吗?更不用说我们数学系的党总支书记了,事情发生后,他跑到我们宿舍,阴沉着一张乌龟脸对我说,这事你无论如何也脱不了干系。没想到这事还惊动学校领导,分管学生工作的何书记(听说她是副的,但我们都叫她何书记。凭良心说,她是个好人)把我叫到她的办公室(她的办公室真大真气派),她了解了当时发生的情况之后说,这事你有责任。我说,我有什么责任?是她自己跳下去的,当时我还在洗澡间。她说,你怎么这么冷漠?她快要死了。我说,真是她自己跳下去的,我们宿舍的青青和兰兰都看见了。她说,你难道连一点内疚一点不安都没有?我说,这事不怪我,真的不能怪我。她叹了一口气,说,你回去好好想想。我说,我没什么好想的。她跳下去是她自己的事,她是成年人了,她有自己的思维自己的判断自己的选择,是她要对自己负责而不是我。

她无话可说。她是个很会说话的人,每次给我们做报告,都在两个课时以上,一二三四之下还有ABCD,而且喜欢引经据典,今天她却无话可说。当然,不管她怎么说,我就是那句话,这事不怪我。这是我的真心话。我没有说假话的习惯。我想我应该得到表扬,说真话是党中央提倡的,央视不是有一个栏目叫《实话实说》吗?我想崔永元要是请我去,我会把事情的来龙去脉实实在在地说出来。我喜欢崔永元不动声色地说话的样子。

其实事情就那么简单。那天晚上,我从教室出来,又跟中文系的一个男生(我不想说出他的名字,以免受到牵连)去了一趟竹林,我本不去的,明天就要期中考试了,可他太固执,他说不去不行,不去他睡不着,睡不着明天就考不好。我这人心软,去了。再说了,恻隐之心人皆有之。我不去也不大像个人。本来想去一会儿就回宿舍,可竹林深处,没有灯光,黑暗中,这里一对,那里一双。匆忙中我差一点踩到人家一条腿。朦胧中,哼唧之声,娇喘之息,此起彼伏,气氛有点暧昧,有点挑逗,有点时尚,不由你不动心。也就多待了一会儿。

我回到宿舍刚好是规定关门熄灯的时间,我在黑暗中洗了一下澡,弄出了一点声响，这是很正常的，谁回来晚了不弄出一点声响？青青和兰兰一声不吭，她们是通情达理的，就像我一样，她们回来晚了，我也不吭声，假装睡着了。而她，我的那个叫小小的室友，却不依不饶。她每次都是这样，只能别人顺着她，不能别人拗着她，她是谁？不是戴安娜，不是刘晓庆，不是巩利，不是赵薇，不是安妮宝贝，她谁也不是。她说，你就不能小点声吗？我推了推洗澡间的门，努力把声响降到最低点。我刚洗一半，她又大声喊叫，姓罗的，你让不让人睡觉。我怎么不让你睡觉了？我不应她，把水开得更大一些，我的本意是想快一点洗完，省得与她啰唆，可水太烫，我不由自主地叫了起来。水汽弥漫，仿佛间我又看到了刚才的那一幕，是的，我差一点踩到的那条腿和另一条腿是缠在一起的。不知怎么的，我的腿也被拉开了，我不由自主地叫了起来，啊啊啊，我一边叫着，一边使劲地搓着自己的身子。就在我如痴如醉、飘飘欲仙之际，洗澡间的门被撞开了，小小站在门口，说，你让不让人活？腿不见了，所有的腿，别人的我的，全不见了。白色的雾气中露出了小小那张变得有点狰狞的面孔，我大吃一惊，说，怎么啦？她说，你不让我活，我也不让你好过。我火了，说，去死吧你。她说，你可别后悔。我说，去吧，去死吧。我把门狠狠地关上。这时，我听到青青和兰兰惊慌失措地叫道，小小，快别这样小小。我以为她又想来撞我的门，或是要摔什么东西，这个人喜欢摔东西。我才不怕。我还是洗我的身子，只可恨我再也找不回刚才的感觉了。我听见青青喊，小小，别这样，别干傻事。兰兰也跟叫起来，小小快下来，那不是闹着玩的，求你了。小小说，我要让她后悔一辈子。

　　一刹那间，我预感到有什么事情要发生，我愣了一下，心慌慌的，手忙脚乱地擦拭着身子，青青撞进来，上气接不到下气地说，她真的跳下去了。

　　我的心反倒冷静了下来，这算什么事？你做了事想赖我？没门。我穿了衣服走出来，看到兰兰软瘫在门边。我跨过兰兰，走到走廊边，青青跟出来说，她爬上去，从这里，她疯了，她不要命了。我探出头去，模模糊糊地看到小小趴在楼下的水泥地上。我不由自主地抖了一下，青青就在我的身边哭了起来。

这时，整座楼一下子变得乱哄哄的，好像世界末日就要到来。

我听到有人喊，快给毛老师打电话。毛老师就是那个总是对我微笑的辅导员。不一会儿就传来一阵警车声，我想公安局的人来了，要把我抓走了。我下意识地拉了一下自己的衣服，我还没穿外衣哩，我想起小时候看电影江姐，她走出牢门时就拉了拉自己的衣角，我觉得这个细节很真实很人性很生动很鲜活。女孩子任何时候都得注意自己的形象。但我错了，来的是医院的救护车。

我探头看着白衣白帽的医生和护士把小小抬上车。青青紧紧地拉住我的手。她不知是害怕还是担心。我觉得她很可笑，回头看了一下兰兰，她还坐在地上，我走过去，摸摸她的头，浑身软软的，我说，兰兰，你吓晕了吧。青青跑过来，说，快快，给她一点水喝。这时，宿舍里的灯亮了。明晃晃的，把兰兰的脸照得死人一般的白。

这就是那天晚上发生的事，这事本来很简单，很正常，一个女生与一个男生约会，回来晚了在洗澡间弄出了一点声响。虽然这事发生在考试前夕，但还属于十分正常的范围，不是吗？更何况整个过程我都十分理智十分克制。本来我洗完澡可以在床上睡一个舒舒服服的好觉，第二天考个好成绩。全让小小搞糟了。

我在心里骂道，李小小，这狗娘养的！我发现我在关键时刻也会用粗话骂人，我想起我姨父曾夸过我，说别看我们巧巧文文弱弱的，关键时刻还有点男子汉气概。我对自己很满意。我不但有点男子汉，还有点幽默（听说这是现代人必备的品格）。因为我叫李小小用的是闽南话，闽南话"李小小"听起来像说一团乱七八糟的麻，怎么也理不清。而这狗娘养的却是十足的北方骂。这正合我的身份，我的祖籍在山东聊城，离梁山泊不远，生长在闽南，这里出产水仙花。

/ 2 /

　　第二天的实变函数，青青、兰兰和我，我们全考砸了。兰兰一回来就哭，我倒想得开，砸了就砸了最多补考，反正补考也不是第一次。兰兰是三好生标兵，她还要奖学金，一等奖学金。人不能要得太多，她的毛病就是要得太多，什么都要，成绩要最好，积分要第一，奖学金要头等，还写了入党申请书，所以她活得很累。等她哭得差不多了我说，兰兰，凭你的实力，随便考都不会太差。她说都怨你。我说你怎么这样说话，整个过程你们都看到了，能怪我吗？她说，你明知她有毛病，又用话去刺激她，这在心理学上叫诱导，你懂吗？我说为什么要懂？我说去死她就去死，她那么听话？她又不是我女儿，我又不是她妈。我叫你去死你去吗？青青说，好了好了，都过去了，我们不要再用这事来烦自己了，还有好几门课没考哩。兰兰说，怎么就过去了？才刚开始。不信，你们走着瞧。兰兰说着拿书走出去。

　　兰兰一定又到图书馆去了。她说过，宿舍就是宿舍，不是读书的地方。临走，她说，你当时要顺着她就没事了，哪怕说一句软话也好。天下太平。青青躺在床上看《概率统计》，这是明天要考的，也是她最怕的一门课。她与兰兰不同，胸无大志，只想门门60分，混个文凭，找个轻松体面的工作，再嫁个温柔体贴的好丈夫，平平安安，舒舒服服过一辈子。她说，巧巧，你说小小会不会死？我们要不要去看看她？我说，管她哩。兰兰不是说学校不让看吗？学校平时教育我们要互相关心互相爱护，前一时阵管理系一个男生得了白血病，何书记号召我们献爱心，大家捐钱，轮流去医院看他，这事还登了报纸上了电视。我们何书记很上镜头，乍一看有点像倪萍。当然这次不是病，是事故。所以不让看。

　　青青说，也真是的，怎么说跳就跳，生活还没开始哩。我说，她是怎么爬上栏杆的？不是睡得好好的，说起来就起来，有病。青青说，我也没看清，迷迷糊糊的，就听到她撞你的门。你没听说她过去就有这毛病，动不动要死要活的。读中学的时候，有一次差3分和她们班的数学老师急，老师说了句不好听的话，她就跳，从二楼往下跳，那次跳断了一条腿，你没听说吗？我说没听说，我真的没听说。我要听说了就不会说那句话。那个老师说什么啦？青青说不知道。我说，她有病，这事不怪我。

青青说，也是，这事不怪你。但不怪你也不行，你毕竟说了"去死吧"，你当时要不说就好了。再说，她跳楼，学校有责任，他们得找一个理由来推卸这个责任，所以就找到你了，你就是理由。我说我成替罪羊了我。也可以这么说。青青说着，爬起来看着我，又说我是有嘴无心，你别往心里去。我说你放心我不是小小。青青说，你看小小的被子都没叠哩，就这么走了，鬼催似的。我看看小小的床铺，被子掀一半，这不是她平时的风格，她每次起床，都要把被子掖好，哪怕是起夜。我有一次就看到她半夜跪在床上拉被头，说你干吗，她说上卫生间。看来她昨晚确实气急败坏了，她急不可耐地跳下去，冲到洗澡间，我现在有一点点可怜她了。青青愣愣地坐在床上，她们同是上铺，我和兰兰睡下铺，青青在兰兰上面，小小在我上面。

我说青青你没事吧。青青说，没事，你说我们要不要把她的床铺整理一下子。我说，那就整理一下。我就从我的床爬上去，和青青一起把小小的床铺整理一下。青青说，万一她回来了，跟我们急怎么办？她从来不让人家动她的东西的。我想也是，就住了手，跳下来。青青看我害怕的样子，反而在小小的床上说，她怕是回不来了，从6楼跳下去能回来吗？哎呀，她叫了起来。我说怎么啦，她从小小的枕头下摸出一把剪刀，她把剪刀放枕头下干什么？我们对看了一下，出了一身冷汗。

我想，昨晚，要是她拿着剪刀冲到洗澡间来，我怎么办？我十分庆幸我昨晚说的是"你去死吧"，要是我说的是，"你能把我怎么样"，说不定她就用这剪刀把我给捅了。要真那样，如今躺在医院的就不是她而是我了。

青青说，我想起来了，她这是自卫，她说过，要是有谁敢碰她，她就和他拼了。我还以为她是说着玩的，原来她什么都当真。我说，她那个样子，还有哪个男孩子敢碰她？青青说，你这就错了，追她的男生可不少。谁？青青说你是真不知道还是装傻？我们班长就是她的崇拜者。

我的脑子里一片空白。在空空旷旷的一片白色中，一颗黑色的脑袋在空与白当中晃来晃去。我明白了，那就是我们班长那颗智慧的头颅。在我的印象中，他没有眼睛，没有鼻子，没有嘴巴，只有一颗挤满数学细胞的与身材很不相称的大脑袋，他没有感情，从不笑，说话的声音是吵哑的。那一年我们可怜的班长，以一分之差从清华落榜，阴差阳错掉到我们A大。他无疑是个数学天才，很可能是陈景润第二，我们系的教授们争着让他考自己的研究生，他却对谁都没有明确表态，很明显，他瞧不起A大，他是想考回清华。我姨父说，天才就是超常，就人的本质而言，天才与疯子就只有一分之差。这一分不是数量是距离。我突然想起猩猩惜猩猩，疯子爱疯子，自己便笑了起来。青青说，你笑什么？我把自己的想法说了，青青也跟着发疯似的笑了起来。

这时兰兰气急败坏地回到宿舍，红着脸大声叫，你们笑什么，有什么好笑的。我们于是就住了嘴。青青说，到点了吗？我摇了摇头，兰兰不到点是不回来的。兰兰说，简直不让人活了。我们问到底怎么啦。她说这日子没法过。

原来她到图书馆，人们便用异样的目光来看她，指着她窃窃私语，声音越来越放肆，最后干脆就跑过来围住她，问昨晚到底发生了什么？她说我什么都不知道，当时我睡着了，我是到人们都知道了之后才知道的。人们都说不可能，你和她一个宿舍，而且当时刚熄灯，你一定还没睡着，你一定什么都知道，从头到尾，一清二楚，我们知道你不说是害怕，我们会替你保密你不用怕。一个政法系的男生说，你是目击证人，你说不说都逃不了干系，从专业的角度来看，你越不说，越证明你与之有关。一个中文系的女生说，别以为你不说我们就不知道，是因为那个，那种事，不是吗？兰兰一头雾水，什么事？那女生说，就是那种事，她和一个男生正在做那种事，黑灯瞎火，你们回来了，拉开灯，看到了，她又羞又恼，就跳下去。那男生说，不可能，据说，她是穿了衣服的。那女生说，干那事就一定不穿衣服吗？少见多怪。于是大家就小小有没有穿衣服争了半天，一定要兰兰做出裁决。兰兰就跑回来了。

兰兰说，明天还要考试，我到哪里去复习好呢？我说到竹林去，那里幽静得很。兰兰说，听说那里谈恋爱的不少。她说得没错，那的确是谈恋爱而不是读书的地方。校报上有首诗，题目就是《竹林》："风从她的衣裙里发生／吹落一片竹叶，飘零／我坐望星空／爱穿过竹林，广阔无垠。"我说这正是对你考验的最好机会，专不专心，有没有定力，就看你敢不敢去，去了明天又考得如何。兰兰说，你去试试。说着便又抓起书包走了。青青说，看来昨晚的事已经有好几个版本了。我说管它哩，说法越多越热闹不是。青青说，我们有义务澄清事实的真相。我说，真相有什么意义？青青说，你说那些学历史的，多没劲？昨晚的事都说不清了，几百年几千前的事能说得清吗？还是我们学数学的实在，1+1=2，没有什么好争议的。我突然想起我姨父的话，他说，一切历史都当代史。他说这是他的感悟，但不是他的发明。那时候，他正为台湾的出版公司写历史小说，读许多史书，正史野史一大堆。用现代观念解释历史，很出新意很来钱。他们要用什么观念来解释昨晚发生的事情呢？看来，我得回去一趟，这是历史问题，也是现实问题，说不定还有社会问题法律问题。

我说我得回去一趟。青青说，明天还考试哩。我不理她，我说回去一趟实际上并不是对她说，是自言自语。我有时会把心里想的事自言自语地说出来，我姨父说我的这种习惯和我的外婆有点像，我外婆肯定已经不在世了。她得了老年痴呆症离家出走，不知所终，活不见人死不见尸，已经三年了。青青看我走出去，在我后面又说，明天还考试哩你来得及回来吗？我没应她。她的声音显得有些慌乱。但我不考试我回家不关她的事，她慌什么？我觉得好笑。

/ 3 /

出了宿舍楼我就发现有些不对头。有人在跟踪我。开头我还以为是我太敏感了。昨晚的事把我搞得有些烦。但是,当我走到校门口时,我就证实了我的想法,是有人在跟踪我。我们的辅导员在校门口等着我。一定是青青搞的鬼。

我很喜欢我们的辅导员,嘴上说,毛老师你怎么在这里?而心里却说,毛彬我知道你想干什么,说心里话,只要你不让我回我就不回,我听你的。他说,罗巧巧上哪儿去啊?他像平时一样地对我微笑,他的微笑对我极有杀伤力。我说回家呀,他说不是明天还考试吗?考完再回去吧。我说好啊,我听你的。他便和我一起往回走。我说,等我吗?他有些尴尬地笑了笑,说巧巧就是巧巧,机灵,什么事都瞒不过你,我是等你,可不是专门等你,我是等我们系所有想走出校门的男生和女生。我说你不能干涉我的人身自由,他说我这是为你们好,一出校门,哪有心思复习,不复习怎么能考出好成绩,不考出好成绩如何对得起江东父老?我于是又有些失落。要是青青打的电话,毛老师亲自来,证明他还在乎我。我说,毛老师还问我昨晚的事吗?他说,现在的任务是复习考试。

毛彬把我送到宿舍楼前,说我就不上去了,你好好复习吧。说实在,我有些依依不舍,与他在一起走路的感觉不一般,比和中文系的那个男生好多了。那是一种醉感,心摇摇,脚飘飘。我说你真的走了?你走我也跟着走。他微微一笑说,要聊天我们以后有的是时间。说着他就转身走了,让我一个人站在台阶上心跳了好久。

青青看我回来,很随意地说了一句,回来啦,便埋头看书,做出专心温书的样子。我又有些糊涂,她这样子又有些心里有鬼。毛彬专门等我不是不可能,他接了青青的电话,他很在意我。这样想着,我又有些心猿意马。我对自己有点鄙视,我们总是说男生吃着碗里的看着锅里的。我们女生不也是这样吗?也许这是人的天性,不一定是男生还是女生所特有的毛病。什么东西只要你拥有了就不那么珍惜,总是想要更好的,这山望着那山高。

/4/

一个星期考下来,大汗淋漓,焦头烂额,精疲力尽。

这期间我收到几条短信息,都是一些恶搞的内容。

我读一条笑一阵,还有些意思,叫源于生活高于生活。这话在中文系很经典,类似我们的1+1=2。最近总是有人给我发短信,来路不明,我开头以为是中文系的那个男生,他死不承认。出了小小的事之后,那男生再也没找过我,是怕受到牵连吧。我当然也不会找他,没劲。感情这东西,怪,有的藕断丝连,有的说断就断。断了与中文系男生的来往,我便越在乎越牵扯毛彬,想,会不会是毛彬毛老师?这人就是这样,神秘莫测,越想越有可能。因为发短信的人对我很了解,也很善解人意。这是专做思想政治工作人的拿手好戏。我回了个短信,说你能不能来点正经的,主流的,催人向上、与时俱进的,达不到何书记的水平,也不能辱没了为人师表的形象。这是试探的意思。我立即就收到回信,说前面的全是别人的,转发而已,这一条是自己的:一切顺利。

我扫了一眼,太俗,太没劲,太不主流,太缺乏创意了。不像是毛彬的风格。接下来发生的事情又使我悟到这是他对我的关心和提醒。他为什么不明说?又一转念,他不能明说,当老师的能给学生发恶搞短信吗?他是想逗我乐,分散我的注意力。他知道我遇到了前所未有的麻烦。一片苦心。我于是有些感动,不管是不是他,先回个短信报平安:我没事。

我真的没事,我能行,不就是那天晚上的事吗?说一千道一万,我还是那句话,这事不怪我。他们想让我内疚,让我承担责任,没门。是的,我说过去死吧。那是气话,人生在世谁不说一两句气话,在那种情况下谁都会生气，生气了就说气话，既然是气话，就是没有道理的话，就是不经过慎重考虑、严密思考、科学论证的话，谁和这样的话较真谁就是傻子，谁就是神经不正常。我不和她计较，她毕竟已经遭到不幸，和她没法计较，她说过她要让我后悔一辈子，她的动机本身就有问题。我才不后悔哩，我后悔了、内疚了、不安了、睡不着觉了就上了她的当了。

是的，她正在医院里抢救，她可能死，可能终身瘫痪，但这不关我的事，是她自作自受。

他们，包括何书记和章书记都对我的表现表示不可理解都说我冷漠，冷血动物，特别是章书记，也就是我们系那位总是阴沉着一张乌龟脸的总支书记，对我更有些恨铁不成钢和苦口婆心。他说，蝼蚁尚且偷生，何况是人。俗话说，好死不如歹活。活着，作为一个人，是多好的事啊。

我想起他的一个外号，叫"活得像个人"。有点现代气息。听说几年前他到县里挂职当副县长，人家问他有什么感觉？他说，到了地方，才觉得活得像个人。我不禁扑哧一声笑出来。原来在学校里，他并没有做人的感觉。自己没有做人的感觉却要赶时髦，和我们大讲以人为本，可见他活得很累。一个活得很累的人来讲人生的美好，是不是有点黑色幽默？

他说你笑什么？这是个很严肃的问题。我说我没笑，我不能承认我笑，这种时候是不能笑的。他认真地看了我一下，说，我怎么就觉得你笑了呢？我便做出很冤枉、很委屈、很无辜的样子，他苦笑了一下，认了。

我想这是女生优越于男生之处，章书记绝不允许男生装出冤枉、委屈、无辜的样子来糊弄党组织。章书记接着刚刚断掉的话头说，活着是美好的，没有重大的、不可克服的、不可抗拒的原因，谁会去自杀呢？我说不见得，林黛玉活得好好的，不是也自杀了吗？他大吃一惊。他从没听说过林黛玉是自杀的，但他老人家显然没有亲自读过《红楼梦》，不敢和我正面理论，只从侧面迂回，说林黛玉怎么会是自杀的呢，没道理。我说，她是慢性自杀。章书记，她有病不按时吃药，她胡思乱想不认真睡觉，长期失眠，不死才怪哩。章书记，人想死是不用理由的。

他听我这么说，气得乌龟脸发青，说你这是在推卸责任。你们之间一定发生过什么，所以你的话才会对她造成那么大的刺激，逼得她非走那条路不可。我说，我们能发生什么？章书记说，比如恋爱上什么的。我笑了起来，同性恋吗？我们Ａ大还没那么新潮。他说，不是同性恋，她不可能爱上你你也不可能爱上她，这是我们充分调查了的。我冷笑一声说，你们还调查了什么呢？章书记说，那就看你的态度了，比如说，你们同时爱上一个什么人，或者一个什么人同时爱上你们俩。

这是我没有想过的问题。难道她爱上了中文系的那个男生？他不像是那种脚踩两只船的男生，虽然他整天赶时髦写一些半死不活的诗歌和酸溜溜的散文，总是在诗文中表现出被许多女孩子缠得喘不过气来的无奈，但小小看不起他，他也看不上小小，这我知道。总不至于她以为我看上了我们那个大脑壳班长吧。恶心。难道她爱上了我们斯斯文文的辅导员毛彬？这就难说了。知人知面不知心。可这又和我有什么关系？难道她看出我暗中喜欢上毛彬？一时想不开，就把我的一句气话当真，这也太没道理了吧，按一般的逻辑，应该是她让我去死才对啊。

我有点茫然地看着我们的系书记章老师。作为领导者，他实在有过人之处。他和雷锋同志一样，干一行爱一行专一行，以当时的标准，称得上又红又专。总体来说，他做人还是低调的，只在一次全系学生大会上，为了教育我们，他讲起自己的经历，有点言传身教的意思。动机很纯正。他是老知青，1969年响应毛主席号召，下乡当农民，由于虚心接受贫下中农再教育，很快就入党并当上他们那个大队的党支部书记（听说那个时候的大队管好几个村）。后来毛主席说了"大学还是要办的"，他就被推荐上了Ａ州大学，成为他们那个县第一个工农兵学员。毕业后他作为优秀毕业生留校，当过辅导员，总务处行政科长，然后是政法系副书记。后来响应上面有关干部交流的号召，到一个县里挂职当副县长，他本来想留在地方工作，他认为地方更锻炼人，将来能更好地为人民服务。可是学校不同意，硬把他拉回来，放到数学与信息科学系。他的名片是这样写的：全国高等院校思想政治工作研究会会员、某省高校思想政治工作研究会理事、《高校思想政治工作动态》特约评论员、A州大学学生工作领导小组成员、A州大学数学与信息科学系党总支书记（正处级）。

　　章书记很亲切地微笑着。他认为他击中了我的要害，他等待着我的检讨。我的检讨会使他们的工作实现突破性进展。

　　我说，章书记，你们能不能再仔细调查一下，我想我们是完全不同的两个人，我们不可能同时爱上一个人，也没人会同时爱上我们。

　　章书记很不高兴，说，你不想说也没关系，我们今天就谈到这里。你也不必对别人再提起。这是对你的爱护，懂吗？我说我懂，连章书记的这一片苦心都不懂，我还是个人吗？他有些尴尬地笑了笑，走了。

/ 5 /

　　章书记走后，我越想越不对，我得把事情搞搞清楚，不能蒙受不白之冤。于是我到毛彬的宿舍里找到了毛彬，我对他说，毛老师我想找你谈谈。他微笑着说，好啊。我说这里不方便（我说的是真话，他的宿舍常有人来），我们找个地方，这事很重要。毛彬看了一下手表说，要不我们到"来来来"，我请你吃饭。我听说过"来来来"。"来来来"是个有点档次却又不是太有档次的酒家，很适合工薪阶层消费。我们一前一后走出校园，在校门口打的，很快就到了"来来来"。一进"来来来"，便有一位小姐冲着毛彬笑道，毛老师来了，还是老地方吗？毛彬说还是老地方。于是她就把我们带到一个叫"去去去"的包厢，我一看就笑，来来去去的，是让人来还是让人去？毛彬说，这你就不懂了，有来有去才叫生意兴隆。进了包厢，毛彬很随意地做了个手势，又象征性地挪了一下靠背椅。很西方很优雅，我一时不知所措，愣愣地站在那里。他微笑地说，请坐。我说不，老师先坐。他说今天这里没有老师只有朋友，女士优先，请。听到朋友两字，我突然很感动，也很害怕，联想到那些来路不明又有点那个的短信，脸上更是热烘烘的。

他仍然微笑地看着我，我身不由己地在他扶着的椅子上坐下来，他转过去坐在我的对面。这时，小姐拿着一本蓝本子走上前，毛彬示意她把本子送给我，我连忙摇手说我不会。毛彬说，试试看。我只好接过小姐手上的菜单。但我眼睛花花的，什么也没看清。毛彬说，要不我来吧。说着他就把菜单拿过去，对着小姐点了几样菜，并说了句快点。小姐说马上就来。他真是个绅士，从不让女生为难。

主食是北方饺子，还有几样菜，小姐上菜时说了菜名的，很好听，可我听过就忘了。还有一瓶酒，是时兴的长城干红。毛彬说，先吃饺子再喝酒。饺子比学校食堂的好吃得多，我一下子吃了十几个。吃了饺子，毛彬端起高脚杯说，来，我们干一杯，祝你一切顺利。我想起那条来路不明的短信，也是一切顺利，感动得差一点说，原来那短信真是你发的。但我是个谨慎自爱的女孩。我说毛老师我最近常常收到一些来路不明的短信。我还没有说完，毛彬就说，既然是来路不明，就不用去管它。我急了，脱口说我以为那是你发的。他说是吗？都说些什么？我怎么不知道？别再想那件事了，才不会把自己搞得太紧张，风声鹤唳，疑神疑鬼的。放松，绝对地放松。他这么一说，我又怀疑起自己来了。短信的事也就不说了。我说我没想到会出这么一件事，真的，这事不能怪我。他说，我知道，这事与你无关，看我睁大眼睛，他再次强调说，这事不怪你。我说你真这么想？你那天为什么也冲着我嚷嚷？他说那天他不能不这样说，但他一直认为，一个人想死，与另一个人是没有关系的。一个人想死是她自己的事。

我的手不由自主地抖起来，我太激动了。知我者，毛彬也。毛彬说，现在我们喝酒，不提那件事，好吗？我一口气把一杯酒喝了，样子很听话。他又给我倒了一杯，说，我一直把你当朋友，一直没有机会说。我脱口说，我也是，只是不敢说。他说，我们现在都说了，这就好，不是吗。我想，那些短信一定是他发的了。他既然不想说破，也好。留点神秘，留点浪漫，留点肆无忌惮的想象空间，更有诗意。说到诗意，我又想起中文系的那个喜欢写诗的男生，虽说断了，还是有点羞愧。

我说，毛老师，人家说你考了研究生，是真的吗？他有点无奈地说，考是考了，不知能不能考上。我说，当辅导员不好吗？他说好什么，没底。我又说，听人说你和小小好，是真的吗？毛彬说，谁说的，胡扯。我怎么会喜欢她呢？我说，没人说，是我想的。

毛彬看着我的眼睛说，不对，一定有人说，是章书记说的吧？我大吃一惊，说你怎么知道？他说，我想就是他。我说他也没明说，是我从他的话语中揣摩出来的。我把章书记的原话重述了一下，他问你怎么说，我又把我的原话说了一遍。他说，你说得好，你是个聪明的女孩。

我很少受到姨父之外的长辈和师长的夸奖，心里有些得意，说，我只是实事求是地说罢了。毛彬一脸严肃，说，他是在暗示，设圈套让你钻。我说这对他有什么好处？他说也许对他没什么好处，但对我却是天大的坏事。

我说，你真的一点也不喜欢小小吗？就没有一点，一点点，零点零一点点，或者一刹那间喜欢上她。他说你在乎这个吗？我说，我在乎。他说，她是个很特别的女孩。我说，在你们男生，不，男人的眼里，她可爱吗？他说，一点也不，她很特别，很有吸引力。他还说据我所知，很多男生都把她当梦中情人，是梦中的情人，不是我们通常说的那种梦中情人，那种梦中情人是在现实中想追求的情人，理想的情人，而她，只能是梦中的，现实中没有一个想去追，也没有一个敢去追她。她很可怕，谁都不敢惹她。我说我们班长不是在追她吗？毛彬没有正面回答，只说那个人不是正常人，他只属于数学，没有七情六欲。我说，毛老师你是说，男生们都知道她会自杀是吗？他笑而不答。我大声喊，我太冤了毛老师。

毛彬说，喝酒，我们喝酒，就我们俩人。

我忘了我们是怎么结束的。我醒来时，已经躺在我自己的床上了。我问青青，他呢？青青说谁？谁让你喝成这个样子？我说，谁也没让我喝，是我自己去喝的。我不糊涂，我清醒得很，既然毛彬不让人知道我与他喝酒，我就不能出卖他。但我一定要问他，他是怎么把我送回来而又不被人发现的。他是个西方绅士，又是个东方高人。但是，他这样一个高人会不会在暗中爱上小小而又让人没有感觉哩？章书记是不是感觉到了一点什么，想把他牵扯到小小的自杀问题上去呢？要不毛彬怎么会说那样的话，如果是的话，章书记也不可轻看。我得小心。人生无处不陷阱。

青青说，你不必太当回事，你看把自己醉成什么样子。我说我不当回事，别人却要当回事，让我不清静。我这样说主要是为喝酒找理由，并不怎么当真。兰兰从上面爬下来，手在鼻子前扇了扇，说你喝多了，你是听说小小的父母亲和弟弟来了才去喝酒的吧？每次考试之后，兰兰都会变成另外一个人，很随和，很关爱别人。显然，她考得很好，小小的事对她并没有什么影响。我没听说，我摇了摇头，我真的一点也不知道。她又说，他们想来找我们，当然主要是找你，学校硬是把他们挡住了。青青看了一眼兰兰说，找我们做什么？巧巧说得对，这事与我们无关。兰兰说，我想也是，她现在不自杀，将来也会自杀的，她就是这样的人。青青说，我想也是。

我吃了一惊，大家都这么想，我怎么没看出来。我不由自主地看一眼小小的抽屉。我知道那里藏着一本日记本子，她每天都偷偷摸摸、鬼鬼祟祟地在上面写什么，一看到我们进来，便急急忙忙锁进抽屉里。几乎是同时，青青、兰兰和我一样，也不由自主地看了一眼小小的抽屉，合谋似的，我们都有同样的一个愿望，可我们都不说话。

/ 6 /

这时，章书记和毛彬一起走进我们宿舍。我特地看了一下毛彬，他看上去一点感觉也没有。但我知道他是装出来的，我现在才明白，他是一个天才的演员。不是说人生就是一出戏吗。我也许是个本色演员。章书记吸了吸鼻子说，喝酒了。青青为我掩盖，说考完了，放松一下。章书记看了我一眼，又看了毛彬一眼，说，小小的父母、弟弟来了，等一下，准确地说是9点半,他们想到宿舍来收拾一下她的东西,学校的意见,让你们回避一下。

他说这话时脸部没有半点表情。我们三个对看了一下,什么也没说。不过我的心尖跳了一下,小小是不是已经死了?毛彬说,你们把自己的东西集中一下,不要和她的混在一起,省得拿错了。青青说,她的东西从不和别人放在一起,我们也不动她的东西。章书记拿眼睛看了一下小小的床铺。青青知道他的意思,说,被子是我叠的,那样子不好看。不是每天都检查吗?听说每天检查宿舍评星级是章书记在政法系的一个发明,他还写过这方面的论文在全省高校政工年会上宣读。章书记什么也没说。我想说她有一本日记,也许对你们有用处,想想又没开口。多一事不如少一事。兰兰问要我们回避多久,章书记说要不了多久,我们会和他们一起来的,你们放心。我们便一人拿一本书,默默地走出自己的宿舍。

我在走出宿舍时竟有一种依依不舍的感觉。平时进进出出无数次,一点感觉都没有。这种依依不舍的感觉怪怪的,摇摇晃晃,酸酸的。我明白了,这是我们第一次在非正常的情况下离开自己的窝。小小那天晚上冲出宿舍时,难道没有一种异样的感觉?

青青说我们上哪儿?我说随便。兰兰说,我还是上图书馆吧。青青说,我们去竹林,说不准能看上几出好戏。我们来到竹林,果然成双成对,你拥我抱,景色相当秀丽。我们对看了一下,青青小声说,看看能不能找到几对认识的。我说积点德吧,给人家留点面子吧。于是我们就找一个相对清静阳光充足的地方坐下来。青青拿的是金庸,很快就进入江湖。我看的是日本小说《美丽与悲哀》。我受姨父的影响,染上一点喜欢文学的爱好。当然我不是真喜欢,比如这本小说,我只是冲着它的题目才借的。而我看小说,很少从头到尾认真读,都是随便翻,挑着读,挑爱情的场面读。可是一翻开这本小说,我就被深深地吸引住了。这书有人认真读过,在上面画了许多杠杠。这是我们当学生的好习惯,画上杠杠的大抵是重点,要记住,考试时用得着。我顺着有杠杠的地方读下去:

头发乌黑不足月的婴儿影子,在二十三年后的岚山,让大木历历如在眼前一般看到了,待它隐藏在冬天枯木中,沉在碧绿的深渊里。冬天傍晚时分,该会催人生起人世无常的感慨吧。但在那一刹那间,大木感到了自己在音子的心中。钟声一响又长了一年,多催人寂寞的感觉呀。像我,居然好活到了今天……。大木想起音子曾用安眠药自杀的事。比起抱过的音子的身体来,倒是在生死线上揉过的音子的大腿,反而明明白白地浮在眼前,先生,那垒石比起先生或我的寿命,是太长了。活着就同无主孤魂一般不是?音子会因被迫离开大木而企图自杀,但不能如愿以偿,那时如果死得了,短促的生命是纯洁的吧。把剃刀伸进庆子的脖子,庆子便会死亡:音子突然这样想。那时万一杀了庆子,自己当然也非死不可的吧。差一点杀了对方,自己也跟着自杀了。……

我再也不敢读下去了,这些杠杠是谁画的?会不会是小小画的?有可能。是的,我好像在宿舍里看到过这本书,说不定我是在无意中受了她的诱惑才去借这本书的。我对青青说,喂,青青,你看过这本书吗?青青低着头说,人在江湖,身不由己。我说,有病啊你。她抬起头来说,什么?我说走火入魔了你。她不好意思地笑了笑,难得轻松一下。我把《美丽与悲哀》递过去,这本书你见过吗?她说没有。我说真没有,你再想想。她说好像见过,记不得在哪里了。我说再想想。她说,也许是在宿舍里吧,不是你借的吗?我说是以前,不是现在。我把书翻开,把其中用蓝笔画出来的句子念给她听,她说谁画的,接着她又说,不会是小小画的吧。我说我也是这么想的。

于是恐怖向我们袭来,阴阴的。好在竹林上阳光灿烂,竹林下生机盎然。

我说你再仔细想想,以前是不是在我们宿舍见到过这本书,青青说,是的,越想越觉得见过,我们再问问兰兰如何?我们便急匆匆地到图书馆,在第三阅览厅找到兰兰，兰兰说，这封面好像见过，但记不清是不是在宿舍里。

我想，我应该到图书馆查一查借书记录，如果小小借过这本书，我敢肯定，她早就有自杀的意识了。她想死，这是谁也拦不住的。我这么想着，也不告诉青青、兰兰，独自一人到图书馆。图书馆的老师不让查。这当然难不倒我，我绕了个圈子，找了个在图书馆当管理员的老乡，还是查了一下。结果让我很失望，小小从没借过这本书。借过这书的大多是中文系的，看到那个男生的名字我一点也不吃惊。让我吃惊的是，我们的章书记和毛彬都借过。我在吃惊之余，脑子里闪过这样的念头：也许是他们把书转借给了小小，杠杠还是小小画的。这不是不可能。

/ 7 /

星期三晚上，兰兰早早就出去了，她不是去图书馆，而是去做家教，她家在乡下，学费交得很吃力，平时吃饭和费用全靠她自己挣。青青看兰兰走出去，对我说，她谋生去了，看来我也得找个谋生的地方。我说你的钱这么快就花完了，你不是说这个学期可以搞定吗？青青虽然父亲下岗，但母亲在县工商局当会计，还供得起她上大学。她说，本来没问题的，只是出事前不久，小小向我借了1000元。这下你惨了，我说，死无对证，找谁要去？青青说，你可不敢对别人说，说了，人家会想，她的死是不是与我有关，是不是因为我向她讨钱讨急了。我说别担心对谁我都不会说。说这话时我的脑子来个急转弯，她既然不想让人知道为什么告诉我？是不是她想向我借钱？与其让她开口不如主动出击，便说，要不要从我这里先拿去救救急，要多少尽管说。青青也不客气，说，先拿400吧，找到家教再还你。我把钱给她，说先用着吧。

兰兰回来时，青青说，兰兰，你做家教有经验，能不能帮我也介绍一家。我想兰兰会推一阵子，她这人就这样，事不关己，都是高高挂起的。

没想到她答应得很干脆。

我把钱给了青青，自己也没钱了。不是我们家缺钱，我们家不缺钱，是我自己没钱。在钱的管理问题上，我们家很不现代化。别人一千两千三千都在卡里，不管是建行农行中行工商行什么行都有，而我的钱在姨妈那里，由姨妈管着，什么时候我缺钱了，就找姨妈要。我不知道父母亲给姨妈多少钱，姨妈也从来不问我拿钱做什么。

我们家在离A州300公里的一座县城里，听说爷爷当过那个县的县委书记，父亲现在也是县委书记。前一些年，也就是父亲刚当上县委组织部副部长的时候，同学们都说我父亲是太子党。我说，什么太子党，我爷爷早死了，他们说，死了也是太子党。真是的，没了皇帝哪来太子，再说了，一个小小的县城，挨得上吗？但人家就是要说，听说这种说法还是进口的，很时髦，不让说还不行。这几年没人说了，也许是说累了，也许是角色转换了，如果我毕业回去，那就是公主党了。当然，我是不会回去的。我母亲是县司法局副局长，听说去年局长退休时，几个副局长谁上，母亲的口碑最好，呼声最高，就是父亲不让上。母亲对姨妈说，看来我得到市里，在他的阴影里，永无出头之日。说归说，母亲还是把那个副局长当得有滋有味的，因为不管谁当局长，在局里，说话算数的还是母亲。

我决定找姨妈拿钱。姨妈家在江锦花园。姨妈在A市老干局工作，主任科员。我一直弄不清姨夫的工作单位在哪里，他整天在家里写东西，日子过得很悠闲。我有一个表哥，在北京大学读物理，属于硕、博连读的那一种。听说这种人将来大都要到国外去发展，所以我对他没有什么好感，在这个问题上我比较爱国。我进门时姨妈刚吃过饭，姨父还在喝酒。姨父餐餐喝酒，一餐三杯，雷打不动。这是他创作灵感的源泉。姨妈说他将来一定会死在酒上，不是肝癌就是心肌梗塞。我开门时（我有姨妈家的门钥匙）就听姨妈说，巧巧来了。我关门换鞋子时姨妈说，巧巧吃过了吗？我说吃了。姨父说巧巧陪姨父喝一杯。我说好。姨妈给我拿酒杯时说，我妹妹要知道你把她培养成酒鬼一定饶不了你。我说将来进社会搞公关，酒是第一要学习的,不如现在就适应。她用手指在我的额头上点了一下,意思是我强词夺理。我很放肆地笑了起来。我喜欢到姨妈家,在姨妈家比在家里更自由。可以乱说,可以撒娇,有时姨妈搂住我的时候我会以为是妈妈,她俩长得很像,连声音都像。姨妈说她把表哥生错了换个女的就好了,我说找个好表嫂就弥补过来了。她说再好的儿媳都不能这样搂着。我说那就不搂呗。她说,搂着贴心。

姨妈给我倒了一杯酒鬼酒,姨父只喝这种酒,听说改革开放以前他只喝四特酒,不喝其他酒,改革开放后,一个北京的朋友给他带了一瓶酒鬼酒,他从此改喝酒鬼。那个朋友也是个作家,名气很大,我们在报纸上经常可以看到他的名字。姨妈说,喝四特时还有点救,毕竟只是有点特别,一到酒鬼就没救了。

我端起酒杯呷了一口,姨父说我喝酒的姿势很优雅,很有盛唐风韵。姨父还说,那个时候长安人喜欢喝三勒浆,是一种波斯甜酒。关于酒,姨父有讲不完的话题。他喜欢酒,因为酒使人自由。姨妈说,巧巧只许喝一杯。我说知道了。姨父说,巧巧学校里有什么新闻?每次来,姨父都这么问。我说有,大新闻,还和我有点关系。

姨妈听了吓一跳,说,你出了什么事?说着把我的脸扳过去,细细端详,生怕我有半点闪失。从我家坐车到 A 州最少要半天,她负有监护我的责任。我说小小跳楼了。姨妈的手在我的脸上僵住了。我们宿舍的几个女孩子,姨妈姨父都见过,大一的时候,我带她们来过。平时,我也常常提起她们,姨父姨妈都喜欢听。特别是姨父,喜欢了解青年人的生活,表哥每次回来,他也是问个没完。作家嘛。我于是就把那天晚上发生的事情说了。

我说,这事能怪我吗?姨妈搂着我说,不怪你不怪你,发生这么大的事怎么不回来告诉姨妈,吓死了。得给你妈打电话。说着便要去打电话。我说姨妈你别打,我不是好好的吗。姨妈说,万一学校再找你麻烦怎么办?我说我不怕,这事不怪我。姨父说,当然不怪你,也不怪其他人。姨妈说小小这孩子，怎么想的，她父母亲一定哭死了，养这么大容易吗？我说哭也没用，也没听说他们怎么哭，怎么闹，这事怪她自己。

姨父说也不怪她。她是受害者，怎么能怪她呢？他端起杯子，一饮而尽。姨妈说，我还是得给你妈打电话，这么大的事，不说不行。我走过去，抢过她手中的话筒说，姨妈你别打，当我没说，行吗？姨妈说，这孩子，怎么能当没说呢？姨父说，让孩子自己做主，要打也得让她自己打。姨妈说，看你把她宠坏了。姨父对我说，坏了吗？我说没有。姨妈便呵呵笑，不打就不打。

姨父说，电话可以不打，但有件事，我得告诉你。我看姨妈向姨父挤眼睛，姨父说，是时候了。我说什么事？姨父说，你爷爷，也是自杀的。

我感到很吃惊，从来没人告诉我。姨父说，你爸爸妈妈委托我，在你读大学期间，找个适当的时机把这事情告诉你。他们说，你和我投缘，谈得来，这事由我来说最合适。姨妈看着我，仿佛有些担心，我向她微笑，表示我已经长大了，特别是经历了小小的事，我能理解许多事。她走过来，情不自禁地在我的脸上亲了一下。姨父说，再给巧巧倒一杯。我说我自己来。姨妈说，我也来一杯。姨父笑着说，每次说到你爷爷的事，她就想喝酒。姨妈说，虽说几十年过去了，一想起来还心跳，我得用酒把心镇住。

姨父说，那是1966年冬天的一个夜晚，天很黑，抬头不见星光，街灯昏黄。我们，你爸妈、你姨妈和我，我们是县一中上下届的同学，我高三你姨妈高二，你爸妈是高一。我们在学校里写大字报，突然，我们听到学校里的高音喇叭响了，先是唱《东方红》，接下去是毛泽东的语录，然后又说了一条消息：我县最大的走资本主义道路当权派罗肖，从县委大楼跳楼自杀，自绝于人民自绝于党。罗肖对抗文化大革命，对抗毛主席的无产阶级革命路线，拒不交代反党反社会主义的滔天罪行，死有余辜。他想用死来逃避革命群众的批判，办不到，永远办不到。我们要发扬鲁迅痛打落水狗的精神，把罗肖批倒批臭，让他永世不得翻身。让我们振臂高呼，伟大的战无不胜的毛泽东思想万岁，毛主席的无产阶级革命路线胜利万岁，毛主席万岁，万岁，万万岁！万岁声还没结束，你爸爸就晕倒了。

他真是自己跳下去的吗？我问。姨妈说，至今还是个谜。我想，他，我爷爷他可能真是自己跳下去的，既然现在小小可以那么轻易地跳下去，我爷爷为什么就不能自己跳下去？

姨父说，是他自己跳下去的。我理解他。他为了证明自己的清白，为了自己的尊严，士可杀不可辱。他常常自认为自己是真正的共产党人，但他的骨子里却很传统、很儒家，为了某种东西，他可以舍弃自己的生命。

我说，爷爷不是没读过书吗？姨父说，没读过书不等于就不受传统文化的影响。传统文化的影响是无所不在的。在我看来，越是落后的地方越是落后的人群有时越传统。

姨父说，我理解他，但不赞成他，从现在的角度来说，更不欣赏他。生是一种偶然，由父母，至祖父母，高祖父母，你想，有多少偶然才能落到你头上成为人。上天既然偶然地生了你，你就要善待生命。你说呢？

我点了点头。他又是说，这话不是我的发明，是别人说的，至于谁，我忘了。我说谁说的并不重要，重要的是对我有启发。他说这就好。当然，不能怪他们，不能怪你爷爷，也不能怪小小。

我说，爷爷平反了吗？姨妈说，平反有什么用？人都死了。平反还是有用的，要不，怎么会说我爸爸是太子党呢？我说。姨父看了我一眼，看来你对你爷爷的死没什么感觉。他是你爷爷。我说，一点感觉也没有。也许是隔得太久了吧。当时还没有我。什么时候说什么话，什么时代唱什么歌。那个时候倒干脆，什么责任也不问，自绝于人民自绝于党，干脆利落，不拖泥带水。一切由他自己负责。姨妈有点不认识我似的看着我，我朝她笑了笑。

姨父说，喝酒。我们就把三杯酒一起喝了。姨妈摸着胸口说，奇怪了，被巧巧一说，我也没什么感觉了。姨父说，都与时俱进了。

我在姨妈那里住了一夜，第二天一早拿了钱就走。临走时姨妈反反复复地交代，有什么事就回来说，千万别自己撑着，我说知道了。我又抱住她在她的耳边小声说，那事儿不许告诉我妈。姨妈顺势拍了一下我的屁股，这孩子。我知道她不会告诉我妈，在很多事情上，我妈听她的。

/ 8 /

刚进校门，就有人喊我，说快到梯教 30，高教授的讲座就要开始了。我一听便匆匆往西区跑。新近学校为了改进学风，各种讲座不断，有外来的名家，也有本校的教授，很热闹。听说今早在南区还有一个讲座，是北京来的一位文学博士开的，题目叫"女权主义视野中的身体写作"，很有爆炸力，计划去听的，可惜与高教授的撞车了。我跑到梯教 30 时，青青从座位上站起来，她用笔记本给我占了一个好位子。

高教授是我们学校的一个亮点。他在位势论方面的研究在国内甚至国际数学界很有影响，听说美国的《数学评论》和德国的《数学文摘》都介绍过他的论文。这是两家世界最权威的数学杂志，被它们其中一家介绍过就十分了得，何况是两家！他还到过美国、日本、德国、西班牙，出席过国际学术讨论会。他今天讲座的题目也很有诱惑力：拓扑空间与人类的未来。

高教授微笑地用手示意我快坐下来，然后开始他的讲座。高教授的平易近人是远近闻名的。他只给我们上过一个学期的常微分方程，却能叫出我们每个同学的名字。其他教授就不行了，就是上一年两年三年，也叫不出一个学生的名字。听说有的并不是真的叫不出来，明明知道也假装叫不出来，以示自己的高深莫测。男生们对高教授另有看法，说高教授只记得漂亮女生的名字，这种说法让我们宿舍四位女生都很陶醉，因为高教授不但都能叫出我们的名字，而且下了课还会和我们聊几句与数学无关的话题，比如家在哪里啊，几个兄弟姐妹啊，父母亲做什么工作啊等等，既亲切又不失长者风度。

"也许，数学是一种预言。为什么不呢？难道那神秘的，不可理喻的分式，不是人类通往宇宙，走向未来的阶梯？现代科学认识到，数学并不是自然所固有的，而是人类大脑的产物。只有那些具有天赋而又执着追求的人，才有资格进入这一多维乃至无穷维的空间。……"

高教授用这样诗一般的语言开始他的讲座。他的讲座很精彩，既条理清析、雄辩有力，又深入浅出、妙趣横生。正听得入迷，被一个意外的声音吓一跳。我立即意识到，那是窗外英雄花的落地声。我们学校有许多英雄树，也就是木棉树，每到5月，便会开出一片英雄花，把校园的天空染红。红红火火的一朵拳头大的英雄花，从高高的英雄树掉下来，摔在硬邦邦的水泥地上，"叭"的一声响，惊心动魂。小小突然从我的心底跳出来。小小听高教授的课，总是坐在最前排，每听到精彩处，都会回头看我们一眼，好像在炫耀着什么，开头我没有感觉，有一次兰兰说，风神什么，他又不是她老爸。闽南话风神就是神气的意思。经兰兰点破，我才发现，小小看高教授的眼神确实有点不对头。当然，学生崇拜老师，特别是有成就有名望的老师很正常。

讲座结束时，高教授朝我们招招手，我和青青有点受宠若惊，我们走到讲台前，他说怎么不见兰兰，我们说不知道，她昨天还讲要来的。高教授"哦"了一声，又说，小小的事实在有点可惜，她怎么样了？我们说不知道，听说还在医院里。还在吗？高教授又说。我们说，可能吧，老师没说我们也不敢问。高教授说，这事怎么搞得神神秘秘的，应该让大家知道，好吸取教训。花一样的生命，说没就没了。听说那天晚上她和巧巧有点不愉快？青青说这不关巧巧的事。高教授说，那是当然。自杀自杀就是自己杀自己，与他人无干。高教授毕竟到过美国、日本、德国、西班牙，见识广，眼界不一般，学理科的能和姨父一般见识，难得。我说谢谢老师的理解。他笑了笑，说，其实应该研究的是小小的心理素质，听说她每天都写日记，要是能拿到她的日记本子，许多问题就可迎刃而解。我和青青对看一下。小小写日记从不张扬，连同宿舍的我们都捂得严严实实，高教授怎么会知道。青青说,没听说她写日记,我们都没看过,巧巧看过吗?我说没有。就是有,也拿不到,她的父母亲和弟弟也拿走了。高教授感到意外,说怎么会让他们拿走?我们说,他们已经把小小的东西全拿走了。高教授摇了摇头,连声说可惜可惜。

/ 9 /

　　从梯教出来,青青说,怎么大家都对小小的日记感兴趣了,真有意思。我说怎么啦?她说毛老师和章书记已经分别找了她和兰兰,打听小小日记本的事,一定有什么名堂。我说他们不是在场吗?青青说他们是在场,可是他们也没有找到小小的日记本。我说是谁说小小写日记的?青青说我没说,她写日记关我们什么事?我想兰兰也不会说。我说我更不会说了。

　　这就怪了。一定有比我们更了解小小的人。那么这个人是谁呢?

　　我想,这日记是有人把它藏起来了,因为他害怕。那么可以肯定,藏日记的人就是那个知道她写日记的人,也就是怕她在日记中写到他的人,说不定,这人与她的跳楼有关。

　　我第一个想到毛彬。他和她一定有一种不同寻常的关系。他亲口说过,她是一个非常特别的女孩子。与众不同。但是他也说过,她是个没人敢碰的女孩子。没有人敢碰毛彬就不敢碰吗?别看他外表斯斯文文的,那天晚上我是怎么回来的?他居然做得那么天衣无缝。连我都不明白。也许他就像章书记所暗示的那样,和小小有染,小小把他们的风流韵事写进了她的日记当中。当毛彬想脱身时(很特别的女孩子玩玩可以,结婚可不行,上演的还是现代版始乱终弃的短剧。可以理解。)小小拿出她的日记对他说,我要让你后悔一辈子。这种事小小是做得出来的。也许那天晚上小小只是借我而起,实际上,她的跳楼是冲着毛彬来的。我对青青说,那天你整理她的床铺时,枕头下除了剪子,还有别的吗?青青说,你是说她的日记本子吗?没有,不可能有,这你是知道的。是的,我知道小小不会把日记本子放在枕头下。

　　章书记也不是好东西，他是不是也和小小有那么一点关系呢？她不是一个很特别的女孩子吗？没有猫不沾腥。章书记是书记也是男人。他虽然在大多数时间显得道貌岸然，但有时看女生的目光也会露出些许不安分，对了，我想起来了，那一次，小小生病，他在我们宿舍里待得很久，我和青青回去时，他显得很尴尬。从那之后，小小便常常在我们面前骂他。我说，青青，你说为什么小小敢骂章书记，深仇大恨似的。青青说，不知道，你又想起什么了？你可别胡思乱想。章书记是很正经的。我笑了笑。如果他们真有点什么，小小一定也写过日记里。难怪呢，他们那么关心她的东西？说不定小小家属到来之前他们先抄了她的东西，拿走了她的日记本子。

　　那么，高教授为什么也关心小小的日记本子呢？别看他是个名教授，名教授也是人，也是男人，他关心我们，他记住我们的名字，醉翁之意不在酒，在小小一人，她很特别。男人不坏女人不爱。同样，女人越特别男人越喜欢。高教授是名教授，喜欢几个女生并不为过。中文系、艺术系、外语系这种事情还少吗？不用说男教师喜欢女学生，还有女教师喜欢男学生呢。小小看高教授的眼光不是有点那个吗？我想起来了，有一次小小在梦中大叫，把我们几个吵醒，过后我们回忆她昨晚叫的是什么？我说好像是叫什么人慢走，青青说是别怕，兰兰说，她叫的是眼镜。我们都知道眼镜是高教授的外号。闽南话，慢走，别怕，眼镜，喊起来没多大区别。

　　这样看来，高教授也好、毛彬也好、章书记也好，他们关心、寻找小小的日记，都有一点贼喊捉贼的味道。

　　这事儿变得有点意思了。

/ 10 /

下午，何书记再次找我谈话。这次比上次和风细雨得多，而且面带微笑，恢复了她的一贯风格。她说，你知道小小有写日记的习惯吗？我说怎么大家都关心这件事，小小写不写日记我实在说不上来，写日记是一件十分私人的事，纯属个人隐私，她从来不告诉我。她说是的，我们不是为了窥探个人的隐私，我们只想进一步了解她自杀的动因。查明白原因对你也有好处。我说我无所谓。我想我的话有点冲，不大给她面子。她显得很有风度很耐心，轻声细语地说，你想一想她是不是有一个本子，她每天，或者经常，在上面记点什么。我说，是有一个本子，有时也看她在上面写什么，但她总是神神秘秘、鬼鬼祟祟的，都是在我们不在的时候写，看到我们进来就迅速合上，锁在抽屉里。

她说，这就对了。那本子有多大，什么封面？我说，好像和课本一样大，厚厚的，天蓝色，硬皮。她提醒我，她会不会有忘了收的时候？我说绝对不会。那天，她说，也就是出事的那天，你看她写过吗？这倒是个问题，我认真地想了一下，好像没有。何书记显得更加和颜悦色，说，有没有这种可能，她们，也就是兰兰和青青，她们拿了她的本子？当然不是故意的，收错了，顺手之间，我们有时会犯这种错。我说这得问她们自己。何书记"哦"的一声，若有所思。我想，她是不是也怀疑我藏了小小的日记？我等她问，她要是问，我就要让她难堪。她终于没有开口。

走出何书记的办公室，我突然想，当初我爷爷如果有写日记的习惯，那会怎样？红卫兵抄家时一定抄走了，他们一定要在他的日记中寻找他自杀的原因。那日记本一定成了批判的依据。他们一定会在他的日记中找到许多反党反社会主义的罪证。姨父说，"文革"中有以日记定反革命罪的。枪毙一个人，罪证之一就是书写反革命日记。

那么小小的日记落到何书记的手上，会是一个什么样的结局呢？不知怎么的，我自己也很想找到她的日记了。小小整天神经兮兮的，她会像疯狗一样地在她的日记中乱咬人吗？她会咬谁呢？其中一定有高教授，有毛彬，有章书记，还有兰兰、青青和我。小小啊小小，你太伟大了。我突然兴奋起来。你让人们吃不好睡不香，你让那些平时很高尚、很道德、很完美的人坐立不安，你真的太伟大了。

我走在校道上，我发现人们看我的眼光有点不对。是的，由于小小的自杀，整个学校到处都弥漫着她的气息，怪怪的。也许这世界本来就怪怪的，只是你没有感觉到而已。

在宿舍楼的楼梯口遇见毛彬和章书记，习惯地叫了声章老师、毛老师。他们朝我笑笑，也是怪怪的。回到宿舍，见兰兰和青青的抽屉和衣橱都开着，她们的东西全乱七八糟地扔在床上。我说我在楼梯口碰见章老师和毛老师，是他们来了吗？她们说来了。他们想看一看小小的日记本子有没有在我们的抽屉和衣橱里。我说他们想看你们就开给他们看？我们又能怎么样，青青说，看一看就看一看，省得让人怀疑。我嚷道，这太过分了。兰兰说，小声点，我不想再惹事了。我们是来读书的，明年拿了文凭走人，找个好单位，拿钱过日子。多一事不如少一事。我说，谁要想看我的，没门。兰兰说，我们可和你不一样。我说什么不一样？兰兰不屑地说，这还用我说吗？你爸爸是县委书记，能和我们一个样吗？青青说，兰兰你说什么呀，巧巧你别往心里去。我说我不生气。就是我爸爸是个农民，我也不让他们看。他们凭什么？我们又不犯法，现在是法制社会。要看可以，拿搜查证来。我大声嚷嚷。

兰兰说，我们也不愿意啊。你以为我们没有一点尊严？说着便哭了起来，她哭，青青也跟着哭，弄得我的眼泪也掉了下来。

我指着她们的抽屉和衣橱说，他们是怎么看的？兰兰说，什么看，简直就是翻。想想那两双男人的手在我的衣橱乱摸，我就恶心。青青说，我看他们在兰兰的衣橱里乱搅，我干脆自己拿出来，全都拿出来放在床上。兰兰说，青青拿出来，我也跟着拿出来。我看着她们的内裤和胸罩大声说，这也太侮辱人了。兰兰喜欢红色内裤,胸罩是小号的,青青的内裤是三角的,喜欢绣花的胸罩,这是女孩子的秘密。这一下全都暴露无遗。这两个流氓!我从不怀疑毛彬的想象力,他完全可以想象出她们脱光衣服,只剩下内裤和乳罩的样子。他这一下得意了吧。我们宿舍的四个女生,他一网打尽了,他是个多好的辅导员啊。

学校的确对我客气得多,何书记出面,是想让我拿出小小的日记本子,只是她没好意思直说,她有身份有涵养,她比章书记和毛彬更阴险更狡猾更伪善。什么东西!

我说,小小的日记本子为什么找我们要?她的父母和弟弟不是把她的东西全拿走了吗?青青和兰兰对看了一下,说,是啊,我们也想不通。兰兰又说,这个小小也真是的,搅得我们不得安宁。

这时我的手机响了一下,一看又是来路不明的短信,还让我出去一下,说有个男生找我有话说。这个毛彬有事说事神秘兮兮的干吗。我把短信按了,不理他。是他想见我,还是他想让一个男生见我?我们学校有规定,男生进不了女生宿舍。这也是我们学校学生思想政治工作的成功之处,听说何书记还向全省高校介绍过这方面的经验。我对她们说,小小的日记说不定早已转移了,她的家属也没拿到,所以他们着急。谁都着急不是?

我这样说着,突然又冒出一个念头:万一落到 A 州《太平洋都市报》记者手上,可是一条大新闻。想到小小神秘兮兮的日记登在《太平洋都市报》上,我竟然有点兴奋,有点手舞足蹈。我这才发现我这人其实很不地道。她的日记一旦曝光,会有许多人遭殃。也许高教授会名誉扫地,当不成博士生导师;章书记括弧里的那可怜的正处级会被括掉;而毛彬,会被处分,会因此而葬送如花似锦的前程。也许还会有人走上与小小一样的道路:跳楼。

我的手机又响了一下,还是来路不明的短信,这个毛彬!我再次把它按掉。

兰兰说,她能转移到哪里去?她对谁都不信任,她就知道她自己。青青说我想也是。会不会她父母亲拿走了日记又说找不到日记，以此来要胁学校，想多要一些钱？兰兰说有可能，人没了，钱最重要。我说会不会小小在外面有朋友，我是说学校之外的男朋友，她把日记给了他或者他拿走了她的日记。兰兰说不会吧。青青说那太可怕了，我们怎么办？是的，我们怎么办？她的日记中不可能没有我们啊。

我的手机再响了一下，我说了句讨厌就按掉了。我说对于小小，什么事都可能。青青和兰兰本来是边说话边收拾东西的，听了我的话都停下手中的动作。我说我们对她了解多少？我们谁会想到她就那么冲出去，跳下去？兰兰说，别再说，太可怕了。我常常梦见她冲过去拉门的动作。青青说我也是，我常常梦见她躺在地上的样子。我甚至看见她的血，黑色的。我说，她其实没有流血。兰兰说，好在我没看见。我说，什么事都有可能，她是什么事都做得出来的。这时，青青的手机响了一下。青青打开瞄了一眼，对我说，奇怪，是谁呢，怎么知道我的号码？让你看短信。我说不看，没什么事。兰兰说还是看看吧，要不，我也要遭殃了。话没说完兰兰的手机就响了，兰兰看一下递给我。上面是：请你帮个忙，让巧巧看短信。显然是毛彬无疑，他知道我们三个人的手机号。我只好打开短信：事关前途和命运。十万分火急。我冷笑了一下，这个毛彬也太恶作剧了吧。既然在楼下，既然还没走，有话干吗不当面说，上来说，你是老师你有特权门卫不敢拦你你能上来，你刚才不是上来了吗，有种你也来翻翻我的抽屉和衣橱试试！

青青和兰兰看着我笑，笑得有些暧昧。我说不是你们想的那样。她们说，不管怎样还是去吧，免得我们也遭殃。

/ 11 /

　　我下楼，却不见毛彬。我四处张望。说实在，我对他有气，但我还是希望能见到他，我还是有点怀念我们在一起喝酒的时光。如果他真想看一看我的抽屉和衣橱，只要他求我，我也会向他打开。在我的深层欲望里，想向他开放的何止是抽屉和衣橱？我了解我自己，正因为了解，我有时很悲哀，很看不起自己。

　　这时，一个男生向我走来，当然不是中文系的那位。这男生很年轻很帅气，似乎还有点面善。他很有礼貌地向我鞠了个躬，说，实在对不起，你是罗巧巧同学吗？我说，是的，你是谁？刚才是你发的短信吗？他仿佛愣了一下，说短信？没有啊。我在这里等了你好久了，可没有给你发过短信，我不知道你的手机号码。那么你是谁，找我什么事？他说，我们能不能找个僻静的地方谈一谈。请相信，我绝无恶意。他向我靠近一步，一脸真诚。我回首看了一下进进出出的女生们，这里人多眼杂，我不想展览似的和一个陌生男生站立在众目睽睽之中，说，好吧。说着我便转身走人。他很安静地在后面跟着。走到僻静处，我说有什么话你说吧。他有些为难地说，一时半会儿说不清，这样吧，我请你喝茶，行吗，就在你们校门口的"甜卡车"，好吗？我再一次把他从头到脚看一遍，看不出有什么危险，说，好吧。

　　这"甜卡车"我以前来过，外面很亮，里面很暗，有十几个相对封闭的小包厢，里面有灯，红的、绿的、蓝的、白的、黄的，随你挑，想开哪盏就开哪盏，全开也行。每个包厢内的墙上都钉着一本最新的现代派诗歌刊物，后现代、后死亡、后朦胧、后呐喊、后呻吟、后高潮，等等。

　　那男生带我走进一个小包厢，显然是他早订好了的。昏暗中我看桌上已经摆了好几碟点心。我的心动了一下，顺手开了几盏灯，因为是熟地方又在校门口，也不怎么害怕。坐定之后，那男生给我倒了一杯茶，然后给自己倒一杯，有点尴尬地笑了笑，又向前躬了一下身子，很有礼貌地说，实在对不起，没有事先打招呼，冒昧把你请来，是有件事想求你帮忙。这做派有点像日本鬼子，让人恶心。见我不说话，他又说，让我先自我介绍一下，我叫李小一，是李小小的弟弟。我"啊"的一声，差点站起来走人。他再次向我行鞠躬礼，说，请不要走，我没有其他意思，我只是想请你帮个忙。

我想，这是一个阴谋，一定是个阴谋，是毛彬一手策划的。我说，是毛彬让你来找我的吗？他怎么不来？小一仿佛愣了一下，说，没人让我来，是我自己来的。我直视他的脸，他真诚的表情使我相信他没有说谎。那么，我说，有谁知道你想找我吗？他想了想说，我向章书记和毛老师报告过，他们说不行，学校不让。是我自作主张在楼下等你，实在对不起。我倒抽了一口冷气。这么说，有一双眼睛在看着我，是章书记还是毛彬？如果那短信不是毛彬发的，就是章书记了，这太可怕了。

我对小一说，我说了，我早就说了，小小的事不能怪我，我已经说过好多次了，这是她自己的事情。

小一说，我知道我知道，这事不怪你。我只是想请你帮个忙。姐姐的事给你造成许多麻烦，我在这里代表姐姐向你道歉。他的双手放在腿上，再向我一鞠躬。他一定是日本电影看得太多了。我被他弄得有些不好意思起来，连忙说，不必这样，小小的事，我也很难过的。她还好吗？他含含糊糊地笑了笑。我也笑了笑，说，什么事尽管说，我尽力而为。

小一说，姐姐从小就有写日记的习惯。她不喜欢与别人交流，喜欢自己和自己交流。她相信萨特说的，他人就是地狱。日记是她的知心朋友，或者说，是另外一个她。除非她愿意，她不许别人窥视她的心灵。小时候，有一次，我偷看了她的日记，其实里面也没写什么，无非是对父母的一些牢骚，她发现了，把我打得要死，她有时是很极端的。上大学之后她还坚持写，写得更勤更多，有一次她不知为什么高兴了，把她的几篇日记抄给我，写你们宿舍生活的，写得真好。我就是从她的日记中认识你的。在她心里,你和她一样。所以我说,这事不怪你。

他的话让我很吃惊,在小小心里我和她一样,什么意思?小小把我当朋友,可我平时怎么也看不出,她处处与人过不去,是一个很难相处的人。我同时很感激她,没有在她的日记里写我的坏话,万一日记落到学校当局的手里我也好洗清自己。我说,没想到小小这么有情。小一说,姐姐就是这样一个人,她的情放在心里,从不外露。我想,不外露不等于没有,反而会更强烈,更丰富。那么她对于男人的情感一定也会在日记中表现出来,这就是所有男人都在关心她的日记的缘故吧。

小一说,很意外的是,我们收拾她的东西时,却竟然找不到她的一本日记,我估计,最少有10本。10本!我又是一惊,这可是一大叠啊。这一大叠砖头一般沉甸甸的日记怎么就不翼而飞了呢?她平时是一本一本地往外拿?还是一起拿出去。她在学校,在A州一定有一个她十分信任的人,这个人不会是女的,一定是男的。那么他是谁呢?毛彬?章书记?高教授?还是一个我不认识没见过的男人?

我说,这么多的日记本子会到哪里去呢?我们平时倒没有觉得。小一说,我想最大可能是放在你那里。我跳了起来,你怎么能这样武断,凭空诬人清白!

李小一站了起来,向我深深地一鞠躬,实在对不起,请你原谅。我只是这样想,因为在姐姐的心里,与你不分彼此。这简直是强加于人。我说,对不起,我走了。我们没有什么好说的,你要是真认为在我那里,你们让学校来抄好了,让公安局把我抓走好了。我冲出包厢,冲出"甜卡车"。

/ 12 /

晚上,我一个人来到竹林,我得散散心,把自己的心绪理一理,要不,我会发疯,说不准也像小小那样,去跳楼。月很亮。银色的月光把竹影剪裁得十分明丽,清秀。我看着地上铺着竹叶的月光,感到十分伤心,孤立无援。他们居然想得出，表面上不让小一找我，暗地里却设计让李小一找到我！我不上当，我绝不上当，尽管我对李小一的印象不错。

对着如水的月光，我突然泪流满脸地对自己说，我没有她的日记，真的。

可学校当局不这样认为，他们似乎认定，小小的日记本全在我这里。他们派章书记和毛彬轮番来做我的工作，让我把小小的日记本交出来。我没有我怎么交？是的，只要我把自己的抽屉和橱子统统打开，和青青、兰兰一样，他们就没话可说了，但，我不能这样做。我要保持我的人格。再说了，即使我把人格丢了，让他们来看来查，看不到查不着他们还会说，你早就把东西转移了。

我不能被动挨打，我得主动出击。

我越来越认为，小小的日记在毛彬那里。他找日记完全是一副公事公办的样子，有也好，没有也好。而章书记就不同了，他显得很焦虑很不安，与其说他希望我把日记交出去，不如说他更希望没有那些日记，或者是我把它们毁了烧了。有一次他就暗示过我，他说，我们知道日记在你那里，你或许已经把它们毁了，烧了，这也可以理解，但你得说实话。真的毁了烧了，也不能让你再生出一本日记不是。我想，章书记一定对小小说过什么，做过什么，他害怕小小把他写进日记里。

而毛彬显得胸有成竹，他对小小什么都说了，什么都做了，他也知道小小把他们的事详详尽尽地写在她的日记里了，或许，她高兴时，他们还在一起温习他们的功课，就像看黄色小说或三级片一样地来欣赏他们自己的演出。他不怕，因为这些日记在他的手里。小小把心交给他了，她写一本就交给他一本，一共10本，也许更多。今后，他还可以拿去出版，题目就叫《一个少女的日记》，他可以因此成名，当作家。章书记啊章书记，别看你当书记，你玩不过你的部下，你多可怜啊，你没有小小的日记，你整天提心吊胆，你活该！

好几天不见班长了，每次上课，同学们都先看一下他的位子，然后相互对看一下，让疑问顺着目光流来流去。几天前我就发现他有点反常，静坐，发呆，有时会突然冒出一两句不明不白的话，比如，1加1等于2，1减1等于0，1加1就一定等于2，1减1就一定等0吗？我想笑，不敢。在我们班，我可以笑任何人，唯独不能笑他，不是因为他是班长，而是因为他特别。他是一个天才。我对青青说，看来班长要出事了，她不信。果然，第二天他就没来上课。问男生，都摇头，是不知道还是不想说弄不清？星期天上午，关于班长，终于有了说法。有人说，他到医院看小小了，还带了一束花。医院说没有小小这个人。他不信，在市立医院住院部的门口吵，闹了半天，人家告诉他，小小早转院了。原来，小小转到678医院，这是部队的野战医院。他又到678医院，那里有站岗的，不让进。他又在那里大喊大叫。有人故意捣乱，这事马虎不得，事关稳定，稳定压倒一切。后来看他的眼神不对，都说疯了疯了，就把他送到西郊的精神病院去了。

　　真没想到。这样看来，小小的日记本很可能在班长那里。要不要告诉毛彬，让他们也去开一开班长的抽屉和衣橱？这主意不错。

　　为毛彬着想，我主动找毛彬，对他说，你们怎么不找班长，他可能知道小小的日记本在哪里。毛彬笑了，说，找那个疯子？笑话。我说，他不是去医院看过小小吗？他们的关系不一般。毛彬说，谁说的？都是瞎编，胡扯，根本就没那回事。我早对你说了，他只对数学感兴趣。小小更不可能对他感兴趣。我说他人呢？他说上北京去了，科学院数学所有人看上他了。我才不信。天方夜谭。真有这等好事，学校早就喜报频传了。毛彬说，好了，我们今天不谈小小的事，我请你吃饭。我说为什么？他说你找我你关心我我得谢你不是。我说还想把我灌醉了，让人抬回来？我可不会写日记，写了也不会学小小的样子，拿去讨你的欢心。毛彬笑起来，笑得很古怪。他说，巧巧，小小的事你没有什么责任，日记的事也只是一种猜测，有也好没有也好，不是一件什么大事，事情实际上已经过去了。你不要再往心里去。学校实际上也不愿意把事情扩大化。闹大了对谁都不好。

　　我说小小死了吗？毛彬没想到我会这么问，愣了一下，说，我也不太清楚。我说,为什么不让我们去看她?他说,我也没去过。自从那晚送到医院之后,我就再也没去过。一切由学校处理。这种事学校舍得花钱。我说,这不是钱的问题。我问过她弟弟,他也不说。他又是一愣,说你见过小小的弟弟?这是不允许的。对谁也不能说,懂吗?我是为你好。

  我心里想,不就是你安排的吗?嘴上却说我对谁都不会说,就对你一个人说。他说他说了什么,小小的弟弟?我说也是日记本的事。他"哦"了一声,不再说什么。这更证明了日记本一定在他的手里。但是,他为什么要安排李小一去见我?或许真不是他,是章书记。当然不会是何书记了,她是高级干部,不会如此下作。糊了,一切全糊了。我说,吃饭的事就免了,我怕你再给我下套子。他说,你不能把人都想得那么坏,这世界上,好人还是占多数。我说,你也算一个?他说,当然,你,我,我们系的绝大部分师生,我们学校的绝大部分师生都是好人。我想也是,没有哪个人把自己当坏人。

  我说,小小的日记本在你那里吧,毛老师。毛彬显得害怕极了,说,你不能乱说。我怎么会有她的日记本呢?说实话,连她写不写日记我都不十分清楚。他注视着我,你认为我和她好过是吗?我说岂止好过,是好得不得了,说不定,他就是为了你才跳楼的。毛彬笑了,他十分老练。他刚才只是一时慌乱,现在已经看出我的底气不足,我没有证据,我只是一种猜测。他说,我和你说过的,她是一个很特别的女孩,同时又是一个很可怕的女孩,男人,除了有十分把握的男人,谁都不会去惹她。

  我说,谁是有十分把握的男人?难道你不是?章书记不是?你们是领导,你们掌握着我们的命运,我们系900多个学生,哪个不想方设法接近你们、讨好你们?毛彬说,这你就搞错了。你们的命运掌握在你们自己的手里。我们是为你们服务的。官话了不是,我说,你不要给我说官话,你不是把我当朋友吗?他说,有些话不能一味地说都是官话。我说的是实话。在高校,真正有把握,自我感觉好的人不是处长、部长们,甚至不是校长、书记们,而是那些在学术上拿得起来的教授们。

我愣了一下。我突然想起高教授，他不但是教授还是我们学校少有的几个博士生导师之一，听说还是省里的什么委员，他在学术界有着独特的不可替代的地位。毛彬是不是在向我暗示，小小的日记本，有可能在高教授手里？是的，有可能，他不是也向我打探过小小的日记本吗？

但我对毛彬仍然不放心，我说你那天是怎么把我弄回来的？他笑了起来。小事一桩，叫个车，多给点钱。就像花店送花一样，再不好找的地方他们都能送到。我说，我是人，不是花。他说，你也是花呀，是一朵盛开的玫瑰，我怎么就不能让他们像送花一样地把你送回来呢？他还是没有正面回答我的问题。如今的政治辅导员一个个都跟外交官似的，说起话来滴水不漏。也难怪，如今大学生法制意识越来越强，动不动就上告，他们得自己留点后路。他说，吃饭吧，我请你，我是真心的，我喜欢你，你有骨气，有人格。我笑了，他会讨女孩子喜欢，但我不上当。我知道他们，包括那位温文尔雅的何书记，他们对我客气不是因为我有什么骨气和人格，是因为我父亲是县委书记。青青、兰兰说得没错，旁观者清，她们有些话很本质，很发人深思。

星期三的晚上，青青和兰兰都做家教去了，宿舍里有点冷清。自从小小出事之后，我就有点害怕冷清。总觉得小小坐在她的铺上看我，抬起头来，当然什么也不会有，我是一个很有胆量的人，我也不相信有鬼，而且，种种迹象表明，小小还躺在医院里。有一种叫孤独的东西从四周向我包围，向我逼近。想想，还是到姨妈家去散散心，反正也读不成书做不成作业。

/ 13 /

我在校道上碰到高教授。碰到他的时候我的心咯噔一跳，我知道，这不是偶然相遇，这是有预谋的。高教授不可能在这种时候出现在校道上。我上学3年，从来没有在这个时候在校道上遇见他就是最好的证明。我怕什么？我什么也不怕，小小的日记不在我这里，小小的事与我无关。我倒是要看看，他和小小到底有什么瓜葛。我勇敢地迎上去，爽爽朗朗地说了声，高老师散步啊。

他明明想找我，却装出很意外的样子，散步散步，我每天晚上都散步，随便走走。是巧巧吗？怎么没去自习？哈，此地无银三百两，做贼心虚了吧。我在心里说。我说我也是出来随便走走，头有点昏。他马上就上钩了，迫不及待地说，还是小小的事吗？都过去了，就不要放在心上了。还是学习更重要。别再想了。我说，不想不行啊，人家老是向我要小小的日记本子。

日记本！他在一棵棕榈树下站住了。他是大学教授，很有学者风度，他背着手，直挺着腰身。我不知为什么会想起他在美国，在日本，在德国，在西班牙开会的情形。《Ａ州大学报》上有一篇关于他的报道，说他在会上侃侃而论，他的英语水平、逻辑力量和出人意外的科学结论让出席会议的那些白皮肤、蓝眼睛的外国专家惊叹不已。他什么时候都没有忘记他是一位名教授。日记本，他再重复一句，她果然有一本日记本。我说，不是一本，是很多本，她从小就有写日记的习惯。我说，高老师不是早就知道小小写日记的事吗？高教授说，我原以为，那只是一种传说。当然，如果她写日记，如果能拿到她的日记，我们就能从中了解她的内心，找到她自杀的心理依据。我们不能凭空去揣摩，我主张思想工作也要建立在科学分析的基础上，不是吗？说多了，这不是我的工作。走吧，我们边走边谈。说着他就走出那棵棕榈树。我们校道两边都是棕榈树，去年来了寒流，差点没冻死。

我们就从一棵棕榈树走向另一棵棕榈树。夜很静，很美。远处是教室的灯光，草坪上星星点点地散落着一对对情侣。大都是外面来的。Ａ州市民很把我们Ａ大当回事，所以把我们校园当公园。偶尔从远处传来一两声英雄花落地的声音，使校园的夜晚更宁静。我说高老师，万一真有小小的日记，一定会给许多人造成许多麻烦。他看了我一眼，说，是吗？我说，比如她把和某个老师、某个同学的交往，毫无保留地写进她的日记里……

我还没有说完，他就打断我的话，急切地说，你看过她的日记？你一定看过她的日记，你们同宿舍，她既然每天都写，怎么能瞒过你们。她都写些什么？

看样子，日记不大会在他手中，毛彬错了。我说，高老师，她能写什么呢？无非是生活中的小事，我不知道她为什么会对那些琐事感兴趣。我这是钓鱼，手段很不高明，目的很卑鄙。高教授却一点也没有觉察出来。他说，不能小看小事，在许多情况下，细节是决定一切的。我们搞数学的，就更不能忽视细节了。小数点以后的数能忽视吗？不能。你想想，她都写些什么？我说，没什么，真的没什么，很一般，所以我想不起来。他说一般的事是记不住的，这很合理，很正常。不过，我说，她对您，高老师，是很有好感的。我有点恶作剧了。他"啊"的一声，停下脚步，她写进去了？我说没有，不是在她的日记上看到的，是她说的，她很少说老师的好话，对您是唯一的例外。他仿佛松了一口气，继续往前走。她说您很有魅力，您的魅力来自于您的学识。他摇头说，胡扯。有一次，我说，她还在梦中喊您的名字。什么？他有失风度地张大嘴巴。我说，您放心，那时只有我在宿舍里，只有我一个人听见，我不会告诉别人的。说着，我就走了，把他一个人扔在棕榈树下发呆。一想到一个具有国际知名度的数学家在一棵棕榈树下发呆，我就十分开心。

我想，我也写日记吧，把所有人所有事都写进去。有朝一日我死了，把日记留着，也让人们为我紧张为我睡不着。

显而易见，小小的日记不可能在高教授那里。也许在章书记的手里。装得越像的人往往危险性越大。我为什么不敢像对待高教授那样来对待章书记？说到底我还是有点怕他，俗话说不怕官只怕管，他是实实在在地管得着我们的人。我是个俗人。

/ 14 /

姨父家是去不成了，太晚了，只好回宿舍。青青在宿舍里。我说怎么这么早回来。她说，不教了，教不了了。我说怎么啦？她说，太可怕了。我想，肯定遇上了风流家长，许多同学遇到这样的问题，听说有的同学真和学生的家长好上了，有女的也有男的，弄出许多风流韵事。还听说，有人请家教，不是教小孩而是教大人，这大多是有钱的老板，专挑漂亮女生当家教，教着教着就教到床上去了。有一次一个老板的老婆甚至打到艺术系的女生宿舍，成了学校的一大新闻。

我说，兰兰不是说是个老实人家吗？青青的家教是兰兰介绍的。青青说，不是家长的问题，你别往歪处想。我笑了，歪才好，歪打正着，证明我们青青有魅力啊。青青说，兰兰不是个东西。我说怎么啦？她说，其实，我第二次上她家就知道这是她原来教的那一家，我还以为她风格高，让给我。我说不是她让给你的？青青说她是把麻烦转嫁给我。什么麻烦？青青说，那个女孩子和小小一样，动不动就想自杀。

我倒抽了一口冷气，她才多大？青青说 13 岁。我说你怎么知道她也要自杀？青青叹了一口气说，是她亲口告诉我的，她说，这次再考不进前 10 名，我就自杀。我说，她是说着玩的吧，就像我对小小说，去死吧。这只是一句气话，实际上和说着玩没什么本质区别。

青青说，她不是说着玩的，她是认真的。她是这样对我说的，青青，第二次到她家辅导之后她就不管我叫老师了，她母亲说，这样也好，显得亲切，有利于交流和学习反正你们也差不了多少岁，我也不计较，反正我们做家教是为了挣钱不是为了当老师。她说青青，她就这么看着我。青青把眼睛对着我睁得大大的。很可怕。就这么看着，很严肃，很正经，一点也不像说着玩的。她说，这次再考不上前 10 名，我就去死，从这里，她指着窗门，你想想，她家住的是 8 楼，从这里，也就是从她家的窗门跳下去。这一下去非死不可。我想起小小躺在水泥地上的情形,浑身发抖。我说你可别吓我,我有心脏病。她说,你们这些大学生真没劲,动不动就拿心脏病来唬人。我说,真真,这是她的名字,考第几名都无所谓,你已经努力了,你在进步不是吗?她说她受不了父母的唠叨,受不了老师和同学古怪的眼神。她说死并没有什么可怕的,她还说,上个学期,她们学校就有一个学生从她们学校"三好楼"的三楼跳下去,因为差一分没考上清华。我说真真,你不能干蠢事,你跳下去,你痛快了,别人怎么办?你的父母亲怎么办?她说我不管。谁让他们整天让我难受,他们活该。她看我有点发抖,笑了,你真有心脏病?我说完全是被你吓的。她说,兰兰和你一样,你们学校的人怎么都这么胆小?我这才想起,原来,兰兰不是在帮我,她是把一个想自杀的发了疯的女生交给我,把一个可怕的包袱甩给我。

我看着青青,无话可说。难道她们都疯了吗?青青又说,我不去了,下个星期真的不去了。我说你是辅导一半跑回来的吗?万一她今天就跳下去,不就是你的责任了吗?青青刷地铁青了脸,说,不会吧,她是讲考不上前10名才跳的。我说,你一走,她更觉得没希望,想想与其进不了前10名丢人现眼还不如现在就跳下去。你是跳进黄河也洗不清了。青青说真这样的话,我也从这里跳下去。我突然笑了,我不想笑的,不知怎么地就笑了起来,也许就是人们所说的那种,很神经质地笑了起来,笑得很开心。

青青拉着我的手,说,巧巧,你别笑,你笑得很可怕。我还是笑,开心地笑。青青慌慌张张地拿着一面镜子,你看看,你笑得有多难看。我看到我笑的样子,我从来没有看过自己大笑的样子。以前,我只在镜子里对自己微笑、甜笑、浅笑、羞笑,样子十分可爱。可我从来没有对着镜子大笑,我想,大部分人,除了演员,都没有对着镜子忘乎所以地大笑过。我现在的样子的确有点狰狞,有点颠狂,有点让人恶心。我一下子就止住自己的笑。镜子里的我恢复正常,我有一张看起来不怎么让人讨厌的脸。以前中文系的那个男生为了讨好我,常常说我的脸很金看。闽南话的金看就是越看越好看。

青青拍拍我的脸,说,你没事吧。我说我没事,我推开她的镜子,我不能再看了,否则我会笑出来,这一下是微笑,是男生们很喜欢的那种浅笑。我说你有事,你的事没完。她一下子就哭了,说怎么办啊巧巧。就在这时,兰兰回来了。

兰兰开门时,仿佛愣了一下,但她马上就跟着哭了起来。我说兰兰,你可把青青坑苦了,你哭什么?她说,我遇到大麻烦了。青青天生是个好人,一听到兰兰遇到大麻烦便止住了自己的泪,关切地说,怎么回事,快说,别哭。兰兰说,他说要是我不答应,他就去自杀。我们说谁,谁又要自杀?兰兰说就是那个人。我冷冷地问,哪个人?兰兰说,他父亲,我做家教的那个男孩子的父亲,他爱上我了。

我和青青对看了一下,我们都不相信她的鬼话。我想,她是想用自己所谓的不幸来减轻对青青处境的责任吧?兰兰说,我知道你们不信,我也没有一定让你们相信的意思。我们每个人都为自己活着不是?我为什么一定要你们相信我。我对得起自己的良心。说着,她嘣嘣嘣地到洗澡间洗了脸,就拿起一本书,躺到自己的床上去了。只要不到熄灯时间,她躺在床上一定要看书,这也是她的好习惯。

我想再说点什么,青青动了一下我的手,让我别说。我想,兰兰也许真遇到大麻烦了,这麻烦不是那个男孩子的父亲爱上了她,而是她爱上了那个男孩子的父亲,因为她说过,他是 A 州数得上的民营企业家,有一栋小别墅,在东郊的桃花山庄,还有一部小轿车,宝马。

我突然有一种感觉,兰兰的一切都是假的,包括小小跳楼的那天晚上,她软瘫在门边,也是她刻意做出来给人看的。

/ 15 /

这几天过得真平静，没人再来讲小小的事，小小的日记也没人再提起了。青青听了我的话，从医院里打了一张患肝病的条子，到她做家教的那个女孩子母亲的单位找她，那个当母亲的一看到那张条子，立即就松开了自己的手，青青说那纸条从她的手指间落到地上的样子有点滑稽，忸忸捏捏地像戏台上装腔作势的媒婆。她从坤包掏出几张百元票子放在桌上，说谢谢你，真的谢谢你，你再也不用来了。青青没拿她的钱，不是因为她不喜欢钱，而是因为她的态度让她恶心。我对青青的表现表示赞赏。她有进步，上一次她为了洗清自己，把自己的衣服，连内裤和胸罩都从橱子拿出来，放在男人的眼皮下。

没人提小小的事不等于小小就没事，她依然在医院里躺着，是死是活谁也说不清。学校还是不许我们去看她。她的日记到底在哪里，还是一个谜。为了这个谜，我几天几夜吃不香睡不好。我甚至怀疑小小是否真写过日记。我进而怀疑我所见到的那个自称李小一的人是否真是她的弟弟。自从那一天之后，那个自称是小小弟弟的李小一便消失得无影无踪了。

我得做点什么。可我不知道要做什么。我只是不停地做梦。晚上做，白天也做，中午躺在床上，一合眼，小小就从她的床上爬过来，对我说，巧巧，你和我一样，我们是朋友，不是吗？来吧，来吧。每当这种时候，我的眼皮一跳，就醒了。青青和兰兰都睡得很好，可以听到她们微微的鼾响。偷偷地睨了一下小小的床铺，空空如也。有时，我会说，小小，别来烦我。不知为什么，我不再那么恨小小了。我甚至有一点点内疚，小小把我当知己，我却对她说，去死吧。

我不停地做梦，我已经习惯了，也不怕了。可昨晚的梦却让我惊出一身冷汗。我梦见我爬过一条很长很长的隧道，我渴望光明，可是当我爬出隧道时，我看到的仍然是一片黑暗，黑暗中一个人朝我走来，在我的面前站定，我说，你是谁？他说我是你的爷爷。听声音，有点像爸爸。我说，我的爷爷早已不在了，他在"文革"中自杀了。他哈哈大笑。我定睛一看，果然不是爷爷是爸爸。好久没见爸爸了。我说爸爸你怎么在这里？他说，孩子，我是来向你告别的。我说去哪里？他指了指前面。前面没有路，前面是断崖，有很浓很浓的雾从深深的山谷向上翻滚。我说，爸爸你不能向前走，那里是悬崖。爸爸哈哈大笑，在他的笑声中，我看到一座高楼在雾中升起，瞬间，爸爸站在栏杆上，那姿态与小小一样。我大声叫，爸爸，别跳。我被自己的叫声惊醒了。黑暗中青青说，巧巧没事吧？我说没事。青青说，做梦了？我说是的。她说，我也做梦了，正喊着让小小别跳，就听到你的叫声。我说，我也是。兰兰也醒了，说，我也做梦了，梦见小小来取东西。青青说，是不是小小死了，来托梦，要不，我们怎么就一起梦见她呢？她的话说得我毛骨悚然。

　　第二天，我给爸爸打手机。我说，爸爸你没事吧？那边传出爸爸爽朗的笑声，我能有什么事，怎么想起给爸爸打电话？你没事吧？我说我没事。他说，没事就挂了，我正开会哩。说着就挂了。我不放心，又给姨父打电话，说我家里是不是发生了什么事？姨父说，巧巧做梦了吧。我知道你要做梦的。什么事也没有。

　　前一阵子，常常听说某县长某书记，双规了，出事了，贪污受贿了，腐败了，跳楼了，自杀了。当时没当回事，现在居然会做这样的梦，都是小小的事闹的。

　　要是爸爸真有事，他会不会也像爷爷一样，从他的办公楼上跳下去？

/ 16 /

　　我没想到小小的事很快就有了了结。那天早上，毛彬问我，下午没课？我说有事，我开始对他感到烦，我不想就小小的事和他有任何接触。他说有事也得搁一下，何书记要找你谈话，下午3点在她的办公室。我说又是小小的事？毛彬说我也不知道。

我准时到何书记的办公室，她一见到我，显得十分高兴，拉着我的手说，本来我想到宿舍找你，怕在那里说话不方便，就让你来。坐坐，坐下来再说。她把我拉到沙发上坐下来。我想，她是领导，是厅级干部，对一个学生完全不必要这样，这让人感到有点假。我刚坐下来，她的秘书就把两杯茶放在茶几上。她有专用杯子，我记得她给我们做报告，这杯子就放在讲台上，红的，很显眼，很有特色。我的是一次性杯子，纸的，但上面印着很好看的一朵蔷薇花。

她说，这是绿茶，喝得习惯吗？我说还行。她说，今天让你来，是想告诉你一个好消息，小小没事了，她被救活了，她出院了。现在，我们已经派专车把她送回家了。

小小没事了回家了，我感到很惊讶。她微笑地向我点头。是没事了，你安心学习，一切都过去了。我说小小真的没事了？她说，没事了。她活着。事情发生后，我们校党委专门开了一次常委会，统一了一个思想，就是不惜一切代价救活她。这也是我们贯彻以人为本的具体行动。在这件事情上，你的表现很好，你没有让事件扩大化，为校园的稳定做出了贡献。

她亲切地看着我，接下去说，你表现得很好，真的很好。还有，我想告诉你一个秘密，你爷爷和我爸爸是老战友。她见我张嘴说不出话来，便亲切地拍了拍我的肩膀说，我也是最近才知道的，什么也别说，这是我们之间的秘密，我们共同来守住这个秘密，好吗？

我点了点头。我是一个很一般的学生，以前从没引起人家的注意，是小小让我在学校出了名，也许何书记正是在对我进行全面的调查过程中，才了解到我们家的情况。

从何书记的办公室出来，我有点云里雾里的感觉。一切都有点不可思议。老实说，我才不把她的秘密当回事。我的脑海里总是闪着小小的影子，她真的没事了吗？

小小还活着。一个活生生的小小好像已经离我们很远了，我甚至不记得她的模样了。想到这一点我的心尖微微地颤了一下,酸溜溜的。是的,她是一个不合群的女孩,她相貌平平,她我行我素,她神经兮兮,她让人心烦,她令人讨厌,但她大部分时间是安静的,与世无争的。如果,那天晚上,我早一点回来,我不弄出水声,我在她提出抗议的时候就宁人息事地离开洗澡间,悄悄地躺到床上去,那么,一切,一切的一切也许就不会发生。小小,我在心里暗暗地说了声,对不起啊,小小。

我回到宿舍,把小小活着,已经回家了的消息告诉青青和兰兰。青青和兰兰都显得很平静,她们说,活着就好。她活着我们就没事了。我想,大概是因为这事把大家搞得太累了的缘故吧。青青摸了摸小小的床铺,说,她怕是不会回来了,回来也不会和我们住在一起了。我说,我不喜欢再来一个新的。兰兰冷笑一声,谁还会来?谁还敢来?

我想也是。也好,剩下来的一年时间我们可以住得宽敞一些。

不久,我们便听说,我们系章书记要调走了,调到校办工厂去当书记。我说为什么?青青说,那还用说,出了这么大的事,他当书记的能没有一点责任?我想起他的外号,说,这一下他就更活得不像个人了。青青说,他会不会也去自杀,不像个人了,活着还有什么意思。我想象他从楼上跳下去的样子,情不自禁地抖了一下,说,不会吧,他吃的盐比小小吃的饭还多,他过的桥比小小走的路还多,他不会干这种蠢事。青青说,难说。我突然想到我的爷爷,便一声不吭了。

章书记调走后,我在校道上碰见毛彬,我说毛老师,怎么好几天不见了。他说,以后别再叫我老师,我和你一样是学生。我说别拿我们当学生的穷开心。他说,是真的,我已经考取了高教授的研究生。自从小小出事以后,高教授对我特好,这一次,是他到省里为我争来的名额,特招。毛彬考研的事,早有所闻,只是以前听说,他连考了几年,都没考上,这一次,他倒因祸得福了。不过,我还是为他高兴。

那天我到姨妈家取钱,姨父说,学校里有什么新闻,我说,小小的事完结了。接着就把事情一件一件地对他说。他说,我就知道会有这样的结果。我说，你怎么就知道小小不会死？他说，只要当时没有断气，学校就会想尽一切办法让她活下来。以人为本嘛。我说，姨父，这事我总觉得怪怪的。好像与我无关，好像又不能说无关。我总是想着小小。姨父说可惜不知道小小当时是怎么想的。我说，大家都关心着她的日记，就是找不着。

有一天，我突然收到小小的弟弟李小一的电子邮件，我想我的地址一定是毛彬告诉他的。他说，姐姐还活着，我决定服侍她一辈子。姐姐还坚持每天写日记，只是她已经不能自己写了，她高位截瘫，除了脖子，其他都不能动。但她的嘴能说，她说我记。你很难想象，她的日记写多好，多生动，她是一个天才。姐姐说，她以前的日记本子就放在你的橱子里。她还说，你的橱子就是她的橱子，你就是她，另外一个她。

我十分震惊，连忙打开自己的橱子。果然，她的几本日记本都塞在我的一大堆衣服的后面。她是什么时候塞进去的，她怎么塞进去的？难道她偷了我的钥匙？或者是趁我洗澡的时候塞进去的？我这人做事总是大大咧咧的，有时开橱拿了衣服就进洗澡间，洗完澡才出来关橱子，不像青青她们，总是随手关橱。

但是，她为什么要这样做？她没有任何理由这样做啊。退一步说，她信任我，她真的把我当成她，可我毕竟不是她，她不能强加于人啊。总不至于，她把她的日记本放到我的橱子里，我就变成了她！

青青和兰兰都不在，我把小小的日记一字摆开，放在桌上。我指着日记本子对着小小的床铺说，就当她像平时一样，坐在床沿，两只脚在我的蚊帐顶晃悠：

小小，你把你的日记本子放在我这里，你是要向我敞开你的心扉，还是想把我这里当成一个避风港，躲开人们的追逐？不过，有一点你是看准了的，在我这里，你是安全的。

可是，既然你对我如此信任，你为什么会因为我的一句气话而跳楼呢，你这不是害我吗？也许你自己也没想到吧。

要解开这个谜，唯有阅读你的日记。

我对着小小那天蓝色的日记本子出神。是的，全是天蓝色的，没有一本例外。小小为什么会在众多的颜色中选择天蓝色？我好像有点明白了，那是天空，那是宇宙，那是一个无比广阔无比深邃的空间，小小在那里自由地飞翔。我突发奇想，如果把小小的日记全部输入电脑，再把有史以来在中国大地上发生的所有自杀事件也输进去，然后按人物、事件、时间、地点、动因、过程、结果，进行分类，量化，排列，组合，分析，比较，归纳，演绎，然后写成一部书。有意思，有点意思。这一定是一部前无古人后无来者的旷世杰作。

我终于没打开小小的日记。我怕在小小的日记里看到一些人的真面目，我也怕看到小小赤裸裸的灵魂，我更怕看到小小眼中的我，看到一个小小认为和她一样的我。我想，这些日记本子还是交给姨父吧，让它变成小说，变成一个真真假假，亦真亦假的艺术世界吧。

也许这会好一些。

当我把小小的日记本子摆在姨父的书桌上时，姨父"啊"的一声，兴奋得脸颊发红。连声说怎么来的怎么来的。我说了它们的来历。姨父说了句真没想到，便不再吭声了。

姨父坐下来，伸手抚摸着小小的日记本子，像平时抚摸我的头发那样温和，那样轻柔。他把日记本子一本本地翻开又一本本地合上，最后说，巧巧，我们还是把日记本子寄还给小小吧。尊重一个人，比窥视一个人更重要。

姨父说得有理，我庆幸没有看小小的日记。但我还是有一点担心，我说，姨父，小小说我和她一样，她把我当成她，你说，我会不会像她那样，也……我还没说完，姨妈就搂住我说，别胡思乱想，小小是小小，你是你。这事与你无关。

同是天涯沦落人

/ 1 /

李甜瓜的家在6楼，最顶层。他走到4楼时，感到气喘，一边停下来喘气，一边对自己说，不会这么夸张吧，还不到50岁啊。

李甜瓜安慰自己，大概是最近太累了吧。李甜瓜的确有点累。十几天前，他接到妹妹的电话，说母亲病了，要他回去。他的老家在闽西山区，离他居住的闽南小城有200多公里，下了车，还得走十几里山路。他平时很少回去，一是远，二是没钱。以前，每年春节为了回老家，老婆总是和他吵，两个人的路费，给老人小孩的红包，七大姑八大姨的礼物。山里对进城吃公家饭的人，总是高看了，拿出去的红包太少，没面子，不如不拿。要拿还得都拿，不能厚此薄彼，实在是拿不起。回去一趟得花好多钱。他们的日子过得并不宽裕。以后，也就不回去了。算起来，他们有六七年没回去了。母亲体谅他们的苦衷，没让他们一定回去，亲戚们问起，就说他们忙，有钱寄回来，这不，她用养猪卖猪的钱，买了一台彩电，逢人就说，这是甜瓜寄钱买的。如今，母亲病了，妹妹虽然没说什么病，但他知道，不是大病妹妹不会打电话。他没想到，回去第三天，母亲就过世了。他打电话，让妻子带女儿回去，妻子说，单位请不得假。妹妹说，不回来也罢，人都死了，见不见都一样。妹妹和母亲一样，通情达理，能体谅他的难处，知道嫂子不想回来。

李甜瓜喘了气，接着往上爬。在4楼转台，听到5楼连环珠锁门的声音，接着便看到她匆匆地往下走，看到他，有点意外，回来了？她说。表情怪怪的。他怕她说个没完，点了点头。这女人有点"三八气"，有时冷着一张臭脸，不理人，有时却热情得不得了，和你说个没完。他不想搭理她。连环珠停了一下，仿佛有话要说，见他冷冷的，哼一声，下去了。

　　李甜瓜上得楼来，按门铃，没人应。掏钥匙开门，屋里冷凄凄的。中午时分，人哪里去了？想，他不在，老婆不回来，和女儿在外面吃了，直接上班上学去了。打开冰箱，空空的。热水瓶里的水也是凉的。干你老母。他用本地话骂了一句，就到房里，把自己摔到床上。一会儿，就睡着了。

　　李甜瓜醒时，已近黄昏。一块长方形的黄色的阳光斜斜地软软地躺在客厅地板上。他们家在最西边，西照。因为是西照，热，他和妻子为要不要买空调，吵了好几次架，他要买，妻子不买，妻子和儿女都是耐温将军，不怕热，怕热的只有他。当然最关键的问题不在怕不怕热，而在于钱。一台空调几千元不说，平时的电费，也是要多花钱的。吵到最后，妻子使出杀手锏，要是你不下岗，买什么都成。下岗是我的错吗？李甜瓜有气无力地还了她一句。不是你的错，是我的错，谁让我不长眼睛呢？妻子说。

　　李甜瓜再开一次冰箱，还是找不到吃的东西。一种突如其来的情绪，让他心慌意乱。他环视了一下自家的客厅，好像缺了一点什么，认真地，一个角落一个角落地看过去，别的什么都没少，就少了电视边上的一只花瓶。那是妻子出差，从江西景德镇买回来的，白底，干笔画，黛玉葬花图。妻子喜欢得不得了，瓶子上鲜花不断，天天换水。如今花比菜贵，妻子却舍得。

　　李甜瓜匆匆到卧室，打开妻子的衣橱，妻子的衣服不见了。再到女儿的房间，女儿的衣服也不见了。干你老母！

　　李甜瓜给妻子的单位挂电话，单位说，田书琴辞职了。

　　李甜瓜的肚子咕噜咕噜地叫起来。

　　他锁了门，走下楼，走出小区，在街上的一家沙县小吃店，要了一碗干拌面，一碗偏食汤，一盘炒青菜和一瓶米酒。

这一天的到来是迟早的事，李甜瓜没有感到太突然。回老家之前，他们又吵了一架，为的还是钱。他想带点钱，平时没有寄钱回家，母亲生病，再不带点钱回去，说不过去。他的存折只剩下一千来块，他向老婆再要1000元，老婆死活不肯，最后，他只好带着自己的一千来元上路。他没想到，母亲不但没有让他花钱，临终前还给了他5000元。这是她老人家几十年省吃节用的积蓄。办完了丧事，他把剩下的3000元留给妹妹，带着自己的一千来元，回来了。

干你老母，你这"无路使货"，李甜瓜不停地骂着自己，把一瓶白酒喝完了。无路使货是地道的闽南话，意思是一点用处也没有的东西，用于骂人，骂的大都是没能耐的男人。

李甜瓜有点醉，脑子还是清楚的，走路也好好的，他能喝。他没有像人们想象的那样，喝了一瓶白酒，走路歪歪斜斜，趔趔趄趄，被什么东西一绊，就摔倒在路上。没有。他只是眼光有点模糊，嘴巴有点轻飘，动不动就想笑。这世界有点古怪，他这样想着就笑了一下。那女人"三八"，神经兮兮的，我又不会吃了她，跑什么？李甜瓜冲着仓皇而去的女人笑了一下。跑，全都跑吧，干你老母。

李甜瓜走到楼下，抬头看，自己的房子亮着灯。干你老母，良心发现了。他笑了一下。他知道老婆又回来了，她终于走不开。一日夫妻百日恩，更何况十几年了。他笑一下，又笑一下。后一次笑的是他自己。自作多情吧你。她或许是忘了拿什么东西，回来拿，拿了就走。我就在这里等着。我不上去，不和这婊子……啊，他笑了一下，自己的老婆再坏也不能用这个字眼儿，这个臭查某见面。臭查某是闽南骂女人的话。走吧，我省心。他又笑了一下，这一下是酒精的牵动，不由自主地。他掉下了眼泪。

李甜瓜和妻子田书琴谈恋爱时，妻子说，李甜瓜，你能不能把这名字改一下，多难听，男不男女不女的。他说，母亲生我的时候，村里的广播喇叭刚安好，每天唱一首歌，"公社是棵长青藤，社员都是藤上的瓜，瓜儿连着藤，藤儿牵着瓜，藤儿越壮瓜越甜，藤儿越壮瓜越甜。"父亲说，就叫甜瓜吧。那时正值三年困难时期，家家吃野菜。妻子说，怎么不叫野菜，更有生命力。他说，人总得有个理想吧。甜瓜就是理想？父亲的理想。没出息，把名字改了。她说。他说，名字是父母起的，随便改不好吧，再说了，为了讨老婆改名字，也有点太那个了吧。老婆当时很生气，有好几天不理他。但她没办法不结婚。因为那个时候，他已经把她给那个了，生米煮成熟饭，甜瓜就甜瓜吧，好下饭。

那是十几年前的事了，现在，他们的女儿已经10岁了。

李甜瓜坐在小区路边玉兰树下的石阶上。这小区种了许多玉兰树，正开着无数白色的玉兰花，整个小区都弥漫着浓郁的玉兰花香。

李甜瓜下岗已经5年了。5年前，他是地区机器厂的钳工，七级钳工。以前是八级工资制。工人八级，干部二十五级。干部是级越少官越大，一级最大；工人是级别越多技术越好。八级最高，他部队下来就定一级，以后两年一级。李甜瓜是七级，机器厂没有在职的八级工，八级工都是解放前留下来的老师傅。可见李甜瓜在厂里的地位。那个时候，机器厂有个技术革新小组，由5个人组成，一个工程师，那是解放前留下来的旧知识分子，两个技术员，那是名牌大学的毕业生，两个工人，其中一个就是李甜瓜。可是1000多人的机器厂说倒就倒，厂劳动模范李甜瓜说下岗就下岗，找谁说都没用。厂长调走了，工会主席退休了。再往上，他什么人都不认得。

李甜瓜喉咙痒痒的。再香的花也不能闻太久。

田书琴听说他下岗，冷冷一笑，说，早知有今日。他愣了一下，什么话也说不出来。那时女儿还小，他做了两年家庭妇男，每天买菜做饭，洗衣服洗地板，接送女儿上幼儿园。女儿上小学之后，他就去找事做，当过机关的门卫，看过自行车，也试着摆过修理自行车的小摊子，卖过菜，都没做好。

老婆倒没再说什么，只是把原来就七零八落的夫妻生活彻底地取消了。她和他分居，把主卧室让给了他，睡到女儿的房间。他倒无所谓。男人一倒霉，连那东西都软塌塌的，硬不起来。

李甜瓜等了许久，不见妻子下楼来，再次抬头，屋里的灯还亮着。东西找不着？还是良心真的发现了？

人们从李甜瓜的身边走过，认识的和不认识的，他们大都不和他打招呼。现在全社会似乎都商品化了，人际关系变得十分冷淡，多一事不如少一事，没看见比看见好。但李甜瓜受不了人们的那种不明不白的眼光。他没醉，能读出人们一闪而过的眼光中所包涵的内容。再说，李甜瓜尿急了，得回去排放。外面不是没有公共厕所，但上公厕要花钱。公共厕所收钱没道理，难道没钱就不能大小便，或者可以随地大小便？这世界没道理的事多着哩，轮不到你李甜瓜来关心。

李甜瓜站起来。他坐在路边的石阶上，样子不大雅。这小区比较老，没有石桌石凳，更没有供人锻炼的体育设施。他坐的地方有点特别，难免让人想起进城的农民工什么的。人们的眼光也是可以理解的。李甜瓜拍拍屁股，对可怜的邻居们表示谅解。

/2/

李甜瓜开门进去的时候。妻子在卫生间洗澡。他憋着尿，很生气。可他忍住了。他把房子找了个遍，不见女儿。看来，妻子还真是要走的。走就走吧，不是已经走了吗？不过，我们得谈谈，总不能这样不明不白，一走了之吧？也许，妻子是想回来和他谈一谈的，等他等得不耐烦了，就去洗澡。也好。

卫生间的水声很大。这不是妻子的风格，她舍不得水钱电钱。当然了，她就要走了，这水费电费不用她来付。

李甜瓜打开电视。地方台正在热播《亮剑》，李云龙端着一挺机关枪扫射，一脸凶狠。李甜瓜轻飘飘地笑了一下，本家，你那么狠干什么？你们打出个红彤彤的江山,说是人民当家做主了。可我这个主人却下岗了,我还是领导阶级哩。我当不了自己的家。干你老母,李云龙,别在那里给我假狠充英雄了。

李甜瓜的尿实在憋不住了,他走到卫生间狠狠地敲了两下门。谁?妻子在里面惊叫,同时关了卫生间的灯。还有谁?让不让人尿尿了。

一阵慌乱的声响,门开了,妻子衣襟不整,披头散发地冲出来,冲进卧室。李甜瓜冲进卫生间,对着马桶扫射。马桶发出噼噼啪啪的声响,尿花溅起,溅到小腿上。太痛快了,实在是太痛快了。他想不到自己居然还有这么大的冲击力。身体还可以嘛,身体是革命的本钱啊。有了本钱,什么都不怕。

李甜瓜痛痛快快地撒尿,他体会到排泄的快感,干你老母的。他想把老婆拉过来,狠狠地把她干一下。她是我的老婆,合法的老婆,她有这个义务!

可是李甜瓜突然感到有点不对头,刚才那个女人,好像不是他李甜瓜的老婆。不会是贼吧?女贼。他看过一部美国的恐怖电影,女贼比男贼更凶残更变态更可怕,要东西还要你的家伙,割下来慢慢地把玩。他赶紧把家伙甩了甩,藏起来,正想出去看个究竟,"砰"的一声响,有人关门出去了。

李甜瓜冲出卫生间,酒全吓醒了。

李甜瓜在房间各处巡看,没缺什么,不但没缺,反而多出一个包。一个放在床上的旅行包。那包不是老婆的,老婆没有这样的包,他们家没有这样的包。那是印着康辉旅行社字样的深红色的包。里面是炸弹,还是死婴?李甜瓜外国电影看得有点多,联想有点丰富。他小心翼翼地走到床边,动了一下包,包静静的,软软的,他跳到门边,包没有过激的反应。等了一会儿,他再次走近床铺,伸手再把包动了一下,这一下有点力气。还是没动静。他壮着胆子,把包打开。里面全是女人的衣服,还有一副很性感的胸罩。他把它放在自己的胸前比试一下,又扔了回去。

奇了怪了。贼是女贼，女贼把自己的东西扔了，自己跑了。说不通啊。

李甜瓜再次把家里巡视一遍，他发现，橱子里还多出一只大狗熊。这女贼有病？显然不是贼。是老婆的朋友？不可能，老婆没有朋友。田书琴性情乖僻，人缘很差。每年年终评比，她都要和单位的同事吵架，吵得一塌糊涂。但她年年都评"优"，人家不敢不给她"优"。听说连领导都有点怕她。但话说回来，她的工作是没说的，从不迟到早退，且做事十分认真"四角"。"四角"是闽南熟语，意思是办事讲原则，不通融。

李甜瓜还没理清头绪，就听到有人开门，不是敲门，是用钥匙开门，是钥匙转动的声音，他冲出房间，门大开，一个女人指着他大声说，就是他。

那女人披头散发，湿漉漉的头发还在往下滴水。女人的背后还站了两个人，一个男人和一个女人，不是一般的男人和女人，是穿警服戴警帽的男人和女人。

李甜瓜张开大嘴，满嘴酒气，傻傻地站在自己的客厅里，他一时没搞清楚发生了什么事。这女人疯了，私闯民宅，还敢去报警！

女警察扶着那女人安慰她说，好了，没事的。有我们在，什么事都不会有。而那男警察则冲着他皱了一下眉头，说，你叫什么名字，怎么会有这房子的钥匙？

李甜瓜笑了，说，这是我的家，我怎么会没有钥匙？

男警察喝道，严肃一点，别嘻皮笑脸的。李甜瓜没法不笑，他坐了下来，奇了怪了，这女人是从哪里冒出来的，跑到我家，还叫警察，我没抓你就算便宜了你，还恶人先告状！两位警察对看了一下，看来，他们遇到了一个无赖，一个酒鬼，或者是一个神经不正常的人。这时，有人从门口闪过。李甜瓜眼尖，一眼就认出是住在5楼的"三八"查某连环珠。喂，"三八"婆，你看看……他脱口而出，他的话还没说完，连环珠就在外面喊道，你才"三八"，神经病。李甜瓜愣了一下，他没想伤害她，只是一时性急，忘了她的名字。

男警察冷着脸冲着他说，我再问一次，你怎么有这房子的钥匙？

我说了，这是我的家，她能证明，她就住在我的楼下。她叫连环珠，不信，你们去问她，还可以问这个楼道的所有人。我叫李甜瓜。

什么？

李甜瓜。

所有人都笑了一下。

女警察走到门外，和连环珠咕噜了一阵子，她回来的时候，还没开口，那女人对她说，我明白了。

事情很快就弄清楚了。在他回家的十几天，他的妻子把房子卖给了这个女人。这女人姓方名玉。方玉在桌上摆出了她的身份证和所有合法证件：买卖合同、收据、公证书，还有他们家的房产证和土地证，只是上面的名字换了。

李甜瓜回到房里，他想找出原来的房产证和土地证，做一下最后的努力，可他找不到。他明白，房子是被妻子卖了。做得漂亮啊，干脆利落。

这房子原来就是妻子单位的福利房，房改后，房产证和土地证上全是妻子的名字。

李甜瓜把钥匙放在桌上，提起自己的行李，默默地走出住了十几年的家。名叫方玉的女人在他的后面说，你可以来收拾你的东西。

/3/

方玉看着李甜瓜的背影，心里有一种说不出的滋味。她笑着对两位警察说，对不住了，我也没想到会是这样。警察说，没什么，保护人民是我们应尽的义务嘛。说着便告辞了。方玉把自己整理了一下，给田书琴打手机。一打就通。这手机，是田书琴的新号码。方玉说，田大姐啊，我是方玉。田书琴说，有事吗？田大姐，方玉说，你不应该隐瞒你还有一位丈夫这件事。田书琴说，这和你有关系吗？方玉说，当然有，他手头有一把房子的钥匙。田书琴说，啊，对不起，我把这事给忘了。方玉说，这种事怎么可能忘？田书琴说，你的意思是我有意隐瞒和欺骗？方玉说，我没这么说。事实是，你的丈夫，他有一把钥匙，他在我洗澡的时候开门进来了。田书琴说，对不起，这是我的疏忽。方玉说，你还有钥匙在其他地方吗？田书琴说，这就是你自己的不对了，你早应该把门锁换了的。再见。田书琴把手机关了。方玉愣了一下，再打，怎么也打不通。

方玉叹了一口气，走过去，把门闩插上。

方玉第一天到她自己新买的房子住，就遇到了这样的事情。不顺。她这一辈子似乎还没顺当过。小时候还好，少女时生了一场怪病，病愈之后医生说，她以后不能生育了。母亲大哭，她当时不当回事，还有点高兴，结婚之后才发现问题的严重性。这成了丈夫搞小秘的一个理由。总不能让我崔家断后吧。东窗事发后，他对她这么说。她的丈夫是个公务员，官不大也不小，人不好也不太坏，能力有一点，在省政府一个厅里当处长，口碑还不错。当那个小秘怀孕时，丈夫提出离婚。他们的婚姻其实早已死亡，离婚只是给一具死尸买一副棺木，办一次葬礼，告知世人。方玉没有太大的悲哀。她提出两个条件，一是让丈夫想办法把她从省城调回她的家乡，也就是这座据说有1300多年建州历史的闽南小城，二是要一笔"青春补偿费"，这两个条件丈夫都回答得很干脆，而且做得很到位。她回到家乡的一个事业单位上班，又用"青春补偿费"给自己买了两套房子，一套旧房一套新房，新房在时代广场，小户型，一房一厅一厨一卫一凉台，60平方米，这是她给自己的后半生准备的安乐窝。旧房就是这一套，两房一厅，她打算出租，好让自己的日子过得潇洒一点。新房正在装修，她只好住到旧房来。

方玉在房里四处走走看看，买这房子是带家具的。她本来想住在主卧室，出了今晚的这档事之后，她改变主意，决定睡次卧。她把行李袋从主卧拿到次卧，放在床上。房里还依稀保留一点主人的气息，有一股幽幽的，似有似无的香味。看来，主人有个女儿，这是女儿的闺房。她果然在床头柜的抽屉里看到一个镜框，里面镶一张女孩子的照片，小女孩很可爱，可太小了点，不会让房间有这种女人味。对了，方玉当即悟到，这是女主人与女儿共有的房间。这个家和她一样，夫妻分居，婚姻早已死亡，否则，女主人不会背着丈夫把房子买掉。这女人做得也太绝了。和这女人比起来，她的崔姓丈夫实在是，良心大大的有。

方玉不由得笑了一下。和那个倒霉的男人比，她幸运得多。那个男人，扫地出门，一无所有。她回味刚才他提着行李走出房门的背影，心头飘过一丝同情，一丝忧伤。

她报了警，是不是做得有点过分？可当时，她不得不这样做，她根本就不知道他是谁。

方玉把女孩子的照片拿出来，一时不知道要放在哪里。看来，女人把女儿带走了。这照片是有意留下来的吗？这女人有心计。她想利用一下时间差，她估计她的丈夫会先她而到，她没料到他们会撞到一块。那么，她一定给他留下一张字条什么的，或事先给他一个暗示的电话或短信。她放下女孩子的照片，到客厅，到主卧，到厨房，四处找，找不到一张纸一个字。那么，这照片是孩子留下来的，她要给爸爸一个念想，一个信息？方玉回到次卧的床头柜，果然在抽屉里找到一团小纸团。方玉想象着当时的情形：要走了，女儿在房里偷偷给父亲写条子，母亲在外面催，还不快走，磨蹭什么？女儿说就来就来，母亲就到了房门口中，女儿把写了一半的纸条子一揉，扔进了抽屉，跟着母亲提着东西走了。

方玉把字团展开，果然是一封写了一半的信："爸爸，我们就要走了，深圳，妈妈说我们要去找我的亲爸爸，你不是我的亲爸爸，我的亲爸爸在深圳，那里有一座大房子。我爱你，爸爸，我不想走，我不要亲爸爸。"没有下文。

方玉的眼泪掉了下来。

方玉拭了一下泪，使劲地摇摇头，这事与她无关。就当是看了一回韩国的电视剧吧。她对自己说。

你可以来收拾你的东西。方玉刚才对他说过这样的话。方玉把他的东西集中到主卧的大衣橱里了。秋冬的衣服，鞋子，被褥，还有一些七七八八的东西。凡是她能想到的，用得着的，男人的东西，她都集中到一起。

这男人生活很简朴，没有几件像样的衣服。有一双凉鞋，看起来眼熟，翻来覆去地看了一会儿，方玉笑了。

方玉把那双凉鞋从男人的衣物堆里挑了出来，放在一边，又到大门边把自己的凉鞋拿过来放到一起。这凉鞋的款式、大小、颜色和丈夫，不，应该说前夫的，一模一样。

两年前的夏天，他们一起到新华都，买了三双凉鞋，夫妻俩一人一双，还有一双，很小很小。前夫说，给我们的孩子。他们还没有孩子，他们永远不会有孩子。这他是知道的，结婚之前她就说了的，可他现在，不时地提起孩子，孩子。也就是在那个时候，她明白了，他们的婚姻到头了。

方玉出了一会儿神，把自己的凉鞋放回门边，把男人的凉鞋放到他的衣物堆里。

这男人叫什么？李甜瓜。多土，多俗啊，好笑。

/ 4 /

下得楼来，李甜瓜忍无可忍，给妻子打手机，手机响了几声之后是，"对不起，您所拨打的号码是空号。"干你老母。他应该早想到的，她怎么会留这个手机号？一切都是精心设计好了的，天衣无缝。

天晚了，很热。李甜瓜找了几间旅社，最后还是在水仙宾馆的一间标房住了下来。这标房是打了折的，一个晚上80元。有便宜的旅社，一个晚上50、30，甚至20元的，但没有单间。他需要单间，得自己一个人待着，他怕管不住自己，因为小事和同房间的人打架。他的确有一种想和人打架的冲动。

李甜瓜洗了澡，躺在单人床上，很快就睡着了。临睡前，他想，怎么这么清爽啊，有空调的房子真好。有钱真好。可是，李甜很快就被一阵电话铃声吵醒了，他迷迷糊糊地抓起话筒，喂，他很不情愿地说。先生，一个软软甜甜的女声，要不要按摩服务，全套，非常便宜的。李甜瓜什么也没说就把电话扣了。他现在最需要的是睡觉。

电话再次响起，不屈不挠。李甜瓜摸着把话筒拿起来，放到桌上。他依稀听到电话里有人叫，大哥大哥，帮小妹一个忙嘛，别那么小气嘛，100元怎么样？大哥。李甜瓜的嘴角动了一下，他笑了。电话里的人接着说，大哥大哥，帮帮忙，下岗了，没办法啊，大哥。大哥大哥……李甜瓜在甜甜的、嗲嗲的叫声中进入梦乡。

李甜瓜在梦中号啕大哭。

李甜瓜早晨醒来，话筒还在床头桌上嘟嘟叫。他把话筒放回去，洗漱之后，把用过的牙刷、剩下的小牙膏、塑料梳子和床头柜下的布拖鞋放进行李袋，然后下楼到总台退房走人。

李甜瓜到妻子的单位，找到人事部，打听妻子的去向，人事部经理摇了摇头，实在对不起，田书琴的手续办得十分完整，没有任何余留问题。人事部经理的脸部没有任何表情。没有留下她的通讯地址、联系电话什么的？没有，也没必要，她已经和单位没有任何关系了。请问，你是她的什么人？李甜瓜说，我是她丈夫。人事经理张大嘴巴，说不出话来。天下有这样的妻子，这样的女人？李甜瓜笑了笑，她最想躲的就是我。没事，谢谢了。李甜瓜走到办公室门口，人事经理叫住他，说，你到营销部找张丽，她俩最好。她可能知道点什么。李甜瓜回头笑了一下。人事部经理样子不和善，心地还善良。

妻子工作的这家公司叫鑫达公司，是由原来地区二轻局底下的一个事业单位改制组建的。人事部在5楼，营销部在二楼。李甜瓜到二楼，找到张丽。张丽是妻子单位唯一到过他家的同事。记不得是哪一年，快过年了，妻子出差没回来，张丽把单位发的年货送到家里。张丽也还认得他，热情地把他迎进公办室，说，书琴还好吧？

李甜瓜愣了一下。他明白，从她这里也打听不到什么。还好，他说。她说，书琴的职辞得太突然了。大家都没想到。她不是一个做事随意的人，她这个人，平时很认真的，太认真了，所以她得罪了许多人，包括领导。这一次，她摇了摇头，表示不理解。他笑了一下。不过，她又说，这公司也没什么前途，要倒不倒的，没劲。我没她的勇气，过一天是一天吧。反正我老公那边倒不了，公务员。他又笑了一下。她说，有事？他说没事，路过，看看你，很久不见了。她看了一下他的行李。他尴尬地说，想出一趟远门。她说，哦，不和书琴、孩子一起去？他想，人都走了，还瞒什么？说了吧。他就说，不是想出去。我回了一趟老家，回来时，她和孩子都不见了。我是来向你打听一下，知不知道她去哪儿了。张丽张开小嘴，又用纤纤小手掩住，说不出话来。对不起，他说，我走了。张丽很同情地把他送下楼，送到门口，说，有她的消息我一定告诉你。他向她笑了一下。心想，她不会让你知道的，她要把过去的一切都割断。再说，就是你知道，上哪里去找我？我的家都被她卖了。

李甜瓜在街上走着，提着一个行李袋。在一个自己十分熟悉的地方提着行李袋走路，有点怪怪的。突然间，这个他生活了二十几年的城市变得陌生起来。

李甜瓜是从部队转业到这个城市的。那个时候他21岁。李甜瓜如父亲所愿，不但没有饿死，反而茁壮成长，书没读好，个子没少长。16岁打证明冒充18岁到部队当兵，5年后转业到机器厂。他是带着一大堆奖状进厂的。所以进厂第二年就当上班组长。以后，厂里一直想提他当车间副主任，他不干，他的心用在技术上。他以为他能在这个厂干一辈子，真正地以厂为家，加班加点，无私奉献，从不计较。到头来却落了个下岗。

李甜瓜的肚子咕噜地叫了一声。他早上还没吃饭。奇了怪了，下岗之后，他消化系统特别好，动不动就肚子饿。他得先找一个地方住下来，再去找工作，要不，就会饿死。回老家前，他把原来的工作给辞了，因为人家不让请假。看门的，三班倒，你请假，谁来替你？只好辞了，回来再说。本来就是临时工嘛，辞，就是一句话。

　　李甜瓜买了三个馒头和一瓶矿泉水，边吃边往市郊走，他只能租农民的房子，便宜。不知不觉就到了桥南，二十几年前从部队下来，住的就是这一带。到处在建房，路越来越长越来越宽。报上说，这小城的市区，改革前只有8平方公里，现在是40平方公里，今后的规划是100平方公里。李甜瓜在路中间的大榕树下坐了下来。现在做路，什么都拆，就是这榕树留着。不但留下，还给它做了一个很好看的石围栏，他就坐在石栏上，树上挂一个牌子，白底红字，写着，保护古榕，美化城市。我还不如一棵树。他吃完馒头喝完矿泉水，顺手把瓶子扔到树下，想想，又捡回来，拉开袋子放了进去。他拍了拍袋子，这是他的全部家当。

　　李甜瓜进了一个叫下庄的村子，这村子不像村子，已被四周的高楼大厦包围起来了。村里房子的墙上到处写着"拆"字，包括两层的带院子的小别墅。但里面都住着人。李甜瓜找来找去，最后找到一间最便宜的房子，一个月150元，租期半年，一次性付清，先付房租后住人。没有商量的余地，房东说，你就一个袋子，说走就走，到时我哪里去讨房租？李甜瓜想说，我不是那种人。没说，说了也白说。

　　李甜瓜放下行李，洗了脸就往回走。他得进城找工作。这房子还不错，有卫生间。这房子的围墙上虽然也写着一个"拆"字，但，卫生间的水还通着，电灯也还能拉得亮。还有一台旧彩电。房东说，要不是快拆迁了，一个月150你能租得到？300都别想。围墙外有一棵龙眼树，树上结了许多龙眼。这里一撮那里一串，黄灿灿的，很好看。一个男孩子站在围墙上摘龙眼吃。他说，小心，别摔了。那孩子把手里的一串龙眼扔给他。那孩子长得很丑。房东说，今年龙眼是大年，多，贱，花钱顾人摘，卖的钱还不够工钱。

　　李甜瓜边走边吃，很快就吃完了。这龙眼颗粒虽小，却很甜。一路龙眼壳，空气中有淡淡的龙眼的甜味。苍蝇到处飞。

走出村子，发现前边有一座庙，记忆一下子复活起来，这就是水月亭，也叫水月庵，供的是观音菩萨。他拐了进去。过去，庵的周围是水，水边有翠竹。现在水没了，四周都是民房。水月亭被淹没在人气之中，显得局促不安。庙是新的，只有中殿两根石柱子是旧的，上面刻着一副对联"水映白莲香万里，月影紫竹佑四方"，边上又有四句诗，刻在一块新石头上："江畔何人初见月，江月何年初照人？人生代代无穷已，江月年年望相似。"李甜瓜读着，似懂非懂，心里酸酸的。人很多，有人从外面端进一盘粉红的龟，放在供桌上，龟是米做的，肚子里是绿豆泥和红糖。听说再几天就是观音生日，这里闹热，要做半个月的戏。闽南话闹热就是热闹，做的戏是芗剧，也叫歌仔戏。有个女孩子在抽签。李甜瓜买一炷香，学着女孩的样子，拜了拜，念念有词，抽一根签，找旁边的一位老人问签。女孩的签书是第70号，是一支上上签，而他的是50号，是下下签。老人问，你问的是什么？打工，女孩子说，到一个地方去打工。告诉佛祖是什么地方了吗？女孩子点点头。老人说，好地方，可以去。女孩兴高采烈地走了。老人接过李甜瓜的竹签，问，你问的是什么？李甜瓜顺嘴说，工作，想找份好工作。没告诉佛祖是什么工作吗？李甜瓜摇了摇头，他其实什么也没对观音菩萨说。老人笑了笑，跟佛祖说清楚了再来。问签心要诚，要对佛祖说实话。李甜瓜把签书放回签筒里，走出水月庵。他在附近转了转，找不到过去住过的房子。沿着一条叫鹭洲路的路走到江边，断了。那正是过去旧桥伸过来的地方。现在架了新桥，不从这里走。临江的地方用石头砌上。路断了。没路可走了。

李甜瓜咕哝了一声，没路可走了。就折了回来，沿江边走上新桥。江边，有许多大排档。树荫下还有一排店面，专卖古玩的。第一间卖古玩的叫"端云斋"，老板见有人来，从里面迎出来，见了他，还没张嘴笑，就又蹩了回去。

李甜瓜这里看看，那里看看，像一个外省来的，刚进城的农民工。

/ 5 /

方玉第二天把大门的锁换了,又在里面加安了一条铁链子门扣。她还决定,把这旧房子稍微地装修一下,把墙刷一刷,湖蓝,立邦,高档环保。把防盗网用银粉漆一漆,银光闪闪,灿烂可爱。再把室内的所有电灯换了,一色的乳白吸顶灯,高雅温柔。是的,她要把这房子的过去刷去。一切重新开始。

工程完成之后,方玉躺在床上想,这房子出租,按市面上的行情,最少一个月1000元。生活对于她来说,并不沉重,她有工作有固定的工资收入,又有房租收入。小康不敢说,温饱是无忧的。她应该满足。

那个叫李甜瓜的可怜的男人在这个时候走进了她的脑海。活生生的就像是那个晚上的重演。他把钥匙放在桌上,提着行李走出去。这房子曾经是他的家。他无声地从自己的家走出去,留给她一个凄凉的背影。

一个鱼跃,方玉坐了起来。她想去问一下住在5楼的那个女人。也许,她知道他的下落。方玉没有动身,她对自己笑了一下,又躺下去。

方玉的单位是个好单位,叫卫生护理学院,是个高等专科学校。她被安排在档案室。档案室原来有一个人,也是个女的,叫陈丹丹。简直忙死了,丹丹拉着方玉的手说,大姐,你来得太好,太及时了。我们有两摊事,一是人事档案,一是文书档案,大姐你挑。方玉说,还是让领导安排吧。丹丹说,主任说了,让我们自己安排,大姐,别客气,你挑。方玉说,我外行,还是你安排吧,我听你的。丹丹说,就我们姐妹俩,分也是分个意思,要不这样,大姐管文书,我管人事,我们分工不分家。行,就这样。方玉说。

工作几天之后,方玉就明白,其实她是多余的,她们的工作一个人就足够了。陈丹丹是个热情率真、无撼无拦的姑娘,正在热恋中,上班时间,常常偷偷出去约会,回来就和她谈他们约会的情形。

陈丹丹说，他说我很像蒋雯丽，大姐，你说他是不是马大哈？方玉说，情人眼中出西施。陈丹丹长相一般，怎么看都和蒋雯丽沾不上边。陈丹丹说，他说我们将来一定很幸福，因为，他很爱我，要和我一起生很多孩子。计划生育是我们的基本国策，方玉说。生很多孩子是外国人的台词，在中国不适用。陈丹丹说，我知道，他这是哄我玩。要不怎么说他是马大哈呢？不过，我也喜欢孩子，我母亲有10个兄弟姐妹，三男七女。姐妹7个，到现在还来往，最近赶时髦，轮流做东，每个礼拜吃一摊大排档，把江滨的大排档全吃过，出了名，都说，七仙女来了。什么七仙女，一个个都是老太婆。我大姨，已经老得不成样子，孙女都上大学了。陈丹丹说着就大笑，笑得很开心。方玉也笑，看来，那男的对她十分了解，会做"活的思想工作"。方玉说，他是做什么工作的？不知道，她说。方玉大吃一惊。丹丹说，这是他的私事，我不管。方玉说，你管什么？丹丹说，我只管他爱不爱我？其他一概不管。方玉说，爱与不爱什么标准？丹丹说，靠感觉。方玉说，你就那么相信感觉？丹丹说，其实，我也说不准。说着，陈丹丹又大笑起来，说，大姐，你不用为我担心，合得来就合，合不来就散，谁也不欠谁。真能想得开？什么时候了，还想不开，自己和自己过不去啊？快乐就行。你们这一代人真幸福。方玉说。什么代不代的，大姐，你也不老啊。不老？都四张多了。丹丹又笑了起来，40岁零3个月不到。你的档案我看了。两人都笑了，笑得很开心。她们就是干这一行的嘛。丹丹说，从外表看，大姐，你最多三十出头，不骗你，骗你是小狗。

方玉很开心。不管她说的是真话还是假话，她都很开心。开心这个词在本城流行时她还在读大学。没想到年逾不惑的她也会喜欢上这个词。这是年轻人的专用词。要是一个老太婆对人说，我很开心。人家一定会以为她神经不太正常。她知道她的外表显得年轻，身材也好，要不是这样，前夫早就和她分手了，等不到现在。这是他说的，他对她说了许多假话，但她相信这话是真的，他对她的身体还是有一点迷恋的。那天晚上，她正在卫生间的镜子里欣赏自己的身材，进入准陶醉状态，所以没有听到门声和厅里的动静……想起那个晚上，方玉竟有点脸红起来。

大姐，你不要不好意思。丹丹把她拉到镜子前，你看看，你真的显年轻。她伏在她的耳边小声说，可以勾引男人……她打了她一下，两个都哈哈大笑起来。

她们很快乐，也很放肆。她们无所不谈。

方玉下班，先回一趟家。母亲说，阿玉，要不，我们抱个孩子来养，以后有个依靠。方玉笑了笑。母亲总是为她担心。你总是不听话，母亲说。方玉说，要不，让大哥多生一个给我，让嫂子辛苦10个月。嫂子刚进门，这后面的话是对着嫂子说的。嫂子笑着说，老太婆了还能生？让三妹替你生吧。说着她们都笑。方玉有一个哥哥两个妹妹。哥哥在本地，两个妹妹一个嫁到深圳，一个嫁到上海。母亲说她们小时候吃饭，筷子拿得太高，所以嫁远了。母亲说，那就让你三妹生吧，她老公自己做生理，没单位，不怕罚。方玉和嫂子说，妈，你来真的啊，我们是说着玩的。嫂子说，方玉，在这里吃吧。方玉说，你买了什么菜？说着就把她手中的塑料袋拿到厨房里看，草鱼、豆腐、香菇、牛肉、怀山和地瓜叶，说，那就将就一顿吧。嫂子笑着，难怪被休了回来。不是他休我，是我休的他。别搞错了。方玉说。

谁休谁都一样，反正得给我再找一个。母亲说。

吃过饭，方玉就回到自己的住所。在楼下，遇到住5楼的连环珠。连环珠说，刚回来啊，那个男人没来拿他的东西吧？李甜瓜。方玉摇了摇头。可怜的家伙。连环珠说。方玉说，你知道他在哪里？我是说，他的东西老放着也不是个办法，搁着占地方，扔了又不好。你要是碰到他就告诉他一声，真不要，我就扔了。

连环珠说，别扔。方玉说，我暂时不会扔的。会不会走了？走了，你是说离开本地，远走高飞？说这话的时候方玉竟有点失落感。连环珠说，我也说不清。方玉想，作为一个男人，一走了之，离开这伤心地，不是不可能的，也是可以理解的。

但是，李甜瓜还是来拿东西了。他把门打开，静悄悄地收拾自己的东西。也太过分了吧，连个招呼都不打，别以为这还是你的家。方玉看了一下自己，居然还赤身裸体地躺在床上。她吓了一大跳。

这一吓，把自己吓醒了。

天还没亮。方玉的心里凄凄惶惶的。

/ 6 /

李甜瓜在桥南一个建筑工地找到活干。人家把他当农民工，他认了，什么工赚的都是人民币。不认不行，他在这个城市，除了户口本和身份证，一无所有，和刚进城的农民工没有什么两样。那是盛荣花园的建筑工地，规划一共盖24栋公寓，全是18层以上，最高33层。听工头说，本来是要盖本市最高楼，45层，但上面不批，说是100米以上的要设计能停直升飞机的平台，小城市盖不了。李甜瓜的任务是看建筑材料，主要是放在露天的钢筋，两个人轮流，白天12点到半夜12点，半夜12点到第二天12点。钢筋怎么偷？用汽车来载？李甜瓜想。但他还是干得很认真，每次交接班，都要把几堆钢筋数一遍。

那天晚上，李甜瓜下班回来，听到隔壁房子有动静，以为是老鼠或猫什么的，不在意。这里的老鼠特猖獗，能把一大块猪肉从桌上拖到床底。而猫，总是半夜在屋顶上跑来跑去，互相追逐，嬉戏，还叫，那叫声和小孩的叫声没多大区别。隔壁的屋子是空的。他在走廊走几个来回，也就什么声音也没有了。洗了身关了灯上了床，那声音却又响起来，越来越响，十分可疑，十分暧昧。到了后来，更有些夸张了，哼哼唧唧的，让人不得安宁。

李甜瓜明白了，他来了新邻居。他的新邻居不是一个是两个，一男一女，正在做爱。对于这种声音，李甜瓜有点陌生。他和妻子，就是在新婚蜜月，也发不出这种声音。

李甜瓜的身体突然有了反应。他的身体很久没有这样的反应了。李甜瓜很久没有这种体验了，他又惊又喜，伸出手来，随着新邻居奏响的乐曲，把自己的事情做了。

做了事的李甜瓜很沮丧，只想哭，没有快感。

手上有一股怪怪的味道，他到卫生间洗了又洗，闻起来还是怪怪的。干你老母十八代祖宗！他不知道自己在骂谁。

李甜瓜一觉醒来已经是上午10点多了。好，省了一顿早饭3元钱。他懒洋洋地爬起来，打算洗漱之后就到快餐店吃午饭，然后去上班。他在卫生间听到隔壁的水声，愣了一下，立即想起昨晚发生的事，把手凑到鼻子上闻一闻，味道没有了。回到床上，草席上有污迹，状如海南岛。当初在部队，战士们把梦遗叫画地图，绝。昨晚大意了。李甜瓜用湿毛巾想把席子上的海南岛擦掉，那海南岛有点顽固，擦不去。让它留着吧。说不定在那上面还会长出椰子和槟榔。

隔壁水声不断，不会也睡到现在吧？洗澡的是男人还是女人，不会是两个一起洗吧。李甜瓜的身体又有了反应。干你老母。李甜瓜骂了一声，骂的对象还是不明确。按理，他骂的应该是他自己，谁也没招他惹他。骂隔壁没道理。

李甜瓜关门出去，无意中把门关得比平时更响。他在门口站了一下，隔壁没有动静，仿佛被他的门声吓着了。

李甜瓜下了楼，走出院子。阳光灿烂，他的影子像侏儒一样在自己的脚下挪动，动作有些可笑。他回头看了一下楼上的走廊。走廊上没人，门全关着，和平时没什么两样。李甜瓜的心里怪怪的，痒痒的，像有两只小虫子在爬，一只爬过来，一只爬过去。这种感觉和平时不一样。

他看到长得很丑的小男孩手里拿着一串龙眼，脸很脏。他提了提手，意思是要不要吃。他摆摆手。探进院子的这一边，树上的龙眼基本上被他摘光了。

李甜瓜到工地数钢筋，发现两个地方少了，一个地方多了。少了多了，很正常，用了就少了，进了就多了，工地嘛。但李甜瓜多了个心眼儿，记下钢筋的变化情况。

李甜瓜当班时，又用了一些钢筋，进了一批钢筋，李甜瓜又记了下来。他把这些记在一个小本子上，装在口袋里。他点他记，都是悄悄地进行，这不是他的工作内容，怕别人看了引起误会。他的任务很明确，只管出不管进。钢筋进多少他不管，钢筋用在工地上他不管，但只要有一根钢筋运出工地，他就得管。这工作其实很轻松，只要把住大门，每隔一阵，四处巡看一下，工地有围墙，钢筋飞不出去。剩下的时间，他可以泡茶，和门卫聊天。

门卫什么都管，进来一个陌生人，他得问，干什么，哪来的，找谁？有一次，来了个女的，打扮入时，看样子就不是民工，一问，是找阿东的，他不让进，女的一定要进，说是阿东的亲戚，老家来的。他就让李甜瓜帮看一会儿大门，带她一起去找阿东。一会儿，门卫又把那女的带了出来。那女的从坤包里拿出两张10元钱，塞到门卫的手中，说，大哥，谢谢你。说着就走了。她一走，门卫就笑。原来这女的不是阿东的亲戚，是"小姐"。阿东常到她那里，熟了，就赊账，干了几次不给钱，女的就找上门来了。怎么了结？李甜瓜问？门卫说，欠账还钱。李甜瓜说，当场？门卫说，当然是当场，不给不走嘛。阿东钱不够，几个工友凑着给。李甜瓜说，多少？门卫说，大几百块。门卫把手中的10元钱递给李甜瓜一张，李甜瓜连连摇手，无功不受禄。门卫说，晚上我请你吃快餐。

李甜瓜回想那小姐，很一般。大众化，甚至连她的衣着都记不清了。可他的身体还是有了反应。因为她是个"小姐"吗？干你老母，他骂了一句。门卫与他有同感。两个人都笑了起来，那笑声显得十分放肆，甚至有点淫荡。

接下来便是午后的困顿时光，岗停是临时的，两个都坐在大阳伞下打盹。天很热，连风都是热的，温热之中带了点黏。李甜瓜朦胧中看到那个小姐走进他住的隔壁，接着便听到哼哼唧唧的声音，和昨晚的一样。他的手情不自禁地在裤裆上摸了一下，醒了。干你老母。李甜瓜对自己有些恼火。门卫也骂了一句，干你老母，这鬼天气，会死人。干你老母，是闽南的"国骂"。骂的和听的其实都不深究其中的真实含意，更多情况下是一句口头语，粗人的口头语，表现一下或宣泄一下自己的情绪。

骂完干你老母之后，李甜瓜突然就想到了自己的老婆和女儿。再骂一声，干你老母。这一次发泄的是对老婆既愤怒又无可奈何的情绪。老婆的父母死得早，也没有兄弟姐妹，当初还暗自庆幸她社会关系的简单。简单得像一滴清水，和别人没有任何牵连，现在好了，蒸发得无影无踪。也和他没有任何牵连。就当她死了，李甜瓜恶狠狠地想，死了老婆换新衣。可女儿是他的，最少有一半是他的，却被她带走了，全带走了。李甜瓜的心尖颤了一下，酸溜溜的。干你老母十八代祖宗！这一次骂的是他老婆，十分明确。

女儿平时不怎么说话，可那眼睛很灵活，只要看他一眼，他就知道女儿想什么要什么。临回老家的那晚，他和老婆吵架，女儿的眼光在他们的身上扫来扫去，他知道她在说，求求你们，别吵了，别吵了。后来，老婆把女儿拉进她们的房间，说，做作业，没你的事，关上门之后，又出来和他继续吵。就在女儿被拉进去的一瞬间，女儿回头看了他一眼，他知道，她想和他一起回老家看阿妈。阿妈就是他的母亲她的祖母。

但她终于没有去成。他再也见不着她了。李甜瓜心里那种酸溜溜的感觉一直持续到下班。

李甜瓜下班时，街上还很热闹。半夜了，暑气还赖在地面上不走，一团抱一团，团团紧抱地打造着一个"闷"字。是不是要刮台风？李甜瓜觉得肚子有点饿，又舍不得花钱，在大排档前犹豫了一下，一个女孩走过来，朝他叫了声大哥。他愣了一下。她说，大哥，不认识了？贵人多忘事。他尴尬地笑了一下，什么贵人！是有点眼熟，想不起来。她笑了笑，她一笑他就想起来了，是那天到工地讨钱的小姐。他下意识地摸了一下口袋。小姐说，要不要玩玩？李甜瓜摇了摇头，大步走开。

李甜瓜回到住处，把脚步放得很轻。走廊上没人，隔壁也静悄悄的。洗了澡上了床，把耳朵贴到墙上，还是听不到半点动静。只有远处的猫，在屋顶上叫着，跑来跑去。

李甜瓜有点失落。

有点失落的李甜瓜对自己很失望。人到中年，他不但什么都没有，还什么都不是。什么都没有、什么都不是的李甜瓜不知道今后的日子怎么过。

/7/

方玉上班时，陈丹丹还没来，过一会儿，她打电话过来，说今天不来了，"大姨妈"来了，有点累。不知道谁把女孩子的月事说成大姨妈，有点幽默感。方玉说，放心休息，我给你挡着。听说上面要来检查工作，学校最近考勤有点来真的。过去考勤本放桌上任人签，你代我我代你，甚至一个人把办公室的人名全签了，也是常有的事。现在主任要问一下。主任问丹丹，方玉就说，她到邮局去了。

快下班时，来了个年轻人找陈丹丹。年轻人长得有点像喜剧演员陈佩斯，只是没有剃光头。他自我介绍，是陈丹丹的男朋友。一个"蒋雯丽"，一个"陈佩斯"，有点意思。方玉说，丹丹没来上班你不知道？他说，知道，我是特意来看大姐的。看来，她笑着说，我是你们谈爱恋时的作料。他说，大姐可别这么说，她喜欢说你，崇拜你，把你吹上了天。怎么样，方玉有点意外，落落大方地说，少年家？名不虚传。你叫什么名字？他说，她没说？方玉说，没有，她用他来代替。她说，不会有另一个他的吧？方玉说，我想不会。你就那么不自信？他笑了笑，说，我叫赵越，人家都叫我"陈佩斯"。方玉笑了笑，所以你送她一个"蒋雯丽"。他笑了起来，很开心的样子。

方玉说，你在哪里高就？他说，大姐，你比她厉害。他朝她伸出大拇指。方玉说，不是说姜是老的辣吗？他说，大姐，千万别把"老"字往你身挂,不沾边,根本不沾边。方玉心动了一下,说,你还没回答我的问题。他说,这问题就那么重要?方玉说,万一是不法分子在逃嫌疑犯什么的,我也好趁早把她拉出火坑啊。

赵越递给她一张名片,上面写着:福通商行董事长兼总经理。方玉说,成功人士,青年企业家,不简单啊。他说,大姐大姐,不说吧,你怕我是坏人,说吧,让人多难堪。我还是信不过。方玉说。他说,大姐怕名片是假的?方玉说,现在什么东西不能假?他说,不是说除了妈妈,什么都可能是假的吗?他说,大姐你打电话,他把手机递过来,要不,你看。他走到电脑前,打开,很快就上网,找到一个网址,打开,果然什么都有。他说,这不会是假的吧,大姐。方玉说,最不能相信的就是网上的东西了。他说,大姐,要不我带你去看看,到我们公司。

方玉笑了。算了,上班哩。赵越不自然地笑了一下,说,大姐,我不是有意显摆,我说的是真话。也不是我有多大的能耐,我父亲,再往上,都是做生意的,我阿公解放前是本地有名的资本家,解放后曾当过本地的副市长。我们家族在海外有公司。我是拿家里的钱,做一点小本生理。我父亲说,就当让我上一回商业学校。

方玉认真地看了一下赵越,她有点喜欢这个年轻人了,实在。而他的笑,的确有点"陈佩斯",傻中有憨,憨中有巧,巧中有实,实中有趣。可爱而不造作。

接下来,他们讲陈丹丹。当然,她对陈丹丹的了解不如他,她更多的是听。听出一个热烈任性率真,不设防的陈丹丹。

快下班时,陈丹丹来电话,说,大姐,大姨妈不讲道理,乱来,我得上趟医院,下午。电话声很大,赵越听出是陈丹丹,朝她做了个手势,表示不要提起他。方玉说,没事吧?大姨妈不讲理是常有的事,不必太紧张。放心去,主任那里,我替你挡着。

等方玉关了手机,赵越说,大姐,中午我请你吃饭。

下班时,一辆黑色的奔驰在校门口等她,开车的正是赵越。正午的阳光在车盖上闪亮,有些刺眼。赵越打开车门,一股冷气冒着白烟从车内冲出来,站在车边方玉微微颤了一下。看来,这少年家说的全是真的。

他们在"落花生餐厅"吃加州牛排。现代著名小说家许地山是本地的一个骄傲,于是他的散文名篇"落花生"便被用来做餐厅的名字。听说,这是正宗的美国加州牛排。

他们边吃边聊,一直到她上班的时候。在四周炎热的衬托下,空调里的餐厅显得特别清爽宜人。湖蓝的餐桌,雪白的墙,墙上,是一幅俄罗斯名画:《月夜》。参天菩提,朦胧月色,白裙少女,蔷薇,睡莲,回忆与忧伤。有音乐,时而缓慢安详,时而活泼欢快,时而虚幻神奇。门德尔松,《仲夏夜之梦》。

赵越说,喜欢这里吗,大姐?喜欢。有一种久违了的感觉把方玉包围起来。她想到了20世纪80年代初,她的大学,她的青春她的梦。她微微一笑,你怎么知道我喜欢这样的氛围。赵越说,丹丹告诉我的。尽管她知道陈丹丹把她当成他们恋爱的作料,说了许多她的事情,她还是有些意外。难道她说得那么细,那么到位?不可能。

她们上班,大部分时间在聊天。陈丹丹告诉她许多她自己的事,她也告诉陈丹丹许多她自己的事。到底有多少事落在他的手中?她心中没底。她的初恋,她的失意,她的忧伤,她对丹丹说了吗?也许说了。也许,连同她的第一次性爱,第一个男人,她都说了。无聊是女人的鸦片,会让女人发昏,上瘾,胡说八道。

她突然想起大学时代看过的一篇外国小说:战争中,一个已婚男人把自己妻子的详细情况,包括她身体上的特征告诉一个未婚男子,后来,未婚男子逃离战争,找到这个妻子,冒充她的丈夫来到她家。她爱上了他。因为她明明知道他是个假的,但他对她太了解了,甚至于她做爱时的反应,他都了如指掌。在她寂寞的生活中,上帝派他来激活她的感情,使她成为一个热恋中的女人。回想着这篇小说,方玉的脸情不自禁地烘热起来。她下意识地摸了一下自己的脸颊。

他一直在看着她。中年女人的脸红,如北京香山枫叶,有无穷的魅力。

方玉不自然地动了一下身子,像一个初涉情场的少女。

赵越说,大姐,丹丹不停地讲你,一天天,一次次,你在我的心中活起来,动起来,你的音容笑貌,生活经历,甚至你的思想观念。我对自己说,一定要见见大姐,一定一定,不见不行。我又一直不敢来见你,怕见了就破坏了,没有了。可是,越不敢来见越想见。今天鼓足了勇气……

失望了吧。方玉说。

赵越看着她,不说话。方玉被他看得脸上发热。

她把眼睛移开,从《月夜》扫向屋顶的上吸灯。乳白色的圆罩,有三束扇形条纹,间隔着,由里向外散开。外面的阳光聚集在灯罩上,顺着纹路,化为一个少女的俏皮的笑脸,仿佛在嘲笑戏弄她的失态。

赵越轻声说,大姐,我们喝点酒吧?

方玉说,我们走吧,下午还上班哩。

走出餐厅,有人站在门口发宣传品,她接过来,想扔,不礼貌,顺手放进坤包。

晚上,拿出来宣传品,是"健康指南",照例是美女头像,是让人一惊一诧的大标题。无聊,她把它扔到茶几上。洗了澡,一边梳理头发,一边打开电视,新闻已过,地毯式广告轰炸开始。她顺手拿起"健康指南"。翻开内容,开篇道,"如今这个时代,找个好老公可真难,就算那证儿拿到手,女人也不可掉以轻心,江湖险恶,说不定老公一出门,就遇上个身怀绝技的女侠,两人刀光剑影,老公就被女侠掠走了……"什么乱七八糟的。方玉放下来,广告轰炸还在继续。她又拿起来看,"如今这个时代的爱情口号是:不在乎天长地久,只在乎一时拥有……原来的七年之痒早成了三年之痒,三月之痒。"方玉想到了自己的婚姻,心动了一下。忍不住看下去,多了一份认真,"人本来就是喜新厌旧的动物。要想婚姻美满幸福,每天都要有新鲜的内容为爱情充电,女人必须学会调戏自己的老公。"方玉笑了笑。

她把秀发拢了起来,束到脑后。浏览了一下女人调戏老公的10个招数,其中第三招云:要提高文化素养,常读古诗,"锄禾日当午,汗滴禾下土",钻进老公怀里问,"你是锄禾吗?谁是当午啊?看天天累得你啊,汗滴禾下土。"方玉感到莫名其妙,再读,原来这"日"字是动词,于是"噗"的一声笑出来。

笑过之后,她又有些迷惑,也许,俗,甚至俗不可耐才是生活的本质。她想起自己失败的婚姻。如果她也来这10招,有用吗?

她不是知识女性吗?她又想起赵越,这个年轻人!陈丹丹怎么搞的,把一切都告诉他。她有一种在他的面前赤身裸体的感觉。我怎么啦,我那么容易就和一个年轻男人去吃饭?他是你同事的恋人。他不让你告诉她他和你在一起。从此,你将和这个男人一起拥有一个秘密。

方玉想,我疯了。我以前不这样。我为什么会这样?

方玉躺在床上。空调太冷,拉过空调被,把裸露的双肩盖上。她在被里自怜自爱地抚摸着自己光滑细腻的身子。寂寞不请自来。

为了驱逐寂寞,她拼命地回忆往事。想着想着,寂寞走了,痛苦随之而来。

这是结过婚的中年女人的痛苦。她大声地喘着气。泪水顺眼角流下来,渍湿了一片枕巾。

安静的夜里,突然传来了几声狗叫。

/8/

李甜瓜好几个晚上没有听到隔壁的动静。也许,他们已经搬走了。外地打工仔,说来就来,说走就走,很正常。他们也许找到离自己工厂更近的地方,或者找到更便宜的地方。走吧走吧,走得好,省得我睡不着。

这天晚上下班的时候,李甜瓜又在大排档的地方遇到那个小姐。他本想吃点东西,看到她,怕被缠上了,赶紧离开。走了一阵,听到后面有脚步声，回头一看，却是她。敢于找上门去要钱的小姐惹不得。他一阵心慌，怕被她发现他的住处，急中生智，转过身，迎她而上。他和她擦身而过。她朝他笑了笑，仿佛要说什么，他不给她机会，快步而去。

李甜瓜回到大排档的地方，索性煮了一碗虾仔面，坐下来慢慢吃。吃一半，想喝酒，好久没喝酒了，不能太亏待自己。李甜瓜，你孤身一人，形影相吊，没人爱没人疼，你太可怜了，你不心疼自己，谁心疼你。干你老母，来一瓶啤酒，要冰镇的。

李甜瓜大声喊，心里酸酸的。

李甜瓜喝了一瓶又一瓶，一共喝了三瓶。

李甜瓜轻飘飘地回到住所。他听到他的隔壁有动静。原来没走。兴许又来了新住户。他在门口站了一阵子。门内传来了女人的一声叫。哎哟，轻点。这叫声有些太夸张。他吓了一跳。他伸手想打门，一转念，把手放下。干你老母，轻点。别搅得人家睡不着。他打开自己的房门，把门关得很响。

李甜瓜大声地洗澡，洗澡之后，又把电视开得很大声。

隔壁一点动静也没有。死了，睡了？可是，此时无声胜有声。无声的隔壁给李甜瓜以无穷的想象空间。

李甜瓜在想象中沉沉入睡。

突然一声救命，把李甜瓜从睡梦中惊醒。李甜一跃而起，女人的呼救声来自隔壁的房间。李甜瓜冲出自己的房子，去打隔壁的门。谁？一个男人说。李甜瓜说，我。男人说，你是谁？有人喊救命。我们夫妻吵架关你屁事！滚。谁跟你是夫妻，救命。女人在里面喊。李甜瓜再次打门。滚。我是警察。李甜瓜说。他把自己吓了一跳。这谎说得有点大。救人要紧。

里面一时没有声响。死一般的寂静。开不开？什么东西。李甜瓜在外面喊。让他意外的是，女人在里面出声了，是警察啊，我们没事，闹着玩的，谢谢啊，谢谢。没事，真的没事啊。李甜瓜在门口愣了一阵子，悄悄地回到自己的房间。他明白他不是警察，不能老在门口站着。

四周都很安静，没人管闲事。连灯都没人开。

过了一会儿，隔壁的房门开了一下，又关上。大概是想看看警察走了没有。

李甜瓜在困惑中睡去。醒来，已是上午10点半了。这种时候醒过来最不合算，早餐不吃，饿；吃，浪费，再过一个多小时就要吃午饭了。

隔壁静悄悄的。看来真是夫妻吵架，风平浪静。有道是，夫妻打架——床头打，床尾和。李甜瓜笑了笑。小时候，他们村有一对夫妻，三天两头吵，丈夫打起老婆不惜力气，老婆叫起来和猪一样。喊救命，喊得全村人都听见。谁也不去管她。好起来时，大白天的手牵手在村里走，和城里人一样不害羞。孩子一年一个地生，逃计划生育比谁都能逃。他想起他的老婆，他们不是真正的夫妻，他们吵架也好，不吵架也好，都是冷冰冰的，从来没热过。

干你老母，李甜瓜脱嘴骂了一句闽南"国骂"，从抽屉里找到一包快速面，提了一下热水瓶，空的。干你老兄，放下水壶去找电水壶。装水，插上电，顺手打开电视。

他听到隔壁的门声，有人出门。他的房间是最后一间，他站起来，从窗门斜看出去，看到一个男人的背影拐出走廊，下楼去了。那男人很高大。昨晚好在没有把门敲开，要是敲开了，他肯定不是他的对手。

隔壁有动静。各种水声，声声入耳。女人刚起来。果然床头打床尾和，打是亲骂是爱，亲亲爱爱和和美美，一直睡到现在。一个披头散发的女人向他冲过来。他定了定神。不是那个喊了警察的女人，应该更年轻风骚的。更什么？更性感。

李甜瓜再次感到自己很孤单，很可怜。他悄悄地走到窗前，想看看女人出门的样子。可那女人故意和他作对似的，不出门。一会儿，隔壁的女人打开电视，把音量调得很大。她看的正好和他同一个频道，是一部外国连续剧，没头没尾。铃响，画面上的女人去开门，来的是男人，一进门就搂住女人亲吻，把她的衣服从身上扒下来，扔到地上。做爱的声音从隔壁传过来,有点夸张。李甜瓜把自己电视的音量调到最低。隔壁的声音听得更加清楚。

水开了,李甜瓜泡了方便面,一边吃一边看。身子又有了些许反应。他放下面,打开门,又关上。那一定是个风骚女人。他想。跟那个外国女人一样。外国女人,也真是的,人高马大,丰乳肥臀。

李甜瓜再泡一包方便面,想把中午的一顿省起来。吃过饭,那电视里的女人又跟别人干上了。隔壁的音量似乎比原来更大。是有意还是无意?她不知道隔壁住着一个大活男人吗?有一种火辣辣的东西在他体内撞来撞去。他怕管不住自己,悄悄地溜出去上班。

他在村口遇见那个长得很丑的小男孩,他扔给他一串龙眼,说,再不吃,就没了。

/ 9 /

方玉和赵越又一次来到"落花生餐厅"。

他一打电话,她就答应。他打她的手机时,陈丹丹就坐在她对面的办公桌边。虽然他的声音很小,她还是下意识地把手机往耳边压了压。她看了丹丹一眼。她和他一起制造着一起明目张胆的欺骗。她心中没有羞愧,反而有点兴奋。近乎偷情的兴奋。

自始至终,陈丹丹的眼睛没有离开过她的脸。因为她们在聊天,是她的手机铃声打断了她们。她关了手机,对她笑了一下,老同学请吃饭。她对自己的平静感到吃惊。她没想到自己这么坏,这么老练,假话张嘴就来。脸不变色心不跳。

陈丹丹哎呀一声,我给他打电话,让他陪我吃饭。平时,她们聊得投缘,常常一起吃饭。陈丹丹不想一个人吃饭。

陈丹丹打通赵越的手机,说明了她的意思。赵越说,啊,真不巧,有业务上的应酬,这样吧,我明天补,行吗?

赵越的声音很大。也是说给我听的吧,方玉想。好吧,陈丹丹扫兴地放下电话。

方玉的脸无由地燃烧起来,热烘烘的。兴奋和激动是一堆干柴,被心中的内疚与不安点燃。于是,她的脸上,红霞飞扬。

大姐,陈丹丹说,你现在真好看,什么老同学,老相好的吧,一定是老情人。艳若桃花啊,不信你自己看看。她从坤包里掏出一面小镜子,递给她。

方玉看到了一个娇艳妩媚的女人。

又是一个无事的上午。一个地方小高校的档案室能有多少事?她们接着聊,聊得很开心。陈丹丹说起了她和赵越的第一次接吻。他是一个流氓,情感抢劫犯,绝对地凶猛,出其不意,攻其不备,别看他平时还有一点儒雅的样子。全是装出来的。陈丹丹神采飞扬。

大姐,你也说说,说说你的老情人,你们的第一次接吻,不许不说,人家都说了嘛。商品社会,等价交换嘛大姐。

什么老情人,全是无影的事,一般的同学,老是因为我们年纪大了,就老。不信,打死我都不相,你看看你的脸,现在还红着哩。说。

大学时的那次惊心动魄,刻骨铭心的吻的确记忆犹新。说就说。而她潜在的意愿是,通过陈丹丹把这吻传递给赵越。与其说她是在对陈丹丹说,不如说她是在对赵越说。

她说得很仔细,很投入,很动情。说得陈丹丹心跳不已,自愧不如,顿生妒忌。她跳过来抱住她,还是你们那个时候好,有味道。现代社会,情场如商场,男人对女人,非买即骗,非偷即抢。直奔主题,没有余味。

没那么夸张吧。

方玉说。她知道,用不了几天,赵越就对她的这次惊心动魄的经历了如指掌。

还是美国加州牛排。和上次不同的是,他还要了一瓶酒,张裕解百纳。100年品牌,70年品质。

还是原来的那个位子。还是《月夜》，还是《仲夏夜之梦》。

借着酒气，赵越说，丹丹说，大姐身上有一座小小的台湾岛。

这是大胆的冒犯。他小心翼翼地看着她。他不知道自己哪来的勇气。是的，这是他想了很久的话。在陈丹丹的讲述中，他想象着她的暗红色的胎记，形如祖国宝岛台湾。四周的海洋是乳白色的。安静，细腻的海洋无数次地将他淹没。他无数次地沉没在她温柔的波浪之中，又无数次地挣扎，浮起。

方玉微微一笑，这丹丹，什么都说。说着，她白皙的脸上泛起朵朵红云。

突如其来的欢乐袭击着她的心坎儿。她习惯性地捋了一下自己的头发。他愣愣地看着她。是的，成熟，优雅，文静。这是陈丹丹常常提起过的，她说她想学，可学不了，一辈子也学不成。这是一种修养，一种素质，一种风度。当时她说得有点夸张。现在他同意她的说法。她的确一辈子也学不了眼前这位典雅的女士。她就是，也只能是陈丹丹，不可能是方玉。

赵越大胆而放肆地看着方玉，方玉不自然地笑了笑，朝他举了一下杯子。他有些失措地举起杯子，为大姐永远年轻，干杯。为你前途无量，发大财，干杯。

方玉处在一种从来未有过的宁静之中。

人就是这样，他们一生都在发现和开垦自己。都在回答这样的问题：我到底要什么。而这样的发现和开垦往往需要别人的帮助。有时，无意中的一个锄头，会开出一片全新的心灵的处女地。方玉从来没有被一个比自己年轻十几岁的男子如此深情地注视的经历。这注视像农夫手中执着而辛勤锄头，正开垦着那块处女地，翻出一块块的泥土散发着沉睡后特有的芬芳。陌生，安静，甜美，忧伤。

方玉深深地吸了一口气。恍惚间，她看到前夫忧郁的目光。前夫是个十分自信的人。她意识到，过去的生活，在此时此刻真正地画上了一个句号。

赵越说，我带你去一个地方，大姐。方玉说，什么地方？赵越说，你从来没有去过的地方。

方玉说，我从小在这里长大，这座小城没有我没有去过的地方。以后吧，下午还上班哩。

/ 10 /

树上的龙眼早没了，不知道是不是让那个长得很丑的男孩子吃光了。那个小男孩也不见了，他是冲着龙眼来的吧。也许，他不是村里的小孩，是城里的流浪儿。

他总是吃人家流浪儿的龙眼。他比他好不了多少，难道他不也是这个城市的流浪儿吗？是的，他有这个城市的户口本和身份证，可是，他总是有一种浪迹天涯的感觉，无依无靠，没着没落。细想这种感觉不是从今日始，当初，睡在老婆身边，仿佛也有这种感觉。

工地上得到通知，说今年第10号台风就要来了，要做好安全防范工作。对于李甜瓜来说，没什么好防范的，再大的风，也不能把地上的钢筋吹走。台风对于他，只有好处，给他带来几天的清爽。

夜里下班，果然就刮了大风下了大雨。李甜瓜没带雨具。反正无所谓，淋透了，省得洗澡。只是路边的大排档都收摊了，肚子饿，没地方吃东西。人很怪，东西排着，热气腾腾的，到处喷着油香，你舍不得吃。而现在，什么都没有了，你却想，要是有，花他10元20元也要吃上一碗。李甜瓜下意识地摸了一下口袋。今天刚发工钱。要是没有刮风下雨，他就在这里吃一碗海鲜面，灌几瓶啤酒。

有人从他的背后走来，李甜瓜本能地往路边靠了靠，给人家让路。那人在他的身边停下来，说，大哥救救我。他一看，是那个到工地讨钱的"小姐"。她也没带雨具，全身湿透。她往他的身后躲。后面追来一个大男人。

臭婊子，他大声骂道，满嘴酒气。给我过来。小姐在李甜瓜的身后发抖。李甜瓜突然来了勇气，他挺了挺身子，冲着那个男人说，凭什么，人家不愿意。那男人怪笑了一下，向李甜瓜撞过来。李甜瓜拉着小姐闪到一边，那男人居然"轰"的一声，就摔倒在路边，爬不起来了。他喝得太多，刚刚又跑得太累了。

小姐在李甜瓜的耳边悄声说，大哥，我们走，别理他。

他们就往前走。他扶着她，她的身子还在发抖。他说，他不会有事吧？她说，不会。淋一淋雨，酒醒了，他自己会走，一个大活人。

李甜瓜说，小妹，你住哪里，我送你回去。小姐说，大哥，你真的不知道？我就住在你隔壁啊。

李甜瓜"啊"的一声，说不出话来。

他们到了家，各进各的门。在门口，小姐用手拉了一下他的手，意思很明显。李甜瓜向她摇了摇头。小姐说，大哥你是好人。

天还没亮，李甜瓜被一阵打门声惊醒。定神一听，打的不是他的门，是隔壁小姐的门。一声紧接一声，很粗壮。李甜瓜打开自己的门，说，干什么，你！

一看，有点眼熟。是昨晚的醉汉。那男人冲着他喊道，李甜瓜，这事轮不着你管。李甜瓜吃了一惊，你怎么认得我？那人说，你不就是那个看钢筋的吗？李甜瓜这下想起来了，他就是那个欠了小姐钱不给的阿东。有一次下工时，门卫在一群人当中指着他对李甜瓜说，就是他，欠小姐钱，让小姐讨上门来的。他们就对笑了一下，他得了20元，而他因此赚吃了一顿快餐。门卫又说，听说他是工头的亲戚，同村的吧，面线亲。他混杂在人群中，一晃而过，他对他没太深的印象。

风还在刮，雨还在下，一阵大一阵小，走廊上全是水。

昨晚的醉汉冲着门喊，你不干也行，还我钱。

李甜有点奇怪了，她怎么会欠他的钱？应该是他给她钱才对啊。小姐打开门说，我们不是两清了吗？阿东骂道，臭婊子，一个晚上值200啊，50都不值。李甜瓜说，她欠你多少钱？阿东说，就算一个晚上抵50，他很快地口算了一下,说,2000元。

李甜瓜转身走进自己的房间,取出2000元,递给阿东。我先替她还了,以后不要再来找她了。人家不愿意。阿东怪笑了一下,说,这种人你也要?说着就走了。

小姐说,大哥,我会还你的。

李甜瓜说,你叫什么?她说,九妹。陈九妹。她拿出自己的身份证让他看。果然是叫陈九妹。他说,九妹,他不是欠你钱的吗?怎么反倒是你欠他那么多钱?九妹苦笑了一下,我母亲病了,弟弟要上学,就向他借了5000元,说好了用……身体来抵还的,可是,他越来越变态,我实在受不了。她的脸红了一下。大哥你看,她翻开自己的胸脯,雪白的双乳上,青一块,紫一块。

李甜瓜把眼睛挪开,说,这种事不能再做下去了。九妹说,谢谢大哥的好意,我也不想再做了,想回家。李甜瓜说,回吧,现在就回。他又从口袋里拿出500元钱,递给她,当路费,回家去吧。

李甜瓜转身进了自己的房间,把门带上。

九妹在门口站了好一阵子,小声说,大哥,你真的是好人。

李甜瓜站在门后。他发现自己的家伙软软的。他用手动了一下裤裆,还是软绵绵的。怪了。他掏出家伙,果然一点动静都没有。

大哥,开门。九妹在外面叫。李甜瓜大声说,不要叫大哥,叫阿叔。

雨越下越大。

弄不清现在几点,阴阴沉沉的。是因为下雨吧。李甜瓜躺回床上,想再睡个回笼觉。

李甜瓜回到自己的家。他看到妻子在房子里走来走去。她忙什么?她什么也不忙。这几年,所有的家务都是他做的。她是闲得无聊,随便走走。她宁可这样走来走去,也不帮他做一点事。在她的眼里,他就是她的奴隶。这个臭查某。他骂过之后就有点后悔,因为他看到她转过身来。她不是妻子,是那个房子的新主人。她微笑地收拾着房子,把他的东西一件一件地放到床上，再一件一件地收进橱子里。她做事情没有声音。她也没有影子。他大吃一惊。只有鬼才没有影子。他大叫一声，冲出自己的家门。

他在自己的家门口跌了一跤，醒了。干你老母。他骂了一句粗话。这话虽粗，在这个特定的时刻，却很综合又很准确地反应了他的心情。有点模糊数学。

中午接班，门卫看到他的第一句话就说，甜瓜，你是疯了还是傻了，为一个妓女掏几千元钱，脑子进水了？阿东那种人，你惹得起吗？他可是我们工头的亲戚。李甜瓜说，你不是说面线亲吗？门卫说，没事是面线亲，有事就是亲上亲。李甜瓜说，这事你怎么知道的？门卫说，全工地都知道。李甜瓜说，传得这么快？门卫说，阿东到处讲，说你抢了他的女人，他不会轻易放过你。这种人，惹不起。

李甜瓜说，怎么办？门卫说，惹不起还躲不起？三十六计，走为上。正说着，和李甜瓜一起轮班的工友走回来。说，甜瓜，你快走吧，他们商量好了，晚上就要在你回去的路上收拾你。就这么走了，还有半个月工钱没算哩。

死人不死猪啊，你。门卫说。

李甜瓜看了一下两位工友，说，那我就走了。

走吧。谁让你傻。他们说。李甜瓜苦笑了一下。

雨很大，风雨交加。过了这阵雨再走吧。

三个人躲在临时的岗亭里，看着外面的瓢泼大雨，沉默着，一时找不出话题。好一阵子，门卫说，那小姐一点也不好看。李甜瓜说，阿东那小子不是人。我们是人吗？看钢筋的工友说，我们活得像条狗。三个人一起骂。

雨小了，李甜瓜告别工友，心中居然有点不舍，有点凄楚。

/ 11 /

那天上班时,陈丹丹显得有些忧郁。方玉有点心虚,说,怎么啦?不舒服就再休息一下,别那么认真,没人真正来查。应付上面,说得过去就行。没什么,什么事也没有。过了一会儿,丹丹又说,大姐,我想,他是爱上别人了。方玉吃了一惊。说,别胡思乱想的。大姨妈来,多少会影响心情,过了这阵就好。是不是来得太多了。丹丹说,是有点多,都快来不及换安尔乐了,过去不这样的。恋爱了嘛。有关系吗?太有关系了。陈丹丹笑了一下。上个月也来多了。不过,就过去了。没什么,分手就是了。

方玉认真看了她一下,说,真这么简单?

陈丹丹说,古人说,夫妻本是同林鸟。同林鸟,说飞就飞。夫妻尚且如此,何况是一般的男女朋友?方玉说,你们可不一般。我想得开,大姐。丹丹笑着。

方玉心里没底,不敢再说什么。按理,丹丹是不会知道什么的,再说了,她与赵越之间也没什么。可她还是心虚。她不能伤害陈丹丹,不能。也许,她只是一种感觉,直觉。恋爱中的女人,直觉是十分准确的。丹丹感觉到赵越的某种变化。

丹丹说,大姐,我看你最近神采奕奕,是不是爱上了,还是被爱上了。我说哩,老情人出现了吧。就是那天请吃饭的那位?什么时候也让我见识见识?方玉说,乱说。大姐老了,没人爱,也爱不了了。曾经沧海难为水。丹丹说,大姐才乱说哩。如今时兴老男人爱小美眉,老牛吃嫩草。而小男人爱成熟女人,也是很时髦的啊。是不是哪个少年家爱上大姐了?方玉的脸霎时变得通红。难道她什么都知道?难道赵越对她没有任何隐瞒?

方玉心烦意乱,脸由红变白,由白变红。

说中了说中了。陈丹丹拍手道。

方玉毕竟老练,收住阵脚,反攻为守。正色道,别胡说八道,还是管管你自己。我说了,一切都会过去的,不要操之过急。过几天,说不定风吹云散,还是晴空万里。

陈丹丹收了笑容,说,大姐不要安慰我,我比你更清楚他。不过大姐,你不用为我担心,我想得开,是你的就是你的,不是你的就不是你的,强求不得的。

两人正说着话,方玉的手机响了。她一看,是赵越的,就把它按了。再响,再按。还响,还按。陈丹丹说,大姐,怎么不接?方玉还没开口,陈丹丹自己的手机响了起来。她一看,是赵越。打开说,太阳从西边出来了?赵越说,请你吃饭,中午。不要勉强自己。我是真心的。那好,和大姐一起请。

方玉看了她一下,意思是谁的电话?

丹丹说,是他。方玉连忙向她摆手,说我中午有事,不能去。她听到丹丹的手机里传来赵越的声音,好啊,我早就想认识一下大姐了。她也在吗?陈丹丹说,她在,就在我的身边。说好了,不许反悔。赵越大声说,我没那么小气吧。请一位是请,请两位也是请啊。下了班你们在校门口等我,不见不散。不见不散。陈丹丹关了手机。一脸春风。

方玉看着她说,还说分手哩。

丹丹说,我说无所谓的,分也行,不分也行。

这时,外面突然刮起风下起雨来,一阵阵的,时大时小。方玉说,听说要来台风了,第10号。丹丹说,不是要来,是已经来了。来得好,这些天,热死了。

主任从外面走来,说,你们二位,上面来通知,抗台救灾。你们走的时候,要把门窗关好啊。她们说,知道了主任。上面说,这10号台风,是强台风,要有抗大灾的精神准备。我代表学校到市里开了会的。本来要开个机关全体会,向大家传达市政府抗灾指挥部和张市长的指示。想想也没必要,会也太多了。大家知道一下就行,家里也要注意啊。主任说着就走了。主任走好。她们把主任送到门口。主任英明,要真开会,张市长指示,一二三四,校领导意见,一二三四,烦死人了。说到底,也就是主任的一句话,下班时,把门窗关好了。当然,还要排出人员值班表,组织抢险队。这是领导的事,与她们无关。

可是,快下班时,还是通知,临时开个会。主任说,上面要求开,不开不重视,出了事情,拿第一把手是问。校长说,这个会一定要开。

开会时,方玉听到外面的风雨声中,夹杂着一两声汽车的喇叭声。她看了一下丹丹,丹丹也看了她一眼。

是赵越到了楼下的校门口。

主任在会上传达张市长关于抗击10号台风,立即组织抗灾抢险四条指示。果然是四条。接下来,主任说,请校长就我院救灾抢险工作,做重要讲话。

雨越下越大。

丹丹伏在方玉的耳朵边小声说,这种时候,我们去吃馆子,不合适吧?方玉笑了笑,那你就给他发个短信,说,救灾抢险,吃饭取消。

丹丹果然就给赵越发了个短信,内容却是:开会,抗灾抢险。耐心等待。

赵越回短信:遵命。

/ 12 /

李甜瓜回到住处已是下午3点多了。雨停了,风也停了,说停其实也不是全停,微风夹着细雨,在人们的脸上轻轻地抚摸着,仿佛大自然要为前些天的酷热表示一下歉疚与安抚。李甜瓜摸了一下自己的脸颊,突然就有一种自怜自爱的情绪在心中涌动。他在陈九妹的房门口站了一下,想敲门,手已经伸出去了,却又缩回来。你要干什么?他对自己说。他不知道要干什么。既然不知道就别敲人家女孩子的门。她是小姐,是妓女。现在不是了。她是受你保护的弱女子,你让她叫你阿叔。阿叔是长辈。放尊重点！李甜瓜打了一下自己的手背，长辈就得像个长辈的样！

李甜瓜回到自己的房间收拾东西。这里是不能待了。九妹的房里没动静。他得等她，告诉她要走赶快走。迟走不如早走，走了就没事。他也要走了。

李甜瓜收拾好东西，他其实没有什么好收拾的。和来时相比，多了几样东西：一副碗筷，一个塑料脸盆和一只热水瓶。他发现地上有一份旧报纸，也不知道是什么时候的。顺手一起放到袋子里。他到村里找房东，想向他讨剩下几个月的房钱。他预交了半年，他才住三个月不到。

房东不退钱，说，已经说好了半年，就像东西买了，拿回家了，还能退吗？住不住是你的事。好说歹说，房东让了步，说，算我倒霉。退你200。李甜瓜说，怎么是200，应该是450，450我都亏。房东说，你事先不说，说走就走，违约知道不？这其间的损失怎么算？你要是事先说了，我提早找人，房子就不会空着。你一走，房子空着，空一个月就是几百元钱。李甜瓜想，和他说不清，能讨回多少是多少。家里那么大的房子说没都没了，还计较这几百元钱？他说，300吧，你家大业大，也不在乎这100，不像我们，打工仔，赚钱不容易。房东想了想，拿出300元。他把钱捏在手上不给，说，走。

李甜瓜跟房东来到住处。提了自己的行李，把钥匙还给房东。房东在房里四处看看，没什么损坏的，才把300块退给他，把门关上。

李甜瓜站在走廊。陈九妹的房里还是没有动静。房东说，走吧。李甜瓜突然想起，陈九妹租的也是房东的房子，就说，隔壁的女孩……房东打断他说，怎么，她欠你钱了？走了，中午走的。李甜瓜说，没有，走了就好。

李甜瓜在村口，远远地，好像看到那个长得很丑的小男孩。想喊他，没有开口。那小男孩也看到他，向他挥了挥手，很快就消失在对面的树林子里去了。

李甜瓜走到水月庵，看签书的老人好眼力，还认得他，说，老兄弟，找到工作了？李甜瓜说，找到了，又丢了。老人看着他身边的两袋行李，笑了笑，连住的地方都没有？李甜瓜点了点头。老人说，天晚了，说不定还下雨，下大雨。就在这里将就一宿吧。

台风天，庵里没人。老人无聊，想找个伴。李甜瓜就答应住下。

老人在煤炭炉上煮稀饭，多放了一把米。他打开菜橱子，面还有许多糕、饼、馒头、包子之类的东西。老人挑了几个，放在盘子里。等稀饭煮熟了，就放在锅里蒸，蒸出一股酸溜溜的味道。大概是放得太久了。

这酸溜溜的味道钻进李甜瓜的鼻孔，一直冲到心里。我李甜瓜怎么落到了这种田地？我得走。他提起行李，对老人说，谢谢你的好意，我得走了。他拿出100元钱放在香桌上，说，阿伯，这是我添油香的钱。老人看他执意要走，也不强留，只是说，愿佛祖保佑你平安。老兄弟，想开一点，什么事都会过去，什么事过去了就好。

李甜瓜走到大路的时候，雨就下来了，而且越下越大，倾盆大雨。

天黑了，路灯亮了。

李甜瓜行走在雨中。他决定，明天就回老家。这里不属于他。梁园虽好，不是久居之地啊。落叶归根啊。

/ 13 /

方玉晚上做了个梦，梦见一个男人提着行李向她走来。她看不清他的脸孔，但她知道他是谁。她并不太在意这个梦，醒后就把它忘了。但是，方玉就收到一封信。她是收到信之后才想起这个梦的。

信封上的收信人是李甜瓜。字迹歪歪扭扭的。方玉想，是他女儿写的信吧。是的，是他女儿的信，临走，她的话没有说完，被母亲打断了。她到了一个新的地方，她要告诉爸爸她的情况。这是一个乖女儿，懂事的女儿，能干的女儿，她知道她们家的地址，她只是不知道，房子已经被母亲卖了，这里已经不是她的家了，她的爸爸已经无家可归了。

有这样的女儿，再不幸也值。方玉想。

李甜瓜很可怜，可他有一个给他写信，记得他的女儿。而她，方玉，什么都没有。只有房子。和李甜瓜比起来，她更可怜。

可怜的方玉如今在追求什么？她在追求一种本不该属于她的东西。在前天三人的饭局上，当她看到陈丹丹注视赵越的眼光时，她感到惭愧，感到内疚，感到不安。她决定退出。虽然，也许她从来就没有进去过。她已经是个中年人了，她成熟了，她已经过了不管不顾的少女时代。再说了，她方玉的少女时代也没有不管不顾过。浪漫不属于中年妇女。李甜瓜的信，这封与她没有任何关系的信，无形当中增加了她退出的决心。

也许，赵越是认真的。他不应该认真，他不可能认真。是她勾引了他吗？她没有，她是不自觉的。也许，是20年前的那篇外国小说勾引了她，让她想入非非。谁说文学只是消遣只是娱乐？文学的作用是巨大的，潜移默化的，可怕的，因其潜移默化而显得十分可怕。但她很怀念这种可怕。她可能还会永久地生活在这种可怕之中。那篇小说的名字叫什么？想不起来了，该死，她还没进入老年吧？记忆力就如此衰退了吗？还好，她还记得女主人公叫安娜。上网查一查。是的，一定能查到。现代化真好啊。可是，查到了又如何？拿这小说是问吗？拿安娜是问吗？安娜是外国人，外国人可以做的事情，中国人未必就能做！

不是改革了开放了吗？都快30年了，都与世界接轨了。但中国还是中国。不信，你试看看，别的不说，你的心就过不去，你会感到不安，一辈子欠了人家什么。就是你的心过去了，你的家人也过不去。你的母亲，你的哥哥嫂嫂，你的妹妹们过得去吗？想都不敢想。母亲整天唠叨，让你再找一个，但她不允许找一个赵越这样的。再说了，赵越他是真心的吗，认真的吗？也许，他连自己要什么都没搞清楚。退一步说，他是认真的，他过得去，他的家人过得去吗？他家有钱，钱能改变一切。但钱不能改变5000年的文明史所赋予中国人的某些东西。

方玉的手里还拿着李甜瓜的信。她对着这封来自深圳的与她没什么关系的信胡思乱想而不自觉。有一阵子，她的目光是茫然的，迷乱的。她甚至不知道她手里拿的是什么。

毫无疑问，赵越的眼光是灼热而迷人的。问题是，这样的眼光不应该对着她，一个年过四十的女人。是的，自古以来都有"年逾不惑，风韵犹存"的说法，在西方更有成熟女人比少女对男人，特别是年轻男人更有魅力的说法，但这样的事情不应该发生在她方玉身上，她离婚了，她是一个离了婚的正经女人。她的显年轻，她的好身材，不是为了勾引年轻男人，不是，这是天生的。如果赵越因之而动心，那不是她的错。

一阵突如其来的声响把她惊醒。这是雨打窗玻璃的声音，清脆而忙乱。

方玉看了一下手中的信。怎么把信交给李甜瓜？他怎么不来取东西？也许，在冥冥之中他知道他有一封信，所以，他在梦中向她走来。

方玉的手机响了一下，是短信。打开，是赵越的：什么时候带你去一个你没有去过的地方？方玉笑了一下，回信：什么地方也不去。结束了，一切。回了信，她就把手机关了。关了手机的方玉已经决定，明天，就把手机号码换了。在与赵越的交往中，她已经得到她原来没有得到过的许多东西，她不能要求更多，不能贪得无厌。适可而止吧。方玉对自己微微一笑。

也许，住在5楼的那个叫连环珠的女人知道在哪里可以找到李甜瓜。

方玉下了楼。敲响连环珠家的门。

连环珠很意外却很热情。她说她也没办法找到他。她说，他太可怜，他的妻子太没谱，太狠心，简直不是人。她说，以她的估计，李甜瓜迟早会来取东西的，因为他需要这些东西。她说，小城虽小，毕竟有几十万人，人海茫茫，哪里去找？方玉想，连环珠说得有理，只能守株待兔了。

/ 14 /

李甜瓜果然来取东西了。

连环珠是个没有文化而且有点"三八气"的女人。不要小看这种女人。这种女人的直觉和思维往往是最本质最深刻的。

台风过后,天转凉了。李甜瓜想到了他的衣服,秋天的冬天的衣服。他要回老家,他不能连自己的衣服都没有就回老家,而他的手头没有再买衣服的钱。这是很简单的道理。我们有时把人想得过于复杂,复杂的人往往依据简单的道理行事。

当然,李甜瓜还是在小区的道路上徘徊了好一阵子。他在为上去还是不上去拿东西犹豫着。他不像连环珠,没有她那种不管不顾的"三八气"。他认为他是一个男人,他在为一个堂堂男子汉的面子问题而踌躇着。

当初,当他知道妻子把房子卖掉的时候,他在两位警察的面前,提起行李走人,走得潇洒,像个男人。当那个女人在他的背后说,你可以来收拾东西的时候,他没有回头,连脚步顿一顿都没有。

可是,他现在有点后悔,当时没有回头,最少给她一个微笑,一个表示,给自己留一条后路。或者,当时就应该倒回去,当着众人的面,把自己的东西清理出来,拿走。他不应该潇洒,他没有资本潇洒。

人穷志短啊。

人穷不能志短。李甜瓜最后决定不上去了。东西不要了,大步往回走。

就在李甜瓜想再做一次男人,再潇洒走一回的时候,连环珠不知从什么地方冒了出来。哎呀,这不是甜瓜大哥吗?

她的这一声甜瓜大哥,把李甜瓜叫出了眼泪。他站住了。他的双手还提着两只袋子。样子有点可怜,有点滑稽。

是来拿东西的吧?方玉在等你哩。她抢过他手中的行李袋,热情地说。我,我,我……别不好意思。东西是你的,就应该来拿。再说,你的东西老放在这里,人家也不好办啊,扔不敢扔,万一你来了怎么办?不扔吧,又占地方。你那个没良心的老婆,作孽啊!

"三八气"的连环珠快人快语。说着话,人已经走到前头去了,很快就进了他们的楼道,上了楼,容不得李甜瓜不跟上来。

连环珠敲开门。方玉看到站在她背后的李甜瓜,愣了一下。李甜瓜在门外忸怩着说,我来拿东西,拿了就走。

快请进快请进。我正愁着没地方找你哩。你的东西,都给你收拾好了,集中到一处去了。进来进来,就放在卧室的大橱里,你自己拿。方玉比划着手,热情地说,她对自己的热情有点吃惊。也许,在潜意识里,这个李甜瓜正是她一直盼望着,想再见到的人。

我拿了就走。李甜瓜再次说,有点声明的味道。

李甜瓜进了门,还是愣了一下,这房子是他的家吗?不一样了,用时髦的说法,焕然一新,上了一台阶,认不得了。

方玉说,坐坐,喝杯茶,不忙。连环珠也说,忙什么?人家又不赶你走,再说了,这原来还是你的家哩。这时,她已经把李甜瓜的两袋行李放在门边的鞋柜下了。

连环珠这话说得不得体。李甜瓜和方玉都尴尬地笑了一下。方玉想说出他女儿的信和字条的事,看了一下连环珠,觉得不妥当。信的事最好不让连环珠知道。

没想到连环珠说,我得走了,我的任务完成了。甜瓜大哥,你是遇到好人了。你不知道,方玉总是对我说,遇到你,就让你来拿东西。说了不止一回。说得我都有点感动。说实在,现在像她这样的好人不多。我走了,有时间就来坐坐,有什么需要帮忙的尽管说,毕竟我们做了几年的邻居。俗话说,远亲不如近邻。我走了,方玉,有事再说吧。

说着,她就走了出去,顺手把门关上。这是习惯。

没等两人回过神来,门就关上了。两人都愣了一下,沉默着,不知说什么好。就这一瞬间的沉默,他们几乎同时想起了他们第一次见面的情形。

一种叫尴尬的东西四处漫延，迅速将他们笼罩，让他们坐立不安。

李甜瓜慌慌张张地说，我拿了东西就走。拿了就走。

方玉突然笑了起来，说，别把自己当坏人。坐，坐。她的笑显得有些不自然。她是想用这笑把尴尬之网打破。

李甜瓜的屁股在沙发上点了一下，似坐非坐。

方玉说，坐，别忙着走。她已恢复了常态。

他这才坐踏实了。这沙发是他家原来的沙发，妻子把家具带房子一起卖。只是，方玉把沙发的面换了。原来的布面有点暗，现在是淡黄的底，红白相间的圈，看起来鲜亮多了，也文雅多了。

方玉泡了一杯铁观音。她把茶端到了他的面前。他闻到了铁观音的清香，很久没有闻到这种茶香了。

李甜瓜喝茶的时候，方玉说，你走的第二天，我就想找你，把你女儿留下来的字条给你，可是找不到你。前几天，我又收到了一封信，是给你的信。

说着，她就到次卧，把两样东西拿了出来。

李甜瓜很意外。她说，对不起，我把字条展开了，我差一点当没用的一团废纸给扔了。

李甜瓜把有点皱的纸条放在茶几上，用手掌再抚平一下，才拿起来看。他的手有点发抖。方玉说，女儿还小，能这样就很好了。还有信。不要相信亲爸爸的话，那是女人的心计。你就是她的亲爸爸。

李甜瓜凄凉地笑了一下。

他接过信，犹豫了一下，还是把它撕开了。

方玉看着李甜瓜。李甜瓜的脸色有点发青。她安慰说，有这样的女……还没说完，李甜瓜笑了一下，把信递给她。

她一看，原来不是他女儿是他妻子，是一份离婚协议书。

这女人也真做得出啊。她怎么会想到寄到这里？不寄到这里她能往哪里寄？她也真想得出啊。她说。李甜瓜冷笑了一下，说，她也有需要我的时候。

方玉的心里突然就对眼前的这个男人充满同情与怜惜。她再给他倒了一杯茶。他端起来，一口喝了，再来一杯，他说。她又给他倒了一杯。这一下，他没喝，只是放着，不动。这时，男人最需要的恐怕不是茶，而是酒。方玉想。

李甜瓜的确想到了酒。他想喝酒，喝他个烂醉，然后倒头就睡。

她是什么都算计好了的。不过，把信寄到这里来是一着险棋。她肯定还有另一着，也许，她还寄一份到他的老家。也许他的妹妹正焦急地等待着他回去拿信哩。

方玉看着他，她料定他会签这个字。这样的女人没有任何值得留恋的地方。早一天离开早一天轻松。

李甜瓜说，大姐，能借一下你的电话吗？方玉说，你尽管打。他连手机都没有。她的心里再次掠过一阵怜悯。

李甜瓜拨通了老家的电话。妹妹听到他的声音，果然十分焦急地说，哥，有你一封信，怎么寄到家里来了，出了什么事？李甜瓜平静地说，没什么事，是一个朋友寄错了，他人都找到我了。把信扔了，没用。家里都好吗？妹妹松了一口气，说，都好。嫂子和英英也好吗？家里电话怎么打不通啊。李甜瓜愣了一下。说，你嫂子把电话换了。我挂了，长途很贵的。有事再给你打。妹妹还在"啊"，他就把电话挂了。他想，别人的电话不能打太久，一切都等他回去再慢慢说。

李甜瓜放下电话，说，大姐，我去收拾一下东西，拿了就走。

她把他带到主卧，打开大衣橱。他的东西全放在里面。他有点感动，回头看了她一眼，说，谢谢。

他再拿了一只袋子，是那种一只5元钱的大尼龙袋子，拉开拉链，把东西装了进去。最先装进去的是女儿的照片。她说要不要再包一下。他说不用。她说还是再包一下吧。说着就顺手拿了他的一件衣服，把女孩子的相框包了一下，递给他。他感激地看了她一下，低头装东西。她又说，你看看还少了什么没有。他笑了笑，胡乱地往里面塞东西。他想快一点把东西装完，走人。

可是，还剩下一双凉鞋装不下，横装竖装都不行，拉链拉不上。

方玉看着他手上的凉鞋，正是那双和她前夫的一模一样的凉鞋。她的心颤了一下。他看她正看着他手上的凉鞋，尴尬地笑了一下，说，放不下。她想帮他把袋子整理一下，男人做事就是这样，明明整理一下就可以放进去的，他却不懂得。可她立即就放弃这个想法。还是让他自己来吧，她又不是他的妻子。这样想着，又觉得太突然了，怎么会冒出妻子这两字来，太荒唐了。她的脸不自觉地热了一下。

他把凉鞋拿到大门边，打开他的另一只行李袋子，拿出上面的报纸，把鞋子塞了进去。他拿起报纸，看了看，想塞进去，又觉得没有必要。这报纸是放在最上面的，那天袋子和他一起淋了雨，浸了水，有点潮。他正拿着报纸不知放哪里好，方玉接过来说，没用吧，随便放着，我来收拾。他笑了笑。他想不起这报纸是哪里来的，怎么塞进去的。

方玉拿过报纸，一眼扫去，发现报眉上有字，虽然有点模糊，还能看清：大哥，我还是叫你大哥亲切一些。我走了，回家了。谢谢你改变了我的生活。我会把钱还你的。你打我的这个手机，一定打，记住了。后面是手机号码。可惜，被水渍了，看不清了。

她把报纸递给他。他愣了一下。他这才想起，这报纸是他临走时匆忙塞进去的，他从来不订也不买报纸的，可能是陈九妹塞进来的。他看了一下上面的话。果然是她。他苦笑了一下。

他对着她探寻的目光，把陈九妹的事情说了。他不知道为什么要说，或许，他想告诉她，他不是个坏人，他不想让她由此而把他想象成一个坏人。

方玉没想到他混得这么惨，说，你现在怎么办？他说，回老家去。从哪里来回哪里去。她问，老家在哪里？闽西，大山沟里。那里不是很穷吗？他说，是穷，可再穷，也比在城里饿死强。她说，就不能想想别的办法？他说，有什么办法？一个熟人朋友都没有？我认真地想过了，不是没有，是一个也帮不了我的忙。大家都不容易。都下岗了。他们比我好的，也许就是有一个老婆，一个家。

对不起。方玉说，她的意思很不明确，好像是她不应该买了他的房子。也许，她不买她就卖不成，他就还有一个家。他摇了摇头。

你们单位没为你们交养老保险吗？她说。有啊，还得自己再交十几年，十几年啊，一年2000多元，还不知道要不要再涨价。

断了可惜，再说，老了怎么办？人总会老的。她说。仿佛他不是与她无关的人。

他叹了一口气。

留下吧，再想想办法，办法总是会有的。好歹把养老保险交下去，老了也有个保障。再说了，出来几十年，两手空空地回老家也说不过去啊。

李甜瓜把头勾了下来。这些他不是没想过。可是，由她说出口，他觉得自己十分可怜。

要不，方玉说，今天先别走，就在这里住下，明天再想想。进城十几年，没有倒回去的道理啊。天无绝人之路。

李甜瓜抬起头来，看了她一眼。他的眼睛充满泪水。

这时，天下着雨。

方玉站起来，说，下了这场雨，夏天也就过去了。

她说得很轻松，为的是打破重新向他们包围过来的那种尴尬的气氛。仿佛间，她看见一个披头散发的女人从卫生间冲了出来。她愣了一下，这是她自己。几个月前的一幕。简直不可思议。

李甜瓜听到她的话，抬起头来，他看到一个男人提着行李往外走，他明白，这就是他。不是现在的他，是几个月前的他。太荒唐了。

生活造就许多不可思议和荒唐，我们不妨把不可思议的荒唐延续下去，让人们习以为常。

风挟着雨打在玻璃上，发出一阵阵清脆的乱七八糟的响声。

方玉笑了一下。李甜瓜也想笑，笑不起来，想说，我还是走吧，没勇气说出口。

他们都属马

有书上说，马年出生的人，独立奔放。他们性情直率，但容易走极端，情感丰富，婚姻却常常陷入危机。这书是闲书，不足为据。何况，故事发生在那种荒诞的年代，一切就更有点乱套了。

张培田属马，那年28岁。他从部队复员已经好几年了，在厂里当车工。他的技术很好，人们都叫他张师傅，全车间人甚至全厂人都这么叫，包括厂长。只有他的师父和师姐马英不这么叫，可他的师父死了。人们私下里还说，他的技术比师父好多了。

那个时候厂里搞革新，他是革新能手，他的照片贴在厂里的光荣榜上。厂里的光荣榜做得很讲究，大玻璃，不锈钢的框。不锈钢在当时是很金贵的。厂长说，再金贵也没有光荣榜上的人金贵。厂长的话让人想到"人的因素第一"的教导，活学活用，却不显山不露水。厂长姓雷，也是部队下来的，听说在部队是个团长，战斗英雄，参加过解放上海的战役，还雄赳赳、气昂昂地跨过鸭绿江。厂长很有水平，很有魄力，也很有威信。那时实行一元化领导，雷厂长实际上还是厂党委书记兼革命委员会主任。但人们还是习惯叫他雷厂长。雷厂长每次碰到张培田，都拍着他的肩膀说，张师傅，不简单。

所以张培田在厂里，是个叫得很响的人物。

那天下午，张培田正在试车一个新零件，车间党支部书记兼主任刘丰收把一个留着长辫子的女孩子带到他面前，说，张师傅，这是新来的知青，跟你当学徒。我？张培田说，我不会教人。会教也得教不会教也得教，刘丰收说，支部会定的，变不了。刘丰收转而对那女孩子说，你就跟张师傅。说完就走人。那女孩子站在他的后面说，张师傅，我叫李冬梅，木子李，冬天的冬，梅花的梅。张培田没吭声。机器还转着。他记得有一部电影，女主角就叫李冬梅，是个红军。不过，从外表看，她更像李铁梅的妹妹。李铁梅是革命样板戏《红灯记》的女主角，也有一条长长的辫子。一会儿，张培田按了一下开关，卸下零件，用游标卡尺量了一下，正好。他放下零件，对她说，走。他一边抽出手套，一边往前走。李冬梅看到他的手套是白的，很干净。车间里的手套都是白的，可是在别人的手上看不出白，都是灰的。李冬梅说，去哪儿？找书记去。你不要我？不是要不要的问题，你不适合。李冬梅站住了。这种活，整天站，一天要站8个小时，经常加班，一加班，就得站十几个小时，你受得了吗？一个女孩子。张培田回过头来说。李冬梅说，你瞧不起人。李冬梅走回车床边。张培田认真地看了她一下。这女孩子看样子才十六七岁，眼睛很大，虽然噘着嘴，样子像在生气，别人看起来却更像在撒娇。一副娇生惯养的小姐脾气。

那个时候，在张培田脑子里闪过的小姐，不是什么尊贵的称呼，是和地主资产阶级相联系的，一般的说法是，地主资产阶级的娇小姐。最少也是小资产阶级的，是要批判的。有的特务也叫小姐，比如电影《英雄虎胆》里的阿兰小姐，就是一个女特务，军统。当然，小姐都是漂亮的，也不叫漂亮，叫妖里妖气的。话说回来，眼前这位李冬梅，只是有一点小姐脾气而已。

张培田有点手足无措，他没有碰到过这种情况。在他的经历中，没有出现过这种类型的女孩子。他拿她没办法。他想了想，还是得找领导找组织。他转身想走。李冬梅说，站住，不许走，不说清楚不许走。干吗不要我，凭哪一条？张培田说，理由不是说了吗？这里不适合女孩子。时代不同了，男女都一样，男同志能做的事情，女同志一样能做。这是毛主席说的。李冬梅说着唱起一首当时很流行的歌，"飒爽英姿五尺枪，曙光初照演兵场。中华儿女多奇志，不爱红妆爱武装。"她最后还有一个动作。这个动作表示忠诚坚决与勇敢，在当时很时尚很流行。车间里的工友们都围过来热情地鼓掌，笑。把张培田弄得脸红起来，红得像猪肝。

张培田说，别唱了，这里又不演出，我收下还不行吗？

大家再次鼓掌，掌声热烈，还有点经久不息。

李冬梅跳了起来，从口袋里掏出一把糖果，朝大家撒去，说，我请客。那个时候糖果还比较稀罕，而她撒的不是一般的水果糖，是当地的名牌，叫龙虾酥，又甜又香又脆，一进嘴里就化了，不粘牙。

李冬梅回过头来，捧着糖果说，师父吃糖。张培田说，不吃。有一个条件，车间里不许留长头发。为什么？不为什么，规定。他不想说是为了她的安全。收这样的徒弟，他心有不甘，想把她吓回去。

李冬梅走到对面车床马英的身边，说，大姐，有剪刀吗？马英从工具箱里拿出剪刀，她接过来，从脑后捋过自己的辫子，刷地一下，从中剪断。动作之快，有如闪电。

所有人都惊呆了。

张培田想，果真是个娇生惯养、大胆任性的小姐。今后麻烦大了。

李冬梅并没有给张培田惹什么麻烦，相反地，她很听话，上班很准时，人也聪明，可算得上心灵手巧，什么活都是一点拨就通。唯一的毛病，就是干活的时候喜欢哼歌，说了几次都改不过来，最后，张培田只好听之任之，条件是，小声点。她很愉快地接受，说，遵命。

她哼的歌很杂，有革命的，也有不那么革命的；有中国的，也有外国的。有的歌他以前也听过，忘了，被她一哼，张培田就想起来了。她的歌像海里的白带鱼，一咬一大串。有时还能让他想起第一次听那歌的情形，当然，许多都是小时候的事。比如有一首这样的歌："小鸟在前面带路，春风吹向我们，我们像春天一样，来到花园里，来到草地上。鲜艳的红领巾，美丽的衣裳，跳呀跳呀跳呀，跳呀跳呀跳呀，敬爱的父亲毛泽东，和我们一起，过呀过着快乐的节日。"使他想起他的第一个"六一"儿童节，他光荣地加入中国少年先锋队，在鲜红的队旗下宣誓。他们辅导员是个女的，也唱这支歌，唱得很好听。那个辅导员是他见过的最漂亮的女老师。他常常梦见她，在部队里还梦见过一次。那个梦让人很害羞，想都不好意思想。听她唱，他就在心里跟着哼，回忆美好的童年。又比如有一首歌："早上我走出了帐房，解放军同志你去向何方？请你下马停一停，看看我们的牛羊。哎……来来来来来来，来来来来来来，感谢你们来帮助，扫清冰雪赶走狼，水草丰盛长得好，红旗飘扬在草原上。"这让他想起他在部队的最后一个"八一"建军节，地方的毛泽东思想文艺宣传队来演出，那个女演员的歌真甜。他们全连官兵使劲地鼓掌，不让她下台，结果，她一连唱了好几首歌，最后，是他们队长出来敬礼说话，才让她谢幕下台。

　　她有时也哼外国的，外国歌他比较陌生，只有一首《三套车》，他听人唱过，那是在部队的时候，一个上海兵唱的，还挨了指导员的批评，说是小资产阶级情调。那个上海兵不服气，闹到营里，又闹到团里。后来那个上海兵就提前复员了。

　　她哼歌的时候，车间里的工友们就高声嚷嚷，大声点，别只唱给张师傅听，太自私了吧。张培田就小声说，别听他们的，上班是不许唱歌的。李冬梅便笑，笑得很开心很灿烂。

　　下班铃响了，李冬梅一边脱手套一边唱，"二月里来呀好春光，家呀家户户种田忙，指望着今年的好收成，多捐些五谷充军粮，二月里来呀……"唱着就突然不唱了，说，师父，怎么你的手套不黑，我的这么黑啊，怎么洗啊，我妈说洗不掉的。张培田说，你不自己洗？让你妈洗？不行啊？她要洗的。张培田说，要自己洗。他拿过她手上的手套，在上面倒了一点汽油，再从一个小木桶里抓一点锯末，搓搓揉揉，再放到清水里搓几下。怎么样？他把手套拧干展开。李冬梅说，和新的一样。回去我自己洗。张培田说，这就对了，都长这么大了还让妈妈洗衣服，不好。我下乡的时候是自己洗的。现在呢？听你的，师父。

　　李冬梅说着，拿过手套，就地转了个圈，又唱，"西边的太阳快要落山了，微山湖上静悄悄，弹起我心爱的土琵琶，唱起那动人的歌谣……"走到车间门口，甚至走到厂道上的工友们，又踅回来，围着她鼓掌。她突然就不唱了，说，西边的太阳都落山了，下班了。

有人说，张师傅，值啊。张培田朝他吼道，放屁。大家都笑，大声地放肆地笑。那个时候工人阶级领导一切，很开朗，也很豪爽。

他们都骑着自行车。自行车本地人叫脚踏车，其实叫脚踏车比较名副其实，车是脚踏了才走，不是自己走的。他是飞鸽28寸，黑的，又高又长；她呢，凤凰26寸，天蓝色的，小巧玲珑。张培田住在厂里的宿舍区，很快就到了。拐弯时张培田说路上小心点。李冬梅说知道了，车子便冲出厂门，朝大路飞驰而去。张培田摇了摇头。

有一天上班，李冬梅在试车一个零件，张培田站在一边指导。车床的速度很快，看得李冬梅眼睛发花。李冬梅知道自己的老毛病要来了，强忍着。可是她的脸色越来越白，头上冒汗，突然就叫了一声，蹲下去。张培田迅速关了机器，说，怎么啦？肚子疼。吃坏了，受凉了？我给你倒一杯水。没事的，过一会儿就好了，师父，你忙你的，别管我。怎么能不管？来，我扶你，到那边坐下。李冬梅不动，双手抱膝，蹲得更紧。对面车床的马英关了机器跑过来，看她的样子，伏下去在她的耳边小声说，是那个来了吗？她点了点头。马英搀扶她到墙边椅子上坐下来，还给她倒了一杯水。你的糖呢？她从李冬梅的口袋里拿出几粒龙虾酥，剥开放进她的嘴里。这种时候要吃火气大的东西，火气越大越好。马英是张培田的师姐，人们一般不叫她的名字，只喊她马姐。马姐与张培田同年，大他几个月，进厂比他早几年。李冬梅靠在椅背上，脸白得像一张纸，连嘴唇都白了，一点血色也没有，有点吓人。她的上面有一幅红色的语录，红底黄字：下定决心，不怕牺牲，排除万难，去争取胜利。语录是漆在墙上的，红得鲜艳，黄得灿烂。车间里因为有了语录和标语，显得很闹热。闹热就是热闹，闽南人喜欢倒着说。那个时候到处都有红色的标语，加上红色的语录本子，红袖章和红旗，叫红海洋。祖国山河一片红。

过一会儿，李冬梅走过来，要继续干活，张培田说，好了吗？她说好了。那就来吧。马姐走过来，对李冬梅说，还是回去吧。张培田说，不是好了吗？马姐说，你懂什么，让她走。李冬梅羞涩地看了师父一眼，便乖乖地走了。

张培田还想说什么，马姐在他的耳边说，人家来例假了。张培田的脸红了一下。他这才想起今天李冬梅有些怪，身上有淡淡的香水味。他还说她小资产阶级。她红着脸说，就小资一回。他当时弄不清她为什么要脸红，现在明白了。弄明白是怎么回事的张培田再一次红了脸。他本来一直把她当女孩子看的，现在看来，情形有点不一般。他想起少女这个词。心里怦怦地跳个不停。少女这个词在那个时候近乎黄色。关于少女，只在公告栏里出现，人民法院的判刑公告，一般与强奸犯联系在一起，叫强奸少女。而平时，则讲的是女同志，女青年，女红卫兵，女战士。

看他愣愣的样子，马姐说，想什么呢你？他说，什么也没想。就是有点怪。什么怪？人家是个女的，是女的就得来例假。大惊小怪。说着，马英自己的脸颊上也映起了红晕。

快下班时，车间秘书在办公室门口喊，张师傅，电话。

张培田关了机器，跑去接电话。他以为是厂部的电话，他是厂里的工会委员，厂部时不时有电话找他，这个事那个事，都是"抓革命促生产"的大事。他接电话，喂，我是张培田。对方说，师父是我。他愣了一下，听出是李冬梅的声音，但他不信是李冬梅，她的声音不可能在电话里。他说，李冬梅，你在哪里？身体不好还跑邮电局，不要命了。她说，我没跑邮电局呀，我在家里。不可能。他有点生气，女孩子家不能说假话。你家里怎么会有电话？她说，这就是我家里的电话。张培田一时说不出话来。那个时候，只有单位、领导家里和邮电局有电话。听说家里有电话的领导不是一般领导，雷厂长家里就没电话。在张培田的眼里，雷厂长这官已经很大了，领导着几千号人马，还有一部专用的美国吉普车，虽然有点旧。

李冬梅说，师父，你在听吗？他说，我在听。她说，对不起，我下午再请假一下行吗，我妈不让我去。他说，你安心休息，好了再来。

放下电话，张培田心里乱乱的。走出办公室碰到马英，马英说，怎么啦，失魂落魄的，厂里的事，不要太上心，能做多少做多少，尽力就行了。

张培田说，不是厂里的电话，是李冬梅的。马英问，她怎么啦？他说，向我请假。马英笑了，说，什么大事，请就请吧。把工作服换了，我顺便拿去洗。这个李冬梅，还很有组织纪律性的，专门跑去打电话，难得。马英又说。张培田想说她是在家里打的，话到嘴边又缩了回去。

车间里没了李冬梅的歌声，下了班，大家把机器一关，洗手走人，显得有点冷清。过去不觉得冷清，现在却有这冷清的感觉。而且，这冷清两个字，来得有些突兀，像是从古旧的书堆里跳出来的，有点发霉的味道。那个时候是不能有冷清的，更不能冷冷清清，那是个火红的年代，到处红红火火，轰轰烈烈，热热闹闹。

张培田坐在车床边的铁椅上。这铁椅是他用车间的废铁做的，坐起来很舒服。坐在铁椅上的张培田第一次感到车间空荡荡的。车间正面墙上有领袖像，领袖语录，有大红标语，团结、紧张、严肃、活泼。还是空空荡荡，冷冷清清的。

马英端着轻铁饭盒（铝合金饭盒）走进来，说，我就知道你还在这里，又想什么鬼点子了。每次技术革新，张培田都要这样傻傻地坐在车间里。坐几个晚上，就有新花样出来，就能再上一次光荣榜。吃饭吧。她说，把饭盒递到他的手上。吃过饭，我们一起到师父家，师母病了。

张培田跳起来，怎么不早说，还吃什么饭？快走。马英按住他，急什么，天大的事也得给我吃了饭再走。

马英看他狼吞虎咽的样子，说，慢点，师母的病是老毛病，你急也没有用。吃出胃病来，谁理你。

张培田说，不是有师姐吗？别人不理我，师姐还能不理我？马英说，美死你。张培田说毛主席教导我们，一切革命队伍里的人都要互相关心，互相爱护，互相帮助。马英说，谁让我跟你是一个队伍的，自认倒霉吧。慢点。马英还没唠叨完，张培田说，吃完了。马英上前一看，果然吃完了，不高兴地说，总是这么快，真要吃出胃病的，不跟你开玩笑。张培田笑着说，在部队养成的习惯，改不了。马英说，改不了也得改。身体是革命的本钱。

国庆快到了,厂里组织文艺汇演,每个车间出三个节目,车间刘书记让李冬梅上一个女声独唱。李冬梅说,我不行,我是唱着玩的,上不了台面的,"阉拱蝉见天勿哭"。这话是闽南话,"阉拱蝉"就是知了,也叫蝉。她在闽南长大,又在闽南下的乡,闽南话说得很流利。刘丰收对张培田说,李冬梅这个节目是上得了上上不了也得上,这任务就交给你了。张培田说,书记放心,我让她上就是了。他想,台下唱,台上也是唱,不能随她的小姐脾气。没想到李冬梅死活不肯。说多了,她的小姐脾气就又上来了,说,我是唱给自己听的,我高兴。不唱给别人听。他说,你在车间唱,不是唱给别人听是什么?她说,那是你们偷听。强词夺理。我就强词夺理。我走了,下午不来了。她说着就往外走。

正是下班的时候。张培田说,怎么能不来?她说,我肚子痛。你讲不讲理啊。我就是肚子痛。张培田没话说,他知道,她的肚子一个月痛一次,现在好像又到了痛的时候,他拿不准。她得意地笑了一下。走了。

李冬梅几天不上班,厂里要报节目,车间天天催。张培田没办法,只好上她家。李冬梅的家在桃花山上。桃花山以前是本市的胜地,有千年古刹开元寺,还有古书院桃山书院。听说宋代大儒朱熹曾在这里讲学。桃山书院已改成地区革命委员会的干部宿舍。李冬梅的家就住那里。

门外有站岗的兵。张培田斗胆把车子骑进去,那站岗的也不说什么,大概是看他穿着退了伍的军装,放心。

桃花山上没有桃树,大都是相思树。其中的原因谁也说不清。成片的相思树像一件绿色的衣裳披在桃花山上。相思树矮矮的,开黄色的花。李冬梅的家在半山腰,是一栋独立的平房。前面有一个院子,院子里有花,有石桌石凳。花是梅花。那个时候,花花草草属地主资产阶级闲情逸致,都在批判之列。百花中只有两种受到青睐,一是向日葵,一是梅花。向日葵向太阳,表示对领袖的忠心;梅花,是革命意志的象征,她是坚强的、崇高的、乐观的、永生的。有领袖咏梅词为证:"风雨送春归,飞雪迎春到。已是悬崖百丈冰,犹有花枝俏。俏也不争春,只把春来报。待到山花烂漫时,她在丛中笑。"

　　李冬梅家的客厅正面墙上也是一幅梅花图,国画,冬梅说是她父亲画的。张培田说,画得真好看。李冬梅家里没其他人,父母都还没下班,就李冬梅一人在家。李冬梅给他泡茶,还拿出一大堆糖果和甜点心。那些糕点做得很精致,都是张培田没见过的。李冬梅说,这是爸爸的老战友从上海带来的,师父尝尝,怎么不吃?他说,怕火气大,我就喝茶。你好了?李冬梅脸红了一下,说,时间过了就好了。每个月都疼也不是办法,得找医生看看。医生说以后就好了。以后,要到什么时候?李冬梅的脸又红了,说,结婚以后,医生是这么说的。张培田的脸也热了一下。不再说什么了。气氛一下子有点尴尬。李冬梅说,看看我们家的房子吧。他们就站起来,一间一间地看房子。他们家的房子真大,房间真多。厅的两边有6个房间。一边三间。厅后面有一个门,出了门是个小院子,还有一排房子,厨房、饭厅、卫生间、杂物间和保姆房。厅两边的房间,前面,一间是书房,一间是李冬梅的卧室,对看;中间两间对看的是客房;后面,一间是她父亲的卧室,一间是她母亲的卧室,也对看。他们一边走,李冬梅一边介绍。张培田想,她父母一人一间房,真新鲜。房子太多了吧。

　　在她母亲房间的床头,张培田看到一本书,他的眼睛亮了一下。这书他很小的时候见过。那是在他叔公的书房里,古本《聊斋志异》。他的叔公是他们土楼里的老秀才,常常给他们讲聊斋,鬼和狐狸精。鬼是女鬼,狐狸精也是女的。那么遥远,那么美好,那么神秘,那么不可思议,那么令人神往,又那么叫人心惊胆战。与当今的革命完全是两回事。张培田情不自禁地伸手去摸那本书。李冬梅说,那是妈妈喜欢的书,天天看。这是古书。是的,我的外公是教授,在北京。

　　回到客厅坐下,张培田说,节目的事,你想得怎么样?李冬梅说,我没想,我说了,我不唱。为什么非得叫我唱,人家不愿意,非得强迫人家唱,多没劲啊。张培田说,不是革命需要吗?李冬梅说,我一想到站在台上唱歌就很别扭。装腔作势的,让人恶心。张培田说,就算为了师父我去唱一下,行吗?李冬梅不说话。

这时，李冬梅的母亲回来了。李冬梅叫了一声妈，张培田站了起来。正不知道如何称呼，她说，是张师傅吧，冬梅常常说起你，坐坐。张培田不好意思地笑了一下，又坐下来。他心里想，李冬梅的母亲怎么这么年轻，像她的姐姐。

　　李冬梅母亲叫韩书琴。她到房里放了包换了衣服，又到厅里坐下来，说，张师傅，冬梅很任性，在厂里给你添麻烦了。张培田动了一下屁股说，不麻烦，她很好。韩书琴换的是便装，宽松随意，让人感到一种家的温馨。而衣服的色调更让张培田有清新飘逸之感，蓝底白花，蓝是青蓝，如秋天的天空。张培田想，这样的衣服也只能在家里穿，也只能是她这种身份的人才穿，要是换了别人，准得挨批判。韩书琴说，听说厂里要搞国庆晚会，让她唱歌？是的，我就是为这事，来和冬梅商量。张培田低头说，他不敢把目光长久停在李冬梅母亲身上。车间的意思是让她上台，她平时喜欢唱，工友们也喜欢听。韩书琴说，冬梅，想唱就唱，不想唱就跟师父说清楚，好让他给车间一个明确答复，不要让张师傅为难。张培田尴尬地笑了笑，正想说车间的意思是请她一定唱，厂里下达的任务不好不完成。没想到还没开口，李冬梅就说，谁说我不唱了？我唱。师父，你就跟刘书记说，我唱三首，《唱支山歌给党听》，《草原上升起不落的太阳》，还有一首，妈，你点吧。母亲说，《南泥湾》。就《南泥湾》。"花篮的花儿香，听我来唱一唱，唱呀一唱……"她一边唱着，一边调皮地看着张培田。张培田松了一口气。总算完成了任务。不过有个条件，她说，师父得和我一起唱。张培田惊慌失措地说，我不会唱歌，你知道的。她开心地笑了，笑得弯了腰。她的母亲说，张师傅，这孩子没心没肺的，别和她一般见识。

　　张培田站起来说，那我走了。李冬梅说，干吗就走，又没赶你走。她的母亲笑着说，在家里吃饭吧。回去，怕食堂的菜都没了。李冬梅说，要么留下来吃饭，要么和我一起上台唱歌，由你选，师父。张培田说，当然是选吃饭喽。他于是又坐下来。李冬梅的母亲问了一些厂里的情况，他一一作答。不一会儿，便听到后面有人叫吃饭。张培田想，刚才保姆房间的门关着，他以为没人，原来是有人的。李冬梅的母亲说，我们吃吧，她爸爸不回来吃，下乡检查工作去了。

吃饭的时候，李冬梅的母亲对张培田说，以后常来，我们家也有个工人阶级的朋友。你多大了？他说，28，属马。张培田腼腆地笑了一下。在老家习惯说属相，说属相最准。说来也怪，破"四旧"的时候，什么都破了，连名字都有人改，就这生肖属相没人破，该属狗的还属狗，该属猪的还属猪，没人提出要改成"和平鸽"或"梅花鹿"。韩书琴说，怎么这么巧，我也属马，大你12岁，你就叫我大姐吧。李冬梅说，不行，得叫姨。韩书琴说，没大没小。师父就是老师。天地君师亲，老师摆在父亲的前面，这是古训。李冬梅说，封建主义。母亲说，可不许到外面去乱说。什么主义那么多。李冬梅开心地笑了起来，怕了吧，当官做老爷的就是怕我们革命群众。师父，你知道吗，我们家，就我一个革命群众。可我不是一般的革命群众，我是工人阶级。领导一切。还有我呢。保姆正好端汤上来，说。李冬梅说，是啊，我怎么给忘了，我们工人阶级和贫下中农联合起来，跟他们斗。保姆笑着说，行啊，斗不赢的话，我们就回老家种田去。李冬梅就跳起来，亲了一下保姆说，一言为定。

韩书琴对张培田说，刘妈在我们家待了十几年，冬梅是她带大的，跟自己的家人一样。刘妈便对他笑，说，张师傅要常来，常来才显得亲。张培田笑了笑，想，李冬梅在这样的环境中长大，够幸福的。

厂里国庆文艺晚会开得很成功，演员和观众都很投入，台上台下，情绪互动，掌声如雷，笑声如潮。不是演得有多好，而是平时大家都熟悉，谁谁谁平时如何如何，用工友们的话说，谁的屁股有几根毛大家知知着。如今化了妆，上了台，俨然另一个人，又是唱又是跳的，有点陌生化，又有点滑稽。人们不但议论当前，还联想到以前的演出，厂里就这么几个文艺骨干，演来演去就这些人。比如，那两个演"老两口学《毛选》"的，不在一个车间，可是，就因为演了这个节目，演出了一对真夫妻，听说那女的，都怀孕了。还有那对跳"洗衣舞"的，也快结婚了。洗衣舞是拥军爱民的，表现姑娘们为解放军战士洗衣裳，轻松活泼。不知怎么的就洗到床上去了。还听说，是那个女的主动，因为那个男的，也就是跳解放军的那个，他的父亲是军分区的参谋长。还有那对说相声的，是双胞胎，上海人，三代工人。这个厂是解放初从上海迁来的，有一批正宗的上海人。也只有上海这个地方，才会有三代工人阶级。本地的工人最多两代，而上一代，其实也只是小作坊里的准工人。再往上算，就是地地道道的农民了。

这次演出，人们议论最多的是李冬梅，因为她是新脸孔，还因为她唱得好。不是那种专业的好，是放得开，敢唱，唱得自由自在。有的地方，伴奏都跟不上来，好在那个拉二胡的是个老手，只那么一愣，就跟上了，而且拉得很欢。看来，他也喜欢自由自在，跟着感觉走。唱了三首，工友们不放过，鼓掌再鼓掌，下不了台。只好再唱一首，《毛主席永远和我们在一起》。

她在台上唱，台下便议论纷纷，她是谁，从哪里来，知道的便说，她是三车间（金工车间）的，张师傅新收的徒弟。从乡下来，是最近招收的那一批知青。水啊。有人说。水是闽南话，就是漂亮。有人马上起来捍卫，说，水不水关你屁事。你小子可当心点。别癞蛤蟆想吃天鹅肉。那人马上反击，你急什么，你才是"司马昭之心，路人皆知"。革命大批判搞得工人阶级不但斗争性强，水平还很高，一出口就是古典成语。

国庆晚会之后，李冬梅的信突然多了起来。那个时候，信都放在厂门口的收发室里，有谁来信了，收发室的老陈就在一块小黑板上写上谁的名字，意思是让谁去取。那一天，李冬梅下班，在厂道上碰到一起从乡下招工进厂的王艳，王艳在一车间（铸造车间）。王艳说，冬梅，你有信，都好几天了，怎么不去拿？李冬梅说不可能。她说得有道理，她对外联系地址从来是写到家里的，没给人留过厂里的地址。王艳说，去看看吧，省得展览似的，每天都有人说。李冬梅问，说什么了？一个女孩子，天天有信，你说人家要说什么？王艳是66届高中，老三届知青中属最老的那一届，成熟，大姐似的说。李冬梅只好折回收发室。黑板上果然有她的名字，她进进出出的，居然没注意到。进去拿，不是一封，是14封。她吓了一跳，问收发室老师傅，我们厂里有几个李冬梅？师傅说，就一个。这么说这是我的了。老陈说，你就是李冬梅？她说是啊。老陈说，大家都说你戏演得好，可惜那天我没去，值班啊。李冬梅拿了信赶紧走，她最怕人家说她唱得好、演得好什么的，好像是做了一件不光彩的事。

回到家里，李冬梅把那些信一封封地读了一遍，都是求爱信。大都写得很暧昧，什么你的歌很动听，什么春天般的，什么同志加朋友，什么永远的友谊。李冬梅笑了笑，没劲。没一点新鲜的东西，这样的信我自己也会写呀，写得比他们都好。下面的署名都是陌生的，是其他车间的吧。有一个连写三封，也就这人有点意思，三封信都是诗，不知从哪里抄来的，或许是他自己写的吧。鬼晓得。没有任何一句其他的话。这家伙有点色胆包天，有点机智勇敢。这诗，李冬梅还有一点喜欢。第一封信是两句诗："啊，好兄弟，歌声多么迷人！／我含着眼泪，赞美地谛听。"好兄弟，有幽默感，字也写得清秀，我喜欢。第二封是一首诗，没有标题："尽管有谁以冰冷的理智／能暂时把爱情拦挡，／他并不就是以链子／永远锁住了爱的翅膀。即使他不欢也不笑，／和严峻的智慧结为友好，／可是，一旦淘气的爱神／叩一叩他的门，他就会／和理智又展开争论，／不由自主地打开了心扉。"啰唆得有点意思。第三封也是一首诗，标题是"医院墙上的题词"："这里躺着一个害病的学生，／他的命运已经不可变更，／请你们把药品都拿走吧，／爱情这种病是不治之症。"李冬梅笑了，没那么严重吧。她看了看下面的署名，魏艾思。

魏艾思是谁呀？没听说过。那个时候，很多人给自己改名字，把原来不革命或有点"封、资、修"味道的旧名字改成卫东、卫彪、学军、学江、永红、解放之类的名字，还有人改名叫杧果，因为毛主席曾给驻北大的工宣队送杧果。李冬梅想，魏，自然是姓，艾思，会不会是热爱马克思的意思？

上班的时候，李冬梅问师父，魏艾思是哪个车间的？张培田说，没这个人，我们厂没叫魏艾思的，怎么没有啊，他给我写信哩。写信？真没这个人。是外面的人吧。写信不一定就是我们厂的。只能是我们厂的。李冬梅说。张培田说，那就是假名字。名字是假的，不会吧？如今用假名字写东西的人还少吗？大字报上的署名哪个是真的？可这是信啊。什么信？李冬梅不说话。张培田也不再问，信是私人的事，女孩子的事，更不好多问。

假名字，李冬梅突然说，这个混蛋！去死吧。名字是假的，她就能读出其中的意思了，魏艾思就是为爱死，谐音。无聊。要是真名字，李冬梅还有一点感动，用了假名，李冬梅就生气了，她有一种被戏弄的感觉。她最恨的就是被人戏弄。去死吧，李冬梅自言自语，张培田不理她，做自己的事情。李冬梅说，师父，你说用假名字写信，是不是别有用心，居心叵测？张培田说，也许吧，难说。你写过吗？张培田说，我，假名字？写大字报时用过，满江红兵团，千钧棒战斗队，长征纵队什么的，别人用也跟着用。写信没有，再说我也很少写信，给家里写信还用假名，有病？李冬梅又问了几个人的名字，全是信里的署名，张培田都说没有这个人。李冬梅便有些委屈地掉了眼泪。14封信，全是假心假意的家伙，这算什么事！张培田说，怎么啦，是不是有人写信骂你？用假名字？李冬梅说，一群没心没肺虚情假意的混蛋，假革命，反革命，白骨精，打着红旗反红旗。说着，她便笑了，笑得很开心。笑过之后，她就唱歌，唱的是毛主席的诗词歌《满江红·和郭沫若同志》："小小寰球，有几个苍蝇碰壁。嗡嗡叫，几声凄厉，几声抽泣……要扫除一切害人虫，全无敌。"

张培田暗自好笑，也不说她，只当她是耍小孩子脾气。

李冬梅骂了人，唱了歌，心情好像好了一些。可回去看看那些信，心里还是堵得慌。她心底的某些东西被这些没心没肺的家伙唤醒了。她从此有了心事。

这也许就是古人说的春心萌动吧。但她没想到，她是以这种方式开始自己的爱情的。她在无意中产生一种渴望，渴望有一个人给她写信，用真名字，写一点她喜欢看的内容，那怕是赤裸裸地说一句让人心跳的话。

可是她等了很久，没人用真名字给她写信。谁敢呀？

一天下午快下班的时候，李冬梅说，师父，我妈请你去吃饭。晚上？下了班就去。张培田有点意外，自从上次到她家，他没有再去过，虽然有好几次，李冬梅总是说，我妈说，张师傅怎么好久不来了，是不是你又惹人家生气了。你说我冤不冤？每次，张培田都只笑，不做声。他不想去，他觉得没事老上一个女孩子家不好。再说了，他有点怕在她家里碰到她的父亲，他没见过那么大的官，怕见了说不出话来。听说她父亲以前当师长。一想到师长，他就想到《红日》，师长多威严！说来奇怪，他记的倒不是解放军的，却是国民党的师长，整编74师师长张灵甫。演员演得好，有气派。骨里有傲气，是个男人。李冬梅说，怎么不说话，师父，去不去？张培田笑了笑，我晚上有点事。李冬梅说，什么事？吃了饭再去不行吗？去吧，要不，我妈准说我表现不好，师父才不肯来。张培田说，好吧。

　　下了班，洗了手，他们一起走出车间。马英在后面说，喂，晚上的事别忘了。李冬梅说，师父，你们晚上真有事？也没什么大事，一起去看看我的师母，你师妈。也就是我的师妈喽。李冬梅说着便笑了，闽南话的"妈"是祖母，外妈是外祖母，师妈就是师祖母。我们一起去。李冬梅又说，张培田笑了笑。

　　在路上，李冬梅看师父骑车，竟有点好看。迎风而上，衣襟在风中一晃一晃，有点潇洒。潇洒这个词在她的脑子里闪过，她觉得有点不好意思，这是资产阶级和小资产阶级的，用在工人阶级身上，不合适。张培田今天穿的是工作服，深蓝色的，细看，有白色的花点，那是有规则的点，若隐若现，给蓝色增添了些许柔和。布是粗布，硬，穿在男人身上正合适。那个时候，男女工作服的质地颜色是一样的，只有款式上的区别，也没多大的区别，只是领子和袖口有点儿不同，男的尖，女的圆，如此而已。所以女的一般只穿在班上，而男的就当平时的衣服穿。那时街上，最好看的就是两种衣服，一是绿色的军装，二是蓝色的工作服。人民解放军是最可爱的人，工人阶级领导一切，都是引领时代潮流的风流人物。"风流"二字其实有点那个，但毛主席用过，"俱往矣，数风流人物，还看今朝"，点石成了金，大家喜欢用。张培田的工作服有点旧了，但洗得很干净，这是马英的功劳。

　　吃饭的时候，张培田才知道，李冬梅的父亲到省城开会去了，他暗地里松了一口气。他没见过他，却无端地把他想象成张灵甫，自己吓自己。

当然这里有一个阶级立场问题，但这个问题在他的心底里，没人知道。她父亲不在，晚饭吃得很轻松。原来今天是李冬梅的生日。冬梅的母亲说了许多冬梅小时候的事情，保姆在一边不断地补充。李冬梅的母亲说，我生她的时候，她父亲不在，在南昌军校进修，不能请假。刘妈说，老李总是不在家，这个家其实就是我们的，他只是一个客人。现在算是好多了，要是以前，三天有两天不在家。现在也好不到哪里去，韩书琴说。

那天张培田喝了点酒，李冬梅的母亲让喝的。李冬梅的母亲说，今天高兴，陪大姐喝点酒。冬梅也说，师父喝吧，我爸爸不在。毛主席说，打倒阎王，解放小鬼。我爸是我们家的阎王。张培田有点意外也有点吃惊，心一下子提上来。她父亲可是老革命，老红军，党的高级干部。他迅速地瞥了一下李冬梅的母亲。韩书琴说，别听她胡说。刘妈也说，小孩子说话，没遮没拦。两个人的脸上都笑笑的。看样子，问题并不太严重。

韩书琴会喝酒，一边喝酒，一边说话。她说，冬梅的爸爸也属马，大我 12 岁，你说巧不巧，刘妈也属马，大他 12 岁。加上你，我们是一群马，骏马奔腾啊。

李冬梅说，一群革命的骏马。接着唱道，"我们像双翼的神马，飞驰在草原上，啊，草原千里滚绿浪，水肥牛羊壮。再见吧绿色的草原，再见吧美丽的故乡，啊，为了远大理想像燕子似的飞翔……"

唱完一首，又接着唱，"马儿啊，你些慢走，喂慢些走哎，我要把这壮丽的景色看个够。社会主义建设改换了天地，劳动歌声响遍了田野山头。没见过一队队汽车云中走，没见过千里平川跑铁牛，没见过渠水滚滚山头绕；没见过天旱水涝保丰收……"

刘妈忙了一阵，韩书琴让她也坐下来一起吃，她也就坐下来，自己倒了一杯酒，和他们喝起来。张培田想，刘妈果真不像保姆，倒像家里的老人。说老人也说得过去，她比女主人大 24 岁，当母亲也当得过。这么说，她比我还大 36 岁哩。这样想着就来了冲动，举起杯子对刘妈说，刘妈辛苦，我敬你一杯。刘妈却十分客气地站起来，双手抱杯，说，不敢当，不敢当。冬梅的母亲说，张师傅敬你你就喝，她这才喝了下去。一口气喝完，看样子也很能喝。

李冬梅唱疯了，一首一首往下唱。

韩书琴就接着说话。她说，你就叫我大姐，我就是一个大姐。我从小就喜欢有一个弟弟，你这样的弟弟。我本来有个弟弟，小时候死了。那个时候，日本人占了北平，我们逃出城，我父亲是北大教授，他带着我们，我妈、我和弟弟，一直往南走，走到重庆。后来又到昆明。半路上，弟弟病死了。张培田说，很小吧，大姐。韩书琴说，那年我7岁，弟弟3岁。不说他了。张培田说，好的不说了，大姐。

不能叫大姐，冬梅说。母亲说，唱你的歌，小孩子插什么嘴。

韩书琴给自己倒了杯酒，又给张培田倒一杯。张培田小声说，大姐你不能再喝了。刘妈说，没事，让她喝，她今天高兴，她很久没有这么高兴了。大姐，你是怎么认识，我们首长的？张培田对自己冒出一个"首长"很满意。在开口之前，他还没有想好如何来称呼李冬梅的父亲。是大军南下的时候，那时我在上海读书，参加南下服务团。分在他那个师，和他们一起南下，到了福建。

那个时候，她抬头看了一下墙上的画，还没弄清什么是爱情，就稀里糊涂地和他结婚了。张培田也跟着抬头，看墙上的梅花图，冬梅说那是首长画的，首长真是文武双全啊。韩书琴笑了笑，笑得有点古怪。那时候很单纯，一切都由组织上决定，组织上怎么说，就怎么做。这种事，大姐，我是说结婚的事，组织上也关心吗？是的。我们的一切都是党的。把一切交给党，党安排一切。不说了，过去了的事。她又望着他笑了一下。

张培田发现，她笑得很好看，甚至有点迷人。迷人这个词很腐朽、很没落，只能用在坏女人的身上。他的脸热烘烘的，好在喝了酒，脸本来就是红的。

李冬梅还在唱，一首接一首，都没离开马字。现在唱的是一首老歌，情歌。"跑马溜溜的山上，一朵溜溜的云哟，端端溜溜地照在，康定溜溜的城哟，月亮弯弯，康定溜溜的城哟。李家溜溜的大姐，人才溜溜的好哟，张家溜溜的大哥，看上溜溜的她哟，月亮弯弯，看上溜溜的她哟。一来溜溜地看上，人才溜溜的好哟，二来溜溜地看上，会当溜溜的家哟，月亮弯弯，会当溜溜的家哟。世上溜溜的女子，任我溜溜的爱哟，世间溜溜的男子，任你溜溜的求哟，月亮弯弯，任你溜溜的求哟。"

　　这歌显然不革命，很不革命，很小资，很需要批判，但大家都听得有滋有味。这不怪他们觉悟太低，他们还是知道好坏的，他们本来不想这样，是因为酒喝得有点多。酒能乱性，自古皆然。唱完之后，当母亲的说，这孩子，唱的什么呀。乱七八糟的。说这话的时候，她的脸上有一种妩媚，十分动人，让人心跳。张培田连忙低下头，不敢看。

　　李冬梅说，我喜欢。

　　临走，张培田说，大姐，你床头的那本书，能不能借我看？韩书琴说，什么书？哦，你看得懂吗？他点了点头。她很认真地看了他一下，无声地走进房间，把那古本《聊斋志异》拿出来，递到他的手上。

　　这一刹那间，张培田的心颤了一下。

　　张培田掀开工作服，把书放进里面的袋子。刘妈说张师傅喝这么多酒，就住下吧，外面风大，冷。李冬梅说，师父，住下吧。妈，让张师傅住下吧。她的母亲不说话，只是微笑地看着他，仿佛在征求他的意见。她的脸酡红。张培田说，不行，我得回去，我和马英约好了去看师母的。李冬梅哎呀一声，我忘了，我和你们一起去。

　　母亲说，这孩子，疯疯颠颠的。

　　他们走到大门口，看到马英站在路边树下。马英说，吃好了？走吧。又说，喝这么多酒啊。满嘴酒气。李冬梅把嘴凑到马英脸边呵一口气，说，我没喝，他和我妈喝。我妈今天高兴。

　　马英笑了笑。那个年代，什么都批。按说，酒是最应该批判的，不是吗，有什么比酒更地主资产阶级？哪个地主资本家不喝酒？花天酒地，百分之百是腐朽没落的生活写照。说来也怪，就酒这东西没挨批。想来和《红灯记》里的英雄人物李玉和有关。共产党人革命者是可以喝酒的，而且喝出了正气。李玉和的那段唱腔，几乎家喻户晓，人人会唱："临行喝妈一碗酒，浑身是胆雄赳赳，鸠山设宴和我交'朋友'，千杯万盏会应酬。时令不好风雪来得骤，妈要把冷暖时刻记心头。"

张培田对马英说，你怎么在这里等，要是我们不出来，你不就白等了吗，傻。马英说，我就傻，要不，师父怎么就不喜欢我而喜欢你。张培田说，乱说。马英说，我不乱说，是师母说的。她转而对冬梅说，我师母说要是他们有女儿的话，早就把他招进家里当金龟婿了，容不得他到现在还到处乱撞。冬梅说，工人阶级还这么封建啊。说着就笑了起来。笑过之后，说，我听说，你是师妈的干女儿，你就把他招了算了。马英说，他看得上我？冬梅说，我看你蛮好的。马英说，你能代表他？

张培田按了一下衣服里的那本书，说，她好在哪里？李冬梅说，第一，无限忠于毛主席和毛主席领导的无产阶级革命路线；第二，无比热爱党、热爱社会主义；第三，对同志，特别是对师父你张培田同志，怀有深厚的无产阶级感情，像春天般的温暖。比春天还春天。

哎呀，马英叫了一声，我们走反了。今天我怎么啦？

李冬梅说，没想到马姐也会犯路线错误。

一天下班洗手的时候，李冬梅说，师父，给你看一样东西，看不看？张培田说，什么东西？冬梅说，你看不看嘛。张培田想，有什么了不得的，难道是反革命传单？怕什么？看就看。李冬梅就从包里拿出一沓信来。她的包和所有那个时候的包一样，是军队里战士们背的挎包，黄色的，上面用红丝线绣着"为人民服务"。那是伟大领袖的字体，龙飞凤舞，潇洒自如。全国都一样。张培田把伸出去的手缩回来，说，别的东西可以看，信不能看，那是给你的，不是给我的。李冬梅说，我让你看你就看，给我和给你一个样，我要你参谋参谋，怎么回。谁让你是我师父呢？张培田说，我不看，我参谋不了。李冬梅说，你不看，我就拿到车间党支部，让刘书记看。张培田说，是魏艾思的信？李冬梅的脸红了一下，就是那些打着红旗反红旗的家伙。张培田说，那我就更不看了，人家是写给女孩子的，我怎么能看。名虽然是假的，人可是真的。李冬梅转身走人。张培田知道她说到做到，她要是真把那些信送到党支部，事情可就大了，查起来不知哪些家伙要倒霉。他说，你给我站住。李冬梅还走。正好车间书记刘丰收从门口走过，李冬梅喊，刘书记刘书记。张培田冲过去，把信抢过来。刘书记转过头说，什么事？李冬梅说，没事，您慢走。书记说，今天怎么不唱歌？李冬梅就唱起来，"一送（里格）红军（介支个）下了山，秋雨（里格）绵绵（介支个）秋风寒……"刘丰收笑起来，我什么时候成红军了。

马英走过来，说，那是什么？张培田把信放进自己的挎包里，他也有一个和李冬梅一样的挎包，人人都有这样的挎包。马英看了他一眼，走过去洗手，什么东西神神秘秘的，搞什么阴谋诡计。

隔一天，还是洗手的时候，李冬梅说，师父，怎么样？那些信。不回就是了。张培田说着自己就笑了起来，都是假名字怎么回？说了等于没说。李冬梅却很得意地笑。张培田被笑得心里有点虚，心想，我上当了。她明知这种信是没法回的，她只是想让他看那些信，让他知道有人在向她求爱，如此而已。他不敢更深地想下去，她为什么要让他知道？这本来是女孩子的秘密啊。他说，我把信带来了，等一下你拿回去，在我的挎包里。李冬梅说，就放在师父那里，师父替我收着。李冬梅调皮地看了他一眼，歪着头，把刚洗完的手放在衣襟上反复地擦着。张培田的心颤了一下。有一种感觉在心中弥漫开来，说不出什么味道。有几个字突然冒出来，"娇波流慧，细柳生姿"。这是他昨晚看《聊斋》记住的话。那篇目叫《娇娜》，娇娜比冬梅还小两三岁。冬梅擦了手，说，师父，我给你唱支老歌。"云儿飘在海空，鱼儿藏在水中，早晨太阳里晒渔网，迎面吹过来大海风……"

没心没肺。马英走过来说，这孩子，太幸福了，无忧无虑。张培田看着李冬梅调皮的笑脸，那歌词听起来竟有点像"心儿藏在信中"。他的心跳了一下。下了班的工友们朝李冬梅鼓掌。李冬梅转过来对张培田笑了一下，接着唱，"潮水升，浪花涌，渔船儿飘飘各西东，轻撒网，紧拉绳，烟雾里辛苦等鱼踪……"

这歌词，听起来似乎处处有埋伏。张培田云里雾里的，不去细想。

马英说，中午到我那里，我炖了一点当归枸杞牛肉汤，你喜欢吃的。李冬梅说，我也去。说着就去拿挂在墙上的挎包。大家说，冬梅，还没唱完，怎么说走就走。冬梅说，不唱了，又不欠你们的。

在半路上，马英说，你们先过去，我再到食堂买点菜。张培田就和李冬梅先走。马英的宿舍有两张床，另一个女工结婚走了，厂里没有再安排人，实际上就住马英一个。一进屋就闻到牛肉炖当归的香味，李冬梅吸了一下鼻子，说，我回去也让刘妈给你炖一大锅，让你吃个够。张培田笑了笑。李冬梅说，马姐是不是很喜欢你，师父，你们为什么不结婚？他说，小孩子问得太多了。她说，你不喜欢她。他说，胡说。

李冬梅调皮地看着他，他有点心虚地把脸转开。这孩子鬼得很，喜欢和喜欢有时是不一样的。其实，有的地方应该说爱，有的地方应该说喜欢。可是那个时候不能说爱。"爱"字在人们的嘴上消失了。

马英提了一大堆东西，米饭、青菜和卤猪蹄。她先把东西放在没人睡的床上，很麻利地把中间的桌子擦了一下，把东西摆好，把汤放在中间，拿出碗筷，把窗边的椅子拉过来。她自己坐在椅子上，让他们两个坐在两边的床上，对看。说，吃吧。

李冬梅先是站在一边看，坐下来之后说，马姐啊，你真厉害，一阵风，就把什么都搞定了。马英说，雷厉风行是工人阶级的作风。她指着桌上的饭菜，今天中午，把这些消灭了，全部，彻底，干净。李冬梅看着那一大堆东西说，那得要怀着多大的阶级感情啊，苦大仇深啊。

刚吃一口饭，李冬梅就放下筷子，说，我得去打个电话告诉家里一声。要不，刘妈晚上要骂死我。马英说，安心吃吧，我已经打过了。李冬梅说，什么时候打的？马英说，买饭时，食堂里有电话，顺便。

吃过饭，马英去洗碗。厂里的单身宿舍都是苏式的，房间对看，中间是一条长长暗暗的走廊，洗手间在东西两边，一边是洗漱用的，一边是厕所，负责新陈代谢。马英用一个大盆子把吃过的碗筷装进去，冬梅说，马姐，我来吧。马英说，这几只碗还用得着两人洗？你坐吧，在这里你是客人。冬梅也不再坚持，随她去。张培田斜倚在床头剔牙齿，一副地主资本家少爷派头，不像工人阶级先锋队。冬梅就地转了个圈，伸了伸胳膊。今天吃得舒服，想唱歌，就开口唱，"花儿为什么这样红？为什么这样红？

哎……"张培田一跃进而起，说别唱，人家在休息，这是中午，是宿舍。不是你家。冬梅伸了一下舌头，坐到床边，说，师父给讲个故事吧。我又不是知识分子，讲什么故事？不会。你不是看《聊斋》了吗？那是不能讲的，全是封建主义的东西，腐朽没落。要批判的。我不向别人讲就是了。真讲？真讲。其实，张培田也很想讲。不知为什么，看了那些人鬼狐妖的事故，他有一种向人倾诉的冲动，几乎是看完每一篇都想找一个人来谈一谈。小时候，他听叔公，也就他们土楼里的老秀才说过，但那时候小，不懂，现在自己看，情形就完全不一样了。他看得很认真，还特意买了一本《新华字典》，不懂的字就查。有的字查不到，他就反复看，把前后文连起来琢磨，也就能悟出大概的意思。当然，也有的字字面的意思看懂了，却不知道说的是什么，这也就是叔公说的典故吧。叔公说，典故就是发生在比蒲松龄写书时更早的故事，要了解这些典故必需读很多古书。师父说呀，随便挑一个说。冬梅缠住不放，她想做的事是一定要做的。马英洗碗回来，说，什么事？冬梅说，让师父讲故事，他不讲。马英笑了，他怎么会讲事故，让他搞技术革新，表演车床操作他就会。张培田说，你太小看我了，我就讲一个，不过，不能对外张扬，是要挨批判的。

张培田就讲，他讲《娇娜》，这是他昨天刚看过的，记得最清楚。

听完故事，大家都不说话。过了一会儿，马英说，这么说，他们都是狐狸精啊，不可能，阿松还会生小孩，人和动物怎么生？简直就是胡扯。那狐狸一身的毛，多恶心。难怪要批判。冬梅说，师父，你说这娇娜和孔生，他们是什么关系？同志，朋友？张培田说，都不是。那叫红颜知己。就是男的和女的，很好，好得比夫妻还要好的那种。不会吧。马英说，毛主席早就说过，世界上没有无缘无故的爱，也没有无缘无故的恨。爱是有阶级性的。他们算什么？不清不楚的，胡扯吧。所以说，真是该批判的，批倒批臭。从哪来的这故事？别把我们冬梅教坏了。冬梅，不听他的。冬梅却拉着张培田的手说，师父，再讲一个吧。张培田说，不讲了，省得挨人家的批判。

马英说，讲就讲吧，冬梅不光听，还要有批判的眼光，不能上当受骗，毕竟是封建主义的东西。我可洗衣服去了。培田，把钥匙给我。张培田就把自己的宿舍钥匙给了她。马英端了盆子就往外走。冬梅有点不解地看着她，张培田说，她上我的宿舍拿我的脏衣服，一起洗。冬梅笑了起来，马姐啊，毛主席说的你全做到了，向你学习。马英说，别说得太那个了。李冬梅说，伟大领袖毛主席教导我们，我们的同志要互相关心，互相爱护，互相帮助。马英愣了一下。她觉得心里怪怪的。这语录经冬梅一念，似乎把她与张培田的关系拉远了。

她有些凄凉地看了他们一眼，端着盆子走了。

张培田说，你刚才不是问孔生与娇娜是什么关系吗？书里有一段评论，很精彩，我还记得，"余于孔生，不羡其得艳妻，而羡其得腻友也。观其容可以忘饥，听其声可以解颐。得此良友，时一谈宴，则'色授魂与'，尤胜于'颠倒衣裳'矣。"什么意思？冬梅说，文绉绉的，封建地主老财就是坏，存心让人看不懂。张培田笑了笑，按自己的理解说了一通。冬梅听得很认真。

冬梅说，师父，行啊。那可是我外公的书，他是教授，他的书，只有妈妈喜欢，爸爸连看都不看一眼。张培田说，毛主席教导我们，世界上的事情怕就怕"认真"二字，共产党就最讲认真。我认真了，所以就看懂了。还讲吗？讲。冬梅说。于是，张培田又给她讲了《青凤》和《婴宁》。《婴宁》没讲完，上班时间到了，马英的衣服也洗好了，晾好了。他们就一起去上班。

在路上，马英说，那个婴宁有点像冬梅，只是喜欢不同，一个喜欢笑，一个喜欢唱。冬梅说，原来马姐口是心非，一边晾衣服，一边在偷听啊。马英很得意地笑了起来。阳光很好，他们的影子很明显地映在厂道上。冬梅看着自己的影子，说，师父，那些故事为什么都发生在晚上？马英说，见不得人的事，怎么能在白天，青天白日的，现在，什么事也没有。你是说，晚上就有事？马英说，你问他。张培田说，在毛泽东思想光辉的照耀下，什么事都没有。李冬梅小声说，我宁可有点什么事。说着便唱歌，"在那山腰下，万籁寂静，灰色的暗影悄悄来临，枯叶在飘落，轻轻地飘落……"

小声点，要挨批判的。马英说。李冬梅在张培田的耳边悄声说，知道吗？这是英国歌，在乡下学的，我们那个生产队，有位大姐，她的父母都是歌唱家，省歌舞团的。到了车间门口，她又说，和娇娜比起来，我更喜欢青凤。

张培田愣了一下。

从男女之间的关系上说，娇娜是"色授魂与"，而青凤，则属于"颠倒衣裳"。

上面来了文件，要每个人都把肚子里的脏东西都挖出来示众，坚决清除，以保持思想的纯洁性革命性和战斗性。厂部决定，每天下午下班后集中学习一个小时。车间党支部开动员大会，支部书记刘丰收做动员报告。先带领大家学习《毛主席语录》，翻开《毛主席语录》某某页，刘书记说，伟大领袖毛主席，我们心中最红最红的红太阳，英明伟大，高瞻远瞩，洞察一切，明察秋毫。"文化大革命"就是触及灵魂的革命，我们每个人的灵魂深处，都有一个私字。他看了一下在场的人说，除了伟大领袖毛主席，谁敢说没有？私字是万恶之源，不斗倒批臭不得了。私字无处不在，无时不有，每个人都有，所以要发动一场"人民战争"，人人动手，口诛笔伐，让私字如过街老鼠，人人喊打。他吞了一下口水，我先带个头。虽然我天天学习，时时提防，一不小心，还是让私字抬了头。不说别的，就说刚才，开会前，我想，孩子病在医院里，还是先到医院看一下再说吧。可是一转念，不对，个人的事再大也是小事，革命的事再小也是大事，更何况全车间动员大会这样的大事。我就狠狠地把自己批了一顿。"文化大革命"都几年了，还这么糊涂，这不是共产党员应有的品格。共产党员一事当前，要先公后私啊，同志们，革命的同志们！我们头脑里的私字和一切反动派一样，你不打它就不倒，扫帚不到，灰尘照例不会自己跑掉。我希望，我们车间的100多位同志，尤其是党员同志，都要时时刻刻把伟大领袖毛主席的教导牢记心间，掀起一个斗私批修的新高潮。

刘书记讲话之后是各班组表态，表态之后是以生产班组为单位，分组讨论。

班组里,照例是班长先表态,然后人人发言。大家都做了检查,各种各样自私的想法都有,一事当前,比如今天开会前,有想回去带孩子的,有想上街买菜的,有想回家做饭洗衣的,有想约女朋友看电影的,等等,五花八门,大家都按照党支部要求,不怕脏不怕臭,挖出来示众,把自己批一通。最后轮到李冬梅。李冬梅说,我喜欢唱歌,我知道有的歌是不能唱的,可是张开嘴,那旋律那歌词就溜出来了,拦不住。怎么办啊,大家帮我想想办法。

大家都笑起来。笑得很放肆。严肃的会议气氛一下子就破坏了。

厂里的斗私批修运动,搞得轰轰烈烈,到处是大红的标语和决心书。厂广播站每天都有新的典型出现,让全厂革命职工应接不暇,心潮起伏。

有一天上班前,马英对张培田说,你的那个《聊斋》就不看了吧,也不要再说了。张培田说,怎么,你想把它斗出去?什么话?我能害你吗?我只是心里害怕,怕人知道。毕竟是封资修的东西。你不说,冬梅不说,谁知道?要想人不知,除非己莫为。革命群众的眼睛是雪亮的。我是为你好。听不听随你。你是不是想说出去,想说你就说吧,反正嘴巴是你的。张培田有点生气了。马英觉得很委屈,眼眶有点红。那书有什么好看的?就那么喜欢。我还不如那本破书吗?工人就工人,充什么臭老九。李冬梅从外面进来,看马英一个人站在车床边发愣,悄悄地绕到她背后,叫了声马姐,把她吓了一跳。你要吓死人啊。想什么心事,亮出来,让我来看看该不该批判。马英小声说,让你师父别看那书了,我害怕。李冬梅愣了一下,说,我不会说出去的。你也不会说。你知我知,天知地知,没事。

有空的时候,李冬梅还是缠着张培田讲故事,张培田就给她讲《红玉》讲《鲁公女》讲《连琐》,冬梅说,我还是喜欢青凤。

一个星期六的晚上,张培田又到李冬梅家去吃饭,还是李冬梅的母亲叫的,不说为什么。张培田想带点什么去,总不能每次都空手,白吃白喝。李冬梅说,你带东西就见外了,我妈妈会生气的,费力不讨好。吃饭的时候才知道今天是冬梅母亲的生日,是刘妈说的。张培田说,首长呢?李冬梅说，我爸上北京开会去了。

李冬梅的母亲说，喝点酒吗？张培田说，大姐的生日怎能不喝。韩书琴笑了笑，就让刘妈拿酒，说把那瓶茅台拿来。开了茅台，满屋酒香。

刘妈斟了酒。张培田端起酒说，祝大姐永远年轻，永葆革命青春！韩书琴说，罚酒。用词不当，都老得不成样子了。张培田说，别说老，老字离大姐远着哩。韩书琴说多远？张培田说十万八千里。李冬梅说，妈你没听过这首歌吗？说着就放下筷子，站起来唱，"革命人永远是年轻，它好比大松树冬夏常青，它不怕风吹雨打，它不怕天寒地冻，它不摇也不动，永远挺立在山巅……"

韩书琴说，你看这孩子，没边了，我都成大松树了。所有的树当中，我最讨厌的就是松树，浑身上下，除了硬就是硬，连叶子都像针一样的刺人。大姐喜欢什么树？柳树，弱柳扶风，才是女人的风格。

张培田突然就想到《聊斋》里对女孩子们的种种描写，脸红了一下。

没想到韩书琴这时也提起《聊斋》，说，那书看得怎么样了？没有标点符号，很难读吧。他说，还行，我就着字典读，读得很慢。喜欢？喜欢，非常喜欢。喜欢就好。这是古典文学名著。中国古代，长篇数《红楼梦》，短篇就是《聊斋》了。最喜欢哪一篇？说不上，好像都喜欢。人物呢？宁采臣，聂小倩里的那个书生，正直，不贪色不贪财，有同情心，革命人道主义。女的呢？几乎所有的女孩子，不管是狐狸精还是女鬼。韩书琴笑了起来，多贪心啊你，地主资产阶级啊，贪得无厌啊，横扫一切，一网打尽啊。我不是那个意思，大姐。张培田喝了一口酒，给自己壮胆。她们很善良，多情，善解人意。他说。她笑了一下，男人中心主义。所有人都不能摆脱啊，工人阶级也不例外啊。

他有些着急，大姐，我说的是真心话。她笑着说，好了，除了狐狸精和女鬼，你还喜欢哪些。我不敢说。说，跟大姐还见外啊？张培田呷了一下酒，仿佛在给自己壮胆。有一篇《夏雪》大姐不知有没有印象？你说。说是有一年大热天，苏州下大雪，人们害怕，去大王庙求神，大王附在一个人的耳朵边说，现在称老爷，都加一个大字，你们看我的庙小，连个大字都舍不得啊。大家吓得够呛，齐呼"大老爷"，雪就停了。连神都喜欢人吹捧，所以异史氏说，"今之大，谁大之，初由于小人之谄，而因得贵倨者之悦，居之不疑，而纷纷者遂遍天下矣。窃意数年以后，称爷者必进而老，称老者必进而大，但不知大上造何尊称？匪夷所思已！"都背起来了，不简单啊。有所感，过目不忘啊。现在想来，大后面还有个最，最后面还有个最最……到此为止，韩书琴打断他，对别人不说，懂吗？我懂，大姐，就对你一个人说。她看着他，目光亲切而温柔。他不敢看她，低头喝酒。

他们说话的时候，李冬梅也和刘妈说话，说厂里的事，说那些在厂部广播里播出来的斗私批修的典型，千姿万态，无奇不有。说得哈哈笑，刘妈也跟着笑。

韩书琴说，你说你以前听过《聊斋》，在哪里？张培田说，在老家，闽西。革命老区啊。那里除了出许多红军之外，还有很多土楼，有很多老秀才。我们村就有一个。论起辈分来，是我叔公。他读了许多古书，听说他会把《论语》，把《三字经》，把《增广贤文》全背下来，当然那都是封建主义的东西。韩书琴笑着摇了摇头，不能一概而论。耕读传家，是个好传统。他还会讲很多故事，讲得最多的就是《聊斋》，还有一本叫什么笔记。她说，《阅微草堂笔记》，也是清朝人写的，晚《聊斋》约70年。张培田不好意思地笑了一下，大姐懂得真多。她又笑着摇了摇头。

看来，你的叔公对你的影响不小。她说。是的，他说，可以说是决定性的。大姐，我有个体会，对一个人的影响，有时不一定是什么革命的大道理。当然。对我影响最大的其实就是叔公给我说的一个《聊斋》的故事。韩书琴睁了一下眼睛，是吗？她的表情近乎天真，很可爱，他想。他说，大姐，说了你也不信。我信，说。我就说了，也许是要批判的，好在大姐不是外人。不是外人。这里没有外人。

张培田的眼睛扫了一下这所大房子，这可是老革命的家，是本地区最高行政长官的家，要是以前，是知府老爷的府上。

一刹那间，时代这个词在这里变得有些古怪了。

张培田想，我这简直就是胆大妄为，离经叛道了。韩书琴还看着他，脸上带着妩媚的微笑。他呷一口酒，有了她的微笑，他什么都不怕。

《嘉平公子》，大姐一定看过。她微笑着摇了摇头，那意思不是没看过，是让他说下去。嘉平公子是个不学无术的花花公子，他爱上一个妓女，张培田不好意思地看了一下大姐，妓女这个词解放后就消失了，现在提起来有伤革命大雅。这妓女也爱他，主要是爱他的外表，叫什么，风仪秀美。有一次那妓女来了兴致，吟了一句诗，当时，叔公把这诗吟出来，我没记住。现在记住了？她说。记住了。他说，书拿回去的那天晚上，第一篇看的就是《嘉平公子》。好啊。那诗是这样的，大姐，你看我有没有记错，"凄风冷雨满江城"。就这句诗，让公子续上，公子却不解其意，她就让他学着点，公子口头上答应，心里不当回事。其实，这妓女是个女鬼。后来公子的家人发现了，用尽一切办法驱逐她，赶不走她。最后她却自己离开了。为什么？这下问的是刘妈，她也听得十分认真。张培田接着说，她发现，公子是个扶不起来的梯子，不学无术，一肚子草。她很伤心，太伤心了。她说了一句很经典的话，他压低声调说，能借用一下经典这个词吗？大姐。韩书琴说，借得好。经典这个词是没有阶级性的，不是马克思主义的专用词。"有婿如此，不如为娼！"那个时候，我叔公对我说，一个男人，要是没文化没本事，不学无术又不肯努力，连妓女都看不上。懂吗？

你有悟性。韩书琴说。难怪会成为技术革新能手。张培田不好意思地笑了一下。我们山里穷，小时候没有上学的机会，到部队学文化学军事，我样样都不敢放松。就怕当那个连妓女都不要的男人。她笑了起来，笑得很开心。刘妈也跟着笑。

张培田低头呷了一口酒。不知为什么，他的心无端地跳了起来，心一跳，人就有点恍惚了，看韩书琴竟有点像他小学时的那个女辅导员，就是那个他在部队里曾经做梦梦见的那个女老师。那可不是一般的梦，那是让人羞于启唇的梦，战友们把这种带有快感的梦叫"画地图"，地图"画"在短裤里，一塌糊涂。

韩书琴说，你的叔公还健在吗？张培田定了定神，壮了一下胆，说，还在。大姐,我们那里,有许多老房子,大房子,不怎么住人,出了屋子就是荒野,就是坟墓,就是树林。一到晚上,风声,松涛,野兽声……和《聊斋》写的差不多。

说这话的时候,家乡的景色像过电影似的在脑海里出现,一幕一幕,先是山林,是流过村边的小溪,是有几百年历史的土楼,叔公从土楼的门洞里走出来。他每天早上都是这样,扛着锄头从土楼走出来,背着阳光,硬硬的头发亮成一个圈。他到自留地去。他的自留地只种烤烟。自己种自己烤自己切自己抽。他有一根很长的烟斗,桃木的,黑得发亮。他慢慢地装烟,吹火,点烟,点燃了,深深地吸一口,再吸一口,然后,慢慢地吐出来。于是他的脸前,青烟袅袅。叔公就开始给他们讲故事。他有讲不完的事故。他有时会把手一指,指的是土楼后的那片树林,或是溪边的一块如茵的草地,那女子就是从那里,轻轻地向读书人走来的。和真的一样。大家便深深地吸了一口气。

真的?韩书琴说,那神态有些天真可爱。真的。不信,什么时候,我带大姐去看看。说话算数?算数。一言为定。一言为定。

这时,从李冬梅的房里传来她的歌声,她早已吃完了。刘妈说,我去把汤再热一下。韩书琴说,好。当时没有电炉,女主人喜欢喝热汤。

"我的歌声穿过深夜,向你轻轻飞去。在这幽静的小树林里,爱人,我等待你。皎洁的月光照耀大地,树梢在耳语,树梢在耳语。没有来打扰我们,亲爱的,别顾虑……"李冬梅的歌唱得有些忧伤。这歌,张培田从来没听过。

他们边说边喝,居然把一瓶茅台喝光了。刘妈说,再来一瓶?张培田说,不行了,再来就回不去了。刘妈说,回不去怕什么?就住下来吧,张师傅又不是外人,你说呢?韩书琴笑望着张培田。张培田却不敢看她,不知为什么,他有些心虚,这是什么地方?这不是他一个普通工人住的地方。刘妈说,住下来吧,外面冷,喝了酒吹风不好。一边说着,一边收拾着桌上的东西。刘妈走进厨房时,韩书琴小声说,住下吧。

李冬梅还在唱歌,现在唱的是《莫斯科郊外的晚上》,"深夜花园里四处静悄悄，树叶也不再沙沙响。夜色多么好，令我心神往，在这迷人的晚上……"

李冬梅这个晚上的歌唱得很晚。她有一本手抄的歌本，这是她在乡下抄的。大都是"文革"前的歌，也有外国民歌。她就按着自己抄的歌本，一首一首唱下去。她常常这样唱。那个时候，许多下乡知青都有这样的手抄歌本，这是他们精神生活中不可缺少的一部分。从乡下回来，也就把歌本把歌声带回来了。

这个晚上，由于喝了酒，李冬梅睡得很沉。她还做了一个梦，她梦见她到师父的客房里，想请他讲故事，她喜欢听他的《聊斋》。可师父不在客房里。她想，怪了，师父不是答应住下来的吗？她想问母亲，可母亲的房门关死了。母亲的房门是从来不关的。她在走廊里碰见刘妈，刘妈把她扶回房。她还在梦里听到电话声，是刘妈接的电话，她说，老李吗？她们都睡了。

元旦放假一天，张培田再请三天假，回老家探望母亲。张师傅已经很久没有回去了。

张培田走的时候忘了告诉李冬梅，元旦过后，李冬梅上班找不着师父，问马英，马英说他回家了，你不知道？李冬梅摇了摇头，一脸茫然。看着她那张有一点失落的脸，马英突然感到很高兴。她不知道自己为什么要高兴。她说，这个人，再急也不能不告诉你一声啊。没事，你就跟我吧。

马英把李冬梅带到自己的车床边。她的心里甜滋滋的。张培田临走前特意到她的宿舍告诉她，说很久没有回去了，想回去看看。她说把钥匙给我，我把你的被单床单洗一洗。他说不好意思，老是剥削你的劳动。她用拳头擂了一下他的肩头，我愿意受剥削不行吗？他就乖乖地把门钥匙交到她的手上。

李冬梅说，师父没说什么吗？马英说，他只是回家看看，也就是一两天的工夫。他父母亲还在？废话，他才多大？能不在吗？他们都干什么？下地干活，农民还能干什么？李冬梅笑了笑，她的确问得很蠢。她在乡下不是没见过老农干活。只是她没想到师父的父母亲也是老农。她知道师父的家在农村，却没想到师父的父母亲就是老农，说起来很奇怪。她觉得很熟悉的师父一下子陌生起来。她对他的了解太少了。马英说，培田这个人，平时是很少说话的，除了你和我。他啊，除了干活就是一个人傻想，想着，想着，就有了新花样，厂里就有了革新项目。李冬梅说，马姐，你和师父为什么不结婚？马英愣了一下，说，不急，我们还年轻。革命第一。李冬梅笑了起来。

她想今天早上，母亲要出差，父亲说，怎么我一回来你就走？母亲说，革命第一。父亲出差是经常的事，母亲难得出一次差。上班是革命，出差也是革命。相比之下，出差更革命，因为出差比较辛苦。那个时候，越辛苦越没人干的事就越显得革命。

马英说，我说的是真的。他一心都在工作上，我不能拖他的后腿。你说呢？冬梅想，完全不是这回事！可她什么也没说。她不明白，师父为什么不喜欢马姐，马姐对他那么关心体贴。她隐隐约约感觉到这里面有一个和一般的关心体贴不一样的问题，一个爱情的问题。可是一触及到这个字眼儿，她就有些心跳，她想到那些放到师父那里的信。这是不可告人的，不能触及的禁区。她的脸红了一下。她说，你没有拖他的后腿。

马英愣了一下，什么也说不出来。

突然有一天，一车间的一个青年工人，把在自己灵魂深处藏得很深的一件事情挖了出来，说由于资产阶级小资阶级思想在他的脑子里作祟，看了厂里的文艺演出，就化名魏艾思给李冬梅同志写了求爱信。不说别的，单单这个化名，就表现出自己灵魂深处十足的腐朽和没落，魏艾思就是为爱而死。辜负了毛主席他老人家的殷切期望。毛主席他老人家早就教导我们，"世界是你们的，也是我们的，但归根到底是你们的，你们青年人，朝气蓬勃，正在兴旺时期，好像早晨八九点钟的太阳，希望寄托在你们身上。"我一定要听毛主席的话，在灵魂深处闹革命，争做革命接班人。车间党支部对此感到十分震惊，他们由此进一步认识到伟大领袖毛主席关于

"青年,即使是青年工人,因为没有受过旧社会的苦,更应该加强阶级教育,提高他们的思想觉悟"教导的深刻性。决定以此为典型,深入在全车间开展"斗私批修"的群众运动。据说,一车间党支部高书记在该车间进一步深入开展斗私批修动员大会上,对该青年的行为甚至说了"是可忍,孰不可忍"和"扫帚不到,灰尘照例不会自己跑掉"这样让人惊心动魄的话。

那天在厂道上,李冬梅碰到王艳,王艳叫住她,说,你最近还好吧?她说,好啊,你呢?我没事,凡事小心点。王艳关切地说。李冬梅觉得王艳表情怪怪的,又不好问。

事情很快从一车间转到三车间。刘书记找李冬梅个别谈话。

刘书记说,最近一个时期以来,有没有人给你写信?有。刘书记问这干吗?李冬梅说。是什么样的信?什么样的都有。同学啊,过去在乡下插队的队友啊。都写。写信不行吗?刘书记笑了笑,有厂里的人给你写信吗?李冬梅想起那些匿名信,脱口而出,有。谁?不知道。不知道?全是假名字。李冬梅至今还有些愤懑。你怎么知道是假名字?师父说的,他说厂里没有叫这名字的。这就对了,信呢?李冬梅愣了一下,她没想到刘书记会问她要信。扔了。她说。信上写些什么?忘了。刘书记说,糊涂啊,冬梅。这是资产阶级小资产阶级思想在和我们争夺无产阶级的下一代,人家都把糖衣炮弹打到你身上了,你还不自觉。李冬梅有些吃惊,又有些不明白,不就是几封虚情假意的信吗?她说,谁写的,我找他算账去,王八蛋。刘书记说,关键是思想,灵魂深处的东西,人家是斗私批修自己"斗"出来的,我们就想看看他写些什么,帮助他深挖思想根源。这也是对你的考验。我怎么啦?你也有问题,你要不唱歌,也不会惹事。李冬梅霍地站起来,不是你们让我唱的吗?不是革命需要吗?你敢保证你唱的都是革命歌曲?李冬梅一听这话就来火了,说,拉倒吧。就是有,我也不给。说着,就往车间办公室门外走。刘书记大声喊,李冬梅,你给我站住。李冬梅来了小姐脾气,哪里把刘书记当回事,她走她的,还唱歌,"狼心狗肺贼鸠山,任你毒刑来摧残,真金哪怕烈火炼,要我低头难上难!"这是《红灯记》李玉和的唱段。把刘书记当日本鬼子鸠山了,简直是敌我不分,是非颠倒。

一点起码的阶级觉悟都没有。刘书记站在车间门口，气得咬牙。事关李冬梅，有点不好办。她毕竟不是一般的工人，她有一个不一般的父亲，不用说他一个小小的车间支部书记，就是雷厂长那样的老革命，也得让她三分。

李冬梅唱了歌，觉得有点解恨，心情也就好起来了。

刘书记想找张培田，帮助做李冬梅的工作，张培田还没回来，就想到马英。想，找她也一样。她是女同志，说不定更好说话。他就找到马英，把事情的来龙去脉说了。马英想起那天李冬梅好像把一沓信给了张培田，顺嘴说，我知道信的事，她好像把信给培田了。刘书记喜出望外，说，能拿到吗？她说，不知道他放哪里了。找找看，找找看，支部感谢你。她说好。

下了班，马英就到张培田的宿舍里，很快就找到了那一沓信，信放在抽屉里。抽屉里还有那本《聊斋》，她想，这也是封资修的东西，干脆一起交给刘书记得了，也算是斗私批修的一点表现。也就一起拿了，交给了刘书记。

刘书记用亲切的眼光看着马英，说，小马不愧为老工人，真正的工人阶级啊。有大气，不徇私情，依我看，这就是斗私批修的最好表现。几句话说得马英心里暖洋洋美滋滋的。把东西拿出来时，她的心里还有点忐忑不安，现在什么不安都没有了，有党组织的肯定，比什么都强。

问题变得有点复杂了。

原来写信的不止一个，还都十分的资产阶级。于是在全厂范围内动员，让写信的人自己坦白。厂里的广播说，斗私批修主要靠的是自觉，自我革命，自我解放，放下包袱，轻装上阵，还是革命的接班人。不自觉不坦白，自甘坠落，也无碍大局，谁也别想阻挡运动的深入发展。让公安局来查笔迹，一查就明白。说到查笔迹，人们对一年前的事情记忆犹新。那个时候厂里清理阶级队伍，有人在女厕所发现一幅反动标语，让公安局的人来，一查就查出来了，大家都没想到是厂部技术科的一位女工程师干的，听说她家在美国有亲戚，还听说她公公解放前是国民党的什么长，如今在台湾。谁也不知道那反动标语写的是什么。笔迹查出来之后，那女工程师就疯了，现在还关在疯人院里。这一招真灵，其他写匿名信的青工都主动坦白交代了，一共11个。除了李冬梅所在的三车间，其他车间都有，一车间一下子就有4个，患了传染病似的。

于是11个人都在各自的车间里斗私批修，检讨自己的资产阶级小资产阶级思想。一时间，李冬梅成了厂里人们经常提起的名字。虽然在正式的场合下，人们都用一个女工来替代她的名字，但这就更像那个时候人们常用的成语，此地无银三百两。欲盖弥彰。

有人提出，这么多资产阶级小资阶级的思想表现因李冬梅而起，李冬梅本人是不是也应该反省一下啊？为什么他们不给别人写信，偏偏给她写信？为什么她收了这些信还心安理得，没事一般，难道她的灵魂深处就没有与他们共鸣的地方？为什么她对这些信里所表现的极不健康的思想不揭露不批判？

面对这许多的为什么，马英有些茫然，有些不安，她实在没想这么多，要想这么多她就不会把信交出去。她找李冬梅，想对她说一句对不起，她不是故意害她。李冬梅不理她。

马英想，还有那本书，她怎么那么傻，没人让她交，她自作主张交出去，万一有人再提出几个为什么，张培田受得了吗？她检讨自己，她之所以把书也交出去，实际上是不想让张培田再给李冬梅讲故事了。她的直觉告诉她，那些该死的故事让李冬梅越来越亲近他。她听故事的眼神让她受不了。女人啊，可怜的女人。

好在没人提到那本古书。她想找刘书记把书讨回来，又不好意思。人家对你评价那么高，好意思往回走，给工人阶级丢脸？

马英现在最怕的是张培田，怕他回来把她给吃了。

下班时，李冬梅在厂道上碰到王艳，想和她打招呼，王艳却假装没看见，用力蹬了一下车子，想从她旁边溜过去。她火了，大声说，王艳，你给我下来。王艳没马上从脚踏车上下来，她拐个弯，在没人的地方下车等她。李冬梅赶上去，在她身边下车。什么事说吧，王艳说。干吗不理我？问你自己。我怎么啦？王艳说，你怎么啦？你学会装糊涂了你？我问你，你为什么要把那些信交出去，你这不是害人吗？我没交，李冬梅说。信是写给你的，你没交谁交？真没想到，你也是那种好表现自己的人。我真的没交。李冬梅想说出其中的隐情，又怕把师父牵扯进去，只好说，反正不是我交的。你信也好不信也好。我不是那种人。王艳认真地看了她一下，说，你知道吗？这事把那些男孩子们坑苦了。他们都不是坏人，特别是我们车间的那个陈小明，其实是个很内秀的人，胆子特小。他在我们班组，可怜兮兮的，见了人都不敢抬头。我看他的精神都快要崩溃了。陈小明是谁？就是魏艾思，你不知道？李冬梅摇了摇头，她的确什么都不知道，没人告诉她。李冬梅说，你告诉陈小明，别往心里去。我没怪他，也没批判他。我什么都没说，真的。

王艳摇了摇头。她没再说什么就上车走了。

看着远去的王艳，李冬梅陷入从来未有的痛苦之中。

她想起魏艾思，也就是陈小明的那三封信，都是诗，有的她还能记住。是的，这些信应该是她一个人的，永远放在她自己的心里。可她把信给了师父。她实际上是把她心里的不可告人的秘密给了师父。她只是想向师父表示一点什么，是什么，她自己还没弄明白。她并不想伤害别人。

师父没把她的信收好。这不能怪师父。师父是放在自己宿舍里的。这事怪马姐。

李冬梅没想到马英会把她的信交出去。她凭什么？信是我的，只是放在师父那里。她也没理由把师父的东西拿出去。师父给她钥匙是让她拿脏衣服的。她辜负了师父的信任。

事弄成这样，她该怎么办？她想找妈妈，把烦心事告诉她，可妈妈出差不在家。她没法和父亲沟通。父亲从来都是高高在上，就是对母亲，也没有多少话，有，都是带着指示性质的，一两句，最多三句。他的话在他们家就是最高指示。对于父亲的指示，母亲从来是在无声中执行的。只有刘妈敢提出异议。但刘妈的异议从来都是事关很小，比如父亲说中午吃什么，刘妈说面条，父亲说不吃饺子？刘妈说明天。父亲就说，明天就明天。父亲生病不吃药，说，毛主席从来不吃药。刘妈说，毛主席是毛主席，你是你，屎不能比酱，吃。他就乖乖地把她手上的药吃了。

说实在，马英不是坏人，可她为什么要多管闲事，把别人的东西往外拿？斗私批修，斗私批修，别人的私别人的修关她什么事？让别人自己去斗自己去批好了。

下班回家，李冬梅不吃饭，就想这些事。刘妈说，冬梅，饭都凉了。我爸呢？开会，不回来吃。你吃吧。你也吃。刘妈笑了，说，我不正在吃吗？刘妈果然手里端着碗，正在吃哩。冬梅说，我不想吃，烦。年轻轻的有什么好烦的。我妈什么时候回来？没说。是啊，也该回来了，去几天了？说好两三天的，都已经四五天了吧。也不打个电话。怪了，她从来不这样的，你说怪不怪？冬梅说，有什么怪的？工作上的事能由着她自己？刘妈说，吃吧。不吃，烦。有什么烦心事也可以找你师父说。师父不在，回老家去了。刘妈仿佛愣了一下，又仿佛笑了一下，冬梅说不清。刘妈又说，吃饭。吃就吃。冬梅赌气地端起碗，乱七八糟地往嘴里扒饭。刘妈站起来，慢慢吃，我去给你把汤热一下。这家人都喜欢喝热汤。

张培田回到宿舍已经是晚上7点多了。马英在他的宿舍等他。怎么这么晚？买不到早班车，买了中午的。吃过了吗？还没有。我给你做了牛肉面，包在被里。她拿起桌上的热水瓶给他往脸盆倒了一点热水，脸盆里原来就有一点冷水，都是她事先准备好了的。洗了脸再吃。他洗脸的时候，她到床上把被子打开，里面有满满的一盒子面。她端起来放在桌上。这是厂里发的铅合金饭盒，上面还印着号码。他是118，她是119，她耍了个小花招，把盒子对调一下，让他吃她的盒子，而把他的盒子留给自己。

他洗了脸，拿起盒子，还很烫手。

他吃面条时看她的神色的点暗淡，觉得不对头，以前这种时候，她总神采飞扬，说个不停。他说，你今天怎么啦？

她本来想让他安心吃了饭再告诉他发生的事情，被他一问，眼泪就禁不住往下掉，像断了线的珠子。他想起自己回家的事，心虚地放下饭盒，出什么事了？

她哭着把事情说了。

张培田把抽屉打开，果然。他二话不说就往外走。她说，你去哪里？找他去。找谁？刘书记？这和他无关，是我自己交的。都怪我。张培田还是往外走。她说，要走也得吃了再走。他说，还吃什么？气都气饱了。

张培田找到刘书记刘丰收家，刘丰收不在，他老婆说，到李师傅家学习54号文件去了。这是当时流行的说法，就是打扑克。扑克不是54张牌吗？张培田说，你去把他喊回来。说着就自己在木沙发上坐下来。刘丰收是和他一起进厂的复退军人，很熟。刘书记的老婆看他脸乌乌的，说，你自己泡茶，我去喊他。不一会儿，刘丰收就回来了。还没进门刘丰收就说，培田回来了，我正想找你。

张培田说，把东西还我。刘书记尴尬地说，信已经上缴了，在厂部，涉及到好几个车间。我敢不缴吗？书呢？你小子从哪弄来这么好的书？刘丰收变得有些嘻皮笑脸的。他在部队就当文书，肚子里有一点墨水，识货。这不用你管。借看几天总可以吧。你没上缴？我怎么敢坑你呢？这可是有毒的，封建主义，黄色小说，哪条都够得上。你这打着红旗反红旗的家伙，张培田笑了起来，借你三个胆你也不敢缴。

哪来的？刘丰收小声说。借的。你小子再问，就不借了。

他们坐下来喝茶。刘丰收说，你那个马英，靠不住。这种查某太单纯。查某是闽南话，在这里是女人的意思。你看她，他指着自己的老婆，家里的事，屁都不敢放。马英啊，还没结婚就这么拿大，今后还得了！刘丰收的老婆在一边笑。说，培田，你刚才那张脸，像要把人吃了似的，我吓得脚都软了。不过，你也别听他的，马英还是很好的，懂得心疼人。

心疼个屁。当今社会，政治上糊涂，再好也不行。家都没了，还心疼什么？培田，听我的，没错。张培田说，八字还没一撇，你们瞎说什么。刘丰收说，你可别爱上李冬梅那俏查某，别说是高干子女咱们攀不上，就是攀上了，也要给她当一辈子奴才。俏查某也是闽南话，就是疯疯颠颠的女人。张培田正色道，不许这样说冬梅。刘丰收说，真爱上了。没救。你懂个屁。聊斋白看了。你中毒了。还是毛主席老人家说得好啊，"资产阶级的反动思想侵入到战斗的共产党，这难道不是事实吗？一些共产党员自称已经学得的马克思主义，究竟跑到什么地方去了呢？"

刘书记说得一本正经，说得三个人都笑了起来。

这时，刘丰收突然想起什么，对老婆说，你快去，去给我顶上。意思是让老婆到李师傅家顶他的缺，继续学习54号文件。老婆"哦"地一声，站起来，屁颠屁颠地跑了。

老婆走后，刘丰收有点暧昧地说，培田，那《聊斋》，你最看好的是什么？培田说，你小子想说什么？刘书记嘿嘿笑。你小子别往歪里想，你先看看有一篇东西，叫《嘉平公子》。我看了。刘书记说。张培田大吃一惊。刘丰收说，你小子在那里夹了张纸，我以为什么好看的，就先看了。看出什么了？刘书记说，"有婿如此，不如为娼！"

好一会儿，两个都不说话。

刘丰收说，你说怪不怪？有些话，我们天天说，念经一样，却没往心里去。我们是说给别人听的，连自己都不信。说的一套，做的一套，上面这样下面这样，层层都一样。而有些事，就拿这个故事来说吧，你忘不了，我也忘不了。培田说，你说现在这算什么事？先从我们自己做起吧。别的，我们管不了，也不能管。别把自己搭上去。

张培田说，没劲。还不如回家，山村里还有一些是真的。

马英在张培田的宿舍里等了好久，不见他回来。想了想，只好去找师母，把事情和她说了，师母听完之后说，看来，你们的缘分尽了。

马英在师母家里哭了一个晚上。

车间里到处是斗私批修的标语。上班时大家都不说话，见了面也只是点点头，怕说出什么不合时宜的话，给自己惹麻烦。轻的自己斗私批修，把自己臭骂一顿。重的还要大家一起来，帮着骂。下了班李冬梅不唱歌了。也没人让她唱歌。大家静悄悄地洗手，静悄悄地走人。马英给张培田炖了一锅当归枸杞牛肉汤，却不敢开口让他去吃。眼睁睁地看着他和李冬梅一起洗手，一起走出车间，一起到车棚里牵脚踏车，看着他们牵着车子走路，边走边说，亲亲热热。心里十分凄楚。

李冬梅回头看了一下站在车间门口，显得有点孤单的马英，心里有些不忍。

李冬梅说，师父，马姐一直在看你，好像有话要和你说。张培田说，还说什么。李冬梅心里很矛盾。她很同情马姐，又暗自高兴，她也不知道自己高兴什么。拐弯时她又回头看一下，马姐还站在那里。

厂广播站正在播一篇斗私批修的文章。"伟大领袖毛主席教导我们，同资产阶级思想必须划清界线，决不能和平共处……"一开头就有点火药味。一听就知道是一车间的稿子。全厂就一车间搞得最认真，最红火，也最有成效。听说，由于斗私批修的深入展开，激发了全车间工人的社会主义积极性，本月中旬，已超额完成生产任务50%，比去年同期增长80%。厂政工组的同志说，这是战无不胜的毛泽东思想的又一个伟大胜利。

张培田说，下午学习，你想说些什么？李冬梅说，我什么也不想说。我没什么可说的。他们要写信，不关我的事。我把信寄在你那里，是怕放在家里让父亲知道了，不好说。再说了，你是师父，你和我也是车间党支部安排的"一帮一，一对红"的对子。你帮助我，做我的思想工作，过细的思想政治工作，自然要了解我的思想，要看那些信。张培田说，你真这么想？她笑了，很得意的样子。假话谁不会编啊，也是他们逼的。他说，说真的，你为什么要把信放在我那里？我也不知道，她说，反正，你不能把我当小孩子。张培田愣了一下。这话听起来有些让人胆战心惊。

李冬梅说，我妈让你明天晚上过去吃饭。明天是星期六。他点了点头，接着，又摇了摇头。她说，怎么啦？还是不去的好。她笑了起来，师父，我看你有点怪，是不是怕见我爸爸？

张培田的脸红了一下，他的确怕见她的父亲。以前怕，现在更怕。她说，我爸爸其实没什么可怕的，就是太正经了，心不坏，看样子可怕，其实不可怕。就拿我妈说吧，平时都听爸爸的，可她一生气，爸爸就听她的。

是吗？骗你是小狗。去不去呀？老实告诉你吧，我爸不在。又不在，怎么老不在？李冬梅看师父的表情有点古怪，笑了。我爸说了，他属于革命，他自从参加革命起就把一切都献给了革命事业，家是意外的收获。我妈说，这家，只是爸爸的旅馆。

到了厂门口，李冬梅说了声走了师父。上车而去。

张培田折回来，正想上车去食堂，却看见马英站在对面的树下，他无声地走过去。她说，我给你炖了枸杞当归牛肉汤。他说，你又何必呢？她说，就当是工友，也不能太伤人家的心啊。他就调转车头，朝她宿舍方向走去。她跟在后面。有人迎面走来，笑嘻嘻地说，张师傅，又有好东西吃了吧。什么时候请喜糖啊？马英说，去，不说话舌头也烂不了。

到了宿舍，两个人默默地吃饭，不说话。张培田的胃口好，吃了一碗又一碗。马英吃不下，只是象征性地扒两口，就停下来看他吃。男人和女人不一样。

张培田喝汤的时候说，你怎么不吃？马英哇的一声，大哭起来。

下午上班时，刘书记悄悄对张培田说，一车间出事了，出大事了。他说什么事？他把他拉到车间办公室，说，陈小明，就是那个化名魏艾思给李冬梅写信的青工，自杀了。张培田大吃一惊，不会吧，阶级斗争这么严重？刘丰收说，高卫东这家伙你还不晓得，喜欢出风头，搞极端。高卫东就是一车间的高书记，也是部队转业的，他们同一个部队，在部队就是指导员，他们那个连队叫"红色尖刀连"，是个老红军连队，第一任连长现在已经是一个大军区的参谋长了，在报纸上可以看到他的名字。听说高卫东原来的名字叫高耀宗，在部队改的名，活学活用毛泽东思想，彻底与封建思想意识决裂。因为改名而入党提干。死了？没死，吃安眠药。好在发现得及时，现在在医院里。

张培田说，在哪个医院？刘丰收说，不知道。雷厂长是在小范围内说这事的，为的是引起我们的注意，不再发生类似的事件。他反复强调，这事要保密，严格保密。谁也不知道在哪个医院。你想干什么？张培田说，我想和冬梅去看看他。刘丰收说，你一去，高卫东肯定知道是我说的，你想把我的党籍搞没了？谁让你告诉我？培张田突然想起《聊斋》，这书放在他那里不安全。就说，书呢？看完了就还给我。刘丰收说，被雷厂长拿走了。张培田大吃一惊，这还了得。刘丰收说，那天他到我家，我正看着，被逮了个正着。他说，好啊你个刘丰收，到现在还敢看黄色小说，没收。就拿走了。没问是哪来的？问了。你怎么说？我敢隐瞒吗？张培田想，真是一波未平一波又起，那就等着挨批吧，他认了。只是书要是讨不回来，怎么向韩书琴交代？他说，刘丰收，你可把我害惨了。

刘丰收一脸无奈。

张培田想，书的事先按一按，还是先看人要紧。他悄悄地打听了几个一车间的老工人，居然没人知道这件事，更不用说是哪家医院了。李冬梅说，我来想办法。

李冬梅下班就在厂道上等，等了一个中午和一个傍晚，不见王艳的影子。她想，她和魏艾思也就是陈小明是一个班组的，会不会到医院里去看护他？她就上她家，她妈一见李冬梅很高兴，说怎么好久不来了？她就问王艳，她妈说，一下班就往医院跑，说是他们班组有个姐妹住院了。正说着，王艳回来了。她看到李冬梅有点吃惊，你怎么来了。李冬梅说，他住在哪个医院，我和师父去看他。王艳说，不是要保密的吗怎么都知道了。李冬梅说，天下没有不透风的墙。她说你去合适吗？李冬梅不说话。她说好吧，可不能说是我说的。李冬梅说，出事我负责，决不连累别人。王艳就把陈小明住的医院和病房号告诉李冬梅，说，你们明天上午去吧，我值班。

第二天上午，李冬梅就和张培田一起请事假到医院。

医院里静悄悄的。

王艳在二楼走廊向他们招招手，就避开了。

张培田和李冬梅到病房时，魏艾思静静地躺在那里，脸色苍白。看见他们进病房，魏艾思转过身去，把脸对墙。他没脸见李冬梅。张培田把带来的水果放在床头柜上，说，小陈，冬梅来看你。冬梅站在床边说，小陈，你也别不好意思，我是真心来看你的。你的那些诗，写得很好。师父，你说是吗？张培田说，是的，写得很真挚。陈小明说，那不是我写的，是抄的。谁写的？普希金，俄国伟大诗人。谢谢你把他的诗写给我。那么好的诗！陈小明转过脸来，一脸都是泪。我没脸见人，特别是你。

李冬梅在床头坐下来，快别这么说。我们会成为好朋友的。我给你唱歌，好吗？他那苍白的脸上现出了红晕。唱什么？随便。李冬梅就唱，小声唱，"红岩上红梅开，千里冰霜脚下踩，三九严寒何所惧，一片丹心向阳开，向阳开。红梅花儿开，朵朵放光彩，昂首怒放花万朵，香飘云天外，唤醒百花齐开放，高歌欢庆新春来，新春来。"

陈小明说，冬梅，谢谢你。又说，张师傅，你们放心吧，我再也不做傻事了。

他们离开时，王艳在走廊的那一头，向他们挥挥手，意思是她知道了。有点地下党搞秘密工作的味道。

在回来的路上，李冬梅说，师父，陈小明真不会再干傻事了？张培田说，大概不会了吧。李冬梅说，要是他再给我写信怎么办？我是说，用真名字写。那就大大方方地给他回。心里想什么就写什么。我想也是。

陈小明没有再给李冬梅写信，他出院后，就调到别的地方去了。李冬梅听到这个消息时，他已经走了，没人知道他调到哪里去了。想到再也见不着陈小明了，有一种怪怪的东西从心里飘过。很久以后，李冬梅才明白，这种东西叫惆怅。

尽管他们做得很秘密，他们去看陈小明的事还是让一车间的高书记知道了。没人知道他是怎么知道的。

高卫东书记很生气，找到雷厂长，说，这算什么事，三车间这是违反组织原则的。雷厂长说，看了就看了，天也塌不下来。保的什么密，一定是姓刘的小子干的好事。高卫东愤愤不平。雷厂长说，坏事在一定条件下也会变好事，这是毛主席教导我们的，或许他们去帮你做工作，给你擦擦屁股也好。高卫东说，陈小明这小子不知好歹。难道党组织不是为他着想？想尽各种方式帮助他？年纪轻轻的就受不了了，软蛋一个，想当初我们，受了多少委屈，都像他，早他妈死了好几回。不是说扫帚不到，灰尘照例不会自己跑掉吗？雷厂长说，扫帚扫帚，你小子就知道扫帚，只会一味地冲冲冲，杀杀杀。毛主席不是也说，要关心群众生活，注意工作方法吗。

高卫东说，我们下一步怎么办，这么一弄，斗私批修如何深入下去？雷厂长说，上面说了，斗私批修是长期的任务，现在，当务之急是整党，整党建党。明天就开各车间的支部书记会，进行布置，后天开全厂党员大会。高卫东说又变了？什么叫又变了，你要不要紧跟毛主席的伟大战略部署？高卫东说，我不是这个意思，我是说，他还没说完，雷厂长就打断他的话，说说说，你哪来那么多废话。

这天晚上风很大，张培田到桃花山时，天已经暗下来了。有一辆黑色的小轿车从他的身边掠过，带过一阵阴森森的风，还响了一下喇叭。风是冷的，喇叭声是温和的。可是细细品来那温和中却透着一种威严。是特意在他的身边按响的，还是无意的习惯性的？他没看清车里的人，天暗，还隔着一层车窗玻璃。该不会是李冬梅的父亲、韩书琴的丈夫吧？张培田的身子不禁抖了一下。不会，李冬梅不是说他不在吗？或许回来了。张培田站住了。他不能去。说不定司机把他送回家了，车子往回走，遇见了他。那个时候的小汽车很少，在这条路上跑的只能是他的车。

张培田往回走。

张培田有一种做贼心虚的感觉。他一直在想象坐在车上的那个人，看见他，会是一种什么样的表情？他如何面对他？也许，他呵呵一笑，伸出手来，说，欢迎啊，张师傅。随便坐，不要拘束。早听说了，你。冬梅这孩子没给你惹麻烦吧？对她，要严格要求。玉不琢不成器嘛。那么他就大大方方地坐下来，和他说话。说什么？他问什么就答什么。要是他不问呢？那就说说冬梅。说什么？说她聪明，技术学得快，群众关系好，唱歌好听，同志们都喜欢她。说完了他还是不说话怎么办？这算好的，要是他不说话，不握手，威严地，居高临下地看着你，怎么办？你会害怕吗？你会发抖吗？

要是以前，你也许不会，可现在你不敢保证。因为你做贼心虚。

回去吧，回去是明智的选择。

可是如何向韩书琴交代？

或许那车不是他的。如冬梅所说,他真的不在家。张培田转了个身,向山上走去。一首很流行的歌跳进他的脑海,"当今世界上,究竟谁怕谁?不是人民怕美帝,而是美帝怕人民。"他的心中突然生出一点雄壮,甚至有点悲壮,脚步也有了节奏。仿佛回到部队。那个时候,天不怕地不怕,一不怕苦,二不怕死。连死都不怕了,还有什么好怕的?董存瑞、黄继光、邱少云、王杰、麦贤得……张灵甫算什么,不就个师长吗?

可是他不单单是个师长,他是李冬梅的父亲,韩书琴的丈夫。

张培田的思绪有点乱。乱糟糟的。他在桃山的路上走了好几个来回。有一次走到门岗前,又折了回去。他知道,出了门岗就再也进不来了。进进出出的干什么?证件。登记。拿不出证件,麻烦就大了。

刘妈把最后一盘菜端上饭桌时说,张师傅怎么还没来。韩书琴说,是啊冬梅,你师父怎么还没到呀?李冬梅说,你问我我问谁呀?他没说不来,就一定会来,可能有什么事耽搁了吧,或许是车子坏了,对了,师父的脚踏车坏了,恐怕在修车子。车放修理店就行了,还等啊?师父自己修。她说的全是无影话。哦。韩书琴不说话。天全黑了,山路上一个人也没有。对面昏黄的路灯把路边桃树的影子投在路面上,也是模模糊糊的。远远地从市区传来一两声汽车声,有气无力的样子,使这所半山上的房子显得更加安静和孤寂。

冬梅的母亲说,冬梅,你去看看,是不是门卫不让进,最近安全保卫工作上面抓得比较紧,也不知出了什么事。冬梅说,还看啊,他不来我们自己吃得了。说归说,她还是出了门。她心里比母亲更着急。

李冬梅出门不远就看到张培田。他不是往上走,而是往下走。她叫住他,说师父怎么往回走,忘了拿什么东西?仓皇中张培田说,好像工具箱忘锁了。这算什么事,走吧,大家都在等你,刘妈的菜都上齐了。

张培田只好跟她走。进了门,张培田觉得少了什么,再看,厅正中的梅花画没了,显得有点空。冬梅说,我爸拿走了。拿走了?我爸调省城了,升官了。我妈不想去,我也不想去。张培田说,刚才在路上碰到一辆小汽车，黑色的。是他的司机，回来拿画。那画，我爸喜欢。都说是他画的，我看不像。我没看他画过其他画，家里也没有画画的东西，笔啊，墨啊，色啊，纸啊，什么都没有。也许是以前画的，也许在其他地方画的，比如办公室什么的。张培田说。也许吧。

看到张培田，李冬梅的母亲十分高兴，神采飞扬地说，怎么这么晚，厂里有事？张培田红了一下脸，说，没事，就是忘了锁工具箱的门。不是说车子坏了吗？哦，早修好了。这算什么事啊，喝酒。她说。

李冬梅说，我也要喝。她看妈妈高兴，她也高兴。她突然悟到，以前，他们家只有安静，没有欢乐，是师父给他们家带来欢乐。

这个晚上，他们喝得一塌糊涂。

李冬梅头晕了，说，妈，我不喝了，唱歌去了。韩书琴说，去吧，挑好听的唱。她看到母亲的脸酡红，笑嘻嘻地说，艳若桃花呀。韩书琴说，去，有这样和妈说话的吗？李冬梅说，师父，你陪我妈好好喝，我妈高兴。张培田低头喝酒，不敢多说话。李冬梅走回自己的房间，开头还硬撑着，拿起歌本想唱歌，可是刚张嘴，酒劲就上来了。李冬梅连衣服也没来得及脱，就歪倒在自己的床上，睡着了。

刘妈也喝高了，碗洗一半，上眼皮就直往下掉，像挂了两个秤砣，硬是撑不起来。她想，不能就这样睡了，还有许多事情没做。毕竟上了年纪，浑身的困乏一上来，就由不得自己了。她的脚软了，慢慢地滑下去，就蹲在碗池下打起盹来了。她心里说，不能这样就睡死了。她使劲地睁了一下眼睛，又合上，样子很滑稽。

这个晚上，李冬梅做了一个梦。她梦见自己半夜里起来上厕所，看到爸爸和刘妈站在妈妈的房门口，妈妈的房门关着。她说，爸怎么回来了？爸爸不说话，朝她挥挥手，意思是让她去睡觉。这是爸爸的一贯作风。她揉了揉眼睛，走开了。

第二天早上，李冬梅问刘妈，我爸昨晚上回来了？刘妈说，哪有啊？你又做梦了。李冬梅想，我上了厕所，又脱了衣服。是的，我是脱了衣服，我早上还穿衣服来着。怎么是做梦呢？她走到爸爸的房间，床上被子叠得整整齐齐，摸摸被子，是凉的。她问张师傅，刘妈说，早走了，都几点了？李冬梅一看表，9点过5分。大叫，迟到了迟到了。就往外跑。刘妈在后面说，吃饭吃饭。她连头也不回，跳上车，一溜，就下了坡。

　　厂里的斗私批修再也没人提起，全厂都转入整党建党。那个时候，什么事情都是虎头老鼠尾，人们也习惯了。整党学习时，张培田怕厂里提《聊斋》的事，却没人提起。他想问雷厂长要书，又觉得不是时候。整了党，上面来了指示，要抽调一批技术骨干到闽西某县支援三线军工建设，听说那个工厂建在离县城30公里的一个巨大的山洞里。备战备荒为人民。雷厂长找张培田谈话，说了许多道理，中心意思是，厂里需要他，三线建设更需要他。张培田笑着说，雷厂长您不用说了，我正想报名哩。于是，张培田的名字再一次出现在厂里不锈钢做的光荣榜上。和他一起上光荣榜的有10人，光荣榜上最后一个是马英。听说，马英是主动要求去的。

　　李冬梅死活要和师父一起去。李冬梅的母亲坚决反对，她的父亲也从省里打电话，不许她去。否则，就和她断绝父女关系。李冬梅朝电话喊，断就断，我跟师父去定了。她甩开母亲拉她的手，跑到厂部找雷厂长。雷厂长似乎知道她要来，微笑地让她坐下来，慢慢说。他对她支援三线建设的积极性极为赞赏，说了许多鼓励的话，但是，他最后说，上面要的是技术骨干，你暂时还不是，去不成。我也无能为力啊，等几年吧。李冬梅哭了一天一夜。第二天起来对母亲说，我要去参军，走得远远的，永远不再和你们相见。

　　果然，她就到部队去了，兰州军区。听说，那里有个军长是她父亲的老战友。部队就是部队，说走就走，一声令下，她走得比师父还快。

　　张培田走的时候很热闹，厂里开了欢送会，敲锣鼓，戴红花，放鞭炮。马英站在张培田身边，脸上流光溢彩。厂里给支援三线建设的同志发纪念品，雄文四卷，是雷厂长亲自送到每个人手上的。别人一份，张培田两份。大家都没觉得有什么不对，张培田就是不一样，他是这批技术骨干中的骨干。书是用红绸子包起来的。雷厂长把第二包书放到他的手上时，小声说，物归原主。张培田心头一热，顺手一摸，果然是《聊斋志异》。

　　不久，韩书琴就申请调到闽西某县文化局。临走的时候，刘妈伤感地说，都走了，这个家空了。我也走。李冬梅的母亲说，你还是到省城去吧，他也要有个人照顾。刘妈想了好久，说，人啊，年轻时属马，不安分，到处跑，老了就属狗，守门，看家。我没家，就去守着他吧。说着，就掉了眼泪。

　　李冬梅的母亲说，刘妈，对不起，我不想这样，真的不想这样，可我管不住自己啊。刘妈说，我知道你苦，你硬撑着，撑不下去了。

　　韩书琴说，我是一个坏女人。刘妈抱住她说，孩子，我苦命的孩子啊，别这么说，都是命，命运作弄人。听天由命吧。

　　说着，她们就抱头痛哭，哭得痛快淋漓，惊天动地。

　　好在此时的桃花山上，万籁俱静，空无一人。否则，她们的这种哭相，让革命造反派看见了，准会说，如丧考妣。革命形势一片大好，而且越来越好，要不是地主资产阶级的孝子贤孙，怎么会有哭得如此伤心，如此丧心病狂？"沉舟侧畔千帆过，病树前头万木春"。历史的步伐是不可阻挡的。让一切地主资产阶级的孝子贤孙通通见鬼去吧！无产阶级文化大革命胜利万岁！战无不胜的毛泽东思想万岁！伟大领袖毛主席万岁，万岁，万万岁！

野渡无人舟自横

陈明听说罗旭被"双规"微微一笑,想,如今的人啊,听风就是雨,特别是听到当官的出了事,更是四处传播,有鼻有嘴,有脚有手,越说越真,乐得像半路上捡了一块金砖。陈明笑过之后,又情不自禁地摇了摇头,世风日下,这也是一种表现:看别人腐败,眼红,骂腐败,恨腐败,恨不得千刀万剐,别人出了事,幸灾乐祸,奔走相告。细想那种恨,其实并不真恨腐败,只恨自己没机会。

人啊,人。陈明十分感慨,却能理解,也能宽容。

其实,陈明微笑是有道理的,就在昨天,他刚刚和罗旭见面,在他的总经理办公室,两人泡茶聊天,罗旭一如往常,谈笑风生。还说起他们当初在一起时的一些事情。仿佛在眼前,瞬间就成往事。那个时候,他刚从部队复员回来,他父亲罗阳春找他,说这孩子还行,5年兵5年的"五好战士",入党当班长,部队上想提他的干,老太婆硬是不让。还是回来好,家里就他一个孩子。罗阳春最后一句话居然有点凄凉,陈明知道,罗旭还有一个哥哥,也当兵,后来牺牲了,"王杰式"英雄,烈士。这是老人心中的痛,从不提起。罗阳春是陈明的老上级,时任地委工交部长。

那个时候,陈明是A州地区汽车运输公司党委书记。罗旭就安排在下属的货车8队开车。罗旭果然是棵好苗子,年年超额完成任务,年年安全节油,年年被评为公司的先进生产标兵。几年后,他被破格提为公司团委书记。"A运"是A州地区唯一一家国营大型汽车运输企业，3000多干部工人，包括驾驶员、修理工、车站站务员、管理人员等等，仅共青团员就有一千来人。那是20世纪80年代初，他的破格提拔，在全区引起小小的轰动，成为工交战线提拔青年干部的一个典型。这事现在看来有点好笑，但那时，从工人到干部，一道坎，几乎不可逾越。而他陈明就有这个气魄，别人不敢做的，他敢，从工人到干部，不是一般干部，是科级干部，一步到位。

告诉他罗旭出事的是个外号"狗妹"的女人，这女人真名字叫沈九妹，闽南话"九"与"狗"同音，原来是公司下属A州车站的站务员，因为男女关系问题（那时有一个很特殊的名称叫"搞腐化"）被处分。本来，大多数公司领导主张开除她，因为她属屡教不改的那种，拉拢腐蚀干部，前前后后，被她勾引上床的股级以上干部有十几人之多，一个加强班，是出了名的害群之马。但陈明力主挽救，"惩前毖后，治病救人"，不要把人一棍子打死。他是一把手，第一把手一言九鼎，一锤定音，最后只给她一个记大过处分，同时降了一级工资。她不知从什么地方得到"内部"消息，便一直念着陈明的这点情。后来，她自动辞职下海，很快就成了A州有名的民营企业家，她的名片写着：A州四通贸易有限公司董事长兼总经理。

老书记，你可别不信，我的消息是从上面来的，她用食指指了指天花板。陈明又笑了笑。

对于这个女人，陈明并没有太坏的印象。男女作风问题是双方面的，俗话说，"铜钱没有两枚不响"，不能单怪她。当然，这也和他们第一次见面有点关系。陈明原是老地委秘书，"文革"后被派到A州汽车运输公司任党委副书记。上任前，他到车站走走看看，有点微服私访的意思。平时到车站，只是为了出差，这次来，却有种不一样的感觉，不是过客，是主人。过客和主人不同。屁股指挥脑袋，也影响情感。一进候车室，就看到一个年轻漂亮的女站务员扶着一位老人，边走边说边笑，有如父女，他感到好奇，就跟在后边看。那个时候提倡"学雷锋做好事"，站务员扶老携幼是常有的事，但没有那份亲切和轻松。他想，不会是她的亲戚吧？一直到她扶那老人上了车，老人朝她挥手道别说谢谢，他才明白，这纯属学雷锋做好事范畴。她转过身看到他，微微一笑，说，同志，车票。他说，没有。她说哦，送客的。他说不，不送人。她说，是外地的吧，需要不需要我帮点什么？他说不用，谢谢。表情居然有点狼狈。这个女人太漂亮了，不是一般的漂亮，是什么呢？他想到很久以前读过的一句诗，"回眸一笑百媚生"。

这是他到公司认识的第一位职工。后来他知道她叫沈九妹，又知道她的名声不好，是"破鞋"。公司里有关她的故事很多，其中一则让他听过之后哈哈大笑。说九妹的丈夫是个客车驾驶员，勾引A州下属一个县车站的女站务员，在他的车上"搞腐化"，而这个女站务员的丈夫也是客车司机，决定对他进行报复，就千方百计地把九妹勾引到他的车上成其好事，地动山摇，九妹的哼哼叽叽引来了在车场上巡逻的民兵，5节电池的手电筒光锁定车厢内的一对男女。从此，沈九妹破罐破摔，红杏大出墙，闻名全公司。笑过之后，陈明想，这也许是九妹对男人的报复吧。其实九妹人不坏，心地善良乐于助人。在车站，公认她学雷锋做的好事最多，最积极最主动。当然，每年岁末评先进都没她的份儿，原因是她名声不好。她也不计较，好事照做，腐化照搞，我行我素。她丈夫也没办法，谁让他先搞了别人的老婆呢？汽车司机从旧社会起，风流事就多，见怪不怪。他们夫妻有点游击战原则，"你打你的，我打我的。打得赢就打，打不赢就走"。沈九妹下海之后，常来看他，一直到他退休后，还常来。说来难得，就那么一点点情，她一记几十年。

他说，别乱说，罗旭这个人，我还是了解的。她笑了一下，不再说什么。她的笑，还残留着年轻时的妩媚。这女人就是怪，都50多了吧，还不显老，尤物，书上说的那种。陈明想。

关于罗旭"进去"的消息，接二连三地，有人传递给陈明。大都说得比较含蓄，有的只轻描淡写地问一句，罗旭最近没来吗？看似顺带而言，实则深有玄机。陈明还是笑着说，刚见过面的，就在几天前。这个人啊，就是工作狂，一忙起来，六亲不认。来不来，无所谓的，工作要紧，一个公司几千号人，几亿资产，多少事，什么事都比我这个老头子重要。人们便不再说什么。陈明是沉着、自信的。对于那些无稽之谈，他根本不信，也不问。给罗旭打个手机，或都给小汪打个电话，就什么都清楚了，可他就是不打。小汪是罗旭的爱人汪珍妮。他们的结合，还是他做的大媒。珍妮是陈明老同学的女儿，复旦大学中文系毕业，中文好，英文也行，原来在报社当记者，后来辞职做保险，如今已是一家大保险公司的部门经理。

罗旭就任 A 州汽车运输总公司懂事长兼总经理的时候，陈明已退休多年了。他来找他，喜气洋洋，还带来市委关于他就职的"红头文件"。A 州早在 20 世纪 80 年代中期就地改市了，城市化，以城市为中心，大潮如此，势在必行，好事。罗旭说，陈叔，这下，我可以放手大干了，我盼的就是这一天。是啊，在现行的体制下，要想真正做点事，就得当一把手。陈明知道他心里早就有了一套完整的改革发展方案，只苦于时任第一把手的方刚华不予认可。方刚华也是陈明的老部下，为人忠厚，但谨慎有余，开拓不足，属"守成"型。方刚华当了两年总经理，就调到一个事业单位任党委书记，不久前退居二线当调研员，用他自己的话说，是个"安乐王"，拿工资等退休。关于他的走，公司里有种种传说，有说是被罗旭挤走的，有说是他自己通过市里某领导走后门调走的。不管怎么说，他的走客观上造成两个结果：一是罗旭有了用武之地，二是方刚华得到了实惠。各得其所。

陈明理解罗旭，也从心里支持罗旭。罗旭的理想是，先在企业内部进行大刀阔斧的改革，用他的话说，让企业身强如钢，身轻如燕，然后大胆出击，兼并几家公司，把企业做强做大，争取跳出单纯的运输行业，把它变成一个跨行业、多经营的大公司，他甚至想把生意做到国外去。

罗旭平时常常把一句话挂在嘴上，叫"有路就有长龙车"。看似玩笑，实则认真。这话是 20 世纪初，A 州地面上第一家汽车运输公司"长龙汽车公司"老板高竹轩在创办"长龙汽车公司"时提出的口号。那时，A州只有一条通往闽西的公路。高竹轩先生是一位受人尊敬的开明人士，解放后担任过A州专员公署副专员。罗旭对高竹轩很佩服，说这才是真正的企业家。几十年的经营，果然在全省范围内，只要有公路，就有长龙公司的汽车。听说他正准备把车开到邻省，A州解放了。情况变了，他顺应历史，退出了本来属于他的舞台，担任另一个角色。非他所愿，但也不得不如此。他把公司交给政府，公司国营了，他走了，但他对公司还很有感情。人们常常看到他坐一辆三轮车，在车站在修理厂在保养场转悠。听说，那辆蓝色的三轮车是他专用的，没有小汽车。为什么没有给他配小汽车，谁也说不清楚。有一种说法是，他自己不要，怕汽油味。历史的真相往往淹没在许多难以置信的细节当中，却没人去深究。

罗旭春风得意，红光满脸，陈明说，小罗啊，有理想是好事，想为党为人民多做贡献是好事，可是，我们是国营企业，不是私企，有些事还是要谨慎从事。罗旭郑重地说，陈叔放心，违法的事情我决不会去做。为了公家的事情去违规也不值得，陈明有点语重心长。罗旭点头称是，说，陈叔的话，我记住了。

罗旭长得像他父亲罗阳春，国字脸，浓眉大眼，是既威严又灵气十足的那种。1米78的个头，用当今流行的语言来表述，是个标准帅哥，帅呆了，酷极了。那时，他的眼睛特别亮，清澈透明，陈明甚至可以在他的眼珠里看到自己的影子。对于罗旭，他放心，彻底地放心。他没有，也不会辜负革命前辈对他的期望。

让陈明没有想到的是，罗旭出任公司一把手的第一个动作是把长龙汽车公司的老办公楼装修一新，搞了个"百年企业史展览馆"，长龙公司是A州汽车运输总公司的前身，这座办公楼坐落在公司大院西北角的那一片玉兰树林中。经过近百年的风雨，已几近危房。罗旭花了上百万元进行装修布展，引起不少非议，风声很快就传到陈明的耳朵里。有的话说得很难听，什么企业史？那是明目张胆地为高竹轩树碑立传，大肆宣扬所谓的"长龙精神"，为资本家正名，为资本主义招魂。方刚华虽已离开公司，却为此事还特地跑到陈明家里，说小罗这样做太张扬，太过了，中国特色的社会主义，还是社会主义嘛。当然，这不关他的事，他说，他之所以多嘴，是因为他对公司、对小罗有感情，他不希望小罗出轨。

陈明有点心脏病，不过不严重，有时胸闷有时气喘，对声音有点敏感，听不得突如其来的声响，比如电话铃声。这很正常，医生说，快70岁的人，一点没毛病，那才不正常。陈明有很好的习惯，晚10点前必须入睡。一觉睡到第二天早晨5点。用他自己的话说，能吃能睡，基本上是好同志。可他今天睡得不踏实，居然还做了一个奇怪的梦，在梦里，罗旭对他哈哈大笑，都什么时候了，陈叔，方书记还这样，小脚女人似的。罗旭的笑在黑暗中有点夸张，有点变形。这是几年前的事了，怎么无端地跑到梦里来？

陈明用双手搓了搓脸颊，弯曲手指顺势向后梳了几下头皮，又揉了揉耳垂，然后打开床头灯。墙上的时钟指着11点。他想了想，打开手机，按了罗旭家的号码。响了好久，没人接。这么晚了，家里怎么没人？珍妮的手机，关机。陈明靠在床上，犹豫了一阵子之后，下决心按了罗旭的手机。响了几响，传来一个甜美的声音，对不起，您拨打的电话不在服务区，请稍后再拨。陈明下床，披上衣服，上了一趟卫生间，再打，还是那个声音。那种甜美是职业性的，没有一丝情感。他回过头来再打罗旭家里的电话，响了好一阵子，还是没人接。孩子呢？也不在。不对。他想起罗部长，可惜老人家夫妇都已经过世了。对，打珍妮家，找他的老同学，却找不到他的号码。居然没有储存老同学的电话号码。他这才想起，老同学退休后就到上海和儿子一起住了。他无可奈何地摇了摇头。最后，他又打了一次罗旭的手机，还是不在服务区。

难道真出事了？

陈明辗转反侧，一夜不眠。

可不能出事啊，罗旭不能出事，也不可能出事。他的事业正要腾飞，就像一个跳远运动员，急速跑步，就为了那一跳，一跃而过龙门。罗旭说了，在地上爬得再快也是蛇，只有跃上天空，才是龙，长龙。要不是改名的事情太麻烦，他就把公司改为长龙公司。会飞的，腾云驾雾，万里长空。

这一年原本是罗旭大展宏图的一年，他利用政府关于全市出租车更新换代的规划，着手兼并几家小出租汽车公司。同时投资A州到海门市的公路改造工程，使A州到海门的客运班车"市内公交化"，专线，20分钟一班，24小时不间断。海门是全国著名的海滨开放城市，A州到海门只有45公里，这个线路的公交车一开通，将大大地改善两市市民的交往，对于促进A州的经济繁荣，有着不可低估的作用。罗旭曾乐呵呵地说，到时候，海门人到A州买房子，一平方米便宜一万元，而A州人到海门去打工，比在北京、上海、深圳市内更方便。

然而，罗旭的真出事了。一个大活人，突然从人间蒸发了，找不着了，这就是出事的证明。最后确定他出事的消息，来自方刚华。

陈明家的客厅不算大，此时却显得太空旷，太安静了。陈明看着墙上的画出神。墙上那幅画是西洋油画，画的却是中国传统意境："野渡无人舟自横"。这幅画是罗旭拿来的，也是他挂上去的。那是一位本地很知名的画家的作品，听说他的画在巴黎展览过，一幅画在香港能卖上万港币。罗旭说，要是将来我退休了，就到这样的地方，盖座草房，钓钓鱼，看看风景。

陈明还是不信，不是不信罗旭"进去"了，因为这已是不争的事实，是不信罗旭会出经济问题。他这个人，对什么都在乎，就是不大在乎钱。他的儿子罗冬，小时候宝贝似的供着，有一次居然把他打得屁股又红又肿，什么事，就因为他不知道从哪里学了一首歌，歌颂伟人的歌，只是改了词，"人民币，像太阳，照到那里那里亮，那里有了人民币，呼儿嗨哟，那里人民笑开颜。"小孩子懂什么？刚上幼儿园，无非唱着好玩，改过来就是了。那调子不是好听吗，不是顺口吗，家喻户晓嘛。可他当真，说，这还得了，小小年纪就知道钱，以后钻进钱洞里出不来，有什么出息？这事给陈明印象很深，那个时候，珍妮是哭着说起这事的，她心疼孩子，说他狠，没人性。后来听罗旭说，为这事，珍妮几天不和他说话，还把他赶到孩子房间，自己抱着冬冬睡大床，一直到冬冬的屁股消了肿，还不给好脸色。陈明收回眼神，摇了摇头，无意间把不以为然挂在脸上。老书记，人是会变的，特别是在现在这种社会环境中，一不小心，就滑进去了。样板戏里头不是有句台词，"常在河边走，没有不湿鞋"。方刚华这样对他说。

　　接下来，人们不停地给他报消息，说罗旭已经供出来了。说那种地方，鬼都受不了，不用说人，供是正常的，不供才不正常。神仙也不行。当然，进那种地方的，不会是神仙。一是因为神仙一般不犯法，二是因为即使犯了点事，神通广大，加上仙仙相护，进不去。罗旭是人，一般人。在位时有点威风，有点神气，是个像模像样的人物，可一进去，就不同了。人们都说过不了三天三夜，什么都招了。人家可不是吃素的，是有了证据才让你进去的，不招也不行。手段嘛，中国自古有传统，多少多少种刑法，当然，那是封建社会，是武则天的酷吏政治，是大明王朝的东厂。现在是21世纪，是文明时代，是法制社会。不会乱来，传说而已，谁也没见过。传说绝对不可信。又有人说，听进去过的人说，其实是很文明的，无非灯光亮一点，时间长一点，让你交代问题。不睡觉，加班加点，这很正常，在外面不也经常加班加点地工作吗？何况你犯了事，交代问题嘛，按部就班还行？还有什么？不能外出。外出？外面的世界多精彩，让你随便走动，你能专心交代问题吗？哪个进去又出来的人说的？又是一种传说，换个说法而已，还是不可信。现在人们编故事的能力很强，太强了，"无影无一迹"的事都说得活灵活现。你千万千万别当真。反正罗旭是说了，坦白了，交代了，利用各种手段、各种名分、各种借口，贪污受贿300万元。

　　300万！陈明大吃一惊，简直是天方夜谭。然而，这数目还在不断地往上长，500万，800万，1000万……最后一次，陈明得到的数字是2000万。荒唐！陈明拍案而起，在厅里来回走动，背着手。人们非常熟悉陈明的这个动作，不过，那是在他昔日党委书记的办公室。每有不可思议之坏事发生，他就这样来回地走。而当他站定之后，一个严厉的处置决定便诞生了。陈明已经很久没有这样激动过了。近十年的退休生活让他的心态日趋平和淡定。

老书记，这种事在现在，不是什么大不了的事。还有大几千万上亿元的案子，报上电视上不是常有报道吗？您也不要太……反正已经出了，伤着了自己的身子不值得。说话的还是方刚华，就是他来向陈明报告最新数字的。他说他是从一位老乡那里得来的最新消息，他的这位老乡的同学在纪委工作，大学的同学，不是一般的同学，他们睡的上下铺，无话不谈。

荒唐！陈明站住了，这种天文数字你也信？陈明看着方刚华，目光炯炯，如电如剑。一个公司有多少经济往来？2000万，按百分之一吧，最少要20亿的往来！可能吗？你说，可能吗？

方刚华微微一笑，老书记是老了，观念陈旧，思维僵化，一点也没跟上时代的步伐。他还停留在十几年前，那个时候，整个公司就5000万资产，营收也只有5000万元。而那只是现在的一个零头，更不用说现在是多种经营，汽车运输只是其中一部分。

你笑什么？难道我说的不对？方刚华说，不是一年，是好多年，历年来的总和，再说了，现在的金钱往来，是我们难以想象的。

荒唐！2000万，怎么扛？方刚华说，还用扛？就几张"卡"的事。他把"卡"字说得重重的，以示这种新生事物的分量。

陈明颓然落在沙发上。他的手情不自禁地按住胸口。方刚华一惊，老书记你没事吧？要不要弄个车，到医院去看看。说着，他就开始按手机。陈明坐正了，说，没那么严重。你走，让我清静一会儿。

方刚华走的那天晚上，沈九妹来了。她报告的数字是2500万元。我听一位在反贪局工作的朋友说的，不会错。和刚才比，陈明现在已经平静多了。再说，在这个女人面前，他也不想太失态。不会吧？他说。老书记您可别不信，现在是什么事都可能发生。不过真是太可惜了，这么好的一个人才，就这样毁了。先别说毁不毁的话，你说，这么多钱，是怎么个……

怎么说呢，拿法？她笑了起来，老书记有点天外来客啊，外星人。简单。求人办事，不就要给人家钱吗？不能让人家白白为你办事吧？为了做生意，为了赚更多的钱，这点小钱不花不行。我们公司一年，光公关费用，就得大几十万。这钱哪里去了？还不是分散了，放进方方面面各色"人员"的口袋里？就这么给？就这么给，一张卡就是几万。陈明说，你就这么干的？沈九妹说，不这么干行吗，老书记？不这么干我能赚下这份家产吗？我还是一个站务员，我退休领社保养老金，一个月一千来元，连一瓶香水都买不起。

在明晃晃的灯光下，陈明闻到了她身上的香水味，是一种很好闻的气味，怎么好说不出来，但的确很好闻。九妹笑了笑，她的笑还那么骚，那么媚。这女人一辈子改不了这个臭毛病。这也许就是电视上外国人说的性感吧。她看他看她，就往他的身边靠了靠。那香水味就更浓了。陈明定了定神，又看了她一眼。九妹调皮地笑着，不挪位子。陈明无可奈何，只好自己往旁边挪了挪身子。

可是，罗旭说，他求人的多，而别人求他的少，政府各部门，社会上方方面面，哪个不是我们的爷？九妹笑了笑，老书记，我不说各种往来，商业社会，金钱往来是很正常的事。就说吧，说什么呢？简单一件事，我听说，线路牌，一张就得几万元。为什么让你走省城、走广州、走上海？而不让他走？这叫热线，赚钱的路线，金线路，所以，牌就是钱，就是商品。你要，你得拿钱来买。陈明语塞。十几年前，有人往他的家里送东西，为的就是要走省城，被他挡了回去。那是业务部门的事，不是他的事。再说，这种不正之风，正是他着力反对和坚决制止的。我听说，九妹说，单这一项，罗旭一年就有几十万的收入。牌在他的手里，他说给谁就给谁。还有，全公司的保险，各种各样的保险业务，都在珍妮那里做，一年的回扣，也是个可观的数目。

别说了。陈明说，即使这些东西都是真的，也凑不了那么大的数字。九妹说，老书记你不知道吧，近年来，罗旭兼并了几家公司，哪家公司没有地皮和产房？这些可都是钱，大钱。还有公司各种基建项目，车站、停车场、维修中心，还有，老书记，我们老车站那块地，不是卖给开发商搞商品房开发了吗……近百亩，一亩多少钱你知道吗？100万下不来。

陈明朝她摇了摇手，让她别说下去。这女人，什么都知道的样子，太可怕了。九妹再往陈明身边挪了挪身子，软软地说，我知道老书记待罗旭就像亲生儿子。其实，我也很喜欢他，他的做法，其实很行情，并没有太出轨，太出格，他从不敲诈勒索，公平交易。他是做大事的人，做大事不拘小节。只是他的运气不好，过不了这一劫。不像一些贪官，只知道抓权捞钱，不办事。这么说，他还是好人？陈明有些惊诧于她的逻辑。当然是好人，好男人，有作为，有男子汉的气概。

我真看不懂你。陈明说。我不就是个女人嘛。她再一次往他的身上靠了靠。老书记，您也是好男人。陈明有点神经质地笑起来。他从来没有用男人这样的字眼儿来衡量过自己。"男人女人"这样的字眼儿在过去的语汇中是相当忌讳的。在陈明大脑信息库里，常常与一些不干不净的词语相链接。九妹说，您身上有一股正气，是个男子汉。

陈明站了起来。夜有点静。他感到某种危险。

那天，一位老朋友来泡茶聊天，说起他的退休生活，让他羡慕得要死。他说，我的退休生活可以用"两岸三地四个一点"来概括。何谓之？有个亲戚在台湾，时不时飞过去探望一下，这是两岸。家在A州，女儿在海门，老母亲快90了，在乡下，他得时不时地把三个地方都走走。四个一点呢？一台电脑，上网看一点新闻，这个世界太精彩；一本《水浒》翻来翻去，动点脑子，以防老年痴呆；一个孙子逗逗乐，享受一点天伦之乐，其乐无穷啊；一个老婆暖暖被窝，少年夫妻老来伴，只是暖一点被窝，别的不敢胡思乱想。说得他哈哈大笑。笑过之后，特别是朋友走后，陈明感到从来未有过的凄凉。那凄凉仿佛是黄昏的黑暗，从四面八方，从墙角，从床底，从每个他看到的和看不到的旮旯角落，滋滋滋地冒出来，弥漫，越来越浓，将他整个地淹没。这是一种从来没有过的可怕的、明目张胆肆无忌惮的淹没。心在这种淹没中颤抖。

老伴已过世多年,她患的是子宫癌,发现的时候已是晚期。都怪他太大意了,一心扑在工作上,一辈子都是老婆侍候他,习惯了。老婆病倒的那天,他还在省城开会。老伴被送进医院前后不过一个月就走了,永远离他而去。紧接着离开他的是女儿,跟着一个她所爱的男人,不辞而别。那个男人大她十几岁,陈明坚决反对,可是反对有什么用?人家连说都不说一声,就走了。现在国外,良心发现了,一个月来一次电话,还说要寄钱,他不让。

在陈明的内心深处,他是把罗旭当儿子,亲儿子看的,他为他骄傲。可是现在,罗旭出事,出大事了。仿佛一座大厦,轰隆一声,倒了,成了一片废墟。他什么也没有了。陈明,年近古稀的陈明,为某种理想奋斗了一生,堂堂正正问心无愧的陈明,如今却落得一无所有,茕茕孑立,形影相吊。

陈明突然抱住九妹,号啕大哭。

沈九妹先是愣了一下,而后微微一笑,将他紧紧抱住。而后,她把他扶到沙发上坐下,给他倒了一杯水,坐在他的身边,像哄小孩子一样地,一手端着水,一手抚着他的后背,说,我们不哭了,喝点水,喝点水,啊。

陈明把头埋到她柔软的怀里。老泪纵横,如倾盆大雨,淋湿了一片山峰与峡谷。

前党委书记陈明对自己的堕落羞愧难当,甚至深恶痛绝。他没想到已近迟暮之年的他,居然还有那种可耻的要求。平时软塌塌的"老家私"经不起沈九妹的诱惑,居然对她言听计从,唯命是听,她说抬头就抬头,她让坚挺就坚挺,她让前进就前进。沈九妹久经沙场,手段果然十分了得。她乘虚而入,轻而易举地将他俘虏。她及时地利用了他的痛苦,人痛苦的时候也是意志最薄弱的时候。

是的,这是陈明一生中最痛苦的时刻之一。罗旭出事了,进去了。他视罗旭如己出。问题还不仅仅如此。罗旭是他理想的延续,罗旭的落马是他一生信念的崩溃。顷刻之间,如大江决堤,信念化为语言的碎片,苍白无力，随波逐流，在洪水中飘荡，在肮脏的泡沫中沉浮。人世间已无正义与理想，美好与崇高。天下乌鸦一般黑。

陈明醒来时，沈九妹已不知去向，但床上床下，到处是她身上的香水味。他第一次对这种气味感到恶心。听说，这是有名的法国香水。堕落啊，陈明。你对不起组织上多年的培养与教育，对不起你一生的追求，对不起死去的老伴。

而最让他害怕、不寒而栗的是，他居然十分清晰地记得他们之间的每一个细节，记住她的喘息，他肩上还留有她的齿痕，还有她邪习的眼神，和让他亢奋的叫声。

陈明何曾经历过这样的情境？过去的几十年，老伴是安静而温顺的。老伴死了，而九妹是鲜活的。雪白温润而又狂野的肉体，无所不在的怪异的香味，让陈明既热血沸腾，又气短胸闷。

陈明感到一阵窒息，这屋子是不能待下去了，得出去透透气，出去。他穿戴整齐之后，对来做卫生的钟点工说，你做完就走，中午饭就不用做了，把门带上。我在外面吃。

陈明在街上踯躅着。

陈明不是无处可去，只是此时他不想与任何人见面交谈，只想一个人找个僻静的地方待着。他在公园的草地上坐了一会儿，却又被一种无边的孤独与寂寞所驱赶。有一股冷气从屁股钻入背脊，让他浑身哆嗦。阳光很好，几近灿烂。陈明眯起双眼看日头，一束光柱由远而近直逼而来，恍惚间，陈明看到一尊金光灿灿的神明。他连忙张开眼睛，却什么都没有，再眯上，怎么也找不着刚才的感觉。笔记小说看多了，陈明对自己说。退休没事，他喜欢看点古代的笔记小说，什么《子不语》、《萤窗异草》、《阅微草堂笔记》，等等，消遣。他想再坐一会儿，却看到不远处有一条草蛇。

陈明仓皇而起，离开草地，离开公园。他想，也许那根本不是什么草蛇，只是自己的幻觉。老了，还是老了。沈九妹改变不了，有些东西是不可逆转的。他自嘲地笑了笑。他信步而行，没想到会走进他平时最不喜欢进去的商场。这是一家大型超市,有个好听的名字:新华都。

　　陈明在二楼的书柜边看到一个靓丽的小姐,有人称之为美眉的那种类型,既时髦又清纯。昨晚无疑是他一生中最可耻的一夜,但这一夜在无形中改变了他,他却一点也没有察觉。陈明放胆地看着那个少女,觉得有点眼熟,可想不起来她是谁,在哪里见过。她手里拿着一本书,儿童画册,好像是灰太狼喜羊羊什么的。她见他走过来,朝他莞尔一笑。他为了掩饰自己的尴尬,顺手拿起书架上的一本书,也是儿童画册。一看,居然是日文的,他摇了摇头,放下,换另一本。《喜羊羊与灰太狼之虎虎生威》。连忙放下,匆匆再换一本,还是《喜羊羊与灰太狼之十:天外来客》。还有一句广告词之类的文字:"哇噻,你好厉害哦,全班你第一个收集到喜羊羊与灰太狼的画册!"陈明看不是,放下也不是。旁边的女孩子笑了起来,说,老书记,您就别费劲了,都是。陈明惊诧莫名,说,你怎么认得我?她笑着反问,您老怎么有空到这里来闲逛?陈明笑了起来,我退休了,什么都没有,有的就是时间。走吧,我也看腻了。你到底是什么人啊,我怎么想不起来?她说,您就跟我走吧,我还能把您给卖了?陈明想,也是,一定是公司新来的员工,或者是哪位老职工的女儿什么的。

　　女孩子的住处就在新华都对面的信华小区,一套100多平方米的大房子。难怪,她会到新华都去消磨时光。在玄关换鞋子时,陈明说,你得告诉我,你是谁,要不然,我心里不踏实。一个老不死的,随随便便地跑到一个女孩子家里,不合适。女孩子又笑了起来,很开心的样子,说,我叫水当当,A州中心汽车站站务员。

　　陈明松了一口气。一定是新来的,在哪种场合下见过,所以他觉得有点眼熟,她也认得我。近年来公司发展迅速,中心车站就是新盖的,在东区。车站气派、豪华得让人有点头晕,不亚于大城市。他于是又想到罗旭,想起他的业绩。想起罗旭他便心里发闷。他使劲地摇了摇头,不去想他,让自己轻松一下。女孩子房里的玄关放着一盆跳舞兰。跳舞兰黄得十分灿烂,十分惹眼,以为是真花,伸手一摸,才发现是假的。跳舞兰下有两只雪白的兔子，那不是兔子是一双拖鞋。穿上拖鞋走路，就像两只兔子，一前一后地逗着玩。女孩子有意思。女孩子自己换上一双浅蓝色的，动作迅速而欢快。他说，你说你叫什么，水当当，百家姓有"水"吗？女孩说，怎么没有？有。明朝有两个姓水的考中进士，现在还有姓水的作家，叫水运宪。再说了，没有就不能自己起一个？陈明说你知道的倒不少。当当说上网，什么没有？陈明笑了起来，现在的年轻人，懂得比我们多得多。水，本地话是漂亮的意思，水当当，就是非常非常地漂亮。

这屋里现代化程度很高，电视电脑音响，应有尽有，而且都是最新款式的，还是留不住这女孩子。生活空虚，陈明想。他说当当，这么好的房子，就你一个人住吗？当当说是的，就我一个人。自由。他说，父母亲呢？她说，只有母亲，她的房子比我的还大。她也不喜欢和你在一起住吗？是的，她比我更喜欢自由。说着，当当笑了起来，还是很开心的样子。他说，有这么好的房子你还到超市去消磨时间？当当说，不常去，下了班，无聊的时候去一下，吸一点人气。也想在那里搜索一下，看看能不能逮着一个白马王子，现代的。当当又笑了一下。

陈明说，现代白马王子，什么标准？她指了指墙上，那里贴着一张《A州晚报》，上面刊登一幅罗旭的彩色照片。陈明差一点跌落到沙发上。这是今年7月1日的报纸，他记得很清楚，市里把罗旭当典型，新时期模范共产党员，宣传力度很大，党报发表长篇通讯，电视台做专题访谈，市领导接见。一时间，罗旭几乎成了A州家喻户晓的风云人物。可是，时过不到半年，他便成了阶下囚。你不知道罗旭已经……陈明还没说完，当当就说知道知道，怎么不知道？地球人都知道。我要的不是他，是像他这样的男人。当然，他如果看上我，我也不反对，哦，求之不得。等他出来，就和他结婚。陈明说，他可是有老婆孩子的人。当当说，没事，我乐意。再说谁也拿不准他老婆到时候还要不要他？

陈明感到气闷，喘不过气来。当当看他脸色发青，说老书记，您可别吓我。我只是说着玩的。陈明用手按住自己的胸口，说我没事，离死最少还有十万八千里。你的意思是不是说，你和罗旭有关系？当当说人家是总经理，我能和他有什么关系？偶像，偶像而已。陈明说，你还真把我吓了一大跳。经济问题已经够麻烦了，再加上女孩子的问题，那就更说不清了。当当说，其实也没什么说不清的，你喜欢我我喜欢你。纯属个人隐私，不说也可以。听说罗总有情妇。我理解，有几个都理解，出色的男人，女孩子都喜欢。

世道变了，观念变了，人心变了，变得陈明都觉得自己反倒不像个地球人了。陈明说，我倒没听说罗旭有什么情妇。当当说，我也是听说而已，没见过。要有，一定是一个很不错的女孩子。陈明说，何以见得呢？她说，罗总能要一般般的女孩子吗？

你们年轻人啊，怎么说呢？当当笑道，搞不清楚您就别说。老书记，实话对您说，我连自己也搞不懂自己。我是谁？我到底要什么？

此时，陈明反而觉得眼前的这个女孩子有点可爱。再一次明显地感觉到，这女孩子他一定见过。在哪里，什么场合？他想不起来。

陈明从当当那里出来，心情好多了。为什么好？他弄不明白。也许是因为当当喜欢罗旭吧。一个落了难的男人，还有女孩子喜欢他敬佩他，想嫁给他，多少证明他还不是十分地失败。尽管这女孩子的观念他不敢苟同。所谓现代女性，开放得有点没边了。当然，他并不讨厌她。她和他有一个共同点，都喜欢罗旭，不认为他是坏人，尽管角度不同。细想，这女孩子甚至比他更彻底，他怀疑罗旭可能真有些问题，因为他已经"进去了"，没有问题组织上是不会让他"进去"的。而她，压根儿就没把他当坏人看。进去不进去，她都无所谓。然而，他到底在哪里见过这女孩子呢？

回到家里，陈明的手机嘀的一声响，翻开看，是一条短信，九妹的，说发个小故事让你开开心，别老想着罗旭。故事如下：有官员喝醉了酒回家，妻子给他脱衣服，他眯着眼睛说，小姐，你贵姓？陈明看了一下，说了声无聊，就关上了。过后一想，有点好笑，越想越好笑，就笑出声来了。

从那天晚上之后,陈明就睡不好了,睡不死,似睡非睡,而且老做梦,似梦非梦,有一次,他甚至明明白白地感觉到老伴走到床前,对他说,罗旭死了,死得很惨。流浓流血,浑身发臭,你怎么不去看看。陈明睁开眼睛,居然还看到老伴苍白的脸容,再定神,也就什么都没有了。

陈明看时钟,还不到12点,就给罗旭家打电话,没人接,打珍妮的手机,空响。珍妮也消失了,人间蒸发了。有传闻,说她也进去了。孩子呢?肯定在外婆家,可是上海那么远,珍妮是怎么送去的,难道她早有预感,早有准备?

下午,有人告诉他,说罗旭在"里面"病了,脚肿了,肿得很厉害,连裤子都穿不进去。男人脚肿不是好兆头。民间说法,"女怕戴帽,男怕穿靴",说的就是这个意思。男人脚肿意味着病入膏肓。难道"里面"不准看病?也许是出自于担心,才做这样的梦。可是老伴怎么回事?平时很少梦见的,有时还想,这老查某,说走就走,走了也不回来看看。现在来了,不吃醋,却报丧来了,这臭查某!

陈明不相信罗旭会病倒在"里面",他的身体一直很强壮,没有病。而且,他的意志很坚强,是不会轻易倒下的。

陈明还是整夜整夜地睡不着,凄凄惶惶的。他索性起来,打开电视,电视里正热播孙红雷和姚晨的《潜伏》,孙红雷扮演的我党地下工作者余则成正在使劲地摇眠床,让它发出叽叽咔咔的声音,为的是让楼下的特务相信,从共党地盘来的老婆是真老婆。久别胜新婚,鏖战不休。

晚上,沈九妹来,想留下,被他赶走。

好在赶走。她刚走不久,方刚华就来了,要是两人在家里撞上,就有些讨厌了,方刚华正统而且多疑。方刚华还没坐定,陈明就说,罗旭在里面病了,你听说了吗?方刚华说,没听说病,倒听说交代了其他问题。什么问题?不会是女人的事吧?陈明脱口而出,连他自己都觉得奇怪。方刚华说,老书记怎么知道的?陈明自嘲地说,一般性的逻辑推理,金钱美女嘛。方刚华说,是的,养情妇,不止一个,还给她们买了房子。钱,就花到她们的身上了。有来有去，合情合理。

孙红雷还在摇床，很专注，很投入。假戏得真做。陈明想，这罗旭唱的是哪一出啊，到底是真是假？不是说人生如戏吗？糊涂了，陈明几十年没犯过糊涂，可他现在糊涂了。金钱美女，罗旭以前最讨厌的东西，可他现在全沾上了。陈明把电视关了。外遇。第三者。男人拈花惹草，女人红杏出墙。泡妞，包二奶。他妈的，全变了，连我自己也变了，变得不认得了。这是什么世道！变吧。过去，面对物欲横流世风日下，他的原则是以不变应万变。可是，罗旭摧毁了他的信念他的理想他的希望，那就变吧。在一刹那间，他闻到了沈九妹身上的香味，想打电话，让她过来。他甚至下意识地要伸手去抓电话筒了。他狠狠地打了一下自己的脸颊。陈明啊陈明，难道你真正地堕落了？

罗旭的情妇是谁？陈明情不自禁地想到了那个叫水当当的女孩子。她不会是其中之一吧，那房子也是罗旭买给她的？有可能，完全有可能。那女孩子，一个站务员，哪来那么多钱？明天去问问她，问个明白。陈明摇了摇头，老糊涂了，这是你问的事吗？你又不是办案人员。他又想，不对，要真是她，案子涉及到她，她能那么悠闲自在若无其事吗？

睡不着的陈明就这么胡思乱想。他发现，本来以为他和别人不一样的，特别是在职的时候，他总认为自己和别人不一样，退休10年，虽然这样的感觉渐渐淡去，而骨子里还是不把自己当一般人，一般的老人。而现在，他终于不得不承认，他和别人没有什么不同，他很脆弱，很孤单，很无助，也很庸俗。他的欲望，他的思维方式和市井老人一样，没有什么特别之处。

都是罗旭惹的祸。

陈明拉开抽屉，把老伴的遗像重新拿出来，放在床头柜上。这是沈九妹把她收进去的。她说，让过去的，永远过去吧。

不能，千万使不得。过去是什么？是他自己啊，连自己都不认了吗？他对床头柜上的老伴说，我还是我吗？你怎么就走了呢，你不管我了，所以我就变了，没有你的侍候，我能不变吗？你倒好，"驾鹤西归"了。陈明想到这四个字，微微地笑了一下。这是老伴临终前说的一句话，老伴一辈子没有说过这么文雅的词，也不知道这词是从哪里来的，也许是什么电视剧里的台词吧。她说得很认真，我就要驾鹤西归了，你得好好照顾自己，要是照顾不了的话，就再找个人。女儿啊，指望不上了。让罗旭和珍妮常来。这么说着，她就站起来，走了，很快。没有鹤，是她自己走的。你别走。陈明大声叫道。

风吹着窗帘，轻轻地摇晃着，仿佛老伴从窗门走过所牵动。老伴平时走路，喜欢顺手扯一下身边的东西。

陈明没法入睡，他把屋里的电灯全打开。然后在屋里来回走动，从卧室到厅堂，到卫生间到凉台，踩着自己凌乱的影子，反反复复地走。一直走到走不动了，才躺到床上。一躺下去就迷迷糊糊地睡着了。

第二天上午，陈明来到罗旭家。罗旭家在水仙花园，叫花园实际上是一座18层的公寓大楼，顶层，一套180平方米的大房子，买得早，当时一平方米才一千来元钱。他按门铃，按了好多次，果然没人。打电话，可以听到房里的电话铃响声，没人接，连脚步声都没有。真出事了，出大事了。人去房空了。他在门口站了一会儿，四处都十分冷清。这一层，只有四户人家。好不容易有人出来，用十分古怪的眼光看了他一眼，就匆匆地按电梯走人，没有往日的微笑和点头。陈明不想乘电梯，从安全通道，一层一层往下走。他不知道自己为什么来？难道他还不相信罗旭出事了，还是想找珍妮做进一步的了解？还是希望什么奇迹发生，罗旭夫妇会突然回来，像往常一样，迫不及待地开门，热情地欢迎他的到来，而冬冬，也会大声叫爷爷，奔跑着，扑进他的怀里。

陈明很意外地在楼道碰到一个人，这个人叫了声老书记，说您怎么在这里？陈明认得这个人，他叫姚辉，是公司下属的一家出租汽车公司的老板。说下属，实际上是挂靠，前一阵子，听说他被公安局抓进去了，然后又放了出来。他原来也是公司的客车驾驶员，因违纪被开除，自己买了小汽车开出租，先是一辆，然后是两辆三辆……然后就当老板。人们都说，他的第一桶金就是从公司里掘出去的，挖的是社会主义的墙角。那个时候开长途，热线，从 A 州到广州，沿途载客，收钱不给票，和乘务员勾结，贪污公司的票款不下 10 万元。这种事，只要不抓到现行，没有证据，旅客图方便，也不要车票，下车走人，谁管得了谁？虽然当时路上稽查很严，但查一漏万，还是让大部分违纪人员得逞了，发财了，这在公司几乎是人人皆知的秘密。陈明曾经下了很大功夫进行查处，但违纪面太广，大有无可奈何花落去之势。姚辉是他手上处理的第一人，最严厉，开除，意思是杀鸡给猴子看。但是，正如人们所说的，还是太迟了，人家早就成暴发户了，开除他其实就是成全他，让他去当老板。果然。

　　陈明还记得，这个姚辉就是那个在客车上勾引沈九妹的老驾驶员姚大头的儿子。开除他的时候，姚大头曾来找他求过情，被他臭骂一顿。没想到他也住在这里，也许也是来找人的，不想让人在电梯里撞见。陈明说，你怎么也走楼梯？姚辉说，锻炼锻炼。年轻轻的锻什么炼？老书记您看看，姚辉站直了，喘着粗气，指着自己的肚子。果然有点将军肚，而且大有继续向横向发展的势头。陈明笑了笑。姚辉说老书记既然来了，就到家里坐坐吧，到了，就这一层，10 楼。以前，陈明对这种挖社会主义墙角的暴发户，是深恶痛绝的，退休后，渐渐地也就不怎么往心里去了，这种人多了去，你恨得过来吗？再说了，体制的弊病，管理的疏漏，也不能全怪他们。奇怪的是，他们反倒不恨他。都知道他说话算数，都知道是他开除了他。他不怪不恨，每次遇见，都老书记长老书记短地叫，很亲切的样子，有一次还对身边的一个女人说，这就是我们老书记，老地委秘书，处级干部哩。中国的官本位和与之相适应的观念虚荣，真是无处不在。当然，也有人解释为是一种纯朴的民风。说了，为什么要恨你？倒过来，他是你你是他，他也会开除你。在其位谋其政嘛。换位思考不是什么新鲜的东西，老百姓早就懂了。叫吃什么饭办什么事。你有权力，能开除人，是你的本事，我会挖公司的钱也是我的本事。民间的宽容无处不在。这倒让陈明有点不好意思。说，算了，以后吧。姚辉说，来了就到屋里泡杯茶，要不就太看不起我们平民百姓了。陈明只好跟着他进了他的家。

这房子的结构与罗旭家一样。客厅足有60平方米。在正中十分明显的地方，有一个神龛，供的好像是关帝爷，亮着红色的长明灯。姚辉说，老书记别见笑，保平安，求发财而已。陈明笑了笑。

坐定之后，姚辉泡茶，说，这是神龙铁观音，一斤8000元，别人来是不拿出来泡的，只有来了贵客，才拿出来。怎么样？香。陈明说。老书记是来找罗总的吧？好久不见，听说出事了。陈明说，我听说你前一阵子也被关了？姚辉说，老书记都知道了，倒霉。我想，罗总出事，和我们的事有点关联，是我们牵扯了他。陈明大吃一惊，这是他没有想到的。但经他这一说，陈明似乎有点豁然开朗，原来事情的症结出在这里。

一个月前，罗旭曾告诉他，出租汽车司机到市政府静坐的事，上面追究责任，可能会撤他的职。总要有一个人来扛着，找来找去，他最合适。不大不小，说官不是官，企业算什么官？说不是官也算官，处级干部难道不算？好给上面一个交代。现在出事，上面总是要追究"领导责任"，叫"问责制"，因为这一追究，上面就没有了责任，永远正确。还是"皇上圣明，臣罪当诛"那套老思维的变种。没有"引咎辞职"，甚至没有"罪己诏"。当然，问责制也是进步。

听说的士司机罢市，到市政府静坐示威，还烧了几辆不参与罢市而照常上路的的士，事情闹得很大，公安局还抓了人。因为罢市，堵车，正好碰到北京来了大首长，搞得市里很被动，还惊动了省里的领导。报纸电视没敢报道，可民间传说纷纷，有好多版本。陈明历来不信小道消息，问过罗旭，罗旭也说得轻描淡写。起因就是姚辉的出租公司。那个时候，市里出台一个文件，为了提升对外形象，要求全市出租汽车更新换代，罗旭就想利用这个机会，扩大公司的股份，吃掉一些小公司，当然，从管理的角度看，有合理的成分，因为公司一控股，的士就不能随便卖来卖去，有利规范管理。但是，这就在一定程度上损害了某些人的利益，因为一部的士在他们的手上卖来卖去，卖到几十万，赚的不是车的钱，是牌的钱。姚辉要了一点小手腕，一面和总公司谈判，一面又串通几家小的士公司的司机到市政府静坐，想通过给政府施加压力来提高谈判的筹码，没想到静坐被外省来的的士司机利用，失控了，酿成"事件"。A州有近2000辆的士，司机大部分是外省来的，规范管理不让车子倒卖，损害了他们的利益。改革的每项措施都涉及到利益的再分配，牵一发而动全身。罗旭没有想到，姚辉也没有想到。以罗旭的智商，应该想到的，可他一心为了兼并小公司，把企业做强做大，有点利令智昏，大意失荆州。

姚辉说，我只想自由一点，好多买几部车，多赚一些钱，没有别的意思。可是，我后悔都来不及。开头公安局抓的是闹事的拦车的打人的和烧车的，全是那些外省来的司机。后来，听说外省司机准备再闹，想把事情闹得更大，以引起北京的重视。公安局害怕了，就把他们全放了，说是要抓幕后策划人，就把我给抓了。

陈明对的士司机罢市闹事的事有所耳闻，但不知就里，罗旭也没细说。看来，这事在市里已成了影响稳定的大事，不是稳定压倒一切吗？压倒一切不是一句空话。一旦危及稳定，上面要追究，自然得有人出来"负责"，市里有人把罗旭推出来了，实际上是把他给卖了。你是怎么出来的？陈明说。姚辉说，我也不清楚，反正我把事情的前前后后都说清楚了，就让出来了。后来，就听说罗总出事了，进去了。我想，是我们害了他。因为这件事，才查他的经济问题。现在，哪个当官的没经济问题啊？算他倒霉。

陈明说，这话不能乱说，传出去，就把罗旭给害了。我不是只跟老书记说吗？姚辉说。陈明说，为什么对我说？姚辉说，我信得过你，老书记你一身正气，堂堂正正，是个共产党，你是我们心目中的共产党，你开除我，我还是认为你是好人，好领导。别以为我们这种人良心早让狗吃了，不，我们还是有良心有是非的。钱，谁不想赚，想，越多越好。有机会不赚是傻瓜。但我们心中有数，能分出好坏。姚辉笑了一下。陈明认真地把他看了又看，对于这种人的这种理论，他的确是第一次听说。他想，对这个世界和这个世界上的人,他太不了解了。他原来以为他很了解的,现在却觉得越来越陌生了。他过去是在一种理论框架下进行思维,一切都那么明晰,现在那种框架不能用了,最少是不够用了,所以他越来越糊涂了。他过去学习是很认真的,自认为思想还是很辩证的,可现在不行了,传统的辩证思维、一分为二不够用了,脑子不好使了,全都乱了套了。

你说,在你看来,罗旭是好人吗?陈明突然问。当然是好人。好人能人。想做事,会做事,敢说话,敢负责,是个男子汉。姚辉十分肯定地说。他出事,那是他运气不好。不过,人生难免有劫,过了这一劫,也许就会好起来的。不瞒您说老书记,我被您开除那年,正是相命先生说我有劫的那一年,说我30岁有一劫,在劫难逃,过了这一劫,好了。前一阵被关进去的不算?陈明说。算,也是一劫,这一劫还没过,所以我不走电梯。啊,不是为了锻炼身体,总算说实话了。也是,怎么不是呢。姚辉自己也笑了起来。

窗外的阳光很好,是那种明明朗朗、清清爽爽的好。一只小鸟在窗台上叽叽喳喳地叫着。姚辉说,是麻雀。罗总在顶楼弄了个花园,还种了几种果树,杧果、莲雾、杨桃,还有番石榴,时髦的叫法是芭乐,招来了许多麻雀,一阵一阵地飞,这些天少了。飞禽走兽都有灵性的。

正说着,陈明听到一种声音,细微的,似有似无。这种声音不是响在耳朵旁,是响在心里。他抬头看了一下神龛,那长明灯仿佛闪了一下。姚辉也听到了,也抬头看了一下神龛,两人不约而同。姚辉站起来,自言自语地说,今天是十五,忘点香了。他走到墙边,按了一下一个开关,那神龛前即刻亮起一小撮细细的红灯。那是做得十分精致的一炷香。环保。陈明想。他看到神龛上实际上不是空的,上面还供着水果和鲜花。

陈明说,你说实话,你送过罗旭东西吗?东西没有,现在谁还送东西,笨。那么是钱喽。姚辉笑了一下。陈明说,多少?姚辉尴尬地说,小意思,不成敬意的。陈明说,到底是多少?姚辉说,几万吧。陈明说,你这不是明摆着把他往火坑里推吗?姚辉笑道,哪能啊,你情我愿,朋友之交,谁管得着。陈明说，不是你把他供出来的吗？姚辉跳了起来，天地良心，神明在上，我一句都没说。打死也不能说，说了，他完蛋，我也完蛋。要是说了，我还出得来吗？两码子的事，干吗要往外说？再说了，罗总根本就没收我们的钱。陈明为之一震，说，他没收？真的没收？姚辉说，没收。罗总把卡摔到我脸上，还把我臭骂一顿。陈明笑了起来，骂得好。姚辉说，骂我们我们也要送啊，人情人情，人不能没有情，没有情就不是人，你说是吗，老书记。你们还送？还送，我们几个合计着，钱不能再送了，就合起来，给他喜欢的一个女孩子买了一套房子。陈明惊得好一阵子说不出话来，这就是所谓的人情啊？什么人情，这是交换，说到底还是钱权交易！陈明愤愤地说，他，罗旭知道吗？姚辉躲开他的眼光说，这种事不能明说，心照不宣吧。陈明站起来，在60平方米的大厅来回走动。他忘了，这不是他的家，更不是他的办公室，走也是白走。当初，他决定开除姚辉之前，也是这么走的，走着走着，就决定了。姚辉也站起来，他不知道老书记为什么这么激动，但他听说过老书记有在办公室里来回走动的习惯。他的眼睛跟着老书记的身子，来回跑着，有点晕。

陈明突然在姚辉的面前站定了，目光炯炯地盯着姚辉，说，这女孩子叫什么名字？

姚辉后退一步，说，老书记，这不能说。

陈明进逼一步，有什么不能说的，说。

姚辉说，不能说，老书记，您知道这有什么用？这种事，知道得越少越好。

陈明说，罗旭他真的养情妇？

姚辉十分尴尬地笑了一下。

陈明再逼一步，说，他真的养情妇？

姚辉笑了起来，用一种十分古怪的眼光看了老书记一眼。那意思是说，这种事还值得你老人家这么大惊小怪吗？而陈明被他一看，像泄了气的皮球，一下子就瘪了，他颤颤颤地退回来，瘫到皮沙发上。姚辉惊惶失措地跟过来，手忙脚乱地给他倒了一杯茶，说，老书记别往心里去，千万千万别往心里去。其实，这种事呢，是很那个，怎么说呢，很多的，很多，不骗您的，大家都这样，男人嘛，不然怎么叫男人。陈明朝他摆摆手，不让他往下说。姚辉看他脸色苍白，手按胸口不住地喘气，急急地从抽屉里拿出一瓶日本的强力救心丹，倒出几粒，往他的嘴里塞。陈明把他的手挪开，说，不用，死不了。真的不用？老书记啊，你气色不大对，这是上好的进口药，含在口里，很好用很好用的。陈明微笑道，谢谢你，老毛病，我心中有数，不会有事的。他从他手上拿过木盒子，你常备这种药，你的心脏也有点毛病吗？姚辉笑了笑。陈明说，要小心。这种病越年轻越要小心的。特别是女孩子方面的事。姚辉说，老书记见笑了，我不敢，老婆管得很严的。陈明突然神经质地笑了起来，表情有点滑稽。

珍妮是怎么搞的，没把罗旭管住。这个妻子怎么当的，太不够格太不尽职了。当初，他做这个媒，看中的是她的贤惠。现在看来，光贤惠是不够的，还要厉害，管得住丈夫。罗旭出这种事，在外面养情妇，说到底，我陈明也有一点责任啊。

陈明走的时候，姚辉把他送到楼下，送到路口，并一定要他带走一盒茶叶，说，老书记这是我的一点心意，不收就看不起我。反腐败再怎么也反不到这茶叶上，人情世故总是要的嘛，到哪里都说得过去。陈明被他缠得没办，只好收了。在路上，陈明想，不就是一盒茶叶吗？为什么搞得那么紧张？

回家一泡，果然是好茶，香味留在喉咙里，久久不去。正品着茶香，沈九妹来了。她一进门就说，老书记，你一早去哪里了，让人好找。说着便在他的身边落下身子，给他带来阵阵清香。这香不比那香。

陈明"王顾左右而言他"，说，你喝喝这茶，是不是好茶？她喝了一杯，好茶，哪来的？人家送的。她笑了起来，老书记也学会腐败了，好啊。她端起杯子，为老书记的"进步"干杯！陈明说，什么腐败，送点茶叶就腐败？你知道是谁送的吗？姚辉。九妹站了起来，那个死囝仔崽，他安什么心。死囝仔崽是闽南骂男孩子的话。陈明在心里笑了一下，她是想起他的父亲姚大头吧，深仇大恨啊。人家也快40岁了，还死囝仔崽，长不大啊。九妹笑了起来，你怎么找上他？那老不死的怎么啦？陈明说，你倒也念旧啊，这么说着，他的心里居然有点醋意。陈明对自己感到悲哀，几天之内，他像是变了一个人似的，连自己都认不得了。九妹说，老书记也不瞒你说，我还得感谢那老不死的，不是他，我也许还当着贤妻良母，跟那没出息的老东西过穷日子。陈明说，那你何不找他叙叙旧啊。说这话的时候，陈明的心里酸溜溜的，没一点老共产党人的味道，完全是一个会吃醋的老头了。九妹看着他，突然把他抱住，说，老公老公，你吃醋了，我的好老公。接着便在他的脸上连亲了好几回，弄得陈明很不好意思。说，好了好了，谁是你的老公，快放手，成何体统。九妹松了手，后退一步，把他从头到脚看了一遍，又扑过去，把他再次抱住，说，老书记，我就把下半辈子交给你了，真的交给你了，别以为我是说着玩的，别以为我是坏女人，我是真心的。说着，便把头伏在他的肩上呼啦啦地哭了起来。弄得陈明手足无措，连说，行了行了行了。

九妹松了手，用手背拭泪，居然还有点娇羞的样子。陈明把她拉到沙发上坐下来，抚摸着她的手，她把头靠在他的肩上。陈明的心中有一种久违了的情感在流淌。好一会儿，九妹抬起头来，看着他说，我说的是真心话。陈明叹了一口气，说，我们不是年轻人，还是现实一点吧。九妹说，你怕什么？我死老公你死老婆，单身男女结合，谁还管得着？

陈明换了个话题，说，我不是去找姚辉，是到罗旭那里遇上的。

九妹愣愣地看着他说，你还没死心啊，罗旭出事了，真出事假不了，听说珍妮也进去了。好了，别伤心了。她摸了一下他的脸。这个动作有点港台电视剧的味道，陈明不大情愿地把脸转到一边去。九妹微微一笑，用双手把他的脸扶过来。他又把脸转过去，她起身，坐到另一边，还是对着他的脸，说，别再想他了，想也没有用。是福不是祸，是祸躲不过。听天由命吧。

姚辉说他还养了情妇，他们还给那个女孩子买房子。陈明说，那眼神游离不定。九妹说，这种事，怎么说呢，现在这个社会跟以前不一样，是多元的，很复杂也很精彩。我们过去用一种单线的思维看世界，因为所以，把事情都看得太简单了。一个人，你只看他阳光的一面，事业有成，家庭美满，共产党员，开会做报告，布置检查工作，到处视察，走走看看，指指点点，上报纸上电视，其实，包括市里的那些领导，他们都有另一面，鲜为人知的一面。

别说那么多，你说这女孩子会是谁呢？事情扑朔迷离，陈明想知道个究竟。九妹说，传说不少，也不知道姚辉说的是哪一个。陈明问，真有那么恐怖吗？九妹说，传说而已。

这时，做钟点工的阿姨开门进来，手里拿着一袋子菜，看到九妹，笑了一下。九妹说，林阿姨，今天就不做饭了，我们出去吃，你把房子打扫一下，就回去吧。林阿姨看着陈明，陈明说，那就把东西放到冰箱里去吧。九妹趁林阿姨转身进厨房的时候，迅速地在陈明脸上亲了一下。这是她第一次在这里发号施令，俨然女主人，而陈明居然认可了。

他们在延安路最大的一家肯德基店吃了肯德基，这是陈明第一次吃这种时髦的东西，说不上好吃，也说不上难吃。吃过之后，九妹想带他到她的住处喝茶，说，你也去看看什么叫高档小区，我那里可是单门独户的小别墅，前有草地，后有花园。陈明说，以后吧。九妹还想坚持，正好她的手机响了，是一个客户，生意上的事，让她马上回公司，她只好作罢。

陈明不死心，他想起了水当当，不会是她吧。她的那套房子，她墙上的报纸，她的公开宣言。再去探个究竟。

陈明走到信华小区门口，却犹豫了，一个老头子，有什么理由上人家女孩子家，不请自来，不行不行不行。街上人很多，大都来去匆匆。有个女人牵着一条狗，懒洋洋地走在街心花园的小道上。那狗是哈巴狗，白色的，很白。那女人看样子还很年轻，也很漂亮。情妇两个字突然跳进陈明的脑际。她也许就是哪个大款包养的情妇，或者叫二奶吧。他情不自禁地跟着她，走了一段路。那女人似乎感到有人跟着，不走了，索性在花径边的石椅子上坐下来，欠身把哈巴狗抱在怀里。陈明想，这算什么事？贵妇不像贵妇，妓女不像妓女。他的脑子里居然冒出许多过去常用的词，封建地主、资产阶级、腐朽没落、精神空虚、玩物丧志、日薄西山，敌人一天天烂下去，我们一天天好起来……恍惚间，罗旭和眼前的这个美女纠缠在一起，扭打，狂欢，喊叫。小哈巴狗绕着他们欢快地跳着，跑着。陈明的心尖微微地颤了一下，说不出的酸楚。

我陈明如今比那女人又好多少呢？我居然和九妹这样的女人混在一起。陈明顿了一下脚，恨不得打自己一记耳光。

老书记，你又来逛新华都吗？陈明定神一看，站在他眼前的是时尚靓妹水当当。他有点狼狈地说，随便走走。她说，那就到我那儿坐坐吧。

像上次一样，两只兔子在陈明的脚上一前一后地跑着。墙上还钉着那张《A州晚报》，罗旭对着他，很潇洒地笑着。罗旭就坏在你们这些女孩子的手里。陈明看着低头泡茶的水当当，想。

水当当笑嘻嘻地端着茶杯走到陈明身边，和他并排看着罗旭，说，我们站长和罗总倒是很般配的一对。说着，把茶递给陈明。陈明看着当当说，胡说。罗旭不是那种人，马淑芳也不是。在报上的那篇长篇通讯里，马淑芳的名字出现了好几次，所以当当会这么说。

A州车站是全国文明站。说实在的，马淑芳是一个上得了台面的女人，管理上有一套，能说会道会写，所有材料包括上报交通部评选全国文明站的典型材料，都是她自己动的笔，这在基层领导干部中是极少见的。人也长得很清楚。什么是清楚？就是清秀大方高雅。让人看了舒服。她是公司党委的一张王牌，上面来人，市里的省里的部里的，都要叫她一起作陪。她和罗旭平时喜欢说说笑笑，开一点带荤的玩笑，凭他的经验，这种公开的亲昵，正好说明他们私下里不可能有往来。

老书记，他们很般配，男才女貌，女才男貌。人家是互补，他们是强强联合。当当笑嘻嘻地说。

　　陈明笑了一下。陈明对马淑芳还是了解的，毕竟是从一般的站务员在他的手上，一手培养起来的先进典型。后来，马淑芳找他告过罗旭的状，不是真告，是诉苦，边哭边说。她是个聪明人，要真告状不会找他，因为她知道罗旭与他的亲密关系，是想通过他修补一下自己与罗旭的关系，这种关系，完全是从工作出发的。

　　那件事情，实际上不错在罗旭。但罗旭刚刚上任，新官上任三把火，他也不好说他什么，只是提醒他，要注意与基层领导的和谐相处。那是他们在处理一位职工上的分歧。这位职工叫李珊珊。那天罗旭到车站查岗，他这个人喜欢到处转转，没事就到基层到处走走，仿佛在自己的家里，看到不顺眼的地方就说，有时还骂骂咧咧，有点过去老工人"爱厂如家"的味道，只是他手中有权，说一不二，所以各基层单位从领导到职工都有点怕他。他的随便走走看看，对于基层，却无异于搞突然袭击，防不胜防。那天他陪省交通厅领导吃过午饭，看看离上班时间还有一个小时，回家怕搅了老婆的午休，就到车站转悠。罗旭对照值班表，发现少了一个站务员，这个人就是李珊珊，他认得这个人，经常迟到早退，对她印象不好，用闽南话说，李珊册在他的脑子里是"点油做记号"的。他于是不动声色地找，找遍车站候车室的各个角落，从一般候车室到快运豪华候车室，到母子候车室，都不见她的踪影。罗旭来到班长的面前，黑着脸说，李珊珊呢？班长支支吾吾说不出话来。她实际上早就注意到罗总了，罗总到处走，就是在找李珊珊，她偷偷给李珊珊的家里打电话，没人接，心想她已经在路上了。罗总朝她走过来，她就知道完了，李珊珊要倒霉了。罗旭说，还没来是吗？班长急中生智，指着洗手间的方向，说来了，可能在卫生间里。好，罗旭说，你去把她叫出来。班长没有去洗手间，却到站长室把马淑芳叫来了。罗旭不给任何人面子，这是他的风格。他边走边说，马站长，你带我到李珊珊家里。马淑芳只好跟他上了车。李珊珊家住在一个十分陈旧的小区，罗旭也不上楼，只让马淑芳在楼下喊，李珊珊应声从窗口探出头来，还说了声站长上来坐一会儿吧。罗旭二话不说，扭头往回走。在车上，罗旭对马淑芳说，按规定，你说怎么处置？马淑说，李珊珊本来是一个不错的同志，只是她最近有一些特殊的情况。罗旭说，我不听情况，再特殊也不能违反规定。我们是企业，不是福利院。天大的事也是她个人的事，个人的事再大也不能违规。按规定处理吧，你们打报告。按规定，就得把李珊珊辞退了，辞退是好听话，实际上就是开除了。马淑芳说，我们工作没做好……罗旭打断她的话说，把那个班长也给我撤了，还有你，也要检讨，书面的。马淑芳没有再说什么，可处理李珊珊的报告却迟迟不打，过了一个月，罗旭把整个车站当月的奖金全扣了。马淑芳只好把处理报告送过来。听说，她递交报告的时候对罗旭罗总经理说，你是天底下最没良心的混蛋。

辞退李珊珊在公司引起很大的震动，公司各种规章制度得到彻底的执行，全公司上下，谁也不敢把规章制度当成贴在墙上的摆设，罗旭乘势出台一系列人事改革措施，公司人员"消肿"，效率提高，一跃而成为全市企业人事制度改革的排头兵。但是，在公司内部，罗旭的没有人性，没有同情心也成了人们议论的话题。听说，方刚华曾就李珊珊的处理问题找罗旭坦率地陈述了自己的看法，罗总不予理睬。又听说，市里某领导的秘书曾打电话，为李珊珊说过情，因为那个领导和李的舅舅是大学同学，罗总也顶住了。真真是铁面无私，刀枪不入。人们私下里给他起了个外号，叫"乌脸仔经理"。

马淑芳对陈明说，李珊珊的迟到情有可原，因为她的丈夫得了癌症，躺在床上，女儿在省城读书，家里没人。这个时候把她开了，这个家就毁了。

那个晚上，陈明做了个梦，梦中，久违了的老首长罗阳春对他说，革命就是这样无情，这样的血淋淋，血淋淋的啊！说完哈哈大笑。

好久不做这样的梦了。

这梦做得有点古怪。但陈明终于没有特别地找罗旭说起处理李珊珊的事情，只是在过后的某个时候，提醒他，要适当地注意工作的方式方法，尽量化解矛盾，减少阻力。他记得他当时还引用了毛泽东的语录，"关心群众生活，注意工作方法"。他这一代人的思维中，时不时会跳出毛泽东。

陈明对水当当说，你不是想嫁给罗旭吗？怎么又把他推给你们站长了，罗旭又不是东西，可以让你送来送去的。

当当笑了起来，很开心又很天真的样子。现在女孩子的心思，让一个过了时的老头很迷惑，很不解。一切严肃的东西到了她们那里，全成了儿戏，没正形。不是那么回事，当当说，老书记，你去问问车站的人，哪个不知谁个不晓，罗总和我们站长，从来不避人的，说说笑笑拉拉扯扯，在酒桌上，还当着市领导的面喝过交杯酒。

这正好说明，他们没戏。陈明说。

水当当说，没戏，真的？陈明严肃地说，那还能假，不能树倒众人推，什么事都是罗旭干的，一下子来了好几个情妇，这不要他的命吗？当当笑嘻嘻地说，我是说着玩的，老书记还当真！

陈明说，这孩子，把我当傻瓜耍啊。水当当说，老书记您可别生气。有情妇并不是什么见不了人的事，再说了，人家明星大腕，今天跟这个睡觉，明天跟那个谈情，连怀孕什么的，都上了报纸，还有一个好听的栏目，叫《风流韵事》，还有什么什么绯闻。老书记，美国有一部电视剧叫《绯闻女孩》你知道吗，有人说，现在已经进入全民什么什么时代了。说着便笑。不说了，这些东西您不会明白的。我们罗总呢，也就是当了共产党的官，要是私人企业家，谁还有心思去理这档子事？老书记您说呢？

陈明被她说来说去，都不知道该怎么回答了。只好摇头。当当突然又说，老书记，如果人家说我是罗总的情妇，您会相信吗？陈明十分狼狈，这不正是他想问她的问题吗？他来干什么？他很想说，是啊，你是不是罗旭的情妇，这房子是不是罗旭给你买的？他甚至很想看看房产证，看看上面写的是谁的名字？可他不敢看她，只是低头看着脚上的两只小白兔。

当当说，我没那个福气，说着玩的。要真是罗总的情妇，早就进去了，还能在家里和老书记开玩笑！

陈明松了一口气。为她，为罗旭，也为自己。说到底，他还是希望，关于罗旭的一切传闻，都是子虚乌有。

陈明回家后觉得又饿又累，懒得做饭，便给自己泡了一包方便面，这是让做卫生的林阿姨买的，康师傅，红烧排骨面，许多帅哥靓妹在电视里吃得欢天喜地热火朝天的那种。虽然有点夸张，却勾起了他的食欲。他说自己是好同志，能吃能睡，完全有道理，看那个广告，居然就想吃，还流口水，第二天就让林阿姨买。

吃面时陈明突然想起，今天好像是自己的生日。他站起来看看日历，又把身份证拿出来对一下，果然。他笑了笑，一辈子没有做过生日，也不怎么当一回事，老伴在世时，想起来了，就给他煮一碗猪蹄面线，记不起来也没当回事。那个时候他常说，人家毛主席都没做生日，何况我们。共产党人，做什么生日？党的生日就是我们的生日。其实说到底他也没有那么革命，只是他认为自己的生日不那么真。母亲在世时，曾告诉过他，是某年某月某日的早晨，她老人家说的是旧历，而户口本上的出生日期写的并不是那个日子，他想，也许是新历吧，就去查万年历，对不上。既然生日不可靠，做起来也就没什么意思了。他一边这么想着，一边吃面，心里却莫名其妙地生出一丝凄凉。这时，电话铃响了。是女儿从国外打来的，说，爸爸生日快乐。陈明一时不知道说什么好。女儿洋墨水喝多了，走的是洋人的谱。在国内就喜欢给自己做生日，同学之间，还搞什么生日派对，光生日蛋糕就花了上百元。陈明没有出声，女儿在大洋彼岸大声叫，爸爸，你在干什么，生日快乐。陈明说，我在吃面哩。女儿说，爸爸，告诉你一个好消息，我怀孕了，你快当外公了。这是我送给你最好的生日礼物。陈明有些意外，也有些高兴，女儿毕竟还记得这个爸爸。他说，他呢？他问的是女婿。女儿仿佛愣了一下，你说杰里啊，他很好。一个中国人一到外国，怎么就起个外国的名字呢，陈明心里有点不快。想，不会是换了个外国男人吧，正想问，女儿就一声拜拜，把电话挂了。

陈明想，外公，也好，不管是什么种，总是从女儿的肚子里出来的，总是外孙。好啊，升级了，这不用上级发红头文件。他自嘲地笑了一下。不过，要是老伴在的话，她一定很高兴。

吃过饭，九妹来电话，说下了班就过来陪他，想吃什么，她顺便买过来。陈明说，算了，不要来了，我想早点睡。九妹说早睡就不能来吗，我偏来。陈明笑了，脚长在你身上，又没把你捆住。九妹说，我怕你不开门啊。

陈明刚洗完碗，门铃就响了，来得真快，说不准这女人是在楼下打的电话，东西早就买了提在手上，打电话纯属多此一举。这就是女人的手段。他想起一部外国电影的名字，《温柔的陷阱》。他匆匆擦干手去开门，来的却是方刚华。

方刚华给陈明带一包茶叶，叫白芽奇兰，说是老家人送的。陈明知道他的老家在九峰，那里盛产茶叶。最近白芽奇兰很畅销，有点直追安溪铁观音的气势。陈明说，那就泡你的茶吧，是不是像电视上说的那样好。于是就泡白芽奇兰。果然名不虚传。陈明说，罗旭有新消息吗？方刚华说，我正想向老书记汇报。陈明说我都退休多年，你也调走了，就不要汇报不汇报的，方刚华说几十年说习惯了，一下子改不过来。

方刚华说，罗旭真的病了，还比较麻烦，是肝病，平时应酬，酒喝多了。您知道，他喝酒从来很爽快。陈明"哦"了一声，不说什么。这种时候肝出现毛病，不会是小毛病。许多人平时好好的，一进这种地方就发病，主要是精神上的原因，精神高度紧张，睡不好，肝火上升，病就发作了。方刚华说，有人在市医院看到他，脸又黑又瘦，眼神是死的，嘴唇全黑，很吓人。那人愣了一下，想过去打招呼，后面跟着两三个人，不敢。一定很严重，要不，里面有医生，一般的病是不用上医院去的。陈明的心里乱糟糟的，理不出头绪来。毛泽东的一些话，像电影镜头一样在脑子里闪来闪去，"救死扶伤，实行革命的人道主义"，"惩前毖后，治病救人"……

这时，门铃响了，方刚华起身开门，他看到沈九妹，愣了一下。九妹手里提着一大袋东西，低头拉开鞋柜，拿拖鞋，换鞋子，然后走到厨房边，打开冰箱放东西，女主人一般地熟练自由。

方刚华有点意外地看了一下陈明,陈明尴尬地笑了笑,说,我让她买点东西。九妹放了东西,回头对陈明说,吃了吗,我给你煮碗猪蹄面线,今天可是你的生日。说着就进厨房去了。那样子全不把方刚华放在眼里。当初,方刚华是力主开除沈九妹的。她的话让两个男人都很狼狈,陈明弄不清她是怎么知道他生日的。而方刚华对她那种视若不见的态度很恼火。有什么了不起的,不就是有几个臭钱吗?臭查某。有本事当初就别到我办公室哭哭啼啼。

方刚华回到沙发上坐下来,两人一时无话可说。厨房里传来沈九妹打火刴猪蹄的声音。

陈明感到自己的脸上火辣辣的,嘴上故作轻松地说,这女人也真是的,把这里当自己的家了,还给我煮什么猪蹄面线,也不知道她哪来的信息。方刚华笑了笑,说有的女人就是自来熟,让她煮吧。她可能没认出你来,陈明说,你们有多久不见了?方刚华说,好多年了吧,老了。她倒没怎么变。你也没有怎么变,只是胖了一点。陈明说着便笑了,方刚华也跟着笑。两个人的笑都很不自然。方刚华说,那我就先走了,罗旭的事,我会继续打听的,有了新消息,就告诉你。陈明说,老方你说罗旭拼死拼活地干,落得这么个下场,值得吗?说着就到了玄关。方刚华换了鞋子,说你自己保重吧。陈明说,想想还是你对,谨慎一点好。本地话说,"细字(小心)无蚀本",有道理啊。方刚华笑了一下。过去,陈明总是批评他胆子太小,魄力不足,现在却来表扬他的谨慎。这老头变了。

方刚华走后,陈明打开电视,还是《潜伏》,党通局特务谢若林正在对余则成说,你看现在那一些为官的人,嘴上都是主义,心里全是生意。陈明愣了一下。沈九妹跑出来,在他的脸上亲了一下,又跑进去。骚货。陈明骂了一声。他心里痛。当然,那一些当官的人,指的是国民党军政官员,可这话怎么就跟现在有些老百姓挂在嘴上的话差不多呢?去掉时代背景,没有什么区别。悲哀。陈明摇了摇头。

吃过生日面线,沈九妹想留下来过夜,被陈明赶走了。这是老伴死去之后，第一次正儿八经地吃上一碗生日面线。本地话，面线就是线面。也可以说是他今天收到的第二份生日礼物，第一份是女儿的电话，第二份是九妹的面线。但，他还是坚决地把她赶走了。

陈明半夜做了个梦，梦见罗旭陈尸荒郊。天上布满乌云，乌云随风翻滚，还有乌鸦的叫声，声声凄凉。陈明抚摸着罗旭的尸体，全裸的，一丝不挂。再细看，全身都长满了蛆，不停地蠕动着。陈明放声大哭。他在自己的哭声中醒来。

陈明把屋里的灯全都打开。明晃晃的十分刺眼。他到卫生间洗了脸，坐在沙发上发呆。他的对面是那幅罗旭挂上去的油画，"野渡无人舟自横"。他什么也没想，没法子想。脑子一片空白。不知不觉中，他的眼泪又掉了下来。老泪纵横，无人知晓。透过泪水，朦胧中，那小船仿佛动了一下。

唯物主义者陈明突然想到一句俗语，头上三尺有神明。他决定，明天上午就去找李珊珊，为她做点什么，以减轻罗旭的过失对她造成的伤害。

李珊珊原来住的小区已经拆了，正在盖新小区，新小区名为"天利人和"，有广告说是本城最时尚的小区。工地上热火朝天，陈明晕头转向，李珊珊无处寻觅。无奈之下，陈明来到A州客运中心站，想找马淑芳打听李珊珊的下落。站长换了新人，年轻漂亮、落落大方的女站长是罗旭从外地招聘来的，对老书记很是陌生。陈明正想厚着脸皮做自我介绍，水当当不知从什么地方冒了出来，跳着脚说，老书记你怎么来了，找我的吗？说着便把他拉出站长室。她说，您找马站长？她退二线了。陈明说，我只想向她打听一下李珊珊，看看她知不知道她现在的住处。水当当说我知道，就是我现在走不开，当班。下了班带您去。陈明说，你告诉我就行，我自己去找。当当说了李珊珊的地址，陈明说，你怎么知道她的地址？你来的时候，她不是已经走了吗？水当当神秘地笑了一下，不告诉你。

陈明很快就找到了李珊珊家。开门的是李珊珊的丈夫。他没有得了不治之症的病人的样子，消瘦苍白，但精神还好。家里也没有想象的那么糟，厅里有一台48寸的液晶电视，正演着《康熙微服私访记》，收尾唱歌，"……金瓦金銮殿，皇上看不见，一朝出了武门口，一个名字两只手。今晚金銮殿，皇上不坐殿，一朝出了京门口，百姓的事儿牵着走，牵着走。三皇五帝，千秋百代。万事民为先。……"李珊珊的丈夫指着电视说，精彩回放。陈明笑道，你的气色不错嘛。那男人"啊"了一声，说，您是老书记。陈明知道他不是公司的职工，但不知道他们在什么时候见过面，也不好多问，问多了就不礼貌，只是笑着和他握手，问珊珊。他说，上班去了。在哪里上班？那男人说，老书记您不知道啊，她从公司出来，第二天就到保险公司上班去了，是罗总的爱人珍妮介绍的。陈明"哦"了一声，说不出话来。这是他没有想到的，也是罗旭从来没有提起过的。他来之前，口袋里还装了5000元，先让应急，并准备动用老关系，给她安排个临时工什么的。李珊珊的爱人说，开头不大习惯，后来，是珍妮带着她一路跑，现在收入不错，很不错的。孩子也考上研究生了。你就在家里当家庭妇男？陈明笑着说，和我一样？他说，是啊，能捡一条命，全托大家的福。我所能做的也就是家务活了，让她轻松一点。说着，把电视关了，要给陈明泡茶，有点手忙脚乱。找着了茶具，找不到罐子。平时家里的客人少。他说。陈明笑道，你别忙，我就走，也没什么事，来看看，看你精神这么好，就放心了。注意休息，多加营养。那男人拉着陈明的手，有点怯生生地说，我们听说罗总出了一点事？陈明沉重地点了点头。男人说，都说是我们去告的他，没有的事，天地良心，我们怎么会做这种事呢！不说他们夫妻为我们找了新工作，就是没有，我们也不会做那种缺德的事。陈明说，这不关你们的事，不关你们的事。陈明一再地安慰他。走时，想把带来的钱留下，怕伤了他的自尊，或产生不必要的误会，也就作罢。

在回家的路上，陈明心神有些恍惚，他弄不明白许多事，甚至有点分不清哪些是真的，那些是梦幻。昨晚的梦境突然在脑子里闪现，放电影一般。还有以前他主持党委会的情形，也是电影一般地叠出隐去，又推出。那是他人生中自我感觉最好、最阳光的时刻。常委们按习惯坐在他们的"传统"位子上聊天,时不时开点带腥味的玩笑。他坐在那里,一边喝茶,一边饶有兴趣地听着。然后,他放下杯子,人们便打住了。会议室一下子变得十分安静。他看了一下正面墙上红底白字的"为人民服务",对秘书说,我们开始吧。往事并不如烟。他微微一笑。他其实并不知道自己在微笑,因为罗旭很快就出现了。他在荒野里奔跑,无数的蛆从他的身上掉下来,在地上蠕动。他似乎在向天空大声地呼喊着,可陈明一点声音也听不到。陈明聚精会神,想听他在喊什么。陈明听到了一阵阵呼喊声。可那不是罗旭的,这种声音一阵响过一阵,一浪高过一浪,"打倒死不悔改的走资派罗阳春!""罗阳春不投降就叫他灭亡!"那个时候,罗旭还不到6岁。陈明紧紧地攥着他的手站在会场后边的一个角落里。和地委工交部长一起挨批斗的还有专署副专员、前长龙公司董事长高竹轩。他的头上戴着一顶白色的高帽,高帽上墨写的大字是"反动资本家高竹轩",高竹轩上面打了三个红色的叉叉,意思是枪毙。陈明看到自己拉着罗旭匆匆离开会场。满街都是大字报,天昏地暗……就在那天晚上,高竹轩不明不白地死了,死得很惨,从三楼的窗口摔下来,摔死的。死后造反派还不放过他,在他的棺木两边贴上白纸,一边写"死不改悔"一边写着"畏罪自杀"。而被关在另一间办公室的罗阳春却得以幸免。陈明的右手下意识地捏了一下,他感觉到一只小手的存在,温暖而柔软。可是他看不见,什么也看不见。他只记得他对小罗旭说,我们快走,快……

　　年近古稀的陈明恍恍惚惚地迈动着自己的脚步,甚至不知道自己走到哪儿了。

　　陈明在离家不远的拐角处摔了一跤。那里有一个浅浅坑,他没注意到。他只觉得自己的脚踩空了,膝盖一软,就趴到地上去了。有人惊叫了一声。他却自己爬了起来,坐在地上。

　　阳光明媚。他看到离他不远的地方,两排花篮八字排开,有一间新的服装店开业了。花是鲜花,他闻到了百合花略带臭青的香味。对面一座30多层的高楼刚刚封顶,大红布条从楼顶一直垂到地面。对面四岔路口巨大的荧光屏上，正播放欧洲某地恐怖分子自杀性爆炸事件，有7名无辜妇女儿童死于非命。

许多人围过来。期间还有一条黑色的狗。陈明下意识地掏出手机，按了一个号码。这个号码居然是沈九妹的。

沈九妹把陈明扶进门的时候，嘴角上掠过一丝微笑。这是胜利的微笑，舒心的微笑。在扶陈明回家的路上，她已经发现，陈明这一跌几乎没有什么损伤，筋骨完好，甚至连外伤都没有。他只是一时犯糊涂，踩了空。运气好，身体也好。而在他犯糊涂的时候，没有给别人打电话，只给她打，这证明她在他心目中的地位。

陈明坐在沙发上，九妹给他倒了一杯热开水。陈明一边喝水一边对她说，我没事，你上班去吧。九妹笑着说，你这没良心的，需要的时候叫人家来，不需要的时候就赶人家走。我偏不走。说着，一屁股坐到他的身边。陈明说，你不是公司里忙吗？她很夸张地在他的脸上亲了一下，什么事也没有你重要。陈明把手放到她的肩上，说，你说我怎么就摔了呢，走得好好的。她顺势把头靠在他的肩上，老了嘛，你以为还是当书记的时候啊。不过，她的手放肆地在他的大腿根上摸了一下说，老家私还行。说着，她便站起来，冲着他大笑。

笑声在屋内荡漾，陈明感到一种莫名的温暖。老骚货，陈明骂道。

都这一把年纪了，还像年轻人一样感受某种自我意识的觉醒与自我失落，这是陈明自己没有想到的，也是罗旭的不幸带给他的意外收获。

从这一天起，沈九妹就住到了陈明的家里。

晚上，沈九妹刚刚从浴室出来，身上穿着一件粉红色的睡衣，她的手机响了。她一边用吹风机吹着自己的头发，一边对陈明说，把它按掉，不接。陈明按了她的手机。一会儿又响起，还是同样的号码。九妹拿过来看了一下，又按掉。是公司的副总，她说。但是那个副总不屈不挠，过不到1分钟，又打了过来。九妹只好接了。刚听几句，就打断他的话，什么大不了的事，非得现在打？我给你说清楚了，在家里不接电话，是的，过去接，现在，从今以后，一概不接。天大的事也等上班之后再说，在我的办公室说。就这样。

陈明笑了，说像个大领导，比我当初还牛。九妹得意地说，不一样，你是共产党的官，替别人当家。我当自己的家。一切我说了算。你听着，从今以后，我要把所有的下班的时间都交给你，老公。别别，陈明朝她摇手，别这么叫，我听着别扭。她说，习惯就好，老公，我知道你心里有疙瘩，用现在的话说，叫心理障碍。因为我名声不好，是个坏女人。过去的事，我不想多说，也说不清楚。从今以后，你就是我唯一的男人，你信不？陈明笑了笑，谈不上信不信，因为他还没有想清楚，是否把她放进自己今后的生活当中。她说，你知道吗，在过去的几十年，每当更深夜静的时候，我常常对自己说，我要是有陈明这样的男人，我一定做个好女人，做个贤妻良母，一心一意，把他照顾好，把家收拾好，让他成为最幸福的男人，让全世界的男人都妒忌他，让我们的家成为全世界最让人羡慕的家。

陈明看着她，居然有点感动。不管是真是假，这样的话都会让一个男人感动。

九妹说，我知道你不信，没关系。你反正不能把我赶走。只要不走，我就会让你相信。陈明说，我好像不值得你这样。我，一个古板孤僻的老头，一个退了休无权无势的老头，一个无亲无戚、无情无趣的老东西，老柴头。

她笑了，笑得很开心，很妩媚，很风骚。我就喜欢你，只喜欢你一个。用年轻人常说的话，爱你没道理。

在以后的日子里，陈明好像过得很快活，有女人的家才是真正的家。为了不刺激九妹，他把放在床头柜上老伴的遗像收了起来。九妹又把她拿出来，放到厅里。说，谢谢你老公，放在床头是有点别扭。我叫不出来。陈明骂了声老骚货。她歪着头，调皮地看着他。把他看得有点不自在。夜里的那点事，她常常挂在嘴上，说是精彩回放。她说，还是放在厅里好，历史是不能抹杀的。再说了，我也不想让你成为无情无义的男人。他们像一对年轻的新婚夫妇，屋里常常响起他们快乐的笑声。

他们的快乐有些夸张，他们都在回避一个话题，罗旭。

这天上午，陈明正对着墙上那幅油画发愣，门铃响了。来的是方刚华。方刚华一进门便隐隐约约地闻到一种香味，在玄关换鞋子的时候，不由自主地吸了一下鼻子。他敏感地想到了沈九妹。但他摇了摇头，把她从脑子里赶走。他讨厌这个女人，但这里不是他的家，他管不了那么多。

方刚华心情不好，因为上面正式通知他，让他回A州汽车运输总公司，还是党委书记兼总经理。从市里的角度看，这是一个再好不过的决定。而对于方刚华，无异于跳火坑，好不容易逃出来了，又被推了进去。自从罗旭出事，他就有这个预感。正应了一句本地话，越惊越着后背。对于市里的决定，他不能也不敢说什么。老实说，刚听说罗旭出事，他还有一点点高兴。在他看来，这是迟早的事。他的那种行事风格注定了他的灭亡。但是，命运也真他妈的作弄人，绕了一圈，又把自己绕回去。一想到回公司，他就心烦意乱。这么大的一个烂摊子，如何收拾？在这倒霉的时候，他第一个想到的，自然就是陈明了。

陈明也没想到市里会让方刚华回去。他想，方刚华只是过渡性的人物，毕竟他也快到退休年龄了。对于他明显地表现出来的沮丧，陈明只能安慰和鼓励。方刚华说，要是生场病住进医院里，什么事也没有。听到这话，陈明更加从心里鄙视方刚华。平庸，没有责任感。一心想逃避的胆小鬼。上面真真瞎了眼。陈明慢慢地泡完了茶，说，撑一下吧，等罗旭的事情搞清楚，你就解脱了。方刚华苦笑一下，老书记还对罗旭抱有幻想。陈明与罗旭，不是父子胜似父子。可怜天下父母心啊。方刚华听说，罗旭已转逮捕，案子一到检察院，就完了。那么大的数额，能保条命就阿弥陀佛了，还能出得来？方刚华说，公司从上层到中层，常常有人被叫进去配合调查，进进出出，人心惶惶，财务科长和基建科长已经进去半个多月了，还没有出来。谁还有心思工作？整个公司瘫了。陈明说，临危受命，这是上面对你的信任。陈明言不由衷，听起来不像鼓励，倒像是一种讽刺。方刚华也不计较，说，都快退休了，有什么用？陈明说，人事上不要动，安抚人心，维持稳定。方刚华无可奈何地点了点头，我也是这么想的，维持会长吧。正说着他们听到门声，钥匙转动的声音。

进来的是沈九妹。回来啦。方刚华脱而出。此话一出，三个人都愣了一下。沉默让屋内的空气凝固了几秒种。方刚华嗓子里有点冒烟，他站了起来，自己给自己找台阶下，说，我也该走了，都坐了一个上午。

沈九妹回过神，落落大方地说，方书记慢走，有空常来。俨然是一个主妇了。胜利者历来是宽容的。陈明有点难堪地把方刚华送到电梯口。好在一按电梯门就开了，免去了两个男人几分钟的尴尬。

从此，方刚华与陈明疏远，不上门，有事只通电话。再说了，也没有什么事。

有天晚上，九妹当着陈明的面打了一个电话，只说两个字：过来。陈明说，谁啊？她说，来了就知道。神神秘秘的，搞什么名堂。陈明不理她，看自己的电视。《潜伏》到了最后一集，余则成居然到了台湾和那个小妖精穆晚秋结婚。还是组织的意图。没完没了了。他说。

门铃响了，九妹欢快地去开门。

陈明没想到，进来的会是水当当。水当当冲着九妹叫了声妈，又冲他笑了笑。陈明还没有完全反应过来，她已经换了鞋子，坐到九妹的身边去了。陈明看了看沈九妹，又看了看水当当，是的，这就是他为什么第一次看到水当当觉得面熟的原因。九妹推着她说，叫啊，叫爸爸。当当说，我叫不出口。陈明说，别让孩子为难了，八字还没一撇哩。还没说完，当当大声叫道，爸爸爸爸爸爸。九妹哈哈大笑，想赖啊，没门。明天就去把结婚证办了。陈明说，你怎么姓水了。九妹说，怎么不姓隋，那死鬼就姓隋。当当开心地笑着说，上当了吧，白当了那么多年的头家。

半年后，罗旭被放了出来，无罪释放。事先，沈九妹得到了这个消息，可她没说。一是怕这个消息不可靠，说了反而引起陈明情绪波动，他好不容易才从罗旭的冲击波中稍稍地安静下来，笑声多了，脸也红润了。她不忍心让他再经历一次情感的波折，精神的创伤。和半年前相比，她的确已经把他当家里人了。

罗旭出来的当天晚上，就到陈明这里来了。

门是陈明开的。罗旭的突然出现，让陈明感到很意外，但只是一刹那间的迷惑，这是他所盼望，也是他所坚信的。他平静地对他说，坐吧。

半年来，没人再向他提起罗旭的事，仿佛这个人真的从人间蒸发了。他也不再主动提起罗旭。但在他的内心深处，罗旭一直活生生地存在着。

听到门声，九妹从厨房走了出来。罗旭朝她点点头。陈明说，认识她吗？罗旭点头说，当当的母亲。九妹说，坐吧，像回家一样，我去给你们做饭。

罗旭把自己打扮得很清楚，几乎看不出从那种地方刚出来的痕迹。陈明泡茶，罗旭说，我来吧。一如往日。他熟练地使用陈明家里的茶具，就像是自己的家。喝了第一杯茶，罗旭说，这次让陈叔担心了。陈明淡淡地笑了一下，出来就好。

罗旭告诉他，最后认定的数字是 36525.37 元钱。都退了。他下意识地瞥了一下对面墙上的那幅油画，"野渡无人舟自横"。这画按市场价 1 万元计入受贿金额。陈明也看了一下画，说，包括它吗。罗旭点了点头。珍妮呢？走了。带孩子走的。她也进去几天，出来以后就走了，先到上海，她父母那里，然后就到加拿大多伦多。陈明又看了他一眼。罗旭说，离了。

从新开始吧。陈明说。罗旭笑了笑，我算看透了，不能干了。没法干。九妹做完饭，一直静静地坐在一边。这时插话说，到我那里当总经理。我也可以退休了，和你陈叔过几天清闲的日子。

罗旭说，再说吧，我得好好静养一段，让自己恢复一下。九妹说，是瘦了许多，没其他事吧，身体？罗旭摇摇头，没大事。

吃饭的时候，陈明突然对罗旭说，不能到她那里去，逃避不是办法。在哪里跌倒，就在哪里爬起来，这才是真正的男子汉。共产党人就得是个男子汉。

老头子说得十分郑重，满脸通红，像打了鸡血一样亢奋。

姐妹仔群

/ 上篇 /

姐妹仔群是闽南话，不是一群姐妹，是女性关系的状态描述。说某某与某某是姐妹仔群，相当于北京人说，某某与某某是铁姐们儿。铁姐们儿从铁哥们儿转化而来，铁是铁，但用字太硬，适用于绿林。姐妹仔群是软性的，柔和温润，与闽南地气相吻合。

牛兰、马卉和朱茜是姐妹仔群。

她们好得像亲姐妹一样，让人忌妒。她们说说笑笑地走过，便有人指着她们背影说，傻仔样，一头牛、一匹马和一只猪。她们都留着辫子，牛兰和马卉长一些，在腰间婀娜，朱茜相对短一点，在肩头上刷来刷去。她们很年轻，很吸引男性公民的眼球。当然，那时我们的社会生活中少有公民之说，公民，只有在苏联电影里，警察说，瓦里耶夫公民，请出示您的证件。

故事应该从20世纪70年代讲起，她们年轻漂亮，还没出嫁。她们充满理想。她们的理想不是当解放军、工程师、作家、科学家，也不是当雷锋，让毛主席题词，让全国人民学习。她们的理想很简单，就是嫁一个可以托付终身的如意郎君。这种理想在当时很庸俗，俗不可耐，为世人所唾弃。所以她们理想的交流范围只限于她们三个，连她们的父母兄弟姐妹都不能说。

描绘如意郎君和未来生活的蓝图,是她们谈话的主要内容。在基本原则一致,即"可以托付终生"的前提下,相对而言,牛兰更看重外貌,这和她自身条件有点关系,她是三姐妹当中长得最水的,水是闽南话,意为漂亮,在后面加两个当字——"水当当",那就是非常非常漂亮,漂亮得叮当响。这词有"通感",是图像与音响的巧妙结合,具有现代意味。后来她们居住的这座小城的女人街上,开了一家专卖女士服饰的商店,就叫"水当当",生理(生意)相当红火。当时私下流传女孩子的择偶标准,是"金日成的相貌,周恩来的外交,西哈努克的金钱"。这当然是奢望,不切合实际。其实,人在任何时候都是浪漫的,只是表现方式不同而已。而牛兰、马卉和朱茜是比较实际的,她们不敢奢望能找到那么高档次近乎完美的对象。"可以托付终生",就是有一份固定的工作,有一间可以安放一张双人床和一张梳妆台的房间,为人朴实,最重要的是"惜某",就是疼老婆。不过最后一点很难考察。许多教训表明,男人婚前婚后表现很不一样。婚前大都表现出很会疼人的样子,一结婚,"一把人骗到手",有位老大姐这样说,就变了个人似的,从奴才变成老爷。要是遇到这种"一结脸就变"的男人,哭都来不及。

她们住在同一条街,这条街叫大同街,天下大同的大同。大同街是人们常常看到的那种闽南城镇的街道,带骑楼带店面的房子。店窗板从上到下,卸下来,靠在骑楼下,不怕刮风下雨。当初是什么店都有的,骑楼上解放前留下来的店号还在,天益药行、花旗参行、和成金行、宝来米行等等,山货、海产、服装、茶叶、文具……应有尽有,还有一家书店,起了个古怪的名字:三联书店。不懂什么意思。

牛兰家以前是开布店的,前厅有一张高高大大的尺形柜台,还有一面大镜子。听说牛兰就是照着这面镜子长大的,所以长得水。马卉和朱茜也喜欢到这里来照镜子,因为她们家没有这么大的镜子。这镜子,站远一点,可以照见全身。她们的青春、她们的窈窕、她们的婀娜、她们的诱惑、她们的不知名的、不自觉的、淡淡的忧伤都在那镜子里,可惜她们没读过多少书，要不，她们会对镜子吟出许多诗句。有一次，她们三人挤在一起，对镜子笑，不约而同地说，哎呀，我们应该去照一张相，于是她们就上璇宫照了张合影。璇宫是本城最有名的照相馆，位于中山公园边的台湾路。

牛兰长得好看，早早就有人提亲，因为有人提亲，她也就成熟得早一些。她的梦中情人虽然没有确定，但老实是一定的了，老实靠得住。当然不能太老实，太老实就有点愚，有点傻，傻一上脸，五官再端正、再清秀也拿不出手。老实中，牛兰偏重于诚实而机灵，对爱情专一，不许拈花惹草。这点与马卉、朱茜有所不同。马卉的老实，侧重心地善良、忠厚，木讷一点也无所谓，丈夫又不是外交家。朱茜呢，属没心没肺的那种，说，老实就是不欺负人，由着我，心疼我。其他的管不了那么多。

当时提亲，往往由介绍人拿着照片，先向父母介绍情况，行，再让牛兰看照片，再约见面的时间和地点。

牛兰看了几个，都不满意，不是太矮就是太瘦，有一个倒是不矮不瘦，举止穿着也还过得去，就那对眼睛，怪怪的，牛兰过后想，怎么就怪怪的呢，原来是分得太开了，比大同街还宽，让人不舒服。最近的一次，条件很好，红旗机器厂工人，先是二级工，后来以工代干，在厂部工会当宣传干事。介绍人说，一有机会，就能转干，一转就是25级干部，一个月能拿38.5元工资。那个时候大米1斤1角2分钱，猪肉1斤6角钱。38.5元够养活三个人。照片也看过了，还行，不傻。为慎重起见，牛兰决定让马卉和朱茜一起去见面，帮她参谋参谋。

约会的地点放在西桥亭榕树下的茶馆。西桥亭是庙不是亭，供观世音菩萨。这庙有点别致，建在壕沟上。听说壕沟建于宋代，原为护城河。壕沟与城外的南门溪相通，五篷船可以从溪里顺壕沟驶进城内。小时候，牛兰、马卉和朱茜常常趴在庙里天井的栏杆上，看船从底下穿过。船上，有时是蔬菜，有时是水果，有时是沙石。庙前那棵大榕树，听说几百岁了。有人在那里开个小茶馆，说是茶馆，其实就是几张摆在榕树下的八仙桌和一些凳子，不是椅子，没有靠背。茶也不是现在的工夫茶，大玻璃杯里冲几片茶叶,一杯1分钱。要一盘瓜子糕点,另加5分。时间定在下午3点半。

牛兰与马卉朱茜事先商量好,她们两人假装闲人,坐在那里喝茶聊天,从旁观察。

下午的阳光很好,透过树叶,斑斑点点地洒落在地上、八仙桌上,也在马卉和朱茜的身上跳跃着。她们有点兴奋,也有点紧张,自比电影里的地下工作者,心跳个不停。她们花两分钱买两杯茶,可是都用手抱着,不敢喝。因为她们一紧张就想尿,这里没有方便的地方。就是有,也不能去,那人说来就来,关键时刻不能离开战斗岗位。

牛兰躲在庙里,按规则,这规则也不知道是谁定的,反正人们都这么说,女方不能先到,先到显得没格,失了格就贱,端不起来。须得让男方先到,等5分钟,女方才姗姗而来。

这是一个初夏的午后,荔枝已过,龙眼尚未上市,空气中飘荡着一股甜丝丝的味道。当年天气没现在这么热,初夏的午后还十分清爽宜人。一只苍蝇懒洋洋地飞来飞去。最边上的那张桌子,坐着一对情人,当时不兴叫情人,情人之谓近于搞腐化,搞腐化就是乱搞男女关系,是要挨批判的。叫谈对象,他们在谈对象,声音很小,那女的还不时地软笑。骚货,马卉和朱茜在心里偷偷地骂了一下,这骂声分明有点忌妒,她们自己也意识到了,相对一笑,自我解嘲似的,立即把眼光转移。眼不见为净。

有个男的走过来,白衬衫,蓝裤子,就是以前她们参加《黄河大合唱》男生穿的那种服装。让她们没想到的是,这男的戴眼镜。不就是以工代干吗,装什么知识分子!马卉和朱茜不约而同地"哼"一声。那男的左手拿本书,听说是《金光大道》,这是约定好了的。介绍人是牛兰的一个远亲,好像是她母亲表嫂的妹妹,人家在西桥中心小学当老师,有文化,所以出了这样一个罗曼蒂克的主意。那男的把《金光大道》放在对面的一张桌上,要了一杯茶、一盘瓜子和一盘贡糖。这家伙很懂得吃,她们想,贡糖是本地特产,早年是皇帝的贡品,贡品属"封资修",本应在批判之列,但本城人在吃的方面比较讲究,舍不得拿出来批判。贡糖是把糖和花生掺在一起，经过特殊制造而成的，又甜又香又酥。她们不由自主地吞了一口口水。他的手在书的封面上摸着，似乎在犹豫要不要拿起来看。在这里看书，显得有点特别，怎么说呢，叫小资产阶级情调。小资现在有点时髦，那个时候可不是什么好东西，离革命有点远，弄不好要让人家说东道西，甚至挨批斗。马卉、朱茜对看一下，她们都希望他把书拿起来看，说不出为什么。

那男的叫什么名字？牛兰说了，她们没记住，好像姓陈，那就叫小陈吧。她们没想到，小陈刚坐定，牛兰就迫不及待地从庙里走了出来，不要说迟到5分钟，3分钟都没有。牛兰手里拿着一把扇子，这也是说好了的。这扇子是朱茜的，牛兰家里一时找不到扇子，朱茜就说拿我的吧。当牛兰把扇子放在额前，假装看天的样子，小陈就站了起来，朝她招了招手，牛兰笑了笑，朝他走去，同时扭头，用扇子挡住小陈的视线，向她们抛了个调皮的媚眼。

马卉和朱茜同时喝了一口茶水。

马卉、朱茜原以为他们会谈好一阵子，没想，不到几分钟，他们便都站了起来。只见牛兰重重地把扇子往《金光大道》上面一掷，"哼"的一声，转身走人。小陈拿起扇子"啊"一声，像是叫她，又像是意外地自我叹息，看着匆匆走出树荫的牛兰，摇了摇头，又坐下去。

马卉和朱茜对看了一下，事情发生得太突然，她们动动屁股，走不是，不走也不是。她们情不自禁地喝了一口茶水。她们看到小陈把扇子拿起来看，这面看看，又翻过那面看看。马卉说，那扇子有什么好看的。朱茜没说什么，她知道那扇子有点"封资修"，"文革"初破"四旧"时，母亲怕惹祸，差点把它烧了，是她看着好看，舍不得，藏了起来。扇子正面画兰花、竹子和一块石头，反面则是一首诗，写得很潦草，说是古代一个叫郑板桥的诗人（这人名字有点古怪）写的。没人时，她曾反反复复地看了许多遍，还是不明白写的是什么，只认得其中一些字，凑不成意思。朱茜的心动了一下，很想过去问，上面的诗写的是什么。当然，就如现在流行的一句广告词，朱茜心动，但没有行动。小陈放下扇子，扶一下眼镜，拿起书，居然在那里看书，一边看，还一边喝茶吃茶配。她们有点愤怒了，真不像话！马卉站起来，大声说，走，什么东西。朱茜也站起来，把凳子碰得很响，仿佛要为牛兰出气。

她们走出树荫时回头看一下那个傲慢的家伙，只见他还悠然自得地看书，一点也没有失落的样子。她们心中更是愤愤不平了。马卉说这人怎么这样。朱茜说是啊，怎么这样！说着便又回头看了一下，远远地，她看到他正用食指在嘴唇上沾口水，这动作在她心中撞开一个记忆，读小学时，语文老师翻课文的时候就这样，先在嘴唇上沾一下口水。那老师很年轻，很端庄，说话的声音也很好听。也戴眼镜。她又回了一次头，果然，他正用沾了口水的指头翻书。她暗自笑了笑。多不卫生啊。她这么想着，没真当回事，那时，卫生这个词只停留在爱国卫生运动的宣传中。要是什么人吃饭之前一定要洗手，人们便会说他装腔作势，又不是医生。

她们在拐弯的地方看到牛兰，牛兰很不高兴，怎么到现在才来。她们应该马上跟她出来，这也是一种示威，出得太迟，她没面子。马卉说怎么啦，刚坐下来就走？牛兰说你们没认出来？他就是那个臭流氓。

马卉和朱茜同时抽了一口冷气，天下有这么巧的事情！几年前的一个傍晚，她们一起去上厕所（要不怎么说她们是姐妹仔群呢，连上厕所都得一起上），大同路的公厕在四岔路口，那时公厕很热闹，因为没人家里有卫生间。她们刚走到路口，就看到围着一群人，两个手臂上戴红袖圈的民兵押着一个少年家，把他的胳膊往后扭，还按着他的头，就像是押着不接受改造的"四类分子"。那少年家挣扎着抬起头，大声喊，我不是故意的，我不是故意的。原来，这少年家跑到女厕所，蹲在里面的女同志喊起来，正好被巡逻的民兵逮个正着。打死他，挖掉他的眼睛，臭流氓。有人喊。人越围越多，她们绕过去进厕所，一个臭流氓，没什么好看的。

真的是他吗？朱茜说。不管是当时还是刚才，她都没有真正看清这个人。是他，我第一眼就认出来了。牛兰十分肯定。马卉说，怎么会是他呢，你不是看过他的照片吗？牛兰说，看照片时我就觉得有点脸熟，没想起来，见了真人才想起来的。怎么，你们不信？马卉和朱茜说，不是不信，只是有点可惜。臭流氓可惜什么？马卉说要不是流氓就好了，国营的，还以工代干。朱茜说，是啊，人也……牛兰笑着说，你们喜欢，找他去好了，他还在那里哩。谁稀罕！想男人想疯了吧。你才是哩，半夜都想，做梦，叫得比屋顶上的猫都大声。她们就这样嘻嘻哈哈、说说笑笑地回来了。晚上，朱茜躺在床上想，这牛兰，走也不把扇子带走，可惜那把扇子了。又想，扇面上的诗，那臭流氓一定看得懂。可惜了。可惜什么，她还没想清楚就睡着了。

以后她们又一起相过几次对象，都没成功。一次是帮马卉，对方是制药厂工人，一身片仔癀味，让人恶心。那时片仔癀不像现在这么牛气，1元8角钱一片。药是好药，可再好的药还是药，整天和药味生活在一起，谁受得了。三个人一起说，不行。听说那人还找了马卉几次，给她买了两块绣着鸳鸯戏水的手帕。本来马卉有点动心，药味多闻几次也不怎么恶心了，就这两块手帕坏了事，马卉母亲说，什么不好送，送手帕，不是存心让人拭眼泪吗，这事不成。有一次还是帮牛兰相的，对方是个小学老师。用牛兰母亲的话说，是个"挑蚵仔担"的。闽南话"学"与"蚵"同音，这种说法含看不起教师的意思，男人教小学，更酸。她们带着这种偏见去相亲，横挑鼻子竖挑眼，结果就把那个可怜的人民教师给否了。朱茜的相亲史一片空白，没人给她介绍。朱茜的家境相对差一些，父亲是演员，唱戏的，母亲是家庭妇女，下面还有一弟一妹。朱茜有点伤感，又有点不甘。有天早上，她拿小镜子把自己照了半个小时之后，对自己有了信心。虽然她给人的第一印象不如牛兰那样光彩照人，但她金看。金看是闽南话，就是越看越好看。没人介绍就自己找，碰吧，都说可遇不可求，一旦让她遇到了，她绝不放过。

说起来真是缘分，半年后的一天，她在路上遇到了那个"臭流氓"，不是一般地碰到，是撞到，她的自行车把人家给撞了，差一点没把他的眼镜撞落。当时，她的自行车前轮从他的背后狠狠地撞着他的小腿肚子，他一趔趄，一条腿跪在地上，一手撑地，另一手扶住眼镜。她跳下车，说，对不住，对不住，他回过头，朱茜愣住了。

那天朱茜心情不好。她刚在火车站送走了牛兰，牛兰是到大连去结婚的，对象是海军军官，巡逻艇艇长。她先坐火车到上海，再从上海坐轮船到大连。海军，上海，大连，不说别的，单就这几个字就叫她头晕，牛兰的运气真好！她看过艇长的照片，站在艇上，长相一般，但那做派，要多神气有多神气。

这半年天翻地覆。红旗飘飘，锣鼓喧天，"大快人心事，打倒四人帮"。这半年对于朱茜来说，变化更大，原来三个姐妹仔群，形影不离，转眼间剩下她孤零零一个，形影相吊。先是马卉不声不响地跑到香港去了，把自己嫁成香港华侨。这个马卉，事先一点消息也不透露，这让朱茜和牛兰很伤心，但伤心归伤心，还是为她感到高兴，出头了。听说，是她表叔做的大媒，说媒的条件之一就是不能声张。那时，在她们居住的这座小城，嫁香港客是许多女孩子梦寐以求又不敢声张的事情，她们理解，也不怎么怪她，伤心中夹杂着惆怅。她们甚至不知道如何向她贺喜，商量再三，决定给她钩织一套床巾、桌巾和沙发套。她们三人曾经热衷于钩花边，也不知道从哪里学来的，反正很流行，还上了书，那时人们对书非常崇拜，就相约到新华书店买了书，照着书上的图样和针法钩，以后又有了自己的发明，不单是花边了，每人钩一条围巾，在大同街很是招摇了一阵，只可恨那个冬天太短。她们买了白纱线，连续三天三夜，几乎不吃不睡，马卉给她们的时间实在太短，手钩酸了，手指钩痛了，但她们心花怒放，对自己的作品十分满意，特别是桌巾，她们精心设计一幅水仙图案。水仙是她们三人共同喜欢的花，她们不懂得凌波仙子，不懂得冰清玉洁，不懂得暗香浮动。她们就是喜欢。桌巾是方的，最适合披在圆桌上，每个穗子都是一串金盏水仙。她们甚至想象这一套纱巾在马卉新娘房引起的轰动效应，人们都不约而同地称赞她们心灵手巧，说不定还会有人由此看上她们，也给她们介绍一个香港客。她们把自己的心意和劳动郑重其事地送到马卉家，马卉不在，马卉的母亲在接收贺礼时笑了一下，那笑容和以前不一样，让她们很尴尬，很伤感，终身难忘。她的笑似乎在告诉她们，她女儿已经不是原来的那个马卉，是香港华侨是高人一等的"港澳同胞"了。从马卉家出来，眼泪不约而同地从她们的眼眶涌出来。她们为贺礼的轻薄感到羞愧。马卉走的时候她们没去送她，觉得不配去送，她们更不想再看到马卉母亲，她老人家怎么能那样的笑法，这么多年来她可不是这样的啊，太让人难过了。

现在真正伤心的只有她朱茜，牛兰如今已经是军属了。在当时小城人们的眼里，军属甚至超过华侨。女孩嫁华侨只能私下欢喜，而嫁"最可爱的人"，则可以大张旗鼓地宣扬。每年春节，街道革委会还敲锣打鼓，给她家送上一副"军属光荣"的大红对联。

朱茜从来没有这样孤单过。街上的人很多，人们兴高采烈。历史进入新拐点，新的期待使人们心中充满阳光，脸上春风荡漾，笑语欢声。朱茜对此没有感觉。她寂寞，魂不守舍。双手扶着车把，双脚机械地运动，两眼正对前方。是的，是正对前方，不是看着前方，她其实什么都看不清，模模糊糊，懵懵懂懂。她突然想到一个词，叫"茫然"，这也许就是茫然吧。

都说眼睛是心灵的窗户。心在空旷的原野，没着没落，眼睛自然就茫然了。

她这么想着，又奇怪自己居然能这么想，朱茜觉得自己不是自己了，是个什么有文化有知识的人。她奇怪地笑了一下。

就在这时，她自行车的前轮，撞到了他的小腿。

朱茜惊惶失措，不知要对这个"臭流氓"说些什么。他对她笑了一下，又扶了一下眼镜。不像流氓的样子。她说，我不是故意的，真的，不是故意的。他说，我没说你是故意的，前世无冤今世无仇，你怎么会故意来撞我？没事，他打了打裤子上的灰尘，打算走人。她说等等。他站住了，看着她。她着急，喘气，脸色苍白。你没事吧，他说，又扶了一下眼镜。

朱茜突然觉得他扶眼镜的动作很好看，很优雅，心晃了一下，脱口说你是小陈，对吗？他说，我是姓陈，你认得我？她点了点头，又摇了摇头，她怎么能说认得他，只是见过，听说过。他又扶了一下眼镜，笑一笑说，我这人，太大众化了，容易让人记错。她说，你在红旗机器厂，以工代干，不是吗？他大吃一惊。他吃惊的样子有点傻，她突然很开心地笑了起来。

　　过后，朱茜为自己那天的失态后悔了很久，心跳了很久，也兴奋了很久。她从来没有这样过，从来没有。她不相信自己会这样，她回过头细细地想，越想越不像自己。她想想出个为什么，想不出来，越想越糊涂，一切都乱了套。举目四望，身边没有一个可以说话可以商量的人，马卉走了，牛兰也走了，一个到香港，一个到大连，相隔几千里，写信都要一个星期才能收到，再说，信怎么能说得清楚。想当初，她们头碰头，叽叽喳喳，窃窃私语，没完没了，写在纸上得厚厚的一叠。如今只剩下她一个人干着急。她急得快要哭出来了。妹妹太小，弟弟？男孩子能和他说什么？他只知道从她那里拿钱买糖、买弹弓、买风筝、买陀螺，他甚至不知道应该买一点作业本子和铅笔。母亲从来不关心她，她的心思全在弟弟身上。父亲除了喝酒，好像没有别的可做。母亲骂他"无路使人"，闽南话无路使人就是没本事、没能耐的人。他在芗剧团，先是跑龙套，然后是当杂工，拉布幕，折戏服。后来剧团搞布景改革，便让他负责灯光效果。算有点技术工的味道。可好景不长，"文革"来了，剧团解散了，他成了罐头厂的临时工，挣钱少了，酒却越喝越多。当然，他喝不起米酒，只喝地瓜酒，5分钱可以喝一天。

　　朱茜在苦恼了几天之后，突然想开了，没人商量就不商量，谁也不说，自己的事情自己做主，和命运赌一次，不好，认了。人就这样，犹豫不决时，优柔寡断时，显得很脆弱，不堪一击，一旦想开了，便勇气十足，义无反顾。

　　他们开始约会，那时很少用约会这个词，因为这个词有点小资产阶级嫌疑，更不能用幽会，这个西方小说里的词汇，铁定在批判之列。谈恋爱也少说，只说谈对象。她了解到，他的大名叫陈远，路途遥远的远。小时候吃饭，她筷子总是拿得高高的，母亲说，拿低一点拿低一点，她就是改不了,母亲叹了口气,看来,将来要嫁得远远的。本地说法,女孩子吃饭筷子拿得越高将来嫁得越远。马卉、牛兰走后,母亲说,都远走高飞了,你也想吧,飞吧,这是你的命。查某囡仔能指望什么?母亲说到最后,语气有点狠。原来她的远是这个远法。也许就是这个远字,增加了她与他谈朋友的决心。仿佛是命中注定。她有点失落,又有点宽心。

陈远是他们家的老大,下面还有三个妹妹。陈远没父亲,父亲在他12岁时就去世了,是母亲把他们兄妹四人拉扯大的,他说大妹妹已经结婚,还有个男孩,他已经当舅舅了。她有些意外,这么说,如果她和他的事成了,她就当舅妈了。舅妈在本地称阿妗,她有一个阿妗,一脸的皱纹。他有这么老吗?一问,他整整大她8岁。她"啊"的一声,看不出来,你这人怎么这么狡猾,把年纪藏得这么牢?他扶了扶眼镜,说这和狡猾有什么关系?说着便笑,很得意的样子。她说,你有工作证吗?那时没有身份证,她想看他的年龄。他掏出工作证,看出生年月,果然不假。他说,工作证不准,要看户口本,户口本是公安局发的,不敢假。她打了他一下,讨厌。动了手说了讨厌之后,朱茜有些后悔,是不是有点轻佻,不够矜持,不够稳重,老人说,女孩子太轻佻是要吃亏的。但这是下意识的,她来不及管住自己。她想,我是不是真的喜欢上他了?这样想着,她的心就怦怦怦地乱窜。

那个时候他们正坐在溪堤的斜坡上,面对清悠悠的溪水。他们的头上是柳树,柳叶一直垂到肩上。地方是她定的,她和马卉、牛兰常到这里,幽静,安全。堤上常有巡逻的民兵走动。民兵戴着红袖章,拿着3节电池的长手电筒。这条溪堤是本城青年人谈恋爱的好地方,几乎每棵柳树下都有一对恋人。几乎所有的恋人都规规矩矩地坐着,恋爱是真正地"谈"出来的。不像当下,掺杂着太多的动作。这些动作放在当时,近于"耍流氓",属民兵手电筒的扫荡范围。

很快就到了秋天,风大,天凉,溪堤上去不得了。他们只好挑僻静的街道走,叫"量街路",也叫"量马路"。古早时,街上走马是常事,所以街道也叫马路。一直到20世纪70年代，本城的街上还常有马车过往。所以本地人常常把街道叫马路。那时最幽静的马路要数地委大院前的府前街了，府前街是老街，"文革"中改名东方红路，可人们还是习惯叫府前街，可见旧文化之顽固。府前街两边都是高大的杧果树，把天空挡住了，也把路灯藏到树叶里。晚上，路灯被筛成黄色的斑点，懒懒散散地洒在路面。人一进这条街，就变得有些朦朦胧胧，扑朔迷离，仿佛进了梦境。这里还很安全，谁敢在地委大院四周惹事，不要命了？最胆大的是一两个少年家，骑着破自行车，匆匆从街中央驶过，把车铃子按得叮当响，铃响之后，会惹来几声骂，"臭流氓"，开口骂的大都是谈恋爱的女孩。挨骂的便开心地笑，迅速消失在街尾的黑暗中。本城老人喜欢说地理，什么都是地理结成的，这地方也是，古早时是州府所在地，解放前是国民党的专员公署，现如今是地委和军分区所在地。谁都没想到，这么好的风水宝地，竟成了"恋爱一条街"。

这个秋天，朱茜和陈远几乎每天晚上都在这里"量马路"。有一次，对掠过响铃的少年家骂一声"臭流氓"之后，朱茜突然想起，她身边的这位也曾被骂过"臭流氓"。心咯噔一下，很疼。其实那事一直在她心头搁着，只是她不想提起，许多次都想问个究竟，却又把涌到喉咙口的话咽回去。她当时没看清他的脸，却清清楚楚地记得他的喊声，我不是故意的。她很想相信他不是故意的，但很难给自己一个圆满的解释。不是故意的是怎么跑到女厕所里去的，难道昏了头？难道大白天撞见鬼被鬼迷住了眼睛？她知道，这事迟早是要让他解释清楚的，不说清楚很难跟他走进婚姻的殿堂。她忍着，尽量把这个问题往后推，她不想失去他，想对他有进一步的了解之后，再来判断事情的真伪。没心没肺的她显得比牛兰更成熟更细心，她的爱情比牛兰来得不容易，所以特别珍惜。

怎么不说话，陈远说，是不是被那个少年家搞坏了心境？其实他也不是流氓，好奇心再加上小小的恶作剧而已。等将来自己谈恋爱，他就会为现在的行为感到好笑，甚至羞愧。朱茜看了他一眼，她已经习惯幽暗，能看出他脸上的表情，她不知道如何来形容这种表情，怎么说呢，用现在的话叫宽容，可当时人们不习惯这个词，人们习惯的是斗争，不是好就是坏。对坏人坏事绝不宽容。但她被他的表情感动了。她想起弟弟，弟弟常有恶作剧表现，甚至在她换衣服的时候故意来敲房门，吓得她大喊大叫，他就在外面开心地笑。她就骂他小流氓。当然，陈远的那件事不能用恶作剧来解释，因为他那个时候已经过了搞恶作剧而可以原谅的年纪。他的这种宽容是不是在为自己曾经有过的行为做辩护？你也搞过恶作剧吗？她脱口而出。陈远想了想说，小时候有过，上中学就没了。真的没有？没有。她有点失望。她想他会主动提起那件事，他却在她的前面装糊涂。

他们那个晚上在府前街走了好几个来回，她却失去了说话的兴趣。谈恋爱，不谈就没有恋爱的味道了。陈远说怎么又不说话了？她说不想说。陈远说，凭白无故的，说生气就生气，和小孩子一样。朱茜说，我生气了吗？陈远扶了扶眼镜，笑着说，你生气的样子还真可爱。

牛兰来信，说她怀孕了。她的那位艇长又进步了，到机关升了科长，科长就是营级，双喜临门。还说了一些军营里的事，水兵如何看官太太，官太太之间如何暗中较劲。也不知道在较什么劲，牛兰切实感觉到有一种东西在她们之间游荡。她是个不肯认输的主，她能认输吗，老远地从南方跑到北方来认输？她知道自己的最大优势就是年轻漂亮。她要尽量把自己的优势展示出来。那个时代没有化妆品，衣服的样式也死板，但她在信中说，她知道如何展示自己。她的皮肤又白又嫩，大连的日头没把她晒黑，而大连的海风却让她更温润。她就想法子把皮肤露出来。还有她眼睛大，用她家科长的话说，忽闪闪打倒一大片。她就找机会把眼睛睁大，对所有人都装出一副天真无邪、不经世事的样子，睁大眼睛说，有这样的事啊。她说这一招很灵，有一次，基地司令员（听说他"文革"前是将军，中将。吓人不？）的爱人还当着大家的面说，小牛真可爱。牛兰说，她要在肚子凸出来之前，把那些官太太全气死，你只要看她们那不可一世的神气，不气死她们就死不瞑目。牛兰说，当初你们以为我嫁了个什么大官，到这里才明白，艇长科长算个什么官呀，跟乡下的牛粪一样多。朱茜读牛兰的信，读得很伤心。她在信中看到别人的幸福、满足和不经意的炫耀。她觉得牛兰离她已经很远了，她们仿佛不是从小一起长大的姐妹仔群，她和她生分了。

而马卉没有来信，她给她写过两封信，她都没回。也许，是她母亲给的地址不对。她没脸到她家找她母亲核对地址，也不想再给她写信了，凭什么热热的脸要去贴人家的冷屁股？再说了，寄香港的邮票很贵，还是给自己省点钱吧。

马卉也没给牛兰写信，这让牛兰很生气，她风神什么！不就是嫁个香港客吗。不理她，我们都不理她。有段时间，朱茜心灰意冷，原以为姐妹仔群不是亲姐妹胜似亲姐妹，一旦嫁了人，都变了。嫁人是女孩子人生的转折点。她明白了。她于是决定不再计较陈远那件"臭流氓"的事，让它见鬼去吧。牛兰走了，马卉也走了，谁知道这件事呢？只要她不计较，谁会计较呢？再说了，她越来越相信他不是故意的，这样一个文质彬彬的人，会傻到去闯女厕所？别那么计较了，算了。金无足赤，人无完人。就是闯一两次女厕所，又能改变什么？他还是国营全民工，以工代干，一个月工资38.5元，一有机会，还能升一级，就是45.5块，这个收入可以养活她和他们的孩子。更何况，她还能做临时工，补贴家用。结了婚，他还有心思去女厕所，自己的老婆难道还看不够？朱茜这样想着就脸红，她不知道自己怎么变得如此庸俗，不要脸。她是不是非得赶快把自己嫁出去，她的理想呢？管不了那么多了，只要对我好心疼我就行。这一点似乎可以放心，他大我8岁，懂得多，又像大哥一般心疼人。这从许多细节中可以看出来。在溪堤上，落座之前，他会把事先准备好的报纸铺在草地上，风来了，他会把自己的外衣不动声色地披在她身上。最让她感动的是，自从他听说她的胃有点畏寒之后，每次出来，他都会在裤袋里藏保温杯，里面是红糖水，不是一般的红糖水，是放了龙眼干和生姜片的红糖水。那水喝得她胃暖心暖，从里到外暖洋洋、甜丝丝。他从不带她上点心店，他们都是吃了饭才出来的，他说，上点心店是吃给别人看的，钱要用在最需要钱的地方。这一点她不反对。在一般人的眼中，这是个吝啬鬼，还没结婚就这么小气，舍不得花钱，结了婚你还想花他一分钱？傻。她知道她傻，但她相信本地的一句古话，傻人有傻福。

朱茜和陈远"走"了半年，决定结婚。一到谈婚论嫁，朱茜的母亲就不同意，理由很简单，陈远母亲守寡几十年，没有家底。"守寡大家"，在本地是小气吝啬的代名词。"守寡大家"就是守寡的婆婆。朱茜铁了心，非陈远不嫁，母亲终于妥协，条件是，单住，不能与"守寡大家"住在一起。

陈远在单位申请房子费了一番周折，最后在厂工会主席的亲切关怀和直接努力下，终于拿到一间房子。那算不得真正的房子，是从厂里废弃的锅炉房隔出来的，又暗又潮。暗，白天也要开电灯。潮，水泥地板，能不潮吗？除了冬天，床上的被子、枕头、褥子，全是黏黏滋滋的，晒被子成了朱茜的习惯，一出太阳就晒。还有，就是这房子根本不隔音，墙是木板的，还只有半派，离屋顶比隔墙还高，走路说话，全是公开的，比现在廉政公告的透明度还高。晚上床上稍有动作，更是人尽皆知。但他们已经十分满足了。因为这房子不是一间，是对看的两排，一排 8 间，一共 16 间，住的全是新婚，或即将新婚的青年职工。大家彼此彼此。晚上谁家床上动静太大，住在两边的邻居最多用手敲敲隔板，以示提醒。那时，谁也没想到盖房子，全国都不盖，不单单他们居住的这座小城，更不单单是红旗机器厂。厂领导能把旧锅炉房改造成职工宿舍，那是认真学习伟大领袖"关心群众生活，注意工作方法"的伟大成果。全厂 2000 多工人，想结婚申请房子的近 300 人，所以，能挤上这样的房子，已经很幸运，要不是陈远以工代了干，要不是陈远平时工作任劳任怨，工会主席想出力也师出无名。回想那个年代，党风也实在好得可以，弄一间房子，一分钱不花，一斤茶叶，一条烟都没送，凭的就是工作表现和实际困难。

朱茜结婚没告诉牛兰、马卉，说不清为什么。原因其实很简单，有如现在的同学聚会，都是有头有脸有钱的人组织的，每次聚会都有几个不来，不来的，都是混得灰头土脸的人。

婚后的一天，朱茜在书架上看到那本《金光大道》，说，不是还有一把扇子吗？什么扇子？陈远有点意外。竹子编的孔明扇，一面是画，一面是诗。陈远说你怎么知道？看来这事他真藏在心里，朱茜有点酸溜溜地说，是定情物吧。说着便笑，笑得很开心。陈远被她弄得云里雾里的，只看着她笑，样子有点傻。朱茜从抽屉里拿出相册，翻出一张她和牛兰、马卉的合影，那是好多年前的黑白照，指着站在中间的牛兰对他说，是她给的吧？

陈远看了一会儿说，好像是她，怎么和你在一起？她说，我们是朋友，从小一起长大的姐妹仔群。陈远哈哈大笑，什么定情物，是她莫名其妙地扔下来的。于是便讲起那次相亲，刚见面不到3分钟，说不上几句话就走人。一个浪漫的开始，却落得草草结尾，至今还不知道为什么。

她说，真不知道？真不知道，他说。你们说了什么话？她问我有没有到过大同路，我说到过，城市这么小，哪条街道没到过？她说有没有发生什么事？我说没有。她就哼地一声，掷下这把扇，站起来走了。

朱茜说，谁让你不老实。我不老实？在大同路明明发生了一件事情，你不说，她不走才怪！陈远看着朱茜，看了好一会儿，说，你是说我走错女厕所的事？终于坦白了。

陈远扶了一下眼镜，那算什么事！不就是走错吗？那厕所我没去过，尿急了，匆匆进去，有人大叫，我才发现走错，就出来了。正好遇到巡逻的民兵。被人家当臭流氓还好意思说哩。她有些不高兴了。这样大的事，他居然轻描淡写。门口"女"字写得那么大，没看见，鬼都不信。

陈远看她真生气了，就从抽屉里拿出一沓稿纸，你看，就为写这东西，满脑子都是这东西。她一看，好家伙，厚厚一沓方格纸，几十页，全写满了。这是什么？他有点不好意思地说，小说。我从小就想当作家。朱茜睁大了眼睛来看他，作家，那是多么神圣的名词，小时候做作文谈理想，作家是老师嘴上经常出现的词。不会吧，我朱茜一不小心就嫁了个作家！陈远说,当时正在构思这篇东西,想把故事放到大同路这样的老街道,更有味道。没想到就走错了女厕所。

几年后,那沓稿子被寄到省城,发表在《东海文学》上。看着陈远的名字印在散发着油墨香的杂志上,朱茜兴奋地冲着他说,你这臭流氓,臭臭流氓!

好险啊,要不是牛兰粗心大意,这臭流氓就让她给抢先了。

那天晚上,朱茜让陈远把扇子找出来,给她解释上面的画和诗。他们躺在床上,灯不亮,却很柔和。屋子里弥漫着一股因长期的潮湿而引发的淡淡的霉味。他把上面的诗念了一遍:"一竹一兰一石,有节有香有骨,满堂皆君子之风,万古对青苍翠色。有兰有竹有石,有节有香有骨,任他逆风严霜,自有春风消息。"他说他喜欢这首诗。她说所以你把扇子珍藏着。陈远说,不是为了扇子的主人,她长得什么样,我都记不住了。她说谁信呀,不是一下子就认出来了吗。陈远无话可说。她说没关系,你还把它藏着吧。他说,扔了吧,省得你多心。她说,假心假意。老实告诉你吧,这扇子本来就是我的,临时借给她的。不信,等她回来,你去问她。

陈远一下子翻到她的身上,缘分,缘分啊。朱茜想,是啊,这不是缘分是什么。便使劲地抱住他的腰。

这个晚上,他们把床弄得很响,弄得两边邻居都使劲敲板墙,表示强烈抗议。

/中篇/

闹钟响的时候,朱茜正在做梦。这梦有点不要脸,睁开眼睛才发现,胸部被丈夫的手死死压住,她搬开他的手,翻身起来。又是一个战斗的早晨开始了。

她跳下床,先跑到厨房把煤炭炉打开一条缝,把昨晚量好了的米洗了,再回头去穿衣服,一边穿一边叫两个孩子,起来起来。她如今已经有两个孩子了，一男一女，女的6岁叫小青，男的3岁叫小冬。

姐弟俩睁开眼睛便在床上抢一把纸做的扇子，这是爸爸做的，那时正热播电视剧连续《济公》，扇子是济公的扇子，抢不是真抢，姐姐让着弟弟，象征性地扯两下便松开手，弟弟得了手，高兴地唱起来，"鞋儿破，帽儿破，身上的袈裟破，你笑我，他笑我。一把扇儿破。"唱到这儿，便用纸扇在姐姐的头上打一下，姐姐笑着，两人一起接下去唱，"南无阿弥陀佛，南无阿弥陀佛……"

朱茜穿好衣服，洗漱了，水开也了，把米放下锅，打开菜橱，拿出一块四川菜，一边切一边喊，喂，快给孩子穿衣服。陈远跳下床，跑到厅里，孩子们睡在客厅，和他们一起唱，"哎，哎，哎……无烦无恼无忧愁，世态炎凉全看破，走哇走，乐呀乐，哪里有不平哪有我……"边唱边给男孩子穿衣服，而女孩子则会自己穿。

忙了一阵子，一家人坐下来吃饭。朱茜说，要是像外国人，吃牛奶面包，就省事多了。陈远扒着饭说，牛奶会有的，面包也会有的。这是当时经典的流行语，源于一部苏联电影，列宁同志对警卫员瓦西里说，牛奶会有的，面包也会有的。朱茜笑了，笑得很开心，说，到那时，我们就不用这么紧张，可以多睡一会儿。

吃过饭，陈远带两个孩子上幼儿园，他在自行车前面的横杆上安装一块小坐垫，前面坐一人，后面坐一人。

朱茜洗碗擦桌子，手脚麻利，刚要出门，弟弟来了，他的手里拿了一封信。弟弟很时髦，留长头发，穿喇叭裤。朱茜的弟弟生于1958年，那个时候神州大地到处都在大跃进，放卫星，一亩地能产10万斤水稻，幸福如白色的和平鸽在空中飞翔，十分诱人，父亲就给他取名叫跃进。信是牛兰的。牛兰已经好久不来信了，她的信都寄到大同路朱茜娘家，好记，和她自己的家就是门牌号的区别，而朱茜家则经常搬地方，先是厂里的锅炉房，然后是过渡房，现在是职工宿舍，几幢几号，不好记。

交了信，弟弟不走，朱茜知道他又要拿钱，便给了他5元，弟弟笑了一下，嫌少，朱茜又给了他5元。弟弟走到门口，她又把他叫住，返身到抽屉里拿一张10斤的全国粮票，递给他，说，这是给阿母的，别贪污了。弟弟把粮票放在手掌上拍一下，说，还是阿姐顾家。当时1斤全国粮票可以换7个鸡蛋，10斤就是70个鸡蛋。这10斤全国粮票意味着他们家窄小的空间可以连续飘荡十几天蛋香。

婚后，朱茜过了几年艰难的日子，近一两年，才喘了口气。陈远升了副科长，他们住进一房一厅的套房，孩子也离脚手了。她到陈远厂里做临时工，在仓库管材料，有收入，又轻松，不用吹风晒日。但是她娘家却是王小二过年，一年不如一年，弟弟大了，念不好书，又懒又馋，游手好闲，只知道向姐姐要钱，好像这个姐姐在开银行。她很生气，又没办法，游手好闲也不能全怪他，找工作容易吗？

牛兰在信上说，他们很快就要回来了，全家回来，她家老于，就是她丈夫在部队升到副团，本来年底能升正团，碰上大裁军。老于运气不好，你知道的，他这个人太老实，不会巴结上级。转业到地方，正团与副团，待遇差别相当大。算了，牛兰在信上这样写，算了两个字写得很随意，甚至有些潦草，朱茜能想象她写这两个字时的表情。牛兰见过世面，大连一个区就比本城大得多，见过大世面的人往往把大事情说得很轻巧。让他转业到地方，我们就选择回老家。牛兰最后说，这下，我可要看看那个臭流氓是怎么把我们朱茜搞得这么贤妻良母。

牛兰自从嫁到大连就没有回来过，信其实也写得少。生活就是这样，让忙于生活的人只顾现在，只想眼前，没时间眷恋过去，也没时间憧憬未来。小人物的生活像流水，把一切都洗淡了。

朱茜把信给陈远看，陈远说，我这臭流氓倒要看看当初水当当的牛兰现在变成什么样子。朱茜笑道，看也白看，再水也白看，你们没缘分。别人的老婆，还是个团长太太。

他们没想到，牛兰说到就到。第三天，牛兰他们就到家了。那时信走得慢，平信从大连到本城要走7天，当然寄航空要快一些，不过航空很贵，没急事谁也不会去寄航空信。信又在朱茜家里放了几天。听说老于安排在市公安局当科长,公安局宿舍还没安排好,就先住到牛兰家里。

因为是临时的,牛兰没有住到楼上,就在楼下尺字型的柜台后面用布帘围了个房间。牛兰家楼上有两个房间,牛兰哥哥大学毕业分配在省城工作,在省城结婚生孩子,一年难得回来几回,他结婚的新房仍然留着,在楼上,但牛兰母亲封建,不让女儿女婿睡儿子媳妇的床。牛兰母亲心里过不去,要把楼上自己的房间让出来,老于说,将就几天,局里很快就安排了。

牛兰一早起来就在厅里照镜子,这镜子她照了20年,一直照到去大连为止。镜子是老镜子,椭圆形,一人高,镜框是橡木做的,很宽,上面雕刻着许多人头像,全是戴"招票"(洋式礼帽)的"番仔",密密麻麻。听说这镜子是祖父从南洋带回来的,有100多年历史。镜子果然好质量,不生斑点,清亮可人。牛兰在镜子里看到一个风姿绰约的少妇,她对自己笑了一下。牛兰对自己的外貌越来越自信,这自信让她在大连惹了点麻烦。人一自信就张扬,女人一张扬就容易招蜂惹蝶。她喜欢在营区走来走去,结果走来了一封信。其时她刚生过孩子,坐月子时老于把她养得白白胖胖,有点像杨贵妃。这信是一位指导员写的。该同志来自曾经是十里洋场的上海,父亲是音乐学院教授,母亲是舞蹈家,十足的小资产阶级,色胆包天。牛兰把信当鸦片,看一次吸一次醉一次。她曾试着想给他写回信,趁老于上班时努力过好几回,无耐笔力不足,词不达意,自己看着都脸红,怕寄出去反而坏了自己的美好形象。只好作罢。她的沉默增加了她的神秘感,那位上海小资居然想和她约会。她又是兴奋又是害怕,好几天心神不宁,坐立不安,好几个晚上春梦缠绵,惊心动魄,甚至叫出声来,把睡在旁边的老于惹得很上火。不明真相的老于翻身上去,积极操练。跌宕起伏,前所未有。牛兰在高潮中醒来,差一点叫出那个上海指导员的名字,定神一看,吓出一身冷汗。

牛兰照镜子想起那段罗曼史,有点心跳脸热。她从来没有体验过这种激情，这就是爱情吗？她和老于结婚几年，房事无数，却从来没有过那种要死要活的快感。她从此在老于的身上看出了缺点，这些缺点可以用一个"土"字来概括。原来她喜欢风度翩翩的男人。她的爱情无果而终，上海指导员突然被调走，在她的视野中永远消失。她弄不清是什么原因，无处打听，也不敢打听。那段日子里，她总觉得老于的眼神有点怪，不知道是真怪还是她自己的心理在作怪。在心惊肉跳地过了几天之后，权衡再三，她趁老于上班时把那些让她心醉的信烧了。牛兰用手摸了摸镜框上那些戴"招票"的外国"番仔"，有一种清爽而冰凉的感觉。她笑了一下。小时候她常常这样摸，摸过来摸过去，想象着那些"番仔"是如何走路，如何说话，他们笑起来是个什么样子。那个上海指导员戴上"招票"是什么样子呢？牛兰的心痒痒的，离大连远了，她的胆子就大了起来。

牛兰的儿子已经8岁，在那里上的是一年级，老于带他到大同小学插班去了。家里的事，大事小事，都是老于操心。老于惜老婆，把她惜成一个新社会的"官太太"。惜是本地话，就是疼爱，一般用于大人惜小孩。谁让老于比她大10岁呢？

星期天上午，朱茜带丈夫孩子到牛兰家。牛兰、朱茜一见面，就紧紧地抱在一起，两人都掉了眼泪，千言万语，却无从说起。牛兰先抹了眼泪，笑起来，说坐坐，我们怎么哭了，没出息。她们手拉手来到镜子前。朱茜说，这镜子还在啊，好久不照了。牛兰母亲说，是啊，你好久没来了。牛兰和朱茜在镜子前照了很久，站过来站过去，近照远照。朱茜说，老了。牛兰说，不能说老，是成熟了。朱茜说，青春不在了。牛兰说，尾巴还在，抓住青春尾巴，享受美好时光。牛兰母亲在一边泡茶，说这是牛兰从北方带回来的，你们试试。陈远和老于，两个男人初次见面，很客气地握手。老于说，小牛常常提起你们。陈远说，朱茜也是，从小在一起的姐妹仔群，难得。牛兰的儿子叫于军，于军在军营长大，很豪爽地把小青、小冬带到楼上玩去了，牛兰母亲说，看我们小军，多有大哥样啊。大家坐下来吃茶聊天，过一会儿，老于说局里有点事，得加班，就走了。牛兰说，他这人还是部队作风，工作第一。陈远说，公安局最近抓严打，忙。老于又是科长。牛兰笑了笑，就不说话，专门用眼睛盯着陈远看。朱茜说，看什么看，是你看不上的，还看。牛兰笑了起来说，越看越有臭流氓的样子。陈远哈哈大笑。牛兰的心动了一下，好年轻、好有风度的一个人啊，一点也不亚于那个上海人，当初怎么就没看出来。朱茜的心也动一下，老于怎么那么老相，算起来比我们陈远才多两岁，怎么就像大五六岁七八岁的样子。和当初的照片差太远了。当初是那一身军装的缘故吧。现在看来，不但老，还有点土，不像团级干部，也不像公安局的科长。看外表，配不上牛兰。牛兰转眼对朱茜说，还以工代干吗？朱茜说，早转干了，现在是副科长。啊哈，牛兰说，和我家老于不相上下啊。陈远说，差远了，不能比。朱茜说，他还会写小说，入了省作家协会。大作家，牛兰叫起来，亏大了亏大了。朱茜说，谁让你当初"有眼不识金镶玉"啊！三个人都笑起来。"有眼不识金镶玉"是革命样板戏《沙家浜》刁德一的台词，大家看过好多遍，所以笑得很开心。

　　说说笑笑一个上午，牛兰母亲要留他们吃午饭，朱茜说不用，家里煮了。她家就相隔几间，几十年的老邻居，也就不客气了。走的时候牛兰母亲说，牛兰回来了，以后你要常来，跟以前一样，不要生分了。牛兰说，不来还行？我饶不了她。说着便拿眼睛看陈远，陈远对她笑了一下。朱茜低头牵两个孩子，没看见。

　　晚上躺在床上，牛兰问老于对陈远的印象如何？老于说，白面书生一个，口气里有看不起的意思。牛兰便有些不高兴，说，人家还是个作家，会写小说，发表在杂志上，看的人很多。老于轻蔑地笑了笑，什么也没说。熄了灯，老于想在她身上操练一下，她翻过去用背对着他，说这布帘子挡得了什么？没兴致。正说着，便听到楼梯有声，老于只好作罢。

　　同一天晚上躺在床上，朱茜对陈远说，喂，你看牛兰怎么样？陈远说，不怎么样。朱茜说，身材粗了。陈远说，官太太嘛。不过，皮肤倒比以前更好了，朱茜说。我没注意，陈远说。你注意什么呀？陈远说，我就注意你,你越来越漂亮了。瞎说。你看你,都是两个孩子的母亲了,身材却一点也没变,和结婚前一样。朱茜说,这倒是真的,结婚前的裤头,到现在还是那么大。要是牛兰早就不能穿了。陈远说人家有钱,买新的就是了。可不是,听说部队转业干部,薪水高。陈远说,是的,他当的虽然是科长,工资不会比他们局长少。真的比局长还多。真的。牛兰的命好。朱茜又想到马卉,说,不知道马卉现在怎么样,好久没有她的消息了。熄了灯,陈远的脑海里便浮出牛兰的笑容,想,这女人媚,不安分,另有一番风韵。陈远一边想着妻子的姐妹仔群,一边伸手去摸朱茜。朱茜积极响应。陈远把动静弄得很大,朱茜说,轻点轻点,别把孩子弄醒了。

　　公安局就是公安局,老于很快就分到了一套房子,两房一厅,房和厅都很大,凉台又宽又长,夏天放个吃饭桌吃饭,边上还能走人。搬家时,牛兰向母亲要那面老镜子,母亲说,搬过去吧,从小都是你在照。搬房四天,按本城习俗,要敬"地基主"。何谓"地基主"? 地基的主人就是土地爷。老于说这是机关宿舍,烧香拜神影响不好。牛兰母亲坚持要敬,老于也就不再反对,他老家在农村,拜东拜西多着呢,他也习惯了。何况敬"地基主"是往里拜,别人看不到。只是在拜的时候,他躲了出去,共产党员革命军人,无神论者,看丈母娘在家里敬"地基主"很尴尬。敬了地基主,牛兰便请朱茜一家人过来吃饭。朱茜很爽快地答应了。

　　中午下了班,朱茜和陈远一起过去。两个孩子都在幼儿园,他们骑自行车,两人一辆,陈远先骑上去,朱茜在后面跳上车,双手从他的腰部围过去,咻咻地笑,陈远说,有什么好笑的? 她说,我找到了当初我们谈恋爱的感觉。路上,陈远说,人家搬新房子要不要包个红包? 朱茜说,他们家钱多得是包什么红包,买个礼物吧。买什么? 朱茜说,你鬼点子多,你说吧。陈远说,那就买盆花吧。他们就到拐到花市,买了盆兰花。陈远说,兰花雅一点。朱茜说,兰花可以放很久,不会死,一年开一次,花一开就想到我们。他们角度不同,意见却高度一致。

　　朱茜和陈远到的时候,老于还没有回来。在玄关换鞋子的时候朱茜看到挂在玄关的大镜，大叫，哎呀，镜子也搬过来了。牛兰说算是母亲给我的嫁妆吧。朱茜照镜子时，牛兰很高兴地接过陈远手中的兰花，说，谁的主意啊？我正想要买盆兰花哩。朱茜一边对着镜子把一缕秀发捋到脑后一边说，是陈远的主意。牛兰便看了陈远一眼，真是你的主意？朱茜说，我们家的事，大都是他的主意。牛兰说，我们家的事，大都我说了算。正说着，老于开门进来，说，男主外女主内，家里的事，当然是老婆说了算。牛兰说，去，没你插嘴的份儿。老于便对陈远说，比你们家朱茜还厉害吧。陈远笑道，彼此彼此。朱茜和牛兰把花扶到镜子前看，镜中花，不一般，两人对笑了一下。牛兰把花扶到凉台，浇了水。陈远跟出来说，兰花喜欢阴凉，不能晒太阳。在土里埋几颗生锈的铁钉，叶尖不黄花也开得好。牛兰说真的吗？陈远说听我的没错。牛兰就去找生锈的铁钉。找到的却是几颗新钉子，挂镜子剩下来的，说，这钉子是新的怎么办？陈远说，埋下去不就生锈了吗？牛兰就笑，小声说，你看我是不是有点傻。陈远说有一点，不过女人不能太聪明，太聪明的女人不可爱。牛兰说朱茜更傻吧。他们在凉台说话的时候，老于不经意地朝那里看了一眼，朱茜走过去说，说我的坏话啊。牛兰说，夸你哩。说着便开心地笑。牛兰母亲在厅里说，吃饭吧，随便，没什么好菜。朱茜说，于军还没回来哩。牛兰母亲说，小孩子不用等他，放了学就回来。

　　大家刚坐定，筷子还没拿起来，里屋响起一阵铃声，朱茜说，什么声音？电话，牛兰。都有电话了？了不起啊。老于站起来，单位给安的，工作需要，我的那个工作啊，随时都可能有情况，一天24小时，没有1分钟100%是属于你自己。说着便进去接电话。他说这话的时候，陈远在他的脸上没有看到些许埋怨，只看到自豪。那时家里装电话是某种特权与地位的象征。朱茜心里羡慕得很，说，我们什么时候才能安上电话啊！陈远说，我看不用很久家家都会有电话。牛兰说，真的？陈远说，社会的发展和进步往往是人们始料不及的。朱茜说，没那么快吧，再过10年都装不了。

老于接电话出来，牛兰说什么事？老于说单位的事，不管它。我们吃饭，天大的事也得吃完饭再说。听他这么说，牛兰知道局里有要紧事，说你快吃吧，吃完赶紧走，让我们慢慢吃。老于端起饭碗对陈远说，本来想和你喝几杯的，以后吧。朱茜说，他不会喝酒，滴酒不沾。老于说，酒要喝一点，不然不像男人。牛兰说，你这是怎么说话的，人家可是个作家。有才能的人才是真男人。老于哈哈大笑，你们看，我没有才能，不是真男人。朱茜说，当领导就是才能，团长率领多少兵，没才能行吗？这话我爱听，老于说。牛兰说，我家老于就喜欢人家当面表扬。当领导的都有这毛病，喜欢人家奉承，说好话。陈远说，我觉得老于平易近人，不像领导。老于很高兴，大口扒饭，别人才吃半碗，他就吃饱了，放下饭碗说，彻底干净、全部消灭之。陈远笑了起来，想不到老于还有点幽默感。老于说，你们慢慢吃，我得走了。他刚站起来，门开了。

开门的是于军，他的脖子上挂着家里的钥匙。而他的背后站着一个人，一个笑吟吟的女人，所有人都愣住了，这女人不是别人，是消失了10年的香港客马卉。

牛兰和朱茜跳了起来，奔向门口，马卉马卉真是你吗？太意外，太高兴，太欢喜了。三个女人就在门口抱着跳圈，一下子回到了十几年前，把屋里的两个男人看得很感动。马卉在玄关换鞋子时看到镜子大呼小叫地说，大镜怎么跑这儿来了。朱茜和牛兰便一起跑过去，三个人在镜子前照了好一阵子，马卉说，多少年了，镜子还是原来的样子，而我们都老了。牛兰说，不许说老，青春常在。朱茜说，你的那位香港客呢，怎么没来？牛兰说，孩子呢？朱茜说，对啊，还有孩子呢？马卉说，他们没回来，孩子上学，阿辉上班，香港不比内地，可以随便请假，资本主义社会，老板严得要死。牛兰说，还是社会主义好啊。大家都笑了，笑得很开心。朱茜说，没来多可惜啊。马卉说以后吧，春节看能不能回来。牛兰说来得早不如来得巧，一起吃饭。

这时，大家才注意到站在一边的于军，牛兰说，你们怎么碰上的？原来于军放了学，一边玩一边走，习惯性地走回大同路外婆家，才想走错了。正好马卉在那里，外公就让他把阿姨带过来。

马卉一身香港客打扮，花上衣，喇叭裤，高跟鞋，描眼眉，抹口红。牛兰、朱茜围着她转，从上到下细细地看。朱茜看着不顺眼，嘴里却说，真外气。外气是闽南话，就是洋气。牛兰说，好看好看，就是福相了，富态了。马卉说，没办法，人要胖，喝水也长肉。牛兰说，到底是香港，好所在，马卉有福气，好命啊。

两个男人在一边看，看了一会儿，老于说我得走，有个会，整治社会治安。陈远说走吧，工作要紧。老于对马卉说，实在对不起，你一来我就走，多住些日子，好好聊聊。马卉说，没事没事，上班要紧。老于在哪里高就？公安局，牛兰说。马卉说，"皇家警察"啊，薪水可不得了，退休金更吓人。说得大家直乐。老于说，人民公安人民公安，两回事。

老于走后，大家坐下来接着吃饭。马卉就坐老于的位子，于军端了饭碗跑到电视机前看《济公》。牛兰母亲拿了个碗，各种菜都揀一点，端到他的边上，说，要多吃菜，长得快。

马卉看着于军对牛兰说，8岁了吧，和我们家阿秀一样大，很懂事很有礼貌的孩子。牛兰说，阿秀也读一年级吗？马卉说，香港孩子读书早，二年级了。啊，香港什么都比我们好啊。牛兰说。陈远说未必都好，一切都在变化之中。马卉说，是啊，内地这几年变化大，深圳的高楼就很多，像是一夜之间冒出来的。我们小城市要变还早，牛兰说。马卉说，也变不小，过去哪有这样的套房？就这套房来说，比我住的都大。真的啊？所有人都有点吃惊。马卉说香港什么都好，就是住房小，贵，寸土寸金。牛兰说，不要光顾说话，吃菜，要不要来点酒？红葡萄。马卉说，好，来点酒。牛兰说，陈远也来一点。陈远看朱茜，牛兰说，喝酒也要老婆批准啊？大姨子说了算，就给他也倒一杯。朱茜说，那就喝一点。三个女人说话喝酒，话比酒多，陈远基本上当收音机，一杯酒很快就喝完了，牛兰偷偷给他再倒上，朱茜假装没看见，心里想，这家伙原来是会喝的，以前装得可真像，说是滴酒不沾，我上当了。他还有多少事情瞒着我？陈远很快又把第二杯喝完了，牛兰又偷偷给他倒上。陈远喝酒脸不红，喝得再多，你也看不出他喝了酒。倒第四杯酒的时候，朱茜说不能让他再喝了，再喝就回不去了。陈远说没事，葡萄酒，一瓶都没问题。朱茜说，好啊陈远，你原来是会喝的，骗了我这么多年，装得那么像，太狡猾，太阴险了。陈远便笑。牛兰的心摇了一下，这男人笑起来很可爱。牛兰说，自古以来，哪有作家不喝酒的，人家李白，斗酒诗百篇。马卉说，原来我们朱茜嫁了个作家啊，了不起。我敬作家一杯。

这一下，局面开始活跃，失去控制。朱茜也没办法，就由着陈远喝，她自己也喝，她没想到，自己的酒量也还可以。过去忙，日子过得紧，从没想到要喝酒。

这个中午，他们喝了许多酒，说了许多话。牛兰、朱茜、马卉，三个姐妹仔群，十来年没有这么痛快，这么欢喜，这么放肆过。陈远看了看墙上的钟，小声对朱茜说，我们该上班了。朱茜说，我不去了，你帮我去请假。陈远说好吧，就先告辞了。牛兰把他送到门口，说下了班再来，晚上还在这里吃，东西多着哩，吃不完。陈远说，看朱茜吧。牛兰说，还真是"妻管严"啊。陈远说，老于不是也听你的。

陈远走，于军也跟着走了，他要上学，牛兰母亲说，我和阿军一起走，你们吃吧，我得回去看看老柴头。本地话老柴头和老头子差不多，是妻子对丈夫的称谓，听起来不尊重，实际上饱含亲切。牛兰父亲不喜热闹，宁愿独自在家里吃稀饭，然后睡个舒舒服服的午觉。

屋子里剩下三个姐妹仔群，她们不停地说，不停地笑，像要把离别的笑声都讨回来。喂，你那个陈远，我怎么看着有点眼熟，马卉对朱茜说。朱茜还没开口，牛兰就大声说，就是那个臭流氓啊。马卉说，真的？朱茜点头笑。是怎么勾搭上的，快说快说。马卉迫不及待，牛兰也说是啊，怎么好上的？还没给我交代哩。朱茜便说起她是怎么撞上他的，他们又是怎么在溪堤上，在府前街散步谈心，陈远怎么在温水杯里装红糖水……说得很详细。好感动啊，马卉感慨地说，这就是小说电影里的爱情。牛兰无端地想起那个上海指导员，心晃了一下，悠悠地有些发麻。我们都没有爱情，只有朱茜有，马卉说，我们把自己嫁出去了，但没有爱情。朱茜说，你们香港人就是浪漫，这叫什么爱情。牛兰说，恩格斯说，没有爱情的婚姻是不道德的。我们全过的是不道德的生活。朱茜和马卉大吃一惊，牛兰嫁了个军官变得太有文化了。连革命导师的话都知道。其实，这话是那个上海指导员在信中说的，牛兰记住了。牛兰记住的还有他信中的许多诗句，比如普希金的，"她倒入爱人的怀抱……'祝你幸福！'爱神悄悄对她说。而理智呢？理智已经沉默。"她读他的信，热血沸腾，她整天整天地想他，她想，她和上海指导员之间发生的就是爱情，可惜，被一只无形的手卡死了。他像风中的叶子，飘走了，至今不知下落。朱茜说，什么爱情？结了婚，都是茶米油盐的事，琐碎得让人把什么都忘了。马卉你们过得怎么样，你的那位叫什么，都忘了。阿辉，我不是说了吗？马卉说，原来以为到了香港就跟上天堂似的，实际上，整天都忙着做工，他在一家大公司当保安，我呢，在一家电子厂打工，早上出门，晚上八九点才回到家里，累都累死了，哪有时间谈情说爱，吃了饭就想睡觉。没那个啊，做那个事？牛兰笑嘻嘻地问，做啊，不做哪来的孩子。说着大家都笑了起来。马卉说，不过，一个礼拜难得做一次，累，人一累，就什么都不想了。朱茜，牛兰突然对朱茜发起进攻，你老实交代，你们是不是每天都做，一下子生两个，说。大家都喝了酒，脸红红的，嘴飞飞的。她们突然有一种真正回到从前的感觉，那个时候，她们姐妹之间什么事情不能说呀。朱茜说，他那个人啊，有点贪。怎么个贪法，说，老实交代。说着说着，就想来。说什么？什么都说，他不是懂得多吗，每天晚上都有话说，有时就讲故事，也不知道从哪里来的，我想有许多是他自己编的，逗你乐，你乐了，他就动手动脚了。不说我了，说你，说你家老于。朱茜反攻。牛兰说，我家老于有什么好说的，部队作风，说进攻就进攻，冲锋陷阵，勇敢倒是很勇敢，可占领了阵地，就迅速撤离，连战场都懒得打扫。马卉说，果然是部队作风。三个人都哈哈大笑。还是朱茜好，马卉说。牛兰说，想当初，真不该把他让给朱茜这小妖精。朱茜说，后悔药没得吃。马卉说，朱茜你得小心牛兰，你看看她，比以前风骚多了。朱茜说，她有本事就抢了去。牛兰说，你就这么自信？马卉说，爱情，人家可跟我们不一样，人家有爱情。我们那个时候，一心一意地只想着把自己嫁出去，怎么就没想到爱情呢？牛兰说，不谈爱情了，说说你们在香港到底一个月能挣多少钱？马卉说，他 4000 多，我 1000 多，港币。天啊，牛兰和朱茜一起叫了起来，一个月都要挣我们一年的工资了。牛兰说比我们基地司令还挣得多，难怪大家都争着往香港跑！马卉说，也不是你们想的那样，前些年，我们刚过去的时候，没有廉租房，住的是公房，没有洗手间，每天早上都要到马路上去倒马桶……我们吃了许多苦，东躲西藏的，打工都是偷偷摸摸的，当了好久的二等公民，那种滋味实在不好受。以前不敢说，爱面子。没有天堂，没有的，天堂只是人们的想象。别看人们回来风风光光的，其实很多是硬挤出来的。朱茜说，总算过来了。牛兰说，怎么说也是香港客啊。马卉说，这几年好多了。

　　她们就这样一直喝到下午 4 点多才散。

　　告别时，马卉从坤包里拿出三套童装，给孩子们，二男一女，于军一套，小青、小冬各一套，也不知大小，不合身就转送别人吧，算我一点心意。牛兰、朱茜也不客气就收了。马卉又拿出两只钱包，小巧玲珑，有一条链子可以套在手腕上，链子金光闪闪。说，小礼物，我们女人上街多，小钱包用得着。牛兰、朱茜就拿过来套在手腕上，说，香港人想得真周到，又好看，又安全。牛兰说，这链子是真金的吗？马卉说，不是，好看而已，真金买不起，买得起也不勇。闽南话说什么东西勇，就是牢固。朱茜说，我想也是。

　　马卉住几天就要走了，她那里要上班，不能请假太久，她这次回来，是为了买房子，买一套两房一厅的房子给父母亲住，她回来也好有个落脚的地方，大同路的房子，给弟弟结婚用。她给父母买房子在大同路名声很大，成了人们羡慕的对象，嫁个香港客实在好。她父母遇人就笑，笑得嘴都合不拢。

就在马卉走的那天，朱茜家出事了，出了大事。这是一个平常的日子，一切都不像是要出大事的样子，朱茜本来是想请假到车站去送马卉的，和牛兰说好了，大家都请假，把10年前的缺憾补回来，10年前，马卉走的时候她们没去送她。马卉的车是上午9点，陈远带孩子走后，她打算到厂里请了假就出来，直接到车站。可她还没出门，母亲就来了，她的心跳了一下，母亲从来不来，来就有事。果然，母亲脸色青白，声音抖颤，话也说不清。弟弟朱跃进昨晚一夜不归，今天一早就来了两个公安局的人。犯了什么案子？朱茜说。说是流氓，两个男的和一个女的在一起。不可能吧，她说。二十几岁的人还讨不起老婆，什么事干不出来？朱茜看了一眼母亲，看来她是知道一点什么的，平时不管，现在出事了吧。你快想办法呀。我没有办法。朱茜生气地说，我能有什么办法？陈远不是干部吗，不是科长吗？没办法也得给我想出个办法。母亲说，你能眼睁睁地看着弟弟到监狱去受罪。我看是活该！朱茜说，不学好，早晚会有这一天！都是你宠出来的！

母亲坐到沙发上，冷笑一声，这么好的房子，这么好的日子，哪来的，还不是我给你养大的，如今翅膀硬了，会说硬话了。你过你的好日子，什么时候为弟弟想一想？今天我把话扔在这里，弟弟是你的，你救得救，不救也得救！

朱茜说的是气话，哪有不救弟弟的？她的脑子一转，就转到老于身上，公安局的科长，找牛兰去。但她嘴上还在和母亲斗气，这个母亲很气人，从小就这样，好像只有儿子才是她生的，女儿就不是她生的。她说，我不管我要上班了，母亲不理她，她就扔下她走了。

朱茜没到厂里，直接上了牛兰家。牛兰夫妻正要出门，牛兰还以为她是和她一起到车站的，说，这么早啊。朱茜把他们拦回屋里，哭着把弟弟的事说了。

老于说，这事麻烦，上面三申五令，不准说情，不准走后门。牛兰说，这事你不帮也得帮。先去打探清楚，别说让人伤心的话。老于叹了一口气，走了。朱茜有点失望。牛兰说，他会帮的，你放心。我们哪里也不去，就在家里等他的电话。马卉怎么办？牛兰说，我们回大同路和她说一声，车站就不去了。

她们从马卉家出来之后，拐到朱茜家，朱茜母亲正在家里哭，看到朱茜就骂，你这没良心的，回来做什么？牛兰笑起来，说，阿婶你放心，我们家老于去想办法了。朱茜说，你把门带上了吗？她说的是她家的门。她母亲说，你母亲不像你，良心让狗吃了。当初还不如喂条狗呢。朱茜气得说不出话来，拉着牛兰就走。

她们在牛兰家等了一个上午，老于就是没来电话。牛兰觉得很没面子，正要给局里打电话，老于回来了。牛兰说怎么不打电话，急死人了。老于说，幼稚，这种事能在局里打电话吗？

老于是提早回来的，为的就是这件事。从案情看，三个人在一起鬼混，属流氓行为，是这次打击的对象。怎么知道的？女的家人报的案。那女的叫什么？朱茜问。老于说叫叶美丽。哎呀，朱茜叫了一声，是她啊，她是我弟弟的女朋友，他们在一起玩好几年了，小学的同学。另一个男的是不是叫王大头，老于说，是。大头不像大名像外号，过目不忘。他是我弟弟的朋友，酒肉朋友。老于说，这么说案情中的许多疑点就清楚了，一起玩，喝酒，乱性。过后女孩子后悔了，或者是家里人不答应了，就报案了。我看这样，你们去想办法，只要叶美丽翻供，其他的，我来办。老于说话办事，有部队作风。

朱茜回家把事情说了，母亲大骂叶美丽没良心，吃了我们家多少东西，土婊仔货。父亲在一边喝酒，说人家是土婊，你儿子是什么？平时怎么不管？朱茜母亲大声说，他不是你儿子，你这挨枪货。他说我没这个儿子。于是老夫妻开始吵架。朱茜不劝，走出家门，还是找牛兰想办法。牛兰说，我们去叶美丽家，私了，看要多少钱。

朱茜和牛兰找到叶美丽家，叶美丽早躲到乡下去了。她们说明来意，牛兰说，真把他们告进监狱，你家美丽的名声也臭了，将来怎么嫁人？叶美丽的母亲开口要1万。那时1万是天文数字，万元户是许多人的奋斗目标。朱茜说，能不能少一点，我们家的经济状况你是知道的，没那么多钱。叶美丽母亲说，大头家呢，他家也没钱？能少就少一点吧，牛兰说，也不是什么光彩的事。叶美丽母亲说，一分钱也不少。给钱，还是坐牢，你们自己看着办。

她们只好告辞。1万元得两家出，一家出5000。她们就去找王大头家。王大头没有父母，只有哥哥和姐姐，他们一分钱也不出。让他坐牢，现在坐牢比将来枪毙好。当哥哥的这样说。当姐姐的只是哭，没有一句话。朱茜没办法，1万元只能自己出。自己出也要救弟弟。

接下来是筹钱。朱茜东借西借，加上自己多年的积蓄，2500元，牛兰拿出2500元，朱茜的母亲把准备给儿子讨媳妇的2000块全拿出来，还差3000元。朱茜着急得哭了起来，时间不等人，过了明后天，想私了都了不了。陈远说，我明天再找人借借看，不要哭，哭坏了身子，也变不出钱来。他妈的，一分钱还真能逼死一个英雄汉！古来如此。

夫妻俩正愁着，门响了一下。开门，吃了一惊，来的是牛兰和马卉。原来马卉听说朱茜的弟弟出事，就去退票，把行期推迟一天。牛兰已经把朱茜的困难对她说了，她一进门就问还缺多少钱？朱茜说3000。马卉从坤包里拿出3000块钱，交给朱茜，说，这是我买房子剩下来的钱，先拿去救急吧。

朱茜一下子将她抱住，什么话也说不出来，牛兰说，好了好了，臭流氓有救了。出来以后，得让我家老于好好地训他一顿，这还了得，多大的死囝仔，没出息！

/ 下篇 /

　　牛兰从卧室出来，手里拿着一块尿不湿，一阵尿臊气腾起，她皱了皱眉头，把尿不湿扔进垃圾桶。她看一下墙上的挂钟，哎呀一声，跑过去开电视。朱茜说晚上8点整本地电视二套有陈远的节目。老于在里屋喊，给我把茶端过来，她说，等一下。嘴里却咕哝着，喝茶喝茶，都喝到哪里去了，累死人。

　　节目已经开始，陈远正在那里讲话。市文联举办《陈远选集》出版及陈远从事文学创作30周年纪念活动。陈远讲话之后，是向市图书馆、师范大学图书馆及市所属大中专、重点中学图书馆的赠书仪式。她看到陈远笑容可掬地，把一叠叠结着红绸子的书送到馆长们的手上，主席台上站着市里有关领导，他们也都满脸春风，很热情地鼓掌。音乐很好听，牛兰从来没听过这么轻松愉快的音乐。

　　牛兰对着银屏上的画面发愣，音乐淡去，一个声音从中浮起，变得十分的清晰，你这个"兰"字起得好，不是一般的好，孔子曰，兰为王者香。这是陈远十几年前对她说的话。那个时候，他们坐在他家的客厅。她去找朱茜，而朱茜正好带孩子回大同路，她弟弟出来，她母亲却病倒了。老人家经不起太大的精神刺激，她是在儿子出来时拉着他的手大哭大笑时晕过去的。陈远为她开的门，在他们相见的那一刹那间，她的心咯噔一下。她想，他们之间应该发生一点什么。

　　他们坐在客厅的沙发上聊天。他就赞美她的名字。小舅子的事多亏她帮忙，他的赞美有讨好的嫌疑，讨好的初衷是感谢。她却听得很迷醉，没人赞美过她的名字，因为这个名字太一般了，本地以产兰花闻名，名字肯定是父亲随便起的。而他却把她的名字和孔子连在一起说。真有那么好吗？他说，真的。我们第一次见面，你拿的那把扇子上，不就画着兰花吗？她说，不要再提起那次见面了，羞死人。陈远笑了一下。她说，名字好是好，可姓不好，牛，牵到北京还是牛。陈远说，你们家不是本地人吧，本地没有这个姓。她说，小时候听阿公说，我们祖上是从甘肃来的。这就对了，陈远说，牛姓原出于子姓，西周后期，宋国公族大夫牛父的子孙，以牛为氏，称牛氏。牛姓郡望陇西。唐朝的时候，你们姓牛的出了个宰相，宰相是我们的习惯说法，当时正式的官名是同中书门下平章事，叫牛僧孺，官当得不错，还是个文学家，写过一部笔记小说《玄怪录》。没听说过，她说。又想，这臭流氓懂的真多，朱茜捡了个大便宜。当初我不该把他弄丢了。

陈远笑了笑，意思是，你当然没听说过。这《玄怪录》讲的是一些奇里古怪的故事。什么故事？她向他靠了靠，说。他们本来就坐得很近，他给她倒茶时，她一边说自己来自己来，一边站起来挪动自己的位子，和他坐到一只长沙发上。很多，要不要我给你讲一个？你忙，你不是在写东西吗？我得走了。不忙，我写到一个段落，正好想休息一下。和我说话是休息吗？她看着他说。当然，是最好的休息。陈远这么说着，脑子里突然冒出捷克作家米兰·昆德拉的一句话："调情是并不兑现的性交许诺。"微微地笑了一下。这一笑没有躲过牛兰的眼睛，她不动声色地向他靠了靠。

他说，《玄怪录》的故事很多，我给你挑一个讲，这故事名叫《韦氏》。说一个姓韦的少女，15岁的时候，15岁古早叫及笄，人家给她介绍对象，她说，这不是我的丈夫。牛兰说，15岁，也太早了吧。他说，古早人成熟得早，岳飞16岁就结婚了。她知道岳飞，却不知道他16岁就结的婚。他接下去说，第二年，人家又给她介绍对象，她又说，这也不是我的丈夫。又过了两年，人家给她介绍一个姓张的进士，她说，这才是我的丈夫。婚后，她母亲问她你怎么知道他才是你的丈夫。她说，这是我梦见的，不但知道他是我的丈夫，还知道，我过多少年好日子，什么时候丈夫受一个大案牵连伏法，阖门皆死，我与我儿媳被没入内庭，受苦18年，放出来后又吃尽人间凄苦……以后，她的身世，果然就如她所梦。

太可怕了吧。她缩了一下身子。一切都有定数。他说。她说，我们，你和我，又相亲又成不了夫妻，也是定数吧，可我连梦都没做一个，就把你给弄丢了。她凄凉而哀怨地看着他，眼睛里有一团火，滋滋作响。

陈远先是躲躲闪闪，忸忸捏捏，突然又粗暴地将她抱住，在她的脸上使劲地亲吻起来。牛兰泪眼婆娑，浑身软绵绵的……

那个晚上，一切似乎都在意料之中，一切又都来得太突然、太凶猛、太激烈、太迅速，如一场猝不及防的暴风雨。大雨滂沱，惊雷闪电，地动山摇。

牛兰听到声响，是老于在摔东西，他又把什么东西摔到地上，他近来脾气变坏，一生气就摔东西，抓到什么摔什么。牛兰跑进卧室，一只塑料奶瓶在地上打滚。我的茶呢？老于说。牛兰这才想起他让她拿茶。她给他泡了一杯白芽奇兰，这是本地名茶，产自老于老家，老于只喜欢喝这种茶，说比铁观音好100倍。谁不说俺家乡好。

牛兰捡起奶瓶，坐到床头，用手摸老于的脸，又弯下腰去，在他的额头上亲一下。自从那个晚上之后，牛兰总是对老于有一种愧疚感。老于说别恶心我了，等我有朝一日，重振雄风，一定让你喘不过气来。牛兰笑了一下，说我盼着那一天，那一天一定会到来。说着又低头亲了他一下。她感到体内的某种涌动。

老于是在市公安局副局长的岗位上退下来的，其时他还不满58周岁，局领导班子调整，他被调了下来，而位置摆在他后面的另一个副局长上去了，更气人的是，他仅仅比他小一岁。七上八下，不成文的规矩。事先没有一点风声，措手不及。名为退居二线，实际上无职无权，老于成了局里的一个大闲人。他精力充沛，经验丰富，他的领导能力和工作成绩是全局上下公认的，即使在全省公安战线，他也是个响当当的人物。他领军破过一起轰动全国的碎尸案，他们因此还立了集体三等功。什么狗屁七上八下。他想不通，他郁闷，但他从不发牢骚讲怪话。每天准时上班，准时下班，牛兰并没有感到他有什么异常。

有天晚上，儿子从省城打电话回来，说他升了科长，红头文件已经拿到手了。电话是老于接的。太好了太好了太好了,真他妈的太好了,老于兴奋地大叫,若无旁人。为老子争了口气。牛兰说,不就是个科长吗,你当初到局里也是科长。他说,你懂什么,省公安厅的科长能和市局的科长一样吗?将门出虎子!你们全都给我听着,将门出虎子,古今皆然!他在客厅来回地走动,大叫着。早几年,他们家买了这一套三房两厅的大房子,客厅大得可以练操步。老于得意忘形,大喊大叫。突然"轰"的一声,牛兰来不及反应,他已经倒在地板上了。

那个晚上,朱茜夫妇也在客厅里坐着。当两个女人惊惶失措地尖叫时,陈远最先反应过来,说,别动,让他躺着。他立即拨打了120。

老于突发脑梗塞,由于抢救及时,不但保住了一条命,后遗症还不十分严重。有点偏瘫,大小便失禁。思维却清楚,语言也无障碍。得知陈远当时果断处置,老于在医院的病床上拉着陈远的手说,陈远,你救了我的命。陈远说,我们俩谁和谁啊。是啊,老于说,谁让我们的老婆是姐妹仔群啊。

他们两家这十几年走得越来越近,要不是陈小青考取哈佛,到美国留学,他们早成了儿女亲家。于军大陈小青两岁,当初说好了,也算青梅竹马了,可后来,陈小青去美国读博士,于军不想放弃公安厅的好职位,人各有志,不能勉强,也就好合好散。如今,陈小青在美国找到一位也在那里读博的四川小伙子。于军结婚了,爱人也是省公安厅的。陈小青与于军常有QQ往来,兄妹相称。

牛兰回到厅里,陈远的节目刚刚结束。片尾的名单还没过完,电话铃就响了,是朱茜打来的,说看了吗?牛兰说,看了。你不该让我看,我越看越后悔,当初怎么就把这么优秀男人给你留下了呢?朱茜在电话里开心地笑着,你就后悔吧,后悔死你。老于怎么样了,好些了吗?我告诉你,陈远有个写作的朋友给他一个偏方,中药,说是吃好了许多人,他朋友的叔叔比老于还严重,吃了三贴就好了。真的?赶快给我拿来。我让陈远把药方子送过去。牛兰说,你不来?朱茜说,我懒得动,正看《大宅门》哩。

戏里的事别太上心，别老为没影的人抹眼泪。说着，牛兰就把电话放下。

老于在里屋说，谁的电话？牛兰走进卧室说，朱茜，说等会儿陈远送一个方子来，给你吃的，是秘方，很多人吃好了的。老于便拉着妻子的手说，你们这几个姐妹仔群，真好。马卉什么时候回来啊？牛兰说，过几天吧。马卉最近常回来，一回来就住很久，她的双亲身体不好，而她在香港也没工可做了，这种年龄，没特长没文化，去哪里找工做啊。好在孩子大了，不需要她再出去打拼了。他们家阿辉还在那家公司当保安，那家公司是大公司，听说在公司连续做 20 年以上，以后有退休金，他就舍不得离开。他没技术，只能当保安。马卉的儿子秀山香港大学毕业，学的是计算机，在一家跨国公司，一个月能挣七八千元。

门铃响了，牛兰去开门。进来的自然是陈远，她朝他妩媚地笑了笑，随手把门关上，陈远换拖鞋的时候，牛兰忍不住在他的脸上亲一下，陈远用手在她亲过的地方擦了擦。牛兰的手指在自己的嘴唇上抹了抹，意思是她并没有涂口红，不用怕。尽管光线暗淡，玄关上的大镜子还是把他们的动作全收进去，再清晰地回放出来。陈远尴尬地笑了笑。这个妖娆的女人，你一旦沾上，就摆不脱。但这女人没有危险性。她只想从你身上得到一点从丈夫身上得不到的东西，说起来可怜兮兮的。怜香惜玉是他的本性，更何况是老婆的姐妹仔群。为了不让她伤心，他在她的脸上摸了一下。这动作的情感含量极小，而牛兰的眼泪就在他的手离开时涌出了眼眶，她连忙转过身去。

老于在屋里说，陈远来了。陈远应声走进主卧，把药方递给他。老于说有用吗？陈远说试试看吧，他们都说得很神，有许多人吃好了的。每个人的具体情况不一样，这就要看你的福气了。老于说，你说我能好吗？陈远说，能，当然能，你想让它好它就能好。毛主席说了，在战略上藐视敌人，在战术上重视敌人。毛泽东思想无往不胜。老于很开心地笑了起来。这话我爱听。他妈的，什么狗屁作家，什么事到你嘴上都能说开花。人家说狗嘴里吐不出象牙，我看你的狗嘴里吐出来的全是象牙。陈远说，是吗，我怎么不觉得？

牛兰站在一边，看两个男人说话，心里有一种说不出的柔情。

那个遥远的晚上，是她主动送上门的。她明知朱茜不在家，她从大同路的娘家出来，就看到朱茜带着孩子回家。她主动地送上门，为的就是要得到他。这要怪朱茜，谁让她把他们的爱情，把一个好男人从里到外赤裸裸地展示给她？她在那个上海指导员的信中体会到一种全新的情感涌动，她要在陈远的身上得到验证。她知道她是个不安分的女人。她没有坏心眼儿，她只是管不住自己。

那个晚上之后的某一天，牛兰发现自己又怀孕了。自从有了于军之后，她和老于一直是严格采取措施的。老于是原则性很强的人，既然计划生育是基本国策，他就不会去违反。孩子显然不是老于的，也不可能是上海指导员的，上海指导员只是她精神上的启蒙老师，让她发现了自己，而陈远则是牛兰全新土地上的热情耕耘者。牛兰没有慌张，从从容容地上医院妇产科做了检查，并在医院的花园里找个没人的地方坐下，对着化验单偷笑。听说古代西方关于怀孕有个说法，叫"处于一种有趣的状态"。牛兰独自享受这种状态。她闭上眼睛回忆那个激情的晚上。那是个大胆的冒险。他们甚至连大门都没有来得及反锁。激情之后，陈远显得慌慌张张，狼狈不堪，不敢看她，像做错了事的孩子。她心满意足地安慰他，没事没事没事，是我自愿的，不关你的事。朱茜和孩子们回来时，她还没走，她坐在客厅看电视，陈远则回到书房写东西。她对开门进来的朱茜说，怎么这么晚，再不回来我就走了。朱茜说，别走别走，我有事和你说。

牛兰没有让陈远知道她怀孕的事。她敢作敢当，自己一个人上医院悄悄地把孩子做掉了。

朱茜在家里看电视，嗑瓜子。她有理由享受生活。陈小青在美国，陈小冬在北大，朱茜一家出两个博士，在大同路名声很响，成了人们教育孩子的口头禅，你看人家朱茜的两个孩子。老人们都说朱茜有福相，命好，荫夫得子，果然。

朱茜在家里喜欢说两句话,一句是"一个成功男人的背后往往站着一位伟大的女性",另一句是"军功章有你的一半也有我的一半"。她一说,陈远就笑。笑什么笑?不服气是不是?想当初,你要娶了牛兰,你就没这个命。陈远说,老于的病也不能记在牛兰身上啊,不公平。她说,好啊,我早就看出来了,什么时候勾搭上的?陈远说,大老爷冤枉啊。朱茜便开心地笑,说,量你也没那个贼胆。是的是的,有贼心没贼胆,陈远说。贼心也不行。朱茜说,我可警告你,她算得上是你的大姨子,再说了,她家老于,对我们家有恩。陈远说,贼心的也没有,大大的没有,夫人的可以大大的放心。朱茜笑道,日本鬼子没有一个好东西。陈远想,自己的确有点日本鬼子。

他们说这样的话往往是在晚上,两个人躺在床上,接下去便是夫妻常规节目,他们结婚20多年,性趣不减。按时下的说法,婚姻质量很高。

年近半百的朱茜脸色红润,身材魔鬼,让牛兰忌妒得半死,每次见面,第一个动作就是在她的腰上捏一把,然后抓过她的手放到自己的下腹,说你摸摸我的肉,也不知道从哪里跑出来的,你越着急它越长膘。什么姐妹仔群,一点经验也不透。朱茜心里想这是我家陈远的功劳,嘴上却说,我也想丰满一点,就是不生肉,有什么办法呀。

其实,朱茜也不是什么烦恼都没有。她妹妹夫妻俩都下岗,还有一个整天逃学的15岁的儿子。让她最操心的还是那个不争气的弟弟。前几年不知做了什么生意,赚了一点钱,吹牛说几十万,把母亲乐得逢人就讲她儿子有多出息,当上了大老板。她老人家就是怪,怪得出奇,女儿女婿的事,在别人面前从不提起,好像她根本就没有这个女儿女婿,连别人在她面前夸她的两个外孙博士,她的脸上都没露过笑容。她平时从不上女儿家,上门,准是来要钱的。有段时间她不上门了,朱茜也清静了。清静的朱茜还是时不时回家看看,给父亲买几瓶好酒,给母亲买件衣服,尽管她买的衣服,母亲没有一件满意的。母亲的好日子过不上几天,弟弟就把钱折腾光了。俗话说,来得轻松去得容易。听说他天天泡酒吧,给唱歌的小姐献花篮,把钱献光了。什么花篮那么值钱?上了人家的圈套,有人和那唱歌的小姐联手坑他,小姐唱完歌,几个少年家就争着给她献花篮,喊价,死命往上抬,朱茜的弟弟本来就是个"风神仔胚",不知是圈套,不到半个月,就把所有的钱都献出去了。风神仔胚,闽南话,就是好出风头的人。有人说,事情其实没那么简单,小姐还是那个小姐,上了人家的床,任人宰割。

弟弟的钱没了,母亲就上门来了,每次来都是要钱的,一百二百三百,没有一次空手而去,要少了,就不高兴,臭着脸。有一次,陈远的小说在省里得了奖,不知她从哪里得到消息,就上门来要钱,要的正好是奖金的数目。陈远刚刚把奖金领回来,母亲就到了。开口要钱直接了当,听说陈远得了奖金,你弟弟想开点心店,卖豆花,你先把陈远的奖金给他做本钱,等以后赚了,双倍还你。她笑了笑,母亲每次要钱,都说是借,可每次都是肉包子打狗,有去无回。她说你怎么知道陈远得了奖金?他写得也很辛苦的,你以为像路上捡来的那么容易啊。母亲不说话,黑着脸。她知道不给母亲不会走,也不说话,就是给你一张臭脸。朱茜的心里很难受,不是舍不得钱,就是有说不出的伤痛。这是自己的亲生母亲吗?倒是陈远想得开,他笑嘻嘻地把钱从奖金袋里抽出来,说,弟弟想做生意是好事,拿去吧,让他好好做,赚了也不用还,扩大投资,做大一点。母亲接过钱,冷笑道,豆豉粕也会发芽。说完转身就走。

陈远愣了好一阵子,对朱茜说,岳母大人什么意思?朱茜笑了起来,谁让你拍马屁啊?活该。闽南话"豆豉粕也会发芽",意思是腌过的豆子也会发芽。陈远想了想,说,我可没有看不起弟弟的意思。我知道你没有那个意思,一片好心。可我妈就是那个意思,不要以为给几个臭钱就可以看不起人!

陈远哈哈一笑,岳母大人是个言语大师。记得她老人家曾经说过一句话,要看儿子的屁股也不看女儿的脸。倒是岳父大人想得开,只要给他买好酒,他老人家看人的眼神,慈祥得让你以为你是世界上最好的女婿!朱茜说,你就是世界上最好的女婿。陈远说,感谢老婆大人的表扬,我以后继续努力。

朱茜说，可惜那些奖金了，还没藏热哩，就剩下空袋子了。我正想把家里的彩电换成液晶的。以后吧，说不定什么时候又得奖了。那些钱又是白扔了，你信不信？你不信，反正我信。陈远哈哈大笑。

弟弟朱跃进，是个无底洞，多少钱扔进去都没有声音。他好吃懒做，没有技术又吃不得苦，找工作挑三拣四，没有一样工作能做上三个月。最后就干脆坐在家里吃现成的。马卉回来的时候，朱跃进突发奇想，要她把他弄到香港去，听说在香港，看门的一个月都能挣好几千块。能出去，他宁愿不当朱茜的弟弟，改换门庭，姓马，当马卉的亲弟弟。朱茜母亲居然对儿子的荒唐想法大加赞赏，一定要朱茜促成此事。虽是姐妹仔群，朱茜无论如何开不了这个口。其实，朱跃进私下里也想过要到美国，让外甥女帮忙。陈小青一口回绝，说，我是来读书的，什么事都做不了。再说了，你一句英语也不会说，到美国就是百分之一百的无路使人。当舅舅的无话可说，也没向姐姐提起。

马卉的父亲中风捡了一条命，留下半身不遂的后遗症。这无形中给朱跃进创造了机会。马卉父亲发病的时候，马卉刚从香港回来，那天天气很热，老人家见女儿回来，又听说外孙在香港泡了个女电影明星，一时高兴，喝了点酒，就不行了。家里没男人，马卉和她母亲手忙脚乱。马卉第一个想到的是朱茜家的陈远，就给朱茜打电话。陈远不在，到庐山开笔会去了。朱茜说，先打120，我马上过去。朱茜放下电话，想了想，给弟弟打电话，让他一起到马家帮忙。

马卉的父亲从医院回来，朱跃进自告奋勇，承担护理工作。朱跃进的工作极为到位，勤快细致，嘴巴又甜，让马卉母亲十分感动，说了比亲生的儿子还孝顺的话。朱茜弟弟顺势说，要是阿伯阿婶不相弃嫌，就把我当作你们的亲生儿子吧。马卉母亲说，好啊，只要你老爸老母没意见。朱跃进立即就跪下去叫妈。弄得马卉母亲很欢喜，躺在病床上的马卉父亲居然也牵动嘴角笑了一下。马卉当时不在，上医院拿药去了。回来时，朱跃进就拿她叫阿姐。马卉母亲就把认儿子的事说了，马卉笑着说，我抢了朱茜的弟弟，她能饶了我？后来马卉把这事和朱茜说了，朱茜无可奈何地笑了一下。

半年后，马卉的父亲去世，出殡的时候，朱跃进充当了孝男的角色，哭得十分伤心，还拿着哭丧棒走在马卉和阿辉的前头，让大同街的老街坊惊诧莫名，大开眼界。

后来，朱跃进向马卉母亲提出到香港去的要求，马卉母亲这才恍然大悟，明白了向来游手好闲的朱跃进变得如此勤快的目的，但人家毕竟付出了劳动，又是老街坊老邻居，也就没有提出反对的意见，再说了，能办出去，也是一件好事，多一个儿子多一条财路。她说，你要出去了，赚了钱一个月最少要给我寄1000元。朱跃进说，2000元都没问题。母亲如此态度，马卉也没话说，只是这户口的事，姓名的事，还得费一番周折。马卉自然就想到牛兰家的老于。

那时老于还在台上。可老于是什么人，能做这种没原则的事？他断然回绝，让开口说话的牛兰很没面子。牛兰还想说什么，朱茜说算了，不要让老于为难。这不争气的弟弟，就是到了香港也还是那个样子。马卉说，其实香港也不是什么天堂，我和阿辉辛辛苦苦几十年，连个房子也没买上。内地现在的机会并不比香港差。

老于的病本来是很难治的，可陈远拿来的方子，居然就把他给治好了。不但好了，还好得很利索，能走路，能上班，全局上下无不惊诧，有刻薄者私下议论，说老于当初的病是不是装出来的？话传到老于耳朵里，老于淡淡一笑。经历了一场重病，老于想开了许多事，不计较，人家爱怎么说就怎么说吧。但他的病的确好了，好得连他自己都有点奇怪。他对陈远说，我真的好了吗？不会是假象吧，或者人们所说的那个什么，回光返照？陈远笑道，老于你想多了。中国地方之大，人口之多，历史之悠久，文化之深厚，什么事都可能发生，发生了什么事你都不要感到奇怪。中国的笔记小说浩如烟海，单《世说新语》所记之事，就让你惊得睡不着觉。再说了，你的病本来就是可以治好的，中医西医都有许多先例。老于说，说是这么说，发生在自己身上毕竟不一样。

老于的病是突然之间好起来的。那天天气转热，牛兰吃过晚饭自己先洗了澡，说，老于，也给你擦擦身子吧。就把他的衣服全脱了，到卫生间打了盆温水给他擦身子，从上到下地擦。擦着擦着，老于便有了感觉，这是一种久违了的感觉，他浑身颤了一下。老于说，那个地方再来一下。牛兰把毛巾放进水里揉过之后，拧干，就在他的大腿根部再擦一遍，一边擦一边说，几天不洗，是不是有点痒。说着就不说了，她也发现他那个地方有点变化。

牛兰便脱了衣服爬上床。

久别胜似新婚。此别不似他别。牛兰趴在老于的身上哭了。老于抚摸着妻子，小牛，我亲爱的小牛啊。刚结婚的时候，老于喜欢叫牛兰小牛，这种叫法让她很是激动过好一阵子，幸福过好一阵子，可是后来，不知怎么的老于就不叫了。牛兰说老于，我要好好地和你过日子。老于说我们的日子本来就好好的。牛兰说这话的时候想起那个上海指导员，想起陈远，或者说，她是想起上海指导员和陈远才说这话的，老于不知道。人活世上，未必什么都知道。也没有必要都知道。

这时，外面下起雨，雨越下越大。

牛兰从老于的身上爬起来，赤裸着身子跑到厅里给朱茜家打电话，电话是陈远接的，牛兰说，我们家老于的病好了。陈远一下子没听懂，说好了，好了什么意思？好了就是好了，站起来了。说着，她放下电话。她的本意是想给朱茜打的，接电话的却是陈远。他能听懂她的意思吗？这时，电话铃响了，是朱茜打过来的。朱茜说，牛兰你说老于的病好了，真的吗？牛兰说，真的，他能站起来了。太好了牛兰，好人有好报啊。我们这就过去。牛兰说，下雨哩，明天吧，让我们独自享受一下吧。朱茜说，那就好好地乐一乐吧，老妖精。放下电话，牛兰跑到玄关，对着镜子把自己从头到脚摸了一遍，很得意地笑了起来。那笑声非常浪，老于一下子从床上坐了起来。

放下电话，朱茜说，你猜他们现在在干什么？陈远摇了摇头。老于"好"了不是，你说他们能干什么？朱茜乐呵呵地说。牛兰的丰润妖娆一下子跳进陈远的脑海，刺激着他的神经。陈远热血沸腾。朱茜挑逗地说，别人来你也想来？陈远一下子就把她抱起来，说，岂能轻易地放过你。姐妹仔群啊，你能认输？陈远全心全意地和妻子进入状态，牛兰消失得无影无踪。这让他有点感到意外。

激情过后，朱茜对躺在一边的陈远说，你说马卉和阿辉现在在干什么？他们现在肯定也在床上，夫妻俩在床上能干什么？朱茜笑着说，人家阿辉是个老实人，没你这么色狼。陈远说，只有老实人没有老实鸟。再说马卉回来这么久了，阿辉才回来，久别胜似新婚。朱茜伸手摸了一下他的部件，都快60的人了，家私还这么好用。你说现在人们都在说幸福指数，这也是指标之一吧。陈远说，老婆是闲出水准来了。不许讽刺我。我是什么人呀，作家夫人，博士母亲！

陈远又想翻身上去，朱茜说，别动，听我说。你说马卉吧，嫁到香港去，当时多好的运气啊，她那个母亲啊，风神得都不把我们放在眼里了。现在看，也不怎么的，房子还不到我们的五分之一大。朱茜爬起来，跑到窗前，回头对躺在床上的陈远说，我们这楼中楼在香港就是豪宅，大腕才住得起。陈远也起来，走到她身边把窗帘拉上，扶着她光滑的双肩。

陈远闻到妻子身上的婴乳味，感到不可思议。这淡淡的似有似无的乳香随着两个孩子长大之后，就渐渐远去了，怎么突然又回来了？朱茜抬起胳膊，欢天喜地地说，我自己也闻到了。

窗外有高楼。高楼上，霓虹灯不知疲倦地变换着各种不同的色彩，把小城宁静的夜晚搅得扑朔迷离。陈远说，时代在前进，我早说过，面包会有的，牛奶也会有的。该有的我们都会有。

朱茜抓住丈夫的手，可惜我们老了。要是30年前有这样的好日子就好了。陈远说，人心不足蛇吞象啊，我的太太。朱茜娇憨地说，你才蛇哩，大莽蛇，我的青春全被你吞掉了。

陈远笑了一下，突然想起王羲之《兰亭序》，顺口吟道："向之所欲，俯仰之间，已为陈迹。犹不能不以之兴怀。"朱茜说，又发什么神经，一句也听不懂。见陈远不作声，她便喃喃道，我懂那么多做什么？傻人有傻福。

他们相拥着回到床上。

突然，电话铃声响起。肯定又是牛兰那个死狐狸精，谈感受来了。朱茜侧身去抓床头柜上的电话。话筒里传来母亲苍老的声音：

你弟弟三天没回家了，你去给我找回来。

他又不是三岁的孩子。朱茜说。

母亲说，你们不让他到香港，你们只顾自己过好日子……

朱茜没听完，就把话筒重重地扣了下去。

朱跃进人间蒸发。朱茜、牛兰、马卉三家子一起找，找了半个月没找着。

朱茜对老于说，到你们公安局报案吧。朱茜母亲不依，说，报了案你们就没事了是不是？可怜他都快50的人了，连个老婆也没有，你们还想把他往公安局推，安的什么心！

关于朱跃进，在大同路有许多说法。有说偷渡到中东的，有说押运水果到东北的，有说进了黑社会到缅甸卖毒品的，有说已经死在西北大沙漠的，有说在五台山出家当和尚的，有说跟一个台湾女人去了台湾的……

番薯升官记

/ 1 /

番薯不是地瓜,番薯是一个人的小名,这个人的大名叫方曙。

方曙最近接受一项庄严的任务:当省纪委 5104 专案组办公室联络员。

听说这是一个大案,事关龙州市市委某前副书记,这位副书记姓牛,就是股市上常说的牛市那个牛。牛副书记几年前是本省一颗政治明星,呼声很高,传闻要升市委书记的,龙州是本省重要的沿海开放城市,前几任市委书记都升了省委常委,有一位如今还当着省委副书记,分管组织。但是不知怎么的,就调到省里去了,职务是林业厅长,按理也算升官的,但就有议论,说他出了一点问题,这种调整实际上是明升暗降,权力大大地缩水了。更有一种说法,是调虎离山。上面要查他的腐败,而他在市里是分管组织的副书记,盘根错节,不好下手,就先把他调离了。当然,这些都是传说,如今人们日子好过了,肚子吃饱了,嘴巴动惯了闲不住,喜欢空嘴嚼舌头,说东道西。这传说传来传去传了一年多,人家姓牛的厅长当得好好的,省报还时不时地报道全省植树造林的成绩和林业改革的消息。有一天方曙的父亲就拿着报纸对方曙说,说东说西的,多嘴了不是?仿佛那些议论都是从方曙的嘴里说出去的。其实,方曙什么都不知道,平时更不会在家人面前议论时政。

可是有一天,突然就从北京来了人,把牛厅长"双规"了,带走了。

到哪里？没人知道具体地点，只听说往北走。而省里的专案组却南下了，驻进了龙州市云雾山庄。现在高级的宾馆都叫山庄。叫山庄有神秘感，比如有部外国小说叫《呼啸山庄》，故事扑朔迷离，引人入胜。云雾山庄没云也没雾，在市郊的一片龙眼树林中，这龙眼树林有上万亩，一望无际。进了林子便分不清东西南北，有点云里雾里的感觉。但方曙想，本市有一名茶，叫云雾寻香，畅销海内，并已打入国际市场，也许取的是这个意思。

方曙当了联络员之后，发现所有人，主要是本县大大小小的官员对他都十分地客气起来，连平时最傲慢的县委副书记兼政法委书记陈大明对他也脸带微笑。陈书记气宇轩昂，常常对他视而不见，即使你和他面对面，即使你已经站在一边并恭恭敬敬地叫了一声陈书记，也只能听到他从鼻子里挤出来的一声"嗯"。

方曙是县委办副主任。本县是龙州市所辖10县4区中的一个县，背山临海，故名海滨。给他这项庄严任务的不是海滨县委，是省专案组副组长。副组长是位女同志，听说来自首都，说一口很好听的北京话，姓鞠，就是著名少儿节目主持人鞠萍姐姐的那个鞠。鞠组长给他庄严任务的同时，宣布几条纪律，中心只有四个字：严守秘密。鞠组长不但声音好听，人也长得清楚，有气质，有风度，即使在宣布纪律的时候，也面带微笑，十分亲切。

说是联络员，其实就是通讯员。方曙还在自己的办公室上班，不干别的事，所有原来的日常事务工作都移交给另外一位副主任。从即日起，他就直接受鞠组长的领导，接鞠组长的电话，她说了一个名单，他就把名单上的人请到他的办公室，再由鞠组长派专车将他或她带走。去哪里？人家没说，他也不问。

方曙开始新工作有点兴奋，有点激动，又有点新鲜感。

那是一个阳光灿烂的早晨，机关大院那三棵高大的攀枝花一树火红，热闹非凡。第一个被他请到办公室的是县政协的一位副主席，姓萧，"风萧萧兮易水寒"的那个萧，女的。萧主席是全县公认的大美人，原来在县医院当医生，毕业于上海医科大学，医学硕士，业务好人缘也好，又有一个令人难忘的名字，萧晚秋，所以在医院内外口碑都很好。标准的"无知少女"：无党派人士，知识分子，年轻，女性。是棵好苗子。先当了副院长，有一年初夏，县里开政协会议，她就当选了副主席。听说她第一次坐在主席台上显得很不自然，忸忸怩怩的，不时地摸自己的脸颊。坐在前排的代表们都说，她的脸一阵一阵地发红，光彩照人。还听说，那次上台之前，她本来穿一件时兴的连衣裙，领子低了一点，被牛书记严肃地批评了一顿，说领导干部是公众人物，要注意自己的形象。她赶紧回家换了正装。她当选政协副主席的时候还不到40岁。

萧副主席到方曙办公室的时候脸色苍白，说话的声音有点颤抖。一直对方曙说，为什么叫我？为什么叫我？方曙只有摇头，他什么也不知道。上车的时候，她回头看了他一眼，那一眼充满哀怨，仿佛她的不幸是因他而起的。

有一朵火红的攀枝花落在小车顶上，"叭"的一声，惊心动魄。

他突然想到旧小说里的一个词，凶多吉少。她这一去，是不是凶多吉少呢？方曙一个上午坐立不安，时不时地跑到窗口看院子里的落花。攀枝花也叫英雄花，在树上轰轰烈烈，落在水泥地上，任人踩、任车辗，一片狼藉。

这几天，全县大大小小官员，凡能遇上的，不管在什么场合，都对他笑脸相迎，这很能满足他的虚荣心，在半夜里偷笑了好几回。方曙在萧副主席匆忙之间的回眸中，意识了他们的笑脸背后的恐惧。他的心一下子就揪了起来。

他是不是在无意之中陷入了一个可怕的旋涡？

方曙感到很沮丧，垂头丧气地回到家里，妻子说，喂，我大官叫你回去。本地话"大官"就是公公。妻子没心没肺，喜欢开玩笑。她的公公就是他的父亲，她偏不说你父亲叫你回去。我大官说，他后生（儿子）好久没回家了，是不是被什么妖精迷惑了，不知道回家的路。方曙白了老婆一眼，转身出门。妻子在背后说，干吗生气，我又没惹你。妖精不准，还说我哩。

方曙家在乡下，说是乡下，其实是城乡结合部，这些年，城市发展了，把城郊农村全吃了进去。说起来，海滨县城的真正发展正是在牛书记的手上。几年间，城区面积翻了两番。如今，当初的县委牛书记，也就是现在的牛厅长，成了阶下囚。

从城里自己的家到乡下父母家，骑自行车半个小时。方曙走进院子的时候，就听到厅里正在播芗剧，他能听出是芗剧唱腔，《李妙惠》选段："雨水连连啊落不尽，配得我目屎流不停，回家报凶讯……你敢知影咱兜接连不幸，你也知影公公病在身，妙惠我声声将君唤，你敢知影你妻明啊日要改嫁，改嫁他人……"

方曙走进厅堂，空无一人。他叫了一声，阿爸。没人应，又叫了声阿妈，还是没人应。"祠堂里冷空空，灯火微微那惨淡，人对人影影对人……"方曙走过去，把电视关了。

关了电视，父亲却从里屋走了出来，说，谁让你关的，说着，又把电视打开了，"……无情风雨落不停，灯盏油干灯芯未尽，火花未坠结成重，昏昏暗暗，冷冷清清……"

方曙说，什么事？没事就不能回来看看？父亲说。方曙坐下来，倒了一杯凉茶水，一口气喝下去，母亲不知什么时候冒出来，一手抢下他手中的杯子，说，从不爱惜自己的身子，你那个老婆就专门让你喝冷茶水的吗？说着就去泡热茶。

父亲说，听说你在搞牛书记的专案？不是我，是省里和北京来的专案组，我只是当联络员。父亲说，为什么不叫别人当？方曙说，不知道。

父亲叹了一口气，"三年清知县，十万雪花银。"像戏文里说的那样，古来如此，你反得了吗？再说了，腐败，也不是当官的才有。父亲又说。

一年前，父亲骑脚踏车进城，上超市，想把车放门口，刚撑起车脚架，一个胸前挂着一只蓝袋子的老头走过来，撕一张票，要他交2角钱的管理费。父亲说不是1角吗？老头说现在是2角。父亲生气起来，把自行车牵到边上，不寄了。心想，一会儿就出来，不会丢。可是出来时，找不到车，急得破口大骂，这不是偷，这是抢，青天白日不是抢是什么？有个中年妇女牵车从他身边走过，小声说，您到拐弯的巷子里看看。父亲过去，自行车果然在那里。他从巷子牵车出来，看那管车的老头，那老头一脸坏笑。他突然明白了，是他干的。就是要让你知道，这2角非交不可，这钱他非赚不可。

这事让父亲耿耿于怀，逢人就说，连看自行车的都腐败。

父亲一边看电视喝茶一边说，让你回来就是让你知道，这种得罪人的事，别人不做让你做，说到底就是因为我们家没权没势，人家不把你当回事。不是什么好事，把尾巴给我夹紧了。方曙无可奈何地笑了一下。

母亲说，番薯，能推就推掉。

改革开放以来，母亲学得一点普通话，进城卖菜时，本地话与普通话混在一起说，叫"普通掺狗屎"，如今城里外省来打工的人多，不这样不行。但叫方曙，她都用本地话叫小名，从不改口。方曙是读大学的时候，方曙给自己起的名字，取谐音。方曙说，推不掉，也不能推。母亲说，那就小心点，少得罪人。听说你们那个什么专案组？方曙说，5104专案组。母亲说，就是嘛，5104，我要你死。太惊人了。这下她用的是"普通掺狗屎"了。方曙愣了一下，民间说法，纯粹的民间创意。但是，上面为什么要用这组数字？是时间，是金额，是编号，还是哪位首长随口说出来的？这组数字被老百姓这么一说，不但变得冷冰冰、硬邦邦，而且气势汹汹，没有一点人性。

凡事小心，这不是什么光彩的事。父亲强调说。

从父母家里出来，方曙有点沮丧，没有直接回自己的家，而是拐到中山公园的大榕树下，看老人下棋。这榕树是几百年的老榕树，树下有一个亭子，名为中山亭，是老人们活动的好地方。

看着看着，身边便多了一个人。方曙不知道他是什么时候来的，他看得很专注，不出声。方曙只好跟他打招呼。这个人不能不主动与他打招呼，因为他是县委组织部的常务副部长。方曙说，刘部长看棋啊。刘部长抬起头来，发现了方曙，说，小方也在啊。方曙说随便走走。小方，才子啊。我在《晚报》上又看到了你的大作，写得好。哦，正好带在身上，想带回去让女儿学习学习，她可是你的粉丝啊。凡有你的大作，必读。说着便从手提包里拿出一张《龙州晚报》，那上面的文艺版上有一篇他新近写的随笔《龙州古书院随想》，方曙不好意思地笑了一下。他毕业于省师范大学中文系，原来在海滨一中教语文，因为喜欢写作，在小报上发表若干文章，才被调到县委办秘书科，三年后，提了副主任。听说，最早发现他这支"笔杆子"的就是这位刘丁一副部长。刘部长对他有知遇之恩。却从不提起，他也就无从感谢了。

刘部长不看棋了，走出中山亭，到边上的石凳上坐下来，方曙只好跟着坐下来。刘部长指着文章中的一段话，这段话他已经用翠绿色的荧光笔画出来了，说，这话说得好。我们的领导同志都是知识分子、文化人，如果我们的领导真能像你说的那样，严于律己，也不至于……

方曙看着那段话，有点脸红。那天他不知道哪条神经兴奋起来，就龙州古代书院大发感慨，写了一段这样的话："文化人文化人，以文化人，教育者先从自己做起。文以载道，文即道，文化文化，先把自己给'化'了，'严于律己，忘我为人'。悲天悯人、担当天下是他们共同的人格特征。"

鞠组长让你当联络员，没叫错人。刘部长说。

方曙说，其实，我也是随手写写而已，没想那么多。

刘部长笑了笑。

腐败不除，国将不国。努力吧。说着，刘部长站了起来。把报纸折好放进包里。小方啊，我们全家可都是你的粉丝啊，包括我的那个老太婆。

方曙知道，刘部长的夫人邱琳在县实验小学教书。

方曙诚惶诚恐地站起来，不知说什么好。然而，看着刘部长远去的身影，他的心情似乎稍稍地好了起来。

/2/

回到家里，妻子说，喂，你听说了吗，到处传开了，说得沸沸扬扬，都说是从网上看到的，牛厅长有 20 个情妇。他说，网上的东西能信吗，别乱说。妻子说，人家都说是真的，把人都对上了，某某就是某某，有鼻子有眼，连萧主席都说上了。方曙突然有些烦，说，你有完没完啊。妻子看着他说，又不是你家姐妹，你心疼什么。说着就给他倒了一杯水。看着他喝完水，又到卫生间揉了条湿毛巾递给他。这一切都是无声的，这女人懂得看脸色行事。见方曙不生气了，她又忍不住说，我大家的儿子啊，你说这些女人，何苦呢，家里的老公难道还不够用？说着就自己笑了起来。方曙也跟着笑了一下。他不是笑这些女人，而笑妻子的幽默。"大家"是本地话，就是婆婆，她大家的儿子就是她的丈夫方曙，也就是他本人。拐了个弯叫他是她的风格，这风格中有亲情，听起来很亲切。其实她与婆婆相处并不融洽，貌合神离吧，但从来不吵嘴。"我大家的儿子"的叫法当中，起初不无一点情绪，意思是你是你母亲的儿子，不是我的丈夫。但这人没有心计，叫着叫着自己也就亲切起来了。用官方习惯用语来说，她和婆婆之间并没有根本的利害冲突，都是一些鸡毛蒜皮的事，婆婆嫌她嘴无遮拦、没心没肺，她嫌婆婆管得太多，她看她不顺眼，她也看她不顺眼。分开住，这些事便是小事，只是每次回家，母亲对他说几句不满儿媳的话，而妻子则用她的幽默来渲泄自己的不满。如此而已。

吃过饭，妻子上班去了，妻子在一家中外合资企业当工人，流水作业，机器不停，人员三班倒，今天上的是中班。有人说，你老公当那么大的官，你还这么辛苦，对于资本家的残酷剥削，难道你一点体会也没有？她说，我老公当的是清官，不走后门的。别人便笑她二百五。她不生气，二百五就二百五，我乐意。妻子一走，方曙就开电脑上网。果然就看到了牛厅长的腐败与风流。内容很详细，仿佛笔者亲眼所见，用的全是小说笔法，有情节有细节，引人入胜。牛厅长从副书记到厅长，在本县待了近10年，买官卖官，包养情妇，要多腐败有多腐败，要多恶心有多恶心。而且，从网上的描述，当地人不难猜出某某就是某某，一时间，贴子如雪花，愤怒之声可闻。

方曙在网上点不胜点，所述之事，令人发指，民众情绪高涨，腐败如过街老鼠，人人喊打。

不知怎么的，方曙突然想起一篇古小说，说某寺不法和尚，以不孕少妇为对象，利用人们求子心切的心理，设套奸淫妇女无数。事败，满城百姓皆称快。而往时之妇女，曾在寺中求子，生男育女者，丈夫皆不肯认，大者逐出，小者溺死，多有妇女怀羞自缢。方曙的心尖跳了一下。腐败暴露了，人们痛快了，而那些女人却受到了极大的伤害，不管真假有无，真正受打击的不是那个贪官，首当其冲的是那些"情妇"们。方曙的脑际闪过萧晚秋苍白的脸色，无助的问话和上车前的回眸。方曙关了电脑，对网上那些不负责任的文章和帖子突然十分厌恶起来。过去的小道消息、流言蜚语虽然可恶，却没有网上的冲击力，直观可信，铺天盖地。

根据网上的说法，方曙大抵可以对上几个人，都是有几分姿色的科长、局长。他突然感到害怕，怕接鞠组长的电话，怕鞠组长要他把那几个，哪怕是其中的一个请到他的办公室，再被她用汽车带走。

方曙想，我怎么啦，不该这样。反腐人心所向。腐败不除，国将不国，伸张正义是他现在的工作职责。

下午上班，刚进门，办公室的门钥匙还没来得及抽出来，方曙就听到电话铃声，心跳了起来，赶紧放下包提起话筒，果然是鞠组长。还是那么柔和甜美的声音，小方吗？是不是刚进门，没把你吓着吧？他连说，没有没有。鞠组长有什么指示？话筒里传来她的笑声，不是说好了吗，不叫组长。不不，他说，鞠组长，你是上级，又是北京来的。鞠组长说，北京来的怎么啦？不是人？你要是觉得不好叫，就叫鞠大姐吧。方曙说，不，不好意思……鞠组长说，就这么定了，叫大姐，其他的叫法，我一概不应。方曙说，好吧，鞠……大姐。这就对了。鞠组长在电话里开心地笑着。她的笑，很有感染力。这是一个有魅力的女人。

这时，有一朵英雄花从窗前闪过，接着便是一声闷响。方曙想，又有一个人要落马了。

鞠大姐，您有事？方曙怯生生地问。

鞠大姐说，是有事儿。请你通知一下陈大明同志，让他到你那里等一下。好的。放下电话，方曙愣了好一阵子。怎么会通知到他？这位陈书记在他的印象中，是个非常严肃正派的大人物。政法委书记，在老百姓眼里，几乎就是法律与正义的化身。难道他也出事了？不会的。这是他管的工作，鞠组长是找他商量工作的吧。不对，商量工作不会从我这里发通知。一定是出事了。方曙在一刹那间竟有点高兴，有点幸灾乐祸。谁让你平时那么傲慢，目中无人，活该！方曙立即又谴责自己的狭隘，并感到一种人性的悲哀，原来自己没有比别人好多少。方曙用手抹了一下脸，拿起电话，开始通知。

他没想到，所有的地方都找不到陈大明，手机关机，办公室、家里没人接，他分管的所有部门和单位，都说陈书记没来。方曙有点慌张起来，他给县委办高主任打电话，问早上有没有开常委会或书记办公会，都没有，高主任也不知道陈大明的去向。怪了。高主任说，你找陈副书记有事，他说，有事。高主任就"哦"一声，把电话挂了。过 10 分钟，方曙把所有的电话再挂一遍，依然找不到。又 10 分钟，方曙再重复一遍电话。一个小时后，方曙给鞠大姐回电话，说找不到陈书记陈大明。

过一会儿，鞠大姐又来电话，让他请林书记过去一下。方曙连忙上楼，敲开县委第一把手林义中书记的办公室。林书记见他进来，有点意外。上面有规定，办案期间，地方领导不得与联络员有非工作方面的接触。自从那天之后，林书记不找他，他也不找林书记，大家心照不宣。林书记说，有事？鞠组长说，请您过去一下。他怕林书记有误会，紧接着又说，鞠组长早上想请陈书记过来，结果，我找不到陈书记，她就说请您过去一下，大概是商量陈书记的事吧。林义中微微一笑，放下手中的文件。看到林书记微笑，方曙突然觉得自己有点可笑，林书记刚从省里调来，与牛厅长不可能有什么瓜葛，心态是轻松自由的。自己的话多了。林书记从桌子后来走出来，亲切地说，小方最近看什么书啊？方曙说，没看什么，随便看。林书记说，你的文章写得不错。方曙不好意思地笑了一下，他知道书记指的还是刘部长说的那篇《龙州古书院随想》。他其实是无意的，但文章中发的那些书生议论，客观上好像有意在配合这次办案。林书记又说，我最近看闲书，《笑林广记》，你看过吗？方曙说，看过，好笑。难得，嘻笑之中有一种了然，书记说，有的故事把我们一些人认为很神圣的东西拿来当笑料。有一则《衙官隐语》你记得吗？方曙摇了摇头。我们一些同志要是把事情看破一点，也不至于如此。走吧，不要让人家等太久了。

一回办公室，方曙立即上网，很快就找出《笑林广记》卷一之《衙官隐语》：

衙官聚会，各问何职。一官曰："随常茶饭掇将来，盖义取现成（县丞）也。"一官曰："滚汤锅里下文书，乃煮（主）薄也。"一官曰："乡下蛮子租粪窖。"问者不解，答曰："典屎（史）。"

方曙一时不解林书记的意思，反复读，终于明白，林书记另辟蹊径，从另一个角度来理解，果然切中时弊。听说林书记毕业于复旦大学中文系，当过省委某领导的秘书。看来所传不虚。

官场之为场，即有磁力，吸引着许多人，而磁场的中心是权力。权力可能变成许多东西，很少有人看破。真正看破了，就会了然。

陈大明消失一天之后，突然出现在方曙的办公室，说，小方，听说你找我？方曙连忙站起来说，不，不是我，是鞠组长请陈书记。陈大明说，现在？方曙说，不，是昨天，现在不知道，要不要我问问？陈大明说，那就问问。方曙就打鞠组长电话，鞠组长在电话里说，来了吗，让他在你那里等着吧。方曙说，鞠组长请陈书记在这里等一下，她马上派人过来接您。陈大明笑了一下，坐下来，说，小方，这种工作很无聊吧。方曙笑了一下，不知如何作答。陈大明说，其实没必要搞得这么神秘，要问什么在哪里都可以问，不就是和乌番仔的关系吗？乌番仔是牛厅长的外号，因为他长得黑。听说敢叫他乌番仔的人不多，陈大明是其中一个。方曙早听说陈大明与牛厅长关系不一般，可他为什么如此镇静？是问心无愧，还是破罐破摔？陈大明说，小方，我看了你的那篇东西，书生议论，于世无补。方曙感到脸上发热，关于他的那篇小文章，他听到的都是表扬，这是第一次听到批评，而且如此不客气。他不好意思地说，陈书记多多批评。陈大明说，不是批评了吗？方曙的脸更热了，一阵又一阵。陈大明很得意地看着他的脸，不说话。

时间过得很慢。

楼下传来了汽车声，陈大明站起来，走到门口，又回头对方曙说，世界是非常复杂的，用简单的传统的思维是不够用的，远远不够用。

方曙跟到门口，看着陈大明被带走，心里有一种说不出的滋味。

坊间传说，牛厅长在本市某山区县当乡党委书记时，陈大明是那个乡的农机站长。在一次抗击山洪的斗争中，他救过牛厅长的命。传说有好几个版本，其中一个说，山洪暴发，牛厅长被困孤岛，是他用绳子捆住自己跳下洪流将他救上岸的。还有一个版本说，其实，山洪暴发的时候，牛厅长正在农机站喝酒，喝醉了。要是没醉，他就得到他挂钩的那个山村去动员村民疏散。而那个村子，正是在那次山洪暴发时，被泥石流冲没了的。还有另一种说法，没有什么友谊，只是赤裸裸的金钱关系，很简单，陈大明的官全部是从牛厅长那里买来的，从副乡长到县委副书记，花了100万元。

方曙站在窗前。阳光照在大院内，地上色彩斑斓。有一朵英雄花被小车辗过，贴在地面，成一把小小的惨红的扇子。也许是载陈书记的小车压的吧。

/3/

方曙空闲了好几天，没有一件事情，没有一个电话。方曙第一天很高兴，第二天也很高兴，乐得没事，可以偷空看点书，办公室里不好看太没谱的书，只能看《新华文摘》。《新华文摘》编得还不错，从政治到哲学到经济到历史到文艺到科技样样有，随便翻着看，有点惬意。可是第三天，方曙便有一种不踏实的感觉，像吊在半空中似的，一有什么动静，就走到办公室门口探一下，甚至非常希望鞠大姐的突然出现。说不出为什么。

每天回家，总会从妻子的嘴里听到一些小道消息。民众对政治的关心程度，是他从前没有觉察到的。喂，听说了吗？妻子总是这样开头的，陈大明，就是你们那个陈书记，坦白了，听说开头还死撑着不说，可人家省里来的、北京来的人是吃素的吗？后来就坦白了，说是送给牛厅长50万。天啊，你说他哪来的50万块，这下好了，事情回过头就轮到他，人家问他你哪来的50万。另一出戏就开场了。妻子笑嘻嘻的，你说这些当官的，何苦呢？要那么多钱干什么？平时吃的喝的用的都是公家的，听说连找小姐都花的是公家的钱。嘻嘻，别不爱听，我没说你，我大家的儿子我放心，一百个放心，我不管，也有我大官大家管着。我大官是什么人？耕读传家，我能不放心？

你有完没完。方曙不爱听。妻子嘟着嘴，不是让你参考参考吗，你也不能太书呆子，外面都说上天了，你还蒙在鼓里。你们这些当官的，也得听听人民群众的声音不是。说着她又笑了，笑得很开心。她丈夫说什么在县里也是个有头有脸的人物，这是她心目中的骄傲。方曙不说话，他的生气是假的，她看得出来。她跑过去，说，别生气了，气坏了身子我心疼。

我犒劳一下你。说着就双手围着他的脖子，两脚环到他的腰上，把自己吊起来。他只好在她的嘴上亲一下。她便咯咯咯地笑，跳下来，又说，还有，听说土地局长也进去了。他说，没谱了吧，我上班时遇见他，骑一辆赛车，我还笑他，他说是孩子不要的，舍不得扔了。妻子愣了一下，大声笑了起来，我说的是市里的土地局长，不是我们县里的。方曙说，你是包打听？什么都知道。妻子说，你再亲我一下，我告诉你一个秘密。方曙不理她。她说，好吧，看在你是我大官儿子的份儿上就告诉你吧。方曙说，别别，我不听，什么垃圾信息，臭头鸡仔装凤凰。妻子说，真的不听？方曙说，真的不听。她叹了口气，做饭去了。饭做一半，又忍不住从厨房里跑出来，说，你真的不听？我还是告诉你吧，免得你老说我都是垃圾信息。和我一起做的，一条流水线上的，她在上我在下，她的老公，就在云雾山庄当保安。他看了她一眼。这下你信了吧，不是大门保安，是楼里的。他告诉他老婆说，有时，里面的声音很大，想不听都不行。

一连几天，鞠大姐每天都让他叫几个人，一共大约二十来个，有县里的科长、局长，也有乡镇的书记和乡镇长。有的当天去当天就回来了，有的第二天，有的第三天，有的就没有回来。

用本地老百姓的话说，戏是越演越好看了。

可方曙没有看戏的感觉。仿佛他是剧中人，在戏台上。虽属跑龙套的角色，也在台上啊。是啊，那些人回来就回来吧，可有的自己回来，方曙不知道，在街上碰到，还吃了一惊。他吃惊的表情一定很古怪。人家倒很自在，冲着你笑，那笑容也有些古怪，没想到吧？我没事，我本来就没事，别想看我的笑话，说不定什么时候就是你的领导。方曙在那古怪的笑容里读到了这些内容。而有的，则要通知方曙，让方曙带回来，有的就更奇了，不但要让方曙带回来，还交代方曙，一定要让他的家人到方曙的办公室，把人接走。

这一天中午下班，方曙绕着落在地上的英雄花走，不忍踩着。这些天，落在地上的英雄花越来越多。在办公室，时不时地会听到它们落地的声音。

叭一声，又是叭的一声，有点悲壮。他低着头走路，这是他这些天来的习惯，不想与别人打招乎，省得别人尴尬，自己也尴尬。下了班，尽管他故意磨磨蹭蹭，让大部分人走了自己才走，还是会遇上一些人，机关工作，总是有一些人手头的事没做完，晚一点走，或许，有些人也和他的想法一样，在这种特殊的时候，不想在机关大院里与人照面。

方曙在中山公园门口遇见文化局的安副局长，着实有点吃惊，她是昨天才叫进去的，今天却神不知鬼不觉地出现在他的面前。她向他伸出纤纤细手，他不敢怠慢，连忙伸手去握，可是他的手刚刚接触到她的手心，她立即又缩了回去，做出一副很高贵的样子。安副局长姓安名静，本地没有安姓，她祖上从外地迁来，据她自己说，她是安禄山的后裔。就是那个把大唐江山搅得乱七八糟的安禄山，她总是这样对人家介绍她的祖宗，仿佛很为自己的这位不安分的祖宗感到自豪。安静是个诗人，安诗人的诗大都在网上发表，笔名"千呼万唤不出来"。有传闻说安诗人与牛厅长有些瓜葛，方曙不信。因为安诗人长相太一般，不是一般，是太一般，方曙不忍说她丑。体态太丰满，眼睛太小，嘴唇太厚，唯一的好处是白，本地话说，一白遮九丑。还有人说她很性感，但他总是想到她的祖宗安禄山，史书上说他又肥又白。有祖上遗风。昨天，方曙打电话给她，让她到他的办公室，她的反应和别人不一样，别人大都有些慌张，有的甚至连说话的声音都有点发抖，她不。她说连我都叫，可见没什么水准。他弄不清她说的是谁，是指叫她的人，还是指把她牵连进去的人。如今她出来了，大大方方地走在街上，和他握手，说，小方，我明天就到省里去开会，一个诗歌朗诵会，北京来了大诗人，非让我去不可。缘定今生，听说了吗？笔名。方曙摇了摇头。孤陋寡闻。她扔下最后一句，扬长而去。

方曙对着她的背影苦笑一下。此才女的诗他一首也看不懂，可人家在省内外很有名气，经常到外地开笔会。牛厅长在的时候，大会小会常常提到她，还把她评为市管杰出人才，档案单列，放到市委组织部。她为什么进去，又为什么出来，他一点也不知道。他突然觉得自己有些可怜。他的家人把他当人物，为他感到骄傲，而他实际上是一个边缘小角色，远离权力中心，也远离信息源，是一个名副其实的通讯员。跑龙套，戏台上不起眼的旗牌兵，拿一只三角形的小旗子，随着一阵锣鼓声急步而上，报，敌兵离城30里。再探。得令。又是一阵锣鼓声，摇旗而下。

回家的时候，妻子正在厨房里忙着，她上的是晚班，早晨下班回来，睡了一个上午，精神正好。她把菜端到桌上，四菜一汤，两荤两素，汤是枸杞水鸭汤。准小康。方曙坐下来，喝一口汤，她说怎么样？还行。他说。她便很得意地说，这老婆没娶错吧？能娶上我，是你三辈子修来的福分。他白了她一眼，她立即改口，我说的是缘分，百年修得同船渡，千年修得共枕席。她端来两碗饭，一人一碗，坐下来吃几口，又说，她说老公，告诉你一个新消息。昨晚夜班，你猜我听到什么了？上级表扬牛厅长了。

方曙抬起头，意外地看了她一下。她说，真的，没骗你，上级说他态度好，竹筒倒豆子，什么都说出来。还说他的记性好，跟谁谁拿了多少钱，跟谁谁睡过觉，全记得一清二楚。方曙笑了一下。她说，你不信是吗？我也不信。可是人家办案人说，说牛厅长是看着市政府机关的电话本子交代问题的。电话本子？方曙有些不解。她说，你傻呀老公，本子上不是有名字吗，什么什么县，书记副书记县长副县长，什么什么局，局长副局长全有，一个一个点过去。点一个说一个。方曙放下筷子，这不是乱来吗？记错了怎么办？为了立功赎罪，信口开河，胡说八道怎么办？看方曙一脸严肃，妻子开心地笑了起来，热闹啊，点到谁就是谁，谁都别想睡安稳觉。看着她幸灾乐祸的样子，方曙有些反感，说人家睡不好你高兴什么？她说凡睡不好的都是坏人，贪官，活该。方曙说，你把事情看得简单了。妻子想了想，说，是啊，要是他像疯狗一样地乱咬人，可就麻烦了。方曙"哼"的一声，你才知道啊。她吃了一口饭，忧心忡忡地说，万一咬到你怎么办？他吃了一惊，筷子停在半空中。她又笑了，笑得很开心，逗你玩的。方曙也笑了一下，为人不做亏心事，不怕三更鬼敲门。再说，他与姓牛的远得很，市政府的电话本子上也不可能有他的名字。吃了一阵，她又说，反正不关我们的事，看热闹。方曙想想，也是。

吃了饭泡了茶，夫妻俩躺在床上午休。妻子说，老公，有一件事忘了告诉你，我叔叔回来了，我妈让我们明天回去一下。你叔叔，你哪来的叔叔？方曙从来没听说过她还有一个叔叔。妻子便从床上坐起来，是我爸爸的堂弟，过去没什么联系，听说在外面发了财，要回来投资办工厂。外面，哪个外面？我也不清楚，好像是香港，还是菲律宾，不不，是新加坡。方曙说，我不去，你去。老婆说，随你，不去就不去，反正不是亲叔叔。说着就躺下来，身子往他的身上靠。我已经上了三天夜班，你就不想我？方曙把她抱住说，这可是你自找的。老婆便在他的怀里咯咯咯地笑。

/ 4 /

方曙接到鞠大姐的一个任务，让他到云雾山庄把萧晚秋副主席送到她的家里。这一下，方曙已经不是跑龙套的了。有点进入角色的味道了。

云雾山庄树木繁深，幽静清新，空气中透着淡淡的馨香。更增加了其中的神秘。一切都在无言中进行。方曙进了大厅，鞠大姐和萧晚秋已经坐在那里等候，见到方曙，鞠大姐站起来，萧晚秋也跟着站起来，鞠大姐微笑地做了一个请的动作，萧晚秋便向停在门外的小汽车走去，方曙走过来与鞠大姐握了手，就跟了出去。方曙没说话，鞠大姐也没说。但他能感觉到她的手轻轻地捏了他一下。仿佛是一种对他特别信任的表示。上了车，黑色的小轿车无声地驶出便道，穿过龙眼树林，一会儿就上了国道，背龙州而驰，往海滨县方向开去。

一路无言。萧晚秋忧郁的眼睛一直对着正前方。她与方曙并排坐在后面，前面的助手位子是空着的。本来，方曙应该坐在那里，可为了安全起见，他还是选择了与她坐在一起。安全，这是他从接受任务时就一直搁在心里的字眼儿。是的，鞠大姐没有明说，但让他把萧晚秋送回家，交给她的家人这个任务本身就已经把什么都说得很清楚了。如果他连这一点都体会不了，那就太愚笨了。

小方，你说这做人有什么意思？萧晚秋突然转头对方曙说。方曙大吃一惊，下意识地抓住她的手，说，萧主席，您可千万别想不开，一切都会过去的。一切，真的。萧晚秋用另一只手按在他的手背上，微微一笑，说，别担心，我什么都想过了，就是没有想到死。她用手轻轻地抚摸着他的手背，反过来安慰他，再说了，我不能让你完不成任务。方曙感激地看了她一眼。这时的萧晚秋很美，凄美。这美让他心颤。他的经验不足以解释她目前美的缘由，但他觉得，她是一个十分值得珍惜的女人。

关于她与牛厅长，传言种种。有一个细节称，他们一起到省城开会，他把她叫到他的房间，云雨之后，对她说，快去，你的会议就要开始了。她于是匆匆整装出门，在门口遇到秘书，秘书说，萧主席抽空汇报工作啊。她说，是的，刚汇报完。这几近于一个笑话。可人们都传都信，津津乐道。这些传言，此时在方曙的心中都是对她巨大的侮辱和伤害。

萧晚秋一直在用她温柔的手抚摸着他的手背。方曙的心突然又有了许多担忧，她这是在安慰自己，她只是说不能让他完不成任务。那么，当他完成了任务之后，也就是她回家之后，是不是就要……他不敢往深处想，把另一中手放到她的手上，于是，他们的四只手都叠在了一起。他说，萧主席，你是一位很好的医生，大家，我是说，我们大家对你是很尊敬的。她微微地笑了一下，说，小方，你心地善良，我理解你的意思，我不会想不开的。我只是对人生的意义重新地做了一番思考。

方曙的心动了一下，他不便问她是如何思考的。

到了办公室，方曙先给她泡了一杯云雾寻香，再去打电话。电话打到城建局总工办公室，接电话正好是萧晚秋的丈夫沈锦江，他是城建局的总工程师。他说，沈总您好，我是县委办的小方，萧主席在我的办公室，请您来接她回家。沈锦江问，她没事？方曙说，是的，她的工作任务已经完成，可以回家了。她是来配合调查的。鞠组长说，她可以回家了，请您过来接她。沈锦江说，好吧。

一会儿，沈锦江到了。萧晚秋站起来，沈锦江说，慢着，他在她对面沙发上坐下来，说，当着纪委联络员的面，我们把这件事情办了再走。说着，他从口袋里掏出一张打印好的离婚协议书，递到她的手上。萧晚秋接过来看了看，说，非得这样不可吗？他说，我已经签了名，一式两份。萧晚秋的手颤了一下，说，小方，能把你的笔借给我用一下吗？方曙愣愣地把笔送到她的手上。他没有经历过这样的场面。太突然，太冷静了。萧晚秋签了名。他们名执一份。沈锦江站起来说，走吧。萧晚秋说，你先走吧，现在，你已经不是我的家人了，跟你走没有任何意义。不是吗，小方？方曙不知所措，沈锦江说，那我就先走了。说着，转身走人。

方曙跟上一步，想说什么，又觉得说什么也不是。转过头，看到萧晚秋满脸是泪地站在那里。方曙连忙走上前，想安慰她，他还没开口，萧晚秋一下子抱住他，大泣无声，十分可怜。

方曙惊慌中看了一下门口。门口空无一人。

他的这个办公室，如今人们躲之犹为不及，谁还会来看这个热闹。

萧晚秋一会儿就平静下来，方曙给她递了一叠面巾纸。在她拭脸的时候，他又给她泡了一壶新茶。喝了茶，她说小方，我们走吧，到我家，我父母家，你把我交给我的父母，你的任务就完成了。说着，她居然还微微地笑了一下。方曙想，这个时候她还在为别人着想，这样的女人太难得了。同时，他又觉得他有些自私，他难道只是为了完成任务，而不能为她做点什么吗？可他能为她做些什么呢？他什么也做不了。他说，萧主席，你一定要想开，沈总他也许……她打断他的话说，别提他了，这一天是迟早的事。夫妻本是同林鸟，大难来时各自飞。自古如此，没什么。

萧主席的家在乡下，当初她从上海医科大学毕业时，本来有留校任教的机会，她放弃了，选择了回海滨，为的就是能就近照顾父母。那个时候，他的一位家在上海的同学追求她，她还是回来了。回来不久，便和沈锦江走上了，"走"是本地的说法，就是谈对象。他们在上海就认识了的，他读是同济大学建筑系，因为是同乡，同乡之间找来找去，就认识了。毕业回乡之后，自然就有了来往。这也是缘分吧。然而，既有今日，何必当初？

他心眼儿小，这是她早就知道了的。蜜月中，为了她的那位上海同学的一张照片，他曾经和她计较了一个星期，为了今后的安生，她当着他的面，把老同学的照片烧了。他还不放心，让她发誓，发毒誓，再有来往，不得好死之类，很无聊，也很无奈。他们有一个女儿，如今也在上海医大读书，大二。对于女儿，她有信心，她相信，离婚对她不会产生太大的不良的影响。因为她理解自己的母亲。

几天前接到方曙电话的第一时间，萧晚秋就想到了这种可能。但她心有不甘，为什么是她？凭什么？命运这样地来作弄她？她只想过安安稳稳的日子，做一个平平常常的医生。她知道自己是清白的。她也不认为牛厅长有多坏，他有作为，他让本县改变了面貌，不能树倒众人推。也许她对他不了解，她只知道他的一面，但她只能讲她了解的一面，说话要有依据。也许因为她的这种想法，让她在那里多待了几天。对于她来说，他只是她的一个病人，他患糖尿病。关心病人是她分内的事。她对他的关心是不是更多一些？她不觉得。至于她的提拔，这不是她的本意，也不是她的追求。她只是不善于拒绝，不善于说"不"。她的记忆中没有对人说过"不"字。病人来了，能说不吗？能拒绝吗？她对病人和病人的家属说得最多的是，会好的会好的，别着急，先让我看看。

萧晚秋此时的心情是平静的，一切都将恢复到以前的状态，她作为一个一般医生的状态。下了班，她就回家，回到父母的身边，享受父母亲的慈爱与温和。在父母亲的眼里，她是他们永远长不大的阿秋。

小车驶出小城，离开省道，转入乡间的柏油路。不时地听到司机按喇叭。几头水牛在路上慢悠悠地走，不把喇叭当回事，放牛的老头站在路边卷纸烟，只拿眼睛看一下小汽车，对喇叭声无动于衷。过了牛群是鸭群，一群白色的鸭子摇摇晃晃，赶鸭子的小孩子，也是慢吞吞的，手中的竹竿并不急着去赶鸭子，而是冲着小汽车做鬼脸。萧晚秋笑了一下，对司机说，别着急，让着点。

方曙紧张的心境一下子平静下来。他知道任务不会再出现意外了。他说，萧主席，还多远？萧晚秋说，以后别叫我萧主席了，我明天就写辞职报告，叫我老萧。方曙笑了一下，你一点也不老。萧晚秋说，那就叫萧医生吧。萧大姐也行。

果然很快就到了。这是个安静的农家小院。她的父母听到汽车声，迎出来。看到随后下车的方曙，对先下了车的萧晚秋说，锦江呢？没回来？

看来老人家什么都不知道。这里仿佛世外桃源，不知有汉，无论魏晋。方曙说，萧主席，不，萧医生，我的任务完成了，得回去复命了。两位老人说，不进去喝杯茶？大老远地来。不远，就几十分钟的路，阿伯阿婶，我还得回去上班。萧晚秋也不留他，只是拉过他的手，小声说，我们能当个朋友吗？方曙很感动地点了点头。那今后就叫萧大姐。他就说了声萧大姐再见。

在回来的车上，方曙突然想起陶渊明的《归去来兮》，"归去来兮，田园将芜，胡不归！既自以心为形役，奚惆怅而独悲？悟已往之不谏，知来者之可追。实迷途其未远，觉今是而昨非。"他的心里酸溜溜的，不知是为了萧晚秋，还是为了他自己。

/ 5 /

回到办公室，方曙给鞠大姐打电话，汇报完成任务的情况。鞠大姐说，很好，小方，还有一个任务，下午，你请组织部刘丁一副部长来一下。刘部长？他有点意外，怎么会叫到他？是的，请的就是刘丁一同志，他不在吗？方曙说，哦，不，他应该在，现在就通知吗？鞠大姐说，现在太迟了，下午吧，老规矩，上了班才通知。方曙说，好的鞠大姐。鞠大姐说，听说你把萧晚秋送到她乡下的家里，交给她的父母，很好嘛，工作做得很仔细很到位。我说了，我们小方是很能干的嘛。方曙说，鞠大姐过奖了。萧主席很配合，所以，很顺利。那边鞠大姐就笑，说，小方谦虚了。

放下电话，方曙想，鞠大姐怎么对他的工作情况了如指掌？难道是司机？他的心紧缩了一下，回忆在车上他与萧晚秋的对话，好像没有什么出格的地方。

下午上班的时候，方曙拿起电话，想想又放下去，组织部就在大院内，还是去一趟，表示自己对刘部长的尊重。他毕竟与别人不同，是对自己有恩之人。可是，他没想到，在这样的敏感时期，他的一举一动都十分引人注目。他在无意之中犯了个大错误。

方曙还边走边想，怎么会叫到刘部长呢？院子里堕落的英雄花凌乱不堪。

他到组织部的时候，刘部长不在，也许是迟到了，但他是从来不迟到的，这一点方曙不知道。组织部的同志对他十分客气，又是泡茶又是敬烟，他没有抽烟，拱手相谢。坐了一会儿，他觉得不对，应该给他打手机，或者给他的家里打电话，而这些电话在组织部是不能打的。他回到了自己的办公室。开门的时候就听到里面的电话铃响，赶紧开门进去，是鞠大姐的电话。鞠大姐说，刘部长你通知了吗？他说还没找着，请鞠大姐等一下。他打刘部长家里电话和手机，都没人接，他有些慌张。刚才组织部的同志明明说，刘部长在家，没出差。他有一种不祥的预感，心跳个不停。他又想，刘部长会不会现在已经到了部里，他们错开了？又给组织部打电话，还是没有。

刘部长找了一个下午没找着，鞠大姐来了好几次电话催促，最后一次，鞠大姐说，算了，别找了，明天再说吧。

下了班，方曙不放心，拐到刘部长家里去看看。他刚到门口，就听到里面的哭声。他的心晃地一下子，吊到喉咙口，果然出事了。

刘部长在自己的家里自杀了。是吃的安眠药，他女儿放学回来发现时，他已经昏迷不醒了。方曙立即打了120，10分钟之后，他和他一起到了县医院。

刘丁一住在竹下巷一带的老房子，是他家祖上留下来的。这地方是老城区，一直传言要改造，可至今没有动工，没有一家开发商看上这个地方。县政府发话，谁想要开发这块地方，必须治理边上的柳河，柳河通九龙江出海口，原来河水清清，沿岸垂柳依依，故名。听说解放以前，这一带是烟花之地，有点像金陵的秦淮河。还有人说，解放前竹下巷的巷口有一块石头，上面刻着柳永的《雨霖铃》名句："今宵酒醒何处？杨柳岸，晓风残月。"解放以后不见了，至今下落不明。那么大的一块石头跑哪里去了呢？现在柳河已变成臭水沟，又黑又臭。流经城区大约3平方公里，治理成本很高，划不来。由于环境不好，特别是夏天，臭气熏人，蚊虫成阵，住这里的居民能搬走的都搬走了。刘丁一却固守老屋，不搬。因其僻静，远离人们的视野，用刘丁一的说法，省得上下班与人打招呼。刘丁一在机关有一套宿舍，两房一厅，他不住，租了出去。

方曙在医院碰到萧晚秋，她虽是政协副主席，但不想放弃自己的专业，主动提出每个周末到医院值班。今天正好是星期五。萧医生主持抢救。还好抢救及时，无生命之虞。方曙把萧晚秋拉到僻静处，说，萧大姐，抢救病人的事，您能不能为他保密。她点了点头。她自然是认识刘丁一的，但医院里的人，除了院领导，基本上不会有人认识他。刘丁一分管组织，与一般干部不怎么打交道，且他为人底调，很少出现在公众场合。他又不住机关宿舍。来医院的路上，方曙就想到了这一点，尽量做到不声张。只有他的女儿和妻子知道这件事。方曙想了想，又说，那边要他去，出了这样的事，就更说不清楚了。萧晚秋对"那边"两个字一听就明白，叹了一口气，什么也没说。

方曙到病房时，刘丁一已经醒过来了，他看到方曙的第一句是，小方，你不该救我，我没脸活在这世上，更没脸见你。方曙说，老刘你是我的大恩人，我谁都可以不救，大恩人我不能不救。再说了，有什么大不了的事，非得走这条路啊？他说，小方，你也不用瞒我，那边不是要找我吗？一进去，就什么都完了，说不清楚啊。方曙吃了一惊，你怎么知道那边要找你？刘丁一说，其实，从省纪检组进驻县里的那一天，我就知道在劫难逃。我是一失足而成千古恨啊！我告诫自己，不做任何违纪违法的事，立党为公执政为民，凭良心，我是做到了的，我在这个位子上，不容易啊。可是，可是……牛厅长一出事，我就知道迟早要牵连到我，我是他一手提拔的，从一般教师到科级干部，而且在这个敏感的岗位，这是无人不知无人不晓的，大家都说我是牛厅长的人。以前，我也曾为此感到骄傲。凭心而论，牛厅长有能力，有魄力，是做了不少好事的，就是为人太贪，太好色了……那天在中山公园，我其实是特意在那里等你的，我自己也不知道要做什么，也许是想得到一点什么消息吧，我弄不清楚自己。我一直在注视着你。今天下午，你一上班就到组织部，我知道要来的事情终于来了。没人告诉我，是我自己看到的，我看到你走进我的办公室，我就往回走了。我把手机关了，回到家里。你不停地往我家里和手机打电话，更加印证了我的猜测。我把早已准备好了的安眠药拿出来……

方曙说，刘部长，有什么大不了的事，说出来不就得了，反正已经发生了。该怎么样就怎么样吧。刘丁一说，我就是过不了这道坎，我这一世清名……你记得你的那篇文章吗？"文化人文化人，以文化人，教育者先从自己做起。文以载道，文即道，文化文化，先把自己给'化'了，'严于律己，忘我为人'。悲天怜人、担当天下是他们共同的人格特征。"你这话说到了我的心里。可是我，可耻啊。我没脸活在这世上。

刘丁一用手捶胸，满脸是泪。妻子抓住他的手，哭道，丁一啊，有什么比自己的命更重要的呢，傻不傻啊你。忍心扔下我们母女，狠不狠啊你。方曙走到走廊外看了看，没人，回来把病房门关上。

方曙说，老刘，有什么事就跟他们说了，该退的钱退了……组织上不是有政策吗？主动交代、退清赃款，多少钱以下的，不追究刑事责任吗？他是一分钱也没有落到自己的口袋里，刘丁一的妻子说，这一点，我相信他的。方曙想，既然一分钱也没有，那还怕什么呢？他爱的是名声，把名声看得比命都重。她说。那件事情发生之后，他一直就不安生，就是牛厅长不出事，他也会一辈子感到不安。一个阴影在他的心窝生了根发了芽。

越长越大，越长越沉，受不了。她又说。

刘丁一叹了口气。我自己没拿钱，可我替牛厅长拿过钱。那是个袋子，可我知道是钱。鬼使神差。那个开发商，就是想开发我们住的那片老城区，又不想治理柳河的开发商。多少钱我不知道，沉甸甸的一只很不起眼的塑料袋子，让我转手，大家都不说破，心照不宣。那个开发商不当回事，很随便地把那个袋子扔在地上，我家客厅茶几边的地上。刚吃过晚饭，雷鸣电闪，天昏地暗。说是请我把这东西给牛厅长带上。那个开发商，和我有一点亲戚关系，远亲，八辈子没来往，现在找上门来了。我明知道不是好事情，可我就是抹不下面子，不是那个亲戚的面子，是牛厅长的面子。他们肯定是说好了的，只是借我的手拿过去。不拿是不行的。我就拿了。他说得很轻松，说那东西就像说一袋番薯一样随意。那袋钱提在手上，我越走越重，是心重，心一重脚就沉，最后，几乎走不动了。这辈子从来没有提过那么重的东西走那么长的路。从我家到机关宿舍大院，那不到两公里的路，我走得满头大汗，上气接不到下气。

回来的时候，天下大雨，他淋得一身是水。当晚就病倒了，在家里躺了一个星期。他的妻子邱老师说。

病房里很安静。刘丁一的女儿早就走了，父亲醒过来，母亲就让她回去复习功课，她今年高三，面临人生最重要的一次考试。

天在不知不觉当中暗下来。方曙想开灯，刘丁一示意别开。

我没贪心，但有私心。原以为是报恩之心，其实，是想讨好牛厅长，想升官。我的正科已经5年了，上副处只是牛厅长的一句话。这句话他迟迟不说。我听说买官卖官的事，可我就是不相信，我自己搞组织工作，我怎么能相信这种事呢？在我的眼皮底下，是从来没有过的。然而，我还是想讨好牛厅长，我其实没有比别人好多少，只是我的手法不一样而已。五十步和一百步，没有什么区别。

刘丁一的妻子在一边无声地哭泣着。

我们祖上，远的不说，在清朝，就出过三位进士，最近的是道光年间，先是翰林编修，后来到浙江当过一任知县，正七品。清廉，有惠政，"取利民者行之，其有不便，辄为厘之"，在家谱中有记载。我还特地查过那个县的县志，果然是那么回事。这是一个理想，也是一个阴影。我想，我再次也得弄个副处，七品芝麻官。否则对不起祖宗。当然，是清官。

现在什么都完了。我没脸见人，真是没脸啊。我想当个好官，一向清廉自律，连人家送的茶叶都不敢要，更不用说钱，……一失足而成千古恨啊。

刘丁一不停地诉说着。方曙相信这是真的，是他的心里话，一个想以死来洗刷自己的人，没必要和他说假。但是，除了他方曙，谁能相信呢？一个连茶叶都不敢收的组织部长，无异一个天外来客。说出去鬼都不信。更何况，办案人讲的是证据。这件事显然是有人供出来了的，不是牛厅长，就是那个开发商。

刘丁一第二天到方曙的办公室报到，随即被送到云雾山庄。所幸他吃安眠药的事，方曙不说，萧晚秋不说，无人知晓。

方曙原以为刘丁一的事情说清楚，很快就会出来，没想到他一进去就没出来，有传闻，说，他不但为他人送钱，还从中截留。开发商说他送的是30万，而牛厅长说他只收到20万。按某种说法，1万1年，10万就得坐10年大牢。

说不清，理还乱。方曙的头有点晕。

/ 6 /

方曙一夜没睡好，走到办公室门前脑子还昏昏沉沉的，却在门口撞见了自己的顶头上司，县委常委、县委办公主任高子山。他的心咯噔一下，说，主任找我？高主任笑嘻嘻地说，是找你，你小子嘴真严啊。好好，低调一点好。说得他丈二和尚摸不着头脑。只有傻笑。傻笑是他应付尴尬的一招，这一招很灵。高主任说，好了，你别说，我也不问。我是来通知你，林书记让你一上班就到他那里去一下。

方曙就跟着高主任的后面走,来到林义中办公室。高主任在门口朝他意味深长地笑了一下,没有进去。方曙敲了敲门,林书记在里面说,小方吗,进来。他一进去,林书记就对他笑,笑得他心里十五个吊水桶,七上八下。

林书记说,坐。他就在他对面的沙发上坐下来。林书记拿了水壶要装水泡茶,他跳了起来,抢过水壶说,书记我来我来。泡了茶,书记端起茶杯,呷了一口,说,这茶如何?他说,很香很香,不过,我不会喝茶。本地话不会喝茶是不懂品茶的意思。书记说,这是李开禧先生带来的。听说1万元1斤。方曙一时没反应过来,傻笑着点头说,一定是好茶。林书记微笑地看着他说,听李开禧先生说,他是你的叔叔。

方曙"啊"的一声。他把这事给忘了。

昨天晚上下班回家,妻子拿着一张《龙州晚报》冲着他哇啦啦地大叫,说是他叔叔上了报纸。他拿过来一看,是市委书记会见新加坡某集团公司董事局主席李开禧先生的消息,头版头条,还有一幅两人亲切握手的大照片。市委书记对李先生爱国爱乡,回乡投资办企业的意向表示热烈的欢迎和诚挚的感谢。并希望他尽早把投资的具体地点定下来。妻子说,那天我妈不是让我们回去吗,你不是没去吗,叔叔特别问到你,很关心的样子,我说了你的情况,说你忙,走不开。他只是笑,笑得很开心。还拿眼睛看我爸爸,两个人鬼鬼祟祟地看着我,又笑了好一阵子。只听他说金龟婿,说你哩。你岳父笑得很开心很得意很老天真,你别得意,是我给你面子,是你老婆好,懂吗,从来都在你岳父岳母大人那边说你的好话,不说缺点,专挑优点说,说得像一朵花似的。有朝一日我们闹离婚,你岳父岳母肯定说我不是。呸呸呸,乌鸦嘴。她打了一下自己的嘴吧。咯咯咯地笑了一阵,又说,不过,你老婆我也没想到,叔叔是那么大的一个资本家!市委书记接见,还上报纸。

方曙说，不是我叔叔，是我爱人的叔叔。他不敢说堂叔，因为人家李开禧说的是他的叔叔不是堂叔，说堂叔就显得故意要与人家拉开距离似的，让所有人都没面子。

林书记说，一个样。李先生说，他的侄辈之中，他最喜欢的就是你。可以看出，他是很喜欢你的。说到你，有一种很慈祥的表情。也许吧，我爱人没心没肺的，在他面前胡乱地把我吹了一通。方曙本来还想说，其实，他还没有和他见过面，没说出口。

林书记笑了起来，说，很好，这就是你的风格，认真做事，低调做人。我喜欢。方曙不知所措，无言以对，唯有杀手锏——傻笑。

林书记说，小方，你也不用谦虚，李先生昨晚到我们县考察，看看能不能把厂子建在我们这里，这可是个大项目，总投资6000多万美金。

这可是大好事啊。方曙说。

他饭后吃茶的时候才问起你，说政府里有没有一位工作人员叫方曙的，这人怎么样？我说，很好，不但是我们县很好的笔杆子，而且办事认真踏实，为人朴实。现在正被省里借用，在做一件很重要很重要的工作。要是他饭前提到你，我就让你来陪他吃饭。

方曙笑了一下。好在没有让他来吃饭，要不，他会十分尴尬，如坐针毡。暗自庆幸躲过一劫。

李先生这次回乡，给我们带来很大的礼物。不过，我了解到，李先生去过几个县，都是这个口径。几个沿海的兄弟县都在争啊。这个项目建成之后，年产值两个亿，税收2000万。一块大肥肉啊。

方曙明白了，书记的意思是，让他帮助做工作，把项目拉到海滨来。他的心情一下子沉重起来。责任重大，他却没有这个能力。但他只能说，书记，我尽力而为。

林义中微笑地点了点头。

回家，老婆还没回来，老婆今天上的是早班。他只好去做饭。饭做好了，菜也做好了，妻子还不回来。他只好自己先吃了。他从来没有这么急切地等待妻子回家，因为妻子总是比他早回家，什么都做得好好的，等他回家吃饭。吃过饭，随手从书架上抽出一本闲书，躺在床上看。睡觉前，他喜欢拿一本闲书，这书要小，拿在手上不是负担。现在的书是越出越有"分量"了，大部头，又笨又重，那是摆着好看的，不是让人读的。这是一本"五角丛书"，英国人写的东西，书名是《往上爬》。这是他在旧书摊上买的，20世纪80年代上海文化出版社出的，原价5角，他花了1元。和现在的新书比，可以算得上价廉物美。开篇第一句就很能吸引人："在实行等级制度的组织里，每个人都崇尚爬到能力所不逮的阶层。"方曙微微笑了一下。"……人生活在组织之中，每个组织内部都有各种不同的职位，有按等级划分的层次安排。同时，每个人必然归属于某一层次等级，只要你不是陶渊明，就不会心甘情愿地在现在的职位上干一辈子，当了处长，想尝尝当局长的味道。晋升为副教授后，还想晋升为教授。正是在这一思想的指导下，千千万万的人只好终身努力，以求上进，以求从'下等公民'变成'高贵之士'。……"方曙闭上眼睛，想，我也不是陶渊明……他还没有想好就迷迷糊糊地睡着了。

　　方曙的妻子李燕轻轻地开门进来。她下了班，先回娘家，吃过饭再回来。这是她从来没有过的。每次母亲让她回家，她总是说，吃了再来，因为她要给方曙做饭。今天特殊，特殊在于，叔叔在家里，让她过去。叔叔说是到家里来躲清静，在家里吃饭，和爸爸有说有笑，却让她陪着，一直到最后。叔叔说，燕仔，什么时候把你的金龟婿请来，让我见一见。她说，好的，叔叔叫他来他就得来。叔叔说，燕仔会说话，他现在怎么不来？燕仔说，叔叔不是没叫他吗？叔叔哈哈大笑，那就晚上吧，到家里。宾馆里人太杂，进进出出，迎来送往，烦。

　　李燕到卫生间洗了洗，蹑手蹑脚地走进卧室，躺在丈夫身边。

　　方曙正在做梦。高主任笑嘻嘻地向他走来，手里拿着一份红头文件。

高主任走到他面前,却又不说话,只把文件在他的面前晃了晃。窗外的英雄花红红火火,轰轰烈烈。他其实是知道文件内容的,怎么知道的?想不起来,就是知道。那文件是关于他的新任命,自然是提拔了,文化局长。他对这个职位不是很满意,因为他一想到要与安诗人共事就有点别扭。他不伸手,不能伸手,他只有傻笑。高主任终于忍不住,把文件放在他的手上,说,请客。他拿过文件一看,大吃一惊,不是文化局长,是县委宣传部长。宣传部长通常是要兼常委的。不可能。他叫了一声,把自己叫醒了。

李燕刚闭上眼睛,吓一大跳。怎么啦老公。她欠起身子看他。他睁开眼睛,把她看了一好会儿,说,你什么时候回来的?她便笑,说也不问人家去哪里了?他说,还用问吗?不回家就是去你老爸家你还能到哪里去?你就那么自信?难道你老婆一点魅力都没有?方曙不说话。他知道,用不了一分钟,她就会自己坦白的。果然,她在他的脸上亲了一下,说看在你老丈人的份儿上,老实告诉你吧,我下了班,就到你岳母那里去吃饭了。今又不过节,吃什么饭啊?她家习惯,凡有传统节日,或是什么神明过生日,都会让他们回去吃饭。叔叔也在,她说,他在我家里躲清静,说在宾馆里找的人太多。他还说,让你晚上也回去,他好像有话要和你说。

方曙心里高兴,正找不到机会完成林书记的任务。嘴里却说,我不去,人家是大资本家,我们何必去巴结他?是他想巴结你。妻子说着就笑了。人家可是好意,看上你这个金龟婿了。听你老丈人说,他自己是有两个儿子,可都是花花公子,靠不住。

方曙想,再靠不住也是儿子,总不至于打他的主意,让他去帮助管理他的家业吧。再说了,我是学中文的,懂什么企业管理?舞文弄墨在国内还行,在外面就让人笑话了。这样想着,笑着说,他要是让我去新加坡怎么办?想得美。真去呢?我也去,不能让你一个人到资本主义花花世界去,我不放心。怕你经不起考验。方曙说,到时候你想管也管不住。她愣了一下,说,你还真想去啊?方曙哈哈大笑,说,你怎么就跟小孩子一样,不经骗啊。她就扑到他的身上，使劲捶他，该死，没良心的家伙。

方曙的心情突然变得很好。

方曙认识李燕，是在一个很偶然的时候和一个很偶然的地点。那个时候，方曙正在省城的汽车站送人，一位女同学，严格地说，应该是女朋友。他们从大二开始，谈了3年恋爱，毕业时却十分理智地分手了。女方来自邻省的一个小县城，父母都是当地的中层干部，他们为她找了一位警察，在县公安局当科长，父亲是县委副书记。他们两家是世交。她和那位科长算是青梅竹马。其实，她一直在他与他之间徘徊。最后，方曙决定分手。他送她一首诗，不是他写的，是抄来的，外国诗，"他如一阵和风飘来。对于风又有什么禁止可谈？他吻你的脸颊，他吻你肌肤内所有的血液。他因此而该停下歇歇：你是别人的，只是在一个夜晚被借来——在紫丁香花开的时节，在下着黄金雨的四月。……风来了，又走了：你的世界被一阵和风击毁，这风从紫丁香的春天飘来，从黄金的细雨中飘来。"那女同学读这诗的时候十分伤心地哭了。但他们还是分手了。也就是在这个车站，方曙遇到了李燕。那个时候李燕18岁，和别人到省城来打工。这是她第一次出远门，听说到省城打工能挣许多钱，就来了，可是，在省城待了一个月，她没找到自己喜欢的工作，就想回家。她在车站，等回家的班车。同来的姐妹都劝她留下，再试试运气，她却执意要回去。她们在候车室叽叽咕咕地说着闽南话，被方曙听到了。等方曙的女同学上车之后，他发现，在那里坐着的只有李燕一个人。

这是一个让人看着很顺眼的女孩子，说不上怎么漂亮，但阳光。声音也好听，甜，这是他刚才偷听到的。他于是走过去，说，喂，怎么都走了，就剩你一个？他说的是普通话。她十分警惕地看着他，不说话。他笑了，说，我是老虎？这回他说的是闽南话。她一下子就被逗笑了，说，比老虎还恐怖。那就是恐怖分子了。这回说的又是普通话。说着就坐到她的身边。用家乡话说，我是海滨人，在省师大读书，毕业了，送同学回家。我叫方曙。你是番薯，她大声说，开心地笑了起来。是的，番薯。方曙想了想，从口袋里掏出学生证说，这是我的学生证。李燕说，我又不是警察。话是这么说，还是拿过来，认真地看了一下。看完之后，她告诉他，她叫李燕，也是海滨人，并把她家的地址告诉了他。这时，她的班车时间到了，他又把她送上车。

他回海滨报到之后，就去找她。他们谈了3年，结婚了。他们结婚的时候，他的那位女同学来了一封信，并寄来了一张照片，是她女儿的。说，她已经离婚了，女儿归她。

什么意思？他拿着信和照片自言自语地说。李燕说，能是什么意思，她是在问你，你还要她吗？他看了她一眼，这个李燕看似没心没肺，却是冰雪聪明的。怎么办呀？妻子说，那得问你，别问我。方曙说，我就问你。真问我？好吧，她说，教你一绝招，把我们的结婚照片寄给她。什么话都不说。

她的结婚照照得好，都说，照片比人更漂亮。

/7/

那天上午一上班就接到县委办通知，9点30分，在海滨宾馆一号楼会议厅，召开全县科级以上干部会议，不得迟到，不得缺席。方曙到会议厅的时候，大部分人已经到了，人们都静静地坐着，没人交头接耳，更没人说笑，气氛肃穆。以前开这样的会议，会前都是稀稀拉拉，松松垮垮，说说笑笑。方曙感到一点压抑。全县科级干部会议他不是第一次参加，但他第一次有这么多人的感觉。也许是这一次到得齐，也许和这气氛有关。后面的位子都让人坐满了，他只好一排排地往前看，找空位子。

突然有人向他挥了一下手，示意让他过去，定眼一看，是文化局的安副局长，诗人一身红衣裳，格外显眼。她把放在旁边座位上的坤包拿起来，是个空位子。虽有十二分不情愿，也只好去了。越往前走越引人注目。刚在安诗人身边坐下来，诗人便伏在他的耳边说，开什么会？他摇了摇头，不知道。骗谁呀，你会不知道？她说。坐在他们周围的人闻声转过头来，表情有点古怪。方曙如坐针毡。苦笑了一下。她还想说什么，林书记在台上说，请县五套班子的同志都到主席台上来。于是，五套班子成员纷纷从原来的座位上站起来，走到台上。方曙看到萧晚秋萧医生缓缓地从后台走出来，坐到后排最边上的位子上，这是她的传统位置。她是事先得知要坐主席台，还是刚好走到门口，听到林书记的召唤？不得而知。主席台上的人默默地找到自己的位子，都面无表情地坐下来，不像往日，互相打招呼，笑容可掬。安静在方曙的耳边说，今天有点意思。方曙正襟危坐，目不斜视。他不是装正经，是怕安静再说话。

这也许是海滨县有史以来最简短的中层以上干部会议，前后不到20分钟。

林书记说，今天临时决定召开全县科级以上干部会议。刚才办公室统计一下人数，只有11位同志因公出差在外，其余全部准时到会。现在开始开会。请省纪检专案组鞠姗姗同志讲话。

会议一开始，方曙就一直看着萧晚秋，她似乎感觉到了他的目光，朝他点了点头，微微一笑，这点头这微笑都是似有似无，只有他一个人能感觉到。主席台上，五套班子的人基本都在，传说纷纷，但，除了陈大明陈副书记之外，都端坐在主席台上。似乎约好了似的，都着正装。正装者，西装也。不知道什么时候开始，从上到下，我们的正装从中山装悄然变成了西装。

鞠组长就坐在林书记旁边。林书记伸手把她的话筒开关打开，她朝他点了点头，以示感谢之后，便开始讲话。

没有客套，没有开场白，直奔主题：我代表省纪检专案组，通报一下情况。到目前为止，有证据表明，省林业厅原厅长牛金星在海滨担任领导职务期间，涉嫌买官卖官、贪污受贿，数额巨大，涉案人员数十人。案情正在向纵深发展。为加快办案速度，挽救失足同志，经研究决定，凡与本案有关人员，于本月15日前主动向专案组坦白交代问题者，按政策从宽论处，逾期不主动交代者，从严查处。最后，她说了交代问题的地点和联系电话。

鞠组长看了一下林书记，林书记会意，高声宣布，今天会议就开到这里，散会。

会场很安静，没人站起来。最先走的是林书记和鞠组长，然后是主席台上的领导们。台下的人们是在主席台上的人都走光了之后，才松动起来的。人们静悄悄地离去，不说话，不打招呼。

安静突然神经质地大笑起来。

安静笑起来的时候，方曙有点茫然地看着缓缓离去的人们。人们没有因为安静的笑而改变脸部的表情。

方曙突然感到恶心。这些静静地离开会场的人们，到底有多少是干净的？

还不到下班时间，方曙想回办公室，却身不由己地往回家的方向走去。不是他家是他父母的家。

小时候，县城还没有拓展，方曙家还在农村。他们村边有一方池塘，不大。池塘边有一棵榕树和一棵老龙眼树，不知从什么时候开始形成的习惯，龙眼树下是女人洗衣服的地方，而榕树下是男人洗澡的地方。男人洗澡，全是脱光了的。方曙小时候，每到夏天，也是脱光了衣服在那里洗澡的。区别是，小孩子可以游到龙眼树下看女人洗衣服。池水是清的，养鱼。你站在浅水处，小鱼会在你的屁股边撞来撞去，调皮的，还会戏弄一下你。可是有一天下午，水突然变浑了，从池塘底下翻出许多死鱼，白肚子朝上，十分恶心。其时，方曙正站在浅水处。方曙浑身发痒，跑上岸，这里抓一抓，那里扒一扒，越抓越痒。清悠悠的池水怎么会突然之间变浑了？谁也说不清。老人们说，几十年前，是解放前夕吧，也浑过一回。谁也说不清是什么原因。解放后,土改了,水也变清了。

方曙从此不去洗澡。

没等到塘水变清,池塘就被填了。地越来越金贵,池塘养不出金鱼。池塘变旱地,盖上了楼房,18层。

不知不觉间,方曙已经来到那座18层的楼房前。开发商手下留情,填了池塘,留下了池塘边的那棵老榕树。站在榕树下,方曙身子发起痒来。这痒仿佛是一群蚂蚁,从心底顺着血管往外爬,从毛细血管迅速抵达所有肌肤。他不由自主地伸手这里抓抓,那里扒扒,动作很搞笑。

突然从楼下传来一阵女人的笑声。方曙定睛一看,是女诗人安静。她如一朵红云飘然而至,落在他的身边,说,怎么抓起痒来了?经她一说,他的身子更痒得厉害。但他不抓了,忍住。对她笑了笑,不吭声。她说,我是跟着你来的。方曙说,跟我?安静说,是啊,我发现你有点不正常。方曙说,怎么不正常?安静说,不回机关就是不正常。方曙说,这么说你也不正常。人家不是跟踪你来的嘛,讨厌。她嗲声嗲气地说。她的年龄比他大,却总是装出小妹妹的样子。为了不给她难堪,他说,谢谢你的关心,我没事。安静说,没事怎么乱跑?方曙说,想出来散散心。安静说,有什么不开心的事吗?难道你也和姓牛的有点瓜葛?方曙愣了一下,他从来没有把自己和牛案联系在一起,可以说素无瓜葛。听说牛厅长还在本市工作的时候,曾问过他,因为他对海滨县的一个总结报告感兴趣,认为写得很到位,思路清晰,有说服力,便问起执笔者。有人告诉他。他顺嘴说了句是个人才,以后有机会,要把他用起来。好在没有被他用起来。也许,这是他向他传递的一个信息,让他去走他的门路,花钱买官。他不为所动,甚至麻木不仁,对于升官,没有多大的兴趣。回想当初,听到高主任对他说起这件事的时候,他也只是淡淡一笑。高主任显得比他还激动,因为牛厅长表扬的是他的部下,这是他的荣誉。强将手下无弱兵,反过来说,强兵上头无庸将。现在细想,高主任似乎说过,要找机会带他去见见牛厅长。

他当时只是傻笑。傻笑，一是表示感谢，二是软性搪塞，敷衍而过。好在，牛厅长过后不久便调到省里去了，见面的事也就不了了之。高主任当过牛厅长的秘书，他会不会与牛厅长一案有牵连？好险啊，人生处处有陷阱。

安静说，怎么不说话？

方曙回过神来，看着她笑了一下，意思是，要是他与牛厅长一案有丝毫瓜葛，省纪检专案组也不会叫他当联络员。

安静是个聪明人，不会看不出他的意思。但她还是看着他笑，笑得很暧昧，很阴险。这女人让人摸不透。对于看不惯，摸不透的女人，最好的办法就是远离她。方曙说，没事我先走了。

安静说，别走啊，我有事找你商量。方曙停住了脚步，不解地看着她，有事和我商量？太阳从西边出来了。

我听说你和新加坡大亨李开禧是亲戚，想请你引荐一下。谁说我与他是亲戚？你不用装，我要不知道不会来找你。他老先生想找一位秘书，你看我合不合适。方曙感到一阵恶心。使出杀手锏，傻笑不已。

笑什么笑，行不行嘛。安静的声音又嗲了起来。方曙浑身起鸡皮疙瘩，转身走人。

安静在背后喊道，风神！

风神是闽南话，意为神气。而在此处，她的意思是，神气什么，不就是亲戚吗！

方曙想，安诗人可能已经意识到自己仕途上不可能有大的发展，想另谋出路。关于她与牛厅长的传说，细节让人恶心。但他宁可信其无。何必呢？诗人，那就写你的诗去吧，瞎折腾什么？好不安分的女人啊。本地话说，一样米养千样人。人各有志，人各有态，每个人有每个人的活法。管不了那么多，也没必要为此感慨。他没想到安静又追了上来，说，喂，你不仁我不能不义，告诉你，你的那位大恩人刘丁一在里面生病了，肝癌。

方曙转过身来，你怎么知道的？

在海滨，没有我安静不知道的事情。她扔下这句话，走了，走了几步，拦住一部的士，一溜烟儿，没影了。

方曙愣愣地站了好久。安静怎么知道刘丁一是他的大恩人，她又怎么知道刘丁一在里面得了肝癌。她又为什么要特地追上来告诉他？

方曙看了一下时间，回去上班已经没有多少意义了。再说，已经公开号召让涉案人员主动坦白交代了，他的工作也应该结束了。不如顺势回家看看父母亲。

路对面新开一家天津包子店，排着长长的队，他便走过去站到最后。父母亲喜欢吃包子。听说这喜好来自三年困难时期，那时他们还是十来岁的孩子，饿了几天之后，省城来了视察人民公社的大首长，公共食堂便蒸包子，虽然是菜包，那味道却让他们终身不忘。他们说吃包子时，挂在树上的喇叭还唱歌，"公社是棵长青藤，社员都是藤上的瓜，瓜儿连着藤，藤儿牵着瓜，藤儿越肥瓜越甜，藤儿越壮瓜越大……"他们一人端一只大碗，里面装着5个包子，手里还拿了一个，他们是邻居，从小一起长大，可谓青梅竹马。人们正坐在桌边吃得热火朝天，省里来的大首长端了一碗包子，坐到他们对面，和他们边吃边聊，说，天天都有包子吃吗，他们说，是的，天天，还有歌听。首长很满意。他们不知道为什么要说谎？没人教他们。他们几乎天生就知道，见了上面来的大领导要往好里说。至今，父母亲吃包子，还喜欢哼那首歌。一改他们吃饭喜欢听芗剧的习惯。

意识流动没有规则，方曙顺其自然，想到哪里是那里。突然听到有人大声嚷嚷，说，不是一笼4元吗，怎么又涨5元了。那是母亲的声音。卖包子的人说，开张三天优惠，过了三天，就回到原来的价位了。方曙连忙走上前，说，来4笼，说着便掏出20元。母亲愣了一下，一看是儿子，便笑着说，你老婆给你发奖金啦。

方曙不说话，提了包子走。母亲跟在后面，说你老婆呢，怎么不回来看看？我会吃了她？

/ 8 /

　　中层干部会议,一石激起千层浪,海滨社会舆论沸沸扬扬。说什么的都有。说,牛金星原来只交代108人,结果,主动去坦白的有230多人,大大出乎省专案组的意料。说,不是几百万的问题,是上千万,不只是买官卖官,土地比乌纱帽更值钱,某房地产开发商,一次就给了他50万,他还嫌少,后来又送了50万。说,买官卖官,也不是一次性交易,逢年过节,红白喜事,都得送红包,一次两三万三五万不等,200多人10年是多少?说,女人,不是20个,50个都不止,比得上古早时皇帝的三宫六院。说,坦白的人都带着钱去,坦白多少交多少,为的是两个字:从宽。钱太多,专案组收不过来,和某银行挂钩,由银行派人来,专车专人接送,武装押运。说,坦白的交了钱写了检查就放人。说,有一个人坦了白交了钱,放出来后以,逢人就说,组织上对我什么印象,组织上还信任我吗?怕是得神经病了。说,也有几个没放的,因为数额太大。这几个人都有名有姓……

　　网上也热闹得很,不但有人名,还有照片,有情节。有人被人肉搜索,弄出许多与牛厅长一案不相干的事情来,当然,也是腐败。人们都说,这下不是单本戏,成连续剧了。

　　人心惶惶。中层以上干部上街,无不被人指指点点,有的不当回事,有的就少上街或干脆不上街了。不上街的更遭,人们便传他已经"进去了"。他的家属子女就倒霉了,小小的海滨县城谁不认识谁啊?好心的就说,你们家某某没事吧?不怀好意的,就在远远的地方指着他们说东道西。

　　各单位领导想出一招,就是经常开会,一开会,所有的领导都到场,都讲话。有出公差的,主官就在会上讲,某某到市里,到省里开什么会了。如果主官出差,主持工作的领导就说,某局长某书记某镇长到市里省里开什么会了。

方曙是少数几个上街不被指指点点的中层领导之一。人们都知道他是省专案组的联络员。有的还和他套近乎，想从他嘴里套出内部消息。方曙把手一摊，一脸无奈，我和你们一样，什么都不知道。他越是这样就越神秘，人们越想和他套近乎。他只好也不上街了。上班下班也是来去匆匆，不敢在街上多有逗留。

这天中午，方曙下班回到家中，李燕已经在厨房里忙开了，她听到门声，笑嘻嘻地走出来，对在玄关换拖鞋的丈夫说，喂，又有新闻你听不听。方曙说，不听，全是垃圾信息。

方曙所有来自民间的信息几乎全是妻子带给他的。他说不听，有时是因为听烦了，不想听，有时是激将法。视心情而定。

李燕一个趔转，回到厨房。虽年近30，她依然轻盈漂亮，无忧无虑。她在厨房说，这新闻是家里的，听不听？与社会无关？方曙倒了一杯凉水，正要喝，李燕一趔，转到他的面前，夺下杯子说，不准喝冷水，喝出胃病来，我怎么向我大家交代？你可是我大家的宝贝儿子啊。说着便开心地笑，告诉你，做人家的儿媳妇是很难做的。你得支持我。她换了一杯热水，递到他手上。

我叔叔打电话到家里，说还是要回来，从厦门走。方曙知道，她叔叔原来的计划是从北京到西安，然后到上海，从上海回新加坡。计划好好的怎么又变了？她说，我也不知道。是想再看看他的宝贝侄女婿吧。对了，刚才有一个电话，是找你的，女的，她笑了一下，真是女的，不跟你开玩笑。声音甜甜的。方曙看了一下来电显示，这个电话号码有点熟悉，却想不起来。

吃饭的时候，方曙突然想起，是刘丁一家的电话。放下筷子，找出机关的电话本子一查，果然。想到安诗人关于刘丁一得病的说法，心中顿然有些紧张。难道传闻是真的？

吃过饭，他便说要出去一下。这是违反常规的，他每天中午都得午睡，哪怕是半个小时，否则，整个下午便昏昏沉沉，无法工作。这也是机关工作养成的习惯。而中午，常常是夫妻的好时光。因为妻子有时上夜班，他们便在中午，把晚上要做的事情给做了。李燕说，不睡了？他说，不了。真去找那个女的？方曙点了点头。李燕说要不要我和你一起去？方曙说，要不放心，就一起去吧。她说，谁稀罕谁去，我乐得自由自在，睡个安稳觉，省得被人家性骚扰。她笑嘻嘻地说，去吧去吧，我放心，一百个心都放着哩。方曙想，刘丁一肯定不在家，他家只有妻子和女儿，和妻子一起去，倒也方便得多。就说，走，我说真的，一起去。真的？李燕喜出望外。

他们走到竹下巷，一股臭气迎面袭来。李燕用手掩着鼻子，方曙皱了一下眉头。这臭气来自柳河。这河到了非治理不可的时候了，要是我当县委书记，第一个要做的事就是治理柳河。这样想着，方曙不禁又自嘲地笑了一下，轮到你的时候，竹下巷的人恐怕早都熏死光了。

方曙夫妇来到竹下巷口，看到一对盲人坐在树下的石头上唱歌。他们唱的是闽南歌仔，这种说唱消失了好些时日，不知什么时候又冒了出来。乐器是一把月琴，男弹女唱，女的一边唱，一边用竹板打节奏。有时男女对唱；有时，男的自弹自唱，女的只在旁边打节助兴，视情形而定。他们的脚下放着一个小塘瓷盆子，有人往里面扔硬币，也有人蹲下去，把钞票放在盆子里。硬币也好，纸钞也好，大都是一块钱。"……新酒不及旧酒的香，新车不比旧车按（牢固），破鞋好底不甘放，皮包用久色愈红，想起前妻情意重，银炉不比我的旧古铜，霜雪愈压梅花愈香，洞箫吹久声贤陈。紧去睏，呣免等，我的前妻还在世间，断无侥心（变心）阁再娶偏房。……"方曙听着，仿佛唱的是芗剧《卢梦仙》的段子。李燕居然还能跟着唱一两句。生长在闽南乡下的孩子，大都会哼一两句芗剧。在方曙听来，这芗剧小调虽然有点沧桑与凄凉，却又包含着某种底层生活的活力与温情，让人听来十分感动。

有一个扫街的女工站在另一棵树下，听得有点入迷，手不动了。长长的竹扫帚很安静地在她的脚下趴开。一个乞丐在垃圾箱边打瞌睡。午后的阳光懒洋洋地照着石板路面。方曙与妻子不自觉地相视一笑。他的手不自觉地动了一下，李燕小声说我来，她蹲下去，在塘瓷盆里放了一张10元钱。这里远离闹市区，远离机关驻地，从容、安静、懒散。他们没有遇见一个熟人，自由自在。要不是想到刘丁一家，方曙真想坐下来听芗剧。在方曙的眼里，这里是海滨城最幸福的一个角落。李燕吸吸鼻子说，现在好像没刚才臭。方曙说，久闻不知其臭，习惯就好。李燕笑着说，什么理论啊，我大官的儿子。

方曙夫妻在刘丁一家门口敲门，没人应，推门进去，厅里也没有，房里有人低声哭泣，他们就直接到了房间。刘丁一的妻子邱老师看到方曙夫妻并不感到意外，向他们凄然一笑，说，你们看这孩子，就是不去上学，眼看都快高考了，前途都不要了。你们说急不急人？

方曙的心一下子就放了下来。他原以为她打电话是因为刘丁一真生了重病，被放回家里。看样子，安静的信息不准确。那种女人的话本来就不可信，他却信以为真，方曙为自己感到悲哀。

原来，社会上的传闻已经传到学校，同学们窃窃私语，指指点点，某某的父亲，某某的母亲与牛金星如何如何。女生们的神态怪异，看到她来了，却又不说话。连平时和她接近的同学，也明显地和她疏远了，刘丁一的女儿感到抬不起头，干脆就回家了。她不是第一个回家的，在她之前，已经有好几位县里中层干部的子女回家不上学了，有一个男生，听说是公安局一位副局长的儿子，不但和议论的男生打架，还扬言要拿枪把他们一个个打死。

方曙和她的母亲左劝右劝，女孩子就是不说话，只是掉眼泪。眼看上班的时间到了，方曙不能再待下去了，当母亲的也要去上课了。李燕说，你们走吧，我陪她。

大家走后，小刘说，阿姨你也走吧，我没事。李燕说，别叫阿姨，把我叫老了，我可不依。叫大姐。小刘说，大姐你走吧，你不是也要上班吗？李燕说，我不上班，我上的是晚班。小刘有点意外，当干部的还有上晚班？李燕说，我不是干部，在一家外资企业上班。你们家方叔叔不是领导吗，你怎么会在那种地方上班啊？李燕笑着说，不是方叔叔是方大哥，没记性。我没本事，没文凭，只能当工人，三班倒。小刘不说话。李燕又说，小刘，你傻呀，不上学考不上大学，将来就和我一样，三班倒。叫什么？白领还是蓝领？小刘说，蓝领。李燕说，就是就是，人一忙一累没工夫洗衣裳，连领子都变蓝变黑了。小刘笑了一下说，不是那个意思。人家这个词是从英语来的，最初是因为工作服的颜色，那个时候，在美国，大多数从事体力劳动的工人，由工厂统一发工作服，还有帽子。李燕说，你懂的比大姐多得多啊，懂的这么多，将来和大姐一样当蓝领，多可惜。你真的不读书，以后当蓝领，干粗活，和姐姐一样三班倒，受苦受累？不单单是受苦受累，找对象也难找啊。小刘说，姐姐怎么就找了个这么好的？李燕说那个方曙好吗？是有点好，她自问自答，又没心没肺地笑了一阵子，说，这是缘分。于是她就给她讲他们认识的过程。说，人家当时可是为了送他的同学，也是大学生啊。要不是我运气好，哪有我的份儿？小刘不说话。李燕也不说话，她不着急，离晚上上班还早得很。她自言自语地说，可不是所有人都有李燕这个运气。蓝领，再嫁一个蓝领，然后生一个小蓝领，祖祖辈辈蓝下去，不说领子，连脸都蓝了……小刘扑哧一笑，说，姐姐别说了，我不当蓝领。李燕说，那就得读书考大学。小刘又不说话，眼睛看着天花板，过了一会儿，说，姐姐你说，我爸爸是坏人吗？李燕说，我们家方曙说你爸爸是好人。小刘，要我想，不管别人怎么说，爸爸对于女儿，永远是好人。小刘翻身坐起说，姐姐，我听你的。李燕把椅子上的衣服扔给她，说，那我们一起到学校去。不管人家说什么怎么说，都当耳边风，这个耳朵进去，那个耳朵出来。读我们自己的书。我们不为别人活着，我们为自己活着。

李燕把小刘送到学校，回来的路上，忍不住给方曙打了个手机，说，我把她送到学校里去了。想通了？想通了。你老婆厉害吧？我告诉你，满天下找不到这样厉害的好老婆。方曙说臭美了吧。李燕在路上咯咯咯地笑。方曙说，你拐到实验小学告诉邱老师一声，省得她担心。李燕说，遵命，领导。方曙说，好好干，领导晚上会犒劳你。省点力吧，我上夜班。方曙在电话里哈哈大笑。

/9/

有一个星期，方曙无事可做。鞠大姐不来电话，他也不知道该做什么，只好在办公室里翻报纸，看《新华文摘》、上网、泡茶。自己给自己泡茶，没人来。人们都不来，这是个敏感的地方。他也不"串门"。他是个敏感的人，他到哪里哪里的人都感到紧张。往日，高主任从门口过，会向他笑一笑，招招手，最近几天，也不招手，也不笑，匆匆而过，显得很忙的样子。

方曙报纸翻烦了，杂志看累了，就上网，点来点去点花了眼，就端一杯茶，站在窗边，看院子里的英雄树，看蓝天和白云。这些天，树上的英雄花快掉光了，枝枝丫丫上，零零星星几点红，红也不是艳红，惨红，有些凄凉。

听说这三棵木棉树已经有上百年的历史了。他弄不清为什么木棉树也叫攀枝花，也叫英雄树。小时候对本地的木棉树没什么感觉，所谓熟视无睹。他是读大学时，在老片子《红色娘子军》上第一次强烈感觉到这种树这种花的。音乐让它显得格外地壮美，甚至有点夸张。

其实，这花应该叫攀枝花，攀在高高的树枝上，风光，但有些勉强，一旦落下来，由于太高，便十分地沉重和惨烈。

方曙感受到自己的孤独。他被所有人都抛弃了。他想给朋友打电话，聊聊天，想了好久，却不知道给谁打。他突然发现，他已经没有朋友了。几年的机关生活，把自己束缚起来了，原来学校的同事没有来往了。开头，他还想着与他们来往，主动上门，可是，他很快就发现，他们已经没有多少共同语言了。他干脆回到自己的书房，看看书，写写东西。他的所谓的朋友，其实也是机关里比较谈得来的几位中层领导。而如今，给谁打电话聊天都不合适。

萧晚秋突然跳进他的脑际。她像芗剧小调一样的平和而忧伤。继之而来的是鞠组长，她的从容与优雅，如一幅西方的宗教画。和她们相比，妻子李燕更显得鲜活可爱，像山野间一条欢快的小溪。

无聊了吧，方曙对自己说。

方曙从来没有这么无聊过。他不知道他的命运已经发生了变化。他不属于他自己，他属于组织。组织安排他的生活。

这时，电话铃响起，如寂静天空中响起一串悠远的钟声，让方曙有些兴奋。

电话是县委书记林义中的秘书打来的，他说，林书记请你到他办公室去一下。

方曙没想到鞠姗姗组长也在林书记的办公室。她笑吟吟地对他说，没想到吧。方曙傻笑了一下。林书记说，鞠组长有话和你说，你坐。秘书泡了茶就离开了，办公室就他们三个人。他们都在沙发上坐下来，鞠姗姗居中，林书记与方曙分两边坐。在坐下来之际，鞠组长与林书记就座位相互谦让了一回，最后鞠姗姗说了句客随主便，才在中间坐下来。

鞠组长说，小方，牛金星的案情有了新进展，牵连到省市的一些领导同志，组织上决定把专案组移到省里。刚才和林书记商量，想让你参加专案组，也到省里去。不过，这不是硬性的决定，想征求你的意见。方曙感到意外，不管是案件还是关于他的决定，都出乎他的想象。他看了一下林书记，林义中只是微笑。鞠姗姗说，我们都尊重你的选择，可以去，也可以不去。方曙想起父亲对于他当纪委联络员的态度，父亲的想法代表着老百姓的一般看法。还是回到民间好。他傻笑一下，说，感谢组织的信任，但是我想，我还是不去的好，上面不习惯。鞠姗姗笑了一下说，好，不勉强不让你为难。不过，你还是我们的联络员，你在这里，我们有事还找你。她说着，看了林书记一眼，林书记点了点头。看来，他的这种态度，他们早有准备，而她的意见也是他们商量的"预案"之一。鞠姗姗说，我们明后天就走，这次到海滨，我的最大收获，就是认识了林书记和你，小方。林义中哈哈大笑，说，你喜欢小方，别把我扯进去当陪衬。鞠姗姗说，他让我想起我的弟弟。语气中有些伤感。方曙与林义中对看了一下，不知该说什么。鞠姗姗说他已经走了，不提他了。我给你一张名片，以后到北京可以找我。方曙看名片，原来鞠姗姗不在纪检部门工作，她也是临时被抽调来的。她是北京一个文化部门的领导，副司长。临走，鞠姗姗又对方曙说了一句，你的文章我喜欢。

　　鞠姗姗走后，方曙一时不知如何是好，傻站在那里。林书记说，文人气质，她是我们的校友，复旦中文系。她喜欢你，有点感情用事，想让你去当她的秘书，和我商量，我不好反对。你做得对。

　　方曙笑了一下，这一下不是傻笑。

　　他们重新坐下来。林书记说，高子山出了一点问题，组织上已经研究决定，让你接他的位子。方曙说，我怕做不好，还是让老同志来主持好一些，这是一个大摊子。林义中说，已经定了，文件马上就下发了。方曙本来想问高主任出了什么事？没敢开口。这不是他应该知道的事情。林义中似乎看出他想问什么，接下去说，高子山工作能力是不错的，只是和牛厅长一案有点牵连，他的态度比较主动积极。方曙说，哦，高主任对我一直是很关心的。

　　林义中说，干部任用，组织部门有严格的程序，你必需在正科的岗位上做三年，三年之后才能上副处。为了工作方便，县委决定增补你为委员。

方曙说，谢谢林书记，我尽力吧。

另外，李开禧先生已经决定把项目放在我们县，以后，你可能要参加项目协调领导小组。林义中又说。

从林书记办公室走出来，方曙没有一点喜悦之情。他只觉得这世界有点怪。别人梦寐以求的东西，他得来全不费工夫。多少人为了升迁，努力又努力，跑上跑下，拉关系，找靠山，所谓"跑官"，还有……使钱。至今他还不敢相信买官卖官，这钱是怎么送上去的。何苦呢？出事了，坐立不安，得不偿失。

我方曙何功何德？就因为我会写文章？会写文章的人多了去，谁稀罕。工作认真负责？为了晋升，拼命在工作有所表现的人多了去。单有工作表现而无背景，在一般人眼中，无异于傻瓜。看来，林书记最后一句话才是他进步的内在原因。林书记把它说得很平淡，像是顺便说说，另外……是啊，这才是他们用他的真实目的。

关于方曙任职的文件第二天就下来了。行政科的人让他搬到高主任的办公室，方曙不搬，说习惯了。于是行政科的人在他办公室门口换了一块牌子。

牌子是在他下班的时候换的。上班时，方曙走到门口，犹豫了一下，好像哪里不对头，认真一看，是换了牌子，副主任室变成了主任室。同是白底黑字，由于新，白的特别白的，黑的特别黑，很吸引眼球。方曙有一种怪怪的感觉。行政科长不知道什么时候走到他的身边，说，方主任，还行吧，这牌子。行。他说着开门进去，行政科长跟了进来，说，方主任，司机的事……他还没说完，方曙就打断他的话，司机不动，什么都不动。原来怎么做，现在还怎么做。

县委办有两部小车，一部高主任专用，一部几个副主任共用。现在，高主任那部车理所当然归他专用，只是司机要由他挑选。方曙知道，司机是聘用的，听说是高子山的什么亲戚。他不用，就意味着他要被解聘，解聘就是失业。他不想这样做。

高主任的司机叫高大路，是从部队复退的年轻人，清秀文静。有一次，方曙坐高主任的车，两人一起到乡下调研。路上，高主任对司机说，阿路，我听说你们小车班，不出车的时候就打老K，方主任是秀才，你得好好向他学习，不出车就看看书。司机说，知道。高主任转而对方曙说，他高中毕业，没考上大学，才去当兵。

下班的时候，大路来到方曙的办公室。方曙说，阿路，今不出差，你回去吧。大路说，方主任，我送你回家。方曙说，我家近，不用送。高大路有些忧郁地看着他。方曙知道，接送领导上下班，是小车司机的任务。他说，这样吧，你今后不用接送，要是有空，就帮助清洁工做做卫生。大路为难地说，我帮她，她不会高兴的。为什么？她怕下岗。方曙想，也是。他的脑子里同时出现那个当清洁工的中年妇女的忧郁的眼神。说，要是你有决心，把空下来的时间拿来读书，订个计划，参加自考，拿文凭，大专，本科，一路拿下去。有机会再考个公务员什么的。高大路说，方主任，我听你的。他犹豫了一下，又说，方主任，要真能这样，我一辈子都感激你，说真的，我叔都没对我这么好。高主任是你叔，亲的？方大路点了点头。方曙有点意外。

回家时，妻子听到门声，大声喊，主任回来。方曙不理她，在玄关换鞋子，她又说，怎么没听到汽车声？这么近还坐车？派头啊，她说，说着便很开心地笑。什么时候也让我也风光风光，把车子开到我们厂门口，不，直接开到车间大门口。我先不下车，按几声喇叭再下车，车门得让司机开，还得让他用手挡住车门框，护着我的头……

方曙走到饭桌前，桌上空空如也。

方曙说，完了，升官把老婆升神经病了。李燕咯咯咯地笑着，说，老公放心，你老婆离神经病还有5里远。你家老丈人老泰山老岳父让你带老婆回家吃饭。方曙说，怎么不早说，省得换鞋子。李燕说，不是还早吗。现在就去，你岳母会说，哎呀，我女儿怎么嫁了个贪吃鬼啊！李燕说着，还装出母亲的样子，神态维妙维肖，十分可爱。方曙忍不住上前抱住她。她今天大转班，在家里睡觉，还穿着睡裙。方曙把手伸进去，说，我就是个贪吃鬼。李燕斜刁着眼，脸若桃花。来啊，不要钱的。

夫妻亲热一阵，穿好了衣服上路。路上，李燕说，要真把小车开到家里，你岳父岳母一定很高兴。方曙说，那就开吧，说着就拿出手机按号码。李燕说，真叫啊？我说着玩的。方曙说，哪里是真叫，吓你一下，让你长记性。李燕说，没良心的家伙。方曙说，吃了饭，回家一趟。她知道他说的是回他父母亲家，说，回去挨骂，我不去。方曙说，挨骂也得去，谁让你是人家的媳妇？李燕说，看在我老公的分儿上，还是去吧。方曙说，今天是什么日子？李燕说，什么时日也不是，你叔叔回来了，要看大哥的金龟婿。看不够？就是看不够，谁让你那么金看啊。

李燕说着便笑起来。这笑是爽朗透明而无忌的，仿佛幸福从她的心底涌出，向四周散开。方曙想，他哪辈子修来的福分啊，得到这样一个明亮、快乐的女人。

/ 10 /

这一天早上，方曙刚打开办公室门，电话铃便响起来，仿佛知道他来了。方曙一听电话铃声就心烦。这是他近日来落下的毛病。他不知道为什么一听电话就心跳加快，烦躁如蚂蚁一般地爬遍全身。按理说，他方曙升官了，春风得意了，应该高兴应该喜欢听电话。坐在宽大的办公桌后边很有风度地提起话筒，再很有气质地说一声你好，我是某某。在外人看起来，是很有身份很舒心的事。

可是方曙没有升官的喜悦，却徒增了无名的烦恼。忧郁的云笼罩心头，挥之不去。

窗外的英雄花全落光了。光颓颓的枝杈上长出些许翠绿。人们都说红花要有绿叶扶持，而这英雄花却怪，开花的时候火红热烈，不要绿叶的陪衬，花掉光了，叶子却长出来了。

方曙慢吞吞走进来，把包放在办公桌上，看着微微颤动的电话机子，像在看一只会叫的大蟾蜍。电话铃声在办公室里打转，在他的身边跳来跳去，挑逗着他的情绪。方曙很生气，不接，就是不接。

电话声停了。方曙又有些后悔，万一是领导的电话怎么办？

然而，不一会儿，电话铃声再次响起，不屈不挠。

方曙只好拿起话筒，说了声你好。那边说，出去了吗？怎么这么久不接电话，听出我的声音了吗？方曙说，是鞠组长啊，有点小事耽搁了一下，刚进门。又叫错了不是。方曙傻笑了一下说，鞠大姐鞠大姐。鞠大姐说，这就对了。方曙说，有任务？鞠大姐说，没任务就不能打电话？你这个小方啊，我怎么说你呢？都一个多月了，也不给我打电话，把鞠大姐给忘了吧？方曙说，没有没有，是不敢打，怕影响您的工作。鞠大姐说，是怕人家说闲话吧？有一点。方曙承认。鞠姗姗便笑了，方曙能想象出她的笑容，很亲切，很平和的样子。小方，我工作的那个单位不是有一本杂志吗？你给他们写一篇文章吧。

方曙知道鞠姗姗他们单位主办的杂志，是综合性文化刊物，有品位，也很有知名度。许多作家把能在这本杂志上发表文章当成一种荣耀。我行吗？方曙有点意外，又有点激动。你行的。随便写点什么，散文随笔，三四千字，不要太长。随便写？当然，你想写什么就写什么。好的。谢谢鞠大姐。写完了，就发到我的电子信箱。好的。

方曙想问问刘丁一的事，不敢开口。工作怎么样？忙，没意思。鞠姗姗笑了一下。他又说，真的没意思。鞠大姐回北京了吗？这是试探，意思是专案完了吗？鞠姗姗说，快了，扫了尾就回去。回去的时候我会告诉你，我们秋天要会开一次笔会，到时候请你来参加。不知道你能不能抽出时间？林书记那里，我替你说，半个月，全国各地的作家，大家交流一下，然后就到内蒙走一走，看看草原。

放下电话，方曙很兴奋，兴奋之后，有一点纳闷，鞠姗姗怎么一句也没提到专案组的事？她上次不是说，我还是专案组的联络员吗？也许案件真的快结束了。看来刘丁一凶多吉少。到现在还不回来，一定是要转逮捕要判刑了。难道他真的有问题？无论如何，方曙还是觉得刘丁一是无辜的。他听的是一面之词，但他的直觉告诉他，刘丁一说的是真话。不是牛厅长说了假话，就是那个开发商说了假话，他们两个都说了假话。然而，他们没有必要合伙陷害一个小小的科级干部，更多的可能是，他们的记忆有误。没有证据，没有记录，更没有录音录像，口供就是证据，同一件事情，当三个当事人中的两个人口供一致时，第三个当事人注定要倒霉。当然，这一切都是方曙的想象。他想起一句古话："以曾子之贤，曾母之信，而三人疑之，则曾母不信也。"冤案有时并不是建立在有意的基础上的。你无意我无意他也无意，阴差阳错，便成不白之冤。这正是世界复杂之所在。

方曙坐在办公桌后面的椅子上，这椅子也是新近行政科给换的，坐起来果然舒服。今天格外安静。林书记到省里开会去了。第一把手离开，其他人就如放假一般地松了一口气。牛厅长一案尚未了结，许多人的内心惴惴不安，一切都在等待之中。

方曙突然想抽烟。他拉开文件柜，里面有行政科昨天送来的两条"大中华"，他不会抽烟，也从来没有想到抽烟。也许，就是两条躺在柜子里的大中华的诱惑吧。行政科的同志说，这是为了接待，主任室常有外人来，泡个茶递个烟，这是起码的礼貌。行政科的同志不但给了烟，还放了两个精致的打火机。方曙闻到烟的香气，手痒痒的。他在烟盒上摸了摸，这两条烟少说也要几百元吧。行政科每年花在接待方面，100万下不来。这难道不是腐败？可是没人反。方曙很生气地把烟扔回去。

没事就看书吧。可他一点也看不下去。眼光浮在字面上，飘来飘去，却不知道上面说些什么。

方曙想到萧晚秋，就给她挂了个电话。萧大姐，听出我是谁了吗？他说。萧晚秋在电话里笑，小方吧。你们收到我的报告了吗？什么报告？我的辞职报告。萧大姐要辞职？是的，我已经口头上向林书记汇报过了。报告可能很快就会到你们那里。不会到我们这里，会在统战部或者组织部。萧大姐你想好了，真不干了？我本来就是个医生，还是当我的医生好。方曙说，我想也是。小方你支持我？是的，萧大姐我理解你，也支持你。连我都不想干了。话刚出口，方曙自己愣了一下，我怎么这么说？方曙突然明白了，这脱口而出的话，是自己心里的真实想法。萧晚秋在电话里说，你和我不一样，你得干，得当官，而且要越当越大。说着便在电话里笑，笑得很开心。方曙说，我真的不想干，没骗你，萧大姐。

放下电话，方曙重新审视自己刚才脱口而出的话。的确，这是自己的真实想法。连日来的郁闷仿佛顺着刚才的那句话跑出去了，他伸了伸双臂，大叫一声，感到无比轻松。

下班回家，方曙对妻子说，你叔叔不是想让我到他那里去吗？李燕说是啊。可是，我老公是政府官员，能去吗？能。方曙说得很大声。

李燕睁大眼睛看着自己的丈夫，上上下下地打量着，样子很认真，也很夸张。我的番薯啊，我们想到一起了。说着便跳起来，挂在他的脖子上，亲他。她说的是本地话。

自从他给自己起了大名之后，用本地话叫他番薯的，只有他的母亲。没想到妻子也叫了起来。看来，她是有想法的。这个没心没肺的女人！

方曙想，我本来就是个土生土长的地瓜，却给自己起了一个文绉绉的名字，实在没必要。

虚拟世界

/1/

一个少年家在一家小店吃饭,一边吃饭一边看电视。吃也没认真吃,看也没认真看。他实际上处在一种恍惚之中,思绪浪迹天涯。

这是一个黄昏,平平常常的黄昏。街上人来人往,热闹非凡。正是下班高峰,人群中大都是接小孩子放学的,父子、母子、父女、母女,或者是爷爷和孙子、爷爷和孙女、奶奶和孙子、奶奶和孙女,当然,还有外婆外公和外孙外孙女。这是很具中国特色的黄昏。这种光景绝不会在世界上其他任何国家发生。

这座城市是千年古城,说小不小说大不大,中等,官方公布的数字,城区50万人,实际上可能会多于这个数,有人估计,在70万人左右。这条街道是千年古街,叫南门街,临江,就在离这间小店不远的地方,有一座石牌坊,听说是300年前康熙皇帝御赐。这不稀罕,全国各地皇帝御赐的石牌坊多了去,稀罕的是那青石雕刻的牌坊上,雕刻着许多头戴"招票"手持"洞角"的"番仔"。闽南话"番仔"就是洋人,"招票"是洋式礼帽,"洞角"是文明棍,西式手杖。你说300年前哪来那么多洋人?这些洋人又是如何跑到石牌坊上去的?这就是这座小城的奇特之处了。而这间小小的饮食店,也是全国知名的,叫龙州小吃。龙州是这座城市的名称。可惜没人牵头把龙州小吃搞成全国甚至全世界的连锁店，以至于这样的小店上不了档次，只能如天女散花一般地散落在全国各个城市。这花不是国色天香、高贵的牡丹，也不是西方流行的爱情花玫瑰，是闽南山野四处可见的野菊花。经济实惠，花样别致而又清甜可口，是龙州小吃的主要特色。

这少年家吃的是套餐，一份9元钱，干饭、青菜、一条五香和一个荷包蛋。龙州五香，香脆其外，柔实其内，肉、葱、豆皮，外加五香粉。简单，就是好吃。怎么做？人家保密，谁也说不出来。他常来，三餐都来，早上，稀饭臭头粿和咸菜。臭头粿是大米做的，怎么这样的与众不同？咸菜是用潮州芥菜腌制的，怎么腌这么清脆甜美入口，人家也不说。中午和晚上就是这样的套餐，不变。点了饭，他就坐在那里默默地吃。开头，他还说要什么，以后就不说了，进来就坐在那里，老板娘便会让人给他送上他要的饭菜。有时，老板娘会亲自送，还外加一份汤，不收钱。他便抬头看了她一下，然后埋头吃饭，不说谢谢。老板娘朝他笑了一下，也不说话。开头，他们一餐算一次钱，以后，一个月结算一次。

有一两次，他有事没来吃饭，老板娘便会站在门口张望，嘴里念叨着，怎么没来，是不是病了？没人听见她的话，因为她的旁边没人，她也不是讲给别人听的。这叫自言自语。老板娘本来没这个毛病，自从他出现之后，才患上，她不自觉。

老板娘不知道他叫什么，也不知道他在哪里打工。当然，肯定是打工，日子好过不会天天到她的店里来吃饭。她见多了，开头到她这里吃饭，以后便西装革履，开上小汽车，就不上她这里来吃了。

老板娘对他的惦念，一是看他可怜，二是听他口音，有点像老乡。还有一点，他长得像她一年前过世的弟弟，这一点，连她的丈夫也看出来了。他第一次来，丈夫就说，吓我一跳，怎么这么像。

老板娘看样子还很年轻，要不是她丈夫时不时地在店里出现，人们会认为她还没结婚。

老板娘很勤快，头脑灵活，动作利索。店是小店，一两个请来的女工，不是懒就是馋，所以经常换，有时接不上，就她一个人忙里忙外，实在忙不过来她才叫她丈夫。她丈夫平时总是躲在小阁楼上，听到她叫唤，才下来帮忙，客人少了，他又缩回阁楼上。她唤他，只是站在楼梯口，叫一声喂，他便应声下来。不知道他在阁楼上干什么。阁楼就那么一丁点大，一个大男人整天缩在里头，也不嫌闷。她一个人忙，不生气，仿佛习惯了，仿佛说好了，一旦客人少了，她就笑嘻嘻地说，上去上去。他也就上去了。

由于常换小工，她的店门口常常贴着招工布告，粉红广告纸，大红黑体字。两本杂志大小，贴在玻璃门上，很抢眼。

有一天傍晚，他来吃饭，看到门上的招工布告，就站在那里看了好一会儿。她走出来说，有什么好看的，吃饭吧，不饿？他说，这布告谁写的？她小声说，是我丈夫用电脑写的。他睁大眼睛，把她从头到脚看了一番，说，大姐结婚了？她点了点头。她在他的脸上看到一种奇怪的表情，这表情是什么？她一时弄不清楚。然而这不清不楚的表情却让她的心动了一下。她下意识地摸了一下自己的脸，好像有点发烧。她心烦意乱起来，说，吃饭吧，你。转身进了店。

她为自己的情绪变化有些恼火。这时，有位顾客进来，说，老板娘，来份套餐，要荷包蛋，不要豆腐干。她说，荷包蛋没了。那位顾客看着她手上的盘子说，那不是荷包蛋吗？她正给他端饭，他的套餐上的确盖着一个荷包蛋。她的脸红了，说，这是最后一个。其实，今天的荷包蛋早卖完了，这是她特地为他留的。那顾客说，我到别处看看，转身走人。她把他的套餐放在他的传统位子上，又给他端来一罐汤。这汤和以前不一样，以前的汤是大锅紫菜汤，这汤是炖罐汤，排骨酸菜汤。他说，我不要汤。她说，不收你的钱。他说，不收钱我也不要。

老板娘在他的身边站了一会儿，想说什么，却一句也没说。他默默地吃着饭。吃了几口，抬头看了她一下，把汤移近，喝了一口。她这才走开了。

在走开的一刹那间,她突然明白了他刚才听到她有丈夫时的表情,那表情叫失落。她的心跳了一下。

这店面很小,3米多宽,10米多深,在8米深处隔了道玻璃墙,里面是操作间,外面是营业厅,摆6张桌子,3张一排,对看,每张桌子可以坐4个人。她在操作间里,一边洗刷碗筷,一边偷偷地看他。已经过了吃饭的高峰期,厅里只有零星几人。电视机挂在墙上。他时不时地抬头看电视,偶尔,转过头来看她。他一转头,她立即把自己闪到他看不见的地方。

她想,不仅是他的外貌,而且是他的忧郁和孤单打动了她。与弟弟长相相像,只是一个诱因,一个亲切的切入点。

他吃完了,却不知道该怎么办,走,还是不走。每次,他都是吃完饭就走,今天有点特别。以前,他偶尔转头看后面的操作间,总会看到她朝他微笑,有时甚至会朝他点头,问他还要不要添点什么。而今天,他每次转头,都看不到她的脸。但他知道,她一直在看他。

一股暖流在心中流淌。他有一种冲动,想过去叫声大姐。他却莫名其妙地站起来,向门口走去。他希望她叫住他。可这时,来了一对老年顾客,说老板娘,来两碗龙州卤面,再烫一盘青菜,有新鲜的青菜吗?他听到她说,有有,二位请坐,马上就好。他只好走了。

晚上,清闲下来,老板娘坐在床边,拿小镜子照自己的脸,对坐在电脑前的丈夫说,老公,你说我还行吧?丈夫说,行。丈夫的头没抬起来,他正在网上和网友聊QQ。她也不再说什么,摸摸自己的脸,又摸摸自己的胸,说我睡了。睡吧睡吧,忙一天了,丈夫说,我再看看。她看了他一眼,见他还是没抬头,有点落寞,说,我真睡了。丈夫没有回答。她突然想起弟弟的事。又抬起身子说,这个月的信寄走了吗?寄了寄了。丈夫说,一月说一次谎,我都想不出什么新鲜话了。寄了就好。她重新躺下去,一会儿就睡着了。弟弟没了,可她每个月都让丈夫以弟弟的名义,给家里写信。弟弟是父母亲的希望,家里不能没有弟弟,能瞒多久就瞒多久。

他有几天没来吃饭,这让她十分牵挂。她怕他像这城里所有的顾客一样,说不来就不来,消失得无影无踪。她不知道他叫什么,在哪里打工,更没有他的手机号码。他不来,就永远也找不着他。

说到底,他是她的什么人?什么也不是。不来就算了。她叹了一口气。店里今天来了两个新女工,她们穿着她做的工作服,她在工作服的胸口上绣了两个字:如意。这是她的创意。她还想,把招牌翻新,写上:龙州如意小吃。

/2/

不来就不来吧。可是他又来了。

一天中午,一个外国女人进了她的店。个子高高、鼻子钩钩、眼睛蓝蓝、头发红红。这是个我们常见的外国女人,远看还行,近看,有点粗糙。不过,外国人有外国人的样子,看惯了就好。老板娘不是没见过外国女人,只是这些外国女人从来不进她的店,她的店太小,装修也很一般,吸引不了人家外国人的眼球。来了外国女人,她连忙迎了上去,迎上去还说了一句OK,这是她从电视上学来的。这时正值吃饭高峰,所有就餐的中国人都好奇地把目光集中到她们身上。外国女人笑容可掬地指着墙上各种小吃的价目表,咿里哇啦地说了一通,老板娘不知道她要的是哪一种,试着指一种,她摇头,再指一种,她还是摇头。外国女人自己伸手,从第一种开始,一种一种地点过去,她似乎明白了,她点一种,她就报出价格,卤面,5块,她把一只手掌伸出去;干拌面,6块,她又伸出了一根食指;猪蹄面,10块,她把两只手掌一起伸出去,张开所有的指头,并朝她笑了一下。外国女人大笑,她以为她要的就是猪蹄面了,吩咐新来的小妹快去拿,外国女人却使劲地摇头。有一位吃饭的女客人说,这外国查某(闽南话,女人)也太小气了吧。另一个说,这外国查某不是专门来找碴儿的吧。说话的是个小伙子。老板娘看了他一眼，她不相信这外国女人会那么没水准。那外国女人，干脆就走到里间，指着里面的东西，又咿里哇啦地说了一通。所有人都跟了过去，看热闹是中国人的特殊爱好。

正在这时，他来了。他看到这么多人都往里挤，愣了一下，接着就看到那个外国女人，而老板娘看到了他，立即吩咐给他盛饭，他摆摆手，说，怎么回事？她说不知道。外国女人看来了个新人，便指着墙上的菜单，朝他又咿里哇啦一通。他微笑了一下，很有礼貌地做了一个手势，请她坐下来。

老板娘第一次看他微笑，这么久了，这是他在她面前出现的第一个笑容，虽然不是给她的。他的微笑真好看，怎么个好看法她说不上来。看他微笑，她就知道他是个有本事，很自信，又很谦虚的人。这外国女人背了个背包，和我们的小学生一样的背包，她把背包放在椅子上，还从旁边拿出一个杯子，放在桌子上。外国女人坐定之后，他回头对老板娘说，她说她每一样都要来一点，她不是为了吃饱，是想尝一尝，试一试，看看中国的小吃是不是传说中的那么神奇。她朝他笑了一下，这一笑十分甜蜜，她自己没有觉察到，他却愣了一下。还没有等他回味过来，她已经转身入内，亲自操办去了。

一会儿，她端出两个盘子，里面各色俱全。而且摆放得十分好看。红黄绿白，配搭得十分协调。这就是她冰雪聪明之处，无师自通，知道色、香、味，一样都不能少。那外国女人"哈"的一声，站起来，和她拥抱了一下，接着，又跑过来，和他拥抱了一下。然后坐下来，专心地品尝。他要了他的套餐，坐在她的对面吃起来。他们一边吃一边说话，说的全是外国话，叽里呱啦，还时不时地放声大笑。

店里店外，围着一群看热闹的人，吃完了的舍不得走。新来的忘了点菜，连两个新招的女工，也乐得忘了自己的工作。没人怪她们，因为大家都忘了吃饭，只顾看一个外国女人和一个中国小伙子一边吃饭一边聊天。

老板娘看着他说话，看着他笑，十分陶醉。她的脑子里不断地浮现出她弟弟的影子。弟弟在和她讲起学校里的事，也和他现在一样开心地笑。他们居然连开心大笑的样子都如此相像。其实，她弟弟一年前就没了，可是她总是把他与弟弟混在一起。心中充满温柔。

那个外国女人真能吃，居然把两盘东西全吃光，连连对老板娘伸出两个大拇指，Bonne！临走，她在自己的本子上写了一些字，撕下来，递给他，又把她的本子给他，他就在她的本子上写了一些字，也是外国字，她看了一下，笑着说了些什么，他学着外国人的样子，摊了一下手，却什么也没说。她笑了一下，和他拥抱道别。走到门口，又返身走进来，和老板娘拥抱一下，指着他又说了一通。

他对老板娘说，这个外国女人是法国人。你会说法国话？她大吃一惊，她原以为说的是英国话，现在很多中国人都会说，连她也会 OK 一下。却没想到他居然能说法国话。他点了点头，她说，你还会说哪国话？他说，英语、德语和日语。她不敢相信自己的耳朵。你没骗我吧。他笑了一下。今天很特别，从来没笑过的他，连连地笑了好几回。以前，她以为他得了人们常说的抑郁症，凭白无故地为他担着心。他说，她家在马赛，知道马赛吗？她摇头，马赛是法国的一座大城市，《马赛曲》是法国的国歌，就像我们的《义勇军进行曲》。

人们大都走了，只剩下几个没吃完饭的客人。他们都还有些兴奋，因为他们没有在这样的小店里遇见过外国人。他们议论着，大都评论那个外国女人的外貌。

他说，她叫戴妮丝，是个美食爱好者，到中国来，就是为了吃中国的小吃，一个城市一个城市吃过去，已经吃了 13 个城市，都是大城市，这是她来的第一座小城市，她没想到这里的小吃这么有特色，这么好吃，完全不亚于大都市。她说，她结婚了吗？她突然冒出这样的问题，连她自己也吃惊，不好意思地笑了一下。他说，她没说，我也没问，这是她的个人隐私。不能问，问了就没礼貌。戴妮丝说，你应该把小吃店开到法国去，先在她的家乡马赛，再拓展到巴黎和其他城市，不单单是法国，整个欧洲都可以试试，她对此很有信心。她留下她的地址和电子邮箱，说，如果你到马赛，可以去找她。

他把那外国女人留下来的字条递给她。她拿过来看了一下，全是豆芽钩子，又递了回去，说，放在你那里吧，反正我看不懂，真需要时，还得找你，通过你。你不是也给她留了地址吗？他笑了一下。她又说，这外国女人，你说叫什么？戴妮丝，人不错，就是长得不怎么好看。他说，外国人有外国人的样子，她这样子，在法国，是个大美人。

她愣了一下。难道他到过法国，看过许多法国美人？这么想着，也就脱口说了出来。他笑了一下，说，没出过国门，别说欧洲，就是我们的邻居朝鲜、越南也没去过。网络上、电影里不是有吗？她想，外国电影她也看过，就是分不清这是哪个国家的女人，而且在她看来，外国女人都相差无几，好看的不多。至于网络，她不懂。

/3/

他有好几天没来吃饭。老板娘有些牵挂，时不时到门口看看。其实她也知道，不到吃饭时间，他是不会出现的。

午后三四点是龙州如意小吃店一天最空闲的时候，老板娘对新来的小工说，看好店，我去邮局，一会儿就回来。她走出小店，拐到旁边一条小巷，拉出一辆带斗的自行车，这是她平时买菜用的车子。开店，许多人都让人把肉把菜什么的送上门，她却自己到市场采购，让人家送不但贵，质量还不能保证。龙州市场还没有发展完全，说话算数的商家不多，大都能糊就糊、能赚就赚，钱过手就不认人，毫无信誉可言，有了几次教训之后，她就把自行车改装成三轮车，辛苦一点，心里踏实。

在邮局门口，她锁了车抬起头，看到一个人在她身边上了一辆车，这个人就是经常到她店里吃饭，长得像她弟弟，会说外国话的忧郁的年轻人。那是辆红色小轿车，开车的是个时髦女人。他没看到她。她脱口"哎"的一声，连忙转过身去，她很自责，凭什么叫他，让他为难？她不知道他有没有看到她、认出她，她不敢再转身。低头在车座上摸来摸去，听到小轿车开走的声音，才转过身。她看着远去的红色的小轿车，心里有一种说不出的滋味。她自嘲地笑了一下。

今天本不应该她出来寄钱。往家里寄钱是丈夫的事，丈夫说他忙，抽不出空。整天坐在电脑前，不知道他在忙什么。但她从来不去问不去干涉。婚前，他们就有约定，要给各自保留自由的空间。"自由空间"这个概念是丈夫提出来的。丈夫初中毕业，高中没考上，却读出了不少新概念，"自由空间"是其中之一。丈夫解释半天，她听明白了，就是他喜欢做的事，她不能管。她答应了。从小她就看到父母亲经常为一些小事情吵架，而这样的小吵小闹大半是母亲引起的，母亲喜欢管父亲，管的又都是鸡毛蒜皮的小事，弄得大家不愉快。她不想过这样的日子，她喜欢平静安宁，平静与安宁有一种快乐。所以，她就认可了丈夫提出的各自保留自由空间的概念。实践证明，他们的小日子过得比她父母亲更平静更快乐。充分放松，从不吵架。

她走到柜台，向邮电小姐递上丈夫写好了的单子。小姐问，收款人叫什么？她说上面不是写得很清楚吗？打不出来。她说怎么打不出来，这个字不难写，又不是第一次到你们这里来寄钱。小姐打来打去，还是打不出来，问隔壁，隔壁的小姐也打不出来。老板娘说那个字就是忎，上面一个失，下面一个心，叫忎，也就是傻，没了心不就傻了吗？柜台里的两个小姐都笑了起来，笑归笑，还是打不出来，说，要不，就打傻吧，反正意思是一样的。她说不行，和身份证对不上，我父亲取不出来钱的。那两个小姐又笑，你父亲怎么起这名字？她笑着说，乡下嘛，他人不傻。你们再打打看。两位小姐凑在一起折腾了好一阵子，还是没折，她看她们额上冒出细细的汗珠子，有点不忍，就打丈夫的手机，她们说，阿爸的那个"恚"字打不出来。丈夫说，都打不出来，都打的是傻。她说，和身份证不符，阿爸怎么拿？丈夫说谁让他叫这个名字，电脑都没库存？村里打个证明就行了。她说，村里打证明多麻烦？丈夫说，村长不是你们的亲戚吗，麻烦什么？她一时无话。丈夫就挂了。

当初说亲的时候，父亲出于爱面子，把村长和他们家的关系说得十分亲近。算起来是，五服内，堂亲。平时，在人前，村长亲亲热热地喊父亲叔爷，一旦有事，就是另一号脸，没人民币开路，什么事都说不通。就连打结婚证开证明，父亲都要给他送烟和酒，虽不是什么好烟好酒，但对于山村人家，也是一份不小的开销。更何况，他们山村居住得分散，几十户人家分住在好几条山坳，去一趟不容易。她能想象出老爸为了领这张汇款单，要多花多少钱，多走多少路。再往前想，原来丈夫汇款全是打这个傻字，不知父亲走了多少冤枉路，花了多少冤枉钱！她心中便有一种说不出的凄楚。

不就是一个字吗？真有那么难？电脑里什么没有，都能演电影了。她想，这个邮电所的小姐打不出来，我就到大邮电所去，那里的小姐说不准能干一些。

她走到柜台前，和颜悦色地说，你们真打不出来那个"恚"字？她们说实在抱歉，打不出来。她说，那我到别的邮局看看，兴许她们能打出来。

她边走边看丈夫写的地址，目光在那个"恚"字上转了好几圈，心里好笑，大字不识一个的父亲怎么就起了这样一个让一帮文化人为难的名字呢？听父亲说，祖父上户口时，也难倒过乡派出所的同志，他们写不出这个"恚"字，祖父说，江阿恚，祖父说的是闽南本地话，管户籍的同志也是本乡本土的，会说，也知道意思，就是写不出来。这个"恚"字在闽南太普遍了，意思不就是普通话中的傻吗？但它偏偏读"恚"。管户籍的同志说换一个字不好吗？祖父说不换，起这名字好养。管户籍的同志也就不敢坚持，万一换了名字养不活，他负不起这个责任。正为难之际，所长走进来，说，高坑不是有个阿忐吗，查查那里是怎么写的？一翻，果然就找到了写法。所长说，高坑的那个阿忐，是真忐不是假"忐"，全村上下都叫他阿忐，土改分田地要上名字，难倒了土改队的同志，谁都写不出这个忐字。还是村里的老地主懂得，说，上面一个失，下面一个心。当时大家都很感兴趣，说，这名字有道理，把心丢了不就是忐吗？过后，有人说，地主不会是借这个字来骂我们没心肝吧？这一说，土改队的同志觉得有道理，就把老地主抓起来，开了一场斗争会。

有意思。老板娘笑了一下。这一笑不留神，迎面撞上一个年轻人，这人不是别人，正是刚才她看见的那个人。

大姐，他说，我看到你的车还在，就进来，这是我的饭钱。他把准备好了的钱递到她面前。

原来，刚才她看见他，他也看见她了。她叫他他不应，是因为他身边有一位时髦女人。他是有心人，细心人，认得她的三轮车。

你急什么？不来吃了？她说。他笑了笑，那笑，很像弟弟，弟弟做错了什么事，就这样的笑法。当然，他没有做错什么事，来不来吃饭是他的自由。他没必要感到不好意思。对于他的笑，她居然有一点于心不忍，不再说什么，把钱收下。他说，大姐，那我走了。她叫住他。他是个很有文化的人，连外国话都会写，一定知道这个"忐"在电脑里怎么打。他愣了一下。她说，有人等你吗？他脸红了一下，说没有。她走了，她是我们老板。她更于心不忍，她并没有打探他和谁在一起的意思。他这一点，也极像她的弟弟，弟弟做错了什么事，总是先把脸红一下，然后不打自招。这么想着，她居然有个冲动，想摸一下他的脸。她把手举起来，她当然不会去抚摸他的脸，而是把手上的单子捏到他的面前，把她面临的难题对他说了。他又一笑，很自信地走到柜台前，说，这字电脑里可以找到。里面两位小姐同时说,真的?他说,你们按我说的找找看。先打一个心字,选定,鼠标移到功能栏里的"插入",找到了吗?小姐说,找到了。他说,好,点一下,找到里面的"符号",找到了吗?小姐说,找到了。他说,点"符号",是不是出现有许多"心"字底的字,好,往下找,一个字一个字地看。他还没说完,其中一个小姐就高兴地说,找到了。

好了,大姐,我走了。他回过脸来对她说。她一直很专注地看着他的侧面,他的突然转头,使他们的脸贴得很近,他的鼻子甚至差一点撞上她的鼻子。她的脸红了,有点慌乱地说,多谢,多谢。他笑了一下。走了。她的目光跟着他走出大门,希望他回头看一下,可他没有。

柜台里的小姐还在兴奋地敲键盘,说,这下好了,以后什么字都难不倒我们了。其中一个小姐抬起头来说,他是你什么人,这么厉害啊?她脱口说,我弟弟。

走出邮电所,一阵风吹过来,把她的头发吹乱,也把她的脸颊吹热,不是吹热,是她的脸原来就发热,被凉风吹出感觉来了。她摸了摸自己的脸颊,他怎么就成了我弟弟?不害臊。

/4/

回到店里,她径直走到阁楼上,对正在玩电脑的丈夫说,那个字打出来了。丈夫抬起头,什么字?就是那个"惢"字。你猜是什么人打出来的吗?就是常到店里吃饭的那个少年家。那个会和法国女人说法国话、长得像弟弟的少年家。她说得有些兴奋。丈夫"哦"的一声,把她认真地看了一下,说,把他认了算了。认什么?弟弟啊。她说,人家哪里会看得起我们?再说了,他不来吃饭了,把饭钱都结清了。丈夫笑了笑,可惜了,又埋头继续玩他的电脑。

老板娘有些失落。她没来得及细细品味这种感觉,楼下新来的女工喊她,客人来了。她哎呀一声,可不是,吃饭的时间到了。丈夫抬起眼皮,斜睨着,看她匆匆下楼,想说什么,电脑里的QQ又叫响了,他赶紧埋头,与那个不知身在何方的"千年来一回"聊天。屏幕上有一个调皮的笑脸,动漫似的眨着大眼睛,招人喜欢,文字是"哥,你忙什么呢?"他笑了一下,在下是男是女都弄不清,"哥"什么"哥",他于是就回了一句话,"什么哥,猴哥还是猪哥?"对方立即回话,"猴哥有病,我叫的自然是猪哥喽。"丈夫笑了,笑得很开心,回话,"不是盘丝洞,别叫得那么肉麻。"

刚才楼下小女工喊的不是老板娘,而是英姐,英姐是老板娘的名字,她身份证上的名字叫江水英,和"文革"中的革命样板戏《龙江颂》的女一号的名字一字不差。不知为什么,也许是巧合。她父亲姓江,祖父姓江,他们村都姓江,水英,水中之花,很一般,她叫水英,弟弟叫水根。是找人算了命,五行缺水?父亲没说。员工叫她英姐,显得她年轻,也显得亲切,她喜欢,可是她更喜欢人家叫她老板娘,因为这样的叫法让她有成就感。三年前,她和丈夫一起从山村走进这座城市的时候,除了几身换洗衣服和一点吃饭钱,几乎一无所有,他们给人打工,也是从龙州小吃店开始的,如今,他们拥有一间自己的店,还雇了工。叫老板娘不为过。墙上挂着政府发的营业执照,执照上是丈夫的名字,也就是说丈夫是老板。既然丈夫是老板,她不是老板娘是什么?名正言顺。

老板娘下来的时候,楼下已经来了3个客人,饭刚打完,又进来3个。她来不及再想什么,手上的活已经忙开了,招呼客人,指挥小工,还自己动手炒菜,一会儿又要收钱。就这样一直忙到晚上8点多才歇下来。几乎每天都这样,洗洗刷刷,再把自己收拾清楚,已经是10点多了。累了,一着床,就呼呼地睡着了。而丈夫,则还在电脑前敲敲打打,乐此不疲。她也习惯了,她就是在丈夫的电脑声中睡着了的。她对丈夫玩电脑,并不反感,那敲键盘声音还有点好听。有时,丈夫会让她看一些有趣的画面,说一些国内国外发生的新鲜事。某某地方,一条大蟒蛇吃了一只鸡;一个外国黑女人一胎生了6个，小猪似的；两棵长得很像一对男女抱在一起做爱的树……她就睡眼迷离地支起半个身子，眯一下电脑，再听丈夫没完没了地介绍。有时听完，有时没听完，又睡着了。

　　一天夜里，天下着雨，淅淅沥沥。而小店则显得格外地安静。沉浸在电脑中的丈夫突然来了情绪，迅速地关了电脑，一钻进被窝就手忙脚乱地扒她的衣服。她在睡梦中笑着，喃喃细语，仿佛是说着甜蜜的话。这更大大地刺激了男人的情绪。可是，当男人压在她身上，正向她体内挺进时，她突然双手用力地将他推开，大叫，不行不行，我是你姐啊。那声音十分的恐怖。丈夫翻身下来，说阿英阿英你怎么啦。她睁开眼睛，在他的面前发抖，好一会儿才说，是你啊。我又梦见弟弟了。这种时候提起她死去的弟弟，丈夫的下身霎时就软了。小舅子江水根是死在他的怀里的。当时水根的眼睛睁得大大的，却没有一点生气。医生说，他的瞳孔放大了，没救了。那是一场车祸，来得十分突然。他们一起上县城，他用摩托车带他，前面有车，他放慢速度，可后面的车把他们撞了。那是去年的初夏，他是带着他到城里来打工的，高考上了二本，小舅子偏偏非一本不上，要明年再考。内弟的死，给他们的生活罩上一层浓重的阴影。

　　老板娘很温柔地缩进丈夫的怀里，说，来吧。丈夫却怎么也上不了情绪，那东西软得像蚯蚓。他努力，她也帮他努力，努力好久，还是不行。他很沮丧地说，算了，睡吧，你明天还得早起。

　　老板娘还想努力，她有些内疚。她刚才梦见的其实不是她的弟弟水根，而是那个常来吃饭的长得很像弟弟的会和外国女人说外国话的忧郁的少年家。她梦见他们去了一个地方，像公园又不像公园，有水有草有树。水是清悠悠的水，草是细嫩嫩的草。而树林像一道墙，在不远的地方，挡住了外界的视线。她从没有听过他说那么多的话。他说话的神态很像她的弟弟，连声音都像。他的话让她很陶醉。在父母看来，弟弟是她家荣宗耀祖的希望，但之于她，更多的是一种文化的梦想，弟弟是个读书人，她喜欢他身上那种读书人的气质。她其实不知道什么叫气质，她只是一味地喜欢他身上的那种文文弱弱的样子，在那文文弱弱的驱壳里，藏着一个丰富的内心世界。弟弟什么都能说出个所以然来，什么都知道，正如古早人说的，秀才不出门而知天下事。弟弟还会说英语。弟弟走了一年，他来了。而他的出现，更有另一番意味，她对他的喜欢，更有一种隐秘的渴望，毕竟，他不是一母同胞的亲弟弟。他比弟弟更有文化，更能说，古今中外，天南地北。他还对她说外国话，就像那天他对那个法国女人说的那样，尽管她一个字也听不懂，可是她喜欢。他说着说着就把她抱住了，手忙脚乱地扯她的衣服，她挣扎，无力地反抗着又急切地渴望着。她的衣服很快就被他脱光了。她躺在柔软的草地上，闭上眼睛。他的身子向她压过来，雄纠纠气昂昂地向她挺进……她就是这个时候将他推开的，她没想到真正推开的是丈夫。

丈夫很快就睡着了，她却无法入睡。她对自己的梦感到羞愧。

那个少年家很久没来吃饭了。他也许在她的视野中永远地消失了。这并不奇怪，许多人这样。她这是怎么啦？这么贱！她在黑暗中伸手扇了自己的耳光，伤心地哭泣着。她从来就是一个正经女人，从少女时候起，老实本分，没有浪漫史，没有风流事，循规蹈矩。从男女的角度说，丈夫是她接触的第一个男人。她还记得新婚之夜，她是如何拼死拼活地抵抗丈夫的无理入侵，弄得丈夫哭笑不得。她怎么能在结婚几年之后，有了这样的非分之想？哦，不，她对自己说，我不是有意的，这只是一个荒唐的梦。

老板娘在黑暗中祈求苍天，别让那个少年家再出现在她的店里。她对自己说，就是他来，她也绝不再理他，只把他当成一个陌生顾客一样对待，该怎么样就怎么样。

/5/

生意越来越好，正如门上的对联写的，"顺心生意年年旺，如意财源日日来"。老板娘和丈夫商量，在南门街与新开辟的江滨路交叉的一栋商品楼底层，租了一间40平方米的的店面，把店搬过去。面积扩大一倍，雇工增加一个，店面装修也比以前更气派，不说别的，单就那开放式的整体玻璃门，顾客坐在店里吃饭就能看街上的光景。还有那轻铁做成的拉卷门，让她的如意小吃店很有点现代气息。江水英站在自家的新店里，更觉得自己是一个名副其实的老板娘了。

这是一个阳光明媚的早晨，生意刚刚开张，一片阳光透过玻璃洒在地上，像睡回笼觉的少妇一样娇懒柔弱。老板娘坐在店里和新来的女工聊天，了解她们的家庭情况。一个昨天刚来的，叫小菊，她出来打工，是为了让弟弟读书，她有一个小她3岁正在读高中的弟弟，明年考大学。是吗？老板娘认真地看了她一下，很清秀。她想，她弟弟一定和她长得一样，是个清清爽爽的少年家。于是她便关心起他的读书成绩，文科好还是理科好。这时，那片温柔的阳光突然被打破，跳进一个影子，紧接着又跳进一个，影子清清瘦瘦，一男一女。老板娘的心跳了一下，她顺着影子往上看，看到了他和他身边的女孩。那女孩很艳丽，像一个电影明星，像谁，她说不出来。虽经丈夫的反复教导，她还是记不住明星的名字。

老板娘是下了决心不理他的，因为半年前的那个荒唐的梦。他对她笑了一下，那笑，还是那么忧郁，那么动人。他什么也没说，她就败下阵来了。你是怎么找到这里的？这话不合适，好像人家专门为了找你。吃饭哪里吃不可以，你不是开着店吗？她脱口而出，没经过思考。他又笑了笑，对身边的女孩说，这里的稀饭、臭头粿和咸菜，绝对一流。

他们吃饭的时候，老板娘偷偷地看了他好几回。他吃得很认真，而他带来的那个女孩子不停地在对他说着什么。老板娘不喜欢话太多的女孩子。她想，他也不会喜欢没完没了唠唠叨叨的女孩。

他们走的时候，老板娘说，走好，要是合口味，欢迎常来。这话是职业性的，对所有人都这么说。她没说的话，她的员工也会说。这是她对她们的要求。这一招，是老板娘从大酒店站在门口的礼仪小姐那里学来的。她没想到他会回头对她说，以后我们每天都来。

真是喜出望外。

中午，他果然还带着那个女孩子来，吃的还是套餐。晚上又来，吃的是龙州卤面，是那个女孩的提议。看来，那是个喜欢换口味的女孩子。喜欢换口味的女孩子不好侍候。

初夏的闽南是一年中最好的季节，不冷不热，草木繁盛，百花争艳，空气中时不时飘着花香，还夹杂着新上市的荔枝那种甜丝丝的味道，让你着迷，让你沉醉。晚上，老板娘就是在这种混合的似香似甜的气味中，躺在一张新买的一米八的大床上。新店的阁楼比原来大差不多一倍，房子大了就显得床小了。躺在床上看屋顶，也觉得这屋顶比原来高了许多。屋顶很白，一只苍蝇吸在上面不动，她想起来赶，又懒得动。对在电脑前的丈夫说，喂，那里有只苍蝇。丈夫说，你睡吧，等会儿我把它赶走。正说着，苍蝇就飞走了，不知飞到哪里，也许是从窗户逃走了。她笑了一下，难道苍蝇能听人话？或者天生就知道危险即将降临？丈夫还在打电脑。QQ。他打"家里来了苍蝇。"对方的回答是，"好可怕呀。""别吓着了，我的小猫咪。"这是丈夫打出来的字，丈夫打完了这些字，下意识地看了一下床上的妻子。妻子突然欠身说，喂，你知道吗，那个人又来吃饭了，还带了个女的。哪个人？就是长得很像弟弟的那个少年家。丈夫"哦"的一声，电脑"嘀"的一响，出现"有你在，我什么都不怕。"丈夫迅速打出"老鼠呢，蟑螂呢？到处都是。"电脑屏幕出现三个大大的惊叹号。妻子又躺回去，那个女孩子不怎么样。丈夫说，我看你干脆把他认了契小弟算了。

契小弟是闽南话，就是干弟弟。妻子笑一下，人家才看不上我们呢。

丈夫对着电脑笑了一下，继续他的QQ，不再说话。老板娘还看她的屋顶。好一会儿，她说，有钱吗？我看楼下得买一台大空调，夏天马上就到了。他说，再说吧。他们家的钱，都是丈夫管着的。银行卡是他的名字，密码也只有他知道。她无所谓，一家人嘛，谁管不一样，她落得省心。她只管赚钱，每天有人来吃饭，每天都能挣钱，这对于她是最大的乐趣。

她想，那个女人，就是先前开红色小轿车的那个妖精似的女人是他的什么人呢？不会单单是他的老板吧。听说，现在男老板喜欢找女秘书，而女老板喜欢找男秘书。他会不会是那个女人的秘书呢。想想，不对，要是秘书的话，开车就应该是他而不是她。相好的？不像，那女人年龄太大。今天来的这个呢，是他同事，还是恋人？这女孩子我不喜欢。这样想着，她就自己笑了起来，这和她有什么相干？

突然起风，把窗帘扯起，扫倒桌上一瓶花露水，绿色的花露水瓶子滚到地下，"砰"的一声，摔破了。老板娘惊起，心疼地看着地上的一滩绿色，一股浓香从那绿色的液体中挥发，弥漫整个房间。从来没有买过香水的老板娘第一次买的花露水被风吹到地上打碎了。那天一家叫"大润发"的新超市开张，把一本精美的广告册塞进她的店面。全是"惊爆价"，比别的商场便宜许多，她抵挡不住诱惑，就去了，神差鬼使地就买了这瓶花露水，原价46元，优惠价10元。买回来一直放在桌上，舍不得用，刚才拿来看了看，隐约地闻到一点香味，想打开，往身上的睡衣洒一点，想想又放下。这睡衣是上次另一家叫"新华都"的超市开张5周年庆典"回报"大酬宾买的，原价120元，她只花了50元。她低头看了看身上的睡衣，粉红色的底，点缀着几只翩翩起舞的白蝴蝶。她怕这绿色的香水洒下去，把睡衣弄脏了。这风有些邪。还没等老板娘回过神来，一个闪电劈过窗门，紧接着，一声凄厉的雷声在窗前炸响。老板娘本能地跳了起来，脑袋撞到走过来想看个究竟的丈夫的下巴，丈夫"哎呀"一声叫，痛得软了手脚，蹲了下去。

雨随之而来。风夹着雨，噼里啪啦地打在窗前的桌上。老板娘扑过去关了窗门，回头看蹲在地下的丈夫，很疼吗？

丈夫向她摆摆手。她伸手去摸他发红的下巴，他缓缓站起来，说，这风雨雷电，来得有点邪。怕要出事。老板娘默默地收拾着地上的香水瓶。

一屋子刺鼻的浓香。

丈夫的电脑嘀嘀地响着。丈夫赶紧坐回去，QQ还在继续，对方连续发来几句话：好可怕的风啊，突然间，把我窗前的一瓶刚买的法国香水扫到地上，惨了。电闪雷鸣。家里空荡荡的，就我一个人，好害怕呀。说话呀，哥，给我一点力量和勇气。

丈夫对着电脑屏幕，打了一个冷战。他仓皇四顾，脸色铁青。他迅速关了电脑，走到妻子身边，从背后把正在清理地板的妻子紧紧地搂在怀里。老板娘有点凄惶地回过头来。说，会不会真有什么事要发生？我好怕啊。你的信寄出去了吗？寄了，寄了。丈夫松了手，这信要寄到何年何月才是头啊？

丈夫和她共同制造一个骗局，一年多了，他觉得累，不想再做下去了。这日子没法过，他说。

老板娘的心跳个不停，她让丈夫打手机找她的远房哥哥阿毛，请他帮忙到她家看看，父母是否安好。她家没电话。阿毛的电话很快就打通了。阿毛说，应该没事吧，我下午才看见阿叔在山坡上放牛，他还说，要是你们来电话，就说你弟弟的平安信收到了。

打了这个电话，老板娘的心安了下来，心一安，很快就睡着了。人心就是怪，搁不得事，一搁就不得安宁。心是个器官，实实在在地长在人的躯体里，而"事"却是无形的，看不见摸不着，怎么就像一件东西能搁在心里？

躺在她身边的丈夫，却一夜没合眼。有件事一直搁在他心上。

第二天早上，阳光灿烂，街上干干净净的。那是昨夜那场突如其来的风雨使然。老板娘看着街上往来的人们，吸着清新的空气，回想昨晚的风雨，还有点后怕。

一个影子挡住她的视线，她的眼前暗一下又亮了起来。是他来吃早餐了，那个长得很像弟弟的少年家。他一进门，就深深地吸了一下气，然后朝她笑一下。她不由自主地也跟着吸了口气。是的，店里还残留着昨晚打碎的那瓶花露水的香味。是花露水，打碎了，她说。他笑了笑。从来没买过，第一次买，还没用，就打碎了。是风。哦，是风，昨晚的风有点怪。他说。她看了一下门口。他说她没来，以后也不来了。吃得不对胃口？她喜欢换口味。老板娘不觉莞尔，想，她还喜欢换衣服。喜欢换口味和换衣服的女孩子不好侍候。她是你的同事？她问。他说算是吧。她辞职，换了一家公司。他坐下来，还是原来的那个位子。他这个人，除了位子被人占了，喜欢坐自己的"传统位子"。他的位子在左侧，面对大街，又可看到挂在墙上的液晶电视。她先把电视机打开，然后给他端来他所需要的饭菜。

这时，客人陆陆续续地来了。每天早晨，他都是进来的第一位客人，哪怕是礼拜六礼拜日。看来，他的生活很有规律，不像有些年轻人，喜欢赖床，时间快到了，才匆匆而起，随便买个馒头豆奶什么的，边走边吃着去上班。一到休息日，更是赖在床上不起来。

/6/

他刚走，老板娘就接到老家的电话。

昨天晚上果然是出事了。在远离龙州几百公里的一个山村里，老板娘的父亲江阿态突然中风。母亲不知厉害，只会守在一边掉眼泪。当晚接电话的阿毛第二天早上才过去，一进门就看到她母亲在哭，赶紧把她父亲送到县医院，同时给她挂了手机。

老板娘哭着跑上阁楼。丈夫从电脑中抬起头来。她说,我老爸中风了。我老母让我们和弟弟一起回去。丈夫说,弟弟在哪里?我说了,瞒得过初一瞒不过十五,你偏要瞒。弟弟回不去,明摆着要你老爸的命。我就知道,这是一个无底深坑。老板娘说,让那个人替弟弟走一趟,中风的人认不出来。丈夫说,你老母呢?村里人呢?也认不出来?再说了,人家愿意跟你走吗?非亲非故,有谁愿意干这种事?他会帮忙的。老板娘十分肯定地说。她这样说没任何根据,但她相信,只要她一开口,他就会跟她一起回去。她说,要不这样,你先回去,把钱带上,就说我们下午到。他中午来我就请他帮忙。

丈夫愣了半天,不说好也不说不好。老板娘说,你先走。店里的事我也得安排一下。把钱都带上。丈夫还是不说话,用一种十分古怪的眼光看着她。看什么看,她说,这种时候还磨磨蹭蹭的。这时,电脑嘀嘀嘀地响,他正聊QQ,对方等他的回话。好吧,他说,仿佛下了很大的决心。他在电脑里迅速地打了几行字,发过去。不等对方回话就关了机子。然后拿出行李箱,开始装行李。老板娘说,快点快点,别把银行卡忘了。我下去安排一下。说着就下楼。

一会儿,丈夫提着行李箱下来。老板娘说,我的衣服也装上了?他点了点头。走吧,她说,和我老母说,我们迟一点就到。丈夫环视了一下店面,仿佛有些舍不得,她说,快走快走,早上的车多,赶得越早越好。这时候身边没个亲人,我老母一定急得要死。

丈夫走后,她就开始安排工作,指定那个为供弟弟上学而到城里来打工的阿菊当临时负责人,开始交代细则。说,钱要小心,一个收钱,一个记账,每天收多少要记清楚。第二天的开支,也得记,买什么,一斤多少,买几斤,都记。她把一天大概要买多少肉,多少鱼,多少蛋,多少菜,一一交代清楚。米、面、米粉、味精都够用半个月。最迟不超过10天,他们就回来了。

一切安排妥当，她看了看挂在墙上的钟，离中午吃饭时间还有一个多小时。她盼着他早点来吃饭。她十分后悔，平时没有问一下他的名字，工作地点和手机号码。她不时地看钟，半个小时之后，开始往门口探望，来来回回，不下10次。

　　时间到了，他没来。过了半个小时，他还是没有来。老板娘叹了一口气，走了，她不能再等了。他历来准时，他不来，就是有事，或许从此就再也不来了，就像上一次那样。她有些失落，却没有细想，没有时间也没有心思细想。

　　她只能再编一个谎言，说弟弟要考试，回不来。在她和丈夫一起编造的谎言里，弟弟考上了大学，学业优秀，拿一等奖学金，考试比天大。这正应了一句名言：一个谎言要用一万个谎言来补充。丈夫不止一次地对她说过，不能再骗下去了，得把弟弟已经不在的真实情况告诉家里，她就是不忍心。反正在家里，她的话，父母亲没有不信的。

　　就在老板娘走后不到10分钟，那个少年家来了，他看了一下店面，对端饭上来的阿菊说，你们老板娘呢？她说，老板娘回老家，她的父亲病了。他愣了一下，没说什么，埋头吃饭。

　　老板娘赶到县城，父亲已经住进医院。一切都安排得妥妥当当。病房很安静，灯光显得十分柔和。这是个双人病房，另一张病床是空的。母亲坐在病床边，显得有些苍老，却也没有太多的悲切。

　　看着这一切，老板娘想，丈夫很能干，别看他平时整天泡在电脑里，关键时刻还是很男人的。家里有男人就是不一样。

　　母亲抬头看到她，说，怎么才来。她笑一下，说老爸还好吧。母亲说，医生说来得及时，不会死，就怕今后会瘫痪。不会，她说，医生总是把病情说得严重一些，好显示他们的能干。阿志呢？阿志是她丈夫。母亲说，我正要问你呢，阿志，还有水根呢？老板娘愣住了。你们都不来，这些都是阿毛他们帮助弄的。真难为了他们，以后得好好感谢人家。什么？老板娘大声说，钱呢？钱，家里有。你每次寄回家的钱，我们都攒着，没花。母亲说话有气无力。父亲躺倒了，母亲也像阴沟里的植物，正在慢慢地枯萎。

老板娘想，阿志该不会傻到不和阿毛联系，就直奔家里去扑个空吧，扑了空也该已经返回县城了。她走出病房，在走廊给丈夫打手机，手机嘀了几声之后便是那机械的职业性的女声，对不起，您拨打的电话暂时无人接听，请稍后再拨。停一会儿，她再拨，还是这个声音。她连拨了十几次，十几次都是这个声音。难道出了车祸？不会的不会的。佛祖保佑。

一直到晚上9点多，丈夫的手机还是打不通。母亲问了几次，不问了，她累了困了，有她在，母亲就放心了。她说，阿母我来吧，你去歇困。他们一定在路上。她把她扶到另一张病床躺下。母亲一着床，就发出轻轻的鼾声。

老板娘看了看吊瓶，还有一半多。她又走到走廊打手机，想，这次再打不通，就一定是出事了。果然，还是打不通，不但打不通，机子反应也和刚才不一样，干脆就什么声音也没有了。

她心里忐忑不安。一个大活人，就这样人间蒸发了。回想丈夫早上离开前的种种表情，还有那电脑里嘀嘀嘀的叫声。那叫声，总是让她不安，为什么？她不清楚。反正她不喜欢。记得电脑里第一次出现这样的声音，她问过丈夫，丈夫表情古怪，闪烁其词。嘀嘀嘀的声音还在响个不停。她探头看电脑，屏幕上出现一个妖里妖气的女人头像，正朝着她笑。丈夫连忙打了两个88，发过去，不等嘀嘀再响，就把机子关了。她说，88什么意思，他说就是发发，我们要发财了。她将信将疑，也没深究。结婚时有约定，各自留有自己的空间，不能太多地干涉。她就忙自己的事情去了。丈夫该不会跟电脑里的女人跑了吧？老板娘这样想着，把自己吓出一身冷汗。不可能，电脑里的女人不是真人像，是漫画人头。她安慰自己。安慰自己之后她再打一次手机。还是盲音。最大的可能是出事，不是车祸，就是遭到打劫，现在这种事多得很。南无阿弥陀佛。不会的不会的，什么事也没发生。不是所有灾难都要降临到她身上的，弟弟的死已经足够惨。够了，弟弟死了，父亲病了。还要怎么样？她们家祖祖辈辈不做坏事，不会接二连三地遭到不幸。不会，绝对不会。

　　10天后，老板娘回到龙州。老爸的病不是短期可以痊愈的，半身活动不灵活，神智不是很清醒，阿态成了真态，医生说这已经是最好的结果了。她必须回龙州挣钱。这个店如今对于她来说，不单是梦想发财的店，更是救命店。她在第二天就对母亲撒了个谎，说阿志和水根在回来的路上出了车祸，不过是小事故，阿志的右手骨折了，水根没事，留下来照顾阿志。母亲不住地点头，什么也没说。她已经没有精力来想别的事情了。

/7/

　　老板娘回龙州的那天中午，看到了他。还是像往常一样的准时。他看到她，朝她笑了一下。他吃饭的时候，她给他端来一罐排骨酸菜汤，他不好意思地叫了声大姐。凡是她主动送的，都不算钱。她在他身边坐下来，说，我叫水英。他便羞涩地叫了一声英姐，说，我叫钟云飞。钟云飞，她重复一遍，很好听的名字。我有个弟弟叫水根，去年死了，车祸。他定定地看着老板娘。你长得很像他，非常像，就像一个模子印出来的。他说英姐，我明白了。你就把我当弟弟吧。她的眼泪一下子就涌出眼眶。他叫了声姐。她抹去眼泪说，那天中午，10天前，你怎么没来吃饭？他说，来啊，我每天来的。哦，我想起来了，你说的那天中午，我有事来迟了。她说那天，姐本来想请你帮忙的。什么事？她把事情说了。他很干脆地说，明天，明天是周六，我和姐一起回去。她亲切地拍了一下他的肩，说，以后吧，我刚回来。再走，店里没人管。他说不是还有姐夫吗？她凄凉地笑了一下，以后吧。他说，那天，其实也没什么大事，新来了一个同事，想请吃饭，我不去，在办公室扯了一会儿，就来晚了。她说，男的女的？女的，他老实说，她要请我吃饭，我说我们还不熟悉，她说那就我请她吃饭，我说，这就更没道理了。她说我没有男士风度，还有点生气。老板娘说，她肯定长得很好看，如今的靓妹们都很自信。他说是的，她长得的确很漂亮，也时髦，但不是我喜欢的那种。听说她老爸是我们公司的董事长，我就更不喜欢了。哦。她想，看不出文文弱弱的他还很有志气。他说那女孩子不是他喜欢的那种，他喜欢哪种类型的女孩子呢？吃过饭，他说，姐我走了。她说，晚上有时间吗，姐请你帮个忙。他点了点头。

　　晚上吃过饭，她把他带到阁楼上。他说姐夫呢？她说走了，走了十几天，不知道去哪里。他有些意外地看着她。他的秘密一定在这台电脑里，姐请你看看。他说，真走了？不会吧，他好像对姐很好。姐一叫他他就下来，手脚还很麻利。做了事就上楼，没有什么话。她苦笑了一下。她越来越相信自己的感觉，丈夫真的走了，离她而去了。只是她还有些于心不甘。他在电脑前坐下来。

　　她坐在一边看。坐下来的那一刹那间，老板娘觉得她与云飞非常亲近。丈夫从来不给她这种机会。丈夫虽然没有明说，但他一坐到电脑前，她就自然而然地选择离开。这难道是婚前各自保留自由空间的约定对她的暗示？她是不是太老实了？但她分明地感觉到他的眼神中让她离去的意思。她曾尝试着坐下来一起看，但不到一会儿就觉得兴味索然。习惯成自然。只有他叫她看的时候，她才会凑过去。

　　云飞的手指在键盘上跳跃，像两只在菜畦里偷吃刚刚破土而出的菜苗的小鸟。键盘发出来的声音也是轻快的，像小鸟的脚一样敏捷。她居然想不起丈夫敲电脑的样子，她只记得那嘀嘀嘀的叫唤声，让人心烦意乱。

　　她的头不知不觉地向他靠拢，秀发在他的耳边轻轻拂动。她没有发现，他也没有察觉。他们的注意力都集中在电脑屏幕上。

　　随着他手指的跳跃，蓝色的屏幕上不断地出现一排排英文字，最后，跳了几下，屏幕变白了，出现一行行中国字。他舒了一口气，说，终于找到了。姐，你看。她说我不看，你说。他闻到她身上淡淡的体香。他动了动身子。她也动了动身子。他们之间的距离拉开了一些。

他说，姐夫走了，跟一个叫"千年来一回"的女人走了。

千年来一回？

是网名，假的，不是真名。

电脑里的人也是真人？她想起那个没心没肺的动漫人头。

名是假名，人是真人。他们相约，私奔了。

他们去哪里？

好像是广州。

好像？

他们的 QQ 常常提到这个城市，说到那里可以发大财。气候和我们这里也差不多。

我去找他，让他说个明白，我有什么不好？当初为什么要和我结婚？

广州有七八百万人口，地方有十几个龙州大，找不着。

她满脸是泪，不再说话。他从口袋里掏出纸巾，给她递上。她突然将他抱住，说，水根啊，姐怎么这么苦命啊！他不动，也不说话。

楼下很安静，顾客都走了，只有女工们收拾碗筷的声音。街上的车少了，人也少了。天全暗下来，屋里没开灯，街上的灯和楼下的灯用剩余的光线，把阁楼辐射得朦朦胧胧。电脑屏幕上的光亮，在他们的脸上闪烁。

老板娘说，水根，姐很久没有这样抱你了，你长大了。小时候，姐常常这样抱着你。你是我们全家的希望。你从小就乖，听话。姐疼你。有一次，你半夜从梦中醒来，说，姐，我要吃李子。姐就从床上爬起来，上山给你摘李子。那时，我们家后山上，满山遍野的李子树。先是雪白的李花，从山脚一直开到山顶，紧挨着星星和月亮。然后就是漫山遍野的李子。你记得吗？可是采回来时，你却睡着了。第二天醒来，你看到床头的李子，说，我以为是做梦，原来是真的。说着就往嘴里塞。看着你吃李子的样子，我心里比李子还甜。他说，半夜上山，很凉的。她说，姐不怕。你上小学三年级的时候，有天下午放学，你把铅笔袋给丢了，你不敢说，躲在柴草间偷偷地哭，怕阿爸打你阿母骂你，姐就从你下学的路往回走，硬是把那只铅笔袋子从草丛里找回来。姐回来的时候天已经黑了，你站在门口等姐，你记得吗，姐本来想把铅笔袋藏起来，再吓唬一下你，让你长记性，凡事要小心。可是，当姐抬起头，看到你那焦急的脸色，姐就改变主意，把手中的袋子向你扬了扬。那个时候，你笑了，那开心的笑容，姐至今还记得清清楚楚。

　　说这些有什么用呢，你怎么就忍心抛弃姐姐，抛弃老爸老母自己一个人走了呢？

　　姐，他说，我不……她打断他的话，说，我知道你不是水根，云飞，姐谢谢你，谢谢你听姐唠叨，姐如今连一个说话的人都没有了。说着，她又无声地哭泣起来。

　　他说，姐，你就把我当亲弟弟。她放开他。他转身说，姐，有我哩。我很能干，很优秀，我会帮姐姐做许多事。不过姐夫的事，我帮不了什么忙。真要找，只能报警，我想，他不是小孩子，知道自己在做什么，报警也没什么用的。她说，这我知道。

　　她说，云飞，你有钱吗？你姐夫把所有的钱都带走了。明天就得给店里的员工发工资。还有，大热天快到了，楼下营业厅得买一台空调。他说，钱都是姐夫管的？她点了点头，银行卡全在他那里，密码也只有他知道。他说我有钱，姐要多少？她说，1万。好。他说，我这就去取回来给你。她说，姐会还你的。他说不用还，就当是我的饭钱，一次性交清一年的。他伸出右手的食指，在她的面前划了一下。那神态真有点像她弟弟，她不禁笑了起来。

/ 8 /

钟云飞的1万元帮助老板娘渡过难关。龙州如意小吃店的生意越来越红火。三个月后,在学校放暑假的时候,老板娘带着钟云飞,假装是江水根回到家里。一路上,她一再给他介绍家里的情况,包括和他家来往的亲戚朋友们的情况。

母亲看到钟云飞的时候愣了一下,云飞叫了声阿母,她这才反应过来,拉着他的手上上下下看了好一阵子,说,孩子,你怎么这么久不回家呀?他说,学习忙,抽不开身,上次和姐夫一起回来,出了车祸。现在学校放假了,不是回来了吗?在老板娘与丈夫的谎言中,弟弟已经考上省城的大学了。他又走到病床前,对着眼睁睁地看着他的老人,叫了一声阿爸。老人的眼睛眨了一下,嘴唇抖颤着,说不出话来。两颗豆大的泪珠顺着眼角滚落在枕上。云飞拉住老人的手,不停地抚摸着,自己也被感动得热泪盈眶。老板娘站在一边抹眼泪,一边拉了一下云飞的衣角,表示感谢。

听说水根回家,许多人来看他。他是他们村的第一位大学生。第一个来的是阿毛,刚见面的时候,云飞叫不出他的名字,只好冲着他傻笑。阿毛说,当了大学生还像以前一样怕羞啊,没出息。水英闻声,赶忙跑出来,叫一声,阿毛啊,快请坐。

云飞就给他们说大学里的生活,这他内行。还给他们讲几句英语,唱一首英文歌,为的不是显摆,而是让乡亲们更相信,他读的是省外国语大学。乡亲们在神往的同时,忘记对许多细节的深究。江水英一直坐在旁边听,准备随时为他打掩护,以免露馅。乡亲之中,不是没人怀疑,但"士别三日,当刮目相看"的传统潜意识,成功地挡住了山村人怀疑的眼光。

这是一次成功之行。至少姐弟俩是这样感觉的。老板娘想,能瞒多久就瞒多久吧,在父亲的有生之年,让他相信,他有一个很有出息的儿子。

母亲的事，以后再说。这也是她的一片孝心。

他们回到龙州，已经是晚上8点多了，守店的女工阿菊正在关门，见老板娘回来，高兴地说，我可以走了。她最近正在谈恋爱，对方也是来龙州打工的老乡。老板娘说，走吧。她就在店里打手机，说老板娘回来了，暗号照旧，老地方，不见不散。自《潜伏》轰动之后，谍战片风起云涌，地下党无处不在。什么暗号？老板娘问。保密。说着，阿菊向老板娘做了个鬼脸，把手一扬，"古的拜"。

看着阿菊的远去的背影，老板娘下意识地拉了一下云飞的手。钟云飞犹豫了一下，反捏住她的手，还叫了声姐。他们手拉着手上了阁楼。他们都喘着大气，仿佛爬了一座很高的山。老板娘看到云飞额头上闪着几粒细细的汗珠，伸手去擦。她的手被他抓住，想挣脱出来，却被越抓越紧。没想到文文弱弱的他有那么大的力气。他是男人。这个念头从她的脑子里闪过，她的身子便软了。软了身子的老板娘正想闭上眼睛，突然看到电脑的指示灯亮着，惊慌地说，你看，电脑怎么还亮着灯？钟云飞定眼一看，也吓了一跳。是啊，他记得走的时候是关的。她说，是阿菊吧，一谈恋爱就丢三落四的。是的是的，一定是她。他心烦意乱地说。这时，钟云飞的手机嘀地响了一下，他拿出手机匆匆一瞥，说，姐，我有急事，得先走了。说着跑下楼。她喊他，哎，你还没吃饭哩。不吃了，他连头都没回。她冲到窗前，看到他跑得很快，像一条受了惊吓的公狗，落荒而去。

把他吓着了，老板娘想，那个短信只是一个逃跑的借口。

店里空荡荡的，老板娘的心也空荡荡的。

她摸摸自己的胸口，心还在不停地跳。她这是怎么啦？为什么要把他吓成那个样子，难道她不知道他是个胆小的孩子？也许不是因为她的一时冲动，他的匆匆离去纯粹是为了那个女孩子，那个董事长的千金小姐，那天，她让他和她一起回去，她的脸就拉得长长的。他开头不喜欢她，后来不知怎么的，就好上了。他说，姐，她能缠人，胡搅蛮缠，她的胡搅蛮缠也有可爱之处。古人云，人无完人。将就着吧。

她看了一下电脑，突然觉得有一双眼睛冷冷地朝着她笑。这是丈夫的眼睛。她拉开电灯。你没有资格嘲笑我，没有。她对着电脑说。

老板娘觉得又饿又累，下楼煮了点面条，应付着吃了，把自己扔到床上，一会儿就睡着了。

半夜醒来，老板娘习惯性地坐在电脑前，打开电脑。敲敲打打，居然打了几个字：他这是怎么啦？她被自己吓了一跳，揉揉眼睛，又拍了下自己的大腿，不是在做梦。是的，她学会了电脑打字。

这是钟云飞教的。他说，姐，电脑闲着也是一种浪费，我教你打字，以后，如意小吃店的管理也要走电脑化的道路。他还说，生意这么好，不能总是一间店，要开连锁店，先在龙州城，再发展到别的地方。你记得那个法国女人吗？将来，我们要把龙州如意小吃店开到马赛去。所以电脑不学是不行的。于是，他就教她打字。

她无意中笑了一下。半年多来，丈夫音讯全无，人间蒸发。他是下决心离去，有去无回了。她不能死等他。她没想到丈夫用来勾引女人的这台电脑，如今派上大用场。他这是怎么啦，她问自己，问的不是丈夫，是钟云飞。他应该有他自己的生活。她在电脑上打上这几个字。凄凉地笑了一下。他是她的弟弟，如此而已。她不能贪得无厌，人要知足。不是说知足常乐吗？除了当她的弟弟，他还能是什么？她在电脑上打了几个"弟弟"。这两个字连在一起打快。连打，两个字，三个字甚至四个字，一个成语，都可以连着打。他教她，她学得快。她想不到自己居然这样聪明能干，一点就破，一学就会。一点也不比弟弟差，只是过去没有机会，父母亲没给她这个机会，丈夫也没给她这个机会。这个机会，是钟云飞给的。是钟云飞把她变成另一个人，一个跟上时代步伐的老板娘。

他说了，资金不是问题，现在政府支持小本生意，可以申请小额贷款，主要问题是管理人才。他说，那个阿菊可以用。她也觉得阿菊诚实干练，可以用她来管理一间新店。他还说,要让自己的员工有责任心,就得把她们的利益和你捆在一起。怎么捆?股份制,让她们也成为股东,就是小老板。他还为她细细地算了一笔账。他说她们没钱没关系,不是有工资吗,和她们商量,每个月留下200元,入股,一年就是2400元。假设这间店的总资产是48000元,分成240股,每股200元,那么,你持有240股,是大股东,她们加入,1个月200就是一股,一年12股。年终按比例分红,她就可以得到店里一年利润的二十分之一,也就是千分之五,1000元她得5元,比现在银行利息还高,随着她每个月存入的钱越多,她所拥有的份额也越大,分红就越多。她的利益和店里盈利捆绑在一起,她就会全心全意地帮助你,把小吃店当成自己的店好好经营。这叫有钱大家赚,越赚越来劲。

天快亮了。街上的车声人声渐渐地多了起来。阿菊她们也快来了,新的一天就要开始了。

老板娘洗把脸,下楼出门,骑上她的三轮车,买菜去了。在路上,她想起他说的另一番话,以后,菜也不能自己买,要让卖菜的卖肉卖鱼的自己送上门,生意做大了,不能样样自己来。

吃早饭的时候,钟云飞没来。午饭也没来。老板娘忍不住,给他打了手机,如今,她有了他的手机号。

手机响了好久,没人接,最后,又是那职业的机械的女声,对不起,您所打的电话暂时无人接听,请稍后再拨。这声音让老板娘的手发抖。这是个不好的兆头,难道他也会像丈夫一样地消失。她关了手机,不敢再打,怕听到同样的声音。

晚上吃饭的时候,她的手机响了,是云飞。他说,姐,我晚上不来吃饭,以后也不来了。她说吃不惯小店里的饭,让我和她一起到她家里去吃。哦,她还没来得及说话,便听到那个女孩子的声音,还磨蹭什么,我妈催着哩。

老板娘的手有点颤抖,凄凉从心底弥漫开来,笼罩着她和她周围的空间。她决定,从此不再给他打电话,他的电话也不接。

/ 9 /

老板娘再次看到钟云飞，是两年之后。

这时，江水英已经拥有三间如意小吃连锁店。一间在城西的龙州师范大学的学生街，那所大学有两万名学生；一间在城东的龙州经济开发区，那里是龙州外来工最多的地方。还有就是原来这间总店，只是店面拓展了，她把隔壁的店面也吃进来了，营业厅有近100平方米，装修也比原来气派，以红色为基调，桌子椅子，墙壁，还有装饰。她听说，红色能刺激食欲。老板娘的灵感来自于龙州一家新开张的五星级酒店，那里有一个西餐厅，名字就叫红夫人餐厅。她的如意小吃连锁店，从店面装修到员工服装，都是统一的。她对员工的服装特别满意，她从网上一位菲律宾女佣的着装上得到灵感，并加以中国化。斜襟短上衣，配上宽松汉裤。上下都一色的深红，镶着雪白的花边。

老板娘如今更像老板娘了，她不用亲自操劳，只是在三间店来回走走看看。更多的时间是坐在电脑前。除了掌握生意，更多的是上网，和一个叫"千年来一回"的网友聊天。

"千年来一回"显然不是把丈夫勾引到广州的那个女人。是位男士，这从他们的聊天中可以知道。老板娘的网名是"没心没肺"。在网上，"没心没肺"是个很放得开的风流寡妇。

那个下午，昏头昏脑的老板娘把眼光从电脑屏幕移开，发现窗外的阳光很好。好阳光不光在窗外，还从窗帘的缝隙中挤了进来，躺在地上，把自己摆成一个黄色的三角形。老板娘对着地上的阳光愣了好久。她一时还没办法分清，网上世界与现实世界的真正区别。在电脑里活灵活现的"千年来一回"此时正发出嘀嘀嘀的叫声。两年多前，这种叫声让她心烦意乱。这时，这叫声之于她是一种召唤，也许这正是两年多前丈夫的感受吧。把电脑一关，一切归于沉寂。没有那个自称"千年来一回"的男人，也没有"没心没肺"的她。现实中的她依然是一个漂亮而正派的老板娘。

这里不是店面的阁楼，三间店面的阁楼都由她的三位分店经理住着。这里是位于"天地仁和"住宅小区的一套两居室住房。按揭。她相信这房子是过渡性的，随着她的连锁店越开越多，她将有一套更宽敞的房子，她的目标是时下时兴的楼中楼。

"千年来一回"说得对，人生在世，草木一秋，该乐的时候还得及时行乐。她给自己泡了一壶"云雾寻香"，这是她的家乡出产的名茶，听说市场上一斤炒到几千元。喝茶还得配点心，她喜欢上一种她名为白老鼠的甜点。外皮是糯米做的，很软，内里是花生仁糕。听"千年来一回"说，英国人喝下午茶就得就着点心。从山沟沟里出来的老板娘让自己每天下午都享受一下英国人的乐趣。

40岁之前，她要到法国的马赛去开分店。这是她的计划。她对自己的计划充满信心。唯一没把握的是，她不会说法国话。

喝了自认为是英国式的下午茶之后，老板娘按惯例起身视察自己的连锁店。

她在南门街与江滨路交叉的总店遇到两年不见的钟云飞。

严格地说，应该是钟云飞在她的店里等她。他见到她从店外的阳光中款款而来。他迎出门口，对着她叫一声，姐。

老板娘愣了一下。

他再叫一声，姐，是我，云飞。

她说我弟弟叫水根，几年前就死了。

说着，豆大的眼泪涌出老板娘的眼眶，无声地顺着她的脸颊迅速滚动，落在她的胸前。这个时候离吃晚饭还有两个多小时，小吃店无人问津，门可罗雀。阿菊和几个员工在店内忙自己的事情。钟云飞手足无措，语无伦次，姐别这样，是我不好，姐。

老板娘拭去眼泪。站在她面前的是一个西装革履、风度翩翩的少年家，对面，还停着一部黑色的小轿车。那个当年的水根真的死了。

他跟她进了店，上了阁楼。

他说，姐，老爸老妈都还好吧。她没有反应，他接着说，我是说姐的老爸老妈，我不是到姐家看过他们一回吗？她冷笑了一下，你还记得他们啊。他不好意思地笑了一下，这一笑让她想起以前的他，心一下子就软了下来。我老爸死了，她说，老妈还活着。她老人家知道我，不，水根他已经……她打断他的话，她从来不问，我说什么她信什么。要不，他说，我们再回去一趟，去安慰安慰老人家。

她把他从上到下看了个遍，说，你现在这个样子，一点也不像我的弟弟了。他如果活着，也会变的，不是吗？但是，他不会变成你现在这个样子。

他低头不语，样子有些可怜。她的心尖颤动了一下，这一颤颤得十分厉害，仿佛破了个洞，从里面冒出酸楚。她突然将他抱住，发疯似的亲吻他的脸。他被她亲得满脸是泪。他说，姐，别这样，是我对不起姐，对不起，真的对不起。

老板娘却又将他推开，从抽屉里拿出一本存折，说，这是你这两年的分红，密码是你的生日，不，是水根的生日。我告诉过你的，还记得吗？记得，他说，可是我不要什么分红，那是我的饭钱。不要那么多的饭钱。我接着吃还不行吗？

她的手在空中停住，你说什么？你还来吃饭？

他说是的，我想过自己的日子。

她拉着他坐下来，说，在这里吃饭的年轻人，没有一个不是过渡性的，发达了，就不来了，你忝呀。

姐，我订婚了，就是那个你见过的，我们董事长的女儿，用她母亲挂在嘴上的话说，我是她家的金龟婿。我如今有吃有喝，有房子有汽车，什么都有。下个月，我们就要结婚了。她"哦"一声。他瞥了她一眼，低下头，没有再说下去，她也一声不响。沉默。沉默并不是安静，不是没有声音。他们的心里翻江倒海，电闪雷鸣。

楼下来了第一位顾客，接着，顾客陆陆续续地进来。可以听到阿菊她们热情的招呼声。有一个小孩子大声说，我不吃这个，我要吃肯德基。阿菊说，这位小朋友喜欢吃肯德基啊，我小时候也喜欢吃，可是吃过之后，你猜怎么啦？嘴巴好臭。我不怕，我吃口香糖。这时，当妈妈的发话了，你以为你老爸当老板啊，爱吃不吃，不吃拉倒。阿菊说，小朋友，我们这里有一份比肯德基还好吃的煎粿，你要不要尝尝？小孩说，真的，好啊。真是个聪明的孩子，阿菊给他台阶，他立刻就下来。这下当母亲的高兴了，说那就来两份啊，我也尝尝。

窗外，阳光灿烂。阳光下，车水马龙，莺歌燕舞。生活在进行。一切正常，朝着理想的方向前进。

钟云飞说，什么都有了，就是没有我自己的生活。我实在是不想这样过下去了。我要找回我自己。

你想逃婚？她说。不，我没有这个勇气，他说了，我要是敢离开她，她就敢去撞汽车，死在大街上给我看。

她笑了一下，这话你也信。她从小任性，什么事都做得出来。他也笑了一下，她在他的笑容中看到过去的忧郁。那个叫水根的弟弟回来了。温柔弥漫着她的心。

姐，你说我该怎么办？离结婚的日子越来越近，箭在弦上，不得不发啊。我不但没有幸福感，反而越来越害怕。

这个水根不是两年前的那个自信能干的水根，这是小时候那个离不开她的水根。这个弟弟没她不行。他需要她的帮助。老板娘的内心突然变得十分充实，十分幸福。没事，有姐在，你什么都不用怕。不就是一个难缠的女孩子吗？不就是任性吗？不就是寻死寻活死皮赖脸吗？姐有办法。

她爱你，很在乎你吗？她说。

他点了点头。

你有没有试过，突然地消失，让她找不着，哪怕是一两天？

他跳了起来，说，姐，我们到你老家去，去看看你母亲。我再当一回水根，再当一回。现在吗？就现在，我有车。

正说着，他的手机响了。这是一首很好听的音乐，小提琴曲，《梁祝》。他看了一下。不接。这么好听的音乐，是她吗？她问。他点头说，这是她设定的音乐。姐你说，连手机的呼唤声她都要管，还有我自己的空间吗，说着，他把手机关了。

他们果然就这样走了。

在他的车上，老板娘也把手机关了。关了手机的老板娘想，要在这个看来热热闹闹的世界玩失踪，实际上是那么容易。现在，谁知道她在什么地方呢？两年多前，她的丈夫就是这样在她的生活中消失的，至今杳无音讯，就像一根针掉进大海里，无影无踪。

当钟云飞站在老板娘母亲面前的时候，老人似乎没有太大的惊讶，甚至有点麻木，只瞪着他看，不出声。老板娘在一边急出一身汗。是她老人家眼睛白内障看不清，还是他的出现太意外，一时反应不过来？她说，阿母，水根回来了。他从美国留学回来了，刚下的飞机，就往家里赶。这是她在父亲去世时的又一个谎言，说弟弟由于学习太优秀了，被学校派到美国留学，太远了，没办法回来奔丧。那个时候母亲只是叹了一口气，什么也没说。在路上，她和云飞套好了，顺着这个谎言继续说下去。钟云飞趁机怯生生地叫了一声阿母。

老板娘的母亲什么也没说，突然伸出手，在云飞的脸上狠狠地打了一个巴掌。这巴掌迅速有力，立即在云飞的脸颊上打出一只红色的五爪痕。

更让老板娘没想到的是，就在她惊魂未定之际，云飞扑通一声跪到地上，声泪俱下，对不起，阿母，实在是对不起。

老板娘也跪了下去，抱着云飞，哭着叫阿母，对不起，实在是对不起。

母亲愣愣地对着跪在地上，相拥而哭的姐弟俩，长叹一声，泪流满脸。

阿母，老板娘叫了一声，她突然想把真相说出，她知道母亲其实已经看出这个水根是冒牌的，她不忍再瞒下去了。母亲却打断她的话，你什么也别说，带着弟弟，到你阿父的神祉前，给他烧三支香吧。让他保佑你们在外平平安安。神祉是闽南话，就是死者的灵位。

第二天，他们套好了如何应对村里乡亲们的询问。和乡下人说美国，云飞有把握，因为他不但知道美国的许多事情，还说得一口流利的英语。把本地话和美国话对着说，乡亲们没有不相信的。可是，让他们意外的是，没人来。阿毛和那些与他们年龄差不多的年轻人都进城打工赚钱去了，男的走，女的也走，村里只剩下老人和孩子。对着冷冷清清的院子，老板娘想，那些走出大山的人们。如果他们的心中没有一份牵挂，不回家，不开手机，不和家人联系，那么，对于这片大山，对于这满山遍野的树木和竹林，对于这些几百年散落在条条山坡上的房子，他们就消失了。他们的家人再也没有办法找到他们。他们消失在某一座城市，消失在熙熙攘攘，五花十色的人群之中。她的丈夫不就是这样消失的吗？

/ 10 /

老板娘与钟云飞回到龙州，已近黄昏。母亲想留他们再住一个晚上，可是他们没法留，在母亲的眼皮底下，在摆放着父亲神祉的房间隔壁，姐弟俩同住一个房间，无论如何，是前所未有的煎熬。

第一天晚上，他们躺在各自的床上，却无法入睡。天使与野兽，欲望的张扬与乱伦的诅咒，无休无止地搏斗，无休无止地挣扎。伴随着他们的，是阵阵竹涛，是潺潺泉声，是沉默无言的夜空。

由于年久失修，窗户上面已经倾斜。透过歪斜的窗户看天，天远比屋内明亮得多。你很难想象深夜的天空是这样的明净透亮。几颗星星悬浮在空中,仿佛随时都可能堕落。

他们睡在对看的两张床上。这两张床这样对看地摆放着,已经几十年了。它们之间是窗下的那张破旧的桌子。桌子的长度就是这两张床永远不变的距离。

他们躺在各自的床上,睁眼对窗。他们都知道对方没有睡着,却谁也不敢动一动。他们知道,只要他们一动,这两张床几十年的距离就会消失。这将是一个不可饶恕的罪过。

为了逃避这种罪过,他们只有走。

车进城区,他说,姐,我不想回去。我没地方去。去我那里。她说。阁楼啊,不行,她会找到的,说不准,这个时候,她已经在餐厅里等着。她说,往左拐,到天地仁和,知道怎么走吗?知道,姐不会在那里有一套房子吧。姐就是在那里有一套房子。她从坤包里掏出一串钥匙,在他的眼前晃了一下。他想抢,她说,小心前面,来人了。他只好老老实实地把手放回方向盘。

路过东方明珠超市的时候,老板娘让钟云飞停一下车。她说,家里的冰箱还有鱼和肉,我再去买些青菜什么的,你想吃什么菜?他说,姐想吃什么我就吃什么。

进了屋,老板娘便忙着做饭。她买了一大堆东西,她要让他吃上一顿她亲手做的,与小吃店里全然不同的家常饭。她做饭的时候,钟云飞四处看看,从客厅,到卧室卫生间,再到凉台。在凉台上,他看到她夹在夹子上的乳罩和内裤。前天,他们走得太匆忙,她来不及回来收。乳罩是淡黄的,内裤是粉红的。他情不自禁地伸出手,想去摸一摸。可是手到半空中便又收了回来。他自嘲地羞涩地笑了一下。他对自己的举动感到奇怪,对于未婚妻的衣物,他从来没有动过这样的念头。

吃过饭,老板娘说,你开了一天车,一定累了,先洗。我不累,姐你先洗吧。你先洗,听话。

钟云飞洗澡的时候。老板娘突然感到心烦意乱，她习惯性地打开电脑，顺手点开QQ空间，她的这个动作，居然有点像以前的丈夫。"千年来一回"早已在网上等着她，她的QQ刚打开，就有嘀嘀叫唤声。此时，卫生间传来哗啦啦的水声。她犹豫了一下，把QQ关了。退出QQ之后，她在新浪新闻里随意地点看新闻。她其实一条新闻也没看进去。她的脸一阵阵地发热。她知道，这个晚上，一定有什么事要发生。她急于打开电脑，实际上是想转移和分散自己的注意力。

钟云飞在卫生间磨磨蹭蹭，总是不出来。他不是不出来，他害怕出来。但他终于还是出来了，世界上本来就没有洗不完的澡。老板娘对走出浴室的钟云飞说，把头发擦干了，小心着凉。说着，便拿着衣服走进去。她显得很平静。她的平静是装出来的。进了卫生间的老板娘大声说，你的东西都带好了吗？他看了看自己，该穿的都穿上了，便说，都拿了。她把卫生间的门关死。声音弄得很响。

老板娘洗澡的时候，钟云飞从网上下载了一部美国电影《朗读者》。从浴室出来的老板娘如出水芙蓉，光彩照人。钟云飞愣愣地叫了一声姐，再叫一声姐。她笑着说，说，做什么呢？他说，姐，我们来看这部电影，这是我看过的最好看的电影。

她把一只靠背椅移到他的身边。他们并排坐着，看《朗读者》。这是一部美国电影，改编自德国作家本哈德·施林克的同名小说。这部小说曾经轰动一时。

看完网上的电影，他说，我就是那个忧郁的麦可。她说，我就是那个不要脸的汉娜。

他们很快就并排地躺在床上。她想起汉娜在床上说过的一句话，"那么，我和麦可在一起。"说，我和谁在一起？我呀，他说。你是谁？你弟弟。

她看着他。他真叫钟云飞吗？他是谁，他从哪里来？不管他从哪里来，现在，他就躺在我的身边，是一个实实在在的大活人。

老板娘闭上眼睛。

汉娜一边擦拭着湿头发,一边对麦可说,我们把顺序改一下,先读书,我的小伙子,然后我们做爱。

麦可在朗读狄更斯的著作《老古玩店》:"他把她的手放在自己唇上,她死了。过去的已经过去,任何人都无力回天。"

汉娜在他的怀里,一边听一边哭泣。

麦可在朗读马克·吐温的作品《哈克利·费恩历险记》:"我摸索着往里走,到了一小块空地,才一间卧室大小,四周挂满青藤,我看到一个人在那里睡着了。天啊,这正是我那老吉姆。"

汉娜一边做着针线活,一边很微笑地听着。

朗读在浴缸里进行。麦可这次读的是劳伦斯的《查太莱夫人的情人》:"查太莱夫人感觉到他赤裸的肉体紧贴着进入了她的身体,他在她的里面,停了一会儿……"

这真恶心。汉娜说,你从哪里弄来这本书?麦可说,我在学校从别人那儿借的。哦,汉娜说,你应该感到羞耻。当麦可合上书本时,汉娜却说,继续。

钟云飞也闭上眼睛。

汉娜在雨中救了病中的麦可。三个月后,病愈的麦可给她送花表示感谢。她说我们一起走吧,你等一下,我换个衣服。站在门边的麦可偷看她的身体,被她发现,害羞地跑开了。几天后,麦可忍不住再去找汉娜。她提着一桶煤上来,看到站在门口的麦可,说,楼下还有两个桶,你帮提上来。麦可装煤的时候把身子弄脏了。汉娜说,你得洗干净了,才能回家。她为他放了水。麦可很难为情地在她的面前脱光衣服,躲在浴缸里。汉娜说，我给你拿条毛巾。惊恐而又渴望的麦可在浴缸里做垂死挣扎。汉娜双手举着展开的浴巾朝他走来，帮他擦拭着身子。这个时候的汉娜也是全裸的。麦可身体僵硬地背着她，她吻他的背，抚摸他，说，你回来找我，不就是为这个吧。他慢慢地转过身来，喃喃道，你好漂亮。你在说什么啊，她伤心地说。她比他年长得多。看着我，小伙子。嗯，嗯，他想亲吻她。她说，慢点，慢慢地，嘘……

钟云飞没有睁开眼睛。

全裸的汉娜忧伤地躺在浴缸里，在走廊里哭泣的麦可走进来，坐在浴缸边，说，我不能没有你。你原谅我吗？汉娜点了点头。你爱我吗。汉娜先是摇了摇头，接着又点了点头。麦可兴奋地脱下自己的上衣。

钟云飞的眼睛依然紧闭着。

全裸的麦可压在全裸的汉娜身上。汉娜坚挺的乳房，弯曲的大腿。麦可俯身对着她说，就像这样？没错。她扭着身子说。他动了。她又说，不，不要这么快。她用她的手教导他。他再动了一下，她"啊"了一声。他停了下来，她说，没事儿，再来。嗯，噢。

第二天早上醒来，老板娘对躺在自己身边的钟云飞说，城市是个招人犯罪的地方。钟云飞说，都是电脑里的东西惹的祸。

/ 11 /

他们把自己关在老板娘的房子里,切断与外界的一切联系。与世隔绝。

他们只做两件事:反复地温习《朗读者》和上网。当然,如果吃饭也算一件事的话,这是第三件,她变着花样给他做好吃的。作为小吃店的老板娘,她是这方面的行家里手。

老板娘做饭的时候,钟云飞便上网,和人聊天。聊最多的是和那个叫"千年来一回的"网友,用的是"没心没肺"的网名。有时,她和他一起与"千年来一回"聊。他的反应比她快得多,他能让对方跟着他的话题走。这一点,老板娘做不到,她只能跟着对方的话题走,回答对方提出来的问题。聊了几次之后,钟云飞对她说,姐,这个"千年来一回"就是姐夫。不会吧。是他,他用了那个跟他私奔的女人的网名。你是怎么看出来的?他笑了一下,我聪明啊。她说,那么,他猜出来,"没心没肺"就是我?不会吧,不会,他肯定地说,姐夫没有那么高的智商。她说,别老是姐夫姐夫的。你那个姐夫早就消失了。她指着电脑说,"千年来一回"对于我,只是没有躯体只会说话的影子。他笑了一下,换一个角度看,"没心没肺"之于他,不是一样的吗?老板娘说,真的是他吗?他说,我的判断不会错。她说,太可怕了,幽灵一般的。这电脑,我不敢玩了。这就是现代化,我们都无法拒绝,他说,因为我们是生活在信息时代的现代人。

一天早上醒来,老板娘看到钟云飞站在窗前。她从床上起来,用毛巾被裹住自己的身子,赤着脚,无声地走到他的身旁。闽南秋天的早晨,明净清爽。草坪上有几个老人在练太极拳,动作缓慢,显得有点专业。对面有一个小儿童乐园,几个小朋友在那里嬉耍,而他们的四周,或站或坐着几个女人,或许是年轻的母亲,或许是雇来的保姆,分不清。她在他的耳边说,你看什么呢?他说,什么也没看。他没有回头。

一辆小汽车无声地驶过远处的水泥路面。那是小区的主干道。主干道的两旁是木芙蓉。木芙蓉开花很神奇,早上是白的,到了黄昏,却变成了粉红色的。这是一个多变的世界。

他们默默地站着。一边享受着夏日清晨的清凉,一边想着各自的心事。

不知什么时候,她说,冰箱里的东西没了,我得出去一趟。给你买早点,再带一些东西回来。

他笑了一下,这笑,和以往一样,有点忧郁。

她穿衣服的时候,他说,姐,我得回去,我得到她那里,讨回我自己。

她说,你有把握吗?他说,有。她凄凉地笑了一下。他把头低了下去,显得有些可怜。她说,走吧,迟早得走。姐不想让你把自己丢在姐这里。

她想起汉娜的一句话,现在,回到你的朋友们那儿去。那个时候,汉娜为赤裸的麦可洗身子,带着肥皂泡沫的手在麦可的手上、脚上、背上、脖子上来回擦拭。在她用干毛巾擦他的头发的时候,麦可忍不住捧着她的脸亲吻她。他们赤裸着身子,相拥地站着做爱。麦可走后,汉娜就收拾行李离开了。汉娜在麦可的视野里消失了。天下没有不散的宴席。

老板娘伤感地说,现在,你可以回到你自己那里去了。

/ 12 /

钟云飞再一次在老板娘的生活中消失了。自从那天早上他离开,至今已经半年了。开始十几天,老板娘有些坐立不安,以后也就习惯了。生命是由时间构成的,而时间又是一位神奇的医生。它能医治一切创伤,让所有的情感淡化,甚至麻木。它化名习惯,让你心安理得,得过且过。她不给他打手机,也不去找他,尽管她已经知道他在哪里上班。

老板娘的事业蒸蒸日上。如意小吃在龙州又开了两间连锁店,一间开在南面的海边，龙州海滨火山国家地质公园，一间开在北面山区，"二宜楼"风景区。自从作为土楼之王的"二宜楼"被列入世界文化遗产，那里热闹非凡，游客不断。如意连锁店被龙州市旅游局列入就餐点。这是一个辉煌的新起点。老板娘随之出了名，市电视台采访她的时候，记者问，你对今后的发展有什么打算？她说，我打算把我的连锁店开到法国，开到马赛。真是语出惊人，一时成为人们热议的话题。

老板娘从来没有面对过摄像机的镜头，脑子乱轰轰的，不知道自己在说什么。她更没有想到，会在电视机里看到自己，听到自己的信口开河。她感到脸红心跳。脸红心跳的老板娘没有让自己太慌乱，更没有让自己失去主张。既然话已出口，她是不做不行的。

实际上，这话藏在她心里已经几年了。可是她至今不知道法国在哪里，马赛在哪里。于是她上网。自从钟云飞告诉她"千年来一回"就是她的丈夫之后，她已经好久不上网了。她在网上找到了法国的马赛。有地图，还有介绍。

关于马赛，网上是这样写的：

马赛是座有着2500年历史的古城，也是法国第二大城市和最大的海港，还是全世界小资们向往之地普罗旺斯的首府。马赛港分老港和新港，老港在城市的港湾，如今成了游艇的码头。新港区在城市的西面，在欧洲仅次于鹿特丹港，是第二大港口。我们所熟知的《马赛曲》即诞生于此地，他同时还是几千年来东方货品输入西方世界的重镇，所以马赛城弥漫着混杂的异国气息。

她把这些文字看了好几遍，还是不甚了了。她只记得钟云飞说过的，《马赛曲》是法国的国歌。她的知识结构还不足以支撑她把这些文字化为感性的画面。

可是，她找不到那个叫戴妮丝的女人。她的地址在钟云飞那里。她记得那个时候她对他说，放你那里吧，反正我也看不懂。真需要还得找你，通过你。可是，如今钟云飞在哪里呢？

　　出了名的老板娘，整天忙忙碌碌的老板娘，已经对钟云飞的消失习惯了的老板娘有点想念起这个长得十分像弟弟的少年家了，特别是在更深夜静的时候。这种思念有时随着汉娜与麦可爱情镜头的闪现而显得格外强烈。折磨人啊，这该死的电脑，这千刀万剐的在线电影《朗读者》。

　　钟云飞重新出现是在一个清晨。他衣着朴实地走进她的总店。他看到她，对她微微一笑，还是有点忧郁。她对自己说，我的水根回来了。她什么也没问，默默地为他端来一份他喜欢的早餐。

　　老板娘已经好久没有亲自为客人端餐了。对于老板娘的异常举动，阿菊没有感到丝毫意外。她对他笑了一下，这一笑有点暧昧。他的脸红了一下。阿菊想，这家伙的确有一点点可爱，难怪一向清心寡欲的老板娘对他一直不能忘怀。阿菊用清心寡欲来形容老板娘一点也不为过，将心比心，阿菊是一天也离不开丈夫的温柔与疯狂。而老板娘的丈夫消失已经好几年了。作为女人，其中的孤独、寂寞和难言的苦楚，她能体会。

　　吃过早餐，钟云飞朝老板娘笑了一下，说，饭钱是一次一次地收，还是一个月算一次？老板娘说，你是这里的股东，还提什么饭钱？他说，这不合现代管理的逻辑。该收的，一分钱也不能少。为了顾客的方便，可以是一次一次地收，也可以一年一月结算。可以用现金，也可以刷卡。你这里没有刷卡机吗？马上就会有的。老板娘说。

　　钟云飞走后，老板娘才离开总店。阿菊说，老板娘，不去海边了吗？不去了。阿菊现在是她的助理。本来，她计划让阿菊和她一起到新开的两间分店去巡视的。昨天再说吧。今天，你先去办一件事，了解一下，安装刷卡机要办哪些手续。三天内，在所有的分店，把刷卡机都安装起来。阿菊说，好的，老板娘。

　　中午，老板娘和钟云飞几乎同时出现在南门总店。他坐下来，还是他的位子。她为他端来套餐，干饭、青菜、一个荷包蛋、一条龙州五香，还有一罐排骨酸菜汤。他看了她一眼，埋头吃饭，什么也没说。她站在他身边，看着他吃饭。他的胃口还是那么好。金龟婿的生活没有把他改变了。吃过饭，他拿出手机，快速地按了一个号码。老板娘的手机响了。她的手机号一直没换。她在等待着这个响声。他有些羞涩又有些调皮地看着她，这是我的新号码。

老板娘微笑地看着他出去。他走路的样子没变，一步一步，斯斯文文。

刚下过雨，路边有一摊积水。他跨过积水，带过一阵男人的风，积水微微颤动，闪着淡淡的蓝光。不知从什么地方传来一阵歌声，老板娘听不出唱的是什么词，却能感受到热情奔放。他仿佛回头看了她一下，很快就消失在街角的人群之中。

老板娘笑了一下，把他的旧号码删去，新号码用弟弟的名字储存起来。

他天天来吃饭。有时周末，也到她的家里去坐一坐。她请他喝家乡出产的"云雾寻香"。她把开水冲进茶壶。清香四溢。他说，这茶现在炒到多少钱了。她说不知道。喝完茶他们就一起上网。他帮她注册一个电子信箱，并用这个信箱和戴妮丝取得了联系。戴妮丝给他们发来一组她最近的照片。她又跑了中国的许多地方，几乎吃遍中国各大中小城市的特色小吃。她说，还是龙州的如意小吃给她留下了最美好的印象。她还问，老板娘是不是准备好了，什么时候到她的家乡马赛去开分店。这些话全是法文写的，她看不懂，是他翻译给她听的。她让他告诉戴妮丝，她有这个打算，也在电视台上吹出去了。真要去的时候，再和她联系，请她帮忙。戴妮丝很爽快地答应了。

她看着他在电脑上给戴妮丝写信的时候，心里充满无限的温柔。情不自禁地伸手在他的头上摸了一下。他动了动脑袋，笑了笑。有点羞涩，又有点调皮。

她说，今天是周末，别走了好吗？他点点头。她说，姐给你煮点心，想吃什么？他说随便。

老板娘做点心的时候，钟云飞从风行网上再次把《朗读者》下载下来。

她说，还看啊？他羞涩地看了她一眼，低下头。怜爱之情在她的心里油然而生，说，随你吧，想看多少遍就看多少遍，想什么时候看就什么时候看。

这样说着的老板娘，便有了一种幸福的迫不及待的冲动。

有一天，钟云飞带着一个女孩子到店里吃饭。他对老板娘介绍说，她叫陈圆圆。老板娘差一点笑出来，这女孩长得惹人喜欢，圆圆的脸，大大的眼，脸颊上还有一对深深的小酒窝。这长相，闽南人叫"古锥"，用时髦的说法，则近似于西方流行的芭比娃娃。人也乖巧，第一次见面就跟着钟云飞叫老板娘姐，叫了姐之后便是笑。她的笑容和声音都很甜。

钟云飞如今在一家著名的旅游公司当导游，圆圆是他的同事。他说，圆圆的外语也不错。今后，我们都可能带去欧洲的旅游团。老板娘说，都说比翼双飞，这下我可看到了。姐，八字还没一撇哩。钟云飞的脸红了一下。而陈圆圆却嘻嘻地笑，一副没心没肺的样子。老板娘很喜欢地摸了一下她的脸蛋，她的皮肤真好，细嫩光滑，白里透红。

他在一边看，想，就她了。

8月里，云飞和圆圆要带一个团到欧洲，欧洲半月游，其中要在马赛待一天。云飞对老板娘说，他已经和戴妮丝联系上了，到时候，她会到酒店来找他。老板娘让他趁机为她开分店打前站。她说，让戴妮丝先为我们看一间店面，最好离旅游点近一些，先租下来，再装修一下。钱的事不用担心。她给他一张金卡，说，里面有20万元，不够，再汇。

钟云飞和陈圆圆是8月10日走的，走之前的那个晚上，老板娘在家里请他们吃饭。那顿饭吃得很开心，老板娘喝了酒，钟云飞和陈圆圆也喝了酒。老板娘喝高了，居然不让他们回去，说，弟弟，还有弟妹，我们一起看网上电影，《朗读者》，很好看的。她的话把钟云飞的酒都吓醒了。拉着陈圆圆赶紧走人。

钟云飞从此泥牛入海无消息。打他手机，回答是，对不起，您所拨打的电话不在服务区。老板娘不想到那个旅游公司去找，到旅游公司去找就不是她江水英了。

网上说，一架中国民航飞机在地中海失踪了。可是，官方新闻媒体没有此类报道。

秋天过去了，冬天来了。一天晚上，老板娘坐在电脑前，打开邮箱。电脑桌上放着一盆水仙花，电脑四周弥漫着淡淡的清香。没有戴妮丝的来信。前不久，她想请一个懂得法文的人来给戴妮丝写一封信，有人告诉她，龙州师范学院外文系有人懂得法文，她托人去找，那人说，龙州外文系大都教英文和日文，只有一个德文和一个法文老师。而那位法文老师据说有巴黎男人的绅士风度，风流倜傥，见了女人就像苍蝇见到血。这样的假洋鬼子、真色狼，还是别找为妙，以免羊落狼口。她问除了龙州师院，还有没有人懂得法文？回答是，龙州师院是龙州地面上的最高学府，如果龙州师院没有，别的地方一定也没有。老板娘只好作罢。后来，她用中文给戴妮丝写了一封短信，问她有没有找到钟云飞。戴妮丝见多识广，应该会找到懂中文的人。可是半个多月过去了，戴妮丝没有回信。

窗外北风呼啸。老人都说，夏天的风是钝的，冬天的风是尖的。这尖利的风从各种缝隙中钻进来，把老板娘的心吹得更冷。老板娘离开电脑，拉紧窗帘。坐在床上发愣。灯光把发愣的她转移到梳妆台上的镜子里。镜子里的老板娘依然清丽可人，和那个芭比娃娃比起来，毫不逊色。

都说天气变暖，可这一年的冬天却比往年要冷得多。老板娘有事没事总是在南门的总店门口站一站。她希望他从江滨路拐弯的地方朝她走来。她甚至想，有一天吃早饭的时候，他会像以前那样坐在那个他常坐的位子上，对她忧郁地一笑。而她什么也没说，给他端上他所要的早餐。她站在一边看他吃饭。他吃几口，就抬起头来看她一眼。可是，奇迹没有发生。

冬天过去了，春天来了。

在一个柔和宁静的春夜，老板娘打开电子信箱，意外地收到他的信。信上说，姐，戴妮丝是个骗子。陈圆圆跟一个法国佬跑了。等我攒够钱，把店面弄好了，就回去接你。另外，姐，我在网上给你买了一只坤包，是最近巴黎流行的款式，不过，不是名牌。

老板娘的脑海里浮现出他那羞涩的忧郁的微笑。

她不知道应该不应该相信电脑上的东西。电脑装着一个世界，这个世界很精彩。这世界很无奈。老板娘在电脑前坐了很久，一会儿打开，一会儿关上，打开，什么都有，关上，什么都没有。到底是有，还是没有，是存在，还是虚无？老板娘没有多想，她差一点就成为一个哲学家。

半个月之后，老板娘收到一只红色的坤包，款式绝对新潮。

从此，她常常做飞往巴黎的梦。

谁也不知道老板娘这个梦，能不能实现。

花开满城 下

小城的24个故事

青禾 著

中国华侨出版社

图书在版编目（CIP）数据

花开满城：小城的24个故事：全3册/青禾著 .—北京：中国华侨出版社，2017.3
　　ISBN 978-7-5113-6704-4

　　Ⅰ.①花… Ⅱ.①青… Ⅲ.①小说集–中国–当代 Ⅳ.①I247

中国版本图书馆CIP数据核字（2017）第042624号

花开满城：小城的24个故事（全3册）

著　　者／青　禾
责任编辑／林　炎
责任校对／王京燕
经　　销／新华书店
开　　本／787毫米×1092毫米　1/16　印张／64　字数／930千字
印　　刷／三河市华润印刷有限公司
版　　次／2017年5月第1版　2017年5月第1次印刷
书　　号／ISBN 978-7-5113-6704-4
定　　价／128.00元

中国华侨出版社　北京市朝阳区静安里26号通成达大厦3层　邮编：100028
法律顾问：陈鹰律师事务所
编辑部：（010）64443056　64443979
发行部：（010）64443051　传真：（010）64439708
网　　址：www.oveaschin.com
E-mail：oveaschin@sina.com

时代英雄	001
时代先锋	039
时代风流	082
步辇	123
春姑浪漫曲	161
尴尬年华	197
古厝沉浮录	236
无影妈	269
阿惠	307

时代英雄

/1/

阿狗的大名叫汪明亮,阿狗是他的小名,小时候只有他的父母亲这么叫,后来我们也这么叫,再后来,整条街都这么叫,后来的后来,学校里的同学、单位里的同事,都这么叫。知道他大名的,只有学校的老师和单位的领导。有一次,大约是读小学二年级的时候,他和一个高年级的同学打架,两个人扯在一起,老师一着急,脱口大叫,阿狗,快松手。阿狗松了手,很吃惊地看着老师,老师姓李,长得很好看,他曾不止一次地对我的三妹说,他喜欢李老师叫他汪明亮的声调,和唱歌一样。他没想到她也叫他阿狗。李老师对他笑了一下,说明亮,你怎么能在学校里打架呢?阿狗把脑袋歪到一边说,是他先动的手。说完,扭身就跑。

阿狗是我母亲的干儿子,有一阵子,差一点成了我的三妹夫。我们是邻居。我们那条街是老街,古早时叫探花街,民国时期改名大同路,新中国成立后叫青年路,"文革"中又因"青年"太中性而改名卫东路,保卫毛泽东的意思。现在,还叫青年路。青年路只有大约7米宽,两辆汽车交会要十分小心,放慢速度不用说,还要按好多次喇叭。因为路边总会有小板车、独轮车、带大货架的自行车,或是卖水果、卖贡糖、卖麻糍、卖烤地瓜、卖油炸甘蔗虫的小贩担子。那些人喜欢热闹,听到喇叭声,爱理不理的,慢慢吞吞地挪开自己的车子担子。汽车才得以通过。后来,两头的路口立了一块牌子,不准大型汽车通过。两边的房子都是带骑楼,闽南人叫"雨脚骑（五骸距，骑楼底下的人行道）"，下雨天，你在街上走，从头走到尾，不用带雨具，大热天，再毒的日头也晒不着你。

老人们说，青年路有两个地方在外面有些名气，一是一条叫何衙内的巷子，巷子很宽，全是青石板铺成的，巷底有一片大厝，是明代探花何士奇的老屋，里面有小姐楼，有花园、树丛、假山、水池。小时候，我们和阿狗常常到那里玩一种叫"救国"的游戏。我至今弄不懂那个游戏为什么叫"救国"：一个人把眼睛蒙住，数数，或50或100，其他人就四处躲藏，数完数，被蒙住眼睛的那个人就来找，第一个被找着的，就蒙眼睛，如此反复。阿狗被蒙眼睛的时候很少，他总是能别出心裁，躲在一个你意想不到的地方，让你找不着。只在游戏开始时，他偶尔要蒙眼睛，因为第一次是用"剪刀剪"的方式来决定的，锤子、剪刀、布，按理，以他的机灵是不会输的，可他一定要输给我的三妹，他蒙眼睛之后，第一个找到的，也一定是三妹。三妹常常不把藏真当回事，有一次还站在水边对着自己的倒影出神。何探花的大厝如今已不存在了，改革之初，拆了，盖了一片宿舍楼，是本市最早的套房楼，住的都是政府机关干部，现在叫公务员。还有一个去处，建于清朝同治年间的教堂，哥特式建筑，100年来，它一直是我们青年路的最高建筑。当然，现在它已经淹没在一大片高楼大厦之中了。听说在中国现代文学史上一位中外闻名的文学大师的父亲，在20世纪初，曾经是座教堂的牧师。小时候，礼拜天早上，我们常常在礼拜堂外面听圣歌，其实我们对圣歌不是很感兴趣，我们感兴趣的是糖果，听说能进去唱歌的小孩，都能分得好几粒牛奶糖。当然，我们是不会进去唱圣歌的，那是"吃教仔"的事情，"吃教仔"是本地对信洋教人的鄙称，而我们的母亲是信佛的。然而，阿狗总能混进教堂，并拿到牛奶糖。和他共享牛奶糖的只有三妹，问她，阿狗是怎么进去的？她不说。这家伙，嘴巴被阿狗的牛奶糖粘住了。

三妹的小名叫燕子，说到底，这燕子的名字是阿狗叫出来的。那个时候，三妹不到2岁，天天放在我们家门口的"雨脚骑"下，阿狗4岁，住我们家隔壁，每天都围着三妹的"椅轿"转。"椅轿"是本地一种专供小孩坐的竹椅子，有座位有扶手有护栏，吃的玩的东西可以放在扶手上。阿狗喜欢围着三妹的"椅轿"学我们叫"囡仔"，"囡仔"是本地对小女孩子的昵称。阿狗不是本地人，他是不久前从龙岩来的，他叫"囡仔"的音调和闽南话"燕子"一样，很搞笑，也很好听，我们就学着他叫"燕子"。那个时候，每到春天，便有许多燕子在我们"雨脚骑"顶上的木梁边做窝，叽叽喳喳地叫。有天早上，母亲听阿狗叫"囡仔"，又看了看屋檐下的燕子，说，那就叫燕子吧。

三妹出身贫寒，却天生任性，小时好哭，哭起来没完没了，好像天底下所有人都欠她什么。你越哄她越哭得天花乱坠，本地话叫"越哭越有花字"。只有阿狗能让她不哭，甚至破涕为笑。她一哭，阿狗就叫着"囝仔"跑过来，先给她做鬼脸，做完鬼脸就唱歌，唱的是一首当时很流行的歌，大人小孩都会唱："戴花啊要戴大红花，骑马要骑千里马，唱歌要唱跃进歌，听话要听党的话。"阿狗边唱边围着三妹的"椅轿"转，还扭屁股，三妹的头就随着他转，唱到最后一句，阿狗在她的面前顿了脚，把两个大拇指伸到三妹的眼前，三妹就开心地笑了起来。

那时候我们这座闽南小城还没有幼儿园，"幼儿园"只是一个令人向往的名词，偶尔出现在大人们谈论苏联人民的幸福生活之中。阿狗整天和我们在一起。阿狗的父母亲都上班，带他的是他姐姐，叫春梅。春梅比阿狗大好多，比我都大2岁。母亲说，春梅不是阿狗的亲姐姐，是新妇仔。本地闽南话"新妇仔"就是童养媳。用现在流行的话说，阿狗是个小帅哥，唯一的缺点是瘦，因为他不好好吃饭。每次吃饭，都是春梅端着饭碗跟在他屁股后面，来回跑。阿狗的饭碗里不缺好料，他的饭碗一过，我们便会流口水，里面全是鱼和肉，鱼是清蒸的，鱼骨鱼刺全被春梅剔除得干干净净，雪白细嫩的，小山一样地浮在碗面，十分诱人。肉是精肉，剁碎了放进上好的酱油煮，那个香啊，没法说。可是，阿狗就是不吃，跑，让姐姐追，追上了，千说万说，才吃一口，然后又跑。那时，我们家半个月才吃一次肉，肉是三层肉，三层肉煮酱油，酱油是1斤5分钱最次的酱油。酱油本地话也叫豆油，原本应该是用黄豆做的，而我们的酱油，却有一股烧焦了的头发的味道。我从小就想到酱油厂去探个究竟，一直没机会。父亲挣的工资少，好在母亲会持家，每天5分菜金，雷打不动，半个月吃一次肉，半个月吃一次鱼。1950年代末，本地三层肉1斤6角，不是过年过节，母亲多半只买半斤，3角。鱼是黄花鱼，咸的。当时黄花鱼没有现在金贵，一斤3角5分钱，太咸还没人要，摆在那里惹苍蝇。我们平常吃的是沙蜊仔煮酱油。沙蜊仔是龙江沙滩上的物产，1斤3分钱，鲜、甜，还有点腥，煮的时候要放生姜片。"腥"在当时不是坏字眼儿。人们常说，"肚子里没有一点油腥，整天饿得咕咕叫。"阿狗就喜欢三妹碗里的那点腥味。三妹碗里，就是白稀饭浇上沙蜊仔煮酱油汤。没人的时候，春梅就求三妹和阿狗对换吃，于是两个人都吃得兴高采烈。吃完了，春梅会拿着空碗跑回去向她母亲报喜，她母亲高兴了，就会奖励她，或一句好话，或一个笑脸，有时，甚至还会给她1分零花钱。

春梅这样做要十分小心，不能让她的母亲看到。我也会站在她家门口掩护她，她母亲一有动静，我就大声咳嗽，听到我的咳嗽声，她立即夹一块肉，随时准备把它塞进阿狗的嘴里。我们都管她的母亲叫玄婶，因为她的丈夫，也就是阿狗的父亲大名叫汪玄。玄婶对所有人都十分和善，开口就笑，还常常在三妹的"椅轿"上放奶糖，唯独对春梅十分严厉。有时，她明明高高兴兴地和我们说话，一见到春梅过来，她的脸立即就变得很严肃，你来做什么，又不是三岁的孩子，快去做饭。而春梅有时明明高高兴兴地和我们说着什么，一见到她母亲过来，立即就闭了嘴，低头走开。我母亲说，春梅遇到玄嫂，就像老鼠遇见猫。

玄婶和玄叔都在东风制药厂工作。那时候东风是一个很好的名字，东风象征社会主义，西风象征资本主义。玄叔是东风制药厂的技术员，玄婶在厂里当会计。听说，玄叔解放前是资本家，自己开药店。对私改造、公私合营后才进了东风制药厂。母亲说，他们不是本城人，是龙岩人，解放前在龙岩和本城都有药店，还雇伙计。汪家在本城的药店就开在我们家隔壁，难怪他家的厅那么大，还放着一个巨大的玻璃柜子。还有，他家楼上面街的窗门下，是和房子一样宽的大招牌，上面两边是两只斜挂的葫芦，中间是三个浮面的大字：济世堂。母亲说，以前济世堂什么药都卖，但真正好药是他们自己做的中成药"和春散"和"保圣丸"，和春散专治花柳病，保圣丸是滋阴补肾药，都是祖传的，有奇功。母亲说，解放后，玄叔把保圣丸的秘方和制作工艺交给政府，所以政府让他当了制药厂的技术员。而那个和春散的方子，政府不要，说现在哪来的花柳病？那是旧社会的一块毒瘤，早就让人民政府彻底切除了。是啊，妓女没了，改造成自食其力的劳动者了，哪来的花柳病？母亲又说，其实玄婶是玄叔的细姨仔，玄叔的大某在龙岩。本地话"大某"是大老婆，而"细姨仔"就是小老婆。这些话都是母亲在一天半夜对父亲说的，她以为我们都睡死了。而那天晚上睡觉前我多喝了一杯水，被一泡尿憋醒了，全听到了。不知道母亲这些消息从哪里来。母亲当时很热衷于街道事务，人称"街桌布"，或许是从街委会听来的，还也有一种可能，是玄婶告诉她的，母亲人缘好，什么话都能听得到。当然，我知道这些话是不能说出去的。

阿狗家楼上，挂着一幅字，听春梅说，是玄叔的祖父写的，"慎内闭外，多知为败"。字写得很正很白，就是不知道什么意思。玄叔玄婶还有他们的家世，对于十来岁的我，有一种说不出的神秘感。

/ 2 /

那时我对什么都好奇，但许多事想不明白，就想从春梅那里探听一点什么，来填补问号挖出来的空洞。春梅虽然只比我大2岁，可她比我高出一个头，那长相那体态，完全是一副大人的样子，胸部高高的，一条长长的乌黑的大辫子，在腰间闪来闪去。可是，每当我旁敲侧击地向她提出一些问题的时候，她总是一脸茫然地说，大人的事情我怎么会知道，你问这做什么？好玩，我说。她便笑，笑得很开心，说，阿婶说你聪明，什么都想知道，还真是的，哦。阿婶是她对我母亲的称呼，"哦"是她的口头禅。什么话她都能加个"哦"字，或前或后，"哦"字一出，她的傻相就出来。有时我母亲和她说话，也会跟着她"哦"一下，过后便说，这孩子白长了那么高的个子，傻。然而我私下里想，春梅是真傻还是装傻，拿不准。

有一天下午，说好了我们要带阿狗放风筝的，可我一直等到3点多还不见春梅的动静，以为她忘了，便去找她。门虚掩着，我轻轻地推了进去。我要说明一下，我不是随便就去推别人家门的人。那个时候，我们青年路，不管哪一家，门都是虚掩的，当然，每家每户的大门外，都加了一道"掩格仔门"，掩格仔门是用竹子做的，用一根竹杆横穿着，可以向左右方向来回推拉，以挡住人们的视线，里面的人可以看见街上行走的人，而外面路过的人却看不见里面的动静。我轻轻地走进阿狗家大厅，没人，走到厅后的房间，春梅斜躺在床上，一只胳膊成三角形支撑着自己的身子，另一只胳膊护着阿狗，原来阿狗还没睡醒。她把食指放在嘴唇上，让我别出声。我蹑手蹑脚地走进去，她示意我低下头，在我的耳边说，等一下，让他睡个够，他昨晚没睡好，吵得很，才睡下。我闻到一丝香气，弄不清是哪来的。我退出房间，想上楼去看看风筝。风筝是我和春梅做的，我们就在阿狗家楼上的露台上放风筝。春梅见我朝楼上走去，使劲朝我摇手，我以为她叫我把脚步再放轻，我一边点头一边猫一样地爬楼梯。

我人未爬上，头刚伸出二楼的楼面，就被眼前的景象吓住了，别说动，连气都不敢喘。我看到玄叔光着身子躺在地上，玄婶跨在他的身上，不停地在他的身上按摩，她做得很专心，很用力，我甚至可以听到她的气喘声。而玄叔却死人一般地，一动不动，连眼睛都是闭着的。玄婶的头上，就是那幅"慎内闭外，多知为败"的字。好在是大热天，要不玄叔准得冷死。我正想悄悄地退下来，却听到玄婶说，好些了吗？她显然是对玄叔说的。死人一般的玄叔突然伸出双手将玄婶抱住，玄婶一下子就跌落在他身上。我不敢看，闭上了眼睛，悄悄地后退。退到楼下，正好撞在春梅软软的身上。她将我紧紧抱住，用手掩住我的嘴，把我拖到她的房间。阿狗还没睡醒。她放开我，小声说，你把我吓死了。我抬头看她，她的脸色比墙还白，我想说什么，她抢着说，不管看到什么，对谁都不能说，懂吗？我点头，她又说，包括对你家所有人，就当你什么也没看见。我说，我看见了，怎么能当没看见？她"哦"了一声，不知道如何回答我。我说，不穿衣服躺在地上……她伸手堵住我的嘴，不让我说下去。这时，楼上传来一阵异样的声音，春梅下意识地将我抱住，仿佛怕我再跑上去。我闻到她身上的香味，不由自主地贪婪地吸了口气，她动了一下，把我抱得更紧。我感觉到她粗粗的喘息，她的辫子在我脖子上微微挪动，痒痒的，很舒服。

这时，我听到阿狗说，春梅，我要尿尿。阿狗不知什么时候坐在床沿，他的声音很大，且包含着明显的不满。我们吓了一大跳，还没等我们回过神来，玄婶的声音从楼上滚下来，如一阵响雷，你死了吗？春梅，阿狗要尿尿，你没听见？春梅一边大声说，知道了，一边朝我挥手，让我赶快走。我像小偷一样地迅速溜出来，坐在我家门口喘气。

阿狗从他家楼上天窗摔下来，是第二天下午的事情。阿狗家的房子比我家深得多，前厅原来是店面，后面是一个房间，与楼梯相对着，再后面是后厅，后厅是吃饭厅，最后面是厨房。饭厅的楼上是露台，中间开一块一米见方的天窗，为的是给饭厅提供充足的光线。我们都喜欢那个天窗，它是后厅的一道风景，随着日光的移动，可以在地上变化出许多灿烂的图案。平时，天窗是用一块玻璃罩罩住的，那天不知怎么的罩子没盖上，阿狗就是从那里摔下来的。听春梅说，那时他们正在上面放风筝，他们的注意力都在空中。

那天下午我没和他们一起放风筝，因为母亲让我和她一起到何衙内大厝找先生娘坐。人们大都不知道先生娘姓什么叫什么，母亲叫她先生娘，街坊邻居都叫她先生娘，因为她是何先生的妻子。何先生是城西中心小学校长，早年毕业于北京大学，听过胡适先生的讲演，这是先生娘告诉母亲的，母亲告诉父亲时说的是"乌色先生"，"胡适"本地话说起来和"乌色"没有区别，母亲不识字，所以不知道胡适是何人。何校长是明代探花何士奇的后裔，何士奇后来官拜南京礼部侍郎。听说何先生打了"右派"，先生娘哭了好几天，母亲是去安慰她的。没有文化的母亲和先生娘交上朋友，是因为她常常为先生娘做袜子，补衣服。那时提倡节约，勤俭持家，一件衣服穿九年——"新三年旧三年，缝缝补补又三年。"母亲为了贴补家用，买了一部缝纫机，为人补衣服，私下里收点钱。母亲补的衣服好看大方又耐磨。何先生的外衣，总是在两个胳膊肘的地方磨损，经母亲修补的地方看不出是"补"，倒像是特意加上去的装饰，朴实美观，何先生十分满意。还有，母亲发明一种办法，把新袜子从底部剪开，再缝上特制的底，又耐穿又舒服，何先生也十分赞赏。那天下午，我们在先生娘家坐了很久，我们去的时候先生娘还在掉眼泪，我们走的时候，先生娘的脸上已经有了笑容，也不知道母亲和她说了些什么。她们说话的时候，我和先生娘的女儿小慧一起看书，他们家有许多书。我们是同班同学，她少我一岁，跳级，考试的时候，我们总是全班一二名，有时她第一我第二，有时我第一她第二。先生娘夸我聪明的时候，母亲就说，他大一岁，多吃了几百斤大米。

我们是在先生娘家大厅那座古香古色的大钟响了4下的时候回家的。刚到家门口，我正想着要不要上阿狗家找春梅放风筝，就听到春梅一声惊叫，紧接着是一阵撕心裂肺的哭声。那声音十分恐怖，把我吓得一动也不敢动。母亲在第一时间醒悟过来，一个箭步冲进阿狗家。我定了神想进去的时候，母亲已经抱着满脸是血的阿狗跑了出来，冲着我大喊，快叫三轮车。我跑到四岔路口，拦住一辆三轮车。母亲也到了路口，她跳上车，大声说，医院，快。

阿狗从天窗摔下来，头撞到饭桌上的一只菜碗，把碗撞破了，也把额头撞裂了，缝了7针。等玄叔玄婶闻讯赶到医院时，阿狗已经会张嘴说话了。

四邻都说阿狗的命是母亲抢回来的。当时阿狗流了好多血，母亲一手抱住他，一手按他的额，血从她的手指缝流出来，滴到地上，好几个邻居都看到了。有位邻居还指"雨脚骑"下的血迹对玄婶说，要是没有阿莲，阿狗就没命了。阿莲是母亲的名字。三妹当时吓得大哭，反复叫，阿狗死了吗，阿狗死了吗？春梅使劲地捂住她的嘴，骂她乌鸦嘴。

出院后，阿狗就认我母亲为"契老母"，这是本地话，也就是干妈的意思。从此，阿狗就和我们一起叫我母亲阿母，叫我阿兄。名正言顺地和三妹换饭吃。因为这件事，春梅挨了骂还挨了打，但她十分地开心，因为她从此不用为阿狗不吃饭而犯愁，不到一个月，阿狗就胖了起来，又白又胖的，调皮灵动，人见人爱。

/ 3 /

阿狗被学校开除的时候，我已经念高中了。因为他的事，母亲找了学校校长。校长是女的，姓张，自从何先生划了右派，她就当上了校长。她刚当校长的时候，我们都不喊她校长，我们心目中的校长还是何先生，何先生已经不当校长当校工了，扫地、敲钟、送报纸。但我们还叫他何校长，还有一些年纪大的老师，也叫他何校长。张校长原来教我们算术，教得很烂，她那个时候已经不年轻了，可额前总是留着刘海，因为她脸长，想掩盖过去，我们背地里还是叫她马脸，这是很不礼貌的行为，但那个时候我们就时兴给老师和同学起外号，没办法。张校长有一次开会，说，你们不叫我校长我无所谓，为人民服务分工不同而已，怎么叫都是一样。可是你们不能叫他校长，这是立场问题，说得严重一点，管一个资产阶级右派分子叫校长，是在向党示威。她说得很严肃，可我们都笑了起来。笑归笑，从此我们不敢叫何先生为何校长了，不叫又心里过不去，看到他，我就远远地躲开。母亲和张校长说了半天，张校长还是坚持要开除阿狗，母亲就火起来，母亲一火起来就骂人，母亲骂人很难听，张校长倒有很好的涵养，不生气，只冷冷地问，你是他的什么人啊？母亲说，我是他契老母。张校长就笑了，说让汪明亮的父母亲自己来。玄叔玄婶不敢到学校去，他们说，没脸。其实，真正的原因母亲是知道的，他们胆小怕事。何先生划右派的时候，玄叔在厂里也差点被划上右派。听说厂党支部书记在全厂大会上说，帽子拿在我们手上，看他的表现，什么时候不老实，什么时候就给他戴上。

被学校开除的时候，阿狗才念三年级。说起来这事还和三妹有点关系。三妹念一年级，有一个6年级的男孩子，无缘无故地抓三妹的辫子，那时母亲给三妹梳两根羊角辫，辫子上还扎了两只蝴蝶结。阿狗自己很喜欢抓三妹的辫子，抓一下，三妹骂一句死阿狗，他就乐得笑个不停。可他不许别人抓三妹的辫子。他于是就找那个6年级的男生打架。他当然不是人家的对手，那个打赢了的男生居然当着阿狗的面抓三妹的小辫子。阿狗说，你等着。那个男生大笑而去。谁也没想到,那男生刚在教室里坐定,低头从书包里掏本子的时候,阿狗拿着一块破砖头,冲进教室,朝他的脑后勺砸了下去。让你再抓辫子。

玄叔玄婶在母亲的陪同下,到那个男生家赔礼道歉,并给足了医药费和营养费。那男生的父母倒是通情达理,也不要求开除阿狗,就是张校长一定要开除,她说,这样"横"的学生不开除,学校没法管理。"横"是本地话,意思是蛮横不讲理。张校长说阿狗"横"的口气有点当下国际社会说恐怖分子。何先生也找张校长谈过阿狗的事,何先生的意思是,小孩子可塑性强,思想教育为主,给他一次改过的机会。当时何先生的右派帽子虽然已摘掉了,但张校长在会上说,摘帽右派也是右派,只有老老实实接受改造,才能得到人民的宽恕。何先生是想了很久才找她谈阿狗的事的,他还引用了陶行知的话说,你的教鞭下有瓦特,你的冷眼里有牛顿,你的讥笑中有爱迪生。你别忙着把他们赶跑。你可不要等到坐火车、点电灯、学微积分,才认识他们是你当年的小学生。张校长冷笑,她喜欢冷笑,她冷笑的时候有一种居高临下的嘲讽的味道。她冷笑着说,你以为用砖头砸人脑袋的人会是瓦特,会是牛顿,会是爱迪生?何先生说,当然不是当然不是,我只是说,不要急于把他赶走。张校长说,不是我们把他赶走,是自己要走,放着阳光大道他不走,偏走独木桥。何老师啊何老师,我说你什么好呢?你什么时候才能真正把立场把感情转到人民这一边?你知道那个汪明亮的父亲是什么人吗?资本家。这一下,何先生不敢再说什么了。这些,是后来何先生的女儿何小慧告诉我的。

阿狗被学校开除,他的"横"也随之名扬青年路。"横"也叫"蒙面",不怕死。比他大几岁的男孩子都怕他。几年间,他就成了我们青年路的"歹团头"。开头,是春梅罩着他,他到哪里春梅跟到哪里,她绝不允许有人和他的弟弟过不去。当然,谁对他的弟弟好,她就待谁好,她是我们青年路真正的孩子头。后来,春梅出嫁了,阿狗也长大了,成了真正的"歹团头"。春梅嫁给部队的一个连长,结婚之后就跟丈夫到贵州去了。听说临别时,她抱着阿狗哭了一个晚上。母亲说,真是难为了她,阿狗是她带大的,比亲弟弟还亲。我一直弄不清楚春梅为什么那么快就结婚走人，听说，这门亲事是她亲生父母介绍的，是她老家的一门远亲，一说就成，一拍就合。这也是缘分啊，母亲说。

　　我是在春梅走三天后才知道她走了，那时我在学校里住宿。星期六回家听说春梅远嫁贵州，我的心酸溜溜、空落落的。我依稀闻到她身上的香气，想，她应该告诉我一声才对啊。母亲见我愣愣的，突然想起什么，从抽屉里拿出一张条子，说这是春梅的地址，她说要是阿狗有什么事的话，就给她写信。我的心又冷了一层，她心目中只有阿狗。我把纸条还给母亲，说你留着吧。有一年过年的时候，母亲不知为什么突然想起春梅，让我给她写信，却找不到那张地址。那年，我们家搬走了。我们家的房子本来就是租的，母亲一直想把那房子买下来，最后没买成，因为父亲不同意，父亲认为有了房子就有财产，人家就会把你往资产阶级上划，何苦花钱买一副枷锁套在自己的脖子上？房子我们不买别人要买，我们就得搬走。新房子比原来的更小，我就住到学校去了。那几年，为了考大学，我没少努力，可是，后来大学也没考成，因为来了史无前例的"文化大革命"。不久，就上山下乡了。

　　我们下乡的时候，阿狗没下乡，因为他是独生子，父母身边无子女，可以留城。他不但没下乡，他父亲还提前退休，让他补员，进了东风制药厂。那个时候，工人阶级领导一切，当一名国营工厂的工人是十分让人羡慕的。

　　阿狗常到我家，每次来都没空手，一条鱼，一块肉，一瓶酒，一袋水果什么的，还没进门就大叫阿母，把母亲叫得乐滋滋的。那时阿狗的名声不好，本地话叫"歹囝浪荡"，常常听说他和谁谁打架，又被叫到公安局派出所。他每次来，母亲都问他，最近学好了没有，还打架？他做出一副十分冤枉的样子，说阿母你看，我这样子像是喜欢打架的人吗？都是那些爱打架闹事的人乱说，无影无迹，我每天都老老实实地上班下班，吃饭睡觉。真的？真的。不信，你去问我们厂领导。他知道母亲不会去问。阿狗如今长成一个少年家，一表人才，嘴巴又甜，母亲越看越喜欢。他额头上不是有一块疤吗，小时候，母亲喜欢摸着他的疤说，我们阿狗啊，什么都好，四方脸大眼睛，牙齿又白又整齐……就是这块疤，以后，把头发留长一点，盖住它。阿狗就说，阿母你摸啊，使劲地磨，把它磨掉它就没了。母亲就使劲地在他的额头上抚摸，他就倒在母亲的怀里嘻嘻地笑，弄得三妹很吃醋，总是羞他不要脸，又不是你的亲娘，弄得比亲娘还恶心。也不知道为什么，长大以后，阿狗额头上的疤居然就没有了，只剩下隐隐约约的一条上月形的暗线，反倒在他的脸上凭空增添了几分英气。阿狗常来，他的心思母亲是清楚的，他喜欢三妹。开头，母亲并不怎么放心，因为他没有固定的职业，自从他补员进了东风厂，母亲就从心底同意了。阿狗名声不好，但他不是真坏，她心里明白，从小看着他长大，能不明白？况且，母亲看上了玄叔玄婶，她以为三妹找上这样的公婆，是她的福分。

无奈三妹看不上阿狗。虽说从小一块长大，青梅竹马，但三妹心高气傲，她决不会把自己的命运轻易地交到别人的手里。三妹没读几年书，却鬼迷心窍，不可救药地爱上文学，想当现代李白，整天写一些谁都看不懂的句子，自我欣赏，自我陶醉。那些句子全抄在一本蓝色的本子里，宝贝似的锁在她自己的箱子里。其实，我们谁也不会去看她的东西。偏偏阿狗对她十分崇拜，总是想法子要看她的诗，他越想看，三妹就越瞧不起他，这事有点怪。有一次，阿狗不知从什么地方弄来三妹的一首诗，很神秘地对我说，阿兄，你给我讲讲，这里写的是什么？我说我不看，什么狗屁东西，无病呻吟，故弄玄虚。我越这样说，他就越觉得三妹的诗写得好，对三妹就越是一往情深。还时时跑到三妹的知青点去，弄得那个知青点都知道，三妹有一个很帅气的崇拜者和很死迷的追求者。死迷是本地话，就是执着。

三妹对阿狗一点办法也没有。他很大方，每次去，都带许多吃的东西，与三妹知青点的男知青喝酒聊天，去多了，三妹不理他，他无所谓，他已经和知青点的男知青们成了好朋友。有一天晚上，他喝高了，站在晒谷场上大声朗诵三妹的诗："我低头，看见一颗闪亮的星星。我抬头，找啊找啊，却找不见她的身影。是一潭污浊的水啊，偷走了我，那颗飞翔的心。"你们知道这诗是谁写的吗？是我未来的老婆——燕子。燕子，燕子，我的燕子！他大喊大叫，招来了许多看热闹的农村小孩，弄得三妹又羞又恼，无地自容。一怒之下，她收拾东西，连夜回城。

从此，三妹三天两头往城里跑，再也不安心在乡下劳动，谁也劝不听。后来，她考上了省师范学院，毕业之后就留在省城教书，再也没有回来。

在三妹还没考走的时候，阿狗还是常常往我们家跑，可是，来的时候不对，以前三妹回城他就来，后来，他专挑三妹不在家时来，陪母亲聊天，帮母亲做家务。当时我们都下乡了，家里就母亲和父亲两个，母亲是家庭妇女，没上班。阿狗一来，母亲就知道他昨晚上的是夜班，就说，阿狗怎么不回家睡觉。他说，我不困。母亲知道他的心思，就说，阿狗，三妹的脾气你是知道的，命比纸薄，心比天高，你别老想着她，听阿母的话，找一个比她更好的。阿狗就笑着安慰母亲，说他来纯粹就是为了看她老人家，和三妹没关系。

那段时间，我都在乡下，回家很少，先是响应毛主席的号召，扎根农村，很投入地学农活，与贫下中农打成一片，以后有了上大学的希望，就专心地复习功课，再后来，就考到上海的一所重点大学去了。阿狗的事，是回家时母亲三言两语地讲给我听的，也没怎么当回事。说心里话，我也不太赞成三妹与阿狗谈恋爱，倒不是因为阿狗的名声不好，而是因为，三妹和他根本就不是一路人，在一个屋檐底下过日子，不合适，更谈不上幸福。

/ 4 /

就在三妹大学毕业，留在省城工作的那年冬天，阿狗闪电般地结婚了。对象是三妹的朋友，下乡时同一个宿舍的舍友，叫雷雁，我们都叫她小雷。小雷不是本地人，是北方人，她的父亲是南下干部，时任市公安局某科科长。小雷是在阿狗到乡下追三妹时，偷偷爱上阿狗的。她先是被他的外表所吸引，然后，她就爱上他的死迷。小雷父亲始终不同意这门亲事，因为阿狗是公安局西城派出所挂了号的"歹团"。十几年来打架斗殴的记录从没间断过。小雷说，他又不和我打架。她父亲说，你爱他什么？她说，他死迷，会疼人，疼老婆是一个男人最大的优点。她父亲说，你会后悔的。小雷从小被惯坏了，我行我素，你越反对，她越执着，她认定了，三驾马车都拉不回来。

阿狗结婚的时候，母亲代表他的父母亲，当他的长辈，坐在婚宴的主席位上。玄叔退休让阿狗补员，本想他有了固定工作，会痛改前非，重新做人，不想阿狗江山易改本性难移，还是经常打架，一气之下，就回了老家，不久，玄叔就在老家病倒了，玄婶就跟了回去，把阿狗托付给我母亲。他们的走，实在是对阿狗的失望。而母亲说，其实，阿狗也不是他们亲生的，是玄婶娘家小妹的儿子。还说，玄叔年轻时得过花柳病，不会生育。这些都是母亲听来的，可信度很值得怀疑。母亲心地善良，耳朵轻，人家说什么她就信什么。母亲的这些关于玄叔玄婶的家事，大都是听东风制药厂的一位女工说的，那位女工原来就住在我们家的斜对面，在我的印象中，是个喜欢搬弄是非的女人。然而，阿狗结婚的时候，阿狗的父母亲没出席，却是不争的事实。当然也不是全不管，他们给他寄了1000元钱，作为结婚的费用，那时候，1000元可不是小数目。

阿狗的婚礼办得很热闹，摆了20桌酒，来的大都是阿狗的那些酒肉朋友。女方的父母亲都没来，他们不认这门亲事，不认这个女婿，也不认这个女儿。母亲上门请了三次，没用。用母亲的话说，她是热热的脸孔去贴人家的冷屁股。但母亲不后悔，她是尽心了，礼数也做到了。对于女方父母的决绝，母亲持宽容态度。她说，老雷是北方人，不是本地人，要不，不会这样不懂规矩。北方人在本地被称为"北仔佬"，不懂本地的礼数。佬就是傻，失在心上，不傻才怪。女方只来了小雷的几位工友和小学的同学，还有，就是原来知青点的队友，当然，三妹没有出席。她甚至不知道阿狗结婚的事，没人告诉她。阿狗结婚那天晚上，母亲很高兴又有点伤心，高兴是为阿狗，看着阿狗和小雷，多么般配的一对，她笑，笑得很甜蜜。她是把他们当成自己的儿子和儿媳来看的。她很为阿狗感到骄傲，他走的是正常人所走的路，他今年结婚，明年她就有孙子抱。而她的亲生儿女们，个个都让她很操心，男大不婚，女大不嫁。不孝有三，无后为大。这正是她伤心的事。当然，这其中最让她不放心的是三妹，触景生情，站在阿狗身边，和阿狗一起向各位来宾敬酒的，本来应该是三妹。母亲就是怀着这样复杂的心情，多喝了几杯，一回家就沉沉入睡。

母亲还是被小雷的敲门声惊醒了。新娘子说，阿狗没回家。母亲一看时钟，已经是深夜三点钟了。母亲的酒被吓醒了，和新娘子一起回到青年路，进了门就听到阿狗的鼾声，原来，他在楼下的房间睡着了。小雷也喝多了，一觉醒来，发现床上没人，马上就想到他一定出事了，紧接着就想到母亲，就慌慌张张地跑到我家来了。母亲和新娘子一起把阿狗拖上楼，放到新床上。阿狗一个翻身，抱着新娘子叫春梅，新娘子大惊，如果他叫的是三妹，新娘子可以理解，甚至会体谅他，更爱他。可是叫的不是三妹是春梅。小雷一下站起来，对母亲说，阿母，阿狗叫什么？母亲说，他叫春梅。他还有另一个女人？母亲笑了，说，不是另一个女人，春梅是他阿姐。这孩子，有情有义。于是母亲就向小雷讲春梅。

阿狗结婚之后，过了几年平静的日子，有一年还被厂里评为先进生产者。大家都说，浪子回头金不换。那年阿狗三喜临门，一是生了个大胖小子，二是评了先进生产者，三是得到小雷父母亲的认可。小雷母亲抱着外孙，笑眯眯地说，看在这小子的分儿上，就认了这个歹囝女婿吧。本来，小雷和阿狗商量好了，孩子出生后，就请母亲去帮他们带孩子。可人家外婆不让，宝贝似的抱回娘家去了。阿狗从此收心，不再和社会上的那帮酒肉朋友来往，老老实实地上班下班，围着老婆孩子转。日子过得顺心，人也发福了，小肚子突了出来，小雷摸着他的肚子说，这哪里是阿狗啊，成阿猪了。我的小肥猪啊。阿狗就抱着她在屋里转。

我母亲站在一边看。阿狗小夫妻说笑，从不避母亲。母亲看着看着，便掉眼泪，她想起三妹。阿狗说，阿母怎么哭了，母亲说，欢喜啊。阿狗就把小雷放下。那天，母亲回青年路看他们，顺便看看老街坊们。母亲念旧，虽然搬走了，却常常回青年路走走。当然，她最常去的，除了阿狗那里，就是何衙内先生娘的家。

何先生是"文革"结束的那年冬天去世的。何小慧大学毕业在上海工作，何衙内大厝那么大的一片房子就住先生娘一人，很孤单。何先生的身体是"文革"中被打坏了的。他是右派分子，摘了帽的右派还是右派。但是他是死老虎，"文革"刚开始抓他们批斗，戴高帽游街，一阵风过去了，他们把打击的目标锁定在张校长身上，说她是死不改悔的走资本主义道路的当权派。何先生想不通，说她什么缺点都不为过，说她走资本主义道路实在是冤枉了她，就不识时务地为她说了几句话，结果惹火烧身，无休无止地批斗和折磨，把身体搞垮了。

阿狗的孩子叫小明，小明7岁那年，阿狗故态复萌，犯了事，被关进了牢房。这事说起来，要怪我，是我多嘴，引发了一场灾难。

我大学毕业留校任教，日子过得虽然不精彩，却还顺当，上课下课，读书写文章，评讲师、副教授、教授，走所有高校教师要走的路。只是我的终身大事尚未解决，我和何小慧的关系，不死不活地拖着，她不急，我也不急，我们没有激情，只有事业。虽然她和我不同校，但我们暗中较着劲，我们从小学起就暗中较劲，她优秀毕业生，我也优秀毕业生，我留校她也留，她评讲师，我也评讲师。她在国家级学术刊物上发表论文，我也在国家级刊物发表论文。谁也不肯认输。可是皇帝不急太监急，我母亲和她母亲都急，她们给我们的指示是，要么赶紧结婚，要么吹，大家都另找更合适的对象结婚。我正想着和她商量结婚的事，何小慧不知吃错了什么药，居然提出分手。我说，你找到了心中的白马王子？她说我无聊。我说，总得给个理由吧，青梅竹马，说分手就分手？她说，我决定调回家乡去，你能和我一起回去吗？这下可真把我难住了。我已经上了讲师，并考上了在职博士研究生，用我导师的话说，在这个领域，我前途无量。在我们这个领域，导师是一位十分严谨的科学家，从不随便说话。何小慧看我不说话，"哼"的一声，走了。她真能做得出，说走就走，连人带关系，一个星期内，在上海消失得无影无踪。就在我踌躇彷徨的时候，接到母亲的电话，那个时候长途电话十分稀罕，没有大事是不打的。这个长途听说是阿狗陪母亲到邮局打的，我和母亲通话时，阿狗就站在电话间的外头。母亲兴奋地告诉我，说阿慧回来了。你也回来吧，这里也有学校，要教书在哪里不一样？

"文革"前，我们家乡有一所本科大学，是省属第二师范学院，"文革"中解散了，刚刚复办，急需人才。我于是决定利用暑假回家看看。

我记得那天很热，阿狗到家里看我，一进门就把衬衫给脱，说热死了，这鬼天气，不让人活了。我看着他身上的赘肉说，日子果然过得清爽，雷雁会疼人，要是和三妹，你就没有这么舒服的日子过。他说，三妹怎么啦？我脱口说，离婚了。阿狗说，不是好好的吗？我苦笑了一下，她的日子啊，好不了。我说的是三妹的性格，她至今还生活在天上，与这世界格格不入。我说话的时候，母亲一直用眼睛瞪我。一向以来，我们家有一条不成文的规矩，不在阿狗面前提三妹。也就不说了。阿狗也不再问，我们的话题转向他家小明，他说，小明过了暑假，就要上小学一年级了。

我至今还弄不懂阿狗是怎么上的省城，怎么找到三妹的前夫。反正，他是在一个风雨交加的晚上，把三妹的前夫堵在省城一条偏僻的巷子里的，那里距离三妹的住处不足100米。关于阿狗这次行凶，是在省公安厅工作的同学告诉我的，他大概看了当时的笔录，情节与细节有点类似后来的电视剧里经常出现的镜头：

省城的某小巷的深处，严风厉雨，伸手不见五指。

阿狗：你就是三妹的丈夫？

那人：不是丈夫，是前夫。你是谁？

阿狗：你管不着。我问你，你为什么要和三妹离婚？

那人：不是我要和她离婚，是她要和我离婚。

阿狗：胡说！我看你一定有了第三者，那婊子的是谁？叫什么在哪里？

那人：不可理喻。

阿狗：什么？什么李？有叫四个字的吗？是个日本女人吧，你小子能啊。

那人：神经病。

阿狗：你骂谁？

阿狗亮出他的刀，一脸凶相。一个闪电从他们的头上走过。

那人：这位兄弟，你一定是误会了，我说了，不是我要和她离，是她一定要和我离，她说，这样平庸的日子没法过下去了。我没有其他的女人，没有第三者，我可以对天发誓。

阿狗：就算你没有第三者，也是你把她逼得无路可走了。

那人：不讲理啊。

阿狗：你回去，去和她和好，向她赔礼道歉，你们一定要复婚，好好过日子。

那人：这不可能，你对她不了解，一点也不了解。

阿狗：放屁。我们是一起长大的，我不了解她谁了解。

那人：我明白了，你是阿狗。

阿狗：你认得我？

那人：你想知道她是怎么评价你的吗？

阿狗：她向你提起过我？

那人：她说过，不止一次。

阿狗：她说我什么？

那人：她说你是一个俗不可耐的家伙。

阿狗：你去死吧。

阿狗给了他一刀。

好在那一刀没有把人捅死。阿狗被判了7年徒刑。

母亲说，三妹听到阿狗入狱的消息，只说了一句话，狗拿耗子多管闲事。

/ 5 /

阿狗在监狱里蹲了5年，由于表现好，提前释放。阿狗出来的时候是母亲和春梅一起去接他的。阿狗被判刑的那年，雷雁就和他离婚了。那时她已经不是少女小雷，她已经是少妇雷雁了，没有浪漫，只有现实。她知道她没有什么盼头了，阿狗就是阿狗，不会因为她变成别的，哪怕是小肥猪。不久，她就带着儿子小明去了香港。听说她父亲的一位老战友的儿子在那里经商，不久前死了老婆。阿狗出狱时，小明已经有一个2岁的小妹妹了。

阿狗出来了，自由了，可他什么都没有了。家没了，职业丢了，制药厂在他入狱前就把他除名了。

阿狗也不是什么都没有，他还有青年路的房子。阿狗在监狱里学会做打卤面、做卤料的本事,就在自己家里开了点心店,先卖卤面,后来又加卖卤肉、卤鸭子、卤豆干、卤花生、卤笋干。青年路解放前是一条商业街,所有的房子都有店窗,卸下店窗,原来的厅就是一个很好的店面。阿狗家以前开的是药店,门面比别人宽敞,后面的天窗更让店面显得通透敞亮。

开店的本钱是春梅给的,手续也是春梅替他办的。母亲说,要是没有春梅,阿狗就更惨了。

春梅回来了,她的丈夫从部队转业到地方,她就让丈夫转到我们这座闽南小城。她是半年前才把家安顿好了的。春梅的丈夫在部队是一位团级干部,转业后安排在市工商局任副局长,还安排了一套三房一厅的大房子。她的家很美满,丈夫对她百依百顺,她还有一个15岁的男孩子。她高大丰满,脸色红润,看上去很像部队家属。本地人对部队家属有好感,她们大都是北方人,性格开朗,为人爽直,好相处。春梅万事顺心,唯一让她操心的就是这个不争气的弟弟。对于弟弟的不争气,她一直很自责,是她把他宠出来的。我母亲说春梅的这个自责其实没道理,真正把阿狗宠坏了的不是春梅是玄婶。

阿狗从监狱出来时,我已经从上海调回家乡三年了。当初,在事业与爱情的天平上,我向爱情倾斜了一点点。在选择人生道路的关键时刻,就怕这一点点,你以为是一点点,结果一倾斜,另一边就翘起来,再也落不回去了。我的那些留校的同学们,都是博士生导师,有一位还是全国某专业学科委员会的委员,而我呢,当个硕导还争了半天。我们是新学校,别说博士点,就是硕士点也才刚上几个。物以稀为贵,争是很自然的事。何小慧比我更惨,教授评了三次,差一点没评上。但我们都不后悔,毕竟在老人身边尽了孝道,让两边的老人都过得很愉快。好在我们的儿子还算争气,博士毕业进了一个国家级科研单位的博士后流动站,问,出站后要不要到外面去遛遛?外面就是国外,现在出国跟从屋里走到屋外一样方便,所以简称外面。我们说主意你自己拿。我们不支持也不阻拦。我们的观念比我们的父辈有一点点进步。当然,阿狗出狱的时候,我们的儿子才满月。忙得团团转。那时,何家老屋已被拆了,在那里盖了几栋政府宿舍,我们分得一套三房一厅的大套房,心满意足,其乐融融。母亲告诉我阿狗出狱的消息时很兴奋。而我的反应很平淡。阿狗的事,我实在不敢再掺和了。也不想和他多有往来,我们毕竟不是同一类型的人,我们没法在一个思维轨道上对话。我只说三妹离婚,他怎么就会去杀人了呢。想想都后怕。

但是,我还是从母亲那里,不断地听到有关阿狗的消息。总的来说,他出狱之后,日子过得还算平静。生意也还红火,有一次,我下了课,在校道上听到一男生对一女生说,走,我请你到青年路吃卤面。阿狗的卤面居然成了青年路的一个品牌。

阿狗出狱的第二年,又结婚了,对象是闽南某县山区的村姑,到城里来打工的打工妹。严格地说,他们不是结婚了,是同居了,因为那个女孩子还不到法定的结婚年龄。结婚是母亲的说法,母亲和春梅为他们主持了婚礼,请了几桌酒。那女孩叫秋菊,我一听这名字就好笑,怎么姐姐叫春梅,老婆叫秋菊,听起来就有点古典,好像都是阿狗的使唤丫头。秋菊是和她的工友一起到阿狗卤面店吃卤面时认识阿狗的,阿狗的卤面好吃又便宜,秋菊常去吃,一回生二回熟,阿狗又天生一副讨女孩子喜欢的臭皮囊。阿狗说,秋菊,你在鞋厂一个月能挣多少钱啊?秋菊说,加班加点,拼死拼活,也就800块钱吧。阿狗说,到我这里来,我给你1000元,包吃包住,怎么样?母亲说,阿狗还带她上楼看了房子,秋菊就留了下来。母亲说,这阿狗啊,人家可是一个"人厝寬仔"(闽南话,寬仔是女儿,人家屋子里的女儿,意为黄花闺女),没几个月,就把人家睡出肚子来了,不结婚也不行啊。

阿狗交了桃花运,生意也日渐红火,这一段时间,他总是笑嘻嘻的,常常到我家送一些卤鸭掌和卤花生,他从母亲那里知道,我不抽烟,但喜欢喝点小酒,最喜欢用卤鸭掌和卤花生下酒。阿狗也喜欢喝酒,可他从来不和我一起喝。他说,阿兄那样饮酒没意思,杯子小捏不住,饮得又太慢,斯斯文文地嘬一下,像小孩子在吸奶,没劲。阿狗说的是本地话,本地话喝酒不说喝酒说饮酒,嘬就是小口吸,保留古人的说法。我的杯子,他一口一杯都嫌不过瘾。他每次都放下东西就走。有时,也让秋菊送。秋菊是一个很讨人喜欢的女孩,白里透红的脸,脸颊上还有一对小酒窝,那对小酒窝一边大,一边小,笑起来别有一番风韵。小慧说,秋菊让她想起古代一位名人的侍妾,哪位名人,想不起来。我说不会是因为秋菊的名字让你产生联想吧。她想了想,也有可能。何小慧家的书太多,她也读得太多,记不住很正常,再说,她又不搞中文,记那些做什么?总之,秋菊有点魅力,阿狗这小子艳福不浅。要是让我们学校那些自命不凡的年轻的男教师们看到,一定义愤填膺,群情激昂,大骂天道不公。有一次,阿狗来,还是送了一大包卤料,他说,阿兄,今天做多了,你帮忙消一些,别嫌弃,全是新鲜的,早上刚卤的,新配方,你尝尝。他放下东西就想走,我说,阿狗,别走,陪我喝两杯。阿狗有点受宠若惊,高高兴兴地坐下来。那天我高兴,因为我又在国家级学术刊物上发表一篇论文,我的导师特地为此给我打了电话,表示祝贺。过后想,其实没什么值得高兴的,一年有多少人在那里发东西,发了又如何?可我当时就是高兴。人有时是很可怜的。可怜而不自知。阿狗开头不敢放胆喝,学我的样子,一小口一小口地嘬,我说,这酒是好酒。我们喝的是本地酒厂酿造的米酒,叫南山淳。米是十月冬米,就是不做酒,那米香也醉人,水是南山塔下的泉水,南山塔建于初唐,泉水则比它更悠远,千秋万代,永远的清纯,永远的甜美,配方古老,工艺讲究。南山淳名不见经传,更无铺天盖地的广告。显然不是名牌,但不是名牌胜于名牌。那是真正的好酒,醇香,不上脑,不伤肝。现在人们喝酒,喝的不是酒,是酒的牌子,剑南春、茅台、五粮液,还有皇家礼炮什么的。那些东西少有真货。即使牌子是真的,里面的酒也未必真好。我说,阿狗,你放开喝,别跟我一样,喝酒就要喝得痛快。阿狗笑了一下,还是不敢放开。阿狗对我有点敬畏,因为我是三妹的阿兄,还因为我是当老师的,他那种对老师的尊敬大约是从小慧家来的,小时候,何先生和先生娘在我们青年路是很受尊敬的。而这种尊敬的最近延伸,是何小慧。小慧是所有亲戚朋友中唯一不叫他阿狗而叫他明亮的人。阿狗到我家,只要小慧在,开门时都会说,明亮来啦。走的时候,她还会把他送到门口,说明亮慢走,有空常来玩。这种叫法,我是习惯了的,从小学起,她在学校里就从不叫别人外号，她说，叫人外号，给人起外号，是对人的不尊重。我之于阿狗，她倒是持理解态度，也不干涉。因为他是我母亲的干儿子，比一家人还亲，我们叫阿狗有亲切的味道。有一次，阿狗很不好意思地对小慧说，阿嫂，你不叫我，我都忘记自己叫汪明亮了。你还是叫我阿狗吧。小慧说，习惯了。

我说，阿狗，你今天放开喝，喝醉了，阿兄送你回家。他说，阿兄说真的？我说真的。他于是就放开喝。其实，他没什么酒量，几杯酒下去，胆子大了，话也多了。说最多的，是我们小时候的生活，是三妹。还有，就是他在狱中一个叫汤仔的老兄弟。刚进去的时候，老犯吃新犯，是他保护了他，又是他教他如何做卤面、做卤料，还给了他他们家祖传的秘方。他们的师徒传承，全是纸上谈兵，可是他出狱之后，按他的方子和方法，居然做出名闻一方的卤面和卤料，成了他的谋生手段。我感到奇怪的是，他不谈他的前妻小雷也不谈他的儿子小明。在谈了许多话之后，阿狗突然放下酒杯，看着我说，阿兄，你是有文化的人，你说，人活着，到底为了什么？

我一下愣住了。我不知道他为什么会冒出这样一个高深而严肃的问题，而我自己，说老实话，从来没有认真地思考过这个问题。我说不出来。

他看我不说话，以为我不想说，就不好意思地笑了一下。说，阿兄，我知道我没文化，你说了我也听不懂。不说不说，我们喝酒，有酒喝，有老婆睡，比什么都过瘾。他偷偷地睃了一眼我们朝南的那间房门，何小慧把自己关在书房里，没听见，便很得意地笑了起来。他的笑容居然有点小时候的影子，很天真很可爱。

/ 6 /

阿狗的好日子没过多久，麻烦就来了。他的麻烦来自秋菊的肚子。那个时候计生工作抓得很严，秋菊的肚子日益显山露水，成了街委会重点打击的目标。如果他们是合法夫妻，按规定是可以再生一个的，因为阿狗和前妻生的儿子已经随前妻到香港去了。但是秋菊还不到结婚的法定年龄，他们是非法同居，对于他们的非法同居，街委会可以睁一只眼闭一只眼，但对于秋菊的肚子，街委会的另一只眼无论如何也不敢闭上去。计生是基本国策，有一票否决权，也就是说，街委会的其他工作做得再好，计生工作突破指标，等于白做，不但十几号人一年到头辛辛苦苦白忙乎了，还要追究领导责任。然而，街委会的人都知道阿狗的"横"，惹不得，弄不好，给你砸一砖头捅一刀子，谁受得了？他们开了几次会，谁也不想出头，就来个曲线救国，找到我母亲，让她老人家出面，做阿狗的工作，最好是把肚子里的孩子刮掉，实在不行，不要生在青年路，给他们留一点面子。街委会的人找母亲的时候还给母亲带去了一袋水果和一罐麦乳精，因为我们家早已搬出青年路，不属于他们管辖，让母亲出面，纯属帮忙。母亲是个热心肠的人，帮街委会更是帮阿狗。她把水果和麦乳精提到春梅那里，给春梅的孩子吃，和春梅商量处置的办法。她们一致认为，孩子是一定要生下来的，也一定不能在城里生，最好的办法就是让秋菊回家，在山村生完孩子再抱回来。生下来就生下来了，能把孩子怎么样？街委会又没责任，两全其美。

　　母亲和春梅一起挑一个好日子到阿狗那里说这件事，为什么要挑好日子母亲没说，为什么那一天就是好日子母亲也没说，春梅对母亲言听计从。阿狗对逃避计生的方法，倒没有什么意见，因为他明白计生这东西是不能硬碰的，和他一起蹲监狱的一个狱友，就是因为破坏计划生育工作被判了有期徒刑，好像是为了保护老婆超生，出手打伤上门做工作的计生工作人员。问题是当初秋菊和阿狗同居，根本就没有告诉家里人，她只说来城里打工，每月把500元钱寄回去，说是打工挣的钱。现在让秋菊挺着肚子回去，肯定不合适。母亲决定和春梅到秋菊家打前站，先把秋菊家搞定，再让秋菊回去。

　　她们带两样东西上路，一是阿狗和秋菊的合影，那是一张城里时髦的结婚照，新郎官西装革履，新娘子雪白的婚纱拖地。二是1万元礼金，1万元在当时是一个天文数字，当时交通事故汽车压死一个人才赔2000元。要是有人做生意赚了大钱，人们就称他为万元户。这1万元是春梅多年的积蓄。

母亲和春梅的山村之行十分成功，山里人何曾见过白色的婚纱照，见过这一大捆工农兵？更何况母亲亲家长、亲家短地叫得十分亲热，把秋菊父母亲的心叫得软软的，热热的。女儿到城里能攀上这样一个好人家，是他们的福分，再说了，秋菊弟弟到县里上高中正缺着学费。

　　母亲和春梅回来之后，又挑了个好日子，让阿狗带秋菊回家。从此一个未婚先孕的少女不再出现在阿狗卤面店，不再出现在青年路的街面上，街委会对此十分满意。让街长特别感到庆幸的是，就在秋菊回家的第10天，全市进行计生工作大检查，有人举报青年路卤面店有一个大肚子的女工时，阿狗应对自如，没有出现一点破绽。街长当时就站在阿狗旁边，捏着一把汗。她事先并不知道有人向上级计生办举报的事，一点思想准备也没有，她本来并没有安排上级检查人员来看个体点心店，他们却执意要来，他们是有备而来的，好在她的工作做得及时，可是，要是阿狗说漏了嘴，后果不堪设想，不但全年的工作泡了汤，她这个街长恐怕也当不成了。阿狗是什么人？按过去的说法，是劳改释放人员，是入了另册的。查出来，她就是包庇坏人。谁这么可恶，在这关键时刻和她过不去？都说阿狗"横"，可那天阿狗却是笑嘻嘻的，态度十分端正。说，报告政府，我的确雇了一个女工，可我怎么就没看出她大肚子，要不，我叫她下来，让政府亲自看看。说着就上了楼。他果然就从楼上带下来一个女孩，大家一看，这姑娘虽然有点胖，但肚子绝无异军突起的征候。要不，阿狗说，你们带她去查一下，没事的，免费检查身体，她没意见的，你说呢？最后这话是对那女孩讲的。那女孩子居然点头，表示愿意和他们去做妇科检查。上级检查人员说，检查就免了，你来多久了？那女孩子说，一年多了吧。上级检查人员看了一下街长，街长似有似无地点了点头。上级检查人员就对街长说，我们走吧。

　　有惊无险。看来，上级检查人员也不想太较真，说得过去也就行了。阿狗说，政府政府，吃碗卤面再走吧。街长回头剜了他一眼。自言自语，这个夭寿仔鬼，乞丐有攒还会弄拐子花。这话是后来街长告诉母亲的，纯属闽南方言，意思大约是，这短命的家伙，得了便宜还卖乖。

在那个关键时刻，跟着阿狗从楼上走下来的女孩，是秋菊的表姐荷花。

阿狗在秋菊家受到十分隆重的接待。分别时，小夫妻难分难舍的样子让秋菊的父母亲暗地里很欢喜，阿狗虽然比秋菊大十来岁，但外表显年轻，两人很般配。俗话说，惜花连盆爱，惜囝仔连团婿。疼女儿连女婿一起疼了。小夫妻缠绵的时候，老夫妻就商量，女婿回家，一间卤面店，里里外外一个人肯定忙不过来，店不开不行，忙坏了女婿也不行，另外雇人不如让秋菊表姐荷花去帮忙。荷花也顺势到城里散散心。老夫妻把这个意思告诉女儿，秋菊立即赞同。表姐和她一起长大，知根知底，情同手足，有她在她放心。荷花原本是计划上个月要结婚的，她的对象一年前到省城打工，为的是赚一笔钱，把婚礼办得派头一些，没想到他在省城和一个湖南妹子好上了，先斩后奏，把人家的肚子搞大了才带回来，硬是把她的位置给挤掉了。这事一说，荷花就答应了。

阿狗不久就和荷花好上了。阿狗的那个帅气，比之大明星刘德华，有过之而无不及，是战无不胜的少女杀手。更何况，孤男寡女在一个屋檐下住着，抬头不见低头见。干柴烈火，燃烧是常理，不着火不正常。阿狗又不是什么圣贤，我们不能用柳下惠坐怀不乱的标准来衡量他。最早看出端倪的是春梅，春梅把这个消息告诉母亲，是想从母亲那里讨教一个万全的处理方法。母亲是一个很重传统的人，对我们的教育向来十分严格，对阿狗却出奇地宽容，母亲笑骂道，我知道迟早要出事的，这夭寿仔鬼，要作践多少人厝囝仔。事到如今，也没有什么好办法，就是让他小心，别再把肚子搞大了，要不到时候，姐妹俩不打死才怪。春梅说，这话我说不出口。母亲说，我来说。母亲想了想，又说，你把那个什么套，拿一打给我，到时我把那东西往他的桌子上一放，他就明白了。春梅说，是避孕套吗？母亲说，就是那个东西，你没有？春梅红了脸，说有。母亲说，有就对了。春梅正当盛年，怎么会没有呢？

事实证明母亲和春梅的操心纯属多余。当母亲把"那东西"放到阿狗面前时，阿狗笑嘻嘻地从床头柜拿出一大盒，全是进口的。母亲说，阿狗，这事不能让秋菊知道，到时候姐妹俩伤了和气，你的罪恶就大了。阿狗嘻嘻哈哈地说，阿母，你放心，我又不是忐仔。母亲说你没心没肺的，和失心的傻子也差不多。阿狗嘻嘻哈哈地从背后抱着母亲说，阿母你比我的亲生母亲更好。说这话的时候，本来没正形的阿狗突然就没了声息，母亲觉得不对头，转过头去，却见阿狗的眼睛水蒙蒙的。母亲说，想你老母了？阿狗似是而非地点了点头。母亲说，早就该回去看看了。阿狗说，我不敢，我没脸。其实，阿狗也知道自己不是玄婶亲生的，他的亲生母亲是玄婶的妹妹。他让她们很失望。母亲叹了一口气，什么也没说。阿狗却又嘻嘻哈哈地说，人生一世草木一秋，管不了那么多。然后就唱歌，"独立的生活偶尔感觉寂寞，渴望有一双手给我爱解我愁，你像一场梦就是这样轻轻勾起我的温柔，占据我所有，相思难耐痴心的人化不开，总是难免受到伤害……"阿狗的歌喉很臭，属狗喉乞丐声。他是荷花来了之后才学会唱歌的，荷花读过书，她的歌全是她以前的爱人教的。每到晚上，她就喜欢一个人唱歌，把阿狗的心唱得凄凄惨惨。

　　我最近在学术上的势头不错，又在一家核心期刊上发了一篇论文，而且圈子里的人都认为，我的这一篇论文不比在国家级的那一篇差，甚至于在论点的超前方面比前一篇还更让人耳目一新。虽然我的导师没有再打电话，但以他的为人，是可以理解的，不能一再给弟子以表扬，他怕弟子把尾巴翘到天上。然而我得自己把自己表扬和鼓励一下，我给自己的鼓励就是喝点小酒，南山淳，卤猪头肉。喝酒的时候我想起阿狗，顺嘴说，阿狗怎么这么久没来了。小慧笑着说，你是想阿狗，还是想他的卤料啊。

　　听春梅说，阿狗的卤面店最近开得不怎么样，三天打鱼，两天晒网，顾客流失得很厉害。人家兴冲冲地跑来，而你的店门老关着，是个什么滋味？而且卤面和卤料也不如以前做得地道好吃了。春梅认为全是那个叫荷花的不是，这人懒，睡得比阿狗还迟，还常常唱歌，不三不四的调子，阿狗也跟着她唱，还学跳舞，音乐声大大的，在店里扭屁股，有个做生意的样子吗？秋菊要不赶快生赶快回来，这店和阿狗就一起毁了。我说，阿狗这人，就是管不住自己。小慧说，人的素质决定人的命运。我说，你也来喝一杯吧，陪我高兴高兴。小慧说，你啊，我看不比阿狗强多少，无非多读人家一点书。我反唇相讥,你呢,怎么就看上我这个准阿狗?

小慧笑了起来,她不是美人,可笑起来很有魅力,怎么说呢,那是一种很文静、很贤淑、很古典的笑。有点像沈三白家的陈芸。小慧走出她的书房,平时,我们是一人一间书房,互不干扰的。她坐在我对面,给我的酒杯加了点酒,顺口吟道,"绿樽翠杓,为君斟酌。"又给自己倒了一杯,说,如此良夜,与君斟酌,祝君再上一层楼。我说,这还差不多。两人喝酒聊天,不知怎么的又说到阿狗,小慧说,先前那个秋菊要是生在城里,再读点书,会是一个很优秀的女性。阿狗和她在一起有福气。我说,阿狗也有心高气傲的一面,从他对三妹的追求可略见一斑。她说,三妹活在天上,不食人间烟火。她的诗,我是一句也看不懂的。可她如今的名气可大了去了,我说,什么诗会笔会,到处飞,到处开讲座,给人签名。她笑了笑,说,阿狗知道吗?我说应该不知道,两个世界两重天。她笑了笑,说春梅还好吧?我说,不知道,我也很久没看见她了。她便看着我笑,笑得很善良又很暧昧。小慧知道春梅是我儿时的偶像,我们夫妻之间没有秘密。我说真的,要不是阿狗,她才不会来找我呢。露馅了不是,她很开心地拍着手。那天下午春梅来,说了她对阿狗近况的担忧。小慧不在,上课去了。春梅是想让我劝阿狗,然而阿狗是那种听劝的人吗?小慧说,你是应该找阿狗谈谈,你的话他还是会听一点的,人家不是叫你阿兄吗,这阿兄不能白当。

/ 7 /

我们不知道,就在我们闲聊阿狗的那个晚上,阿狗的命运再次发生了重大变化。秋菊在那天晚上死于非命。

秋菊的肚子日渐显山露水,山村也不是世外桃源,计划生育是基本国策,地不分南北,人不分老幼,人人有责,谁也逃不脱。村委会找上门来,乡里的干部也找上门来,秋菊只好走路。本地话走路有另一层意思,就是逃,东躲西藏,不断转移,越转移越偏僻,越转移山越高,越转移林越密。那天晚上,秋菊在听到狗叫声,看到手电筒的光束在村子里划来划去的时候，仓皇上路，不小心跌下山崖。阿狗并不是执意要这个孩子，他曾经想过放弃，让秋菊回来，他更在乎她。他和荷花睡觉，心里想的是秋菊。他一边堕落，一边伸出双手想抓住什么。一心想生下这孩子的是秋菊和她的父母亲，他们的想法很简单，有了孩子才像个家，老人想用孩子来让这个家更稳固，让女儿的后半生更有保障。秋菊是在她母亲的陪同下东躲西藏的，走的都是她娘家的亲戚。

阿狗和荷花一起回去，办了丧事之后又一起回来。对于我们，他绝口不谈秋菊的事，仿佛从来就没有这个女人的存在。母亲也不敢说起，怕伤他的心。春梅更是小心翼翼，她只是每天到他那里去，默默地帮弟弟干活，想把这卤面店撑下去，要是开不下去，阿狗靠什么度日？荷花也不再唱歌了，认认真真地跟着春梅干活。阿狗不说话，只干活。生意倒是慢慢地好起来了。有人吃卤面，也有人喝酒。吃卤面的大都是就近读书的学生，有中学生，也有师范学院的大学生；喝酒的是外地来打工的农民工。只要人喝酒，阿狗就跟着喝，他一进去喝，荷花就不好算钱。不好算就不算，算我请客，阿狗说。当老板的这样请法，这店迟早要倒。

阿狗破罐子破摔，日子不想过下去了。荷花想走，春梅着急，找母亲商量。春梅哭着说，我现在又成他的保姆了，我一放手他的日子就没法过。母亲说，从小到大，你保姆当惯了，索性不管他，看他怎么办？母亲说的是气话。同样的环境，同样的困难，别人不是活得好好的，就他不行，好像所有人都和他过不去，是他在和别人过不去。我去和他说，这死囝仔鬼。和人横，和日子也横？母亲最后说。

可是，母亲还没有去找阿狗，自己就病倒了。几十年来，在我的印象中，母亲从来不生病，连感冒都没过。偶尔头痛，摇摇头，做做其他事，也就过去了。人们常说，从来不生病的人，一生就是大病。果然。母亲是在一天早上起床时不小心摔倒的，倒在地上就起不来，昏睡过去。父亲吓得够呛。父亲这几十年来，已经习惯衣来伸手饭来张口的生活，除了上班，他什么都不干，也什么都不想。父亲是红旗机器厂的老工人，厂劳动模范，他整个人和魂都在厂里，用母亲的话说，家只是他的旅社和饭店。家里所有事都母亲一个人操劳。父亲看到母亲昏死在地上,一时慌了神,只会拼命地叫着母亲的名字,他的叫声惊动了邻居的一位阿婶,这才打了电话,要了救护车。医生说,要是晚来半个小时,命就保不住了。母亲患的是脑溢血。父亲说,睡前她啰啰唆唆地数落着阿狗的事,后来又说,不想了不想了,头痛得厉害。头痛是母亲的老毛病,父亲没在意。母亲是属于那种总是关心别人而不被别人关心的人,仿佛她是一座永不倒塌的铁塔。别人习惯了,她自己也习惯了。

　　母亲住院的时候,阿狗天天在医院守着,他其实帮不了什么忙,他就喜欢在那里待着,静静地坐在床边。同病房还有两位女病人,不方便的时候,他就到走廊避一下。过后又进来。母亲醒了,他就和她说话,都是他说,也不知道他哪来的那么多话。病友说,母亲所有的子女中,阿狗最乖。阿狗仿佛在默默地等待着三妹的到来,可三妹一直到母亲出院都没回来。她到澳大利亚留学去了。她是自费去的,把国内的公职辞了。她是个自由人。她的真实情况我们并没有告诉父母亲,怕他们担心。我们只说三妹出国讲学,半年,自然是公家派出去的。公家的事,父母亲认为是天经地义的事。母亲从昏迷中醒来,第一眼看到阿狗时,拉着他的手,说,好好过日子。她的声音很小,我们只看到她嘴唇轻微地抖动,阿狗使劲地点头。母亲以为自己就要死了,醒过来是与阳间做最后的告别。她最挂心的就是阿狗。因为,在她的思维定势中,我们属于好好过日子的人,不必太多牵挂。她没想到她还能活过来,一直活到现在,她更没想到,阿狗说话不算数,让她操心的事还很多。

　　母亲出院不到一个月,阿狗就出事了,出大事了。我们是在阿狗被关进去之后很久才告诉母亲的,母亲的身体那个时候已经基本恢复了。有一天母亲说,阿狗这死囝仔,怎么这么久没来,是不是又出事了?我们知道瞒不住了,这才告诉她老人家。

　　阿狗出事是春梅告诉我的,她不敢对母亲说。春梅那天神色慌张,一见面就抱住我哭,说,阿狗又被抓进去了。小慧在一边说,春梅你慢慢说。她给她倒了一杯牛奶。本地人说,牛奶安神。

阿狗本来是想听母亲的话，好好过日子的。他还对荷花说，准备正正规规地把她娶进来。如果她愿意，他们还可以生一个孩子。可是有一天，来了一个人，这个人刚刚从监狱里放出来，他叫汤仔。他就是教会阿狗做卤面和卤料的那个狱友。他被判10年，提早释放。那天他们喝酒，欢天喜地。毕竟狱内狱外两重天，牢内之交牢外见，可喜可贺。阿狗说，汤仔你看，这店有点样子吧，要是没有你，就没有这个店。汤仔说，我也开一间。阿狗说，这店就是你的。汤仔说，我要自己开，到城里来开，开到青年路，我们来竞争，生意就是要有竞争，才会红火。这话说得多好！春梅想，汤仔是好人。便说，开店的本钱，我们阿狗替你出。汤仔说，你就是春梅吧，阿狗可没少提起你啊。谢了，我老婆那里早有准备，她说等我出狱，我们开个店，好好过日子。汤仔第二次来，情形大变，不说话只喝酒，阿狗陪他喝，也不说话。阿狗知道他的性情，不说话一定有事，不能问，越问他越不说，得等他自己说。他们就这样安安静静地喝了3天闷酒，把春梅吓得大气都不敢喘。第4天，阿狗说要和汤仔一起回家。汤仔的家在本地乡下，离城十来里。阿狗一去就没有回来。当天晚上，派出所的同志来通知，让家属给他带生活用品，到看守所去。荷花一时慌了神，说我不是他家属，让派出所的人去找春梅。

到底发生什么事？我说。春梅说，打架，差一点把人给打死。汤仔当初也是为老婆打架，伤人致残进了监狱的，出狱回家时老婆信誓旦旦，要痛改前非，好好与他过日子。但一切都是谎言。这几年，她一直和一个外地人生活在一起。汤仔是在第二天才发现的。那天他到阿狗这里来，原本打算住下来，兄弟俩喝个痛快，说个痛快。出门前他对老婆也是这么说的。可是他发现阿狗有女人，觉得不方便，也就回去了。结果，发现老婆和她的情夫睡在床上。汤仔是个有心计的人，他没有惊动那对奸夫淫妇，悄悄地退了出来，在村外的树林里蹲了一夜，想了一夜。

汤仔发誓要杀老婆。阿狗一定要和他一起去，说，汤仔你一个对付两个不行，得有个帮手，我来对付那个猪哥，你专心收拾你家臭查某（女人）。汤仔说，这一次我进去，是不想再出来了。阿狗说，古早人早说过了，滴水之恩，当涌泉相报。汤仔你别再说什么，我这卤面店是谁给的？你。你让我过几了年很滋润的日子，我就不能为你出一次力？

那天晚上，阿狗协助有方，迅速制服了那个被本地人称之为猪哥的野男人。但汤仔出手太软。那女人没死。幸亏没死，要不，他们两个都得枪毙。春梅流着泪说。我发现，几天之间，春梅原本乌黑的鬓发斑白了。

阿狗这次被判了8年。

/ 8 /

阿狗刑满释放时，原来的帅气荡然无存，整个人显得很苍老。他对母亲说，他是不想出来的，因为在里面有的吃有的穿，出来还要为生计奔忙。母亲说，还开店，本钱我们出。母亲说的我们是指她和春梅。春梅虽然在他出狱前半年病逝了，但她临死前还给阿狗留下1万元钱，寄在母亲那里。阿狗苦笑了一下，说他没那个心力了，开店多累啊。母亲说，再找个帮手，现在外地来打工的女孩子多的是。阿狗还是摇头。

阿狗在母亲的陪伴下，去了一趟公墓，在春梅的墓前哭了一个上午。春梅得的是心脏病，医生说，这与她长期心情郁闷有关系。她有什么好郁闷的呢？还不是因为阿狗。母亲说。阿姐啊阿姐！阿狗在春梅的墓前捶胸顿足，涕泪纵横。母亲说，只要你好好过日子，春梅就安心。她在里面睡着了，可心还活着，还惦记着你。她给你留钱，就是要让你开店，好好过日子。阿狗说，我怕是过不了好日子了。我总是感到累，不是人累，是心累。他指了指自己的胸口，对什么都提不起精神。卤面更是做不了，一想起汤仔，就做不了。汤仔死了，他进狱的第二年就死了，死于一场事故，我想他是自己想死的。挖山时土塌下来，所有人都跑了，扔下工具往外跑，完全来得及，就他一个没跑出来。我也闪过不跑的念头，可我没有那个勇气。阿狗的话说得母亲一阵阵发冷。她说孩子，你怎么能这么想，你看看我，老成这个样子了，还想着好好过日子。孩子，你怎么能这么想啊。不能这么想，不能，我不许你这么想。阿狗笑了，说，阿母，我知道你对我好，我下辈子好好报答你，下辈子。

那个早上之后，母亲那个愁啊，没法说。愁，在本地话当中，叫烦恼，它不是普通话的那个烦恼，它是牵挂与担心深度交织的生动描绘。母亲总是问我怎么办？我说，顺其自然吧，谁也救不了他，只有他自己能够救自己，你烦恼也没用。还是你自己的身体要紧，别让我们为你烦恼。我的说法有点自私，可我说的是实话。母亲走后，小慧说，要是春梅还在，不知道要愁成什么样子。我说，你不怪我自私吗？她说，我也想不出什么好办法。哀大莫过于心死。

阿狗突然想要回老家，去看一看玄婶，也就是他的养母。玄婶是被他气走的，走的时候十分伤心地对母亲说，这孩子就交给你了，我是不指望他什么了。

我不禁想起《红楼梦》中贾政说贾宝玉的那句名言，"于国于家无望"，玄婶夫妇是怀着对阿狗深深的失望回乡的。阿狗是他们生活的希望。失去生活希望的玄婶，玄叔去世之后，就上山当了道姑，洞真洞玄洞神，太清太平太玄正一，与世无闻。那个时候上山，困难重重，但她执意要去，不怕穷死饿死，谁也拦不住。破观清风，她愿意。当然，现在不一样了，道观重修，人也多了，节假日还有不少游客。

阿狗是在山顶三清宫的一间偏僻安静的房间里找到玄婶的，玄婶当然不叫玄婶，人们尊称她玄道仙姑。玄道仙姑正在静读《抱朴子内篇》。阿狗不叫玄道仙姑，他就叫阿母。玄婶抬眼看了他一下，不说话，还读她的《抱朴子内篇》，玄为自然之始祖、万殊之大宗。阿狗在她的对面坐下来，开始诉说。把母亲回乡之后，自己的经历从头说起，用官方的说法叫汇报工作，同时汇报思想。说得最多的自然是两次差一点犯了人命案，两次入狱，还有他近来的想法。他的诉说不是西方式的忏悔，隐约之间有点看破世事人间，想步母亲的后尘，上山避世。

他说他的话，她读她的经。清风走过院子，很安静。

阿狗说完，抓起桌上的一瓶矿泉水，咕噜咕噜，一口气喝得一干二净。他手拿空瓶子，不知往哪儿扔，以他的秉性，随手便扔到院子里，可这里有一种气氛，告诉他不能乱扔。他看到阿母有意无意间看了一下门外，他顺着她的目光，看到屋檐上挂着一盏宫灯，全是用矿泉水瓶做成的，便小心地把空瓶子放回桌上。

玄婶说，给你一样东西，你去献给制药厂，或许能换一份工作。有了固定收入，就好好过日子。尽管她的语气很平淡，眼光甚至没有离开过《抱朴子》，阿狗还是感觉到一种悠远而深切的母爱，他的心底仿佛有一个地方被撬动了一下，一股暖流从中涌出。

玄婶走进里间，拿出一本薄薄的发黄的小册子，放在桌上。她回到原来的位子上，还看她的《抱朴子》，什么话也不再说了。阿狗小心翼翼地把小册子藏在怀里，默默离去。

既然两位母亲从不同的角度，都让他好好过日子，阿狗没有理由不把日子过下去。

阿狗拿回来的不是书，是几十年前，玄叔想献给政府的祖传秘方和春散。听说这秘方最早来自江西某道教名山，有说是三青山，有说是龙虎山，也有说是阁皂山，和春散的药方不是一个简单的方子，是一册图文并茂的古本秘籍，封面是太极图，药方也有阴阳二方，阴为内服，阳是外用。此方对治疗淋病有奇效。

东风制药厂如今更名东风药业股份有限公司，是一家上市大公司。阿狗的秘方得到公司董事会的高度重视。三十年河东三十年河西。几十年前消失了的性病如今不但死灰复燃，而且大有燎原之势。这样一个药方，能产生多大的经济效益和社会效益，董事们怎么估计也不过分。和春散对于东风药业无异于猛虎添翼。董事会决定，汪明亮先生原来就是我们公司的老员工，鉴于他对公司的特殊贡献，重新录用，社保医保全保，岗位随他挑。阿狗挑了保安。他一无文化二无技术，只能做保安。

阿狗当保安，月薪3000元，东风药业史无前例。其实他这个保安也是多设的，每班都有人与他同上，他是额外加上去的。这倒很合他的口味，班是上了，没有具体的责任，不用操什么心，又有人可以说话聊天做动静。

阿狗上班之后一个月，荷花找上门，她不是一个人，还带了个七八岁的男孩子。阿狗入狱，荷花嫁人，这很正常。她不能守活寡。半年前，她的丈夫死于一场车祸。听说阿狗出狱，又有了工作，东风药业在本地，可是响当当的大企业。荷花便带着孩子找上门来了。荷花先找到母亲，试探回到阿狗身边的可能性。母亲见她可怜，又见那孩子活泼可爱，长相像小时候的阿狗，说，这是阿狗的？荷花自己也说不清，她说按时间推算应该是阿狗的，如果阿狗较真，可以去做DNA亲子鉴定。母亲想，即使孩子不是阿狗的，阿狗也需要一个家，得有人照顾他的生活，而人，老人总比新人好。

荷花的出现，阿狗有点意外。但他还是接纳了他们。他问，这孩子叫什么名字？荷花说，小亮。阿狗知道小亮是他的孩子，名字可能是荷花的一厢情愿，但他长得很像小明，小明是小雷生的那个如今在香港的孩子。他不再问更多的问题，荷花也不多说。小亮是个很懂事的孩子，完全没有阿狗小时候的调皮捣蛋。见面时，他有点拘谨地对他笑了笑，叫了声阿叔。荷花看阿狗一眼，这一眼也是怯生生的。阿狗说，叫阿爸。他这一说，荷花便放声大哭。阿狗把她揽进怀里，说好啦好啦，哭什么？荷花说，我对不起你。阿狗说，过去的就让它过去吧。

阿狗带着荷花和孩子上我家已经是半年后的事情了。开门的是小慧，她说，明亮来啦。那口气仿佛阿狗常来，从没间断过。她弯腰用双手摸着小亮的脸蛋说，我们小亮的脸好嫩啊，过了年就是小学生了吧。她同时抬起头接过荷花手上的坤包，挂在玄关墙上，说，阿荷在家里相夫教子，越发显得年轻漂亮了。这一切小慧做得十分自然，没有一点造作。其时，我正在喝酒。我说阿狗要不要来一杯？阿狗愣了一下，说，忘了给你做一点卤料。我说，下次吧。我和小慧，我们下意识地，配合默契，我们的目的只有一个，就是要抹平时间和经历在我们与阿狗之间造成的鸿沟。母亲事先关照过，对于阿狗的基本方针是，不提过去，只说当下和将来。母亲的指示很有大将风度。在21世纪初的一个冬天的夜晚，在我们家不大不小的客厅里，我们饮酒聊天，说的全是近来的事，电视上的新闻和小报上的名人轶事。小慧和荷花说悄悄话，小亮在一边看电视。小慧有时很文化，有时很世俗，有时很清高，有时很亲民。小慧说，这孩子太安静了，一点也不像明亮，明亮小时候是有名的橄榄屁股，一刻也坐不住。阿狗说，阿嫂说我的坏话哩。小慧说，你还别不承认。你看我们小亮这样子，将来肯定是个读书的料。阿狗说，那就让他读大学拿博士，把阿兄阿嫂全盖过。我们说，盖过盖过，一定盖过。阿狗把小亮抱过来，看了看，说，阿兄阿嫂，你们不会放屁安狗心吧，他有那么能干？荷花说，阿兄阿嫂是随便说话的人吗？看你怎么说的话。

要是不出事，我想阿狗的后半生应该是平静的。

/ 9 /

事情出在一个风雨交加的夜晚。那天晚上，阿狗本来在家里饮酒唱歌，歌还是荷花以前唱的老歌。歌是荷花先唱的。有人唱歌给别人听，有人唱歌给自己听，荷花属于后者。她能记住许多老歌，这也许得益她的初恋。"密密麻麻的高楼大厦，找不到我的家，在人来人往的拥挤的街道浪迹天涯，我身上背着重重的壳，努力往上爬，却永远赶不上飞涨的房价，给我一个小小的家，蜗牛的家，能挡风遮雨的地方，不必太大……"阿狗跟着吼，"不必太大……""当我想你的时候，我的心在颤抖；当我想你的时候，泪水也悄悄滑落；当我想你的时候，才知道寂寞是什么；当我想你的时候，谁听我诉说……"荷花正唱得如醉如痴，阿狗突然说，别唱了，听我给你朗诵一首诗。荷花说，你会诗？等日头从西边出来吧。阿狗把手一挥，这一挥挥出了诗人的气派，一下子把荷花镇住了。你给我老实听着："我低头，看见一颗闪亮的星星。我抬头，找啊找啊，却找不见她的身影。是一潭污浊的水啊，偷走了我那颗飞翔的心。"怎么样？阿狗说。荷花说听不懂。阿狗说，听不懂就对了。

按惯例，他们接下来的节目是上床亲热睡觉，阿狗却突然说要到公司去看看。荷花说，这是命啊。他当时的眼神就有点怪。临走还到小亮的房里，亲了他一下。这做派不是阿狗的风格，从没有过。阿狗一走，荷花的眼皮就跳个不停，女人右眼皮起跳不是好兆头，这是老人们早说过的。她从厨房里找出一只旧碗，狠狠地摔到地上。老人还说，女人右眼皮跳是要出事，要赶紧摔破一只碗，或许就能破，躲过一劫，大事化小事，小事化没事。摔碗的声音把小亮惊醒了。平时安静的小亮突然大哭，那哭声从来没有过，那是一种十分凄厉、十分恐怖声音。荷花按亮屋里的全部灯，把小亮紧紧地抱在怀里。母子俩在明晃晃的灯光下颤抖。

阿狗冒雨来到公司的时候，公司办公楼一片漆黑。阿狗说，怎么回事？当班的门卫说，刚断电。阿狗从墙上拿了一根电棒说，我去看看。当班的门卫是个老头，姓刘，也是原来的老职工，已经退休拿社保养老金了，因为他的一个什么亲戚在市发改委当科长，公司又把他返聘回来。老刘说，那晚天气有些古怪，风夹雨，鬼叫似的，雨打在玻璃上，声音也不对头，机关枪一样狠毒。像要出什么事。他说还是让巡逻的保安去吧，我们在这里泡茶。正说着，一个闪电刀一样地在他们的面前劈过，一阵凌厉的雷声在公司的楼顶上炸响。阿狗说，我就担心档案室的安全，里面有公司的药方，哪个方子都是国宝。这样的对话是后来老刘对电视台和报社的记者说的，我不大相信。但阿狗的确是不听老刘的劝告，独自上楼去了。

阿狗上去之后，老刘看到两个保安从大楼的另一端走过来，老刘说，阿狗上楼去了，你们没看见？两个保安对看一下，说，我们刚巡过的，他又上去做什么？老刘说，这鬼天气，又断了电，你们还是再上去看看吧。我看这电断得有点反常。两个保安喝了一杯茶，又上楼去了。

窃贼是看着两个保安下楼之后才动手的。这是一个老手。选择这个风雨交加的夜晚，切断公司大楼的电源，一切都在预谋之中。然而他没想到，他刚刚得手就被阿狗逮个正着。阿狗用电棒打掉他手上的东西，他想跑，却被阿狗死死地抱住。阿狗大叫，抓贼啊抓贼啊。窃贼说，他是在情急之下，万不得已才出刀的。他自己也不知道他到底向阿狗捅了多少刀，捅得他的手都软了。他万没想到，这个保安那么横，就是不松手。

是那两个保安及时赶到，用电棒打昏那个窃贼，按响警报器的，也是那两个保安打了110，把阿狗送到医院的。由于失血过多，阿狗终于没有活过来。听那两个保安说，阿狗见到他们时还能站住，说，这婊子生的，还敢对我使横,也不探听一下我是谁。阿狗是说完了这句话之后才倒下的,他轰然倒在自己的血泊之中,脸带微笑,情形十分壮烈。

听说这起看起来简单的盗窃杀人案件,背景还有点复杂,盗贼不是一般的窃贼,他受雇于日本某株式会社。事关跨国经济情报,加之国人对日本鬼子的深恶痛绝,阿狗牺牲的英雄色彩更为浓重,几近崇高。于是阿狗的事迹一级一级往上报,报到省里,被追认为烈士。阿狗的事迹还上了我们小城的《晚报》,题目十分显眼:《和平时代的爱国英雄汪明亮》。

我是在一个深秋的中午读到这份报纸的。往日闽南的深秋,明净清爽宜人。这个中午却颇有凉意,气象台说有寒流从西伯利西来。起北风,把手中的报纸吹得呼啦啦响,我坚持在露台上把文章读完。写阿狗的文章登在第一版,占据整整一个版面。可见地方当局的重视程度。可是我读完之后却有些茫然。这位名叫汪明亮的大英雄于我十分陌生,与我所知道的阿狗相去甚远。茫然之后我有点生气,说,这也太不真实了吧。小慧微笑着,什么也没说。报纸是她带回来的,想必她已看过。我在她的微笑中平静下来。是啊,真实而平庸的阿狗能上报纸吗?

母亲在阿狗的遗物中发现了一张发黄的纸,她拿给我看,这是一张从本上撕下来的一页带横格子的纸张,上面写着一首诗,是三妹的笔迹。就是那首几十年前阿狗在知青点高声朗诵的诗,也是他临死前对荷花高声朗诵的那首诗。这也许是他这一辈子最有文化色彩的生活记录。我的心不由得颤了一下。我拿出一本书,把这首诗夹在书里。

趁一次到北京开学术会议的时机,我把这张发黄的纸,交给了三妹。

三妹去了一趟澳大利亚,我以为她不回来了,却又跑回北京,当起"京漂"。三妹现在已经是国内知名度很高的先锋诗人,出了十几本诗集,有众多的追求者和崇拜者,时下叫粉丝。三妹的诗,我实在不敢恭维,词汇莫明其妙地堆砌,不知所云。当然,当下的时尚是,你越读不懂就越好。还有论者给予高度的评价,说三妹的诗,充溢一种特殊的情怀,对时代的直觉具有很强的穿透力。

我把阿狗为她保存的诗稿递给她。她拿过去,扫了一眼,顺手放在身边的沙发上,脸上没有一点表情。我说,阿狗死了,这是他留下来的遗物。

她说，几十年了，还留着。

我等待着，期望她说点什么，她却金口不开。

我忍无可忍，说，你算什么诗人，死人一个。

三妹放声大哭。

在她的哭声中，一幅遥远的图景清晰地浮现在我的眼前：在我们青年路的"雨脚骑"下，三妹坐在"椅轿"上，阿狗屁颠屁颠地围着她转，叫"囡仔，囡仔"，做鬼脸，唱歌：戴花啊要戴大红花啊，骑马要骑千里马，唱歌要唱跃进歌，听话要听党的话。

一群燕子从屋檐下飞了出来……

时代先锋

/1/

刘宁坐在电话机边看书,电话铃响,他吓了一跳,心怦怦怦地抢个不停。他近来有点怕突如其来的声响。一位二十几年前读医学院如今改行从政当了官的朋友告诉他,这是冠心病的征兆,建议他到医院查一查,反正有医保,用不着自己掏腰包。他嘴上说好,却一直没往心里去。心跳不是很正常吗,心不跳才不正常,无非快一点,抢一点,年纪大了就像机器用久了,转起来不如当年利索,由它去吧。

这个早晨天高云淡,空气清新,他甚至能闻到一缕淡淡的似有似无的含笑花香。刘宁用手掌抚慰一下自己的胸口,不安分的心跳随手心而去,代之以平静与祥和,很合时下潮流。

刘宁抓起话筒,你好。

来电话的是位女同胞,声音有点陌生。大哥,她在电话里这么叫他。许多人这么叫他,他在圈子里,年纪大,人缘好。听惯了大哥的称呼,习以为常。她说大哥,马超走了。一说马超,刘宁立即想起这女人是马超的老婆路卉。马超第一次向他介绍她的时候说,路卉,路边的野花。果然有点野,硬是把马超从他原来的老婆那里抢过来,成了她的老公。那时,社会上流行邓丽君的《路边野花不要采》,刘宁还记得几句歌词,"送你送到小村外,有句话儿要交代,虽然已经是百花开,路边的野花,你不要采。记着我的情记着我的爱,记着有我天天在等待……"刘宁笑对话筒道,马超把你给甩了吧,这家伙,心花气浮,不仁不义。采了哪朵野花了?从前,刘宁常对路卉说,要是马超敢欺侮你,你就告诉大哥。而路卉总是笑,很有把握地说,他敢,借他三个豹子胆他也不敢。路卉没笑,说,大哥,这次不开玩笑,他真走了。

刘宁当即明白,马超死了。

其实,马超已经病了几年,脑溢血两度发作,他的去世应在预料之中,刘宁的反应如此迟钝,不应该。在刘宁的思想深处,马超不会那么快死,他的生命力很强。人们都说,脑溢血发作一次,活过来不死也瘫,他却活得好好的,不但能吃能睡能走路,还能骂人,思维十分正常。他去看他,他依然如故,从政治局常委开评,一直说到毛泽东。脑溢血第二次发作,刘宁想,这下不行了,他却又奇迹般地活过来。他去看他,他还是一个老愤青,破口大骂腐败,从北京骂到本省本地官场,哪一层都不饶过。也不知他哪来的那么多资讯。刘宁一边应声附和,一边想,你都成这样了,还关心那么多干什么?骂完官场之后,马超用一种他贯有的挑剔的目光斜睨了刘宁一眼,说,你在想什么?刘宁被逼到墙脚下,只好横枪立马,说我送你几句话,"凡事有其自然,遇事处之泰然,得意之时淡然,失意之时坦然,艰难曲折必然,历尽沧桑悟然。"他冷笑了一下,说,这话不是你说的吧。刘宁说,是一位离休老干部说的,报上看来的。人家可是经验之谈。马超说,虚伪。刘宁哈哈大笑。

刘宁没想到,马超没有死于脑溢血,而是死于糖尿病并发症。阎王爷要他,先让他的脑子出毛病,可他脑子就是管用,硬扛着。阎王爷不傻,出其不意,攻其不备,一下子就把他拿下。

/ 2 /

刘宁认识马超,是三十几年前的事。那时"文革"刚结束,春回大地,万物复苏。人们,男的、女的,年轻的、年老的——几乎生活在我们这片古老的960万平方公里地土上的所有人,怀里都揣着一颗希望的种子,张望着,寻找着,不知道往哪里播种。对于被耽误了10年的年轻人,则更渴望把希望之树种植在知识的田野。各类学校应运而生。刘宁和其他年轻人一样,在本地工会主办的业余大学报了名,读的是中文。他只能读中文,因为10年前学的数理化,还有俄语,全还给老师了。而马超是业余大学请来的老师,教中文。

马超以他特有的高傲第一次出现在讲台上。他用目空一切的眼神扫了一下他的学生,说,时代变了,一个全新的时代开始了。这是一个什么时代呢?这将是一个民主的时代、自由的时代,是一个"反动"的时代。反动,不用怕,不是蒋介石,不是汪精卫,"反者道之动",对专制的反动就是民主,就是自由。这些现在看来很一般的话语,在当时可是石破天惊。学生们有的面面相觑,有的目瞪口呆,有的窃窃私语,而胆小的干脆就把头低下去。气氛很尴尬。只有刘宁面无表情地看着激情洋溢的马超。第二次上课,他开始讲的也不是文学,什么敏感他讲什么。他说,现在,关于真理标准的讨论弄得沸沸扬扬,什么是检验真理的唯一标准,这原本是一个十分浅显的哲学道理,为什么搞得这么复杂?这么热闹?笑话。难道十几亿人民都傻了,傻到连这么简单的问题都弄不清了吗?同学们有没有想一想这个问题?是不懂,还是不敢说?从上到下,连一个最浅显最起码的道理都不敢理直气壮地说出来,这个民族还有什么希望?马超上文学课基本不讲文学,讲政治讲时事,什么敏感讲什么。就是讲文学,也是没几句,又扯到政治上去。学生喜欢听。那时,人们对政治的热情不亚于当下人们对金钱的喜好。

刘宁听课没有其他同学那么认真。他心不在焉,时不时地把眼睛转向窗外。这所业余大学就在工会大院边上,是"文革"前夕盖的教学楼,楼刚盖成"文革"就开始了,一乱就是十来年,他们是这座教学楼的第一批学生。这是一栋四层楼,他们的教室在四楼,可以俯视工会大院。工会大院是一座老式大院,两层,回字型,里面的口字下是天井,走廊绕天井而走。听说,解放前,这座大院是本地一位大资本家的宅院,解放后成了工会的办公场所。天井中间有三棵龙眼,是传说中的皇帝龙眼,果特大,特甜。如今正开着花，一树黄碎。刘宁正看得出神，手臂被动了一下，动他的是坐在他身边的女生，他不知道她叫什么名字，只知道她每次都来得早，占两个位子，自己坐一位，用书包占一位。你是刘宁？见他转过头来，她小声说。这女生长得机灵，说机灵其实是说她眼睛灵活，水汪汪的，一闪一闪，你能从她的黑色的眼珠子里看到一个不安分的你。刘宁点了点头，接着反问，你怎么知道我的名字？她神秘地笑了一下，不说。他说，请问芳名。她用手托着腮子，歪着脑袋看他，微笑，不说。刘宁说，你今天怎么一个人？她说，原来你早就注意我了，假正经。刘宁说，你每次都占两个位子，积极性很高，所以我注意了。她说，我看过你的小说，在《春风》。《春风》是省城的一家文学期刊，刘宁在那里发表过几篇短篇小说，在本地小有名气。刘宁抱拳，请多指教。这时，马超大声说，刘宁，安静。刘宁笑了一下。女孩子伸了一下舌头，不再说话。却写了一张小字条，推到刘宁桌上：路冰，电讯局的。

　　刘宁很流氓地看着那个叫路冰的女孩子。很流氓是刘宁自己的定义，这个定义为人们所认同。刘宁其实只是把眼光在她的脸上停留了若干时间。要是在街上，一个男同志的眼光敢于在一个女同志的脸上逗留这么久，换回来的一定是两个恶狠狠的字：流氓。那个时候和现在不一样，现在你对一个女孩说，你真漂亮，换回来的是谢谢。那个时候如果你胆敢对一个女同志这么说，她不骂你流氓，也会骂你神经病，或者干脆白你一眼，转向走人。

　　路冰的眼睛看着讲台，但她的脸却慢慢地红了起来，她感觉到了他的目光，她在享受他的目光。那时，敢于在公众场合享受男人的目光，也需要勇气。

　　刘宁看到她脸上红霞飞舞，于心不忍，把目光转向马超。马超此时不知为什么正在讲马克思和恩格斯，批判是批判者的武器。没有爱情的婚姻是不道德的。刘宁没办法把马超讲的内容很有逻辑地串联起来，马超讲课，天马行空。马超此时正朝着他笑，那是得意的笑，这笑显得很浅薄，很滑稽。他无由地想起小时候看过的芎剧舞台上的一个小丑，他以"阉鸡步"

上场,在台上转了一圈,说,"脚踏马屎傍官气",在下,马超,本地人氏,在县衙当差,号称师爷。这样的联想对马超无疑是一种侮辱,他对讲台上的老师抱歉地笑了一下。马超也对他冷冷地笑了一下,这是明察秋毫洞察一切而又宽容大肚的一笑。这种笑只对刘宁,不对别人。

刘宁会写小说。如果现在有人把自己会写小说当回事,人们一定以为他的神经系统出了毛病。什么呀,不就是小说吗?谁不会编个故事糊弄人啊。一个中学女生一晚上都能敲一万字,挂到网上,挣成千上万的点击率。而在那个时候,人们是很当回事的。刘宁就因为写小说,和省委书记开过座谈会,因为写小说,从工人转为干部,还提了他们公司的宣传科长。他所在的那个单位是本地一家国营大型企业,听说书记经理都是县处级干部。当初领导干部少,县处级在人们的眼中是很大的干部,不像现在,区区一个地级市,就"厅级一走廊,处级一操场",人们还不怎么当回事,视之为"高危行业"。

马超此时已经把话题拉回伤痕文学,讲卢新华的《伤痕》。从来不板书的马超此时在黑板上写了"伤痕"二字,由于用力过猛,粉笔断成三截。他看了看,把捏在手上的那截粉笔扔了,说,伤痕,整个民族,从肌肤到骨骼,从骨骼到心灵,伤痕累累。要医治,非几十年不可,几十年,他顿了一下,又加重语气说,甚至更长的时间,你们信不信?你们不信,反正我信。马超最后的口气有点领袖了。马超是不是无意之中把自己当救世主了,刘宁不得而知。也许人们对于马超的危言耸听已经适应了,也许学生们一下子没有能体会到马老师的语重心长,反应有点冷淡。

马超讲课没有逻辑,只有意识流。他此时的眼光也已做了战略性的转移,在一个清纯女生的脸上打转,那女生先是有点受宠若惊,继之以脸红以低头。刘宁看着她柔美乌黑的秀发,心中浮起一丝不忍。他发现自己竟然还有一点怜香惜玉的旷古情怀。他依稀耳闻这位女生是本市实验幼儿园的老师。

看什么呢?这时路冰小声提出抗议。刘宁转过脸来对她笑了一下。路冰的脸绯红。情形因此而变得有些微妙。刘宁对她笑了笑,以排解自己的尴尬。他的笑有假,属伪劣产品,路冰浑然不觉。

/ 3 /

马超是在本地最大的医院市立医院去世的，遗体放在该院的安息室。安息室，过去叫停尸房。刘宁由此再次地感悟到时代的进步，冷冰冰的停尸房成了温馨的安息室，的确人性化了许多。

有一位老者在一张临时的桌上写挽联，写完一幅便拿去挂在花圈上。刘宁扫了一眼，走到旁边，交了钱，也弄一个花圈，然后到那位老先生的身边报了名。那老先生看了名字，抬起头来，对他一笑。他愣了一下，是你啊，好久不见了。

写挽联的是本市有名的书法家春秋。春秋不是他的本名，但刘宁不知道他身份证上的名字。真名并不重要，春秋就是这位书法家，这位书法家就是春秋，这就够了。春秋说，写什么好？刘宁说，随你。春秋说，千古最通俗，也最好。那就马超先生千古吧。听到他们的说话声，路卉不知道从哪里冒出来，远远地就叫声大哥，跑过来，抱住他哭泣。动作和哭声都有些夸张，保持她的一贯风格。但此时此景，还是很让人感动的。刘宁扶着她的肩膀说，人死不能复生，你要节哀顺变，自己的身体要紧。大哥，他狠心扔下我一个孤苦零丁，你说我以后的日子可怎么过啊。刘宁说，你很勇敢，你能面对困境，相信你会过得很好。她抬起头，真的？他说，当然。他正想着如何脱身，正好又来了一位老朋友，路卉转而和他打招呼，刘宁顺势和她握手言别，再道珍重。刘宁正想抽身离去，却被站在树下的一位女子叫住，一看，脸熟，叫不出名字。贵人多忘事，是把我的名字忘了吧，刘宁尴尬地笑了一下，她说，我叫，她还没说完，刘宁啊哈一声，是古锥囡仔。古锥囡仔是本地闽南话，意为小巧玲珑而又讨人喜欢的小女孩。这是当年刘宁给她起的外号。她抿嘴一笑，不置一词，还是当年的清纯。有"五张"多了吧。古人云，年逾不惑，风韵犹存。对她恐怕要改一下，年过天命，风韵依然。当奶奶了吧？刘宁说。还没哩。她笑得有点羞涩，仿佛不当奶奶是她的过错。退休了吗？自己做，没休可退。哦，当老板，女强人啊。她便开心地笑，笑了两声，连忙用手掩住自己的小嘴。这种场合笑出声很不合适。常常看到你的大作，她说，名气越来越大了。刘宁连连说，徒有虚名，徒有虚名。她也是马超当年的学生。当初在本市幼儿园当老师，不知何时下海当了老板。真是出乎意料。"改革年代，自由选择，多彩人生，什么事皆有可能。"这是马超当时常说的一句话。

刘宁很想站在树下和古锥囡仔多聊一会儿，可是回头看一下摆在桌上的马超的遗像，就立即取消了这个念头。他怕马超的在天之灵不高兴。对于他的匆忙离去，古锥囡仔似乎有点不舍，又不好强留，毕竟这是一个不适合聊天的场合。她跟着他走了几步，并递给了他一张名片，请他有空到她的公司来指导指导。

名片印得很精致，有如她本人。刘宁本想也把自己的名片给她一张，礼尚往来，来而不往非礼也。但最后还是没拿出来，而是顺嘴撒了个谎，说自己没带名片出来，并为此表示歉意地笑了一下。他在她的名片上看到她的名字是郑敏真。下面的头衔是敏真童装公司董事长兼总经理。刘宁这一下才真正地想起来，其实眼前的这位并不是他们的同学、马超的学生、本市实验幼儿园老师外号"古锥囡仔"的郑敏蓉，而是她的双胞胎妹妹，这位妹妹对于姐姐的热衷读书一开始便取冷嘲热讽的态度，却不知道为什么会搅到马超的生活之中。他想问一下她姐姐的情况，却不好开口。有一度，郑敏蓉对他表示过好感。他，怎么说呢，也对她有一点好感吧，喜欢和她一起探讨李清照。后来，她的兴趣有了微妙的变化，由鱼玄机而薛涛，因为马超曾大讲鱼玄机和薛涛，对李清照不屑一顾。鱼玄机敢于追求自由、藐视权贵，更具反叛性和革命性，他还给她念了鱼玄机的诗句，"安能追逐人间事，万里身同不系舟。"爱情是自由和革命的，他对她说。当她向他转达马超的意思时，刘宁只是笑一笑，什么也没说。从此他们就疏远了。马超的内心是反潮流的。他其实对李清照并没有成见，只是因为太多人说她好，他便拿出别人来与她抗衡。没想到郑敏蓉却喜欢上了鱼玄机。还会背诵她的许多诗，比如，"秦楼几夜惬心期，不料仙郎有别离。睡觉莫言云去处，残灯一盏野蛾飞。"看来，女人骨子里的东西与她的表面有很大的差距。刘宁从而进一步悟出，女人的脸是天底下最大的骗子。脸是心的屏幕，但它传递的可能是完全虚假的垃圾信息。

刘宁回头看了一下马超的遗像，这个其貌不扬、思想异端、行为乖戾的男人，身边有太多的女人，而且几乎每个女人都是一个谜。他看到郑敏真在向他摇手拜拜，他也微笑地朝她摇摇手。刘宁一边和妹妹再见一边想，姐姐郑敏蓉怎么不来？

刘宁是走路来的，他家离医院不远，现在不是时兴走路吗。散步有诸多好处，上了年纪的刘宁不能免俗。刘宁是什么时候意识到自己有点上了年纪？一年前，两年前，或许更早，他自己也说不清，反正现在上了年纪这几个字已植入他的意识，拔不掉。所以，散步也就成了他的习惯。一向不赶时髦的他也赶上了散步这个时髦。老了，他不由自主地笑了一下。

笑什么呢？捡到金条了？有一个甜美的女声在他的耳边响起，他定神一看，果然是一位美女。这位美女有点资深，显然，青春尾巴是让她牢牢地抓住了。所以恍惚之间，你会有一种时光倒流的感觉。驻颜有术。刘宁想起不知从哪里来的这四个字，对她笑了一下，金条没捡着，撞倒了一座城市。那位资深美女咯咯一笑，还是当年的嘴，不饶人。来看马超？他点点头，有事先走，明天"出山"再来。"出山"是本地话，就是出殡。你也是来他和道别的？你的车呢？美女香车缺了车不行。她指了指对面，那里有个停车场。那我先走了。刘宁不想和她多说。她犹豫了一下，说，那就明天见。刘宁忘了她的名字，只记得常说她"一笑倾城，再笑倾国"，因为她的美女意识超强，什么时候都不会忘记自己是个大美人。

刘宁没想到，就在他与大美人打招呼的时候，对面树下，还站着一个美人，用忧郁的目光看着他。也许刘宁注意到了，可他没有让自己停下脚步。

/ 4 /

刘宁第二天没有去参加马超的追悼会和出殡仪式。

刘宁不是故意不去的，他确实有事走不开。说起来，这事还和马超有点渊源。世界说大很大，说小很小，所以古来有"踏破铁鞋无处觅，得来全不费工夫"之说。

刘宁去参加一个和尚的画展开幕式。这位高僧法号白云，白云大师在本地有相当名气，不但禅学高深，其国画也颇有造诣，享誉海内外，听说他有一幅国画，在香港卖了200万港币。白云大师与刘宁有深交，曾与刘宁论云，曰，白云非云，气结成色，气散即空，朝云暮气，色色空空，暮云朝气，空空色色。大风起兮云飞扬，大气走兮风相随，风来气往兮云卷云消。云卷云散兮色色空空。人以为白，我自无也。无也空也，空也色也。云里雾里的，刘宁也不能完全明白，只有微笑而已。白云大师超凡却不脱俗，他的画展弄得很热闹，本市各界名流都来捧场，分管文化工作的副市长亲临剪彩，省美术家协会主席拨冗致词，而刘宁则作为本市文学艺术界的代表，站在麦克风前发言表示热烈祝贺。到会祝贺的还有本市民族与宗教事务管理局的局长。局长在祝词中提到白云大师对本市宗教事业的重要贡献。本市千年古刹开元寺正是在白云大师任住持期间，得以复兴，他集资数千万元，重修扩建开元寺，使这座千年古刹重焕昔日光彩，不但成为本市一个重要的宗教活动场所，而且成为本市一个旅游热点。白云大师因之在本市市民中有"化缘大师"之美誉。

刘宁与白云大师有几十年的交情，俗话说知根知底。当初，白云大师也是一位文学爱好者，写过小说，他们共同喜欢过日本作家川端康成，曾一起深入讨论过《伊豆的歌女》、《雪国》、《千鹤》、《故都》以及《美丽与悲哀》，在一次文学聚会上，白云大师的侃侃而谈吸引了第一次到会的一位少女的眼睛，而他因对川端温柔的死亡有深切的体会，进而赢得这位少女的爱情。后来，他们一起到工会举办的业余大学，成了马超的学生。不知为什么，也不知从什么时候开始，那位少女成了马超的狂热的崇拜者。据说崇拜也是一种爱，是对女人最有杀伤力的爱。也就是在那个时候，白云大师对禅宗发生了兴趣。所有的一切变化都在刘宁的身边发生。可以说，刘宁见证了一段爱情的死亡和一位大师的诞生。

白云大师的俗名叫志国，姓鲍。老家山东，是那位在历史上非常有名的鲍叔牙的后裔。听说,父母亲都是中学教师,父亲1957年被划为右派,"文革"中挨批斗死于非命,母亲因此精神受到伤害。鲍志国无兄弟姐妹,与母亲相依为命。不久,母亲过世,他便独自生活,"茕茕孑立,形影相吊"是也。当初,大师常到刘宁家吃住,认刘宁母亲为契老母,"契老母"是本地话,就是干妈。当然,这事不管是刘宁还是白云大师都不再提起,放在心里,无人知晓。出家人,不再与凡间有所瓜葛,这也是很自然的事。刘宁母亲去世的时候,白云大师到刘家念了7天《地藏菩萨本愿经》,为她老人家超度。这一超常之举曾经引起本市媒体的好奇。

大哥,在没人的时候,大师对刘宁说,听说马超死了,你去看了吗?去了。刘宁说,你不想去念念经,为他超度?他不信这一套。大师说,凡事,信则灵,不信则无。他是个彻底的唯物主义者,无所畏惧。刘宁说,我看未必。说我看未必的时候,刘宁突然想起昨天似乎看到那位让大师告别文学同时告别俗世的女人,她似乎也到医院向马超告别了。

大师说,我过两天到新加坡去,然后去台湾,那里有佛事,顺便募点钱。你要那么多钱干什么?和尚说,做善事。有头脑的有钱人都想做善事,为子孙积德,所谓"为善者天报之以福,为不善者天报之以祸"。我只是帮他们一点忙。

/ 5 /

刘宁没有去参加马超的追悼会和出殡仪式,本来想给路卉打个电话,表示道歉,想想,作罢。他不想和这个女人再有来往,更何况马超已死,这个与他相关的网站应该关闭。

一天上午,刘宁的妻子从超市回来,对刘宁说,喂,你猜我遇见谁了?最近本市新开了一家大超市,妻子经常在那里遇见一些多年不见的朋友,大家都说,多年不见了,你没变,还是那么年轻。明知是恭维话,妻子却很高兴,每每回来都会说起,谁谁说她没变,而她却发现对方变多了,都快成老太婆了。刘宁便说,你的确没变,我的老婆怎么会变呢?臭美吧,你。妻子说着便兴高采烈地去洗衣做饭，和年轻时一样，清纯朴实知足几近没心没肺。刘宁说，今天又碰到哪个老邻居了？妻子说，不是，你想不到的，是马超的老婆，路卉。不是一个人，是和一个男人一起，手勾手，在超市买菜。这个不要脸的女人！

妻子说得愤愤然，马超泉下有知，一定不高兴。刘宁说，马超死了，她是自由人，自由身，想跟谁一起上超市，想跟谁手勾手是她的自由。妻子说，也太快了吧，尸骨未寒啊。刘宁说，如今是什么年代了，日新月异，什么都得快才能跟得上。你忘了一天等于20年的说法吗？妻子大笑。这是报应，一报还一报。马超原来的那个老婆，现在怎么样了？马超死的时候没来吗？没听说来。她后来也结婚了，嫁一位名牌大学的教授，比马超强多了，日子过得好好的，突然就死了，心肌梗死。红颜薄命。

刘宁说着，想起他曾在路上遇见过马超的前妻李之华，还是那么秀气，不像是60多岁的女人。马超第一次发病的时候，刘宁曾对她说，马超病了，在医院里，你不去看一看。她摇了摇头，神情有些忧郁。也许，她有她的难处，毕竟改嫁过。刘宁说，是中风。她说，我知道，孩子们去过了。马超和他的前妻有两孩子，都是女的，都已成家，一个在深圳，一个在上海。能回来看一趟，也属不易。但是马超死的时候，刘宁却没听说她们回来。也许路卉不想通知她们，也许路卉不知道她们的通讯地址，没法通知。这么想着，刘宁的心中便有一点凄凉感，为马超。也为世事的沧桑。

其实，刘宁对妻子说的，和路卉一起在超市买菜的男人是略知一二的。在一次探望马超的时候，刘宁在马超的家里看见过他。那天他没有事先打招呼，开门的时候路卉有些吃惊，她正和那个男人坐在饭桌前吃饭。而马超则在卧室里。路卉说，这是我表弟，请他来帮忙护理。马超太重，我搬不动他。刘宁感觉到她说这话时不那么自然。而那个表弟的眼睛也躲躲闪闪，不敢正视他。刘宁朝他笑了笑，走进马超的卧室。马超坐在一只藤椅上，向他招了招手。卧室里有一股难闻的气味。刘宁说，你吃过了？马超顾左右而言他，说，你看报了吗？什么？现在谁还看报纸，上网，什么都有。我看电视，新闻联播我是每晚必看的，他说，这是我和外界的唯一通道。路卉跟进来，说，刘宁，我给你泡茶吧，喝什么茶，红的，绿的？刘宁说，刚喝过，算了，说说话吧。你吃你的饭。

对路卉的表弟，刘宁从看到他的第一眼就表示怀疑。他是被路卉请来照顾马超的，路卉的理由很能说得过去，她搬不动马超。马超瘫痪在床，生活不能自理，拉屎拉尿，洗身子换衣服，她的力气的确不够。马超的护理是24小时的，也就是说，他住在马超家里。刘宁看到另一个房间有男人的东西，挂在门后的衣服，放在墙脚的鞋子，还有，他上卫生间时不但看到电动剃须刀，还闻到了一股说不出的味道。直觉告诉他，路卉还是以前的那个不甘寂寞的路卉。

后来刘宁还听说，她的那个"表弟"，是书法家春秋的外甥，早与路卉有来往。不过，刘宁知道，眼下只能这样，马超需要照顾，除了路卉，不会有人来管他，他的前妻自不必说，女儿也不会来。路卉没有离开他，已经烧高香了。

那次探望，路卉一直把他送到楼下，她似乎有话要说，刘宁却不让她有机会说。路卉是马超的合法妻子，她有权以她的方式安排她与马超的生活。她是女人，有情感上和其他的需要，这是任何人都替代不了的。他说，路卉，好好照顾他吧，其他的就不说了。她说，大哥，这一点请你放心，我路卉不是无情无义的人。我表弟下岗了，无处可去，刘宁笑了笑，走几步，回头说，有事给我打电话。

不久，有人告诉刘宁，马超过世之后，那个表弟根本没有离开马家，和路卉双宿双飞。师大宿舍区议论纷纷，有人提出要保安把那个野男人驱逐出去。太不像话了，这是个什么地方，是省属高校，是本地最高学府，是最有文化、最文明、最道德、最传统的地方。伤风败俗。登峰造极。是可忍，熟悉不可忍！也有人说，马超活该。报应。当初要不勾上姓路的，和结发妻子白头到老，也不至于人死了还这么现世。"现世"也是本地话，就是丢人现眼。刘宁听了，一笑了之。

/ 6 /

　　介入马超的私人生活，并非刘宁的意愿，在一定程度上说，是马超硬把他拉扯进去的。马超从外地调来，到本市师范大学任教，他的妻子李之华也随之调入，在师大图书馆当图书管理员。他们在本地没有亲戚朋友，加之马超性格乖戾，与同事大都合不来，所以平时来往的，就是他的一些学生和本市文学界朋友。刘宁喜欢看书，听说李之华在图书馆，便经常找她借书，与其他人相比，他对马超的妻子有了更多的了解。那是一个让男人一见便心动的女人。这种女人古时叫天生丽质，外加一个"媚"字，西方人的说法比较直接，性感。刘宁通过她，在师大图书馆借得许多书，印象最深的是《同情的罪》，奥地利作家茨威格的小说集，台湾女作家沉樱的译本，他从此深切体会到好心办坏事的滋味，同时喜欢上茨威格。有一次，李之华对他说，你是唯一能说动马超的人，麻烦你告诉他，凡事不要做得太过，给别人留一点余地。刘宁有些吃惊地看着她。她说得很温和，脸上的表情也十分妩媚。他知道她指的是什么，其时正是盛夏，马超每天下午都带着他的那些女弟子们到南门溪去游泳。那些女弟子全都如花似玉。他们一路说说笑笑，嘻嘻哈哈，吸引了众多眼球。马超这种超常之举在这座小城市开风气之先，很有轰动效应。作为妻子自然会有想法。但刘宁同时又听说，李之华与师大图书馆馆长的关系有点暧昧，马超曾到图书馆当众指责馆长，弄得满城风雨。刘宁见过那位馆长，其貌不扬，不是一般不扬，是属于对不起观众的那种，和李之华完全不在一个档次上。凭直觉，刘宁认为他不可能赢得李之华的青睐。但感情的事难说。刘宁一时分不清谁是谁非，但他的同情心似乎在李之华一边。更深夜静，刘宁扪心自问，潜意识里，是他对马超的妒忌。刘宁说，马老师怎么会听我的，再说了，游泳也没什么。李之华说，真的没什么就好了。声音居然有些凄凉。

　　马超对于他的妻子，从来没有好言语，总是用"那个婆娘"加以称呼。有一次喝醉了酒，刘宁送他回家，开门的时候，李之华看他喝醉了，连忙上前扶他，被马超一手推开，说，给我滚远一点，你这个臭婆娘。语气之恶毒让刘宁很吃惊，也很尴尬。李之华不生气，微笑地对刘宁说，他醉了。

　　李之华说，刘宁，你转告马超，我是想下半辈子和他好好过日子的。刘宁有点意外地看着她，她笑了笑，你就这样对他说，他会明白的。

　　李之华当时的笑深深地印在刘宁的记忆中，他从来没有见过女人这样的笑容，打个比方吧，如果她是他喜欢的那个女人，那么，刘宁会为这样的笑容去做任何事情，甚至于去杀人去放火去坐牢。

　　刘宁当然不会对马超说这样的话，因为如果他对他说了，马超会用他那特有的目光来审查他，考问他，奚落他，羞辱他，让他不得安宁。马超不是省油的灯。他甚至会怀疑他和他妻子之间的关系。他曾经说过，那个婆娘是让任何一个男人看一眼都会想入非非的女人。刘宁也是男人。刘宁的确曾经对李之华想入非非过，那是一个正常男人隐秘的心理反应，与道德无关。佛家说，"恶念人人皆有，止于梦者乃为善。"更何况，刘宁连梦都不做。刘宁不会对李之华的嘱托置之不理，他想办法把李之华的意思传递给马超，通过路卉。

　　路卉是围着马超转的那群女生之一，她不是最漂亮的，也不是最能干的，但她最有胆量最开放，因而对于马超也是最有杀伤力的。她的胆量和开放并不来自于她的智慧，而是来自于她的身份，她不是女儿身，她是个已婚少妇。她不是为了寻求知识来学习的，她是为了改变自己的生活，来寻找机会的。马超是她的机会。路卉的父亲是一个南下干部，官不大，但资历很老。所谓"三八式"，即抗战之初参加革命的老八路。因为生活作风问题（生活作风问题是特定历史时期的语言，也称乱搞男女关系，俗称"搞腐化"），官越当越小，从师级到营级，后来到了地方，在本市下属的一个县当工业局长，还是花心不死，风流不止，"文革"一开始，有关他乱搞男女关系的大字报贴满大街小巷，吸引许多革命群众的注意力，一时间成了本地知名人士。路卉读书不多，却天生对"文人"情有独钟。她原来是想在同学中找一个条件相当的对象，却不料一见面就被马老师的风采醉倒了。当然，她也曾对刘宁动过心思，但很快就放弃了。不是刘宁不合适，而是在她看来，刘宁高不可攀，不现实。毕竟是过来人，没有少女的单纯与狂热，多少知道爱情与生活是怎么回事。她既要爱情，也要生活。刘宁年轻、帅气、有才华，又小有名气，但她只能把他让给路冰。

路冰是路卉的堂妹，几年前，她的堂叔堂婶相继去世，路冰从北方到本市，投奔堂伯父。

当然，关键的问题还是路卉对刘宁没感觉，他四平八稳，他过于死板，没有激情，不像一个年轻人。而马超就不一样了，虽然从年龄上讲，他差不多可以当她的父亲，可是，他身上的那股激情，那种骚动不安，时刻不得安宁喷薄欲出的精神，却让她感受到一种青春的活力。他说，人有两种年龄，一是生理年龄，一是心理年龄。不管哪一种，他都属于年轻人，他不但有一颗年轻人的心，还有一副年轻人的体魄。路卉深切地感受到了。他在课堂上公开宣扬，思想的解放必然伴随着爱情的解放，这是他在讲解刘心武小说《爱情的位置》时说的话，她记住了。五四时期如此，现在也如此。伟大的鲁迅就是我们的榜样。朱安如何？许广平如何？"无情未必真豪杰，怜子如何不丈夫？知否兴风狂啸者，回眸时看小於菟。"难道仅仅说的是海婴，没有许广平？海婴是谁生的？朱安生的吗？海婴不但是鲁迅的儿子，更是鲁迅与许广平爱情的结晶。其他人就不说了，不要把封建主义的东西看得过重。"我失骄杨君失柳，杨柳轻扬直上重霄九"，毛泽东与杨开慧，难道不是革命加爱情的典型？我们的时代，用当局的话说，是一个思想解放的时代，是一个经历了"文革"空前绝后的思想禁锢之后的空前解放的时代，是文艺复兴的大时代。

马超经常语出惊人，惊世骇俗，真真应了本地老百姓常说的一句话，叫"你敢说，我不敢听"。听说有一次他在师大上课，教务处组织听课，这是正常的教务活动。由于学生反映马超的课很生动很受学生的欢迎，一位副校长想树立一个典型，便带人去听他的课。听着听着，那位副校长坐不住了，他动了几次屁股之后，上卫生间去了，没有回来，教务处领导和中文系领导纷纷效法。当最后一位听课的老师悄然离去的时候，教室里突然暴发起雷鸣般的掌声。马超得意扬扬地站在讲台上抖脚。马超有个习惯，一得意就抖脚，不管是坐着还是站着。坐着自然抖起来方便，也优雅一点，站着抖脚，必须先把身子的重心放到另一只脚上，肘子靠在讲台上，抖起来有点传统电影中特务做派，又有点旧社会流氓样子。有女生私下说，如果再叼一根烟，就更传神了。可是，我们喜欢。女生们喜欢出类拔萃的男人，更喜欢行为怪异目空一切的男人。

不信邪的马超颇具超强魅力，他的周围围着一群清纯少女。在这群少女中，路卉鹤立鸡群，她的成熟与风情艳压群芳，赢得了思想者马超的欢心。

刘宁对路卉说，你认为马超的爱人如何？路卉说，我没见过那个女人，不过，听马超说，那个婆娘不怎么样。刘宁说，那是一个很有女人味的女人。马超说他不喜欢俗气十足的女人。他一生都在与"庸俗"做殊死的斗争。没那么严重吧？刘宁笑了一下，又认真地把路卉看了一下。别看我，她说，看我们家路冰去吧。刘宁说，你爱上马超了吧？路卉说，不行吗？刘宁说，马超的妻子叫李之华，他让我告诉马超，她是打算和他过好下半辈子的。路卉冷笑，说，你知道两年前马超出狱时，是从哪里把她领回家的吗？马超坐过牢？刘宁大吃一惊，他从没听说过。"文革"中，马超以现行反革命罪被逮捕入狱，关了三年。刘宁相信，在"文革"中，马超完全有可能被以现行反革命罪关进监狱，他管不住他的那张嘴。祸从口出，亘古不变，"文革"更甚。马超不能幸免。路卉说，马超出狱后，是从一个野男人的怀里，把自己的老婆领回家的。

刘宁无话可说。他突然对马超充满同情，并对于他的过激与开放表示理解。同时，他相信，李之华不可能独守空房三年，就是她想独守，她周围的男人也不会让她独守，会千方百计地来填补她那颗寂寞的心。让他没想到的是，她居然与别的男人同居了。非法同居在那个时代，也是需要勇气的。这时，刘宁终于体会到当时李之华笑容的深刻内涵。她想告别过去。也许，在内心深处，她真心所爱还是马超。迫于无奈，她与别的男人苟合。这无奈，有外因，也有内在的需求，她毕竟是一个年轻漂亮的女人。是时代，是生活坑害了她，作贱了她。

怎么不说话？路卉说，我会把她的话告诉马超的。刘宁突然觉得生活有点荒诞。马超现在不是和李之华生活在一起吗，他们在同一张床上，即使不在同一张床上，也在同一个屋檐下，她想对他说的话居然要让别人来转达，拐了几个弯。刘宁第一次感到人心之间距离的遥远。这个感觉对于他以后的文学创作，具有十分重要的意义。刘宁无意中笑了一下。

笑什么？路卉说。我想我再也不敢谈恋爱了。路卉说，这话你应该去对路冰说。不过，你现在比过去可爱多了。

/7/

刘宁与路冰的爱情无疾而终。

路卉说得对，刘宁的确不是那种让情感所左右的人。刘宁凭的是直觉，直觉告诉他，他和马超是不同类型，俗话说，物以类聚，人以群分。他们不同群。刘宁决定从马超的生活圈子把自己解脱出来。而要从马超的阴影里走出来，就必须割断与路冰的情丝。他想好了，他的理想属于文学，而他的生活却应该是现实的。理想在天上飞，人在地上走。他不是诗人，也没有诗人气质，不会把自己点燃。他只能冷静地去观察，去思索，去表现生活。他信奉《红楼梦》的那句话，"世事洞明皆学问，人情练达即文章"。他冷静地思考之后发现，他和路冰实际上没有爱情，路冰爱的不是他，是少女心目中的文学。那是文学起死回生、短暂辉煌的时代。"文学爱好者"居然成为时尚，成为高雅的代名词，成为青年人谈恋爱的一个中介，也在有意无意中成了男人吸引女人的法宝。

路冰回到北方，回到生她养她的地方。她后来上了大学，学的是金融，如今在一家证券公司上班，拥有一幢小别墅和一辆宝马车。这当然是路卉告诉他的，为的是让他为自己有眼不识金镶玉而后悔。缘分缘分，有缘无分。刘宁一笑了之。路卉愤愤不平。知道吗刘宁，我堂妹至今还是单身，都是为了你！不会吧，那么夸张，世上的好男人多的是，告诉她，千万不要一棵树上吊死。她已经一棵树上吊死了。何苦呢？你说呢？一个"奔五"的女人，还单身，比死还死。这也许是你的——不是她的理解。她有理想有作为。路卉说，你千万别说她是个女强人。女强人不是女人。

刘宁心中掠过一丝惆怅和悲凉。也许他有点内疚，但他从没为几十年前的决定而后悔过。那是一个秋天的清晨，南门溪畔。沙滩上有一个小姑娘用一把长长的铁耙在耙沙蜊子。那时的沙蜊子便宜，一斤三分钱。煮汤，清甜可口，利水退火，能治疗乙型肝病。一只五篷船安静地停泊在水面。船头挂着一件红色的衣裳。溪对岸是翠竹，翠竹的背后是白雾，白雾环绕着青山，山顶却在背后的蓝天上划出一条清晰的曲线。

这地方真美啊。路冰说，这是我们最后一次约会吧，刘宁。刘宁犹豫着，不知道如何开口，既能表明态度，又不伤害对方。路冰微笑地看着他，刘宁，你不要说，让我先说。我已经决定回老家，这里不适合我。你不会说要跟我回北方去吧。刘宁笑了笑。

最少在形式上，是路冰抛弃了刘宁。

和路冰分手，是刘宁悄然离开马超的开始。但他没有想到，因为兰水之行，刘宁更深地陷入了马超的生活圈子。

那时，刘宁有点春风得意，连续在全国性的文学期刊上发表了若干篇小说，并引起某著名评论家的注意，在他的评论中多次提及。同时，在工作单位，刘宁从宣传科长被破格提拔为他们公司的党委副书记。天上不但掉下一个林妹妹，还掉下一块大馅饼。让刘宁有点不知所措。刘宁有自知之明，还有一种小人物心态，好运气来临，他没有太多的高兴，反而提心吊胆，小心翼翼，如履薄冰。不是怕失去，是怕意外不幸降临。他相信老天爷很公平，冥冥中有一个平衡机制，不会让一个人无缘无故地得到太多的东西。

刘宁挑了个风和日丽的好日子，骑了一个钟头的自行车，到开元寺找白云大师，想请他指点迷津。不料鲍志国哈哈大笑，笑得十分粗野，十分世俗。刘宁说，别这样，我是认真的。白云大师收敛笑容，合掌道，阿弥陀佛。人生难得，大道难闻，随它去吧。刘宁立即感到他不该来。还是《国际歌》上的那句话，不靠神仙和皇帝，全靠我们自己。喝了茶，刘宁离去。朋友再老，出家了，跳出三界外，不在五行中，靠不住。

更深夜静，刘宁扪心自问，他努力了，他付出劳动，他像鲁迅所说的，用别人喝咖啡的时间去工作去读书去写作，他任劳任怨，不计报酬。也许，这是他该得的。当然，就是应该得到的，也绝不能得意忘形。低调，这是刘宁给自己定下来的规矩。

刘宁有刘宁的规矩，世俗也有世俗的规矩。本市下属的兰水县举办文学讲座，请刘宁等几位在本市小有名气的所谓"青年作家"去讲学。兰水自古盛产兰花，文化气息较其他县城更为浓厚。在20世纪80年代那个特定的气氛中，兰水拥有众多文学爱好者，业余文学创作蔚然成风。当地文化馆给其他人开了标房，两人一间，却给刘宁开了间套房。按惯例，这是上了一定层次的"领导干部"应该享受的待遇。刘宁惶惶然不敢接受。县文化馆长说，省属大型企业的党委副书记，在县里和县长、书记差不多，大得有点吓人，我们不敢怠慢。刘宁说，我就是一个业余作者，和其他人没有区别。我不是以什么书记的身份来的。那是我的职业，拿工资过日子用的。他想起外祖母的一句话，天下饭碗一般大。他说得很真诚，人家馆长却显得很无奈，说这是宣传部领导交代的。马超说，你不住，给我住，你住我的标房。馆长笑了笑，没说什么。马超就把自己的行李拿到那间套房去了。

那个晚上，马超和路卉住到一起。这是他们的第一次。在一定意义上说，是刘宁为马超和路卉提供了方便。当刘宁得知时，他的心颤了一下，仿佛看到李之华幽怨的目光。刘宁有一种前所未有的犯罪感。

在那个时代，这种风流韵事还十分敏感，做这种事需要勇气。马超和路卉都有足够的勇气。文学讲座受到极大的欢迎，文化馆会议厅座无虚席。主席台上摆着几盆兰花，清香扑鼻，气氛高雅，也十分文学。马超自然坐在台上，他是本市思想解放的先锋。在几个"青年作家"的讲演过程中，马超喧宾夺主，不断插话，并赢得阵阵掌声。小县城的文学爱好者们可以给马超掌声，但私下里，他们对他与路卉的私情还是议论纷纷。人们看到他们从刘宁的套房里同进同出，双栖双归。据说，还有人在半夜听到从套房里传出来的暧昧的声音。刘宁感觉到，人们看他的眼光也怪怪的，仿佛他是他们的同谋。

马超我行我素，对人们的反应浑然不觉。而路卉过后，悄悄地对刘宁说了句，谢谢你。这声谢谢，使刘宁十分难堪，十分尴尬。因为这一声谢谢，刘宁成了他们真正的同谋。

路卉是在第二天傍晚对他说谢谢的，其时他们在兰水河的沙滩上散步。兰水河向东流入九龙江，沿岸翠竹连绵不绝。吃过晚饭，当地的一群文学青年便将他们团团围住，问题一个接着一个提个没完，马超思维敏捷，应付自如，妙语如珠，引得文学爱好者们嘻嘻哈哈，笑个不停。刘宁趁机从包围圈溜了出来。他没想到路卉尾随其后，悄悄地和他一起来到河边。

路卉说谢谢的时候脸色绯红，仿佛是晚霞的映照。刘宁不知道路卉还会脸红，在他的印象中，她是一个过来人，久经风雨，平时又是大大咧咧，一副刀枪不入的样子，红杏出墙之于她应该不至于脸红。

刘宁笑了笑，不置一词。

路卉说，我不曾想到自己会梅开二度，而且是一次真正的爱的撞击。马超是一个真男人。哦，你不懂。她放肆地大笑起来。不说我们了，说说你们吧。我们？谁是我们？你和路冰啊。没什么好说的。你太伤她的心了。伤一个女孩子的心，是犯罪。我不是有意的。那就是过失犯罪。马超说的吧？不管是谁说的，都是。刘宁说，爱应该是双向的，你情我愿，不能勉强，你说是吗？当初，你难道就一点意思也没有？刘宁语塞。但他立即想到一个十分时髦也十分敏感的词，叫第三者。路卉是马超与李之华之间的第三者。这是一种报复性思维，这种思维很世俗，甚至很卑鄙。随着这种思维，刘宁的脸上现出一丝冷笑。这报复性的冷笑在刘宁的脸上一瞬即逝，却被路卉逮住了。她的目光一直没有离开过刘宁的脸。

我知道你在想什么，路卉说，我不怕当第三者。恩格斯说过，没有爱情的婚姻是不道德的。破坏这种不道德的婚姻要有与世俗斗争的勇气，我们要与传统做最坚决最彻底的决裂。刘宁看了一下路卉。士别三日，当刮目相看。女别一日也当刮目相看。路卉什么时候成了马超第二？

强扭的瓜不甜。路冰已经走了。不过，我得让你知道，她哭了一天一夜。她从来没有这么哭过。可怜啊。我和她不合适。刘宁说。马超也说过，你们俩不合适。不合适归不合适,他说你是冷血动物。

这时,马超在一群兰水文学青年的簇拥下走下河堤。兰水河的沙滩笼罩在残阳的余晖之中。那是一种怪异的色彩。这色彩仿佛是一道无形幕布,把沙滩上的人变成一具具活动的木偶。刘宁听不到他们的欢声笑语,他的耳际响起的竟是已经逝去,却不太遥远的声音:"恰同学少年,风华正茂;书生意气,挥斥方遒。指点江山,激扬文字,粪土当年万户侯。曾记否,到中流击水,浪遏飞舟。"

刘宁不寒而栗。他感到一个时代的阴魂在他的上空盘旋。

离开兰水城的时候,县委宣传部和文化馆的领导把他们送到车站,送到车下。握手言别的时候,刘宁居然脸红了一阵子。

不久,刘宁从兰水一位文学爱好者那里听说,他们离去之后,他们下榻的招待所女服务员在刘宁套房的大床上发现了可疑的斑迹,并立即向所长做了汇报,层层汇报之后,宣传部的领导说,作家嘛,可以理解。事情就此了结。人们都称赞那位宣传部长的开明。在地处山区的小城县,风流事件历来被公众认为是有伤风化的大事,更何况事情公然发生在官办招待所的套房,把罪证赫然印在雪白床单上。这位宣传部长的确开明,但刘宁觉得这种开明让人恶心。

刘宁至今不知道这样的传闻有几个版本,中国人对于桃色事件的兴趣古往今来,有增无减,口头文学生动无比,惊心动魄。他从此不敢再到那个兰花盛开四处飘香山清水秀的兰水县。

/ 8 /

从兰水回来,马超立即提出与李之华离婚。李之华不同意,他即向学校总务处要了一间房子,搬出去,与李之华分居。此举在当时的师大引起轰动。奇怪的是,人们大都站在马超一边说话,把李之华当成破鞋。关于她与图书馆馆长的桃色新闻,不胫而走,在校园内搅得沸沸扬扬。图书馆馆长的老婆找到校领导,要求开除那个不要脸的破鞋。无理取闹,风起云涌，要死要活。听说有几天时间，校领导们都无法正常办公，避之唯恐不及。

图书馆馆长姓莫，20世纪50年代毕业于北京大学历史系，莫馆长的夫人是地道的工人阶级，在市机器厂铸造车间开吊车。市机器厂是本地最老的现代工业，本地区工人阶级的摇篮。莫夫人的父亲是机器厂最早的工人，八级钳工。在社会上她的阶级曾经领导一切，在家里她更是一直处于绝对的领导地位，对臭老九丈夫专政了许多年，把小资产阶级知识分子管得服服帖帖，不敢乱说乱动。她没想到伟大导师伟大领袖伟大统帅伟大舵手刚刚去世几年，这个臭老九臭知识分子居然死灰复燃，敢于在无产阶级的眼皮底下勾引野女人，难怪她火冒三丈，行为超常。

莫夫人立场坚定，雷厉风行，所向无前。连马超对她都让三分。有一次，莫夫人把马超堵在宿舍区门口，很客气地说，马老师，请你把你们家那只狐狸精管住，省得祸害无辜的家庭。马超说，她不是我老婆，我们分居了。这是有目共睹的。马超环视了一下四周，此时正是下班时间，可是，他们的周围却没有围观者，校本部机关的干部们都远远地绕开了。不管是马超还是莫夫人，他们都惹不起。躲是最好的办法。没了听众和观众，马超的斗志更昂扬不起来。马老师，我把丑话搁这里，要是你们家那只狐狸精再敢惹事生非，我就把她撕烂，丢在这里晒日头。不信，你等着。莫夫人把这话和马老师一起扔在地上，风风火火地走了。

马超愣在原地不动，足有一分钟之久。

臭婆娘！莫夫人走远之后，马超恶狠狠地骂了一句。这一句骂是双关的，同时指向两个可恶的不可救药的女人。

凯旋归来的莫夫人开门进屋，看到丈夫坐在沙发上看书，说，你不去做饭，看什么书。毛主席说得好，你们这种人，一脑子之乎者也，一肚子男盗女娼。她有一个特点，喜欢把许多不知道从哪里来的话赖在毛主席身上，以增强它的权威性。

莫馆长慢慢地把书放下。说，我们离婚吧，这种日子没法过下去了。他说得很平静。什么？她这一惊非同小可。你敢，反了你这个臭知识分子！莫馆长说，这种日子你觉得有意思吗？有意思，太有意思了，怎么，还是毛主席说得好，人民群众开心之日，就是反动派伤心之时。你想当反动派？莫馆长说，我明天就给学校递报告，你也向厂里写报告吧。当时，男女之间的婚事，不管是结还是离，都得给单位领导打报告，经组织同意。

莫馆长从来没有这么平静过。在沉寂了好一阵子之后，莫夫人放声大哭。

莫馆长说，哭也没有用。孩子大了，跟谁过由他们自己定。房子归你，家具也归你，全归你。我净身出门。

师大给莫馆长分了一间宿舍，就在马超的斜对面，隔着一条昏暗的两米宽的走廊。这是一座20世纪50年代建造的苏式筒子楼。学校总务处长说，没办法，就剩下这最后一间了。

莫馆长搬过来的那天晚上，马超提着一瓶本地产的荔枝酒和一包卤大肠到他的房间里。两个冤家从此成了莫逆之交。

几年后，莫馆长以一部《简论明王朝特务政治》专著轰动学术界，并在他师兄的帮助下，调入省城的师范大学，而后一路顺风，不但评上教授，还当上了博士生导师。听说，他还专程从省城赶来参加马超的追悼会和出殡仪式。他没有再婚，"一日被蛇咬，十年怕井绳"。他远离异性，一心扑在学术上。塞翁失马，终成正果。

当初莫馆长对李之华是否有过非分之想，他们之间是否真有那么一点暧昧关系，除了他们本人，谁也说不清。刘宁相信，除非有病，莫馆长不可能对李之华没有心动过，因为莫馆长在他老婆无产阶级专政下，从未体会过女性的温柔。他是一棵近于枯萎的植物，而李之华就是他久旱的甘露。他甚至认为干柴烈火，没有不燃烧的。当然，他并不反对这种燃烧。刘宁对莫馆长不关心，他与他没有任何关系，他是面对李之华才会思考这种可能性的存在。他曾设身处地地想过莫馆长，这种设身处地的思维方法来源于他小说创作的习惯，他惊喜地发现，他是一个合格的小说家，他无时无刻不处在创作的冲动之中。李之华之于他，是一个创作的源泉。她的身体，她的忧郁，能唤醒他的创作欲望。让他的思绪蠢蠢欲动，欲罢不能。

李之华是在一个秋天的夜晚，向刘宁诉说她和马超的故事的。那个夜晚很安静。他在她家里，其时，这个原来属于马超的家只剩下她一个人。

明净的夜晚，温柔的灯光。房间里暗香浮动，不明来路。

李之华与马超是邻居，他们从小在一起，青梅竹马。他们的家在省城一条名为南宫巷的巷尾，门口有一棵大榕树。从小学到中学，他们都是同学，期间有一度，由于日本鬼子的占领，学校内迁，他们有过几个月短暂的分离。他们的爱情萌动于一个夏日的午后，那个时候他们一起到老师家里，和几位同学一起出壁报。为的是迎接省城的解放。她抄写他的诗歌时，突然有一种从未有过的心悸，在这种陌生感觉的袭击下，她的手颤了颤，同时抬头看了一下站在一边看她抄写的马超。她看到大大咧咧的马超突然红了脸，刹那间，她的脸颊被他灼得发烫。

他的诗歌其实非常一般，题目叫《自由的花朵迎着黎明开放》。

他们的老师毕业于上海一所教会女子大学，她见证了他们这一历史性时刻，并衷心地为他们祝福。

省城是在他们壁报贴出来的那天上午解放的。他们站在街道旁边摇着三角旗喊着口号。他们还学会了唱"解放区的天是明朗的天，解放区的人民好喜欢。民主政府爱人民啊，共产党的恩情说不完。呀乎嗨，呀乎嗨，呀乎嗨嗨一个呀嗨……"

不久，马超参加革命，成为新中国一名干部，并作为调干生，被保送到省师范大学中文系读书。

马超曾经辉煌过。李之华从抽屉里拿出两本发黄的小册子，递到刘宁的手上。一本是《南乡公社史》，一本是《少年英雄林志谦》，都是省人民出版社出版的，作者张扬。张扬是马超的笔名，李之华说。刘宁对《少年英雄林志谦》是熟悉的，他读中学的时候，林志谦是全省青少年的学习榜样，他为了保护人民公社的财产徒手与地主分子搏斗，被企图复辟的地主残忍地杀害了。他没有想到，这本流传很广的革命故事竟出自马超之手。李之华说，这本《南乡公社史》在全国的影响超过《少年英雄林志谦》，这是全国第一本人民公社史，茅盾先生曾在一次全国性的文学创作会议上提到过它。

马超当时的工作单位是省城城南区委宣传部。由于他善于思考又口无遮拦，差一点划了右派，是这两本书救了他。人们常说，性格决定命运。

一点也不假。在那个特定的年代，马超逃得过初一，逃不过十五。终于被划了"右倾机会主义分"，在史无前例的"无产阶级文化大革命"中，他又被打成现行反革命，投入监狱。

马超和李之华是在1956年秋天结婚的。那是最美好的日子。北京开着中国共产党全国第八次代表大会，马超把一把喜糖撒在办公桌上，向同事们宣布自己的婚礼。他的动作十分潇洒。李之华也把喜糖放在单位的办公桌上，甜蜜写在青春的脸上。

那时的社会生活充满激情。这个激情让马超越发青春焕发，生机盎然，斗志昂扬。他几乎没有一天不处于激动的情绪与紧张的工作之中。他放弃了在政府机关升官的机会，主动申请到新建的一所中专学校教书，他为一本教材和他的同事争得脸红耳赤，他为《人民日报》上发表的《九评苏共公开信》而激动得彻夜不眠，他因中苏论战而更加认真学习《毛泽东选集》和马列著作，他思考着，激动着，争论着，忘我地工作着。他总是有想法，而这些想法几近异端，他与同事与领导的争论成了他的家常便饭。有一天，他突然对李之华说，他想到非洲去，到世界革命的最前线。他的周围常常围着一群和他一样激动的男女学生。而李之华却过着一种提心吊胆的日子，她不知道明天将要发生什么，不知道马超激动的背后将要带来什么后果。她吃不甘味睡不踏实，常常半夜被噩梦惊醒，冷汗淋漓。她的革命热情迅速退去，渴望过一种有别于那个革命时代的平静的生活。在马超被捕入狱的那个夜晚，她躺在床上，对着窗外如水的月色，突然发现，孤独和寂寞并不可怕，相反，给她一种久违了的宁静，她在宁静中感到安全，她居然很快就睡着了，一夜无梦。

刘宁说，听说马超被捕之后，曾提出和你离婚，为的是不想拖累你和孩子。我不能那样做，李之华说。

可是，李之华说，她是一个女人，当年只30多岁。她顶住了政治的高压，却没能战胜自己。她被自己的本能欲望冲倒了。

刘宁从李之华那里借过一本书，这本书在20世纪40年代非常出名，后来成了禁书。这本书是潘光旦先生翻译的霭理士的《性心理学》。文化革命中，刘宁作为红卫兵，在某红卫兵指挥部第一次看到这本书，解放前出版的黄色书籍，书页发黄，直排本，繁体字。和其他的书籍堆在院子里，准备第二天一早就烧毁。那天晚上，刘宁从书堆中随手捡来，信手翻看。被正文之外的注释中所引用的一则文言故事吸引住了，故事引自清代青城子的《志异续编》卷三，云："一节母，年少矢志守节。每夜就寝，关户后，即闻撒钱于地，明晨启户，地上并无一钱。后享上寿；疾大渐，枕畔出百钱，光明如镜，以示子妇曰，此助我守节物也！我自失所夭，子身独宿，辗转不寐，因思鲁敬姜'劳则善，逸则淫'一语，每于人静后，即熄灯火，以百钱散抛地上，一一俯身捡拾，一钱不得，终不就枕，及捡齐后，神倦力乏，始就寝，则晏然矣。历今六十余年，无愧于心，故为尔等言之。"

因为这则故事，刘宁懂得了什么叫无奈。进而学会了宽容。

李之华说，我是想和他过好下半辈子的。可是现在看来是不可能的了。马超的骨子里，并不像他自己标榜的那样。他的性解放，只能解放别人的老婆。他永远不能原谅我对他的不忠与背叛。他不想，也不可能解理一个女人的苦衷。

那个晚上，刘宁与李之华坐到深夜。他们的谈话断断续续。李之华的诉说虽然凄婉动人，却是不连贯的，想到哪儿说到哪儿。他们像一对多年的老朋友，心平如镜。李之华看了看窗外的星空，说，太晚了你就在这里吧。刘宁没有回答。她又说，你饿了吧，我给你煮点心吃。想吃什么？刘宁的确有点饿了，这个女人善解人意。他说随便。那我就给你煮挂面吧，放猪油，放白糖。这是我外祖母教我的，你一定没吃过。

吃甜面的时候，刘宁说，马超也喜欢吃吗？李之华说，他不吃。他这个人，说不吃就不吃，没有理由，而且一辈子不妥协。其实很好吃，刘宁说，你说得对，从没吃过。

这时，不知从什么地方传来一阵鸡鸣声。

这一阵鸡鸣让刘宁想起上山下乡的日子。时代变了，他说，马超是时代的弄潮儿。我们本地有一句话，叫"三岁身君管到老"，意思是，一个人从三岁时形成的秉性，会一直延伸到老年。

李之华点头认可。说，我和他的缘分到头了。只是没想到会在这里结束我们的婚姻，跟他到这里来是想和他过好下半辈子的。你打算同意和他离婚？给他自由。也许，这对于我也是一种解脱。马超这样下去，不会有安生的日子。刘宁说，毕竟一个时代结束了。希望不会有事。李之华说，难说。

马超果然麻烦不断。

/ 9 /

一个秋天的下午，马超在单身宿舍读书，读得拍案叫绝，读得手舞足蹈。马超读书，有伟人风度，几本书一起读，轮着看。他不知道从哪里看到一则故事，说马克思读书，往往是几本不同领域的书一起读，哲学的，政治的，经济的，历史的，文学的，轮着读，这本读累了换那一本，让脑筋不断地转换。马克思说，接触新内容，改变思维方式，是一种最佳的休息状态。马超现在4本书轮着读，一是黄仁宇的《万历十五年》，一本是蒲松龄的《聊斋志异》，一本是当代人编的《历史在这里深思》，这实际上是一本若干有关"文革"回忆文章的集子，还有一本是劳伦斯的《查泰莱夫人的情人》。马超在黄仁宇的著作中读到了这样的文字，"按照孔子的看法，一个人虽为圣贤，仍然要经常警惕防范不仁的念头，可见性恶来自先天。然而另一方面，既然每个人都有其发扬保持仁的本能，则同样可以认为性善出于天赋。"马超拍了拍书本，把《历史在这里深思》翻开到某一页，在上面狠狠地画了一道杆，正想自己对自己发一点议论的时候，听到几声敲门声，他随口说进来。他瞥了一下表，现在正是下午第二节下课时间，通常学生们会在这个时候来拜访他，请教一些问题。门悄然推开，没有他听惯了的马老师的称呼。马超抬起头，有点意外，不是女生，也不是男生。他的对面站着一个五大三粗、满脸横肉的少年家。这个人的身上穿着蓝色的工作服。你是马超。马超点头，我是马超。还没等马超反应过来，那个少年家冲上前，一个拳头过去，打在马超的脸上。马超的鼻血立即流出来，马超抹着读书的脸，说，你是什么人。那人不由分说又是一拳，这一拳被马超闪过了，没有击中。同时，门口暴发出一个女生的尖叫声。有人喊道，快，叫保卫科。一群学生拥进来，把那个少年家团团围住。七嘴八舌地责问。一女生指着他骂，流氓。那个少年家指着马超说，他才是流氓。披着人民老师外衣的大流氓。

保卫科的同志很快赶到，将少年家扭送至学校派出所。一审，此人叫沈小军，本市某单位汽车司机。路卉的丈夫。

派出所的民警按惯例做了笔录。

沈小军说，我是来教训一下那个流氓的，让他尝一尝勾引别人老婆的滋味。请你们告诉那个流氓教师，我还会再来的。

学校派出所负责审讯的两个民警对看一下，什么也没说。

晚上，路卉来到马超的宿舍，一见面就抱着他哭，边哭边说对不起。马超抚摸着她的背说，没什么对不起的，爱情是要有代价的。我不怕。下一次，如果他敢再来，就不是现在这个样子了。路卉破涕为笑，说，你以为你还年轻啊。马超说，最少，我心理上还年轻，我敢于和他斗一斗。路卉说，我要和他离婚，他死活不肯，说，不能便宜了你。看来，你的确捡了个大便宜。马超说，他没对你动粗吧？路卉说，他不敢。马超说，是不敢还是舍不得？路卉说，可能有点舍不得吧。马超说，这正是我爱你的地方，真实，不做假。舍不得证明他还有一点人性，好好和他说，强扭的瓜不甜。不离，大家都累；离了，大家都轻松。孩子怎么办？马超说，他不要你要。路卉说，我要？我要。马超说得很干脆。爱你就爱你所有的一切。马超的语言很现代很港台也很时髦。

路卉笑了，笑得很开心。

事情却没有他们想得那么简单。沈小军不是省油的灯。他不但不同意离婚，还出手打了路卉，而且专挑她的私处打，说，我要打得你不会搞腐化为止。

路卉苦不堪言，马超心痛不已。可是人家夫妻打架，关你马超何事？不是说皇帝再大也管不了家里事吗？什么是家？家就是法定婚姻包裹下的男人和女人，就是被世俗认可的可以睡在同一张床上的男人和女人。

马超找到刘宁，说，你是本地人，又当着领导，给老哥我想个办法。刘宁没有办法。

为了安全，学校在马超所住的单身宿舍楼加了流动岗，24小时有民警巡逻，沈小军自然不敢造次。或者说，沈小军本来就是说说而已，给马超一个威慑，而他的注意力放在自己的老婆身上，这也是攘外先安内。他对路卉说，你敢再去找他，我就打死他，再去坐牢，你信不信？他照样出车，收车回家就折腾路卉，在她的身上下功夫。发泄之后便打她，其实也不是真打，要真打，路卉早没命了。是换一种方法折磨她。

路卉没有把自己的事情告诉家里，她知道她家是靠不住的。由于父亲长期拈花惹草，母亲对不守妇道的女人恨之入骨，而在家里，父亲是绝对的怕老婆。父亲说，不是怕，是疼惜。也许这是他内疚的一种表现，是用他的行动来忏悔。而她母亲，为了维系这个家，一忍再忍，之所以没有到忍无可忍的程度，父亲的惧内是个重要因素。母亲说，我就当自己瞎了聋了，什么都没看见没听见。她最大的乐趣就是不断地谴责各种不道德的女人，她能从中得到快感，骂着骂着，自己便笑了起来，仿佛那些不要脸的女人就跪在她的面前在向她求饶。她从小就对路卉进行好女人教育，好女人就是不勾引别人的男人。不当狐狸精，不当美女蛇，不破坏别人的家庭，顾家，相夫教子，过好自己的日子。

路卉趁丈夫出车的时候，到马超宿舍，向他展示自己的痛苦。弄得马超心如刀绞。马超的女弟子们经常来对马超表示慰问，她们成了路卉的铁杆朋友，本地话叫"姐妹仔群"，她们说，上法庭告他，这个人面禽兽。最少要找妇联，请求保护妇女权益，现在不是封建社会，是社会主义社会。社会主义国家岂能容忍这种禽兽不如的行为！

总得想个办法吧，马老师，有一个女弟子说。她就是后来当了女老板的柳倩。还是让刘宁想想办法，他不是当领导的吗？马超说，他那个级别，要是在"文革"前，了不得的。思想超前的马超骨子里还有官本位，他自己并没有意识到，这也是封建主义残留。表面上，他对于当权者不屑一顾，特别是对于他们学校的领导，他的清高与孤傲是全校闻名的，而对于刘宁的提拔，他的兴奋程度远远超出刘宁自己。刘宁已经告诉过他，对于那个沈小军，他一点办法也没有，但马超还是把希望寄托在他的身上。严格地说，不是寄托在刘宁身上，是寄托在他的那个职务上。柳倩雀跃道，我去找他。柳倩在暗恋刘宁，不幸被路冰抢了先，路冰回了北方，她便有了机会。

刘宁对于马超所托，并非不当回事，他也想帮忙。只是他的确无能为力，无从帮起。在社会上，一个企业领导，求人的多，能帮得上人的地方很少，少得可怜。但是，一个偶然的机遇，让刘宁变成能人。

刘宁那家公司下属工厂有个工人，是金工车间的车工，因为违反安全操作规程，把女徒弟的手指给弄伤了。知情人说，当时该师傅的眼睛不在车床上，而是在女徒弟的脸上。刘宁在公司分管安全，这事层层汇报，材料送到他的办公桌上。下面的意见是开除留用。按公司规定，凡开除留用者，留用期间，不发工资，只给生活费。在当时，对于一个一般工人，这处分在经济上是极沉重的打击。因为当时根据经委的要求，整个公司从上到下都在搞以安全为中心的大整顿，该同志正撞到风头上，车间和厂里想拿他当典型，杀鸡儆猴，达到促进安全生产的目的。

刘宁随手翻阅材料。这是公司劳动工资科起草的一份处分决定和附件，按惯例，他一签字，处分决定就生效了。刘宁为人谨慎办事认真，他在签字之前都要把附件认真阅读一遍。这个工人叫沈大军。沈大军，刘宁手中的铅笔在名字底下敲了几下，提起话筒，给劳工科长挂了个电话，让他把沈大军的档案拿过来。劳工科长很快把沈大军的档案送过来，刘宁一看，这个沈大军果然有个弟弟叫沈小军，在某单位货车队当司机。

刘宁把档案还给劳工科长的时候，科长说，刘书记，您认真负责的精神，值得我们学习。刘宁说，这个沈大军平时表现怎么样？科长说，还不错，几年的先进生产者。刘宁说，我知道了，处理人是一辈子的事，要慎重。文件先放着。科长说，刘宁书记不愧是作家，有文化有知识，水平高，想得周到，真正做到对人民负责与对党的事业负责的高度一致性，是我们学习的好榜样。刘宁笑了笑。这个科长资格很老。听说他当科长的时间和他参加工作的时间差不多。看来，刘宁看着他的背景想，他只能把科长做一辈子了。

柳倩就是在这个时候来到刘宁办公室的，她来得正是时候。她说，路卉的事，马老师说还得请你帮忙。刘宁说，怎么帮？柳倩说，让那个畜牲住手，太不是人了。我要是个男人，我就去收拾他。怎么收拾？以牙还牙。刘宁笑了，说，我打不过他。柳倩说，谁让你去打架呀，我的大作家。那我有什么办法？马老师说，你会有办法的。好吧，刘宁说，看在你的面子上，我来想办法。

听说当领导是一门学问，这门学问很深。刘宁却无师自通。他不动声色地把处分文件压了几天，沈大军果然找到他的办公室。沈大军和沈小军一样，人高马大，却显得有点笨拙，有点憨实。他很真诚地检讨自己的过错，请求领导看在他过去为党为人民为公司勤勤恳恳任劳任怨地工作的分儿上，手下留情，给他一个痛改前非，重新做人的机会。刘宁先给他倒了杯水，然后坐在他的对面，微笑地听他批判自己，表示决心。不插话，不表态。

说完，沈大军把放在茶几上的水一口气喝光，怯生生地看着不说话的刘书记。刘宁还是微笑着，关心起他的家人。他说，小孩子多大了，爱人在哪里工作？这是明知故问，因为他已经看过他的档案，对他的家庭情况了如指掌。沈大军却感到一阵温暖，说，爱人在市环卫处当清洁工，是国营工人，孩子5岁，上幼儿园，是男孩子。双亲已经过世，他还有一个弟弟，叫沈小军。刘宁说，你这个当哥哥的可是一家之长啊。沈大军说，我这个家长没当好，我们家最近倒了霉，我出了这事，他呢，老婆跟别人睡上了。干他老母的！他不由自主地骂了句粗话，立即感到不妥，用手掩住自己的嘴巴，不好意思地说，刘书记，我不该说这些。刘宁笑了笑，说，没事，你说，这是你对我的信任嘛。信任信任，我能不信任刘书记吗？公司上上下下都说刘书记有水平，为人地道，我可不是当面说领导的好话啊。我正不知道怎么办呢，刘书记，你说我那个弟弟，本事没有，就知道打老婆，打也不是个办法，女人的心跑了，是打不回来的。刘宁说，老沈啊，你说得对，打人不是办法。听说，他还打了对方，人家可是一个大学老师啊。沈大军吃惊道，刘书记，这事您都知道？刘宁说，听说，不知道是不是真的。是真的，沈大军说，你说这事怎么办，刘书记？刘宁说，自古有一句话，叫一日夫妻百日恩，还有一名话，叫好合好散。沈大军说，我弟弟就是咽不下一口气，觉得没面子，吃亏大了。凡事想开了就好，刘宁说，你记得革命样板戏《龙江颂》的一句台词吗，堤外损失堤内补。反过来道理也是一样的。沈大军不住地点头称是。沈大军走到刘书记的办公室门边才想起，自己的事情还没说完，怎么就扯上弟弟了呢？他嗫嚅着，想再说几句自己的事。刘宁把他送到门外，说，你的事我会慎重考虑的，你放心。你先集中精力，把弟弟的事情处理好。弟弟的事也是大事，弄不好开车分了心，是要出大事故的。

不久，刘宁得到消息，沈小军不但没有再打路卉，而且同意离婚，只是条件有点苛刻，财产归他，孩子归他，路卉还要每月交给他200元抚养费。200元是个大数目，当时一般工人月工资不足100元。路卉找马超商量，马超说，全部答应，孩子的抚养费我来付，不用你操心。把路卉感动得号啕大哭。她知道，马超其实并没有什么钱，他的工资，加上到处讲课的课时费，也就三百来元。

路卉母亲对于路卉的婚变感到很意外，路卉不说理由，只让母亲看她受伤的身体，母亲无话可说。

刘宁在得到路卉离婚消息的当天下午，在沈大军的处分报告中签下这样的文字：遵照毛泽东同志"惩前毖后，治病救人"的教导，建议给予记过处分。

沈大军对刘宁感激涕零。刘宁在公司赢得体恤工人的美名。在公司，许多不认识的工人，遇到他都会亲亲热热地叫一声刘书记，弄得他有点飘飘然。一天晚上，更深夜静，刘宁遵照孔夫子"吾日三省吾身"的精神，把自己臭骂一顿。

路卉离婚之后，李之华也同意和马超离婚。双喜临门，马超决定请客。请的都是他的门生，除刘宁和另外两位写小说的朋友，全都是女弟子。宴席就设在马超的宿舍。大家入席之后，马超举杯说，今天是我和路卉的喜酒，我为能找到真正的另一半而感到荣幸和欣慰，有的人，不，绝大部分人，终其一生，是找不到自己的另一半的。请大家为我和路卉的幸福干杯吧。

那天喝的是红葡萄酒，用的是透明的高脚玻璃杯。酒和玻璃杯都是刘宁带来的礼物。两盘青菜和一锅排骨汤是路卉的手艺，其他的"干料"，都是大家带来的，有各色卤料、卤鸭子、卤猪蹄、卤三层肉、卤牛肉，还有土笋冻、炒花生，最受欢迎的是一盘蚵仔煎。土笋冻和蚵仔煎是本地特产。主食也是本地特有的一种面食，叫卤面。土笋冻、卤面和蚵仔煎是柳倩从府埕买来的。府埕是本城的老地名，原来是明清两代州知府衙门前的院子，现在是本城特色小吃最集中的小吃街。柳倩是马超众多女弟子当中最会买东西的女孩。在马超的女弟子中，傻仔多，精明者少。她们大都以现实生活中的傻来标榜自己的清高和文学。不食人间烟火在她们的眼中是高雅的代名词。她们会不知疲倦地和马老师讨论曹雪芹、托尔斯泰和司汤达，却不屑于过问市场上的猪肉一斤多少钱。这也许也是那个时代特有的时尚。

喝过第一杯酒，大家都坐下来，马超继续他刚才的话题，和他在一起，弟子们大都习惯于倾听。马超一边用手指捏了一粒炒花生扔进自己的嘴里，一边说，中国有一句老话，叫百年修得同船渡，千年修得共枕席。这话讲的是婚姻，不是爱情。否则，就没有同床异梦这个成语了。在这个世界上什么东西最可怕，同床异梦最可怕。此言一出，大家都笑了。哪儿跟哪儿啊！马超把手一扬，动作完全是课堂上的翻版，忘记此时他们正在吃饭。另一半是西方的说法，是心心相印，心灵的共鸣。勉强一点说，在中国古代，只有李商隐的那两句诗有一点沾边，"身无彩凤双飞翼，心有灵犀一点通。"不，另一半不仅仅是一点通，是全通，百分之一百通。有一个女弟子问，马老师怎么就知道路卉和您是百分之一百的心灵相通呢？马超一愣，指着路卉说，你们问她。

路卉笑着说，这么高深的问题我没法回答，我只告诉大家，和马超在一起，是我一生最幸福的时刻。我的心就像浸在蜜罐里，甚至没有甜的感觉，只有醉。

这正是路卉冰雪聪明之处。

刘宁看了一下发问的那位女弟子。她从不多说话，只是在马超讲课的时候，傻乎乎地看着他。她就是几十年之后，马超去世的第二天上午，刘宁在街上看见了又被他忽视了的那位。刘宁听说,这位女弟子后来上了大学,当了中学语文老师,有过一次短暂而不幸的婚姻。

那天晚上,他们在马超和路卉的新房里喝到下半夜。柳倩喝高了,马超指定刘宁送她回家,说,让你当一回护花使者。马超不但好为人师,还喜欢指挥人。马超自己也喝高了,但他没有醉,他的心头定得很,他想什么,刘宁清楚。但他没法拒绝。

/ 10 /

柳倩其实不是真醉,一路上,她紧紧地挽着刘宁的手臂。偶尔还趁趔趄之机,狠狠地捏了他一下。快到家的时候,她问刘宁,谁是你的另一半?路冰吗?刘宁摇了摇头。我,她说,我才是你的另一半。他们靠得很近,她的脸紧贴着他的脸膛。刘宁不作声。柳倩仰头看他,眼睛里有一团火。

夜是明亮的,街上没有人。

刘宁躲过她的目光,说,你醉了。

你知道我没醉。你不敢正视自己,你不是男子汉。你不如马超马老师。你什么都明白。你是一个冷血动物。

你真的喝多了。刘宁说。柳倩把头从他的胸脯抬起来,说,我的家到了,谢谢。说着便朝对面的巷子走去。刘宁跟到巷口,一直看到她开门,听到她关门的声音,才转身离去。

刘宁是个大活人,让他心动的女性不少,包括柳倩。但他很清楚自己需要什么样的女人。他没有寻找另一半的宏愿,他只想找一个能陪着他平静地度过一生的伴侣。他坚信生活是平庸而琐碎的。心灵的纯粹与崇高只能,也只有存在于他的作品之中。对于永恒的真正的爱情,刘宁是一个彻底的悲观主义者和清醒的现实主义者。

刘宁不知道为什么自己是这个样子而不是那个样子,但他十分清醒地认识自己。在他的生活中,总是有两个"我"同时存在着,一个"我"在行动,另一个"我"在观察,在评判。当一个"我"的七情六欲无度张扬的时候，另一个"我"便拿一盆凉水，从他的头上浇灌下去，让他迅速冷静下来。

刘宁的母亲一直在张罗着为他物色对象，终于找到一个刘宁愿意见面的姑娘。这姑娘叫林惠如，比刘宁小8岁。长相一般，但比较金看。本地闽南话"金看"就是耐看，越看越好看。她没什么文化，只读过三年小学，因为家庭生活困难，辍学了。她生活中唯一与刘宁有点相通的地方是，她也喜欢看书。她看的不是大人看的书，是尪仔古书。尪仔古书就是小人书，也叫连环画。

林惠如在一家集体所有制的绣花厂当绣花工，工资不高，省吃俭用，买了许多尪仔古书，清闲下来，她就一个人静静地翻看。她的床底下有整整一肥皂箱子连环画，《红楼梦》、《聊斋志异》、《水浒传》、《三国演义》都是全套的，更让刘宁吃惊的是，还有《鲁滨孙漂流记》《三剑客》《母亲》、《钢铁是怎样炼成的》等外国小说改编的连环画，全是"文革"前出版的，画得十分精美。有破损的，她都精心地修补过，用牛皮纸做了封面，写上书名。刘宁看着上面歪歪斜斜的字说，这是你写的，她红着脸点头，说写得不好，让你见笑了。刘宁说，写得很好。

刘宁说这些小人书你都看过了，她说看过了。于是她给他讲里面的故事。她讲《红楼》，水平不在当下大学中文系学生之下。因为当今大学生大都不看原著，他们关于《红楼》的知识来自于电视剧，而电视剧则不如小人书，小人书更忠于原著。

人们都说林惠如和刘宁不相匹配，只有刘宁的母亲和刘宁觉得很合适。对于这个未来的儿媳，刘宁母亲说了一句十分经典的话，目镜甲人挂，好不好，只有刘宁自己知道。目镜甲人挂，也是一句地道本地话，意思是一副眼镜，配在不同人的眼上，哪一副最合适，只有戴眼镜的那个人最清楚。只要是合适的，就是最好的。

柳倩是在看到林惠如之后，下决心离开文学的。刘宁让她太受伤了，她哪一点不如这个女孩？她问马超，问路卉，问所有认识她和他的人，她甚至给路冰写了一封长长的信。没有不为她愤愤不平的。由于她的愤然离去，若干年之后，本地少了一个疯疯颠颠的女作家，多了一位轰轰烈烈的女强人，为本地 GDP 和税收的增长，增添亮点。

刘宁很快就结婚了。男大当婚，女大当嫁，这是古训，也是生活的不二法则。刘宁让自己过平常人的生活。在别人看来，他的生活十分平庸。娶妻生子，柴米油盐。但他没有放弃自己的追求，他一边享受正常人的生活乐趣，一边默默地朝自己的目标挺进。他知道自己没有天分，但他相信一句古话，有志者，事竟成。他天生一份执着，本地话说这种人"死迷"。妻子从不过问他的"事业"，他做什么她都认为是应该做的，她只对他的稿费感兴趣，因为这可以贴补家用。后来，她把他所有稿费当成额外收入，悄悄地存起来，并在房价最低迷的时候，买了一套大房子。事后，所有人都说她能干，有眼光，有超前意识。她只说一句话，我这人有福气，瞎猫撞到了死老鼠。

林惠如最大贡献是，给刘宁一个安定而平静的家。这是马超任何一个女弟子都不可能给他的生活。刘宁不需要撞击，他的激情蕴藏很深，却可以在常态下由他自己不断地激发。他私下命名为封闭型恒温式激情，或曰，地火。

/ 11 /

马超由于有了路卉，也再次步入正常的家庭生活。他们的婚姻最终得到路卉父母亲的认可。这一点说明，马超不但思想前卫，还充满生活的智慧。马超在决定向路卉父母亲表决心的时候说，毛泽东的革命为什么会成功？因为他先取得农民的支持，农村包围城市，最后夺取城市。我们要先取得你父亲的支持。

马超第一次以老师的身份登门拜访，受到路卉父母亲的隆重接待。天地君亲师。老师的崇高地位是几千年传统文化给当代那些夸夸其谈而又不学无术的"人民教师"的恩赐。

那是一个深秋的夜晚，天高气爽。路卉家的凉台很宽畅，放下茶几和几张靠背椅子，来回走动自如。马超说，从来没见过这么大的凉台，老干部就是老干部。路卉的母亲说，他呀，论资格，地委书记都能当上，就是不争气。地委陶副书记，当初还是他的部下，如今他住的是什么房子，小别墅！老路哈哈大笑，说，马老师你看，这老太婆跟刁德一一样，一点面子也不给。路卉说，妈，你忙你的去吧，我来泡茶。路卉母亲说，好好，你们聊，我去看电视。其时，路卉家有一台18寸彩色电视，正热播日本电视连续剧《阿信》。

路卉给他们泡了茶，也走了，说是去看书。老路对女儿的好学上进感到满意，说，去吧，年轻人就是要多读书，现在党中央提出新长征，没有文化知识是不行的。读书越多越反动的时代一去不复返了。马超说，路卉有你这样一位开明的父亲，很幸福。老路说，路卉回家常常提起你，说马老师知识渊博，讲课生动，很受同学们的欢迎。我什么时候也去听听，老了，快跟不上时代了。

马超说，听路卉说，路老读了不少书。老路说，什么啊，都是一些上面要求读的东西，对了，马老师对毛主席的诗词如何看？我们这代人，躲不过他老人家。好，毛泽东的诗词好，马超说，特别是那首《沁园春·雪》，依我看，必将成为千古绝唱。老路点头称是，于是两人一起朗诵，朗诵到下半阙，老路说，马老师，"唐宗宋祖，稍逊风骚"，这"风骚"二字如何解释？风骚，马超愣了一下，明白了，他说，风骚就是风骚啊，不必把它理解得太高雅，太伟大。

马超开始借题发挥了。借题发挥是马超的思维定势，大部分时候不是有意的，而现在却不能说是无意的，多少还有点"因人施教"的味道了。马超说，风和骚是两种文体，风是《诗经》中的国风，骚就是离骚，指的是文学。《诗经》收入305首诗，分风、雅、颂，最好的是风，国风，民歌，大都以歌颂爱情为主。爱情是人之常情，古人云，食色，性也。人一是要吃饭，二是有欲望，男女之欲，男女之情，男欢女爱。这才是人，真实的人。

老路直了直身子，给马超倒了一杯茶，马超用手指头在茶杯下方点了点，表示感谢，接下去说，我们过去骂女人有句话，叫风骚，骚女人。很不公正，把人的本性给骂了。为什么说"唐宗宋祖，稍逊风骚"呢？唐代是我国历史上经济最繁荣，思想最解放，社会最开放的时代。唐代首都长安的性解放程度，就是现在的西方，也未必能望其项背。

老路两眼发亮，身子再一次向前倾斜，说，武则天，你说武则天怎么回事？马超喝了一口茶说，都说武则天和唐高宗李治是"乱伦"，实际上，当时并没有太多的礼教束缚。乱，是以后封建礼教盛行时那些酸文人给唐朝人戴的帽子。

那是那是，老路深有感触地说。马超说，唐太宗玄武门之变，杀了太子李建成、齐王李元吉后，把李元吉的妻子占为己有，李元吉是谁？是他的亲弟弟，把弟媳妇占了，还生了个儿子。后来，他的堂叔卢江王李瑗造反，李世民把他杀了，又把他的妻子纳入后宫，这算什么？

真的？老路闻所未闻，大为惊奇。马超说，当然，史书上都有记载，假不了，只是我们过去不让说。其实，唐代女子离婚丧夫再嫁是普遍风气，光皇家公主就有23人，这不是我胡说，有人根据《新唐书·公主传》统计出来的。

老路显得很兴奋，马超为他过去的行为找到了理论与历史的依据，他从此视马超为知己。

《阿信》演了两集之后，路卉母亲给他们端来一碟贡糖，说是老路的老战友从县里带来的。你们继续聊，我还看《阿信》，太感动了，以为日本鬼子很坏的，原来也有这么好的女人。

老婆进去之后，老路说，先吃先吃，白水贡糖，花生做的，很不错。路卉，你也来吃几块吧，路卉在房里说，不吃。老路说，她怕甜，不知从哪里听来的，说吃甜的东西会发胖。

马超说，胖怕什么，唐朝的大美人杨玉环杨贵妃，就是个十分丰满的女人。不说杨贵妃，这个女人大家都知道，没什么好说的。我给你讲几个唐朝老百姓的生活小故事，马超把声音放低了一些。说扬州有一个商人的妻子孟氏，丈夫外出做生意，独自在家寂寞难耐，吟诗自遣，正好一个少年家从她家门口经过，大声说，吟什么诗啊，年少几何，不如偷情快乐。孟氏就和他搞在一起了。真的？这是书上写的。还有更绝的。长山赵玉的女儿，有一次独自到郊外的树林里游玩，看到一个锦衣军官，长得十分英武，说，这个人当丈夫，死都无恨，那个军官说，当个暂时的丈夫可以吗？赵小姐说，也行啊。两个人就在树林子里成其好事，然后拜拜……

那天晚上，《阿信》播了4集，《阿信》演完，路卉母亲要换新茶叶。路卉说，太晚了吧，以后再聊。马超便起身告辞。老路还有点不舍，路卉说，明天让他再来，天天来，让你听个够。

大开眼界，大开眼界。老路说，过去说，与君一席言，胜读十年书。果然。常来啊马老师。路卉说，马老师，这下你可惨了，不但要给女儿上课，还要给父亲上课，哪里忙得过来啊。老路说，没大没小的，能这样和老师说话吗？去，代我送送马老师。

街上没有什么行人。马超与路卉推着自行车慢慢地走着。秋风阵阵，落叶在他们前前后后翻滚，游戏。初战告捷，比预期的效果还要好一些。狡猾，路卉说。马超得意地笑了一下，对付你父亲这样的老干部，小菜一碟。路卉说，可不许看不起我父亲，再怎么说，也是参加革命几十年，枪林弹雨，出生入死。马超说，不是看不起，对未来的泰山大人敢看不起吗？你回去，现在就回去。你父母亲一定还在议论我。按既定方针办。路卉说，人家晚上不想回去，想到你那里去。现在就得回去，趁热打铁，事半功倍。听我的，乖乖。马超在她的脸上亲了一下。路卉立即返回。

果然，老路夫妻正在客厅里谈论马超。路卉开门进去的时候，听到父亲说，从来没有接触过这么有文化有才学的知识分子，难得。她说，爸，你真是少见多怪，大学里像马超这样的老师多得是。老路却说，我看未必。我又不是没听过老师讲课，中央党校的都听过，他是我唯一佩服的。他都跟你讲些什么啦？老路说，讲历史讲文学，还有人性。路卉说，太阳从西边出来了，老革命讲人性讲文学了。让他常来，陪你爸说说话。母亲说，有人说话，分分他的心，省得再出花花点子。老路说，又来了不是。路卉说，人家马老师也不能常来，自己一个人，忙里忙外的，哪有那么多时间啊。母亲说，自己一个，马老师没有家室？路卉说，有是有，跟别人跑了。

老路夫妻大感意外。于是，路卉便向父母亲说起马超的身世，不平常的经历和不幸的婚姻。当然，妻子的不忠和出轨，是马超不幸的主要原因。

路卉母亲立即对马超表示深切的同情，并以激烈的言辞谴责那位她从来没有见过面的红杏出墙者。路卉想，马超果然料事如神。马超在父亲的眼里，是个一解放就参加革命的老同志，是个出过几本书的名作家，是个才华横溢的人民教师；在母亲的眼里，马超是一个被妻子背叛的值得同情的男人。哀兵必胜。马超说，在你母亲的眼里，我马超越可怜，我们的成功机会就越大。

在以后的一段日子里，马超几天不来，老路便会说，马老师近来忙什么？母亲也会接着说，是啊，上次来的时候气色不大好，是不是病了？

几个月下来，路卉有点熬不住了，说，马超，和他们摊牌吧，我等不及了。马超说，不急，欲速则不达。路卉说，人家就想每时每刻都和你在一起。马超说，我说不出口。路卉说，又不要你去求婚，我自己去说。

当路卉对父母亲说她想嫁给马超的时候，老路并没有太吃惊，他其实早就看出一点蛛丝马迹。只是不想道破而已。在他过去的露水生涯中，比他年轻的女性多的是，有的比他少二十来岁，他们照样很快活。再说了，这个马超，从哪个方面看，条件都不差。而当母亲的则有些犹豫，毕竟相差20岁，女婿与岳父岳母的年纪差不多，不好听，不好看。

路卉说，我只是看他可怜，平时还好，要是有个头痛脑热的，不用说没人端水送饭，连个说话的人都没有，孤零零的一个人，要多可怜有多可怜。再说，女儿也是离过婚的人，找年轻的，谁要？

母亲还是犹豫着，父亲说，你妈同意，我就同意。

这个时候，是路卉的前夫沈小军帮了大忙。他不是有意帮她，他是为自己解脱。他找了个对象，未婚，人家的先决条件是，不要前妻生的孩子。沈小军找路卉，路卉问马超怎么办？马超说，把孩子领回来，我们养。于是路卉把孩子领回娘家。她对母亲说，沈小军不要这孩子。母亲说，是啊，孩子就是拖油瓶，谁要啊。路卉说，马超要。

老路夫妇私下商量，马超与路卉似乎没什么不合适的，马超什么都好，工资也高，这是不能不考虑的，唯一不足的是年龄大些，老夫少妻自古有之，许多老同志的夫人也是解放之后再娶的，老路的老首长，省军区薛司令的老婆，就比他少20岁。更重要的是女儿自愿，既然两相情愿，做父母的没有更多反对的理由，随它去吧。

马超婚后的生活相对平静。只有路卉那个孩子让他们操点心。路卉的孩子叫沈路，是个男孩。路卉想改他的姓名，去掉那个沈字。马超不以为然，说，怎么改？总不能叫马路吧。路卉笑着说，不叫马路叫路超，我想好了。马超说名字只是个符号，我看没必要改。沈路不叫马超爸爸，马超说，那就叫伯伯吧，沈路说，我已经有个伯伯叫沈大军。那就随你吧，怎么叫都行。叫马老师，你不是老师吗？马超说，行，一日为师，终身为父。就叫老师吧，连马字也不必了。

马超和路卉结婚之后，李之华提出把套房让给他们，她搬到那间单身宿舍去住。她的这个建议是通过刘宁转达的。马超说，这个婆娘发善心了，换就换。

换房其实很简单，家具都没动，只是把各自的衣服和日用品带过来带过去而已。等到他们安定之后好些日子，人们才发现。消息传到莫夫人的耳朵里，已经是半个月之后的事了。莫夫人想，这狐狸精好心计，表面上是让房，骨子里是想和老莫住在一起。不能便宜了这对狗男女。她于是到学校办公楼找校长，让他们好好管一管这件事。

校长现在不怕她了，因为她已经不是莫馆长的妻子，不是学校的家属了。校长微笑地看着她，等秘书给她倒完茶之后，才从容不迫地说，这事学校管不了。他们都离婚了，是单身，他们要如何来往是他们的事情。不要说我们管不了，你也管不了，你说呢？

莫夫人说，真管不了，出人命也管不了吗？校长说，出不了人命，学校有保卫科，有派出所，是不允许胡来的。你好自为之吧。什么好自为之？莫夫人听不懂校长的话。秘书在一边说，校长让你管好自己的事，不要管别人的事。莫夫人愣了一下，眼泪无声地落了下来。校长和他的秘书见了，同时把眼睛移向窗外。莫夫人走后，校长摇了摇头，这是个悲剧。

李之华搬过去之后，人们似乎有一种期待，期待看到她与莫馆长之间发生一点什么事。可是人们什么也没看到。有一段时间，刘宁会到李之华那里去坐坐，和她聊聊天。她说，其实，她和莫馆长之间本来就什么事也没有。刘宁笑了笑。你不信？李之华说。刘宁说，其实有也没什么，莫馆长这个人还是不错的。李之华说，你还是不信。在李之华那里，刘宁见过马超的两个女儿，她们在省城和外婆一起生活。在刘宁的印象中，马超两个女儿都长得像母亲，优雅文静。她们向刘宁打听一些父亲的情况，刘宁把他知道的说了。她们说，他也不容易。刘宁说，你们不去看看他？她们摇了摇头。

文学的黄金潮随着经济发展而悄然退去，马超身边的弟子越来越少了。因为一场政治风波，马超差点再次惹祸。有那么一个时期，学生经常上街，游行请愿，而马超总是走在队伍的前列。那年夏天，他带领一群学生到市政府静坐，被有关部门盯上。后来，听说有关部门要求处理马超，学校党委保了他。说，马超这个人，的确不适合当老师，学校已经把他调离教学岗位，放到一个研究所，让他专心做点学问。

可是马超这人，离开讲坛，他的激情就像被围垦了的海滩，上不了潮水，什么学问也没做出来，什么文章也没写出来，等到职称热的时候，他连个副教授、副研究员什么的也没评上。

马超在不知不觉中被时代抛弃了。

/ 12 /

刘宁妻子林惠如不喜欢路卉，她的不喜欢没什么道理，说是看不顺眼，说是听她说话心里就不舒服。刘宁说，其实路卉这个人还是不错的，跟了马超能坚持到最后也不容易。林惠如说，这是什么话，跟什么人都是一辈子的事，尸骨未寒就那样，也太不守妇道了吧。刘宁笑了起来，什么时候学会的这一套封建理论啊。她说，本来嘛。

在刘宁的朋友中，林惠如最喜欢白云大师鲍志国，她喜欢他是从他的国画开始的，他的人物画让她想起她的那些连环画。画得真像，她总是这样评价大师的作品。像谁，像什么？她说不出来。也许在她的内心深处有一个幻想的空间，这个空间有许多生动的可爱的人物在活动，她甚至依稀感受到他们的音容笑影，她渴望和他们交流，但这个空间被现实的琐碎的生活的团团迷雾所笼罩。渐渐地远去了，陌生了，淡忘了。

有一天，林惠如说，志国好像很久没来了。刘宁说，他到新加坡去了。她说，当和尚也出国吗？刘宁说，和尚出国，自古有之，唐僧西天取经，不是到印度去了吗。还有到日本到朝鲜的。所谓云游四方，这四方是无国界的。她"哦"的一声。

可是就在这一天，白云大师却不请自来，应了那句古话，"说曹操，曹操到。"

白云大师说，我想去看马超，给他诵经，超度一下他的灵魂。刘宁说，怎么啦？心血来潮，突然想到。刘宁又说，不会是马超找你了吧。做梦了？鲍志国笑而不答。

白云大师来的时候给林惠如带了一张画，这是他在新加坡创作的，即兴而作，画是工笔人物画，画中人身着古装，神态却有点像刘宁。林惠如爱不释手。

刘宁本来不想和路卉再有什么交往，但他还是陪白云大师去了马超的家。事先给路卉挂了电话，路卉在家里等着他们。白云大师说明来意之后，路卉显得有点勉强，说，你们知道，马超是个彻底的唯物主义者，正说，不知为什么，挂在墙上的马超的遗像突然掉了下来，路卉大惊失色。挂得好好的，明明是挂得好好的呀，路卉说，我表弟他明明挂得好好的呀。路卉喃喃，脸色如纸。

马超的遗像挂得并不高，是顺着墙掉下来的，落在桌上，摆动了几下，又站住了，自己靠在墙上，不动了。给自己换了位置的马超还是那副有点高傲又有点玩世不恭的样子。

阿弥陀佛。鲍志国拉着刘宁说，我们走吧。看来，马超的确不喜欢。

刘宁回头时，路卉已经把门关上。

时代风流

/ 1 /

那年他17岁,上高中。他们学校是本省名校,听说是中国第一批西式学校之一,光绪三十一年创办的中学堂。又听说,他们学校的毕业生,有几位学部委员,还有几位在北京工作,有的还经常出入中南海,甚至陪同毛主席、周总理接见过外宾。有一次,一位校友回母校视察,街上还站了岗。他们学校的教学水平是没得说的,老师都是百里挑一的名师。比如他们的语文老师,原来在南京大学,知道吗,南京大学解放前叫中央大学,1957年出了一点事情,下放到一所山区小学,他们校长费了好些周折,才把他弄到学校来。校长是个"三八式"老干部,知道"三八式"的意思吗,就是1938年抗日战争参加革命的老干部,当过县长,后来不知道为什么到学校来,他的爱才在本省教育界出了名。

他们的语文老师姓陶,就是解放以前很出名的教育家陶行之的那个陶,名一夫,听说还有一个字,但没人知道他的字是什么。同学们知道,古人才有字,比如课文《卖炭翁》的作者白居易,字乐天。陶老师名之外还有个字,同学们私下议论,无端地增加对陶老师的神秘与敬仰。陶老师是个很儒雅的先生,他的课同学们都爱听。特别是女生们,更是如醉如痴。他最看不惯的就是那个姚小桃,两眼发亮,嘴巴张得大大的,仿佛要把陶老师吃下去。

那天课文是毛主席的诗词《沁园春·雪》。陶老师走出讲台,高声朗诵:

北国风光，千里冰封，万里雪飘，望长城内外，惟余莽莽；大河上下，顿失滔滔……

陶老师摇头摆脑，底下的同学们也跟着轻轻地晃动着身子。姚小桃的嘴巴不张了，跟着老师的节奏，小声地朗诵，显然，她是事先把课文背熟了的。

他最看不惯的就是她这种献媚的蠢样，把头扭到一边去，正好和他的同桌，另一位女生打了一个照面。她正偷偷地看着他。她叫郭明英，和著名歌唱家郭兰英只差一个字，她因此很得意。郭明英是北仔，对于闽南人来说，出了省都叫北仔，北仔就是北方人，叫北仔多少有点轻蔑的味道，还有更难听的，叫"北贡"或"北仔恁"，就是傻乎乎的北方人的意思。听说她的父亲在部队当大干部，好像是军分区政委什么的。他的突然转脸，把郭明英吓一跳，她的脸红一下，又无声地笑一下。她那个笑有点暧昧，让他很心虚。他把头低下来，认真看课文。

陶老师朗诵到"唐宗宋祖，稍逊风骚"时，突然停顿下来，请同学们注意这"风骚"二字，"江山代有人才出，各领风骚数百年"，也是这个"风骚"，主席用字，神。

可是他的目光却被"风骚"二字咬住了，挪不开。他想起闽南话的"风骚"，心跳了起来，母亲骂邻居那个女人用的就是"风骚"，那是个不要脸的女人，姣查某，臭查某，风流查某，狐狸精，破鞋。

偏偏，邻居的那个女人他私下里很喜欢，不管母亲怎么在人前人后损她，她看到他总是和颜悦色地和他打招呼，吃过啦，上学？他瞥了她一眼，匆匆点头走开，生怕母亲看见。那女人的眼睛会说话，看你一眼，你就知道她喜欢你。后来，听说她和单位的领导搞腐化，害得那个领导撤了职，老婆还差一点和他离婚。

"数风流人物，还看今朝。"陶老师激情收尾，对同学们说，"此风流非彼风流也。"他没有听清楚陶老师接下来的话。由"风骚"而"风流"，让他想入非非。班上女生一个个在脑子里过电影，哪一个和"风骚风流"有点沾边？郭明英，姚小桃，林文娟……一个个闪过去，突然，一张白白瘦瘦的脸在他的脑幕定格，特写镜头，她的眼睛正对着他，大得有点忧伤。他闭上眼睛，摇摇头同时把眼睛睁开，转向左边窗下，阳光斜射窗玻璃，反照在她的脸上，使她的脸显得更苍白。她叫刘贞。

听说刘贞的父亲是历史反革命分子，在内蒙古的一个什么地方劳改，她的母亲刚刚去世，有一个哥哥，是她父亲的另一个老婆生的，在省城工作，对她还不错，每个月给她寄15元。那时15元钱可以让一个人生活得有点滋润。他母亲说，8元钱是街政府讨论困难居民补助的标准，以上不补以下补。也就是说，8元钱就能维持一个人一个月的最低生活水平。

他的心尖跳了一下。他对刘贞有一种特殊的感情，说不出这种感情是什么，同情、怜悯之外，似乎还有一点什么。他也不知道此时为什么把她与"风骚风流"联系在一起。难道她的身上有一种类似"风骚风流"的东西？

这个晚上，他做了个梦，在梦中遗精。他在一阵旋风般的快感中醒过来，对象模糊不清。

这个梦源于本地的一个传说。一个医生，与一个护士搞腐化，被单位领导发现，双双死在云洞岩的山洞里。那时报纸上没有社会新闻栏目，更没有电视和网络，这类故事的传播却非常神速，几天前发生的事，全市都知道，街头巷尾，生动到细节，母亲听邻居说，又说给另一位邻居听。他放学回家，母亲看了他一眼声音变小。他假装做作业，耳朵却特别尖，没有放过任何细节。心跳了好久。公安人员发现尸体时，两个人脱得光光的，紧紧地抱在一起，怎么也扯不开。是吃安眠药的，当医生什么不懂？母亲最后说，又看了他一眼。看他低头做作业。放心地笑了一下，邻居也笑了一下，那是好奇心得到满足的开心一笑。

晚上，他就做了那个荒唐的梦。短裤里一片黏糊糊的东西，匆匆换了，就着夜光在脸盆里把那东西搓掉。

他叫李爱国。

/ 2 /

　　李爱国不是坏学生。他是他们班的团支部书记。读书一般，唯语文值得一提，尤其以作文闻名，常常被陶老师拿出来当范文念，有几次还贴到"三好楼"高三年段教室的走廊上，让即将参加高考的师兄师姐们学习。他的其他科全在 70 分上下徘徊，数学最惨，从作业到考试，没一次上过 65 分。偏偏最看好他的也是数学老师，李爱国之所以能当上团支部书记，全靠班主任兼数学老师张养德的提携，先让他当劳动委员，劳动委员最是没人干的，劳动课之前负责到总务处借工具，锄头簸箕之类，劳动之后，同学们一边叫累死了累死了，一边如鸟兽散，转眼不见踪影，他还要负责扫尾收拾工具。但他干得很出色，不着不急，不忙不乱，表现出出色的组织才能和自我牺牲精神。当时叫吃苦在前，享乐在后。有时他还会为同学们弄点小点心什么的。张老师暗地打听，原来他让几个家里经济条件好的同学出钱，事先安排好，不动声色。

　　那一天，学校突然接到一个非常重要的外事任务，要组织一批学生到飞机场迎接外宾。这是这座小城有史以来的第一次如此重要的外事活动。听说这位外宾不是一般的外宾，是国防部长，这个国家虽然很小，却有"欧洲社会主义明灯"之称。当时这座小城没有民用飞机场，只有军用机场，政治加军事，一切都在严格的保密之中。

　　李爱国是他们班第一个知道这个消息的人，因为他是团支部书记，党最信任的人。他的任务是，帮助老师确定去飞机场的人选，并做好选不上的同学的思想政治工作。

　　选上的同学个个兴高采烈，没选上的个个垂头丧气。为了安慰那些没有选上的同学，李爱国选择留下，李爱国对张老师说，我要是去了，就失去了说服别人的力量。班主任十分郑重地看了他一眼，点头同意了他的请求。并说，你要把刘贞作为重点，不要让她有太多的思想负担。她比较脆弱。

　　张老师说这话的时候，李爱国的脸热了一下，仿佛被看出什么内心的秘密。他过后想，他什么秘密也没有。既没做贼，何以心虚？他弄不明白。那时学校不开心理学课，心理学在那个年代被称为资产阶级的伪科学。

　　李爱国是在一个傍晚来到刘贞家的，应该说他们是一起来的，放了学，一起从学校走出来，他说，上你家去坐一坐行吗？她仿佛犹豫了一下，还是点了点头，她似乎知道他要说什么。这几天，他一直在和同学说着什么。这几天，班级教室里飘荡着一种神秘气氛，说不清是什么，同学们兴奋着，担心着，企盼着，失落着，她感觉到了，但她的心是平静的，她知道，好事不会落到她的头上，她的入团申请书已经递交一年多了，考验一个接着一个。她知道为什么，可她心有不甘，不是一视同仁吗？不是重在个人表现吗？当李爱国对她说，"上你家去坐一坐行吗"的时候，她的心沉了一下，还是答应了。她之所以没拒人以千里之外，是因为她看他顺眼，喜欢他的作文。

　　她家在离学校不远的一片相思树林里，这里为什么会有这一大片高大的相思树林，谁也说不清。闽南相思树，包括他们学校后面山上的，大都比较矮小，而这一片相思树却是高大挺拔的。林子里有零零星星的几朵落花。黄色的落英在黄昏中显得无辜而安静。相思树的花期好像很长，长年都有花的感觉。过了一条壕沟，壕沟上有一座石板桥。听说壕沟始筑于宋代。这座小城原来是一座水城，水从西边顺壕沟入城，在城内绕一圈，从东边出城。又听说，这里曾经来往许多船只，是个不大不小的码头。她家后院紧靠着壕沟，开了后门下了台阶，船就停在台阶下。哥哥曾经对她说过。然而，一切都像是梦。有时，她站在后院长长的青石板上，看着潺潺流水和水草发呆，水那么少那么浅，怎么也想象不出这里曾经走过船。

　　在她家门口，刘贞打开门，让李爱国先进去，自己却站在门外。好大的一片院子啊。李爱国从来没有见过这么大的院子。院子里有几棵龙眼树，树下有石几石凳，围墙边有几层用青石条砌成的台阶，可是这台阶做什么用呢？她还站在门口，他说，怎么不进来？她"啊"了一声进来了。说，那是花台。一层层地把花盆摆上去。哦。他上前摸了一下。他们走进大厅。

　　这厅比他们的教室大得多，显得空荡荡的。古香古色的桌椅安静得让人窒息。她的目光环顾着大厅，但在他的感觉中，她的目光没有在厅里的任何地方停留一秒钟。他好奇地说，这厅不是你们家的？是的，不是，是的。她有些慌乱地说。他问，是还是不是？她说，是，可我很久没有进来了。李爱国更吃惊了，他问，你不住这里？她摇摇头，似乎犹豫了一下，才指了指东面的厢房。

这时他闻到大厅里一种潮湿的气味。他正想跟她退出，却看到墙上一副老镜框，镶着几首诗。她说，这是以前留下来的，没什么好看的。在当时的语境下，以前就是解放前的意思。他走过去一看，却是郁达夫写的诗，题为《相思树》，想多看一下，刘贞说，没什么好看的，走吧。他们退了出来，她重新把大厅的门关上。

他们走到东厢，她打开其中的一间。一股淡淡的清香迎面扑来，李爱国不禁吸了一口气。这里才是女孩子居住的地方，明窗静几，淡雅清新，窗台上摆着一盆茉莉花。书桌上有一本翻开的书，像一只刚刚栖落的白鹭鸶。他走过去，顺手翻了一下，是《青春之歌》，扉页上印着学校图书馆的章。桌角还有一叠书，《聊斋志异》、《阅微草堂笔记》、《西厢记》、《红楼梦》、《水浒传》、《三国演义》，没有学校图书馆的章，不知从哪里来的。

在他翻书的时候，刘贞走过来，迅速地把桌角上的一个什么东西抓在手中。什么东西那么神秘？他说。没什么，她把手张开，是一盒本地产的水仙牌火柴。他笑了一下。这有什么好紧张的。

他们坐下来，进入主题。他把来意说了。让她不要有思想上的负担。她说，她知道这种事不会让她去的，她已经习惯了。他说，你不要想得太多，我不是也没去吗？去和不去，都是一样的。她笑了笑。

他发现她的笑很好看，甚至有点妩媚，但他不敢用这个词。而她的手上还捏着那盒火柴。

这时，他仿佛闻到一股擦着火柴时的气味。这气味通常随着一道亮光扑进人们的鼻孔，亮光消失之后，这气味却残留不去。然而除了这股气味之外，似乎还夹杂着某种气息。他吸了口气，环视了一下房间。她也跟着他环视了一下房间。有什么地方不对吗？她小心翼翼地问。他摇了摇头。她把火柴盒放在桌上，想想，又收进抽屉里。说，是张老师让你来的吗？

他说，我自己也想来。

她低着头，不再说什么。他看她的头发很黑，也许是她的脸太白的缘故吧。她的头发上斜打了一只白色的蝴蝶结，是用白羊毛线打的结。她的头发一定十分柔软，就是小说中说的"秀发"吧，他的手不由自主地动了一下。他吓了一跳，他居然想去摸她的头发。她抬头朝他笑了一下，他也笑了一下。这一笑，把不安与慌乱掩盖过去。她平时的穿着，以素为主，灰白、浅蓝、淡绿。他记得她穿过一件大红方格的呢大衣，自从她母亲去世之后，那件红呢大衣就从她的身上消失了。也许，他扫了一下她的房间，收藏在书桌对面的红木立橱里。

他说，张老师是一个好人，他很关心你。我知道，她说。

接下来，他们便围绕着张老师说了许多事。不知不觉中，天就暗下来了。他看了看窗外的天色，说，我走了。她站起来，他也跟着站起来，她把他送到门口。

树林里刮着风，沙沙响。他想，一个人住在这样的地方，不害怕吗？

/ 3 /

第二天上学的时候，郭明英把李爱国堵在校道上说，李爱国，你为什么不去？他说，去哪里？明知故问。她气得直顿脚。他说，我有别的任务。郭明英想说什么，却又不说，"哼"的一声，转身走人，脚步像给他们上民兵训练课的解放军班长一样有力。仿佛要把她的气全放到脚板上，出在大地上。灰尘从她的脚边扑起，一团团地跟着她远去。李爱国看着那一团团灰白的灰尘不知怎么就想起什么小说里的赤脚大仙。她的脚有那么大吗？他笑了一下。郭明英其实并不那么令人讨厌，只是不大讨人喜欢。论长相，她不在刘贞之下，怎么就不让人喜欢呢？他想不出所以然。那时人们没有女人味这个概念，更不用说一个中学生了。

那个时候，所有"女人味"都被列入"风骚风流"，而成了"地主资产阶级"或"小资产阶级"的专利品。与革命无缘。一个女人要是有什动作引人注目,人们便指责她,搔首弄姿,卖弄风情。

有天中午,李爱国吃过饭,悄悄地跑到陶老师的宿舍。刚吃过饭还不到午休时间。陶老师总是在这个时候给他"开小炉",为的是进一步培养他对文学的兴趣。他问陶老师,郁达夫有没有写过相思树的诗。陶老师不假思索地说,有啊,接着便摇头摆脑地朗诵起来,"其一,吐雾含烟作意娇,好将疏影拂春潮。为谁栽此相思树,远似愁眉近似腰。其二,江水悠悠日夜流,江干明月照人愁。临行栽取三株树,春色明年绿上楼。其三,我去蓬莱觅枣瓜,君留古渡散天花。他年倘向瑶池见,记取杨枝舞影斜。"如何?陶老师看着李爱国说,李爱国摇头表示不懂。陶老师说,郁达夫是现代作家中古诗词写得最好的。比鲁迅还好吗?陶老师笑而不答。李爱国不敢再问。陶老师转而说,郁达夫不但是"创造社"的翘楚,与鲁迅的关系也很好。顿了一下,又加重语气说,他是被日本宪兵暗杀的,1952年,中央人民政府追认郁达夫为革命烈士。你怎么突然问起这个?

李爱国脸红了一下,在刘贞同学家里看到的,挂在墙上。李爱国对陶老师无所不谈,"文学"把他们连成一体。陶老师沉吟片刻,下意识地看了一下窗外。其实这个时候,窗外不可能有什么人站在那里偷听。李爱国也习惯性地跟着陶老师看了一下窗外。陶老师自嘲地笑了笑,说,刘贞的父亲刘辉,30年代在杭州,是一个文学青年,可能与郁达夫有过接触。后来,抗日军兴,他参加国民党军队,奔赴抗日前线。作战勇敢,一路升迁,抗战胜利时,已经是上校团长了。解放战争,他在淮海战役中被解放军俘虏。可惜了,晚节不保。李爱国第一次听说刘贞父亲的情况,有点意外又有点惊喜,他弄不清楚这惊喜从何而来。陶老师笑了笑,这件事情不能对外人说。特别是"可惜了"这几个字,反革命就是反革命,没什么可惜不可惜,懂吗?李爱国郑重地点点头。他与陶老师的所有谈话,都是他心中的秘密,就是陶老师不特别交代,他也不会说。他说,陶老师,刘贞家在一片很大的相思树林里。哦,陶一夫说,我知道这一片相思树林,这片树木在本地地方史上很有名气,明末,曾有一批在官场失意的本地文人结社相思林,"相思诗社"名扬海内。为首的姓刘名显,字云轩,怕是刘辉的祖先了。

陶老师一时来了兴致，说，你知道相思树的来历吗？李爱国摇了摇头。陶一夫从书架上抽出一本书，你看看卷十一的《韩凭妻》，回去慢慢看。恩格斯说，哪里有压迫，哪里就有反抗。列宁和毛主席都引用过这句名言。1000多年前，康王的压迫，韩凭夫妻特殊形式的反抗，成就了一段惨烈而凄美的爱情。也为我们留下说不完道不尽的树种，相思树。

这是《搜神记》，中华书局出版的直排本书，回到家里，李爱国找到卷十一，找到《韩凭妻》：

宋康王舍人韩凭娶妻何氏，美，康王夺之。凭怨，王囚之，论为城旦。妻密遗凭书，缪其辞曰："其雨淫淫，河大水深，日出当心。"既而王得其书，以示左右，左右莫解其意。臣苏贺对曰："其雨淫淫，言愁且思也。河大水深，不得往来也。日出当心，心有死志也。"俄而凭乃自杀。其妻乃阴腐其衣，王与之登台，妻遂自投台，左右揽之，衣不中手而死。遗书于带曰："王利其生，妾利其死，愿以尸骨赐凭合葬。"王怒，弗听，使里人埋之，冢相望也。王曰："尔夫妇相爱不已，若能使冢合，则吾弗阻也。"宿昔之间，便有大梓木，生于二冢之端，旬日而大盈抱，屈体相就，根交于下，枝错于上。又有鸳鸯，雌雄各一，恒栖树上，晨夕不去，交颈悲鸣，音声感人。宋人哀之，遂号其木曰"相思树"。"相思"之名，起于此也。南人谓：此禽即韩凭夫妇之精魂。今睢阳有韩凭城，其歌谣至今犹存。

李爱国按陶老师的教诲，慢慢地读，读了三遍，终于读明白了，读明白了的李爱国慢慢地有些心酸起来。立即自我检讨，多愁善感，小资产阶级情感在作怪。陶老师说过，哦，不，是恩格斯、列宁和毛主席说的，哪里有压迫哪里就有反抗。这是古代封建社会残酷阶级斗争的一个表现。可是，在他强迫自己往古代阶级斗争想的时候，脑子里却又无端地冒出云洞岩那对相抱而死的当代风流传说。没出息，他对自己说。

/ 4 /

班主任张养德召集团支部委员,汇报最近班级同学思想情况,地点在张老师家。那是个星期天的上午,师母高玉凤老师也在,高老师是东方红小学的老师,教数学,夫妻俩都教数学。张老师曾说,我们是 1+1 等于 3。因为他们还有一个活泼可爱的女儿。高老师给他们泡了一壶福州的茉莉花茶,微笑地说了声你们慢慢聊,我买菜去了。走到门口,又转回来对张老师说,中午让同学们在家里吃吧,我多买一点菜。李爱国、姚小桃、林文娟连忙站起来说,不用不用,我们回家吃。张老师笑了一下。高老师便走了。姚小桃是团支部宣传委员,林文娟是组织委员。林文娟家在郊区农村,父亲是大队党支部书记,读书晚,比班里的同学大三岁,处处表现出大姐的样子。她先汇报这次到机场迎接友好国家国防部长的情况,同学们个个兴高采烈、情绪高昂,表示,这是党对我们的信任,一定要加倍努力学习,以雷锋同志为光辉榜样,又红又专,有的同学还表示,要学好外语,将来到外交战线,为国争光。张老师笑了笑,问谁说的?林文娟说,我,还有郭明英。姚小桃汇报近期班级墙报的内容和参加学校组织的学雷锋诗歌比赛的组稿情况。接下来是李爱国汇报留下来同学的思想情况。张老师特别关注刘贞,问了许多细节,李爱国一一回答。张老师又说,史南山没发牢骚吧?

史南山是他们班一位喜欢说怪话的同学,外号"咚咚咚,咚——",因为他喜欢在突然间把两手一提,做出指挥家的手势,同时唱道,"咚咚咚,咚——"怕同学不理解,说,"贝多芬,《命运交响曲》。"于是同学们省去贝多芬与《命运交响曲》,直呼他"咚咚咚,咚——"。他父亲解放前当过伪保长,解放后被划为的"四类分子"。听说他有个叔叔在美国,是音乐家。

没有,李爱国说,我找他,他说书记,你不用开口,我知道你要说什么,没让我去,我想得通,保证不说怪话,不发牢骚。张老师笑了起来,说,这不是牢骚是什么?这个史南山!史南山是班级的数学科代表,张老师特别喜欢他,因为他的数学考试每次都在 98 分以上。

张老师说"这个史南山"的时候，李爱国感觉到他对史南山的一种特别的感情，他说不清这是一种什么样的感情，用什么语言来描述这种感情。在当时的语境下，这种感情游离于主流情感太远，有点不着边际。

姚小桃说，其他班的班主任都去了，您怎么没去？

李爱国意外地看了一下姚小桃。五官还算清秀的姚小桃，此时一脸蠢相。

我，张养德似乎愣了一下，接着便坦然一笑，说，我这不是向李爱国同学学习吗？另有任务。说着，他从口袋里摸出一支香烟，又从另一只口袋里摸出一盒火柴。在他擦火柴的时候，李爱国闪过刘贞有点慌乱而迅速地从桌上收藏火柴的镜头。李爱国摇了摇头，想甩掉那荒唐的联想，摇出来的却是刘贞那张苍白的脸。

张老师手上的火柴也是水仙牌的。李爱国自嘲地笑了一下，他们家用的火柴也是水仙牌的，水仙花是本地特产，几乎每家每户用的全是水仙牌火柴。

而让李爱国感到不可思议的是，在张老师擦着火柴的一瞬间，他仿佛闻到了一种气息，这种气息，那天傍晚，他在刘贞的房间里依稀感受过。

在回家的路上，林文娟突然对李爱国说，你知道吗，高老师是印尼归侨，听说她父亲在印尼雅加达开了一片很大的商场，还有亲戚在香港。林文娟说这话的时候脸上有一种很严肃的表情，这表情和学校团委书记纪雪菲开会时的表情是一样的，只是由于长得秀气，纪老师再严肃看起来也有点温和，你甚至会从她严肃的脸上感受到某种亲切，而林文娟由于她的那近于男性化的国字脸，一严肃便让人不舒服。

看着远去的林文娟，李爱国回味她的话，突然明白张老师没有到机场的真正原因。

林文娟在李爱国的心目中大姐分量多于同学，她会在天转凉时突然摸摸他的手，说，衣服穿得太少了。她会在他不经意地皱眉头时，悄悄地说，怎么，胃又不舒服？因为有一次他皱眉头时，她问他怎么啦？他说，胃有点不舒服。有一次，她还悄悄地对他说，你对人家郭明英态度要好一点，弄得他好一阵子的莫名其妙。她说你讨厌她吗？他摇了摇头。她说那就对她好一点。他有一些困惑，不知说什么好。林文娟说，郭明英是个很好的同学，出身好不用说，学习好身体好，为人朴实，热情大方。李爱国不住地点头，可是这些与他有什么关系呢？同学而已。林文娟笑了笑，你是真不懂还是装傻？她喜欢你你看不出来？他的脸红了一下，嗫嚅地喃喃道，我们是同桌，自然比别人有更多的接触。林文娟说，我是把你当弟弟看的。

李爱国笑了笑，去年暑假，林文娟招同学们到她家玩，她母亲一直盯着他看，看了笑，笑了还看。弄得他很不自在。林文娟对母亲说，像吧，你们还不信。后来，她把他带到她家的一个房间，桌子上摆着一个镜框，一位和他长得很相像的解放军战士在镜框里朝他微笑。林文娟说这是她的哥哥，五好战士，三年前为抢救落水的战友牺牲了，被省军区授予烈士称号。李爱国想，莫非林文娟死了个哥哥想认个弟弟作为补偿。

那天放学的时候，李爱国在课屉里发现一本精美的笔记本子，以为是郭明英把笔记本放过了界，他们的课屉是连着的，大大咧咧毛手毛脚的郭明英总是越界塞东西，他不计较，北仔查某就这样，没心没肺。

李爱国在校道上追上郭明英，递上本子说，你忘了拿。她说，是给你的。你翻开看看。说着便红着脸跑下校道，还回头看了他一眼。

李爱国看着远去的郭明英，长长的辫子在她腰间一晃一晃的，竟有点心跳起来。校道是一条很长的斜坡道，从新华楼到大门口足足有300米，大门外便是胜利路，胜利路古时叫开元寺路，听说，学校原来是一片寺庙和书院，最著名的是开元寺和紫阳书院，开元寺建于唐朝，紫阳书院建于宋代，因朱熹曾经在本地当过知州而得名，后来被太平天国的军队烧了。他不明白，太平天国不是革命的吗？怎么就把好端端的一片寺庙与书院给烧了？老人们说，这里的风水好，清末办新学堂，洋人办教会医院都选在这里。校道两旁是两排高高的玉兰树，玉兰花开，香气四散，校园的每个角落，都能闻到玉兰花香。玉兰花边开边落，便有女生把落花拾来，放在课屉里，于是，教室里就弥漫着清幽幽的花香。他们班最喜欢拾玉兰花的是刘贞，而最嗤之以鼻的是郭明英，每看到刘贞偷偷地把玉兰花塞进书包里，就"哼"的一声，小资产阶级。

李爱国不自觉地摸摸笔记本，这是一本硬皮笔记本，蓝天白云下一面鲜红的党旗，党旗下是雷锋同志的木刻像。他靠在校道旁的一棵玉兰树下，翻开笔记本，只见扉页上写道："对待同志要像春天般的温暖，对待工作要像夏天一样火热，对待个人主义要像秋风扫落叶一样，对待敌人要像严冬一样残酷无情。——摘自雷锋同志日记，与李爱国同学共勉。"没有签名。

李爱国再次心跳不已。他惶然四顾，仿佛这本子是偷来的。

这个郭明英！

这个晚上，李爱国第一次有写日记的冲动。那时，全国人民响应毛主席号召，掀起轰轰烈烈的"向雷锋同志学习"的热潮，写日记成了时尚。李爱国写日记的想法已不止一日，苦于没有像样的笔记本，而郭明英送的这本本子，是他这一辈子拥有的最精美的笔记本。

对于精美的笔记本子，李爱国有难忘的记忆。一年多前，还是"困难时期"，中苏友好，他们学的又是俄语，老师鼓励与苏联的同学通信，于是他便写了一封信，无非是我们的生活多美好多幸福，我们的校园多美丽，星期天到公园划船，到森林里采草莓等等，不知道从哪里冒出来的，反正苏联学生不可能来看，谎言不会被戳穿。只是他那时没见过草莓是什么样子，老师也没见过，老师说，就不要草莓了，说桃子，摘桃子。李爱国觉得"摘桃子"三个字意思不太好，有点偷的味道，就写了摘香蕉，因此还受到俄语老师的表扬。因为香蕉是本地的特产。过后他想，香蕉一串太沉，不好摘，想改，不好意思开口。

写完了信，却苦于没有好信纸，"困难时期"的作业纸都草纸一般的粗糙，寄到苏联，有损社会主义祖国的光辉形象。正在大家愁眉苦脸之际，他们班一位默默无闻的女生说，她有一本本子可以贡献出来，这女生是侨生，本子是从印尼带回来的。于是本子化整为零，一人分两页。李爱国工工整整地把俄文信抄下来，寄了出去，不想两个月后，他收到莫斯科101中一位叫娜塔莎的女生的回信。

李爱国翻开郭明英的笔记本，写上某年某月某日之后，却一个字也写不出来。他不知道要写什么，想写的不能写，能写的不想写。苦恼了好一阵子，只好作罢。合上本子，想想，又把娜塔莎的信夹在里面，放进抽屉，锁起来。

娜塔莎的信是俄语老师帮助翻译的，倒真写了她们如何在森林里采果子，在公园的湖里划船，还写了她们的夏令营生活。她说她喜欢穿浅蓝色的"布拉吉"——老师说"布拉吉"就是连衣裙。他便无由地想，刘贞穿布拉吉的样子一定很好看，不是浅蓝色的，应该是粉红色的，与春天满山遍野的桃花一样灿烂。那么郭明英呢？她应该穿军装，她喜欢毛主席的"飒爽英姿五尺枪，曙光初照演兵场。中华儿女多奇志，不爱红妆爱武装"。深绿的军装，坚定有力的步伐，这才是郭明英，而刘贞要小资产阶级得多。他对自己喜欢小资产阶级情调而感到内疚与羞愧。他更为自己无由地想起刘贞而心悸不已。

/ 5 /

这个夜晚清风习习，月明星稀。李爱国做完作业，不想睡觉。母亲在厅堂和几个阿婶阿婆聊天，母亲是街道爱国卫生委员会委员兼居民小组长，人称"街桌布"。"街桌布"纯属义务，不拿工资，却时常有人到家里来"谈工作"，母亲乐在其中。他走过厅堂时母亲说，哪里去？他说随便走走。

李爱国睡不着，心里烦，不知道是什么原因。那个时代的人们对内心的关注几乎等于零，雷锋同志的光辉掩盖一切。李爱国只是想到外面走走，散散心，却神差鬼使地走到刘贞家的那片相思树林，当他被阵阵树涛唤醒的时候，已经站在树林深处，距离刘贞家的房子不远，甚至依稀看到她家院子白色围墙的一角。夜色中，那白不是白是灰，泛着模糊的光，仿佛还会晃动。他站住了。无由地想起《聊斋志异》的某种情境，心里发麻，连忙转向，想离去，却又在转向的一瞬间，看到一个影子一闪而过，消失在树林深处。青年学生李爱国出了一身汗。这影子本来是在他背后的。他定了定神，想起课文里一篇不怕鬼的故事，想起陶老师的话，鬼之有无，在于心，心虚则有，心实则无。彻底的唯物主义者是无所畏惧的。"谁？"他斗胆喊了一声。回应他的是一阵穿过树林的清风，和清风带动树叶无声地摇晃。李爱国突然来了勇气，这地方刘贞自己一个人都敢住，我怕什么？转身勇敢地向刘贞家走去。

很快到了刘贞家院子，高声喊，刘贞，刘贞。没人应。从门缝往里看，黑暗中什么也看不清。她不在，还是睡着了？再叫一声刘贞。还是没人应。只好往回走。

他现在似乎有点明白了，他是想到刘贞家再看看郁达夫的诗，如果可能的话，把诗抄下来，问一问诗是从哪里来的，是不是郁达夫的手迹，刘贞想必是知道的。他想，要是刘贞的父亲当初参加八路军、新四军而不是国民党军队，那么，她也就像郭明英一样，是革命军人子女了。

然而，还有一种什么东西在牵扯着他，朦胧的美好的，让人憧憬让人心悸的情丝，像春天的风，看不见，却感觉得到。他渴望这一缕情丝，却又害怕这一缕情丝。这是小资产阶级情感，要批判要斗争要改造。要像秋风扫落叶一样地把它扫得一干二净。

李爱国发现，夜晚的树林其实并不漆黑，眼睛习惯了黑暗，就能看见东西，分辨出树枝与树叶，还依稀分辨出夹在树叶中间的花，那是黄色的。他的脚尖触到一个什么东西，有轻微的响动，以为是落下来的相思花，蹲下身子拾起来，却是一只火柴盒，水仙牌火柴盒。打开，是空的。谁把它扔在这里？是刚才那个影子吗？有一股似有似无的气味，凑近鼻子闻，果然是火药味，这是刚擦过不久的火柴的味道。似曾相识。他犹豫了一下，还是把空火柴盒扔了。

带着些许失落，李爱国走出相思树林。

回家时，"街桌布"们还没走。李爱国到自己房间，打开抽屉，拿出郭明英送的笔记本，再翻开《搜神记》，把《韩凭妻》一则抄了下来，想想，又默写下毛主席的《卜算子·咏梅》，"读陆游咏梅词，反其意而用之。风雨送春归，飞雪迎春到。已是悬崖百丈冰，犹有花枝俏。俏也不争春，只把春来报。待到山花烂漫时，她在丛中笑。"

陶老师在讲解毛主席这首词时说，我们伟大祖国有丰富的文化传统，批判继承中华民族文化传统是我们的光荣使命，毛主席为我们做出榜样，他接下去又把陆游的词给他讲解了一遍。

写完毛主席的词，李爱国又把陆游的"驿外断桥边，寂寞开无主。已是黄昏独自愁，更著风和雨。无意苦争春，一任群芳妒。零落成泥碾作尘。只有香如故。"默写下来。

奇怪的是，李爱国此时再次强烈地感受到陆游的忧郁而没有感受到毛主席伟大的乐观主义精神。他想，这正是自己的世界观没有改造好的最好证明。这时，他听到门声，母亲的客人走了。

李爱国躺在床上，想，什么时候到刘贞家里，把郁达夫先生的诗抄下来，也抄到本子上。这样想着，他又不由得心跳起来。他这是在为去刘贞家找借口吗？

也许。

这个夜晚，李爱国又一次梦遗，对象居然是郭明英。这让李爱国羞愧难当。

/ 6 /

让李爱国没想到的是，第二天下午第三节课外活动的时候，学校团委书记纪雪菲老师把他叫到办公室，把一个水仙牌空火柴盒放在他面前的办公桌上，温和地说，爱国同学，你见过这个火柴盒吗？李爱国当时有些晕，难道这就是相思林里的那个火柴盒，怎么会跑到纪老师的手里？他说，好像见过，在相思树林，不知道是不是这个。他说着脸就红了。他怕纪老师问他为什么到那片树林？可是纪老师没问他到相思林做什么，而是问，你注意到刘贞同学最近有什么不一样的地方吗？他想了想，说，她好像心神不定，上课不专心，学习成绩也下降了。张老师对我说过，让团支部多关心她，所以，我就……纪老师微笑地点点头，接着他的话说，你做得对。

还有一点他没有说，他感到刘贞最近穿着有点特别：白上衣，蓝裙子，头发上扎的是蓝色的蝴蝶结；蓝上衣，白裙子，头发上扎的是白色的蝴蝶结。一天一换，轮流着穿。他不知什么时候发现的。他对自己的发现很吃惊，什么时候关心起女同学的衣着打扮了？这不是小资产阶级情感是什么？然而他似乎天生与这种情感特别有缘分，一不小心就来，而且美滋滋的，似乎只有这种情感才能让他心跳。心跳的感觉真好。

想到这些，李爱国不由得战栗了一下。脸烧得厉害。

纪老师温和地看着他说，怎么，冷吗？

李爱国说，不，不冷。

纪老师说，你们班主任，张养德老师，你觉得，这个人怎么样？

很好。李爱国说，对同学很关心。

你能不能也关心一下张老师。当然，这种关心是不动声色的，不能让他知道。你做得到吗？

李爱国点了点头，又摇了摇头，他不明白纪老师的意思。

纪老师微微一笑，说，你关心一下，他下课的时间到哪里，做什么？

让我跟踪张老师？

李爱国想到他以前看过的一部小说，《我们在地下作战》，写的是抗日战争时期，北平一群中学生的地下抗日活动。又激动又困惑，张老师不是日本人，不是汉奸。

纪雪菲笑了，她的笑很美丽，有如春天的花园。

你和林文娟同学一起做，不要让人知道，直接向我报告，好吗？她亲切看着他，他不由自主地点了点头。

那好，就这样，怎么做，你们自己想，原则是，不要让任何人知道。这是党交给你们的重要任务，明白吗？

这是党交给你们的光荣任务。李爱国想起《我们在地下作战》也有这么一句话，那是地下党上线领导人李坚对初出茅庐的中学生周小真说的。一时间，一种前所未有的神圣在他的体内流淌。

从纪老师的办公室下来，李爱国一个人坐在新华楼后边的那片夹竹桃树林的石桌上发呆。脑子乱糟糟的，理不出头绪来。

新华楼是学校老师的办公楼，两层，听说解放以前这里是本地协和医院，帝国主义文化侵略的产物。

林文娟不知什么时候坐到他的身边，想什么呢？她说。李爱国吓了一跳，脸都吓白了。她扑哧一笑，胆小鬼，这是纪老师对我们的信任。显然，纪雪菲是先找了林文娟，再找李爱国的。

"你知道纪老师的火柴盒是谁拿去的吗？"林文娟说。

李爱国茫然地摇了摇头。昨天晚上的情境此时竟有点梦幻之感。他的确做了梦，可梦中的女孩子不是刘贞是郭明英。模模糊糊中他把她挤到相思树干下。接下来是她的一阵浪笑，可是他定睛一看，却不是她了，是那个邻居的风流女人。而在他的下意识中，却是那个从未谋面，与医生裸抱在云洞岩山洞里的女护士。

李爱国的脸热烘烘的。

林文娟眼睛一直没有离开李爱国的脸，说，为人不做亏心事，不怕三更鬼敲门。组织上信任你，要不，就不会让我们一起来参与这件事。

林文娟的语气中有点心疼的意味，她是真把他当弟弟看的。

李爱国说，火柴盒是谁捡到的？

高老师。

高老师，哪个高老师？李爱国一头雾水。

张老师的爱人，东方红小学的高老师。

李爱国吓了一大跳，难道昨晚在相思树林看到的那个影子是高老师？太不可思议了。

高老师跟着张老师到刘贞同学家。她一直隐蔽在门外。后来张老师出来了，后来，你就去了。

李爱国舒了一口气，庆幸没有在相思树林遇到张老师。

为什么高老师要跟踪张老师？

这还不明白？

不明白。

林文娟叹了口气，高老师在打一场家庭保卫战。

李爱国惊得张开嘴。他此时的样子不会比姚小桃好多少。

然而，他马上明白。他仿佛看到张老师在刘贞房间里擦亮火柴时的微笑。心一阵阵地收紧，是疼痛，是妒忌，是酸楚，是失落，是愤恨？也许都是，也许都不是。

我们的任务是，跟定张老师，不让他往错误的泥坑中越陷越深。

林文娟说。她的脸上有一种严肃的表情，这表情让他想起《红色娘子军》中的党代表洪常青。

李爱国对自己的联想很吃惊。林文娟比纪老师更像老师。

李爱国、林文娟很快就发现一个惊人的秘密：凡是刘贞头上打白色蝴蝶结的时候，张老师一定会在那天晚上到刘贞家里去家访。

这么说，刘贞与张老师是早有约定的。李爱国努力回想第一次到她家的情形，那天她的头发上似乎就是打的白色羊毛蝴蝶结子。他原以为，在她乌黑的秀发上，斜打一只白色的蝴蝶结很好看，却不曾想这是个暧昧而可耻的信号。那天下午，她为什么心神不定，原来她是事先与人有了约会。再想想，那个他叫不开门的夜晚，是的，那天她的头上也是栖着一只风骚十足的白蝴蝶。当他十分失落地离去的时候，她和张老师也许就在屋里偷笑，笑他的幼稚、笑他的无知、笑他的愚蠢……想到这里，李爱国浑身躁热。

林文娟说，凡是看到她打白蝴蝶，我们就上她家，不能让他们的阴谋得逞。这也是对他们的挽救。林文娟显得沉着老练。

不向纪老师汇报吗？李爱国说。李爱国是想汇报的，他心底下有一个恶狠狠的想法，让你们好看！

林文娟说，一汇报刘贞就完了，张老师也完了，都完了。这种事在我们乡下，大都是私了。而在城里，生活作风，搞腐化，处理是很严的。

严就严，谁让他们这样无耻。

林文娟说，你什么时候变得这么狠？你不是这样的人。

李爱国的脸又红了。

/7/

林文娟与李爱国一起上刘贞家时，刘贞感到很意外。她听到敲门声，很快地应了声，来啦。可是开门的那一刹那，他们都看到她脸上的失望与惊讶。林文娟笑着说，没想到吧。没想到。刘贞苍白的脸刷地变得绯红。李爱国无由地想到不知从哪里看来的一个词,"艳若桃花"。接下来便是另一个他想都没想到的词,"水性杨花"。在那个时代,这是一个很不名誉的词,这个词与风骚、风流、狐狸精等等混杂在一起,构成一个坏女人的图像,让人唾弃,让人咒骂。难道刘贞就是这样的女人吗?

林文娟说,爱国想到你家里来抄郁达夫的诗,我好久没来,就结了伴一起来。

这是他们在路上想好了的理由。

刘贞用一种幽怨的目光瞥了一下李爱国。李爱国假装没有看见。

林文娟看着院子里的龙眼树,说,今年是小年,不过,树上的龙眼还算长得不错,要是大年,怎么处理这些龙眼?刘贞说,放假,我哥哥就回来处理。

你哥哥?林文娟的眼睛一亮,又看了一下李爱国,李爱国立即明白,她是说,要是她哥哥在,就好了。

刘贞把他们引到大厅,打开电灯。让李爱国抄郁达夫的诗。林文娟说,不急,慢慢来。李爱国说,抄完了安心。你们到她房间去做作业吧。刘贞说,我的作业下午就做完了。林文娟说,有几道题,我顺便请教一下你。刘贞说,数学吗?你应该去找史南山。林文娟说,史南山啊,他哪有那个耐心。

天很快就暗了,晚风送来阵阵树涛,使这座院子显得更安静。李爱国想,这真是个读书的好地方啊。

灯光下,刘贞家的厅堂显得格外宽敞,屋顶很高,还有雕刻与图画,这让李爱国想起一个词,雕梁画栋。让他最早联想到这个词的是本地一座古老的寺院。当然,不能相提并论,差不多吧。李爱国想。而厅里古香古色的家具和摆设,让他想起连环画《聊斋志异》上的大户人家,这也许就是人们所说的明清家具吧,他情不自禁地走到一只太师椅前摸了摸扶手,又上去坐了一下,奇怪的是,第一次到这里怎么就没有发现,也许太匆忙,也许光线太暗。茶几上放着一块石头,光滑圆润,石头上好像还画了画,明月,孤帆。李爱国用手摸了摸,不是画,是原来就有的,乖乖。细看,再摸,小心翼翼地用手指甲抠抠月亮,抠抠小船,抠抠远山,果然是原来就有的,长在石头里的,那水,就是石头的纹路,稀罕。但李爱国的脑子里同时冒出来的是一个词,玩物丧志。这就是地主资产阶级的生活方式。再加醉生梦死。而心底里,却无限地感叹和向往,感叹什么?向往什么?他也不知道,只是想,倒退几十年,刘贞的父亲是怎么在这里生活的,怎么到的杭州,认识郁达夫,又是怎么把这幅字挂在墙上的?那时,他们家可能有佣人,不用他亲自挂,他只在那里指挥,高一点,低一点什么的。于是,他的脑子里便有了巴金《家》里觉民的形象。刘贞要是早生十几年,也是个娇滴滴的小姐了。难怪。李爱国又想起"风骚",心跳不已。没出息。李爱国把自己骂了一下,这骂是他们家的家骂,从小就听母亲这么骂人。

李爱国抄完了诗,喊,刘贞,电灯要关吗?刘贞高声说,不用不用。他于是就到刘贞的房间来。

他们一直在刘贞家待到10点多钟才离去。路上,林文娟说,你傻呀。李爱国有些不明白。林文娟说,她几次想到外面,估计是想给人报信,你给了她高声喊叫,通风报信的机会。

李爱国明白了,说,这样也好,省得大家尴尬。林文娟说,也是。我今天细细把刘贞看了看,她的体态不像个少女。

什么?李爱国又吃了一惊。

我们乡里人的眼睛很毒,人厝竈仔和不是人厝竈仔,是看得出来的……算了,不说了,说了你也不懂。但愿是我想多了。

林文娟这么一说,李爱国反而多少懂得一点,闽南话"人厝竈仔"就是没有出嫁的处女。李爱国狠狠地把脚下的一朵相思花踢得很远。

让他们没想到的是,在回来的路上,他们看到张老师和他的爱人高老师手牵手地散步。好在林文娟眼尖,避开了。

/8/

李爱国把《搜神记》还给陶老师,是半个月之后的事。

还是午后那段安静的时光。陶老师的宿舍是学校教师宿舍最东边的一间,听说这是一座古老的建筑,是被太平天国烧毁的那片建筑中的幸存者,原来是紫阳书院的附属建筑，也许也是宿舍吧。口字型排列的几十间房子，中间是院子，过了走廊，正北是大厅。大厅两边的厢房里，住的是校长和书记。院子里有几株含笑花。

李爱国还了书，还交了一篇作文，不是作业，是自己写的，陶老师称之为散文，题目就叫《相思树》，说到韩凭妻的故事，说到郁达夫的诗，说到相思树林、壕沟和刘贞家的大房子，说到自己的感受。

陶老师把刚吃完的碗筷推到一边，让他随便在书架上翻翻书，自己就把李爱国的文章读下来。

李爱国的作文写在作文纸上，很工整。

李爱国没有心思翻书，总是拿眼睛偷偷看老师的表情。心里像有十五个吊桶，七上八下。

好。陶老师说，这才是真正的文章，真实的文字，真实的感受。只是有点忧伤。你的忧伤从哪里来的？因为刘贞吗？你喜欢她吗？

李爱国红了脸说，我不知道。

喜欢并没有什么不好。陶老师说。喜欢一个人是一种美好的情感。刘贞又不是坏人。

她能算好人吗？

怎么不算？她父亲是她父亲，她是她。

可是她……李爱国忍不住，就把最近发生的事情说了出来。

陶老师神情肃穆地听他倾诉。

……我们每天从刘贞家里回到学校，都会遇到张老师和高老师在校道上散步。后来，纪老师就不让我们去了。林文娟说，听说高老师倒打一耙，到教育局告学校指使学生跟踪老师，破坏他们的家庭和睦……

后来，刘贞就请了假，这几天都没来上课。听林文娟说，她还看到高老师和刘贞一起到过她们村。她们村有个土医生，看妇科病，在民间很有名声。林文娟说，天地就是这么小。

1964年的这个安静而近于懒散的午后，由于李爱国的诉说显得格外凝重。

这孩子可怜。一阵沉默之后，陶一夫就说了这么一句话。

陶老师的话让李爱国心中掠过一阵凄凉。这种感觉是那样的陌生。那个时代的人们熟悉斗志昂扬，熟悉朝气蓬勃，熟悉无比敬仰，熟悉热血沸腾，熟悉阶级仇恨，熟悉伟大与崇高。

一阵凄凉过后，李爱国的心中荡过怜悯、飘过同情，还有一种说不清道不明的哀愁与失落。对刘贞，甚至对那座古老的房子和那片相思树林。

李爱国想恨张老师，可是恨不起来。他嗫嚅着，陶老师，张老师是那样的人吗？

什么样？

我说不清。

按理，张养德不至于如此下作。

陶一夫摸了摸李爱国的头，这是从来没有过的亲切，李爱国突然像一个受了很大委屈的孩子，抱住陶老师哭起来。

晚上，李爱国在郭明英送的笔记本上，抄下一段毛主席语录：

世上决没有无缘无故的爱，也没有无缘无故的恨。

李爱国不知道自己为什么要抄这句语录。他的内心被一种难以说清楚的情感折磨得十分难受。他仿佛看到自己在向一个可怕的深渊滑去。也许，他想用伟大领袖的教导来拯救自己。

一个月后，张养德被免去班主任，调到学校总务处，接替刚刚退休的勤杂工，负责分发报纸和敲钟。

学校团委书记纪雪菲兼任李爱国班的班主任。

/9/

刘贞重新出现在班级的时候，让全班同学惊讶不已，她的脸色不再苍白，而是白里透红。她的头上不再扎一只土里土气的羊毛蝴蝶结，而是夹一枚玫瑰红的金鱼发夹。她的微笑，更让男生们倾倒。史南山私下里给她起了个外号——美蝶精（蝴蝶精），这是闽南话外号，意思与"风骚"相近，而更张扬。

刘贞重新出现在班级的那天晚上，李爱国在郭明英的笔记本上抄下一首

《西江月》：

仕至千钟非贵，年过七十常希，浮名身后有谁知？万事空花游戏。休逞少年狂荡，莫贪花酒便宜。脱离烦恼是和非，随分安闲得意。

他最近不知怎么的，迷上了冯梦龙的"三言"，先是听陶老师提起过，后来就到学校的图书馆去借，看了《喻世明言》忍不住看《警世通言》，看了《警世通言》非看《醒世恒言》不可，要的就是心跳。

不不，毛泽东时代的革命青年怎能如此下作，啊，下作，这是从陶老师那里学来的语言。为了消除"三言"的不良影响，他看《青春之歌》、看《红岩》、看《林海雪原》，可是，他看的是什么呀，专挑其中的爱情描写，完了，完了，完了，李爱国，你完了。

李爱国觉得自己不可救药。他甚至看一眼刘贞都会心跳，都会在生理上有所反应。

他唯一能反抗自己的，就是和郭明英表示亲近。

那天上语文课，做笔记的时候，李爱国的钢笔突然没水，他摇了摇椅子。他们的课桌椅是苏式的，学习苏联老大哥，什么都学。苏式课桌椅，椅是靠背椅，桌是斜面桌，桌与椅相连，李爱国实际上只是用力地靠了一下椅子的靠背，郭明英便整个身子摇晃起来，笔尖滑出去，爱国主义的义字成了一个翘脚的地主老爷。郭明英意外地看了他一眼。他用笔向她示意，没水了。郭明英喜出望外，这种事情从没发生过，她喜气洋洋地从书包里拿一支红色包头钢笔递给他。他朝她笑了一下，表示感谢。她伏在他的耳边，小声唱道，"烽烟滚滚唱英雄，四面青山侧耳听，侧耳听，晴天响雷敲金鼓，大海扬波作和声……"他一看，果然是英雄牌的，很贵，一支7元多。他曾在文具店里看了几次，没舍得买。这一支钢笔几乎等于一个人一个月的生活费。他正想再说一句感谢的话，只听陶老师说，同学们注意了，这是语文课，不是音乐课。郭明英伸了一下舌头，又看了他一眼。李爱国的脸一下子红到了脖子根。他下意识地瞥了一下那边窗下的刘贞，刘贞正转过头看他，两人的目光刚刚接触，她立即把眼光挪开，把那只妖冶的金鱼夹子挑衅似的对着他。仿佛为了报复她，李爱国有意无意地把膝盖靠到郭明英的膝盖上。郭明英没有挪开。过去，他们也有过这样无意间的接触，只是一下子便像触了电一样，同时闪开。

陶老师说，好了，现在我继续。陆游的这首诗，具有强烈的爱国主义情绪，我说的是情绪，不是热情，同学们注意，这是他写给自己儿子的诗，本来并没有让我们知道的意思，不宣传，不张扬，是内在情绪的表露。此时的陆游已是一位86岁的老翁，经历了许多事，爱国的激情在内心发酵成为一种不死的情绪。

他们的课文是陆游的《示儿》。

私下里，陶老师给李爱国讲解过陆游的《钗头凤》，说，写《示儿》的陆游和写《钗头凤》的陆游是同一个人，爱国和爱情，对于一个男人来说，都是不可缺少的。没有爱国主义不是陆游，没有爱情也不是陆游。

17岁的李爱国把陆游的《示儿》和《钗头凤》一起抄在郭明英的笔记本上。他对自己感到失望的是，读《示儿》不会感动，读《钗头凤》却心里酸溜溜的，直想哭。"东风恶，欢情薄，一怀愁绪，几年离索，错、错、错！……桃花落，闲池阁。山盟虽在，锦书难托。莫、莫、莫！"

不知郭明英对林文娟说了什么，那天在校道上，林文娟说，这就对了，郭明英是革命军人子女，哪点不比刘贞强？李爱国惊得张大嘴巴说不出话来。林文娟严肃地看着他，别往歪处想，谁让你谈恋爱了。我说同学之间相处，得分清界限，近朱者赤，近墨者黑。

李爱国说，你最近不是和刘贞走得很近吗？

我这是任务。纪老师亲自布置的，让我关心她教育她挽救她。

林文娟走后，史南山从操场跑上来，说，文曲星，刚才"人精"对你说什么？"人精"是史南山给林文娟起的外号，他这人，喜欢给人起外号。"文曲星"则是史南山送给李爱国的雅号。

李爱国说，团支部的事你也想知道？史南山笑嘻嘻地说，不会给你做媒吧。小心上当。说着就跑了。跑下操场又回头朝他坏笑。

李爱国刚走到宿舍楼，就遇到姚小桃，她说纪老师找你哩，学雷锋板报少一篇随感文章，让你写。他说，是你让我写还是纪老师让我写。你是大书记，我是小委员，我指挥得动你吗？李爱国说，我不会写。哪来这么大的火气？我又没惹你。姚小桃红着脸说。不写就不写，让它空着，反正评比最后一名就最后一名，我无所谓。李爱国想了想，说，你让林文娟写，她不是关心刘贞吗，题目就叫《春天般的温暖》。

晚自修时，林文娟对李爱国说，你出来一下，她把他带到操场边的木芙蓉树下说，你搞什么鬼，明知我不会写作文，怎么教唆小桃来害我。李爱国说，不是让你锻炼吗，总不能一辈子不会写吧，以后高考怎么办，谁替你写？林文娟突然神情黯淡地说，我怕是考不了大学了。怎么啦？她说，家里给我找了对象，在部队当指导员，算起来是我表哥。什么！李爱国张大嘴巴，说不出话。林文娟用手指头点了一下他的额头，不许对别人说，我把你当弟弟看的。说着便走了，走出芙蓉树盖又说，文章你替我写，我请你看电影，《洪湖赤卫队》。李爱国愣愣地站在树下。

他喜欢木芙蓉，拳头大的花，早上是白的，到了傍晚，就变成粉红色的了。以前有篇课文叫《变色龙》，是契诃夫的小说，人不能当变色龙，但能变色不一定不好，木芙蓉就很可爱。陶老师说得好，世界是丰富的，对任何事任何人都不能一概而论。

一天下午课外活动的时候，史南山看李爱国从操场边走过，特地跑到他的身边，小声说，文曲星，你可日渐消瘦了，是不是害相思病了？你的嘴好臭啊。李爱国说着，用手一顶，把他手中的排球打落，史南山笑着，去追排球，抓了球又回来，语重心长地说，保重，我的书记，我们肩负革命重担，任重而道远。李爱国摸了一下自己的脸颊，一笑了之。

没想到吃晚饭的时候，母亲说，哎呀，爱国怎么瘦了。这些天街道爱国卫生大检查，母亲忙得团团转，早出晚归。母亲是在对父亲讲述上台领奖，受领导接见的激动场景时，突然对着他的脸说的。父亲看了他一眼，有什么大惊小怪的，孩子时胖时瘦，顺其自然。父亲在一家工厂当车间主任，以厂为家。母亲常常说他把家当旅店，旅店还得交钱，你不交钱白吃白住。父亲便笑，我工资哪里去了？

尽管父亲不在意，母亲还是忧心忡忡地说，孩子，你有没有哪个地方不舒服？李爱国说，没有，好吃好睡。那就是读书太累了。别太认真，离考大学还远着哩。你老爸硬是让你考大学，要我说，做工也一样，工人阶级哪一点不如那些四蕊仔？四蕊仔是闽南话，专指戴眼镜的读书人。父亲说，大学还是要考的，当干部好。

晚上，李爱国就着昏黄的灯光，偷偷地照了一下镜子，果然有点瘦。可能跟最近的失眠有关。做完作业，李爱国在郭明英的本子里抄下一首柳永的词《蝶恋花》：

伫倚危楼风细细，望极春愁，黯黯生天际。草色山光残照里，无言谁会凭阑意。拟把疏狂图一醉，对酒当歌，强乐还无味。衣带渐宽终不悔，为伊消得人憔悴。

这首词是从陶老师那里得来的，那天午后，他去他那里，他已经吃过了，正在读一本直排本的古书《乐章集》，读的正是这首《蝶恋花》。陶老师说，柳永柳三变虽《宋史》无传，却是个好词人，他是我们福建老乡，他的词与苏东坡齐名。

陶老师正了正自己的身子，有这样的一则典故，说，东坡在玉堂日，有幕士善讴，因问："我词何如柳七？"对曰："柳郎中词，只合十七八女郎，执红牙拍板，歌'杨柳岸晓风残月'；学士词，须关西大汉，铜琵琶铁绰板，唱'大江东去'。"东坡为之绝倒。

李爱国能背诵《念奴娇·大江东去》，听陶老师如此讲述，他的眼睛就大了，又是老乡，就更不肯放过他了。除《蝶恋花》，陶老师还让他读一读《八声甘州》和《雨霖铃》。

抄完这首词，李爱国下意识地再次摸了摸自己的脸颊，心里漫过些许凄凉。

晚上，似睡非睡中，他来到那片相思树林，看到一地黄花。

/ 10 /

那天早上起风，上学的路上，满地都是树叶，李爱国想，此时相思树林的相思花，会不会飘落到刘贞家的院子里去呢？他真想去看一看。正想着，便看到刘贞在前面的校道上，一边走一边抬头看飘落的玉兰树叶。他的心无端地跳了起来。不曾想此时在他的背后，响起郭明英欢快的声音，又把他吓了一跳，对个人主义就要像秋风扫落叶一样，这话说得多么形象，雷锋是个诗人啊。说着，她便大大方方地与他并肩向前走。他放慢脚步。她的英雄笔至今还在他的书包里，他还了几次，她都说，你留着用吧。他也就留下来了。他近日常常把她与刘贞比较，试图用她把刘贞压下去，甚至用她来把刘贞抹去。

他们来得早，教室里空无一人，想来刘贞没有上楼，她近来似乎一反过去喜欢清静的性格，害怕独处。

放书包的时候，他发现课屉里有一朵相思花。拿出来。郭明英一手抢过去，给我的？怎么变得小资产阶级起来了。她这一说，他就知道不是她放的。那么是谁放的？难道是刘贞刚才放的？不可能。那么只剩下一种可能，就是史南山的恶作剧。他笑了笑，说，不喜欢就批判吧。郭明英说，别小瞧人。是你的我就喜欢。说着，便把花放到鼻子下闻一闻，可惜没有玉兰花的清香。

李爱国跳到窗边，没有看到史南山。

课间操没看到史南山，李爱国跑到五爱楼后边的山坡上，果然看到躲在相思树林下的史南山。他冲过去，正想给他一个拳头，却看他手里拈着一朵相思花，口中念念有词，人在花下死，做鬼也风流。他放下拳头，什么乱七八糟的，地主资产阶级那一套。史南山说，没有资产阶级，只有地主阶级，那个时候，资产阶级还没出世，就更不用说小资产阶级了。李爱国说，你玩笑开得太过分了，把花放到我的课屉里，让同学们看到，我这书记怎么当？

史南山做惊讶状，什么？放到你的课屉里？见鬼了吧。这是我今天的第一朵，怎么舍得给你？

李爱国一下子傻了。

这么说，那花是刘贞放的。是给郭明英，一时匆忙没放好？也不对。她与她老死不相往来。那她是什么意思？

李爱国脸上的变化没有逃过史南山的眼睛。

我看有鬼。史南山说，阶级斗争新动向。李爱国笑起来，什么事到了你嘴里就变味道。

史南山严肃地说，书记，你可别不当回事，这可是资产阶级、小资产阶级对你的猖狂进攻，我报告纪雪菲纪老师去。说着就往相思树林外走。李爱国知道他的德性，不理他。史南山又走回来，说，我可是为你好。这也是糖衣炮弹。"可能有一些共产党人，他们是不曾被拿枪的敌人征服过的，他们在这些敌人面前不愧英雄的称号；但是经不起人们用糖衣裹着的炮弹的攻击，他们在糖衣炮弹面前要打败仗。我们必须预防这种情况。"课文里的段落，毛主席的文章，陶老师要求背诵的。李爱国又笑了起来。这够得上吗？小心我开会批判你，扣你一顶乱扯毛泽东思想的帽子。花真不是你放的？史南山举起右手的拳头，向组织保证，史南山绝无此等无聊之举。如查有实据，愿接受党纪国法处置。史南山态度虽然不严肃，但李爱国相信，花不是他放的。

史南山说的阶级斗争新动向，虽然有点夸张，却使李爱国感到心乱如麻。他没有勇气去找刘贞，她不承认怎么办，如果她承认，他更不知道如何面对。

回教室路上，李爱国他们遇到从收发室拿报纸走向新华楼的张养德。史南山爽爽快快地叫了一声张老师，李爱国尴尬地笑了笑。张老师说，史南山，我听说你这次考砸了。史南山说没有啊，90分。张老师说90分就是砸了。张老师和以往一样，穿戴十分整齐，笑容可掬，没有一点落魄的样子。

李爱国说，张老师不像犯错误的样子。史南山说，现在的数学老师没张老师教得好。你说呢？李爱国说，反正我都听不大懂，没什么感觉。史南山说，全校数学，就张老师教得最好。

李爱国支吾着。有几次，李爱国远远地看到张老师和高老师手挽手地在校道上散步，他都躲开了。不知怎么的，他没有迎面而上的勇气。仿佛做了亏心事。

有一次，李爱国对陶老师说，张老师现在和高老师好多了，常常一起散步。陶一夫说，他们这是做给别人看的。他爱人高玉凤，很不一般。我以前的一个学生，和她同在东方红小学，对她有点了解。不过话说回来，不让他教书有点可惜，他的书教得好。

/ 11 /

转眼一年多过去了。李爱国他们高中毕业，进入高考复习一个月的时候，"无产阶级文化大革命"开始了。

专家们写历史，把1966年5月16日的"5·16"通知定为"文革"的开始时间，而对于李爱国他们，文化革命的真正开始是地委派来一个工作组，宣布高考推迟半年的时候。高考推迟，意味着有更多的复习时间，李爱国他们高兴了好一阵子。不久，李爱国作为学生代表，和一部分党员老师到本市人民会场听录音报告。李爱国听得一头雾水，却又激动万分。不久，学校的工作组就撤了。

有一天，郭明英十分兴奋地对李爱国说，我表哥从北京来，教我唱一首语录歌，很带劲，我教你。接着便一句一句地教他唱："马克思主义的道理千条万绪，归根到底就是一句话，造反有理，造反有理。根据这个道理，于是就反抗，就斗争，就干社会主义。"

把毛主席的话谱成歌，好听好记，大大有利于"溶化在血液中，落实到行动上"，听说这是《我们走在大路上》的作者、沈阳音乐学院院长李劫夫的首创。风靡一时。而李爱国最喜欢唱的是，"世界是你们的，也是我们的，但是归根结底是你们的（但是归根结底是你们的）。你们青年人朝气蓬勃，正在兴旺时期，好像早晨八九点钟的太阳，希望寄托在你们身上。"

李爱国学会这首歌的第二天，郭明英说我们也去造反，也去破四旧，从陶老师那里开始，听说他是老右派分子，一定有许多封资修的书籍。李爱国说，我不去，你也别去。郭明英说，不去不行，造反有理，毛主席的话你不听了？李爱国只好去。一起去的还有林文娟、姚小桃、史南山。陶一夫听说他们是来破四旧的，说，欢迎啊同学们，书架在那里，你们认为哪些是四旧，就拿走吧。李爱国低着头，不敢看陶老师。郭明英说，李爱国，你看拿哪些？李爱国说不出话，看了一眼陶老师，红了脸。陶老师说，爱国，没关系，拿吧。林文娟说，我看还是先别拿吧，等我们弄清哪些是封资修再说吧。郭明英说，郭沫若先生不是说，他的书都是"四旧"，都可以烧掉吗？那就找找看，有没有他的书。陶老师就从书架上抽出郭沫若的《洪波曲》和《少年时代》让他们带走。

晚上，李爱国到陶老师宿舍，意思是想向他道歉，陶老师没等他开口就说，我知道你想说什么。什么也别说，书架上的书，你喜欢的都拿走，怕是保不住了。李爱国说什么也不拿。陶一夫就从书架上抽出几本书，用一只袋子装好，说，带回去看，这些都是经典。

李爱国就匆匆地走了。匆匆地来，匆匆地走，从来没有过，李爱国心里酸得直想哭。

回到家里，他把陶老师的书一一摆在桌上：《红楼梦》、《阅微草堂笔记》、《蕙风词话·人间词话》、《契诃夫小说选》、《唐诗选》、《宋词选》、《安娜·卡列尼娜》、《高尔基回忆录》、《聊斋志异》、《童年》、《红与黑》、《旅顺口》、《莫泊桑小说选》、《包法利夫人》。

学校礼堂的大字报很多，大都是学生批判老师的。同学们都不上课了，忙着写大字报。只有高三年的学生还抱着参加高考的一线希望，偷偷地复习着。

林文娟告诉李爱国，张老师被劳教了你知道吗？李爱国大吃一惊。前不久有人贴大字报，揭发校长忠实执行资产阶级反动的教育路线，包庇重用坏人，其中提到资产阶级右派分子陶一夫和腐化堕落分子张养德。学校党支部重新研究了对张老师的处理意见上报。

我探听清楚了，张老师关在高安劳改农场，不是劳动改造，是劳动教养。属人民内部矛盾，允许探望。

于是他们结伴，来到离城30公里的高安劳改农场。

这是个风和日丽的日子。他们骑单车，一路说说笑笑，倒也不觉得累。

几十公里全是公路，一路过去，上坡多下坡少。李爱国发现他的力气没有林文娟大，耐力也没有林文娟足，短坡还好，长坡就很吃力，劲把脸都鼓红了。林文娟在他身边唱语录歌，"下定决心，不怕牺牲，排除万难去争取胜利。"看他终于上了坡，林文娟又说，回来就好了，回来就轻松了，吃苦在前，享乐在后。李爱国就笑了，是这个意思吗？

农场在离公路不远的山坳里。离开公路，就听到水声，空气也更清新了。

他们在接待室见到张老师。给他送4听本地产的水仙牌猪蹄罐头和一袋炒面粉。全是林文娟私下准备的。罐头是她从家里拿的，听说是她未来的对象孝敬未来泰山大人的，面粉是她炒的，这种炒面粉在当时很流行，有要好的亲戚朋友要出远门，就炒一袋面粉送过去。面粉是用猪油葱花慢火炒成的，加糖，开水一冲就能吃，很香。看别人吃炒面粉，自己会流口水。林文娟把罐头和炒面粉摆在桌上，说，这是同学们的一点心意。张老师微笑地说，谢谢同学们。李爱国开头不敢看张老师，低头听林文娟向张老师介绍同学们最近的情况，慢慢地就自然起来，不时地插话。看到张老师习惯性地从口袋里摸出香烟和火柴盒，点燃，慢悠悠地吸着。李爱国的心跳了一下，还是那种水仙牌的火柴盒，他仿佛又闻到刘贞房间里的气息。脸热了一下。他想说我们不是有意的，没想到事情会弄成这样子。可是他没说，因为林文娟不说，她说的全是班里同学的近况，谁谁谁写了大字报，谁谁谁到老师家里去"破四旧"，就是只字不提刘贞。李爱国此时心里暗暗佩服林文娟，她的成熟与练达简直到了他不能想象的地步，平时，她的功课不好，为人近于庸俗，是班里最被看不起的同学之一。没想到她如此能干。李爱国想，要是她长得漂亮一点，他一定会私下里把她当王熙凤看。

张老师问，史南山怎么样？

林文娟说，他没写过一张大字报。他迷上唱歌，唱毛主席的语录歌，一个人在新华楼后面的相思树林唱，可以一口气唱几十首，没想到他的嗓子那么好。他现在见到你，不再"咚咚咚，咚——"把手一提，像指挥家一样地，唱，"大海航行靠舵手……"

她还没说完，张老师就笑起来，居然笑得很爽朗，像在学校里而不像在劳改农场。

　　李爱国和林文娟也跟着笑。林文娟一边笑一边说，他还说，他想谱曲，又说，他不写则已，要写，一定超过李劫夫。张老师不笑了，有点郑重其事地说，他有音乐天分，数学与音乐，有不解之缘。

　　看着林文娟与张老师那样言谈自如，李爱国不禁想起《红楼梦》里的一句话，"世事洞明皆学问，人情练达即文章"，可惜林文娟的作文一塌糊涂。

　　张老师突然说，爱国没写陶老师的大字报吧。李爱国摇摇头，林文娟说，一张都没写。不能写。人不能忘恩负义，不是吗？她这是对他说的，李爱国心里一惊，这个词好久没人用了，现在常常用的是"天大地大不如党的恩情大，爹亲娘亲不如毛主席亲"。没想到林文娟骨子里与时代潮流相去这么远，而且这么大胆。也许这是信任吧，这么想着，他的心里又荡漾着一种说不清的温暖。

　　临别的时候，林文娟让李爱国等一会儿，她又回去和张老师说了几句话，很小声，显然是不想让他听见的。他心里掠过一丝不快。但他摇摇头，对自己说，别这么小气。他想起课文《在马克思墓前的讲话》中恩格斯的一句话，把它像夏日的游丝一样，轻轻抹去。这样想着，他又觉得自己有点伟人气质，很了不起。

　　走出来，林文娟又回头大声说，张老师，我们是代表全班同学来看你的，你一定要好好改造重新做人，同学们盼望你早日回来。

　　这些话好像是说给农场的管教人员听的。

/ 12 /

　　学校里乱轰轰的，李爱国躲在家里看书，把陶老师送的书一本一本地读完，并在郭明英的笔记本里抄下许多精彩的句子。有时，抄着抄着，就来了兴致，就顺手写下一些感想。过后自己读起来，有点意外，我怎么写得这么好。

　　那天早上，他正在屋里看书，母亲站在房门边说，爱国，有同学找，女的。爱国头也不抬地说，说我不在。

他想一定是郭明英，她最近老来，先是和他说她到北京看见毛主席的事，激动得脸颊通红手舞足蹈，再就劝他参加她们的造反团。对于突如其来的大动荡大变化，他天生有一种恐惧与不安。对于她的游说，他也有点烦。

母亲犹豫了一下，说，好吧。

他又重新进入《红楼梦》的境界。这是他的第二遍阅读，他没想到这小说很对他的胃口，越读越有味：

……一时宝玉倦怠，欲睡中觉，贾母命人好生哄着，歇一回再来。贾蓉之妻秦氏便忙笑回道："我们这里有给宝叔收拾下的屋子，老祖宗放心，只管交与我就是了。"又向宝玉的奶娘丫环等道："嬷嬷、姐姐们，请宝叔随我这里来。"贾母素知秦氏是个极妥当的人，生的袅娜纤巧，行事又温柔和平，乃重孙媳中第一个得意之人，见他去安置宝玉，自是安稳的……

读到这里，李爱国就有点心旌摇曳了，心旌摇曳的李爱国突然感到有人站在他的身后，回过头来，大吃一惊，竟是刘贞。

你……怎么不出声。

出了声，你不就要赶人了吗？

李爱国闹了个大红脸。

刘贞上前一步，把一堆相思花放到他的桌上。

李爱国的心狂跳起来。

这时，母亲端一杯水进来，说，这位女同学，从来没见过，白葱葱，水当当的，叫什么名字啊。白葱葱水当当是本地闽南话，专讲女孩子，意思是又白嫩又漂亮。刘贞说，我叫刘贞。

母亲说，刘贞，好名字。你们聊。

母亲不喜欢郭明英，说这个"北仔崽"，说话声太粗，走路像操兵，没有查某囡仔样。所以对郭明英之外的女同学显得格外热情。

李爱国站起来，一时不知道要说什么，也忘了请她坐下，两个人就这么相对地站着。刘贞目光灼灼，李爱国躲躲闪闪。

刘贞笑了一下,这是胜利者的笑。她从他躲躲闪闪的目光中看到他内心的渴望。

看什么书啊?

她把他的书翻过来,说,《红楼梦》啊,我家有《风月宝鉴》,看不看?

李爱国有点茫然。

不知道吧,《风月宝鉴》就是《红楼梦》,就是《石头记》。说着刘贞调皮地笑了一下。这一笑,在李爱国的眼里,无比妩媚动人。

《风月宝鉴》就是《红楼梦》!李爱国的心动了一下。红楼,风月,风月不就是男女之间的那个吗?李爱国的脸又红了,又红又热。

《脂砚斋重评石头记》,解放前的,看不看?

有什么不一样吗?

看看不就知道了?书呆子。

你,还好吧?

到现在才想起来啊,要是不好,早死了。刘贞忧郁地说。林文娟没告诉你吗?

李爱国摇了摇头。

刘贞沉吟片刻,似乎想说什么,又咽回去,没说出口,只用一种异样的目光来看他。看得李爱国心慌意乱,意乱情迷。

我们,我和林文娟,去看过张老师。

李爱国突然说。他自己并不明白说这话的意思。只有一种类似仇恨的情绪像火苗一样地从心底蹿上来,燃烧着他。

刘贞的脸霎时变得苍白,嘴唇颤抖着,眼泪在眼眶里打转,慢慢地便浑身战栗起来。

她颠了几步,落在李爱国的床上。

刘贞刘贞,你怎么啦?李爱国惊惶失措地喊着。

母亲闻声而来。

刘贞闭着双眼,一动不动地软瘫在床上。母亲上前摸一摸她的鼻孔,用大拇指重重地摁了一下她的人中。对李爱国说白糖水,快。李爱国飞快地搅一杯白糖水过来。这时，刘贞已经睁开眼睛，茫然地看着他。母亲让她喝下，她像个乖孩子一样，把白糖水喝了下去。

一会儿，她的脸便有了血色。汗也出来了。母亲拧一条温毛巾让李爱国递给她。刘贞接过，羞涩地笑了一下，擦了擦脸，又抬左手把头发捋起，右手顺着脖子擦了擦。动作自然而优美，把李爱国看傻了。看傻了的李爱国想到林黛玉，刘贞什么地方与林黛玉相似，到底什么地方，说不清。

母亲不知什么时候已经离去。刘贞望着李爱国，眼神中有些许怨恨。这又让李爱国心尖跳了一下。他下决心，从此不在她的面前提张老师，让张养德这个人从他们的生活中永远消失吧，就当这个人从不存在。

刘贞说，学校不读书了，我哥哥让我到福州去。可是，我不喜欢嫂嫂，我知道，她也不喜欢我。

那就别去。

我想去串联，想你和我一起去。我们一起走，到处转，你敢吗？

李爱国知道，此时红卫兵革命大串联已在大城市展开。李爱国动过这个心思，"读万卷书，走万里路"是他的一个理想，可他没有这个胆量。父母亲也不会同意。

你不敢，是吗？

她的眼睛里有一团火，这火把李爱国的勇气烧了起来。

敢，有什么不敢的，你都敢，我还有什么不敢的。

那我们就走，先到福州，再到北京，然后，想到哪里就到哪里，祖国的大好河山，走个遍。

李爱国想起她的父亲，一个国民党军官，一个走南闯北的上校团长，她身上流淌着父亲的血。

你像你父亲。李爱国脱口而出。

刘贞张开嘴，你怎么知道我的父亲？

他说陶老师告诉我的。

他是革命的，是抗日英雄，不是反革命，他是冤枉的。历史一定会还他以清白。

李爱国十分震惊地看着她。

你想去报告，去揭发吗？去吧。算我看错人。我愿意死在批判台上，就在你的批判中死去。

李爱国说不出话来，他的脑子有点乱。这个时候，他最想见的是陶老师，他相信，只有他能帮助他辨明是非，给他指出一条明确的道路。

你想想吧，想明白了就来找我。

她走的时候，母亲说，爱国，你去送送她，她的体质太弱。刘贞说，阿婶不用，我能行，我现在全好了。

/ 13 /

李爱国父亲的工厂停产了，工人们分成两派，抢着批斗厂长和书记，他们的厂长、书记都是"三八式"老革命，看不出有什么修正主义更看不出他们是反革命。学毛选，学雷锋，抓革命促生产，没有一样不是上面布置的。又说是打着红旗反红旗。父亲想不明白，也没勇气反对。只好在家里喝闷酒。喝多了就对母亲说，毛主席远在北京，要是他老人家看见下面这样的胡闹，一定不允许。母亲连连点头称是。她也从街道回来了，本来就是不领工资的"街桌布"，一闹革命，连街道的老太婆都分成两边，听人家念不同的毛主席语录，都说自己在保卫毛主席。她说毛主席在北京中南海，安安稳稳地，还用得着我们来保卫吗？看来，爱国的书是读不成了。父亲叹道，考不成大学了。父亲一直想让李爱国上大学，他说他们家虽然是工人阶级，可祖上是有过功名的，明朝出过一位三品侍郎，清朝出过一位道台。这是族谱里说得明明白白的。可惜破四旧的时候，父亲把族谱烧了。

李爱国"躲进小楼成一统"，这是鲁迅说的。他给自己找到了行为依据。郭明英不断地给他送各种版本的《毛主席语录》和《鲁迅斥叛徒》、《鲁迅论革命》，鼓励他投身这场史无前例的"无产阶级文化大革命"，在大风大浪中练就一颗红心，把自己培养成无产阶级革命事业的接班人，为解放全人类，为共产主义事业奋斗终身。不要置身其外，失去千载难逢的造就自己的机会。

李爱国不为所动。他知道他不是不革命，他天生胆子小，革不了这个命。但他不是没有理想，他在她给的本子上，写下了这样一首旧体诗："书志，改李清照无题绝句：生当学曹翁，死亦留华章。而今悔前过，不肯误时光。"他要成为当代的曹雪芹。

他想把自己的想法告诉陶老师，可是，陶老师是他们学校的"牛鬼蛇神"之一，被关在"牛棚"里，见不得面。

然而，他还是时时想着刘贞，想着她的话，我们一起去，走遍祖国的山山水水，你敢吗？

刘贞的眼睛里有一团火，那团火燃烧着他的心，使他躁动不安。他的内心有一种隐秘的要求，这种要求让他羞愧，却又让他激动，跃跃欲试。

他终于忍不住去找她。

街上很热闹，大红标语，热烈欢呼；大白标语，坚决打倒。这让李爱国想起去年本地法院的一张布告，枪毙一个强奸犯的布告。这个强奸犯60岁，照片上的他已经老得日薄西山，没一点生气。他在生产队看牛。他把一个看羊的小女孩强奸了，就在山坡上，又把另一个上山打柴的小姑娘糟蹋了，在一棵大树下。验明正身，就地正法。布告上是这样写的。他还记得布告最后，有刻着国徽的章和地方法院院长的签名，神圣不可侵犯。

而在感受神圣的同时，李爱国十分清楚地记得，他的脑海里不时地闪现山坡上大树下那个老头作案的镜头。这完全是他的想象。

在本市最繁华的延安路百货大楼前，有一排长长的大字报栏，围着一堆人，有人从中挤出来，连叫过瘾过瘾。李爱国不由得上前，挤进人群。那是一张揭露本地公安局长如何利用职权搞腐化的大字报，写得十分露骨，近于黄色小说。李爱国看得脸烧心跳。

脸烧心跳的李爱国生怕撞见熟人，低头挤出来，加快脚步，离开闹市区。

这片相思树林近于世外桃源，安静清新充满野趣。相思花已经落尽。几只小鸟在地上无声地跳动。听到他的脚步声，扑地一下飞上枝头，叽叽喳喳地叫着，仿佛对他的到来表示意外和不解。他突然想起一句十分流行的话，理解的要执行，不理解的也要执行，在执行中加深理解。他独自地开心地笑了起来。听到他的笑声，那些小鸟又扑地一下，飞得更远，消失在树林深处。李爱国站了站，他居然有种被遗弃的念头，感到无比的寂寞与凄凉。

这种感觉的无情袭击，加快了他的脚步，他更想见到多日不见的刘贞。

李爱国在刘贞家的院子门外，站了一会儿，让自己的心跳平静下来，然后敲门。里面没有应声。相思林静得让人心慌。

难道她到福州去了？

他喊，刘贞，刘贞。他发现，自己的声音在发抖。

还是没有回应。他站在那里，心底的失望与凄凉无法形容。孤独与绝望包围着他。他的眼泪不由自主地流了出来。

谁是胆小鬼，你才是胆小鬼！

当他想离开的时候，门却无声地开了。她就站在面前。

不知哪来的一股力量，他冲了进去，一下子将她抱住。

她打他，嘴里喊着，胆小鬼，胆小鬼，胆小鬼！

树林里很安静，院子里也很安静。

刘贞的房间里一阵乱响。他们双双坠入深渊。

这是一个永远的黄昏。

李爱国躺在刘贞的床上，头脑一片空白。

天窗高悬，四周眩乱。屋顶虚化，惚若黑洞，无数方块字麒麟般吞吐、闪烁、跳跃、扑腾：万恶淫为首。男盗女娼。仁义道德。彻底决裂。罪该万死。牛鬼蛇神。地富反坏右。四海欢腾云水怒，五洲震荡风雷激。遍地英雄。万寿无疆。为人民服务。无限忠诚。造反有理。革命无罪。下定决心。不怕牺牲。打倒在地，再踏上一只脚。当今世界上究竟谁怕谁。我们走在大路上。大海航行靠舵手。要扫除一切害人虫，全无敌……

高音喇叭在远处响起，是人们熟悉而亲切的《东方红》。也许是太远了，也许是相思林太密了，迷糊中的李爱国只是反反复复地听到"呼儿嗨哟"、"呼儿嗨哟"、"呼儿嗨哟"……

"呼儿嗨哟"有如气喘，越来越弱。代之以刘贞的声音，我们明天就走，串联去，革命去，北京，西安，南京，上海，呼和浩特……远走高飞。

刘贞分明在他身边，声音却幽幽的。缥缥缈缈，似有似无。而李爱国的下意识中，仿佛来到一个十分陌生而华丽的去处，哦，那不是他，那是贾宝玉。

宝玉含笑连说，"这里好！"秦氏笑道，"我这屋子大约神仙也可以住得了。"说着亲自展开了西子浣过的纱衾，移了红娘抱过的鸳枕。于是众奶母服侍宝玉卧好，款款散了。只留下袭人、媚人、晴雯、麝月四个丫环为伴。秦氏便吩咐小丫环们，好生坐在廊檐下看着猫儿狗儿打架。

那宝玉刚合上眼，便惚惚的睡去。犹似秦氏在前，遂悠悠荡荡，随了秦氏，至一所在……

李爱国张开双臂，刘贞再一次扑进他的怀里。

/ 14 /

李爱国和刘贞是在那年冬天离开家乡的，他们汇入革命大串联的洪流之中。

红旗漫卷，歌声嘹亮。

李爱国和刘贞单独行动，谁也不知道他们去了哪里。

他们从此在老师和同学们的视线中消失，

他们从此在李爱国父母亲的视线中消失。

他们从此在刘贞哥哥的视线中消失。

串联的学生一批批地走了，又一批批地回来。春雷滚滚，江山如画。一批批知识青年响应伟大领袖毛主席的号召，上山下乡去了。"农村是一个广阔的天地，在那里是可以大有可为的。"

人们还是得不到李爱国与刘贞的任何消息。

李爱国的母亲疯了，她总是坐在自家的门坎上，手里拿着郭明英送给李爱国的笔记本，祥林嫂一样地，反反复复地对人们说，我们爱国到北京，见到了毛主席。

岁月无情地流逝。时间造就传奇。

有人说，他们从云南去了缅甸，参加缅共游击队。后来，他们成了金三角赫赫有名的大毒枭,他有个外国名字,叫B.杧果,他们有一大群孩子,都是神枪手,个个英俊强悍,心狠手辣。

有人说,他们从宝安偷渡香港,辗转到台湾。后来,李爱国成了著名的畅销书作家,最畅销的小说叫《速死的爱,不死的情》,听说这部小说是根据他们的爱情经历写成的,扉页上作者写了一行这样的字:"献给苦涩年代的人们。"

有人说,他们早就死在大渡河。他们是穿着红军军装,戴着八角帽红五星落水的,他们的尸体在大渡河漂了三天三夜,一对好心的老人把他们捞上来,埋葬在河边的山坡上。野草丛生。后来,不知什么人,在他们的坟前立了碑,写道,"数当年英雄,看今朝风流,残阳如血。"

有人说,他们其实还活着,在一座深山里隐居,过着男耕女织的生活。

种种传说在他们的家乡传来传去,谁也说不清这些传说是从哪里来的。

20世纪90年代,一位音乐家从美国归来,他创作的交响乐《时代风流》,在北京引起轰动。

这位音乐家叫史南山。

史南山带着"史南山交响乐团"在全国巡回演出。与他同行的有他的夫人姚小桃,据某媒体透露,姚女士毕业于美国哥伦比亚大学,获博士学位,但她乐于当全职太太,跟随丈夫跑世界,享受人生。在一个深秋的季节,史南山和夫人姚小桃回到他们的家乡。

这是一个闽南美丽的夜晚,本市最豪华的人民会堂高朋满座,安静肃穆。美国交响乐团的精彩演奏,让本市听众大开眼界,为之倾倒。演出结束,热烈的掌声经久不息。有好事者称,掌声持续了15分钟之久,远远超出本地历届政府工作报告所赢得的掌声时间,史南山大师谢了三次幕,才使掌声平息下来。

第二天,本市晚报头版头条报道,出席史南山交响团演出晚会的有,市委常委、宣传部长郭明英,市政协副主席陶一夫,还有回乡考察投资环境的香港著名企业家张养德先生及夫人高玉凤女士。本市第一中学校长林文娟,在演出前致词,云云。

步 辇

/ 1 /

步辇在闽南话中的意思是步行，迈开自己的双腿走路。我这一辈子走得最多的是40多年前的那个冬天和春天。那时，我们从生我养我的这座闽南小城走到湖南湘潭韶山冲，红太阳升起的地方，行程数千里。而我一生的不幸，也就是从那时开始的。

其实，生活都是自己走出来的。

我真后悔那个决定。那是我想了一个晚上之后所做出的让我后悔一生的决定。我至今还记得相当清楚，那天一早，我就跑去找她，对她说，我们走，跟流脓他们一起走。

她睁大眼睛，好一会儿才说，跟他？不去。

流脓是我私下里给我们班团支部书记刘铁军起的绰号。我们是从初一到高三的同学。不知为什么，刘铁军从初一开始，两只小腿上总是爱"生粒仔"，"生粒仔"是本地闽南话，就是长脓疮，先是斑斑点点地布满小腿肚子，而后凸起，由红而黄，不小心碰破脓包，便流脓，艳黄艳黄的，让人恶心。那时的刘铁军是个调皮捣蛋的家伙，为了让他在课堂安静一点，老师不得不把他与她安排在同一张课桌。那时男女生之间互不说话，大有男女授受不亲的封建遗风。他再调皮也只能自己跟自己说了，喃喃自语和自说自话都不是他的性格。他只好闭嘴。于是，每天和他坐在一张课桌上的她，便对他小腿上的脓疮印象深刻，特别是夏天。简直受不了，她说。

作为报复，我给他起了这个绰号。不过，在高一那年的一次下乡劳动中，刘铁军小腿上的"粒仔"突然好了，而且不再复发。那时伟大领袖毛主席号召知识青年与工农相结合，时兴下乡劳动，向贫下中农学习，培养革命事业接班人。我们所到的山村，田在山坡上，丘丘相连，贫下中农说，"跌倒盖三丘"，人跌倒伸开四肢，可以覆盖三丘田。极言其小。全是烂泥田，踩进去，黑色的泥土就没到脚膝盖，气泡从四周叽里咕噜地冒出来，要多恶心有多恶心。天很冷，阴风阵阵。清晨出工，我们还站在田埂上犹豫，刘铁军已经踩进烂泥田，大声说，同学们，不用怕，不冷。她站在田埂上小声对我说，铁军的小腿上长满"粒仔"，田土那么脏，怕是要感染的。我说，烂了才好哩。

我们都是医生的孩子，我父亲是外科医生，市立医院有名的"第一刀"，她父亲则是副院长，心血管病专家。我们住一个大院，从幼儿园到小学到中学都是同学。她叫林如茵，我叫陈友山。

没想到刘铁军的小腿不但没有烂掉，反而好了，而且好得干净利索。我问过父亲，他也说不出个所以然。最后用不无嘲讽的语气说，也许是中医所说的，以毒攻毒吧。

如果仅仅因为流脓，如茵不会真正讨厌他，她有天生的同情心。让她讨厌的是他对她的欺侮，简直欺人太甚。在课堂上他说不成话，便看小说，《七侠五义》、《小五义》、《大红袍》、《小红袍》、《薛刚反唐》、《罗通扫北》，他上课看小说要她当掩护。你要当一回地下党，他对她说，坐直了，挡住。老师朝这里看，你就动一下，提醒我。这算什么地下党，掩护违纪，她不干。她不听话，他就作弄她。她写字，他就用力往椅背上靠，靠一下，桌子就摇一下，让她写不得字，做不了课堂笔记。那时中苏友好，我们的课桌椅全是仿苏的，桌面微斜，椅是靠背椅，而且桌椅相联。她只好听从他的指派，直挺挺地坐好，双手叠放在桌上，尽量挡住老师的视线。每当老师朝他们这个方向看，她就动了一下，他便直起身子抬起头看老师，做认真听课状。后来班主任还表扬刘铁军和林如茵，说，自从他们坐在一起之后，刘铁军进步很快，上课不说话不做小动作，学习成绩有了明显的提高。

说来也怪，自从刘铁军和林如茵坐在一起之后，学习成绩一直往上蹿，除数学外，门门都由原来的60分上下上升到70分左右，特别是语文，居然爬上了80分，作文还常常被当成范文贴在墙上。真是见鬼了。

还是去吧，我说，这样待下去太无聊了。如茵抿嘴不说话，眼睛也不看我，只看屋顶上的某一个地方。这是她的习惯，从小就这样，我不把这当成是对我的不尊重，也不怪她。

这是公元1966年初冬的某一天。天窗上的阳光温暖而柔和。天空中飘荡着《东方红》的乐曲，不知道是从哪里来的。或许是从紫芝山上部队的喇叭里来的吧。我料想她是在欣赏那块长方形的黄色，她的目光一定也十分柔和。那时我没有把天窗上的阳光与那轮光芒万丈的、我们心中最红最红的红太阳联系起来。我只偷偷地注视着她那白里透红的脸颊。用当下的说法，脸颊是她的亮点，浅浅的酒窝，甜甜的微笑，让人心醉。伟大领袖毛主席亲自发动和领导的史无前例的"无产阶级文化大革命"方兴未艾，"革命"大串联在全国范围内如火如荼地展开。我们对于大城市不感兴趣，北京、上海我们都去过了，"文革"前就去过，我们都是医学世家，我们都有亲戚在北京、上海当医生，我们是在初中毕业那年暑假去的，是我们的父母对我们考上一中的奖励。再说上北京见毛主席没我们的份儿，我们不是工农子弟，没资格当红卫兵。不知谁发明了一个等而次之的名称，叫红旗兵，听起来有点别扭，我们也就不当了，悄悄地把红旗兵的袖章收了起来。我们的父母都是知识分子，知识分子在当时是一个不怎么确定的阶层，让人十分尴尬，时而属资产阶级、时而属小资产阶级，不管属什么阶级都是改造对象。刘铁军组织的是一支长征队，是响应毛主席的号召，学习红军长征精神，步行串联的新长征。计划从我们这座小城走到延安，很有吸引力。坐火车走的是大城市，"串联点火，造反闹革命"；步行走的是革命圣地，深入民间，学习革命传统。

这人讨厌。林如茵把眼光收回来，放到书桌上，书桌上摆着一堆名著，曹雪芹、托尔斯泰、高尔基、契诃夫、巴尔扎克、雨果、司汤达、肖霍洛夫和鲁迅。除鲁迅之外，都是封资修的东西。她父母亲希望她学医，她却喜欢文学，高考的目标是北京大学中文系，我的目标是上海第一医科大学。可是高考已经推迟，说是半年，看来遥遥无期。

这是她的房间。她的房间在她家二楼。他家在大同路中段，离"五星聚奎"坊不远。这条街道很历史也很文化。"五星聚奎"坊是明代留下来的一座石牌坊，明代我们这座小城出过五个尚书、侍郎，不仅光宗耀祖，还让地方跟着沾光。当然，这是十足封建主义的东西。前阵子有一队从北京来的红卫兵，拿着铁锤爬竹梯上去，想把那些浸透着封建主义毒素的文字敲掉，终因太高太硬而放弃。最后在上面抹上白灰，写上大红标语：伟大的战无不胜的毛泽东思想胜利万岁！牌坊是青色花岗岩做成的，当初不知如何建筑，我们不得不佩服古代劳动人民的智慧。听说北京来的红卫兵认为大同路的名字不大革命，甚至有点阶级调和论，提议改名卫东路。以前，从她房间朝北的窗门可以看到"五星聚奎"几个大字，还可以看到刻在上面的栩栩如生的人物，有古人，也有钩鼻子的外国人，听说当初这座城市很开放，常有外国商人和传教士活动。可见帝国主义侵略之猖獗，为害之大，流毒之深。她房间朝南的窗下，是她家的小院，院子里有一株含笑花。现在不是开花的时候，不知为什么，我总是闻到浓郁的花香。也许是所谓的心理作用吧。也许这香气来自于她的身上。

这人讨厌。她又说了一遍。把桌上一本翻开的书合起来。我来的时候她正在看《安娜·卡列尼娜》。在当时，这种书无异于当下的黄色小说，她知道我不会去告发她，看什么书从不避我。这也是我们之间不同于一般同学关系的最好证明。

刘铁军在高一年级的时候来了个大转变，一下子成了三好生，当上了团支部书记。我和林如茵都在争取入团，对他也就慢慢地和善起来，尽管我们从骨子里看不起他。而让如茵心凉的是前不久那个意外的下午，我们教室外的走廊出现了一张大字报，标题十分醒目：高贵者最愚蠢，卑贱者最聪明。讲的是市立医院举行一次别开生面的考试，考的是医院里的主任医生，题目全是初中三年级的数理化题，可是那些大名鼎鼎的医学专家们却没有一个考上60分，最惨的是医院"资产阶级反动学术权威"林翰夫与陈明杰，分别是 35 分和 38 分。林翰夫是如茵的父亲，陈明杰是我的父亲。

听说这张大字报是刘铁军写的。

这种针对"资产阶级反动学术权威"的考试方法一时间在全国十分流行。是打倒资产阶级反动学术权威的重磅出击，效果十分显著。

我和林如茵在同学们的嘲笑中逃离教室。

我们两家的厄运从此开始。我们的父亲原来是本地知识分子又红又专的典型，曾被专署有关部门授予红色专家称号，一夜之间成了假专家。这对已经戴上"资产阶级反动学术权威"帽子的我们的父亲来说，真是雪上加霜。批斗、游行、戴高帽成了家常便饭，"接受革命群众大批判随叫随到"，这还是客气的，温和的。听说有的地方，还打死了人。省医学院就把一位副院长斗死在台上。听到这个消息的那个晚上，父亲连说，好在没去，好在没去。几年前，那位副院长曾请我父亲和如茵的父亲到省医学院担任教授。好在他们都婉言谢绝，要去了，后果不堪设想。但我们两家都更加提心吊胆地过日子，一有风吹草动，母亲就吓得发抖。哪怕上街上传来一阵口号声，也能把她吓出一身冷汗。

这样的日子没法过。我想解脱。跟刘铁军走是一个解脱的好机会。当然，如茵不去我也不会去。

可是第二天，如茵对我说，我们去吧，你说得对，散散心。对于她的突然变化，我在惊喜之余存在一点疑问。随着时间的推移，这疑问如深山迷雾越来越浓，至今没有消散。

/ 2 /

刘铁军别出心裁，他把原本只为了步行串联的红卫兵长征队组织成一支毛泽东思想文艺宣传队，并起了一个很有意义的名字，叫"八·一八红卫兵长征队"，"八·一八"是个特殊的符号，公元 1966 年 8 月 18 日，伟大领袖毛主席在天安门城楼上第一次接见百万红卫兵，点燃红卫兵运动的熊熊烈火。我们长征队一共 10 个人，4 位女生，4 位男生，还有两位老师。

4位女生4位男生除如茵和我,都是我们班能歌善舞的文艺骨干。而两位老师,倪为民是语文老师,省师范学院中文系的高才生,去年才分配到我们学校,教初一年级,会吹口琴。他对着扩音器吹口琴的效果和手风琴不相上下,一只口琴等于一支乐队。高长生老师教政治,从部队转业的,虽然没有什么文艺特长,却有很强的节奏感,每次演出,他都负责打钱鼓。别看那小小的钱鼓,对着扩音器,几乎可以和一支打击乐队相媲美。

高老师还是个热心人,主动承担整个长征队的后勤工作。听说他在部队当过指导员,他的细心有时是要用几年的时间才能体会得到。我们到才溪乡的时候,同学们都热衷于那里辉煌的革命历史,走访老红军,编写小节目,而他却上街买了两刀草纸。当时闽西有许多小造纸厂,专造卫生用的草纸,细、柔、软。他说,我爱人特地交代,说很好用。他是当着大家的面说的,他说这话的时候,我发现,如茵的脸红了一下。我一直不理解她脸红的原因。一直到几年后,我才弄明白,这种纸是女人来例假时必备的。那时我们的生理卫生知识特别是女性生理卫生知识几乎等于零,因为这是一个禁区。不像现在,所有的女性秘密都可以在网上查看,图文并茂。高老师的话实际上是对女生说的,提醒她们他那里有她们在必要时所需的用品。后来我听说,第一位找他要的是李燕。她是我们班的文艺委员,不但能歌善舞,而且有大姐风范,因为她属狗,比我们大一岁。我们那个班,1966届高中毕业生大都属猪,个别属狗或属鼠。如茵属鼠,小我们一岁。李燕跟他要的时候他说,放一刀在你那里吧。她要给钱,他哪里肯收,向她行了个军礼,说了句"为人民服务"。在当时的情况下,这是消除尴尬的好办法。李燕笑着收了,心照不宣。他帮助女生的目的不动声色地通过她去实现。李燕代表女生们乐意地接受他的帮助。"我们的干部要关心每一个战士,一切革命队伍的人都要互相关心、互相爱护、互相帮助。"这是那个时代最温暖的语言。

后来我才知道,倪老师跟我们来,实际是因为严芳芳,严芳芳是我们班的"郭兰英",她演唱的《唱支山歌给党听》曾代表我们学校参加全市学雷锋文艺晚会。那时没有任何评奖活动,因为评奖是资产阶级名利思想的反映，属批判之列。要是有，一定能得金奖，因为她得到的掌声可以用当时常用的"经久不息"来形容。她谢三次幕，又加唱了一首《南泥湾》，掌声才平息下来。除了会唱歌，她还会作曲，在学校举办的纪念毛主席《在延安文艺座谈会上的讲话》23周年文艺演出上，倪老师作词，严芳芳作曲并演唱，曾经轰动一时。听说，她的父亲是倪老师的小学语文老师，而她的母亲则是他的小学音乐老师。他们小时候就认识，细想也是，倪老师实际上才比我们大5岁。

叶美英是严芳芳最好的朋友，用现在的说法，叫"闺密"。她们从初一年级起，就住同一个宿舍，平时形影不离。倪老师与严芳芳之间微妙的关系是叶美英最早发现的。我至今没有弄清楚叶美英的家庭成分，在同学中间有一种传言，说她的名字是为了纪念抗日战争的胜利而起的，她的父辈认为中国抗战的胜利完全有赖于美国、英国的支持，这种看法有悖于主流说法，很危险。主流说法是中国抗日战争是中国共产党领导的，毛主席和朱总司令在延安的窑洞里指挥全国军民抵抗穷凶极恶的日本强盗，1945苏联红军对日宣战，消灭百万关东军起了最后的作用。当时我们几乎每个同学都会背诵大型音乐舞蹈史诗《东方红》的解说词，"滚滚延河水，巍巍宝塔山，全国人民都向往着你啊，延安……"但我们班的同学都没有在这上面做文章，哪怕是"文革"开始之后，也没公开提起她的名字问题。我想这与李铁军有点关联，他曾在一次团支部委员会上戏称她是美丽的英雄花，而且接着就唱起那首人们十分熟悉的《英雄赞歌》，"风烟滚滚唱英雄，四面青山侧耳听，侧耳听……"同学们对叶美英名字的私下议论从此销声匿迹。你不能不佩服李铁军的手腕。然而，我也从此对他们之间的微妙关系表示怀疑。他们一个支部书记，一个组织委员，总是叽叽咕咕地说着悄悄话。他们的话，在当时，几乎可以决定一个同学的政治生命，要不要把你列入考察对象，让你加入共青团，也许就在他们的叽咕当中得以完成。我做梦都不会想到，几十年后，叶美英真应了她的名字，成了美国的常客。听说江汉夫在街上遇见她，她说，她刚从美国回来，三个月之后还得去。他说，你现在去美国就像上东闸口，什么时候想走就走。东闸口是我们这座小城的老地名。她笑了，笑得很可爱。这是缘分，我和美国有缘，她说。她的女儿女婿在美国做博士后研究，她去帮助带孩子。她说，不过，美国不是人待的地方。这话让那位同学大吃一惊，原来，几十年前就起了美英名字的她，至今不会说英语，在美国，她是一个盲人加聋人，离开华人社区寸步难行。电视也看不懂。她与孩子的奶奶有个约定，每人去三个月，高级保姆轮流当，"受罪"之后回国喘口气，养足了精神以利再战。

江汉夫也是长征队的，他和黄超都是冲着刘铁军来的，他们从高一年级起就是刘铁军的跟屁虫。当然，他们都是工农子弟。黄超明的父亲是机器厂的钳工，祖父也是钳工；江汉夫家在郊区农村，贫农，父母已逝，由他的兄嫂供养，生活十分艰难。他们学跳舞完全是刘铁军逼出来的，当然跟当时的大气候也有关系，上面提倡工农兵占领舞台。在全国人民学习解放军的热潮中，学校组织毛泽东思想文艺宣传队，班级也跟着成立，刘铁军让李燕找他们，谁让他们是工农子弟，谁又让他们长得秀气，不像工农子弟？赶鸭子上架，把他们赶上了。听说他们在学校举办的革命舞蹈学习班学一半就想打退堂鼓，被刘铁军一顿臭骂，骂了回去。

/3/

公元 1966 年的冬天有点冷。我们不怕冷。我们朝气蓬勃斗志昂扬。在通往闽西的公路上，我们一字排开，如一条在公路边上游动的忘记冬眠的小蛇。走在最前面的人打着我们的队旗，红底黄字："八·一八红卫兵长征队"，扛旗是一种光荣也是一种崇高的责任，每个队员轮流，从老师到学生。一路上，我们雄赳赳气昂昂，迎来了许多羡慕的目光，送走许多赞美的感叹。有一次，一辆苏制嘎斯军车在我们身边"吱"的一声停下来，一位解放军同志从驾驶室探出头，说，红卫兵小将请上车。我们异口同声地说，不，我们要学习红军长征精神，迈开双腿，走向延安！驾驶员向我们行了一个军礼，说，向红卫兵小将学习。我们回一个军礼，说，向解放军同志学习！

我至今不怀疑当时的真诚，我只是不理解当时为什么那么真诚，对革命那么虔诚。而我们的语言又是那么地一致，好像经过一番精心的排练与彩排。是的，这样的话我们说过不止一次，每次都是这样的整齐响亮。这就是那个时代。细想当时，我说过之后有点后悔，我们都十分疲劳，特别是如茵，她简直就是咬着牙在走路，每前进一步她那脸颊上的酒窝都要深一次浅一次，我从她脸上看到小时候在教堂里的一种感觉，那就是受难者的神圣。小时候，我们经常上教堂，她弹钢琴我唱圣歌。那时我们还在幼儿园，上小学之后，我们的父母就不让我们去了。也许，与当时越来越清一色的政治气氛有关，我们的父母都是循规蹈矩、小心翼翼的知识分子。如茵的脸红了，流着汗，喘着气，我悄悄地问她，还行吗？她说，能坚持。全队女生就是叶美英最能干，背着被包，挺着胸，不时地对四周的景色发出赞叹，啊，啊，江山如此多娇，引无数英雄竞折腰。

　　我的小腿子发软，发抖，但我不能在如茵面前表现出来，只能对她微笑，鼓励她。在我鼓励她的时候，叶美英回头朝我看了一下，又朝前看了一下李铁军，那意思是，你也不比她好多少，你看看人家刘铁军，那才是真正的好汉。那时没有男子汉的称呼，人们不习惯，不敢用，只有好同志，而好汉则是因为有了毛主席的"不到长城非好汉，屈指行程二万"才进入我们的口头语。其时，我们时不时地朗诵这首《清平乐·六盘山》以激励自己，以壮行色。32 年前，红军翻越六盘山，来到一道高高的山梁，伟大领袖毛主席对大家说，休息一下吧。他坐在一块石头上抽烟，望着远方，说，好景色啊，接着便作出了这首《清平乐》。当时，没有一首毛主席的诗词我们不会背诵的。即使从现在的角度看，这首《清平乐》也是很值得玩味的。"今日红缨在手，何时缚住苍龙？"真龙天子的口气啊。叶美英的这一看，激发了我体内一种无形的力量，让我振作起来，一个激灵，我浑身来劲，几步迈到她的前面。我不能让她看笑话，更不能让刘铁军看笑话。

　　这时，我看到刘铁军从队伍的前面走到后面，他总是这样，来回地走，不知他从哪里来的体力。走在最后面的是李燕，她离我们还有一段距离。我说了，我不用你管，她说。看你，嘴唇都白了，他说。风把他们的话传到我们的耳朵里。我说你有多傻，站着等不就行了，还要来回走，浪费体力，她说。他说，背包给我吧。他们说话的时候，我们已经在高长生老师的提议下停下脚步，站在路边等他们了。高老师对李燕说，还是给铁军吧，不是特殊情况吗。刘铁军走到她背后，李燕也就顺从地放下手，两边的背包带也就顺着她的手臂溜到李铁军的手上。我悄声问如茵，什么特殊情况？如茵的脸红了一下，女孩子的事，你不懂。我的脸也红了。其实这种事我们多少懂得一点，因为上体育课，遇到高难动作，体育老师总会说，有特殊情况的女同学可以不做。便有一两个女生红着脸低头走开。

天在不知不觉中暗了下来。风越来越大，越来越冷。公路边看不到村庄，更不用说红卫兵接待站了。刘铁军说，你们在这儿等着，我到那边看一下。李燕从他的手上拿过自己的背包。刘铁军离开公路，顺着路边的斜坡往下走，斜坡上杂草丛生，依稀可见一条小路，远处，仿佛有一点光亮，昏黄摇曳，似有似无。李燕在他背后追了一句，小心点。

我听到自己肚子里咕噜一响，随着这一响，一种叫饥饿的感觉立即传遍全身。疲乏、饥饿。如茵的脸色白得像一张纸。被包从李燕的手上滑到地上，她也懒得再提起，就顺势坐到被包上了。倪老师对严芳芳说，你把背包靠在我的背包上，这样会轻松一些。他们背靠背，严芳芳的脸上有了笑容。我也学着，让如茵的背包靠在我的背包上。队旗在高老师的手上猎猎作响。高老师总是在人们疲乏不堪的时候把队旗接到自己的手上。

冷风阵阵袭来，我们在不知不觉中缩成一团，红旗从我们中间升起，迎风飘扬。

天黑时刘铁军气喘嘘嘘地爬上来，说，下面的村子是大队部，有红卫兵接待站，大队支书已经让人做饭了，我们下去。

大家"呼"的一声，雀跃而起。

这个大队叫红星大队，以极高的热情欢迎我们，因为我们是响应毛主席的伟大号召，第一支来到他们山村的红卫兵长征队，还因为我们是一支文艺宣传队。这一天，也是他们村子"热闹"的日子，正愁着没地方请戏班子唱戏。所有的山歌剧团和汉剧团都因为执行刘少奇的文艺黑线而被解散。虽然他们村土地庙里的土地爷被搬走了，换上了毛主席的画像，两边的对联也用红纸黄字写上"听毛主席的话，走共产党的路"，但土地爷的生日他们还是要做的。这几乎是个公开的秘密，全村的贫下中农，包括小孩子都不避讳。吃过饭之后，刘铁军、李燕与高老师开了一个会，他们是我们这支长征队的临时团支部委员，他们还是决定支持大队党支部和贫下中农协会的要求，在这里举行一场慰问演出，并决定吃过晚饭后，大家下去访贫问苦，编写节目。他们对大队邀请我们演出的真实用意避而不谈，所有队员也都做出浑然不知的样子。

在向我们宣布临时团支部的决定时，刘铁军说，在任何地方任何时候，宣传毛泽东思想都是我们神圣的使命。

虚伪。我私下里对如茵说。她想了好久，说，这不叫虚伪。她的回答让我有点吃惊。为什么不叫虚伪？她说，我也说不清。我觉得，在土地爷生日的时候宣传毛泽东思想，是一件有意义的事情。不必说破。说破了大家扫兴。

我十分吃惊地看着她，如茵什么时候变得如此成熟、老练、世故？我的担忧从此开始，她在无形中已经在向刘铁军靠拢。一个阴影在我的心中形成。

我们在那个山村的演出受到贫下中农的极大欢迎，几乎每个节目都赢得"雷鸣般的掌声"。演出之后，大队贫下中农协会还为我们煮了点心，吃的是鱼粥。鲜美可口。我们吃粥的时候，门口围着许多小孩。如茵悄声对我说，你看，他们都还穿单裤。我一看，果然，有一个女孩子的裤子下还裂了一条很长的口子，随风飘动。对着热气腾腾的鱼粥，我突然冷颤一下，没了胃口。如茵说，没想到解放都17年了，农民还这么穷。还是老苏区。我说，小声点。她看了我一眼。眼光是那样的陌生。我一时没反应过来，接着说，隔墙有耳。她又看了我一眼，还是那种陌生得让人心悸的眼神。这种眼神有很强的排斥力。难道我说错了？难道你忘了教室走廊的那张大字报了吗？我在心里嘀咕着，没说出来。这时，刘铁军端着碗走过来，蹲在如茵旁边。我想站起来走开，又舍不得。作为掩饰，我去装了半碗鱼粥，回来蹲在原来的位置。我们一人一边，如茵在我们的中间。

我们是在村里的祠堂吃的点心，装鱼粥的大木桶就放在地上。我们有的站着吃，有的蹲着。祠堂里的"神祇"已一扫而空，不知道藏到哪里去了，正中贴着毛主席像，两边的对联是毛主席的诗句："四海翻腾云水怒，五洲震荡风雷急。"两边墙上，一边贴着"团结紧张严肃活泼"，一边贴着"领导我们事业的核心力量是中国共产党，指导我们思想的理论基础是马克思列宁主义。"

刘铁军说，煮粥的鱼不是村里的池塘养的，是村边小溪里的，池塘里的鱼有臭土气。他们把最好的东西给我们吃。他们热爱毛主席，爱屋及乌，也就热爱我们这些毛主席的红卫兵。如茵说，你看见那些孩子了吗，他们都穿着单裤，这么冷的天！刘铁军说，穷，所以最革命。都解放十几年了，我说。刘铁军说，中国这么大底子这么薄人口这么多。一穷二白，有饭吃就是大进步。如茵说，这么说也有道理。我太理想主义了。刘铁军说，理想主义不是坏事，没有革命理想，人生就没有目标，前进就没有动力。

我看到如茵的眼睛放光，在昏暗的油灯下，闪闪发亮。我的心中掠过一阵不安，想说点什么，却说不出来。再蹲下去也没意思，站起来走人又觉得没面子。平生第一次感到尴尬。是刘铁军把我从尴尬中解放出来。他说，友山，我说得对吗？我连忙说，是的，如茵就是太理想化了，不过她的心是好的，怜悯之心，人皆有之。刘铁军笑着站起来，向我摇了摇空碗，意思是他再去装一碗。

他走后，如茵说，怜悯与同情都是居高临下的。懂吗？她笑了一下。我觉得，她的笑其实不是给我的。还想装一碗吗？说着，她就走向粥桶。我看到，刘铁军为她盛了一碗，我正难受的时候，看到李燕走过去，他也帮她盛了一碗。他刚要放下勺，叶美英在边上喊道，铁军，也给我来一碗。她这一喊，喊出一阵笑声，黄超明、江汉夫几乎同时嗲声嗲气地喊道，铁军，也给我来一碗。这一下，连门外围观的孩子们都笑了起来，嘻嘻哈哈地相互推搡着。如茵下意识地举了一下右手，我知道她是想让孩子们进来一起吃。就在这时，大队贫协主任在门外喊道，都走都走，一边喊一边就用粗大的手臂把孩子们一个个地拦了出去。回头对我们说，孩子们不懂规矩。

/ 4 /

后来我们知道,这个大队原名高坑,红星是"文革"开始之后改的名字。高坑山高水冷,贫穷落后,却到处是红色的标语,热烈的气氛。家家户户都挂毛主席画像,破旧的八仙桌上都放一套《毛泽东选集》和一本红塑料皮的《毛主席语录》。贫下中农很自豪地告诉我们,这些都是大队发的。只要我们按毛主席的话去做,我们很快就实现社会主义。当我们问,什么是社会主义时,他们说,社会主义就是有的吃有的穿。我们想笑,不敢。但过后,我问如茵,什么是社会主义,她也茫然。我说,刘铁军应该清楚,我们什么时候去请教一下。她看了我一眼,走开了。看着她生气的背影,我得意地笑了一下。她明白我的意思,想给刘铁军出难题。其实那时,我们的确弄不明白什么是社会主义,我们那个时候经常唱的一首语录歌是,"马克思主义的道理千条万绪归根到底就是一句话,造反有理,造反有理,根据这个道理,于是就反抗,就斗争,就干社会主义。"我们还把这首歌编成一个舞蹈节目,反复三唱三跳,节奏明快,动作如霹雳闪电,不但震动了舞台,还震荡着人们的心灵,很受欢迎。很显然,我们干的就是社会主义。

我们在红星大队演出三天,受到贫下中农的极大欢迎,好吃好喝,还向我们开放大队的温泉室。温泉远离大队部,在一个山坳里,一间茅草屋,远远望去,雾气笼罩,进了门,便有一股热气扑腾过来,周身舒坦。一个走廊,两个房间,男一间,女一间。草屋显然是刚刚整修过的,旧草中夹着新草,还能依稀闻到新稻草的芬芳。一进这茅屋,便有一种说不出的神秘和激动的情绪把我们团团围住,有如屋里的水气。我感到有点喘不过气来,偷偷地看了如茵一眼,只见她的脸红扑扑的,我的心"怦怦怦"地乱撞起来,仿佛做了什么见不得人的事。在我昏头昏脑的时候,听李燕说,不就是洗澡吗,紧张什么。我以为她是对我说的,定眼一看,她伏在如茵的耳边。我的耳朵怎么这么灵敏?刘铁军大声说,怕什么?"舍得一身剐,敢把皇帝拉下马。"这是毛主席语录，号召我们敢于造反，敢于革命。黄超明说，革命者死都不怕了，还怕洗澡。江汉夫说，是啊，和刘文彩家水牢相比，这里温暖多了。大家都笑起来。那时，四川刘文彩是地主阶级的典型，不但残酷剥削农民，还私设水牢，关押敢于反抗的贫下中农。大队贫协主任说，就是洗澡嘛，男的跟我来，女的跟她走。这时，妇女主任已经走到另一个房间的门口。两个房间都没有男女标识。关门为号。妇女主任不大喜欢说话，但面容慈善，不像苦大仇深的贫下中农，倒像地主婆。进了房间，贫协主任带头把自己脱得精光，把他的裸体毫无保留毫无悬念地呈现在我们面前。既然来了，既然有人脱了，我们还有什么理由不脱？于是，很快地，大家都脱光了，都很迅速地溜进水里，我们甚至都没看清对方。我至今还十分后悔，为什么不把刘铁军看个一清二楚。到底是一具什么样的胴体，为什么对于女同学有那么大的吸引力？这想法很下作、很可耻，但我没法不去想它。整个过程，大家都很安静，仿佛出了声响，把屋里的热气搅动了，会发生什么意想不到的后果。高长生老师十分认真地擦拭着自己的身子。倪为民老师没来，来之前，严芳芳说她身体不舒服不能来，倪老师便留下来陪她。一下水，刘铁军就一直坐在池边的台阶上，不说话，仿佛在思考着什么重大的问题。黄超明和江汉夫互相擦着背。水温适中，泡在水里是一种享受。凭我的医学知识，大约在50度左右吧，可惜没有温度计。高长生叫了我一声，举了举手中的毛巾，示意让我给他擦背。我站起来，走到他身边，我看到自己的下身，那个让人羞愧的东西在水里摇动着。刘铁军一定看到了，这样想着，我看了一下刘铁军，发现他正闭着眼睛，仿佛在水中睡着了。

　　我一边给高老师擦背，一边想象着隔壁的情形，那是一群女生的裸体，一想到"裸体"二字，下身便有了反映。由软而硬，很不雅观。正在我十分为难的时候，高老师坐了下来，我也跟着坐下来，听不到隔壁的人声，只听到水响。

　　大队贫协主任说，我们这里的温泉是十分养人的，你们有没有发现，我们村的女人，皮肤特别的好。还能治病，妇女不育症。这时，传来隔壁的妇女主任的声音,要死了你,给人家红卫兵讲这个。怎么不能讲,毛主席不是说了吗,时代不同了,男女都一样。男同志能做到的事情,女同志同样能做到。要死了你,这和生孩子有什么关系,这和温泉有什么关系?没关系你是怎么生的孩子?你还不是泡了我们村的温泉才有的孩子。你这个死人货,越说越离谱了。接着,隔壁传来妇女主任的笑声。经她这一笑,气氛一下子活跃起来。隔壁的水声大了起来,我甚至可以从水声中想象出她们之间的嬉戏与动作。

我头晕,晕晕的。我至今不能理解当时贫下中农对《毛主席语录》奇特的理解方式和解读形式。一个思想高度统一的时代,居然有这样荒诞的存在,而我们这些最革命的红卫兵们居然允许这样的存在,包括刘铁军。

整个过程刘铁军一直沉默着。或许,他也思考着某种问题。几十年后,作为一方诸侯,他曾经是一个百万人口大县农村改革的决策者。他的改革,上过省报,赢得很高的声誉,为他仕途的进一步发展起着关键的作用。他的决心也许和那个茅草屋里的沉默有关。而那个时候,如茵在想什么呢?她为什么会有那多么的拒绝和等待,最后选择了刘铁军?

啊,生活。

我明显地感觉到如茵离我而去,也是在那个叫高坑的山村。那事发生在温泉之浴之后的那个晚上。那个晚上我们的演出十分出彩,特别是如茵的一曲歌声,把贫下中农的情绪推向高潮。那个节目形式是"文革"中红卫兵的创造。一个人在台前演唱,一群人在台上造型,造型随着歌词内容的变化,时而歌颂,时而揭露。台前演唱原本是严芳芳,但她病了,她的病在我们男生当时看来是一种怪病,每月一次,肚子疼。如茵临危受命,挺身而出,救台。如茵唱的是当时十分流行的一首歌,叫《不忘阶级苦》:"天上布满星,月牙儿亮晶晶,生产队里开大会,诉苦把冤申,万恶的旧社会,穷人的血泪仇,千头万绪,千头万绪涌上了我的心,止不住的辛酸泪挂在胸。不忘那一年,爹爹病在床,地主逼他做长工,累得他吐血浆,瘦得皮包骨,病得脸发黄。地主逼债,地主逼债好像那活阎王,可怜我的爹爹把命丧……"如茵的歌声,催人泪下。节目之后是口号,"不忘阶级苦,牢记血泪仇！"口号之后是掌声，掌声经久不息。

刘铁军在她走下台时，紧紧地握住她的手，说，谢谢，没想到你这么能唱，我还一直为你捏着一把汗。她居然现出从来没有在我的面前显露过的娇羞之态，说，"平时看不见，偶尔露峥嵘"啊。看我站在一边，又说，我们小时候在教堂里唱过圣歌的。我怕她说漏嘴，连忙说，那时候太小，不懂事。刘铁军笑了一下，什么也没说。过后我想，关于我们小时候的事，说不定她早就告诉过他了，所以他显得那么波澜不惊。

演出之后照例是点心，点心之后，大家都被演出的成功激动得一点睡意都没有，便踏着山村的月光散步。我走在如茵的身边，她胸前的毛主席像章在1966年冬天的月色中闪闪发光。我的目光在她的胸前滞留很久，我至今弄不明白，我是在看别在她胸前的毛主席像章，还是留恋她高高的胸脯。

也许是我的出神，也许是我放肆的目光，她生气了。她生气不说话，只把她的目光转向一个不和你相对的地方。从侧面看过去，她生气的时候很美，是一种高气质的美。尤其是在这皎洁的月光中。我的心中对她充溢着说不出的柔情。她显然不知道我对她的柔情，她的脸颊出现忧伤。难道我的目光真的伤害了她？

她仿佛要说什么。我急切地等着，什么事她一说出口，就没事了。她就是那样一个心胸坦荡的人。可是，就在这时，走在前面的刘铁军突然放声高歌，"世界是你们的，也是我们的，但是，归根到底是你们的，但是归根到底是你们的。你们青年人，朝气蓬勃，正在兴旺时期，好像早晨八九点钟的太阳，希望寄托在你们身上……"如茵立即跟着唱，加快脚步朝前走去。当然，跟着唱的不仅如茵一人，是全体散步的队员，包括两位老师。我不明白，她凭什么跟着唱？他为什么有那么大的号召力，诱惑力？

我也跟着唱，不唱不行。李燕从我的身边走过，说，大声点，有力无力的，没吃饱？我没理她。如茵好像听到她的话，回头看了我一下。她放慢脚步，与我并肩。我不需要同情。不就是唱歌吗？我放声吼起来，声音比任何人都大。这不是唱歌，是发泄。

/ 5 /

离开红星大队,我们很快地接近江西。闽西与江西交接的一个叫古城的小山村,我们都不知道这个小山村为什么叫古城,想来当初曾经辉煌过,我们从小溪边的一座亭子看到一点蛛丝马迹。亭子里有块石碑,显示这附近有一座文昌阁,可是,连村里的老人都说不出这曾经的文昌阁在什么地方。或许,他们不敢说,不敢对外来的红卫兵炫耀过去的荣光。一说,便有怀旧与留恋封建思想残遗的嫌疑,弄不好会遭批判。这里人显然没有高坑人的智慧。我们在这里遭遇了平生第一场雪。雪是在半夜下的,迷迷糊糊之间,零零星星的水珠一样的东西落到脸上,跳进脖子里。清晨起来,窗外一片眩白,是雪。可惜已经停了。回想半夜的情形,才悟到那不是水珠,是晶莹的雪珠子。

那天清晨,那窗外的眩白一触到我的眼睛,魔鬼般地化为一股冷气,顺着我的眼眶钻进我的肚子,一瞬间就把我的肚子搅得咕咕乱叫,内急,从来没有这么急。我甚至来不及把全部衣服穿上,就急匆匆地跑出去找茅坑。天冷得浑身直打抖。雪在我的脚下吱吱响,我无暇欣赏雪景,直冲茅房。

山村的茅坑都在屋外,粪坑上搭着一间简易的茅草房,不分男女,以关门为号。门也不是什么正规的门,连门板都不是,是几片竹子夹着一片茅草,随随便便地挂在一边,人进去方便,把它拉到中间,挂上,挡住外来的目光。我是明明看到那门是关着的,却因为急而伸手拉门。这也许是一种下意识的动作,但是,就在我伸手时,李燕提着裤头迅速地站了起来,急冲冲地喊,"你干什么,你干什么!"我吃了一惊,呆呆地站在那里,也不知道她是如何离去的。

我的脑海一片空白。流氓。这不是李燕说的,是从一个很远的地方传来的我自己的声音。不,我不是,是的,不是流氓,不是有意的。可是,谁会相信你呢?刘铁军信吗,林如茵信吗,都不会信。

一阵冷风吹来,我打了个寒战,肚子咕噜一声,痛得难受。管不了那么多了。我进了茅房。架在粪坑上的木板摇摇晃晃，随时都可能掉进粪坑。臭气熏得人直想吐。

这时，隔壁茅房有了动静。我不敢出声。窸窸窣窣地，是女孩子脱裤子的声音。接着是一阵水声。我神差鬼使地寻找隔墙的缝隙。我在一条缝隙里看到一块雪白，耀眼的雪白。那是女人的臀部。我的脑子轰地一下。下身不自觉地硬了起来。羞愧难当。我不敢动，不敢喘气。手下意识地握住自己的硬得发烫的根。

她什么也没发现，拉完小便走了。我甚至不知道她是谁。从臀部的雪白可以推断，是我们的同学。显然不是李燕，那么，是如茵，叶美英，还是严芳芳？臀部、胸脯、曲线……无名的火焰在我的体内燃烧，我的手不由自主地滑动，越来越快，越来越快，终于火从我的体内喷射而出。一股熟悉的气味压过粪坑的恶臭，钻进我的鼻孔。我浑身发热。罪孽深重。

闽西的冬天如此寒冷，这是我没想到的。面对茫茫雪景，一种从来未有的荒芜感迷漫心头。内疚、不安、羞愧像海浪一样涌来，一阵猛过一阵。我挣扎着往上，再往上，我终于露出水面，却闻到一阵恶臭，这不是来自于粪坑，而是来自于我的身上，我的内心。我绝望地大叫一声。这一声大叫，吓掉了栖落在树枝上的雪花。

我望着纷纷飘落的雪花，不知如何是好。

你怎么啦？

我一转身，看到站到我的跟前的是如茵。

我惊得说不出话来。

李燕，她……

我语无伦次，不知道要说什么，从何解释起。

她刚进去。她说。

不是你想的那样？

我想的，什么样？你不觉得，这雪下得很好吗？

她的脸红了一下。

这么说，她没有遇到李燕，或者李燕什么也没说。这么说，刚才在茅房里的是她！雪白的臀部。我的脸霎时热烘烘，下意识地摸一下自己发烫的脸颊。

不舒服？

没有。

她的眼睛看着我的脸。这是她第一次正视我。这种正视是我所渴望的。以前，她和我说话，总是把眼睛看到别处。这是她的习惯。我却没有勇气回应她的注视。一种堕落感、羞耻感笼罩心头，使我把眼光从她的对视中挪开。无脸见江东父老。

她说，没有就好。她仿佛犹豫了一下，匆匆离去。

她朝着刘铁军的房间走去。这时，他的房间里传出一阵笑声。听得出，除了我，几乎所有队员都在他的房间里。刘铁军说，我们看雪去吧。说着，一大群人，所有的队员都涌出来，朝院子走去。

我悄然躲过众人的目光，躲进房间。奇怪的是，当我匆匆回到房间的时候，我的脑海里突然冒出伟大领袖的教导，道路是曲折的，前途是光明的。难道是因为臀部、胸脯和曲线？

我的第一次梦遗是在初中，对象是一个脸部模糊的女人。我肮脏卑鄙，我无可救药，我万劫不复。

我的灵魂只能在绝望中继续堕落，我的悲伤铺天盖地。

我浑身发冷，冷得发颤。我知道我病了。我很害怕。从记事开始，我就没有在离开家人的时候生过病。出发前，母亲最担心的也是我的身体，给我带了许多常用药。我的背包中有一个小布袋子，我从里面拿出阿司匹林。吃了药，我很快就睡着了。

那天，因为我，刘铁军把全队出发的时间推迟到午饭后。我醒来的时候，林如茵坐在我的床前。而她的后面，围着全队队员，大家都用关切的目光看着我。这使我感到很温暖。仿佛从堕落的深渊得到拯救。如茵从刘铁军的手上拿过毛巾，拭去我额上的汗珠，说，出汗就好了。而我体内的不适，似乎真的跟着她的手势走掉了。肚子咕噜一声叫，说，我好像早上还没吃饭。李燕说，都中午了，你给贫下中农省了一顿饭。她说话的时候看着我，我不敢看她。我为清晨的鲁莽而羞愧。刘铁军说，行吗？我说行，睡一觉，什么病都没了。刘铁军笑着说，"借问瘟君何处去？"大家接口说，"纸船明烛照天烧。"

当我们吃过饭，整装待发的时候，一个老太婆匆匆而来，说，听说你们这里有药？

刘铁军说，老人家你家里有人病？可不是，发烧说糊话，我的小孙子。刘铁军拿眼睛看如茵，如茵小声说，没了。她怎么没了？她不会说假话，一定是真没了。这一路上从不见她生病，她的药哪里去了？看她与刘铁军的眼神交流，显然，他们曾经用她的药为贫下中农治过病，如茵和我一样，她母亲也给她带了许多常用药。我不知道，他们之间还有多少秘密？

妒火在我的心中燃烧，我对如茵看我的眼睛视而不见。不能用我的药让他去充好人。

刘铁军说，老人家，我们的药也吃完了。哦，那个老太婆很失望地走了。围在我身边的人无声地散了。孤独把我紧紧包围。

如茵不知什么时候又走了进来，她向我无声地伸出她的手，我知道她的意思，她没有对我失望，她在给我一次机会。我的手动了一下，我是想拿出我的药袋子交给她的，可我的嘴上却说，万一我们病了，谁给我们药？

她没有再说一句话，悄然而去。我追了出去，神差鬼使地把我的药袋子递给了刘铁军。刘铁军说了声谢谢，就转身走出去。

他居然能找到那个老太婆。他说，她是个烈属，她的三个孩子都被白军杀害了，她是为她外孙女找药的。刘铁军把药袋还给我的时候说，只用了一片阿司匹林。他还给我带来一个散发着霉味的红袖章，说这是那位烈属送给我的纪念品，当年红军的袖章。我不敢要，不能要。这东西太贵重太隆重太沉重，我受不了。刘铁军说，这是老人家的一片心意，还是收着吧。

几十年之后，这个红袖章成为红色收藏品，在拍卖市场上，价值不菲。而在当时，却是一个传承革命传统的象征物，庄重神圣，不容亵渎，我不敢收是因为我自认为不配。

如茵无声地伸出手，替我收下。在那一刹那间，我感到既羞愧又温暖。羞愧的是我不配，温暖的是她替我接收。

我为你藏着，她说。

/ 6 /

我们到红都瑞金时，已是灯火阑珊了。街灯昏暗。街上的人却很多，来自四面八方的红卫兵熙熙攘攘。

所有人都是清一色的装束，旧军装，腰间一条宽宽的军用皮带，肩上挎着一只军用绿色挎包。口袋里大都是一本红宝书，随时准备拿出来，翻开某页某段，高声朗读。人群中，很难分清谁是谁。高老师怕我们走散了，不时地招呼着，甚至大声地喊着我们的名字。离我们不远的地方，有两群红卫兵，正在那里开展大辩论，一群人说某某某是死不改悔的地地道道百分之百的走资派，一定要坚决打倒，再踏上一只脚，让他永世不得翻身。一群人说某某某是毛主席革命路线的人，是坚定的走社会主义道路的革命领导干部，我们要坚决保护，一保到底。他们说的是同一个人，大概是他们那个省的省委第一书记。他们都拿着《毛主席语录》，大声朗读之后，指责对方如何违背毛主席的教导，是保皇派，是假造反真反动，是帝修反的走狗。有意思的是，这两群红卫兵的头头都是女的，声音各具特色，一个称得上女高音，一个有点沙哑。我们都围上去，听得津津有味。说实在的，在我们那样一座闽南小城，远离政治中心，一切都慢半拍。更何况，我们都是高三年级，对考大学还心存一点希望，对运动并不那么上心。打倒也好，保卫也好，都是学弟学妹们的事。所以，这样的辩论对于我们颇有新鲜感。高老师一个个地拉我们，走走，快走，去晚了，连住的吃的地方都没有了。我们重新走在一起时，我发现少了刘铁军。高长生老师说，他打前站去了。我这才想起来，当初他和我们一起围上去看辩论，只听几句就悄然离去了。我对如茵说，看不透刘铁军，他怎么对辩论不感兴趣。她说，他有他的想法。我说什么想法。她不接我的话。我心里便又升起一丝忌妒。他们私下里一定有很多交流，他知道她的想法，她也知道她的想法。可她把从小一起长大的我当外人，不想和我多说，为他保密。他们的交流是他们之间的秘密。一个可怕的词汇跳进我的脑际，"知心话"。是的，他们之间有知心话，而我们之间，尽管青梅竹马，尽管我把她当最亲密的朋友。我们之间已经"生分"了。想到"生分"二字，我的心尖跳了一下。"生分"是本地闽南话，意思是陌生。如茵说，《红楼梦》早有"生分"一词，不是陌生是疏远，是贾宝玉对袭人说的话，说，"林姑娘从来说过这些混帐话不曾？若他说过这些混帐话，我早和他生分了。"贾宝玉的"混帐话"是指薛宝钗劝他多读经世济时的学问的话。难道我说了什么让她划入"混帐话"之列的话？《红楼梦》如此张扬一个没有社会责任感的公子哥儿，毛主席为什么要许世友读，而且最少读三遍？是不是说，贾宝玉的不读经书，是对封建社会的反抗，是革命者是造反派？

　　我的思想又进入一种混乱状态，搅来搅去，搅不清。然而，想到她与刘铁军在一起悄悄地说着知心话，想象他们之间的表情、神态，我的心都碎了。

　　我们好不容易才找到了有空房间的接待站，找到了吃饭的地方。当然这还得归功于刘铁军，我不得不承认，他是一个机灵鬼，他善于在陌生的在我们看来十分复杂的环境中找到生存的空间。我们住的是原来县委的招待所。高老师说，还是铁军说得对，台风的中心，往往是最平静的，平静了，就有机会。

　　瑞金参观的地方太多，相似的地方也太多，反而印象模糊了，只记得一个名词，中华苏维埃共和国中央人民政府，主席毛泽东。啊，原来毛主席早在1932年就是主席了。这么想着，毛主席在我们的心目中更伟大了。

　　说实在的，瑞金留给我的印象还没长汀深刻，在长汀的那个街口，冷风呼啸着。31年前，一位曾经和鲁迅一起战斗的文弱书生，用俄语唱着国际歌，从容地走出中山公园，对着国民党反动派黑洞洞的枪口说，这里很好，朝这里打，不要从背后开枪。后来，又听说他是一个叛徒，证据是，他在狱中写了一份自白书，叫《多余的话》。这个人就是瞿秋白。在那个寒风飕飕的早晨，有个从北京来的红卫兵，说自己是东方红揪叛兵团的，给我们每人发一本油印小册子，牛皮纸的封面，封面上是蓝色的公整的钢板刻仿宋体：多余的话——请看党内第一次左倾路线总头目、叛徒瞿秋白是如何向国民党反动派"自白"的。

我至今还记得最后的那段话，写得实在让人永远难忘：

总之，滑稽剧始终是完全落幕了。舞台上空空洞洞的。有什么留恋也是枉然的了。好在得到的是"伟大的"休息。至于躯壳，也许不能由我自己作主了。

告别了，这世界的一切！

最后……俄国高尔基的《四十年》、《克里摩·萨摩京的生活》，屠格涅夫的《罗亭》，托尔斯泰的《安娜·卡里宁娜》，中国鲁迅的《阿Q正传》，茅盾的《动摇》，曹雪芹的《红楼梦》，都很可以再读一读。

中国的豆腐也是很好吃的东西，世界第一。

永别了！

我至今弄不明白，说这些话和叛徒有什么直接的关联。又曾私下里想，如茵的文学品位还是很不错的，她喜欢的和瞿秋白的差不多。

离开瑞金之后，天气越来越冷，阴沉沉的天空不时地飘落着阵阵冰柱子，落在雨衣上很响，打在脸上很痛。这种东西在我们闽南小城是从来没见过的。古都的雪，让我大开眼界，这里的冰柱子却让我忧心忡忡，我有一种预感，是不是要出什么事，要不，天怎么会下这种东西？从现在看，这当然是少见多怪，但这确实是我当时的心境。

出了瑞金，我们再往西，走的是公路。在去于都的路上，遇到一队也是步行串联的红卫兵，来自湖南长沙，他们的目的地是闽西，是古田会议会址。古田会议在中国革命历史中占有重要的地位，这个会议决定，把党支部建在连队上，从而确立了中国共产党对军队的绝对领导地位。可惜我们当时没有在那里逗留太久，以为离我们近，以后要来的机会多。而湖南的红卫兵却千里迢迢地走来。刘铁军看着迎面而来又匆匆而去的队伍，眼光中有一种怪怪的东西，猜不透是惆怅还是遗憾。对于我们来说，他们来自一个大地方，长沙，也是我们向往的地方，因为那里有一座毛主席的母校——湖南第一师范学校，还有橘子洲，我们大家都会背诵毛主席的《沁园春·长沙》："独立寒秋，湘江北去，橘子洲头。看万山红遍，层林尽染；漫江碧透，百舸急流。鹰击长空，鱼翔浅底，万类霜天竞自由。怅寥廓，问苍茫大地，谁主沉浮？携来百侣曾游。忆往昔峥嵘岁月稠。恰同学少年，风华正茂；书生意气，挥斥方遒。指点江山，激扬文字，粪土当年万户侯。曾记否，到中流击水不，浪遏飞舟？"也许，此时激荡在刘铁军胸中的正是这首词。由长沙红卫兵想到这首词，我能想到的，刘铁军自然也能想到。不用说当年，就是现在，当人生进入暮年，再读这首词的时候，依然会被其间的激情与雄心鼓荡得不能自已。

于都对于红军，是个伤心地。万里长征正是从这里开始的。第五次反围剿的失败，中国工农红军被迫做战略转移，北上抗日。我们没有在于都过多地停留，只在那里唱了一首毛主席的《长征》："红军不怕远征难，万水千山只等闲……"唱歌的时候，我发现如茵情绪不高，声音不大，我走近她，说，不舒服？她摇了摇头。天还是阴沉沉的，冰柱子时下时停。我也提不起精神来唱歌。刘铁军似乎感觉到了，说，再来一遍，大声一点，拿出当年红军长征的气势，压倒一切敌人，而不是被敌人所压倒。我们现在最大的敌人是疲劳和困乏。压倒它，战胜它！

/7/

我们到赣州是1967年除夕。从于都到赣州，大约下午5点多，冬季日短，夜色业已降临。我们是在一个机关食堂里吃的年夜饭，吃什么已记不清了，只记得灯光朦胧，食堂正要关门，见我们来，师傅又特地为我们把饭菜热了一下。那时的红卫兵是很吃香的，受欢迎的程度不亚于当今的大腕。吃过饭，刘铁军还带着我们冒着寒风，走了赣州城，不是逛，是走，因为那时的赣州城没什么好逛的，宽广的街道上，除了昏黄的街灯，漆黑一片，只有澡堂门口亮着灯，从厚厚的棉布门帘往外冒着热气，把原本暗淡的灯光笼罩得扑朔迷离。这是我这辈子第一次在外地过年。心中难免有点凄凉，想父母，特别是父亲那双忧郁的目光，自从文化革命以来，性情开朗的父亲就没开心地笑过。一路上，如茵也没说话，只是默默走着。我的膝关节有点酸，高老师扶着我走。

我们走得很慢，倪老师和严芳芳走得比我们更慢。在赣州宽阔的冷冷清清的街面上，刘铁军带着一班人走在前面，有说有笑，我和高老师走在中间，他不停地鼓励我，不用怕，你年轻，关节是小毛病，天好了就好了。而倪老师和严芳芳，不管在哪里，只要是一起出去散步，他们总是走在最后面，不管什么时候，他们都有说不完的话。有一次，我甚至看到他们手挽着手，这在当时是很大胆的举动，最少是小资产阶级情调，而我当时头脑里闪过的是一个让我十分向往又十分害怕的词，"卿卿我我"。什么时候我和如茵也能手挽手地走在街上，哪怕是一条从来没有去过的陌生的大街上。

我们来到赣江边，风越来越大，刘铁军说，看来是找不到郁孤台了。原来，他带我们出来，只是为了辛弃疾的《菩萨蛮》，他这人，也未免太自私了吧。没想到如茵说，要不，我们明天再来找吧。我也想看看。接着，她就朗诵起来，"郁孤台下清江水，中间多少行人泪！西北望长安，可怜无数山……"朦胧的夜色中，如茵的身影显得十分单薄文弱，她的声音甚至有点发抖，这不是她，不是原来那个充满活力的林如茵。我再一次感觉到，好像要出什么事，一定要出什么事了。这时，黄超明接下去大声吼起来，"青山遮不住，毕竟东流去。江晚正愁余，山深闻鹧鸪。"他的声调一下子破坏了这首词的意境，引得我们哈哈大笑。叶美英笑得最开心。黄超明就是为了要在叶美英的面前有所表现，谁都看得出来。大家笑的时候，如茵也笑，笑得有些勉强。她的笑更增添了我的担忧。

那个除夕，赣州红卫兵接待站没什么人，我们被安置在一座大楼三楼的一间类似教室的大房子里，有许多床，中间还有一张长桌子。我们已经好些日子没有睡过床了，铺上草席解开铺盖时，居然有一种温馨的感觉袭来，虽然只给我们一间房间，我们还是很满足，以桌子为界，一边男一边女。在"长征"路上，我们已经睡惯了不分男女的统铺和铺着稻草的地铺。

从赣江边回来，虽然累，却没有一点睡意，便围在一起聊天。近年来，虽然年年提倡"过革命化的春节"，"年"味越来越淡了，但在远离家乡的地方，"年"却逐渐向我们展示一种无形的魅力。我们虽然话题不定，时东时西，却热烈而温馨，不知怎么的就扯到理想，说到毛主席的《念奴娇·昆仑》的"安得倚天抽宝剑，把汝裁为三截，一截遗欧，一截赠美，一截还东国。太平世界，环球同此凉热。"说到共产主义，刘铁军来了兴致，高声朗诵，"大道之行也，天下为公，选贤与能，讲信修睦。故人不独亲其亲，不独子其子，使老有所终，壮有所用，幼有所长，鳏寡孤独、废疾者皆有所养，男有分，女有归。货恶其弃于地也，不必藏于己；力恶其不出于身也，不必为己。是故谋闭而不兴，盗窃乱贼而不作，故外户而不闭，是谓大同。"朗诵之后，大发议论，说，"孔子的'大同'实际上就是毛主席的'环球同此凉热'，就是马克思的共产主义社会，你们看，这里有没有'各尽所能，按需分配'的思想？劳动成了人的第一需要，所有人的需要都得到满足，道德达到极高水平。"

  刘铁军说得十分激动。所有人都点头。如茵不但使劲地点头，她的眼睛里还闪着一种我从未见过的光芒。我不得不佩服刘铁军的鼓动力。他这种联想式思维，把孔子和毛主席扯到一起，是我们所没有也不敢有的。他毕竟出身好，没有精神上的负担。他的父亲是工人，祖父也是工人。

  正说得兴奋，有人推门，说城南山上火烧山，让我们和部队的同志去扑山火。部队的军车就在下面等我们。我们都愣住了，不去不行，可是水火无情，火烧山更是危险。刘铁军迅速做出决定，男的去，女的留下。想了想，又说，倪老师和友山也留下，和女同学做伴。我和倪老师都表示要去。高老师说，听铁军的，人生地不熟的，单留女生不安全。刘铁军说，就是嘛，伟大领袖毛主席教导我们，千万不要忘记阶级斗争！

  他们都没有提我关节痛，我知道，这既是对我的照顾，又给我留下自尊。我和倪老师只好留下。说心里话，我当时嘴上说去，心里却十分害怕。

  他们走的时候，李燕和如茵跑到窗口，李燕冲着楼下喊，刘铁军，你们要小心点。

我其实也没怎么睡，和衣躺下，迷迷糊糊地，时时感觉到有军车轰然驶过。有一次睁开眼睛，看到倪老师和女同学们站在窗前，尽管很困，还是起来，跟大家往窗外看，只见西边山上红光闪闪，浓烟滚滚，我一方面很为刘铁军他们的安全担忧，一方面暗自庆幸，好在没去。我不是毛主席的红卫兵，我不配，我胆小我自私。我脸上发热，偷偷地看了一下如茵，她正在看我。我不知道她什么意思，对她笑了一下，笑得十分勉强。

黎明时分，他们终于安全回来，个个脸上都涂了炭似的，黑不溜秋的，好在头发没有烧焦的痕迹。黄超明、江汉夫和高老师从车厢上跳下来，叶美英说，你们没事吧。黄超明冲着她笑，能有什么事。在毛主席的红卫兵面前，鬼都吓跑了。所有人都下来了，却没有刘铁军，李燕说，刘铁军呢？高老师说，在前面驾驶室。她就和如茵绕到前面，果然在里面，正和一位解放军同志谈得兴高采烈，军车是解放牌大卡军，驾驶室的助手位上可以坐两个人。于是大家就围着黄超明、江汉夫打听灭火的情况，他们说，我们上了军车，就上山，就扑火，不知道什么是害怕，什么是危险。打火是临时学的，手执青树枝，顺风站，跟火走，边走边打。打得昏天暗地晕头转向，有人说天都快亮了，就听部队的同志说，行了，回吧，就下山，乘车往回走。如茵问，没人受伤？江汉夫说，没听说。

就在江汉夫说没听说之后不到半小时，我们从广播里听到，有一位来自上海的红卫兵小将在扑救山火的战斗中英勇牺牲了。我庆幸他们没出事，更庆幸自己没去。

刘铁军跳下车说，大家过来，我来介绍一下，他拉着随他跳下来的解军同志的手，这位是张指导员，想请我们到他们连队去联欢。张指导员接着说，这是我们向红卫兵小将学习的好机会。我们齐声喊道，向解放军同志学习。接着便使劲地鼓掌。这事就算成了。张指导员向我们行了一个军礼，上车走了。

1967年大年初一一整天，我们都在准备节目，挑出几个老节目：舞蹈《洗衣歌》是歌颂军民鱼水情的，《老两口学毛选》是反映老百姓学习解放军，把"毛选"学到日常生活中去的，《收租院》揭露解放前地主阶级对农民的残酷剥削。这些在过去的演出中都深受欢迎，特别是《洗衣歌》，我和如茵的双人舞蹈，部队同志一定欢喜。我们还排了一个新节目，歌伴舞，歌词歌曲舞蹈全是我们临时创作的，一方面是山上战士的灭火，一方面是山下亲人的牵挂，英勇之中夹杂着柔情，充分发挥我们长征队的表演优势。

那天晚上的联欢十分成功，部队的节目中也有灭火的内容，节目的题目叫《像消灭帝国主义一样地消灭山火》，也是歌伴舞。风格与我们完全不同，我们拼命地鼓掌，把手掌心都打红了。

我们走进营房时，100多个战士目光齐刷地投向我们，仿佛一盏高度聚光灯，把我们的脸照得热烘烘的，把我们照得热血沸腾。我发现，这个时候的如茵，一反平时的文静优雅而变得英姿飒爽，而在我为她感到惊奇的一瞬间，发现她和刘铁军对看了一下，心仿佛被尖刀刺了一下。随之，解放军同志的掌声潮水般涌来，把我心中的不快冲洗得无影无踪。

/ 8 /

到遂川的那个晚上，林如茵病倒了。

遂川是井冈山下的一座小县城，那里的猪内脏十分便宜。我们一路上吃太多的萝卜白水汤，肚子里没有一点油水，路过一家饮食店时，高老师说，我们修正主义一回，我请客。

5块钱的炒猪肝，装了满满尖尖的一个大盆子，我看不到坐在对面的刘铁军的鼻子，更看不到他嚼动的嘴巴。大家吃得兴高采烈，一时间把伟大领袖毛主席艰苦奋斗的教导抛到九霄云外。都说回去之后，这辈子再也不敢吃萝卜了。如茵的话很少，也不怎么动筷子，我以为她累了，不想回到住地，就听李燕说她病了，发烧。李燕是来向我拿药的时候说的，我拿了药袋随李燕到她们房间时，如茵正倚在墙根喝水。串联的红卫兵太多，没床，全打地铺，稻草是当地接待站提供的，被褥和草席是我们自带的，我们就是一支准红军。

如茵对李燕说，我说了不吃药，喝开水就行了。但是我把阿司匹林拿到她面前时，她还是接了，先放在手心，然后用大拇指和食指捏着，看了一下说，还有啊。我说，要不是我留着，像你那样，早没了。她移动到嘴边的手指突然停了下来，抓过我手中的药袋，把药片放进去，说，你还是留着吧。我知道我说错了话，伤了她。可是我再怎么说她都不肯吃药。只是接过李燕手中的杯子，不停地喝水。李燕说，把药给我吧，你先去休息。

我十分懊丧地无可奈何地离开了女生的房间。

如茵最终没有吃我的药，她硬是喝开水，把烧喝退了。而那片阿司匹林最后落到了刘铁军手上。因为李燕把让如茵吃药的任务转交到刘铁军身上。在李燕的心中，如茵会听刘铁军的话。而这也是对我打击最大的一个举动，这无疑说明在同学们的眼中，如茵与刘铁军的关系比我更近。

好在刘铁军没有去劝如茵吃药，只对李燕说，她不吃就算了，不必勉强。我感冒就从来不吃药。后来那片阿司匹林让严芳芳吃了，严芳芳是第二天发的烧，倪老师说，芳芳发烧不吃药好不了。

我们在遂川滞留几天，一是演出；二是从井冈山传来消息，山上正流行乙型脑炎，许多红卫兵病倒了。上还是不上？我们在山下犹豫了一天，最后决定，上。最后做出这个决定的是刘铁军，他说既然来了，不上可惜。有没有人不上的？有人不上我们就此分手。他看着大家，我看着如茵，如茵上我就上。如茵说，有传说不一定就真有脑膜炎，但传说使上山的人大大减少，人一少，就什么传染病都没有了。她说话的语气，居然有点像她当副院长的父亲，她什么时候变了，变得让我有点不认识了？这分明不是一个多月前的林如茵，不是。那么，这一路上到底发生了什么？我居然不知道。我不能落下，我说，据我所知，这种病主要是发生在儿童身上，是蚊子叮咬引起的，没那么可怕。高长生老师说，山上风大，什么蚊子都刮跑了，咬不着我们。李燕、叶美英笑了起来，那就上吧。严芳芳看着倪老师不说话，倪老师说，大家说上就上吧。

大家都说上，但心里还是有点害怕。那天晚上，我们反复地唱毛主席的诗词歌，《满江红·和郭沫若同志》，为自己壮胆：

小小环寰球，有几个苍蝇碰壁。嗡嗡叫，几声凄厉，几声抽泣。蚂蚁缘槐夸大树，蚍蜉撼树谈何易。正西风落叶下长安，飞鸣镝。多少事，从来急；大地转，光阴迫。一万年太久，只争朝夕。四海翻腾云水怒，五洲震荡风雷激。要扫除一切害人虫，全无敌。

为什么唱这一首，也许是由蚊子想到苍蝇吧。把乙型脑膜炎当敌人，这是那个时候的思维定势。

我们到茨坪的时候天已经暗了，阴风一阵紧似一阵，冰柱打得脸颊和手背十分疼痛。为什么打手背？因为我们都累了，背上的被包越来越沉，都不由自主地用两只手的拇指撑着背包带，以减轻背包加在肩上的重量。

大家都低头走路，转过一座山峰，风更大，不禁抬头，啊，前面一片灯光！到了，我们到革命圣地了。在我们的想象中，井冈山中心是一片荒凉的山坳，没想到有这么多楼房，这么多灯光。我们的惊讶是不约而同的，"啊"发自肺腑，却把我们自己逗笑了。到仙境了。中国革命的摇篮，人民幸福的天堂！

刘铁军突然对着那片灯光，大声朗诵："山下旌旗在望，山头鼓角相闻。敌军围困万千重，我自岿然不动。"

大家都跟着高声朗诵："早已森严壁垒，更加众志成城。黄洋界上炮声隆，报道敌军宵遁。"

好诗，毛主席，伟大的革命家，伟大的诗人。刘铁军激情喊道。

大家尽情地抒发心中的快乐，我们终于来到梦寐以求的井冈山上。在我的记忆中，如此激动的刘铁军从来没有过。我至今还琢磨不透他当时的情感脉搏。严格地说，他是一个情感不怎么外露的沉着稳健的人，这也许是唯一的一次。是什么东西让他如此情不自禁呢？

大家都有点惊讶地看着他。我的眼睛扫过他的脸，迅速地落在如茵的脸上。我在她的眼睛里看到一种光，少女神往崇拜的目光。我突然明白，他有野心，他有从政的野心，甚至有当伟人的野心。

如茵什么时候改变了对他的成见，什么时候对政治发生了兴趣？我们的家庭背景，我们的教育背景都不足以让她对政治产生那么大的兴趣。尽管在那个红色的年代。我们的父母对于政治，都是小心翼翼的，从未对政治表现出过分的热情。因为我们的父母都是1957年反右斗争的过来人，私下里十分庆幸能躲过那一劫。当然，如茵的父亲不但躲过那一劫，还从科主任升了副院长。我想，也许，这正是如茵和我的区别。难道如茵希望她心仪的人也像她的父亲那样？不不，这些都是我的主观臆想。我的心仿佛成了一片荒原，有数不清的野马在奔跑，横冲直撞，灰尘翻滚，一片混乱。

在茨坪参观的时候，我一直注意观察刘铁军，他的确有政治野心。凡是毛主席用过的东西，他都要伸手去触摸，他甚至在没人的时候，翻过警界线，到毛主席坐过的沙发去坐了一下。他还模仿伟大领袖的坐姿，架起一条腿，比一下抽烟的手势。他还偷偷地笑了一下。所有的这一切，都是在我们走出大厅的时候他所做的小动作，他以为没人看到，自以为得计。没想到我杀了一个回马枪，被我逮了个正着。他冲着我不好意思地笑了一下，说，你也来坐一坐？我说我不敢。我们一起走出大厅的时候，他说，从井冈山到北京，22年，不简单。

我"哼"的一声。我总算看透了他。这个政治野心家。

过后我想，也许，是我以小人之心度君子之腹。他胸怀大志，要在更大范围内为人民服务。雷锋同志扶老携幼、助人为乐是小爱，小范围的，甚至是一对一的为人民服务，而他的志向是大爱，是在一个范围之内的为人民服务，就像我们的语文老师在讲解范仲淹时说那样的，为官一任，造福一方。吾日三省吾身，我自私狭隘，我忌妒成性，我是个卑鄙小人。往大处说，你能说毛主席是个野心家吗？哦，不，不。我为自己的胆大妄想吓出一身冷汗。为了一个区区刘铁军，不值得费心神。

然而，我不想想，我还是想，越想越离谱，越想越可怕。人啊，怎么就管不住自己思想呢？如茵啊如茵，全是为了你。你才是我真正的冤家，要是没有你，刘铁军算什么？

/ 9 /

我们的长征队是在井冈山解散的。那时广播里传来中共中央、中央军委、中央文革、国务院关于复课闹革命的通知，要所有在外串联的红卫兵都要迅速回学校复课。高长生、倪为民两位老师不回学校是不行的，严芳芳自然跟着倪老师，叶美英是严芳芳的"闺密"，也就跟着回去。黄明超暗恋叶美英，也选择了回去，江汉夫犹豫了半天，最终还是选择回去，因为他母亲的身体不大好。刘铁军执意要到韶山，迟就迟一点，他说。李燕和林如茵都选择跟他走，我不能离开如茵，离家时她父母曾经交代我照顾如茵，我必须把她安全地送回家，所以我只有跟着到湖南的选择。

我们下山先到醴陵，再从醴陵坐车到湘潭。到毛主席故乡韶山冲的时候，是一个难得的大晴天。没想到那里有许多照相点。我们都在毛主席的故居前留了影。每个人都拍一张个人照，然后是李燕与林如茵二人合影，我们四人合影。照完四人合影之后，李燕突然说，刘铁军，我们来一张。刘铁军爽爽快快地说，好啊。他们站在一起照相时，我偷偷地瞥了一下如茵，看不出有什么异常表情。让我没想到的是，刘铁军居然对我说，陈友山、林如茵，你们也来一张。一个院子里长大的，不来一张吗？他什么意思？好心还是想为自己和李燕开脱什么？那个年代，男女生单独合影可是一件稀罕事，只有在远离学校远离熟悉的人群才有可能发生。让我更没想到的是，林如茵居然爽爽快快地拉着我，走到摄影师指定的位置。

这是我和如茵唯一的一张合影，我一直保留至今。我们都笑着，笑得有点不自然，不像李燕与刘铁军，他们笑得很自然，甚至可以说有点甜蜜。我们的背后不是一般的农舍，是光芒万丈的我们心中最红最红的红太阳升起的地方。东方红，太阳升，中国出了个毛泽东。原来就是这个地方啊！但是，奇怪的是，我当时没有激动，只有一丝说不出的凄凉，我知道我与如茵的感情，已是日薄西山，无可挽回了。

　　这张照片是我们回到小城的一个月之后寄来的。想不到那个照相点还很讲信用，如茵把照片拿给我的时候这样说。我说，你对韶山人民太不信任了。我难得幽默一回，她说，不一定是韶山人，看样子是外地人，韶山哪有那么多摄影师？我发现，她现在的思维比以前更全面更缜密，大有刘铁军风度。也就没再说什么了。再说也没意思。我一直怀疑，她有没有留着我们的合影。后来，当我们一起下乡的时候，我在她的宿舍里，只看到我们四个人的合影。当然，这是可以理解的，凭白无故地把我们的合影摆在桌子上，也不太合适。我们是什么关系？充其量就是同学。

　　我们是从长沙坐火车回来的，那时，全国的红卫兵都往回赶，为的是响应伟大领袖毛主席的号召，复课闹革命。长沙火车站乱轰轰的，我们4人背着背包，手拉着手，拼命往里挤，我们得到消息，正好有一班火车要开往厦门，而我们的小城就在厦门边上。等我们挤进了站，挤上了车才发现，这是一列货车。车厢里人挤人，没有一点空间。我们没带食物，即使有，也不敢吃，因为车厢里没有卫生设施，上不了厕所。

　　车很快就开了，在晃动中，空间显示出来，没有我们上车时那么挤，我们把背包放在地上，围坐了下来。也许是太累了，我们很快地就在火车的摇晃中睡着了。

　　一觉醒来，我看到李燕和如茵，一人抓住刘铁军的一只胳膊，头靠在他两边的肩膀上睡着了。刘铁军也睡着了。而我，被孤零零地抛在一边。她们是什么时候靠上的，是什么人先靠上的，刘铁军知道吗？他肯定知道，他又不是死人。一个不知道从哪里来的词汇跳进我的脑际，"拥红偎翠"。行啊，你个流脓刘铁军！凭什么？我忌火中烧，连动手把他们都杀了的心都有了。但毫无办法。在昏暗的光线下，我看到如茵娇美的脸容，我从来没有这么近距离地这么真切地看过她，欣赏过她。她在甜美的睡梦中，甚至微微地笑着，也许这个微笑不是给我的，也不是给别人的，是专门给刘铁军的，但此时，刘铁军没看到没感觉，这个微笑是我的，百分之百是我的。我的心里充溢着甜蜜与柔情，还夹杂着些许怜惜，情不自禁地把她的另一只胳膊抓到我的怀里，把头靠在她的另一侧肩上。如果说，刘铁军是拥红偎翠的话，我这是偷香窃玉，我更可耻更无聊，但我管不了那么多，我爱她，我的爱是神圣的。随着火车有节奏的晃动，我再次进入梦乡。

/ 10 /

从韶山回来，已是1967年的3月了。学校终于没有复成课，全国都没有。不久，全国武斗成风，连我们这座闽南小城都能听到两派争斗的枪声。又过了一年，我们就响应伟大领袖毛主席的号召，上山下乡去了。

刘铁军选择了一个山村，这个山村离市区100多公里，是本地区最偏远最贫穷的一个山村，听说一个工分只有2分7，也就是说，一个农村强劳力劳作一天，只能挣到2角7分钱。李燕、叶美英、黄超明、江汉夫选择了和刘铁军一起去，严芳芳不久前和倪为民老师结了婚，这在当时是一件很不光彩的事，当时为了逃避上山下乡，许多女知青选择出嫁，许多人由于匆忙把自己嫁出去，种下了今后生活不幸的种子。但我相信，严芳芳不是为了逃避，而是为了爱情。几十年后的事实证明他们始终是幸福的一对。让我感到意外和庆幸的是，如茵没有选择和刘铁军一起去，而是选择了一个离我们小城很近很富裕的村庄，这个村庄就在公路边，有班车停靠点，从城里坐车不到一小时，就可以在村口下车。这个村庄的工分值也让知青们十分眼红，1元2角钱，比城里一般工人的工资还高。我自然选择和如茵一起去。听说，这个点的选择是她父亲"走后门"的结果，那时走后门成风。以至于有伟大领袖"从后门来的也有好同志"的最高指示的传言。听父亲说，地区"四个面向办公室"主任，曾经是如茵父亲的"患者"，不是一般的"患者"，说到底，他救过他的命。"四个面向办公室"是那个时代的产物，专管知识青年上山下乡事务。

刘铁军他们是打着一面红旗去的，旗上用黄丝线绣着"毛主席挥手我前进，上山下乡干革命"，这面红旗不是他们自己打的，是地区"四个面向办公室"授予的，因为他们去的地方太偏太远太穷太艰苦，没人要去。

刘铁军他们是在全市知识青年上山下乡誓师大会上接受这面旗帜的，会议一结束，他们就出发，他们谢绝一切车辆，打着背包，步辇，迈开双腿，走着去。他们在人们惊讶的目光中，再来一次新长征。

后来听说，他们去的那个地方的自然环境与我们长征曾经经过的高坑，也就是红星大队十分相似。是刘铁军事先的挑选，还是碰巧遇上的，不得而知。

与刘铁军他们的轰轰烈烈相比，我和如茵选择悄然离去。到我们那个村子的人不少，都是有后门去的，大都是"革干革军"（革命领导干部和革命军人）子弟。因为离城近，他们经常回家。而我和如茵却是十分老实地在那里出工劳动，很有扎根农村一辈子的样子。

有一次，倪为民老师和严芳芳来看我们，这时严芳芳的体态已经不同往常，如茵说，是不是快要当妈妈了。严芳芳十分甜蜜地点着头。倪为民对我说，陈友山，你们怎么样？我说我们没那一回事。倪老师哈哈大笑，说这种事，迟早的事。我们是过来人。这时，严芳芳伏在如茵的耳朵上悄悄地说了句什么，两个人便嘻嘻哈哈地笑了起来。他们笑，我只好也跟着笑。这正应了本城一句闽南话，人家笑知道的，你笑不知道的。意思是，你是傻人一个。

我想，我宁可傻，也要坚守我的爱情。

在农村几年，我和如茵的关系似乎绕了个圈子，又回到从前。她和我说话，总是不看我，而是看一个我永远拿不准的地方，而且，她和我说话的时候越来越少，除了出工劳动，她的大部分时间都用在看书，古今中外名著。而我，开头有点心神不定，后来也看书，看从家里拿来的医学书籍。而有时，她会突然对我说，你的衣服穿少了。有时在劳动中，她会在我感到口渴的时候，给我递过一碗水。而当我主动关心她的时候，她却又表现出无动于衷的样子。

在外人看来，我们走得很近，是很般配的一对。然而，我们始终是两条平行线，再近的距离也不可能交叉。对于我们之间的这种关系，我时而清楚，时而糊涂。我在希望与失望之间徘徊，在弥漫着凄凉的小路上行走。

但是，生活是宁静的，安稳的，甚至可以说是幸福的。特别是在那安静的夜晚，每当我看到她窗前的灯光时，我就有一种近似幸福的感觉。

恢复高考时，我们同时考上大学，她上的是省师范学院中文系，我上的是省医学院外科系。临别的时候，她对我说了句，对不起。我说，对不起什么？她说，你知道的。我说，有一问题，我一直藏在心里。她说，你问吧，我说，当初下乡，你为什么不选择和刘铁军一起。她说，你看不出来？我说，因为李燕？她笑了一下，笑得很平静。

刘铁军很快就显山露水。下乡一年后，他当上他们那个大队的党支部书记，不久，他们那个大队被评为全地区农业学大寨的典型，他当选为省党代会代表，不久，他被保送到省工业大学读书，成为人们十分羡慕的工农兵大学生，我们考上大学的前一年，他大学毕业，分配到地区制药厂当技术员。第二年，李燕考上地区师范学校大专班，毕业后他们就结了婚，那时，刘铁军已经是地区制药厂党委副书记了。

接下来，刘铁军更是一帆风顺，一路上升，县委书记，地委副书记，随着改革开放的深入发展，以城市经济为中心，地改市，他顺理成章地成了我们这个地级市的副书记，没过几年，市长、市委书记。在他任上，我们家乡的面貌发生了翻天覆地的变化，而关于他的种种舆论也四处传播。舆论当然是不好的，如今这世道，有谁说当官的好话？腐败阴影笼罩下的官员，没一个好东西，刘铁军不可能例外。

我却认为，刘铁军不可能腐败，因为他有理想，有政治野心。江汉夫对他的评价是，如果不是大忠，就是大奸；不是大贪就是大廉。总之，不是严嵩就是海瑞。

江汉夫一直没考上大学，1975年办病退回城，没有固定工作，在中山公园门口摆了个水果摊，后来，开了水果店，后来开了水果公司，后来做了房地产。他是刘铁军手中的一块牌，本市民营企事业家协会副会长，纳税大户，市政协常委。他说的不是大忠就是大奸不是大贪就是大廉，其实只有一个意思，他是难得的改革家。而海瑞说的是他的口碑。

刘铁军在同学中赢得良好口碑还有一个原因，就是他对黄超明母亲的孝敬。在乡下，黄超明是刘铁军手下学大寨的突击队长，在一次修公路时，死于炸山事故。黄超明的父亲早年过世，刘铁军一直把他的母亲当自己的母亲。在当上领导干部有了条件之后，干脆就把她接到家里，亲生母亲一样地养着。反倒让自己的亲生父母另住。弄得成了家之后的李燕要两边跑，一个人照顾三位老人，忙得团团转。

叶美英在黄超明去世之后伤了两年心，后来嫁给一个小她三岁的工人，我们都不知道她爱人的大名，只跟着她叫小冒。小冒为人勤快，对叶美英言听计从，他们生了一个长得十分好看的女儿，并且把她培养成博士，去了美国。可惜小冒没有福气，女儿成亲前夕，得癌症去世。

倪为民老师后来当了一中的校长，人们都说与刘铁军有些关系，我看未必。但是，刘铁军对改变高长生老师的命运，却起了至关重要的作用。高老师不知为什么卷入派性斗争，当上一个造反派的勤务组成员，管后勤。"文革"后他被划为"四种人"，开除公职。他不服，一直上访，要求平反。后来，在刘铁军过问下，他的问题得到澄清，落实政策，以公职人员办理退休。退休之后，他就回乡安度晚年去了。有一次同学聚会，我们商量着去看他，居然没有一个人知道他的家乡在哪里。问刘铁军，他也茫然，只好作罢。

我后来到美国留学、定居，经历了一次失败的婚姻。失败的主要责任在我，我忘不了如茵。正如她所说的，连做爱你都不专心，我还能希望你什么？所以，当她扔下我们3岁的女儿珍妮离家而去的时候，我毫无怨言。如茵不知道从什么渠道知道了我的离婚，给我发了一封"伊妹儿"，表示关切，我对她说，让她当珍妮的姑姑，她立即答应，并让我把珍妮的照片寄给她。我们由此有了许多联系。但是，所有的话题都围着珍妮转，从不涉及其他方面。我对于她的生活仍然一无所知，她对于我，与从前一样既熟悉又陌生，正像她当年与我说话时的神态，总是把眼睛看着一个我不知道的地方。当珍妮学会给她发"伊妹儿"之后，她便只给她写信了。

关于同学们的消息大都是叶美英告诉我的。她三个月来一次美国，与她女儿的婆婆轮流带孙子。她最近一次给我带来的消息是，刘铁军出事了，李燕与他离了婚。出什么事她说不清，和李燕的离婚却是千真万确的，因为是李燕亲口说的。她没有说原因，只说了句，跟着他，太累了。林如茵出版了一部长篇小说，在国内很轰动。如茵出书的事，我在网上得到证实。叶美英说，如茵送她一本的，她本来想带来让我瞧一瞧，可是走得太匆忙，落在她家饭桌上。下次吧。她说。人老了，没用，丢三落四的。她补充说明之后，嘻嘻地笑了一下，还是以前那样，有点没心没肺。

刘铁军与李燕的离婚，对我来说是一个信号，我猜想如茵将会走进刘铁军的生活，不管他在哪里。这种可笑的想法一直折磨着我，让我坐卧不安。一直到一个星期天的早晨，珍妮在电脑前高声说，爸爸，姑姑说，她就要结婚了，和一个叫刘铁军的人。她还说，她永远是我的姑姑。

我"嗯"了一声，要发生的事情终于发生了，我奇怪自己的平静。我知道，这一切，从几十年前的那个早晨就开始了。我咎由自取，无话可说。

这一天清晨，我坐在加州家中安静的露台上喝茶，从屋里传出《浏阳河》的歌声。这是我从国内带来的老唱片。我对音乐没有爱好，只听红色歌曲。因为这些歌曲曾经伴随着我的青春岁月。我闭上眼睛，这歌曲有点像催眠曲，而有人说，这实际上是一首情歌，是那些红色作曲家，把情歌改成颂歌的。

一声清脆的铃响。邮递员送来一个邮件，从大洋彼岸来的，打开一看，是个红袖章。在我们的"长征"路上，如茵为我保存的那个烈属送的红军的红袖章。什么意思？是她的主意，还是刘铁军的？

春姑浪漫曲

/ 1 /

罗英家住在这座闽南小城的大同路。大同路是一条老街,古早时这里出了个进士,所以有一条巷子就叫进士巷,她家就在进士巷的斜对面。这条街全是平房,临街的门都是"掩格仔门","掩格仔门"就是每家每户大门外都多了一层竹篾子做的可移动的屏风,平时,挂在门正中,挡住街上来的各种目光,人进出时,就把"掩格仔"往边上一推,人迈过门坎,顺手一拉,又把"掩格子"拉回到门正中,挡住街上的视线。

老人们对这"掩格仔门"很有一些说法,这说法有点文化。800年前,大理学家朱熹到这座小城当知府,看到这里的妇女们很不懂得礼教,有事没事总是在大街上晃来晃去,而且许多人上当受骗,当了寺庙野和尚的小情妇。他就下了一道命令,让每家每户都做一道"掩格仔门",妇女们只许在门内透过竹格子往外看,不许抛头露脸,以免招蜂惹蝶,无事生非,败坏风气。这一措施果然有效,从此,本地妇女知书达理,综合素质有很大提升。社会风气也为之一变。读书人多了起来,读书的人多了,考进士当官的人也就多了起来,进士巷的出现,就是一个很好的证明。听说,有一阵子,这座小城一下子有5个人在北京城当尚书、当侍郎,在南市街,还有一座"五星聚奎"的石牌坊,记载着这一辉煌。

罗英出生的时候,已经是社会主义时代了,街上经常有人拿着小旗子游行,唱:"我们走在大路上,意气风发斗志昂扬,毛主席领导革命队伍,披荆斩棘奔向前方，向前进！向前进！革命气势不可阻挡，向前进！向前进！朝着胜利的方向……"小时候，罗英每天都从"掩格仔门"后面看街上的光景，春姑就是这个时候出现在她的视线里。

春姑和她差不多大，可是长得没有她清楚利落，嘴上总是流着口水，走路的样子也有点怪，仿佛她的脚一脚长一脚短，但她站着的时候却是两只脚一般长的，她喜欢她站立时的姿态，那是她最好看的时候。当然这样的时候很少。她总是一晃一晃地在街上走着，不是一个人走，是跟在一个男孩子后面走，他走到哪里她跟到那里。用现在的话说，是个跟屁虫。而她的后面，还跟着一条小白狗。那小狗的毛特别白，白得有点炫目。

那男孩子手上举着一面三角形的旗子，好像是一个学校有组织的游行，她跟在后面，很不雅观，很不严肃，赶都赶不走。罗英看到一个女教师把那男孩子叫到边上，说了些话，那男孩子便走到队伍的后面，把春姑带走了。那条小白狗也就跟着他们从游行队伍脱离，悠悠荡荡地走在清清静静的街上。有个卖贡糖的男人在背后追赶他们，他是一个跛脚的，贡糖担子在他的肩上晃荡着，他的手里拿着一串铁片做的快板，"妻——恰恰妻恰恰"，"妻——恰恰妻恰恰"，春姑听到声音站住了，嘴里"呵呵"地叫，走在前面的男孩也站住了，掏钱给她买贡糖。那卖贡糖的在她站住的同时放下担子，他追他们的目的就是要那男孩子给春姑买贡糖。他把铁片快板放在绕成一圈的白色的贡糖上，然后取出一支刀片和一把锤子，从贡糖圈上敲下一块，递给走过去的嘻嘻笑着的春姑。春姑喜欢吃贡糖。罗英看到春姑心满意足的笑脸，甚至可以听到她吸口水的声音。罗英的口水也差一点流出来。她也喜欢吃贡糖。本地的小孩子都喜欢吃贡糖。听老人们说，这贡糖是本地特产，糖里有花生，花生看不见，还有大蒜味，大蒜也看不见，甜是清甜不是死甜，什么是清甜呢？就是甜得让人感到清爽，不上火。别小看这贡糖，古早时是贡品，是送到北京城给皇帝吃的。罗英想推开掩格仔门，也跑过去买一块，动了动身子，没站起来。她不能与春姑一般见识，她上过幼儿园。罗英摸了摸口袋，她有钱，早上母亲上班的时候，给她5分钱，让她饿的时候，到街口买一碗掺三层肉的"鼎边垂"（福州人叫锅边糊），那个时候钱大。她要是用5分钱买贡糖的话，让春姑一天吃不完。

后来，罗英知道，那男孩子是她的哥哥。春姑是个傻子。是生下来就傻，还是后来变傻的，连她的母亲也说不清楚。有一天，她哥哥对母亲说，阿母，妹妹和别人不一样。母亲问，怎么不一样？哥哥说，眼睛不一样。

罗英读小学的时候，与春姑的哥哥同一个学校，她是一年级，他是6年级。他是学校的三好生标兵，他的照片贴在宣传栏里，他的名字叫杜春风。罗英认真看他的照片，发现他与他的妹妹其实长得十分相像，要是她不傻，一定也是个俊模样。只是因为傻，眼神散了，眼神一散，就把五官都冲散了。

杜春风在罗英上二年级的时候，以第一名的成绩考上本市第一中学，成为老师们经常挂在嘴上的英雄，有一次班主任老师在班会上说，杜春风同学是大家的榜样，你们要向他学习，将来也考上一中，为学校争光，大家有信心吗？同学们都齐声说，有。不知为什么，罗英没有开口，老师说，罗英，你有信心吗？她突然冒出一句连她自己都想不到的话，他妹妹是个恁仔。恁仔是本地闽南话，就是傻子。于是哄堂大笑，连老师都笑了，笑得很开心。老师一边笑一边说，这是哪儿跟哪儿啊！罗英说，我也不知道，是他把他妹妹的聪明都拿去了吧。老师说，你是没信心吧。罗英点了点头。她点头的时候，想起春姑吃贡糖的样子，仿佛自己不比她强多少。她从来没有看见杜春风吃过贡糖。而她和春姑一样，抵御不了贡糖的诱惑。要有信心，老师说，杜春风同学能做到的，我们也一定能做到。同学们，你们说是不是啊？是。这一次，罗英和同学们一起大声回答。

杜春风上中学之后，罗英就很少看到春姑跟在哥哥后面走动了。听说杜春风住校了。春姑没上学，她怎么能上学呢？她还是经常在街上走动，她的后面，还是跟着那只狗，那狗也长大了，毛还是小时候那样的白。有一次放学回家，她看到她围着贡糖担子站着，她犹豫了一下，从口袋里掏出一分钱，给她买了一块贡糖。春姑高兴得哇哇叫，把手中贡糖举到她的嘴边，意思是你先吃。罗英摇了摇头，给你的，你吃吧。春姑也摇头，执意让她先尝一下。她看了一下她的手,她的手是白的,但她对她手的清洁程度不信任。想了想,又掏一分钱,给自己也买一块。这一下,春姑更高兴了,把贡糖举得高高的,还蹦了几下。看着春姑兴高采烈的样子,她的脸红了,不知道是为她感到不好意思,还是为自己与她为伍感到害羞。她等春姑走了,狗也走了,才把贡糖放进自己的嘴里。吃糖的时候想,其实她没比春姑好多少。她也是一个贪吃的小姑娘。只是她爱面子,春姑不计较。罗英看了看四周,没人注意她,包括那个很有心计的卖贡糖的跛脚的家伙,他正低头为另一个小男孩敲贡糖。

/ 2 /

再次看到春姑走在哥哥后面,是几年后的事情。那个时候春姑不是跟在一个人的后面,而是两个人的后面,她的哥哥杜春风身边还走着一个人,一个长得十分妖精的女生。妖精是罗英的气话,其实呢,平心而论,罗英对自己说,长得实在漂亮,用本地闽南话说,真是"水当当"。有一种说不清的情绪在制约着罗英的眼睛,罗英对这种情绪感到陌生,这就是忌妒吗?这种妒忌在本地有一个不大好听的说法,叫吃醋。罗英的脸红了一下。

春姑站住了,白狗在她的四周绕圈,罗英忍不住推开掩格仔门,跳了出去。原来,杜春风正和那个女生围着一个做糖人的担子看卖糖人的手艺人吹糖人。那是个绝活,在他的手上和嘴上,可以吹捏出许多栩栩如生的人物,孙悟空、猪八戒、沙和尚、唐三藏、白骨精……她听到那个女生有点夸张地说,神了,这玩意儿!听口音,她不是本地人,是北贡。北贡是本地闽南话,意为北方人,语气略带轻慢。罗英指着她问春姑,什么人?姐姐,姐姐。春姑笑嘻嘻地说。对于和她年龄相近的女性,春姑只懂得一种称呼,就是姐姐,她罗英是姐姐,那个妖精女生是姐姐,路上不相干的女孩也是姐姐。罗英从口袋里掏出一颗小白兔奶糖,塞到春姑的手上。春姑笑嘻嘻地说,姐姐,姐姐好。罗英笑了一下,她知道,这一下,她说的不是前面的那个女生,而是自己。春姑剥开糖果,一手把糖放进嘴里,一手从口袋里掏出一叠糖纸，小心翼翼地把新糖纸叠在一起，向她示意了一下，然后重新放回自己的口袋里。看着她那认真的样子，她很意外，甚至有点感动。谁说她傻，她心细她不傻。她情不自禁地摸了一下她的头，她的头发很细很软。丟至有点光泽。是她哥哥帮她洗的头吧。近来，罗英常常拿糖给她吃，为什么总给她糖？也许是出于对她的同情吧，见她一个人傻乎乎地走在街上，心底便生出一丝凄凉，生出想接近她、安慰她、亲近她、帮助她的欲望。她对自己不明白，也许，这和自己内心的变化有点关系，随着前胸的隆起，月事的来临，罗英发现自己变得有些多愁善感起来。那天，从同学那里借得一本《家》，居然把自己读哭了，哭了好几回，特别是鸣凤自杀那节，不但哭得一塌糊涂，还做了梦，自己变成鸣凤，和二少爷觉民一起从四川成都逃到大上海，"嘟"的一声汽笛声，把自己惊醒了。她对自己的变化不明白，有些激动又有些不安。有一次，她看到春姑的手脏了，居然把她带到家里，给她洗手，还给她糖吃，对她说，吃东西要先洗手，懂吗？糖是在上海工作的舅舅寄回来的"小白兔奶糖"，这在当时比当下的德芙巧克力还时髦。让她没想到的是，春姑居然留着一张张小白兔奶糖的糖纸，宝贝似的藏在口袋里。这个细节让罗英相信，傻春姑心地善良，有情有义。

这时，她听到那个女生说，叫他给我捏李铁梅。仿佛是为了配合她的话语，罗英家里的广播喇叭传出《红灯记》的唱段，"奶奶您听我说！我家的表叔，数不清，没有大事不登门。虽说是，虽说是亲眷又不相认，可他比亲眷还要亲。爹爹和奶奶齐声唤亲人，这里的奥妙我也能猜出几分。他们和爹爹都一样，都有一颗红亮的心。"也许没那么巧合，是那个女生听到广播才这么说的吧。罗英有点生气地跑回家里，把广播喇叭关掉。那个时候，家家户户都安一只广播喇叭，是政府让安的，为的是能天天听到北京的声音。

罗英再出来时，春姑已经走了，跟在哥哥和那个女生的后面走了。看着他们的背影，罗英的心中升出一缕说不清的惆怅。

/ 3 /

罗英有一段时间没有坐在掩格仔门内看街景了，因为她忙，忙着考试，她已经小学毕业了，她想上一中，一中不但是本市最好的中学，还是她向往已久的中学，为什么向往？她到过那所位于本市风景区芝山山下，有一座让她十分惊讶的图书馆的中学，她从来没有看过那么多书那么整齐地摆在书架上，那种气派，让她十分着迷。更因为，就在那个图书馆的角落里，她看到他，春姑的哥哥，杜春风。他安静地坐在那里读书。是的，她想和他一样，成为本市一中的一名学生。和他一样，安静地坐在图书馆里读书。她十分努力地复习功课，可还是考砸了。她被分配到他们家所在的学区中学，本市第九中学，九中虽然就在她家不远的地方，上学方便，但在人们的眼中，九中是一所不读书的学校，男生打架女生谈恋爱，名声不好，不是一般的不好，是很不好，大人们听说九中，便摇头，说，进了九中，好孩子也会变成坏孩子。母亲也是这个看法，可轮到罗英头上，她也没办法，只有和父亲偷偷地叹气。在亲戚朋友们面前，绝口不谈她上中学的事。亲戚朋友也从来不问，大家心照不宣。正是这种气氛，让罗英感到十分郁闷。

就是在这样一个郁闷的上午，罗英坐在掩格仔门后面，对着街上来往的行人发愣。脑子里翻来覆去就是一句话，完了，这一辈子完了。离开学的时间越近，她的心情越沉重，她甚至于想到了死，一了百了。她被自己的想法吓了一跳。当然不能死，可是怎么把这一页翻过去？突然，她看到春姑，她像往常一样，一晃一晃地走过去，嘻嘻地笑着。不知怎么的，一看到她，罗英的心情一下子好了许多。和春姑相比，她强多了，强100倍都不止，仿佛意外地拾回失落的自尊，为之一振。

罗英由此想开许多事情，想开了许多事情的罗英发现自己在无意中成熟了。

三年后，罗英顺利地考上省卫生学校。暑假回来，看到春姑，居然有一点亲切，是她救了她。认真看她，她发现，春姑其实是很清秀的，只是穿着有些邋遢。由此发现,她长得越来越像她的哥哥,她的哥哥是清秀而斯文的,这样想着,她不禁就脸红了一下。此时的杜春风,远在北京上大学。街坊们都知道,他上的是北京大学。她有一种给他写信的冲动,只要写上"北京大学杜春风收",他一定能收到。可是写什么呢?她摸了摸发烫的脸。什么也没写。想不出要写什么,好像有很多话要对他说,好像又没什么好说的。她知道他的那个漂亮的女生朋友没有考上大学,他们分手了。她还知道,他在大学里又有一个女朋友,是高干子女,人们都说,是很高的高干,放在过去,就是千金小姐。杜春风是他们大同街的骄傲,关于他,人们知道得很多,但谁也说不准这些消息是从哪里来的。

/ 4 /

又三年,罗英毕业归来,分配在本地一家大医院当护士。她常常看到春姑笑嘻嘻地从街上走过,还听到许多关于她的故事。

这些故事是从那一天,她在街上遇到春姑开始的。她看到她坐在一辆三轮车上。那是一辆平板三轮车,上面放着一只矮凳子,春姑就坐在上面,一个长得十分帅气壮实的哑巴载着她。这哑巴罗英是知道的,就住进士巷底。春姑看到她,居然哇哇地叫着,让哑巴停车,三轮车停在她的面前,春姑拍着手叫,姐姐。把她感动得差一点掉眼泪。叫了姐姐之后,从平板上跳下来,拉着她的手,指着骑在车上的哑巴说,对象,我的。

罗英的脸红了一下。她发现,春姑和她一样,已经长大了,高高隆起的前胸,微微翘起的臀部。顺着她雪白的脖子往下看,可以看到深深的乳沟。就在她发愣的一瞬间,春姑把一个糖果递到她的面前,姐姐,糖。

哑巴对着她们笑。

罗英回过神来,笑着说,你自己吃吧,姐姐不吃。说着,从坤包里拿出一粒巧克力,放到她的手上。春姑转身把巧克力递给哑巴,说,姐姐,姐姐。哑巴跳下车,拉着罗英的手咿咿哇哇地叫着,向她伸出大拇指。罗英突然明白,他们的关系的确不一般。春姑向他提起过自己,也许,还给他看过她的那一叠小白兔奶糖的糖纸。此刻，他把她经常提起的"姐姐"和她本人对了起来。他拉着她，想让他和春姑一起坐他的三轮车，她笑着谢绝了。看着他们快快乐乐地远去的背影，罗英的心中掠过一阵淡淡的凄凉，她十分惊奇，为什么是凄凉而不是欣喜，她应该为春姑感到高兴才是。或许不是凄凉，她说不出是什么滋味，更说不出这种情感的指向，对她还是对自己？

　　她发现，春姑的狗不见了。她很想问，你的狗呢？没开口。她想象那只狗的种种命运，死了，丢了，被人拐了，杀了……是的，春姑没有能力照顾她的那只忠心的白狗，那么，她的哥哥呢，难道那只小白狗不是她哥哥为她养的吗？不知为什么，当她把那只遥远的小白狗和春姑的哥哥联系在一起的时候，她的心中淌过一丝温柔。

/ 5 /

　　罗英的那些可爱的好心肠的邻居阿婆、阿婶、阿姨们，经常议论春姑，春姑是她们平庸单调生活的快乐添加剂，是她们茶余饭后的谈资。有时，母亲也会在其中凑上一两句。从她们的议论中，罗英知道了近年来春姑的一些遭遇。她被诱奸过，怀过孕，流过产。却不知道罪犯是谁。

　　从人们的议论中，最大的犯罪嫌疑人似乎是街尾的那个歪嘴的神经病老头。罗英知道那个老头，他喜欢盯着女人看。谁也不知道这个人是什么时候，从哪里冒出来的，更不知道他到底有多大的年纪。母亲们看到他，总是叮嘱自己的女儿离他远一点。他在垃圾堆里寻找食物，睡在街尾那间残破的土地庙里。听说有一段时间，他总是跟在春姑后面走。大同街的所有女孩都怕他，唯独春姑不怕，有时还冲着他笑。春姑引起歪嘴老头注意是在那个炎热的夏天。春姑在街上行走的时候，人们发现，她的大腿内侧有一条血迹，穿短裤的春姑把雪白的双腿裸露在人们的眼前。当人们指指点点地议论她的时候，血还在不停地流。春姑来月经了。粗心大意的母亲没有发现这一点，或者说，母亲忽略了春姑虽傻，依然是一个处于豆蔻年华的青春少女。听说,就是在人们的议论中,那个神经病的歪嘴老头盯上了春姑。

接下来的故事扑朔迷离,谁也说不清。总之,春姑的怀孕与流产以及街政府的介入和调查让她的父母亲颜面尽失,相继病逝。春姑的风流韵事传得沸沸扬扬,无人不知、无人不晓。听说,在一个风雨交加的夜晚,哑巴到破土地庙,把歪嘴的神经病老头揍个半死。不久,那个老头便不知去向了。春姑的哥哥杜春风大学毕业后分配在北京工作,为了照顾妹妹,申请调回家乡,和他谈了几年恋爱并已到了谈婚论嫁的高干千金断然与他分了手。

这个时候,哑巴出现在他们兄妹的生活当中。哑巴大名刘大壮,外表与他的名字非常相称,高高大大壮壮实实,浓眉大眼。他有一个妹妹叫刘小菊,窈窕如菊,可惜和他一样,也是个哑巴。这一对哑巴兄妹是他们的父母近亲结婚的结果。有一天,哑巴的父亲主动上门,找到杜春风,向他提出一个让杜春风十分尴尬的问题。

他说,春风,你能养妹妹一辈子吗?有一个这样的妹妹,谁会嫁给你呢?

杜春风风度翩翩,而且在市政府一个十分重要的部门工作。可是,他回来几年了,还是找不到对象,原因不言自明。

杜春风笑了笑,什么也没说。他没法说,他不能置自己的亲妹妹于不顾。他又是一个正常人,他的确需要一个正常青年女子的温暖。

哑巴的父亲说,我给你一个建议,你把春姑嫁给我们家大壮,我把小菊嫁给你。

杜春风张大嘴巴,说不出话来。

哑巴的父亲说,你不用马上答复我。你是一个大学生,在北京有很好的工作,你却从北京回来,为了你妹妹,我看中的就是你这一点。把小菊交给你,我们放心。我们家小菊,除了不会说话,什么都好。最好的一点,就是心地善良,她会让你这一辈子过得稳稳当当舒舒服服,像地主老爷一样的舒服。

杜春风想了三天,最后答应这一场交易。他经历过几次恋爱,对于所谓的爱情，他已经看透了。从北京回来，他就打定主意，不谈爱情，只找妻子。再说，他目前的生活简直一团糟。要工作又要照顾一个傻妹妹，实在忙不过来。

他见过刘小菊，的确是一个长得十分清秀可人的姑娘。而且，每次看到他，都对他微笑，为他让路，谦卑得让他想起电影中的日本女子。

杜春风向未来的老丈人兼亲家提出的唯一的条件是，这个交易必须保密。刘大壮可以把春姑接过去，而他不想马上结婚。理由是，他想在工作上有所成就之后，再结婚。这个工作上有所成就，在世俗的眼光中，就是有了一官半职。对于这一点，哑巴的父亲表示理解与支持。有志气，男人嘛。他这样安慰不大放心的哑巴的母亲。

/ 6 /

再次看到春姑的时候，罗英已经对他们兄妹的故事有所耳闻，她一直想看看这个哑巴的妹妹长个什么样。她甚至心存一丝恶作剧，想看杜春风的笑话。一个风度翩翩的大学毕业生，一个国家干部，娶一个哑巴当老婆！最好是一个丑八怪，又丑又哑又傻。啊哈！罗英在偷偷地乐了一会儿之后，突然有点伤心。自己甚至不如那个哑女！

让罗英没想到的是，当她尾随春姑回到她家时，在门口迎接这对残疾兄嫂的，竟是一个婷婷玉立的少女。她很难用语言来形容她的美，她让她想到古代的仕女图。在看到她的一刹那间，她的眼泪像泉水一样地从眼眶涌出。在那一刹那间，她突然明白，在她的心中那种对杜春风的朦朦胧胧的情感，是爱，是男女之爱。她羞愧难当，转身离去。她走得很匆忙、很狼狈、很没有风度。她甚至没有听到一阵急促的招呼声，她撞到一个人的怀里。

这个人不是别人，正是杜春风。

罗英把杜春风手中的东西撞到了地上，哗啦一声，把她惊醒了。她满脸通红，不知所措地站在他的面前，像一个做错了事的女生。

杜春风手中提着一只铝制的饭盒，他下班顺便在快餐店买的午餐。杜春风扫了一眼撒在地上的饭菜，迅速地把目光调到罗英脸上，微笑地说，没关系，没关系。以后走路小心点。口气很有大哥风范。

我我我……罗英说不出话来。

今天没上班？他又问。这问是多余的，是转移话题，给她的一个台阶。想来，他对她还是有所了解，知道她在哪里上班，才这么问。

夜班。罗英说着，蹲下去把饭盒拾起来。

长方形的铝合金饭盒的底部边缘凹一个小圆圈。她摸着那个冰冷的小圆圈，小声说，对不起，我给你再买一份，不不，我请你吃饭。

好啊，我们一起去吃卤面。杜春风爽快地说。

罗英喜出望外。

卤面是这座闽南小城人最喜欢吃的小吃，以猪肉、虾仁、香菇、金针菜、鱿鱼、干贝、笋丝等加调料炒熟后，加入高汤煮开，再加入鸭蛋、番薯粉勾芡烧成后待用，然后将碱面、豆牙、韭菜烫熟，倒在碗中，浇上卤汤，再加上油炸蒜丁、鯿鱼、胡椒粉和芫荽。凡红白喜事，主人都得"拍卤面"，拍，就是制作，请所有来客和参与帮忙的人吃卤面。卤面店在这座小城的大街小巷随处可见。他们坐在大同卤面店的时候，杜春风说，你当护士很辛苦，三班倒。但是护士很伟大，在一定的意义上说，对于病人，护理比治疗更重要。罗英有点吃惊地看着他，他居然对自己的工作不是有所了解，而是很了解。她一向以为他高高在上，对周围的一切都不关心，更不会把她这个厝边头尾（街坊邻居）小妹放在眼里。

卤面端上来了，很香，蒜丁、胡椒粉与芫荽混合的香气扑鼻而来，让人情不自禁地流出口水，罗英咽了一下口水，感到十分羞涩，脸发烧。杜春风说，吃吧，趁热，卤面就是要趁热吃。

他们边吃边聊，说医院，说她的工作，说白衣天使，说南丁格尔，他知道的比她多。她很想多说一些，说护士的辛劳，说每天几乎是一成不变的重复，巡床、配药、打针、发药、交班记录，等等，等等，还有微笑，有点僵硬的微笑，这种微笑其实不是来自内心，是来自职业的需要，来自医院制定的护士工作条例。她还想对他说，那个哑女，他的未婚妻，长得很漂亮，可是她什么也没有说，说不出来，她愿意听他说。她突然想，那个哑巴女孩能和他这样说话吗？不能。她进而觉得他很可怜，心里酸溜溜的。他还得学会打手势，说哑语，他为春姑牺牲得太多了。这样的哥哥，天底下没有。又想，她为什么没有这样一个哥哥？为什么他不能是自己的哥哥？她实际上很早很早以前就可以认他当哥哥了，那个时候还小，怎么说都可以，跟着春姑叫也可以。现在太晚了，一切都太晚了。一时间，她的思绪像挣脱了缰绳的野马，东奔西突。脸一阵阵地发热，不能自已。

怎么？不舒服？杜春风看着她阵阵发红的脸问。

什么？罗英走神了。

你，不舒服？

没有。她说，把碗底最后的卤面扒进嘴里，迅速地站起来，说，我们走吧。这样的匆促，这样的无礼，完全是为了逃避。她不敢面对他的眼睛，怕控制不了莫名其妙的即将夺眶而出的眼泪。

她离开座位急匆匆地走向门口时，才想起有一件事没有做，而当她想付钱的时候，杜春风已经把钱付了。这让她十分尴尬。刚才的动作如果被理解成为了逃避付钱，那么，她在杜春风的眼里将是一个什么样的人呢？

罗英真想放声大哭。可是她不能哭，她得把握好自己。

杜春风关切地说，怎么啦？

她说，头有点晕。

我送你回家。

他扶着她的胳膊，她顺势把头靠在他的肩上。他们像一对情人一样地离开卤面店。

/7/

晚上，罗英像倒映电影一样，细细地回味卤面店里的一切。

杜春风并不神秘，也不高高在上，他是一个平易近人的大哥。他的眼神，他的语气，他的声音，亲切温柔，像卤面一样柔软，清香，听起来很舒服，很贴心。

现在，在离她不太远的那间房子里，他也在想自己吗？想，如果他平时不关心她，他怎么会知道她那么多情况呢？也许，他在看书，他一定有一个很大的书房，有很多书架，上面像图书馆一样地摆着许多书。他一定看过南丁格尔。他是为了她才看的吗？想到这里，罗英的心嘣嘣嘣地跳个不停。自作多情！她轻轻地拍了一下自己的脸颊，笑了。笑得很开心。她不知道自己为什么开心。她用双手按住自己的脸颊，感觉阵阵热浪，汹涌澎湃。她跑到落地镜前照镜子。她在镜子里看到一个不同于往常的自己，她的脑海里跳出一个很古典的词汇，艳若桃花。是的，她一点也不比那个哑女逊色，一点也不。她突然想唱歌，我会唱歌，你会吗？于是就高声唱了起来，"小鸟在前面带路，春风吹向我们，我们像小鸟一样，来到花园里，来到草地上。鲜艳的红领巾，美丽的衣裳……"这是小时候唱的歌，你会吗，会吗？她对哑女说，你不会，不但不会，你还听不见。你是一个又聋又哑的女人，一个不完全的女人。

这时，母亲走到她的房门前，说，大晚上的唱什么歌，让邻居们听到多不好，女孩就得文文静静的。像你这样疯疯颠颠，是嫁不出去的。

嫁不出去就不嫁。

哪个女孩不嫁，你想气死我啊！

罗英开心地笑了一下，不说了。她其实不把母亲的话当回事，她在那个哑女的前面胜利了，该班师回朝了。罗英对着镜子自我欣赏，陶醉在自己前所未有的胜利之中。

突然，一个一闪而过的念头，将她击败，败得一塌糊涂，败得落花流水。

或许，此时此刻，杜春风他正和那个叫刘小菊的哑巴女孩在一起，和她亲亲热热地比手势，打哑语。他会和她说什么呢？单位里的事，还是她的兄嫂春姑夫妇？也许，他什么都不说，懒得说，一个正常人，一个国家干部，和一个哑巴有什么好说的？倒是她会说，不停地和他比手势，说哑语。她不停地说，目的只有一个，讨他欢心。她不但说，她还会对他笑，凭良心说，她的笑容是很好看的。

她会和他撒娇吗？他亲过她，抱过她吗？她的脑子突然跳出一堆不知从何而来的让人恶心的乱七八糟的词汇，卿卿我我，耳鬓厮磨，暖玉温香，投怀送抱，干柴烈火，坐怀不乱……不想了不想了，太让人扫兴，太让人伤心了。罗英毕业于护士学校，当过多年的护士，她知道男女之间的那点事。

都是因为那个春姑！

按理，她应该恨春姑，可是她恨不起来，甚至有点喜欢她，喜欢什么？她的傻态，还是她的憨直，她的善良？还是她们之间从小无意间建立起来的姐妹一般的情感？或者说，从一开始，她对她的喜欢，就是因为她的哥哥杜春风？她是把她与他捆绑在一起喜欢的。更确切地说，她是先喜欢上杜春风才喜欢跟在他后面的那个跟屁虫的。

一切都理不清，说不明。但有一点她是明白了，如果说，罗英以前对杜春风的爱还不是十分明确，朦朦胧胧，羞羞答答，那么，白天的这顿不期而遇的卤面，却让它变得十分明朗起来。

这个发现让罗英十分震惊，她陷入不应该有的爱情之中。这个爱情，注定是不会开花更不会结果的。

在这个闽南的美好的夜晚，罗英躲在自己的房间里，自由自在、潇潇洒洒地哭了一回。

/ 8 /

一天早上，罗英意外地在医院门诊大厅遇到春姑与哑巴夫妇，两个人兴高采烈地对着哑巴手中的化验单比比划划。春姑先看到她，姐姐姐姐地叫着，哑巴立即跑过来，把化验单递到她的手上。罗英一看，这是一张妇科化验单。春姑又怀孕了。他们显然已经知道了化验的结果，哑巴伸出手掌在春姑的肚子上往外划了一道弧形，罗英点头再一次地确认。春姑拍手跳了起来，哑巴立即按住她，指着她的肚子，让她小心。春姑摇头，表示没关系。这个时候的春姑，一点都不傻。罗英向这对幸福的夫妇伸出两个大拇指，表示祝贺。他们的举动引来了许多目光，罗英有点不自然，她从来没有如此放纵自己，她总是把自己当淑女，举止文静优雅。哑巴与春姑夫妇却举起手中的化验单，啊啊地叫着，笑着，在人们的笑声中与罗英告别，在人们的笑声中走出大厅。

罗英把他们送到门外，站在台阶上看着春姑骄傲地爬上她的专车，看着春姑坐在矮凳上向她挥手道别，那手势，居然有点首长告别欢送人群的味道。罗英想，这是她从电视里学来的吧，电视新闻里这样的镜头太多太频繁，绝对有利于智商低下的春姑来模仿。

罗英看着远去的春姑出神。哑巴踩三轮车的姿势显得很专业，很有节奏，很优美。大街上人影交错。阳光如此灿烂。

春姑又怀孕了。这个"又"字其实是在罗英看到化验单的同时闪现出来的字眼儿。传闻在她的心里还是起作用的。春姑早就不是处女，作为人，她是幼稚的，她的智商还停留在儿童时期，而作为女人，对于"性"，她比她更成熟。眼前的这个傻春姑就要当妈妈了。

她同时伸出两个大拇指，为他们祝福。

也就是在这个时候，罗英给自己下了一道命令，必须马上断绝与杜春风来往。她在不经意中走上了一条危险的道路，破坏或者试图破坏他人的幸福，春姑、哑巴，还有他的妹妹刘小菊。他们一生的幸福与杜春风密切相连。说是要保密，实际上无密可保，刘家父母早已把他们联姻的事情说得满街人都晓得，只对杜春风一个人保密。

痛苦无助的罗英再次习惯性地回到掩格仔门后面。下了班，她哪儿也不想去，只有在掩格仔门后面，她的心才平静，仿佛自己还没有长大，还是个幸福的小姑娘。或者说，她不想长大，她宁可像春姑一样，心态永远处于纯真幼稚的童年。

当罗英想回到掩格仔门后面再次体验儿时的乐趣时，她发现，她家的掩格仔门坏了，拉不动了。一种由失落引发的凄凉在她心中漫延。其实，大同路的掩格仔门坏的不止罗英一家，可以说，比比皆是，只是罗英没注意到而已。不知道从什么时候开始，大同路的人们进出不再拉掩格仔门了，这个千年的习惯破了。人们总是大大咧咧地站在厅里看外面的大街,也不怕大街上的人来看自己,有时还会在家里朝大街上走过的熟人高声打招呼。掩格仔门形同虚设。更有甚者,有几家已经把掩格仔门连同旁边的店窗都拆了,开了门面,做起小生意来了,卖水果、食杂、花卉、香烛寿金……接近四岔路口,与平等路交接的地方,还有一家外地人开的理发店,理发师都是一些外地来的漂亮的女孩子,生意十分红火,听说,罗英只是听说,没有也不敢问得太多,听说,除了理发,还有别的什么服务。虽然罗英学医,但一听到那个已经变了味的"服务",还是有点心惊肉跳,脸颊发烫。

罗英拉了一下自家的掩格仔门,拉不动,细看,是上面的拉环坏了,再看,整个掩格仔门的扇面也破洞百出。她问母亲,这门怎么坏得这么厉害,母亲说,用了几代人,哪有不坏的。在一个轮休日的上午,罗英来到位于九龙江边的竹巷下街,想买一扇新的掩格仔门。竹巷下街是本城传统的竹器店专业街,凡是用竹子做的东西,应有尽有,掩格仔门之外,眠床、书桌、碗橱、书架、饭桌、交椅、小孩子的椅轿、笼、篮、楼梯、扁担……店面一间连着一间。可是罗英来到竹巷下街却找不到竹器店,她以为自己走错了路,问坐在路边晒日头的一位老太太,说没错。竹器店呢,老人向她指了指街尾,那里还有一两间。

果然,街尾有两三间竹器店。罗英走进去,只有一间摆着一扇掩格仔门。"这是最后一扇了。"店主人说。罗英细看,不像新的,新的竹皮是绿的,还有一股清新的竹子味。而旧的竹皮是黄的。她低头闻了一下,一点竹仔味道都没有。问价,店主人说了个数,罗英吓了一跳,土匪啊?店主笑了笑,物以稀为贵。

罗英最后还是买了,价格店主一分不让,唯一的优惠是,可以送货上门,不收工钱。

重新装上掩格仔门的罗英家,成了大同街一道别样的风景。在大多数人家的掩格仔门形同虚设的大同街,唯有罗英家的掩格仔门经常处于大门正中的位置。每次下班回家,罗英总是要把掩格仔门拉到正中。开始,母亲还发过牢骚,说人家都开着,光线好,如今不比从前了,朱文公的时代早已过去了，他老先生早就不"掛数"了，法不责众啊。"掛数"是本地闽南话，专对神明而言，意思是，神明对某些对自己不尊重的行为不予计较和怪罪。罗英阴着脸，不说话，母亲也就不再啰唆了。朱文公原本是本城人对曾经的"市长"朱熹的尊称，久而久之，他就成了一尊神明。在这一点上，母亲以为自己比罗英更开通。其实，罗英的异常举止不干朱熹朱文公的事。

　　下了班，罗英就像小时候一样，坐在掩格仔门后面，看光景。她看到，哑巴的三轮车有了很大的进步，不是平板，已经改装成有顶篷，有座位的小"客车"，这种三轮车小客车曾经是本城便捷的交通工具，外地人到本城，喜欢坐这种三轮车，慢悠悠的，可以一边走一边看沿街的风光。小时候，从上海回家探亲的舅舅，下了汽车从汽车站回来，就是坐这种三轮车。回到家，说，没变，一切都是原来的味道。古朴幽静，清新自然。有了的士公交之后，这种三轮车就在不知不觉中消失了。时代变了。罗英不禁笑了一下。罗英常常看到哑巴和春姑笑嘻嘻地从她家门前经过，有时是上班，有时是下班，有时是上街逛商场。听说，他们俩都在市民政纸箱厂上班，有固定的工作和收入，用流行的说法，属于"上班族"，不笑也不行。有一次，她看到春姑抱着一只时尚的米黄色的玩具大熊。这种布做的大熊，她曾经在新开张的永辉超市看过，也动过买的念头，最终心动没有行动。不是不喜欢，也不是买不起，是怕把自己搞得太"幼齿"。幼齿是本地人对年纪状况的一种生动描述，幼嫩的牙齿，也就是年纪小的意思。一个大姑娘买大布玩具熊，在别人看来，就是装嫩，就是矫情。而那只米黄色的大熊在春姑的怀里，却显得恰到好处。傻乎乎对乎乎傻。一道亮丽的风景，一路无邪的笑声。

　　怀了孕的春姑显得风姿绰约，光彩照人。她的三轮车，天蓝色的顶篷一上一下地随风荡漾，波浪似的推进，放纵地向人们展示她着的幸福。

　　一丝忌妒之情掠过罗英的心头。罗英无奈地摇了摇头，想把那丝忌妒从心头抖落。

/ 9 /

看到杜春风和哑女并肩同行，罗英的心为之一震。虽然知道，他们是迟早要这样肩并肩地走在大街上的，迟早的事，可是真正看到了，她的心还是紧紧地收缩了一下，仿佛有一只无形的手，突然狠狠地捏了一下她的心房，一股浓浓的心汁由里往外冒，顿时流遍全身的每个角落，每条神经，是酸是痛是刺是麻，说不清。

罗英不想看，可她的眼光被杜春风咬住了，离不开。杜春风一边走着，一边比划着，说着什么。难道他真的已经学会了哑语？这么快，这么投入啊！但是，不快行吗？设身处地地为他想一想，两人相处，总要交流总要说话吧，总不能老猜谜语吧。何况，杜春风是何等的聪明人，那些东西，他一学就会，她相信，他甚至不用请专门的老师教，只用"悟"，就能很快地悟出道道，熟练地和哑女对话了。

哑女突然站住，开心地大笑，笑得花枝乱颤。用"花枝乱颤"来描述少女的笑，少女开心的神态，实在是太生动了。哑女的笑，更是带着野性的挑逗，旁若无人，肆无忌惮。仿佛这一条大同街就他们两个人。杜春风也站住了，看她笑，不是看，是欣赏，就像看一朵在微风中颤抖的鲜花。罗英下意识地站了起来，伸手去拉掩格仔门。门没拉着，她的手又触电似的跳了回来。你要干什么？

人家花枝乱颤，人家站着欣赏。那是人家的自由，人家的权利。人家是一对。关你什么事！

罗英颓然落到竹椅上。这只竹椅是那天和掩格仔门一起买回来的，为的是让自己坐得舒服。当她的目光再次回到大街上的时候，杜春风与哑女一起消失了。

罗英透过掩格仔门，茫然地看着人来人往的大街。花枝乱颤，她罗英有过吗？也许，她的笑也很可爱，也花枝乱颤，可有谁欣赏呢？她尽力地回忆自己什么时候这样开心，这样放肆地笑过，在学校里有过吗，在医院里有过吗，"五四"青年节活动中有过吗？没有。罗英啊罗英，你太失败了。

慢着，罗英对自己说，有一道闪电，一张脸孔，一双眼睛。可是，他是谁呢？是幻影还是真有其人？什么时候什么地方什么场合？也许，杜春风挡住了她的视线，让她错过了许多本来应该注意的目光。

母亲拉开掩格仔门，走了进来，说，你看，这多麻烦。她刚从菜市场回来，手里提着一大篮子菜，罗英站起来，不耐烦地说，行了，开着吧。说着，转身回到自己的房间。母亲无奈地看着罗英的背影，叹了一口气，嘴里喃喃道，我是上辈子欠了你们罗家的债，做死了也没人说好。

罗英知道母亲生气了，在房里坐了一会儿，转到厨房，帮母亲择菜洗菜。母亲说，行了，我自己来吧，你刚下夜班，睡觉去吧。

罗英不说话。

母亲说，你三姑前天来，说，有一个部队的转业干部，安排在市人事局……母亲还没说完，罗英就打断她的话，妈，我说多少次了，我的事，你别瞎操心。

母亲说，是不是有心上人了？同学，还是同事？医生也是不错的。

没有，没有，什么都没有。

要真没有，你三姑说的那个，去看一看，人家……

别说了，我不想嫁人，就待在家里。

家里能待一辈子，父母亲能跟你一辈子？

家里不让待，我就住到医院的宿舍去。

母亲看了她一眼，不敢再说什么。罗英站到母亲的背后，双手环抱，同时把下巴放到母亲的肩上，妈，你是不是烦我了，想把我赶出去。母亲说，行行，不说了，你什么时候想嫁了，就跟妈说一声。

不是说了吗，一辈子都不嫁。

停了一会儿，罗英说，妈，你说那个杜春风真会娶那个哑巴的妹妹吗？

母亲说，怎么，你看上那个杜春风？我可警告你啊，不说他家有没有家底，单就那个傻春姑，就是一辈子的累赘！

妈，你想到哪里去了。我是看他可怜！

是可怜，摊上这样一个傻妹妹！听说他在北京，都快当上科长了。

谁说的？

都这么说。

不靠谱。

谁说不靠谱，平等路的李老师，那个在一中教书的李老师，他的同学和他在北京是一个单位的。他说，人家杜春风是单位里的什么什么梯队。

第三梯队。

对，就是第三梯队。

罗英笑了起来。越是这么说，越是假。

管他真的假的，跟我们一点关系都没有。说着玩，不纳税。消磨时间。

罗英心中掠过一阵凄凉。杜春风什么时候成了人们茶余饭后的谈资了？要不是因为他有个傻妹妹，要不是春姑，他至于如此吗？

罗英下班，还是习惯在掩格仔门内看街上的光景。她看到春姑的肚子一天天地大了起来，大起来的肚子把米黄色的布玩具熊顶得高高的。

一个大肚子的春姑，抱着一只大玩具熊，坐着三轮车，在大同路的大街上来回走动，上班下班，下班上班，嘻笑，招摇。还有哑巴得意的表情，踩三轮车的潇洒动作，一时间成了大同街的一道特殊的风景。这风景是独特的，本城所有街道都没有，从来没有的。人们指指点点地看着，议论着，嘲笑着，编排着，也赞美着，感叹着。

世间人都有烦恼事，唯有这一对残疾人，最无忧无虑、最幸福。

想当初，人们能预见这样的幸福吗？于是人们转向议论春姑的哥哥杜春风。是的，正是这个风度翩翩的年轻人做出的牺牲，才换来妹妹的幸福。

/ 10 /

罗英到省立医院进修，她是医院的业务骨干，她爱岗敬业，脸带微笑，理所当然地成了领导的培养对象。半年后，当罗英回到大同街的时候，她得知，春姑生了，是个男孩。她有一种冲动，想到春姑家里去看看她的宝贝，她更想知道春姑的孩子叫什么名字。她想，他的名字一定是杜春风这个当舅舅的起的。她甚至会猜测出他的名字的大体走向，她在猜测中得到一种乐趣,仿佛是她在和他的思想进行交流,和他的情感进行沟通。她想找他核对一下自己的猜测。最终心动没有行动。她不能做对不起良心的事情。杜春风与哑女的结合关乎春姑一生的幸福。

进了修前途无量的罗英再次回到掩格仔门内,观看别人的幸福。初夏的闽南,阳光灿烂,和风习习。罗英看到哑巴载着春姑,春姑抱着宝宝,白白胖胖的孩子在春姑的手上有节奏地摇晃着,替代了那只米黄色的大玩具熊。同时,她意外地听到了春姑的歌声,"毛毛破,鞋鞋破,生生加加破,你你我,他他我,生产的破破破……"她不禁笑出声来,这是正在地方电视台上热播的电视剧《济公》的插曲,"帽儿破,鞋儿破,身上的袈裟破,你笑我,他笑我,一把扇儿破。南无阿弥陀佛,南无阿弥佛……"走调又走词,可是,这样的歌声从春姑的嘴里唱出来,真是一个天大的奇迹。她想象他们一家人坐在电视机前看电视的欢乐情形,情不自禁地拉开掩格仔门,大声叫春姑。

春姑看到罗英,拍着丈夫的腿叫停车。哑巴还没有把车完全停稳,春姑就抱着孩子从车上跳下来,姐姐姐姐地叫着,把孩子送到罗英的面前。罗英小心地接过孩子,下意识地亲了一下。姐姐姐姐,春姑不停地叫着,哑巴也走过来,站在一边笑。罗英说,不叫姐姐,叫姑姑。她不知道为什么会冒出姑姑,按习惯,应该叫阿姨,但叫姑姑显得更亲。在潜意识里,她是把自己当春姑,还是当哑女刘小菊了?春姑和哑女都是杜春风最亲近的人。她不禁脸红了一下。接着,她摸了一下自己的口袋,掏出几张10元钱,塞进孩子的衣服里。这是本地习俗,第一次见到亲戚朋友的孩子,要给见面礼。这时,她闻到孩子身上的一股味道。春姑抱过孩子,像玩布袋木偶一样地,上上下下左左右右地摇着,姑姑姑姑地叫着,表示感谢。

当他们走远后,罗英回味她闻到的孩子身上的味道,突然明白,这是一种不清爽不卫生的气味。毕竟是一对残疾人,他们不能像正常人一样照顾孩子。他们爱孩子,而孩子在他们的手上,更像玩具,更像那只米黄色的大熊。一丝不安掠过心头。但她没太在意。

听说,孩子的内公内妈(爷爷奶奶)要帮他们带孩子,哑巴不干,不但不干,还跟他们急。孩子是他们的骄傲,向人们不断地展示他们的幸福,是他们最大的乐趣。有一次,罗英看到,春姑坐在三轮车上给孩子"丝尿"。"丝尿"是本地闽南话,就是口中发出"丝丝"声,给孩子把尿。随着春姑的"丝丝"声,白花花的一道弧形的水柱在人们的眼前晃过,之后是春姑一串长长的笑声。

有一天,罗英在本地晚报"九龙江"文艺副刊上看到一篇《无声的歌》,署名春风。这是一篇生活随笔。文章这样写道:

星期天休息,到妹妹家串门,和妹妹、妹夫和他的妹妹小菊在一起打扑克。不知为什么,他们都喜欢盘腿坐在地上,我只好客随主便。也许是因为天气太热吧。地板洗得十分干净,这是妹妹和小菊的功劳。妹妹有点智障,出牌有些乱,而妹夫向着妹妹,总是想法子为她掩盖。他们的扑克都打得很投入,倾注了感情,又喊又叫,时而哈哈大笑,时而唉声叹气。他们都流着汗,仿佛干着很重的活。我不时地给他们的杯子倒水,每次倒水,小菊都朝我笑了一下,她的眼睛很大很亮,她的笑温柔而妩媚。

妹妹、妹夫的孩子,我的小外甥,在里屋安安静静地睡着。

妹夫突然"叭"的一声,甩出两张牌:黑桃A和老K。那得意的神气,像是扔出两颗原子弹。就在妹夫得意扬扬的时候,小菊微含嘴唇,明眸一转,从容不迫地拿起老K,放到一边。在妹夫大吃一惊之际,她甩出两张王牌。妹夫不信,她把自己的牌一摊,全是王牌,而且大王在手。妹夫服输了。她把牌全推到妹夫那边,按惯例,输的洗牌。看他洗牌,小菊脸上露出天真的、得意的笑容……智障的妹妹在一边乐呵呵地笑着,她是最大度最潇洒的一个,不论输赢,只讲快乐。

其实,妹夫和他的妹妹小菊都是聋哑人。和他们在一起,却能享受一种别样的与世无争的豁达和平淡温馨的乐趣……

面对杜春风如此优美的文章,罗英却没有勇气把它读完。

/ 11 /

千年古街的平静几乎在一夜之间就被打破了。

关于旧城区改造和大同路、平等路等老街区扩建的消息已经在民间传很久了。可是传归传，人们并不怎么当回事。因为传来传去，一会儿说这样，一会儿说那样，连社区的人都说不清，更不见什么动静。然而，政府就是政府。来了个新市长，一声令下，一切都变样了。

听说新市长曾经留过洋，到本地任职之前是省政府的副秘书长，有一个很文化很响亮的大名，可小城人只管他叫"乌面仔"市长。"乌面仔"是本地闽南话，意思是铁面无私，雷厉风行。在本地电视新闻中，"乌面仔"市长说，城市改造，利在当代，功在千秋。过去打仗，讲的是兵马未动，粮草先行。大同街道路扩建，是老城区改造的第一个战役，什么先行？拆迁。拆迁安置，牵动千家万户，既要抓紧，又要稳妥。政策要公开，规定要透明，资金要落实，工作要到位。还有，群众要配合，着眼未来，顾全大局。

市长的声音很洪亮，老人们说，这个乌面仔市长"中气很足"。本地人说这个人中气很足，就是说这个人身体强壮，干劲和魄力很大。

罗英的父母老实本分、胆小怕事，是第一批与开发商谈好条件、签订合同的人。他们拿到每个月几百元的租房补贴，同时得到按平方米数回迁，并优先挑选套房的楼座、楼层和朝向的承诺，心满意足地搬走了。他们在离罗英工作的医院不远的地方找到房子，住了下来。这是一座改革初期建设的老房子，听说不久的将来也要拆除。这里住的大多是拆迁过渡的住户。罗英家在三楼，三房一厅。

这一天，罗英下了夜班回来，站在窗前往外看，感觉怪怪的。窗外是几座和这座楼相仿的灰色公寓楼。大同街没了，掩格仔门没了，她的习惯也没了。天空没有原来清净，还凭空增添了不知从哪里来的"嗡嗡"声，让人不得安宁。这座生她养她的城市一下子变得陌生起来了。

她知道，杜春风也是第一批搬走的，他是国家干部，理应带头听政府的话。但她不知道他搬到哪里去了。或许，单位会为他安排一间宿舍。他是一个人住吗？他理应一个人，她希望他是一个人。她甚至希望，这次拆迁能改变一切。如果他是一个人住在单位为他安排的宿舍里，她就能去找他，和他聊天，谈心。没人知道，没人会知道的。单位宿舍不像大同街，大同街没有秘密。

然而，在一个炎热的黄昏，罗英意外发现，杜春风也住在这个灰色的小区。不是一个人是两个人。在杜春风搬迁的时候，哑巴的父亲让他把刘小菊一起带走，说，你们在一起，有个照应，你们迟早要在一起的。你工作忙，她可以照顾你的生活起居。

人们都说，哑巴的父亲很开通。也有人说，这正是哑巴父亲的精明之处，貌似开通，实际上是用哑女把杜春风牢牢地拴住。

那天黄昏，远远地罗英看到杜春风从小区的大门进来，正想和他打招呼，却发现他的身后走着刘小菊。刘小菊无声地跟在他的后面，手里提着空篮子。这种走法让人看不透。她放弃和他打招呼，朝小菊尴尬地笑了笑。小菊爱理不理的，像是在赌气。和谁呢？杜春风吗？赌气是亲昵的一种表现。她罗英这一辈子只和父母亲赌过气。等小菊走过之后，罗英又回头看了看，刘小菊没有赶上去和杜春风一起走，依然悄无声息地跟在他的后面，一前一后地走进同一个门洞。

罗英想，他们可能真的闹别扭了。这样想着，罗英的心里五味杂陈。

大同路扩建是城区改造的重点项目，用政府文件上的话说，是重中之重。仅一个多月的时间，整条街1000多户人家都搬走了，只剩下进士巷底哑巴一家。哑巴的父母也搬走了，留下一对残疾人——哑巴和春姑。

这样一来，春姑成了大同街拆迁的"钉子户"。

/ 12 /

"大同路拆迁指挥部"工作人员第一次登门动员的时候，春姑抱着孩子在进士巷的巷口看热闹。

对面的房子正在拆除，一面墙被挂土机推倒，"砰"的一声，从地上打起一阵尘土，这些尘土迅速滚成一团白色的雾球，再慢慢地向四周扩散。春姑张着嘴巴，看得津津有味。一胖一瘦两个工作人员，用手掩住自己的鼻子和嘴巴，从春姑的身边走过。胖的对瘦的说，这个傻瓜。

　　他们不知道，这个傻瓜就是他们的谈判对手。

　　他们走进春姑家，没办法与哑巴对话。哑巴很客气地请他们喝茶，然后跑到巷口，把春姑叫回家。春姑抱着孩子走进家门，她的头发灰灰的，都是尘土。哑巴指着自己的老婆比划着，让工作人员和她谈。

　　春姑笑嘻嘻地对客人着拍打和拨弄自己的衣服和头发，弄得满屋尘土飞扬。两位工作人员快速地对看了一下，皱着眉头，放下手中的茶杯。看来，他们是不会再喝茶了。春姑拍打完衣服和头发，抱着孩子坐在厅堂正中的藤椅上，掀起前襟给孩子吃奶，一边冲着客人笑。雪白的奶子晃得两位男士的眼睛躲躲闪闪，不敢正视，处境十分尴尬。终于，胖工作人员说话了，说明来意之后，又拿眼睛看着哑巴，表示对他的尊重。哑巴指着春姑，让他们问她。

　　这时，春姑说话了，她的话简单明了，却掷地有声："不搬，没钱。"

　　胖瘦二位工作人员再次对看了一下，轮番对她说了许多话。无非是城市改造的意义和政策。不管他们说什么，她都是这4个字，或者把这4个字倒换过来说，"没钱，不搬。"

　　万般无奈的工作人员只好告退。

　　一次是这样，两次是这样，三次还是这样。弄得指挥部和开发商十分恼火，却一点办法也没有。

　　人们说，春姑说的这些话，是她公公教的。她公公的祖上本来就是生理人，会盘算，从不吃亏。还有人说，有关部门和开发商与春姑一家谈判的条件越来越好，给钱的标准越来越高，高得先前搬走的人家都十分后悔，大叫老实人吃亏，有些人甚至暗地里商量着一起搬回来。

　　春姑成了坚定的"钉子户"，全城出名。人们为了一睹春姑的风采，纷纷来到正在拆迁，尘土飞扬的大同街进士巷。当然，来人大都很失望。

因为春姑的形象实在有许多对不住观众的地方。

春姑对于大同街的巨大变化，一直处于兴奋之中。对不时上门动员的工作人员，和在门口走动的人们，无不报以热情的傻笑，有时还会大声地说，进来，里面喝茶。当人们真的走进来，她还是那句话，"不搬，没钱。""没钱，不搬。"也不管进来的是不是来动员搬迁的工作人员。

私下里，有人把春姑当成敢于与政府对抗的英雄。他们或许还在她的身上寄托着某种希望，如果她能从开发商那里获得更多的赔偿和拆迁费用的话，他们就有理由要求追加补偿。有人已经放出话来，难道春姑的房子是房子，我们的房子就不是房子？难道残疾人是人，我们正常人就不是人？

春姑从来没有承担过如此重大的工作，有一种从来未有的光荣感和成就感。她的一成不变的"不搬，没钱"和"没钱，不搬"，几乎战无不胜。她对失望和失败而去的人，报以嘻笑。当人们离去的时候，她就把孩子举得高高的，在原地转圈，开心地大笑。她还会把孩子的尿布拿掉，让宝宝对着门外撒尿。以展示她的胜利。在街上，她对所有遇到的人都说"没钱，不搬。""不搬，没钱。"遇到罗英，她也说；哥哥来了，她还说，仿佛是说上了瘾。

"大同路拆迁指挥部"工作人员在经历了几次失败之后，决定不以春姑为谈判对手，他们到聋哑学校请来了老师，把谈判对象重新锁定户口本上的户主，哑巴刘大壮。

当到家里的搬迁工作人员中出现会打哑语的女干部时，哑巴有点意外。但他的回答却让指挥部的干部更感到意外。他用哑语说，这个家我做不了主，做主的是我老婆，你们得和杜春姑谈，一切她说了算，我听她的。

人们知道，哑巴夫妇不会有这么高的智商，他们的背后有高人指点。这高人自然是他们的父亲。然而，哑巴的父亲却把事情推得干干净净。他说，房子是孩子的，我做不了主。拆迁指挥部的人不是傻瓜，他们要看房产证。他说，既然房子是孩子的，房产证自然在孩子手上。当他们从春姑的手里看到房产证的时候，傻了。这房产证果然是哑巴的名字，刘大壮。时间是三年前的某月某日。这一下，人们不得不佩服哑巴父亲的高瞻远瞩。

刘大壮从工作人员的手上接回房产证，递到春姑的手上，让她藏好。春姑把房产证放在嘴上亲了一下，说，房子，我们的，没钱，不搬。转身走进房间。这时，房子里传来孩子的哭声，春姑把孩子抱到厅堂，掀开衣裳，开始奶孩子。拆迁指挥部工作人员知难而退。

转了几个弯，拆迁指挥部找到了杜春风，让他帮助做动员工作。作为一个国家干部，为政府分忧，责无旁贷，何况他还想着"进步"。听说有关领导还说过这样的话，这是对春风同志的一次考验。

当单位领导找杜春风谈话时，他知道躲得了初一躲不过十五。对于未来岳父肚子里的小九九，他心知肚明，只是不想干涉。各人有各人的活法，各种活法都有他的理由，有他的合理性。对于一个平民百姓来说，难得一次为自己争取更多利益的机会，为什么不抓住？当然，可以理解不等于赞成，至少他自己不这样做。既然领导找了，他也就没有不答应的理由。杜春风当然知道，找哑巴找春姑是没有用的，他们只是傀儡。为了缓冲一下气氛，找亲家的时候，他把刘小菊也带上。在父亲的面前，刘小菊一直拉着杜春风的手，显得无比地亲热与温柔。这正是老刘希望看到的效果。杜春风还没开口，老刘就说，你不用说，我知道你要说什么。杜春风还是说了，他只说四个字，"适可而止"。老刘微微一笑，我知道，凡事都有一个度。你放心，我不会让你为难。

/ 13 /

"钉子户"终于被拔掉了。

听说，春姑夫妇搬出大同街进士巷的那一天，正是他们原来的邻居们计划集中上访的那一天。他们看到春姑搬家，上访也就自动取消了。春姑无意中化解了一起群体性上访事件，为维护社会稳定做出了积极贡献。

春姑的胜利还在于，她多为刘家取得十几平方米的面积。同样的条件，别人只换了一套大套，她是两套中套。从拆迁指挥部传出消息，开发商在合同上鉴字时说，残疾人嘛，就当我多做一次慈善活动。据说，这消息是一个胖子喝酒时传出来的，但人们不知道他的尊姓大名。

还听说，杜春风单位领导班子最近讨论干部问题的时候，围绕杜春风是否提拔，出现两种不同的意见，一种意见认为，杜春风平时表现突出，这一次又与组织密切配合解决了一个十分棘手的难题，表现出出色的工作能力，可以提拔；另一种意见则针锋相对，认为这本来就是杜春风与刘家合演的一出双簧。此人能力可佳，品德则不敢恭维，为了对党负责，还是再考验一段时间吧。最后不了了之。

关于杜春风的一切，罗英都是听说。大同街没了，但不知从什么时候形成的大同街的民间"网络"却依然活跃。分居各处的阿婶、阿姨、阿婆们，对于邻居们各种信息的传播广度和速度，远远高出官方媒体。

然而，让罗英深感意外的是，有一天她下中班的时候，在医院门口，她被杜春风叫住了。

我们再吃一次卤面吧。

杜春风一嘴酒气地说。她看了一下四周，好在没有医院的同事。她拉着他，来到最近的一间卤面店，要了两碗卤面。

你喝酒了？怎么喝这么多酒！她责怪地说，语气之亲昵，让自己吃了一惊。

我是一个坏人，杜春风说，私下里，我不止一次地想，她死了多好啊。

她是指谁？春姑？肯定不是。那就是那个哑女刘小菊了。这样想着，罗英既意外，又害怕。还有一种甜丝丝的东西从心头淌过。

他为什么告诉她这些？这不明明白白地向她表白一种心思吗？没了刘小菊，春姑有依托，而他又是一个自由身，可以选择自己的生活，自己的幸福，不必与一个不能沟通的哑女周旋。他的孤独，他的痛苦，她能理解，她为他感到心疼。可是，他不应该这么想，这么想太可怕了。扪心自问，她难道就没有类似的念头，是的，她闪过。有一次甚至梦见过哑女刘小菊掉进河里，她看着她在河里挣扎。她在夹杂着惊悸和些许幸灾乐祸的情绪中醒来。

罗英说，不不，你没有这样想，你是好人。

喝了酒的杜春风固执地说，我是坏人，坏哥哥，坏男人。虚伪，自私。

千万别这么想,千万别。

那天,我们一起散步,来到九龙江边。对岸灯光摇曳;江面渔火点点。她高兴得手舞足蹈,哇哇直叫。是啊,一个沉浸在爱情中的少女,一个看起来风流倜傥英俊潇洒,一切都是那么地美好。而我却突然起了这样的念头……

罗英一惊,什么念头,不会想让她掉到江里去吧,不会像她梦中那样的歹毒吧。她惊骇地看着他,怕他说出那个可怕的想法。

他还是说了,要是有一阵旋风,把她卷到江里多好啊。

是风,不是你!她试图为他辩解。

这比我自己把她推下去的想法更可怕,更卑鄙,更悲哀。

杜春风的话在罗英的心里掀起狂风巨浪。他却不管罗英的反应,自顾自地说下去:

我想欺骗自己,让自己相信,我会爱上她的,即使现在不爱,将来,有朝一日,我也会爱上她的。为春姑,我只能爱她,我必须爱她。我强迫自己去爱,我尽量去看她身上可爱的地方,她的美丽,她的率真,她的温柔,我努力改变自己去适应有她的生活,我写文章,向世人公开自己的爱情,就是想断了自己的后路,把自己逼上去。可是,我做不到,做不到啊。

杜春风说着,伏在桌上哭。一会儿就睡着了。

罗英呆呆地看着两碗卤面上的热气,慢慢地散去,变凉。

第二天,杜春风再次找到罗英,对她说,对不起,我昨天喝高了,对你说了一些不该说的话。

罗英说,你没说什么。

其实,他说,我是很幸运,也很幸福的。她,很好,真的很好,很贤惠很温柔,除了不会说话,脾气急躁了一点……什么都好的,真的。

我知道,她说。说这话时,她心里很酸。

她很好,你有空去看看。欢迎你到我们家来泡茶。你是春姑的朋友,好朋友。你也会成为她的好朋友。

看着他远去的背影。她突然想,花枝乱颤,是什么时候什么地方,她罗英也曾经笑得花枝乱颤?是的,她曾经有过快乐的放肆的笑声。是一双什么样的眼睛看着她，关注她，欣赏她。什么地方，什么时候，什么人？同事，同学，共青团活动的伙伴……是在一个什么样的特殊的场合……想不起来了，怎么会想不起来呢，再想想，再想想……

想不起来，还想，她希望，就像人们常说的那样，日有所思夜有所梦，她希望在梦中见到那双把自己花枝乱颤的样子嵌进去的眼睛，认出那双眼睛的主人。

也许，想起来也没有用，梦见了也没有用，人家已经恋爱了，结婚了，有孩子了。一切都晚了。

/ 14 /

罗英不知道春姑搬到哪里去了。在和杜春风见面的时候，她本来想问的，却一直没问成。她被他的痛苦折磨得心神不定，心烦意乱。

不久，她听说春姑的生活发生变故，遭遇不测。春姑的孩子没了。

关于春姑孩子的传闻，有好几种版本。

一说是死了，本地闽南话，孩子没了，就是孩子死了的另一种表达。

关于春姑孩子的死，又有多种说法。

有的说，哑巴年轻力壮，欲望很强，每天晚上都要做夫妻间的"功课"，一次接着一次地做，把傻春姑弄得死去活来，筋疲力尽。有一次做完"功课"之后，两人都睡死了。睡死了的夫妻把棉被压死了，把睡在被里的孩子活活闷死。这种说法没有依据，两个人在房子里做的事有谁知道？哑巴不会说话，春姑也不善表达。这显然是好事者编出来的故事，以哑巴强壮的体魄和春姑曾经的"风流韵事"作为切处入点，加以想象，胡编乱造。这很可能是集体创作，因为吃饱没事干的大有人在，口口相传，越传越真越丰富越生动，活灵活现。

有的说，是春姑在给孩子洗澡的时候，忘了拿肥皂，就把孩子放在澡盆里去拿肥皂，拿肥皂的时候才发现，肥皂没了，就上街去买肥皂，等她回来的时候，孩子早就活活地溺死在澡盆里了。这种说法比较靠谱，从春姑的傻出发，逻辑上合理。相信的人不少。那些街坊邻居，阿婆阿婶阿姨们一边说，一边摇头叹惜，可怜那个孩子，不是女的是男的！才几个月大呀。作孽啊，作孽！

一说孩子不是死了，是丢了。给春姑弄丢了。说有一天春姑抱着小孩子上街买东西，只顾讨价还价，一转身，孩子就没了。这种说法十分模糊，缺乏依据，因为春姑买东西，从不讨价还价，是多少给多少，不是不想讨价还价，是不会。她只能简单地付钱拿东西，没有诸如价值、价格，贵与便宜的概念。再说了，讨价还价也没必要放下孩子。更有可能是，春姑中了坏人的圈套，被拐卖儿童的犯罪团伙拐了。有说这是个跨省的拐卖儿童团伙，开头是想把春姑连孩子一起拐了的，可是现场观察之后，决定放弃大的只要小的，傻春姑实在不具备市场价值。

罗英对春姑的孩子被拐卖儿童犯罪团伙拐走的说法比较认同，因为其中的一个细节，让她想起小时候的春姑。说该团伙有一个卖贡糖的跛脚老人。罗英知道，本城的孩子都喜欢吃贡糖。春姑是抱着孩子追着那个卖贡糖的担子追到一条偏僻的小巷子里去的。开头，春姑买了一角钱的贡糖，自己舔一口，放在孩子的嘴唇上抹一下。她看着孩子伸出舌头来舔，小嘴唇嘬得巴巴响，嘻嘻地傻笑，又对着卖贡糖的跛脚老人乐了好一阵子。这样的动作不厌其烦地反复地做着，简直入了迷。就在春姑陶醉在年轻母亲逗孩子玩的乐趣中时，突然跑出一个人，从她的手中把贡糖抢走。春姑大叫着，把孩子放在跛脚老人的贡糖担子上，去追那个人。那人把贡糖丢在深深的巷底，跑了。当她拾起贡糖返回时，卖贡糖的跛脚老人连同贡糖担子和她的孩子一起消失了。

还有人说，拐骗春姑的孩子是房地产开发公司勾结黑社会干的。房地产公司之所以这么干，是对春姑给他们所造成的麻烦实施报复。同时，有"杀鸡儆猴"的用意。要是每个拆迁对象都像春姑这么难缠，他们还要不要在本地"发展"？这种说法，在罗英听来，比电影情节还恐怖十分。这只能是某些人根据某种社会心理编造出来的骇人听闻的故事。

当然，罗英不能确定哪种说法是事实的真相。她想问杜春风，没敢开口。这等于往当舅舅的杜春风的伤口上撒盐。

孩子没了,春姑的幸福生活也没了。哑巴天天打她,她没有反抗,只是不停地哭。杜春风把妹妹接回家,春姑却又自己跑回去,挨打,她愿意。刘小菊看到嫂子身上青一块紫一块的,忍不住跑去和哥哥论理。没说几句,兄妹俩就打了起来。哑巴都是急性子,两个急性子撞在一起,打架在所难免。不过,听说,力大如牛的哥哥反倒被妹妹打得只有招架之功,无还手之力,还是春姑出手救了丈夫,刘大壮才不至于被妹妹打得头破血流。这种传闻很搞笑又很温馨:哥哥让妹妹;老婆护老公。

/ 15 /

一年后,大同路安置房顺利建成投入使用。本地晚报用红色的通栏标题报道了这一消息:大同路千户人家喜迁新居。

大同路还叫大同路,只是变宽了,变直了,双向四车道,中间还有一条绿化带,街口外加一个花花绿绿的街心花园。大同路原来的居民都集中安置在新建成的小区,小区大门外有一块大石头,上面刻着金色的大字:"大同新村"。明明是由二十来座公寓楼组成的城市住宅小区,为什么要叫"新村",人们弄不明白,也不想弄明白。村就村吧,有新就好,更何况前面还有"大同"俩字,让人很怀旧。大同路大同新村。住了几代人的地方,说变没变;说没变又变。好啊,爽啊。

不知为什么,罗英与杜春风选了同一幢楼,同一个门洞,同一个楼层,成了门对门的邻居。连开门关门的声音,都听得十分清楚。他们都是享受第一批挑房的拆迁户,在一起的机遇很多。但他们事先并没有约好,而且,选房是罗英父母去选的,罗英一无所知。装修也由父母操心,对于家里的具体事务,罗英万事不管,只享受现成的,是本地老人们所说的,让人羡慕的那种"吃饭钵中央"的好命人。

杜春风似乎比罗英家早些日子入住,因为罗英第一次进门时,就发现对门的大门上贴着新对联,那是一副很一般的对联,没有什么新意:"门迎春夏秋冬福，户纳东西南北祥。"知道这是杜春风家之后，罗英想，这应该不是杜春风挑选的对联，这是哑女刘小菊买的，体现的是刘小菊的品位。当然，罗英对自己家的门联也不满意，什么"有福有寿勤俭户，无虑无忧康乐家。"俗。

罗英知道再次与杜春风成为"街坊邻居"，而且是近得不能再近的近邻，是住进新房一届之后的事情。

那天她下夜班，昏昏沉沉地回家。平时夜班不至于这么累，这个夜班碰上两摊抢救病危病人，一个刚刚抢救过来，正想喘一口气，另一张病床的急救铃又响了起来，一直折腾到天亮。在路上走着的时候，罗英想，一回家就睡，睡个痛快淋漓、天翻地覆。不做梦，绝不做梦。再也无梦可做了。

就在罗英昏昏沉沉地走进小区，走进门洞，走上楼梯的时候，她碰到了从楼梯上走下来的刘小菊。她意外地向她笑了笑。刘小菊仿佛也很意外，站住了，向她比划着，那意思是她也住在这个楼里。她不太明白，她拉着她的手，返身往上走。她拉着她在她住的那层楼停下来，掏出钥匙，打开罗英家的对门。

罗英傻了。刘小菊开心地笑着，比着手势，拉着她往里走。罗英不敢进去，她怕看到她想看而不敢看的场景：一张大床，有点凌乱的被窝，杜春风还躺在被窝里。

然而，罗英看到的却是这样的三个房间：一间小房间里摆着一张单人床，上面的被褥叠得整整齐齐，刘小菊指着自己，那是她的房间；一间书房兼卧室，里面也有一张单人床，被褥也是叠得整整齐齐的，刘小菊指着桌上杜春风的照片，做了一个车轮旋转的动作，意思是他出差了，还是上班去了？另一个大房间却是空的。刘小菊比划着，罗英意会到，这是她和杜春风将来的新房。一切都出乎她的想象。看来，她对杜春风的了解还是不够的。一时间一种说不清道不明的思绪与情感交织着，翻滚着，似乎还夹杂着某种希望。

作为回报，罗英把刘小菊带到自己的家里。看到她掏钥匙开门的时候，刘小菊的惊讶不亚于刚才的她。她在她推开门的同时，跳了进去，拍手大叫，把罗英的父母吓了一大跳。罗英告诉父母亲，杜春风就住在对门。父母也深感意外。母亲说，要是以前，哪有住了这么久还不知道对门是谁的。同一条街，抬头不见低头见。现在是，抬头也不见，低头也不见啊。大同路的邻居们都在一个小区，却没了当初的亲切感。打个招呼，各自回到自己的楼房，上自己的楼梯，回到家，关上门，自成一统。街坊们的事情都不知道了。到最后，罗英母亲说话的语气，居然在感叹中掺进了许些凄凉。

在母亲的说话间，罗英想到她的掩格仔门和它所带来的故事与亲切感。掩格仔门的时代一去不复返了。

罗英想问春姑住在哪幢楼，却无法与刘小菊对话，只好作罢。

刘小菊走后，罗英躺在床上，却没法入睡。她紧闭双眼，强迫自己，什么也别想。她数数，123456789……一直数到1000，头脑还十分清醒。同时，她的耳朵变得特别灵敏，不要说对门的门声，连脚步声楼梯声都有点声声入耳。刘小菊下楼了，回来了，开门了，进去了，关门了。

有一点她很清楚，门对门又怎么样，门对门改变不了他和她的生活，因为春姑，因为刘小菊。他和她都不想伤害她们。门对门徒然增加她的痛苦。也许，也增加了他的苦痛。唯一解除痛苦的办法是，她得抓紧把自己嫁出去，离开这个家。

但是，父母亲的意思正好和罗英的想法相反，由于有了这一套三房一厅的新房子，他们想招一个上门女婿。他们对亲戚朋友放出风声，我们罗英要外貌有外貌，要内才有内才，就等着一个"金龟婿"找上门来。"金龟婿"是本地人对好女婿的一种叫法，这种好，不是一般的好，是有德有才又有貌的好中之好。

/ 16 /

春姑似乎也淡出人们的视野，很少有人提起、有人议论。也没有当初的那么多的传说和故事。

环境变了，生活变了，人们关心的东西也变了。

唯一不变的是春姑，她遇到罗英，还是姐姐姐姐地叫着，一如往常的亲切。罗英从坤包里拿出几片德芙巧克力递给她。她还是像往常一样地，把糖纸剥开，先送到她的嘴边，让她先尝尝。如今，她已经学会洗手，她的手是干净的。她张开嘴，把巧克力吸了进去。于是，春姑很开心地笑着，再剥一片，塞进自己的嘴里。

第一次在小区见到春姑的时候，春姑跟在刘大壮的后面走，她看到罗英惊喜地"姐姐姐姐"地叫着，并拉着她追上前面的刘大壮。刘大壮看到罗英，也高兴地叫着，比划着。春姑说，回家回家。罗英便跟着他们走。春姑住在最南边的那幢楼第二个门洞的三楼。进门之后，春姑把她拉进卧室，从抽屉里拿出一张医院的化验单，在罗英的眼前晃来晃去，很调皮的样子。罗英说，又怀上了？春姑这才把单子递过来，罗英一看，果然。

罗英向她伸出两只大拇指的时候，刘大壮把一杯红糖水，双手送到她的面前。他们把她当贵宾。给第一次上门的贵重的客人送上一杯红糖水，是本地的风俗。罗英不知道先前关于哑巴打妻子的传闻是否属实，但她今天见到的，是一对欢天喜地的夫妇，和过去没有什么不同。

一种很久以前曾经有过的感觉又在心里出现，她不如春姑。她五官端正，思维正常，情感丰富，有文化有文凭，有一份让人羡慕的工作。她唯一不如她的是，没有一个好哥哥。尽管有点忌妒，有点心酸。她还是衷心地为春姑祝福。

那天她下了夜班，睡不着，躺得头有点疼，索性起来，坐在飘窗上看光景。飘窗的设计真好，三面玻璃，坐在上面，窗外风光尽收眼底。唯一不足的是，父母亲在装修的时候安了不锈钢防盗网，让眼光被分割成一块块的。当然，这怪不得父母亲，家家都这样。

有一阵熟悉的笑声从楼下传来，她低头一看，是春姑。春姑坐在她的三轮车上。嘻嘻地傻笑着。从上往下看，哑巴踩三轮车的动作有点像一只低空飞翔的鹰，左右摇摆，快速前行。

恍惚间，罗英回到很久很久以前，眼前的飘窗，飘窗前的不锈钢防盗网，化为掩格仔门，化为掩格仔门扇上的透光的可以放大的亮点，透过这些亮点，她看到大同路来来往往的熟悉的人们……

从此，罗英下了班，喜欢坐在飘窗上看楼下的光景，看以前的老街坊们在小区的道路上走动，看春姑和哑巴上班下班。和以前不同的是，坐在飘窗上的她，还能听到隔壁房间的动静，她能清晰地分辨出刘小菊和杜春风的脚步声，想象出他们在做什么，如何比手势，讲哑语。每当晚间，她没上夜班的时候，她还能听到从隔壁传来的歌声，不是杜春风唱的，他似乎从来不唱歌，是碟片，总是同一首歌——不是我的错：

Oh yeah we're gonna take a nice and smooth… / 这是一首非常寂寞的歌 让我陪着你一起度过 / 当黑夜来临时我真难过 是伤痛带给我的折磨 / 不是我的错 不是我的错 真的不是我的错 / 你不愿再相信 不愿再相信 相信我的心 /You drive me crazy baby/You don't have to feel it/The way you make me feel is alright / 这是一首非常寂寞的歌 让我陪着你一起度过 / 当黑夜来临时我真难过 是伤痛带给我的折磨 / 不是我的错 不是我的错 真的不是我的错……

杜春风在当上科长的那一年，实现了他对刘家的承诺，和刘小菊结婚。

同一年，罗英当上护士长。医院里年轻的护士们都亲热地叫她大姐。罗英曾经很积极地想把自己嫁出去，相了几次亲，都以失败告终，不是她看不上人家，就是人家看不上她。在不知不觉中，在母亲的唠叨与父亲的叹息声中，罗英成了"大龄女青年"。她知道"大龄女青年"就是嫁不出去的老姑娘。嫁不出去就不嫁了，她这样对自己说。

罗英还是常常在她的飘窗上看光景，她私下里给自己的飘窗起了一个名字，叫"高空掩格仔门"。

除了上班，罗英哪儿都不去，就坐在她的高空掩格仔门后，看那些越来越老的街坊们，看春姑抱着孩子，骄傲地坐在三轮车上，看哑巴刘大壮无数次地在她的眼底快乐地飞翔。有一天晚上，隔壁的歌声久久没有响起，她焦急地等待着，等待着，突然，一阵婴儿的啼哭声猛烈地冲击着她的耳膜……

罗英微微一笑，与此同时，两行清泪涌出眼帘，迅速地、无声地滚落下来。

尴尬年华

/1/

他打我，无情无义地打。他说就是要打，打死也不解恨。

她对他说。他们面对面坐着。他不认识她，她是来找领导告状的女同志。他叫王解放。王解放喜欢文学，他读过的小说告诉他，眼前的这位女同志，用过去的叫法，应该是少妇。那时，人与人之间，除了阶级敌人，都以同志相称，不管年龄大小，也不管性别男女。少妇少女之类的称呼过时了，与无产阶级专政的时代氛围很不协调。

这是一间大办公室，办公室门上钉着一块木头牌子，白底红字：政治处。正对门的白墙上，是红纸剪成的黑体字：团结、紧张、严肃、活泼。有七八张桌子，是政治处干事们的办公桌，里面有个套间，是主任室。政治处的人大都出差了，剩下宣传干事王解放看家。

你看，她站起来，绕过办公桌，走到他这一边，捋起手臂。他闻到一种从未闻过的幽香，仿佛是从她身上散发出来的。同时，他看到，她那雪白的胳膊上有几处紫色的淤血，本地闽南话叫"乌青"。

这是他打的？他有点吃惊，真狠。

可不是，还有这里，她掀开胸前的衣衫，雪白的乳房袒露在他眼前。一片炫光，他的头嗡地响了一下。眼光慌里慌张地扫过，隆起的地方也有几处"乌青"，他想赶紧把目光彻底挪开，可是，目光却不听使唤地滑向那两个尖尖的地方。

他慌乱地叫着，大姐，大姐，不知道往下要说什么。他的本意是叫她把衣襟放下，可是找不到合适的词。直说放下似乎过于命令式，不是他这种身份的人所能说。他们主任说，来的都是工人同志，"工人阶级领导一切"，我们是为人民服务的，具体地说，就是为我们单位工人同志服务。

她看着他，一时忘了把掀起的衣襟放下。这少年家长得很清秀，双眼皮。害羞的样子很可爱。她没见过这样可爱的少年家。

他满脸通红，不知所措。他被那种说不出的幽香熏得昏昏沉沉。

他还专挑那个地方打，说要打到我不能搞腐化为止。那个地方，懂吗？她看着他说。

王解放更惶惑，使劲地摇头，出汗。"搞腐化"三个字，像炸弹一样地在他脑子里爆炸，把他炸得晕头转向。那时，"搞腐化"还有一种说法，叫"乱搞男女关系"，是地主资产阶级腐朽思想的表现。他们单位后勤处的江副主任，是个"三八式"老干部，就因为搞腐化，从师级降到营级，转业到地方，还不能安排在政治处这样的要害部门，只能在后勤处，还是个副职。人们谈"腐化"色变。而面前的这位大姐，居然……王解放不敢往下想。

然而，他的目光不听使唤，像被她袒露的雪白的尖尖的地方钉住了，拔不开。

她又问，懂吗？

他使劲地摇头，除了摇头，还是摇头。

她想笑，却忍住了，怕吓着了他。

他有一种坠入深渊的感觉，白色的深渊，让人恐惧，又让人留恋。他在绝望中听到沉重的楼梯声。他知道阿胖来了。

阿胖来了，他就得救了。

阿胖是政治处的妇女干事，大名郭兰英，与唱"花篮的花儿香"的郭兰英同名同姓。第一次见面时，她说我叫郭兰英，但不会唱歌，我家阿会说我会唱也没用，上不了台，太胖。人家郭兰英是什么身材！阿胖是个印尼归侨，35岁，有个和她一般高的女儿。阿胖为人随和，单位的人都不叫她真名，只叫她阿胖仔。

要死啊，你。人家还没结婚哩！

阿胖在门口大声叫。她放下衣襟，退回他的对面，坐下来。我不就是给他看看嘛，这就是那个没良心的打人的证据。证据，不看行吗？

他茫然地看着她。他的四周弥漫着她身上散发出来的特殊的香气。

你让我看不就得了。

你不是还没来吗？

现在不是来了吗，过来。

你都看过多少次了，解决不了问题。这是新打的，新的。

她对她说，眼睛却看着他。意思是，她解决不了问题，我指望你。

他无可奈何地看着阿胖。阿胖笑了一下。

他说他要把我打得不能搞腐化。可是他打完还要跟我干那种事。那种事，你懂吗？

阿胖说，他哪里懂，他还没结婚哩。

你说他是人吗？

她还是对他说。他茫然地点头，又摇头。那种事，哪种？搞腐化吗？不是。这一点他懂，和自己的老婆搞，不能叫搞腐化。叫什么？"卿卿我我"？"耳鬓厮磨"？要更进一步，那就是旧小说所说的"颠鸾倒凤"了，这太朦胧了，或者说，就是人们常说的"正常的夫妻生活"了。可是"夫妻生活"对于他，还是一个神秘的字眼儿。他还是心跳，还是脸红。

阿胖说，你有完没完啊，我说，人家还没有结婚。跟我说吧。

算了，我还是去找法院吧，我要离婚。

她站起来，又看了他一眼，转身走了。

他听到她下楼的声音，那声音，比阿胖轻得多。

她走了。对于她的走，他似乎有点不舍，他害怕与她单独面对，又希望她多留一会儿。

她走了，她留下来的幽香却久久不散。

那时，他对香水或体香的概念是书面的。而对"香风毒雾"这四个字却印象深刻。他情不自禁地打了一个寒战。

/ 2 /

这是家省属重点企业，底下有十几个单位，数千名职工。单机关就有百多号人。机关中，政治处最重要，但房子最旧。这与他们主任的作风有关，他说，把方便让给别人，把困难留给自己。

这是一座解放前留下来的老房子，砖瓦结构，两层楼。因为太老了，人在楼上走，整座楼都有摇晃的感觉。特别是阿胖，她一动，大家就说，你轻点。她便笑，你们男同志，一个个都是怕死鬼。还常常把"一不怕苦，二不怕死"挂在嘴上。放心，倒不了，倒了也是我先死，有我阿胖撑着，你们都死不了。

她走后，阿胖便对他说起她的故事。

她叫杨秀梅，是单位的职工家属。她丈夫是下属保修厂的机修工。她是麻纺厂的麻纺工。他们是自由恋爱结的婚。原来过得和和美美的，后来不知怎么的，就吵吵闹闹起来，听说她和麻纺厂的一个工程师好上了，还听说，不止工程师一个，还有他们的车间主任、支部书记、班组长，和许多人都好上了。这一来，就没完没了地吵吵闹闹起来，先是吵，后来才打。这种事，真真假假的，谁也说不清。夫妻间的事，原以为"床头打，床尾和"，谁知越打越厉害。打一次，她就来一次，来一次，就让你看一次。

打人总是不好的。王解放说。

也是。这种事，打老婆的事，自古都有。皇帝再大也管不了家里事。

阿胖站起来，倒水喝，说，你要不要来杯水？看你吓得！

是有点渴。

紧张弄的。我家阿会也是这样，一紧张嘴就渴。第一次到我们家相亲，就不停地喝水，弄得我母亲也很紧张，以为他有什么毛病。

是吗？王解放笑了一下。阿胖，你家阿会会打人吗？

他敢！

听主任说，阿会是出了名的怕老婆。

阿胖乐呵呵地笑。要打，他也打不过我啊。时代不同了，男女平等。男同志能办到的事，女同志也能办得到。

你是说，男人可以打老婆，女人也可以打丈夫？

我可没说。

王解放嘻嘻地笑了。他知道阿胖喜欢他，老大姐一样地疼他，爱护他。有一次，她还半开玩笑地对他说，可惜我女儿太小了，要不，就把你招到我们家当女婿。政治处是个十分严肃的地方，平时说话做事，他都小心翼翼，只有和阿胖在一起，他的心情最放松、说话最自由。

最自由是王解放私下的想法，不敢说出口，因为"自由"和"人性"什么的，在那时是要批判的。但他天生喜欢自由，无拘无束。也许不是天生的，是受了他读的"黄色小说"的影响所致吧。资产阶级、小资产阶级的思想，真的无时不在，无孔不入。

那个杨秀梅，你可要提防一点。看样子，她喜欢你。

我？王解放的脸红了一下。不可能。

男女之间，什么事都可能。

阿胖，你可别吓唬我。

我说正经的。

难道她还敢再来？难道她还会追到我家里去？

就怕你去找她。

我，找她？躲都来不及！

阿胖笑了起来，让我说着了吧？看你脸红得像关公。和你说着玩的。不过我提醒你，她名声不好，你又没找对象，要是有什么风言风语的，对你影响不好。更重要的是，会影响你的进步。

难道她比阶级敌人还厉害？

要不，你试试。

我可不敢。

这就对了。我是过来人。女人有时是很可怕的。

阿胖你有时也很可怕吗？

这你得去问我家阿会。

阿胖开心地笑了起来,说,她这种女人,你不能沾,一沾就黏住了,扯不开。

王解放不敢再说下去。心里却打嘀咕,些许忐忑,些许不安。无来由。仿佛被说破了什么。

话说回来,她也不是坏人,只是个不幸的女人。

阿胖的话,有时会流露出与这个时代不很合拍的调子,比如"不幸的女人"。也许,这与她从印尼回来有点关系吧,毕竟,印尼是资本主义国家。

然而,阿胖的话却让王解放想起《安娜·卡列尼娜》开头的话,"幸福的家庭都是相似的,不幸的家庭各有各的不幸。"那么,她的不幸是什么,是谁引起的?是她的错,还是这其间有什么误会?

不想她了。王解放摇了摇头,想把杨秀梅从脑子里甩掉,不想,甩出来的却是刚才那个叫人心跳的镜头:雪白的高高隆起的乳房和尖尖的乳头。还有一丝说不清道不明的让人心跳的幽香。

/3/

下班回家的时候,王解放的眼睛在街上四处溜达,溜来溜去,溜去又溜来。这与平时的王解放不同,平时走在街上,他总是目不斜视,正道直行。是怕在路上遇到她吧,他对自己说。然而他知道,还有一种潜在的东西在心里蠢蠢欲动,那就是希望在路上遇到她。

经常在大会上宣传毛泽东思想的王解放,对自己很失望。

好在,一路安全。只遇到一位老同学和单位的一位同事,打了一般性的招呼。

老同学是女的,叫刘闰生,从来对他都是不冷不热的,他自然也没太把她当回事,而且,长得不怎么样,不是不漂亮,而是,怎么说呢,棱角太分明,不温柔,不妩媚。当然,这不能说是她的缺点,只能说他自己的思想有问题,他所喜欢的温柔妩媚都属于地主资产阶级娇小姐,不是无产阶级的。她不但长相很光明正大，出身也好，她父亲是军分区政委，她本人当过他们班的团支部书记。普通话说得很好听，字正腔圆。还有，她唱"飒爽英姿五尺枪，曙光初照演兵场。中华儿女多奇志，不爱红妆爱武装"的时候，很有节奏感。

　　单位同事也是女的，后勤处会计，他至今不知道她的名字，只跟着别人叫她衣大姐。很少人姓衣，可衣大姐就姓衣。领导们都叫她小衣。领导叫她小衣的时候，她总是甜甜地应一声"哎"，让人听起来很舒服。每当听到她"哎"的时候，他就想起不知在哪篇小说中读到的几个字，"小鸟依人"。按过去的标准，衣大姐可以用"年逾不惑，风韵依存"来形容。衣大姐有给人介绍对象的爱好，弄得他看到她就想躲。

　　今天怎么啦，遇见的全是女的。

　　和刘闽生相遇时，他居然脸红了一下，因为他想到她的前胸和双乳。她的脸色微黑，黑里透红，属于健康而革命的那种。她的脖子相对要白一些、小资产阶级一些，那么她的前胸呢，一定没有杨秀梅那么白。王解放的脸红让刘闽生很意外，她先一愣，立即低头看自己有没有异常之处。没有。她镇定了一下，说，下班了？下班了，他答。都没有停下脚步。过后，他回头看了一下，想检验一下自己的失态在她身上的反应。不想，她正回头看他。两人同时触电般地把头扭回，加快脚步，迅速离去。

　　在他后悔回头的时候，有人叫了他一声，是衣大姐。他朝她笑了笑，又点了点头，匆匆地走过。衣大姐看了他一下，想说什么，又看了看走在前面的少女，很暧昧地笑了笑，自言自语地说，原来他有人了。她加快步伐，想追上去看看那女的长得如何，可是，刘闽生走得比她还快，她有点遗憾地放慢了自己的脚步。

　　王解放走过之后，突然又冒出一个奇怪的念头：衣大姐的前胸有没有杨秀梅那么白？我怎么会这么无聊，这么无耻啊！

/4/

晚上，王解放关上房门，从抽屉里拿出一本书，躲在被窝看。这是本不折不扣的"黄色小说"，司汤达的《红与黑》。这是他从单位的图书馆"走后门"借来的。王解放不喜欢于连，却希望他自己是于连。

于连把自己的地位和情况详细地考虑一遍以后，他觉得自己是不应该胡思乱想做征服德薇夫人的梦，也许她早就发现了德·瑞那夫人对他的兴趣了；因此，他不得不回到德·瑞那夫人这方面来，他暗自想道，"……今天我缩回我的手，她主动地把它握着，而且握得很紧……，她现在属意于我，一定是因为我容易到手。"

读到这里，王解放突然想，上午，要是阿胖没来，她，那个叫杨秀梅的少妇，会不会抓住我的手，让我去摸她的受了伤的肌肤？王解放放下书，看了看自己的手，又下意识地向前摸了摸，眼前出现她那雪白的双乳和尖尖的乳峰。

王解放自嘲地笑了一下。拿起书，先闭上眼睛，让自己的心情平静下来。再往下读：

钟声敲过两下……他知道最困难的大事的时间到了……

他一边起身，一边想："我已经向她说了，夜半两点钟我要到她的卧室里去，假如我失信，人家就讥笑我原来是一个乡下佬的儿子……我不是懦弱无能的。"

于连对自己的勇气感到骄傲，他是很有道理的。他从来没有经验过更困难的骚扰……他因为没有穿鞋子，轻轻地走向德·瑞那先生的门前窃听，他分辨得出他的鼾声，因为德·瑞那先生既然已熟睡，他还不去履行他的计划，便没有借口了……

后来，他痛苦极了，比他走向死亡的道路还要痛苦千倍。他走进小小的走廊,由这里可以通到德·瑞那夫人的卧室里去。他用一只战栗的手打开房门,弄出可怕的声响。

……

王解放合上书本,屏住呼吸。他没有勇气看下去。

于连正在向通往实现野心的道路上奋勇前进。红与黑,将军与传教士。木匠的儿子想跻身上流社会……

王解放索性关了电灯,让自己在黑暗中沉入遐想的海洋。

王解放思想的翅膀在黑暗中迷失方向。迷迷糊糊,昏昏沉沉的王解放意外地进入了另一个境界。

王解放看到自己蹑手蹑脚地来到一个房间,轻轻地推开一扇门。他闻到一阵幽香,他好像曾经闻过这种幽香。朦胧中,他看到一张床,床上躺着一个女人。让人头晕又沁人心脾的香气就是从那张床上散发来的。是她,那个叫杨秀梅的少妇。

他看到他像饿狼一样地扑过去。

他在一阵旋风般的快感中醒来。发现自己裤子里一片狼藉。

政治处宣传干事王解放心跳不已,脸颊发烧。羞愧难当。

王解放感到前所未有的沮丧。

看来,他王解放满脑子剥削阶级腐朽没落的思想意识,百分之一百地当不成无产阶级革命事业的接班人了。

半年前,阿胖曾悄悄地告诉他,少年家,好好努力,领导对你的印象很好。一个月前,机关党支部书记找过他,鼓励他递交入党申请书,他说自己条件还很不够。书记说,递交入党申请书也是创造条件的实际行动。一个星期前,他很庄严地向党支部递交了入党申请书。王解放啊王解放,你居然经不起小小的诱惑,资产阶级的糖衣炮弹还没打过来,你就缴械投降了,你就做这种荒唐的黄色的梦,你不可救药。你完了。

王解放在自我批判自我斗争的同时,脑子里却冒出不知从哪本书里看来的两句诗:"牡丹花下死,做鬼也风流!"

王解放对自己哭笑不得。无可奈何的王解放终于放弃自我批判和斗争，打开电灯，换了短裤，重新躲进被窝。躲进被窝的王解放手痒痒的，重新拿起《红与黑》。他的目光像一只专心觅食的小鸡的嘴，在书页上跳跃着：

室内还有光亮，一盏小灯，在壁炉的下面燃着……德·瑞那夫人看见他进门的时候，立刻从床上跳下来，喊道："该死的！"室内有些零乱……他跪在她的脚下，吻她的膝头。她又庄严又残酷地向他说话，他两眼充满了眼泪。

几点钟以后，当于连从德·瑞那夫人的房里走出来的时候……他一无所思，一无所欲了……

当于连回到自己的卧室，来到脑里的第一个念头："我的天！幸福，被爱，就是这样吗？"他心里所长期渴慕的东西，刚才算是得到满足了。但是转瞬间，这颗心又陷入惊骇的忧虑的战栗里……

这时，远远的教堂的钟楼传来了《东方红》的乐曲。沉溺于书中的王解放有些恍惚。本城的这座教堂是帝国主义文化侵略的罪证之一。建于腐朽的清朝同治年间。那罪恶的钟声响了100年，终于，在"无产阶级文化大革命"中被彻底改造。屈辱的钟声消逝了，代之以悠扬的激动人心的《东方红》乐曲。

12点了，恍惚中的王解放意识清醒了一下，接着，便睡着了。

/5/

王解放再次看到杨秀梅是几年之后的事。

这几年，王解放的命运发生很大的变化。他作为单位推荐的工农兵大学生，在省城读了两年大学，毕业后回到原单位，入了党，提了干，同时，他与刘闰生确立了恋爱关系。古人说，人生最得意的两件事，一是"金榜题名时"，二是"洞房花烛夜"，虽然，不能相提并论，却也有一点那个意思了。

这一天，王解放遇到了那个曾经让他想入非非的杨秀梅。

哎呀，几年不见了，真是缘分啊，她说。

他闻到她身上特有的幽香。也许不是真闻到，只是他的一种感觉，某种潜意识被迅速地唤醒所连带的感觉。他的脸热了一下。

啊哈，还脸红啊，还没结婚吧？

没有。

有对象了？

他老实地点了点头。

一定很漂亮吧，什么时候带来给大姐看一看。

这是个阳光明媚的初夏的上午。她穿着一件当时人们连想都不敢想的连衣裙。这是20世纪50年代"布拉吉"的改良。布拉吉是俄罗斯连衣裙的音译。领子比较低，袖子比较短。时行的绿色被她镶上黑色的边，居然别具典雅。举目四望，到处是革命同志，风风火火，斗志昂扬。也许衣服本身并不典雅，穿在她的身上变得典雅，和其他女工相比，她也许有那么一点点资产阶级贵族夫人的气质吧。没有也没关系，想想而已。

喂，喂。她的手在他的眼前晃一下，看我做什么？她是不是长得很像我？

王解放走神了。他尴尬地笑了笑。说，她不如你。

他说的是实话。几年不见，他似乎把她忘了。只有一次，当他想拥抱刘闰生遭到断然拒绝时，他突然想起她。她现在在哪里呢？他甚至闪过去找她的冲动。当然，这种冲动很快就被他压制下去。他知道这几年的好运气，背后都有一双看不见的手在帮忙。他不能没有刘闰生，更不能去想那个曾经让他心旌摇曳、在梦里遗精的狐媚女人。

可是一看到她，他就有一种无由的亲切感，仿佛他们是经常见面的老朋友。平心而论，刘闰生的长相并不在杨秀梅之下，可她身上没有杨秀梅的那种吸引力。这种吸引力是什么呢？是眼神，是笑的样子，是说话的语气。是那种"勾引"男人的狐狸精的妩媚。用当时流行的说法，杨秀梅是"一条化为美女的蛇"。王解放很遗憾地承认，他喜欢妖里妖气的杨秀梅，不喜欢飒爽英姿的刘闽生。他知道自己"中毒很深",无可救药。

不会吧。她得意地笑了起来。

我要看看,我一定要看看。她说。

他不接话,她又说:

不让看?

怎么看?

是啊,怎么看呢?

没什么好看的,我们是老同学。

那就更要看,非看不可。她想了想,又说,是在学校就好上的吧。

不是。是人家介绍的。

她又笑了起来,笑声引起路人的注目。他不好意思地动了动身子。她的穿着本来就引人注意,再这么一笑,更是"众目睽睽",自己和她站在一起,社会影响不好。万一被单位的人看到,那就麻烦了。她扫了一下路人,向路边的一条小巷子走去。他跟了过去。

巷子里很安静。两个小孩在小巷深处跳橡皮筋,"一二三四五六七,我先跳来你别急","一二三四五,我赢你别哭"。他们站在一家门口,门关着,门上贴着一副对联,"四海欢腾云水怒,五洲震荡风雷激"。

老同学怎么还要人家介绍?多新鲜啊。

不骗你。

也许,这就是"命运"吧。他想。

几年前,在他们第一次见面的那个特殊的日子,当王解放离开单位,在大街上与刘闽生和衣大姐打过招呼之后。衣大姐追了刘闽生几步,遗憾地放弃了想看一看刘闽生的念头。

但是,就在衣大姐放慢脚步的时候,那个少女突然转身向她走来。

刘闽生把《毛泽东选集》第四卷忘在办公桌上了。虽然家里还有一套,可是她是做了记号的,她读《毛选》有个习惯,在她认为重要的段落,用红笔画一条杠杠。她得回去拿,午休的时候要躺在床上继续学习。

一向大大咧咧的衣大姐看到她想跟踪的少女突然返回朝她走来,意外地想躲开，不想她却冲着她说，衣大姐，不认得我了？衣大姐定眼一看，这不是刘政委的千金刘闽生吗？衣大姐上上下下地把她看了一阵子，说，出落成大姑娘了。

她们是老相识。他们的认识是在中国人民解放军驻闽部队某部的军营里。那时，刘闽生的父亲是某师政治部主任，而衣大姐的丈夫是师后勤部的一个科长。

衣大姐搂着刘闽生，不让她回单位拿《毛选》，硬是把她拉回家。

你认识王解放？衣大姐说。

认识啊，我们是同学。

我说哩，不仅仅是同学吧。还有那么一点意思吧。

哪一点？

就是那个意思。我都看出来了。

你看出什么呀？我们刚才只是打个招呼。

没那么简单吧。王解放这个人，在我们单位可是许多女孩子追求的目标。

刘闽生的脸红了一下，说，这和我有什么关系？

脸红了就说明有关系。

刘闽生摸了摸自己的脸，果然有点烫。这是怎么搞的，我能对王解放有什么感觉啊。这个王解放，怎么说呢？小资产阶级习气，自命清高。缺乏朝气，安于现状，不求上进。甚至可以说，死气沉沉！

怎么样，你自己要是不好挑明，我去说。

刘闽生不说话。

就这么定了。衣大姐说。

衣大姐，我不是那个意思……

衣大姐打断她的话说，那就按我的意思办。

衣大姐说到做到。她先是拉着丈夫，一起到老首长家，把王解放的情况做了详细的介绍，还死活一定拉着王解放和刘闽生一起看电影。当时各电影院都在放映《闪闪的红星》，这是八部"革命样板戏"之外最好看的电影，大家都会唱电影的主题歌，"红星闪闪放光彩，红星灿灿暖胸怀，跟着毛主席，跟着党，闪闪红星传万代……"就是在这样革命浪漫主义的气氛中，衣大姐把他们拉到了一起。王解放对衣大姐为刘闽生和他之间"拉线"感到很意外。

这是她的意思吗，衣大姐？他说。

不是她的意思，我敢开这个口？

王解放不理解。这个刘闽生一贯对他爱理不理的，在他的面前总是做出高高在上的样子。怎么会……

衣大姐说，这你就不懂了。女孩子越是在表面上不理你，就越是在心里在乎你。

他被衣大姐拉到了刘闽生家里。没想到，刘政委对他很满意，小王长小王短地叫个不停，显得比刘闽生本人更热情，完全不像大首长，倒像一位慈祥的大伯。

……

看来，你对她不是很满意。

杨秀梅说。这时，那两个玩橡皮筋的小孩子不知跑到哪儿去了。

也不能这么说，就是有点，我也说不上来。

换了我，她是我，包你满意。她不懂得讨男人的喜欢。她咯咯地笑了起来。他忸怩不安地看着巷口。好在，没人走进来。

沉默了一下。这一下其实是很短的。可是两个人都觉得很久。她看了他一下，他也看了她一下。有一种神秘的令人不安、叫人激动的情绪在他们的四周涌动。他感觉到某种危险在步步逼近。他害怕危险，又渴望危险。

我离婚了。她突然说。

他吓了一跳。她离婚了。什么意思？她是单独的一个人。她是自由的。他又高兴又害怕地看着她。其实，她的离婚和他一点也没关系。他们本来就是毫不相干的两个人。可是，他还是感到呼吸紧迫。

她突然扑过来，抱着他，在他的脸上狠狠地亲吻起来。

他的眼前闪过刘闽生拒绝他拥抱的那一幕。那天晚上，在她的房里，当他下了很大的决心，伸出双臂，向她靠拢的时候，她推开他，说，你要干什么？放尊重一点。

浑身颤抖的王解放突然一下子将她抱起来。她是踮着脚尖来亲吻他的，趁机把双臂挂到他肩上。他发狂地吻她，从嘴唇到脸颊到前额到脖子……一直往下……她紧闭双眼，浑身软绵绵的，由着他胡来。

突然从街上传来一阵汽车声。把他们吓了一大跳。

她迅速地理了一下衣服，拉着他的手说，跟我来。他们朝巷口跑去。到了街上，她在前面走，他在后面跟。他们走得很急，很专心，很庄严，仿佛要去赴一场重要批判大会。

/ 6 /

一个小时后，他们躺在她家的那张大床上。

暴风骤雨过后，一切都显得那么平静。王解放的脑子里一片空白。慢慢地那空白的地方凝结出一幅图案，模糊的，花一样的图画。接着花又散去，他闻到缕缕幽香。

当她急不可耐地把自己脱光的时候，他说，我看看，我要看看那些乌青，什么乌青，早散了。来吧来吧。他听到她的一阵笑声，这就是小说中常说的浪笑。淫荡的笑，罪恶的笑。他的脑子里跳出"化成美女的蛇"，他打了一个寒战。激情迅速消失。你怎么啦？她吃惊地说，哦，亲爱的，我吓着你了，我的乖乖，我的宝贝。她抱着他，温柔地抚摸着他，拿起他的手，在她的胸前轻轻地移动，这里，还有这里，你还记得吗？他点了点头。乖孩子一般。

那些乌青早就随着他的离去而散尽了。我不想提起那段往事，不想，你能理解吗？她轻轻地在他的耳边说。他想起阿胖说过的话，她是一个不幸的女人。他说对不起，让一切都过去吧。她像猫一样地依偎在他的怀里，轻轻地哭泣。她的可怜与温柔重新激起王解放作为一个男人的勇猛。

天昏地暗，日月无光，罪孽深重……

王解放一边穿衣服，一边想，我堕落了，彻底地腐化堕落了。

这种事，要是让单位的人知道了，要是让刘闯生知道了，要是让刘闯生的父亲知道了……王解放感到从未有的恐惧。一切努力、进步、成功，一切的一切，都将付之流水。

他急匆匆地向房门走去，早一点离开这是非之地、罪恶之所，快一点，越快越好！

当他的手接触到门把的时候，他听到她说，就走啊，无情无义的家伙！

他尴尬地回过身来。她坐在床边。雪白的，安静的，微笑的，无辜的，可怜的，圣洁的。他一动不动地看着她。她缓缓地向他伸出雪白的双臂。他不顾一切地向她奔去。再度陷入万劫不复的深渊。

万恶淫为首！王解放的脑子里闪过不知哪来的古训。

/ 7 /

王解放很庆幸，他与杨秀梅的事，没人知道。单位领导对他依然是信任器重的。他当上了单位的党委秘书，这可是除了几位党委成员之外，最核心最重要的岗位！如果说，春风得意能用在无产阶级革命者身上的话，那么，他王解放就有点春风得意了。

王解放变得很忙。工作忙，加班是经常的事。特别是每逢党委开会，一般都要开得"天昏地暗"，"天昏地暗"是书记在一次会后脱口而出的玩笑话，这样的玩笑话只能由书记说，别人说不合适。正经的说法应该是"热火朝天"。党委开会，一般都要发挥"连续作战"的作风，让机关食堂的同志把饭菜端到会议室来，开一半吃饭，吃完饭继续开。一个单位所有重大事情，都要经过党委会研究、讨论、决定。党委成员又是那么认真，"一切从人民的利益出发"，"世界上的事情怕就怕'认真'二字，共产党就最讲认真"。这时最认真最忙碌的是王解放。党委成员们发言时，他要记录，领导们不发言时，他要泡茶。领导们发完言，可以喝喝茶，翻翻资料，欣赏别人的发言，揣摩书记的表情，甚至看看会议室的天花板，做思考问题状。他不行，领导一个接一个地发言，他就必须一个接一个地记录，手中的钢笔不能停，还要抽空给他们续水。党委会是保密的,其他人不便进出,王解放理所当然地要充当服务员的角色。

王解放业余时间也很忙。他要应付三个人,刘闽生的父亲、刘闽生和杨秀梅。有时,王解放还没下班,刘政委的电话就来了,小王啊,今天没加班吧?没加班,下了班就过来,和叔叔杀几盘。王解放说,没加班没加班,我下班就过去。刘政委说,不吃饭,到叔叔这里吃,你阿姨给你包你最爱吃的羊肉饺子。刘闽生父亲的棋下得很臭。他也不是真的要与他下棋,只是借下棋讲他的革命史,对他进行革命传统教育。王解放听得很认真,也下得很认真,一盘棋下来,总是王解放险胜,仅一两步之差。于是刘政委输得很高兴,说,长江后浪推前浪,后生可畏啊。王解放就说,要不是刘叔叔让,我怎么赢得了啊。接下来,刘政委便说,去去,陪她说说话。

王解放就走到刘闽生房间,掩上房门,坐到刘闽生的床头,和她说话。说着说着,王解放就伸出手,把她的手抓住。她看了他一眼,说,就不能不动手动脚的,老老实实说话?王解放说,我们难道不是革命战友吗,难道革命战友就不能握手?刘闽生就由他抓着。王解放就放肆地抓住刘闽生的手,听刘闽生说他们单位的事情,无非是哪位同志提拔了,哪位同志下放基层锻炼了,上面来了什么人,暗示了什么阶级斗争新动向,等等。听着听着,王解放就开始用另一只手轻轻地慢慢地抚摸她的手背。她由着他来,他就越来越大胆,从手背摸到手臂,她微笑着,不理他,他便得寸进尺,把嘴巴伸向她的脸颊,想亲她,她就伸出另一只手掌,把他的猪嘴巴挡住。王解放自嘲地笑了笑,知难而退。

往往在这个时候,刘闽生母亲会轻轻地推开房门,送进一盘洗净削好切好了的水果,无声地放在床头桌上。王解放叫了声阿姨,要站起来,被刘闽生母亲亲切地按住,小声说,你们聊,不用管我。等母亲走后,刘闽生就捏一块水果,塞进王解放的嘴里,说,给我放老实点。

一般在9点钟,最迟9点半,刘闽生就说,明天还得上班,你还是早点去休息吧,身体是革命的本钱。既然身体这么重要,既然她这么关心他的身体,他也就没有不走的理由。只是,趁临走之机,捏一下她的手指,甚至迅速地摸一下她的脸颊。她也不生气，只小声说一句，流氓。或，江山易改，本性难移。

从刘闻生家出来，他就驱车到杨秀梅那里，这是他真正愿意去的地方。他把破自行车踩得飞快。到她家，她笑嘻嘻地把他按在床边的椅子上，给他端来一碗热气腾腾的点心。

这是羊肉枸杞汤，滋阴补肾，趁热吃下。

听到趁热吃下，王解放笑了起来。他想起鲁迅先生的小说《药》，"这是包好！这是与众不同的。你想，趁热的拿来，趁热的吃下。"

笑什么？人家可是花了真工夫的，不用说买，如今羊肉有多难买你知道吗，就是炖，也要炖好几个钟点，全是慢火。

他还是笑。

吃赶紧吃，吃完了还有事做。

他知道吃完了要做什么。偏不吃。

她说，乖乖的，要不，我来喂你。

好啊。

她于是就一口一口地喂他吃。

一边吃着，他一边就想起刚才和刘闻生在一起的情形。和刘闻生在一起，他的心是平静的，没有欲望，更不敢有非分之想。而这里却不一样，还没吃完，他就像穷凶极恶的阶级敌人一样，"野心勃勃，蠢蠢欲动"了。

她把最后一汤匙羊肉放进他的嘴里，说完了。

他说，没完，我还要吃。

没了。

就吃你。

说着，两个人就一起滚到床上去了。

"绣枕鸳衾叠紫霜，玉楼并卧合欢床。今宵别是阳台梦，惟恐银灯剔不长。"王解放的脑子里跳出这样的诗句，这个太雅。接着又冒出更野的，"一个身逢美色，犹如饿虎吞羊；一个心慕少年，好似渴龙得水。庄家妇，性情淫荡，本自爱耍贪欢；空门人，手段高强，正是能征惯战。汆的汆，枭的枭，没一个肯将伏输；往的往，来的来，都一般愿辛勤出力。虽然老和尚先开方便之门，争似小阁黎漫领菩提之水！"

王解放喜欢读书，记忆力又好。总是在体力劳动的时候，跳出许多地主资产阶级的文化糟粕。

/ 8 /

青年王解放所处的时代，是全国山河一片红的无产阶级专政下继续革命的时代。革命的话语无处不在。他所认识的大多数人，革命张口就来，特别是在正式的场合，说话的开头和当中，都会有《毛主席语录》和诗词的引用。而让王解放困惑的是，在最革命的群体中，他亲身感受到的，却不是最革命的思想。而是最粗野、最原始的语言和行为。最早让他感到尴尬的是上山下乡的时候，和贫下中农一起劳动，在田间，在山上，他们一边干活，一边说着男女之间的荤故事，不是一般的荤，是荤得让人仿佛走进鱼市，弥漫着浓浓的臭腥味。而这些故事又大都有所指，是本村本大队本公社的"名人逸事"。有一个故事让他久久不忘，说前大队长的堂侄女结婚，按本地风俗，要有地位有名望的长辈，背着新娘子，送新娘子过门。大队长，地位仅次于大队党支书，是本村最有出息的人物，他就背着堂侄女过门。堂侄女并不重，可她软软的胸脯压得他直喘气。经过一座山的时候，他终于忍不住，把她放倒在草丛里，脱了她的裤子。堂侄女说，叔，那裤子是全新的。他就把她的裤子缠在脖子上。干完了事，堂侄女说，这下背不动了吧。他说，你这就小看你叔了。他背起她，走得更欢快，还唱山歌，妹呀哥呀地一路唱。说得大家嘻嘻哈哈地笑个不停。王解放不敢跟着笑，因为那个前大队长就在他的身边锄草。但他不生气，只对说故事的人说，你看见啦？这一问，大家就笑得更开心更放肆了，王解放也忍不住跟着笑了起来。

这是贫下中农。工人阶级呢？也好不到哪里去。他提了副科长之后，按规定要定期深入下属工厂的车间劳动。工人们也是一边干活，一边说笑，说得最开放最大胆的却是女工。说得他脸红耳热，羞怯的目光无处安放。

见他低着头红着脸，在他身边的一位女工大姐说，喂，大知识分子大科长，我出个谜语，考考你。他抬头说，好啊。心想，别的不行，成语还不行吗？她说，听着，裸体女人赛跑，打一个成语。她大胆而放肆地把目光盯在他的脸上，这是一种近似挑逗的眼神。他立即想到她的裸体，一丝不挂地，明明晃晃地在他的眼前狂奔，心跳加快，脑子一片迷糊，说不出话来。

穿着深蓝色工作服的工人大姐笑眯眯地欣赏他的窘迫与狼狈，说，猜不出来吧，我来告诉你吧，这个成语就是，光——阴——似——箭。

所有在场的工人兄弟姐妹都哈哈大笑起来。

"光阴似箭"，多雅多有意义的一个成语啊。可是，这联想这想象，也真是太生动太鲜活了，让人一辈子都忘不了。

王解放是在"接受了贫下中农再教育"之后来到工厂的，而领导一切的工人阶级，直接给予他的，就是这些东西！他感到无比困惑。他们可是在班前学习过"老三篇"的啊。他不时地提醒自己，看问题要看本质，透过现象看本质。要看主流。他们身上的这些东西，不是先进阶级故有的，是地主阶级资产阶级文化在长期的统治中，对他们腐蚀的结果。

王解放在堕落，从思想到行为都在堕落。他又不甘心堕落。他在想方设法为自己的堕落寻找理由，尽力地为自己辩护为自己开脱。

躺在杨秀梅床上的王解放知道，他不配当一个无产阶级革命事业的接班人，他连自己都解放不了，更谈不上解放占全世界三分之二人口的劳苦大众了。

筋疲力尽、灰心丧气的王解放想对身边的女人说，我要走了。眼皮却像是被黏住了似的，睁不开。他很快就睡着了。

/ 9 /

王解放是在提了政治处副主任的时候结婚的。

对于他的迅速提升，虽然有人颇有微词，但大部分职工还是认可的。因为他们都喜欢听他的报告，他关于"实践是检验真理的唯一标准"的宣讲报告，讲得全单位上上下下又吃惊又赞叹。那些话在几年前，是要抓去枪毙的。毛主席的话不是真理的标准，这还了得！可是听完他的报告，人们大都有一种到野外呼吸新鲜空气的舒畅感。这个单位是解放以前留下来的老企业，职工的文化程度不高，上班之余，他们更关心家里的柴米油盐。他们是在他的报告中感受到时代气氛的微妙变化，感受到思想解放运动的蓬勃生机。听说，他还在省报发表文章，省报啊，而且，他的文章前面还有省报编辑部的按语。

结婚前，刘闽生给他买了辆28寸永久牌自行车。他们的新房也布置在她原来的单位宿舍。刘闽生的父亲已经荣升省军区政委，举家迁往省城。按刘政委的意思，是要把刘闽生和王解放一起调到省城的。但刘闽生坚决不跟父亲走，刘闽生不走，王解放自然也不会走。刘政委一家走了，房子却留下来。刘闽生不把新房放到家里，也不同意放到王解放单位的宿舍。她是个独立性很强的人。她说她不能躺在父辈的功劳簿里睡觉，也不靠丈夫过好日子。一切都由自己来创造。

王解放的婚礼由衣大姐一手操办，简朴隆重热烈。单位来了许多人。人们吃糖，说道喜的话，聊天，唱歌。有人把雄壮的进行曲唱得软绵绵的，有人把爱情抒情歌唱得很雄壮……一个男同事装腔作势地用女高音唱《社员都是向阳花》："公社是棵长青藤，社员都是藤上的瓜，瓜儿连着藤，藤儿牵着瓜，藤儿越肥瓜越甜，藤儿越壮瓜越大……"这时，刚刚进门的阿胖正好从刘闽生端过来的盘子里挑出两个红枣和一把瓜子，对王解放和刘闽生说，早生贵子，早生贵子。屋里的人突然安静了一下，接着便暴发出一阵笑声。这笑声，把"藤"呀"瓜"呀，"肥"呀，"壮"呀，"大"呀，"甜"呀，迅速从原有的意义剥离开来，变得很庸俗，很生动，很浪漫，让人想入非非。也把婚礼的喜庆气氛推向嘻嘻哈哈的高潮。

这是时代转折时期，人们特有的幽默，也是被长期压抑的人性的一次释放。

新婚之夜。刘闽生脱了衣服，说，睡吧。说着，就把灯关了。王解放连忙也把自己的衣服脱了，钻进被窝。被窝有点凉，他的手也有点凉，他不敢造次，老老实实地躺了好一会儿，等手暖和了，被窝也暖和了，才把手慢慢地小心翼翼地向她身边伸去。他先抓住她的手，她由着他，他便得寸进尺地、顺着手腕手臂匍匐前进，一直摸到她的胸部。她缩了缩身子，说，我就知道，你不会老老实实的。他说，我这是战斗前侦察地形。她不再说话，任他所为。他侦察了一会儿，想开灯，实地观察一下。她断然拒绝，说，这不是侦察，这是明目张胆的进攻。不让看。看一看，看一看嘛。不行。在他说看一看，看一看的时候，他想起杨秀梅的肌体，他的身体便有了欲望，有了反应。如果她让他开灯，那么，他相信，他将是一名勇猛的战士。可是，说来奇怪，在她冷冷地说不行的时候，他的欲望迅速消失。他一动不动地躺着。

门外走廊，有人走动。

见他不动，她进行反侦察。她发现，他不行了，失去战斗力了。她说怎么啦？他说不知道。刚才不是还行吗？她翻身来帮助他。

他很想配合她，他默默地念"我们的同志在困难的时候，要看到成绩，看到光明，要提高我们的勇气。""下定决心，不怕牺牲，排除万难，去争取胜利。"还是无济于事。

他不需要无产阶级的战斗精神，他只要资产阶级和小资产阶级的情调。

他依然不能雄起赳气昂昂地站起来。她长长地叹了一口气，表示对他的深度失望。

夜已经很深了，王解放无法入睡。他弄不清为什么在杨秀梅那里十分勇猛的他，会在关键时刻变得如此无能。她睡了。她倒是提得起放得下。要是在战争年代，她的这种性格，一定会使她成为一位女英雄。可惜她生不逢时。

无法入睡的王解放头脑变得十分活跃，一段优美的文字浮现在他的脑际：

……她是一个窈窕的少妇，长得丰满合度，端正秀美。她年轻的时候，曾经是本地的美人儿，山村里个个人都这么说。她有某种纯洁朴素的仪态，而且有像少女般的娇艳。……她这种天然的风致和美貌，流露着无限的活泼和天真，使人想到她生来就是温柔的，甜蜜的……

她是谁,杨秀梅吗?不,她是《红与黑》中的德·瑞那夫人。他发现他的身子随着这一段文字的浮现,有了明显的反应。

王解放猛地翻过身子,却被刘闽生下意识地推开了。他吃惊地发现,狠狠地推开他的刘闽生一脸的泪水。

/ 10 /

结婚第二天,王解放和刘闽生都上班去了。

王解放上班,政治处的同事们都十分意外,王解放说,坐在家里对看也没什么意思,不如到单位做点事。同事们都笑了。笑过之后,一个同事煞有介事地在他的脸上盯了一下,叹道,一脸倦容。

人们嘻嘻哈哈地拿新婚的王解放开玩笑,这正是王解放的成功之处——当官不像官,密切联系群众。当然,这里有对他表示亲昵和讨好他的意思,王解放心知肚明。毕竟,他是他们的直接上司,而他的老岳父,是省军区的政委兼省委常委,名字经常出现在省报的头版头条。

在人们嘻嘻哈哈地说笑的时候,他们的主任推门进来。主任一来,大家都安静下来。对王解放今天来上班,主任是很欣赏的,这才是一个政治上要求进步的有为青年。他对王解放说,你过来一下。

主任是老主任,王解放从乡下回城进这个单位时,他就是主任。他对他只有尊敬与服从。

在主任室坐下来之后,主任说,茶我泡好了,是好茶,从家里带来的,老战友送的。王解放知道,主任转业前是团政治处主任,他的老战友,如今已经是副师长了。喝完茶,他们就一起商量如何把单位的思想解放运动,向纵深推进,并决定由王解放亲自起草一份关于深入开展思想解放运动的通知,下发到各基层单位。

主任走后,阿胖悄悄地推开王解放的办公室。如今单位的办公楼是新盖的,政治处分得好几间办公室,主任、副主任、组织、宣传、青年、工会各有一间。楼是钢筋水泥结构,阿胖怎么走都不会有丝毫颤动,更不用说摇晃了。

阿胖站在他面前，把他看了一会儿，说，你好像不大快乐。他说，没有啊！她说，新婚燕尔，哪个不想整天黏在一起？他说，我们阿会当初就整天和你黏在一起。别说我，我说你呢，没大没小。王解放便嘻嘻地笑。说正经的，阿胖说，是不是哪个地方不对了？王解放说，我也不知道。我就知道，你不快乐。王解放无奈地笑了笑。阿胖微微地叹了口气。这种事，她帮不了忙。

中午，到机关食堂吃完饭，王解放回到办公室，百无聊赖地翻着报纸，他不想回家，他相信此时的刘闽生也和他一样，在办公室看报纸。她会看得很认真，不像自己，以翻为主，看在其次。走马观花，马是走了，却无花可观。他想，好久没有看到杨秀梅了。自从他决定和刘闽生结婚之后，他们的来往就越来越少了。每次见面，她的表情总是让他想到李清照的《声声慢》，"寻寻觅觅，冷冷清清，凄凄惨惨戚戚。"突然有一天，她想开了，说，这很好，我们有了光明的掩护。随着她的光明的掩护，他想到了"明修栈道，暗度陈仓"。王解放把报纸放回报架，关门下楼。

王解放到自行车棚拉了车，上街闲逛。他有意无意地朝杨秀梅家的方向骑去，他想她，却又不想明目张胆地去找她。

在街口拐弯处，王解放意外地看到杨秀梅的背影。她骑的是凤凰牌女式蓝色跑车，很引人注目。她骑得很快，她从来都是慢条斯理，不着不急的。这也是他喜欢她的一个因素。这种慢条斯理、不着不急，更有女人味，更有小资产阶级的情调。而刘闽生的风风火火，与革命气息更投缘。

王解放跟着杨秀梅出了城，来到一片高高的相思树林掩映下的康复医院。放车时，她发现了他。杨秀梅显得十分意外，说，你怎么来了？你不该来的。不等他回答，又说，既然来了，就一起去看看吧。

她对他说，她是来看望她前夫的。

杨秀梅与丈夫离婚后便没有联系，突然有一天，前夫的母亲来找她，说，他中风了，半身不遂，住进了康复医院。她于是就常常来看他。她想到古人所说的"一日夫妻百日恩"。

她很平静地对他说，你不会感到奇怪吧。王解放说，不会，说得有点勉强。

他们双双走进医院大门。大院内的屏风上，红底金字："救死扶伤，实行革命人道主义。"在走廊，有医生护士和她打招呼，来啦？她微笑地点头，有些尴尬地看了他一眼。

这是一个双人间。窗在正中，两边两张病床。左边是空的，右边床上躺着一个病人，瘦骨如柴，脸无人色。

她说，吃药了吗？他不回答，只用一种十分奇怪而可怕的眼光看着王解放。王解放不自然地动了动身子。

这就是她曾经的丈夫，这就是把她打得四处"乌青"，打完了又要和她过"夫妻生活"的那个人！丈夫这个词有些刺激，它意味着他站在这里的尴尬，不，不是她丈夫，是她前夫。在法律上，在生活上已经和她没有任何关联了。

然而，和他没有关系的她，看样子是这里的常客。

土婊仔来了，奸夫淫妇一起来。多新鲜！瘦骨如柴、脸无人色的病人突然说。

王解放有些吃惊又有些尴尬地动了一下身子。同时用厌恶的目光回应他的挑衅。

她说，我说你吃药了吗？

不吃，我死了，好让你逍遥自在地搞腐化。

她笑了一下。你行吗？

说着便去打水。当她把脸盆放到他的床头桌时，一个护士端着两壶热水瓶走进来，把热水掺进盆里，说，他不洗，就是要等你来。

她说，我以后不来了，我又没欠他的。说着，便把毛巾放进水里，试一下水温。一边麻利地给他脱衣服。护士在一边笑，对王解放说，你是她爱人吧，第一次来？王解放再次尴尬地动了动身子。想说不是，说不出口。护士又笑了笑，走了。

前夫由着她摆弄、擦洗。

病人软塌塌的，眼睛却不放过他。王解放正想走出去，病人突然说，她搞腐化，在他们厂的仓库里，高高的麻袋上。叫得全厂人都听见。我是捉奸在床的，哦，不是床，是麻袋上。我爬上去，他们就跑了，那地方还湿漉漉的一片。

你还编，你就编吧。她一边给他擦身子，一边说，你这个没用的东西！

她抬头看他，王解放无声地笑了一下，表示他不相信他，只相信她，相信他亲眼看到的一切，看到她对他的好。

我的病是被她气的，她假惺惺，装好人，人前一个样子人后一个样子，嘴上仁义道德，私下里男盗女娼。瘫痪在床的男人盯着他，她的德性，她的淫荡，你难道不知道吗？难道没有领教过？病人发狂似的大笑起来。

王解放难为情地笑了笑，脸上一阵阵地发烧。

她把他的身子翻过来，一边擦着他的下身，一边说，自己不行，就不要说别人了。

我怎么不行了？我就是要打，把你打得不能搞腐化为止。

打呀，怎么不打了？她把毛巾扔到盆里，水花溅了出来。

等我好了，再和你算账，一笔笔地算。现在不与你计较。

你好不了了，你！这叫报应。她开心地笑了起来。一边为他穿衣服。

我会好的，我要看你死在我前面。

我死了，谁来管你。她说着，笑得更开心。

穿了衣服，倒了水。护士端出饭菜，说，他就是不吃，非得等你来。她就坐在床边，给他喂饭。吃饭时，他倒十分专心和安静。喂过饭，她用毛巾在他的嘴上抹了一下。喝水吗？他摇了摇头。显得十分可怜的样子。他知道，她就要走了。

她对王解放说，我们走吧。说着，头也不回地朝病房门口走去。王解放朝床上笑了笑，跟着走出病房。

她的前夫，那个瘫痪在床的男人突然在他们背后声嘶力竭地喊道，奸夫淫妇，去死吧。

一路上，他们都没说话。这种沉默，在他们之间从来没有过。

他说的一切都是真的吗？王解放突然说。

她叹了一口气，说，我知道你心里过不去这个坎。你不应该知道这些的。

他知道她的善良，他的歹毒。但他就是心里不舒服。他很难过，为他们曾经的疯狂。

这是我的命。我知道，不会有好结果的。

王解放看着天空，天空一片湛蓝，没有一丝云彩。

是该结束了。

王解放突然对他与杨秀梅的关系感到厌倦起来。这算什么？无非是西方所说的性。由于工作方便，他很早就有阅读"内部书籍"的机会。他的思想比别人更早走出封闭，走向开放。思维空间的拓展，让王解放想开了许多事情，包括他与杨秀梅之间不尴不尬的关系。离开她的念头其实不是现在才开始的。只是，他有些不忍，更有些不舍，毕竟，他们在一起是快乐而刺激的。

他们真的要结束吗？她会放手，她肯放过他吗？

本来，最开始，就是她对于他的勾引。这种想法不知从什么时候在他的脑子里露头，一露头就缩不回去。当然，这种想法有点无耻，却是事实。

现在，当他看到她为她的前夫擦身子的时候，他既感动，又恶心。他无法视而不见，他不想再这样下去了。

/ 11 /

王解放与刘闽生结婚之后，一直处于"冷战"状态。半年后的一天，刘闽生对他的态度突然发生了很大的变化。这种变化要感谢刘闽生单位的那位领导。

刘闽生一直把单位领导对她的关心视为组织的关怀，所以她一直对领导十分尊重，每次见到领导，都报以微笑，每次领导布置任务，她都回答得十分响亮。心中充满革命理想的刘闽生，做梦也没想到，她的微笑，她一声清脆的"哎"字，在领导心中唤起的是另一种别样的感觉，这种感觉用现在的话语表达方式，是异性的内心骚动。或者说，她所传递给领导的是一种错误的信息。误导。

不管怎么说，在一个安静的中午，领导把她叫到办公室，一番嘘寒问暖之后，开始动手动脚。刘闽生开始是惊讶，接着是震惊，最后是愤怒；刘闽生以一记响亮的耳光回答了领导的"性骚扰"。这一记耳光，把领导打蒙了，却把刘闽生自己打醒了。她知道，这一记耳光彻底堵死了自己在政治上的前进之路。依附在她身上的某种东西迅速褪去，代之以女人的本性，活着，为了什么？为了"进步"？还是把自己的家庭生活搞好更重要一些？是的，对于女人，家庭永远是第一位的。这一记耳光，还让她清楚地意识到，她的坚守阵地，守身如玉为了什么？难道不是为了自己的丈夫，为了那个该死的王解放？

从初中一年级起，刘闽生的内心深处就一直有王解放的位子。这个看似文弱，有点腼腆，与世无争的男生，有一张与众不同的面孔，这种面孔与她家老爷子和到她家来拜访的所有军人不同，是温和而生动的。也许是因为她在家里看到的刚健和雄浑太多的缘故吧，王解放的脸从见面的第一天起，就在她的心里唤起某种温柔，而她却不自觉。他不但长得顺眼，还很内秀，他的作文几乎每一篇都让语文老师拿出来当范文，不是在课堂上念，就是贴在教室走廊的墙报上，让同学们参考。她喜欢他的作文，她在他的作文中看到另一种生活的情趣，一种她所不熟悉的民间的生活气息。她从他的作文中，知道了许多他生活的真情。他原来有一个母亲，一个父亲，还有一个奶奶。在他10岁的时候，父亲去世了，父亲去世不久，奶奶也跟着走了。他与母亲相依为命。他母亲是火柴厂工人，经常把活带回家，这种活很简单，就是把一大堆看起来乱七八糟的火柴枝，装进火柴盒里。装100盒一分钱。这种火柴有个很好听的名字，"水仙"牌火柴，本地家家户户都用水仙火柴。有一天，她拿着一盒水仙火柴看了很久，看得母亲有点奇怪，说，火柴有什么好看的？她说，这是我们班的同学做的，他叫王解放。母亲说，喜欢他是吗？叫他来家里玩。她害羞死了，说，谁喜欢他了？母亲笑着回头对正在看《人民日报》的父亲说，看看你的女儿，喜欢都喜欢了，还不承认！刘政委放下报纸，说，喜欢一个人没什么不好的。我没有。刘闽生说。母亲说，死鸭子硬嘴巴。这是母亲从本地人那里学来的闽南话。用在这里不是很恰当，但她很高兴她学会本地话，经常把半生不熟的本地话到处运用。从此，刘闽生把"喜欢"藏在心里。

上了高中，刘闽生对王解放越来越失望。是她变了，还是王解放越来越没出息了，她说不清。是衣大姐让她和王解放真正走到一起来的。当然，也不能排除水仙火柴的功劳。虽然现在没人用这种火柴了，虽然这个火柴厂风雨飘摇、日薄西山、即将倒闭，可是，当衣大姐到家里提起那个该死的王解放时，母亲立即想起那盒水仙火柴，王解放，我看行啊。母亲说行，父亲自然没有反对的理由。在单位，父亲是领导，在家里，母亲是领导的领导。

刘闽生从衣柜里拿出一件睡裙，这是衣大姐送给她的结婚礼物，她一直没敢穿，觉得太那个，暴露了。在送她礼物的时候，衣大姐伏在她的耳朵边说了几句悄悄话，更让她不好意思穿。衣大姐说，没有不吃腥的猫。男人就是那德性，你在家里把他侍候好了，他就不会到外边拈花惹草。这话有点勾引男人的味道，尽管这男人是自己的丈夫。她还是感到害羞。

这种睡裙，本地人叫"鸡笼"，就是罩裙，从头上放下来，两手伸出去，宽松自由，飘逸性感。只要你穿上去，男人就离不开你。衣大姐如是说。

这是一个夏日的傍晚，刘闽生穿上这件粉红色的睡裙，等待着夫君的归来。

王解放下班回家，第一眼看到刘闽生，那种感觉从来没有，怎么说呢？就像他过去看过的金圣叹批本《西厢记》第一折——惊艳。这就是那个冷冰冰的团支部书记刘闽生，这就是半年来朝夕相处的，自己的老婆吗？一件粉红色的罩裙把她的脸变得从来没有过的温柔和妩媚，把她身上平时被她刻意掩盖的女性魅力充分展现在他的眼前。

看什么看，吃饭。刘闽生说。

刘闽生看到睡衣的效果，很得意，她为他摆上四菜一汤，和香喷喷的大米饭。

太阳从西边出来了。

从西边出来的不是太阳,是月亮。

有诗意。

王解放情不自禁地亲了她一下。刘闽生愣了愣,立即热烈地回应他。她的回应是那样的热烈执着,甚至让王解放有点喘不过气来。两个人顾不得吃饭,迫不及待地滚到床上去了。

远处有什么人在放鞭炮。迷醉中的王解放的脑子里闪过很久以前母亲说过的话,今天是观世音菩萨的生日。听说观世音菩萨有三个生日,这好像是她成道的日子。

罪过,啊——罪过。王解放不应该在这个时候想到救苦救难的观音菩萨。

母亲说,观音是本地最受欢迎的菩萨,因为她会给年轻的夫妇们送来可爱的孩子。

10个月后,他们生了一对双胞胎。男的,大大和小小。大大和小小自然是小名,这小名是阿胖起的,阿胖一次来看他,一手抱着一个,说,这个重一些,这个轻一些,这个大大,这个小小。那就叫大大和小小吧。站在一边泡奶粉的刘闽生说。她的奶不够吃,奶粉是阿胖带来的南洋奶粉,比国产的香。阿胖说,今后,大大和小小的奶粉,我全包。

/ 12 /

王解放再次与杨秀梅见面,已经是十九年之后的事了。那时,他的大大和小小都上了小学,那时,他已经是他们那个单位的党委书记兼总经理了。

这十几年,杨秀梅也没有闲着,喜欢自由自在的她,辞去公职,从小本生意做起,现在是一家夜总会的老板。

王解放是在接待广州客商徐老板时遇到杨秀梅的。

这家夜总会叫"丛中笑",是本城最豪华的夜总会。王解放没来过。他是国营企业的老总,是党培养的企业家,不能没有底线。可是,人家徐老板要来,他得陪着来,一来才知道自己有多"土",不懂得基本的"操作规程",徐老板反客为主,说一切都由我安排。他连忙说,我出钱,你消费,你安排。客人说,爽快。吃了饭,泡了脚,唱了歌,客人问服务员,小姐,你们这里还有没有其他服务?特殊的服务。服务员笑而不答。客人见过世面,知道这里改革开放程度有限,说,你做不了主,把你们老板请来。服务员就请出了她们的总经理杨秀梅。

见到杨秀梅,王解放愣了一下,甚至有点意外和慌乱,但他毕竟是场面上的人,这种意外和慌乱没有在他的脸上停留。他说,这位是我们的广州客商徐老板,他还没介绍完,徐老板就接过去说,老板娘啊,你们这里有没有更好的服务。杨秀梅看着王解放说,这位老板一定很重要,我们这里什么服务都有。她向跟她出来的服务员丢了个眼色,然后对徐老板说,请您跟她走。广州客商走后,杨秀梅对王解放说,你也来一个?那口气是戏谑的,调皮的。十几年没见,她对他说话的口气,却像是天天见面的老朋友。王解放说,好,不过,我就要你。不要别人。

杨秀梅定定地看了他好一会儿,说了声,冤家!

一声冤家把他们十几年的距离一下子缩成"零"。王解放想冲过去抱她、亲她,却又忍住了。冲动不是中年王解放,不是国企老总王解放。

你还好吧。他说。

我知道你是把我全忘了。我可一时一刻也没有忘记你。她站了起来。

他跟着她,走过走廊,下楼,走出"丛中笑"夜总会,走到对面的一座公寓楼,走上5楼,走进一套大房子。这种跟法,这种走法,很像十几年前。这一走,把他们十几年前的亲密走出来了。

进了门,还来不及脱鞋子,他们就在玄关抱在一起了。

一阵亲吻之后,她说,先别急,你来看看,看看我为你做了什么。

她把他带进她的书房。这里,不对任何人开放。

这里,墙上挂的,桌上摆的,全是王解放的东西。有他们过去交往中,王解放留下来的东西,包括那本被王解放反复阅读的《红与黑》,更有历年来本地媒体报道王解放公司以及王解放本人活动的资料,有王解放在报纸上和他们系统内部的刊物上发表的文章……而那张挂在墙上的彩色照片,尤其让他吃惊。这是他最近在他们公司表彰先进员工大会上讲话的照片。这张照片拍得很专业,很出彩。

你是怎么弄到的?他吃惊地问。

她笑而不答。

不可思议,他说。

她说,我每天都和你在一起。说着,就哭了。

他拥着她,不知说什么好。

他们就这样默默地坐着,仿佛在消化过去了的时光。

突然,一阵电话铃声,把他们从沉默中唤醒。她把他的手从她肩上轻轻地拿下来,在他的脸上亲了一下,到客厅去接电话。这一切做得那么亲切自然,仿佛他们是十几年厮守的恩爱夫妻。

电话铃声让王解放感到不安。十几年来,他养成了一个习惯,每晚这个时候,都要给岳父岳母打电话,问平安。老爷子已经离休,在家颐养天年。刘闯生办提早退休手续,在家带孩子。她说革命革到最后,成了老妈子。他说革命的老妈子永远不老,专心培养革命事业接班人,意义非凡。刘闯生乐呵呵地笑着。一个家庭总得牺牲一个,她就是那个牺牲的人。最近老爷子身体欠安,刘闯生带两个孩子,到省城探望。

烦躁不安的王解放在杨秀梅的书房里走来走去。

杨秀梅接完电话进来,说,怎么啦,你?

王解放说,不行,我得回去打电话。

接着他就把打电话的理由说了。她说,在这里打不行吗?在这里打?是啊,她又不知道你在哪里打的电话。那时的电话,还没有来电显示功能。

万一查出来怎么办?王解放说。

她笑了起来,谁来查啊,为什么要查。

王解放想,也是。他之所以有这样的担心,无非是做贼心虚的心理在作怪。

于是,王解放便在杨秀梅的家里给省城打电话。接电话的照例是刘闯生。她说,今天怎么这么晚,爸都快等不及了。他说,来了个广州客商。

正说着，老岳父便接下去说，工作忙就不用打了。王解放知道老人在他床头桌上的分机接电话，连忙说，爸，今天还好吧。好好，老人说，有两个孙子在，比什么都好。你自己多注意休息，一个大公司，担子不轻。刘闽生说，就这样了，睡吧，爸妈也要睡了。两个孩子呢？早睡了，今天和爸妈到西湖公园玩了一天，玩累了，早早就睡了。

王解放看了一下杨秀梅，正想把电话挂了，却听到老岳父接下去说，家里的事，我们的事，你都不必操心，把心放在工作上，放在事业上。你是一把手，在你面前说好话的一定不少。好话听多了，容易出毛病。要注意自我约束。

老爷子过一阵子就会把这些话说一遍。他有点不耐烦，还是唯唯诺诺地听着。倒是刘闽生忍不住，打断老爷子的话说，好了，爸，他又不是小孩子。老爷子说，和尚念经，为什么要天天念，是有道理的。好了，今天就不念了。

放下电话，王解放不说话，杨秀梅也不说话。一会儿，王解放说，万一她再往家里挂电话，没人接怎么办？

杨秀梅说，好办，你就说，睡了，把电话线拔了。怕单位的人找，没完没了。

王解放笑了。她说得对，他是经常把电话线拔了的。为了清静。最早提议睡觉前把电话线拔掉的是刘闽生。女人的想法，有时是惊人的一致。每次刘闽生让他把电话线拔了，都是她想温柔的时候。王解放又笑了一下。

杨秀梅的眼睛一直没有离开王解放的脸，说，你笑什么？坏。

放下思想负担的王解放开始动手动脚起来。杨秀梅居然有点害羞，像个初恋的少女，都快四张了吧，又不是第一次，他说。四张是本地人关于年龄的说法，四张就是40岁，三张就是30岁。杨秀梅当下的状态，与从前的疯狂，判若两人。她说，人家都好久没有了，好久了。

多久？

问你啊。

他呢？他突然想到她的前夫。

死了，三年前。

要感谢他。要是没有他，我们就不可能认识。

哎呀，说你坏，没想到这么坏。

她放肆地笑了起来。这一笑，让他看到以前的杨秀梅，情不自禁地上前抱住她。她一下子就软了。

冤家，冤家啊。

你刚才问我多久了。

多久了？

说了你也不信。

说说看。

13年零6天。

也就是从我离开你之后？王解放吊儿郎当地说。她用手指点了一下他的额头，像过去一样调皮。

他们都发现，他们回到了从前，激情，放荡。这让他们感到很意外，也很激动。这是怎么啦？

冤家！

她像过去一样地匆匆忙忙地把自己脱光。果然，不像一个近四张的女人，还是十几年前的光彩照人风骚妩媚的少妇。

再来再来，她还想来。

他却没有当年的勇猛。

你还有别的女人。

没有。

不可能，一定有。你不是说你老婆在省城吗？

再来就再来。王解放跳上床。

激情过后是一片宁静。

杨秀梅打开电灯，跳下床，赤身裸体地走到对面的保险柜，打开，取出一个存折。又迅速地跳上床，躲进他的怀里。

这存折，里面是100万元，她说，存折用的是你的名字。密码是你的生日。

他感到意外，不知所措。那时离银行存款实名制还有好几年。

我没有子女，也不想嫁人。一个人吃饱了，全家不饿。我原本想，钱对于我没有用。可是偏偏赚了很多钱。就像老人们说的，钱要跟你来，想不要都不行。她说。

你留着，我不要。他说。

这是我自愿的，不是腐败。不是钱权交易，不要你的回报。你可以放心，100个放心。

对于你，我没有不放心的。

那就拿着。

我用不着。

那就给孩子们，当生日礼物。

你就不怕刘闰生把你吃了？

她吃不了我。只有你，才吃得了我。

那就再吃一次。

你还行吗？

试试看。

她在下面放浪地笑着。

王解放更来劲。

她说，别忘了，我梅花傲霜雪。我的夜总会叫什么来着，丛中笑。

是啊，王解放说，你的名字有诗意，有时代气息。

/ 13 /

王解放没有拿走存折。他当然不会也不能拿走她的存折。但是，他们从此又有了新的来往，特别是刘闰生在省城的日子里。

这个时候，小城开映一部苏联电影，叫《秋天的马拉松》。是刘闰生在省城时，杨秀梅拉着他去看的。

这是一部描写婚外恋的电影，中年的男主人公在两个他爱的女人之间来回穿梭与奔波。生活在谎言与真情的煎熬之中。"秋天的马拉松"，很有诗意。中年正是男人的秋天。

她说，安德列很累。安德列是电影里的主人公，中年翻译家。你也很累吧？

他犹豫了一下，说，有一点。

她说，以后，她在，你就不要来找我。她到省城，我们再相聚。

她的善解人意让他感动。在黑暗中，他捏了捏她的手，却不知说些什么。她说，一辈子的事，我不能让你累垮了。

停了一会儿，她又说，我不会像阿拉那样死缠烂打的。

阿拉是影片中的第三者。他把她的手再次紧紧地捏了一下。

我想，你老婆也不会像安德列的老婆那样不讲道理。

王解放说，我不会让她知道的。

当然，知道是一种伤害。可是，天下没有不透风的墙。这时，电影里，安德列的妻子尼娜说，"当一个人知道没人要了，实在太可怕了"。这是她在知道他欺骗她的时候说的话。杨秀梅说，千万不要让她知道，千万不要。

我会小心的。

那就等那一天自己来吧。

都是我不好，耽误了你一辈子。

不是耽误。是你给我一辈子的幸福。

王解放很感动，也很庆幸。他这一辈子遇到两个好女人。

在一个春光明媚的早晨，王解放睁开眼睛时，一条毛主席语录却无来由地跳进自己的脑际：好事在一定的条件下会变成坏事，而坏事在一定条件下也会变成好事。

他吓了一跳。这难道是一种不祥的预兆？是的，好人有时会比坏人更让人难堪。不会的，不会的。他对自己说。如果真要变，那就冲着我一个人来吧，一切罪孽都是我做的，不要伤及她们和两个孩子。

好在，好事还是好事，一切都在"好"地方原地打转。

相安无事的日子过得很快。冬去春来，春去冬来，一年又一年。孩子们上高中了，很快就要考大学了。面对刘闰生和两个可爱的孩子，王解放有时感到不安和内疚。久而久之，这种不安和内疚变得麻木了。他安慰自己，不单是他，这个世界上，有许多人都生活在谎言之中。大到一个国家，一个时代，小到个人。难道他没有经历过那种时代吗？十几亿人不是都过来了吗？

王解放躺在幸福的被窝里。

有一天，王解放的脑子里突然冒出这样一副对联，是在哪个寺庙里看到，还是在哪一本书读到，他记不起来了：世间人，法无定法，然后知非法法也；天下事，了犹未了，何妨以不了了之。他笑了一下，该来的来，该去的去，一切随缘。

如果不出事，也许王解放就这样幸福地无忧无虑过下去。拥有许多谎言、许多欺骗的人们，大都这样相安无事地过下去。升工资，买彩电，换房子，逛超市。超市，这种以前闻所未闻的新事物，如今已像雨后春笋一样地在本城出现，吸引着人们的眼球。苦了几十年斗了几十年的人们，有权心安理得地享受社会主义制度的优越性，享受改革开放的辉煌成果。

然而，还是出事了。

/ 14 /

出事那天，没有任何征兆。

王解放像往常一样吻别妻子，高高兴兴地来到办公室。他上班，还是骑那辆 20 年前刘闰生给他买的永久牌自行车。这辆自行车，用两个孩子的话说，除了车铃不响，其他的都响。响就响吧，我不是骑得好好的？作为在本地举足轻重的国营大公司的老总，他的朴实，他的清廉有口皆碑。

他没想到，局领导已经在他的办公室等他了。见到局长和局党组书记，他愣了一下，随即笑道，领导有什么事，打个电话，让我去不就得了。

两位领导脸上没有任何表情。书记从公文包里拿出一份文件，说，我们代表组织，来宣布一个决定。

这是关于对王解放同志停职检查的决定。

王解放一下子就呆了。

几个月前，这两位领导还跟他一起到省城参加老岳父的追悼会。追悼会规格很高，几乎在任的所有省领导都出席。省顾问委员会副主任主持追悼会，原省委副书记、顾问委员会第一副主任致悼词。

临别，两位局领导拉着他的手，说，年轻人，任重道远啊。他体会到领导的话音。有消息说，他是副局长的后备人选。不久即将公示。作为一个局的党政一把手，他们都是组织原则性很强的人，不会在正式文件下达之前，向他透露什么。

现在，他们站在他面前，却是另一副嘴脸。

王解放无话可说。他相信组织。他只是不明白，到底发生了什么。

事情出在那位广州客商徐老板的身上。那位老兄到外地出差，在一次扫黄中被抓。由此引发了其他经济问题。在与王解放公司的生意往来中，他无中生有地说，他曾经给过王解放几次钱，总计100万。

组织上从银行查出，王解放的确有一个100万元的存折。

王解放不想供出杨秀梅。不供出杨秀梅，王解放就是跳进黄河也洗不清。

转眼到了冬天。

在寒风中，在本市看守所门口，刘闰生与杨秀梅相遇了。她们在登记本上所写的探望对象，都是王解放。

本城看守所处于北郊的一片小山坡。这片小山坡有个很响亮的名字，叫"望高山"，望高山自明代起，就是本城官府杀犯人和老百姓埋葬死人的地方。20世纪50年代，政府在这里种植了许多从苏联引进的桉树，并在这里盖了看守所。教科书上说，监狱是无产阶级专政的工具，没说看守所是什么性质。因为本城没有监狱，看守所在本城人的眼中，就是无产阶级专政的工具。这片山坡上，除了看守所，没有其他房子。寒风早已把桉树叶吹落了，漫山遍野随风翻滚的黄叶，加上时隐时现的乱坟堆，让这里更显得萧瑟与凄凉，甚至有点恐怖。

杨秀梅一直不知道王解放到底出了什么事。但她知道刘闽生是王解放的老婆。

她说，王解放到底出了什么事？

你是谁？

一个朋友，几十年的老朋友。

哦。刘闽生说，听说他接受不法商人的贿赂，总计100万元。

胡扯！你是他老婆，难道你不知道他为人端正，两袖清风，怎么会接受贿赂！

可是人家有证据，说他银行里有100万元的存款。

什么？那是我为他存的钱。杨秀梅脱口而出。

刘闽生定定地看着她，大声说：

你为什么要这样做，为什么要陷害他！他死了，对你有什么好处。难道你不知道，他有家，有一对在大学读书的孩子！

我去说，我去说，我去找他们坦白。

杨秀梅说着，跌跌撞撞地朝门口走去。

站住。他为什么不说？让他自己去说。

杨秀梅突然一阵眩晕，昏倒在冬天的寒风里。从她的手提袋，滑出一本书，封面上有一位贵妇人和一个绅士，书名是《红与黑》。风吹树叶，沙沙响。

刘闽生看着杨秀梅，不知如何是好。

看守所工作人员手忙脚乱地把杨秀梅送到医务室，回头对刘闽生说，探望吗？

刘闽生有些茫然，不知道是点头，还是摇头。

古厝沉浮录

/1/

韩明轩有午睡的习惯。那天吃过午饭,睡意如期而至,可是,刚躺到床上,床头柜的电话铃就响了起来,特别刺耳。来电显示的号码很陌生,他不想接,现在诈骗电话太多,怕上当。响了一会儿,停了。电话铃声一停,脑子里的迷糊劲就上来,眼皮不由自主地合上,心也随之放松下来。突然,电话铃再次响起,他吓一跳。一看,还是那个陌生的号码。韩明轩的心里有点火,不接。然而,对方的电话打了一次又一次,不屈不挠。

韩明轩只好接,一接,是个亲戚。说起来还很亲,他舅舅的女婿。虽说,这个舅舅不是亲的,是韩明轩的亲舅舅去世之后,舅妈改嫁过去的,姓林,他们还有个女儿,叫阿芬。韩明轩的母亲、舅妈和舅妈后来的丈夫都早去世了,所以没怎么走动,也就疏远了,连电话号码都没存。

这位亲戚叫高火,是阿芬的丈夫,也就是韩明轩的表妹夫。高火人如其名,脾气有点急躁,风风火火,直来直去,耐不住性子。

高火说,怎么不接电话?

睡了。他说。

当干部就是好,高火说,能睡午觉。

早退休了,韩明轩说。

退休也是干部。退休干部工资高。

怎么想起给我打电话?

无事不登三宝殿，高火说，你和市文管办的人熟吗？

韩明轩说，有点。

高火在电话里笑了，说，我估计你一定熟。你是名人。

韩明轩苦笑了一下，说，什么事？

高火说，见面再说。现在有空吗？我们到文管办去。

人家还没上班。

那就下午3点，文庙门口，不见不散。

韩明轩放下电话，微微一笑，是地下党接头，还是情人约会啊，这家伙，语言还有点现代味道。

市文管办就设在孔庙的廊房，是个科级单位，文管办主任正好是熟人，姓周。

高火原来是市胶合板厂工人，退休后拿社保退休金，很有幸福感，说，不干活一个月还能拿2100元，只要还有一口气，每天睁开眼睛，便有70块钱，共产党比亲老爸还亲。当初，胶合板厂破产，一个月拿400元的下岗补贴，还要交450元的社保费，他只好弄一辆三轮车载客。他知道自己载客属非法营运，他的车叫黑车。但是没人管。谁敢管？他说，谁管我、抓我，我就带老婆孩子到谁的家里吃饭。有一次，韩明轩在小区门口站着，是等一个来访的朋友，他突然跑过来，说，去哪里？我是最便宜的，上。定睛一看，是大舅仔，又说，上，不管去哪里，不要钱。韩明轩说，不出去，等人。于是，两人就站在小区门口聊了一会儿天，大都是高火说话，发牢骚，骂市政府，骂主管国企改革的副市长，说等他挣够了钱，就上北京去告他，非把这个贪官告进监狱不可。韩明轩说，你怎么知道他是贪官？这还用说？现在无官不贪，告一个倒一个。说着，自己就笑了。韩明轩也笑。这时，他的朋友来了，正好街对面出来一个年轻女人，像是要出门的样子，高火说了声，我挣钱去了，拉车冲到对面。

高火要找文管办，韩明轩知道，一定和他住的古厝有关，他家住怡园。

怡园是本市城区现存唯一具有明清风格的古典园林，省级文物保护单位，听说，最近有关部门正在积极申报国家级文物保护单位。而古厝就在园林之中，具体说，是在怡心湖畔，古早时有个很文雅的名字，叫怡心楼，如今，本地人习惯叫它"小姐楼"。

每当皓月当空，晚风吹拂，小姐楼就如小姐一般，在湖里轻摇慢晃，婀娜多姿。

小姐楼是怡园的核心建筑，两层，大大小小十来个房间——这很正常，当初，虽然小姐只有一位，而为小姐服务的丫环老妈子却有一大堆，要是没有这一大堆丫环老妈子，还叫小姐吗？所以房间多。小姐住二楼，有两房一厅，小姐住一房，另一房是贴身的老妈子和小丫环住的，以便随叫随到。小姐楼之外，怡心湖边还有一排平房，住的是"下人"，也就是林府的男佣女佣，平房东边，有一座独立的小院子，一厅抱两房，是林府管家的住处。

听说怡园的主人是清代的一位正二品官员，姓林。虽然《清史稿》找不到他的传记，但省里的《通志》和本地的府志都有他的传记和逸事记载，《艺文志》中还有一篇他写的《怡园记》，有地方文史专家称，这篇散文属上品，脍炙人口。

怡园是林府的后花园。听说林府的主要建筑在"长毛反"时，被"长毛仔"烧毁了。"长毛仔"是本地人对太平天国的鄙称。太平天国后期，天京失落后，有一支太平军"路过"本城，烧杀抢掠，给本地留下长久的伤痕。"长毛反"之后，林家没落了，一代不如一代，到中华人民共和国成立的时候，林家主人是一位小学教师，连他在内只有三个人，就是林老师、林老师的妻子，也就是韩明轩的舅妈和他们的女儿。这房子太大太多，显得十分冷清。

解放后，听说房子太多没人住，政府要充公。林老师想，与其充公，不如让那些远房的亲戚们来住。于是，那些远房亲戚们就兴高采烈地搬了进来。

其实，对这些亲戚，林老师并不怎么了解，有的甚至叫不上名字。林家是本地的望族，数百年繁衍，族亲众多。

这些亲戚当中，有工厂（实际上是一些作坊，中华人民共和国建立之前，这座城市没有一家现代意义的工厂）的工人，有药店、布店、瓷器店、杂货店的店员，都属工人阶级，在新社会，政治地位都高于林老师。但他们没什么文化，对自己的社会地位并不自知，他们对林老师很感激。而林老师是个明白人，他读过毛主席的《论人民民主专政》，知道"人民民主专政需要工人阶级的领导，因为只有工人阶级最有远见，大公无私，最富于革命的彻底性。整个革命历史证明，没有工人阶级的领导，革命就要失败，有了工人阶级的领导，革命就胜利了。"他让他们来住，也就是让工人阶级来住，他想，住了工人阶级，这房子就安全了。所以，他对这些亲戚们很尊敬。按理，他在这些亲戚当中的辈分比较高，人们大都要叫他叔、伯，或者叔公、伯公等等，他都一一抱拳求免，从此，大家都叫他林老师，不管大人小孩都这么叫。

　　人们不能不佩服林老师的远见。不但房子安全了，他还因此而躲过了历次"运动"。因为每当"运动"一来，住在这里的亲戚们都为他说好话，把林老师说成一个对新社会、对工人阶级有着深厚感情的开明人士。

　　既然是亲戚，既然是林老师主动请他们来住的，林老师就没有收他们的房租，白住。这些亲戚们开头都有点过意不去，有的偷偷地给他塞过钱，有的变着法子给他送东西，林老师一概不收，一概退回。这样，他们也就慢慢地心安理得下来。韩明轩想，"心安理得"有时很可怕，一心安，二理得，"心"安在哪里，"安"在"理"上，什么理？大道理，从长远来看，私有制最终是要被消灭的，这房子从根本上说，是属于全体劳动人民的。谁是人民？我们。也许，这种心安理得是潜在的，人们并没有意识到，然而，这样一来，在感觉上，对于这些亲戚们来说，这房子别人的和自己的便没什么区别了。林老师的谦和，在某种程度上引导和增加了这些亲戚们的心安理得。

　　加之于新社会"运动"不断，每次运动一来，他们就扮演一次保护林老师的角色，久而久之，他们的主人意识就越来越强，俨然成了这里的主人。

　　唯一能看出林老师"主人"地位的，就是林老师一家一直住在"小姐楼"的二楼，也就是这座古典园林建筑当中，最"高贵"的地方。

后来，韩明轩的舅妈和林老师生的女儿林阿芬长大了。再后来，高火入赘林家，他们又生了一个儿子，如今，这个儿子也已经到了该结婚的年龄了。

/ 2 /

到了文管办，也就是文庙大门外，表妹夫高火才告诉韩明轩，他找文管办，主要是为了修理"小姐楼"的屋顶，本地话叫"抓漏"。几百年的房子，漏雨很正常。不是小漏，是大漏，漏得一塌糊涂，不修过不下去。高火说，你别这样看我，我知道国家有政策、政府有规定，文物保护单位不能随便动，要修，首先得文管办批准。这我懂，所以才来找你，劳你的大驾。

文管办周主任曾经是韩明轩的粉丝。

韩明轩在本地有点名气。

30多年前，周主任读过韩明轩的小说，佩服得五体投地，从第一次见面起，就以"老师"称之。当时，他还是个中学生。后来，他读了大学，大学毕业后，一直在本市宣传文化部门工作。

韩明轩在本地的师范大学教书，这是一所省属本科院校，号称本地最高学府，而韩明轩成名于20世纪80年代的"文学热"，有一度还兼任地方文联副主席，其时，周主任在文联创联部任职，名誉上是周主任的上级。其实，他们都清楚，社会兼职，有名无实，就是一只花瓶。当然，花瓶时常摆在大会的主席台上，韩明轩坐主席台时，周主任便在主席台后边忙来忙去，时不时提着水壶地给主席台上的领导们倒茶续水。每次韩明轩都用两个手指头点了点桌面，小声说，谢谢。这让周主任很感动，其他领导对于他的殷勤大都无动于衷，面无表情。

韩明轩听说，用两个指头点桌面以示感谢的意思来自大清朝臣下对皇帝跪拜的礼仪，先放下"马蹄袖"的袖口再下跪，表示愿效犬马之劳，以后进而演变成无声的致谢之意。这种说法不知从何而来。韩明轩又点桌面又说谢谢，实际上是感了又谢。倒一杯茶不值得如此感谢，只是表示韩明轩对他的尊重。也许，这个细节周主任记住了。

周主任见到韩明轩，连声叫老师，从冰箱里拿出一盒茶叶，这是本地的名茶——"土楼红美人"，盒子上，一个身着红裙的绝代佳丽，提着一只茶壶，和你媚眼相对。这是上好的红茶。高火一见盒子就说。周主任伸出一只大拇指，说，识货。一看就知道是个喝茶人。周主任对高火的表扬有点居高临下的意味，韩明轩微笑地看着周主任，想，这个动作是春风得意、自我感觉良好的无意识流露。

韩明轩说，他哪里懂得茶——我表妹夫高火，高低的高，水火的火。

品过第一杯红美人，韩明轩说，有点事，想请你帮忙。

周主任说，韩老师尽管说，只要我能办到的。

韩明轩还没说，高火就急着插嘴，你一定办得到，这是你管的事。韩明轩有点无奈地朝周主任微笑了一下，意思是，我这个表妹夫就是这样，说话没有分寸，你不要见怪。周主任摇了摇头，表示没关系。

高火说，你知道怡园吗？

当然知道，那是省级文物保护单位，正在申报国家级，局里很重视，听说市里一位领导在一次会议上发话，势在必得。

韩明轩指着高火说，我表妹一家就住在怡园的小姐楼。

周主任站起来，伸出双手，抓住高火的一只手，上下摇晃了一下，说，名门之后，名门之后啊！怡园是我们的骄傲，当初就应该报国家级。人家别的地方，比我们差得多的，都上了国家级。

老师你知道，周主任转过头来说，那个张某人，不会办事。韩明轩知道，张某人是周主任的前任，已经退休了。

韩明轩笑了笑，说，怡心楼现在漏雨漏得很厉害，要不抓紧维修，雨季一来，怕会出问题。

周主任说，有这回事？走，我们现在就去看看。

韩明轩看了高火一眼，意思是现在去方便吗？见高火点头，说，好啊，周主任果然名不虚传，雷厉风行，难得的干练之才。

周主任意外地看了一下韩明轩，说，老师过奖了。

韩明轩说，这不是我说的，是领导对你的评价。

哪位领导这么抬举我？

韩明轩笑而不答。

韩明轩说的是实话，在某次宴会上，市文管局局长的确对周主任有过这样的评价。当然，这不是正式场合的评价，所以韩明轩不说具体人。那个宴会是市委常委、宣传部长主持的，出席宴会的市领导还有分管文教的副市长、市人大常委会副主任、市政协副主席，韩明轩正好和市文管局局长同桌。

韩明轩不说，周主任也不再问。也许，已经有人告诉过他，韩老师的笑而不答恰好说明它的真实性。

他们一起去怡园，坐的是周主任的车。

在车上，韩明轩说，周主任的车不错啊。

周主任说，这是整个文管局最好的车，比局长都好。局长说，工作需要，全地区几百个文物点，要经常巡察。老师你来得巧，要是迟来一步，我就下县里去了。

韩明轩说，周主任政务繁忙，真不好意思打扰。

官不大，事不少，周主任谦逊地说，韩老师的事就是我的事。

他们到高火家时，韩明轩的表妹阿芬也在家。

韩明轩有点意外，说，没上班啊？

表妹说，都退休好多年了。

有那么大吗？

你这个表哥是怎么当的，连妹妹的年龄都忘了，属兔，比你小4岁。

韩明轩哈哈一笑。老实说，他的确忘了表妹的年龄，印象中，她还年轻。表妹和舅妈一样，矮矮胖胖、白白嫩嫩，好久不见，现在似乎更胖，更胖也就显得更矮了。但皮肤还是那么鲜亮，不像退了休的。她父亲的个子并不矮，她怎么偏偏就跟了舅妈呢？

表妹很热情地为他们泡茶，也是"土楼红美人"，难怪刚才高火一看到周主任的茶，就能说出它的好。

周主任看到高火家的"土楼红美人",似乎有点尴尬。韩明轩说,冒牌货,不信你喝喝看,和刚才完全不在一个档次。周主任把茶放在口里转了一下,放下杯子,说,的确是冒牌的。韩明轩哈哈大笑,我这个表妹夫喜欢赶点时髦。他们夫妻都是拿社保的退休工人,喝不起正牌的"土楼红美人"。

高火说,那是那是。

周主任有了台阶,也有了面子,不再说茶,抬起头,对着屋顶说,哎呀,都可以看到天空了。说着,很认真地站起来,走到屋脊下,又说,以我的目测,长约78厘米,最宽处12厘米。这简直就是个小天窗啊。

是啊,一下雨,外面下大雨,里面下小雨,连排了十几个盆子都接不住。高火说,我就怕中梁长期吃水,烂了,整个屋顶全塌下来,要出人命的。

周主任说,还不至于。但是,应该维修了。这样,你们打个报告,我来争取省里的专项资金。不要说是韩老师的亲戚,就是别人,这样的古厝,不保护也不行。小姐楼小姐楼,开了天窗的小姐楼,外地人来参观,不要说我们,市长都没面子。

韩明轩对表妹夫妇说,你们看,这就是内行人说的话。他说一句,比你们说10句100句都管用。

高火夫妻顺着韩明轩的话,对周主任千恩万谢。周主任说,不用谢,要谢谢你们家韩老师,他是我的老师,老师一句话,学生跑断腿。

韩明轩说,周主任知识渊博,性格开朗,说话幽默,在市里宣传文化系统是有口皆碑的。

周主任很高兴,说,韩老师过奖了韩老师过奖了。

临走时,周主任说,韩老师你以前住的是哪一间?

韩明轩愣了一下。周主任得意地笑了起来,说,我读过老师的文章。

高火说,就是我现在住的这一间。

在回来的车上,周主任说,韩老师的那篇文章我读得很仔细,我能理解老师对"小姐楼"那种特殊的感情。这件事,我会尽力的。

这话说得韩明轩有点感动。

几年前,韩明轩写过一篇儿时的回忆文章,提到"小姐楼"。这文章是这样写的:

小时候,我曾住怡园的怡心楼,也就是本地人所说的小姐楼。楼两层,在进圆门的左边。前面就是怡心湖,有石板曲桥和假山。楼梯在后面,楼上中间是厅,两边两个房间。我舅舅舅妈住东边,我和外婆住西边。楼上四面都开窗,可惜我太小,不能领略窗外当初主人在《怡园记》中提到的"苍翠在目"的风光。只记得我喜欢站在南面窗前看楼下池塘上的曲桥,有一次还看到一条蛇在桥板上游行。窗是落地窗,栏杆有点向外倾斜。舅妈和外婆经常提醒我,不要靠得太近,会掉下去。楼已经很老了,走路得像猫一样小心。舅妈和外婆告诫我,不能跳,一跳楼就会倒塌。有一次,我趁她们不在的时候,偷偷地跳了一下,果然楼房就有摇晃的感觉,吓得我趴在地上不敢动。现在想来,那南面正中的窗也不是落地窗,是门,前面还有一条走廊,只是已经倒塌了,剩下旁边一根孤零零的柱子。

听母亲说,舅舅不是亲的,是我亲舅舅死后,舅妈改嫁过来的。所以我不叫他舅舅,而是叫七叔。听说,七叔解放前当教师,人缘好。舅妈个子不高,又白又胖,不怎么说话,只待人以微笑。

韩明轩说,这文章发在一家小刊物上,周主任怎么就看到了?

周主任说,我是老师的粉丝,发在哪里的文章都看,上网查,什么都有。我还看过老师今年初发表在《龙江文学》杂志上的中篇小说,《尴尬年华》。

韩明轩情不自禁地握住周主任的手,说,谢谢你对我的关注!

过后,韩明轩检讨自己,对人的多面性认识还十分欠缺,比如这位看起来有点俗气的文管办主任。

/3/

韩明轩很认真地当了一回高火夫妇的秘书，给市文管办打了一份关于申请维修古建筑怡心楼屋顶的报告。

依据周主任提供的信息，说省里每年都有文物保护专项经费，韩明轩在报告中，还提及申请维修经费问题，金额是10万元。报告自然是以林阿芬和高火夫妇的名义打的，他们是房主，高火说，怡园的房契在他们手里。韩明轩想，这是自然的，林阿芬是七叔的亲生女，遗产的第一继承人。

高火看了报告，笑得合不拢嘴。说，要是天上真的掉下一块大馅饼，一定给大舅仔切一大块。

韩明轩说，千万别高兴得太早，政府的事情，没那么好办。依我看，"小姐楼"的屋顶，最好是由政府，也就是文管办出面维修，我们不要和钱打交道。

这我懂，高火说，说着玩的，嘴上过过瘾而已。

这就好，韩明轩说，你要有心理准备，什么事一到政府那里，办起来都不会那么快。

高火说，就怕下大雨。

韩明轩说，怕也没有用。多少年都过来了。

高火说，也是。想了想，又说，不会整个屋顶都塌下来吧？

韩明轩愣了下，说，要不，你到外面租个房子，等修好了再搬回来。

高火说，不行，许多眼睛盯着我们那个房子哩。你说，当初，我岳父是哪条神经搭错了，招来这些个白眼狼！

韩明轩说，也许，当时如果没让这些人来住，房子早就充公了。

高火说，倒要感谢这些白眼狼了！

韩明轩说，此一时，彼一时。

高火似乎没怎么听懂其中的含意。韩明轩也不再解释，许多事他自己也没想透，更说不清楚。

事实上，事情比韩明轩预计的还复杂。

高火把报告递给周主任时，周主任拿出一份文件，说，这是市政府刚刚发下来的，你说巧不巧，昨天。古城区已经成立文管局，怡园属区里管，报告得先给区文管局，同意之后再报到市里。不好意思，得请你先到区里去签个字盖个章，再送到这里来，这是必要的程序。

高火说，区文管局在哪里，要找谁才能签字盖章。

周主任笑道，韩老师应该都认得。

于是，高火给韩明轩打电话。

韩明轩放下电话，想了想，给一个文友打电话，他在古城区某局当局长。通过他，韩明轩带着高火找到区文管局。出来接待的是一位文化局副局长。姓肖，肖副局长看完报告，一脸苦笑，说，市里的文件刚刚收到，事情就来了。区里刚接到文件，不要说文管办的人员还没定，就是文管局也还在……这样吧，你们先到所在街道办事处盖个章，证明情况属实，我给你们签个字，再送到市文管办，行吗？肖副局长和颜悦色地说。

高火想说什么，韩明轩摇了一下手，不让他说，自己开口道，那就谢谢肖局长了。

肖副局长说，真对不起啊，韩老师。

韩明轩笑了笑。

离开区文化局大楼，高火说，他们不会骗我们吧，推来推去的。韩明轩说，应该不会。你先去盖章吧，盖完章我们再来。

下午，韩明轩午睡刚起床，高火就把电话打过来，说，大舅仔，印子怕是盖不成了。

韩明轩说，怎么回事？

街道办事处说，要先让社区盖章，注明情况属实，他们才能盖章。

什么社区？

就是原来的街政府。

那就去盖，无非麻烦一点。一个地方是走，两个地方也是走。

不是走的问题。你知道我们社区的主任是什么人？就是楼下那个人的女婿，他是不会给我们盖章的。

韩明轩愣了一下。高火又说，电话里说不清楚，我现在就到你那里去。

高火在韩明轩家坐了半天，所说的事情让韩明轩有点郁闷。

韩明轩舅妈后来的丈夫，也就林阿芬的亲生父亲林老师死于"文革"中，不是自然死亡，是自杀，用当时的话说，是"自绝于人民自绝于党"。

韩明轩说，七叔那样一个谦和，智商又那么高的人，怎么会去自杀呢？

高火说，这是一个永远的谜。但是这跟楼下的"亲戚"脱不了干系。

喝茶，韩明轩说，光顾说话，茶都凉了。

高火一口气把一大杯茶喝了，由于喝得急，茶水溢出嘴角。韩明轩正要抽出纸巾，高火用手一抹，把嘴角的茶水抹去，并对着他手中的纸巾不好意思地笑了一下。

韩明轩说，事情都过去几十年了，经历了这么多事，也许，他也死心了。

没死心，正像"文革"中常说的那样，人还在，心不死。他经常没事找事，前不久，我们还干过一仗。

什么事？

是他有意挑衅的。那天，在楼下怡心湖畔钓鱼，他钓他的，我钓我的，本来，湖是我们家的湖，湖里的鱼理所当然也是我们家的，可以不让他钓，可是习惯了，大家都习惯了，都在那里钓鱼，我不想得罪太多人，也就睁一只眼闭一只眼让他去钓。他却得寸进尺。钓一条鱼说一句，这鱼啊将来就不姓林了，谁叫他没有儿子呢。这明显是说给我听的，找事。我能让他吗？我正好也钓到一条鱼，就大声说，可惜这鱼啊，永远姓不了陈——那人姓陈。

就这样，我们在湖边指桑骂槐，谁也不让谁。在湖边钓鱼的人见状，都悄悄地收起钓鱼杆，走了。我当时想，你这老家伙到现在还贼心不死，还惦记着我们家的房契，要是他敢再说一句难听的话，我就把他掀进湖里。我就一边说着一边向他逼近。他似乎看出我的心思，有些胆怯，不开口了。同时，我看到他的女婿朝湖边走过来。二比一，我也就放了那人一马，收起钓鱼杆，哼着歌走了。

韩明轩笑了一下，说，你哼的什么歌？

胡乱哼，我也说不清，好像是《我们走在大路上》，我就会以前的那些歌，而且没有一首能唱得全。

韩明轩说，好在他女婿来了，要不，你现在就在监狱里了。

高火笑道，我傻呀。我只是做个样子，吓吓那老不死的，让他不敢太嚣张，你说那老不死的，土都快掩到脖子，还痴心妄想，还惦记着我们家的房契。

韩明轩说，俗话说，"不怕贼偷，就怕贼惦记"，你可要小心。

高火说，所以这盖印子的事，很难弄。

韩明轩笑了笑，面对现实，印子还是得找他的女婿去盖，真不盖，我们再想办法。

高火说，他女婿能盖给我们？做梦也不敢想。

韩明轩说，试试吧，不试怎么知道。

高火无奈地说，好吧。

/ 4 /

住在韩明轩表妹楼下房间的那个"亲戚"，姓陈，名发亮，是林老师一个远房堂姐的女婿，当初，林老师的堂姐自己有房子不想搬过来，而她的这个女婿正好没了房子，就让他搬过来。陈发亮原来是有房子住的。他的房子还不小，严格地说，是一座小院落，一进门就是石埕，石埕后面是一厅抱四房，石埕边上还有一口井，一棵石榴。这是陈发亮父亲一生努力的成果，他父亲是个挑货担子卖百货的，几十年如一日，挑着担子，走街串巷，摇着手上的拨浪鼓，叮咚叮咚，风雨无阻，有时为了几个铜钱，要和那些爱贪小便宜的女人们磨半天的嘴皮，挣下这一份家产不容易。却被陈发亮一个晚上就弄没了，怎么弄？赌博，输掉了。当他颤颤抖抖地把房契拿出来抵赌债的时候，哭了，哭得很伤心。可是，几个月之后，他又笑了，而且笑得很开心。解放了，改朝换代了，他成了无产阶级——新社会领导阶级的一员。开会，发言，理直气壮，我们无产阶级，我们共产党……

听的人都笑,说,你什么时候成共产党了?他脸不红,心不跳,说,快了。

陈发亮一进来就住在高火楼下的那个房间。他是最早搬进来的,那么多房子空荡荡的没人住,他选了这个房间,是除了楼上的房间最中心的位置,他把房间反反复复地看了好几回,突然就有些庆幸又有些悲哀,庆幸的是这样的房间,冬暖夏凉,住起来舒服。悲哀的是再好的房间也是当初"下人"们住的。他悄悄地绕到后面,他知道,上楼的梯就在后面,他轻轻地往上爬,刚爬到一半,他身后有人说,"找人吗?"他吓了一跳,回过头来一看,林老师站在楼梯口,温和中带着明显的不悦,他连忙下来,说,看看。林老师说,以后不要上楼,知道吗,楼下的、边上的房间,想住哪间都行。

好的好的。陈发亮边说边退,退到林老师面前,林老师站着不动,微笑地看着他,而眼睛里却透着某种威严。他尴尬地笑了一下,缩了缩身子,从林老师的身边躲过。当他走到已经选定的房间时,突然闪过这样的念头:要是这里的房子全都是我的,多好啊!

说起来,陈发亮住小姐楼的资格比高火老得多。林老师的女儿当时还很小,等林阿芬长大成人,高火入赘,陈发亮已经在他楼下的房间住了20多年。20多年来,楼上由冷清变热闹,再由热闹变得有点神秘。陈发亮讨厌热闹,喜欢神秘。这神秘让陈发亮很刺激。他喜欢听楼上的各种声响,并在各种声响中,猜测他们的动作和神态,从中得到无穷的乐趣。

是的,楼上有什么动静他都能听得见,椅子声、木屐声……半夜醒来,甚至能听到楼上人们上马桶的声音。听多了,他便能分辨出男人女人的小便声,男女果然有别,力度和节奏各异,韵律更有不同。对于这些,陈发亮本来已经习以为常而且乐在其中了,可是有一天半夜,听到楼上的小便声,他突然发了脾气,干你老母,欺人太甚,凭什么,凭什么你们可以在我的头上拉屎拉尿?他发脾气是有理由的,因为突然省悟到,他是铁器社工人,是一个地地道道的工人阶级,他在会上学习过许多政府的红头文件,知道工人阶级是领导阶级,是国家的主人,什么是主人?主人就得当家做主,说话算数。他于是就有了底气。大凡有底气的人脾气都比较大,容易生气。

陈发亮从床上爬起来，从门后拿出一根晒衣服用的竹叉子，倒过头来，站在椅子上，往楼扳上捅。

咚咚咚，咚咚咚！

来自屁股下的突然声响，把蹲在马桶上的韩明轩的表妹林阿芬吓一大跳，撒一半的尿缩了回去，怎么也拉不出来。

躺在床上的高火迷迷糊糊中似乎听到什么，问，什么声音？

不知道。阿芬惶恐地说。

高火爬起来，套上木屐，走到马桶边，什么声音也没有。他摸了摸妻子的屁股，说，不会是老鼠吧。

阿芬笑了一下。老鼠是他们夫妻间的暗语。他们回到床上，老鼠打洞。床就响了起来。

楼下，陈发亮听到木屐声，得意地跳下椅子。你让我睡不安稳，我也让你不得安宁。

可是不久，他便听到一阵窸窸窣窣的声音。他的耳朵动了一下，终于，他判断出，这是眠床的声音，干你老母！陈发亮跳到床前，你会，难道我就不会！

陈发亮正值盛年，妻子被他弄醒，说，你又发什么神经？

他的妻子叫桂花。桂花知道，按辈分，她应该叫林老师阿叔，叫楼上的阿芬小妹，叫高火妹夫。当她遇到他们的时候，她就是这么叫的。桂花白白胖胖的，脸颊上有两个酒窝，说起话来，酒窝一深一浅，显得有点纯，又有点傻，很讨人喜欢。

别出声，爽吗？

她不说话。她不爽，她知道，此时的她，是丈夫的发泄工具。丈夫的发泄，是为了挑战楼上，不认输。她很后悔嫁给他，他是一个不地道的人。她的样子傻，人不傻。她是个明白事理、心地善良的人。

怎么不说话？陈发亮有些生气。

你让我说什么？半夜三更的不睡觉，你折腾什么？

你就这么甘心？

甘心什么？

陈发亮直起身子，再次到门后去拿那根晒衣服用的叉子，站到椅子上，往上捅。

咚咚咚，咚咚咚。

阿芬又吓一跳。高火说，别管它，我们做我们的，就当是给我们伴奏。于是两个人做得更欢，床也响得更大声。

陈发亮跳下椅子，恶狠狠地说，让你狂，让你狂，一定有让你哭的时候！

桂花说，要是你真的不想甘居人下，我们就搬走吧，反正，这是别人的房子。

不，这是我们的房子！我要永远住下去，世世代代住下去。

你是何苦啊！

当初，陈发亮恶狠狠地说，要不是你这个臭查某吃里扒外，这房子说不定早就姓陈了。"臭查某"是本地骂女人的话，查某就是女人，大多指已婚女人。

桂花笑了笑。

/5/

二十几年前一个秋天的黄昏，陈发亮在楼梯头挡住林老师，非常谦卑地笑着。林老师应之以微笑，心里嘀咕着，他要干什么？他对他的印象并不好，从外表看，贼眉鼠眼，似非善良之辈。当然，人不可貌相，更不可以貌取人，但之于他，似乎八九不离十，因为他刚来就想到楼上去，更因为他看他不敢正视，眼光躲躲闪闪。

林老师说，有事？

有一点小事，其实也不算事。就是想，不知道可以不可以，我想看看林老师家的房契。

林老师吃了一惊，说，你是政府房管处工作人员？

我没那个福气啊。

街政府派你来的？

不是不是。

那就没有必要看了。

是这样的，陈发亮凄凉地说，我们家原来也有一座房子，可是，被我这个败家子给弄没了。

怎么弄的？

赌博，一个晚上就输掉了。

是啊，是败家子没错。

他们来要房契的时候，我后悔死了，哭得死去活来，我想再看看房契的样子，他们不让，硬硬地拿走了，这哪里是拿呀，是抢。就在几个小时前，那房子是我的，是我的父亲辛辛苦苦一辈子留给我的遗产。可是我连自己的房契是什么样子都来不及看清，就没了……

说着，陈发亮的眼泪就掉了下来。

林老师沉吟片刻，说，好吧，跟我来。

他们上了楼，林老师让他在客厅坐，自己进房间拿出他的房契。陈发亮看到，他进的不是他楼顶上的那间，而是对面的那个房间。

陈发亮用颤抖的手接过房契。房契在他的手上越抖越厉害。突然，他把房契贴在胸口，号啕大哭，犹如死了爹娘。

林老师为之感动，说，别哭别哭，天地万物，一切都有命，房子也一样。

陈发亮止了哭泣，把房契放到眼前，细细地看了起来。

林老师说，房契应该都是一样的。

陈发亮伤心地说，我们家是什么样，我记不清了，还没看清就被人拿走了。

说着，又哭了起来。

林老师一时起了恻隐之心，说，那就拿回家去看，慢慢看，明天还给我。

陈发亮扑通一声跪在林老师的脚下，双手把房契举过头，说，怎么可以呢，这不行，林老师你收起来吧，我不看了。

说着又哭，我真后悔啊，自己的房子，一个晚上就没了，一个晚上啊！

林老师说，没事，你拿去看吧。明天一早记得还给我。

就这样，陈发亮拿走了林老师的房契。

第二天一早，陈发亮跑到楼上，哭着说，林老师，实在对不起，我把房契给弄丢了。

林老师大惊失色，怎么会丢呢？

其实，昨天晚上我回去的时候就丢了，我只顾哭，一路哭回去，到家手一摸，没了，明明是装在口袋里的，怎么就没了呢？

不对啊，不就是楼上楼下吗？

是啊，楼上楼下的。可是我刚下楼，就碰到一个熟人，十几年的老朋友，他看我满脸是泪，问我怎么回事，我就说了。他说别伤心，到外面喝一杯。我就跟他去喝一杯。回到家，东西就没了。我按原路找了好几个来回，就是找不着，乜不敢来告诉你，太晚了。

林老师看着他，这个陈发亮，把我当猴耍。狼子野心！我应该相信直觉的，却被他的眼泪给蒙蔽了。

真的丢了，真的，我对天发誓！陈发亮痛苦而悔恨地说。

林老师很无奈，也很后悔。他知道，他遇上了一个无赖。但他不着急，急也没用。他相信，政府的房地产局有底。这种东西做不了假，凭一张纸也夺不走这一大片房子。

那天晚上，陈发亮很得意地拿出林老师的房契，也就是怡园的所有房子的房契，边看边笑。

妻子说，你姓林吗？你的祖上当过官吗？还了吧。

还？凭什么？

就凭它不是你的。你以为有了房契，房子就是你的了，你也太天真了吧。

我当然没那么傻。但是，有了它，就有机会。

桂花苦笑了一下，什么也没说。

十几天后的一天黄昏，桂花站在新桥中心小学的大门外等林老师。她看到放学的学生一阵又一阵地走了，然后是老师，老师也三三两两地从学校里走出来，就是看不见林老师。她显得有些心神不定，时不时地按了一下自己胸前的口袋——那时时兴列宁装，女式列宁装的上衣有表袋，有文化的就在上面插一根钢笔，没文化的，就在上面别一只和平鸽。20世纪50年代初，到处都有和平鸽，有活的会飞会叫的，而更多的则是宣传画上的，不是单单一只和平鸽，和平鸽下面是地球，象征世界和平。房契把桂花胸前的表袋撑得高高的，和平鸽在表袋的钮扣上，就像要飞起来似的。终于，她看到林老师慢慢地走了出来。她跑过去，叫了一声阿叔，就伸手去拿表袋里的东西，可是一紧张，居然打不开和平鸽下面的钮扣，弄得满脸通红。林老师不解地看着她。她说，房契，你的房契。林老师还是不明白，房契怎么会在这位女同志的手上？他想伸手帮忙，但那是一个敏感的部位，不好出手。桂花还是弄不开自己胸前的钮扣，突然哎呀一声，手指被和平鸽上的别针刺了一下。

  雪白的手指头出了点血，红红的。她求助地看了林老师一眼，林老师只好伸出手，帮她把扣子解开。无意间，他的指头碰到她的胸部，软软的。他想说对不起，没说，说了反而更尴尬，只当没感觉。匆忙间，桂花似乎真的没感觉，她拿出房契，塞到林老师的手上，说了声对不起，返身匆匆离去。

  房契用一条白手巾包着。

  这一切显得有些唐突，林老师打开手巾，果然真是他的房契。他这才猛醒，她就是陈发亮的妻子。亲戚和女眷那么多，他真分不清谁是谁。林老师的心里一阵温暖。世上毕竟好人多。良心长在各人的肚子里，拿不走，换不了，夫妻也不行。

  他用手巾重新把房契收好，从此这手巾就和房契在一起，不离不弃。

  这手巾，白底，只在一个角落上，绣着一小朵花，粉红色的，似乎是日日红。这种花太小太一般太不起眼，却常开不败。

  有一次，在路上遇到，他要去上课，她从市场买菜回来，林老师对她说，谢谢！她红了脸，说，房契本来就是阿叔的，我只是让它物归原主。

  他不知道吗？

  他？找了，翻箱倒柜地找。我说，别找了，我还了。他很意外，可是什么也没说，他能说什么？自己的房子赌掉了，却想占别人的。

难得你这么明理，又这么勇敢。

她的脸又红了一下。受到林老师的夸奖，她很高兴，在她的心目中，林老师有文化，有教养，温文尔雅，和一般人不同，用过去的话说，高贵。当然，这是过去的说法，现在，工人阶级当家做主，更高贵。

小时候，她听母亲说过林老师家族的许多故事，母亲说，不用说在我们文化里，就是在我们这座城市，林老师家也称得上的是名门望族。林老师祖上在北京城当官，出门坐的是八抬大轿。

什么是八抬大轿？

就是大官坐的轿子，就像如今的小轿车。

难怪，林老师就是和我们不一样。

桂花娘家就在怡园附近的文化里，听说她母亲的高祖和林老师的高祖是叔伯兄弟。她17岁嫁给陈发亮，那个时候，他还没染上赌博的坏习惯，好像也没有现在这么贪。当她听说要搬到"小姐楼"的时候，有点喜出望外。她没想到把自家房子赌掉了的丈夫会打林老师家怡园的歪主意。

把房契还给林老师的那一刻，她的内心感到很自豪。当她愉快地往回走的时候，她突然觉得肚子动了一下，她知道她怀孕了，她摸了摸自己的肚子，想，但愿这孩子以后不要像他老爸。

桂花后来生了个女儿。

怡园出生的孩子，人们习惯请林老师取名，因为林老师是这一带有名的文化人。林老师欣然为之取名，曰：陈雅之。

桂花说，雅是文雅的雅吗？

林老师说，是的，有了文化才能雅。

做满月的时候，林老师让妻子给楼下送去了四样东西：一只鸡、一小坛酒、一包红糖和一盒线面。线面本地人叫面线，是林老师的一个学生从厦门寄来的，做得很精致，光盒子上的山水画，就让人爱不释手。陈发亮问妻子，楼上这是什么意思？桂花说，你要是不喜欢，就把它扔了。陈发亮阴阳怪气地说，为什么不喜欢？喜欢。

这时，有学生经过，很有礼貌地叫了声林老师。林老师微笑地点头。

这里离学校不远。

林老师说，这一次，让你们夫妻伤了和气，真不好意思。

桂花正想说什么，又有两个学生走过，说了声林老师好！这是两个女生，她们又看了她一眼，自作聪明地说，师母好。

桂花红着脸，想说不是不是，而说出口的却是，好，你们好。

学生们走后，林老师说，也许是你的菜篮子让她们误会了。

桂花红着脸，低头说，林老师，我先走了。

林老师看着她的背影，微笑地摇了摇头。然后，匆匆地向学校走去。

当桂花下定决心回头观望的时候，看到林老师已经走进学校的大门，正在和看门的老校工招手致意。她不由自主地朝学校的方向挪了挪脚步，立即又自嘲地笑了一下。转身回家。

桂花想到自己刚才的失态，脸红了一下。

是的，林老师的身上有许多她向往的东西，虽然她说不清到底是什么东西。但他的身上就像有一块磁铁，吸引着她的目光。甚至于夜晚，她都会仔细地分辨楼上的脚步声，推测老师和师母的行为动作甚至表情。

有一天夜里，她从睡梦中醒来，发现有一双眼睛对着自己，吓了一大跳。这不是她经常在梦里看到的那双和蔼慈祥而明亮的眼睛，这是一双死鱼眼。她知道这双眼睛属于丈夫，她懒得搭理，又把眼睛闭上。陈发亮说，你听，你仔细地听。

楼上有脚步声。她知道，这是师母起夜的声音。

这种声音你也听？

陈发亮冷笑道，你刚才梦见什么了？

她刚才的确做梦了，但梦见什么，现在却记不清楚。好像是和林老师在路上相遇，而林老师一见到她就返身走人，她叫了声林老师，追了过去。

她说，无聊。

其实，陈发亮最近整夜整夜地睡不着，他总是在听楼上的声音，从声音推断出林老师半夜经常走到楼上的某一个角落，并在那个角落站了很久，然后才又上床睡觉。什么角落值得他这么牵挂？收藏房契的角落！

女的起夜之后，男的就要起来了。

你不但无聊，而且无耻。

我再无耻，也不至于在梦里叫人家啊？

林桂花一时语塞。

让我说着了吧。

陈发亮快速地脱去她的下衣，趴到她的身上。

来吧，这才是真的。

陈发亮早有准备。他在她的身上运动了一阵子，突然不动了，说，你听。

果然，楼上有了脚步声。

这就是林老师。他不是起夜，他是到某一个角落，那个角落藏着他的秘密。

你想干什么？

不想干什么。什么也不想干。

他从她的身上爬起来，说，我在等待机会。

林桂花觉得浑身发冷。

陈发亮有耐心，十几年后，机会终于来了。

公元1966年夏天开始的那场史无前例的"革命"，给许多、许许多多陈发亮们创造了一个极好的机会。

/ 6 /

这一天上午，高火拿着韩明轩写的报告，来到文化里街政府，接待他的正是陈发亮的女婿张星瑞。高火笑着说，张街长，我正想找你。

张星瑞愣了一下。

从高火走进街政府的那一刻，张星瑞就想，他来干什么？他对他的印象并不太好，倒不是因为岳父说了他的许多坏话，而是因为新婚不久，他和妻子回岳父家吃饭，正吃得高兴的时候，楼上突然"砰"地响了一声，像是倒了椅子。岳父大声喊，楼上的，有没有良心啊，我们在吃饭哩。随着岳父的骂声，上面又倒了一只椅子，而且声音更大，仿佛还把楼板震出些许灰尘。岳父火了，拿着一根长木棍，往上捅，咚咚咚，咚咚咚。

岳母说，算了算了，人家不一定是故意的，不小心弄翻了椅子。

不小心？要是有心脏病，这是要死人的。

陈发亮一边说，一边捅。

上面没有反应。岳父也就算了。没想到，饭还没吃完，上面又传来拖椅子的声音。岳父放下碗，又要去拿棍子，被岳母挡住了，说，算了，吃饭吧，人家又不是故意的。

岳父说，他就是故意的，他看不得我们好，我的女儿长大成人，有工作，又找了个这么好的女婿，他看着难受。也不想想，他那个小子，哼！

那顿饭吃得不怎么愉快。

岳父的家他其实也很少回去，更少在那里吃饭，因为妻子不喜欢回娘家。什么原因，妻子没说，他也不问。

这之后，他和高火在路上遇到过几回，都是形同路人，不打招呼。

尽管张星瑞感到意外，他还是微笑地说，什么事？他是一街之长，懂得起码的待人接物之道。

高火递上报告，说了缘由，同时递上一根大中华的香烟。张星瑞说，不会，谢谢。他一边看报告，一边听高火叙述，高火说完，他的报告也看完了。说，这是好事啊。上面能给钱吗？

高火说，倒不是钱的事，就是不给钱，也得修，漏雨漏得太厉害了，再漏水就流到你岳父家了。区文物局局长说，只要街政府写个"情况属实"，盖个印子，他们就往市里省里报。

这是好事。等小刘来，让她给你盖印子。

你不签一下？

她写就行，主要看印子，不看字，谁写都一样。

高火看他不签字，心里有点忐忑，盼望着那个盖印子的小刘赶快来，好盖完印子安心走人。

张星瑞说，你坐一下，她很快就会来的。说着就去泡茶。高火没心思喝茶，不停地看墙上的钟。那秒针好像不走似的，总在一个地方摇摆。

张星瑞说，文物保护单位就是麻烦，要是一般的老百姓房子，只要城管中队批准就可以了。

高火说，是啊，到时还得麻烦你再盖一个印子，报城管。

张星瑞笑了笑，现在这种事多，大家日子好过了，时不时地就想弄房子，开个窗，装个门，刷个墙，装个修什么的，凡动工，都得报城管批。

是啊是啊。

高火时不时地朝门口张望。张星瑞看他着急，说，她平时很准时的，今天怎么搞的。我给她打个电话吧。

电话打了两次，没人接。喝过一杯茶，再打，终于有人接了。打完电话，张星瑞对高火说，真是不巧，她母亲生病住院，不能来了。

高火说，真的？

当然是真的，小刘是个很好的办事员。我就想，她一定有大事，不然不会这样的。那就等她来了再说。要不，你把报告留下来，等盖完了章，你再来拿。

高火一时没了主意。把报告留下来，万一被他扣了怎么办？万一他把报告拿去给他的岳父陈发亮怎么办？高火想说不用了，等小刘在的时候我再来，又说不出口，人家这么古意，又是街长。高火真没想到陈发亮的女婿会这么古意。古意是本地话，就是热情周到，有古人之风。也许对他的不信任是自己的偏见，这种偏见由陈发亮而起，没有道理。他犹豫了一下，把报告留了下来。

高火走后，张星瑞把报告放进办公桌上的文件夹里，想想，又把报告从文件夹拿出来，锁进抽屉。街政府人来人往，特别是那些年轻人，进了社区就像进了自己家，翻东翻西，万一弄丢了，还以为我是故意的。

把报告留在社区之后，高火一边走，一边又十分担心起来。这个张星瑞平时见面，连"相借问"都没有的，今天的古意有点反常，太反常了。"相借问"是本地话，就是打招呼。上当了，上当了。可是又想，即使真的上当了，他又能拿这报告怎么样，就是把报告给了陈发亮，又能怎么样？扣了撕了毁了，我再让韩明轩打一份就是了。事情让陈发亮知道了，知道了又怎么样，难道他们上面有人？让上面的人来捣鬼？上面有人又怎么样，他们的人会比得上韩明轩认识的人？这样乱七八糟地想来想去，终究还是不放心，不痛快。

晚上吃饭的时候，张星瑞和妻子聊天，说起高火拿一份报告要盖印子的事，妻子陈雅之笑了，说，我这名字还是他岳父林老师起的呢。于是，就说起林老师，说起小时候对林老师的印象以及怡园的故事，这些故事大都是母亲讲给她听的。母亲在讲这些故事的时候，对林老师充满崇敬之情。母亲给她讲林老师，都是父亲不在的时候，有一次讲一半，父亲不知道怎么就进来了，大声说，旧情难忘啊，都死这么多年了，还说他好，狗屁！

陈雅之对父亲的印象并不好，阴阳怪气的，在他的口中，左邻右舍没有一个好人。

夫妻聊天的时候，正好陈发亮来，陈发亮对这个女婿很满意，女婿大小是个官，管着一方百姓，何况将来还会进步，前途不可限量。他喜欢女婿还有一个原因，就是听话，他说什么就是什么，比自己的女儿还孝顺。他的到来，总是悄无声息的，他有他们家套房的钥匙。

怎么没事说起林老师？

陈发亮的突然发话，把夫妻俩吓了一跳。

陈雅之迅速地给丈夫使了个眼色，让他别说，张星瑞没意会到妻子的眼色，把高火给上面打报告修房子要社区盖章的事说了。

陈发亮说，这个印子不能盖给他。

张星瑞说，为什么？

你怎么知道他说的是事实，怎么能证明那房子就是他家的？

老爸你又来了，陈雅之说。

你别插嘴。陈发亮瞪了女儿一眼，对女婿说，我这是为你好。现在骗子很多。

不会吧，高火？女婿说。

难说。怎么证明怡园是他们家的，唯一的办法就是让他拿房契到街政府让你看一看，看了房契，你才能给他签字盖章。

张星瑞想了想，也对，凡事慎重一点没有坏处。好的，明天就让他把房契拿来看看。

你看不懂，你们年轻人，没见过以前的房契，拿回来让我帮你鉴定一下。

陈雅之一听，不好，老爸贼心不死，故伎重演。她在桌子下面踢了丈夫一脚。

张星瑞没理会妻子的意思，说，好吧。

陈发亮看了女儿一眼，对女婿说，签字盖章是大事，一定不能马虎。

父亲走后，陈雅之对丈夫说，你糊涂啊，怎么能答应老爸，你是政府公务员，利用职权拿人家的东西，人家要是去告你，怎么办？

张星瑞笑了笑，说，我知道分寸。

陈雅之说，知道就好。

/7/

张星瑞毕业于本地师范大学，也就是韩明轩任教的那个学校，不过他学的不是中文，是管理专业，几年间换了几家企业，有国企，有外企，也有私企，都不顺心，说不清是什么原因。在一个郁闷的早晨，他站在江边看风景，江面有几只白鹭，高高低低地飞翔，很自由很快乐的样子，想，我还不如这些水鸟，心里便有些发酸。心一发酸，便更觉得自己可怜。他的父母都在乡下，不是一般的乡下，是山沟沟里，他们供他读书，想让他出人头地，而他更想通过自己的努力，在城里找一个位置。原想自己在城里把脚跟站稳了，再把父母从山里接出来，让他们享享福，现在看来，没那么容易。他对着广阔的江面，长长地叹了一口气。

有个女孩在他的后面说，你没事吧。他吓了一跳，转过身子。站在他后面的是一个白白胖胖的姑娘。她用一双担忧的眼睛看着他，再次说，你没事吧。

他笑了笑，没事，能有什么事？你看那些白鹭，多可爱。

那就是白鹭啊！她说。

你不知道？

她摇了摇头。

于是，他就给她讲白鹭，白鹭本地人叫白鹭丝，是一种十分可爱的水鸟……

她笑了一下，说，我知道，江心的小岛就叫白鹭洲。

你是本地人？

是的。

本地人不知道白鹭？

没人告诉我。

对了，你刚才是怕我想不开，跳下去？

她不好意思地笑了笑。

你是一个好心人。

她又不好意思地笑了笑。她长得并不怎样，但笑起来有一对可爱的小酒窝。

他们就这样认识了。

就在他们认识不久的一次招聘考试中，他得到了社区文书的职位。他认为，这是她给他带来的好运气。从此，他们有了来往。在一次约会之后，他送她回家，发现，她的家就在他上班的社区，而且在"小姐楼"。他还知道小姐楼是本城有名的古建筑。他说，你们是大户人家。她说，不是。他又说，林老师是你什么人？她说，林老师家住楼上，我们住楼下。房子是林老师的。我听说，我外婆是林老师的远房亲戚。

张星瑞和陈雅之谈了三年恋爱，也当了三年文书。当他们决定结婚的时候，他不但被提拔为社区主任。还通过公务员考试。他对她说，是你给我带来的好运气。陈雅之说，是你自己努力的结果，和我没关系。

有关系，他说，和你认识之前，我也很努力，可是什么都得不到。认识你之后，就时来运转了。你是我的福星。福星高照。

她把他的话告诉父母亲，母亲说，人家这么说是看重你，对你好。他对你好，你就要对他更好。父亲说，他说得对，是你给他带来好运气，没有你，他什么都不是，就是一个从山区来的农民。她有些不高兴，但什么也没说。从小她就不怎么喜欢父亲，但也不会和父亲顶嘴。父亲说，你给我记住了，既然是你给他带来好处，你的话，他就得听。你老爸的话，他也得听。

过后，母亲对他说，别听你老爸的。小张既然是国家的人，就得听国家的，国家有政策法度，是不能违反的。告诉他，吃政府的头路，就得听政府的，别的，谁也不听。"吃政府的头路"是本地话，意思是给政府做事。就是当下公务员的意思。

陈雅之笑着说，妈你放心，我不傻。

不傻就好。

看样子，小张是好孩子。

你女儿找的，能不好吗？必须好。

实践证明，张星瑞是一个听话的女婿。筹备结婚时，买东西，布置新房，都是陈发亮说了算。陈发亮说好，他就说好，毕恭毕敬的样子，连陈雅之都看不过去，说，你怎么这样没出息？他笑着说，又不是什么原则问题，老人高兴就好。

都说女婿是半个儿子，他做得比半个还多。有一次陈发亮生病住院，他在医院里守了三天三夜，寸步不离。其实，陈发亮的病没那么严重，他的难受有一半是装出来的，哼哼唧唧的，半是难受，半是考验。

出院回家，桂花说，怎么不再住下去，有人像侍候皇帝一样地侍候着，多派头啊。

人家要上班。

你也知道啊。

我又不傻，考验一下而已。桂花冷笑了一声，什么也没说。

你可不能在他面前说什么，破坏我的威信。

桂花说，你又不是领导干部，还威信，不怕人笑死。

不怕，长辈就是长辈，不但要有威信，还要有威严。

长辈就要有长辈的样子。

我没有？

你自己知道。

陈发亮暗自发笑，查某人头发长见识短，我陈发亮这几十年的饭难道白吃了不成？

张星瑞是社区主任，有人求陈发亮办事，陈发亮常常拍着胸膛说，没事，你就等好消息吧。陈发亮是个聪明人，那些事情都是小事，无非是打个证明，盖个印子，就是不找他直接到社区去也能办到。可是有人就是迷信后门，大事小事，第一个念头就是找熟人，找关系。有一次，有个人找陈发亮，想让孩子进社区办的一家工厂做工。陈发亮知道这是大事，女婿说过，社区虽小，五脏俱全，大事要社区领导班子开会研究决定。他没有当场拍胸膛，只是说，放心，我会帮你说话的。那人说，你说话你女婿能不听吗？我等你的好消息。

几天后，那个人的儿子进了社区的工厂。按条件，他本是应该进的，不找也进。可是，那个人偏偏就相信，是陈发亮在女婿面前说话算数，到处宣扬。几年下来，文化里社区无人不知，社区主任张星瑞最听他的岳父陈发亮的话。

陈发亮要的就是这个效果。

/8/

高火第二次走进街政府时，看到小刘也在，很高兴，对小刘说，印子盖好了吧，给我，我急着用呢。

小刘一脸茫然。

张星瑞从里面走出来，说，报告我还没给她哩。你坐，坐。小刘，泡茶。

高火想，最担心的事果然发生了。

喝了一杯茶，张星瑞说，你能不能把你们家的房契拿来，让我看一看，然后再给你签字盖章。

我就知道,高火脱口而出,这是你岳父的主意吧。人家都说,这个社区,是陈发亮当的家。

张星瑞说,你不要管这是谁的主意,你要我签字,写上"情况属实"四个字再盖上章,你总得让我知道,情况是不是属实啊。

漏雨是所有人都知道的。

可是怎么能证明房子就是你的?只有让我看了你的房契,我才能相信,也才能签字盖章,你说是不是这个道理?张星瑞笑着说。

高火无奈地说,好吧。

从街政府出来,高火直接上韩明轩家。

不出所料,他们要房契。不给不签字不盖章。

屁股还没坐稳,高火就说。

韩明轩不说话,想了一阵子,说,现在是法制社会,按理,社区领导不会如此下作。人家说这种话,占着理,你就大胆地把房契让他看,量他不敢怎么样。

太冒险了,这可是那个人做梦都想要的东西!是我岳父用生命才保住的东西啊!

韩明轩说,毕竟时代不同了。

高火说,你认识的人多,找个熟人,从上面给社区打个电话,他敢不签字不盖章?

韩明轩笑了笑。有许多话他不想说,说了也没用,高火不会理解。

高火说,他真的不敢黑了我的房契?

韩明轩说,我想不敢。说白了,他拿了房契也没用,你的还是你的。

高火说,那就听你的,给他。

韩明轩笑了笑,说,要是七叔在天有灵,他是拿不走的。

第二天,高火拿房契到街政府时,小刘不在,她又到医院去了。张星瑞拿过房契,看了看,顺手放进抽屉,锁上,说,我现在到办事处开个会。你明天来,我把房契和签了字盖了章的报告一起给你。

说着，就急匆匆地走了。

一时间，高火的心像被掏空了似的，张星瑞的背影剪纸般地在他的眼前晃动，再晃动，然后消失在茫茫的白光之中。

晚上，张星瑞拿着高火的房契给陈发亮看。陈发亮欣喜若狂，当他在灯下展开房契的时候，惊叫，怎么变成这个样子，这不是真的。

女婿说，这是原件的复印件。

这天晚上，高火睡不着，不停地翻身，不断地叹气，暗暗地落泪。早晨起来，妻子阿芬说，我昨天做了个梦。高火说，是不是梦见阿爸了？阿芬吃惊地说，你怎么知道的？快说快说，他老人家在梦里对你说什么了？阿芬想了想，说，他好像什么也没说。

高火长长地叹了一口气。

让高火没想到的是，当他到街政府的时候，张星瑞真的把他的房契和签了字盖了章的报告给了他。他把房契看了又看，丝毫无损。

张星瑞说，对不起，让你走了好几趟。

高火说，哪里哪里，谢谢谢谢！

接下来的印子，韩明轩带着高火，从区文物局到市文物局、文管办在一天内盖完。盖完印子之后，韩明轩又让他复印两份，一份办城管手续，一份给文管办周主任，让他相机寄到省里，争取省里明年下拨的文保单位的维修经费。

周主任拿着盖了章的报告说，韩老师，你一百个放心，我一定争取到明年的经费，没有10万，也有5万。

韩明轩说，那就让你费神了，到时，我请你吃饭。

高火说，他请，钱我来出。

周主任说，怡园是我们的骄傲，说不准什么时候，国家有钱了，全面翻修，到时候，周主任拍拍高火的肩膀，你就等着上报纸吧。

韩明轩笑了，周主任也笑了，而笑得最开心的是高火。

/ 9 /

几个月之后的一天,下着茫茫大雨,韩明轩突然想到小姐楼,给高火打了个电话,说,今天的雨这么大,不会漏了吧。

高火说,还是老样子,外面大雨,里面小雨啊。

韩明轩大感意外,怎么没修,是不是城管办的手续没办全?

办了,都办了,就是不敢修。

怎么回事?

高火在电话里先叹了一口气,说,前几年,为孩子将来结婚用,我在园子里盖了一栋二层楼,没有手续。怕"小姐楼"的屋顶一动工,城管队来看,"小姐楼"没事,可那栋房子没手续,属于违章建筑,被发现了,叫你拆,怎么办?所以就一直没敢动。

那个陈发亮难道就不会去告密,房子又不是东西,藏不住。

他也盖了一栋。

韩明轩看着话筒,一时间说不出话来。

韩明轩突然想起小时候偷偷地在"小姐楼"上跳动的情形。这几百年的房子本来就不牢固,再加上漏雨,万一屋顶真塌了,真倒了,后果不堪设想。

他说,这古厝经历那么多风雨……

他没把话说完,因为他发现,高火已经把电话挂了。

一年后,"小姐楼"的屋顶在一次台风中,塌了下来。事故发生在半夜,所幸,高火全家已在黄昏撤离。当时,张星瑞带着市里有关人员上门动员,苦口婆心地把高火一家劝到安全的地方去了。

但是,谁也没想到,住在楼上的人走了,住在楼下的陈发亮却被压死在楼上。

高火在电话中对韩明轩说,"谁也弄不清他是什么时候上去的。你说,我人都走了,还能把房契放在家里吗?他这是找死。老天有眼!"

韩明轩想说，要是去年把屋顶修了，也许就不会发生这样的悲剧。

但他没说。既然已经这样了，说什么也没用。

几十年前，林老师对陈发亮说过，天地万物，一切都有命，房子也一样。

无影妈

/ 1 /

"无影妈"是闽南话,"无影"——连影子都没有,也就是不真实的摸不着的——假的;"妈"是祖母。合起来大体的意思是,假祖母。当然,假祖母和无影妈比起来,没有原来的韵味,更少了期间飘浮不定的无奈情绪。

阿英就是一个无影妈。

如今日子好过了,那些到了年龄退了休,领着社保养老金的老人们便经常聚会,这里一群,那里一伙,泡茶聊天,天南地北,开心就好。

江滨公园的怡心亭,坐着一群老姐妹,说老也不老,工人,50岁退休,所以大都五十来岁,听说人家联合国有规定,45岁还算青年,当然,如果是大知识分子,比如大学教授什么的,50岁是什么?青年才俊。人不能比人,不是说,人比人气死人吗?她们不比,所以不生气,不但不生气,还很有幸福感。

这群老姐妹们的聚会,原先是不定期的,有空了,大家就聚一聚,聊聊天,后来,不知从什么时候起,慢慢地就成了习惯,每两个星期聚一次,周三。地点也慢慢地固定下来,开头,有时会与另一群人相冲突,后来,没人来争了,周三的怡心亭就成了她们专用的聚会场所。

阿英是怡心亭这群老姐妹中的一员。在这群老姐妹当中,她的年龄不是最小的,但显得最年轻,人长得清楚,皮肤又白,话也多,叽里呱啦说个不停。老姐妹聊天,说的大都是两周来的见闻,鸡零狗碎的,会玩手机微信的，说一说当今世界的精彩，而大部分内容，还是说各自的孙子，内孙外孙，男的女的，从几个月到幼儿园到小学到中学的，都有。

而阿英的话题与众不同，她说是坐月子的事，不是她自己坐月子，都五十几岁了，坐什么月子？是给别的女孩坐月子，也不是坐真正的月子，是坐小月。也就是说，她经常照顾女孩子人工流产后的生活起居。

她是有资质的月嫂，月工资大几千元的那种？不是。她傻呀？她不傻，在这群老姐妹当中，她算是精明的。可是，她不得不做，因为她有一个长得很帅，而且风流倜傥的儿子。他的儿子时不时地就交上个"女朋友"，把"种子"种到人家的肚子里，一旦"有了"，就让女孩子去做人工流产，这样，给这女孩子坐小月便是她责无旁贷的事了。

有一次，阿英正兴高采烈地说着她如何为某个女孩坐小月，老姐妹中的一个说，"你啊，怎么总是做无影妈！"

阿英的话一下子被噎住了，愣愣地看着大家。那样子显得十分无奈，也十分可怜。

人们很快就转了话题，要是以往，别人说话，说不到几句，她便插话，一插就是一大段，而今天，她却一声不吭地，沉浸在自己的回忆当中。

/ 2 /

第一次，那个女孩要是不流产的话，她的孙子已经上幼儿园了。

阿英清楚地记得，那女孩的名字叫娟娟，圆圆的脸，大大的眼，双眼皮，一笑，便有一大一小的酒窝在脸颊上颤动。样子纯得有点没心没肺。那是一个阳光很好的午后，儿子牵着她的手，边说边笑地向她走来。走上台阶，走进厅堂。她拉着她的手，那手又白又细，像刚刚剥开的正月的葱，摸一下都觉得心疼。就是这样的一个女孩子，羞羞答答地对她说，"阿姨，我要在家里住一段日子，凡凡说阿姨会做很多好吃的东西给我吃，给我养身体。"

凡凡就是阿英的宝贝儿子，大名朱不凡。

"当然当然。"阿英说。

儿子从来不带女朋友回家，这一次，一定是真中意了，对于未来的儿媳妇，她能不尽心照顾吗？什么好东西她都舍得给她吃。她说，"孩子，你放心，我一定比你母亲还要尽心。"

哎哟，阿英发现，这女孩子的脸一阵阵地发白，你病了，快快，到房里躺一躺。她扶她到儿子的房间躺下之后，凡凡笑嘻嘻地对母亲说，"她刚做完人流。"

"什么！"阿英惊得合不拢嘴。

"你做的孽？"

"她自己愿意。"

"你，你你……"阿英急得说不出话来。

"别紧张，她是外地人，她的父母亲都不知道。"

"她……和你是第一个？"

"第一个？"儿子不明白母亲的意思。

阿英说，"她是人厝竈仔吗？""人厝竈仔"是本地闽南话，原意是人家屋里的女孩——在室女，也就是处女。

儿子哈哈大笑，说，"妈，都什么年代了，哪里去找人厝竈仔啊！处女如今比华南虎都难找。国家一级保护动物。"

"你你你！"

儿子看母亲急成这个样子，说，"没事没事，玩玩，你情我愿的。"

"多可惜啊，一个孩子，说不定还是个查甫团仔。"——查甫团仔也是本地闽南话，就是男孩子。

"可惜什么呀，我们都不可惜，你可惜什么！"

看着儿子那无所谓的样子，她不知道该说什么。谁让她把他生得这么好看，这么帅。什么周润发，什么刘德华，全不在话下。

想想，这也是他那死鬼父亲的种，儿子把父亲和母亲的优点全都拿去了。

当初，他那死鬼父亲是怎么把她拿下的？她摇了摇头，不去想了，恍如隔世，鬼迷心巧地，傻乎乎地跟他上了床，傻乎乎地就把他的孩子生了下来。

说傻也不全傻，那时，他多"风神"啊，"阿飞"头，"喇叭"裤，吹着口哨走路。用现在的话说，叫酷，回头率要多高有多高，可是，他谁也看不上，就看上她。

他们是在一个朋友家客厅认识的。那朋友是个香港客。她是随"闺密"一起去的，她的闺密叫阿珍，后来嫁给那个香港客到香港去了。到了香港才知道，人家是有老婆的。不久之后，她便死了，听说得了一种病，叫郁抑症，是自己从二十几层楼的楼顶上跳下来的，还上了香港一家小报的新闻，还登了照片——两张，一张是平时的玉照，一张是趴在楼下水泥地上的照片，那个惨，她想想都浑身颤抖。

这就是命。

阿英是挺着肚子和他结的婚，她坐月子时，他就和别的女人搞上了，孩子5岁时，他们离婚。稀里糊涂地，她就把孩子养大了，养成和他父亲一样的花花公子。

好在，阿英有一份固定工作，工资虽然不高，但她精打细算，让她的凡凡过上还算体面的日子。

阿英笑了一下，这种"体面"，是和以前玩在一起的姐妹们相比而言的，不能和官家子弟比，也不能和那些暴发户比。那时的暴发户也叫"万元户"，手机叫"大哥大"，用黑皮包提着，在街上晃来晃去的。想想，时代的步伐迈得真快！

阿英又笑了一下。她对自己很满意。她养育了一个惹女孩子喜欢的帅哥。她的儿子不但长得像模像样，还努力上进，都大学毕业了，工作了，还读在职研究生，说，拿了硕士拿博士，该拿的，他全都要拿回家，让她高兴。他还说了一句她不太明白的话，"我要用行动来证明自己。"

你说，自己就是自己，还用得着证明吗？

阿英平时不太动脑子，可对于自己儿子的话，她还是认真琢磨的。她想了好久，还是不明白。但她相信，儿子说的，肯定没错。

/ 3 /

那个叫娟娟的女孩话不多,但很懂礼貌,她每次端东西进房间,她都要爬起来,双手接过,说谢谢。弄得她很感动,原先对她的一点成见也就烟消云散了。说成见其实也没有,就是觉得她把孩子打掉有点可惜了。她说,"孩子,自己人就不要客气了。"

听她说自己人时,那女孩笑了一下,笑得十分凄凉,让她的心尖跳了一下。是的,好几天不见儿子回来了,女朋友坐小月,他却不回家,有点没良心。可他是她的亲生儿子,她能说什么呢?她就拉一只椅子坐在娟娟床边,看着她把她精心做的甜点心吃了。她是按照本地人坐月子的习惯给她煮点心的,麻油、猪肝、龙眼干、姜片、红糖。"好吃吗?"她问。"好吃,"娟娟说,"从来没吃过这么好吃的点心。"

阿英高兴地说,"好吃阿姨天天给你做。这是我们本地女人坐月子常吃的点心,补。可以是猪肝,可以是猪腰,猪心,也可以是精肉。当然,还可以是鸡腿——要家养的,不要养鸡场吃饲料的鸡,前面的小腿最好,嫩。"娟娟笑了一下,这一下很好看。看到这么好看温顺的女孩子,阿英的心就软了,说,"以后啊,有就有了,不要去流,生下来多好啊!"

娟娟愣愣地看着她,眼泪就哗啦啦地滚出来。弄得她不知所措。

娟娟说,"阿姨,我没那个福气。"

她说她家在江西赣州,阿英一脸茫然,她不知道赣州在哪里,她只知道,江西在福建边上,内地。娟娟解释说,就是井冈山那个地方。这一下阿英明白了,去年姐妹们商量出去旅游时,曾经提起过,叫红色旅游。当初,毛主席就是在那里闹革命打天下的。阿英无师自通地想,那一定是山区,穷,要是不穷,闹什么革命?吃饱了撑着?

娟娟说她家乡的确穷,穷得叮当响,很多人跑到沿海城市来打工。她也跟着出来。出来才知道工不好打,转来转去,就到按摩店当按摩女。

"我们店的名字很奇葩,叫'魔指按摩窟',我上班的第一个顾客就是凡凡。"

阿英不知道这"魔指按摩窟"在哪里，问一起聊天的姐妹们，也没一个知道的。她虽然不知道这店在哪里，但一听"按摩"两个字就恶心，一个女孩，在男人的身上又按又摸，能不出事吧？

她的宝贝儿子就是到这种地方去，把人家女孩子的肚子弄大的。没出息！

"穷也不能干这种工作呀？"她说。

娟娟苦笑了一下。

"等你把身子养好了，换个工作。"

娟娟眼睛一亮，说，"阿姨有门路吗？"

阿英愣了一下，说，"没有。"

说完没有之后，阿英突然脑子一闪，她没有，她那些聊天的姐妹们可能有，听说有一个姐妹，她老公原来是当官的，不小，是市里什么局的局长，她可能有门路。对，就去找她试试。

于是，阿英说，"好像有，阿姨去试试。"

"真的？"娟娟把眼睛睁得大大的，那一大一小的酒窝显得特别明显。苍白的脸上也有了一丝红色。

阿英的脑子里闪过一个洋娃娃，那是她在百货公司玩具柜上看到的，金色的头发，大大的眼睛，长长的睫毛，很可爱。她当时就想，要是有孙子，就买个洋娃娃回去。可惜了，她想，要是娟娟不把孩子做掉的话，说不定是个女孩。阿英有时喜欢男孩，男孩调皮捣蛋，但说起来响亮，那局长太太的孙子就是个男的，大家都说，他们家祖宗冒烟；阿英有时喜欢女孩，女孩乖，又上妆，牵着，在街上走，就像是牵着一个洋娃娃，人见人爱。

是自己的儿子让她把孩子做掉的，厌不得人家。她知道，她那个宝贝儿子就是这个德性，和他那个死鬼父亲一模一样。

阿英叹了一口气，这是命，厌不得别人。

她欠他的债。夫妻都是相互欠债，你欠我的，我欠你的。这是母亲说的。

阿英想起小时候，父母亲吵架的时候，母亲总是说，谁让我当初那么傻，欠你们张家的债。母亲说这话时，父亲就笑，很得意的样子。母亲有时也会跟着笑起来，她一笑，他们便和好了，好得不得了，想起来都不好意思。可是隔不了几天，又吵起来，吵着吵着，母亲又说，谁让我当初那么傻，欠你们张家的债。于是父亲又得意地笑起来，接着，便肆无忌惮地来向母亲讨债，把母亲压在床上，把床压得东摇西晃，叽里咕噜响。

细想当初父母的吵架，大都是因为父亲在外面有了相好的女人。

阿英不禁笑了起来，有点没心没肺的样子。娟娟有点害怕地看着她，不敢出声。阿英回过神来，对娟娟说，"以后，你们好好地生一个。先把身子养好，再生一个。"

娟娟喃喃道："工作都没了，吃饭都成问题了。"

"工作我给你找。"

阿英突然豪气十足地说。

"阿姨，你真好！"

娟娟抱着她亲了一下，那嘴上还有刚刚吃过的甜点心的味道。阿英抹了一下脸颊，突然就有一股柔情从心底涌起。她有点喜欢上这个可怜的女孩了。

那个星期三，怡心亭聚会之后，阿英把那位老姐妹拉住，说有件事情想拜托你。什么事？她就把事情的缘由说了，那位老姐妹是个豪爽人，满口应承。

半个月之后，娟娟走了，她是带着白里透红的脸色走的，走的时候，还带着一份意外的惊喜，阿英为她找了一份新工作，这份工作比原来的更体面，在一家超市当收银员，这家超市在本地小有名气，叫"新华都"。

那位老姐妹的老公果然厉害，一个电话就把事情搞定。听说，那家"新华都"老板的侄女婿，是局长的老部下，那位老姐妹说，我家老头子在位的时候，好事做太多了，随便开个口，人家都会帮忙的。阿英讨好地说，那也要是你说的啊。那老姐妹很得意地说，在单位他说话算数，在家里我说话算数。我当他的家。

娟娟是个懂事的孩子，领第一个月工资的时候，买了两件时兴的马甲，说是北京一家服装公司的最新设计，还得了国际时装节的大奖。她一件，帮忙的老姐妹一件。下一次聚会，阿英带上那件马甲准备送给那位老姐妹时，发现她身上穿的，正和她想送的款式一样，好在颜色不同。当她拿出来时，那位老姐妹哈哈大笑，说，阿英啊，你好福气，你儿子的那个女朋友有水平。这话说得阿英很有面子，心里美滋滋。

/ 4 /

娟娟之后来过几次，可儿子对人家不冷不热的，以后便不来了，娟娟不来，儿子也不问，仿佛从来就没这个人似的。她知道她的宝贝儿子已经移情别恋了。

她想说什么，却什么也说不出来。她能说什么呢？他那死鬼父亲活着的时候，难道不是这样？后来，有一个女的不依不饶，把他告到单位，要死要活的。腐化堕落在当时可是大错误。最后，把工作丢了。

想想那个时候的惨，那死鬼没了工作，还整天不着家。这个家就靠她一个人撑着。她本想，将来儿子在女人的问题上能有点出息，没想到，儿子居然像他爸！

她是欠了他们朱家的债。

你说我倒霉不倒霉，父亲是这个德性，丈夫是这个德性，儿子还是这个德性！阿英想哭，却哭不出来。最让她感到无奈的是，对于这个不争气的孩子，她想恨都恨不起来。有时还觉得这孩子挺有查某缘，暗暗地为他感到骄傲。查某缘就是女人缘，换一种当下流行的说法，就是会泡妞。

阿英下意识地打了一下自己的嘴巴。也许，她是这个世界上最矛盾的母亲。也许，所有当母亲的都这样没出息。

娟娟不来了，阿英总算过几天安静的日子。

可好景不长，那个周三上午，她刚到怡心亭坐定，就接到娟娟的电话，说，"阿姨，我是娟娟，你快来。凡凡出事了，被人堵在超市，出不去。"

阿英的心尖跳了一下。朱不凡啊朱不凡，妈给你起不凡的名字，就是盼着你有出息。难道这就是你的出息!

阿英赶到"新华都"时，娟娟在门口等她，一见她，二话不说，拉着她挤进一堆人群当中。她看到儿子被一个男人揪住领口，满脸通红。跟着她们挤进来的，还有一个人，这个人是娟娟的新任男友，这里的保安。

"干什么干什么，有话好好说。"阿英说。

那男人松开手，说，"你是他的什么人?"

娟娟说，"她是他母亲。"

那男人看娟娟穿着工作服，身边还站着一个保安，眼珠子转了一下，说，"好，母亲，很好! 你自己问问，你儿子干了什么好事!"

"我什么都没干，是她自愿的。"

这时，来了商场的经理，经理说，这样吧，到我办公室说，不要影响正常的生意。

一起到经理办公室的还有一个女孩，她拉着凡凡的手。她是和凡凡一起逛商场时，遇到那个男人的。

那男人是她前男友的哥哥。

当经理把门关上时，那男人指着女孩的肚子说：

"你说，这孩子是谁的? 是不是我弟弟的? 说，老实说!"

这时，阿英发现，那女孩的小肚子有点隆起。她心里说，别认，别认，我的傻儿子啊，千万别认。可是她的凡凡此时却说，"是我的，好汉做事好汉当。"

那男人冷笑着，"你当得了吗? 让她自己说。"

那女孩不说话，只用手指了指凡凡。

那男人一愣，说了声，"婊子!"拉开门把，甩门而去。

回到家时，凡凡指着那女孩的肚子说，"杜佳佳，你给我老实交代，谁的?"

"你的。"

"想赖我，没门。滚!"

那个叫杜佳佳女孩不出声，只是哭。阿英把儿子带到另一个房间，问，

"你碰没碰人家?"

"碰了,不就是玩玩吗?谁知道是只破鞋!倒霉。"

阿英想了想,说,"你明天带她去做人流。不管是不是你的,我们都不要。"

这一下凡凡乐了,说,"这是最好的办法。"

阿英恨不得打儿子几下,可是,她下不了手,而且,这个叫杜佳佳的女孩子实在长得太好看了,怎么说呢?说是仙女吧,高抬了她,对,狐狸精,《聊斋》里的狐狸精。

那天晚上,阿英原以为杜佳佳会哭着闹一阵子,谁知道,两个人关在房里,又说又笑的。说好第二天去做人流,也不去了。手牵手地出去,又手牵手地回来,杜佳佳的肚子还是那个肚子。一点也没变。就这样,阿英提心吊胆地过了好几天魂不守舍的日子,实在忍不住了,问凡凡,怎么回事?

"现在做太便宜了她,多玩几天才够本。"儿子说。

10天之后,凡凡终于带杜佳佳上医院做了人流。

这是阿英第二次当"无影妈"。

这个叫杜佳佳的女孩也是外地人,老家在四川万州。改革开放之后,本地来了许多川妹子,她弄不清万州在四川的什么地方,肯定也是个山区,穷地方。她和凡凡是在一家酒吧认识的。"三陪女"哪个是干净的?阿英庆幸让她把孩子流掉了。要不……她想都不敢想。

她也懒得去问那个男人的弟弟是怎么回事,倒是杜佳佳在一次吃完她做的甜点心之后,说起了那个人。原来,那男人就是那个她打工的酒吧的老板,他的弟弟还在大学里读书。原先,是那个老板想勾引她,可她不为所动,因为她知道那老板是有妻室的,只是听说,老板娘生不了孩子,想找她借肚子,她不干。后来就来了他的弟弟,那是几个月前的事,大学生放暑假回来,到哥哥的酒吧来玩玩,不知怎么的,她就神差鬼使地喜欢上那个文质彬彬的大学生了。

"这么说,你肚子里的孩子不是我们凡凡的?"

"我也说不清,也就是那几天吧,凡凡带我出去过。后来,我的月经就没来了。那个大学生走了,回南京读书去了。我只能找凡凡。"

阿英愣了好一阵子,说,"这样吧,你养好了身子就走,离开这个城市,不要让我们再见到你。"

杜佳佳说,"阿姨,就是你让我留下来,我也没脸!"

半个月之后,杜佳佳走了,从此没有再见到她。她心里清楚,杜佳佳不一定就是她的真名字,她没看过她的身份证,她想,我们不是公安局,没必要。但说心里话,她还真有点喜欢这个女孩子,说不上什么理由。就像她儿子经常挂在嘴上的,"喜欢不必要理由。"别看,凡凡有时还能说上一两句让你回味无穷的话,这孩子!

有一天夜里,阿英突然想,也许是因为她长得好看,漂亮的女孩人人都喜欢。

凡凡好像也没什么错。但是她还是想不明白,这男女关系现在怎么就这么随便,随便得让人眼花缭乱。

/5/

别看凡凡整天吊儿郎当,没正形,在公司却很受老板的青睐,最近还升了职,当上部门经理。当上部门经理的凡凡,身边的女孩子就更是不断地换,让人很不放心。她对他说,有一个就行了。好好处,正经谈,结婚,给妈妈生个孙子,妈妈帮你带。

凡凡一听就笑,"带孙子,你累不累啊,你不累我还累呢!"阿英说,"谈朋友不结婚,不生孩子,你要干吗?"

"玩。享受人生,品味青春。"

"你给我小心一点,别再让我当无影妈!"

儿子还是笑。笑得十分天真,和小时候一个样,没心没肝的,让你有再大的气也生不出来。凡凡突然就亲了一下母亲的脸,说了声"古的拜",扬长而去。

这一去就是好几天不见人影,打手机不接。阿英想,坏了,又要惹事了。

果然，在一个星期天的上午，凡凡又给她带一个让她坐小月的女孩。

这女孩不知道叫什么名字，皮肤有点黑，凡凡叫她黑牡丹，她也就跟着这么叫。

黑牡丹和别的女孩不一样，一见面就叫她妈，叫得她起鸡毛疙瘩，凡凡也不给她面子，在一边冷冷地说，八字还没一撇，叫什么妈。黑牡丹不生气，对阿英说：

"妈，你不要跟凡凡一般见识，不是妈，谁给人家坐月子？"

阿英说，"不是坐月子，是坐小月。"

黑牡丹说，"妈，你别生气，下一次，一定让你坐正儿八经的月子，给你生个大胖孙子。"

阿英一听，就乐了，对这个不怎么漂亮的姑娘顿时产生了好感。说，"你果真看上我们家凡凡，跟定了他？"

黑牡丹看着凡凡说，"不跟他跟谁？谁还会要我？"

"你还没完？"凡凡说，显得有点胆怯。

"就没完。刚开始。一个良好的开端。"说着，便开心地笑了起来。阿英发现，这女孩平时不怎么样，一笑起来还十分好看，怎么说呢，甜，还有点媚。甜中媚，媚中甜，不漂亮，但可爱。阿英想，男人见过这样的笑，一定是一辈子也忘不了的。凡凡大概就是被她的笑迷住了吧。可以想象，他们在一起，她很开心，一开心就笑，一笑，凡凡就乱了心性，一乱了心性，就播种，一播种，就上医院做人工流产，一流产就到她这里来坐小月。

阿英笑了一下，这一笑，有点无奈，也有点高兴。不管怎么样，儿子欢喜就好。

黑牡丹让凡凡老实了许多，几乎每天都回家。小月坐完，黑牡丹也不走，双进双出，俨然一对新婚夫妻。凡凡告诉她，黑牡丹也在他们公司做事。这一下，阿英就更放心了。同一个公司，正好管得住她这个花心的儿子。都说卤水点豆腐，一物降一物，难不成上天就是安排这个黑牡丹来管住她的这个不争气的儿子？这也好。不漂亮就不漂亮吧，漂亮也不能当饭吃。

晚上，常常听黑牡丹笑，笑得肆无忌惮。好在，阿英家的房子是老房，在一条比较偏僻的巷子里，没人听见。黑牡丹的笑的确好看，她大笑的时候更好看，别说凡凡，连她这个当妈的都动心，想过去亲她一下。

阿英家的这条巷子叫尚书巷。听老人们说，古早时，这里其实是一座大院落，大院套小院。是明朝一个尚书的府第，巷子是通往后花园的路，两边的房子是尚书府下人们住的。改革开放后，尚书府的后花园改建成市政府公务员的宿舍楼，另外开了一个门，通往北边的大街。巷子里的住户如今也大都搬走了，住公寓楼的套房去了。阿英舍不得搬，因为这是那个死鬼，也就是凡凡父亲家的祖业。听说凡凡祖上是这位尚书爷的管家，所以这房子也显得与别人不一般，有院子、石埕、花台，有厅有房，一厅抱四房。有消息说，这里不久就要拆迁，房地产开发商会给很多钱。也不知道这消息是真是假，阿英不管真假，放心住。房契在手里，比泰山还稳当。真要拆迁，政府得派人来找她，谈不好条件，别说拆迁，连一块砖头都别想动。那死鬼什么都不好，就这点好，有房产。

有一次，凡凡高兴，说，"妈，你看，这狐狸精笑得好不好看？"阿英说，"好看。"凡凡说，"这就叫花枝乱颤。"

花枝乱颤，阿英闭眼一想，还真是那么回事，什么花？黑牡丹吧。

这时，黑牡丹就当着阿英的面，挑逗地说，"花开堪折直须折，莫待无花空折枝。"

凡凡说，"折，现在就折。"

说着，就把她抱进房间。

于是，整个房间，不，整座院落，都荡起黑牡丹快乐的放肆的笑声。别看黑牡丹长得不怎么样，却像个文化人，说起话来文绉绉的。

阿英悄悄地拉上他们的房门，走出院子，提着篮子，买菜去了。

她到菜市场买了许多凡凡和黑牡丹喜欢吃的东西，还特地上"紫金药店"为儿子买了盒"汇仁肾宝"，就是电视广告上说的"你好我也好"的那种，让儿子把透支的肾补起来。

黑牡丹的确有文化，和娟娟、佳佳不同。娟娟、佳佳她们在这里，除了吃就是睡，连到院子里走走都懒得动。黑牡丹呢，经常在床上看书，还打电脑。她有一台手提电脑，小巧玲珑的，放在床头柜，想写东西了，就坐起来，放在腿上。有时一打就是一个多小时。打得那么专注，吃点心的时候——给女孩子坐小月，阿英不敢怠慢，一天六顿，正餐之外，上午下午晚上各一次点心，上午10点，下午4点，晚上9点，她送点心进来，看她打得认真，不敢打扰，小声说，给你放在床头柜上，赶紧吃，凉了不好。她一边点头一边打字，好几次，等她来收碗筷的时候，发现点心还没吃，凉了。她有点生气又有点心疼。让阿英有点生气又有点心疼的黑牡丹，却让阿英有点刮目相看。这孩子将来一定有出息。

阿英说，"哎呀，都凉了。"

黑牡丹抬起头来，"妈，不好意思，刚想到一个点子，怕忘了，就只顾写，忘了吃。"

阿英说，"没事，我给你再热一热。"

有时，黑牡丹会到院子里散步，看天，看云，看走廊柱子下的石柱础的花纹，看窗棂上老旧的木雕。阿英想，老房子，什么都是黄黄的，有什么好看的？黑牡丹好像看透了她的心思，说，"妈，你看啊，这窗棂雕刻得有点意思，不是直通通的竹子，每根竹子的竹节上都点缀着几片竹叶，错落有致、古香古色的。"

有一次，她看到她蹲在院子的墙脚下，说，"看什么呢？"黑牡丹说，"妈，你看，这花开得多好啊。"

阿英走近一看，这才发现那墙脚下，石缝里长出来的日日红，不知什么时候开出几朵红花，在阳光下轻轻地摇晃着，果然有点好看。

"都开花了。"阿英说。

"是啊，"黑牡丹说，"开花了。日日红，最不起眼，也最让人怜。"

不知怎么的，黑牡丹的话，说得阿英的心里凄凄凉凉，很不是滋味。

还有一次，清晨，她刚起床，就看到黑牡丹站在夹竹桃下，看着刚开的几簇夹竹桃花发愣。显然，凡凡还在床上。凡凡贪眠，她知道。

院子里的这株夹竹桃，也不知是什么时候，李家的哪一代先人种的，反正，自从阿英嫁过来的时候，就有了。没人管她，她却每年都开花，从春天一直开到夏天。因为太熟悉，阿英也不觉得有什么好看的。

阿英说，"想什么呢。"阿英这么说，并不想得到她的回答，只是表示一下关心，再加了一句，"别着凉了，女人坐小月时，身子虚。"

黑牡丹不吭声，也不回头，喃喃地说了两句话，阿英没听清，大声说，"你说什么？"

黑牡丹仿佛吓了一跳，转过身来，说，"妈，这是两句诗，古人写的，写夹竹桃的，我给吟一吟：'寂寞谁相问，清斋隔市嚣……'"

阿英不等她念下去，就说，"不用念了，反正，我也听不懂。"

黑牡丹不好意思地笑了一下——她的笑真好看，说，"妈，这夹竹桃，叶子像竹子，花却像桃花。好看。"

阿英说，"听老人说，这夹竹桃的气味能驱赶蚊子和臭虫。你不觉得，我们这院，没什么蚊子。"黑牡丹深深地吸一下鼻子。傻，阿英想。这么想着，阿英心里却又闪过想亲一亲这个傻孩子的念头。她摇了摇头，把这个念头甩掉。

黑牡丹哎呀一声，跳着回了房间，把凡凡拉出来，指着夹竹桃上的花说，看见了吗，开花了，开花了。睡意朦胧的凡凡说，又发什么神经啊，黑牡丹也不生气，说，"我来了灵感，你听听，'叶从翠竹来，花似桃树开，院内独俏丽，屋老更自爱……'"她还没念完，凡凡打了个哈欠，说，"行了行了，我还没睡够哩。"说着，就回屋里睡觉去了。黑牡丹显得很失落，阿英有点于心不忍，说，"你还会作诗啊，念念，凡凡不听，妈听。"黑牡丹顿时又高兴起来，接着念下去，"蚊虫闻气走，春夏开不败。风吹雨打后，朝朝笑青苔。"

阿英说，"这几天没下雨啊。"

黑牡丹笑了起来，"这是我的想象。"

一天晚上，凡凡加班还没回来，阿英正收拾着碗筷，黑牡丹说，"妈，你知道这尚书巷的主人叫什么吗？"阿英愣了一下，"谁知道，都死几百年了。"黑牡丹说，"书上写着呢。"她朝她举了一下手中的书，"这《明史》和本地的《府志》上，都有他的传记，我念给你听听，很有意思的：'潘荣，字尊用，龙溪人。正统戊辰进士。景泰元年授吏科给事中……天顺六年，奉使封琉球。复命，擢本科都给事中……升南京户部尚书，乃乞骸归。卒于家，赠太子少保，赐葬祭。荣为人宽平和易，不言人过，而风规肃然……'"

"你不用念了，都是古早话，我听不懂，你用现在的话，给我简单讲讲。"阿英来了兴趣。

黑牡丹说，"这尚书巷的主人叫潘荣，进士出身，当过流球国册封使。他在不同的岗位上当了40年官，经常给皇帝提意见，皇帝有时采纳，有时不采纳，最后当到户部尚书，也就是中央一个部的部长。潘荣为人平和宽厚，从不说别人的坏话，对自己的要求却很严格。"

"什么部？"

"户部，"黑牡丹想了想，又说，"大概和现在的民政部差不多吧。只能说差不多，古早，中央政府没像现在，设那么多部，只有6个部，所以一个部管的事比现在多得多，户部管全国的土地、家田、户籍、财税、钱粮、仓库、银行等等，等等，说不过来，也说不清楚。"

以后，在一次怡心亭的聚会上，阿英兴致勃勃对姐妹们说，"你们知道吗，我们那个地方为什么叫尚书巷？因为那地方，出过一位部长——中央的部长，古早就叫尚书，这个人叫潘荣，管着全国的土地户口税务银行，什么都管。叫户部，比现在的民政部管得更宽。"

阿英又说，"我们院子里的夹竹桃啊，不是一般的夹竹桃，你们知道吗，古早时就有人写诗。诗，古诗，懂吗？"

啊，姐妹们全被她说傻了，惊叹之余，说，"你怎么知道得这么多？"她说，"是我们家凡凡的那个女朋友说的。"

姐妹们一下子就乐了，说，"阿英啊，没想到，你这无影妈，还当出个知识分子来了。"

阿英说，"你们说，那女孩要是没文化，我们家凡凡会看得上吗？"

不久，凡凡就和黑牡丹搬走了，说是公司给他们租了一套房子。阿英想，凡凡总算收心了，这黑牡丹虽然长得不怎么样，但是，过日子，长得不好看倒让人省心。本地有句话，叫"烧饭损物配，水某厚功课"意思是说，饭太热，就得多吃菜；老婆太漂亮，节外生枝的事情就多。还有一句话，叫"丑妻近地家中宝"，要是没有黑牡丹，我们凡凡什么时候能住上现代化的套房？

阿英知足，知足常乐。

她唯一担心的是，公寓楼的套房，一墙之隔，那黑牡丹笑起来那么大声，让邻居听到了怎么办？也许，到时候她会收敛一些吧。管不了这么多。于是，老姐妹们聚会，她每次必到。老姐妹们笑她，"怎么，最近不当无影妈了？"她说，"下一次，一定来真的。"

/ 6 /

几个月后的一天，凡凡回家，愁眉苦脸地说，"妈，你说怎么办，黑牡丹又有了，让她去做人流，她不干，坚决不干，一定要结婚。"

一提到结婚，阿英突然想到一个十分很重要的问题，说，"黑牡丹是人厝竉仔吗？华南虎，国家一级保护动物。"

凡凡被问得愣愣的。

"是不是，难道你不清楚？"阿英再次强调。

"是。"凡凡说。

"妈妈是认真的，是，还是不是。"

凡凡看母亲这么认真，忍不住笑了起来，"她那个样子，除了我，谁会要她啊！"

得到儿子的确认之后，阿英说，"这婚早就该结了，有什么好愁的。妈为你们准备着钱哩，"说着，就拿出一个存折，"这里有10万元，密码是你的生日。"

凡凡不接，说，"我不想结。"

"怎么，你还想玩！"阿英生气地说。

凡凡说，"妈，你看啊，黑牡丹这么年轻就这么难看，以后老了，更是丑八怪一个。你要让你儿子一辈受折磨啊！"

阿英想，也是，这么难看的儿媳妇，实在对不起亲戚朋友，可是生米已经煮成熟饭，不结行吗？更何况，人家把人厝竈仔最圣洁的东西都献给你了。

可是凡凡根本就没这么想，他说，"要是别人，我早就把她给甩了。你知道她是谁吗？"

"她是谁？难道是市长的女儿？"

"市长倒不怕了，天高皇帝远，管不着。她是我们董事长的外甥女。"

"这一下，搦着火罐了。"阿英说。这也是一句本地闽南话，意思是，抓到不该抓的东西，抓住了烫手，放更不能乱放，会引起火灾。

"妈，你得帮我想想办法。"凡凡说。

阿英本来是要生气的，可她生不起来，因为她看到儿子那可怜的眼神。儿子从来没有这么可怜过。看来，他真是惹下大麻烦了，这个叫黑牡丹的女孩他玩不起。引火烧身了。

再说了，人家把女孩子的纯洁交给你，你让人家两次怀孕，还要两次人工流产，人家会善罢甘休吗？就是她想饶了凡凡，她舅舅也不会轻易放过凡凡的。听说，如今的资本家神通广大，黑白两道都行得通，万一不甘心，叫几个流氓打手，把凡凡打伤了打残了怎么办？

这么想着，阿英就慌了神。她从没遇到过这种事。她原本以为自己很能干，什么事都不怕，没有丈夫，不是自己一个人就把凡凡养大了吗，不是让凡凡上了大学，有了工作吗？可是，现在怎么办啊？事情怎么就坏在这样一个不起眼的女孩身上了呢？

"你啊，没长眼睛！"

阿英恨不得把儿子的眼珠子挖出来喂狗。

"大不了我辞职，我跳槽。"凡凡说，样子很悲壮。

阿英知道，凡凡所在的公司，是家大公司，在本地名气比天还大，很多人，什么博士硕士想进都进不了。而且，凡凡已经当上部门经理。怎么找也找不到这么好的公司和职位。再者，从这个公司出来，人家都会问个为什么？人们一旦知道其中的原因，凡凡就臭了，就像一句本地话说的那样,"点油做记号",没人要了。

"要不,你就忍了吧。虽然不怎么好看,也不太难看,何况,笑起来也很可爱的。"阿英说。

"我忍不了。我一看她就想吐。"凡凡说。

阿英一时无话。

"妈,求你了,赶紧想个办法,要不,再过一两个月,就遮不住了。"

"你让我想想,让我好好想想。"阿英说。她不敢把儿子逼急了。真逼急了,还不准会生出什么事呢。再怎么说,凡凡还只是个大男孩啊。

凡凡一听母亲这么说,就高兴起来,说,"我就知道,妈妈会有办法的。"

说了妈妈有办法,他的任务似乎就完成了。说,"妈,我走了。"

阿英追到门口,说,"晚上把她带回来。"

凡凡愣了一下,说,"好。"

晚上,回来的只有凡凡。阿英问,"怎么,不是让你带她回来吗?"

"她不见了,找不着了。"

你们不是住在一起的吗?

"衣服全拿走了。人间蒸发了。"

"你不是说,她是你们董事长的外甥女吗,问一问不就知道了。"

凡凡说,"不敢问。他向我要人,怎么办?"

"躲不是办法,躲过初一,躲不过十五。"

"她会走,难道我不会走!我明天就走人。树挪死,人挪活。我就不信了,离了她,我朱不凡还活不成了。想拿肚子里的孩子来要挟我,胁迫我就范,一点门都没有。"

就这样,阿英的儿子为了一时的快活,把好好的一个工作,好好的一个职位,丢了。

就在阿英发愁的时候,儿子做出一个重大的决定,到深圳,去开辟一片新天地。

/ 7 /

凡凡说走就走。

走的前一天晚上,他把一把钥匙交给母亲,说,这是那套房子的钥匙,要是公司有人来要,就还给他。两不相欠。

凡凡走后,阿英提心吊胆地等了好些日子,却没人来拿钥匙。

一天晚上,阿英闲得无聊,把那把钥匙拿出来,看了又看。这是一把新式钥匙,背面是弧形的,翻过来,凹下去的沟内有 5 个齿,最上面是尖的,像一根顶针。这把钥匙比一般的门钥匙要沉。钥匙上挂着一个牌子,上面写着:水仙花园,18—3106。阿英突然闪过这样的念头,这房子不会是黑牡丹自己的吧?她被自己这一荒唐的念头吓了一跳。

当初,她曾问过黑牡丹,说,公司怎么对你们这么好,还给你们租房子。黑牡丹笑而不答。当时阿英也没多想。现在想来,这房子来历不明。不是说黑牡丹是公司董事长的外甥女吗?当大老板的舅舅给外甥女买一套大房子也是情理之中的事。

如果是这样的话,凡凡就太傻了。

阿英把钥匙反反复复地看了许久。看着看着,阿英的耳边突然响起黑牡丹的笑声。还有她说过的一句话,"妈,你别生气,下一次,一定让你坐正儿八经的月子,给你生个大胖孙子。"

这句话当时听着有点刺耳,现在想起来却显得格外亲切。

第二天上午,阿英悄悄地到水仙花园,找到 18 幢 31 楼 3106 室,把钥匙插进去,居然能开。她的心顿时"怦怦怦"地跳个不停。她回头看了一下,没人。轻轻地,小偷一般地推开房门。一阵风吹来,带着一种气味,这是房子没人住、关久了都会有的那种特殊的气味。

哇噻,阿英不禁叫了起来,好大的一套房子啊,四房两厅,南北通透,还有俩大阳台!

阿英轻轻地把大门关上。她想在屋里找到一些凡凡和黑牡丹生活过的痕迹，却怎么也找不着。只是，她在主卧的大床上隐隐约约地闻到一种气息，凡凡的气息，认真闻，吸了好几次鼻子，却什么也没有。床头墙上有一颗钉子。她想，当初，那里挂着的可能是那张凡凡和黑牡丹的合影。

那张合影曾经挂在家里儿子房间的墙上，也就是那张老式大床的对面。黑牡丹把头靠在凡凡的肩上，娇弱无力的样子，凡凡的脸上挂着调皮的笑容。这笑，很像他那死鬼父亲。当初那死鬼一笑，阿英就会想到一句过去经常批判的话，叫"玩世不恭"。

阿英打开所有的抽屉，想找到一点凡凡或者黑牡丹留下来的东西，却一点也没找着。阿英愣了一阵子。不甘心，把床上床下都找个遍，让她感到意外和震惊的是，她居然在床垫里找到那张凡凡和黑牡丹的合影。她是在随随便便地摸索中感觉到它的存在的，当她拉开床垫的拉链，抽出这张照片时，她倒抽了一口冷气。

这照片是谁藏的？显然不是凡凡，凡凡大大咧咧，没心没肺，粗心大意，不会有这样的心计。那么，就是黑牡丹藏的了。她为什么要这样做？

阿英想起本地民间的一种说法，叫"做窾"。做窾是以前在本地民间流传的损害人的邪术，要想害什么人，就把这个人的画像或用过的东西放在一个不吉利的地方，让这个人倒霉。阿英其实也不懂，只是听老人们说过，因为似懂非懂，也就更加害怕。怕这个黑牡丹用这种办法，把凡凡和她永远地捆绑在一起，永远逃不出她的手掌心。阿英这么想着，再次倒抽了一口冷气。

这黑牡丹现在在哪里，她千万千万别出什么事，别死，她要是死了，凡凡也就没命了。她要把孩子生出来，凡凡不让，反而要她去人工流产，她会不会想不开啊？阿英惊慌失措地看着房间。佛祖啊，保佑保佑我的凡凡吧，他没什么坏心眼儿，他只是贪玩，他花心，我一定让他改，彻底地改掉这个臭毛病。

阿英在床上坐了一会儿，心情慢慢地平静下来。又想，这也许不是黑牡丹使坏，黑牡丹是外地人，她不懂本地的这种邪术，不会给凡凡"做窾"。也许，她真的喜欢上、爱上我们家凡凡了，想留个纪念。这是年轻人的爱情。这样想着，阿英居然有点感动，她的耳边再次响起她的那句话："妈，你别生气，下一次，一定让你坐正儿八经的月子，给你生个大胖孙子。"

阿英叹了一口气，是凡凡不对，凡凡不懂事，不懂得珍惜，更对不起人家。阿英把照片放回原来的地方，拉上拉链。

阿英突然想把屋子打扫一下，伸出手指头在床头柜一摸，果然摸出一指头黑色的尘埃。她从卫生间找到一块毛巾，提一桶水，把屋内的桌子、椅子、沙发、窗台……全都擦了一遍。接着，一不做，二不休，又找到拖把，把地板也洗了。

做完了这些事，阿英坐在沙发上欣赏着自己的劳动成果，对自己很满意。她下意识地按了一下口袋里的那把钥匙，按了按，再按了按，忍不住把钥匙拿出来，看了又看。终于叹了一口气，站起来，走出去，把门拉上。掏出钥匙，锁上。

在电梯里，阿英想，以后不会再来了。

可是，一个星期后，她又情不自禁地跑来。又情不自禁地把房子擦洗了一遍。

几个月之后，阿英忘记来过几次，洗过几次，反正有一次，她来的时候，门打不开了。她仔细一看，锁换了。

她在门口站了好一阵子。心里想着那张照片，有点后悔当初没有把它拿回家。越想越后悔。这后悔慢慢地变成一种不安，忐忐忑忑，心神不宁。

凡凡一走，阿英就有了空闲，每次聚会，她都去得很准时，从头到尾。只是每每老姐妹们谈孙子话题时，她就想办法把话题引开。可是人家越谈越起劲，引不开。是啊，女人到了这个年龄，不谈孙子谈什么？

她只好在一边听，不插话，也不敢插话。但是姐妹们还是不放过她，她们谈完自己，就谈她，说，"阿英，最近这么悠闲自在，不做'无影妈'了？"

阿英说，"我们凡凡到深圳发展去了。"

姐妹们说，"你们家凡凡那么帅气，又那么优秀，一定会有大发展，一定。"

这话说得阿英很欢喜。这种退了休的老人聚会，大都说好话。聚会，不就是图个好心情吗？

可是，就在这次聚会的第二天，凡凡突然回来了，还带了个女孩。

那女孩脸色苍白，弱不禁风。凡凡说，"她刚做过人流，我带她回家养养身子。她留下，我得走，公司不准请假。"阿英看日历，今天正好是星期天。以前从本地到深圳，要坐一天一夜的汽车，如今通了动车，只要4个小时，一天一个来回，从从容容。儿子是吃过晚饭走的，说12点前便能到他的宿舍，不耽误第二天早上上班。阿英有些心疼，说，"你这样太累了。"凡凡笑着说，"没事，我身体好得很。"

他们是昨晚坐夜班车回来的，没回家，住旅社，第二天一早，凡凡就带她上医院做人流，做完人流，凡凡才把她带回家。

凡凡到深圳之后，她经常给他打电话，这就是母亲对儿子的牵挂。可是，凡凡从来没有提起过他又交上了新的女朋友。又是玩，不当回事。凡凡啊凡凡，你什么时候才能真正长大成人呀！

这女孩叫秋影，阿英不敢保证这是她的真名。她没有，也不想看她的身份证，因为她知道，凡凡并不想跟她结婚。秋影文文静静的，不怎么说话。你问一句她答一句。一个多星期之后，阿英才弄清楚她的来历。秋影老家在河南林州，林州原来叫林县。林县的红旗渠，那可是全国农业学大寨的典型，经曾声名远播。秋影一说河南林州，阿英就说，"啊，是红旗渠的地方。""红旗渠？"秋影居然有点茫然。阿英很失望。可是过后一想，一个县那么大，红旗渠只是一条水渠，不一定就流过她们那个村子。再说了，红旗渠走红的时候，她还没出生哩，说不准，连她的母亲都还没出生哩。这女孩，看起来十八九岁的样子，属"90后"，而且后得很后。她是高中毕业，跟着同村的一个亲戚到深圳打工的，是凡凡就职的那个公司的保洁员。阿英想，保洁员名字好听，其实就是清洁工，扫地板洗厕所的。

秋影说，凡凡是他们那个公司女员工们共同追求的目标，她根本就没敢想，只是远远地看着那些女白领们怎么有事没事地找凡凡，没话找话说，搔首弄姿，讨凡凡喜欢。她也不知道凡凡是怎么看上她的。反正，有一天晚上，下班的时候，她刚想去换工作服，到餐厅吃饭。凡凡走到她面前，说，"走，我请你吃饭。"

"当时，我不敢相信，不知道怎么回答。"秋影这样对阿英说。

"你想去吗？"

"想，当然想。"她红着脸说，"阿姨，公司的女工都想和凡凡吃饭。"

"以后，我们就常常去吃饭，还有看电影，逛街，上游乐园。以后，就好上了。"

"不想和凡凡结婚？"

"不是不想。凡凡说，我们还小，要努力工作，等有了经济基础之后，再谈结婚的事。"

"傻孩子。"阿英情不自禁地摸了一下她的脸蛋。

"阿姨，凡凡说得不对吗？"

阿英说，"我不想当无影妈。"

阿英说的是本地闽南话，秋影听不懂。

当然，阿英不敢保证，秋影说的是真话。如今的女孩，说真话怎么就那么难！

一切都扑朔迷离，真假难辨。只有一点是真的——儿子是她亲生的，这个女孩是儿子亲自带回来的。

她别无选择，只能再当一次"无影妈"。

有一次，秋影吃点心的时候，突然问，"阿姨，那钥匙是哪里的？"阿英一时没反应过来。她放下碗，从床头柜拿出那把钥匙。

秋影的手指捏着钥匙，那个写着"水仙花园，18—3106"的牌子在她的手掌心，轻轻地摇晃着。

"这是阿姨给凡凡买的房子吗？"

"不不，这是别人的房子。"阿英有点慌乱地说。那天打不开房门回来之后，她就把这把钥匙随随便便地放在儿子的床头柜里，过后就忘了。

凡凡来去匆匆，也没问那把钥匙的事，本来想等凡凡回来带秋影的时候，再说这钥匙的事。没想到这秋影会去开床头柜，会关注这把钥匙，会问这样的话。看来这女孩不简单，得小心。

秋影突然就哭了起来，说，"凡凡心里根本就不把我当回事，从来不提房子的事。"

阿英说，"那真是别人的房子，凡凡原来公司的房子。"

秋影只是哭。

阿英想，是啊，谁会相信呢，既然是公司的房子，人走了，钥匙怎么还在这里。阿英很不自然地笑了笑。为了掩盖自己的尴尬，她又说，这老房子倒是自己的。

秋影一听，不哭了，说，"真的啊，阿姨，你真了不起，别看这房子老，要是城建拆迁，这房子可值钱了，最少能换两三套100多平方米的套房。阿姨你知道吗，在深圳一平方米房子多少钱？5万。5万啊，阿姨，你和凡凡可是大富翁！"

秋影这话说得阿英背脊上直发冷。这女孩想干什么？

阿英说，"这里不是深圳，没那么值钱。"

"没有5万，也有2万。"秋影说。

"1万都没有，真要拆迁，开发商能给个5000块就阿弥陀佛了。"

"就按5000，这房子虽老，也是按平方数计算赔偿的，加上这套房子，秋影晃了晃手中的钥匙，就是百万富翁，好几百万的富翁！"

说着，秋影就笑，笑得很开心。

阿英一个晚上没睡好，半夜里想给儿子打手机，又怕吓着凡凡，一直忍到第二天，趁上菜市场买菜的机会，才给凡凡打手机。

凡凡说，"妈，怎么啦？"

"凡凡，那女孩厉害得很，玩不起的。"

凡凡在那边笑，说，"妈，你又瞎操心了不是。怎么厉害了，能把你吃了？"

阿英走到一个僻静的地方，把昨晚的事详详细细地说了一遍。

凡凡说，"没那么严重吧。妈，你别自己吓自己好不好。"

"坐完小月，你赶紧地，把她带走，再也不能跟她有任何瓜葛了。这个人，比黑牡丹可怕，可怕100倍！千万别让她讹上。"

"行行，挂了，公司正开会哩。"

看来，凡凡是不怎么当回事的。这可怎么办啊！阿英感到自己孤立无援，浑身无力，身子摇晃了一下，连忙靠在路边上的一棵树干上。

一只小鸟扑的一声从她的头上飞了起来，把她吓得心脏"怦怦怦"地狂跳起来。阿英想让自己平静一下，拐到街心花园，在石椅子上坐了好一阵子。

阿英不知道自己是怎么走回到家的。

她回家的时候感到院子里静得让人心里发毛。

她三步并成两步，跌跌撞撞地冲到凡凡的房间。房间没了那个叫秋影的女孩。

阿英这一吓非同小可。这么快，她要干什么！阿英差一点就晕倒在床上。

阿英突然想到，这女孩会不会去找那套房子，她拉开床头柜，那把钥匙果然没了。

阿英觉得口干舌燥，倒一杯水，喝下去，再坐一坐，觉得好一些了。她决定去看个究竟。害人之心不可有，防人之心不可无。更何况，这个有心计的女孩是曾经跟凡凡睡在一个床上的，今后还可能和凡凡在一起，缠住不放。

阿英走出家院子，在门口招手，拦住了一辆的士，水仙花园，要快。

在水仙花园大门外下车时，阿英多了个心眼儿，四下里看了一下，绕道从后门进入，一下子来到18栋的备用楼道，从楼梯向上走，宁可慢一点，不能走电梯，要是在电梯里遇见怎么办？

太久没有爬楼梯了。阿英一边爬一边算，一个楼层19阶，走到第三层，就喘得上气接不到下气，天啊，31楼，一共558个台阶，这是要爬死人的。阿英以坚强的毅力坚持到第10层，实在是走不动了，想转到电梯间，又怕遇到秋影，大家下不来台，只好往下走。

说来运气好，阿英刚刚走出楼梯口，就看到秋影从电梯口走出来，阿英迅速把身子缩了回去。她果然来了！

阿英在回来的时候，到"信华"店去买了一包速冻水饺，带回家。在路上，阿英发现自己变得精明起来，她原来不这样，其实，凡凡没心没肺的德性，是她的遗传，而凡凡的花心，却是她的那个死鬼丈夫，也就是凡凡父亲的遗传。

本地闽南人有这样的说法，女人啊，都是被孩子教乖的。这个乖，不是乖孩子的乖，是懂事，是机灵。你还真别不信，为了孩子，再笨的女人也会变得聪明起来的。

这个秋影啊，还真不得不防。

阿英回到家时，发现秋影正在厨房里忙着，她一下子就着急了起来，说，"你身体还没恢复哩，快，回去给我躺下。"

秋影说，"阿姨，我没事，我没那么娇气。"

秋影回过头来，一脸通红。

阿英刚才的急，是下意识的，是她善良本性的正常反应。现在看到秋影发红的脸，又想，这孩子真不懂事，有什么比自己的身体更重要的呢？刚刚走了那么远的路，不好好躺下来休息，还逞强。"不行，"她说，"给我回去躺着。要出了事，我怎么向凡凡交代！回去。马上躺下。"

秋影看她这样，像个乖孩子一样地，朝她笑了笑，擦了擦手，悄悄地无声地回到房间。

煮完水饺，阿英用一个盘子，放一碗水饺，一双筷子，再放一小碟醋，想想，又把醋拿掉，本地习俗，坐小月是不能吃醋的，辣也不行。

端进房间时，阿英想，要不要提刚才的事情，想想，还是等吃饱了再说吧。没想到，秋影端起饺子，还没吃哩，就说，"阿姨，我真高兴，我刚才去看那房子了，钥匙开不了，果真是别人的。凡凡没骗我。阿姨也没骗我。我好高兴啊。"

说得阿英一头雾水。

阿英想，本来就是别人的。为什么要骗你？既然是别人的，你什么也得不到，还高兴什么？

秋影说，"凡凡呀，说话真真假假的，就是想哄你开心，我心里没底。昨晚，当我看到钥匙时，我就想了，凡凡怎么没说他有一套新房子？当阿姨说这房子是别人的的时候，我非常伤心，想，凡凡，还有阿姨，你们根本就没把我当自己人，我都为凡凡打胎了——我真傻，我真不值。我一整晚都没睡好，连死的心都有了……"

这孩子的话说得阿英心里酸溜溜的，连连摆手，让她别说了。

秋影不说了，愣愣地看了阿英好一阵子，说，"阿姨，我能叫你妈吗？"

阿英想扑过去抱她。终于忍住，说，"凡凡这孩子，造孽啊！"

秋影说，"不怪凡凡，是我自愿的。"说着，哭了起来。把阿英哭得不知所措。连说，"别哭别哭，坐小月和坐月子是一样的，月子内不能哭，哭了，就会犯'头风'，以后会经常头痛的。"

秋影被她一说，哭得更伤心，说，"我知道阿姨心疼我，但是，我得回去，赶紧地，回去看住凡凡。看住他，不许他乱来。"

阿英警惕起来，说，"凡凡又怎么啦？难道他还敢吃着碗里的，看着锅里的？"

秋影说，"这不怪凡凡，是那个老妖精，是她，想方设法地勾引凡凡，想把我的凡凡抢走。"

老妖精！这三个字，犹如闽南夏天午后的雷声，把阿英吓得说不出话来。这可是从来没有的，多老？凡凡啊凡凡，你怎么就不让人省心啊！

阿英说，"老妖精，什么老妖精？"

秋影说，"是我们公司财务部的经理。"

"多老？"

看着阿英那紧张的样子，秋影反倒乐了，说，"也没怎么老，就30岁，整天打扮得妖精似，装嫩，还不让人家叫她大姐。"

"凡凡怎么就招惹上她呢？"

"不是凡凡招惹她，是她整天有事没事地总往凡凡的办公室里钻，没安好心。"

"脸皮比城墙还厚，不知羞耻。"秋影又愤愤地补了一句。

阿英问，"这女人叫什么名字。"

此时的阿英没有发现，她已经不知不觉地和秋影站到一个战线上去了。她真为凡凡担心，他花心，可他毕竟还是个孩子，玩，不是人家的对手。30岁的白领，不但是职场精英，还可能是情场老手，到时候，凡凡还真可能被套住了，出不来。那可就把前程毁了。

想着凡凡有可能带着一个老女人回家，阿英浑身起鸡皮疙瘩。

秋影正迟疑着，阿英又问：

"人长得怎么样？"

"阿姨，"秋影叫了起来，"你怎么关心起她来了，妖精妖精，妖精就是妖精嘛。"

阿英看着秋影着急的样子，心中突然就升起一股柔情，抱了一下她，说，"别叫阿姨了，就叫妈。"

秋影睁大眼睛，把阿英看了好一阵子，"真的？"

"叫。"

"妈！"

秋影扑过来，倒在阿英的怀里。

"现在我不怕那个老妖精了。"秋影说。

"不怕，妈给你撑腰，当你的坚强后盾。"

秋影麻利地拿出手机，给她们拍了个自拍相。说，"妈你看。"

阿英接过手机，一看，拍得还真不错：秋影依偎在她的怀里，两个人都笑得很自然，很像一家人。知道的，说是婆媳，不知道的，还以为是母女。

阿英说，"吃过饭，你就把这照片给凡凡发过去，让那个老妖精死心。"

"现在就发。"秋影说。

/8/

晚上，阿英接到儿子的电话。她看了一下儿子房间的窗门，秋影正背对着窗口，剪纸般地贴在黄色的灯光中。她用本地闽南话说，"儿子，照片看到了吗？"

儿子说，"妈，你脑子进水了吧，和她拍什么照片啊。"

阿英说，"怎么和你妈说话的，和她拍一张照片怎么啦。"

"你喜欢，就收她当契窀仔好了。"

阿英愣了好一阵子，说不出话来。"契窀仔"是地道的本地闽南话，意思是"干女儿"。儿子的言外之意很明显，他是不想和秋影来真的，更不会娶秋影为妻。

阿英还没想好怎么说，凡凡又说，"她什么意思，是想用这张照片来绑架我吗？想得也太天真了吧。"

阿英很想骂儿子，狠狠地骂。可是说出来的话却变成："好了，我知道了。"

"知道就好。"

阿英还想说什么，儿子已经把电话挂了。

阿英想，凡凡变得这么快，该不会是让那个秋影说的老妖精收服了吧。

阿英怕儿子一时性起，和秋影说什么过激的话，万一这女孩子受不了，想不开，那事情就大了。

她看了看时间，是煮点心的时候了。于是，她连忙到厨房，给秋影煎一个荷包蛋，放了一把龙眼干，姜汁，红糖，热气腾腾地端过来。

秋影说，"妈，我不饿。"

"不饿也得吃，"阿英把点心放在床头柜上说，"凡凡看到照片了吗？"秋影说，"看了，说，一般般。妈，你说凡凡是不是不高兴了？"

"不会吧，拍得那么好，怎么就一般般呢。吃吧，不理他。"

秋影说，"妈，你真好。"

阿英笑了笑，说，"这是我们这里坐小月的习惯，不会太甜吧。"

"不会，我喜欢甜。"

秋影终于不放心，半个月的小月刚满，就迫不及待地起程回深圳了。

秋影一上路，阿英就给儿子打电话，说，"见了面，好好待人家，要分手也得等过一段时间，讲一点方式方法，好合好散，不要太伤人家的心，更不要吵得全公司上上下下都知道。"

凡凡在电话里笑起来，说，"妈，你放心，她找不着我。吵不起来的。"

这没良心的,要是站在眼前,她一定狠狠地教训他一顿!

阿英提心吊胆地过了好几天,怕接电话,怕听到不好的消息,连姐妹们聚会她都不敢去,怕人家问起,又当了一回无影妈!没面子。

几天后,阿英终于忍不住,打了秋影的电话,嘟了好一阵子,说:"对不起,您所拨打的电话无人接听。"再打,还是这样。

她正想打凡凡的手机,问问情况,却像是心灵感应似的,凡凡的电话就来了,说,"妈,你放心好了,秋影是个明白人,想通了,我们就像你说的那样,好合好散,平静地分手。她已经回老家去了。"阿英说,"她这么久没做事,你要给人家一些钱,多给一点,没钱的话,妈给你寄。"

"放心,这种事要是摆不平,儿子我这些年就白混了。"

阿英突然想到刚刚从电视上看到的一起什么案件,说到青春损失费,精神损失费什么的,苦笑了一下。

阿英放下电话,想到一句话,"花钱买平安",不,应该是"花钱买心安",不不,什么都买不了。凡凡啊凡凡,真正欠你们朱家债的,是我。

阿英想,从今以后,不管怎么说,我都不给人家坐没有结果的小月了。

一天夜里,阿英被一阵鞭炮声惊醒,想,这没时没阵的,放什么鞭炮啊。又一想,这几天街上的商店门口扎了许多红灯笼,人行道上树起许多充气的红柱子,柱上还盘着金色的龙。听说,是西街的大众爷生日。还听说,大众爷很灵。以前,在尚书巷西边的街中,有一座庙,叫"大众爷庙",城市扩建,街道拓宽,庙拆了,移到西郊重建。民俗却在这里生了根,迁不走。

阿英想,要不要去拜一拜,烧些金,多烧一些,保佑我们家凡凡平安无事。我们家凡凡其实没有坏心眼儿,就是花心,贪玩,而女孩子也喜欢和他玩,两厢情愿,就像小时候我们经常玩的游戏,叫"煮粥仔煮韭菜"——也就是北方人说的,小孩子过家家似的。不是有意做歹,请神明原谅他,一定原谅他,保佑他,对,还得启迪他,让他改,改掉这个臭毛病,好好找个好女孩,好好过日子,早日让我抱上大胖孙子,不要再让我当无影妈了。

我得去拜一拜,得去烧金,人家都说大众爷很灵的。夜深人静的时候,阿英反反复复地这么想着。

想归想，阿英还是没有行动。心动没有行动。是不敢，还是不信，阿英自己也说不清楚。她发现，自从给孩子做无影妈之后，自己变得敏感，变得多愁善感，变得思想复杂，变得有点不是自己了。

/ 9 /

有个星期三早上，阿英准备去怡心亭参加老姐妹们的聚会，最近几次，她一次也没落下，她把自己打扮了一下，这种聚会其实也是一种晚年生活的展示会，不能太张扬，也不能太寒碜，让人看不起。她正照着镜子、做出门前的最后检验时，听到敲门声。

这门敲得有点特别，从来没人这么敲过，节奏明显，像电视剧里的地下党在打电报似的。该不会是敲错吧。

阿英开门的时候，她面前站着一位打扮入时而又鲜亮的女人。看样子，是来自大城市。她不认识她，正要说，你敲错了吧，那女人先开口了，说，"阿姨好，我是凡凡的同事，叫肖如冰。"

阿英的脑子一闪，立即就闪出秋影的"老妖精"三个字。

凭良心说，这女人不老，只是，怎么说呢，成熟，沉着，有风度。就是人们常说的"30岁的女人"那一种。阿英不知所措，不知道是让进，还是不让进。对于她的到来，凡凡从没提及。

"阿姨好，凡凡不知道我要来，是我自己来的。"

肖如冰一边说着，就一边往里走，阿英只好闪身让她进来。肖如冰的行李箱也很特别，轮子很大，过门坎的时候不用提，肖如冰一拉，就自动跳了进来。

肖如冰的身上有一阵很好闻的香水味。这就是电视剧里说的法国香水吧，阿英想。

当肖如冰走到院子中间的时候，一阵手机的铃声从她身上响起来，这铃声也很特别，是一首歌，一首阿英曾经很熟悉的《纤夫的爱》："妹妹你坐船头,哥哥在岸上走,恩恩爱爱纤绳荡悠……"

肖如冰按了一下手机,她的手机里响起凡凡的声音:"你想干什么啊,你。"

凡凡的声音既着急,又粗暴。肖如冰不生气,微笑地看了一眼在一边惊诧不已的阿英,说,"别这么大声嚷嚷,别把你妈吓坏了。"

"什么,你真上我家了,你到底想干什么!"

"我说了,我想保护你。"

凡凡在手机里大叫,"你让我妈接电话。"肖如冰说,"不用,我自己跟她说。"说着就把手机按了。按了手机,肖如冰对阿英说,"凡凡就是这样,还像个孩子。"

肖如冰自己走进凡凡的房间,显然,凡凡和她说过母亲,说过自己的家,说过这个院子,而且说得很详细。

肖如冰到房间放下行李箱,走出来,站在走廊上伸了一下胳膊,说,"这里真好。"

阿英一直不知所措地站在院子中间。

肖如冰"哎呀"一声,转身进屋,很快又出来,手里拿着两听罐子,说,"阿姨,这是我给你买的'加营素',美国奶粉,美国雅培系列,在香港和深圳很受欢迎的。"

阿英一时还没回过神来,机械地笑了一下,想说谢谢,说不出来。肖如冰自己把"加营素"放到夹竹桃下的石桌上。阿英这才清醒过来,走过去,说坐,你坐,这么老远地来,坐几点的车?肖如冰说,"其实,我昨晚就到了,到的时候都快 12 点了,怕你睡着了,就没过来。"

阿英笑了一下。肖如冰说,"阿姨,我知道,你对于我的到来,很突然。事先呢,我也没告诉凡凡,说我要来,我只是不想让他担心,可是他还是猜着了。凡凡是个聪明人。"

眼前的这个女人一表扬凡凡,阿英立即就对她产生了好感,哪怕这好感只是一丝丝的。她的脸上甚至露出了一点笑容,就像天气预报说的,"阴转晴"。

肖如冰又说,"其实,阿姨,你还很年轻,比凡凡说的还年轻、有气质。"

阿英是经不起人家说好话的,一听好话,心里再怎么不顺的气马上就顺了。也许,凡凡和她很谈得来,把母亲说得很详细。这个凡凡啊,把妈妈卖了。阿英这想着,奇怪的是,她这么想着,并不生气,反而让她脸上的笑容更明显了。肖如冰说:

"我自己也不知道是什么时候,悄悄地爱上了你们家凡凡……"

肖如冰这一说,把阿英的心全都收买了。她只是有点吃惊,这女人也真坦率。她对她笑了一下,很友善地一笑。她想说,我们家凡凡啊,就是有女人缘,从小就有许多女孩子围着他转。没说出口。

"其实,那个时候我自己也没觉察,只是看着凡凡顺眼,喜欢有事没事的就多看他一眼,总想找机会和他说话。最早洞察端倪的是秋影,就是凡凡当时的女朋友。"

阿英点点头,表示她知道秋影。

"我是一个结了婚的女人,我有自知之明,我知道什么是应该做的,什么是不应该做的。可是我就是克制不了自己。阿姨,你可能不会理解这种感情,我自己也不明白,我把自己骂了又骂,骂得狗血淋头,还是不行,越骂就越想和凡凡接触。用现在流行的说法,是我勾引了凡凡。"

阿英睁大眼睛,直勾勾地看着肖如冰,想骂她,可骂不出来,反而在心里有点同情她、喜欢她。最要命的是,她的话居然让她想起当初,她对凡凡爸爸的那种感觉,怎么说呢,身不由己吧,既害怕,又跃跃欲试,越想躲反而越去接近。

阿英一时陷入自己近乎甜蜜而矛盾的回忆之中,竟然没有听清肖如冰在说些什么。

"……就这样,在一个安静的夜晚,我们好上了……后来,我发现,我有了……"

阿英这一下听清了,说,"什么什么,你有了,什么意思?"

"是的,我有了,怀上凡凡的孩子了。"

两个女人一时无话,陷入可怕的沉默之中。这沉默也许只是几秒钟,可是对于这两个女人来说，却非常长，非常难熬。

"这可怎么办啊。"阿英说，"你已经结婚了。"

肖如冰说，"我不能害凡凡，这一点我十分清醒，也十分明确。阿姨，我不但是有夫之妇，我的丈夫还是个现役军人，一旦被人发现，对于凡凡，就是一个灭顶之灾。"

肖如冰的话，让阿英吓得张大嘴巴，说不出话来。

"所以，我选择流产，这孩子不能要。我来，是想在这里做人工流产，在这里坐小月。悄悄地来，悄悄地走……"

院子里静悄悄的。清风吹来，略略有一点凉意。夹竹桃花轰轰烈烈地开了一个春天和一个夏天，终于全谢了。

阿英感到头顶上夹竹桃的摇曳，下意识地抬了一下头，在她抬头的一刹那间，她想起了那个不怎么漂亮的黑牡丹，想起她给她念诗的样子。阿英摇了摇头。

"阿姨，你不同意我……"

"不不，我同意你的选择，我相信你是爱凡凡的。"

是的，这是肖如冰的选择，这种选择出自于爱，也是出自于对凡凡的保护。

同样是出自于爱，肖如冰有选择，她阿英没有选择，只能再做一次无影妈。

阿英说，"你放心住在这里，就像在自己的家里一样。我陪你到医院去，我一定会尽心尽力，把你养得好好的，谁也看不出来。"

肖如冰高兴地扑过来，给她一个西方式的拥抱。阿英再一次闻到她身上非常好闻的香水味。这是一个可爱的女人，难怪我们家凡凡会上她的床。也就是在这一瞬间，当母亲的阿英再一次原谅儿子的荒唐，并心甘情愿地为儿子的错误付出自己的劳动。

就这样，暗暗下决心不再当无影妈的阿英又开始忙忙碌碌起来了。

/ 10 /

　　肖如冰做了流产，养了身子，回深圳去的时候，凡凡却回来了。他是一个人回来的，带了所有的行李。他说他在深圳待不下去了，他不能面对肖如冰，也不能像没事一般地在那家公司待下去了。他在深圳找了几家公司，都不如意。他想到上海去，他说他有个大学同学，如今在上海的一家外企，混得不错，答应帮忙。

　　阿英说，"那个肖如冰……"

　　阿英还没说完，凡凡就说，"她是个不幸的女人，也是个可爱的女人。经历了她，我明白了一个道理，爱一个人，就要去保护她，不让她受伤害。我要痛改前非，好好做人。"

　　"不由着性子乱来了？"

　　"妈，朱不凡说话算数。"

　　阿英笑了起来，"太阳从西边出来了。朱不凡什么时候说话算数过？"

　　凡凡笑了起来，"妈，你没听说，浪子回头金不换吗？"

　　凡凡到上海之后，在同学的帮助下，进了一家外企。果然就收了心，一去三年，没有再给她带回一个要坐小月的女孩子。这倒令当母亲的她过意不去。凡凡不小了，该结婚了。她也想做真正的祖母了。她时不时地给他打电话，催儿子抓紧，正正经经地找一个。儿子总是说，不着急，事业要紧。

　　阿英说，"事业，事业，不就是个打工的吗，哦，当了什么部门经理，就不想娶老婆了，就不让妈妈抱孙子了，笑话。要不，妈妈在家乡给你找一个。"

　　凡凡说，"别，千万别。再等等，我一定积极努力，一定找个如花似玉的，让你一看见就开心。"

　　还是那个样子，没正形。

　　日子就这样一天天地过去。一到星期三，阿英还是到怡心亭去，老姐妹们聊天时，还是得耐心地听人家说孙子。

关于这座老房子要拆迁的风声越来越紧，让人不安。

另有一种说法，本市是历史文化名城，尚书巷非但不拆，还要重修，政府出钱，修旧如旧，搞成旅游区，让游客参观。不知道是真是假。

这是一个春光明媚的早晨，一只小鸟在夹竹桃上叽叽喳喳地叫着。夹竹桃花又开了，这里一蔟，哪里一蔟，风风光光，灿灿烂烂。

阿英的心情不知怎么的，就好了起来。她看了看日历，星期二，明天就是和姐妹们怡心亭聚会的日子。她想，又要听人家讲孙子，没劲。正想着，院子的大门响起一阵敲门声。会是谁呢？

阿英打开大门，她面前站着笑眯眯的黑牡丹，她手上还牵着一个三四岁样子的小男孩。

黑牡丹叫了一声妈，然后对手上的小男孩说，快叫，这是奶奶。那孩子也不认生，大大方方地叫一声，奶奶。

奶声奶气的，真好听！

阿英定眼一看，这孩子，长得和凡凡小时候一模一样，简直就是一个模子印出来的。她又惊又喜，抱起他来，死命地亲，就像亲小时候的凡凡一样，亲了又亲，亲不够。

就在她亲孙子的时候，黑牡丹已经走进院子，走到夹竹桃下，看着盛开的夹竹桃花，甜甜地叫了一声，"妈，又开了，又开了，跟我梦见的一样。"

黑牡丹从阿英的手上抱过孩子，指着夹竹桃花说，"这就是妈妈常常给你说的夹竹桃，那首诗，妈妈的诗，你不是会背吗，背给奶奶听。"孩子挣扎着跳下来，爬到石桌上，站好姿势，像模像样地朗诵起来：

叶从翠竹来，
花似桃树开。
院内独俏丽，
屋老更自爱。
蚊虫闻气走，

春夏开不败。

风吹雨打后，

朝朝笑青苔。

阿英情不禁地和黑牡丹一起为孩子鼓起掌来。鼓了掌，她又抱起孙子，亲了又亲。黑牡丹站在一边笑。

过后，黑牡丹告诉阿英，当初，第一次怀孕，她之所以同意去做人流，是因为她正在读在职的研究生，怕生孩子影响学业。第二次，她就坚决不同意了。她说，"我爱凡凡，非他不嫁。"

说着，她拿出一把钥匙，说，"这就是水仙花园18幢3106房子的新钥匙。我知道，有一阵子妈常常去打扫，我也知道，妈不会忘记我……"

阿英说，"妈对不起你，凡凡更对不起你。"

黑牡丹说，"妈，我这次回来，是想把孩子放在家里，我得到上海去，看住凡凡，不许他再花心，不许他胡来。他是个有妻子有儿子的大人了，不能再像小孩子一样任性。"

这时，孙子突然大叫，"我要去上海找爸爸，让他和我玩！"

阿英和黑牡丹相视而笑，很开心。阿英发现，黑牡丹的笑，比以前更可爱。

晚上，阿英搂着孙子睡觉，想，明天，我就带着孙子去怡心亭，让她们看看，我是不是无影妈！

对了，我得带上我们家凡凡小时候的照片，铁证如山，看谁敢否认！

阿英带着前所未有的自豪，和孙子一起沉入梦乡。

阿　惠

/1/

阿惠是个半老徐娘。

阿惠的惠是贤惠的惠，不是智慧的慧。听说起名字的时候，给她起名字的那位小学校长问她父亲，要用哪个字，她父亲说，随便，先生说哪个好就用那个。校长想了想，女孩子太聪明未必是好事，自古圣贤都说，女子无才便是德，贤惠最好。于是就写了这个惠字。阿惠姓蔡，身份证上的名字是蔡淑惠，阿惠是本地闽南人的习惯叫法。

可是阿惠偏偏有点"慧"，读中学时，阿惠不但是学校的校花，还喜欢写诗，梦想将来成为女贺敬之，她读《雷锋之歌》，读得热泪盈眶，"在黎明前的一阵黑暗中／你带着／满身／燃烧的血泪，好像在梦中一样，扑向／党呵——／温暖的／温暖的／母亲怀中……"她还在学校的校刊上发表过几首诗，全是写学习雷锋做好事，星期天到车站扶老携幼、拾金不昧、洗厕所什么的，还效仿鲁迅、茅盾，给自己起了一个笔名，叫梦鹤，就是梦想成为贺敬之的意思，"鹤"取的是"贺"的谐音。当然，这是很久以前的事了，就像伟人说过的那样，"三十八年过去，弹指一挥间。"

如今，她是一个忙忙碌碌的家庭妇女，她只能努力去当贤妻良母了。以前的事，偶尔想起来，像做梦一样。

可是，这贤妻良母好当吗？也不好当。

远的不说，就说最近吧，婆婆死了，忙得一团糟。说心里话，对于婆婆的死，她暗地里高兴了一下子，不是不孝，俗话说得好，久病床前无孝子。婆婆在床上躺了十几年，这十几年，她容易吗？喂饭洗身、端屎端尿，哪样不是她？总不能叫她丈夫做吧，更不能让她的女儿做，女儿小，要读书。后来，女儿一年年长大了，懂事了，想帮妈妈，她不让，她不能让她的宝贝女儿做这种事，她想让女儿上大学，当博士。

婆婆倒是有三个女儿，也就是她有三个小姑子，可是，她们早出嫁了，都有自己的家。她们偶尔回来，说三道四，指手画脚，添乱还添堵。有一次二女儿来了——她是三姐妹中来得最少的，几个月难得来一次，每一次都是她的话多，这次来，正好遇到婆婆拉屎，她还没来得及收拾，她闻到臭味，便哭，一把鼻涕一把泪，说母亲的命多苦多苦，以前多疼儿子，如今生病，却落了个如此悲惨境遇。阿惠说，你是她亲生女儿，你来，就算帮我一次。她却捏着鼻子走了。

婆婆有4个孩子，老大是男的，大名刘杰英，也就是阿惠的丈夫，接下来是三个妹妹：刘美英、刘金英、刘群英，想来当初公公婆婆十分喜欢花，英者，花也。他们家差一点就成百花园了。

婆婆生病之后，人瘫了，脑子也时而清楚时而糊涂。阿惠侍候她吃饭，饭菜端上来，她要先闻了闻，怎么有一股"敌敌畏"的味，你想毒死我啊，天下最毒妇人心。一定要阿惠当着她的面先吃一口。等阿惠先吃一口之后，她才肯张嘴。同样的饭菜，她有时会说，好香啊，从来没吃过这么香的饭菜，阿惠啊，你是盘古开天辟地以来最孝顺的儿媳妇，我要给你上电视上报纸，还要让阿柱写进我们家的族谱。阿惠不知道阿柱是什么人，只好笑着说，好吃你就快点吃，张口，对了，就这样。后来，阿惠从丈夫那里得知，阿柱是他的堂叔公，已经死好多年了。

有一次，她刚侍候婆婆吃过饭，上菜市场买菜。丈夫的大妹妹刘美英来了，婆婆就拉着女儿掉眼泪，说媳妇再好也是别人的。美英问什么事，她说，肚子饿，没吃饱。当哥哥的说，你别听她的，她刚吃过，肉丸子煮面线。婆婆说，美英啊，都说娶了媳妇，就忘了老母——一点也不假。我明明饿着肚子，没吃饭，他硬说我刚吃过。当母亲的能说假话吗？

刘美英就怪哥哥，护老婆也没这么个护法，不能说假话啊。当哥哥的只能笑，刘美英就有点动摇，不知听谁的。又不忍让母亲饿肚子。想，吃过了再吃一点也没事，便出去买了蛋糕。母亲吃了一口，不吃了。说，舍不得吃，留着明天肚子饿了再吃。刘美英听了，眼泪就哗啦啦地往下掉。

当哥哥的就说，你要是舍不得，就把母亲带回去。刘美英说，你以为我不敢，我是给你留面子。刘杰英说，我不要这个面子，你带走吧。

刘美英就真的要把母亲带走，母亲却不走，说，我哪儿也不去，死也要死在自己的家里。

自己的家？你都快饿死了，还自己的家。走。刘美英就去叫三轮车，把母亲带走了。

阿惠买菜回来，听说婆婆被大小姑带走了，想，太阳从西边出来了。要是从此不回来就更好了。不管怎么样，我得先让自己轻松一下。

这一天，她过得很快乐，煮菜时还边煮边哼歌，也不知道这歌是怎么跳出来的，好像是小时候唱的儿歌，"小鸟在前面带路，春风吹向我们，我们像春天一样，来到花园里，来到草地上……"

丈夫似乎看不惯她清闲快乐，在厨房门口探了一下头，神经病。阿惠冲着厨房门做了一个鬼脸，神经就神经，总比做查某娴仔好。查某娴仔是本地闽南话，查某是女人，娴仔是女婢，合起来的大体意思，就是女佣。

那天晚上，丈夫和她做了一次夫妻间的功课。做完功课，丈夫呼呼睡去，阿惠却怎么也睡不着，她想起小时候的梦想，想起她曾经的笔名，梦鹤。她想，要是不结婚，要是没有婆婆的拖累，她也许真的能写诗，成为诗人。李白、杜甫、苏东坡，还有贺敬之……算了，睡吧。这么想着，她立即就睡着了。是的，她太累了，身子刚刚放松，精神却还累着。

可是第二天一早，刘美英就把母亲送回来，说，这老太太头脑不清楚。刘杰英说，你不让她吃饭，还说她头脑不清楚，你安的是什么心。刘美英便笑起来，我才不上这个当。还给你。人家说了，死也要死在儿子家里。

阿惠早上起来时还想，只要让她闲着，只要她有时间，也许，她还真的能写诗。可是她知道，她再也闲不了了。

婆婆的床是老式的大床，本地闽南人称之为古早眠床，三边都是栏杆，床上有顶，床后面还有一排抽屉，婆婆的所有东西，包括她的内衣内裤，都宝贝似的藏在她床上那排抽屉里，换一个地方都不行。每次换衣服或洗完晒干，阿惠都要小心翼翼地爬上去。服侍病人，床的两边出不了力，只有正面才行，床又深，实在是太费力了，换洗一次，她的腰都要酸一个晚上。那床是红木的，硬得跟铁似的，有一次不小心，胳膊肘碰到床栏杆，痛了一个晚上，还酸了好几天。

换一张小床吧，婆婆不让，说，死也要死在这张床上。正好二女儿刘金英回来，母亲就指着阿惠说，她要给我换床。刘金英说，你是想让母亲早死啊，看看你的心有多毒！你是不懂，还是故意的？

本地风俗，不能给久病在床的病人换床，给病人换，叫"歹采头"，病人死得快。

阿惠不懂，也没想这么多，她只是想照顾起来方便一点。她看了一眼刘金英，懒得和她争辩。故意就故意吧，你们爱怎么说怎么说，我无所谓，有本事你们把母亲带走。

丈夫本来是同意她的意见的，二妹这么一说，他就不提了。

丈夫从另一个角度强化了不换床的理由。丈夫说，这床是六十几年前母亲的陪嫁，母亲对它有感情。而他，也是在这张床上出世的。小时候，这床还是他经常的舞台，蚊帐就是布幕，把蚊帐掀开，往两边的铜钩一挂，戏就开场了。演的都是《三国》，一个人的《三国》，一会儿是吕布，一会儿是张飞，一会儿是赵子龙，都是从小人书上来的，母亲就坐在床对面的那副老式茶椅上，看得哈哈笑。

阿惠知道，这床是换不了了，辛苦的自然是她。

有时，阿惠想，好在，他们家有一所大房子，婆婆有一个自己的房间，她和丈夫，还有他们的女儿都有各自的房间，用当下流行的话说，都拥有个人独立的自由空间。

婆婆的房间弥漫着一种气味，这是一种中药味、没有散尽的屎尿气味和老人那种不明不白的气息的混合体，让人难受，让人窒息。每次忙完，她都要把婆婆的门关起来,到厅里,到自己的房间透透气。休息一下,安静一下,调整一下自己的情绪。或者到阳台站一下,呼吸一下清新空气,同时让风把自己身上的那种说不清道不明的气息吹走。

想当初,她母亲不正是看中人家有一间大房子,还有这古香古色的老家具吗?说,这是世家底仔,再穷也穷不到哪里去。本地闽南话的"世家底仔"有点名门望族的意思。相比之下,阿惠家要穷得多,她家是绑(做)藤椅的,手艺活,小本生意,辛辛苦苦一辈子,都没有一间属于自己的房子。谁会想到,社会进步这么快。现在,穷倒是穷不了,大家都有养老金,饿不着,但是,这累也是能把人累死的。要是母亲还活着,看到她现在的累,一定心疼死了。

有一句本地闽南话:做人家的媳妇很歹做,有功打无"锣"(劳),意思是当人家的儿媳很难,做得再好也是徒劳。阿惠想,别的媳妇再难也没有她难,难的不是累,是看不到短期内解脱的希望,你做得越好,越尽心,拖的时间就越长。

怎么办?忍吧。只有忍,没有别的出路。

好不容易忍到老太太去世了,她能松一口气了,没想到,那几个小姑们却来找事了。

出殡那天下午,打扫清理婆婆的房间,按本地风俗习惯,凡是老太太用过的东西,包括睡过的床,草席、被褥、衣服什么的,除了象征性地放棺材和她一起火化,其余的全都要扔掉,放到外面,让火葬场工人搬走。可是她的那些小姑子,却显得特别有孝心,抱着老太太东西不肯放,说是要留着纪念,睹物如人,物在人在,硬是要把老太太房间的所有东西都留着,不但留着,还要按原样摆放。

这明摆着,她们是有意刁难,是故意让她过得不舒坦。母亲走了,你也别想着舒服,让她老人家永远看着你!所有亲戚朋友都看出来了,就是她的丈夫,那个不争气的家伙,居然由着妹妹们胡来。他是大哥,只要一句话,妹妹们就不敢胡来。可是,他却连屁都不放一声。阿惠看着小姑们把婆婆的东西一样一样地摆好。

临走，刘金英还对着母亲的遗像说，这是你的房间，你就安心地住着，我们会经常来看你的。

阿惠实在忍不住，说，妈走了，你来睡吧。

刘金英一下子跳了起来，说，你什么意思？

我就是这个意思。你想要，你来睡。那些东西都是你母亲平时用的东西，当女儿的用起来一定很亲切，很温暖。

于是，姑嫂之间便对骂起来。

三个小姑对一个嫂子，三比一，阿惠处于劣势。而丈夫却不为她撑腰，反而对她发脾气，吵什么吵，好看啊。别说了。

这是个没用的男人，连妹妹都管不了，眼看着妹妹们欺侮老婆，又不让老婆出气。

阿惠无奈地叹了一口气。她的心凉了，对这个家，对这个一起生活了几十年的丈夫失望了，彻底地失望了。

只是，阿英没想到，这种失望对于她意味着什么。

/2/

和阿惠站在一起的是阿惠的朋友们，她们目睹她的小姑们的反常做法，也有点愤愤不平。但人家的家事，也就不便说什么。只是小声地安慰阿惠，说你终于解放了，这比什么都强。大不了你不进去，也别让孩子进去。

也许，这也是当儿女的一点孝心吧。

站在一边的一个阿惠朋友的丈夫这样说着，微笑地看着她，这微笑，是她从没见过的那种，亲切、文雅、温和，让人很舒心。

阿惠也朝他笑了一下，她想尽力让自己笑得高雅一点。

阿惠的这位朋友叫安妮，是很久以前的工友。阿惠有一批这样的工友，一起当临时工的工友，不是一个厂，是好几个厂，她们像一群候鸟一样，一会儿飞罐头厂，一会儿飞糖厂，一会儿飞蜜饯厂，本地是有名的水果之乡，随着季节的转换，到不同的工厂做工。后来，听说安妮嫁了一个知识分子，在大学里当教授，还有一官半职，这个安妮一下子从草鸡变成凤凰，成了她们那个姐妹圈子里的先生娘和官太太。可是阿惠从来没有见过安妮的丈夫。这是第一次见，听说，他是想来见识当地人的出殡风俗，他正在写一篇有关这方面的文章。

阿惠还听说，安妮的这位先生，不是本地人，哪里人？谁也说不清。

阿惠不知道这位教授的大名，只从姐妹们和安妮开玩笑时，说你们家那位方老师怎么怎么的。安妮只是笑，任凭姐妹们怎么说，她都只是笑而不答，一副浸在蜜水里、没心没肺的模样。于是，姐妹们就说，什么时候把那位知识分子带来看看。她说，他忙。没想到，他居然在这样的场合下出现了。让那些来参加出殡仪式的姐妹们有点兴奋，又有点措手不及。平时叽叽喳喳的麻雀嘴一下子都哑了，你看我我看你，只剩下傻笑了。倒是那位教授先生，大大方方地和大家打招呼，说是来学习，唐突了，不好意思。安妮交了份子钱，拿了两朵小纸花，方先生却很正经地把花别在衬衫的表袋上。还跑到摆花圈的地方，一个一个地看过去。姐妹们问安妮，你家先生看的是什么？她说，挽联啊，看写得好不好，反映了本地人的什么习俗，什么心态。

天啊，没边啊，文化人就是文化人，让人看不透。

这个时候，阿惠的心动了一下，酸酸甜甜的。她弄不清楚为什么会有这样的感觉。这种感觉从来没有过。她突然就想起很久很久以前，她曾经想写诗，想当诗人。

就是为了照顾婆婆，阿惠的丈夫一定要让她提前退休。她是40岁那年办的病退，还走了后门，找医生打了张假证明，说是腰椎间盘突出，站不得，得躺着。厂里领导也是睁一只眼闭一只眼，批了，大家都知道她的实际情况，要上班，要照顾瘫痪在床的婆婆，已经5年了，5年，1800多个日日夜夜，再这样坚持下去，怕是真要"突出"了。

好在没累死，硬是撑着，把婆婆送走了。

好在家里的房子大，楼上楼下，婆婆的房间在楼上。婆婆去世后，阿惠把婆婆的房间关死，从来不进去。她要跟过去告别。这时，她很后悔当初办了"病退",要不,现在可以去上班,她才40多岁,还可以上好几年班。

可是,让她想不到的是,婆婆走了,女儿的麻烦却来了。

阿惠的女儿叫刘菲菲,高中毕业考了两年,没考上大学。再考再考,她鼓励女儿,女儿却使劲地摇头,不考了,她想做工。当父亲的说,我看她也不是一块读书的料,做工就做工吧。于是,刘杰英就去找他们单位领导,要求办提前退休,让女儿到单位去做工,签10年合同。这种做法有点类似以前的"补员",但补的不是正式工,只是同合工,不在编。单位领导想了想,合算,因为他的工资高,退休后拿的是社保金,而他一个月的工资额可以发他女儿的两个半月。剩下的可以当单位的福利,何乐而不为?

女儿有了工作,每天都高高兴兴地去上班。可是,阿惠高兴不起来,这不是她对女儿的期望,她想让女儿读大学,将来当博士,当大学老师,像安妮的丈夫一样,成为一个知识分子,文文雅雅,风风光光的,过和她不一样的日子。

更没想到的是,女儿刚刚工作,就找对象,而且那个恋爱谈得轰轰烈烈,尽人皆知。原来,他们是中学的同学,早在学校就谈上了,所以,书没读好,书没读好,大学自然就考不上了。

阿惠太大意了,大意失荆州。

也不能怪她,她顾得过来吗?她所有的精力几乎都被婆婆占据了。她一直认为女儿是乖女儿,按时上学,按时回家,不用操心。谁知道,女儿谈恋爱,从"地下航线"发展到"热火朝天",她居然一点都不知情。老师也真是的!这种事,怎么就不管管。后来她听说,现在学生早恋的很多,老师管不过来,也懒得管。这是命,她认了,不认也得认。她原想,让女儿过上和自己不一样的生活。但她的梦想看来是要落空了。

未来的女婿叫陈坤江,自然好不到哪里去,高中没毕业,就到外面打工了,先是给人当小工,做不锈钢构件,门、窗、防盗网、楼梯、栏杆等等,人家需要什么就做什么。几年之后,自己开了一家公司。说公司好听,实际上就是工头,做的还是不锈钢的活,带几个小年轻,跑东跑西,爬上爬下,一身臭汗。

万事不如意，阿惠很郁闷。

刚刚喘一口气，又要张罗女儿的婚事。女儿的肚子里已经有了人家的孩子，阿惠不张罗行吗？再过一两个月，显山露水的，好看啊？

一到谈婚论嫁，阿惠才知道，女儿找的是一个什么主！这辈子惨了。男方的母亲领的是社保养老金，父亲本来就没工作，近似二流子，不干活，靠老婆养着，还抽烟喝酒，听说以前还赌，现在改了，不赌了，赌不起，烟还抽，酒还喝。餐餐酒，顿顿喝，喝多了就耍酒疯。

更让人操心的是，女婿家没有自己的房子。

女婿的祖父原来是一家大型国企的工人，计划经济时代，分过一套房子，两房一厅，当时是很风光的，大型国企的宿舍区，几十栋，大门口还设门卫。后来房改了，象征性地交了一点钱，这房子便成了自己的，也办了房产证、土地证，因为祖父已经去世，两证办的都是女婿父亲的名字。又过了十几年，也就是女儿结婚前不久，风传这片宿舍区要拆迁。这房子是20世纪70年代盖的石头房，不是框架结构，抗不了地震，拆迁是迟早的事。她想让女儿到家里来结婚，可亲家不同意，说，让儿子当上门女婿，我没脸。他要脸，硬是要花几万块钱，把那套老房子装修一新。结果，女儿结婚不到4个月，风传了几年的事情一夜之间就变成现实，市政府发了通告，这片宿舍区的房子列为危房，要拆迁，原住户限期搬出。条件自然是很优惠的，当初几千块买的一套房子，如今开发商给30万元。女婿的父亲欢天喜地地把钱拿走，租了套老房子，全家人搬进去。

结婚前装修房子的钱，是女婿几年的积蓄，随着一阵机器的轰鸣声，轰隆轰隆，女儿的新房成了废墟。女婿的几万块钱只换来不到4个月的新鲜，顺水漂走。

女儿是怀着几个月的身孕搬家的。

亲家怀里揣着30万元，牛得很，说话大声，烟抽"大中华"，酒喝"剑南春"，越喝厉害，我花自己的钱，谁也管不着，别想拦。他的儿子说，"没人想要你的钱，你就抽吧，喝吧。"

从知道女儿和女婿谈恋爱以来，阿惠对女婿最满意的就是女婿的这句话，有志气。

可是，光有志气有什么用？

人家嫁女儿，一脸喜气，阿惠嫁女儿，一脸忧愁。别的不说，女儿正怀着孕，那一屋的酒味烟气，对将来的孩子肯定有影响。

/3/

阿惠是几个月前，为女儿挑选床上用品时遇到安妮的丈夫方先生的。

她正对着售货小姐推荐的款式犹豫不定时，感觉到有人在看她，抬起头，果然是他，那个亲切儒雅的方先生。她有点意外，又有点惊喜。

方先生笑着说，听说你要嫁女儿了，好命啊。"好命啊"三个字，他是用本地话说的，有点滑稽，她一下子没忍住，就笑了出来。

我的本地话说得不好？

不是，说得很好，当老师的，学什么都快。

这是必须的，入乡随俗嘛，他说着，指着她手上成套配制的床上用品，是给女儿挑的吧？

阿惠说，是啊。你说这款式行吗？

这里的款式都很新潮，也很抢眼，关键要看我们自己喜欢什么，不喜欢的，再好看再新颖也没用，你说是吗？

我不知道我喜欢什么。阿惠有点不好意思地说。

听安妮说，你女儿长得很白，我想，要那套玫瑰红的吧。

她一看，果然不错，就说，那就听你的。

这样说的时候，阿惠的脸热了一下。早上，她想让丈夫和她一起来，丈夫不来。他最近热衷于听课，不是上老年大学去学习，是……怎么说呢？是为了拿"纪念品"。

如今的社会很"精彩"，有专门为住院病人"打抱不平"的"医闹"，也有专门捡便宜的"听客"。

近年来，本地流行一种学习班，美其名曰，老年保健知识学习班。其实,是做老年保健品的销售宣传,什么产品到他们的口中,都说得像一朵长生不老的花,让老人们动心,然后掏钱。为了吸引听众,上了课,就发纪念品,来者有份。小恩小惠这一招,任何时候都灵。然而,"道高一尺,魔高一丈",一批"专业"的"学员"——听客应运而生。阿惠的丈夫就是这批听客之一。

这些听客,大都在60岁至70岁之间,身体还行,时间宽裕。他们乐得用这种方式消磨时间,还能有点"收获"。这批听客,有男有女,男性居多。据说,中老年女性更热心于跳广场舞——在音乐节奏与肢体动作中,寻找失去的青春。他们互通消息,有"班"必到,有"课"必听,学习态度堪称一流。他们只听不买,就冲着"纪念品"来。对方也明白,只是他们需要听众,"周瑜打黄盖,一个愿打一个愿挨"。

丈夫热衷于"听课",拿纪念品,一小袋珍珠米(5斤),一小桶花生油(2斤),一小箱快熟面(10包),一小袋洗衣液,一小瓶洗洁精,或一个塑料旅行杯,一只浇花的小塑料喷子,一块环保型洗碗巾等等,等等。那些听课专业户,大都是在那里打瞌睡,有时也听一点新鲜的东西,比如,心脏病的早期预防,什么叫前列腺肥大,白内障的症状与预防,如何真正做到"管住嘴,迈开腿",远离糖尿病,什么是老人散步的最佳方式,等等,等等,无非是向老人们推销各种各样的保健品和保健器材。可谓形式灵活,花样翻新。但阿惠的丈夫以不变应万变,原则只有一条,只听不买,说到天上都不买。听,态度端正,从头听到尾,听完了,拿纪念品走人。当然,也有心动的,在几十个听众中,只要有一两个、两三个心动而且行动,举办方便不吃亏。当然,买也有买的道理,他们大都领的是社保养老金,一个月两千来块,花不完,想保健,用他们的话说,多活一天就有80元的收入,生命诚可贵,保健有道理。

丈夫还想让她一起去听课,说,一起去能拿双份纪念品。她说,已经用不完了还拿?

丈夫说,东西哪有嫌多的,拿来送人,也有一份人情,不拿白不拿。她犟不过,就跟着去了一次,听一半,实在没办法听下去,对丈夫说了声

"头晕"，就走了。可是丈夫回来的时候，还是带了两份纪念品，是两小塑料袋雕牌洗衣粉。他得意扬扬地说，你一走，我就把一个手提袋子放到你的座位上，发纪念品时，我说，她刚上卫生间去了。他们也就没说什么，反正，你来的时候他们是看见了的。以后，再怎么说她都不去，理由也十分充分，都去，谁给你做饭？

丈夫乐此不疲，拿回来的"纪念品"大都放到婆婆原来的房间，地上，床上，随便放。用不完，吃不了，越积越多，婆婆的房间俨然成了纪念品仓库。

为女儿买床上用品是一件大事，应该和丈夫一起来的，可是丈夫听课听出瘾来了，她只好自己来。没想到在这里遇到方先生。阿惠再次看了一看他四周，的确没有安妮。方先生说，你是在找安妮吧？她没来。

她说，真是好丈夫啊，当老师的，连买菜的活也包了？

他笑了笑，说，包不了，凡是我买的，她都不满意。

那你……

专门等你啊。

阿惠吓了一跳。方先生看她一脸恐慌，开心地笑了，说，逗你的，我怎么知道你要来啊。阿惠松了一口气，松了一口气之后，又觉得有点不好意思，这就是人们常说的"自作多情"吧，真是的！

这是本地最大的超市，一共4层楼，一层是菜市场，二层是百货和服装，三层是家具和床上用品，四层是休闲场所，有茶馆、咖啡厅、酒吧、书店，还有儿童乐园。

买了床上用品，方先生说，走，到4楼，我请你喝咖啡。我不会喝咖啡，阿惠脱口而出。方先生笑了起来，喝咖啡还有会不会的，喝了就是，试试，不好喝就不喝。没喝过？

阿惠不好意思地点了点头。

他们来到咖啡厅，这个咖啡厅有一个很别致的名字，叫"梦之蓝"。阿惠想，这个超市她来过很多次，怎么就没想到上4楼，到咖啡厅走走呢？一看到"梦之蓝"三个字，她的心里有什么东西动了一下。是什么？她说不清楚。

喝咖啡的时候，方先生说，怎么样，还行吧？

她说，有点苦，又有点涩。

那就多放点糖。说着，方先生拿起夹子，又在她的咖啡杯里放了一块糖块。她不好意思地笑了一下，用小汤匙在咖啡杯里搅了搅。喝一口，果然好多了。她又朝他不好意思地笑了一下。

女儿要出嫁了，很高兴吧？方先生说。

她点了点头。她突然想起他们的第一次见面，他拿着白花，一边别在衬衫的表袋上，一边走过去看花圈，说，那天，你怎么看花圈看得那么认真？

他笑了一下，说，可惜那些挽联，没有一副写得好的。

她也跟着笑了一下，说，写得好不好无所谓，反正是要烧的。烧了，什么都没有了。再说，好不好的，死人不知道，我们看不懂，所以都一样。

还有一句话她没说，那就是，谁还在乎那些即将拿去烧的挽联？也就是你这样的文化人。

方先生默默地看了她一下，说，也许是这样。所以没人计较。

她笑了笑。他说：

你平时不看书？

不看，以前读书的时候看。那是很久很久以前了。

她本来还说，我读书的时候不但看很多书，还会写诗哩。可她强忍着，没说。

他笑了起来，说，你才几岁啊，就很久很久以前。我们去书店看看吧，我买一本书送你，包你一看就开心。

他们就来到书店，她还真不知道，也没想到这里有书店。一脸惊喜。她没想到几十年之后她会再一次逛书店。她记得第一次逛新华书店的时候，她买了一本书，贺敬之的《雷锋之歌》。现在，《雷锋之歌》是一定没有了，早不卖了。时代不同了。

他给她买了一本《笑林广记》，说，这本书，慢慢看，一天看一则，包你天天笑口常开。

真的？

不骗你。

她收了他的书,也不问多少钱。这本书的封面是黄色的,左上方,一个清代的小脚女人笑着指着什么;左下角,一个小男孩伸手向前,仿佛是冲着那个女人去的;而右下角,有一个女人坐在板凳上,裸露着前胸在奶孩子,神情安详,一把团扇随随便便地搁在她身边的板凳上。

他给书,她拿书,两个人都做得很自然。仿佛是一家人,又仿佛早就约定了似的。这很奇怪。

临别时他说了一句话,这句话让她心跳了好久。他说:

古人说,"人世难逢开口笑。"不笑可惜了这张清秀的脸。

她想把书还给他,他却已经转身走了。

/ 4 /

阿惠回到家,迫不及待地,就想看看这本能让自己笑口常开的书,随手翻开,看到一个题目《属牛》,笑了一下,因为她正好也属牛,就看了下去:

一官遇生辰,吏典闻其属鼠,乃醵黄金铸一鼠为寿,官甚喜曰:"汝等可知奶奶生日亦在目下乎?"众吏曰:"不知,请问其属?"官曰:"小我一岁,丑年生的。"

她在"醵"字上卡了壳,便到女儿的房间找字典,找到《现代汉语词典》,居然有点兴奋,很久没有用字典了。多久?忘了,应该有30多年了吧。她很庆幸她还会查字典,虽然找了好久,终于找着了:醵,大家凑钱。她再细读一遍,想了想,便笑出声来。果然是个贪官,太贪了,一只金老鼠还不满足,还要一头金牛,那要用多少金子啊。

笑过之后,她想,这书果然有意思,那个知识分子没骗人。还是从头看起吧。于是她就从头看起:

第一则题目叫《升官》:

官升职,谓其妻曰:"我的官职比前更大了。"妻曰:"官大不知此物亦大不?"官曰:"自然。"及行事,妻怪其蕞小如故。官曰:"大了许多,汝自不觉着。"妻曰:"如何不觉?"官曰:"难道老爷升了官职,奶奶还照旧不成?少不得我的大,你的也大了。"

阿惠看完,想了想,哈哈大笑起来,笑过之后,骂了声"流氓"。

她骂的是安妮的丈夫,那个知识分子方先生!他明明知道的,这笑话有多黄,他就是想让她看,他不是流氓是什么!

骂过流氓之后,阿惠想,安妮是不是也看过这本书?在什么时候看的,是在他升官的时候看的吗?不是说,方先生有一官半职的吗?这么想着,她的脸便热烘烘起来,甚至有点发烫,走到穿衣镜前一照,满脸通红。羞死人了。阿惠少女一般地掩住自己的脸。

她搬过一只椅子,爬上去,从衣橱上拿出一只旧皮箱,用鸡毛掸掸去上面的灰尘,按了一通密码,把箱子打开。这是当年母亲给她的陪嫁箱子。她急匆匆地从底下拿一本书,那是几十年前买的《雷锋之歌》,她抚摸着这本发黄的书,仿佛在抚摸自己的青春时光,心旌摇曳。她喘着气,小心翼翼地翻着,心跳得厉害,手居然有点颤抖。她闭上眼睛,想让自己平静一下,我这是怎么啦?我已经不年轻了,老了。不看了不看了。她对自己说,一切都过去了,过去的就让它过去吧。可是,她为什么藏着这本书,分明是一种怀念,一种不舍呀。心有不甘呀。突然,她发现,这书里还夹着一张纸,这是当年的数学作业纸,上面居然抄着一首诗,她愣了一下。这是一首普希金的诗:

题纪念册
爱情会过去,感情会死亡,
冰冷的社会将把我们分离,天各一方
谁又记得那些神秘的约会。

往日年华的狂喜和幻想?……
只是在记忆的篇页里,
请留下那些短暂相思的字行。

她的手再次颤抖了一下。随着手的颤抖,记忆的闸门一下子打开了。是的,这不是她抄的诗,这是不知道哪个男生抄的,偷偷地夹在她的语文课本里。这首诗让她心神不宁好些日子,她留心地观察班上的每一位男生,似乎每个人都有可能,她试探过几个最有可能作案的嫌疑者,没一个承认的。她很伤心,又很幸福。于是,她把这张意味深长的纸连同她的青春岁月和浪漫情怀一起收藏起来。

她在镜子里看到一张绯红的少女般的脸。这就是我吗?这就是现在的我吗?天啊,你这个不要脸的老查某!

不老不老,我不老。"不笑可惜了这张清秀的脸",一个刚刚过去的声音这样说。

与此同时,一种久违了的情感在她的心中风起云涌。她突然有一种冲动,想做一点什么出轨的事情。她把门关起来,把自己的衣服脱了,一件一件地脱,脱得一丝不挂。她发现,她的身材还那么好,用当下的流行说法,叫"魔鬼"身材,只是小肚子有一点点隆起。她抚摸着自己光滑的肌肤,想起不知从哪里来的那句"年逾不惑,风韵犹存"的话。

镜子里的她,光彩照人。

她听到大门声。连忙穿上衣服。

回来的是丈夫,他刚刚听完课,提着一瓶"鲁花"花生油,喜滋滋地说,今天发的,你哪天上超市看一看,这一瓶值多少钱?

阿惠看了他一眼,懒得回答。

她把他拿回来的花生油拿到婆婆的房间,放到婆婆的床上。

婆婆在墙上看着她。她把油从床上提起来,朝墙上的遗像提了提,还学着电视广告上的广告词说了句"中国造,鲁花香",放回床上。想了想,把床上丈夫听课带回来的"纪念品",一样一样地提起来,朝墙上的遗像提了提，又放下。

　　小姑们之所以要把婆婆的东西原样摆放，无非是想让婆婆的阴魂留在房间，让阿惠的日子过得不舒服。我不怕，我服侍你十几年，人总不能没良心。看看，这是你儿子拿回来的东西，你收着，到时候，你的女儿们回来了，就让她们拿走。

　　阿惠不知从哪里来的勇气，她的动作多少带有一点示威的味道。

　　此时的阿惠，还沉浸在当年的激情之中。这激情，从几十年前的岁月滚滚而来，让她不能自已。

　　是谁把忧心忡忡的她解放出来？是那本该死的书？还是他的那句话：

　　古人说，"人世难逢开口笑。"不笑可惜了这张清秀的脸。

　　"专门等你啊。"

　　——这也是他说的。

　　这话难道真是一句开玩笑的话，也是真的，不然，怎么会那么巧？

　　如果真是那样的话……她不敢往下想。

　　此时，阿惠希望是真的。他，那位方先生现在就出现在她的幻想中，幻想中的他这样对她说：

　　开心一点。看你，一脸忧愁。不像喜事临门的样子。笑。

　　我笑不起来，她说。

　　笑。

　　阿惠果然笑了起来。

　　她听到丈夫在门外说，笑什么呢，神经病。快去做饭。

　　我看你妈笑了，我就跟着她笑。

　　丈夫站在门口，有点吃惊。阿惠指着婆婆的遗像说，她看到你拿回来这么多东西，高兴。说着，阿惠从丈夫的身边闪过，做饭去了。

　　这天晚上，阿惠做了一个梦。

　　黑暗中，她和方先生来到一个地方，仿佛是一间宽大的房间，仿佛又不是，是一片森林中的草地。那些树密密麻麻的，像是这片草地四周的墙，而草地就是一张巨大的铺着深绿色毛毯的床。他们曲腿坐在草地上。

方先生说，我给你讲个故事，保你笑个不停。

说，说，快说。

不能说。

别卖关子了，人家想听嘛。

真想听。

快说呀。

我可说了。

说。

有个条件。

什么条件？

要耐心听完，不许听一半就不听了。

好。有什么了不起的，还能听死人？

有个当官的，升官了，很高兴地对他的妻子说，我现在的官比以前大了。妻子说，老爷官大了，不知道那东西会不会跟着大起来？

什么东西？她问。

他笑而不答。

她突然就悟到了，说，不要脸。不听。

他说，我说了，不许听一半就不听了。

流氓。不听。

那就不说。

说吧，她红着脸说。

真想听？

不想说就算了。

那你可听好了。

他清了清嗓子，伏在她耳边说，那当官的说，那是自然的。

什么自然的。

就是那东西啊，官大了，它就跟着大起来。

瞎说！

不瞎说，怎么是笑话啊？

说。

那天晚上，太太就想试试。一试，还是和以前一样，不见长。太太说，我怎么感到没变大呀。

当官的说，你想啊，老爷升官了，太太的自然也就跟着升，总不能跟原来一样吧？少不了我大你也大了啊。

这有什么好笑的，我笑不起来。

你想想，好好想想。

她一想，果然就笑出声来，一边笑，一边就伸手打他，打着打着，两人就抱成一团了。

事后，他说，大了吗？

她闭着眼睛，这一次好像和以前的不一样。

他说，我升官了。

她扑哧一声笑出来。

他说，没骗你，上面的文件刚刚到，让我享受调研员待遇。

那是个什么官？

和县长一样大。

阿惠在自己的笑声中醒来。

她发现，此时此刻，丈夫正趴在她的身上。她猛地将他掀开，跳下床。

丈夫吃惊不小，怎么啦，好好的，发什么神经？

我要尿尿。

这梦做得也太荒唐了吧。阿惠在卫生间对自己说。明明是自己看的《升官》，怎么就赖到人家方先生的头上去了呢？不过，也有道理啊，那书不是方先生给买的吗？不对啊，明明是和丈夫在一起的，怎么就赖上方先生？我们从来没有过那种事啊，连想都没想啊，不可能啊。

可是，人家不是说日有所思，夜有所梦吗？我是中了邪吧。

阿惠打了一下自己的脸颊。那个方先生，以后可不能去惹了，再惹，真要出事了。

/ 5 /

那天,阿惠第二个小姑来了。阿惠说,二姑妈来了,正好,妈屋里有许多东西,你拿一些回去,反正吃不完用不完。本地习俗,对于婆家的亲戚,当母亲的要随孩子称呼,把自己放低一辈。

刘金英到母亲的房间一看,果然有许多东西,她摸了摸那些东西,又看了看生产日期,都还新鲜,便动了心,不拿白不拿。

阿惠说,想拿多少拿多少,都是咱妈的。

刘金英一听便心里发毛,嫂子怕是没安好心吧。

你怎么说话呢,刘杰英对妻子说完之后,转而对二妹说,这些都是我"听课"赚来的纪念品,干净的。

阿惠说,你的就不是妈的?更何况放在妈的房间里,妈的房间一点也没动,就像妈还在世。有时啊,我从妈的房门经过,还真有妈还健在的那种感觉。

阿惠笑着说。一边说,一边就拿来一只大塑料袋子,把花生油、珍珠米、快煮面啊等等往里塞。

嫂子越是热情,刘金英心里就越不踏实。拿也不是,不拿也不是。话说回来,那些东西太有诱惑力了,要是上超市,得花100多块钱哩。但她又害怕这些东西从母亲的房里拿出来"不干净"。

本地闽南话的"不干净",在种语境中,是一种迷信的说法,带有些许"有阴气、不吉利"的意思。

刘金英原来在一家集体所有制的布鞋厂当工人,业余时间当"跳尪姨",跳尪姨是本地闽南话,也叫"跳童",和北方人说的巫婆作法——巫婆设坛召神相似,身着巫衣站在条凳上,头顶一碗水,跳一种谁也弄不清楚的舞蹈,口中念念有词,然后浑身一抖,做神灵(或鬼魂)附体状——即"上童",然后就说一些话,前世今生过去未来——所谓人与神(或鬼魂)之间的沟通,信徒借着他们的对话,得到某种启示与安慰。对话之后是送神（或鬼魂），巫婆低头，让头上的碗掉到地上，巫婆（翁姨）也随之下坛。有时也会给一碗水，称之为圣水，包医百病。

听说，刘金英丈夫的母亲以前就是一个远近闻名的"跳尪姨"，不知怎么的，她就继承了婆婆的衣钵，装神弄鬼本来只是为了骗钱，跳着跳着，自己也跳糊涂了，信以为真了。

当初，母亲刚去世的时候，刘金英力主把母亲的所有的东西原样摆放，还趁人们不注意的时候，把母亲穿过的一双袜子放进母亲床上的抽屉里。她是想让母亲不时地在屋里走动吗？谁也不知道。

问题不在她放什么东西，在她鬼鬼祟祟的行事方式，让阿惠想到，这个小姑是有意想把这阴气引向她，让她过不好日子。她突然想起一个词"做竅"。

"做竅"是本地闽南话，意思是做损人利己的邪术。

但是，刘金英在婆婆的床上做了什么呢？阿惠还真不明白，显然，她想害的不会是自己的哥哥，也不是亲侄女，那就只有她这个"外人"了，阿惠不知道在什么时候什么地方得罪了这个小姑，实在想不出来。她唯一的办法就是躲，离婆婆的房间远一点，特别是晚上，她绝不上婆婆的房间。惹不起还躲不起吗？再说了，如果婆婆有一点良心，即使是一点点，也不应该对她做什么，这十几年来，是谁在服侍她，难道她老人家不清楚？活着的时候可以糊涂，死了之后，变成鬼，应该是明白的，要不，人们怎么会把聪明人比成"鬼"，说这个人鬼得很！

可是，婆婆始终对自己是很不满意的，因为她没有给她生一个查铺孙，本地闽南话查铺孙就是孙子。是她让他们刘家无后，不孝有三无后为大，这是婆婆说过的。可是这能全怪她吗，怪也只能怪你自己的儿子没本事。阿惠不由得叹了一口气。她也想要一个男孩。

当然，所有的这一切都是无法改变的。

阿惠对于刘金英的热情，在无意中浸染着报复的意味，这一点，连阿惠自己也没有意识到。而她的二小姑却是时时警惕着的。

阿惠上了一趟卫生间，回来的时候，发现刘金英在婆婆的遗像前点了一支香。一缕青烟袅袅而上，在婆婆的脸上散开。她突然看到婆婆的微笑。

婆婆的这张遗像是刘金英让人画的。婆婆去世得有点突然，正当大家手忙脚乱的时候，刘金英自告奋勇，去画婆婆的遗像。过去，本地有许多画像店，画活人，也画死人，后来不知从什么时候，这种店一间间地消失了。阿惠想不起在哪里有这种画店。刘金英拿回来的这张婆婆的遗像，办完丧事之后，便挂在婆婆的房间里。

阿惠觉得，婆婆的这张画像怪怪的，粗看不像，细看有点像，越看越像，像得让你心里发毛。从左边看，像在生气，从右边看，又像在微笑。她把这种感觉告诉丈夫，刘杰英说，我看你有毛病。她说，什么毛病？丈夫说，你自己知道。阿英说，我不知道。说过我不知道之后，她想，也许，这就叫心理作用吧。

就在阿惠对着婆婆遗像发愣的一刹那间，二小姑刘金英把放在地上的两只塑料袋装的"碧浪"洗衣液塞进阿惠为她准备的大袋子。朝她笑了一下，说，走了。

走到门口，刘金英又回过头来看了嫂子一眼，这一眼神情，居然和她的母亲，阿惠的婆婆非常相像。

就在刘金英下楼的时候，阿惠不小心跌了一跤。

女儿像母亲，这本来没有什么奇怪。但阿惠却越想越后怕，甚至于在那天晚上失眠了。

第二清晨，迷迷糊糊地从似睡非睡的状态中醒来的时候，阿惠想，得去问问方先生，这到底是怎么回事。他是大学教授，应该什么都懂。

怎么又想到他！该死，不要脸！阿惠下意识地摸了一下自己的脸颊，居然有点发烫。丈夫在她的身边睡得跟死猪一样。她悄悄地爬起来，走进卫生间，镜子里的她果然脸色绯红，少女一般。

阿惠想找方先生，可她没有他的手机。显然，她不能向安妮要她丈夫的手机号，她只在暗中企盼着，方先生能和安妮一起来参加她们姐妹们的聚会。这不是没有可能，以前，他来过，他说他喜欢听她们这些姐妹们聊天，说这也是一种学习。

仿佛是心有灵犀一点通，下一次聚会，方先生果然就来了。

/ 6 /

阿惠她们的聚会在郊野公园的清风亭。方先生还是和以前一样,带着温和的微笑,和大家打招呼,说,你们聊你们的,就当我不存在。她们聊天,他就坐在一边看书。一边看,一边听。阿惠悄悄地问安妮,他能听得进我们的聊天吗?安妮说,不知道。

阿惠偷偷地看了方先生一眼,正好和他的眼光相遇,连忙躲开。

阿惠心跳了好久,终于鼓足勇气,对安妮说,等一下,大家散后,你们,你和你们家方先生能不能等一下,我有一个问题想请教一下方先生。

安妮爽快地说,行啊,不要等,现在,就叫他来。说着,她向丈夫"喂"了一声,方先生应声过来,安妮说,阿惠有事想问你,你们到对面,安妮指了指亭外树荫下的一张石桌。

在石桌边坐下来,阿惠回头看了一下安妮,安妮向他们摇摇手。

阿惠想,安妮不知道方先生给她买书的事,更不知道她的那个荒唐的梦。

阿惠的脸突然红了一下。

方先生没事一般地说,有什么问题,你说。仿佛她是他的一个学生。这让阿惠的心情平静了许多。

她把她怀疑刘金英"做蘖"的事前前后后地说了一遍。方先生津津有味地听完她的叙述之后,说,人类至今对生命的起源还没有一个令人信服的解释,灵魂的有无更是一个几千年来争论不休的问题。我只能就事论事,在这件事情上,我想,主要是你的心理健康出了一点问题。

阿惠本来想说,我有时也这么想,可是,那个房间,要是你去看一看,你就会有另一种想法。但她没说出口,只是朝他笑了一下。

他们都没有提起他们在"新华都"商场的巧遇,更没有说起书的事。这种默契,居然让阿惠心里有一种甜丝丝的感觉。

他们,她和这位方先生,同守着一份永远属于他们自己的秘密。

方先生说,你这是有病。

你怎么说话的?

他笑了一下,说,吓你的。我的意思是你身体不健康。你也许会说,我能吃能睡,很少生病,一年到头,连感冒都没有过。

她点了点头,她就是这么想的。

想知道什么是身体健康吗?

我知道你是大知识分子,但是,这个问题也太简单了吧。我不听。

你不听,那就是你的巨大损失。

说吧,别卖关子了,我想听,行了吧,快说。

她的脸上现出一种天真的神态。这是一个40多岁的女人很少有的。他的心动了一下。

说呀。

真想听?

真想听。

阿惠转身看了一下在亭子里的安妮。安妮正在那里高谈阔论。她回头对方先生笑了笑。她觉得,和他在一起总是有许多新鲜的感受,她特别期待。

关于健康的定义,他清了清嗓子,仿佛走上了久违了的讲台,"没有疾病就是健康",这是从生物医学角度提出来的。人们通常称之为"一维健康观"。

她笑着,这就是他给学生上课的样子吧。当老师的就是不一样啊,她想起很久以前,上中学的时候,老师也是这么上的课,可是,那个时候的老师,没有眼前的这位方先生这么潇洒,有风度,让人着迷。

应该说,这种说法,简单明了,抓住了健康的基本属性,但是"没有疾病",并没有完全表达出健康的本质及其真实的内涵,而且有很大的片面性。

这我就不明白了。

你听我细细给你讲。

方先生顿了一下,他对自己感到困惑,他哪来这么多的耐性,他对安妮可从来都没有这么耐心过。管不了这么多了,跟着感觉走吧,他继续侃侃而谈:

这是因为，你听仔细了，第一，人为什么是人呢？因为他具有社会性，要和社会上各种各样的人接触，做各种各样的事情，所以他就具有各种各样的复杂的心理活动，比如思想、思维、情绪、感知等等，而且，人是这个世界上有个性、有情感的高智能的生灵。

阿惠专注地听着，并在无意中微微地笑了一下。

所以啊，看一个人是不是健康的，不能只从生理方面来判断，还要看他的心理是否处于积极乐观的状态，以及他在社会生活中的适应能力与自我约束的能力等等。

她听懂了，不住地点头。她点起头来，很天真很可爱，这就更刺激了方先生的上课欲。

所以啊，早在50多年前，世界卫生组织——知道世界卫生组织吗？

她笑了一下，说，听说过，电视里，最近。

世界卫生组织成立的时候，对健康的概念，做了明确的定义："健康不仅是躯体没有疾病，还要具备心理健康、社会适应良好和有道德。"也就是说，一个人的健康应该包括三个方面的内容：第一，以生理机能为特征的躯体健康；第二，以精神情感为特征的心理健康；第三，以社会生活为特征的行为健康。

明白了，她高兴地说。老实说，她真开了眼界。难怪哩，在一起聊天的时候，安妮总是懂的那么多，滔滔不绝。这就是嫁给一个大知识分子的好处。

后来，也就是20世纪90年代，WHO……

什么什么？我听不懂。

哦对不起，WHO就是世界卫生组织……

你懂英文啊？

懂一点。

天啊，你怎么什么都懂。

他笑了一下，说，十几年前，世界卫生组织又把道德品质纳入了健康的范畴。这样，对健康的完整定义就应该是：一个人只有同时在生理、心理、社会适应能力和道德品质等四个方面都处于良好状态，才能算得上健康。

她定定地看着他。把他看得有点不自在，说，干吗这样看着我？

当老师的都这么厉害吗？

方先生不自然地笑了一下。

所以啊，他说，你得关心自己的精神状态，时时保持一个好心态，快乐有助于健康。

记住了。

她快乐地说。说过之后，她想，要是能经常听他说话，我一定很快乐。这么想着，脸就烘烘烘地有点热起来。她下意识地摸了一下自己的脸颊，一定红了。她情不自禁看了他一眼，他的眼睛正对着她哩。她慌乱地说，走吧。

说着，阿惠就站了起来。

方先生说，你慢一点走，我想请教你一个问题。阿惠有些意外，又坐下来，你还会有问题要问我？不可能。

他笑了笑，说，就是那天你婆婆出殡的时候，我听到那阵阵锣鼓音乐很好听，从来没有听过，那叫什么音乐？

哦，那叫"八音"，本地人出殡，都要叫的，一阵1000元。这是本地的习俗，大家都这么做，热闹，也是为了让亲人在那边，走得舒心一些。

在那边……有道理，他说，所以，那个音乐，特别是那一阵阵唢呐声，有点特别。

阿惠想起来，那天，因为这阵"八音"，她还和她的几个小姑弄得不大愉快。她们为了省钱，不请，是她坚持要请，还说，钱不要你们出，我出。

他们说话的时候，安妮不时地朝他们的方向看了看，轻轻摇摇手，笑了笑。看她突然回来，安妮有些意外，说，怎么样？她说，老师就是老师，经他一说，我心里果然好受了许多。

安妮不无骄傲地说，他的学生们都这么说。

安妮说，听说你们家原来是做藤椅的？

阿惠说，是啊，你怎么知道的？很久没做了。

是这样的，我们家老方整天坐在电脑前，他坐的就是藤椅，坐了几十年，有的地方破了，用铁线勾着，时不时地，就钩住了他的衣服，今年夏天，有一次还差一点划破他的手臂。我说扔了算了，可我们老方坐出了感情，舍不得扔。

不早说，什么时候，我到你们家去补上。

那就谢谢你了。安妮说。

我们姐妹仔群，还这么客气，刚才，我不是浪费了你们家方先生好多看书的时间吗？

/7/

阿惠到安妮家补藤椅，是一个星期三的上午。这是本地师范大学校园内的一套房子，这房子之大，出乎阿惠的想象，别的不说，光方先生的书房，就有她家两个客厅大。

天啊，这么多书？她看着四面的贴顶的书架和书架上密密麻麻的书说。

安妮说，有一万来本吧。

这一天，方先生不在，听安妮说，是附近城市的一所大学请他去开讲座了。

阿惠说，坐上百公里的车去开讲座，多累啊。

安妮说，累是累了一些，要不是冲着那一点讲座费，我也舍不得他这么来回跑。我们家这套房子，每个月要交好几千元贷款。

阿惠有点不好意思地问：这一次讲座，能赚多少钱？

安妮笑了一下，淡淡地说，按行情，像他这样的，开一次讲座，8000元。

阿惠把嘴张得大大的，说不出话来。8000，几乎是她4个月的退休金！

安妮给阿惠煮了一杯咖啡，坐在一边看她修藤椅，一边和她聊天。阿惠从安妮的话中，知道了许多方先生的事。

从安妮家出来，阿惠想，人真是不能比人，人比人，气死人。她的命，能有安妮的一半的一半，就烧高香了。

从安妮家出来,阿惠还想,方先生在天上,她在地下。可望不可及,连想一下,都是可笑的。她为自己曾经的梦,感到羞愧难当。

阿惠死死按住那颗躁动不安的心,不让自己有一点非分之想。

阿惠的日子像原来一样,一天天地过下去。

可是,日子偏偏不让阿惠像原来的样子过下去。

/8/

那天早上,丈夫"听课"去了,她在家里百无聊赖地看着电视。遥控器在她的手上不停地按着,一台换过一台,没有一台好看的。她看了一下时钟,离做饭的时间还早,想出去逛商场,又怕来不及回来做饭,还怕,还怕什么呢?怕像上一次那样,与方先生不期而遇。一想到方先生,她就有点心烦意乱。一个在天上,一个在地上,认命吧。

这时,门铃响起。不会是方先生吧,他不会找上门来吧。阿惠的心不自禁地狂跳起来。她不敢去开,不敢。

门铃响了一阵,不响了。接着,阿惠就听到一阵钥匙转动的声音,门开了。进来的是女儿刘菲菲,她原以为家里没人,却意外地看到阿惠站在门边,吓了一跳,说,妈,你没事吧。

是你啊,怎么还按门铃?

人家不是懒得拿钥匙嘛,不是着急嘛。

阿惠看着女儿的肚子,似乎比上次回来更大了一些。她扶着女儿到沙发上坐下来。着什么急呀。女儿不说话,眼眶却红红的。不对,一定有事。阿惠说,什么事,跟妈说。

她这一说,女儿就抱着母亲哭了起来。

别哭别哭,会伤着肚子里的孩子,怀着孩子,怎么能哭?

妈,我不想生了。

陈坤江,这个挨枪货,他在外面搞女人!

什么?不会吧。

阿惠虽然对这个女婿不是很满意，但她认为，女婿不至于有外遇，再说了，他也没有在外面搞女人的本事。家里红旗不倒，外面彩旗飘飘，那是有钱有势的人。他一个做不锈钢的，没那个能耐。

女儿有证据。女儿打开手机，找出一张照片，让母亲看，就是她。

阿惠看到，女婿欢快地和一个女人走在一起，旁边还走着一个小男孩。

你怎么会有这照片？

我拍的。

你跟踪他？

女儿说，这个女的叫吴茵茵，是我们的同学，以前，在学校的时候追过坤江，坤江却和我好上了。后来，她转学了，再后来，她嫁了一个当官的，去年，那当官的病死了，她就跑回来找坤江，要死要活地缠着他。我原以为，坤江早就把她给忘了，谁知道，他们藕断丝连，他居然背着我，偷偷地去找她……

阿惠说，你们多长时间没有在一起了？

女儿愣了一下，说，有一个月了吧。不是怀着孩子吗？再说了，日子过得不顺心，也没有那个心情。

女儿对婚后的生活有些失望。丈夫天天出去做工，公公天天喝酒，婆婆天天唠叨。而那个吴茵茵，居然把电话打到家里，天天打。为什么不打他的手机？这分明是向我下战书！

阿惠想，男人都是那个德性，女儿不让他碰，他就饥不择食，那个寡妇正好钻了这个空子。

手机一定也没少打，阿惠说，这个不要脸的寡妇！

怎么办？让你父亲去找他，命令他收心。

女儿摇摇头，这样只能火上浇油，把他推向那个寡妇。你不是看到了，这样公开地在大街上并排走，还有那个小屁孩，像一家子！

阿惠听着，眼泪情不自禁落了下来。她知道，这事不能让她丈夫知道，更不能让丈夫出面，他这个人，成事不足，败事有余，一急，最多把女婿打一顿，这一打，就把女婿打到那个狐狸精的怀里，把女儿的家打没了。

怎么办怎么办。在女儿的哭泣声中，阿惠不停地问自己。而此时，那个方先生的影子突然跳了出来，他一定有办法，他是知识分子，又当过官，关系多，人脉广，总会找到治那狐狸精的办法。

但阿惠立即就否定了自己的想法，这想法太愚蠢。凭什么，方先生凭什么帮你？

母女俩哭了一阵子，女儿说，爸爸快回来了，我回去了。

女儿前脚走，丈夫后脚就到家。他高高兴兴地举着一瓶"鲁花"花生油，怎么样？她懒得理他。他有点奇怪地看着她，好好地，又怎么啦？神经病！

女儿的事，阿惠不想说，说也没用，只能添乱。这么想着，她的心里就生出许多凄凉与悲哀。

安妮会有这样的凄凉与悲哀吗？没有，不可能有。人家嫁了一个好丈夫。

你看人家安妮，阳光得像一个刚刚出阁的少妇。从她嘴里出来的，全是快乐开心的事情。不是在家里接待了什么客人，就是到哪里去旅游。安妮家的那些客人啊，全是有文化有地位的人，有的人，你还会在电视上、报纸上看到他们的名字、照片和影像，有的是方先生过去的学生——听说，方先生的学生，有的已经当县长了。说到旅游，全国跑遍了，什么北京西安，什么黄山泰山，什么新疆西藏，安妮都能说出个甲乙丙丁，近几年，他们的足迹走遍世界各地，什么巴黎埃菲尔铁塔，什么埃及金字塔，什么尼亚加拉大瀑布，让人羡慕得眼花缭乱，也让人喘不过气来。这瀑布在哪里？在美国和加拿大呀。

安妮说，方先生为了让她知道这些地方在哪里，还专门为她买了一个地球仪。

地球仪，啊，这是一个多么遥远的名字，三十几年前，读中学的时候，有一次上课，地理老师手里拿着地球仪进来，把它放在讲台上，说，同学们，你们知道这是什么？地球！地理老师是个瘦高个子，说话有点幽默，说，应该加个"仪"字，它不是地球本身，它是我们为了了解地球而制作的一个模型。他用手指把它转了一圈，说，这就是一天，然后，他拿起地球仪，自己转了一圈，说，一年过去了。于是，同学们哈哈大笑起来。阿惠想，方先生是怎么教安妮看地球仪的呢？她想象不出来，她不知道方先生对安妮说话的神态是不是也像和她说话一样。肯定不一样，在她面前，他是老师，她是学生。而在安妮面前呢……她不敢往深处想，她怕把自己当安妮想进去。

还有，你看人家孩子，同样的女孩，我们菲菲是个工人，人家是北京大学的博士，人家不是找工作，是挑工作……不想了不想了，女人一辈子，就怕嫁错人。想当初，安妮比我们强多少？大家在一起做临时工，罐头厂、糖厂、蜜饯厂……做的全是手工活，整天被人家喊来喊去的，可人家现在，走到哪里，都像个太太，人家方先生是怎么向人介绍她的，这是我太太，这是我夫人。听着就让人吃醋。

不想了，不想了，再想就真成神经病了。

神经病，谁神经病？没本事的丈夫才整天说自己的妻子神经病，人家方先生之于安妮，疼都疼不过来！

这么想着，阿惠居然有点痛恨自己那个没出息的丈夫了。

女儿的婚姻出现危机，阿惠却无能为力。

阿惠整天为女儿担忧，提心吊胆地过日子，怕女儿受委屈，更怕女儿出意外，简直度日如年。

那一天中午，阿惠刚刚放下饭碗，放在冰箱上的电话就"叮铃铃"地响了起来，惊天动地。阿惠看着电话，不敢接，想，一定出事了一定出事了。丈夫正在专心地剔牙——饭后剔牙，是他的一项享受，他的牙可以一剔剔半个小时，有时，他会把从牙缝里剔出来的东西放到鼻子上闻一闻。他不耐烦地看了她一眼，说，怎么不接，又发什么神经了？我看你最近不正常，太不正常了，是不是在外面勾上了野男人？说着，他懒洋洋地拿起电话。阿惠听到女儿的声音：妈，你们快来。

刘杰英愣了一下，扔了牙签，说，什么事？

电话里传来女儿的哭声。

当他们匆匆赶到女婿家的时候,亲家正在打扫地上的玻璃碎片,说,这日子没法过。他的话里透着浓浓的酒气。他们不加理会,冲到女儿的房间,没人。

到底出了什么事?

孙子,孙子,我要你们赔我的孙子!

这时,阿惠的手机响起来,是女婿打来的,说他们在市医院妇产科,让他们马上过去。

他们打的到医院,火急火燎地找到女儿的病房。

女儿躺在病床上,女婿在一边,不停地说着什么。

没事吧?他们问。

女婿说,没事,来得及时,医生说,孩子保住了。

原来,今天中午,阿惠的亲家因为买体育彩票中了50元钱,兴高采烈地喝酒,喝得醉醺醺的,把酒瓶打碎了,也不收拾——阿惠想,喝醉了怎么收拾,呼呼睡去。小小的客厅一片狼藉,碎玻璃满地都是。女儿下班回来,在玄关换拖鞋,找不到,一时尿急——怀孕之后,尿多,急着上卫生间,赤脚,踩到碎玻璃,流了血。吓得大叫,把喝醉了的公公惊醒,公公忽地从沙发上爬起来,一脸醉相,女儿又吓了一跳,这一吓非同小可,差一点就把肚子里的孩子吓流了。正好女婿回来,见状,赶紧送医院,保胎。而女婿的母亲不在家,几天前,她到女儿家,给女儿伺候月子去了。女婿当舅舅,女儿当舅妈了。

女婿对阿惠说,妈,我等一下还得到工地去,工人们还在那里等,刚刚承包市执法局新盖办公楼的防盗网和楼梯口安全门的活,是一个大单子,限期一个月完成。

女儿说,这是他办公司以来接的最大的单子。运气好,要不是回来拿电钻,这孩子就没了。

阿惠从女儿说话的口气和神态中看出,两个人似乎和好了。便对女婿说:你去吧。安心做活,注意安全。这里的事,就交给我好了。

女婿听她这一说,立即站起来说,那我走了。

女婿一走,女儿就说,爸妈,你们看,最近阿江是不是瘦了,也黑了?

刘杰英说,我看没有。说走就走,人家没把你和肚子里的孩子当回事。阿惠说,我们不是来了吗,我们来,他还有什么不放心的。

这时,进来一个护士,她意外地看了一下刘杰英,又笑了笑。

护士走后,刘杰英说,我也走了,这妇产科……

女儿笑了起来,说,爸,你走吧。

丈夫走后,阿惠把椅子拉过来,坐到女儿的病床头,小声说,怎么样?医生有没有说,是男的还是女的?

女儿说,医生不说,上面有规定,不能说。但是,有个小护士,就是刚才冲着爸爸笑的那个,偷偷地给我做了一个手势,把拳头放在小腹上,翘起大拇指,还对我眨眼睛。意思很明显,是男的。说着,女儿便笑。

阿惠也笑,这个小护士真有意思。

女儿说,她是卫生职业学院护理专业的实习生。

阿惠说,那个寡妇没再来?

走了,女儿高兴地说,回老家去了,听说她母亲又给她找了一个,也是死老婆的,也带了一个孩子,女的,比那个小屁孩子还大几岁。

坤江说的?

女儿说,那天晚上,我让他坦白,不坦白不准上床,他就坦白交代了。

那张照片,他怎么说?

他说,他是送她回老家去结婚的,所以两个人都高高兴兴的。

没追究你这照片是怎么来的?

他敢!

阿惠松了一口气。

为了便于照顾,阿惠让女儿女婿搬回家住。亲家自己惹了事,也就不再说什么了。当初结婚的时候,他要挣面子,花了几万元,面子挣够了。这一次回不回去住,他无所谓。走得好,清静。老婆走了,儿子媳妇走了,他一个人的天下,我行我素,爱喝多少就喝多少。陈坤江说,你可以喝酒,爱怎么喝就怎么喝。

陈坤江是正话反说。他和父亲，从来没有好好说过话。但从这句话，当父亲的还是能听出其间的关心。

但是，他父亲不卖账，说，我当然要喝，我喝自己的钱，谁也管不着。

那你就喝吧，喝死了没人可怜！当儿子的摔门而去。

/9/

几个月后，女儿生了一个大胖小子，8斤半，在医院里引起不小的轰动。医生护士们都说，这是她们妇产科近年来出生的最重的婴儿。还说，要是再重一点，就上报纸了。

阿惠说，还是不上的好，没人知道，没病没灾。

女儿的月子自然是在家里坐的，阿惠忙了一个多月，忙得很开心。

女婿当现成的爸爸，又挣了一笔钱，高兴得手舞足蹈，给老丈人买了两斤"白牙奇兰"，"白牙奇兰"是当地名茶，近来风头正健。女婿还在网上给阿惠买了一件风衣，款式很时髦。

阿惠说，有了钱不要乱花，把公司做大，将来当大老板，就是坐在办公室里，打打电话的那种，不要风里来雨里去的。将来买一辆小汽车，把我们的小宝贝带着到处跑。阿惠手里抱着外孙，说着就顺手摇了起来。

她的话，说得大家很开心地笑了起来。女儿一边笑，一边说，别摇，摇习惯了，成少爷了，以后可怎么带？

阿惠说，我带，不怕。说着还是摇，一边摇一边还说，少爷就少爷，我们家祖祖辈辈没出过少爷，现在就出一个。

阿惠当上了外婆，生活里充满阳光。

可是，就在外孙还没满月的时候，女婿突然消失了好几天。

原来，那个寡妇，在不到半年的时间，就第二次成了寡妇。她哭着给他打电话。女婿真没出息，对于那个女人，简直是招之即来。

那个女人是灾星，谁碰谁倒霉。

月子里的最后几天，女儿是在泪水中度过的。

女婿回来，失魂落魄地变了个人似的。

离婚。阿惠的心里闪过这样的念头。这个念头让阿惠很操心。如果真的走到这一步，女儿的下半辈子怎么过？

这个消息，阿惠不敢告诉丈夫，这个心，由她自己操着。

在这个时候，阿惠又无由地想起方先生。

生活太烦恼，阿惠想过另一种生活，哪一种？她不明白。沉在心底里有一种渴望，一种宣泄的欲望。她不能改变生活，她也不能把自己憋死。也许，只有把积郁在心底的由生活所酿造的烦恼发泄出来，她才能把日子过下去。

那么，她为什么老是想起方先生？

难道她的内心深处真有那种不要脸的出轨的企盼？难道上一辈子她与方先生有过什么姻缘？

阿惠感到从来未有的困惑、迷茫和不安。

阿惠其实并不忙不累，只是烦，烦透了，这乱七八糟的事情！

然而，让她感到震惊与不安的是，已经绝了两三年的月经，突然又来了。这弄得她很狼狈。手忙脚乱地在衣柜里翻了老半天，什么也没找着，只好上商场。她走到"女人天地"的柜台前，开口时竟有点口吃起来。好在那位售货小姐见多识广，她拿出许多品牌和款式的卫生巾说，阿姨，您想要哪一种？当她看到那些卫生巾的时候，阿惠想起她原来用惯了的"安尔乐"，眼睛一扫，似乎没有，便红着脸说，随便。

售货小姐说，这种护舒宝，我们最近在做促销，也很适合您，这种和这种，适合您的女儿……

阿惠说，那就两种都来两包。

那位售货小姐说，阿姨，您真幸福！欢迎下次再来。

走出商场，阿惠的心还跳个不停。

幸福？那位售货小姐什么意思？回到家里，阿惠在卫生间的时候，想，难道……她看到镜子里的自己，果然不显老……她再次感到害羞，在感到害羞的同时，又有一种冲动，一股激情在她的心中激荡。

这时，丈夫在卫生间外头叫，神经病，一泡尿尿半天。快，我都快被你憋死了。

阿惠把新买的卫生巾藏起来，打开卫生间，冲着丈夫莞尔一笑，妩媚无比。

刘杰英又说了一句神经病，匆匆进了卫生间。

晚上，丈夫要碰她，阿惠不让，说，你敢吗？大姨妈来了。大姨妈是阿惠从女儿那里学来的新说法。丈夫说，什么大姨妈，神经病。

阿惠背过身子。

丈夫想来硬的，结果让他大惊失色。说，看来你是真有病了，明天赶紧的，赶紧去看医生，这可不是闹着玩的，乱了，小病不医，等大病来了，医不起的。

阿惠什么话也没说。

丈夫打开电灯，看她对着屋顶发愣，说，我看你是真神经了。说着，翻身，背对着她。一会儿，便传来他的鼾声，时高时低，时紧时慢，时响时停。有一阵子，没声息了，阿惠正要睡去，却又响了起来，而且，不甘愿似的，越打越响。原来"鼾声如雷"，一点也不夸张，阿惠想，这家伙，越来越让人受不了了。

阿惠悄悄地从床上爬起来，走到窗前。

夜空明净，清风徐来。阿惠却心烦意乱。这日子没法过下去了。她这几十年是怎么过来的？难道现在和以前有什么不同？没有。可以说，和婆婆去世前的那些日子比起来，她简直是太幸福了，她有丈夫，有女儿，她还当上了外婆，许多人羡慕她。也许，她真的有病，正像丈夫所说的，神经出了毛病。

阿惠使劲地摇了摇头。她没病，是她的内心深处沉睡着的某一只欲望的怪兽突然醒过来了，自己把自己的生活打碎了，搅乱了。

平静的幸福的阿惠从此不得安宁了。

阿惠无意之中笑了一下，她看到几十年前那个朝气蓬勃的梦鹤向她走来。

我要写诗。阿惠对自己说。

/ 10 /

这是一个阳光明媚的上午，刘杰英"听课"去了，家里显得特别安静。

阿惠跑到女儿的房间，拉开抽屉，找到一支笔，这是一支原珠笔，好久不用了，划了好几次，都划不出水来，她把笔尖放到嘴里舔了舔，再试试，出水了，蓝色的。久违了，这深蓝的清秀的颜色！她再找，动作有点乱，终于找到了一张女儿当年的数学作业纸，白的，没有方格。

阿惠一口气写下这样的文字：

我要写诗，诗不能当饭吃，可是我一定要写诗

我要写诗，诗不能当衣穿，可是我一定要写诗

诗是我心灵的药，没有诗，我永远好不了

诗是魔鬼，魔鬼来了，我再也跑不掉

跟着魔鬼走，去狂欢，去乱跳

笑吧，你们尽情地笑吧，

骂吧，你们想怎么骂就怎么骂，我无所谓

神经病就神经病

我心甘情愿当病人！

仿佛在心底积压了很久很久，地层深处的岩浆，一下子喷射出来，满天红光，把自己烧着了，吓晕了。

这就是诗吗？

阿惠看到一个十几岁的女孩子，在一片树林里跑，这是她母校的桉树林，那个时候，他们在排练，他们要在学校的文艺晚会上，朗诵贺敬之的《雷锋之歌》，男生一排，女生一排，一色的白衬衫，一色的红领巾，还有，深蓝色的裤子和裙子。下面是大海，上面，是扬起的风帆。

蔡淑惠，该你了。有人在她的身后小声说。她是领诵者，她上前一步，高声朗诵：

假如现在呵,

我还不曾

不曾在人世上出生,

假如让我呵,

再一次开始

开始我生命的航程——

在这广大的世界上呵,

哪里是我

最迷恋的地方?

哪条道路呵

能引我走上

最壮丽的人生?

……

阿惠从"过去"回来,把刚刚写完的诗念了一遍又一遍。不知道这是不是诗,像不像诗,只有让行家看看。谁是行家?安妮家的方先生,她很想见他。啊,她一下子又回到了几十年前的舞台:

……滚滚沸腾的生活啊,

闪闪发亮的路灯……

面对今天:

血管中的脉搏

该怎样跳动?

什么是

真正的

幸福啊?

什么是

青春的

生命?

……望夜空,

有倒转斗柄的

北斗……

看西天

有纷纷坠落的

流星……

什么是

有始有终的

英雄的晚年啊?

什么是

无愧无悔的

新人的一生?……

　　这是《雷锋之歌》吗,不,这是此时此刻阿惠的心声!

　　阿惠把刚刚写完的诗,工工整整地抄了一份,小心地放进她的坤包。她已经下定决心,要把她的诗送到方先生手上。

　　阿惠没有方先生的手机号,她想了好久,只有通过安妮了,再说了,这也不是什么见不得人的事。

　　她没想到的是,她打的是安妮的手机,接电话的却是方先生。

　　阿惠一时不知道该怎么办?方先生却在电话里说,是阿惠吗,安妮出去了,忘了带手机,她这人,总是丢三落四的,等她回来,我让她给你去电话。

　　不不,我是找你的。阿惠说。看来,安妮的手机存着她的电话号码,所以方先生知道是她打的电话。

　　找我,方先生犹豫了一下,说,那好吧,你过来。接着,他告诉了家里的地址。

　　阿惠没说她去过他家,看过他的书房。她不知道安妮为什么没告诉他她到过他家,没有告诉他,他的藤椅就是她修好了的。也许,貌似没心没肺的安妮对她还是有所防范的。这么想着,阿惠居然有点兴奋。

一小时后,阿惠带着她的诗稿,敲响安妮家的门。

开门的是方先生,安妮果然不在。她有些高兴,又有些害怕。害怕什么?她不清楚,或者说不很清楚。因为这种害怕夹杂着些许渴望,这对于她来说,是从来没有过的情感体验。

他让坐,她在客厅的沙发上坐下来,他要泡茶,她说不用不用,我一会儿就走。她很想再上他的书房,看看他是不是还用那只她补过的旧藤椅。但她忍住了。

阿惠拿出诗稿,说,我来,是想让你看看,这是我写的。

她把稿子递过去,手居然有点颤抖。他接过诗篇,笑了一下,就低下头,专心地看她的稿子。也许,这是当老师的习惯,接过学生的作业,低头就看。

阿惠不安地看着他,等他抬起头来,怯怯地问,这像诗吗?

他说,像。

方先生沉吟了一下子,说,真对不起,我原来以为你的不快乐是因为无聊,所以,我给你买那本书,是想让你解闷的,我没想到,你的郁郁不乐,是因为心里有所追求。

我也不知道。

怎么就写起诗来了呢?

以前,很久以前,读中学的时候写过。那个时候,喜欢贺敬之。

说完这话之后,阿惠突然又感到这房间里有某种非常压抑的东西,她抬起头。看到安妮的像,安妮正在对着她微笑。安妮的这张玉照是什么时候挂上去的呢?上次怎么就没发现?她坐立不安,呼吸也不正常起来。

沉默虽然只是一小会儿,但让人十分难堪。方先生说,我们出去走走。

好。阿惠立即站了起来。

他们走出校园,来到青年路。

青年路的人行道上,阳光透过树叶,化为无数黄色的斑点,在他们前面的石板路上，在身上，肩上、头上和脸上快乐地跳荡着。

对面走来一对年轻的情侣。阿惠的心里流过一阵异样的感觉，酸酸甜甜，甜甜酸酸。她突然感到一阵眩晕，靠在一棵树干上。方先生吓了一跳，惊慌失措地说，怎么啦？

没什么。她说。她知道，这叫陶醉。

都四十好几的人了，还陶醉啊？

要不要叫一辆人力车？方先生说。她摇了摇头，闭上眼睛。她想多陶醉一会儿。这时，一辆人力车跑过来，停在树下。她只好由着他，扶上车。他们肩并肩地坐在人力车上，在路上摇晃着。

方先生把阿惠送到她家附近的路口。阿惠说，就在这儿下车。

不能再往前了，离家太近，熟人太多。

阿惠倚着路边的树干，看着方先生离去。他走得很慢，越走越远。她渴望着他回头再看她一眼，可是，他没有。

她突然想哭。

她狠狠地打了一下自己的脸颊，不要脸，没脸没皮，没皮没脸！

她又狠狠地打了一下自己的脸颊，天啊，她把诗稿放在安妮家里了！